千一的梦象

王晓方 著

QIANYI'S
MINDSCAPES

作家出版社

图书在版编目（CIP）数据

千一的梦象 / 王晓方著．--北京：作家出版社，2023.10
ISBN 978-7-5212-2492-4

Ⅰ.①千… Ⅱ.①王… Ⅲ.①长篇小说-中国-当代
Ⅳ.①I247.5

中国国家版本馆 CIP 数据核字（2023）第 170144 号

千一的梦象

作　　者：王晓方
内文插图：王晓方
责任编辑：桑良勇
装帧设计：孙惟静
出版发行：作家出版社有限公司
社　　址：北京农展馆南里 10 号　　邮　　编：100125
电话传真：86－10－65067186（发行中心及邮购部）
　　　　　86－10－65004079（总编室）
E－mail: zuojia@zuojia.net.cn
http: // www.zuojiachubanshe.com
印　　刷：唐山嘉德印刷有限公司
成品尺寸：152×230
字　　数：618 千
印　　张：39.25
版　　次：2023 年 10 月第 1 版
印　　次：2023 年 10 月第 1 次印刷
ISBN 978-7-5212-2492-4
定　　价：80.00 元

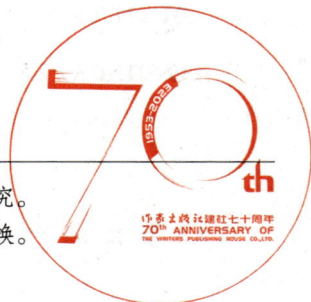

献给竹青、千一

目 录

新文体长篇小说创作之我见

初识摄影家封建平（笔名风见）时，有一次在一起小酌，他问我是怎样定义小说的，我说小说是形象化的哲学，他说如果按这个说法，可不可以将哲学转化为小说，我说我没尝试过，他当时就建议我尝试一下，我也只是一笑了之。2017年年初，我创作完长篇小说《般若》后，收藏家俞雷先生邀请我到他在洛杉矶的家中做客，这一住就是二十多天，在这二十多天中，我俩时常一边喝茶一边闲谈，有一次我们谈起中国哲学时，他问我有没有人将中国哲学史写成一部长篇小说，我说这可太难了，据我所知还没有人尝试过。他问我难在哪儿了，我说如果由哲学家来写，他懂哲学，但不懂叙事艺术的创造；如果由小说家来写，他懂叙事艺术，但不懂哲学，难就难在这儿了。他说你何不尝试一下呢？我说你没问我之前我还真没想过这个问题，不过，从现在起，我开始想这个问题了。回国后不久，作家出版社责任编辑桑良勇看过我的长篇小说《般若》后，打电话问我，可不可以将中国哲学史写成一部长篇小说？他说作家出版社约过十几个大家，其中有小说家，也有哲学家，他们都开个头儿就写不下去了。我问他，你凭什么认为我能行？他说，没读过你的《般若》前，你行不行我说不准，但读过你的《般若》后，我认为你来写最合适。将中国哲学史写成一部长篇小说，这无异于攀登一座思想与艺术的珠穆朗玛峰，但我这个人喜欢挑战自己，便毫不犹豫地答应了桑良勇。经过一番构思后，便于2018年4月2日开始动笔了。

翻开中国现代哲学史，我认为熊十力先生的哲学最具原创性。也正因为如此，他的《新唯识论》刚出版时，署款为"黄冈熊十力造"。据说这个"造"字，在印度只有被称为"菩萨"的人才敢用，这说明熊十力先生对自己的原创力具有极强的学术自信。我是一个崇尚创造的人，我认为艺术的本质就是创造，我无法忍受重复和模仿。博尔赫斯说："每一部长篇小说都只能用一种方式来表达，寻找这种方式的方法只能是创造，否则就无法避免重复和模仿。"为此，我一直致力于"新文体长篇小说"的创造和探索。我一向认为原创性是对一部长篇小说的最高赞誉，并执着地致力于挖掘叙事艺术的无限可能性。目前已经出版了《驻京办主任（四）》《公务员笔记》《白道》《油画》等四部"新文体长篇小说"。那么"新文体长篇小说"都有哪些特点呢？

第一，叙事艺术的创造至高无上。"新文体长篇小说"最出众的地方就是发现了文学发展史上居于关键地位的问题，这就是务必在新时代重建小说的坚实形式。这是摆脱对以往艺术因袭和模仿、勇于突破一切窠臼的必由之路。所谓小说的形式，指的是作品的结构，这就如同造房子，没有结构，就无所谓建筑。有了不同形式的结构便有了不同风格的建筑。形式创造不是叙事技巧问题，它直接涉及作品的"新美"和灵魂问题。小说是叙事的艺术，没有形式创造，就无所谓叙事艺术。小说只有突破固有的叙事形式，才可能避免重复前人，否则只能步前人的后尘。不讲叙事艺术的创造，只讲形式一致，不是艺术，是八股。每个时代的文艺都应有自己的表达方式，旧文体小说那种大故事、大评书、大记叙文式的表现手法和语言风格已经无法表达信息时代人类瞬息万变的处境和复杂活动的心灵感受，必须寻找新文体的表达方式。"新文体长篇小说"是一种全新的艺术思维类型，是一种新的艺术模式，在这个模式中，旧文体形式中的许多因素都得到了改造。开"新文体长篇小说"之先河的目的是不断挖掘叙事艺术的无限可能性。

第二，不是写看到的世界，而是写心灵感受到的世界。现实有两种，一种是明显的现实，能看得见、听得到；另一种是深藏和隐藏的现实，看不见、听不到，只能用心灵去感受。"新文体长篇小说"着重描绘心灵感受到的现实，通过心灵感受把现实激荡而生的种种悲喜歌哭深入挖掘出来，其实人的烦恼、孤独、失落、厌恶、恐惧、焦虑等心绪是有本体意义

　　　　　　　　　\千\一\的\梦\象\

的，"新文体长篇小说"的主要任务就是挖掘人的内宇宙。因为真理就在心灵的真实感受里。心灵感受是外部世界唯一真实的反映。"新文体长篇小说"排斥一切遮蔽真实的东西，然而现实绝不会自己赤裸裸地呈现在小说家眼前，它需要从小说家内心最隐蔽处提取出来，外部世界的真实就在于我们自己的内部生活，如果不通过小说家的心灵感受加以提取，读者就永远也不会知道这个真实了。艺术的使命就是不断地将现实的真实升华为艺术的真实。小说不是写"风月宝鉴"正面映照的表象，而是挖掘背面未知的梦象。这需要作家通过心灵的炼狱才能获得。

第三，语言上崇尚创新，追求诗与思的艺术境界。将日常用语直接纳入小说，重复使用已变得"陈旧"或"僵化"的语言，根本不注重叙述文字的探索与创生，这不是创作，而是抄袭现实。故事是通过语言表达的，小说的本质只能在语言中寻找。小说必须直面语言。要想深刻表达现代人的生活和精神世界，必须采用独创性的语言，只有深入挖掘语言的内在品质，才能透过事物的表面，如实地描写深在的真实。写作无疑是一种文字探险，小说家的任务就在于通过创新、创造完成这种探险的语言，进而到达诗与思的艺术境界。

第四，形象化的哲学。思想是小说的灵魂，谈到小说的思想，我印象最深的是陀思妥耶夫斯基的两句话，一句是"一个思想诱惑着我，我喜欢得着了魔"，另一句是"我不是维护我的小说，我是维护我那个思想"。因此，我一再强调小说家是思想家，当然他的思想是通过他的小说形象化地表现出来的。那么如何形象化地表现出来呢？思想的形象同拥有这一思想的人的形象是分不开的，不是思想本身成为"新文体长篇小说"描绘的对象，而是有这一思想的人成为艺术描绘的对象。读者是在思想中通过思想看到人物，又在人物身上通过人物看到思想。思想就其本质来说是对话性的，正如巴赫金所言："思想是超个人超主观的，它的生存领域不是个人的意识，而是不同意识之间的对话交际，思想是在两个或几个意识相遇的对话点上演出的生动的事件。"这与抄袭现实的日常对话有本质上的不同。可见"新文体长篇小说"创立思想与哲学家的方法完全不同，它创立的是思想的生动形象。不过，在心灵世界，小说家和哲学家相遇是难以避免的。

第五，故事是为艺术服务的。正是因为旧文体小说热衷于讲一个煽情的或离奇的却没有灵魂而且重复的大故事，让小说边缘化了。旧文体小说追求的目标是把故事讲好，把人物写活，也就是所谓的栩栩如生，至于叙事艺术是不是自己创造的无所谓，为了讲好故事，不惜重复、模仿甚至抄袭前人的叙事艺术，不惜抄袭日常用语，只知道讲故事但不知道为什么讲故事，恰恰是这种评书化的追求把小说的内核丢掉了。小说退化为单纯的讲故事。的确，小说是讲故事的艺术，当然不排斥讲故事，但"新文体长篇小说"打动读者更多的不是凭借讲故事，而是通过艺术感染力和美学力量。故事是为呈现作家的心灵图景服务的，是为叙事艺术、为语言、为思想、为人性、为灵魂、为忏悔意识和悲悯情怀，为"新美"服务的。旧文体小说将精心构思动人心弦的故事当作作家的职责，以至于故事的连续性、生动性成了衡量小说优秀的标准，殊不知电影、电视剧、舞台剧、新闻媒体、历史都在这样讲故事，而且直观得多、生动得多，我们自以为讲了一个精彩绝伦的故事，扔在故事海洋里一比较，却是重复的，为什么？因为我们已经没有本源性故事。这种按年代来安排情节，以表现一个单一的、线性的、有条理的世界的叙事方法已经被用烂了，小说想靠故事这根稻草摆脱困境简直是痴人说梦，"新文体长篇小说"高度重视故事性，但绝不为了讲故事而讲故事，而是通过故事透视人的内宇宙，通过艺术创新所揭示出的艺术家的心灵图景打动读者。

第六，对梦象进行思考。英国天文学家、物理学家埃丁顿说："大体上，世界的要素就是心灵的要素。"与心灵有关的所有要素通过心意凝聚成一个奇点，这个奇点具有原创性的能量，与灵感撞击后发生宇宙般的大爆炸，这便是艺术家的心灵图景，我简称之为"梦象"。"新文体长篇小说"认为梦象是小说的本体性特征，由此强调通过一些想象的人物或事物对梦象进行思考。一个小说家如果没有梦象的眼光，就不可能看到比现实更多的东西。一部小说如果不揭示点未知的梦象一定是平庸之作。小说是研究梦象的，"新文体长篇小说"强调站在个性的立场、审美的立场、独立思考的立场关注和研究梦象。正是为了对梦象做出新的揭示，才在叙事形式上不断探索，因为小说的叙事形式也在思考。"新文体长篇小说"绝不放过现实，但它的使命不是陈述发生了一些什么事情，而是为了揭示未知的梦象。如果小说家的目光无法穿透现实的硬壳，无法将目光投向梦象王国，那么无论它的小说多么富有戏剧性，多么扣人心弦，多么抒情，多么道德，多么主旋律，都无法找到更为真实的现实。

第七，以审美为终极目标。"新文体长篇小说"强调创造"新美"。正如歌德所说，真正的大艺术家制定美，而不是接受现成的美。只有发现美、创造美的人才有权利制定美，那么美是什么？就是发现美、创造美的人的心灵图景。小说家一定是试图告诉读者什么是美的人，当小说家发现自己内心世界的心灵图景时，他的感觉将是痉挛的。那么怎么才能表现出、描绘出这种心灵图景呢？还是那两个字：创造。由于小说家创造了一种"新美"，自然就成了这种"新美"的制定者。伟大的小说无不诗意地存在着。"新文体长篇小说"的终极目标是审美。它所创造的"新美"应该是审美者意想不到的，看到后心灵受到震撼的，虽然没有想到，但实际上是十分向往的。这才叫美的享受。"新美"是陌生的、神秘的、新奇的、震撼的。同时创造"新美"离不开对人性的根本性描写。

第八，紧扣时代脉搏，抓住时代本质。按照一般的小说模式就把这个新时代给八股化了。"新文体长篇小说"在创作上强调自由精神，试图站在时代的制高点上体味时代痛苦，提倡怀疑精神、批判精神和反思精神。因为没有这三种精神就不可能发现问题，发现不了问题不仅无法继承好的、摒弃坏的，更无法体味时代的精神痛苦。"新文体长篇小说"认为，只有当小说家个人的心灵痛苦与时代的精神痛苦相一致时，才会使读者产生共鸣。当然尝试表达时代本质要冒很大的风险，但是最大的风险来自于艺术家头脑的禁锢。然而"新文体长篇小说"以发掘、阐释人的灵魂为己任，不冒险就无法发掘人的非理性、无意识的内心世界，就无法戳穿人是理性动物的巨大神话。

总之，综合就是创造。"新文体长篇小说"将在博采众家之长的基础上消化、吸收、创新、创造，绝不走重复和模仿之路，在形式和内容两方面不遗余力地推陈出新，力争构筑小说创作的新格局，开辟叙事艺术的新方向。

《千一的梦象》就是这样一部"新文体长篇小说"的探索与尝试。我在这部作品中虚构了一个十四岁的少女千一，通过游历心灵所经历的一系列奇妙梦象，以此向读者介绍了从古至今不同流派的中国哲学家思考宇宙和人生的核心思想。起初一个人的两个"我"，也就是千一和孟蝶是完全独立的，一个是书中的"我"，一个是书外的"我"，两个人的故事构成了两条平行的线，犹如两个平行的宇宙。随着情节和思想的深入，两个我开始了见面的努力，但是两条线真正相合是在尾声部分，通过"爸爸的信"，我们才知道原来书外的孟周一家三口才是真正的书中人，这也应了潘古先生那句话，"我们都是书中人"！于是两条平行的线终于联结起来形成了一个拱形的结构。阅读《千一的梦象》绝对称得上是一次思想的心灵之旅。这是一部成年人买来送给孩子，私下里却拿来自己读的书。作家与作家之间如何才能区分开来？不在于创作，而在于创造。对我来说，困难的是发现自我，是发现属于自我的那种唯一而不朽的形式，这种形式存在于梦象中。我的目标是通过描绘心灵图景，将这种神秘的形式由不可视的化生为可视的，感而遂通的神觉可以引导我们从"可视的"走向"不可视的"。梦象是神秘性的总和，是不可视的，心灵图景是赋予这种不可视性的形式。一个神秘性便是一个心灵图景，无限个神秘性便是梦象。神秘性就是深层的情感。艺术中所有最主要的东西总源自这种神秘性，也就是最深层的情感。在这部作品中，我致力于揭开梦象的秘密，因此思想在《千一的梦象》中成为艺术描绘的对象，只有通过哲学思想我们才能理解它。在这部书中，大量的心灵图景混合交叉，犹如一条河流一会儿流入地下，一会儿冒出地面，穿插在句子的蜿蜒曲折之中。可以说每一个段落都相当于一幅心灵图景，而《千一的梦象》就是由一系列心灵图景构成的梦象。在这部书中，我注入了我的思想精华。或许梦象、心灵图景、神觉、悟力、诗意的幻化、幻构等思境用常规思维不易理解，但是一旦理解便如同一位潜水员气喘吁吁地从水底捞出珍宝那样过瘾。日常语言不足以表述哲学问题，因此需要创立一套非常规的表述方式。我是通过对话来塑造思想的形象，通过这种塑造使读者深刻理解哲学思想的对话本质。在介绍哲学家思想时务必做到去粗取精、去伪存真，并通过梦象哲学统领全书，梦象是全书的思想之魂。不仅将思想融于故事之中，而且通过对宇宙和人生的深刻思考，从而对人性进行根本性思考。我们在思想中并通过思想洞察人性。世界上的故事虽然多得无法统计，但是多数是重复的。俄国民间文学理论家普罗普把世界各国的故事收集起来进行比较分类，发现世界民间故事总共可以分为三十一类模型，从角色来看，仅可分为七类，为此他写了一本《民间故事形态学》。中国社会科学出版社也出版过一本《中国民间故事形态研究》。这本书告诉我们，无论你怎样构筑故事，都跑不出五十个模型。这说明我们已经没有本源故事，今天所编故事不过是以前发生故事的变体。这恰恰是"新文体长篇小说"强调故事是为艺术服务的重要原因。"新文体长篇小说"以审美为终极目标。

《千一的梦象》不仅创造了梦象之美，还创造了"兰法"之美。书法从来都不是艺术，但有艺术性。这并不是贬低书法，因为书法是与艺术、文学、哲学等并列的一个门类。书法是由汉字线条组成的书写规范。衡量它好坏的标准是气韵和风骨，书法是由汉字线条组成的体现中华民族气韵和风骨的书写规范。而气韵、风骨恰恰是中华民族之魂，民族之魂是几千年历史、文化积淀而成，它是不需要变、也不可能变的。它只需要世世代代传承下去。因此书法不需要创新、创造，也几乎没有创新、创造的空间。即便一位书法家写出了自己的风格特色，也不是创新、创造，而是书法家内在气韵、风骨在汉字书写中的体现。创新、创造是艺术、文学、哲学等学科的使命，同时与其他学科相比，书法因受汉字框架的限制，制约了创新、创造的空间。由于一些书法家不满足于单纯的继承，所以进行了大胆的探索与尝试，但是由于汉字框架的束缚，又无法突破汉字规范，只能在汉字框架内探索，而美的书法线条几乎被古人穷尽了，于是便出现了丑书，引起了巨大的争议。其实线是宇宙之源，宇宙大爆炸源自一个奇点，而一个线条是由无数点组成的。因此，点就是组成线的基本元素，或者说点就是线。线是中国绘画、中国哲学的基本元素，线的变化是无限的，因此脱离汉字束缚的线可以千变万化。这种线的千变万化不是书法，是"兰法"。所谓兰法，就是用毛笔在宣纸上呈现的非书法的线条艺术。中国的艺术源自一条线，这条线充满了宇宙意识。我将这条线从汉字的牢笼中抽离出来，使线具有了超越符号得其本质的表达价值。每一根线的灵动都是通神的，这根线似字非字、似画非画、如梦如幻，仿佛贯通了宇宙，界破了虚空，是一种超越感官、诉诸心灵的体验，充满了诗意的幻化，是"致虚极，守静笃"的美，是从心灵中流淌出的万象之美，是从有限趋于无限的尝试。从此可以将这种最大限度地还原线的本质、单纯表现线的千变万化之美的艺术称为"兰法"。兰法就是线在艺术家心灵中形成的梦象。那些相信线的秘密与未知，单纯用线呈现线的秘密的艺术家称之为"兰法家"。在兰法家眼里，线不再是组成汉字的材料，而是一个人性灵的独创。一个人的平庸是极容易被识别的，一群人的平庸却很难被发觉，因为它常以主流的形式存在。而最先觉醒而脱离这个群体的人，通常是具有原创能力的人。这样的人因创造而高贵。我在《千一的梦象》中插入五十四幅我的画作（三十三幅中国画、二十一幅兰法），一如既往地追求梦象风格。我以为绘画艺术的发展经过了具象、印象、抽象之后便是梦象，画家应该"内师心源，外创造化"，表现的是自己的想象力和创造力，是心灵图景，是梦象。

总之，小说是形象化的哲学，是通过一些想象的人物或事物对梦象进行思考。小说创作就是要挖掘"风月宝鉴"后面的未知梦象。现实从来不会自己赤裸裸地呈现在我们面前，艺术家必须穿透自我的那层硬壳，才能绕到"风月宝鉴"的后面；那么如何才能穿透自我的硬壳呢？也就是说什么样的创作才可称之为创造呢？我们翻开世界文学史会发现，具有创造特质的优秀长篇小说大多都具有以下特质：一是在叙事艺术上有独创性；二是在语言艺术上有独创性；三是在思想方面有独创性；四是有"新美"的创造；五是对人性进行根本性思考；六是具有深刻的忏悔意识；七是故事是为艺术服务的。毫无疑问，这就是优秀长篇小说的标准。在艺术方面从来就不乏卫道士，但是真正的艺术家一定是叛逆者，因为只有叛逆，只有打破常规，才能开拓出一条新路来。博尔赫斯借助他笔下的人物赫伯特·奎恩说："在文学所能提供的种种幸福感之间，最高级的是创新。由于不是人人都能得到这种幸福感，许多人只能满足于模仿。"正因为如此，我父亲生前曾语重心长地对我说："既然你走上了文学之路，我希望你不仅仅属于创作，更属于创造；希望你不仅仅属于灵魂，更属于灵魂史；希望你不仅仅属于文学，更属于文学史。"如今每当我提笔创作一部新作品时，都会想起父亲的殷切希望。《千一的梦象》是我的"梦象三部曲"（也称"思想三部曲"）的第二部，第一部是我的诗集《梦象之门》。

2020 年 1 月 12 日于沈阳耕香斋

第 一 章

混沌初开要从梦象说起

千一是个爱做梦的女孩。放学回家的路上她告诉同班同学、也是她最好的朋友刘兰兰，昨天夜里她做了一个奇怪的梦，梦见自己睡在一个巨大的蛋壳里，一个影影绰绰的声音不停地问："你是谁？快醒醒，你是谁？"她在漆黑的蛋壳内缩成一个问号，虽然心里明镜似的，却怎么也醒不过来。后来还是妈妈推了她一把，她才满头大汗地醒了过来。爸爸是画家，到很远很远的地方写生去了，要很长时间才能回来，所以妈妈偶尔过来陪她一起睡。

刘兰兰听了千一这个奇怪的梦咯咯咯地笑着说："你是魇住了。"千一若有所思地说："我知道，可是你知道你是谁吗？"刘兰兰不假思索地说："我当然知道了，我是刘兰兰呀，千一，你该不会还在梦里吧？"聊着聊着，两个人来到岔路口，刘兰兰家在另一条巷子里，她说了声"明天见"，两个人便分手了。

千一的家在一条深深的巷子里，叫阙里巷，每次回家都有一种曲径通幽的感觉。可是今天巷子里并不安静，前面离她家不远的地方，有几个人正围着一个白胡子老头讨价还价，老头好像在卖什么东西。她十分好奇地快步走过去，发现是一个书摊，可是老头嘴里吆喝的不是卖书，而是卖梦："卖梦喽，想知道你是谁吗？做个梦就知道了。想知道人是什么吗？做个梦就知道了。想知道人死后还会有生命吗？做个梦就知道了。"这个老头吆喝的可太有意思了，全是人们想知道又无从知道的，所以围上来很多人。千一凑到书摊前，一下子就被一本名为《千一的梦象》的书吸引住了。她拿起来随手翻了几页，竟然一个字也没有。她不解地问："老爷爷，您的书怎么没有字呀？"老爷爷笑呵呵地说："孩子，这不是书而是梦，当然没有文字了。"千一好奇地问："那这本书怎么读呀？"老爷爷用十分神秘的口吻说："你把它拿回家，晚上睡觉前翻看，我保证你会有意想不到的收获。"千一是个极有好奇心的女孩，听老爷爷这么一说，非常想得到这本书，便试探着问："老爷爷，我想买这里的梦，要多少钱呀？"老爷爷慈祥地说："这里面都是为你准备的梦象，是孟蝶的爸爸孟周托我转赠给你的，不收钱。"千一心想，孟蝶是谁，她爸爸为什么要送我这本书？她想仔细问问老爷爷，可是老爷爷已经被其他人围了起来。她只好将信将疑地拿起书，恍恍惚惚地离开了书摊。

回到家，妈妈已经做好了晚饭。千一心不在焉地吃完饭，便谎称要做作业，一头钻进自己的房间，迫不及待地从书包里拿出那本除了书名没有任何文字的书，想认真研究研究。可是她仔细端详了好半天，也没有发现任何神奇之处，就在她失望地准备放回书包里时，她惊讶地发现，那本书变成了两扇小小的木门，她既小心翼翼又惴惴不安地用手指轻轻一推，门吱扭一声开了，她瞬间就被吸了进去。当她回过神儿来睁开眼睛时，眼前混沌一片。既分不清上下左右，也辨不出东南西北。渐渐地在混沌一片中若隐若现地显现出一个巨大的蛋。此时，那个巨大的蛋的壳内寂静无声，漆黑一片，但那个蛋壳是透明的，千一隐隐约约地看见里面睡着一个巨人，那个熟睡的巨人蜷缩的睡姿像一个巨大的问号。千一太想知道自己在什么地方了，便冲着蛋壳内的巨人喊道："喂，请问这是什么地方？"那个巨人本来睡得很沉，听到千一的喊声一下子惊醒了。他睁开眼睛发现周围漆黑一片，什么也看不见。只听见有人问他这里是什么地方，情急之下，他拔下自己的一颗门牙，在手中摇晃了几下，那颗门牙顿时变成了一把威力无比的神斧，巨人有了神斧便用力劈向四周的黑暗。他不停地猛劈，劈着劈着，突然一声巨响，蛋壳破裂了，混沌一片的东西渐渐分开了。千一清清楚楚地看见轻而清的东西飘浮上升，慢慢形成了天空；重而浑浊的东西则逐渐下沉凝结，最后变成了大地。巨人就站在中间，头顶着天空，脚踩着大地。天每天升高一丈，地也每天增厚一丈。巨人的神态也随着天地的变化而变化，一直撑在那里。这时巨人已经可以清晰地看见千一了，他用惊雷般的声音问："是你叫醒我的吗？"千一点了点头，然后她大声问："你是谁？"巨人响亮地答道："我是盘古。"千一又问："你在干什么？"盘古说："我在开天辟地。"千一关切地说："天已经足够高了，地已经足够厚了，你这样硬撑下去会累死的，松开手歇歇吧！"巨人盘古说："不行啊，我怕一松手，天和地再合拢起来，那样我就又被关在蛋壳里了。"他们之间对话时，天越来越高，地也越来越厚，盘古已经高达九万里了，他就像一根粗壮的擎天柱。终于有一天，天和地的构造稳定了，盘古也累得轰然倒了下去。临死前，他呼出的气息化作了四季的风和美丽的云彩；他发出的声音化作了雷鸣和闪电，他的左眼变成了太阳，右眼变成了月亮，头发和胡子变成了闪闪发光的星星；他的四肢变成了大地上的东南西北四极；他的肌肤变成了山川田野；他的血液变成了江河湖海；就连他身上的汗毛，也都变成了草木，使大地披上了绿装。漫山遍野开满了鲜花，空气中花香四溢，生机盎然的绿色令人心旷神怡。千一感觉自己进入了一个一望无垠的乐园，她兴高采烈地跑进花丛，采摘姹紫嫣红的花朵为自己编织了一个花环戴在头上，从树上又摘了几个仙果，一边走一边吃。她惬意地玩了很久，才意识到天地之间只有自己一个人，好不孤独啊！要是有几个小伙伴就好了。她一边想着，一边情不自禁地沿着一条弯弯曲曲的小路走到一个小湖边，湖水又清又静，简直就像一面镜子。她蹲下来，湖面上顿时映出一张美丽的脸。这张瓜子脸上长着柳叶眉、丹凤眼、樱桃小嘴，头上戴着五颜六色的花环。这是我吗？千一若有所思地想。为了排遣孤独，她随手抓了一把黄泥，按照自己的模样捏了一个泥娃娃。当她把这个泥娃娃放在地面时，泥娃娃居然蹦蹦跳跳地活了起来。她心里顿时欢喜极了，于是她继续用黄泥抟土，塑造出许许多多的男男女女来。可是，大地广阔无边，单靠抟土造人是有限的，于是她干脆搓了一根草绳，将草绳伸入黄泥浆中，然后向地上一挥，说也奇怪，溅落的泥点居然也变成许多的人。她觉得这样更快更省事了，就不停地挥舞沾满泥浆的草绳，许许多多的人便瞬间诞生了。她越挥舞越兴奋，直到她听到妈妈的声音："千一，醒一醒，该到床上去睡了。"她感觉脑海里突然一片漆黑，眼前的一切顿时消失了。她蒙蒙眬眬地睁开眼睛懵懂地问："妈妈，我这是在哪儿呀？"妈妈微笑着说："傻孩子，你在你自己房间里的书桌前睡着了！"千一这才恍然大悟地说："妈妈，我刚才做了一个好奇怪的梦啊！"妈妈抚摸着她的长发慈爱地问："梦到什么了？"千一神思恍惚地说："我好像梦见女娲了，不对，我好像变成女娲了。"妈妈吻了吻女儿的额头说："看来你还真做了个奇怪的梦。"这时千一似乎想起了什么，她先是在书桌上找，接着又翻书包，可是没找到，她焦虑地问："妈妈，看到一本没有字的书了吗？"妈妈纳闷地问："一本没有字的书？怎么会有没有字的书呢？"千一皱着眉说："的确是一本没有字的书，我放学回家时，是一位摆书摊的老爷爷送给我的。"妈妈诧异地问："书名是什么？"千一说："叫《千一的梦象》。"妈妈瞪大眼睛说："女儿，你是不是还在做梦呀？快去洗洗上床睡吧。"于是千一去了浴室，她站在镜子前凝视着镜子里的自己，那个困惑她许久的问题再一次出现在她的脑海里："我是谁，为什么会在这里？"她百思不得其解，心想，明天放学后如果那个卖梦的老爷爷还在，我一定要好好问问他，为什么他赠给我的那本书会突然消失了呢？

　　孟蝶读到这儿，十分兴奋地捧着《千一的梦象》的书稿从自己的房间出来，快步走进爸爸孟周的画室。孟周是东州美术学院国画系教授，正在画室画一张名为"三皇五帝"的大画。见女儿进来，他慈祥地放下画笔。"爸爸，"孟蝶迫不及待地问，"《千一的梦象》真是为我写的吗？"孟周微笑着说："当然啦，这是爸爸送给你十四岁的生日礼物，爸爸想通过这部书陪你经历一次中国哲学史的梦象之旅。"孟蝶如获至宝地说："爸爸，这不仅仅是您送给我十四岁的生日礼物，更是送给我一生的礼物。"这时，妈妈端着水果盘走进来插嘴说："你爸爸一直坚持用毛笔写作，连写日记都用毛笔，爸爸为你写的这部书不仅仅是一部文学作品，也是一部精美的书法作品，值得女儿一生珍藏！"妈妈舒畅是《清江日报》记者，平时酷爱书法。孟蝶接过妈妈的话茬，高兴地说："太谢谢爸爸了！只是女儿不明白，为什么哲学史要从神话讲起呢？"爸爸沉思片刻说："因为哲学研究的是宇宙和人生的根本问题，但凡思考宇宙、审视人生以及对大智慧的探求，都属于哲学范畴，而宇宙的起点是什么？就是神话。远古先民对包罗万象的宇宙无法理解，他们只好怀着无比的敬畏通过自己的想象来化解心中对宇宙的无限感触、无限困惑和无限冲动。于是很多民族都有关于世界开创与文明起源的宗教神话。可以说宇宙源自古先民关于创世的想象力。我们中华民族的历史也是从'盘古开天''女娲造人'和'三皇五帝'等神话传说开始的。中国古代的哲学就诞生在五帝和夏商周时代。古代先民在认识、参与自然、社会的活动中，逐渐有了哲学的慧识。"这时，舒畅一边递给女儿一块刚刚切好的西瓜，一边补充说："爸爸为你写完这部《千一的梦象》后，还有一个更大的创意，就是搞一次以中国传统文化为主题的画展。"孟蝶好奇地问："就从这幅三皇五帝的大画开始吗？"爸爸一边啃着西瓜一边点着头说："是的，'盘古开天'和'女娲造人'爸爸已经画完了，目前该画'三皇五帝'了。"孟蝶迫切地说："爸爸，能给我讲一讲'三皇五帝'吗？"爸爸抽了一张餐巾纸，一边擦着嘴角一边说："关于'三皇'的传说有很多种，但比较通行的说法是'有巢氏''燧人氏'和'神农氏'。有巢氏是一位远古时代的部落首领，他是人类原始巢居的发明者。'有巢'就是人类要有地方住，有巢氏是因为发明用树枝和树叶搭建的'巢居'而被推戴为王的。燧人氏是钻木取火的发明者。起初远古先民无论是吃动物还是吃植物都是生食的，因为生食容易受到疾病的伤害，所以人的寿命极短，幸好有一位智者发现了火的妙处，并且发明了钻木取火的方法。由于钻木取火大多使用的是燧木，于是人们称这位智者为'燧人氏'，远古人相信燧人氏，追随他，燧人氏很快被推戴为王，成为'燧皇'或'火祖'。至于神农氏，你应该听说过'神农尝百草'的故事。"孟蝶连忙点头说："是的，爸爸，老师给我们讲过。传说神农牛头人身，因为非常勤劳和勇敢，人们推举他为部落首领，又因为他的部落住在炎热的南方，所以人们称他为'炎帝'。远古时期，人们吃东西没有经验，经常食物中毒，炎帝不忍看到百姓受苦，就亲自尝遍百草，也不知他中了多少次毒，终于死在了一株非常毒的草上。"孟周看着健谈的女儿，欣慰地说："不错不错，炎帝就是农耕的创设者，他通过尝百草，发明了用草药医治百姓的疾病，还发明了刀耕火种，教先民垦荒种植粮食作物。被人们尊称为'神农氏'，是农耕文明的始祖啊！尽管三皇及其'王天下'都不足以构成信史，但是这些传说告诉我们，人类文明最初发端于远古先民创世般的开拓，也正因为如此，三皇的故事被一代一代地传颂下来。"这时舒畅补充说："不过一些文献里也有把'伏羲氏'作为三皇之一的。"此时的孟蝶已经听入了迷，她用请求的语气说："爸爸，那就讲讲伏羲氏吧！"爸爸若有所思地说："你妈说得没错，有的文献也有以燧人氏、伏羲氏和神农氏为'三皇'的。"孟蝶追问道："哪种说法更准确呢？"爸爸微笑着说："由于都是传说，不存在孰是孰非的问题。"孟蝶又问："那伏羲氏有哪些功绩呢？"爸爸沉思片刻说："伏羲氏是中华民族的人文始祖，他最大的功绩是发明了'八卦'。他仰视天上云卷云舒、电闪雷鸣、夜空中的繁星，俯察地上的草木枯荣、风吹水面，还观察飞鸟走兽，终于想明白了天地间阴阳变化的道理，创造出八种符号来概括天地间万事万物的基本规律。伏羲氏的顿悟不是来自神的启示，而是来自他自己对天与地、身与物的'观'，这种把握万物生生不息、奇妙变化的思考是走向人的知识理性的尝试，很有意义。尽管三皇的传说很生动，但是因为不足以构成信史，所以司马迁的《史记》不是以三皇开篇的，而是以'五帝本纪'开篇的。"孟蝶试探地问："这么说'五帝'的事都是真的？"爸爸摇了摇头说："人们所说的三皇是史前传说时代创世神话中的创世伟人；而五帝实际上就是原始社会的大氏族部落的杰出首领，尽管司马迁在《史记》的开篇写了'五帝本纪'，但至今为止，五帝的故事也并未获得考古资料的佐证，因而依然具有传说的色彩。"孟蝶低声说："爸爸，五帝当中我只知道有黄帝，其他四位是谁我就不知道了。"爸爸微微一笑说："《史记》所记的五帝是黄帝、颛顼、帝喾、尧、舜五人。关于五帝的传说，在较早的《国语·鲁语上》中是这么记载的：黄帝能明确天下之物是人民共有的财产，与民共享；颛顼能继承黄帝的事业并进一步发扬光大；帝喾能明确日、月、星三辰的次序，制定历法将民固定在农耕的土地上使其安居乐业；尧为了做到社会均平，制定了刑法来规范百姓的行为；舜最悲壮，为万民的事业到处奔波以至于死在了蛮荒的野外。这五帝的形象都是'人王'。由于五帝之间有着承传关系，所以，后人视黄帝为华夏民族的始祖。在帝位的承传上，《史记·五帝本纪》中记述了'禅让'的制度。尧知道儿子丹朱不成器，不能授天下给他，于是尧采取权变措施，在各方长者的推荐下，把天下传给了能使不讲道德的父亲、爱说他坏话的后母以及骄纵凶狠的弟弟内心向善的舜。尧'命舜摄行天子之政'三年，认为很胜任，便把天下让位给了舜。舜年老体衰之后，觉得自己的儿子商均也不成器，于是推荐禹继位。尧、舜、禹禅让的故事曾经被历代儒学大家所赞颂。原

\千\一\的\梦\象\

因就是这个故事寄托着儒家的道德理想。"孟蝶追问："爸爸，后来禹把天下给谁了呢？"爸爸遗憾地说："禹死后，他的儿子启凭借武力夺取了王位，从此父传子的方式历代相沿，禅让制度就废掉了。"孟蝶叹了口气说："太可惜了！爸爸　还有一个问题我不明白，梦象是什么？神话传说和梦象有关系吗？"爸爸认真地说："梦象是使心灵世界与宇宙相似的形式，是人类祖先的心灵图景，神话就是梦象，其实，人类充满了代代相传的梦象。如果没有梦象，我们就无法与神、天使甚至魔鬼交流。梦象是一面镜子，通过这面镜子我们才能窥见宇宙和人生的根本奥秘。爸爸为你创作《千一的梦象》这部书，就是希望你通过中国哲学史之旅发现自己的心灵图景，从而学会创造。"这时，舒畅插嘴说："孟蝶，爸爸对你用心良苦，你要用心才能理解。其实，那些神话传说就是远古先民的梦象，每一个故事都孕育了哲学的胚芽。"孟蝶茅塞顿开地说："爸爸妈妈，我明白了，你们忙吧，我要回房间读书了。"说完孟蝶捧着《千一的梦象》的书稿回到房间，又如饥似渴地读了起来。

　　"女娲创造了人类，又为人类建立婚姻关系以后，人类一直过着平安快乐的日子。谁知有一年，宇宙突然发生了一场空前的大灾难，天空塌了下来，露出了一个大窟窿；洪水也泛滥成灾，大地几乎成了一望无际的汪洋，以黑龙为首的各种怪兽凶禽也趁着这场灾难乱跑出来残害人类。整个世界如同活地狱，人类面临着绝境。女娲见此惨状，痛心极了。为了挽救人类，她不怕艰难困苦，勇敢地担负起炼石补天的伟大使命。她不辞辛苦地在世间遍选五色奇石，又用火将它们熔炼成五颜六色的熔浆，女娲托着这些彩霞般的熔浆飞到天上，把天空的窟窿补起来。但她还是担心天空再塌下来，就从遥远的天涯海角捕获了一只身量无与伦比的巨龟，砍下它结实的四脚，竖立在大地的四方，作为撑天巨柱，把天空牢牢地撑住；最后为了平息滔天的洪水，女娲与危害无穷的黑龙进行了殊死搏斗，终于将黑龙杀死，洪水退去，大地回春，人间又呈现出欣欣向荣的景象，人类又过上了太平的日子。'讲到这儿，老师发现千一心不在焉地看着窗外，似乎根本没有认真听讲，便向她提问：'千一，请你讲一讲女娲补天的意义。'千一的思绪一直沉浸在昨夜通过《千一的梦象》那本无字书而变成女娲并亲手造人的情景中，被老师突然提问，一下子没缓过神儿来，慌乱地说：

"意义就是……就是我们是女娲的传人，而不是龙的传人。"

孟蝶读到这儿，心想，这下子千一可惨了，老师问的是女娲补天的意义，可是她却所答非所问了，上课不认真听讲，想什么呢？

老师听了千一的回答笑了笑，又问："说说你的理由。"千一稳了稳神儿说："既然是女娲造了人，那么人类当然就是女娲的传人了；既然黑龙借着天塌而兴风作浪残害人类，我们怎么能是龙的传人呢？"老师点了点头，又问："既然你认为我们都是女娲的传人，那么你从女娲补天的故事里得到了怎样的启示呢？"千一沉思片刻说："我们从女娲补天的故事里看到了仁慈的爱和明知不可为而为之的牺牲精神，还体味到了无私奉献、造福人类、自强不息的品格，这些都是中华民族最原始的精神气质。"老师惊讶地问："你平时喜欢读什么书？"千一毫不犹豫地说："我喜欢一切神秘的东西，特别是神话。"老师试探地问："那么请你谈一谈对神话的理解。"千一想了想说："神话是我们祖先的梦象，是哲学的起源。"听了千一的回答，老师欣慰地笑了笑说："回答得很好！看来老师讲课时你不但认真听进去了，而且认真思考了。"本来全班同学都以为千一由于上课走神儿，回答老师问题一定会闹笑话，没想到千一回答得非常精彩，以至于全班同学无不惊讶地看着她。下课后，刘兰兰第一个跑到她身边，用羡慕的口气说："千一，怪不得你整天做白日梦呢，原来都是被神话闹的。"千一谦逊地笑了笑没说什么。刘兰兰接着说："放学后陪我去书店吧，我也要买几本神话的书读一读。"千一昨夜从女娲造人的梦象中醒来后，卖梦的老爷爷送她的那本《千一的梦象》怎么也找不到了，她一心想再次见到那个奇怪的老爷爷，问问他为什么那本书会不翼而飞。因此她告诉刘兰兰，放学后自己有一件很重要的事情要办，就不陪她了，刘兰兰听后失望地耸了耸肩。

放学后，千一迫不及待地想见到那个卖梦的老爷爷，她一路小跑着往家赶，一边跑，一边在心里祈祷着，唯恐老爷爷今天不在巷子里，更担心老爷爷今后再也不会出现了，要知道，她还不知道孟蝶是谁，孟蝶的爸爸又是谁，为什么孟蝶的爸爸要通过卖梦的老爷爷转赠给她那本《千一的梦象》？幸好她跑进阙里巷时，一眼就看见昨天卖梦的老爷爷正坐在地摊前卖东西。只是今天没有围观的人，她走近一看，老爷爷昨天卖的书都不见了，变成了一块块干巴巴的龟甲片和一堆晒蔫的蓍草，他嘴里也不再吆喝"卖梦喽"，而是改成了："'尔卜尔筮，体无咎言'，快来试试呀！"千一好奇地蹲下身，试探地问："老爷爷你说的是什么意思呀？"老者笑哈哈地说："孩子，我说的是《诗经》里的一句话，意思是说，你用龟板、蓍草占卜，没有不吉利的预兆，要不要试一试呀？"千一好奇地问："老爷爷，昨天你还在卖梦，今天怎么改占卜了？"老爷爷温和地说："我要卖的梦都储存在送给你的那本《千一的梦象》里了，占卜是为了帮你解梦。"千一困惑地说："可是……可是您送给我的那本《千一的梦象》不见了，老爷爷，既然您会占卜，能不能帮我算一算，《千一的梦象》在哪里？"老者不慌不忙地说："别着急，孩子，我用火烧烤一块龟甲片就可以预知天机。"说完他用蓍草点了一堆火，然后用两根树棍夹起一块龟甲片在火上烤了起来，烤着烤着，千一发现龟甲片表面出现了裂纹，老者满意地熄灭火，然后仔细察看龟甲片表面的裂纹，意味深长地说："孩子，要想寻到《千一的梦象》，必须从夏商周开始。"千一不解地问："为什么要从夏商周开始呢？"老者微笑着说："因为这是上帝的意旨。"千一追问道："谁是上帝？"老者低声说"我猜应该是孟蝶的爸爸孟周。"千一疑惑地问："可是孟蝶的爸爸，他到底是谁呢？"老者迟疑了片刻说："孩子，我也说不太好，不过我们总有一天会知道他是谁的。你不是很想找到《千一的梦象》吗？这块龟甲片送给你，或许它能开启你的心灵之眼，让你通过夏商周的历史之旅发现梦象之光。"千一瞪着一双水灵灵的大眼睛望着老者，将信将疑地问："老爷爷，有了这块龟甲片我就可以穿越到夏商周，甚至还可以见到周文王，对吗？"老者笑呵呵地说："差不多吧，记住，当你的心静下来时，你就会回到历史的源头。"千一似懂非懂地问："老爷爷，我怎么觉得历史的源头只有神话传说呢？神话传说是历史吗？既然禅让制是一种传说，那么夏王朝会不会也是源自传说？"老者捋了捋胸前洁白的胡须，深思熟虑地说："公元前2070年，禅让制的最后一位受益者、治水的英雄大禹在晚年没有把国君的位置传给禅让制候选出来的继承人伯益，他的儿子凭借武力，夺取了王位。从此开启了以子承父业为特征的中国古代第一个有明确承传关系的朝代——夏王朝。依史家推算，公元前1600年，夏王朝最后一个国君桀，被商成汤所灭，共有十七君十四世，历时四百多年。但是由于至今也没有发现直接出自夏王朝的文字资料，所以对夏王朝的社会状况与历史变迁的了解还只能依靠有限的传说。不过我认为，在没有文字记载的局限下，人类文明萌芽阶段的历史只能靠口耳相传，哪怕随着时间的流逝口耳相传出现诸多讹误，那些神话传说也包含着人类文明信史的内核。因此，即使没有坚实的考古证据和文字资料，夏王朝的存在也有其逻辑上的真实。"千一认同地点了点头，她情不自禁地翻看地摊上的龟甲片，突然她惊诧地问："老爷爷，这块龟甲片上好像有文字呀！"老者接过千一递给他的一块龟甲片仔细看看说："你说得没错，这是一个'帝'字，是'甲骨文'。殷人也就是商王朝的人，在思想信仰上敬祈'帝'或'上帝'，殷人凡事都要问'帝'，在商王朝'帝'具有至上神的意义。由于商王几乎每事必卜，所以甲骨文内容涉及商王朝社会的各个领域。"千一颇感兴趣地问："您的意思是说，'帝'或'上帝'在商人眼里是像盘古一样开天辟地的神吗？"老者笑容可掬地说："不是这样的，商本是夏的附属国，因此商汤灭了夏桀后殷商继承了夏王朝的'帝'或'上帝'的崇拜观，也继承了以'天命'神权作为政治合法性根据的做法。殷人虽然支配了世界，但并不以为自己创造了世界。因此'帝'或'上帝'并不具有最高的支配权，'帝'或'上帝'具有祖先神的性质，从殷墟甲骨卜辞的内容来看，殷人凡事都以龟卜决疑。他们用火烧烤龟甲或猪牛的肩胛骨，噼啪声中龟甲或猪牛的肩胛骨上出现裂纹，这在占卜者看来充满了无穷的玄妙。"千一不解地问："是什么样的玄妙呢？"老者耐心地说："在占卜者看来里面潜藏着天神和祖先的意旨，也正因为如此，从夏王朝就开始了天神崇拜和祖宗崇拜的合一。在夏商周的祭祀活动中，王者是唯一有资格祭天的，他们认为万物的本原是天，人的本原是祖，祭天的同时总是以其先祖作为配祭，这叫作'以祖配王'，只有在'追思上帝'的同时，也追思先祖，才可以返回身心的源头，不至于忘本。"千一调皮地说："老爷爷，这么说，您送给我的这块龟甲片也一定充满了玄妙喽？"老者睿智地说："她会让你穿越梦象之门，领略哲学带给你的无穷乐趣，但有一个条件。"千一连忙问："什么条件？"老者用神秘的口吻说："让自己的心灵安静下来，你会发现一束来自生命源头的无限而且神秘莫测的光，记住：那就是你的梦象之光。"千一似懂非懂地说："太深奥了，真想做一个占卜者去祭一祭天，或许天会告诉我一切的。"老者笑呵呵地说："起初周人也是祭祀天的，后来把'以祖配王'发展成了'以德配天'。"千一疑惑地问："这又是为什么呢？"老者目光明亮地说："在周以前只有宗教意识，没有道德意识。周是商的一个附属小国，却能推翻以天命佑护的庞大的商王朝，这给周人以无比强烈的震撼，迫使他们不得不严肃地反思。夏商两个王朝的'天命'为什么会得而复失？为什么'天命'可以转移变更？周王朝的统治者在总结商王朝败亡教训的基础上对'天命'思想产生了怀疑。当初商王朝的统治者也曾经宣称受命于天的，为什么会被取而代之呢？要知道，西周灭商是一种以下犯上、以臣弑君的逆天行为！看来天命并不是固定归属于商王朝的，'天命靡常'啊！周人经过认真的反思发现，商王朝之所以败亡，是因为商纣王淫乱无德、咎由自取，既不要怨天也不要尤人。这就从理论上解释了天命转移的问题。周人在反思为什么'天'会眷顾小邦周时，认为周朝显赫的文王能够'明德慎罚'，被上天或上帝知道了，上天或上帝喜欢'文王之德'，于是命令文王去攻灭商王朝，接受原先由天赐与商王朝的权力、邦土和人民。由此可见，'皇天无亲，惟德是辅。民心无常，惟惠之怀'。上天是不可信的，只有努力发扬文王之德，才可保住天命。"千一插嘴问："什么是'文王之德'呢？"老者解释说："从考古发掘上看，周王朝与商王朝很大的不同是人殉与人牲的现象大大减少。周文王以及周初的统治者已经认识到承认他人、他族生存的权利与给予一定的位置，才能确保本族的统治权力长久不失。天意是通过民意来表现的。王者要以民为镜，通过人民生活去把握天命。可以说，'德'的发现对整个中国哲学史、思想史的走向起了决定性的作用。当然了，要想深入了解这一点，你还需学会独立思考。"千一若有所思地问："老爷爷，如何才能学会独立思考呢？"老者高深莫测地说："不要只看镜子表面映照出来的东西，那只是表象；要学会开启心灵之眼去发现镜子后面存在的秘密，那才是你要找的梦象。"千一似懂非懂地点了点头，充满期待地问："这么说我还有可能找到那本《千一的梦象》喽？"老者笑呵呵地说："不是有可能，而是一定能找到！"千一不解地问："老爷爷为什么这么肯定？"老者用神秘的口气说："因为我就是你的梦象。"千一困惑地问："老爷爷能告诉我您是谁吗？"老者爽快地说："就叫我潘古先生吧。"说完老者开始收拾地摊，千一急忙问："潘古先生，我什么时候还能见到您？"老者将地摊上收起的东西放到旁边的三轮车上，然后慈眉善目地冲千一笑着说："等到你与周文王对话之后再见吧。"说完骑上三轮车优哉游哉地远去了。

千一吃过晚饭后，和妈妈一起看电视，妈妈是《清江日报》记者，昨天她采访了东州实验中学舞蹈团彩排的孩子们，他们将在今晚东州市读书节开幕式上表演大型舞蹈"雅乐西周"。妈妈叮嘱千一晚上必须和她一起看。节目在晚上八点钟准时开演，背景音乐响起后，一个浑厚的声音朗诵道："文王在上，于昭于天。周虽旧邦，其命维新。有周不显，帝命不时。文王陟降，在帝左右……"千一不解地问："妈妈，这是什么诗？"妈妈解释说："这是《诗经·大雅·文王》，是《大雅》的首篇，是歌颂周王朝的奠基者文王姬昌的。"千一情不自禁地赞叹道："这首诗写得太有气势了。"妈妈认同地说："是啊，《诗经》中有多篇歌颂文王的诗，而序次以这篇为首，因为它的作者是西周的代表人物、被颂扬为'圣人'的周公。"母女俩正说着话，舞蹈已经开始了，先是一阵长长的鼓声，舞队手执兵器屹立戒备着，接着一段徐缓绵长的歌声，表现出商周将士决战前的紧张心情，然后舞者左手执盾牌，右手持斧钺，排成方阵起舞，展示决战时的场景。"武舞"跳完后，紧接着是"文舞"，领舞的女孩穿着华丽，袅袅长袖，纤纤细腰，舞姿轻盈，飘逸柔曼，当一个特写镜头对准她时，千一惊讶地发现，她竟然向千一摆了摆手，还眨了眨眼。瞬间，千一有了一种奇妙的感觉，她发现那个跳舞的女孩像极了自己，莫非人有两个"我"，那个屏幕里的女孩是另一个"我"？为了求证自己的判断，她连忙问妈妈看没看见那个领舞的女孩向她摆手眨眼，妈妈用异样的目光看着女儿说："千一，你最近怎么了？总是怪怪的，是不是学习压力太大了？"千一不理妈妈的担心，用强调的语气说："妈妈，我说的是真的，刚才那个领舞的女孩真的向我摆手眨眼了，不信你仔细看看，她长得是不是很像我？"妈妈仔细看了看屏幕里的女孩，摇了摇头说："千一，没有特写镜头，妈妈看不清楚。"千一失望地叹了口气，这时领舞的女孩表演结束，身姿曼妙地退场了。

电视节目结束后，妈妈关切地说："千一，今晚妈妈陪你一起睡好吗?"千一摇了摇头说:"不用了,妈妈,我要看书到很晚,会影响你休息的。"妈妈亲了亲女儿的脸颊说:"好吧,不过也不要熬得太晚。"千一笑了笑说:"没事的妈妈,反正今天是周末,明天可以睡懒觉的。"说完,她去浴室洗漱完毕,然后回到自己的房间。这时她猛然想起潘古先生送给她的那块龟甲片,她连忙打开书包拿出那块龟甲片,翻过来掉过去地看,也没看出有什么特别之处。她心想:这要是我的那本《千一的梦象》就好了。失望地随手就扔到了床上,然后又从书包里拿出作业本。当她不经意地回头看那块龟甲片时,她诧异地发现那块龟甲片不见了,放龟甲片的地方放着她一直在找的那本《千一的梦象》,她顿时喜出望外,赶紧捧起书坐在床上仔细欣赏她失而复得的宝贝。可是当她轻轻翻看扉页时,两扇不可思议的木门又出现了,她顿时神经紧张起来,她开始犹豫是推开两扇门还是不推,就在她拿不定主意的时候,她下意识地又翻了一页,结果还是两扇木门,她接着翻仍然是,她索性轻轻一推,门开了,她又瞬间被吸了进去。

当千一蒙蒙胧胧地睁开眼睛的时候,发现自己竟然坐在一间牢房里,对面坐着一位手拿一把蓍草的白须白发的老爷爷,正聚精会神地思考着什么,只见他从左手拿着的一把蓍草中抽出一根,然后放在一边置之不用,嘴里还喃喃自语道:"这五十根蓍草中应该抽出一根,是谓太极。"然后他又任意将其余四十九根蓍草分成两份。嘴里仍然自言自语地说:"这叫作'第一营'。"继而他从右边的蓍草中取出一根夹在左手小指间,嘴里嘟囔道:"这叫作'第二营'。"紧接着他是以每四根为一组,把两部分蓍草继续拆分,嘴里仍然念念有词地说:"这叫作'第三营'。"最后他把两部分中剩下的合在一起,放在一边,自信地点了点头说:"这叫作'第四营'。看来是总四营为一变,经三变而成一爻,合六爻成一卦呀!"起初千一没敢打扰老者,见他脸上露出满意的微笑,她才惴惴不安地问:"老爷爷,您在做什么呢?"老者头也不抬地说:"我在演《周易》。"千一接着问:"那么我们现在在哪里呢?"老者这才看了她一眼,不动声色地说:"这里是羑里古城,我们在商纣王的监狱里。小姑娘,你从哪里来呀?为什么也被关了进来?"千一迟疑片刻说:"我好像是从我的梦里来的。您为什么要演《周易》呢?"老者温和地说:"我将伏羲氏的'先天八卦'通过推演把'三画卦'两两相叠,改造成'复卦'或叫'重卦',并为它写了'象辞'，以此来参悟宇宙生生不息的普遍原则。"千一似有所悟地问："那么您把一长一短或者两短一长的蓍草进行了不同的排列组合，是想说明什么呢？"老者见千一对他的研究很感兴趣，非常高兴地说："卦画有两个基本符号，一根长蓍草和两根短蓍草，我称之为两种爻。由三爻组成一卦，共有八卦，分别为乾（☰）、坤（☷）、震（☳）、巽（☴）、坎（☵）、离（☲）、艮（☶）、兑（☱），分别象征天、地、雷、风、水、火、山、泽等事物。由这八卦两两相重便演变成六十四卦，分为"上经"三十卦，"下经"三十四卦。通过这种推演，可以参悟阴阳力量的相对、消长、转化和事物发展变化的规律。比如上经本以乾卦为至尊，是纯阳之卦，但是这一卦的'上九'为'亢龙有悔'，这就意味着'物极必反'，必将发生变化。商纣王残暴无道，怕是气数已尽。"千一心想，看来这位老者应该就是周文王了，可是为什么要用五十根蓍草去占卦？为什么要将其中一根置之不用呢？正想着，突然有狱卒喊道："开饭啦，开饭啦！"千一心里一惊，顿时感到眼前一黑，就像被什么东西猛然吸走了似的，片刻之后她轻轻睁开眼睛，发现自己正盘腿坐在床上，手里捧着一块龟甲片。千一静静地回忆刚刚那位监狱里的老者，她越想越觉得那位周文王长得酷似潘古先生。她心里有一肚子的问题想向"周文王"请教，可是却被那个讨厌的狱卒给打断了，她希望借助手中的龟甲片再次回到大牢。她凝神静思了许久，手中的龟甲再次变成了《千一的梦象》，她翻开扉页，两扇门又出现了，她再次被吸了进去。睁开眼时已经站在一条两边长满竹丛的山间小径上，她四处观望片刻，试着沿小径往前走，远看，茂林修竹一片苍翠，仿佛没有人家，可是走了没多久，竟然有一处由竹篱围起来的小院，小院内有一间清雅的茅屋，茅屋内传出琅琅的读书声："一阴一阳之谓道，继之者善也，成之者性也。"千一彬彬有礼地走进院内，茅屋的门开着，她有点窘迫地说了一句："打扰了！"读书声戛然而止，不一会儿，从屋里走出一位仙风道骨的老者，白发白须，身穿一身褐色麻布衣服，手里拿着一部《易经》，千一一见惊讶地脱口而出："潘古先生，怎么会是您？您怎么会在这里？"潘古先生笑呵呵地说："这里是我的家呀！欢迎到我家来做客，快请进，快请进！"千一礼貌地随老者走进茅屋，三间茅屋除正堂外，左边是卧室，右边是书房。潘古先生将千一请进书房。他先将《易经》放在茶几上，然后为千一斟了一杯刚刚沏好的茶，就好像他事先知道千一会来似的。书房除了书案上的笔墨纸砚外，墙上还挂着一张古琴，千一拿起老者放在茶几上的《易经》，好奇地问："潘古先生，您在读《易经》吗？"潘古先生温和地说："是呀。"千一接着问："'一阴一阳之谓道'说的是什么意思呢？"潘古先生用手捋着洁白的胡须说："意思是说，'一阴一阳的运行变化称之为道，人从天道变化中得到了善，人性使天道赋予人的这种善得到完成和显现'。"千一仍紧锁眉头问："我以前和同学刘兰兰登西山时见过一个算命先生，刘兰兰好奇地让他算命，当时他张口闭口不止一次地提到《易经》，《易经》究竟是怎样一部书？为什么算命先生给人算命会用到《易经》？"潘古先生沉思片刻说："民间对《易经》的错觉是一提起《易经》，就会想到那些戴着墨镜、留着八字胡、神秘兮兮地守着'周易预测'大字招牌的算卦先生，其实占卜预测，只是《易经》的功能之一。实际上《易经》是一部中国哲学经典，有'群经之首'或'群经之始'的美誉，甚至有的哲学家认为它是中国传统文化的源头，当然也是中国哲学思想的源头。这部经典对中华民族性格的形成和塑造产生过重要作用。什么是'易'？'日新之谓盛德，生生之谓易'。什么是'生'？'天地之大德曰生'。正是由于人的本性符合宇宙生生不息的善性，正所谓'继善成性'，中华民族才有了'天行健，君子以自强不息'的进取精神和'地势坤，君子以厚德载物'的宽容性格。《易经》讲'穷则变，变则通，通则久'，认为这个变动不居的现实世界就是真实的、重要的、本源的。它已经包含了某些关于'对立'和'物极必反'的朴素辩证法思想的萌芽。可以说《易经》是建立在阴阳二元论基础上，对事物运行规律加以论证和描述的哲学经典。"千一似有所悟地说："看来《易经》与阴阳的关系非常密切，那么什么是阴阳呢？"老者深思熟虑地说："阴阳的概念源自我们祖先的自然观，古人观察到自然界中各种对立又相联的大自然现象，如天地、日月、昼夜、寒暑、男女、上下等，便以哲学的方式归纳出'阴阳'这个概念。当然'阴阳'观不仅用来说明自然，也被用来说明社会、人事、人文现象、人身与人心等。《易经》的卦象构成本身就是一个对立统一体。一卦总是由一阴一阳、奇偶互补而成。乾坤两卦虽然是纯阳和纯阴，但它们互为阴阳。所谓'一阴一阳之谓道'的对立统一观是以阴阳双方的矛盾对立和相互作用为内容的。事物无不具有对立面和两重性，有阳无阴不行，有阴无阳也不行。见阳不见阴，见仁不见智，是不符合宇宙本性的。同时，对立双方的地位又不是凝固不变的，在一定条件下，双方可以互相转化，形成永无止息的矛盾运动，正是有赖于对立统一，宇宙万物才能够变化日新、生生不息。为此，《易经》突出强调变化对于事物发展的决定性作用。尽管中国古代没有'辩证法'这个词，但是我认为'阴阳观'就是辩证法。"说到这儿，潘古先生站起身走到墙上挂着的太极图前，千一也赶紧起身凑过去，潘古先生接着说："阴与阳由太极而来，正所谓太极生两仪……"千一插嘴问："什么是两仪？"潘古先生解释说："两仪就是阴阳。阴与阳把宇宙万物分成两类，如天为阳，地为阴；火为阳，水为阴；上为阳，下为阴；日为阳，月为阴；男为阳，女为阴；等等。阴阳把万事万物分为两类的同时，每一具体事物也是阴与阳的复合体。你看这张太极图，一个圆圈代表浑浊的宇宙，混沌初开，阴阳分离，形成天地。整个圆圈由一条曲线平均分成两部分，一部分代表阳，是白色；一部分代表阴，是黑色。一阴一阳暗指日月和白天与黑夜。"千一疑惑地问："为什么在黑色部分有一个白色的小圆圈，在白色部分有一个黑色小圆圈呢？"老者笑呵呵地说："当然是指阴中有阳、阳中有阴了，表明阴与阳相互依存、相互渗透。阴朝着阳运动，阳朝着阴运动，事物的一个性质、一个状态到了极限之后就会朝相反的方向发展。如此有序地循环往复着。"千一点着头说："太有意思了，如此说来，相对于日来说，月是阴，但是相对于星星来说，月就是阳，星星就是阴了。"潘古先生赞许地说："所以才会有众星捧月一说呀！不过，说到阴阳就不能不谈一谈五行了。"千一情不自禁地问："五行？什么是五行？"这时老者请千一和他一起重新回到茶几前坐下，千一礼貌地为潘古先生的茶杯续上茶，潘古先生呷了一口茶，目光明亮地说："宇宙间的万事万物根据其特征，可以系统地分成五大类：金、木、水、火、土。这五大类事物统称为五行。'五行'范畴在文字上最早出现在《尚书》的《甘誓》和《洪范》中，《洪范》篇记述了周武王攻灭殷商之后，向原殷商的贤臣箕子讨教治理国家的方略，武王说：'啊！箕子，上天庇护下民，帮助他们和睦地居住在一起，我不知道上天规定了哪些治国常理？'箕子在回答中提供了九大方略，称作'洪范九畴'。其中第一方略就是'五行'。他向武王解释说：'水往低处走，有润下的功能，能够滋润万物，能够助人；火往上冒，喜欢往上走，代表热情、热烈、外向、高昂，有很强的力量，在方位上代表最上面；木的功能是可以把曲的东西变直，木有生发的功能，可以因生发而正直；金的功能是革命、革新。金属的东西是锋利的，坚硬而难以改变，但是它可以让别的东西改变，因为它太锋利了，可以去惩罚别人；土居中位最重要，因为土不占四方，但统领四方，土不占四时，但统领四时，土可以种庄稼，又可以收庄稼，它居于中位，可以润泽四方，有调控的功能。'在箕子这番话里，水、火、金、木、土等'五物'被从万事万物中提取出来称为'五行'，是出于农耕对巩固政权的重要性的考虑，不过是经验之谈。但是几千年来，阴阳五行对中国文化和中国人思维方式的影响是极为广泛和深刻的，建筑、音乐、美术、书法、人事制度、处事方式乃至日常语言等等都深深地打上了阴阳五行的烙印。'五行'说及其生克关系，构成了中国古典宇宙论的重要组成部分。"千一兴趣浓厚地问："五行之间的生克关系是怎样的呢？"潘古先生微笑着说："五行之间有相生关系，也有相克关系。相生关系是这样的：木生火，木头可以燃烧；火生土，被火烧过的东西变成了一片焦土；土生金，金属矿藏都藏在土中，从土里可以挖出金属；金生水，金属熔化后变成液体；水生木，树木离不开水的滋养。相克关系是这样的：水克火，着火了要用水来灭；火克金，用火来熔化金；金克木，斧子可以砍木头，斧子是金属的，金属刀具可以砍伐木头；木克土，用木头在土上造房屋；土克水，用土填塞水，正所谓'兵来将挡，水来土掩'。如果从关系上来说，阴阳包括五行，五行含有阴阳。阴阳的内容是通过金木水火土这五种物象反映出来的，五行属于阴阳内容的存在形式。可以说，宇宙间任何事物的运行，都是由这五行的相生相克所影响的。"千一沉思着说："听您这么一说，阴阳五行好像可以解释任何东西，是这样吗？"潘古先生对千一能如此独立思考非常赞许，他微笑着说："并非如此，由于阴阳五行不能做出任何定量化的东西，它不能进行任何实证，因此尽管阴阳五行历史非常悠久，但从来没有揭示过一条自然规律。"千一诧异地问："真的吗？为什么？"潘古先生认真地说："今天的现代科学没有任何一个规律是通过阴阳五行揭示出来的，也没有任何一个规律和阴阳五行哪怕有任何关系。原因很简单，阴阳五行是哲学、是文化，而不是科学。"千一不解地问："那么阴阳五行的出现有没有进步意义呢？"潘古先生用肯定的语气说："当然有了。在阴阳五行的观念出现之前，解释自然现象都是用神灵、鬼怪、巫术，比如对地震的解释在阴阳五行之前，古人认为是'神龟摇尾'；有了阴阳五行这种朴素的唯物主义思想之后，就不说是'神龟摇尾'了，而是认为地震是阴阳两气相逼而导致的，用这种朴素的唯物主义思想来解释自然现象是一个重大进步。"千一似有所悟地说："我明白了，看来任何理论都是有其局限性的。哲学理论如此，科学理论也不例外。"潘古先生听罢满意地点了点头。此时已经夕阳西下，天空一片昏红，映得茅屋的窗户光灿灿的，千一起身说："潘古先生，时间不早了，我该回家了。"潘古先生从容地说："我给你写两个字再走不迟。"说完起身走到书案前铺好宣纸，千一赶紧研墨，潘古先生拿起毛笔饱蘸墨汁，然后笔走龙蛇，一挥而就，写了两个大字：梦象。笔力如锥画沙，力透纸背。千一喜欢极了，恭恭敬敬地双手拿起宣纸，刚刚说出"梦象"，瞬间就被吸了进去。

孟蝶读到这里，再也抑制不住自己激动的心情，她觉得潘古先生送给千一的龟甲片太神奇了，要是自己手里也有一块这样的龟甲片该多好啊！果真如此，自己不仅可以见到千一和潘古先生，或许还可以和千一一起听潘古先生讲哲学。想到这儿，她放下书稿，一头钻进爸爸的书房。她知道爸爸酷爱甲骨文，不仅收藏了几百片甲骨，还将甲骨融入自己的画作中，她在爸爸收藏的甲骨片中专门挑选龟甲，一片一片地挑出来摆在地毯上，然后席地而坐，一片一片地端详，希望找到一块和千一手中的龟甲片相类似的，但是她费了半天劲儿也没选出一块满意的，就在她唉声叹气之时，孟周走了进来，他笑眯眯地问："怎么了，女儿？"孟蝶讲了自己选龟甲片的想法，爸爸听罢哈哈大笑。孟蝶一脸沮丧地问："爸爸，你笑什么？"爸爸慈爱地说："孟蝶，难道你没看出来，不是那块龟甲片神奇，而是千一的梦象神奇。"孟蝶懵懂地问："爸爸，如何才能获得和千一一样的梦象呢？"孟周自信地说："爸爸觉得你看完《千一的梦象》大概就会有所领悟。"孟蝶认真地问："爸爸，如果我有所领悟，是小说给予我的能量还是哲学给予我的能量？"爸爸耐心地说："无论是文学艺术还是哲学，都擅长创造令人惊奇的梦象。但大部分哲学家都没有意识到他们的思想或许是因为梦象而建立起来的。"孟蝶好奇地问："一个都没有吗？"孟周笑着说："有一个西方哲学家的哲学理论来自他的三个梦。"孟蝶颇感兴趣地问："有意思，他是谁？"孟周用启发式的口吻说："1619年11月10日是一个寒冷的夜晚，年仅二十四岁的法国人笛卡尔在巴伐利亚靠近乌尔姆的地方发着高烧做了三个生动的梦。在第一个梦中，笛卡尔陷入邪恶的旋风之中，而这股吓人的旋风对别人却没有任何影响，经过一番心惊肉跳的折腾，他被疼痛惊醒。他真害怕恶灵把他引向歧途，一番关于善与恶的反思之后，在向上帝的祈祷中他再次入睡，他又做了第二个梦。在梦里一声霹雳使他眼冒金星，满眼的金星如同黑暗中的火花一般使他隐约看见了眼前的事物，但眼前究竟是什么，还是说不太清楚，经过反复地睁眼闭眼，他终于看清了真理。之前的恐惧烟消云散了，他平静地再次进入梦乡。第三个梦不像前两个那样惊悚。他梦见了几部象征哲学智慧的书籍。这些书籍犹如真理之神试图通过梦境向他展示知识的宝库。尤其是一部典籍的开头'我该追求什么样的生活'，还有对人生感到迷茫的诗歌无不象征着智者的忠告。笛卡尔把这三个奇梦归结为狂热和想象力。据说这些梦给了他神圣的启示和灵感，帮助他建立了理性经验主义的基本原理。"孟蝶几乎听入了迷，她进一步感到了梦象的神奇，情不自禁地说："爸爸，我读到潘古先生为千一讲《易经》这段时，就感觉《易经》的内容就像《爱丽丝漫游仙境》中的柴郡猫的笑容，那只猫能突然出现在空气中，又能慢慢地消失在空气中，先消失的是尾巴，然后是身体和脸，到最后只有咧嘴的笑容留在空气中。爸爸，这种感觉是梦象吗？"孟周用开导的口吻说："诞生梦象的过程很复杂，在理解梦象的道路上，哲学才刚刚起步，还有好多要研究的东西。不过，《易经》的确是一个伟大的梦象，而且是个梦象群。"孟蝶不解地问："梦象群是什么意思？"孟周说："《易经》里以卦符卦名将天、地、人的变迁分类为'象'，每一个'卦象'都是梦象性的。"孟蝶沉思着问："爸爸，《易经》到底是伏羲所创，还是文王所创？"孟周认真地说："著名哲学家熊十力先生在他的《新唯识论》语体文删定本中说：'现行《易经》，名曰《周易》，是从西汉传来，然《周易》自有渊源，不容忽而不考。夏《易》、殷《易》为《周易》所出。'古称三《易》：夏《易》曰《连山》，昔人名以《连山》本伏羲而夏因之；殷《易》曰《归藏》，昔人名以《归藏》本黄帝而殷因之；《周易》则古籍称文王在羑里演《易》，当是孔子作《易》之所根据。'证以《论语·子罕》篇：'子畏于匡，曰："文王既没，文不在兹乎？天之将丧斯文也，后死者不得与于斯文也；天之未丧斯文也，匡人其如余何？"'"孟蝶好奇地问："爸爸，这段《论语》说的是什么意思呢？"孟周耐心地说："说的是孔子在匡邑遭到危险，慨叹道：'在周文王死后，周的文明是不是只能靠我传承下去？如果上天要断绝这种文明，以后的人就不会拥有它了。如果上天不想断绝这种文明，匡人又能把我怎么样？'所以熊十力说：'据此，可见文王在羑里演《易》确有其事，故孔子遭厄，而引之以自况。又可见孔子实有作《易》之事，曰"文王既没，文不在兹乎"云云，是明明以继文王而作《易》自任。孔子称天不丧斯文，信己之不死，可见孔子发明《易》理，其关系天下后世者极重大。圣怀冲虚，尝曰："述而不作"。今当危难，不觉吐露其内心真实之自信力，最宜深玩。今存《周易》，当是孔子依据文王，并融会夏、殷二《易》而成此书。二代之易，昔人多疑为后世伪托，此乃误疑。桓谭《新论》称《连山》八万言，《归藏》四千三百万言，郑氏《礼运注》云"殷阴阳之书，存者有《归藏》"。可见二《易》后汉时犹存。其佚文可考者，《连山易》（夏《易》）以《艮》为首，《归藏》（殷《易》）以《坤》为首，二《易》与《周易》首《乾》互不同。余以为三《易》首卦不同，不独是吾国《易》学上一大问题，而确是世界哲学史上一大问题，二《易》首卦之说尚存，最可宝贵，吾人因此可考见孔子作《周易》实融会二《易》，孟轲赞孔子集大成之言足证不妄。'因此，'孔子集夏殷之长，演文王之绪，而成《周易》之大典'。《周易》由'经'和'传'两大部分组成，'传'为孔子所作，'经'依照古文献所说为伏羲所创，由文王演绎，这一说法不一定信实。不过经文也就是卜辞有不少文字涉及殷商西周之际的事，是历史学家公认的。至于《易经》在何时系统成书则没有定论。熊十力先生的考证只是一家之言。"孟蝶接着问："爸爸，我感觉《易经》特别神秘，它对中华文化到底有什么影响呢？"孟周严谨地说："德国有一个大哲学家叫黑格尔，他在他的《哲学史演讲录》第一卷中提到了中国哲学，他承认'中国也曾注意到抽象的思想和纯粹的范畴。古代的《易经》是这类思想的基础。《易经》包含着中国人的智慧'。在我看来，《易经》影响了中华文化的思维方式。据说夏《易》连山，殷《易》归藏，都失传了，我们今天看到的《易经》是西周时期的《周易》，所以《易经》的孕育前后至少经过一千多年。《易经》为中华传统文化贡献了归纳法。"孟蝶插嘴问："爸爸，什么是归纳法？"孟周解释说："所谓归纳法就是根据一类事物的部分对象具有某种性质，推出这类事物的所有对象都具有这种性质的推理，归纳是一个从特殊到一般的过程。比如'易者象也''圣人立象以尽意''取象比类''观物取象'都是贯穿《易经》的精神，都是归纳法，是向上求索整体'象'的方法。"孟蝶疑惑地问："爸爸，什么是'取象比类''观物取象'呢？"孟周认真地解释说："关键在于一个'象'字，'象'是对宇宙万物的再现。这种再现，不只限于对外界物象的外表模拟，而且更着重于表现万物内在的特性，表现宇宙的深奥微妙的道理。'象'的产生，既是一个认识的过程，又是一个创造的过程。"刚说到这里，妈妈走进书房对爸爸说："老孟，你说得太抽象了。女儿，妈妈举个例子你就理解了，比如'取象比类'，你去买葡萄的时候先尝一尝，如果尝过的葡萄都很甜，就可以归纳出所有的葡萄都很甜，就放心地买一大串吧。"孟蝶笑着说："还是妈妈的例子通俗易懂。"孟周也赞许地说："是呀，你妈妈是书法家，对《易经》有独特的理解。《易经》的浓缩化、分类化、抽象化、精简化和符号化的精神对中华文化影响又深又广。最典型的例子就是书法。你妈妈常说，中国文化的核心是哲学，哲学之源是《易经》，而最能体现《易经》精神的是书法。可以说是把《易经》的精神具体化、现实化了。"妈妈谦虚地笑了笑说："好了老孟，别夸我了，你该去画室工作了，有关老子和《道德经》的资料我都给你准备好了。"孟蝶好奇地问："爸爸今天要画什么？"孟周胸有成竹地说："老子出关图。"这时家里的电话响了，孟蝶赶紧接听，原来是她的同学胡月打来的，明天是周末，约她一起去登西山，孟蝶立即答应了，她觉得潘古先生的"竹林茅舍"很可能在西山的竹海，她决定和胡月一起去探个究竟。放下电话，她选了一块爸爸收藏的龟甲片，对爸爸说："爸爸，这个先借我用一用，说不定我也能找到梦象之门。"说完做了个鬼脸回房间去了。她再次翻开《千一的梦象》，翻到第二章，如饥似渴地读了起来。

第 二 章

太初有道，道即梦象

第二天早晨天光大亮了，千一才迷迷糊糊地醒来，可还是把眼睛闭得紧紧的。"这是一个梦，"她确定无疑地对自己说，"我梦见一个'竹林茅舍'，潘古先生住在那里，他给我讲解了《易经》，可是这肯定是个梦，如果我一睁开眼会不会全忘记了呢？"她舍不得睁开眼睛，因为那个梦太美妙了。不过妈妈一再催她起床吃早餐，她也只好慢慢地睁开眼睛。此时她一下子想起了自己的龟甲片，于是一骨碌从床上爬起来，她还记得昨晚龟甲片一直握在手里的，可是此时手里根本没有，会不会掉在床上了？她找了半天也没找到，下床翻书包也没有，猛抬头，发现桌子上有一个黑乎乎的蜘蛛卧在她翻开的日记本上，蜘蛛见千一惊异地看着它，便在日记本上爬了起来，它爬过的地方竟然留下了一行清晰的字："今天是周末，你吃过早餐后，可以穿过梦象之门到'非常道'来找我，我教你寻找从无到有的乐趣。"她一下子兴奋起来，看来昨晚的精彩还没有结束，或许这是梦也不是梦，她转念一想，"莫非这种似梦非梦的世界来自梦象？不然为什么昨夜与潘古先生分手时，他送给我的墨宝只是两个字：'梦象'，而我一见到这两个字便被吸了进去，然后就进入了一个内在的空间？"她努力去回忆那个内在空间的情景，却只剩下模模糊糊的幸福感，其他的什么也想不起来了。此时此刻，她的兴趣不是因为这种幸福感而激发的，而是来自对梦象的强烈好奇和自然倾向。她决定吃完早餐后，准时赴约，倒要看看潘古先生的葫芦里装的是什么药。

早餐后，妈妈叮嘱千一在家认真做作业，便应闺蜜之约一起去逛街了。妈妈走后，千一心中一阵窃喜，她印象中的哲学课充斥着发霉的味道，如今她对哲学课的兴趣越来越浓了。她迫不及待地回到自己的房间，书桌上那只黑乎乎的蜘蛛写完信后已经恢复了龟甲片的原貌，她凝神静气地拿起龟甲片，瞬间想起爸爸曾经告诉过她的一句话："当直觉告诉你要做什么的时候，千万不要抵触，因为某些直觉携带着心灵的信息，这些信息会激发你的想象力并扩展到宇宙万物之中。"尽管她还不太理解什么是直觉，但是自从她结识潘古先生以后，她的潜意识里已经有了让心宁静下来和在宁静中冥想的能力。此时手中的龟甲片已经变成了《千一的梦象》，她翻开书，梦象之门顿时映入眼帘，她轻轻一推，瞬间被吸了进去。当她睁开眼睛时，已经站在一条令她瞠目结舌的大街上。这是一条古香古色的大街，街两侧店铺林立，却都是春秋末年的建筑，熙来攘往的人无不身穿宽袍大袖的深衣，街两侧的店铺无不与老子有关，有卖《道德经》的书店，有卖老子出关图、老子雕塑的画廊，光卖郭店楚简仿制品的店铺就有十几家，还有卖帛书本《老子》的店铺，更有"青牛书院"一座。就在千一目不暇接不知所措之际，一位身着东周服装的老者仙风道骨地走了过来，千一定睛一看，正是与她相约的潘古先生。两个人一见面，千一便迫不及待地问："潘古先生，我们这是在哪里？"潘古先生微笑着说："这里是非常道，在这条街上可以了解道家学派创始人老子的一切。前面有一个茶馆，咱们先到那里坐一坐。"千一试探地问："潘古先生，我从来没有听说过在东州市还有一条非常道，您是怎么知道的？"潘古先生淡淡一笑说："是孟蝶的爸爸孟周告诉我的。"千一好奇地问："又是孟蝶的爸爸，他究竟是什么人？"潘古先生神秘地一笑说："他是什么人，慢慢地你就知道了。"两个人说着话走进了茶馆，茶馆内有十几张桌子，已经坐满了人，潘古先生要了两碗粥茶，千一从未喝过把茶叶像煮菜叶一样煮成菜汤的茶，她轻轻呷了一口，苦涩的味道让她直皱眉头。这时一位说书人出场了，他将一块方寸大小的木块往桌子上一敲，清了清嗓子说道："春秋末期，周王朝衰微，以周天子为中心的'礼制'制度走向瓦解。也正是这个时期，诸子纷然而出，百花争奇斗艳，思想文化领域百家争鸣、群星璀璨。群星中的启明星不是别人，他正是被胡适先生称为中国哲学始祖的老子。关于老子其人和著作，最重要的依据来自司马迁的《史记·老子韩非子列传》。然而，这篇传记也有不少不清楚的地方。比如司马迁说老子姓李氏，名耳，字聃，是楚国苦县历乡曲仁里人，但是就姓而言，春秋二百四十年间并没有李姓，但有老姓。李姓起源较晚。不过按照古代的规矩，氏与姓是有区别的。寻常百姓只是有姓，但贵族于姓之外还有氏。在《白虎通义·姓名》中说：'所以有氏者何？所以贵功德、贱役力。'也就是说，'姓'是用来别婚姻的，'氏'是用来别贵贱的。老子曾做过周王朝守藏宝之史，也就是东周王朝的图书馆馆长。虽然官当得不大，但也算贵族，更可能他原本就是大族出身，所以氏李而姓老，所以人称老子为老聃、李耳。在春秋时期，人们对学识渊博的老者称为'子'，以示尊敬，因此人们都称老聃为'老子'。老子是一个极富传奇色彩的人，大约生于公元前581年，或公元前571年，卒年不详。无论传说中的老子是怎样的，有一点是肯定的，他是中国哲学的鼻祖，是中国哲学史上第一位真正的哲学家。他不仅是春秋时期极其重要的思想家，而且是道家学派的创始人，被道教奉为教主或教祖。在道教中，老子是一个很重要的神仙，被称为太上老君，尊为道祖。"这时，千一颇感兴趣地问："是《孙悟空大闹天宫》中在八卦炉里炼孙悟空的太上老君吗？"说书人笑着说："正是将孙悟空炼成'火眼金睛'的太上老君。"千一接着问："既然老子这么厉害，他究竟长得什么样子呢？"说书人回答道："根据一些古代典籍上记载：老子皮色黄白，白眉白须，额头宽阔，耳朵很长，眼睛很大，牙齿稀疏，四方大口，嘴唇很厚。他的额头有十五道皱纹，额角两端似有日月的形状。他的鼻子很端正，有两根鼻骨，耳朵上有三个耳孔，据《老子西升化胡经·序说第一》记载：'以为圣人，生有老容，故号为老子。'"千一插嘴问："什么意思？"说书人解释道："意思是说，老子一生下来，就具有白色的眉毛及胡子，容貌极像老年人，所以被人们称为老子。"千一将信将疑地说："这也太离奇了。"说书人道："还有更离奇的呢！"千一追问道："更离奇的是什么？"说书人道："当然是西出函关遇尹喜，八十一章明道德。"千一迫不及待地说："能讲详细点吗？"说书人笑道："莫急，莫急！我这就道来。话说老子晚年，见周王朝气数已尽，便弃官而去，决定隐居。当他骑着青牛快接近函谷关的时候，被函谷关令尹喜察觉。一天夜里，尹喜立于城墙之上，忽然发现东方有紫云聚集，紫气浩荡，滚滚如龙，他断定几日之内必有圣人西行。果不其然，不日他发现有一骑着青牛的老者出现在西行的人流之中，只见这位端坐在青牛背上的老者，白发白须，红颜大耳，双眉垂鬓，胡须拂膝，身着素袍，仙貌古道。尹喜知道这位老者绝非凡人，于是上前恭敬地询问，老子报出自己的名号后，尹喜大喜，想不到在青牛背上端坐的竟然是当代最著名的思想家，尹喜是一位聪敏好学之人，哪肯遇高人就这么轻易地擦肩而过，他苦口婆心地恳请老子留下，老子不肯，最后他想到一个绝妙的办法，就是您老人家出关可以，但必须留下您的思想。老子无奈，将自己的思想精华凝练成五千字，这就是后来闻名于世的《道德经》。《道德经》分上下两篇，共八十一章，上篇为《道经》，讲述的是宇宙的根本，蕴含着天地变化之玄机；下篇名为《德经》，由天道推演人道，开出了处世之方，道破人世进退之法。老子留下五千言后，飘然而去，从此不知其所终。"讲到这里，茶客们热烈鼓掌，潘古先生示意千一再出去转转，两个人走出茶馆，潘古先生补充说："关于老子的传说，大多是比较夸张的神话论的东西，虽然并不可信，但也不可否认，老子之所以被后世人神化，是因为他的杰出成就的确令人敬仰。"千一若有所思地问："潘古先生，《道德经》究竟是一部什么样的书？"潘古先生和颜悦色地说："《道德经》里的思想主要是围绕着'道'而展开的。在老子论道之前，在人们心目中至高无上的主宰是'帝''天'之类的神或神在人间的代言人，比如巫和王，人们所遵守的是神所规定的准则，但是这种准则令周王朝日益衰败，你别忘了，老子是管理周王朝历史、典籍的史官，他对古代的历史、典籍非常熟悉，可以说博览群书，我们可以想象他的知识学问在当时声名是相当显赫的。老子在历览此前各朝代的成败得失之后，结合自己的人生经验，认识到崇拜神、信奉神的局限性，以及现实的道德规范的缺失，提出了'道'才是天地万物的根本，是宇宙的大道，是人的精神家园，'道'才是人所应遵行的生活准则和行为准则。"千一思索着问："这么说，老子所讲的'道'已经脱离了道路的本意，对不对？"潘古先生微笑着说："老子讲的'道'先于物质存在而又凌驾于物质之上，非常玄妙。我们平常所讲的道路、日常的生活准则都是可以说的，但'道'却无法用语言来表述，它无声、无形、虚无缥缈，因此人也不能通过语言来了解和把握'道'。这个'道'虽然不能用语言来表述，它却是孕育产生天地万物的总根源，制约规定宇宙间一切事物运动发展的总规律。'道'在天地万物没有产生之前就存在了，天地万物的运行都以'道'为法则，人作为天地万物的一分子，其行为当然也必须以'道'为法则。"千一插嘴问："那么人如何才能领悟'道'呢？"潘古先生认真地说："人可以从天地万物的运行中去领悟'道'，要做到这一点，还需要我们抛弃私欲杂念，在空明宁静的心境中独立思考。"千一又问："除了'道'以外，老子还在《道德经》中讲了什么？"潘古先生微微一笑说："老子从天地万物的运行中领悟了'无为'，既然天地没有刻意做什么，人也当无为，不要妄作。其实'道'的最根本特性是自然无为，人道也应该效法天道，无为而自然。江海之所以能纳百川，是因为江海处在低下的位置，人要有所成就，也要像江海一样处下不争。正所谓'水善利万物而不争'。可见，老子的哲学是从天道推及人道。应该说，老子深邃的思想不仅打破了天神论的传统，也超越了从具体事物寻求宇宙万物根本的思想，更是超出了从人的日常行为规范确定政治和生活准则的理论。朴素的表述中蕴藏着大智慧，因此老子的影响既深刻又深远。好了，千一，咱们到前边那个卖帛书的店看一看。"千一点着头说："好的。"

两个人径直走进了帛书店。店老板是个中年女人，她热情地迎上来，极力推荐千一购买她复制的帛书本《老子》。千一仔细看了装在古匣内的帛书，疑惑地问："潘古先生，帛书本《老子》是怎么回事？"潘古先生淡淡一笑说："1973年，湖南长沙马王堆三号汉墓出土了大量的古佚书，震动了世界。其中就有两种帛书本《老子》，它们被称为甲本和乙本。"千一继续问："那么两种抄本的《老子》和我们现在看到的《道德经》相同吗？"潘古先生解释道："不完全相同，战国末年的韩非子曾写过《解老》《喻老》，从韩非子的注解中我们了解到，西汉前的《老子》文本是《德经》在前《道经》在后。很有意思的是，两种帛书抄本也都是《德经》在前《道经》在后。部分章次、文字不同于今本。"千一还有问题要问，老板娘却满脸堆笑地送过来一个精美的漆匣，极力推荐道："一看这位老先生就是有大学问的人，如果你们真喜欢帛书本《老子》的话，我建议你们买这套，保证复制得和汉墓出土的帛书甲乙本一模一样。"潘古先生礼貌地打开漆匣看了看，的确可以以假乱真，他由衷地称赞几句，然后示意千一再出去转转，千一会意，两个人彬彬有礼地谢过老板娘，离开了帛书店。刚好对面就是楚简店，潘古先生微笑着说："1993 年，湖北荆门郭店一号楚墓出土了十数种先秦道家、儒家古佚书，再次震动了海内外，竹简《老子》也在其中。对面那家楚简店专卖竹简《老子》，咱们去看看。"千一点了点头，紧随潘古元生走进了楚简店。老板是个五十多岁的男人，秃顶，戴着金丝边眼镜，见有客人进店，笑容可掬地和他俩打招呼。这回千一没有问潘古先生，而是直接向店老板请教道："老板，竹简本《老子》与通行本相比，有什么不同吗？"老板殷勤地说："当然有不同，通行本《老子》分道经和德经两篇，共八十一章，五千余言；竹简本《老子》只相当于通行本的三十一章，分甲乙丙三组，三组总共只有一千七百字，相当于帛书本、今本的三分之一，章序与今本、帛书本也有较大出入，文字也有不同。"千一不解地问："潘古先生，怎么会这样呢？"潘古先生笑了笑说："两种本子内容上的差别说明一个问题，就是说《老子》和先秦时期的许多典籍一样，可能并非一人所著，也不是一时所成。春秋晚期，老子写完《道德经》后，并不排除其中包含有他的弟子或后学们添加的内容。当然也不排除竹简本是个选编本的可能性。"千一好奇地问："潘古先生，郭店楚墓里到底埋的什么人？"老板插嘴说："有学者推测，是太子的老师，身份很尊贵。"千一瞪着一双水灵灵的大眼睛问出了一个连潘古先生都没有想到的问题："既然墓主人是太子的老师，那么竹简本《老子》会不会是老师为了教太子而从今本的《老子》中摘抄编写的教材呢？"潘古先生赞许地说："千一，你肯动脑筋想问题很好，从竹简本《老子》的内容来看，主要讨论的是人生问题、政治问题，对大量抽象、玄虚的成分关注不多，很像是一个在今本《老子》基础上的选本，比较适合培养太子的德行和掌握治国的道理与方法。不过，竹简本《老子》是不是选编本，还需要学术界拿出证据呀！但是有一点是可以肯定的，考古学家推断竹简本《老子》写定的时间为战国中期，至迟不晚于公元前 300 年。尽管准确的时间仍然无法判定，但《老子》成书于春秋晚期、战国前期这一段时间，看来是无可怀疑的。依此，则以老聃为老子，也是一个旁证。"

两个人沿着非常道继续往前走，不远处传来琅琅的读书声："有物混成，先天地生。寂兮寥兮，独立而不改，周行而不殆，可以为天地母。吾不知其名，字之曰道，强为之名曰大。大曰逝，逝曰远，远曰反。故道大，天大，地大，人亦大。域中有四大，而人居其一焉。人法地，地法天，天法道，道法自然。"走到近处，两个人发现读书声是从青牛书院传出的。这时千一沉思着问："潘古先生，他们朗诵的这一段是什么意思？"潘古先生深沉地说："这一段是《道德经》中的第二十五章，在全书中占有相当重要的地位。因为这一章集中并且精辟地论述了道的形成、特征、地位及其运动变化规律、指导原则、基本作用等诸多问题。翻译成现代汉语，大致的意思是这样的：有那么一个东西或者一种状态，在天地之前就已经存在了。无声无影、无边无际，它独立存在的状态从未改变过，周而复始地运行从未停息过，可以说是孕育天地的母亲，是天地万物的根源。我们不知道怎么称呼它，就勉强称它为'道'或者'大'吧。它广大无边而周流不息，周流不息而又绵延遥远，绵延遥远而又似乎就在眼前。所以道、天、地、人，是宇宙间最重要的存在，在这四个最重要的存在中，人是其中之一。人效法地、地效法天、天效法道，道则以自己原初的那个样子、那种状态为法则。"千一皱着眉头说："太深奥了，潘古先生，我还是不能完全理解，再详细讲一讲，好吗？"潘古先生看着千一求知若渴的表情，微笑着说："当然可以。'道'是'无'与'有'的统一体，是各种微妙变化的总门径，连老子都承认'道'是极其深奥、极其玄妙、不可捉摸的。因为'道'是天地混沌的原始状态，是万物产生的根源。它没有具体形象、没有明确称谓，但我们可以从'无'和'有'两个方面来观察，我们会发现，'道'既是无形抽象的本源，但同时它又渗透、体现于可以感知、可以触摸的具体事物之中。"千一似懂非懂地说："潘古先生，您能像我爸爸画画那样，给'道'画一张像吗？"潘古先生哈哈大笑道："我试试看，我试试看。其实道的本质形态是空虚无形、视而不见、听而不闻、触之不及的，'道'虽然以'无'的形态出现，但它的功用又是无穷无尽的。"千一插嘴问："可不可以这么说：'道'的功用就是'有'，'有'是'无'的表现形式。"潘古先生欣慰地笑道："也可以这么理解。总之，道是生生者，而不是被生者，它是宇宙万物的终极祖先。"千一似有所悟地说："您的意思是不是说'道'就是上帝？"潘古先生摇了摇头说："老子哲学的光辉恰恰在于前无古人地用'道'取代了'天''上帝'的权威，在老子眼里，天空就是天空，大地就是大地，道才是天地之始、万物之母，上帝也不例外。用老子的话说，它是那样的深不可测，就像万物的主宰。'道'如此深远无形，似不存在又切实存在，我们不知道它来自何方，只觉得它似乎早于上帝的存在。用'道'来取代'天''上帝'的权威，使老子成为春秋晚期人文精神觉醒过程中重要的奠基者之一。"千一继续问道："这世间有没有接近道的事物呢？"潘古先生循循善诱地说："老子自己举了一个例子。他在《道德经》第八章中说：'上善若水。水利万物而不争，处众人之所恶，故几于道。'意思是说，至高的品性像水一样，泽被万物而不同万物相争，能处于众人所不喜欢的地方，所以最接近于'道'。"千一敬佩地说："老子这个比喻太形象了。"潘古先生点着头说："是啊，水是老子哲学中最为精彩的自然隐喻呀！以可见之水比喻玄妙之道，真可谓是从客观之水出发认知无形之道的一条捷径啊！可以说水是道在自然中最相似的体现。要想解道，水不可不观。老子的道是不争的、柔弱的、处下的、无形的；同样，水的不争、柔弱、处下、无形，几近于道啊。但是'几近'不等于就是，毕竟是道无水有，这一无一有，正是两者最明显的区别呀！"千一好奇地问："为什么老子那么熟悉水呢？"潘古先生微微一笑说："老子曾经生活的楚地河流纵横、湖泊星布，水无论是滋养生命还是摧毁生命，老子都应该深有体会啊！"千一笑着说："您这么一说，水频繁地出现在老子的哲学话语中就不足为奇了。"潘古先生点了点头说："千一，咱们到书院里逛一逛吧。"千一附和地答应道："好的。"

迎面是书院古朴的大门，门额上高悬一块黑漆匾额，上面写着四个金色大字：青牛书院。千一惊奇地发现落款竟然是孟蝶的爸爸孟周。大门两侧是一副对联，上联写"道生一、一生二、二生三、三生万物"；下联写"人法地、地法天、天法道、道法自然"。落款也是孟周。千一疑惑地问："潘古先生，孟蝶的爸爸为什么总是缠着我们？"潘古先生讳莫如深地说："难道你不觉得，也或许是你在缠着他吗？"千一不解地问："怎么可能呢？"潘古先生淡淡一笑说："那么你觉得是我缠着你，还是你缠着我呢？"千一一时无语："这个嘛……"潘古先生拍了拍她的肩膀说："随着你这次中国哲学之旅的逐渐深入，我想你总有一天会恍然大悟的。难道你不觉得一切都是最好的安排吗？"千一认同地点了点头说："非常道的确名不虚传。只是门前这副对联我还是不完全明白。"潘古先生耐心地说："上联出自《道德经》第四十二章的第一句，第二句是'万物负阴而抱阳，冲气以为和'。讲的是'道'生万物从少到多，从简单到复杂的一个过程。这里的'一'是指天地未分的浑然一体的状态，也就是原始的整体；'二'就是从氤氲混沌中分化出的阴阳二气；'三'是指阴阳二气冲荡交合而生化出的第三种新事物，第三种各类新事物就繁衍出天地万物。'冲气'指的是阴阳二气交冲激荡，万物都包含着阴气和阳气，阴阳二气冲荡交融而实现统一。这句话揭示了万物是由'道'一层层地从无形质到有形质的变化过程。下联出自《道德经》第二十五章，老子用了一气贯通的手法，将人、地、天、道乃至整个宇宙的生命规律精辟地涵括、阐述出来。'道法自然'的'法'是效法、遵循的意思。这句话讲的是大道以其自身为原则，自由不受约束。听懂了吗？"千一点着头说："听懂了。"潘古先生一摆手说："那好，我们进去转转。"一跨进大门，是一道白色的影壁，上面用精美端庄的楷书写了一段话："视之不见，名曰夷；听之不闻，名曰希；抟之不得，名曰微。此三者不可致诘，故混而为一。其上不皦，其下不昧。绳绳兮不可名，复归于无物，是谓无状之状，无物之象，是谓惚恍。迎之不见其首，随之不见其后。执古之道，以御今之有，能知古始，是谓道纪。"落款仍然是孟周。千一站在影壁前一脸茫然地看着潘古先生，潘古先生笑着说："看来这青牛书院的墨宝都出自孟周之手，你不用看我，其实我也不知道为什么。"千一苦笑着说："我对墨宝出自谁手已经不纠结了，我想弄明白的是影壁上的文字是什么意思。"潘古先生不厌其烦地说："这段话出自《老子》第十四章，是老子对'道'所作的精微描摹，既非常抽象又十分生动地描绘了'道'的样子，就视觉而言，'道'没有任何颜色，看它看不见；就听觉而言，'道'不发出任何声音，听它听不见；就触觉而言，摸它摸不着，'道'无法触摸到，因为它无形无象。'道'的这三种特性都无法深入追究明察，彻底区分，因为这三种特性原本就是浑然一体、密不可分的。它上面并不显得光明，它下面并不显得昏暗，它缠绵不绝地生息繁衍却无法给它定名，又终究要回复到无形无象的虚无。这叫作没有形状的形状，不见物象的形象。老子称它为什么呢？称它为'惚恍'，迎着它看，看不见它的前头，跟着它又看不见它的后头。把握了亘古永存的大道就能驾驭现实的存在，就能认识太初的本原，这叫

　　　　　\ 千 \ 一 \ 的 \ 梦 \ 象 \

作什么呢？这叫作'道'的规律。"千一听罢豁然开朗地说："潘古先生，我好像明白了，'道'好像玥明存在的，用哲学的话讲，叫客观存在，可是又看不见、听不到、摸不着，就是借助望远镜、显微镜也不行，这就叫'无状之状、无物之象'，也叫'惚恍'，可它却是宇宙的起源，是世间一切的本源。"潘古先生赞许地说："说得好，千一，你终于开窍了。"两个人一边说着一边走着，这时迎上来一位身着深衣、相貌儒雅的中年男人，他一见到潘古先生和千一就热情地说："终于把你们等来了。"千一见到这个人心里一阵激动，险些脱口喊出"爸爸"两个字，因为这个人的相貌长得酷似她的爸爸，简直就像爸爸的双胞胎兄弟，但她知道这个人不可能是爸爸，因为爸爸在很远很远的地方写生呢！潘古先生也十分纳闷地抱拳问道："先生知道我们？"中年男人微笑着说："当然知道，您是大名鼎鼎的潘古先生，她是千一同学。我们书院的师生都知道您二位正在进行关于中国哲学史的梦象之旅，这两天，我估摸着你们该到青牛书院了，所以一大早我就等在书院门前了。"潘古先生客气地问："仁兄贵姓？"中年男人谦和地自我介绍道："免贵姓周，名青牛，是青牛书院的院长。"潘古先生抱拳道："原来是周院长，失敬失敬！"周青牛连忙应道："久仰久仰！潘古先生、千一同学可否到我们书院的无有斋一叙？"潘古先生微笑着说："客随主便。"周青牛也微笑着将右手一让说："请！"两个人信步走向无有斋。千一跟在后面感觉到一种深邃、幽静而深远的气息扑面而来，她顿觉精神为之一振，似乎听到了绕梁的弦音不绝于耳，仿佛置身于空灵之中。走进无有斋，千一诧异地发现墙上挂着爸爸画的《老子出关图》。她记得爸爸画这幅画时，她和妈妈就在爸爸身边，当时爸爸收笔时妈妈还夸爸爸用笔苍劲有力，表现手法娴熟质朴，特别是粗笔水墨，为画作平添了古朴气息。可是她仔细看落款却是孟周，她失望地摇了摇头。

趁潘古先生与周青牛饮茶论道之时，千一谎称去卫生间便溜出无有斋，想对青牛书院探秘一番。她一走进这座书院就发现了许多怪异之处，比如明明在书院外面听到了琅琅读书声，走进来却鸦雀无声、异常宁静，除了周青牛连个人影儿也看不见，更奇怪的是周青牛为什么长得酷似爸爸？而且书院里所有的墨宝落款都是孟周，最令人狐疑的是那幅《老子出关图》明明是爸爸的作品，怎么就落了孟周的款？这些问题让她百思不得其解。再说了，这座书院里每个房间的名字也都起得怪怪的，什么太初堂、惚恍轩、道纪殿、无为廊，她穿过无为廊来到惚恍轩，心想，这间屋子既然号称惚恍轩必然藏着与"道"有关的秘密，不如进去一探究竟，想到这儿，她一脸窃喜地轻轻推了一下木门，吱扭一声，门开了一个缝，房间因没有窗户又没有开灯，所以里面漆黑一片，她悄悄探进头去，却发现有两束光射向自己，她心里一紧，定睛一看，这两束光是从两只眼睛里射出来的，她吓得哎呀一声，刚想转身跑，就被一只毛茸茸的大手拽住了，她做梦也想不到，拽住她的竟然是齐天大圣孙悟空。只见那猴子尖嘴缩腮、金睛火眼，头上戴着一顶金箍，围着一条虎皮裙，目光炯炯，威风凛凛地站在她的面前。她不知所措地问："你是真的孙悟空，还是假的孙悟空？"大圣笑道："如假包换。"千一惴惴不安地问："你不在花果山好好待着，到青牛书院干什么？"大圣眨了眨眼睛说："还不是那太上老君求我。"千一不解地问："求你？求你干什么？"大圣跷起一只脚，又用毛茸茸的右手指尖挠了挠左手背说："当然是求我送你回家呀！"千一愈发糊涂了，她懵懂地问："他怎么知道我在这里？干吗要送我回家？"大圣微笑着说："那老道能掐会算，他算准了你妈妈就快到家了，所以特意求我送你回家。"千一好奇地问："你如何送我回家？翻筋斗，还是用金箍棒？"大圣言道："俺老孙特意从铁扇公主那儿借来了芭蕉扇。"说完从嘴里取出手指甲盖大小的芭蕉扇轻轻一扇，千一顿觉眼前一黑，被一股旋风裹挟而去。

孟周去西山写生快一个星期了，晚饭后孟蝶坐在沙发上看《千一的梦象》，陪着正在工作室写书法的妈妈。读到这里她忽然想到了一个问题，情不自禁地问："妈妈，骑在青牛背上是什么感觉呀？"舒畅停下笔笑着说："我怎么会知道，妈妈也没骑过。怎么会忽然想到这个问题？"孟蝶认真地说："爸爸写的这本书里，老子是骑着青牛离开周王朝的，而且在非常道上还有个青牛书院，看来青牛已经成为老子的代名词了。"舒畅微笑着说："所以老子又被称为青牛师、青牛翁啊。"孟蝶关切地问："妈妈，爸爸去西山写生，晚上住在哪儿呀？"舒畅笑盈盈地说："住在你李伯伯的'青牛居'了。"孟蝶好奇地问："李伯伯是谁？你和爸爸好像从未跟我说起过。"舒畅慈爱地说："李伯伯叫李函谷，原本是清江大学国学院教授，由于酷爱《老子》，便辞捧公职在西山找了一块山清水秀的地方建了一处茅庐，起名为'青牛居'，一边潜心研究《老子》，一边著书立说，还在茅庐周围开垦了一块土地，自己种植蔬菜、瓜果，你爸爸这次上山写生其实是你李伯伯邀请的，估计是又想和你爸爸谈经论道了。"孟蝶一听兴奋地问："妈妈，既然李伯伯的茅庐叫'青牛居'，又自己种地，那么他会不会自己也养了一头青牛呢？"舒畅迟疑片刻说："这我倒说不好，因为我也没去过。"孟蝶一听大眼睛忽闪了几下，便有了主意，她突发奇想地说："妈妈，明天是星期六，不如我们给爸爸一个惊喜。"舒畅一时没反应过来，懵懂地问："怎么给爸爸惊喜？"孟蝶心血来潮地说："我们一起上西山去'青牛居'拜访李伯伯，向他讨教《道德经》，顺便看望一下爸爸。"舒畅会意地笑着说："鬼丫头，就你主意多，好吧，妈妈陪你去，你李伯伯爱喝酒，我们顺便给他带两瓶好酒。"孟蝶听罢高兴地从沙发上一下子跳了起来。

"青牛居"是一座青砖花墙小院，坐落在一片山坡上，四周青山绿水、郁郁葱葱、鸟啼燕啭，但最令孟蝶欣喜的是李伯伯真养了一头青牛，要不是已经夕阳西下，她真想骑到青牛背上围着山坡转一圈。妻子和女儿的到来的确让孟周很高兴，李函谷更是没想到。他笑哈哈地说："有朋自远方来，不亦乐乎！"便亲自下厨做了几道拿手小菜招待一对母女，饭吃到一半时，孟蝶突然想起了一个问题，试探地问道："李伯伯，妈妈说您是研究老子的专家，我有个问题想请教您，老子为什么将'道'命名为'大'而不是'小'呢？"李函谷放下筷子，微笑着说："这个问题问得好，说明孟蝶开始独立思考了！我们学习哲学的目的就是要培养独立思考的能力、培养创造思想的能力。老子在《道德经》第四十二章中说，'反者道之动'，意思是说，像大与小、无与有这种对立面之间是相互转化的。大与小是相对的，其实两者在本质上是一回事，'大'到无极就成为'小'了。关于大与小的关系，老子在《道德经》第三十四章中是这么说的，'衣养万物而不为主，常无欲，可名于小；万物归焉而不为主，可名为大。'道庇护、养育万物而不自以为是主宰，这是由于道是无私无欲的，可以称作'小'。万物归附于道，而不知道'道'是万物的主宰，从这一点来说，又可以说'道'是伟大的。在老子看来，'道'既大至无限，又小到无形，阐述了'道'从微观到宏观的普遍性。"孟蝶似乎懂了，但仍然有疑惑，她接着问："既然大与小可以互相转换，那么宇宙的本源究竟是大还是小呢？"这时孟周接过话茬说："我认为是小，根据宇宙大爆炸理论，宇宙源于一个点，宇宙是在一个'点'上起源的。大约 137 亿年前，宇宙起源于一个单独的无维度的点，这是一个在空间和时间上都无尺度但却包含了宇宙全部物质的'奇点'，宇宙及空间本身由这个点爆炸而成。另外量子理论认为，微观世界的粒子根本不遵循宏观世界的运行规律，而最终决定宏观世界发生什么的是微观世界。可见科学家是沿着'小'的路线探索和研究宇宙的。"妈妈插嘴反驳说："我觉得是大，在《老子》第六十七章中有这样一段话：'天下皆谓我道大，似不肖。夫唯大，故似不肖，若肖，久矣其细也夫。'"孟蝶不解地问："妈妈，这段话是什么意思呢？"妈妈解释说："意思是说，天下人都说我的'道'伟大，但却不像任何具体的东西。这是因为'道'不是世上大的东西可比拟的。正因为'道'广博宏大，不可比拟，所以才不像任何具体的东西。如果'道'像世上任何具体的事物，那么它早就变得越来越小了。我觉得《老子》关于'道大'的思维可能更接近宇宙的本质，因为只有用'大'字才能勉强表达宇宙之母那种'无状之状，无物之象'的状态。"孟蝶思索着说："我觉得爸爸妈妈说的都有道理，李伯伯您说呢？"李函谷若有所思地说："让我说，我们不妨换个角度来思考这个问题，我们知道，老子在《道德经》第二十五章中谈到了四个'大'，其中'人居其一'，道生万物，人是万物中的一种，为什么人大？因为人有心灵，有意识、潜意识和无意识，这是一个可以装下道、宇宙、天、地的神性的世界，如果把道、天、地、人中的'人'换成老子，那么道、宇宙、天、地是不是都源于老子的心灵呢？最近几天你爸爸和我深入探讨了梦象。什么是梦象？简单地说就是观察者的心灵图景，大体上，道的要素就是心灵的要素，就是梦象的要素。老子用道阐述的其实不是宇宙，而是他的心灵图景，只不过老子的心灵图景刚好与宇宙的形式契合了，道是老子将与心灵有关的元素通过意识、潜意识、无意识萃取而凝聚起来的'惚兮恍兮'之象，这个'象'我们称它为什么呢？当然是梦象了。显然，梦象是与创造性心灵相伴而生的。如果道就是梦象的话，那么我们不妨把'人法地、地法天、天法道、道法自然'倒过来说，'自然法道、道法天、天法地、地法人、人法梦象'。"孟周听罢感慨地说："有道理，有道理。这么说，我们不是在睁着眼睛仰望星空时看到了宇宙空间，而是恰恰相反，我们是在闭上眼睛静默沉思时发现了宇宙是心灵深处幻化出的气象万千的梦象。"李函谷点点头说："是啊，老子意识到似乎并不存在没有感知者的宇宙，老子将宇宙感知为道，我们将道感知为梦象，通过感知，道在我们的心灵中产生一幅幅心灵图景。如果我们不往心灵深处观察，就不可能真正理解什么是虚无啊！"这时，妈妈插嘴说："看来道不仅生万物，道也生万象啊！"孟蝶似有所悟地说："我好像明白了，你们的意思是说，在远离观察者的地方，并不存在真正的虚无。"李函谷听罢连声夸赞孟蝶聪明。孟蝶得意地问："李伯伯，您能谈一谈什么是心灵吗？"李函谷愉悦地说："心灵是由一个人的意识、潜意识和无意识构成的内宇宙，是人的本质能量的集中体现，是非物质的存在。因此一个人的心灵可以通过思想、艺术或者著作等形式存在于肉体之外。"孟蝶追问道："包括梦象吗？"李函谷毫不犹豫地说："当然包括梦象。要知道千变万化的心灵图景构成的梦象是道的源泉，毫无疑问，心灵的力量或者说潜力是巨大的，它几乎能够完成任何事情，创造任何奇迹。"孟蝶又问："心灵可以使'道'变成一束光吗？"李函谷微笑着说："道其实就是一束梦象之光，梦象就是光、意识、潜意识、无意识和道的融合。只要我们拥有这样一束光，我们就可以创造一个宇宙。在对'道'的探索中，我的心灵中有一整幅图景越来越清晰，我要告诉你，孟蝶，万千气象中隐藏着一个'自我'，千方百计地找到这个'自我'。如果你问我这个世界上是否有神存在，我告诉你，梦象就是。"孟周接过话茬说："是啊，你的哲学之旅实际上是要完成心灵的探访和旅行。这是你人生第一次哲学探险。只要你能保持心灵的自由，爸爸坚信你一定能创造出属于自己的梦象。"孟蝶听罢感觉自己的心灵世界所有的元素都神奇地缠绕起来，但这些缠绕瞬间而逝，难以捕获。她也感觉到心灵世界的各种意念神奇地联合起来，形成了奇妙的图景。她的内心既兴奋又安宁。兴奋是因为哲学世界太令人向往了，安宁是因为她发现了静的妙处。此时此刻，她的心灵就像一面清澈幽深的镜子，一尘不染，自然万物不断映现出来，并散发出梦象的光辉，她情不自禁地喃喃自语道："我终于明白了，原来宇宙看上去就像一个伟大的梦象。"刚说完,三个大人竟然为她鼓起掌来。

第二天下山时,孟蝶围着那头正在吃草的青牛打转转,那头大青牛体躯粗壮,前胸隆突,中躯非常发达,一对弯曲的牛角特别漂亮,它发现孟蝶走过来,神态祥和地看着她,还哞哞地叫了两声,似乎对孟蝶很有好感。李函谷顿时就看透了孟蝶的心思,伸出两只大手一下子把孟蝶抱到牛背上,然后牵着牛笑呵呵地说:"走吧,我送你们一家三口下山!"孟周看了一眼妻子,两个人互相摇着头笑了起来。

孟蝶到家后迫不及待地回到自己的房间,捧起那本《千一的梦象》如饥似渴地读了起来,她特别想知道千一被孙悟空送回家后发生了什么。她捧着书目不转睛地读着,连妈妈让她下楼吃水果都没听见。

千一非常后悔谎称去卫生间溜出了"无有居",她原本想对"青牛书院"探秘一番后,再回到"无有居"向那个长得像父亲的周青牛请教几个《道德经》里的问题,却万万没想到在"惚恍轩"碰到了孙悟空,结果被稀里糊涂地送回了家。她觉得自己好像刚刚经历了一场梦中梦。就在她懵懵懂懂、不知所措之际,听到妈妈在院子里叫她:"千一,快帮妈妈拿东西。"她知道是妈妈逛街回来了,这才如梦方醒,赶紧跑出屋子。

第二天上语文课时,老师正讲解荀子的《劝学》,发现千一打瞌睡,便问她:"千一同学,请你告诉我'故不积跬步,无以至千里;不积小流,无以成江海'是什么意思?"千一一直沉浸在和潘古先生逛"非常道"的回忆中,根本没听到,同桌的刘兰兰碰了她一下,她才突然意识到发生了什么,不知所以然地看着刘兰兰,刘兰兰小声提醒她:"老师问你问题呢。"她这才猛然清醒,一下子站起来,却不知老师问了什么,全班同学看见她如此不知所措全都笑了起来。老师温和地又重问了一遍刚才的问题,千一非常聪敏,她一下子想起了《老子》第六十四章中的名句,淡定地回答道:"意思就是说,'合抱之木,生于毫末;九层之台,起于累土;千里之行,始于足下。'"老师听了千一的回答很满意,但也很出乎意料,他试探地问:"你知道你说的这段话的出处吗?"千一胸有成竹地说:"知道,我说的这段话出自《老子》第六十四章,老子从'大生于小'的观点出发,阐述了事物发展变化的规律,说明'合抱之木''九层之台''千里之行'等远大事情，都是以'生于毫末''起于累土''始于足下'为开端的，形象地证明了大的东西无不是从小的东西发展而来的。同时也告诫人们，无论什么事情，都必须具有坚强的毅力，从小事踏踏实实做起，才能做成大事业。"千一说完，全班同学一起鼓掌。老师满意地点了点头，然后问："这么说你在读《道德经》？"千一谦虚地说："是潘古先生在教我学哲学。"老师好奇地问："潘古先生是谁？"千一认真地说："潘古先生是卖梦的人。"全班同学一听哄堂大笑起来。老师没有深问，欣慰地点了点头，示意千一坐下。

下课后，全班同学都围着千一用半讥讽半好奇的口气问她潘古先生是怎么卖梦的，她机智地说："只要你们每个人为我收集一个梦，我就告诉你们。"大家一听失望地散开了，只有刘兰兰仍然执着地追问她，最近千一总和她说些违反常规的话，她觉得千一最近的行为举止也有些怪怪的，还时常心不在焉，她觉得千一一定有什么大秘密瞒着她，作为好朋友，她觉得她有必要问个清楚。可是千一却告诉她，自己也说不清楚潘古先生是谁、从哪里来，她还告诉刘兰兰，自己好像是在梦里认识潘古先生的，但又好像不是，反正自从认识潘古先生之后，自己的头脑中好像一下子多了许多秘密，而且时常遇上一些神秘古怪的事情。刘兰兰迫不及待地问："都是些什么秘密，能跟我说说吗？"千一摇了摇头，莞尔一笑说："对不起，兰兰，现在还不是时候。"刘兰兰不甘心，还想追问，这时上课铃响了，刘兰兰只好作罢。

放学后，刘兰兰的奶奶过生日，爸爸妈妈开车把她接走了。千一一个人步行回家，走进阙里巷，她发现巷子里一个人也没有，头顶上却有很多蝙蝠在飞。快到家门时，传来一阵摩托车飞驰的声音，她定睛一看，一只卡通猫骑着摩托车疾驰而来，好奇怪呀，那只卡通猫好像穿着一身警服，还没等她反应过来，摩托车已经停到了她的面前，全副武装的卡通猫帅气地问："您是千一同学吗？"千一狐疑地点了点头说："是我，你是……？"卡通猫淡淡一笑，自我介绍说："我是黑猫警长，潘古先生托我给你送一封信。"说着把一个信封交给千一，然后说了声"再见"，骑着摩托车飞驰而去，瞬间就无影无踪了。千一心想，看来又是孟蝶的爸爸搞的鬼。她急忙拆开信，信的确是潘古先生写的，内容如下：

千一：

　　你好！

　　我知道你对老子的思想已经产生了浓厚的兴趣，接下来我想带你到函谷关走一趟，请开启你的梦象之门，不见不散！

潘古即日

　　千一看过信后心里非常高兴，因为上次游非常道，她有好多问题还没来得及问就被孙悟空送回家了，这次她说什么也要向潘古先生好好请教一番。想到这儿，她快步走进了家门。妈妈已经烙好了她最爱吃的葱油饼，还有炖芸豆。吃饭时，妈妈对她说："千一，妈妈今晚要为报社赶稿子，可能要熬到很晚，你做完作业就睡吧。"千一点点头说："好的。"其实她觉得自己或许比妈妈熬得还要晚，因为她需要思考的问题远远超出了做作业。饭后她帮妈妈洗了碗筷，然后就回自己房间了。她静静地坐在书桌前，体味着宁静致远的境界，然后从书包里拿出黑猫警长送来的那封信，她从信封中抽出信纸，静心细看，渐渐地信纸变成了《千一的梦象》，一扇木门展现在眼前，她会心地一笑，轻轻一推，门开了，她再一次被吸了进去。当她睁开眼时，已经身穿春秋末年的服装站在一条田园牧歌式的悠悠古道上。这条古道上镌刻着两条窄窄细细深深的车辙，中间是杂乱的马蹄、牛蹄印儿逶迤远去。这时，从不远处怡然走来一头青牛，牛背上端坐着一位身着长袍大袖的深衣、须眉如雪、白发飘散、透着一股仙风道骨之气的老者，千一心想，莫非那老者是老子？但等青牛走近，千一才诧异地惊呼道："潘古先生！"老者笑呵呵地说："千一，你牵着牛，我们边走边聊。"千一走上前接过潘古先生手中的缰绳，轻松地牵引着青牛一边走一边问："潘古先生，我们这是要周游世界吗？"潘古先生手捋着白须说："你提到周游，让我想起一个人。"千一颇感兴趣地问："谁呀？"潘古先生悠然地说："孔子。"千一不解地问："潘古先生，我们老子还没有说完呢，您怎么又要讲孔子了呢？"潘古先生笑道："孔子曾经向老子问礼，想不想听啊？"千一兴奋地说："想听，当然想听！"潘古先生笑呵呵地说："孔子一生都在梦想恢复西周大一统，'吾从周'就是他的选择。为了实现他的梦想，孔子开始周游列国。有一天孔子到达周都，也就是现今河南洛阳，他深知老子博古通今，知礼乐之源，明道德之要，便拜访了老子，他向老子问礼，问得很具体，就连办丧事时遇上日食如何行礼都问了。其实老子并不喜欢周礼那一套，但他对周礼比孔子要熟悉得多。于是老子对孔子的问题一一作答。"千一一边牵着青牛一边回头问："老子是如何回答孔子的呢？"潘古先生认真地说："老子回答道，你所说的礼，制定它的人和那些人的骸骨都已经腐朽了，只是他们曾经说过的话还在。然后他很实际地教给孔子两个重要的生活原则。一个是'君子得其时则驾，不得其时则蓬累而行'。意思是说，君子如果生逢其时，就该乘势而起，干一番大事业；如果生不逢时，也不要那么执着，那么固执，就像长在沙漠里的野草一样顺其自然好了。"千一迫不及待地问："另一个呢？"潘古先生微微一笑说："另一个是'去子之骄气与多欲，态色与淫志，是皆无益于子之身'。意思是把骄傲的神色先去掉，把欲望过多的心志也去掉，不要摆出一副很有学问、很需要知道更多东西的样子。不要刚刚有些小成绩就露出骄傲的神色，志气高昂得不得了，这样对你自身是毫无益处的。"千一惊异地说："老子对孔子说的话，让孔子好尴尬啊！"潘古先生笑着说："是啊，老子的确直言不讳。在说第二个原则之前，老子还特意引用了一句他从别处听到的名言，就是'良贾深藏若虚，君子盛德容貌若愚。'意思是说，一个非常善于经商的人是不显山不露水的，他把自己的东西都深藏起来，表面上看好像一无所有。同样，真正的君子，他的德行非常之高，然而却不会随便炫耀自己的学问。看来老子认为孔子动不动就谈礼，虽然显得好学，可也有卖弄学问的嫌疑。"千一颇感兴趣地问："老子这么数落孔子，孔子不生气吗？"潘古先生用敬重的语气说："按常理任何人都会拂袖而去，可是孔子是圣人，他不仅不生气，还在弟子面前表现出对老子由衷的敬佩。他对弟子说，鸟，我知道它会在天上飞，但可以用弓箭来射它；鱼，我知道它会在水里游，但可以用罗网罩住它。然而有一种东西我是没有办法对付的，这就是龙。龙是乘着风云而上青天的。我今天见到了老子，感觉他就像龙一样啊！"千一若有所思地说："我觉得孔子对老子的评价并不恰当。"潘古先生眼睛一亮，用鼓励的口吻说："哦？你说说看！"千一沉思片刻说："我觉得老子像水、像风、像气、像光。"潘古先生用赞许的口吻说："说得好，龙是有形的，而老子说'大象无形'，其实老子就是道本身。"千一凝眉问："什么是大象无形呢？"潘古先生解释道："所谓'大象无形'出自《道德经》第四十一章，核心意思是说：'明道若昧，进道若退，夷道若纇；上德若谷，大白若辱，广德若不足，建德若偷，质真若渝。大方无隅，大器晚成，大音希声，大象无形。道隐无名，夫唯道，善贷且成。'讲的是，光明的'道'好似暗昧，前进的'道'好似后退，平坦的'道'好似崎岖；崇高之'德'好似空谷，普润之'德'好似有欠缺，刚健之'德'好似怠惰，质朴而纯真好似混沌未开。最洁白的东西反而含有污垢，最方正的东西反而没有棱角，无不涵纳的整体存在无需急于求成，最大的声音反而无声无息，最大的形象反而无踪无影。道幽隐而没有名称，只有'道'善于生化万物，并使万物善始善终。老子不仅阐述了道与德的深邃、内敛、冲虚、含藏，而且也明确了道与德不是外炫的，而是返照的，所以不易被一般人所觉察。老子对'道'的隐晦特征作出了形象生动的比喻。其实老子的整个哲学体系都是崇尚自然、顺其自然，'无为而无不为'的，还有就是关于矛盾双方对立统一的相互转化。"千一一边领会着一边问："那么什么是'无为而无不为'呢？"潘古先生深思熟虑地说："所谓'无为'就是遵循自然规律而为，不是有意去为，由于是无意而为，因此为也是无为，无为也就是无不为。构成万物的基础，'道'是无不为的，但是'道'并不是有意志、有目的地构成万物的，所以它又是'无为'的。'无不为'以'无为'为条件，'道'永远是顺其自然不妄自作为的，但是没有一件事不是它所做的，人效法'道'首先效法的，当然是其'无为而无不为'的精神。"千一进一步问："那么，我们怎么才能做到'无为而无不为'呢？"潘古先生目光深邃地说："老子讲了两个要点，第一个要点是'守柔'，第二个要点是'守静'。"千一又问："如何守柔呢？"潘古先生耐心地说："老子在《道德经》第四十章中说，'弱者道之用'，'道'的创生作用是微妙、柔弱的。这说明老子尚柔同样以'道'为根据。'柔'有润物细无声的作用，万物在自生自长中根本感觉不到'道'的作用，但'道'的作用却绵绵不断、生生不息，发挥着无穷无尽的作用。就拿水来说吧，水滴石穿，水性至柔，却可以攻坚；人也如此，活着的时候，身体是柔软的，死后尸体却变得僵硬；草木也不例外，生长的时候枝干柔脆，死亡后就变得干枯。这一切都说明一个道理，就是柔弱代表生机，弱之胜强是宇宙间普遍的规律，这个规律在人的生活中同样适用。只要我们做到谦下、守雌和不争。"千一不解地问："什么是谦下、守雌和不争呢？"潘古先生解释说："善于用人的人对人就谦和，这就叫谦下。谁要领导民众，就必须对他们谦下，就必须将自身的利益置于广大民众之后。所谓守雌，就是明知自身雄强，却坚守自身的雌弱，甘愿持静处后、内收、凝敛、含藏。所谓不争，就是创造而不争夺。只要能做到这几点，最终总能够由下变上、由后成先、由不争到天下莫能与之争。道理虽然简单，但却没有人愿意这么做啊！"千一豁然开朗地说："潘古先生，我明白了。那么如何'守静'呢？"潘古先生耐心地说："要做到'守静'首先要理解'虚'，老子在《道德经》第十六章中讲'致虚极，守静笃'，意思是说，达到心灵虚空无朕的极致，安守宁静的心境。要达到心灵的虚空，就不能让太多人云亦云的知识、规范、利害、技巧等充塞了头脑，如果被充塞了，就需要用否定的方式排除这些东西，进而激活自己独立思考的能力，给头脑留出独立运思的空间。只有排除物欲引起的思虑纷扰，才能静观万象，不仅守住了静，而且还会静而见深。精神的淡泊是心境空灵的基本条件，东晋陶渊明有诗云：'闻多素心人，乐与数晨夕。'陶渊明所爱的'素心人'指的就是'致虚守静'的人。'心远地自偏'才能'悠然见南山'啊！"说完潘古先生一边用手捋着满胸的白胡须，一边哈哈大笑起来。似乎牛也领会了老者的话语，不失时机地应和着哞哞地叫了两声。这时，前方海市蜃楼般地出现了一座城池，千一看到后兴奋地问："潘古先生，前面那座城是不是函谷关？"潘古先生收住笑容手搭凉棚向远处望去，然后首肯地说："就是就是。"话音刚落，一队车马在一片人呼马嘶和木轮吱吱的声响中飞驰而来，快靠近时，两个人看见有一位身着深衣、高冠素剑的中年男人扶轼而立，身子站得笔直，尽管在土路上马车颠簸得厉害，他却尽量不随车身摇晃，目不斜视，直望前方，保持着君子应有的姿态。潘古先生情不自禁地说："千一，前面马车上扶轼而立的人很像是周游列国的孔子。"等一对马车靠近时，千一竟然脱口喊了声："爸爸！"话音刚落，啪的一声鞭响，夹匹辕马，同时向前奋蹄，四轮毂辐，嘎嘎作响，一队车马逶迤而去。千一认定了车上扶轼而立之人很像是爸爸，便扔掉牵牛的缰绳，掉头追了下去，身后的潘古先生焦虑地喊道："莫追，千一，那不是你爸爸，而是周游列国的孔子！"千一追出去没有几步，脚下被什么东西绊了一下，顿时摔在地上，她定睛一看，是一捆竹简，她心想，这捆竹简一定是从刚才的马车上掉下来的，她捡起竹简展开一看，上面只写了两个大字：论语。她刚读出这两个字，眼前一黑，便被吸了进去。

　　孟蝶在自己的房间正读得津津有味时，忽然听到妈妈十分兴奋地大声喊爸爸，孟蝶以为出了什么事，连忙跑出房间，她看见爸爸快步走进妈妈的工作室，她也赶紧跟了进去。妈妈看见父女俩都来了，高兴地说："老公、女儿，你们看看我写的是什么？"只见工作台上铺着一张宣纸，而宣纸上出现了一些似字非字、似画非画、如梦如幻的线条，孟蝶看了一时弄不清楚妈妈创作的是什么，只觉得心灵深处有一种痉挛的感觉，她记得爸爸跟她说过，"美将是痉挛的，否则就没有美"，她一直无法理解这句话的深刻含义，可是当她看到妈妈新创作的线条时，似乎一下子就理解了。妈妈所呈现的美是神秘的、陌生的、新奇的、令人震撼的。此时此刻，孟周目瞪口呆地看着妻子舒畅，惊羡地问："梦象，真正的梦象！老婆，你是怎么做到的？"舒畅喜形于色地说："昨天晚上我做了一个梦，一位身形飘渺、白发白须的老者告诉我，'道'就是'天下根'，貌似'惚恍'，其实就是一根线，这根线若实若虚、若有若无、若明若暗、变化万千，只要你'涤除玄鉴'，万物万象各'复归其根'。我听了他的话，脑海中就不断地闪现这些神奇的线条。"孟蝶听后，想起刚刚读过《千一的梦象》，情不自禁地说："天哪，妈妈，莫非你梦见老子了？"孟周随声附和道："是呀，看来这些日子你研究《道德经》终有所获呀！你应该是创造了一种'新美'，是前无古人的，可是应该将这种'新美'称作什么呢？"就在孟周眉头紧锁，冥思苦想时，门铃响了，孟蝶赶紧去开门，想不到来人竟然是李函谷。孟蝶高兴地喊了一声："李伯伯，您来得正好，快来看看我妈妈创造的'新美'！"一听是好友李函谷来了，孟周和舒畅赶紧迎出来，本来应该先将李函谷请到客厅喝茶，可是孟周急于给妻子创作的"新美"起个名字，便直接将李函谷请进了工作室。李函谷这次来是因为他刚刚出版了一本新书，也是他多年研究老子的成果，书名叫《在〈道德经〉里寻美》。这本书孟周和舒畅非常关注，大作出版，当然要第一时间送给自己最好的朋友了。所以样书一到，他签好字，便迫不及待地给孟周、舒畅送来了。可是还没等他把自己的新书拿出来，就被舒畅创作的"新美"吸引住了。他围着作品来回走了三趟，最后停住脚步，赞佩地说："这些线条宛如空中之音、相中之色、水中之月、镜中之象啊！简直是妙不可言，言有尽而意无穷啊！"孟蝶不解地问："李伯伯，您说的是什么意思呀？"李函谷笑着说："我说的意思就是你妈妈创作的线条可以在无限之中看出有限来，已经达到了一种令人意想不到的审美境界。可以说每一根线都灵动通神，简直就是梦象之光留下的痕迹呀！"舒畅听了李函谷的称赞，不好意思地说："会不会过于离经叛道了？"李函谷大手一挥说："没有离经叛道就没有创造。叔本华说：'所有真理在被接受之前，都要经历三个阶段。首先，被嘲笑；然后，被反对；最后，才被当作是不证自明的。'如今我们广泛接受了哥白尼的'日心说'，可是当初这个理论提出来时，我们很难想象是怎样一种被主流排斥的异端邪说啊！孟蝶，你知道你爸爸为什么让你学习哲学吗？"孟蝶不假思索地说："为了让我增长智慧。"李函谷未置可否地说："最关键的是哲学会让你清醒，哲学会让你思考要做什么、为什么要做，那些认为哲学毫无用途的人是要阻止你独立思考。你现在告诉我，看见你妈妈的作品，你想到了什么？"孟蝶沉思片刻说："我好像看见了老子说的'道'！"李函谷赞许地点了点头说："说得好！孟周，舒畅将线从书法中抽离，使线具有了超越物象得其本质的表达价值。每一根线的灵动都是通神的，这根线似字非字、似画非画、如梦如幻，仿佛通贯宇宙，界破了虚空，是一种超越感官、诉诸心灵的体验，充满了诗意的幻化，是'致虚极，守静笃'而产生的梦象，是从心灵中流出的万象之美，是从有限趋于无限的创造。"孟周听罢，激动地说："这应该是一种新艺术，函谷兄，你看这种艺术如何称谓好？"李函谷一边踱步一边沉思，突然他停下脚步，兴奋地说："有了，就叫'兰法'。"孟蝶迫不及待地问："为什么叫'兰法'？"李函谷微笑着说："在中国的艺术中除了书法单纯是线条的艺术以外，还有兰花，自古文人就偏爱种兰、赏兰、咏兰、写兰，从中国传统美学来看，'兰品'被当作人品的象征，'兰骨'是风骨的写照，单纯的几根线便可呈现万象之根，所以叫'兰法'再合适不过了。"听了李函谷的这番话，一家三口情不自禁地鼓起掌来。至此，李函谷才拿出来自己的新作递给孟周，孟周和舒畅一边翻看一边祝贺，孟蝶也凑过来想看个究竟。李函谷笑着说："孟蝶，伯伯知道你正在学习哲学，所以也给你签了一本。"孟蝶接过新书爱不释手地谢过李伯伯，坐在沙发上翻看起来。这时舒畅赶紧去给客人沏茶，孟周关切地问："这部《在〈道德经〉里寻美》是你多年研究老子的心血结晶，下一部书准备写什么？"李函谷踌躇满志地说："从哲学的角度讲，道家和儒家是中国古代哲学思想的主要流派，两家的美学思想和审美意识既有差异又相互补充，对中国几千年美学思想的产生、发展影响巨大，所以下一步我准备着重研究孔子的美学思想。"孟周附和道："对啊，孔子的美学思想同其文学、政治、伦理思想一样，都是以仁学为基础的，写出来又是一个大部头的作品啊！"这时孟蝶插嘴说："李伯伯，我正在读爸爸送我的生日礼物《千一的梦象》，刚好要读到孔子了，如果我有什么不懂的地方，可不可以到'青牛居'向您请教呀？"李函谷笑着说："当然可以，不过别忘了让你爸爸给我带酒哟！"孟周也笑着说："你李伯伯的酒量和孔子可以有一比呀！"孟蝶不解地问："为什么？"孟周解释道："《论语》中说'唯酒无量，不及乱'，这说明孔子的酒量相当大，从不限量。"李函谷插嘴说："但是我谨遵孔子的教诲，'不及乱'，而且从不及乱啊！"说完爽朗地笑起来。这时舒畅端着刚刚沏好的茶进来了，孟蝶很有礼貌地说："李伯伯，您喝茶，我去读书了。"李函谷慈爱地说："别忘了我们的约定。"孟蝶高兴地说了声"知道了"，便转身回自己的房间了。

第 三 章

探寻理想的故乡

　　结束了和潘古先生去函谷关的梦象之旅后，千一参加了一次学校举办的纪念孔子的活动。一个在东州市实验学校毕业的雕塑家在校庆那天赠送给母校一尊孔子雕像，雕像在校园图书馆门前落成那天，由全校学生组成的诵经方队肃立雕像前，齐声咏诵《论语》。千一并未参加诵经，而是在随后的祭孔乐舞中翩翩起舞，她和舞生们一起身着汉服，左手执龠，右手执羽，深衣广袖，峨冠博带，金声玉振，载歌载舞。从那天开始，千一对孔子产生了浓厚的兴趣，她特意到书店买了一本《孔子的故事》。通过这本书，她了解到原来孔子竟是个苦孩子出身。传说孔子出生时，爸爸七十岁，妈妈二十岁。孔子是个大孝子，他费尽周折，将父母合葬在一起。孔子从小就与众不同，与小朋友一起嬉戏时，都是表演礼。但什么是礼，千一怎么也搞不懂，她期盼着尽快见到潘古先生，好问个明白。

　　有一天下午放学后，千一一个人站在孔子塑像前仔细端详，心想，这个可爱的老头其貌不扬，为什么会被称为圣人呢？想着想着，她摇了摇头，然后独自往家走。刚进阙里巷，就发现一条金毛犬跟着她，她站住，狗也站住，她走，狗也跟着走。千一觉得这条狗可能认错了主人，便随口说了一声："去，回家去。"没想到，狗却开口说话了："我是一条没有家的狗。"狗能开口说话，千一已经十四岁了，还是第一次遇到。她惊诧地问："你为什么跟着我？"金毛犬说："你好像不明白为什么孔子是圣人，我跟着你是想告诉你，孔子从来都不认为自己是圣人。"千一惊讶地问："你怎么知道？"金毛犬自信地说："'若圣与仁则吾岂敢'，孔子说，'圣'和'仁'这两条，我怎么敢当？'抑为之不厌，诲人不倦，则可谓云尔已矣.'意思是说，我也就是尽我所能地追求圣与仁的境界，并拿这两样教诲别人，如此而已。这是明明白白写在《论语》里面的！"千一听金毛犬如此一说，心有顿悟地问："你是潘古先生派来的，还是孟蝶的爸爸派来的？"金毛犬说："我不是任何人派来的，我跟着你只是想告诉你，静心翻开《论语》就可以见到潘古先生了。"说完金毛犬一下子跃过路边的一道矮墙，倏尔不见了。突然，千一似乎想起了什么，快步向家走去。原来她意识到那只金毛犬似曾相识，特别是它的脑门中间有一撮白毛，她记得爸爸画过这样一条狗，就挂在爸爸书房的墙上，莫非这条狗从画里跑出来了？她回到家，连书包也没来得及从背上拿下就匆忙跑进了爸爸的书房，果然画上的那条狗不见了，挂在墙上的画框里只剩下衬托那条狗的背景。她很怕妈妈知道这个秘密，赶紧离开书房，回到自己的房间。这时她忽然听到几声狗叫，似乎又悟到了什么，便迅速从背上拿下书包扔在椅子上，又快速回到爸爸的书房，她发现那条狗好像故意和她捉迷藏似的又回到了画中。她自言自语道："看来又是孟蝶的爸爸搞的鬼。"这时妈妈推门进来问："千一，妈妈刚才好像听到几声狗叫，你听没听到？"千一瞪了画中的狗一眼，然后对妈妈说："爸爸画的狗栩栩如生，我还以为是它叫的呢！"妈妈笑着说："我看你是想爸爸了！"千一心知肚明地说："咱家又没养狗，除了爸爸画的这条狗可能叫以外，不可能听到别的狗叫的。"妈妈摇了摇头说："也许是外面的流浪狗在院门口叫的，好了，别瞎猜了，洗洗手吃饭了。"

晚饭后，妈妈坐在客厅里看电视，千一回到自己的房间做作业，写完作业后，她找到学校发的《论语》认真翻看起来。自从和潘古先生学习哲学后，每次她拿起像《论语》这样的经典都有一种心静如水，从有限向无限行走的快感。她发现在这种快感中所体验到的一切，比如颜色或声音并不来自外面的世界，而是自己心灵深处自动生发的，这种生生不息的图景，她不知道是怎么从心灵深处浮现的，也不知道叫什么，更是说不太清楚，但它每次出现时，她都有一种要创造出一个宇宙的冲动。此时此刻，她似乎感觉到从《论语》中透出一团光来，她紧紧盯着这团光，直到她与光融为一体。这团光将她送到了一个筑有"杏坛"的院子里。所谓"杏坛"就是一个被垫高、上面整平后置了一块大圆石的土堆，因土堆旁边有

\ 千 `一 \ 的 \ 梦 \ 象 \

几棵新芽才绿的银杏树，便称为"杏坛"。院子里挤满了人，或蹲或坐，或站或立，都在聆听一位哥高坐在杏坛之上的老者讲学。千一挤进人群仔细端详，发现端坐杏坛之二的老者额宽面方、鼻正嘴阔、眼长眸正、白发白须，正是她想见的潘古先生，不知道的还以为是孔子本人呢！这时潘古先生用智者的语气抑扬顿挫地说："孔子，名丘，字仲尼，生于公元前551年，死于公元前479年，'子'是对老师的尊称。孔子是春秋时期鲁国陬邑人，儒家学派创始者，是我国历史上最著名的思想家、教育家。孔子的祖上是宋国贵族，后来家道中衰，被迫移民鲁国，查三代，都是鲁国武士。他的父亲姓孔名纥，又叫叔梁，人称叔梁纥，是陬邑的守城将军。叔梁纥不仅勇武过人，而且力大无穷，一次攻城之役，曾用双臂撑住悬门，让兵马长驱直入，是一位名副其实的英雄。但孔子本人出身布衣，可以说是出身卑贱，血统高贵。孔子一生很不得志。他三岁丧父，是母亲颜徵在含辛茹苦将其养大。孔子十七岁时，母亲病故。孔子在晚年回忆自己的思想历程时说：'吾十有五而志于学，三十而立，四十而不惑，五十而知天命，六十而耳顺，七十而从心所欲，不逾矩。'这段话出自《论语•为政》，应该算是孔子的自传。孔子三十三岁之前一直住在鲁国，他自己说'十有五而志于学'，是说他十五岁就下决心自学成才。孔子出身贫贱，自然不可能进入学校学习，所以立志于自学。孔子学无常师，善于向各种人学习，用他在《论语•述而》中的话说就是：'三人行，必有我师焉：择其善者而从之，其不善者而改之。'所以要说老师，一个也没有，也可以说有很多。我们只知道他二十七岁时，曾向郯国的国君请教过；还知道他跟鲁国的乐官师襄子学习过鼓瑟击磬。孔子青年时代就从事相礼的活动，都是基于刻苦自学所得。孔子不仅相礼，而且设教授礼，甚至齐景公和晏婴到鲁国访问时，都曾向孔子问礼。因为孔子三十岁左右便以知礼而闻名于鲁，所以他说自己是'三十而立'。三十四五岁的时候，孔子去过洛阳，向周朝的国家图书馆馆长老子问过礼。所以老子也算是孔子的老师。由于齐景公和齐相晏婴到鲁国访问时都曾经问礼于孔子，所以后来孔子去齐国找过工作。当然孔子在齐国找工作并不顺。不过也不是什么收获也没有。最大的收获就是在齐国高昭子家中聆赏到了《韶乐》。关于《韶乐》他是这样向他的老师师襄子描述的：'天籁初起，音韵璀璨，旋律绚烂，满目姹紫嫣红；展开时，高山流水，灵透激昂，金石交响，琴瑟和鸣，时而似珠落玉盘，时而如空谷幽兰，时而如风雨激荡，时而如山涧泉鸣，真可谓是曲扬乐涌，纯然一体。曲终时，淳和淡雅，清亮绵远，余音不绝，绕梁三日……《韶乐》之美，真是令人迷醉，听了，叫人连肉都吃不出滋味了。我已经连续三个月不吃肉了，不仅一点也不馋，而且还浑身感到浩气充沛。'师襄子感叹，在自己的学生中只有孔子悟透了音乐，听出了弦外之音。三十七岁之前，也就是孔子从齐返鲁之前，曾经对夏礼、殷礼、周礼进行实地考察，然后在此基础上对三代礼制进行比较研究，研究的结果用他在《论语·八佾》中的话说就是：'周监于二代，郁郁乎文哉！吾从周。'他认为周礼是借鉴于夏礼和殷礼的，并在夏礼和殷礼的基础上演变发展而建立起来的，周礼去除了夏礼和殷礼的缺点，而吸收了优点，特点是丰富完备，文明程度高。所以他遵从周礼。在弘扬周礼的道德理性精神基础上，孔子建立起以'仁'为最高理性的政治道德观。四十岁左右是他做学问的黄金时代，并具有了终生为之奋斗的理想，因此他才说'四十而不惑'。孔子三十六岁返回鲁国后一边修诗书礼乐做学问，一边教书育人，这样的生活一直持续到五十岁。孔子在《论语·述而》中说：'加我数年，五十以学《易》，可以无大过矣。'这是孔子四十七岁以后，五十岁以前讲的话。孔子五十岁学《易》，并且慨叹'五十而知天命'，两个'五十'不是巧合，而是在孔子心目中'天'具有了从殷周以来的主宰之天向自然之天转变的特征。孔子这种'天命观'的形成一方面受春秋时期无神论思潮的影响，正所谓'子不语怪力乱神'，一方面也是他的'仁论'的人道精神使然。什么是'仁'？在回答学生樊迟问仁时，孔子直接把仁说成'爱人'。孔子的仁，尊重人，爱护人，重视人的价值和主观能动性，完全是爱的实践。知天命后，孔子在鲁国做了官，先是当上了鲁国的'中都宰'。中都就是鲁国国君的直辖地，中都宰的职位并不高，却辖着首善之区，管着要害之地，十分重要。孔子只任了一年就因政绩颇好而升任鲁国的'小司空'，负责掌管土木、审批工程，后又升任'大司寇'，这是负责国家司法、刑狱和治安的最高长官，爵位为大夫，所以我们称孔子为'夫子'。齐国和鲁国之间，恩恩怨怨，争斗了几百年，一直是齐强鲁弱。齐欲争霸，鲁要和平。于是两国国君在夹谷会盟，孔子以智谋使两国取得了

梦象之哲学之旅

兰法之一

梦象之眺望

梦象之飞升

兰法之三

外交和军事胜利。可是好景不长，不久因政局动荡，齐人离间，五十五岁的孔子不得已率众弟子离开鲁国，奔走于卫、宋、陈、蔡、齐、楚等国，开始了十四年的流亡生涯。等再返回鲁国时，孔子已经六十八岁了。孔子经曹、宋、郑至陈，途中险些遭到宋国司马桓魋杀害，是换装逃跑的，那一年孔子是六十岁。他自称'六十而耳顺'，其实是他感到自己六十岁时的思想和行为都顺乎法则，'耳顺'就是合乎事物之法则，和'七十而从心所欲，不逾矩'的'矩'是一个意思。在这十四年中，他除了短暂服务于卫、陈两国外，哪个国家都不肯用他。六十岁的孔夫子坐着马车，一路颠簸着前往郑国，却和学生走散了。他独自站在郭城的东门外等候。寻他的弟子子贡遇见一个郑人，是一个进城卖柴的樵夫，子贡问他：'见没见过一个人，他的额头如尧，脖颈似舜，肩比子产宽，身比大禹高，只是腰腿略短，大概少了三寸。'樵夫说：'这样的伟人没见过，东门外倒是有个人，来回转悠，一副六神无主的样子，看着不像圣贤，有点像垂头丧气的丧家狗。'子贡找到孔子后把樵夫的话一五一十地告诉了孔子，孔子听了，不仅没恼，反而笑了，还幽默地说：'你把我形容成圣贤的样子，哪里找得到？不过他说我像条丧家狗，倒是说得很传神啊！'说完又叹了口气，慨叹道：'狗尚恋家，人能不思念自己的祖国吗？'周游列国之后，孔子六十八岁回到了鲁国。"听到这里，千一才明白为什么潘古先生派金毛犬给自己送口信。她并没有向潘古先生提什么问题，而是带着问题陷入沉思。"千一同学别溜号，要注意听讲！"潘古先生突然提示了一句，顿时打断了千一的沉思，他继续说："公元前482年，孔子七十岁了，他自称'七十而从心所欲，不逾矩'，意思是说，到了七十岁他进入了一种更自由的精神境界，想做什么就做什么，想说什么就说什么，还样样都合乎规矩。应该是从必然王国到了自由王国。虽有规矩，但不碍自由。规矩是什么？当然是礼了！"正说到这儿，忽然听到远处传来喊杀声，像是有千军万马在奔跑，连大地都微微在颤。众人正在惊愕互视之际，有人在院外高喊："不好了，快跑啊！鲁国内乱了，鲁君带兵和季府的府兵打起来了！"话音刚落，或蹲或坐或立的听众一哄而散，只剩下端坐于杏坛之上的潘古先生和在坛下愣在那里的千一面面相觑。这时潘古先生喊了一声："千一还不快跑！"千一大惊，忙问："潘古先生，您怎么办？"潘古先生催促道:"不用管我,我自有办法,你赶紧离开!"说完大手一挥,向千一掷过来一团红光,还没等千一反应过来,那团红光已经和千一融为一体。

孟蝶被《千一的梦象》深深吸引了,特别是看到潘古先生讲解孔子生平这一段落时,她恨不得穿越到春秋末年的鲁国去了解孔子的思想。她记得爸爸在狗年也画过一条金毛犬,也挂在书房里,就在她捧着《千一的梦象》走进爸爸的书房试图去寻找那条会说话的金毛犬时,家里的电话响了,她赶紧去接。今天是星期六,一大早谁会来电话呢?原来是孟蝶的好朋友胡月,胡月正在学习国画,老师就是孟蝶的爸爸。胡月之所以能拜著名画家孟周为师,当然得益于孟蝶的引荐,这才叫"近水楼台先得月"呢。胡月打电话来是约孟蝶一起去西山写生的。可是孟蝶正沉浸在《千一的梦象》里,不想去,胡月好说歹说,孟蝶终于同意了。

今天的天气格外好,晴空万里,风和日丽,两个人沿着一条山间小路上山,道路崎岖不平,空气中弥漫着无数植物的味道,陡峭的山地完全被繁茂的植物所覆盖,看见孟蝶边上山边沉思,胡月好奇地问:"孟蝶,想什么呢?"孟蝶若有所思地说:"我在想千一就像是另一个我,可是那些奇妙的事情总是发生在千一的身上,却从来没有发生在我身上,为什么呢?"胡月笑着说:"我估计只有你读完《千一的梦象》,才会找到答案的。"平时,放学的路上,孟蝶没少给胡月讲《千一的梦象》,孟蝶充满遐想地说:"真想进入书中,体验一下千一的梦象。"胡月诧异地看着孟蝶说:"你这个想法太不可思议了!"孟蝶用老夫子的口吻说:"哲学告诉我们,所有的'可思议',都是从'不可思议'中诞生的。"说完咯咯咯地笑起来。这时一只松鼠从草丛中蹿到一棵松树上,胡月掏出手机给松鼠拍照,这时孟蝶发现远处的山坳里有一处篱墙小院,院内是青瓦木屋,再看看自己的周围,一些不知名的野花随意而零星地开着,在这里写生太惬意了,于是她毫不犹豫地坐在草地上支起画夹情不自禁地画了起来。受孟蝶的感染,胡月赶紧收起手机,在一个虬结的树根旁,也支起了画夹开始作画。可是好景不长,就在两个人屏息凝神地作画时,一块块流动的云,不声不响地吞噬掉了那些可以激荡人心的色彩,它们就像一群群奇形怪状的异兽迅速凝聚成了一声声闷雷。幸好孟蝶的画已经收尾了,可是胡月刚刚画了一半，没办法，天要下雨了，两个人赶紧收拾画夹并准备避雨，可是刚刚将画夹背在身上，大雨便从天空泼了下来。两个女孩赶紧手牵手往山下跑，此时惊雷在头顶上炸开了，闪电也在树梢上放着光，两个女孩慌不择路，像无头苍蝇似的一阵乱跑，却怎么也找不到下山的路，很显然她们迷路了。胡月带着哭腔问孟蝶怎么办，孟蝶急中生智，说："我们不能往山下跑，这么大的雨，万一遇上山洪就糟了。还是往山上跑吧！"说完拉着胡月的手就往山上跑。跑着跑着，她们突然发现有一条金毛犬从树丛中蹿出来，冲着她俩汪汪汪地叫了几声，便在她们前面跑了起来，孟蝶高兴地说："胡月，这条狗好像是专门来为我们引路的，快跟上它。"胡月气喘吁吁地说："但愿如此。"可是狗在前面跑着跑着回头叫了两声突然不见了，她们跑到狗叫的地方才发现，不远处有一个非常隐蔽的山洞，两个人慌不择路，只好钻进了山洞。山洞内漆黑一片，刚进山洞，胡月就被一个东西绊了一下，孟蝶打开手机上的手电筒一看，竟是一个骷髅头，两个女孩吓得一起尖叫起来。这时，洞内一团火光缓缓地向她们靠近，两个女孩以为遇上了鬼，吓得紧紧闭上眼睛抱在一起，听到狗叫，她俩才试着睁开了眼睛，孟蝶惊喜地发现，李函谷伯伯拿着火把站在她们面前。孟蝶像是见到救星似的喊道："李伯伯，真的是您吗？"李函谷笑呵呵地问："孟蝶，你们怎么到这里来了？"孟蝶赶紧向胡月介绍李伯伯，一边介绍一边瑟瑟发抖地说："我和胡月到山上写生不想遇上了大雨，慌不择路，就到这里了。"李函谷见两个女孩被大雨浇成了落汤鸡，连忙点起篝火给她俩取暖。感到身上暖和起来了，孟蝶才想起问："李伯伯，您到这个山洞也是为了躲雨吗？"李函谷笑着说："当然不是啦，这个山洞的岩壁上有许多岩画，我在研究这些岩画和远古先民巫术的关系。"胡月惊奇地说："李伯伯，能不能带我们去看看这些岩画？"李函谷爽快地说："当然可以。"说完起身，举着火把带两个女孩向山洞深处走，没走多远，两个女孩惊异地发现，岩壁上涂画着许多红色的类似小人的图案。孟蝶好奇地问："李伯伯，这些神秘的图案和巫术有什么关系吗？"李函谷微微一笑说："当然有，这些图案记录的应该是远古先民神秘的巫术礼仪，图腾活动应该是人类最早的精神文明。人们通过巫术舞蹈祈雨、消灾、赐福。"胡月情不自禁地问："李伯伯，您为什么要研究'巫'呢？"李函谷笑了笑说："巫是礼的来源，我在研究孔子的礼，当然要研究巫了。"孟蝶若有所思地问：
"那么究竟什么是巫？什么是礼？巫是如何转化成礼的呢？"李函谷微笑着
说："问得好！所谓巫，是远古先民沟通神明的圣典仪式，这种仪式由一
套极其繁复的仪文礼节所组成，在这种神秘的圣典仪式中，不仅要达到沟
通天人、和合祖先、降福氏族的目的，而且还将分散的个体有意识地融为
一体，培育了群体的集体性、秩序性，而且也规范了个体的情感和观念。
这就为礼的产生创造了条件。因为'礼'就是按当时的伦理道德观念所约
定俗成的一整套行为规范，实际上是一种未成文的法，从祭祀到起居，从
军事、政治到日常生活，礼制的一整套秩序规范具有神圣的意义和崇高
的位置。很显然，巫的理性化必然要变成'礼'。"孟蝶沉思着说："李伯
伯，我怎么感觉远古先民的巫术礼仪很像是他们的梦象呢？"李函谷微笑
着说："说得好！巫术礼仪的确是远古先民心灵图景的外化、幻化，石壁
上的这些岩画就是最好的证明，巫术表演着宇宙的创化，在迷狂中任思维
自由翱翔，由心灵深处释放出巨大的活力和能量，但又'发乎情，止乎
礼'。"胡月插嘴问："李伯伯，孔子为什么那么钟情于礼呢？"李函谷耐心
地说："春秋末年，天下失道已经很久了，礼乐尽丧，征伐不断，秩序大
乱。在这种时代背景下，孔子考察了夏朝的礼制，但夏朝的礼制已不足以
考证原貌了；他也考察了殷朝的礼制，但殷的后裔国宋国的礼制也残缺不
全了；尽管当时已经礼崩乐坏，但是周朝的礼制还相对完好，而且仍在实
行，所以孔子说'吾从周'——我遵从周礼。他设坛讲学，识字授经，招
得弟子数百，听众上千，以至于游说君王，言动诸侯，叫人不能不刮目相
看啊！"孟蝶用质疑的口气问："李伯伯，'吾从周'是不是太保守了呢？"
李函谷解释说："学术界也有人提出了这个问题。认为孔子坚持'吾从周'
的礼制原则是保守、落后，是思想僵化，其实在孔子所处的春秋战国时代
早就礼崩乐坏了，周礼距孔子最近，可以说周礼是当时最先进的礼制，而
且孔子的思想并不僵化，从《论语》中我们可以看到孔子对民间的礼制改
革是非常支持的。孔子认为礼是一个人生存于社会的根本，他认为'不知
礼，无以立也'。孔子就是这样教育自己的儿子孔鲤的。他还教育自己最
得意的弟子颜渊，'非礼勿视，非礼勿听，非礼勿言，非礼勿动'。"胡月
不解地问："李伯伯，这几句话是什么意思？"李函谷耐心地说："这几句

\ 千 \ 一 \ 的 \ 梦 \ 象 \

话出自《论语·颜渊》中，孔子认为，不符合礼法的东西不要看，不符合礼法的言论不要听，不符合礼法的话不要说，不符合礼法的事不要做。总之，礼是一种自身修养，既包括内在的道德水平，又包括外在的礼仪。在《论语》中有很多文字都详细记录了孔子在交谈、坐卧、站立、行走、乘车、寝食、服饰、出使外国、接待贵宾、与友交往、馈赠礼品等方面遵循礼仪、执行礼仪所塑造的自我形象。可以说孔子是言行一致，完全按照礼的标准来要求自己的。"孟蝶兴趣十足地问："按礼的要求，孔子是如何走路的呢？"李函谷笑了笑说："孔子走路一向规矩，笔直而行，步子迈得一样大小，着力一样轻重，而且三步一顿，五步一跃，极有规律，应该从脚步声中就能辨别出来。"胡月笑着说："太有趣了！"李函谷接着说："当然礼与乐是分不开的，'礼''乐'相提并论是因为二者既统一又分化，既合作又分工。'礼'是外在方面的规范，'乐'是直接诉诸人的内在世界，二者相辅相成，那么什么是'乐'呢？郭沫若先生有一个较全面的解释。他说：'中国旧时的所谓乐，内容涵盖很广。音乐、诗歌、舞蹈本是三位一体可不用说，绘画、雕塑、建筑等造型美术也被涵盖了，甚至连仪仗、田猎、肴馔等都可以涵盖。所谓乐者，乐也。凡是使人快乐、使人感官可以得到享受的东西，都可以广泛地称之为乐。但它以音乐为其代表，是毫无问题的。'"胡月插嘴说："相对于'礼'，我喜欢'乐'。"李函谷认真地说："可以说孔子是传统的转化性的创造者。他成功地将'仁'的新鲜血液注入到'礼'中。"孟蝶不失时机地说："李伯伯，给我们讲一讲什么是'仁'吧。"李函谷点了点头说："在《论语》中讲到'礼'，包括礼乐并言有七十五次，而讲'仁'却有一百零九次。可见'仁'在孔子思想中的核心意义。可以说礼是仁之始，仁是礼之核。不过孔子一般不直接说什么是'仁'，正如老子一般不直接说什么是'道'一样。那么如何理解'仁'的内涵呢？我们先看看孔子与自己学生的对话是怎么说的。在《论语·颜渊》中，颜渊问怎么做才是仁，孔子说：'克己复礼为仁'。意思是克制自己，使言行回复符合于'礼'，就是'仁'。仲弓问怎么做才是仁，孔子说：'己所不欲，勿施于人'。意思是说，自己不愿意承受的，绝不强加给别人。樊迟问怎么做才是仁，孔子说：'爱人'。在《论语·乡党》中记载，有一次马棚失火焚毁了，孔子从朝廷回来听到这件事后，首先问伤到人了吗？却不问马。孔子关心的是人，而不是马及马所代表的财产。在马棚里的人当然是饲养马的普通劳动者了。这种同情、关怀下层百姓的'爱人'是'仁'的主旨。在《论语•雍也》中，子贡问怎么做才是仁，孔子说：'夫仁者，己欲立而立人，己欲达而达人。能近取譬，可谓仁之方也已。'意思是说，仁就是要自己站得住，同时也启悟别人，让别人也站得住；自己通达了，也要帮助别人，让别人也能够通达。凡事都能从切近的生活中将心比心、推己及人，可以说这就是实行仁的方法了。孔子这样说并不是要通过外在强迫迫使别人立起来或达起来，而是强调应该创造一种使人人都能站起来或达起来的氛围或环境，让每个人都可以自己去体验自己生命的价值，在社会上不仅自己能站得住，而且可以通达人间。这才是仁人的品格。可见仁是一种连结人心的纽带。孔子用仁将人心联结在一起，这种联结构成了生生不息的能量场，在这种能量场中一切'生'皆有可能。仁者的境界，以至善至美的'圣'为最高，依我看'圣'就是'生'。'天地之大德曰生'，孔子以尧舜为典范，效法文王、武王，上遵循天时，下符合地理。就像天地那样没有什么不承载，没有什么不覆盖。又好像四季的交错运行、日月的光明交替。万物一起生长而互不相害，道路同时并行而互不冲突。小的德行像喝水一样长流不息，大的德行令人仁义敦厚，化生万物。这就是天地之所以伟大的道理。可见'生'是仁的最高境界，要达到这样的境界没有心灵家园的人是不可能达到的。那么心灵家园源自哪里呢？当然源自梦象。有了心灵家园才能升华本性创造出比自己本身更优秀的存在。能升华自己的本性，才能帮助升华万物的本性；能充分升华万物的本性，才能帮助天地造化万物；能帮助天地造化万物，才能化生宇宙。宇宙是由心灵生发的，心灵是由梦象生发的，也应了一个'生'字。所以孔子说：'仁者不忧''仁者必有勇'。什么是仁者的'勇'，我认为就是追求'仁'的最高境界——'生'，这是天地之大德。这个意义上的仁，孔子也叫作'道'。所以他在《论语•里仁》中说：'朝闻道，夕死可矣。'"胡月插嘴问："李伯伯，'朝闻道，夕死可矣'是什么意思？"孟蝶兴致勃勃地说："这句话的意思我知道，我爸爸常说这句话，意思是说，早上知道了真理，晚上死去也值得了。"李函谷赞许地点了点头说："当我们了解了'仁'这个联结人心与万物的能量场，也就同时了解了生生不息，了解了宇宙，了解了心灵图景，最终也就了解了梦象。"话音刚落，金毛犬湿漉漉地跑进来冲着主人叫了两声，李函谷微微一笑说："它是在告诉我们外面的雨停了。"孟蝶一边感激地摸着金毛犬的头一边："李伯伯，它叫什么名字？"李函谷幽默地说："它叫吾从周！"孟蝶和胡月一听都哈哈大笑起来。

　　千一在杏坛听潘古先生讲学时本想向潘古先生请教一下孔子周游列国方面的问题，可是被鲁国内乱给搅了，但是她不甘心，心里始终想着一定要找机会见一见潘古先生。但是快期中考试了，作业特别多，她始终没时间静下心来进入自己的心灵世界。通过这段时间的哲学之旅，她发现自己的心灵和宇宙是相互关联的，它们是一个整体。每当自己陷入沉思冥想时，内心世界一些不可名状的东西就会在心灵元素的聚合下形成令人惊异的图景。她发现，自由的心灵充满了原创的力量。好不容易熬到期中考试结束了，每个星期都有两天只上半天课。下午放学后，她迫不及待地回到家。一进家门，她就听到了狗叫声。她知道这是个好兆头。因此她放下书包直接去了爸爸的书房。挂在墙上的那幅卷轴《孔圣犹闻伤凤麟》里的金毛犬还静静地卧在那里，但她始终不明白爸爸的题款有什么寓意。她情不自禁地问画中的金毛犬："能帮我给潘古先生捎个信吗？"金毛犬果然说话了，它问："你找潘古先生干什么？"千一试探地说："我想请潘古先生帮忙，我要跟着孔子周游列国。"金毛犬说："这点小事就不必麻烦潘古先生了，我陪你去吧。"千一将信将疑地问："你陪我？你行吗？"金毛犬胸有成竹地说："行不行，你试试就知道了。"千一疑惑地问："可是你怎么陪我呢？"金毛犬说："你闭上眼睛就可以进入画中和我在一起了。"千一试着闭上眼睛，她感觉瞬间就穿越了时光隧道，当她听到狗叫声睁开眼睛时，发现孔子正面色凝重地端坐堂上，一色儒生打扮的几十位弟子满满站了一屋子，堂内寂然无声，像是发生了大事情。千一不解地问："孔子这是怎么了？"金毛犬回答："他在等鲁君送来的一块祭肉。"千一疑惑地问："为什么要等一块祭肉？"金毛犬说："今天是祭天的日子，鲁国应该举行祭天大典，大典之后会分赐给大夫们一块祭肉。"千一又问："鲁君什么时候送来？"金毛犬说："鲁君不会送祭肉来了，因为鲁君把祭天大典的事忘了，这会儿和齐国送来的美女寻欢作乐呢！"千一气愤地说："鲁君也太不像话了，作为一国之君，心中根本没有国家和社稷呀！"金毛犬叹气道："所以孔子对鲁君非常失望，决定辞掉大司寇，率领弟子们周游列国。"千一和金毛犬正窃窃私语，孔子缓缓站起身来，对众弟子说了句"启程吧"，然后大步走出房间，登上了门口的马车。弟子们也随后纷纷登上了几辆马车，只听啪的一声鞭响，一队车马绝尘而去。千一急忙问金毛犬："我们怎么办？"金毛犬说："你只要闭上眼睛就行了。"千一闭上眼睛再睁开时，自己和金毛犬已经到了卫国。千一惊讶地发现，孔子和几十位弟子住在一个不大的院子里，外面有许多兵丁警卫，无论谁出入院子，都被兵丁盘问一番。千一难以理解地问："孔子到了卫国为什么会被监视居住呢？"金毛犬说："卫灵公太老了，对孔子讲的'仁德'根本不感兴趣，尽管孔子保证，'只要用我，期月而已，三年有成'，但是卫灵公就是不识货。"千一好奇地问："什么是'期月而已'？"金毛犬说："期月就是一年。"千一喃喃自语地说："看来卫国不是久留之地，孔子为什么不早点离开呢？"金毛犬说："孔子在卫国已经逗留一年了，他比谁都着急，不过他也没有虚度光阴，他在这里研究了《易经》，颇有收获，还迷上了击磬。"千一迫切地问："孔子到底怎么离开卫国的？"金毛犬卖关子地说："你还得闭上眼睛。"千一又闭上眼睛，等听到狗叫声睁开双眼时，竟和金毛犬被关在了一间牢房里，而对面的牢房关的竟然是孔子。千一连忙问："看来孔子还是被卫灵公关起来了！"金毛犬说："这里是匡城的监狱。"千一疑惑地问："这么说孔子逃出卫都了？"金毛犬说："逃出来了，但是到了匡城被匡人抓进了监狱。"千一不解地问："匡人为什么抓孔子？"金毛犬有些无奈地说："其实是匡人抓错人了。他们是把孔子当成鲁国季府的阳虎了。"千一用猜测的语气说："这么说孔子和阳虎长得很像喽？"金毛犬说："是的，但一个是圣贤，一个是邪佞，阳虎曾经率鲁师破匡城，烧杀淫掠，无恶不作。"千一关切地问："那么是谁救了夫子呢？"金毛犬说："是孔子的学生子贡疏通人脉求的卫灵公的夫人南子。"千一无法理解地问："南子是卫灵公的夫人，怎么会救孔子呢？"金毛犬说："卫灵公老了，卫国的事渐渐由夫人在帷幄之中运筹了。南子久闻孔子博学多识的盛名，救孔子是想笼络夫子，因此派子贡和子路一起到匡城解难。其实在卫都帝丘时，南子就邀请过孔子，只是孔子拒绝了。"千一纳闷地问："孔子不是出来谋官的吗，为什么拒绝？"金毛犬说："孔子坚持谋官要走正道，因为他不是在为自己谋官，而是为了大道行于天下。"千一忽闪着大眼睛说："这回南子对孔子有救命之恩，不见恐怕不行了吧。"金毛犬说："是啊，要不是匡域蒙难又欠了南子人情，孔子怕早就到陈国了。"就在这时，子贡和子路走进监牢，孔子一见二人喜极而泣地说："周文王死了以后，礼乐文化怕是只能由我传承下去了！上天如果想要消灭这文化，以后的人就不会拥有它了。上天如果不想断绝礼乐文化，匡人又能把我怎样呢？"人总算救出来了，千一和金毛犬也跟着走出了牢房。金毛犬说："现在你又要闭上眼睛了。"千一不情愿地说："为什么总要闭上眼睛？"金毛犬说："我可以跟上马车，你能跟上吗？"千一只好依了金毛犬。这一闭眼，孔子从匡取道曹国，又回到了卫都帝丘。令千一万万没有想到的是南子竟是她见过的天下最美的女人。千一迫切地问："孔子见到南子后发生了什么？"金毛犬说："孔子到了卫都后，深得南子信任，卫灵公见南子愿意和孔子在一起，也很快慰，他知道孔子是人才，但一直不知道怎么用，如今终于人尽其才了。孔子每日出入宫禁，忙于应酬，一晃又是一年过去了，孔子推行的仁德大道却毫无进展。最终惹恼了一个人。"千一颇感兴趣地问："谁？"金毛犬说："是子路。子路是个心里藏不住事的人。关于这一段，《论语•雍也》是这样说的：'子见南子，子路不说。夫子矢之曰：予所否者，天厌之，天厌之！'"千一皱起眉头问："究竟是什么意思呀？"金毛犬说："意思是说孔子去见南子，子路不高兴，孔子也急了，指着天说：'我见南子，为的是大道行于天下，若另有所图，天不容我，天不容我！'"千一笑着说："看来孔子是一个有七情六欲的圣人，我喜欢！后来呢？"金毛犬说："后来卫国的政局像鲁国一样乱了，孔子只好率弟子去了宋国。"千一关切地问："见到宋国国君了吗？"金毛犬垂头丧气地说："别提了！"千一纳闷地问："怎么了？"金毛犬说："孔子和弟子们到了宋国险些丢了性命。"千一急切地问："到底发生了什么？"金毛犬说："孔子与众弟子刚到宋国，其实离都城商丘还有十里之遥呢，就被宋国的探子知道了，很快上报宋国司马大将军桓魋。孔子在鲁国授课时常常以桓魋的奢靡作为不'仁'的例子，还说他死后还是速朽的好。这话传到桓魋的耳朵里，恨得他牙根痒痒，心想，你孔丘千万别落在我手里，否则我叫你不得好死。孔子之所以不入城，就是想避开桓魋。没想到冤家路窄，孔子迫近宋都没多久，就被桓魋知道了。他立即带兵冲杀过来。"千一紧张地问："当时孔子在做什么？"金毛犬说："孔子正与弟子在大树下演习周礼仪式。"千一急切地问："都什么时候了，还演习周礼，赶紧跑吧。"金毛犬说："孔子的弟子们也是这样说的。可是孔子却说：'天生德于予，桓魋其如予何！'"千一不解地问："他说的是什么意思？"金毛犬说："他说上天降仁德于我，你桓魋能把我怎样？"千一摇着头说："真是个老夫子！"金毛犬说："要不是子路强行将他推上车，非死在桓魋的刀下不可。"千一长舒一口气问："这么说桓魋没追上孔子？"金毛犬点着头说："桓魋追到孔子和弟子们演习周礼的大树下，连个人影也没看见，只好气急败坏地命令兵士们刀砍斧剁地放倒了那棵参天大树。然后下令全国通缉孔子。"千一关切地问："最后孔子逃出宋国了吗？"金毛犬说："孔子弃了马车，微服匿行，专挑荒野小道跑，一气乱跑之后竟然迷了路，而且和弟子们失散了。他一生为君王指引大道，可是现在却迷失在荒野之中，找不到路了。子贡找到他时，他不仅蓬头垢面，衣破鞋烂，而且筋疲力尽、又饥又渴。他问子贡，我们这是在哪儿？子贡说这是郑都新郑。"千一似有所悟地插嘴说："我知道了，在杏坛，我听潘古先生讲过，孔子逃到郑以后，被一个樵夫称为丧家之犬，孔子还调侃自己说那樵夫比喻得很传神。金毛，你对孔子称自己为丧家犬是怎么理解的？"金毛犬长叹道："狗饿死也不会背叛自己的主人。孔子把自己比喻成丧家犬，是在表达自己对民族的仁慈忠义之心啊！尽管孔子生不逢时，但是他始终没有放弃过自己的理想追求。用他自己的话讲，就是'岁寒，然后知松柏之后凋也'。"千一敬佩地问："他为什么非要离开故乡呢？"金毛犬说："故乡在孔子心中是非常博大的，他正是为了理想中的故乡而离开了现实的故乡，孔子调侃自己是丧家犬，那是因为他一生都在寻找自己的心灵家园啊！"千一一边鼓掌一边说："你说得太好了！看来潘古先生没有选错你！"金毛犬更正道："错！不是潘古先生选的我，而是孟蝶的爸爸孟周选的我。"千一嘟囔道："又是孟蝶的爸爸。那么好吧，既然孔子已经周游到郑国了，我们赶紧去吧！"这回没用金毛犬提醒，她就主动闭上了眼睛。

在郑国，千一看到孔子一病不起，弟子们围在孔子病榻四周，子路一个劲儿劝孔子向鬼神祈祷，孔子有气无力地说："你知道的，我一向敬鬼神而远之。"子路说："眼下除了求鬼神也没有别的办法了。"孔子说："死生有命，富贵在天。我不信鬼神，只信天命。"不久孔子的弟子们也纷纷病倒了，听了孔子的话，千一叹息道："孔子这一病，只能滞留在郑国了，接下来天命会怎样安排孔子和他的弟子们呢？"金毛犬说："孔子和弟子们苦熬了好几个月，大家的身体才渐渐地恢复过来。正要起身之际，去陈国的道路被堵死了。只剩下一条路，就是冒险西行入晋。"千一纳闷地问："为什么是冒险入晋呢？"金毛犬说："晋国的国君无后，朝政便由六家公卿分别把持着。到了赵鞅之时，赵氏成了一言九鼎的人物，有两家公卿不服，起兵反叛，便引起了晋国内乱。"千一喃喃地说："那确实很危险。"金毛犬说："但真正的危险不是因为内乱，而是因为赵鞅这个人。"千一迫切地问："赵鞅是怎样一个人呢？"金毛犬说："孔子的弟子子路和子贡认为，赵鞅擅权僭越，为人暴虐，所以极力阻止孔子入晋。"千一兴味十足地问："孔子怎么说的？"金毛犬说："孔子说，真正的坚硬是磨而不损，真正的洁白是染而不黑，民望仁政，世盼礼乐，道义在我心中，他赵鞅又奈我何？"千一叹息地说："看来孔子太想证明自己了！"金毛犬说："是呀，他常说只要有人肯用我，少则一年，多则三年，我就能治国安邦，匡平天下。"千一跺着脚说："可是去晋国太危险了。"金毛犬点着头说："是呀，当子贡告诉孔子赵鞅杀贤臣，重用曾经在鲁国作乱、事败后出逃晋国的恶人阳虎后，孔子才仰天长叹，行大道于天下怎么这么难啊！"千一接着问："接下来该去陈国了吧？"金毛犬说："是呀，第二年春天，孔子和弟子们终于到达了陈国。"千一颇感兴趣地问："从第一次离开卫国之日算起，孔子来来回回走了几年了？"金毛犬说："折折返返地走了五年了。"千一蹙眉问："陈国国君重用孔子了吗？"金毛犬摇了摇头说："陈王年轻英俊，很敬重孔子的博学，起初孔子对陈王很有信心，心想，虽然陈国是个小国、地处偏远，但只要陈王肯用我，期月而已，最多三年，陈国必会强大起来。可是等了好几个月也没等到陈王的任命。"千一不解地问："为什么？"金毛犬说："估计是有嫉贤妒能的小人向陈王进谗言了。好在智者不会迷惑，仁者不会忧愁，勇者不会惧怕。"千一自言自语地说："看来陈国也待不下去了。"金毛犬点了点头说: "孔子没有等到任命书,等来的是攻破宛丘城的楚师。吴王夫差率大军破了越都后,余勇过剩,捎带脚儿就把陈给破了。陈王连夜就逃走了。无奈之下,孔子和弟子们挤在逃难的人群里,向西南方向逃到了蔡都。"千一插嘴说: "孔子已经到了蔡都了,可我们还在郑国呢!"金毛犬说: "那你赶紧闭上眼睛呀!"千一闭上眼睛后瞬间就到了蔡都上蔡。

孔子逃到上蔡时,已经由君子变成了难民,此时吴兵也从陈国打到了蔡国,蔡侯早就跑得无影无踪了。千一疑惑地问: "蔡地有国无君,孔子如何宣讲仁德呢?"金毛犬说: "孔子感叹,天下已经乱得君不君、臣不臣了,不跑了,就地休整。于是孔子和弟子们在城南住下,再做打算。"千一困惑地问: "为什么孔子周游列国,没有一位君王被说动呢?"金毛犬说: "依我看,孔子也一直在思考这个问题。不然他也不会在《诗》《书》《礼》《乐》《易》《春秋》中,那么看重《易》了。他是想通过研究《易》来探究天意啊!"千一凝眉问: "孔子在上蔡做了些什么呢?"金毛犬说: "战乱之际,孔子和弟子们在上蔡日子过得既慌乱,又闲得无聊。孔子说:'饱食终日,无所用心,难矣哉!不有博弈者乎,为之,犹贤乎已。'"千一用催促的语气问: "孔子在感叹什么?"金毛犬说: "整天吃饱了饭,不知道心思怎么用,太难过了!下下棋也比干闲着好啊!不过孔子说'饱食终日'太夸张了,其实,他们已经几个月不知肉的滋味了。为此,孔子常常不得不用'君子食不求饱'的道理来教育弟子们。"千一微微一笑说: "不会就这么风平浪静吧?"金毛犬说: "可不是,好不容易熬过了冬天,城又破了,这回打过来的不是吴兵,而是晋军。孔子只好率众弟子逃离上蔡城,继续南下直奔叶地。"千一连忙说: "那我们也跟着跑吧。"金毛犬说: "你还得闭上眼睛。"千一沉着脸说: "我不想闭上眼睛了,我想睁着眼睛看个究竟。金毛,既然你这么聪明,帮我想个办法吧!"金毛犬说: "你带着潘古先生送给你的龟甲片了吗?"千一点着头说: "带了!"金毛犬说: "你把龟甲片往天上一扔,它就会变成飞毯,咱俩可以一起坐飞毯。"千一高兴地说: "太好了!"说完从口袋里掏出龟甲片扔了出去,瞬间一块飞毯降落到千一身边,千一和金毛犬跳上去,飞毯顿时飞向远方。

千一和金毛犬从飞毯上下来时，发现孔子和弟子们进入了叶邑，这里是叶公的封地。一到这里千一就想起了"叶公好龙"的成语，忍不住想笑。心想这两个知名人物一个好"龙"，一个好"礼"，一旦见面定是盛事。但是让她万万没有想到的是这两个人见面交谈时却发生了激烈的争执。叶公认为，父亲偷了人家的羊，儿子作证检举，这是正直的举动。孔子却认为，父亲或儿子有过，应该互相隐瞒互相包庇，这才叫正直。结果叶公对孔子的观点很不认同，以至于一场盛事不欢而散。千一试探地问："金毛，孔子的意思是情先于法吗？"金毛犬说："孔子的意思是'父为子隐、子为父隐'与人的本性相符，与人的本性相符的理是天理，天理要求每个人都不能违反做人的良知，'父为子隐、子为父隐'是人性的自然反应，正所谓'己所不欲，勿施于人'。你不愿意举报自己的父亲，你自己也不应该去要求别人举报自己的父亲。法有无知、傲慢的天性，所以要用天理去约束法律，没有天理约束的法律会产生暴政。儒家文化之所以主宰中国思想两千年，就是因为儒家将天理置于王法之上。这也是儒家与法家的最大区别。秦王朝为什么二世而亡？就是因为只讲王法不讲天理。"千一茅塞顿开地说："我明白了，如此说来，情先于法，家先于国了！"金毛犬说："人性如此。"千一兴趣盎然地问："不用说，孔子与叶公的交往只能是不欢而散。那么下一站孔子和弟子们又去了哪儿呢？"金毛犬说："因为和叶公话不投机，孔子有度日如年之感。好在一个多月后，晋军撤出了上蔡，孔子便辞别叶公，重新回到了蔡都。没想到楚王的特使在上蔡恭候孔子多日了。"千一兴奋地问："这么说楚王要重用孔子了？"金毛犬说："楚王愿以七百里封地，请孔子施行仁政德治。"千一高兴地说："太好了，孔子和弟子们终于有盼头了。"金毛犬说："是啊！孔子振奋极了，他谢过楚使，吩咐弟子们收拾行囊，立即动身去见楚王。"千一急切地说："咱们也赶紧走吧，我可不想错过看这么好的大戏。"可是当千一和金毛犬坐着飞毯悬于空中时，却发现孔子一行已经被一大群兵士困在了陈、蔡边境的山谷之中。千一焦急地问："这到底是怎么回事？"金毛犬说："陈蔡两国是小国，他们担心孔子投奔楚国后，一旦被重用，楚国会更强大。楚国早就有吞掉陈、蔡两个小国的野心，因此两国决定阻止孔子去楚。于是将孔子一行围困在山野中，这就是著名的'在陈绝粮'。要不是子贡突围后搬来楚兵，孔子和弟子们非饿死不可。"千一感慨地说："太悲壮了！后来呢？"金毛犬说："当孔子和弟子们终于到达楚国北部重镇负函时，却传来楚王驾崩的消息。"千一感慨地说："楚王死得太不是时候了！"金毛犬说："是呀，孔子听到楚王死了的消息，怅然若失，感慨道：'道不行，乘桴浮于海。'"千一疑惑地问："什么意思？"金毛犬说："意思是说，如果大道不能推行于天下，干脆坐着竹筏到海上漂流去吧！"千一继续问："去楚国的计划落空了，接下来该怎么办？"金毛犬说："我们该回卫国了，因为孔子和弟子们已经按原路踏上归途了。"千一不解地问："为什么不直接回鲁国？"金毛犬说："因为鲁君并没有要召回孔子。"千一又问："那么孔子怎样才能回到鲁国呢？"金毛犬说："孔子的弟子冉求在鲁国的季府做官，在他的斡旋下，季康子上报鲁哀公，孔子这才回到了鲁国。回国那天的欢迎仪式很隆重，孔子也算是荣归故里了。"千一关切地问："回鲁国后，孔子又当官了吗？"金毛犬摇着头说："没有，孔子荣归后，就闲居起来，整日闭门在家专心整理著述。先是编辑了《诗》《书》，又整理了《礼》《乐》，还撰写了《春秋》。当然最令他沉迷的还是《易》。他为《易》写了许多心得，有彖、象、文言、系辞、说卦、序卦、杂卦诸篇，七十三岁那年，孔子离开了那个让他四处碰壁的世界。但他的思想在他死后却主宰了中国两千年。"千一恍然大悟地说："我终于明白爸爸的画为什么题款《孔圣犹闻伤凤鳞》了。"话音刚落，金毛犬便倏然消失了。千一睁开眼睛，自己正站在卷轴画前，金毛犬已经归位，想起刚才的经历，有一种恍然如梦的感觉。

　　在孟蝶家后院能望见西山一座笔直的山峰，孟周时常在后院支起画架凝视着山峰写生。常常在不同的时间和光线下，对着山峰描绘，从自然的光色变化中抒发瞬间的感觉。就在孟周即将画完时，孟蝶捧着《千一的梦象》急匆匆地走过来，感叹地问："爸爸，孔子的一生太坎坷了！既然他的思想主宰中国两千年，您能给我举个例子吗？"孟周收笔后没有直接回答女儿的问题，而是用启发式的口吻说："既然你已经了解了孔子的思想，那么就用孔子的话帮爸爸想一句题款语吧。"孟蝶凝神静思很久也没有想出来，站在一旁的舒畅提笔用非常骨秀的线条写了八个字：智者乐水，仁者乐山。孟蝶一拍脑门说："妈妈，这是《论语》里的句子，我怎么没想到呢！"孟周笑着说："学习哲学可以增长智慧，要活学活用。孔子在《论语·雍也》篇中说：'知者乐水，仁者乐山；知者动，仁者静；知者乐，仁者寿。'他的这种美学思想对中国山水画有着极深刻的影响。"孟蝶不解地问："这段话是什么意思呢？"孟周耐心地说："意思是说，智者喜爱水，仁者喜爱山。智者活跃，仁者沉静。智者常乐，仁者长寿。水是智者的梦象，山是仁者的梦象。每一个国家都有山有水，可是只有中国，山水成了我们的心灵图景，成了我们的境界，成了中华民族的梦象。可以说读懂了中国的山水画，就读懂了中国，中华民族的梦象就浸润在一天一地、一山一水、一草一本、一花一叶、一阴一阳之中。狭隘地讲，'天人合一'的'天'不是指我们头顶上的天，而是指山水，所谓'天人合一'就是将身心浸润在山水之间，与山水融合成一体，进而感受'仁'的力量。"孟蝶不解地问："爸爸，'仁'也是一种美吗？"孟周认真地说："'仁'不仅是一种美，而且是真善美的统一。孔子在《论语·卫灵公》中说'言衷信，行笃敬'，意思是，说话要忠诚守信，做事要厚道谨慎，含有'真'的意思。又说'君子贞而不谅'，'贞'是言行一致的大信，当然是'真'，他提醒我们，在作出承诺和践行承诺的时候，需要遵守仁义和大道。在《易传·乾·文言》中，孔子还说'修辞立其诚'，就是说撰文著书时要有诚心，说心里话、真心话。孔子所说的忠、信、贞、笃、敬、诚等概念都包含着'真'。孔子在《论语·八佾》中讲到《韶》这一乐舞艺术时说：'尽美矣，又尽善也。'认为《韶乐》尽善尽美，而谈到《武》这一乐舞艺术时却说：'尽善矣，未尽美矣。'尽善但不尽美。《韶乐》为什么使孔子产生了那么大的美感？就因为实现了真善美的统一。"这时，舒畅插嘴补充道："其实仁的内核就是真善美，也是一种深植于心灵的能量。"孟蝶似有所悟地问："怎样才能做到'仁'呢？"孟周耐心地说："唐朝有一个画家张璪说过一句名言：'外师造化，中得心源。'其实这句话恰恰说反了，应该是'内师心源，中得造化'。要想达到智者或仁者的境界，必须'内师心源'，才能'中得造化'。什么是心源？其实就是梦象。因为对于创造性心灵来说，'仁'是一种如山水般崇高而纯净的意识、潜意识，甚至是无意识。山水是智者或仁者的心灵图景，是智者或仁者崇高而纯净的意识、潜意识、无意识创造了山水。山水并不独立于心灵而存在，心灵一直都是山水的创造者，并不断丰富着山水以及与山水有关的事物的样貌。山水不过是我们内师心源的一种造化。"孟蝶恍然大悟地说："我明白了，爸爸，您说的山水其实就是宇宙。孔子是用礼、乐、仁构筑了宇宙。"孟周未置可否地笑着说："仁是与心灵相似的形式，自然要参与宇宙或者梦象的创造。"孟蝶又问："爸爸，要想达到'仁'的境界，从哪儿做起呢？"孟周耐心地解释说："孔子在《论语·泰伯》中说：'兴于诗，立于礼，成于乐。'意思是说，人的修养开始于学诗，并以修礼立身，然后通过乐也就是艺术来完成。孔子还在《论语·雍也》中说：'知之者不如好之者，好之者不如乐之者。'意思是说，知道它的人呢不如爱好它的人，爱好它的人呢不如以其为乐的人。也就是说，兴趣是最好的导师，仅仅认识到什么是仁是不够的，仅仅爱好仁也是不够的，还要对仁能够产生情感的愉悦，得到一种审美的享受。就像孔子痴迷于《韶乐》一样。因此孔子在《论语·阳货》中才慨叹地说：'礼云礼云，玉帛云乎哉！乐云乐云，钟鼓云乎哉！'意思是说，礼啊礼啊，难道只是说玉、帛吗？乐呀乐呀，难道只是说钟、鼓吗？'礼'是表现'仁'的形式，舍去仁的礼没有意义；'乐'是表现'礼'的形式，舍去礼的乐也没有意义。'乐'作为一种审美的艺术，不只是悦耳的钟鼓之声，它还要达到仁的境界。也就是说在艺术创作中，真善美必须统一起来。"孟蝶若有所思地问："孔子有自己的审美标准吗？"孟周笑呵呵地说："当然有了。孔子在《论语·八佾》篇中说：'《关雎》乐而不淫，哀而不伤。'孔子的审美标准就是欢乐而不放纵，愁思而不哀伤。"站在一旁的舒畅补充说："还有'质胜文则野，文胜质则史。文质彬彬，然后君子'。"孟蝶颇感兴趣地说："妈妈，这话听着就美，但意思是什么呢？"孟周接过话茬说："意思是说，质朴超过了文采，就显得粗拙；文采超过了质朴，就显得虚浮。只有文采与质朴交相辉映，才具备君子的风度和修养。"孟蝶赞叹地说："说得太有哲理了，想不到《论语》中有这么多关于美的论述。既然孔子那么重视《诗》，那么'诗'的作用是什么呢？"孟周解释说："关于诗的作用，孔子总结了四个方面：诗，可以兴，可以观，可以群，可以怨。意思是说，诗，可以激发想象力，可以观察心灵图景，可以找到知音，可以培养怀疑精神、批判精神。"孟蝶兴奋地说："太深刻了！爸爸的画，妈妈题'智者乐水，仁者乐山'太准确了。只是画中的水好像表达得不明确。"孟周笑了笑说："对面直立的山峰峰顶上堆满了积雪，雪便是凝固的水呀！"孟蝶赞许地说："看来爸爸笔下的山与水已经融为一体了。"这时，舒畅端着一盘切好的西瓜放在院子里的石桌上，笑眯眯地说："你们爷俩谈经论道好半天了，都渴了吧？快来吃西瓜。"孟蝶先取了一块礼貌地递给爸爸，又拿起一块递给妈妈，自己也拿起一块刚要吃，突然又想起了一个问题，她一边啃着西瓜一边问："爸爸，孔子的思想主宰中国两千年，就没有一种思想与儒家的思想抗衡吗？"孟周一边吐西瓜子一边说："当然有了。"孟蝶迫不及待地问："是谁的思想呢？"孟周卖关子地说："你好好读一读《千一的梦象》就知道了！"

第 四 章

爱与光的使者

吃晚饭时，千一认真地问："妈妈，有没有与儒家唱对台戏的思想？"妈妈微微一笑说："当然有了，据说墨子早年受过儒家思想的教育，后来创立了自己的学派，不仅抛弃了儒家思想，而且公开与儒家叫板。"千一一边喝汤一边说："妈妈，能给我讲一讲墨子吗？我对他太陌生了！"妈妈不好意思地说："关于墨子，妈妈没读过他的书，也只知道一点皮毛，在诸子百家中，你爸爸最喜欢墨子。他不止一次地对我说过，墨子不仅是伟大的思想家，还是伟大的科学家、政治家、军事家、逻辑学家、制造专家、社会活动家、民间团体领袖等等。他创立的墨家学说，在春秋战国时期与儒家并称显学。"千一敬佩地说："哇哦，妈妈，听你这么一说，墨子岂不是一位伟大的全才！"妈妈笑着说："你爸爸就是这么评价墨子的，不过，令人遗憾的是，墨子的思想到了汉代，受到'罢黜百家，独尊儒术'的影响，几乎失去了声音，几乎成了'绝学'。到了清末，有一批认识了西方的学者对墨子做出了新的判断，墨子才被重新发现。"千一好奇地问："妈妈，既然墨子那么伟大，为什么墨子的思想会沉默两千年呢？"妈妈摇着头说："我说不太好，还是等你爸爸回家后问他吧。"

千一哪儿肯等到爸爸回来再了解墨子，晚饭后一回到房间，便翻抽屉找自己视若珍宝的龟甲片，她要进入梦象之门去向潘古先生请教。可是她无论如何也找不到那块龟甲片，只好去问妈妈，妈妈疑惑地说："我从来没看见过什么龟甲片，从哪儿来的，干什么用的？"千一急切地说："是一块刻着甲骨文的龟甲片，是一位老爷爷送我的，很神奇，会让我很快静下心来，每次我做作业时，都会把它放在身边。"妈妈瞪大眼睛诧异地说：

"我还是第一次听你说，你再好好找一找，会不会放在学校了？"千一焦躁地说："妈妈，我从来没往学校带过，也不会轻易往学校带的。"妈妈安慰着说："那就还在你的房间里，再好好找找。"千一只好回到房间再找，可是怎么也没找到。

第二天早晨，天刚蒙蒙亮的时候，千一虽然醒了，但因昨天晚上没找到龟甲片，一宿没睡好，赖在床上不愿意起。这时她听到房门吱扭一声开了个缝儿，好像有什么东西爬了进来，她连忙伸着脖子去看，竟然是一只老龟缓慢地爬了进来。她一骨碌爬起来跳下床，蹲在老龟面前仔细一看，龟壳上刻着"梦象"两个甲骨文字，她一下子全明白了。连忙用手按在龟壳上问："出去一夜干什么去了？"老龟慢吞吞地说："还能干什么，当然是出去收集梦了。"千一十分诧异地问："收集梦？收集梦干什么？"老龟慢悠悠地说："你一次次穿越梦象之门，上次还将我化作飞毯使用，消耗了我很多的能量，我出去收集梦是为了补充能量，不然下次你想穿越梦象之门时，我怕能量不足，打不开梦象之门啊！"千一惊异地问："你是怎么收集梦的？都收集了一些什么样的梦？"老龟得意地说："什么样的梦我都收集，欢乐的、痛苦的，冒险的、新奇的，美的、丑的，聪明的、愚蠢的，只要是梦，无论是哪一种，都逃不过我的龟甲壳。"千一听了喃喃自语地说："太有意思了！那么你也能收集到潘古先生的梦境喽？"老龟点着头说："当然了，昨天晚上他通过梦告诉我请你到他的竹林茅舍去做客，他说你们的哲学之旅将开始学习墨子的智慧。"千一高兴地说："太好了！老龟，谢谢你！不过，你是不是应该回归原形了？"千一话音刚落，老龟瞬间变成了一块龟甲片。这时，妈妈推门进来问："千一，你跟谁说话呢？"千一笑眯眯地说："没跟谁说话，妈妈，我的龟甲片找到了。"妈妈好奇地说："是吗？快给我看看。"千一将龟甲片递给妈妈，妈妈看完后失望地说："女儿，妈妈怎么没看出来它哪儿神奇呢？"千一恐怕妈妈知道自己的秘密，便遮掩着说："妈妈，这块龟甲片上刻着的甲骨文距今有三千六百多年的历史了，这还不够神奇吗？"妈妈附和着说："是够神奇的，好了，赶紧起床吃早餐了。"

好不容易挨到放学，千一迫不及待地回到家，一到家就抓紧时间做作业，晚饭吃了个半饱就告诉妈妈吃饱了，妈妈问她为什么吃得这么少，她说放学后刘兰兰给她吃了一个大黄桃，所以不太饿。其实她是想早一点穿越梦象之门去见潘古先生。或许是老龟收集梦之后能量充足的缘故，她拿起龟甲片没多久便非常顺利地进入了梦象之门。

又是一个风和日丽的好天气，当千一沿着山间小径望见竹篱茅舍时，心想潘古先生一定在房间内诵读《墨子》呢，不承想靠近竹篱院墙时，发现潘古先生正在院子里干木匠活。她走进院子好奇地问："潘古先生，你在做什么？"潘古先生停下手中的活儿说："我在效仿墨子制作木鸢。"千一诧异地问："什么是木鸢？"潘古先生微笑着说："就是风筝。中国最早的风筝是用木材制作的，墨子曾经花费三年时间制造了一只木鸢，飞了一天就坠下来了。"千一惊异地问："莫非墨子比鲁班的手还巧？"潘古先生笑呵呵地说："他们俩谁更巧，我给你讲个故事你就知道了。公输盘，也就是鲁班，为楚国制造攻城的云梯，准备攻打宋国。墨子听到这个消息后非常着急，他先安排大弟子禽滑釐带领三百精壮弟子，帮助宋国守城，然后从鲁国出发，星夜兼程，四天赶到了楚国郢都，见到了公输盘。两个人辩论什么是义，一番唇枪舌剑后，公输盘被说服了，并将墨子引荐给楚王。墨子先向楚王宣传'兼爱''非攻'的思想，但楚王仍然坚持攻宋。墨子只好用腰带模拟城墙，以木片标识各种器械，同公输盘演习各种攻守战法，公输盘九次巧妙地设置不同的器械来攻城，九次都输给了墨子。公输盘攻城的器械已经用尽了，而墨子的守城方法还绰绰有余。公输盘没有办法了，说：'我知道用什么方法对付你了，但我不说。'墨子说：'我知道你的办法无非是杀掉我，但是我的弟子禽滑釐已经带领三百人手持我守城的器械到达宋国了，即使杀死我，你们也无法消灭我守城的办法。'楚王思虑再三，只好放弃了攻宋的打算。这就是历史上最著名的'止楚攻宋'的故事。这回你该知道墨子和鲁班谁更厉害了吧？"千一感叹道："太神奇了！潘古先生，墨子到底是怎样一个人呢？"潘古先生手持长须说："墨子姓墨名翟，是鲁国滥邑人，也有说是宋国人的。他的生卒年代不能确考，不过可以确定他生活和活动在战国初年。比孔子生得晚。他曾经做过造车子的工匠，所以自称为'贱人'。估计他做工匠的时间还不短，所以技术造诣很高。早年还受过儒家的教育，只是后来由于不满孔门礼乐的烦琐和浪费，才从儒学中独立出来，成为孔子的第一个反对

\千\一\的\梦\象\

者，并且创立了自己的学派，也就是墨家学派。和孔子一样，墨子也曾在各诸侯之间奔走游说，宣传自己的思想主张，希望通过自己的思想救世济危，足迹到过齐、鲁、宋、卫、楚、魏等国。不过由于墨子的主张不受当权者欢迎，所以始终不被重用。尽管如此，在墨子人格魅力的感召下，其身边聚集了一批有才华的弟子，并形成了一个实力强大的学派。战国时期这个学派和儒家学派一起被称为'世之显学'。在《墨子·鲁问》中，墨子教导弟子：'凡入国，必择务而从事焉。国家昏乱，则语之尚贤、尚同；国家贫，则语之节用、节葬；国家憙音湛湎，则语之非乐、非命；国家淫僻无礼，则语之尊天、事鬼；国家务夺侵凌，即语之兼爱、非攻。故曰择务而从事焉。'"千一插嘴问："这段话是什么意思呢？"潘古先生解释说："大意是说，凡是到一个国家，一定要选择最重要的事情进行劝导。如果一个国家混乱，就告诉他们尚贤、尚同的道理；如果一个国家贫穷，就告诉他们节用、节葬的道理；如果一个国家喜好声乐、沉迷于酒，就告诉他们非乐、非命的道理；如果一个国家淫乱无礼，就告诉他们尊天、事鬼的道理；如果一个国家喜欢掠夺侵略，就告诉他们兼爱、非攻的道理。所以说，要选择最要紧的事进行劝导。"千一一头雾水地问："什么是尚贤、尚同、节用、节葬、非乐、非命、尊天、事鬼、兼爱、非攻呢？"潘古先生笑了笑说："这是墨子思想的十大主张，以兼爱为本，'兼爱'是墨子最为著名的思想，在他的思想体系中处于核心地位。墨子生活在一个礼制崩塌、王权衰败、诸侯纷争的时代，广大民众饱受战乱之苦，极渴望安定太平的生活环境。墨子对现实生活给予了积极关注与思考。坚决无情地揭发当时战争给人民带来的深重灾难。他站在平民立场上为维护民众与弱小国家的生存，提出了'兼爱''非攻'等主张，在《墨子·兼爱上》中说：'故圣人以治天下为事者，恶得不禁恶而劝爱。故天下兼相爱则治，交相恶则乱。故子墨子曰："不可以不劝爱人"者，此也。'意思是说，既然圣人以治理天下为己任，怎么能不禁止相互仇恨而劝导相爱呢？因此天下的人相亲相爱就会治理好，相互仇恨就会混乱。所以墨子说：'不能不劝导爱别人'，道理就在于此。在《墨子·兼爱中》进一步阐述道：'既以非之，何以易之？子墨子言曰："以兼相爱、交相利之法易之。"然则兼相爱、交相利之法将奈何哉？子墨子言："视人之国，若视其国；视人之家，若视其家；视人之身，若视其身。"是故诸侯相爱，则不野战；家主相爱，则不相篡；人与人相爱，则不相贼；君臣相爱，则惠忠；父子相爱，则慈孝；兄弟相爱，则和调。天下之人皆相爱，强不执弱，众不劫寡，富不侮贫，贵不傲贱，诈不欺愚。凡天下祸篡怨恨，可使毋起者，以相爱生也。是以仁者誉之。'意思是说，既然已经认为不相爱不对，那用什么方法来改变它呢？墨子说道：'用人们相互关爱、交互得利的方法来改变它。'既然这样，那么人们怎么才能做到相互关爱、交互得利呢？墨子说道：'看待别人的国家就像看待自己的国家，看待别人的家族就像看待自己的家族，看待别人的生命就像看待自己的生命。'这样的话，诸侯之间相爱，就不会发生野战；家族宗主之间相爱，就不会互相掠夺；人与人之间相爱，就不会互相残害；君臣之间相爱，就会有恩惠、有忠心；父子之间相爱，就会有慈爱、有孝敬；兄弟之间相爱，就会关系协调融洽。全天下的人都相爱了，强者就不会控制弱者，人多势众的就不会劫掠势单力薄的，富有的人就不会欺侮贫困的人，显贵的人就不会傲视低贱的人，奸诈的人就不会欺骗憨厚的人。凡是天下的祸患、掠夺、埋怨、愤恨之所以让它们不发生，是因为人们产生相爱之心。所以仁义的人都赞美它。可见，'相爱'是指国与国、家与家、人与人之间的相互爱护，所以叫作'兼相爱'。墨子把天下一切恩怨祸乱的根源都归结于人们的不相爱，因而提出兼相爱、交相利的主张。"千一一边思索一边问："潘古先生，墨子讲兼爱，孔子讲仁爱，这两种爱的区别是什么？""问得好，"潘古先生赞许道，"'兼爱'与'仁爱'的确不同。'仁爱'是有等级差别的，是从亲情出发，推己及人。比如对父母的爱与对兄弟姐妹的爱不同，对自己父母的爱与对别人父母的爱也不同。'仁爱'有亲疏远近之别、贵贱差等之分。先爱自己的'亲'，然后再推及别人的'亲'。墨子的'兼爱'是'爱无差等'，消除了等级观念。他要求人们对别人父母的爱与对自己父母的爱、对待自己亲人的爱与对待别人亲人的爱，没有差别，一视同仁。他以爱人若爱己、为人犹为己的兼爱思想作为'仁者'追求的最高道德境界。"千一舒了一口气说："我明白了，那么什么是非攻呢？"潘古先生继续说："'非攻'是'兼爱'的延伸。墨子坚决反对战争，但是春秋战国时代，国家之间和各国贵族内部不断发动攻伐兼并的战争。墨子认为那些攻伐兼并的战争都是不义的。按照'兼爱'的要求，只有去爱人利人才是'义'，去害人杀人就是'不义'。'不义'的形式有很多种，如偷窃、抢劫和杀人等等。但是最大的'不义'却是战争。所以要行义、要'兼爱'，必须'非攻'。墨子的非攻并不是一种消极的一厢情愿，他还有很多积极的策略，我给你讲的《公输》的故事就是最好的例子。"千一若有所思地说："在墨子的十大主张中，'尚贤'也应该是'兼爱'的延伸，潘古先生，我理解得对吗？"潘古先生微笑着说："你理解得不错。'尚贤'的核心意思就是任人唯贤，不计出身贵贱，以能力为准。墨子认为这是'为政之本'。他把贤士的任用与国家的长治久安联系在一起，要求'举贤不避贫贱''举义不避亲疏''举义不避远近'，这种唯贤是举的主张，事实上打破了封建社会的等级观念，这或许是墨子在两千多年的封建文化中几乎没有自己立足之地的原因之一。至于'尚同'是应该批判的，因为反对多元多样，相比之下，儒家的'和而不同'更具进步意义。"千一凝着眉头说："从字面上理解，'节用''节葬'是一种经济思想，至于'非乐'我就不明白是什么意思了。"潘古先生讲解道："墨子对儒家揭竿而起，首先发生在节用、节葬、非乐等命题上。你说得没错，节用不仅是一种经济思想，而且是墨子经济思想的核心。墨子所处的时代民生艰难，生产力水平比较低下，但上流社会依然奢靡无度、耽乐荒淫、厚葬伤财，墨子之所以提倡'节用'，主要目的在于限制统治者铺张浪费。因为统治者的过分奢侈已经严重威胁到了普通民众的生活，在这样的时代背景下，墨子站在民间立场，要求王公贵族节用，而不是站在王公贵族的立场要求民众节用。强调圣王为政，应该去掉奢靡的费用，只要满足最基本的自然要求就可以了，应杜绝一切无益实用的消费。墨子将'节葬'单独提出来也是基于这样的考虑。在墨子看来，儒家的厚葬久丧是完全没有必要的浪费。所以他提出了'节葬'的主张，对于保存当时的社会生产力、增进社会财富而言，是极有意义的。至于'非乐'，墨子提出的理由与节用大体相同。他认为，王公大人在衣食无忧的情况下沉湎声色，必然以民众的牺牲为代价。这一主张也有与儒家针锋相对的意味。因为儒家最讲究礼乐，其实，墨子并非不能欣赏音乐的美，只是他认为在当时的社会生产力条件下，王公大人沉湎声色，只会造成'亏夺民衣食之财'的后果。因此他才提出'为乐非也'的主张。"

千一质疑道："看来墨子不像孔子那样精通和喜爱音乐，孔子听到《韶乐》，'三月不知肉味'，在这方面，墨子的思想是不是有些褊狭了呢？"潘古先生认真地说："你的质疑不是没有道理，如果'泛非乐'过度，不是没有可能对音乐、雕刻、服饰、烹饪、建筑等诸种艺术带来损害。但是西汉史学家司马谈在《论六家要旨》中认为：墨家俭啬而难以依遵，但'要曰强本节用，则人给家足之道也。此墨子之所长，虽百家弗能废也。'也就是说，墨家学说的要旨是强本节用，强调人人丰足、家家富裕之道。这是墨子学说的长处，即使百家学说也是不能废弃它的。这种评价是比较中肯的。"千一继续问："那么非命、尊天、事鬼是墨子的信仰吗？"潘古先生微微一笑说："天志、明鬼与非命的确表明了墨子的宗教观，是他的宗教思想。墨子认为，上天是有意志的，上天的意志主要表现为'天欲义而恶不义'和'天之爱天下之百姓'。上天喜欢义而厌恶不义，而且天对人的行为能够赏赐和惩罚。在我看来，'天志'更像是客观规律，谁遵循谁就得到赏赐，谁违背谁就得到惩罚。正如他在《墨子·天志上》中所说的'顺天意者，兼相爱，交相利，必得赏；反天意者，别相恶，交相贼，必得罚'。就是说，顺从天意的人，同时都相爱，交互都得利，必定会得到赏赐；违反天意的人，分别都相恶，交互都残害，必定会得到惩罚。相比'天志'，'明鬼'是明确的鬼神信仰了。墨子认为，鬼神是客观存在的，而且有'天鬼''山水鬼神'和'人死而为鬼者'等不同的类别。鬼神无处不在，无所不知，根据人类行为的善恶，赏贤罚暴，非常公正。从天子到一般百姓一视同仁。按照他在《墨子·明鬼》中的话说：'今若使天下之人，偕若信鬼神之能赏贤而罚暴也，则夫天下岂乱哉。'也就是说，人们由于害怕鬼神的约束而主动尚贤除暴。重要的在于心有敬畏。有了敬畏之心，便不会肆无忌惮地做恶事了。所以'明鬼'的精髓应该是让人心存敬畏，关键不在于鬼是否存在，而在于人们相信它存在。"千一好奇地问："人心为什么会敬畏鬼神呢？"潘古先生微微一笑说："能够赏善罚暴的鬼神成为真善美的化身，当然令人敬畏了。不过要做到'兼相爱、交相利'就必须先做到赏善罚暴。其实鬼神不过是祖先的原始梦象，无论是天鬼、山水鬼神，还是人死后变成的鬼，都是墨子的心灵图景，可以说鬼神是与他的创造性心灵相伴而生的。也可以说是他思想的起点。"千一插嘴问：

"那么非命就是不信命喽？可是孔子说：'不知命，无以为君子也。'到底应不应该信命呢？"潘古先生解释说："毫无疑问，墨子的'非命'思想是对儒家'生死有命，富贵在天'的命定论的否定。墨子否认天命对人事的支配和影响，他认为一个人富贵贫贱不是天生的，贤愚依靠个人的努力，决定人最终命运的是人自身。这里显示了人的主体性。墨子相信，一个人只要积极进取，通过自身的不懈努力，而不是依靠上天的恩赐，普通百姓也可以改变自己的命运。这是一种积极有力的人生哲学。"潘古先生一边说，一边给木鸢安机关木楔，木楔安上后一只精巧的木鸢就造好了，千一惊叹地说："潘古先生，这只木鸢很像一只苍鹰啊！它真能上天吗？"潘古先生笑眯眯地说："不信你可以骑上去试一试。"千一担心地说："我骑上它会不会掉下来呀？"潘古先生大笑道："掉下来你就到家了。"千一将信将疑地问："真的吗？"潘古先生示意她坐到木鸢背上去，千一试着骑了上去，可是木鸢纹丝不动，千一不解地问："潘古先生，它怎么不飞呀？"潘古先生笑着说："你在机关上击打三下试试。"千一便在机关上敲打了三下，第三下刚击完，只听见耳边风响，吓得她双眼紧闭，木鸢早已腾空而起。

孟蝶从《千一的梦象》这本书中得知墨子认为世间真的有鬼以后，不仅不敢一个人走夜路，而且还不敢晚上一个人在家待着。偏偏星期一爸爸妈妈都出差了，晚上要一个人在家，她害怕极了，本来想找胡月陪自己，可是胡月是最怕听鬼故事的，听孟蝶讲大哲学家墨子都承认世间有鬼，而且还将鬼分成不同种类，有什么"天鬼""山水鬼神"和人死后变成的鬼，还说鬼无处不在，无所不知，她一听就毛骨悚然、浑身起鸡皮疙瘩，死活不肯一个人来陪她，就把自己的二姨也叫来了。胡月的二姨在东州大学物理系当讲师，诸子百家中最崇拜的就是墨子，她认为墨子是中国的"科圣"。听说孟蝶是因为读了墨子的"明鬼篇"而害怕晚上一个人在家后，欣然答应和胡月一走来陪孟蝶。为了消除孟蝶对鬼的恐惧感，她告诉孟蝶，墨子所说的鬼都是惩恶扬善的好鬼，墨子认为鬼是人间最公正的裁判者，鬼不仅保护好人，而且惩罚坏人。听胡月的二姨这么一说，孟蝶感觉自己对鬼的恐惧感好像消除了许多，便饶有兴趣地问："二姨，您在大学教的是物理，又不是哲学家，为什么对墨子这么熟悉？"胡月抢着回答："我二姨最崇拜墨子了，她认为墨子是中国历史上第一个伟大的科学家。"孟蝶瞪着一双水灵灵的大眼睛问："真的吗，二姨？"二姨笑着说："孟蝶，你为我准备一支蜡烛、一张硬纸片和一张白纸。我们先做一个光学实验。"一听要做实验，孟蝶一下子兴奋起来，不一会儿就准备好了实验用具。二姨先在一张硬纸片的中心扎了一个小圆孔，直径约三毫米，然后用孟蝶爸爸画画用的两个镇纸将硬纸片夹起来立在桌子上，点上一支蜡烛放在靠近小圆孔的地方，又让孟蝶关上灯，拿起那张白纸放在小孔的另一面，很快白纸上出现了一个倒立的蜡烛火苗。当二姨将白纸慢慢远离蜡烛的时候，火苗的影像慢慢变大，亮度也暗了下来；当二姨将白纸离蜡烛比较近的时候，火苗的影像小而明亮。孟蝶和胡月异口同声地问："二姨，为什么要给我们做这个实验呢？"二姨先打开灯，然后吹灭蜡烛认真地说："这个实验叫'小孔成像'，你们知道是谁先做的这个实验吗？"孟蝶用猜测的口吻试探着说："该不会是墨子吧？"二姨微笑着说："对，就是墨子做的。"胡月不可思议地说："不会吧，二姨，两千多年前的墨子会做光学实验？"二姨用非常肯定的语气说："千真万确。大约两千四五百年以前，墨子和他的学生不仅做了世界上第一个小孔成倒像的实验，而且还解释了成倒像的原因。《墨经》中说：'景，光之人，煦若射。下者之人也高，高者之人也下。足蔽下光，故成景于上；首蔽上光，故成景于下。在远近有端，与于光，故景库内也。'"胡月一头雾水地问："二姨，这是什么意思呀？"二姨解释道："意思是说，就小孔或人影而言，光线从光源照到人身，必走直线，就像箭从弓上射出一样，在这里，他明确指出，光是直线传播的。由于光线的直线传播，所以经过人体下部的光线，穿越屏上小孔，投射在影屏壁的上部；经过人体上部的光线，穿越屏上小孔，投射在影屏壁的下部。这是因为人的脚遮蔽射到人体下部的光线，所以成影于影屏壁上部；人的头遮蔽射到人体上部的光线，所以成影于影屏壁下部，物体的真实状况和成影壁上的影像正好颠倒。最后墨子总结说，小孔成像的条件有两个：先有小孔，再使小孔与物体、影屏壁的距离远近适度，这两条是光线在影屏壁小孔交叉穿过的关键所在。"听了二姨的解释，孟蝶和胡月异口同声地说："墨子太伟大了！"二姨用自豪的语气说："可以说，在光学史上，墨子是第一个进行光学实验的科学家。除此之外，墨子对重影这个比较复杂的几何光学现象也进行了细致的观察，《墨经》中说：'景二，说在重。'就是说，一个物体产生了两个影子，这两个影子有可能重叠或不重叠，也可能部分重叠。重叠的部分就是更深暗的重影。接着他探究了产生重影的原因。他说：'景，二光夹一光，一光者景也。'意思是说，产生重影必须具备两个光源，而且这两个光源发出的光线有一部分重合照到物体上。只有具备了这两个条件，才产生重影。他还细致地研究了运动物体影像的变化规律，《墨经》中说：'景不徙，说在改为。'意思是说，物体遮蔽日光而成影子，影子是不动的。可是，人们有时以为影子可以移动，那是因为物体移动不断生成的新影与尚未消失的旧影相接续而造成的一种错觉。接着墨子继续解释道：'景，光至景亡；若在，尽古息。'意思是说，如果物体移动，日光又照到原处，那么原处的影子一定消失。如果物体不移动，而影子在原处，那么，这影子将永远停留在那里。他不仅给'影'下了定义，还阐述了光与影的关系，光、物、影之间的关系，光源与影子大小的关系，平面镜的物像关系，凹面镜的物像关系，凸面镜的物像关系。说墨子奠定了几何光学的基础，我认为一点也不过分。"孟蝶兴趣十足地问："二姨，在科学研究方面，除了光学以外，墨子还有哪些研究？"二姨耐心讲解道："墨子的科学研究范围非常广，比如在力学方面，他给出了力的定义：'力，刑之所以奋也。''刑'通'形'，指有形的物体。'奋'既有运动的含义，又有改变运动速度的含义。也就是说，力是改变物体运动或静止状态的根本原因，使物体运动的作用叫力。墨子用运动状态的变化，来定义力的内涵。他不仅给力下了定义，还在杠杆、滑轮、轮轴、斜面及物体沉浮、平衡和重心等方面都有论述，而且这些论述大部分来自实践。另外，墨子还是中国第一个从理性的高度对待数学问题的科学家，特别是在几何学和立体几何学领域给出了一系列概念、命题和定义。墨子所给出的数学概念主要有：'平''同长''中''厚''圆''方''倍'等等。"孟蝶插嘴问："二姨，这些数学概念都是什么意思呢？"二姨解释道："关于'平'的定义是，'平，同高也'，也就是说，平就是高度相同；关于'同长'的定义是，'同长，以正相尽也'，也就是说，两条直线相比，彼此之间长短完全相等；关于'中'

的定义是，'中，同长也。''中'指圆心，也就是说，圆心，是同圆半径的辐辏点，圆心到圆周任一点的距离都相等；关于'厚'的定义是，'厚，有所大也。''厚。惟无所大'，也就是说，厚指的是立体，只有立体，才可以用'大'这个词来描述其体积的增加，没有厚，就不能形成立体；关于圆的定义是，'圜，一中通长也。'又说：'圆。规写攴也。'也就是说，圆，就是只有一个圆心并且半径都相等的几何图形，接下来讲作圆的方法，和你们上数学课时作圆的方法完全一样；关于'方'的定义是，'方，柱隅四讙也。'又说，'方，矩见攴也。''柱'指边，'隅'指角，'讙'同'权'，意为相等，意思是说，'方'是四条边四个角相等，也就是说，四个角都是直角，四条边长度相等的四边形就是正方形，正方形可用直角曲尺'矩'来画图和检验；关于'倍'，也就是倍数的概念是，'倍，为二也。'也就是说，原来的数乘以二，称为倍数。除此之外，墨子还把点、线、面、体分别称为'端''尺''区''体'，并给出了它们各自的定义。他还指出'端，体之无厚而最前者也'，又说'端，是无间也'，也就是说，'点'是不占空间的，是物体不可再分的最小单位。此外，墨子还对十进位制进行了论述，他明确指出，在不同位数上的数码，其数值不同。墨子是对'进位制'概念进行总结和阐述的第一个科学家。"听了二姨的精彩讲解，孟蝶和胡月被墨子的伟大惊得目瞪口呆，她俩几乎不敢相信，两千多年前中国会有如此伟大的科学家。简直太不可思议了，世界像谜团一般在她们的心底展开。沉思良久，孟蝶愈发感觉墨子应该是一个心怀梦象的人，于是她试探地问："二姨，墨子有关于梦的论述吗？"二姨不假思索地说："当然有了。墨子认为，'梦，卧而以为然也。'意思是说，梦境是睡眠时浮现于脑际的似然而非然的幻觉。还说'卧，知无知也'。这说明形骸在梦中之'知'的状态，是潜意识的活动。也就是说，当人们进入深睡眠时，潜意识的活动一直存在着。我认为正因为墨子对梦境有自己独特的理解，他看到的心灵图景才与众不同，进而形成了自己独特的宇宙观。"孟蝶一听，迫不及待地问："二姨，给我们讲一讲墨子的宇宙观吧。""好啊，"二姨高兴地说，"墨子认为，'体，分于兼也。'又说：'体，若二之一，尺之端也。'在《墨经》中，'体'通常指部分，'兼'指整体。'尺'相当于几何学上的线，'端'相当于点。墨子的意思是说，部分是从整体中分离出来的，例如，二是一的整体，一是二的部分；线是点的整体，点是线的部分。也就是说，整体包含着个体，整体又是由个体所构成的，整体与个体之间有着必然的有机联系。墨子的宇宙观从这一整体观出发，进而建立了关于时空的理论。《墨经》中说：'久，弥异时也。'又说，'今久，古今且莫。''久'，是墨家的时间概念。与'时'相区别。时，就是古今和旦暮。'久'由不同的时间共同构成，而且相互弥合，没有间隙。'今久'，站在当下看时间，既包含从古到今的演进，也包含从早到晚的转移。也就是说，时间遍指各种不同的具体时间形式，比如古时、当今，清晨和傍晚等等。这分明是将时间定义为'久'；他还说：'宇，弥异所也。'又说：'宇，东西家南北。''宇'，是墨家的空间概念。与'所'相区别。'家'，是观察者的'所'，从家出发，向东南西北四个方向不断延伸，无数个不同的'所'弥合起来，就是'宇'。也就是说，空间遍指各种不同的具体空间形式，比如东方、西方、南方和北方等。这分明是将空间定义为'宇'。在给出了时空的定义之后，墨子又进一步论述了时空有限还是无限的问题。他说：'穷，或有前不容尺也。'其中'或'通'域'，为区域、空间之意。又说：'穷。或不容尺；有穷。莫不容尺，无穷也。'墨子认为，若区域不能再向外拓展一尺之微，则为一有限区域；若区域漫无边际，可向外任意拓展，永远达不到边际，则为无穷空间。也就是说，对于整体来说，时空是无穷的；而对于部分来说，时空是有穷的。墨子还用'始'来标识时间中不可分割的最小单位，用'端'来表述物体存在的最小空间单位。这样就形成了由连续无穷的最小单元构成的时空，而这种连续无穷中包含着有穷，在连续中包含着不连续。在这种时空理论的基础上，墨子将时间、空间和物体运动统一起来，认为没有时间先后和位置远近的变化，也就无所谓运动，也就是说，离开时空的单纯运动是不存在的。总之，世界不是可以无限分割下去的，分割到最后会分割到一个最小的单位，这与两千年后的量子理论遥相呼应，这才是墨子时空观的伟大之处。"二姨说到这里，胡月打了个大哈欠，显然已经困得睁不开眼了，可是孟蝶却一点睡意也没有，忽闪着一双大眼睛问："二姨，你见过木鸢吗？"二姨还沉浸在墨子的宇宙观里，没想到孟蝶思维跳跃得这么快，愣了一下说："没见过。"孟蝶十分认真地说："可是千一见过。"二姨懵懂地问："千一？千一是谁？"这时，胡月哈欠连天地说："千一是孟蝶的爸爸为她写的一部叫作《千一的梦象》的书里的女孩。"二姨恍然大悟地说："孟蝶，这么说，千一是另一个你喽？"孟蝶未置可否地说："二姨，人真有另一个'我'吗？"二姨也打了个哈欠说："也许吧，时候不早了，你俩洗洗睡吧，二姨也讲累了。"这时胡月已经困得抬不起头来了，孟蝶虽然也感到几分蒙眬的睡意，但是思绪还沉浸在墨子的世界里。

　　睡梦中千一梦见自己骑着木鸢降落到了巨子国。刚一降落便被一只老龟拦住了去路。千一懵懂地问："我这是在哪旦？"老龟热情地说："欢迎你来到巨子国！我是三表先生。"千一困惑地问："你为什么不是乌龟先生，而是三表先生？"老龟得意地说："因为在巨子国只有我能解释什么是墨子的'三表法'。"千一饶有兴趣地说："我知道墨者的首领叫'巨子'，墨者的第一任'巨子'是墨子，可是墨子的'三表法'我就不知道了。"老龟摇头晃脑地说："到我们巨子国一游，遇上俺三表先生算是你来着了。何谓三表？听我慢慢道来。在《墨子·非命上》中，'子墨子言曰：有本之者，有原之者，有用之者。于何本之？上本之于古者圣王之事。于何原之？下原察百姓耳目之实。于何用之？废以为刑政，观其中国家百姓人民之利。此所谓言有三表也。'"千一被老龟一番摇头晃脑给弄迷糊了，她一头雾水地问："三表先生，你说的是什么意思呀？"老龟慢悠悠地解释道："意思是说，判断一种言论是不是真理的标准有三个：'本之''原之'和'用之'。所谓'本之'就是根据前人的经验教训来判断，其实'圣王'就是'往圣'，就是古代先贤，由于他们的经验教训主要记载在古代的典籍之中，是间接经验，所以称'本之'；所谓'原之'就是根据老百姓的亲身经验来判断，要从老百姓的感觉经验中寻求立论的根据，这是一种直接经验，所以称'原之'；所谓'用之'就是理论要应用于实际，看看是否符合国家和人民的利益，符合就接受，不符合就抛弃。只有将间接经验、直接经验和验证效果结合起来的言论才能作为判断是非曲直的标准。"千一听罢，沉思片刻说："好倒是好，只是光谈经验忽视了理性的作用，如果古籍中记载了鬼神，百姓中有鬼神的传闻，用鬼神威慑也有利于国家治理和人民安定，那么就判定关于鬼神的言论是真理，这种方法是不是有些狭隘？"老龟一听阴沉着脸说："尽管'三表法'忽视了理性，可是在论证许多问题上是很有说服力的，何况墨子一再强调'心之察辩'的作用，他在《墨经》中说，'循所闻而得其意，心之察也。'又说：'执所言而意得见，心之辩也。'就是说把感知所获得的信息转化为心灵图景，这是意识、潜意识甚至是无意识作用的结果。通过心灵的辨析察识可以使心灵图景升华为梦象，如果鬼神是代代相传的原始梦象，这种原始梦象经过心灵的辨析察识难道不是真理吗？"千一见老龟有些激动，便笑着说："对不起，三表先生，是我说话唐突了！你看我来到这里不容易，可不可以带我好好逛一逛巨子国呢？"老龟一听表情立即由阴转晴，高兴地说："当然可以，不过你要回答我一个问题。"千一笑眯眯地问："什么问题？"老龟故作高深地说："一块既硬又白的石头，它的坚性、白色可以和它的形状分离吗？"千一反问道："谁会认为石头的坚性、白色和石头的形状会分离呢？"老龟毫不犹豫地说："战国时期辩士公孙龙子。"千一静思片刻说："潘古先生给我讲墨子的宇宙观时讲过，墨子认为，整体包含着个体，整体又是由个体所构成，整体与个体之间有着必然的有机联系。石头是整体，它的硬性、白色和形状都是个体，对于石头来说，没有了坚性、白色、形状这些个性，就不能叫作石头了，因此我不同意公孙龙子的观点。"老龟听罢高兴地说："看来你是一个合格的墨者。实话跟你说，墨子也是这么说的。他说公孙龙子的观点是错的，'无坚得白，必相盈也。'就是说，石头既坚又白的两种性状是不可分割的，原因在于，坚、白时时处处互相因依。好了，你回答正确，先随我去参观巨子国著名的'名实碑'吧。"说完老龟示意千一坐到它的背上，千一也不客气，一屁股便坐了上去，老龟走得看似很慢，实际上像小汽车一样快，不一会儿就到了"名实碑"前。这是一块一半白一半黑的石碑，碑的白面用黑字写道："皑者白也，黔者黑也。虽明目者无以易之。兼白黑，使瞽取焉，不能知也。故我曰：瞽不知白黑者，非以其名也，以其取也。"千一不解地问："三表先生，这是什么意思呀？"老龟笑道："意思是说，盲人分不清黑白，并不是不知道黑与白是两个不同的概念，而是把'皑黔'两种东西放在一起让盲人择取，他就不知道什么是白、什么是黑了。盲人不能辨别黑白，不在于他知不知道黑白之名，而在于他分辨黑白的行为。这叫作'以名举实'。"碑的黑面用白字写道:"今天下之君子之名仁也,虽禹汤无以易之。兼仁与不仁,而使天下之君子取焉,不能知也。故我曰:天下之君子不知仁者,非以其名也,亦以其取也。"千一看后兴奋地说:"我好像明白这段话的意思了,是不是说,看一个人是否仁义,不是看他是否懂得'仁'的概念,而是要看他是否有'仁'的行为?"老龟赞许地点了点头说:"名由实所决定,是否真正懂得名,应受实际行动的检验。要名副其实啊!"千一十分认可地说:"有意思,有意思,那么下一个景点是什么?"老龟得意地说:"下一个景点是'修辞观'。"千一颇感兴趣地问:"里面有道士吗?"老龟卖关子地说:"到了你就知道了。"千一再一次坐在老龟的背上,不一会儿就看见一座巨大的庙宇,正门有一块匾额,写着四个大字:以辞抒意。落款竟然是孟蝶的爸爸——孟周。千一愣了一会儿才发问:"三表先生,什么是以辞抒意?"老龟解释道:"辞,就是对事物的断言,相当于判断或命题;意,就是指事物的属性关系在你的头脑中所形成的思想、观点;抒,当然是指抒发、表达啦。墨家对'辞'有三个要求:'夫辞,以故生,以理长,以类行。'意思是说,抒意之'辞'有产生的根据,还须合乎逻辑,并能举一反三推开去。千一同学,我问你,一个人为什么要懂得逻辑?"千一思来想去不知如何回答,表情有些发窘。老龟摇了摇头,笑呵呵地说:"因为一个人懂了逻辑,他就学会独立思考了!"千一听罢恍然大悟地点了点头,然后用挑衅的语气说:"你们巨子国的经典除了碑就是庙,有没有山清水秀的地方?"老龟摇头晃脑地说:"当然有了,我带你去'说故岛'。"千一好奇地问:"什么是说故岛?名字太奇怪了。"老龟神秘兮兮地说:"到了你就知道了。"千一只好又坐在老龟背上,走了没多久,便看见一个宁静碧蓝的湖泊,岸上布满了软软的沙子和蜗牛壳,千一慨叹道:"太美了,真想跳下去游泳。"老龟赶紧提醒道:"千万别跳下去,这是个魔法湖,小心中了咒语。"千一一听连忙抱紧了老龟的脖子。不一会儿,老龟游到了湖心岛,上岸后千一从老龟背上跳下来,没走几步,便发现一个亭子,亭子形状为重檐八柱,亭角飞翘,琉璃碧瓦,内为丹漆圆柱,外檐四石柱为花岗岩,亭中彩绘藻井,亭楣悬以红底鎏金匾额,上写五个大字:'以说出故亭'。落款又是孟蝶的爸爸——孟周。千一不解地问:"三表先生,'以说出故'是什么意思呀?"老龟望着匾额说:"'以说出故'的'说'相当于推理、论证,'故'是原因、理由。分'大故'和'小故'。'大故'是一现象所依赖的条件总和;'小故'则是一现象所依赖的部分条件。大意就是,论证("说")要有充分的根据("故")。"千一似有所悟地说:"我明白了。我可以总结一下吗?"老龟点着头说:"当然可以。"千一胸有成竹地说:"墨家的以名举实、以辞抒意、以说出故,意思是使用名词或概念要能反映客观的实际内容;命题或判断要正确地表达其含义;论证要有充分的根据,对不对?"老龟嘿嘿笑道:"太对了,太对了。"千一若有所思地说:"可是好像还缺点什么。"老龟赞赏地说:"你太聪明了,当然是缺'辩'了。因为'名''辞''说'都是为了'辩',辩的原则就是'以名举实,以辞抒意,以说出故'。"千一拍着双手说:"我明白了,墨家的逻辑学是以'辩'为核心的。请问三表先生,墨家的辩敌是谁?"千一话音刚落,湖面突然变成了一面巨大的镜子,她连忙走过去想看个究竟,只听见身后的老龟说:"当时攻击儒家学说最激烈的是墨家学派,所以,孟子把墨家当作思想战线斗争的主要对象。"千一正在向镜面张望,老龟又说:"君子不镜于水而镜于人!"千一刚想问是什么意思,镜子里映出了一个人正冲她笑呢,她以为是自己,可是定睛一看,却是自己曾经在电视里见过的那个跳舞的女孩,她顿觉一惊,瞬间从梦中醒来,一抹额头,全是细汗,心还突突突地跳得厉害,刚才老龟的话仍然回响在耳畔……

第 五 章

用真善美滋养浩然之气

晚上睡觉前，千一的龟甲片又变成一只老龟，老龟想爬出家门去采梦，被千一拦住了，因为今天在课堂上，老师讲了孟子的"富贵不能淫，贫贱不能移，威武不能屈"，她对孟子顿时有了肃然起敬之感，只是她不明白像孟子这样伟大的人为什么会猛烈批判同样伟大的墨子呢？她百思不得其解，特别想找潘古先生请教，可是只有借助龟甲片才能进入梦象之门，所以她毅然决然地拦住了老龟。老龟深知她的想法，便在地上爬了一个"8"的形状，然后对千一说："我知道你想见潘古先生，你守着我画的这个'8'字，它一会儿就会变成一个宝葫芦，你进入这个宝葫芦就会见到潘古先生了。"千一不解地问："为什么宝葫芦这样神奇？"老龟高深莫测地说："因为一个葫芦就是一个宇宙。"千一追问道："可是我怎么才能进去呢？"老龟深沉地说："你只要说'五十步笑百步'即可。"说完便慢悠悠地爬出了家门。老龟刚刚不见了踪影，地上便出现了一个金灿灿的葫芦，千一连忙拿起来捧在手里仔细端详，却没发现一点稀奇古怪的地方，她心想，这只葫芦立着像一个阿拉伯数字"8"，横着像一个数学上的无限大的符号"∞"，老龟说一个葫芦就是一个宇宙，莫非葫芦的秘密就在这无限大之中？管它呢，先进去看个究竟再说，想到这儿，她让心宁静下来，冲着宝葫芦轻轻说了句"五十步笑百步"，话音刚落，千一就被从宝葫芦里射出的一道光吸了进去。

千一睁开眼时，仿佛到了战国时代，只是来来往往的人个个都像葫芦娃，就在她左顾右盼、东张西望之际，一群弃盔丢甲的葫芦娃兵士从她面前跑了过去，这时一个跑了五十步的逃兵站在她面前哈哈大笑，千一不解地问："你笑什么呢？"那个跑了五十步的逃兵指着前面一个跑了一百步的逃兵嘲笑道："你没看见那家伙跑得比兔子还快吗，太贪生怕死了！"千一听了也咯咯地笑了起来，那个跑了五十步的逃兵问："你笑什么？"千一一边笑一边摇着头说："我笑你五十步笑百步！"这时一群装备精良的兵士追了上来，吓得两个逃兵立即撒腿就跑，不一会儿所有的兵士都没影了。千一一边走一边想："我这是到哪里了？怎么这里的人都怪怪的！"正想着，她看见一个葫芦娃正在地里拔草，她连忙走过去想打听一下这里是什么地方，可是走近这个葫芦娃才发现，他不是在禾苗地里除草，而是在一株株地揪禾苗，千一纳闷地问："你在做什么？"他直起腰来笑着说："我担心禾苗长不高，所以就一棵棵地把禾苗拔高了，这下可好，我总算帮助禾苗一下子长高了！可把我累坏了。"千一惊诧地说："先生，你这样做禾苗不仅长不高，而且很可能全都会死掉的。"他不高兴地说："不可能，不可能，你不是本地人吧？"千一点着头说："我是来找潘古先生的，想向您打听一下这里是什么地方。"他长舒一口气说："原来如此，我们这里叫'寓言镇'，潘古先生在我们这里跟孟子一样有名，你往前走，大约二里地有一座私塾学堂叫'养气斋'，潘古先生正在那里讲解孟子。"千一听罢十分高兴，谢过揠苗助长的葫芦娃之后，快步向养气斋方向走去。

所谓养气斋不过是一座重檐八柱的亭子，许多长得像葫芦娃的学生围坐在潘古先生周围，正在认真听讲，千一一声不响地坐在一个葫芦娃身边。潘古先生讲道："墨子我们就讲到这里，下面我们讲孟子。自南宋以来，《三字经》中'昔孟母，择邻处。子不学，断机杼'的名句，就将孟母教子的佳话几乎传遍了中国的每一个角落。孟子生活的年代是战国晚期，孟子降生的时候，中国封建社会已经走过了近百年的岁月。孟子名轲，战国时邹人，大约生于公元前372年，死于公元前289年，他是鲁国贵族孟孙氏的后裔，虽然家境贫困，但少年时代受到母亲的良好管教。'孟母三迁'的故事想必大家都听过，孟母不仅为儿子选择了与学校比邻的居住环境，而且送儿子到学校去接受长期的正规教育，使孟子终于成为伟大的思想家、教育家，儒家学派的代表人物，与孔子并称'孔孟'。孟子出生时，孔子已经去世一百零七年，受业于曾子、为孔子嫡孙的子思逝世三十年，墨子逝世约四年，孟子十分惋惜自己未能成为孔子的亲炙弟子。但是他拜子思的门人为师，深契儒学的基本精神。孟子一生的经历与孔子非常相似。估计在他二十岁左右的时候，结束了在学校比较单纯的学习生活，二十六岁之前，一直在自己的故乡邹国开办私学，聚徒讲学。二十六岁之后，也就是公元345年，孟子去了齐国。当时的齐国正值历史上最辉煌的岁月，励精图治的齐威王为了招贤纳士建起了稷下学宫，由于在这里当时的思想家可以相互交流、切磋和辩诘，稷下学宫理所当然地成了战国时期中国的思想文化中心，一个无可争议的'百家争鸣'的舞台。来到这里时，孟子二十六岁，是一个血气方刚的青年。他在齐国一待就是二十年。在这二十年中，尽管在政治上没有受到重用，但是由于齐国的政治和学术环境宽松，一大批学者可以在稷下学宫'不治而议'，可以自由地思考、自由地辩论、自由地著书立说，孟子通过自己的努力已经由昔日不为人知的年轻学子而成了在思想学术界具有一定影响力的思想家和学问家。但是'道不用于齐'的窘境让他很失落，已过不惑之年的孟子认为如果继续待在齐国，政治上不可能有出路了，与其坐以待毙，不如学孔子周游列国，或许他极力推行的'仁政'理念还有一线希望。于是他怀抱着政治抱负开始周游列国，先后到了宋、邹、滕、魏、鲁，后来又再次入齐，多次对主政的诸侯，如邹穆公、齐宣王等犯颜直谏，但终未实现自己的政治抱负。公元前312年，六十一岁的孟子回到了他的故乡邹国，住在他的出生地凫村，开始了最后长达二十多年的讲学和著述生活，与一直追随他的弟子公孙丑、万章等'序《诗》《书》，述仲尼之意，作《孟子》七篇'。他与弟子接续孔子，对儒家经典的《诗》《书》作了进一步的整理。同时，他们还精心编撰了《孟子》一书，这部书是孟子留给后世的最珍贵的遗产。孟子八十四岁高龄时，走完了自己的人生旅程。当他安息的时候，秦国使用军事手段统一中国的大势已经形成。"潘古先生说到这里突然停住了，因为有一个葫芦娃心不在焉地想着什么，幸亏同桌的葫芦娃碰了他一下，他才回过神儿来。潘古先生看着那个心不在焉的葫芦娃问："你还记得《孟子·告子上》学弈的寓言吗？"那个葫芦娃连忙站起来点点头，潘古先生严肃地说："那就给大家讲一讲吧。"那个葫芦娃低着头说："弈秋是全国最擅长下棋的人，有两个人跟他学棋，其中一个人专心致志地学，认真听弈秋讲授。另一个人虽然也在听，却一心想着天上有天鹅飞

\千\一\的\梦\象\

过来，准备去拿弓箭来射它。虽然两个人在一起学习，成绩却不如另一个好。"潘古先生一边示意葫芦娃坐下来，一边温和地说："学习不可一心二用，否则将一事无成。接下来我们探讨一下孟子的思想。战国时期，人性问题成为争鸣的一个焦点。孟子是儒家中对人性最感兴趣的思想家之一。这一点集中体现在孟子与告子关于人性的辩论中。"这时，千一提问道："潘古先生，能先介绍一下告子吗？"潘古先生点点头说："好的，告子是与孟子同时而略早一些的思想家。关于告子的生平事迹已经不可详考。大概是游学于稷下学宫的一位学者。他的思想材料保存下来的也不多，主要集中在《孟子》一书中，关于'人性'的一些论述。告子以主张'性无善无不善'的人性论而著称。他反对孟子把'人性'说成是一种具有先天道德观念的东西。他认为人性不过是一种生来就有的生理本能，就像吃饭喝水一样。生理本能是不分善恶的。因此他说：'生之谓性。''食、色，性也。'既然天生的资质叫作性，那么本能就是一种原材料，和后天人为加工以及环境影响所形成的道德理念完全不同。食欲和性欲难道不是人的本性吗？他还以木材做成器皿为比喻说：'性犹杞柳也，义犹桮棬也。以人性为仁义，犹以杞柳为桮棬。'意思是说，人的本性犹如杞柳树，义理好比杯盘；使人的本性变得符合仁义，正好比用杞柳来制成杯盘。"这时，千一恍然大悟地插嘴说："我明白了，告子是说，杯盘虽然是杞柳树制成的，但杞柳树和杯盘却不是一回事。也就是说，人性与作为善的仁义是不能画等号的。我理解得对吗，潘古先生？"潘古先生满意地点了点头。千一接着问："那么孟子是如何回应的呢？"潘古先生继续说："孟子反驳道：'子能顺杞柳之性而以为桮棬乎？将戕贼杞柳而后以为桮棬也？如将戕杞柳而以为桮棬，则亦将戕贼人以为仁义与？率天下之人而祸仁义者，必子之言夫！'意思是说，你是顺着杞柳的本性来制成杯盘呢，还是毁坏杞柳的本性来制作杯盘呢？如果要毁坏杞柳的本性才能做成杯盘，那么也要残害人的本性来成就仁义吗？率领天下人来损害仁义的，一定是您的这种说法了！孟子的意思是说，既然可以顺着杞柳的本性来制成杯盘，也就可以顺着人的本性到达仁义，所以人的本性与仁义的联系是很自然的事情。"千一用质疑的语气说："潘古先生，我不同意孟子的观点。"潘古先生愣了片刻说道："说说你的理由。"千一认真地说："杞柳树虽然是制作杯盘的原料，但杞柳树并不等于杯盘；人性虽然可以转化为仁义，但人性并不等于仁义。在这一轮辩论中，我认为告子赢了。"潘古先生欣慰地说："我也赞同千一同学的观点。不过辩论还没有完。在另一回辩论中，告子用水作比喻，他说：'性犹湍水也，决诸东方则东流，决诸西方则西流。人性之无分于善不善也，犹水之无分于东西也。' 意思是说，人性就好像湍急的河水，缺口在东边便往东流，缺口在西边便往西流。人的本性没有善与不善的定性，就好像水流不分东西一样。孟子反驳说：'水信无分于东西，无分于上下乎？人性之善也，犹水之就下也。人无有不善，水无有不下。今夫水，搏而跃之，可使过颡；激而行之，可使在山。是岂水之性哉？其势则然也。人之可使为不善，其性亦犹是也。' 意思是说，水流的确没有东西的定向，但也没有上下的定向吗？人的本性是善良的，就好像水总是向低处流一样。人的本性没有不善的，水没有不向低处流的。拍打水使其翻腾起来，可以让它溅得比人的额头还高；用戽斗抽水，可以将水引向高山，但这难道是水的本性吗？是外在形势的改变迫使它这样的。有的人做坏事，也是因为他的本性受到了外在环境的影响。也就是说，人在经验上的不善，并不能证明其本性不善。"千一若有所思地插嘴说："潘古先生，其实人性和水性是不可比的。"潘古先生认同地说："你说得没错，可是他们硬是要以水性来证明人性。结果孟子在这一回的辩论中略占上风，因为他以击水的比喻来证明人性的背善不符合人的本性，实在是比告子棋高一着。再往下辩论，孟子就牵着告子的鼻子走了。告子说：'生之谓性。' 天生的资质就是人的本性。孟子反驳说：'生之谓性也，犹白之谓白与？''白羽之白也，犹白雪之白；白雪之白犹白玉之白与？' 意思是说，天生的资质叫作白吗？那么白羽毛的白就像白雪的白；白雪的白和白玉的白也是一样的，是不是这样？告子不知孟子为他设下了陷阱，便顺着说是这样的。其实告子对本性这样的理解是不错的，因为不同东西的白都是不同东西相类似的一种'性'。但是孟子在这里埋了一个圈套，他把话头一转，说：'然则犬之性犹牛之性，牛之性犹人之性与？'他问告子：那么狗的本性犹如牛的本性，牛的本性犹如人的本性吗？"千一立即提出了质疑："潘古先生，狗、牛和人是三种不同的生物，怎么能把这三种不同生物的本性放在一个平台上比较呢？"潘古先生认同地说："问得好。孟子

　　　　　　　　\ 千 \ 一 \ 的 \ 梦 \ 象 \

显然是在偷换概念，他把'生之谓性'偷换成了'白之谓白'，又以'白羽之白''白雪之白''白玉之白'同是白色的正确论断引出'犬之性犹牛之性，牛之性犹人之性'的反诘，使告子陷入了被动的境地。当然这是一种近乎诡谲的逻辑推理。但是这种逻辑推理却一下子把告子问住了。为了摆脱困境，告子将话题引到了'仁''义'这些伦理本身的问题上。告子说：'仁，内也，非外也；义，外也，非内也。'意思是说，仁是内在的而不是外在的；义是外在的而不是内在的。"这时千一插嘴问："潘古先生，仁与义可以分开吗？"潘古先生说："这也正是孟子要问告子的。孟子说：'何以谓仁内义外也？'你凭什么说仁是内在的，而义是外在的呢？孟子坚持仁义是发自内心的本性。他说：'恻隐之心，人皆有之；羞恶之心，人皆有之；恭敬之心，人皆有之；是非之心，人皆有之。恻隐之心，仁也；羞恶之心，义也；恭敬之心，礼也；是非之心，智也。仁义礼智，非由外铄我也，我固有之也，弗思耳矣。故曰：求则得之，舍则失之。'意思是说，对别人的不幸表示怜悯的心，人人都有；羞耻惭愧之心，人人都有；恭敬之心，人人都有；是非之心，人人都有。对别人的不幸表示怜悯的心属于仁，羞耻惭愧之心属于义，恭敬之心属于礼，是非之心属于智。仁义礼智，都不是外部环境给予的，而是本性固有的，不过不曾思考它罢了。所以说，探求就会得到，放弃探求思考就会失去。可见孟子仍然坚持性本善的理念，而这个性本善的资质，不是'外铄'的，而是我'固有'的。接着孟子进一步阐述说：'由是观之，无恻隐之心，非人也；无羞恶之心，非人也；无辞让之心，非人也；无是非之心，非人也。恻隐之心，人之端也；羞恶之心，义之端也；辞让之心，礼之端也；是非之心，智之端也；人之有是四端也，犹其有四体也。'意思是说，没有同情之心，不能算是人；没有羞耻之心，不能算是人；没有辞让之心，不能算是人；没有是非之心，不能算是人。同情心是仁的出发点；羞耻心是义的出发点；辞让心是礼的出发点；是非心是智的出发点。人有这四点是个开始，就像有四肢一样。孟子认为这'四端之心'是与生俱来的，就像人生来都有四肢一样，人人都是相同的。至于有人不能成为善人，不能遵守道德规范，不是由于人的本性有差别，而是由于他不去努力培养、扩充这些'善端'的结果。'仁义礼智根于心'的重要论断充分体现了道德生活的内在性。与此同时，孟子十分重视人格的修养。关于人格修养有三段脍炙人口的文字，我已经布置大家背诵了，谁能背诵一下《孟子·告子下》中'生于忧患，死于安乐'那一段呀？"刚才心不在焉的葫芦娃站起来十分流畅地背诵道："舜发于畎亩之中，傅说举于版筑之间，胶鬲举于鱼盐之中，管夷吾举于士，孙叔敖举于海，百里奚举于市。故天将降大任于是人也，必先苦其心志，劳其筋骨，饿其体肤，空乏其身，行拂乱其所为，所以动心忍性，曾益其所不能。人恒过，然后能改；困于心，衡于虑，而后作；征于色，发于声，而后喻。入则无法家拂士，出则无敌国外患者，国恒亡。然后知生于忧患，而死于安乐也。"潘古先生赞许道："背得不错，知道什么意思吗？"葫芦娃摇头说："不知道。"潘古先生示意他坐下，然后面带微笑地说："舜是从耕田种地中脱颖而出成为王的；傅说是从筑墙的工匠中被举为商王武丁的国相的；胶鬲是从贩卖鱼盐的小贩中被周文王发现而举荐给商纣王，后来又辅助周武王的；管仲是从狱官手中救出来后由鲍叔牙举荐给齐桓公为相的；孙叔敖是从海边隐居地方被楚庄王发现起用为令尹的；百里奚是秦穆公用五张黑羊皮从奴隶市场中赎买回来任用为大夫的。所以说，天要将重大的责任落实在某个人身上，一定会先磨砺他的心志，劳累他的筋骨，使他忍饥挨饿，穷困他的身体，使他的每一个行动都不能称心如意，以此来激励他的心志，使他性情坚忍，从而增加他过去所没有的能力。人们常常是有了过错才会去改正；内心困苦、思虑阻塞，然后才能奋发图强；困扰显露在脸上、流露于言谈，才能被人们所知晓。一个国家，如果在国内没有坚守法度的大臣和服务国家的人才，在国外没有与之匹敌的国家和来自外在的忧患，这样的国家常常会被灭亡。这样就知道忧患使人生存发展，安逸享乐使人萎靡死亡的道理了。孟子一连举了六位贤者的成功事迹，从数量上给人以深刻印象，使人觉得'生于忧患'的确是一种普遍存在的社会现象，接着又极为铺排艰难环境给个人带来的磨砺，反衬了贤者成功的艰辛；然后再历述贤者面对艰难忧患的正确态度和处理方法，最终得出了'生于忧患，死于安乐'的结论，有没有说服力呀？"众葫芦娃异口同声地说："有。""那好，"潘古先生接着说，"谁来背一背《孟子·告子上》中'鱼我所欲也'？""我来背诵！"说话的竟然是刚才千一遇到的那个揠苗助长的葫芦娃，只听他胸有成竹地背诵道："鱼，我

　　　　　　\ 千 \ 一 \ 的 \ 梦 \ 象 \

所欲也；熊掌，亦我所欲也。二者不可得兼，舍鱼而取熊掌者也。生，亦我所欲也；义，亦我所欲也。二者不可得兼，舍生而取义者也。生亦我所欲，所欲有甚于生者，故不为苟得也；死亦我所恶，所恶有甚于死者，故患有所不辟也。如使人之所欲莫甚于生，则凡可以得生者何不用也？使人之所恶莫甚于死者，则凡可以辟患者何不为也？由是则生而有不用也；由是则可以辟患而有不为也。是故所欲有甚于生者，所恶有甚于死者。非独贤者有是心也，人皆有之，贤者能勿丧耳。"潘古先生满意地点了点头说："很好很好！这段话的主旨是舍生取义，大意是鱼是我想要得到的，熊掌也是我想要得到的，如果二者不能同时获得，就舍弃鱼而要熊掌。生命是我所热爱的，正义也是我所热爱的，如果二者不能同时拥有，就选择正义而舍弃生命。生命是我所热爱的，但是我所追求的东西还有比生命更重要的，所以我是不会苟且偷生的；死亡是我所厌恶的，然而我所厌恶的事还有超过死亡的，所以即使有了祸患，我也不会躲避的。如果人们所追求的东西没有比生命更重要的，那么凡是可以求生的手段，有什么不能用的呢？如果人们所厌恶的东西没有超过死亡的，那么，凡是可以逃避祸患的手段，有什么不能用的呢？然而有的人这样做可以生存却不这样做，这样做可以避祸却也不去这样做。这说明什么？这说明人有比生命更值得热爱的，有比死亡更值得厌恶的。不只是贤能的人有这种心理，人人都有这种心理，只不过贤能的人不会丧失它罢了。这段话是《孟子》中的名篇，人生无法抉择时，你会舍生取义，还是舍义取生，值得我们一生思考。好，谁来背诵《孟子·滕文公下》中的'富贵不能淫'？"千一连忙站起来说："潘古先生，我来背，我们老师刚讲过这段。"潘古先生微笑着说："好，就由千一同学来背。"千一自信地背诵道："居天下之广居，立天下之正位，行天下之大道；得志，与民由之；不得志，独行其道。富贵不能淫，贫贱不能移，威武不能屈，比之谓大丈夫。"潘古先生点了点头，微笑着说："千一，既然你已经学过了，就请讲一讲这段话的意思吧。"千一胸有成竹地说："将自己置身于'仁'这个天下最广大的住所里，站在'礼'这个天下最正确的位置上，走在'义'这个天下最宽广的道路上；能实现理想时，就引导民众一同前行；不能实现理想时，便坚持自己的原则，不动摇，即使富贵也不能动摇自己的意志，哪怕过贫贱的生活也不能改变自己的志向，就算威逼恐吓也无法令自己屈服，这样才能称之为大丈夫。"潘古先生满意地点点头说："讲得好，讲得好！"千一不失时机地说："潘古先生，我有一个问题想向您请教，孟子为什么要批判墨子呢？"潘古先生温和地说："这个问题问得好，大家知道儒家和墨家都讲爱，但儒家的爱是有差别的，墨家的爱是无差别的，墨子以'爱无等差'的平等意识反对儒家'爱有等差'的等级观念，反映了'农与工肆之人'这个劳动者群体争取自身权利的觉醒。但孟子认为墨子的'兼爱'阻塞了仁义的道路，所以遭到孟子的猛烈批判。除了批判墨子外，另一个遭到孟子猛烈批判的是杨朱。"千一插嘴问："杨朱是谁？能讲一讲这个人吗？"潘古先生说："杨朱是战国初期伟大的思想家、哲学家。他没有著作流传下来，他的思想散见于《列子》《庄子》《孟子》《韩非子》《吕氏春秋》等诸子的著作中。在战国时期，有'天下之言不归杨则归墨'的现象，可见杨朱的学说影响之大。杨朱认为每一个人都是一个独立的个体生命，每一个人都是他自己生命的主人，强调自己主宰自己的命运，不羡寿、不羡名、不羡位、不羡货，不畏鬼、不畏人、不畏威、不畏利。保持和顺应自然之性，自己支配自己的一切。他强调尊重个体生命，尊重个人自由，任何权力或权威都无权侵犯个人的利益。"千一睁着一双大眼睛不解地问："潘古先生，我觉得两千多年前杨朱的思想好先进啊！孟子为什么要批判呢？"潘古先生解释说："孟子认为杨朱学派强调'为我'的个体生命意识，否定了对君王的忠孝，是目无君上，这无疑也阻止了仁义的道路，所以引起了孟子的激愤，其实这完全是儒家代表人物在思想和学术上的偏见。"千一喃喃自语道："是啊，一个人在不损害别人利益的前提下维护个人的正当利益有错吗？"潘古先生笑着解释道："儒家思想注重的是社会担当意识，这种意识当然是积极向上的。"千一若有所思地说："要是杨朱学派尊重个体生命的意识和儒家学派注重社会担当的意识结合起来该有多好啊！"潘古先生赞许道："你能这么想我很欣慰，说明你在学习哲学的过程中学会了独立思考，这是最难能可贵的啊！"话音刚落，就听到有人喊："千一，千一，给妈妈开开门。"千一顿时慌乱地说："潘古先生，我得回去了，我妈妈要进我的房间！"潘古先生不慌不忙地说："莫急，莫急！"说完他一挥手甩出一道光罩住千一，千一瞬间就回到了自己的房间。

读到这里的时候，孟蝶竟然睡着了。孟周轻轻将女儿从沙发上抱起来放到床上，刚要转身离开，孟蝶却醒了，她喃喃自语地问："爸爸，我也想要一个和千一的一模一样的葫芦。"孟周转回身坐在床边温和地说："这可不容易，你必须先学会创造梦象。"孟蝶坐起身靠在床头认真地说："我就是这么想的，所以刚才睡着了。"孟周笑着说："梦象和梦可不是一回事。梦是睡着以后发生的，而梦象常常是醒着发生的，当然在睡梦中也有可能发生。当你的心宁静下来，你的头脑进入深度冥想时，你的潜意识会呈现出一幅幅丰富多彩的心灵图景。梦象是由心灵呈现的梦的意象和思想。"孟蝶认真地问："爸爸，宝葫芦里是不是藏着很多秘密呀？"孟周微笑着说："一个宝葫芦就是一个万花筒，一个宇宙，一个梦象，给人以无限的想象空间。其实爸爸是想用宝葫芦来比喻孟子讲的'本心'，孟子讲的本心就是讲的真善美。"孟蝶不解地问："爸爸，孟子的本心为什么是真善美呢？"孟周耐心地说："孟子在《告子上》中说，'仁，人心也。'意思是说，仁是人的本心，'心'字在甲骨文中就出现了，指的是人的心脏，古人认为人的思维功能、精神活动源于心。孟子看重'心'的道德本性，他在《尽心上》中说：'尽其心者，知其行也。知其性，则知天矣。存其性，养其性，所以事天也。'意思是说，竭力发展人的善良的本心，就可以觉悟人的本性。觉悟了人的本性，也就懂得了上天好善的道理。保持人的本心，培养人的本性，这就是对待天道的做法。孟子在《离娄上》中又说：'诚身有道，不明乎善，不诚其身矣。是故诚者，天之道也；思诚者，人之道也。至诚而不动者，未之有也；不诚，未有能动者也。'意思是说，要使自己成为一个真诚的人，也是有办法的，就是如果不明白什么是善，就不能使自己真诚。所以诚是天道！追求诚是做人的原则。没有不被真诚所感动的，不真诚，是不能感动别人的。也就是说仁是人的本心，心要真诚，诚就是真实无妄。在哲学看来，'诚'是万事万物坚守自性的意志。天唯有坚守天性才是天，人唯有坚守人性才是人。什么是真诚的人，就是有心灵家园的人，只有有心灵家园的人，才会产生心灵图景，才能发扬本性，才能幻构梦象。"孟蝶懵懂地问："爸爸，什么是发扬本性？"孟周解释道："发扬本性就是用想象力创造出比自己本身更优秀的存在。真诚和性善都是本心的基础或根据，没有这个基础或根据，就不可能进入梦象王国。孟子在《尽心上》中说：'万物皆备于我矣。反身而诚，乐莫大焉。'意思是说，天下的万事万物都因我思而存在，反省我自己，真诚而善良，还有什么比这更美好的吗？由此可见，在心灵世界中，由诚而'尽心'，由'尽心'而知性，由'知性'而知天，'诚''心''性''天'就构成了孟子'天人合一'的哲学体系，有了这个哲学体系，就可以'上下与天地同流'了。"孟蝶似懂非懂地问："爸爸，什么是'上下与天地同流'呢？"孟周微微一笑说："就是内外两个宇宙司运并行，和谐统一，人只要'内视''内省'，就会发现'仁义礼智根植于心'的本性，就会达到天人合一的境界。达到了这种境界，人的心灵世界是极其充实的，因此孟子在《尽心下》中认为'充实之谓美'，也就是说，当人的本心与天地同流时，真与善便升华为美了。孟子将'美'分为六个层次：'可欲之谓善，有诸己之谓信。充实之谓美，充实而有光辉之谓大。大而化之之谓圣，圣而不可知之之谓神。'意思是说，有美好的愿望就是'善'，这是人的本性，所以叫'性本善'；有'性本善'的人格就叫'信'，'信'这种道德修养要从自己做起；用真与善充实内心就叫美，孟子以心灵世界的充实来解释美，将美指向内宇宙，指出心灵世界的丰富多彩才叫'美'；在心灵世界'真善美'统一了就会熠熠生辉，所谓'大'就是'大美'，是伟大而光彩照人的美，用'真善美'化育万物就叫'圣'，'圣'到了妙不可知的境界，就叫'神'。这是一种浑然天成的美，是美的最高境界。只有进入美的最高境界才能体悟梦象。"孟蝶被爸爸描述的美深深吸引了，神情专注地问："爸爸，怎么才能做到'美''大''神''圣'呢？"孟周和蔼地说："用孟子的话说叫'我善养吾浩然之气'。"孟蝶不解地问："爸爸，什么是'浩然之气'呢？"孟子循循善诱地说："孟子也承认所谓'浩然之气'很难说清楚，不过还是作了认真的解释。他在《公孙丑上》中说：'其为气也，至大至刚，以直养而无害，则塞于天地之间。其为气也，配义与道，无是，馁也，是集义所生者，非义袭而取之也。行有不慊于心，则馁矣。'意思是说，这种气呀，特别广大、特别刚强，用真善美来滋养它，而且不要伤害它，就会充满天地之间。这种气还要与仁义之道相配合，这样才会有力量。这种气是真善美在心中积累而产生的，并不是偶然形成的。如果做了有愧于心的事，浩然之气就会萎缩。其实，孟子讲的'浩然之气'应该是一种向内心深处求索的精神力量，这种力量中应该有追求真善美的仁义精神、刚正气质和大丈夫风骨，是一种勇往直前、无所畏惧的主观心理状态。总之，气由心生，爸爸认为浩然之气就是孟子心中的梦象，也正因为如此，他才承认很难说清楚。"孟蝶若有所思地问："爸爸，你常说画画要讲气韵生动，气韵生动的'气'是'浩然之气'吗？"孟周思索片刻说："应该说'浩然之气'的'气'，是'气韵生动的气'的源头。两种'气'都是一种诗意的幻化。"孟蝶又问："那么怎么才能体验到诗意的幻化呢？"孟周微笑着说："按孟子在《万章章句上》中的说法是：'故说诗者，不以文害辞，不以辞害志。以意逆志，是为得之。'意思是说，理解诗意，不能拘泥于文字表面意思而误解了词句的深意，也不能拘泥于个别词句而误解了整首诗的玄妙。要通过自己的直觉和心灵感知能力去体验诗人的心灵情境，捕捉心灵图景，欣赏梦象之美。这样才能体验到诗意的幻化。"孟蝶感慨地说："爸爸说得太好了！真想像千一一样可以钻进宝葫芦里到寓言镇去转一圈。"孟周笑呵呵地说："讲到寓言，庄子的寓言比孟子的更丰富多彩。你继续读《千一的梦象》就会体会到。"这时舒畅推门进来说："都半夜了，你们爷俩还在聊，快睡觉吧。"孟蝶笑嘻嘻地说："妈妈，和爸爸聊了一晚上孟子的宇宙观，都饿了。"舒畅温和地说："那妈妈给你下一碗馄饨吧。"孟蝶点了点头说："好的。"孟周好奇地问："为什么要下馄饨不下面呢？"舒畅开玩笑地说："宇宙也叫混沌，吃一碗馄饨就等于吃了一个宇宙，不然女儿的浩然之气从哪儿来呀！"孟周和孟蝶听罢，全都哈哈大笑起来。

第 六 章

时梦时醒，自在逍遥

千一学校的南侧不远处有一条小河，过了小河就是森林，森林很大，河流很小。放学后，男孩子喜欢到河边嬉戏，千一也很喜欢那条清澈的小河，因为经常在水草的阴暗处发现游来游去的大鱼。她非常羡慕那些自由自在的鱼，她恨不能成为它们中的一员，可又担心有一天那些自由自在的鱼会变成蝴蝶飞走了。犹如一张画的画眼，尽管森林幽深宏大，但完全成了这条小河的背景，就连男孩子们也忘记了钻进森林里去游乐一番。但是那天千一鬼使神差般地跨过小河一个人走进了森林深处。一路上她被一只漂亮的花蝴蝶吸引着，也不知走了多远，突然前面有一座坟，坟前有人鼓盆而歌，花蝴蝶似乎被歌声所吸引，静静地落在了坟头上。千一非常好奇地走过去，发现蹲在坟前鼓盆而歌的人竟然是和潘古先生一起拜访过的青牛书院院长周青牛。千一兴奋地问："周院长，怎么是您？"周青牛只是冲着千一点了点头，然后右手拿着一根木棍，左手拿着瓦盆，继续敲击歌唱。千一疑惑地问："周院长，这坟里埋的是什么人？"周青牛平淡地说："是我刚刚去世的妻子。"千一吃惊地说："既然是您刚刚去世的妻子，您为什么不为她的死而悲伤痛哭，反在这里鼓盆而歌呢？这也太不近人情了！"周青牛听了也不生气，只是平静地解释道："千一同学莫怪我不近人情，你知道庄子吗？他是道家学派的代表人物之一，他的妻子死后，庄子便是以鼓盆而歌的方式纪念妻子的。"千一无法理解地说："这也太不可思议了！周先生，能给我讲一讲这个故事吗？"周青牛欣然应允道："庄子的妻子，一生与他相濡以沫，病逝后，庄子在妻子的棺前鼓盆而歌。惠子是庄子的好朋友，也是魏国的相国，他听到庄子的妻子去世的消息后风尘仆仆地前来吊唁，发现庄子正伸着两条腿坐在地上手拍瓦缶，毫无愁容地在放声歌唱。见惠施来了，仍然我行我素。惠子质疑道："与人居，长子老身，死不哭亦足矣，又鼓盆而歌，不亦甚乎？'"千一不解地问："是什么意思呢？"周青牛耐心地说："意思是说，你的妻子与你夫妻一场，为你生儿育女，操劳一生，如今她过世了，你不哭泣也就算了，怎么还鼓盆而歌呢？这也太过分了！"千一迫切地问："庄子怎么回答的？"周青牛淡然一笑说："庄子是这么回答的：'不然。是其始死也，我独何能无概然？察其始而本无生，非徒无生也而本无形，非徒无形也而本无气。杂乎芒芴之间，变而有气，气变而有形，形变而有生，今又变而之死，是相与为春秋冬夏四时行也。人且偃然寝于巨室，而我嗷嗷然随而哭之，自以为不通乎命，故止也。'"千一不解地问："这又是什么意思呢？"周青牛解释道："意思是说，你说得不对呀！我妻子死了，我怎么能不悲伤呢？但是我们仔细考察一下就会发现，起初她未曾出生时，还不能称其为生命。再早些，别说生命了，连胚胎也不曾有过。更早些，别说胚胎了，就连元气也不曾有过。后来，阴阳二气在恍恍惚惚中交合形成了元气，元气变成一块魄体，于是胚胎形成了，婴儿生下后生命诞生了。如今生命历经种种人生困难后又回到了原初，也就是死亡。回顾我妻子的一生，和春夏秋冬运行太相似了。她死去后将安安静静地寝卧在天地之间，如果我不是唱歌欢送，而是守着她呜呜地啼哭，那也太不通晓生命了，何况这也是我妻子的心愿，所以我不仅不能哭泣，而且还要鼓盆而歌。"千一好奇地问："惠施又怎么说？"周青牛轻轻一笑说："惠子无话可说，只能任由庄子悠然自乐。"千一若有所思地说："庄子竟然将人的生死与一年四季的运行相比，太不可思议了。周先生，能为我介绍一下庄子吗？"周青牛放下手中的木棍和瓦盆，平和地说："庄子是生活于战国时代的伟大的思想家、哲学家、文学家。姓庄，名周，宋国蒙人。生于约公元前369年，死于约公元前286年。庄周生逢乱世，但他从小就有一颗逍遥自在的心。虽然战国时代烽火四起，生灵涂炭，但是与此同时，各国求贤若渴，各大诸侯'养士'之风盛行，各国对待知识分子的政策相对宽松，允许学术自由。诸子百家的著作层出不穷，各种辩论此起彼伏，各种观点既相互诘难，又相互并存，形成了百家争鸣的黄金时代。庄周生活的小城叫蒙邑，它坐落在蒙山脚下濮水之滨，是宋国宗室后裔的聚居之地。庄子出生时，老子、孔子已经去世二百多年了。他喜欢蹲在清澈见底的濮水河边，看一群游来游去的鱼快乐地你追我赶，或者坐在草地上悠闲地鼓琴而歌。小时候庄子和惠施是同学，不仅友谊保持了一生，而且两个人也辩论了一辈子。千一插嘴说："能举一个他们之间辩论的例子吗？"周青牛沉思片刻，说："在《庄子·秋水》中记录了两个人的'濠梁之辩'，也就是鱼乐之辩。'庄子与惠子游于濠梁之上。庄子曰：'鲦鱼出游从容，是鱼之乐也。'惠子曰：'子非鱼，安知鱼之乐？'庄子曰：'子非我，安知我不知鱼之乐？'惠子曰：'我非子，固不知子矣，子固非鱼也，子之不知鱼之乐，全矣。'庄子曰：'请循其本。子曰汝安知鱼乐云者，既已知吾知之而问我，我知之濠上也。'意思是说，有一次，庄子与惠子游于濠梁之上，濠水清澈澄碧，一群鲦鱼自由自在地游弋，庄周望着水中嬉戏的鱼儿情不自禁地说：'你看这些鲦鱼在水中悠然自得，多快乐呀！'惠子有意与庄子争辩：'你又不是鱼，怎么会知道鱼是快乐的呢？'庄子灵机一动，微笑着反驳道：'你又不是我，怎么知道我不知道鱼的快乐呢？'惠子哪肯示弱，他能言善辩地说：'正因为我不是你，所以不知道你是否知道鱼儿的快乐；同理可证，你不是鱼，所以你也肯定不知道鱼儿是否快乐。'庄子很淡定地望着濠河水，自信地说：'我们还是回到一开始吧。你问'你不是鱼，怎么会知道鱼的快乐'这句话时，就表明你了解到我知道鱼儿的快乐才问我的。我现在告诉你我是如何知道鱼之乐的。我是站在濠水桥上通过心灵感受得知了鱼儿的快乐的。'惠子摸了摸脑袋慨叹道：'庄周，你可太能诡辩了。'说完两个人沿濠水河前行，俨然置身于世外桃源。"千一懵懂地问："那么他们到底谁说得更有道理呀？"周青牛会心一笑，说："应该说这场辩论无果而终，但是人确实是可以通过心灵感受世界的。庄子是一个有质疑精神的人，起初他研习《论语》，熟读《诗》《书》《礼》《乐》《易》《春秋》六经，又学习'礼、乐、射、御、书、数'六艺。但是在学儒的过程中，内心生出许多疑问，直到师从于道家学者南郭子綦后，内心的郁结才渐渐打开了。从此，庄子弃儒学道，研读道家经典，参悟天道，成为老子的精神传承者。但是天道是无穷无尽的，这让庄子既茫然又困惑，为了寻找'道'，他产生了云游的想法。"千一好奇地问："他要去哪里呢？"周青牛认真地说："庄子从小就听说楚越之地的风俗与中原不同，是一个美丽质朴的地方，人们过着一种合乎人性、天然朴素的新鲜生活，他的心被礼治的说教锁得太久了，楚人废止礼仪，不尊教化，纵情山水，放浪形骸，正是他所向往的理想生活方式。于是他毅然决然地踏上了远游楚越之路。一路上，庄子风餐露宿，顾目四野，不禁心生悲凉，因为兵荒马乱的惨景尽收眼底，真可谓是'白骨露于野，千里无鸡鸣'啊！有一天晚上他竟枕着一个骷髅睡着了。"千一毛骨悚然地插嘴说："庄子竟然枕着一个骷髅睡着了，他就不怕骷髅变成鬼吗？"周青牛微微一笑说："骷髅虽然没变成鬼，但是到了半夜骷髅却托梦给庄子说：看样子你像一个善于辩论的人，请问你为什么总是关心我为什么而死，却不问问我死后的喜悦呢？"庄子先是一惊，然后才发现是骷髅托梦于他，于是他表示愿闻其详。骷髅说：'死，无君于上，无臣于下；亦无四时之事，从然以天地为春秋，虽南面王乐，不能过也。'"千一急切地问："骷髅的话是什么意思呢？"周青牛笑了笑说："意思是说，人死了，什么君君臣臣的事，还有贫富贵贱的事，都和死者毫无关系了，整天过着没有四季轮回的日子，不用操劳，无需吃喝，从容安逸地把天地的长久看作时令的流逝，可以逍遥自在地与天地同寿。即使南面为王的快乐，也不可能超过。这种快乐足以胜过人世间最幸福的人的快乐吧？"千一又问："庄子怎么回答的？"周青牛苦笑着说："庄子认为骷髅的一番话很荒唐，人死之后，只能化为虚无，哪儿来的快乐？再者说死后的清醒谁又能说得清楚呢？于是他试探地问：'吾使司命复生子形，为子骨肉肌肤，反子父母、妻子、闾里、知识，子欲之乎？'意思是说，我让主管生命的神来恢复你的形体，让你重新长出骨肉肌肤，这样你就可以与父母、妻儿、邻舍、朋友重聚，你愿意吗？"千一迫切地问："让骷髅起死回生，它愿意吗？"周青牛摇了摇头说："骷髅听了庄子的话，不仅不愿意而且还很生气，他收起笑容，愤怒地说：'我告诉你死后极乐的生活完全是一片好心，你可倒好，把我的好心当成驴肝肺了。我怎么可能放弃君王般的生活，再回到人间受苦呢？'庄子听罢一下子被噎住了，无言以对。庄子本来以为骷髅是遭遇战乱、刑法或厄运才沦落到如此不堪境遇的，没想到他对骷髅之死的悲叹却引来了骷髅的一番奚落。"千一若有所思地问："周先生，这个故事说明了什么呢？"周青牛总结道："世人的普遍观念认为死亡是人生最悲哀的事情，而'复生'也是世人普遍的愿望，骷髅却不以为然，那看似匪夷所思的回答其实是庄子的心声的真实表露，体现的是庄子达观的生死观。"千一接着问："周先生，庄子在云游中还经历了什么？"周青牛深沉地说："在楚地给庄子留下深刻印象的是巫风，男女楚巫通常在旷野草地上举行祭祀仪式，他们在祭坛上载歌载舞，不仅衣着简洁，而且舞蹈动作大胆狂放，再加上美妙的音乐，真是一种艺术享受。楚人的心灵从未被仁义礼智污染过，他们擅长用超凡的想象来弥补知识的欠缺，他们对世界和生命的认知是在与大自然浑然无间、水乳交融中完成的。在楚越蛮人身上，庄子没有看到所谓的仁义礼智，却感受到了最为纯真的高尚品德。这无疑为庄子今后的灵魂走向奠定了基础。在楚越之地游历几年后，他的精神受到了非凡的洗礼，他的思乡之情让他萌生了归去的念头。在回宋国的路上，他救了一个快要饿死的少女，这个少女后来成了他的妻子。成亲以后，为了生存，也为了让自己活得更自由，庄子最终在蒙邑的漆园做了一名小吏。"千一好奇地问："漆园小吏是做什么的？"周青牛解释说："蒙邑漆园是宋国最大的一个官方漆园，漆园小吏就是管理漆园的小官吏。这是个连十二品都挨不上的'微官'。每天负责监督管理割漆树皮的工人。割开树皮，用木桶去接流出的漆汁，再加工成能涂饰各种器具或兵器的成品漆。由于生漆既是重要的生活物资，更是重要的战略物资，因此各国的漆园都由官方严格控制。庄子做漆园小吏不必过于遵守朝廷的礼仪，还可以游山玩水，好不适意自在！可是好景不长，三年后宋国发生政变，上来的国君要求全国的漆增加产量，至少要达到以前的两倍。如果不能完成，漆园吏的脑袋会成为新国君的酒壶。宋王无道，庄子不愿意在浑浊的水中游弋，于是庄子辞官，心归自然。"千一颇感兴趣地问："庄子辞掉漆园小吏后去了哪里呢？"周青牛慨叹地说："他先后游历了魏国、鲁国、赵国、齐国，但是天下已然大乱，他又无心做官，便回到宋国的蒙邑过上了隐居的生活。"千一困惑地问："庄子才华横溢，真的就没有哪个国君请他做大官吗？""当然不是，"周青牛继续说，"楚王就曾派出两位使者请他去楚国做令尹，也就是宰相。但是他给两位使者讲了个寓言，两位使者就回去了。"千一好奇地问："讲了什么寓言？"周青牛耐心地说："那两位楚国大臣见到庄子时，庄子正在河边钓鱼。两位使者介绍说：'楚王很看重先生的才华，特意派我们来邀请先生到楚国担任楚国的令尹，楚王愿将国内政事委托给您。'庄子连头也没回，手拿着钓竿说：'吾闻楚有神龟，死已三千岁矣，王以巾笥而藏之庙堂之上，此龟者，守其死为留骨而贵乎？宁其生而曳尾于涂中乎？'意思是说，我听说楚国有一只神龟，它被抓住时已经活了三千岁了。楚王杀死神龟后，用它的龟壳来占卜。因非常灵验，所以楚王用锦缎包好放在竹匣里，供奉于宗庙之上。我问你们，这只神龟是愿意死后被珍藏在竹匣里而供奉于宗庙上，还是愿意在泥水中自由自在地活着？"千一迫不及待地问："两位大臣怎么说？"周青牛微笑着说："他们当然说神龟愿意在泥水中自由自在地摇头摆尾了。庄子就等着他们这么回答呢。庄子听罢笑着说：'看来二位都是明白人，那就都请回吧，让我像神龟一样在泥水里自由自在地活着吧。'两位使者听后无言以对，只好失望地回去了。"千一听后感慨地说："庄子的比喻太生动了！那他靠什么生活呢？"周青牛叹了口气说："在濮水畔长了许多适合做草鞋的葛草，庄子一家人靠采葛织履为生，虽然日子清苦，但尚可以糊口度日。"千一沉思着说："可是庄子毕竟是大名人呀，他到集市上卖草鞋就不怕有人耻笑他吗？"周青牛笑了笑说："宋国有一个叫曹商的人，是小时候和庄子一起上学的发小，但庄子一直就不喜欢曹商，此人由于为宋国出使秦国劝秦与宋结盟成功，不仅得到宋康王赠予的数辆马车，秦惠王也十分高兴，又加赐给曹商一百乘马车。曹商衣锦还乡，见到庄子在集市上卖履，便走过来吹嘘道：'凭我的三寸不烂之舌，秦王不仅答应与宋国结盟，还待我们如座上宾，与我同吃同住，瞧这些马车了吗？都是秦王赐予我的。我早就跟你说过，做人要识时务，可你就是不听，非要追求什么自尊与人格，现在可倒好，贫困到自己编织草鞋来卖，你瞧瞧你、脖颈干瘪、面黄肌瘦，你这是何苦呢！'说完目光鄙夷地看着庄周，一脸幸灾乐祸的样子。"千一听了气愤地说："这个叫曹商的人简直就是势利小人！庄子一定不会任由他奚落的，对吧，周先生？"周青牛点着头说："庄子不动声色地说：'有一位给秦王看过病的医生刚回到宋国，他说秦王浑身长满了脓疮，而且还有痔疮，你和秦王同吃同住，怎么觉得你好像不知道呢！'曹商连忙说：'我当然知道了，秦王的脓疮和痔疮确实很重。'他很怕自己的吹嘘露了馅。庄子又说：'我听那位医生说，秦王诏令天下，如果谁能使脓疮溃散，赏一辆马车；如果谁能舔治痔疮，可赏五辆马车。'曹商一时没反应过来，不住地点头说：'确有此事！'此时，庄子笑着说；'你获得那么多辆马车，看来你没少舔秦王的痔疮啊！'"周青牛话音刚落，千一便被庄子的机智逗得哈哈大笑起来。她一边笑一边问："这些都写在庄子的书里了吗？"周青牛点着头说："当然了，'曳尾涂中'的故事出自《庄子·秋水》，曹商用丧失尊严作代价去换取财富，招致庄子痛斥的故事出自《庄子·杂篇·列御寇》。作为读书人最大的愿望就是将自己对于人生的体悟写出来，晚年庄子的心灵深处不断涌出令人惊叹的心灵图景，这些心灵图景大多以寓言的形式呈现出来。《庄子》中共有两百则寓言，这些寓言是庄子哲学思想的形象性表达，也给后世以莫大的启示。庄子是一个'独与天地精神相往来的人'，他的想象力极为丰富，妙思隽语如喷泉般涌动，能把一些微妙难言的哲理描述得引人入胜。他的作品被人称为'文学的哲学，哲学的文学'。"千一插嘴问："周先生，《庄子》究竟是怎样一部书呢？"周青牛介绍说："《庄子》一书现存三十三篇，其中'内篇'七篇，'外篇'十五篇，还有十一篇是'杂篇'，庄子在哲学上继承发扬了老子和道家的思想，同样将'道'视为万物的本源，在政治上主张无为而治，在做人上主张返璞归真。他的哲学思想汪洋恣肆，恢弘绚烂，文笔奇诡又富于变化，具有浓厚的浪漫主义色彩。"千一试探地问："能举例说明吗？比如哪一篇是他的代表作。"周青牛毫不犹豫地说："他的代表作当然是《逍遥游》了。在这篇文章中，庄子以神话传说熔铸成篇，构思宏伟，气势磅礴，开头是这样的：'北冥有鱼，其名为鲲。鲲之大，不知其几千里也；化而为鸟，其名为鹏。鹏之背，不知其几千里也；怒而飞，其翼若垂天之云。是鸟也，海运则将徙于南冥。南冥者，天池也。'怎么样？"千一不好意思地说："听着好有气魄，但是意思没完全懂。"周青牛微笑着说："意思是说，北海里有一条鱼，它的名字叫鲲。鲲的脊背真不知道长到几千里；变化为鸟之后，它的名字就叫鹏；当它振动翅膀奋而起飞时，那展开的翅膀就好像挂在天边的云。这只鲲鹏，随着海上汹涌的波涛就要迁徙到南方的大海去了。南方的大海是一个天然的大池。"千一似有所悟地问："听起来有一种天马行空般的自由，周先生，我理解得对不对？"周青牛淡然一笑说："你理解得不错，鲲变成鹏是一种伟大的突破，是思想突破实在，是有限转化为无穷，是生命充溢宇宙，所谓逍遥游就是追求一种超越时空限制的绝对自由。"千一凝眉又问："周先生，庄子的书写完之后又经历了什么？"周青牛叹息着说："庄子的书写完后也到了老子骑青牛的年龄了。有一天他病倒了，并且卧床不起，吃不下饭，也喝不进水，整日昏昏欲睡。就在他的儿子和弟子们商议着准备后事和棺材时，或许是回光返照的缘故吧，他又奇迹般地醒了过来。看到弟子们准备厚葬他，他有气无力地阻止道：'我死后，千万不要举行葬礼，更不需要棺材，到时候把我抬到荒无人烟的地方，随便一扔就行了。'"千一不解地说："那怎么可以，到时候秃鹰和乌鸦会落到他的身上啄食他的尸体的。"周青牛淡淡一笑说："庄子的儿子和弟子们也是这么说的，可是庄子却说：'吾以天地为棺椁，以日月为连璧，星辰为珠玑，万物为赍送，吾葬具岂不备邪？'又说，'在上为乌鸢食，在下为蝼蚁食，夺彼与此，何其偏也！'意思是说，大自然给了我最好的葬具，我以天地为棺材，日月为玉璧，星辰为珠宝，万物为殉葬品，不是很好吗？你们把我扔在荒无人烟的地方，秃鹰和乌鸦会啄食我的肉，那么埋在地下，你们就不怕蝼蚁和老鼠吃我的肉吗？难道你们不喜欢秃鹰和乌鸦且偏爱老鼠吗？"千一担心地问："庄子的儿子和弟子们最后到底怎么做的呢？"周青牛苦笑了笑说："庄子根本没给他们机会，第二天天刚亮，儿子和弟子们发现庄子不见了，没有人知道他去了哪里，也不知道他葬身何处。"千一充满遐想地说："也许庄子得道成仙了吧。"周青牛感慨地说："但愿如此吧。好了，庄子的故事就讲到这里，有机会我们再深入地探讨。天不早了，我还要为亡妻鼓盆而歌呢。"千一感激地说："谢谢周先生，可是我好像迷路了，怎么才能走出这片森林呢？"周青牛微笑着说："没关系，这里漂亮的蝴蝶会引你走出这片森林的。"他话音刚落，一只落在坟头上的花蝴蝶姿态轻盈地飞了起来。千一赶紧和周青牛说再见，然后跟着花蝴蝶飘然而去。

令千一怎么也想不到的是，回去的路和来时的路完全不同，她有一种如梦如幻的感觉。最让她不可思议的是，她跟随花蝴蝶竟然走进了一个似曾相识的小镇，却怎么也想不起来是什么时候来过的。只记得这个小镇净发生些稀奇古怪的事。就在她一筹莫展地思索着自己和这个小镇的渊源时，一个声音对她说："别一筹莫展了，你曾经来过这里，这个小镇叫寓言镇。"她顿时恍然大悟道:"对对对,这里是寓言镇。我来过一次。"她说完四下张望,却一个人也没有,只有为她引路的花蝴蝶翩翩起舞般地飞着,她情不自禁地问:"花蝴蝶,是你和我说话吗?"花蝴蝶一边飞一边说:"是我,你既然对庄子那么感兴趣,当然要逛一逛寓言镇了。"千一豁然开朗地说:"太好了,这么说,我们一定会遇上很多有意思的事情了?"花蝴蝶说:"那是当然了。"千一蹙眉说:"可是走了这么久,口都渴了,到哪儿能讨到一口水喝呢?"花蝴蝶舞动着一对漂亮的翅膀说:"前面不远处有一口井,快走几步就有水喝了。"说完向前飞去,千一赶紧跟上。果不其然,前面有一口浅井,一只巨鳖正在井边听一只青蛙吹嘘自己的快乐生活。千一很好奇,便悄悄凑过去听,住在浅井中的青蛙夸耀道:"你是不是很羡慕我呀,我住在这里快乐极了!你看我可以在井口、栏杆和井底之间,尽情地蹦跳玩耍。玩累了,可以在井壁砖块破损的窟窿里舒舒服服地休息。跳入水中,井水刚好浸没我的腋下,轻轻托起我的下巴;踏入泥里,稀泥刚好盖住我的脚背,别提多舒服了。回过头来再看看水中的那些赤虫呀、小蟹呀、小蝌蚪呀,没有谁像我这样快乐!何况我独占着一井水啊,可以尽情享受其中的乐趣,这样的生活太称心如意了。鳖兄,你为什么不进来看一看呢?"这只来自东海的巨鳖接受了井底之蛙的邀请,准备下到井底看看,可是左脚还没跨进浅井,右腿就已经被井的栏杆绊住了。于是迟疑片刻后,只好慢慢地退了出来。它谢过井底之蛙的邀请后,站在井边讲述了大海的奇观:"蛙兄,你知道海有多大吗?"井底之蛙不屑地问:"有多大?"东海之鳖说:"这么说吧,即使用千里之遥来形容也不足以表达大海的壮阔;用千丈之高来比喻也不足以描绘大海的深度。夏禹时代,十年里有九年下大雨,大水泛滥成灾,而海水也不会因此而增多;商汤时代,八年里有七年大旱,土地到处都裂了缝,海岸的水位也没有因此而下降。大海不会因时间的长短而改变,不会因雨量的多少而增减。生活在如此浩瀚的东海,那才叫快乐呢!"井底之蛙听了东海之鳖这一席话,吃惊得目瞪口呆,好半天说不出话来。这时花蝴蝶轻轻落在千一的肩膀上说:"人如果长期把自己束缚在一个狭小的天地里,就会变得像井底之蛙一样目光短浅,自满自足。好了,我们还是离开这里吧。"说完,花蝴蝶又曼妙地向前飞去。千一赶紧跟上去,可是没走几步就站住了,因为她看见一个少年在地上痛苦地爬着。她走到少年身边关切地问："先生，您有腿有脚，看上去不像有毛病，为什么不站起来走而非要在地上爬呢？"那个少年痛苦地说："这位妹妹你有所不知，我是燕国寿陵人，本来是会走路的，可是我听说赵国都城邯郸的人不仅擅长走路，而且姿态非常优美，便千里迢迢地去了邯郸，打算好好学习邯郸人走路的姿势，结果，不但没有学会邯郸人走路的样子，甚至连我自己原来怎么走路也忘记了，这不，只好爬着回家了。"千一听了不可思议地摇了摇头，这时花蝴蝶飞回来对千一说："这种生搬硬套别人经验的人，不仅学不到别人的优点，到头来还会丢掉自己的长处。千一，咱们还是赶路吧。"说完，花蝴蝶轻盈地向前飞去，千一看着邯郸学步的人惋惜地摇了摇头便离开了。总算看见人家了，却发现一个丑女人捂着胸口皱着眉头走过来，马路两边的人家见了都关上了家门，路上行走的人见到她全都躲着走。千一因口渴，也顾不上问为什么，大胆地迎上去问："大姐，能到你家讨口水喝吗？"丑女人热情地说："当然可以，我家就在前面，跟我来。"说完捂着胸口、皱眉蹙额地加快了脚步，没多远就到了一扇大门前，丑女让千一稍等片刻，她进了家门很快就端着一碗水出来了，她一边捂着胸口一边皱着眉头说："快请喝水。"千一接过碗咕咚咕咚全喝光了，她一边把碗还给丑女一边关切地问："大姐，你胸口很疼吗？"丑女摇着头说："一点也不疼，我身体可健康了！"千一不解地问："那你为什么总捂着胸口还皱着眉头？像胸口很疼似的。"丑女人解释说："小妹有所不知，我们寓言镇的西头住着一个美女叫西施，人人都夸她美若天仙。我住在寓言镇东头，叫东施，却从来没有人赞美过我的容貌，我当然心有不甘了，便仔细观察西施，发现她走路时经常捂着胸口皱着眉头，心想，或许这就是人人都夸她美的缘故吧，便模仿她的样子走路。小妹妹，你觉得我这样模仿西施走路美不美？"千一一时不知如何回答，便说了声"谢谢"，一溜烟儿地离开了。这时前面翩翩起舞的花蝴蝶说："这个东施太不自量力了，她只知道西施皱着眉头会很美，却不知道西施皱着眉头为什么会美。做事情，如果不考虑自己的条件，盲目模仿别人，很容易适得其反、弄巧成拙的。"千一很赞同花蝴蝶的观点，一边往前走，一边沉思，走着走着，发现前面有几棵大树，一个驼背老人手里拿着一根长长的竹竿正在粘知了，这个老人粘知了的技术非常娴熟，只要是他想粘的知了，一个也别想逃脱。她记得爸爸也这样粘过知了，可是成功率不到一半。于是她走上前赞叹道："老爷爷，您粘蝉的技术这么娴熟，有什么诀窍吗？"驼背老人得意地说："粘蝉确实有方法，不过至少要经过五六个月的练习，在竹竿的顶上累叠起两个丸子而不让丸子掉下来，粘的时候就很少失手；如果在竿头叠起三个丸子而不掉下来，那么粘十次只会失手一次；如果在竿头叠起五个丸子不掉下来，粘住知了就像用手拾东西那么容易了。你看我往这儿一站，就像木桩子一样稳当；我举竿的手臂就像枯树枝一样纹丝不动；虽然天广地阔，世间万物五光十色，都影响不了我，我的眼睛里只有知了的翅膀。外界的一切都不能分散我的注意力，都影响不了我对知了翅膀的关注，知了怎么可能逃脱呢？"千一听了慨叹道："老爷爷，我听明白了，无论做什么，只要专心致志，本领就会练得像您粘蝉一样出神入化。谢谢您给我讲的道理，再见！"告别驼背老人后，千一一边走一边问："蝴蝶先生，你怎么看老爷爷粘蝉这件事？"花蝴蝶一边飞一边说："我认为一个人无论做什么事情，都必须摆脱束缚，只有将全身心投入进去，他的精神与物象才会合二为一，如果能做到'物我为一'，才能体味什么是'道'的境界，你说是不是？"千一赞叹地说："太有道理了。"又继续往前走了一段路，发现一个卖牛肉的铺子前围了很多人，千一好奇地凑过去看热闹，原来是一个庖丁在剔牛肉，只见他手碰到的地方，肩靠到的地方，脚踩到的地方，膝盖顶着的地方，都发出皮骨相离的声音。只见他刀子一刺，哗的一声，骨肉就分开了。骨肉分离时发出的淅沥沥、哗啦啦的声音没有不合乎音节的。姿势优美得犹如古代的《桑林》之舞；动听的声音，仿佛是古乐《经首》的旋律。众人看后齐声喝彩。千一情不自禁地问："大叔，您的技术怎么能达到如此神奇的地步呢？！"庖丁放下刀子笑呵呵地说："掌握规律比掌握一般技术更重要。我刚开始宰牛的时候，眼睛里只有整头牛。三年之后，看见的不再是整头的牛了，因为我完全了解了牛体的结构，不再用眼睛看，而是用心看，感觉器官的功能都不用了，刀随着精神意念走。"说到这儿，庖丁见千一一脸困惑不解的样子，又进一步深入解释道："在肢解牛体时，要顺着牛的天然肌理结构行刀，把刀子插进肋骨间的缝隙，通过骨节间的孔道，一切动作都顺着牛体本来的结构使刀。刀子经过的地方，连经络、筋腱都没有碰过，完全可以做到游刃有余。"说完他把刀子递给千一看："你看我这把刀已经用了十九个年头了，宰过几千头牛，但刀锋始终像刚在磨刀石上磨过一样锋利。之所以如此，是因为牛的骨节之间是有空隙的，刀锋却薄得几乎没有厚度，用刀锋刺入有空隙的骨节中当然游刃有余了。"庖丁话音刚落，众人异口同声地叫起好来。千一谢过庖丁后继续赶路，她一边走一边问："蝴蝶先生，您对庖丁解牛怎么看？"花蝴蝶落在她的肩头说："世间的一切事物都有它自身的规律，掌握了事物的规律，办事就可以像庖丁解牛一样得心应手。"花蝴蝶话音刚落，有一个人唉声叹气地走了过去，千一好奇地叫住他："先生，看了庖丁先生精湛的技艺为什么唉声叹气呀？"那个人停住脚步垂头丧气地说："不瞒你说，小妹妹，我姓朱，我的本事不比庖丁小，可就是英雄无用武之地呀！"千一不解地问："莫非您也会解牛吗？"那个人沮丧地说："我不会解牛，但我会杀龙啊，为了掌握杀龙的本领，我几乎花光了家里的积蓄，用了整整三年时间，终于把宰杀龙的技术学到了手，我胸有成竹地学成归来后发现，世间根本没有龙可杀啊！"说完表情沉重地离开了。花蝴蝶笑嘻嘻地从千一肩膀上飞起来说："如果脱离了实际，本领再大又有什么用呢？"千一似有所悟地问："蝴蝶先生，你如此有见地，莫非你是庄子梦见的那只蝴蝶？"花蝴蝶却说了一句让千一很费思量的话："原本庄子就在我的梦中。"千一一边走一边思索：是庄周梦中变成了蝴蝶呢，还是蝴蝶梦中变成了庄周呢？不知不觉地走到了一处盖房子的工地，她走上前去，问一个手里拿着斧子的工匠："师傅，你们是要建一个学堂吗？"那个工匠说："是啊，我们在建庄周书院。"千一最喜欢书院了，心想这座书院建成后一定要进去参观一番。这时另一个工匠走过来对手里拿着斧子的工匠说："石师傅，我鼻尖上沾了一点白灰，帮我弄掉好吗？"千一发现那点白灰比苍蝇的翅膀还薄，便掏出口袋里的手帕刚想帮那个工匠擦掉，只听见一阵风响，没想到那个手握斧头的工匠手起斧落，白灰已然被削得干干净净，鼻尖却没有受到一丝一毫的损伤。那个被削鼻尖的人神情自若地又去干活了。千一惊得目瞪口呆。她张口结舌地问："石师傅，如果我的鼻尖上有一块白泥巴，你也会这样帮我削掉吗？"石师傅笑着说："小妹妹，那我可不敢。"千一不解地问："那为什么你敢给那位师傅削呢？"石师傅认真地说："因为我们俩搭档很多年了，在一起干活非常默契。"这时花蝴蝶插嘴说："有时候不管做什么事情，都要有一个好的搭档，如果没有一个很好的搭档，要把本领发挥出来是很难的。千一，我们还是赶路吧。"千一皱眉说："我走得有点累了，咱们找个地方歇歇吧。"花蝴蝶说："好吧，前面社庙旁有一棵被奉为神木的大栎树，树荫可以遮蔽几千条牛，树干要一百个人才能合抱起来。到那儿去休息一下吧。"千一一听兴奋地说："太好了，快走吧。"千一来到大栎树前，一下子就被惊呆了，只见这棵临山的巨树，高出山顶八十尺才生长枝丫，这些树丫可以造几十条大船，一个木匠师傅正跟自己的徒弟们讲述刚刚在树下休息睡着后栎树向他托梦的情形。原来他带领十几个徒弟来到大栎树前时，他的弟子见到这棵巨树无不赞叹，他却不屑一顾。一个弟子不解地问："师傅，自从我拿着斧子跟您学手艺那天起，见过的木材也不少了，但还没见过比这棵栎树更好的木材呢。来往的人都赞叹不止，您怎么连看都不看它一眼呢？"木匠听后回答道："我之所以不愿看它一眼，是因为这是一棵毫无用处的散木，用它造船会沉，用它做棺材很快就会腐烂，用来做器具又不结实，用来做门窗会像云心木一样流出树脂来，用来当柱子又容易被虫子蛀蚀。这是一棵无用之树，所以才会长得如此繁茂、长寿。好了，大家抓紧休息，休息完还要赶路呢！"说完他坐在树下很快睡着了。就在这时，栎树托梦给他，对他说："你认为我应该向那些可用之树看齐吗？那些有用之树比如橙树、梨树、橘树、柚子树等等，果子熟了，人们上下攀爬争相采摘，树干树枝常常被扭拉折断，这都是因为它们有用，才遭受这种痛苦，甚至污辱。有的天年都未享尽就短命夭折了。其实我从小到大也曾好几次险些被你这种人砍伐了，就是因为我有用。现在好了，所有的人都认为我无用，我可以免遭人们的砍伐而颐养天年了。这就是无用之用，为我之大用，假如我被你们认为有用的话，还能活到现在吗？世上的东西只要是你们认为有用的，必被糟蹋，这种情况比比皆是，还用我饶舌吗？我们都是造物主的作品，你有什么资格用常理来评论我？"栎树这番话惊醒了木匠师傅，他把刚才的梦讲给弟子们听，一个弟子问："既然栎树追求无用，为什么还在社庙旁冒充神木供人膜拜呢？"木匠师傅急忙摆手，禁止徒弟再讲，似乎很怕大栎树听见，他悄声说："不要乱讲话，你以为他愿意充当神木吗？它不过是利用社庙保护自己罢了，否则不知什么时候会被人砍掉当柴烧了。这棵栎树通过追求无用来保护自己，确实与其他树木不同，千万不要按常理来理解它。"千一听了木匠师傅的话似懂非懂，便躲到一边小声问花蝴蝶："蝴蝶先生，我怎么觉得无用也是一种用呢？"花蝴蝶在她的耳畔一边飞一边悄声说："无用不仅是一种用，而且是一种美。"千一不解地问："这世界上不仅有无用之用，还有无用之美，能解释解释吗？"花蝴蝶说："生命中一些最重要的东西，比如自由、尊严、梦想、艺术、音乐、文学，似乎都毫无用处，但这些无用珍宝，却是救赎灵魂的良药啊！世人的悲哀就在于皆知有用之用，却不知无用之用啊！"千一恍然大悟地说："我明白了，世人眼中的无用，恰恰是庄子选择的有用，他的智慧就在于无用之用方为大用，对不对？"花蝴蝶赞许道："说得很好！闲看花开，坐看云起，品一盏茶，吟一首诗，读一本'闲书'，这些看似无用的事，却美得令人心醉啊！"千一兴奋地说："听您这么一说，这世界最漂亮的，就是无用之美，对不对？"花蝴蝶说："很对，很对。好了，这些人吵得很，我看你在这里根本无法休息，我们还是赶路吧。"千一因为刚刚参悟了"无用之美"，心里非常高兴，说了一声"好的"，便蹦蹦跳跳地离开了大栎树。终于到了千一来时的河边，河边坐着一个钓鱼老头，旁边还蹲着一个胖乎乎的男人正在自我介绍说："我是东郭，先生的大名如雷贯耳，今日有幸得见，真是三生有幸。"钓鱼老头见此人太客套，便不耐烦地问："找我何事？"东郭先生谦逊地说："我听说您对'道'很有研究，今天是特意向先生求教'道'在哪里的。"钓鱼老头毫不犹豫地说："道无处不在。"东郭先生似乎未懂，接着问："能不能具体指明'道'在哪些地方呢？"钓鱼老头不假思索地说："道在蚂蚁洞里。"东郭先生不解地问："我觉得'道'是很高尚的东西，怎么会在那么卑下的地方呢？"钓鱼老头用十分肯定的语气说："道不仅在蚂蚁洞中，还存在于稗草、砖瓦碎石之中。"东郭先生越发不理解了，他用质疑的口吻问："这不是愈加卑下了吗？"钓鱼老头变本加厉地说："道还在屎尿之中。"东郭先生听了表情发窘，无言以对。钓鱼老头这才耐心地解释道："你对道在哪里过于纠结了，我说了道无处不在。即便是卑下的事物也不会在'道'之外。看一头猪壮不壮，看它的腿就可以了，它的腿部，长满了肉，其他部位当然就更肥了。你想一想，连最卑下的地方都有道，那么'道'存在于其他的地方也就不言自明了。"东郭先生这才恍然大悟地说："噢，原来如此。"可是一旁偷听的千一还不明白，她小声问花蝴蝶："蝴蝶先生，您能帮我总结一下钓鱼老头的观点吗？"花蝴蝶说："他的意思是说，越从低微的事物上推求，就越能看出道的真实情况。"千一若有所悟地说："蝴蝶先生，这位钓鱼的老先生太有思想了，您能告诉我他是谁吗？"花蝴蝶悄声说："他就是那个时常梦见我却不知是我梦见他的人。"千一十分惊讶地脱口而出："您说钓鱼的老先生就是庄子？"话音刚落，千一已经手握龟甲片坐在了自己房间的床上。她惊魂未定地喃喃自语道："原来又是一场梦象，也不知道我在那只蝴蝶的梦中，还是那只蝴蝶在我的梦中。"

放学后，孟蝶一回家就兴奋地告诉孟周："爸爸，今天作文课上老师夸我写的寓言很有想象力，给了一百分。"孟周正在书房一边喝茶一边读《庄子》，听女儿这么一说，很欣慰地放下书，微笑着问："快给爸爸讲讲，你写了怎样一个寓言？"孟蝶美滋滋地说："我也是受到《千一的梦象》的启发，庄子笔下的寓言太迷人了，老师让每人写一篇寓言，我就想到了《庄子》里的那些有趣的寓言，于是我就试着模仿了一个。我写的是放学的路上，我捡到了一枚蛋，这枚蛋既不像鸡蛋、鸭蛋、鹅蛋，也不像蛇蛋、乌龟蛋、恐龙蛋，究竟是什么蛋呢？我决定孵出来看一看。经过漫长的等待终于破壳了，结果孵出来的既不是鸡鸭乜不是龟蛇，爸爸你猜猜，孵出来一个什么？"孟周慈爱地看着女儿，一边摇头一边说："爸爸猜不出来。"孟蝶得意地说："蛋破壳以后，孵出来一个梦。这个梦很感激我将它孵出来，问我有什么愿望，它说为了报答我，可以满足我一个愿望。我心想，既然你是个梦就应该无所不能，我说一个难的，看你能不能满足我，于是我告诉它，我想创造一个宇宙。我以为我这个愿望会让梦非常为难，没想到它送给我一根线，说有了这根线，再加上我的想象力就可以创造一个宇宙。我百思不得其解，后来看到妈妈创作的'兰法'，我才恍然大悟，怎么样，爸爸，我创作的寓言有意思吧？"孟周赞许地说："有意思，有意思，很有一些庄子寓言里梦象之美的特征。"孟蝶好奇地问："爸爸，能给我讲一讲《庄子》寓言里的梦象之美吗？"孟周点了点头说："我先给你讲两则寓言，再谈梦象之美。第一则寓言是《庄子·应帝王》里的，讲的是'浑沌'的故事：南海之帝为儵，北海之帝为忽，中央之帝为浑沌。儵与忽时相与遇于浑沌之地，浑沌待之甚善。儵与忽谋报浑沌之德，曰：'人皆有七窍以视听食息，此独无有，尝试凿之。'日凿一窍，七日而浑沌死。意思是说，南海的大帝名字叫儵，北海的大帝名字叫忽，中央的大帝名字叫浑沌。儵与忽常常被浑沌邀请去做客，浑沌款待他们十分丰盛。儵与忽在一起商量如何报答浑沌的深厚情谊，他们都认为，'人人都有眼耳口鼻七个窍孔用来视听、吃喝、呼吸，唯独浑沌没有，不如试着为他凿开七窍吧。'结果他们每天为浑沌凿出一个窍孔，凿了七天浑沌就死去了。"孟蝶听到这儿，唏嘘地感叹道："这也太不可思议了。"孟周解释说："浑沌是《庄子》中很有趣的一个梦象。梦象具有虚幻性、奇特性、模糊性、似与不似性，是对具象、印象、抽象的超越，为浑沌凿七窍无疑是从梦象向具象的倒退，浑沌一旦被具象就丧失了虚幻性、奇特性、模糊性，就有了逻辑和理性，也就失去了梦象的本性。浑沌作为神话般的梦象一旦有了七窍，便裹上了有痛楚的肉身，无限就变成了有限。浑沌的天性也就被扭曲了。而天性源于自然、源于心灵。大千世界不过是内宇宙的表象，是对内宇宙的反映，自然与心灵的关系只能是梦象的，庄子所谓与天地精神相往来，就是乘梦游心，没有心灵上的自由解放是做不到的。"孟蝶若有所思地问："爸爸，梦象是梦中的景象吗？"孟周摇了摇头说："不对，把梦象理解为梦中的景象是错误的。梦象表面上与梦有一些相似的特征，但与梦有着本质的不同。爸爸以前跟你说过，梦象是使心灵世界与宇宙相似的形式，是艺术家心灵图景的外在幻化。梦象就是在现实中可能发生，也可能不发生，或者根本不可能发生，但在艺术家的心灵世界发生了的本体性事件。在《庄子》的寓言世界里，人可以与骷髅对话，飞禽走兽都有像人一样的意识，人与物之间可以自由幻化，这些在现实世界中不可能发生的情节，却如此真实地在庄子的心灵世界中发生了。我们阅读《庄子》这部书如同置身于梦一般朦胧、迷离的世界中，看到的是奇幻瑰丽的梦象，体味的是隽永幽默的谐趣，观赏的是思想与文字、哲学与诗的奇妙化合。那种将庄子的梦象等同于梦或梦境的观点无疑是误读，其实连庄子本人都不认同他那些瑰丽奇谲的梦象是梦，因为庄子是主张'无梦'的。"孟蝶似乎有些听糊涂了，连忙问："庄子是怎么主张'无梦'的呢？"孟周耐心地说："庄子说'真人无梦'，什么是真人？当然是那些洞悉宇宙和人生本源、真真正正觉醒、觉悟的人。用庄子在《大宗师》中的话说，'是知之能登假于道者'，就是智慧能通达大道境界的人。在庄子看来，理想人格的最高境界就是'真人'。庄子说，真人的生活一切顺乎自然，顺乎自然就是顺乎心灵。因为庄子所说的自然其实是心灵的外化。其实真人就是心灵世界不断产生梦象的人。最典型的一则寓言就是'庄周梦蝶'。蝴蝶一直在庄周的梦中，庄周又是什么？爸爸认为，蝴蝶代表外部世界或宇宙，庄周代表心灵世界或内宇宙，蝴蝶的梦是外部世界或宇宙的变化；庄周的梦是心灵世界或内宇宙的变化。庄周感知到宇宙就在他的心灵世界中，他的意识和宇宙连成了一个整体。庄周梦蝶的'梦'是梦象的梦而不是做梦的梦。庄周与蝴蝶互为梦象。庄子的哲学是一种梦象哲学，他用情感、心灵感受、直觉、幻想和梦境构建宇宙，为此他神游于太虚、逍遥于天地。""爸爸，"孟蝶思索着问，"怎样才能进入梦象世界呢？"孟周沉思片刻说："庄子讲了三个步骤。第一个步骤叫'心斋'。"孟蝶迫不及待地问："什么是'心斋'？"孟周微笑着说："在《庄子·人间世》里讲颜回有一次要到卫国去游说专横独断的卫国国君，孔子浇了他一盆冷水，认为他一身的功夫还没有做到纯一不乱的境界，如果贸然去谏，非但无益，反而有害，于是颜回便向孔子请教方法，孔子告诉他要先做到'心斋'：'一若志，无听之以耳，而听之以心，无听之以心，而听之以气，听止于耳，心止于符。气也者，虚而待物者。唯道集虚，虚者，心斋也。'孔子的意思是说：'你必须屏除杂念，使心境虚静纯一，不要胡思乱想，不用耳朵去听，而是用心去听。这样说也不准确，就深一层功夫讲，也不是用心去听，而是用气听，这叫听息，到了这样的境界，耳听的作用已经停止了，凝神和听息合二为一。这时心听也不起作用了，这种神与气合一的状态是无知无觉的，这就到了虚的境界。到了这种凝寂虚无的境界，就可以用心灵体味大道的存在，那是一片光明的空虚，能容纳大千世界。心灵达到这种虚无空明的境界，就是心斋。'"孟蝶似懂非懂地说："太玄妙了！那第二步是什么呢？"孟周认真地说："第二步叫'坐忘'。出现在《庄子·大宗师》里。颜回听了孔子的教诲便回去斋戒清心，也就是对心灵来一番彻底的清洁，然后他去向孔子汇报说：'我进步了。'孔子问：'你的进步指的是什么？'颜回说：'我已经忘却仁义了。'孔子说：'好啊！不过还不够。'过了几天颜回再次拜见孔子，说：'我又进步了。'孔子又问：'你的进步表现在哪里？'颜回说：'我忘却礼乐了。'孔子说：'好哇，不过还需努力。'过了些日子颜回又来拜见孔子，说：'我又进步了。'孔子问：'你又进步什么了？'颜回说：'我坐忘了。'孔子惊讶地问：'什么叫坐忘？'颜回说：'我遗忘了自己的肢体，摆脱了自己的聪明，离弃了躯体，忘掉了知识，静坐心空，物我两忘，与大道融为一体，这就叫坐忘。'孔子慨叹地说：'与万物同一就没有偏好，顺应变化就不执滞常理。你果然成了贤人啊！我作为老师也希望跟你学习坐忘啊！'通过心斋可以达到内心的宁静与自省；通过坐忘使内心进入一种空明、虚无、静寂的状态。'心斋'重在'虚'，'坐忘'重在'忘'。但是要想做到'虚'与'忘'的融合，还需学会第三步，这就是'一志'。"孟蝶饶有兴趣地问："什么是'一志'呢？"孟周解释说："'一志'就是凝神静气，全神贯注，专心致志。就像那个粘蝉的驼背老者一样，将自己的身体视为树墩，将自己的手臂视为树的树枝，也就是孔子所说的'用志不分，乃凝于神'。神与气全都凝聚到心灵图景上了，外界的干扰自然就被淡化了，内观的梦象便是一切，不仅忘掉了其他事物，甚至忘掉了自己的存在，此时心灵图景层出不穷，用庄子的话讲，就是'天地与我并生，而万物与我为一'。其实无论是'心斋''坐忘'还是'一志'，目的只有一个，就是解放心灵，让心灵自由。庄子的梦象世界始终以'心灵自由'为主线，一幅幅波诡云谲、奇幻瑰丽的心灵图景就是通过心灵的自由展现的。"孟蝶顿悟地说："爸爸，我明白了，《庄子》除了具有梦象之美外，还具有自由之美。"孟周欣慰地赞许道："我女儿真聪明！"孟蝶兴致勃勃地说："爸爸，《庄子》的自由之美表现在哪里呢？"孟周斟酌着说："《庄子·田子方》中有一则故事：'宋元君将画图，众史皆至，受揖而立，舐笔和墨，在外者半。有一史后至者，儃儃然不趋，受揖不立，因之舍。公使人视之，则解衣般礴嬴。君曰："可矣，是真画者矣。"'意思是说，宋国国君宋元公打算召人画几幅画，召来了很多画师，这些画师接受旨意后，精神都很紧张，他们一个个毕恭毕敬地拱手站在一旁，又是舐着笔，又是调着墨，各就各位，十分拘束。站在门外等着召见的还有数百人。只有一位画家与众不同，他不仅来得最晚，而且神态自若，接受旨意时也不拘礼，不像其他画师一旁恭候站立，而是揖谢之后，便回到住所开始作画。宋元公派人去察看，发现这个画师已经脱下衣衫、光着身子，撩起袖子握着笔杆，叉腿而坐正在作画。察看的人向宋元公汇报后，宋元公说：'好啊，这才是真正的画师啊！'"孟蝶插嘴问："爸爸，为什么这个画师与众不同呢？"孟周用启发的口吻说："想一想我刚才讲的'心斋''坐忘''一志'的境界，这个与众不同的画师一定达到了心灵自由的境界，放下了利害观念，摆脱了功名利禄的羁绊，只留下一个空明的心境，只有这样的心境，他作画时的创造力才会淋漓尽致地得到发挥。而那些一心想着功名利禄的画师，创造力被心中的利害观念所束缚，心灵不自由又怎么能画好画呢？如果创作者不能摆脱实用的功利心，就不可能从有限的一花一叶中发现宇宙无限的生机，更不可能把握梦象之美。关于创造的自由和创造的乐趣，在《庄子·达生》中有一则更生动的故事：'梓庆削木为鐻，鐻成，见者惊犹鬼神。鲁侯见而问焉，曰："子何术以为焉？"对曰："臣工人，何术之有？虽然，有一焉。臣将为鐻，未尝敢以耗气也，必齐以静心。齐三日，而不敢怀庆赏爵禄；齐五日，不敢怀非誉巧拙；齐七日，辄然忘吾有四肢形体也。当是时也，无公朝，其巧专而外骨消。然后入山林，观天性，形躯至矣，然后成见鐻，然后加手焉；不然则已。则以天合天，器之所以疑神者，其由是与！'"意思是说，梓庆能削刻木头做鐻，所谓鐻是宫廷里大型乐队用来置放编钟的木头架子，每个鐻上都需要像梓庆这样的工匠精心雕刻出不同动物的图案。梓庆做成以后，看到的人都以为是鬼斧神工。鲁侯见到惊叹地问：'你是不是与鬼神通灵了，否则如何能雕刻出如此奇妙的鐻呢？'梓庆谦虚地说：'我不过是个普通的工匠，哪有本事与鬼神通灵啊！只不过是通过心斋从内心深处去掉一切障碍与束缚，进而进入虚静澄明的精神境界而已。'鲁侯又问：'什么是心斋呀？'梓庆解释说：'我准备做鐻时，从不敢随便耗费精神，必定通过斋戒来静养心思。心斋三天，不再怀有功名利禄的杂念；心斋五天，把一切是非思想抛之脑后；心斋七天，已不为外物所动，仿佛忘掉了自己的四肢和形体。这时候，我心中已经没有了自己制作的鐻是宫廷御品的心理负担，甚至朝廷的权威也无法影响我了，然后我会独自进入山

梦象之梦与灵

梦象之舞

梦象之眼

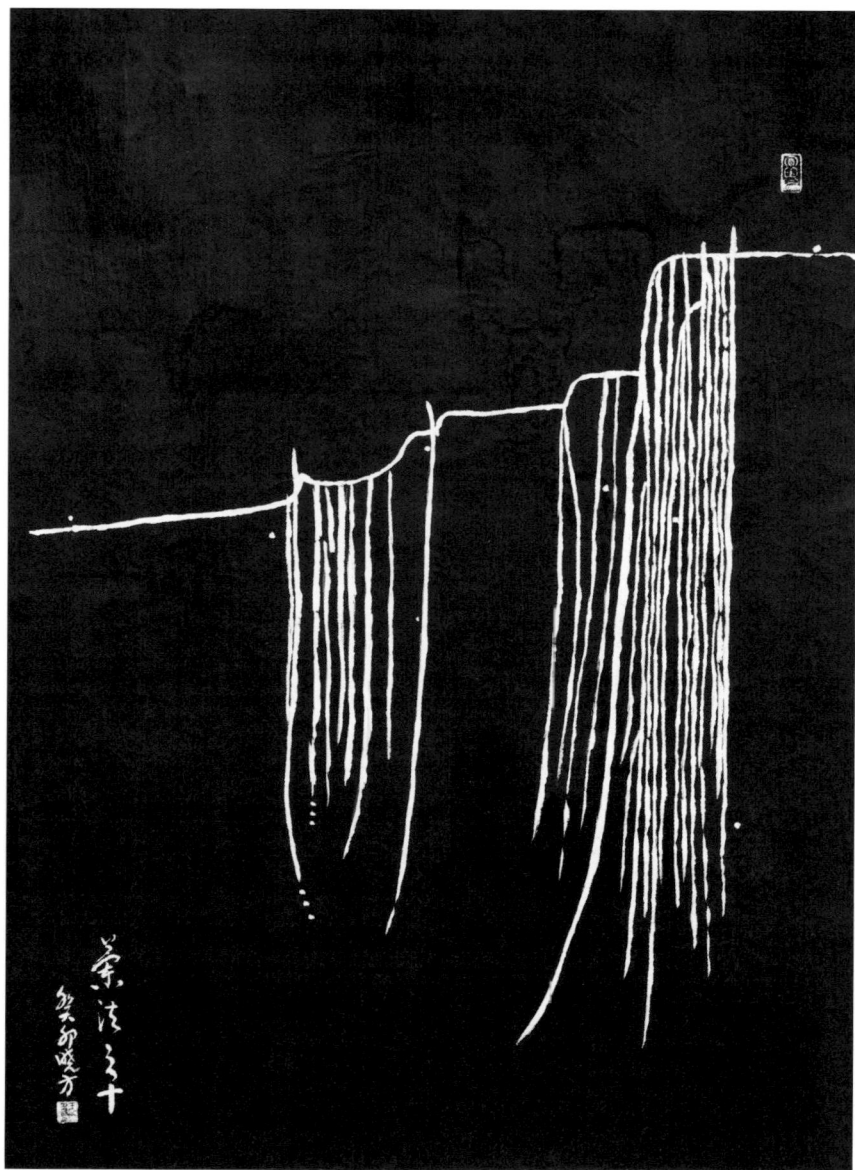

兰法之十

梦象之邂逅

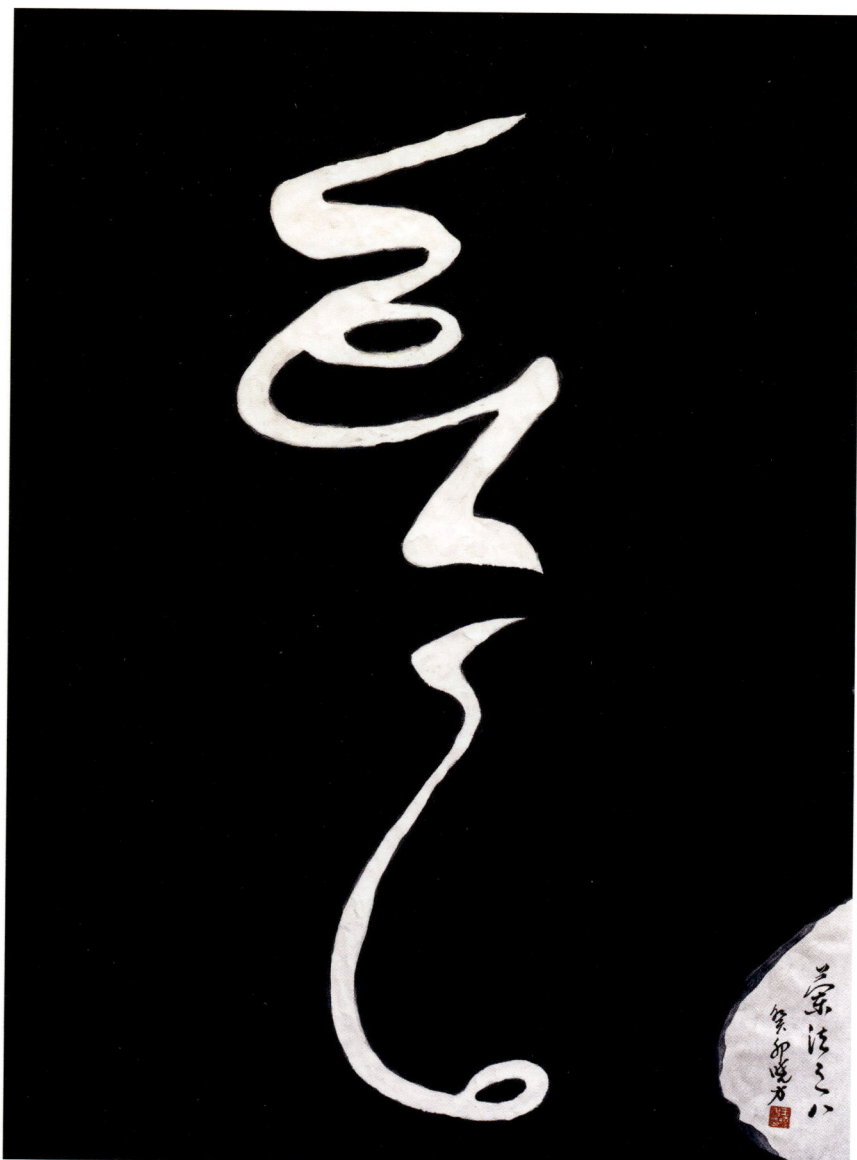

兰法之八

林，观察各种鸟兽的自然美，选择好外形与质地与镶最相合的木材，这时镶的形象化为心灵图景已经呈现在我的眼前了，回到工坊后，加工制作以最快的速度将那种勾物形象活灵活现地雕刻出来，一挥而就，无需任何修饰。这就叫以天合天，物与我在天然之地合而为一。如果说有什么鬼斧神工的话，大概这就是其中的原因吧。'应该说，这是一个进入空明的心境的典型案例。梓庆的做法说明了就是耳向内听，目向内视，以求得精神上的宁静后，他不仅可以听到天籁，甚至连鬼神都愿与他为邻。要达到这样的境界，非心灵自由是不可能做到的。"孟蝶一边津津有味地听着，一边思索着问："爸爸，能不能这么说，心灵自由的人都有创造能力，而心灵不自由的人，把功名利禄看得太重的人，或许看上去很聪明，其实都是些内心笨拙的人？"孟周一听笑着说："你这种说法很有道理。实施一项技术之前，一定要心无旁骛。当心有待时，便不能专心于所施技的对象，其结果就如没有技巧一般。就像考试时每次都有人会失常，就是因为担心会考不上，所以考试时紧张得要死，结果就考不好了。在《庄子·达生》中有一个很生动的例子：'以瓦注者巧，以钩注者惮，以黄金注者殙。其巧一也，而有所矜，则重外也。凡外重者内拙。'以比赛射箭为例，如果用瓦片做赌注，射箭者心理负担就轻，技法就灵巧轻快，因为输了也不过是一块瓦片，所以心里毫无负担；如果用银制的衣带钩做赌注，射箭者就会心存疑惧，提心吊胆了，担心失去银钩；如果用黄金做赌注，射箭者就会头脑发昏，射出去的箭也会迷失方向。同样一个人，他的箭法没有什么变化，但是由于太以身外之物为重，心灵被利害得失的考虑所束缚，他的射箭技巧便大打了折扣，根本没办法自由发挥，创造力就无从谈起了。"孟蝶试探着问："爸爸，可不可以说，心灵自由不自由是审美的一个重要标准？"孟周赞许地点了点头说："女儿这句话说到点子上了。应该说，美就是心灵的自由。没有心灵的自由，创造无从谈起；创造无从谈起，美就不可能被呈现。"孟蝶似有所悟地问："爸爸，栎树托梦算不算是一种美的呈现呢？您在千一畅游寓言镇时介绍过这个故事。千一向花蝴蝶请教时，花蝴蝶提到了'无用之美'。"孟周微笑着说："那个说大栎树无用的木匠师傅是功利的，他永远也成不了像梓庆那样的雕刻家，也永远进入不了庖丁解牛那样的自由境界。其实所谓自由的境界就是审美的境界。因此凡是在世俗之人的眼中被视为无用的东西，一定是超出了功利目的的束缚而有了更大的自由，有了更大的美。栎树以无用求长生、求自由，是非功利的，这种'无用之用'才是'大用'。类似的观点在《庄子》一书中比比皆是。在《逍遥游》中，惠子对庄子说：'魏王贻我大瓠之种，我树之成，而实五石。以盛水浆，其坚不能自举也。剖之以为瓢，则瓠落无所容。非不呺然大也，吾为其无用而掊之。'意思是说，魏王送我大葫芦种子，我将种子种在地里后，结出的果实有五石那么大。可如果用大葫芦去盛水，它的坚固程度承受不了水的压力。假如把它剖开做成水瓢，也太大了，根本没有地方放它。这个葫芦太大了，根本没有用处，所以被我砸烂了。庄子说：'夫子固拙于用大矣。……今子有五石之瓠，何不虑以为大樽，而浮于江湖，而忧其瓠落无所容？则夫子犹有蓬之心也夫！'意思是说，先生太不擅长使用大东西了！如今你有能装五石容积的大葫芦，为什么不考虑把它制成腰舟，而浮游于江湖之上，却担忧葫芦太大无处可容？看来先生还是心窍不通啊！'惠施因大葫芦无用而发愁，根本不懂'无用之用'，更不懂得无用之美。"孟蝶插嘴问："爸爸，什么是腰舟？"孟周解释道："腰舟是形似酒樽的葫芦，缚在腰上游泳用的。"孟蝶又问："还有类似的例子吗？"孟周笑呵呵地说："在《逍遥游》中，还是惠子对庄子说：'吾有大树，人谓之樗。其大本臃肿而不中绳墨，其小枝卷曲而不中规矩。立之涂，匠者不顾。今子之言大而无用，众所同去也。'意思是说，我有棵大树，人们都叫它樗。它的树干臃肿弯曲不直，疙里疙瘩的，它的树枝弯弯扭扭，也不成材。虽然生长在路边，可是木匠看了却不予理睬。大而无用啊！大家都鄙弃它啊。庄子却不这么看，认为那棵樗有大用。他说：'今子有大树，患其无用，何不树之于无何有之乡，广莫之野，彷徨乎无为其侧，逍遥乎寝卧其下。不夭斤斧，物无害者，无所可用，安所困苦哉！'意思是说，如今你有这么大一棵树却担忧它毫无用处，为什么不把它栽种在什么也不生长的地方，栽种在无边无际的旷野里，然后你可以悠然自得地徘徊于树旁，心情愉快地躺在树下，再也不用担心大树会遭到刀斧砍伐，也没有什么东西会去伤害它，虽然没有派上什么用场，可是也不会碰上什么灾祸呀！世人都知道有用之用，却没有人知道无用之大用啊！"孟蝶若有所思地说："爸爸，我发现庄子总能在那些被世人视为

'无用'的事物中发现'大用'，这是不是因为庄子的心灵是自由的，因此具有独特的审美能力呢？"孟周感慨地说："是啊，在广袤的田野上，坐在一棵亭亭如盖的大树下乘凉，是何等惬意啊！坐在一个巨大的葫芦瓢里畅游江湖，又是何等的逍遥啊！一个人摆脱了功名利禄的束缚，心灵就会获得巨大的自由，那些被世人视为无用的东西便都有了'大用处'，这些'大用处'无不散发着无用之美的光彩。"孟蝶试探地问："爸爸，美在什么情况下会转化为丑呢？"孟周斟酌地说："美在心灵不自由的情况下就会转化为丑。在庄子看来，美与丑具有相对性，在《庄子·知北游》中有一段话论证了庄子的美丑观。'人之生，气之聚也，聚则为生，散则为死。若死生为徒，吾又何患？故万物一也。是其所美者为神奇，其所恶者为臭腐，臭腐复化为神奇，神奇复化为臭腐。故曰：'通天一气耳。'圣人故贵一。'意思是说，人的诞生，是气的聚合，气的聚合形成生命，气聚则生，气散则死。如果生与死是同一种事情，我对死亡又有什么理由忧患呢？所以，万物都统一在生死循环的变化之中。如此一来，便可以把那些美好的东西看成是一种神奇，把那些令人生厌的东西看成是一种臭腐，而臭腐的东西和美好的东西是可以互相转化的。所以说，万物只是一种气罢了。美的东西、丑的东西、神奇的东西、臭腐的东西都是一种气而已。也正因为如此，美与丑都可以表现宇宙与生命的力量。艺术中的丑甚至比美更能表现宇宙与生命的力量。庄子之所以描写了一大批极其丑陋的人物，大概也是为了说明'丑到极处，便是美到极处'的道理吧。"孟蝶已经听入了迷，她饶有兴趣地问："爸爸，我觉得《庄子》是一部奇书，每一个寓言都很传神。"孟周肯定地说："你这个传'神'的'神'用得好。庄子在很多寓言中都用了这个'神'的意念，最典型的就是在庖丁解牛中有一句叫'以神遇而不以目视，官知止而神欲行'。还有在佝偻者承蜩的寓言中提到的'用志不分，乃凝于神'；在《庄子·达生》中提到的'津人操舟若神'；在《庄子·齐物论》中提到的'至人神矣'等等。庄子这个'神'的意念就是对心灵自由的一种概括。但庄子这个'神'的意念是有出处的，它来自中国哲学史上一部十分重要的著作《易传》。"孟蝶试探地问："爸爸，《易传》和《易经》究竟是什么关系呢？"孟周微微一笑说："《易传》是对《易经》的解释和发挥。共有十篇，传统称为'十翼'，分为《象传》上下篇、《象传》上下篇、《文言传》、《系辞传》上下篇、《说卦传》、《序卦传》和《杂卦传》，这十篇文章不是一人一时的作品，流传于战国时期，定型于汉代。在《易传》十篇中，《系辞传》《象传》大约是战国中期作品，其他篇章则较晚。比如《杂卦传》大约是汉宣帝时期的作品。"孟蝶追问道："那么《易传》和《易经》有什么不同呢？"孟周解释说："两部著作的性质有着根本的不同。或者说《易传》对《易经》进行了根本性的改造。《易经》是一部卜筮的书，而《易传》则是一部充满辩证法思想的哲学著作。"孟蝶又问："爸爸，十翼中的哪篇文章谈到了'神'？"孟周沉思片刻说："在《系辞传》中提出了'阴阳不测之谓神'，还说'知几其神乎''神以知来，知以藏往'。所谓'阴阳不测'就是宇宙万物变化的规律，因为阴阳二气是生成宇宙万物的本源与动因；所谓'知几'就是把握事物发展变化的苗头或预兆；所谓'知来'就是对未来有所预见，所谓'知往'就是对已往心中了然。"孟蝶顿悟似的插嘴道："爸爸，我懂了，凡是把握宇宙万物发展和变化规律的，就叫作'神'，我理解得对不对？"孟周点了点头说："庄子的'神'就是《易传》中这个哲学的'神'转化成了美学的'神'。这个美学上的'神'完全是梦象的，庄子是以'神'立象。"孟蝶不解地问："爸爸，什么是以神立象？"孟周耐心地说："在《系辞上》中有一段话是这么说的：'子曰：书不尽言，言不尽意。然则，圣人之意，其不可见乎？子曰：圣人立象以尽意，设卦以尽情伪，系辞焉以尽其言，变而通之以尽利，鼓之舞之以尽神。'大意是，孔子说：'文字不能穷尽语言，语言不能穷尽心意。那么，圣人的心意就不可见了吗？'孔子又说：'圣人创立卦象用来表达心意，设置卦爻用来表达实情的真伪，运用文辞以穷尽要表达的言语，变动卦爻使之通达，以穷尽天下之利，设置六十四卦以竭尽宇宙万事万物的情态，以穷尽其神妙。'既然语言在表达情感方面具有局限性，也就是'言不尽其意'，那么就可以'立象以尽意'，但是这个'象'和庄子'以神取象'的'象'不同，这个'象'是'物象'，在《系辞下》中明确提出了'观物取象'，正所谓'古者包牺氏之王天下也，仰则观象于天，俯则观法于地，观鸟兽之文与地之宜，近取诸身，远取诸物，于是始作八卦，以通神明之德，以类万物之情。'就是说古代的包牺氏也就是伏羲称王于天下，仰首以观天下，附身以取法地形，观察鸟兽的花纹与大地相适宜，近取象于自身，远取象于万物，于是开始创制八卦，借以通达神明的德行，以类万物的情状。这段话说明了《易》象的来源。《易》象是伏羲观察自然现象和生活现象后创造出来的。但这个'象'是'物象'或'物像'，不是梦象的'象'。庄子的'以神立象'却是借助梦象充分表达心灵图景。通过'以神立象'，庄子成功地由《易传》的'观物取象'转化为寓言式的'观心取象'。"孟蝶懵懂地说："爸爸，能举个例子吗？"孟周迟疑片刻说："在《庄子·天地》篇中有一个寓言：'黄帝游乎赤水之北，登乎昆仑之丘而南望。还归，遗其玄珠。使知索之而不得，使离朱索之而不得，使喫诟索之而不得也。乃使象罔，象罔得之。黄帝曰："异哉！象罔乃可以得之乎？"'讲的是黄帝在赤水以北游玩，登上昆仑山而向南挑望，返回时丢失了玄色宝珠。于是派知去寻找，知没有找到；又派离朱去寻找，也没找到；再派喫诟去寻找，还是没有找到；黄帝只好派象罔去寻找，象罔却找到了玄珠。黄帝不可思议地说：'太不可思议了！象罔怎么就能够找到呢？'"孟蝶试探地问："爸爸，这个寓言里有很多隐喻吧？'孟周点了点头说："是啊！玄珠象征着'道'或者心灵图景，'知'象征着'理智'，'离朱'象征着'视觉最好的人'，'喫诟'象征'言辞'，'象罔'的'象'是梦象，'罔'是虚幻，象则非无，罔则非有，非无非有，不皦不昧，这正是对梦象的形象化描述。"孟周话音刚落，舒畅推门进来了，她微笑着说："你们爷俩一见面就聊个没完。孟周，明天是星期六，咱们全家去西山泡温泉吧。"孟蝶沮丧地说："妈妈，明天恐怕不行，老师留了一大堆作业，还要求背诵荀子的《劝学》，星期一要默写，我一句还没背下来呢。不如你和爸爸一起去吧，好好享受一下二人世界的幸福。"舒畅笑着说："你个鬼丫头，好了，晚饭做好了，快吃饭吧。妈妈做了你最爱吃的锅包肉。"孟蝶一听高兴地说："太好了，妈妈，不瞒你说，我昨天晚上做梦还梦见吃锅包肉了呢！"孟周微笑着说："女儿这么一说，我也馋了，老婆，把我的茅台拿出来，我要喝几杯，饭后我要好好画一张'庄周梦蝶'。"

第 七 章

开启了一扇洞悉人性的大门

　　千一的龟甲片被班里的捣蛋鬼秦小小从她书包里翻出来以后，一群男孩子抢来抢去，最后秦小小当着全班同学的面用刀割成了两半。千一发现后，心疼得呜呜大哭起来。好朋友刘兰兰非常气愤，毫不犹豫地告诉了班主任老师。老师虽然对秦小小损坏同学物品的恶劣行为进行了严厉的批评，但龟甲片却无法复原了。放学后，千一一脸沮丧地回到家。妈妈问她为什么不开心，千一不想让妈妈知道自己和龟甲片之间的秘密，便说没什么不开心，就是有一点不舒服，可能是昨晚没睡好。妈妈心疼女儿，叮嘱她今晚要早点睡。

　　晚饭后，千一回到房间做作业。她懊恼地从书包中拿出被秦小小割成两半的龟甲片，担心自己再也进不了梦象之门了，便试着将两个半片龟甲片对在一起，然后闭上眼睛，梦想着梦象之门打开的情景。如果是往常，她早就被一道光吸进去了，可是今晚她冥想了很久，龟甲片也没有反应，就在她失望地想放弃时，梦象之门突然打开了。她情不自禁地跨进去，还未等睁开眼睛，就听见两个人在叽叽喳喳地吵嘴，好像其中一个人干了坏事，将别人家的鸡拧断了脖子，还往一口井里拉了屎，另一个正在指责他邪恶。千一十分好奇地睁开眼睛，发现果真是两个人，不过这两个人长得奇怪极了，他们是两个半身人，半个身子、半个头、半张脸，全都是独眼，千一惊异地问："你们是谁？"左半身人先自我介绍说："我叫性本善，初次见面请多关照。"右半身人接着自我介绍说："我叫性本恶，见到您非常高兴。"然后两个半身人异口同声地说："我们都是潘古先生的学生，受潘古先生的委托来接你到稷下学宫听潘古先生讲荀子的。"千一纳闷地问："你们一个是性本善，一个是性本恶，你们谁能告诉我人的本性到底是善还是恶？"性本恶抢着说："关于这个问题，荀子早就说过：人的本性是恶的，所谓善不过是人为的结果。人的本性，生来就喜好利益，顺着这个本性发展，你争我夺不可避免，而谦虚礼让必然丧失，人生来就有嫉妒、憎恶之心，顺着这个本性发展，就会产生暴虐、残杀而丧失忠诚和信用；人生来就有耳目之欲，喜好声色，顺着这个本性发展，就会产生淫乱而丧失礼仪和法度。如果放纵人的本性，顺着人的性情，就必然会发生矛盾。当今世界，满眼都是以大欺小、恃强凌弱的事情，人性恶是血的事实，人性善只是后天人为的东西，所以我的观点是'人之初，性本恶'。"性本恶话音刚落，性本善就按捺不住地说："千一，我问你，有一个小孩当着你的面掉到井里了，你会怎么办？"千一毫不犹豫地说："当然是赶紧喊人救命了！"性本善很满意千一的回答，得意地说："这就叫同情心。这种同情心被孟子称为'不忍之心'，这种不忍之心是从人天生的本性中生发出来的。'不忍之心'也叫'恻隐之心'，而恻隐之心，人皆有之。孟子说：人的恻隐之心，就是仁；人的羞恶之心，就是义；人的恭敬之心，就是礼；人的是非之心，就是智。仁义礼智这些品德，并不是外界强加给我们的，而是人生来就固有的，所以孟子说，人之所以能够学习，就是因为人的本性是善良的。""我不同意，我不同意！"性本恶迫不及待地反驳道，"孟子的话说得不对，这表明他还没有真正认识人的本性，也不了解本性和人为之间的区别。所谓本性，就是天生固有的东西，不是后天学来的，也不是经过努力就可以造出来的。荀子说，'人之性恶，其善也伪'，其中'伪'就是人为的意思。通过学习，通过后天的努力可以做到，就叫'伪'，这就是本性和人为的区分。孟子说的仁义礼智都是后天学习的结果，根本不是天生固有的。打个比方就明白了。陶工用水和黏土制作出陶器，人的本性好比水和黏土，仁义礼智好比用水和黏土制成的陶器，水和黏土是天生的，陶器是人加工制作而成的。人的本性原本就没有仁义礼智，如同水和黏土；人的仁义礼智是后天学习教化才有的，就像陶器。这就是本性和人为的区别。弯曲的木头，一定要通过工具的加热矫正，然后才能挺直；钝的刀剑必须要用磨石磨过之后才会锋利。既然人的本性是恶的，那就一定要经过师长和法度的教化，一定要经过礼义的引导，然后才会生出恻隐之心、羞恶之心、谦让之心、是非之心，行为才会符合礼仪，人性之善只是后天人为的东西。"性本善刚要驳斥，千一却忍不住了，她辩驳说："孟子认为，善性良知是天赋予人的，人之所以变恶，恰恰是丧失了善的本性。"性本恶一边摇着半个头一边说："这话我也不同意，人的本性是饿了就想吃饱，冷了就想穿暖，累了就想休息，这些就是人之常情和本性。现在有一个人饿了，但见到长者在而不敢先吃，那是为了礼让；有的人累了，但不敢要求休息，那是因为要代替长辈劳动。儿子让父亲，弟弟让哥哥，儿子替父亲劳动，弟弟替哥哥劳动，这些行为，都是违背人的本性和常情的，然而却符合孝道和礼义。顺着人的本性就不会有礼让，礼让是与天性相悖的。由此可见，人的本性是恶的已经非常清楚了，人性之善只不过是后天人为的。孟子没有辨清'本性'与'人为'之间的区别，所以才说'今人之性善，将皆失丧其性故也'。"性本善不服，还要辩驳，被千一立即拦住了，她急切地说："你们这样争下去，争到什么时候是个头呀？我看还是赶路吧，等见到潘古先生吓他怎么说好不好？"性本善低下半个头嘟囔了一句："那好吧。"

渡过济水，千一一行已经隐隐约约看见巍峨壮丽的齐国都城临淄了。走到了美丽的稷山脚下，穿过稷门，一座规模宏大的学宫顿时映入眼帘，只是来来往往的都是一些半身人。千一按捺不住心中的兴奋，快步走向宽敞明亮的学宫讲堂。讲堂内齐刷刷坐满了半身人，潘古先生用亲切的语调缓缓地说道："在战国末期，有一位伟大的哲学家、思想家、文学家，在汇集天下著名学者的齐国稷下学宫讲学为师，被齐襄王尊称为'最为老师'，三次担任稷下学宫的祭酒，成为稷下学宫名气最大的学术领袖。这个人就是荀子。"千一插嘴问："潘古先生，祭酒是官职吗？"潘古先生解释道："稷下学宫的祭酒，指的是学宫中名望崇高的、祭祀时举酒祭神的老师。荀子名况，字卿，战国末期赵国人。他确切的生卒年已经很难确定了，只能大致地判定。他的政治、学术活动年代大约在周赧王十七年，也就是公元前298年，到秦王政九年，也就是公元前238年这段时间。荀子年轻时就崇拜孔子，是儒家学者子弓的私淑弟子。所谓私淑弟子是指那种无缘拜师但学过的弟子。子弓是荀子推崇的一名儒家学者。荀子博学善辩，年轻时便开始游学于齐国都城的稷下学宫。荀子在稷下这一文化学术

\ 千 \ 一 \ 的 \ 梦 \ 象 \

中心吸收了丰富的思想营养，为他后来成为诸子百家的集大成者，打下了坚实的基础。中年时，荀子离开稷下学宫西游入秦，对秦国的山川名胜、吏治民生啧啧称赞，但是对秦国没有儒士提出了批评。秦昭王对荀子的批评并不认同，于是荀子离开秦国，应齐王建的邀请，重返齐国稷下学宫，当时他已经五十岁了，第三次做了学宫祭酒。后来因齐王建听不进去荀子的建议，荀子只好离齐去楚。到了楚国，被春申君黄歇用为兰陵令。此间他曾遭到诽谤回到故乡赵国，与赵国的临武君在赵孝成王面前议论兵法。不久，他又回到楚国，再次被任命为兰陵令。公元前238年，春申君被杀，荀子被免官。从此他便定居在兰陵，专门从事著述和教学，直到老死。荀子遍历齐楚秦赵，大开眼界。这些国家较早进入封建化的过程，有法家和道家思想的传统。齐国有管仲学派，秦国有商鞅学派，楚国有老庄学派，赵国有尚武的传统。这些学派从各自的角度丰富了荀子的思想，为他后来成为先秦哲学的集大成者提供了条件。"这时，性本恶插嘴说："潘古先生，我们很想听您讲一讲荀子的'性恶'论。"话音刚落，有一半的半身人异口同声地说："人之初，性本恶！人之初，性本恶！"另一半的半身人却异口同声地反对道："我们不同意，我们不同意！"潘古先生摆了摆手，示意大家安静，然后他微笑着说："荀子思想中最有特色的，就是他关于人性的学说。与孟子主张的'人性善'不同，荀子在《性恶》中认为'人之性恶，其善者伪也。'那么在荀子那里，'性'究竟是什么？'性'为什么是恶的呢？他说：'凡性者，天之就也。'天性，是人天生的东西，又在《正名》中说：'生之所以然者谓之性。''不事而自然谓之性。''不可学，不可事而在天者，谓之性。'就是说，生来就如此的生理本能就是天性；不经过后天努力和社会教化而自然有的反应，叫作天性；不可以学习、不可以经过努力而做成、出于天生的，叫作天性。他在《礼论》中用一句话总结道：'性者，本始材朴也。'本性，就是天生就有的生理本能。荀子认为，人这种天生就有的生理本能是'恶'的。人生来就喜好利益，人生来就嫉妒憎恶，人生来就有耳目之欲，喜好声色，在荀子看来，人类这种好欲、逐利的本性与辞让、忠信、礼义等善的价值观是根本对立的。如果顺从人的本性，任其发展，将引起人与人之间的争夺、贼杀，社会就会陷入混乱。所以他认为人性非但不善，而且根本就是恶的。也就是说，人性本身是不能产生美和善的，美和善只能产生于后天的'伪'。"这时性本善插嘴问："什么是'伪'呢？"潘古先生耐心地说："关于'伪'，荀子有这么几种说法：在《性恶》中，他认为，'可学而能、可事而成之在人者，谓之伪。'在《正名》中，他认为，'心虑而能为之动，谓之伪。虑积焉，能习焉，而后成，谓之伪。'他在《礼论》中总结道：'伪者，文理隆盛也。'意思是说，可以后天学习、可以通过人为努力、人为训练而完成的，叫作'伪'；思虑以后，人体官能照着去做就是'伪'。由于思考长期积累、官能反复运用，形成一种言行的规范，就叫'伪'，比如礼义法度。所谓'伪'就是人为的社会道德，是使礼法条理更加完善。可见荀子和孟子所讲的'性'是内涵不同的。荀子认为，性是先天的、本能的，孟子却认为道德意识就是先天的；荀子认为道德观念是需要经过训练的，是人为的，不是先天的，孟子却认为'伪'就是'性'，应该说是孟子混淆了'性'与'伪'的区别。"这时，千一似有所悟地问道："潘古先生，荀子既然认为人的本能天性是恶的，那么'善'从哪里来呢？善是如何建立起来的呢？"潘古先生微笑着说："这个问题问得好。荀子认为人性虽恶，但是可以改变、改造。他在《性恶》中提出'化性为伪'的命题：'圣人化性而起伪；伪起而生于礼义，礼义生而制法度；然则礼义法度者，是圣人之所生也。故圣人之所以同于众，其不异于众者，性也；所以异而过众者，伪也。'意思是说，圣人变化了人的本性而兴起伪，兴起伪，礼义就产生了，在礼义的基础上又制定了法度。所以说礼义法度是圣人的创造。如此说来，圣人与一般人有相同之处，也有不同之处，不超乎一般人的地方，就是本性；超乎一般人的地方，就是人为。由此可见，所谓'化性为伪'就是指用礼义法度等去引导人的自然本性，也就是通过改造人的本性，使之树立起道德观念，从而向善。由此看来，'人之欲为善者，为性恶也。今人之性，固无礼义，故强学而求有之也；性不知礼义，故思虑而求知之也。'也就是说，人之所以想为善，正是因为人的本性是恶的。人的本性，原本就没有善，所以要努力学习去求得善；天性不知道什么是善，所以要通过思考以求知道。如果只凭着本性，那么人就没有善，不知道什么是善。那么善的本源是什么？荀子在《王制》中说：'人能群也。……人何以能群？曰：分。分何以能行？曰：义。故义以分则

\ 千 \ 一 \ 的 \ 梦 \ 象 \

和，和则一，一则多力，多力则强，强则胜物。'荀子认为善的本源出自于人的群体本性、生活秩序的需要。人为什么能结成社会群体？就是因为有等级名分。等级名分之所以能实行，是因为有礼义形式、道德规范和社会制度。按礼义确定名分，人与人之间就能和睦协调，和睦协调就能众志一心，众志一心力量就大，力量大了就强盛，强盛了就能战胜外物。由此可见，善的建立有待于众志一心的'心'。荀子看重的不是'天'而是'心'。他在《正名》中说：'欲不待可得，而求者从所可，欲不待可得，所受乎天也；求者从所可，受乎心也。所受乎天之一欲，制于所受乎心之多，固难类所受乎天也。人之所欲，生甚矣；人之所恶，死甚矣。然而人有从生成死者，非不欲生而欲死也，不可以生而可以死也。故欲过之而动不及，心止之也。心之所可中理，则欲虽多，奚伤于治！欲不及而动过之，心使之也。心之所可失理，则欲虽寡，奚止于乱！故治乱在于心之所可，亡于情之所欲。不求之其所在，而求之其所亡，虽曰我得之，失之矣。'意思是说，人的欲望并不是等到满足时才产生的，追求欲望的人，只会去追求那些他自认为可能得到满足的欲求，人的欲望并不是在可以得到时产生的，这是由人的天性决定的。人的某些欲望是否表现出来，取决于人心，因为人心能够节制欲望。人禀受于自然的单纯欲望，受到内心多方面的考虑的节制，这当然不能和天生的单纯欲望相类比了。人最大的欲求莫过于活着，人最厌恶的莫过于死亡，然而却有舍生就死的人，这不是因为他不愿意活着而想死，而是因为在特定情势下他认定了不可以苟且偷生，只能舍生就死。所以有时欲望虽然很强烈，但行动上却没有按着欲望去做，这是因为人心阻止了人的行动。因此，人心所认可的欲求只要符合道理，即使有很多，对政治安定也没有什么妨碍！有时欲望并没有强烈到某个程度，而行动却超过了那个程度，这也是由于人心驱使的缘故。如果人心所认可的东西不合理，那么即使欲望并不强烈，也不能阻止国家的混乱！所以国家的治乱取决于人心所认可的欲求，而不在于人的本性所决定的人的欲求。不从人心里找原因，却从欲望中找理由，尽管自以为找到了原因，却并没找到。很显然，荀子把心与天看成了对置的关系。但在这种对置中，荀子更看重'心'，而不是'天'。因为'心'有控制情欲并使之合于道德的能力。正是因为肯定了人的这种能力，他才在《性恶》中说：

'涂之人也，皆有可以知仁、义、法、正之质，皆有可以能仁、义、法、正之具，然则其可以为禹，明矣。'也就是说，一般人都具有仁义法正的素质，也有可以做到仁义法正的条件；所以，普通人可以成为禹那样的人也就很明显了。也就是说，圣人和普通人一样，也只有经过后来的努力，才得以成就自己。正所谓圣人'之所以异而过众者，伪也'，这种'伪'靠的是什么？当然是人的智慧，凭借人的智慧，人类可以建立礼义文明，从而摆脱天性之恶，进入美和善的状态。正是在这一点上，荀子对天人之间的关系提出了自己独特的思考。"千一插嘴问："潘古先生，您是要讲荀子的宇宙观吗？"潘古先生点了点头说："荀子认为宇宙中存在天、地、人三种力量，这三种力量各司其职，但地位同等重要。荀子在《天论》中描绘宇宙万物运动变化的不同形态时说：'列星随旋，日月递炤，四时代御，阴阳大化，风雨博施，万物各得其和以生，各得其养以成，不见其事而见其功，夫是之谓神。'意思是说，群星按其自身固有的规律运行，日月交替照耀着大地，四季循环更替，阴阳二气调节寒暑，风雨普施万物，这些因素的变化配合协调，使得万物得以生成长大。但是我们却看不见大自然是怎么做的，只见到了它的功效，这就叫神。在这段话里，荀子阐述了天与地的职责。他指出：'天行有常，不为尧存，不为桀亡。'自然界的运行有自己的规律，不会因为尧的仁义而存在，也不会因为桀的暴虐而消亡。也就是说自然界的规律不受人们的主观意志的影响。"千一又插嘴问："那么人的职责是什么呢？"潘古先生解释说："荀子明确回答了这个问题，他在《天论》中说：'大天而思之，孰与物畜而制之！从天而颂之，孰与制天命而用之！望时而待之，孰与应时而使之！因物而多之，孰与骋能而化之！思物而物之，孰与理物而勿失之也！愿于物之所以生，孰与有物之所以成！故错人而思天，则失万物之情。'意思是说，与其敬仰天而思慕它，哪里比得上把天作为物来掌控它呢！与其顺从天而赞美它，哪里比得上掌控自然的变化规律而利用它呢！与其盼望、等待天时，哪里比得上顺应季节的变化而役使它呢！与其依顺万物的自然繁殖而企盼它增多，哪里比得上施展人的才能而使它按照人的需要有所变化呢！与其希望万物为我所用，哪里比得上治理万物而让它得到充分合理的运用！与其希望万物能自然生长出来，哪里比得上掌握万物的生长规律呢！所以放弃人的努力而只是寄希望于天的恩赐，那就不能理解万物的本性，也就不能去利用它了。可见人的职责就是利用天地提供的东西，以创造自己的文明。因此荀子在《天论》中提出'明于天人之分'的观点，也就是说自然界与人类各有自己的职责，人'不应与天争职'，不指望天的恩赐，而要重视自身的努力，充分发挥人认识自然规律和掌握自然规律的能力，从而做到与天地相参，在充分适应、掌握客观规律的基础上，改造自然、利用自然，从而达到为人类造福的目的，这就是所谓'天有其时，地有其财，人有其治'。天有它的时节，地有它的财富，人有治理的能力。也就是说，人有能力充分利用天时、地利等自然条件和规律，可以与天、地并立而毫不逊色。"这时性本善举起一只手问："潘古先生，您讲得太精彩了！可是我们如何才能像您一样博学呢？"潘古先生微笑着说："其实荀子已经回答了你的问题，他在《劝学》中说：'积土成山，风雨兴焉；积水成渊，蛟龙生焉；积善成德，而神明自得，圣心备焉。'堆土积成了高山，风雨就从这里发生；水流汇集为深渊，蛟龙就从这里产生了；积累善行养成高尚的品德，自然就会心智澄明，拥有高度的智慧，具备了圣人的精神境界。在这里，荀子向我们阐述了由量变到质变的哲学思想。"这时，性本善得意地说："潘古先生，荀子的这段话不仅匾述了从量变到质变的思想，还阐述了善是拥有高度智慧和达到圣人的精神境界的源泉，可见善是本源性的东西，这说明孟子认为天赋性善是有道理的。"性本恶立即反驳道："我反对，荀子从天人之分的观念出发，强调性伪之分，就是因为性本恶，恶才是人性的本源。"潘古先生微笑着摆了摆手耐心地说："其实善与恶始终在人的身上并存、对立和冲突，这说明人性是复杂的，并不能简单地区分善与恶，也正因为人性是复杂的，人性才是完整的。"性本善质疑道："潘古先生，难道人性完全是善的也是不完整的吗？"潘古先生解释道："人性有善有恶，善恶同为一体，单纯的善与单纯的恶都是不完整的。"性本恶连忙问："那么我们怎么才能变得完整呢？"潘古先生认真地说："你们都是一个人善与恶的两极，拥抱你们的另一半，你们就完整了。"话音刚落，满屋子的半身人乱作一团地开始找自己的另一半拥抱，有的抱错了，还要重新寻找，站在千一身边的性本恶一下子抱住了性本善，当满屋子的半身人都和自己的另一半拥抱在一起的时候，他们瞬间就消失了，连潘古先生也消失了，稷下学宫顿时变成了千一的房间，她坐在书桌前，惊奇地发现手中的龟甲片已经完好如初了，就在她手捧龟甲片不可思议地发呆之际，妈妈推门进来了，她关切地说："千一，昨晚没睡好，今晚应该早点睡，休息不好，会影响上课听讲的。"千一这才回过神儿来，对妈妈说："知道了，妈妈！"

"妈妈，"孟蝶兴奋地说，"爸爸写的性本恶和性本善两个半身人可太有趣了！"舒畅微笑着说："你爸爸的想象力是超常的，妈妈这辈子是赶不上了！"刚说完，家里电话响了，孟蝶赶紧去接，撂下电话，她高兴地说："妈妈，爸爸说清江大剧院今晚演出音乐舞蹈史诗《编钟乐舞》，李函谷伯伯是艺术顾问，他送给爸爸三张票，爸爸让我们现在就去大剧院门前集合。"舒畅愉悦地说："太好了！我早就听你爸爸说过，清江歌剧舞剧院以楚史和楚文化为依据，以荀子的《乐论》思想为核心，以编钟为主体，运用歌、乐、诗、舞相结合的艺术形式，搞了一台大型音乐舞蹈史诗，因为以荀子的《乐论》思想为灵魂，所以聘请你李伯伯为艺术顾问，看来今天是首场演出。孟蝶，快打扮一下，今晚我们可以大饱眼福了。"孟蝶听罢连忙回房间换衣服去了。

远远地望去，清江大剧院就像一枚巨大的蛋壳，表达的是孕育生命的内在活力。每当夜幕降临，蛋壳表面就亮起错落有致的"蘑菇灯"，如同扑朔迷离的点点繁星，宛如夜空中一块银河落入人间，使大剧院充满了含蓄而别致的韵味和美感。舒畅和孟蝶到达大剧院门口时，孟周也刚刚到，一家三口，刚要走进大剧院，李函谷便迎了上来，寒暄之后，李函谷微笑着说："离演出开始还有半个多小时呢，咱们先到休息室坐一坐吧。"于是大家一起进了休息室，李函谷请服务员上了一壶茶，孟蝶因为看《千一的梦象》刚好看到荀子，便饶有兴趣地问："李伯伯，听说今晚演出的《编钟乐舞》是您以荀子的《乐论》思想指导的，荀子的《乐论》都讲了些什么呢？"李函谷笑呵呵地说："荀子的《乐论》集中讨论了礼和乐的关系。荀子说：'且乐也者，和之不可变者也；礼也者，理之不可易者也。乐合同，礼别异，礼乐之统，管乎人心矣。穷本极变，乐之情也；著诚去伪，礼之经也。'意思是说，音乐侧重于融合人的性情，礼制着重于严肃等级，音乐使人心达到和谐，礼使人们区分等级的差异。礼乐的关键是能约束人心。乐的本质源于人心，极尽情感之变化；礼的原则是表达真诚，去掉虚伪。荀子认为，音乐源自人心，从狭义上讲，乐是礼的一部分；从广义上讲，乐是人生与宇宙的美学理想，礼是乐的手段。"孟周接过话茬说："荀子的确很看重'心'的作用，他在《解蔽》中说：'心者，形之君也，而神明之主也。出令而无所受令。自禁也，自使也，自夺也，自取也，自行也，自止也。故口可劫而使墨云，形可劫而使诎申；心不可劫而使易意，是之则受，非之则辞。故曰：心容其择也，无禁必自见，其物也杂博，其情之至也不贰。'也就是说，心支配着身体，主宰着精神，它发号施令而不是接受命令。心自己决定自己的一切行动。我们可以强迫嘴巴开口或沉默，可以胁迫身体伸直或弯曲，但是却无法强迫心改变意志，它认为什么对就接受，它认为什么错就拒绝。所以说，心的选择是不受什么限制的，只是顺着自己的意志自然而然地呈现，它需要梳理的事物虽然繁杂而广泛，但由于它的专注凝聚着精诚，所以从不会有所旁顾。在荀子看来，'心'这个天君在人对世界的认识、把握和审美中享有至高无上的地位。"孟蝶插嘴问："爸爸，荀子的'心'是指心脏吗？"舒畅接过话茬说："从'心'的主宰地位来看，不应该是心脏，而应该是心灵。"李函谷赞同地说："我同意舒畅的看法。心的统帅作用不仅仅体现在对感官信息的分析、领会和提炼方面，更体现在内观上，只有完全深入到心灵本质的领域，才会看到心灵创造出的现实图景。正如荀子在《正名》中所说的'心有征知。征知，则缘耳而知声可也，缘目而知形可也'。也就是说，心灵能够验知外界事物。既然心灵能够验知外界事物，那么就可以依靠耳朵了解声音的不同，就可以通过眼睛了解形状的不同。但是荀子在《非相》中又说：'相形不如论心，论心不如择术。形不胜心，心不胜术。术正而心顺之，则形相虽恶而心术善，无害为君子也；形相虽善而心术恶，无害为小人也。'也就是说，观察一个人的相貌不如考察他的内心世界，考察他的内心世界不如鉴别他的思维方法和立身原则。正确的思维方法和立身原则与心灵世界相适应，那么形象即使丑陋也不会妨碍他成为君子；思维方法和立身原则不正确，不能与心灵世界相适应，那么形象即使好看也不能掩盖他的小人嘴脸。正所谓相由心生啊！"舒畅慨叹道："毕竟审美是一种对心灵世界的深层体验，而感官形式层面的悦耳娱目则是次要的。"孟蝶插嘴问："李伯伯，如何才能深入心灵世界呢？"李函谷微笑着说："你问的这个问题，在《荀子·解蔽》中是这么回答的：'心何以知？曰：虚壹而静。心未尝不臧也，然而有所谓虚；心未尝不满也，然而有所谓壹；心未尝不动也，然而有所谓静。'意思是说，心灵如何呈现宇宙？回答是靠虚壹而静，什么是虚壹而静呢？荀子给出的答案是虚心、专心、静心。心从来没有不储藏信息的时候，却有所谓虚；心可以知道多种事物，却有所谓专；心从来没有不活动的时候，却有所谓静，所以只要做到虚壹而静，心灵才能与宇宙、与梦象相通啊！"孟周补充说："我以为虚便是冥想，通过冥想进入虚的境界，虚并不是纯然的无，它是有真容的。你越不向外寻它，它越呈现出真容来。其实'壹'就是虚的真容。'壹'是一个特殊的绝对个体化的存在，具有神性。'虚壹而静'的目的就是要将人的心灵从加于己身的欲望、妄念、执迷不悟、虚假的自我感等各种限制中解放出来。"李函谷听罢赞许地说："有道理，有道理。"舒畅插嘴说："只有做到'虚壹而静'才能充分发挥思维的能动性，任由想象自由驰骋，只有这样才能达到荀子讲的'大清明'状态。"李函谷接过话茬说："通过'虚壹'，觉知自己渐变的内在意识变得更为聚焦，从而呈现一个独特的自我，这种内在演化的结果就是呈现出一幅幅心灵图景。"这时孟蝶冷不丁地问了一句："可是人的欲求是无穷无尽的，要是心出了问题呢？"李函谷很欣赏孟蝶独立思考的精神，他微笑着说："孟蝶这个问题问得好。如果'心'出了问题，那么心灵正常的审美感知和创造活动将无法进行，感官的运作也会失去中心，正如荀子在《正名》中所说，'心忧恐，则口衔刍豢而不知其味，耳听钟鼓而不知其声，目视黼黻而不知其状，轻暖平簟而体不知其安。故向万物之美而不能嗛也，假而得问而嗛之，则不能离也。'意思是说，内心忧虑恐惧，那么吃肉也不觉得是美味；听到钟鼓之乐也感觉不到悦耳；看着锦绣文采也察觉不到美丽的形状；穿着轻裘暖衣坐在平整的竹席上，也感觉不到舒适，所以享受着万物之美却仍然得不到满足，即使得到了短暂的满足，那还是不能脱离忧虑恐惧。可见心一旦失灵，感官也就失灵了。所以在审美欣赏和判断中，不能心不在焉，心要保持虚壹而静的大清明状态，才能求得审美感知与体悟的深刻性。"孟周赞许地接过话题说："所以荀子在《解蔽》中说:'故人心譬如盘水,正错而勿动,则湛浊在下,而清明在上,则足以见须眉而察理矣。微风过之,湛浊动乎下,清明乱于上,则不可以得大形之正也。'"孟蝶不解地问:"爸爸,这段话是什么意思呢?"孟周解释道:"意思是说,人的心灵就像盘中的水,把它放平而不去搅动,那么污浊的东西就会沉淀在底下,上面的水就清澈透明了,足以照出人的胡须眉毛、看清皮肤上的纹理。清风吹过,污浊的泥滓会从下面泛起,上面清澈透明的水也会变得浑浊,那样就看不到人体的真实映像了。人的心灵也是如此啊!可见,在审美欣赏中,主观心境是关键因素啊!而成就主观心境的重要方式就是虚壹而静。荀子之所以说'虚壹而静,谓之大清明',就是因为只有心灵处于大清明状态时才有可能呈现心灵图景。"舒畅点了点头说:"其实每个人眼中的世界都是并且永远是心灵呈现的图景。我们感知到的一切都是由心灵对感官收集的信息加工创造的。"李函谷接着说:"是啊,人的审美活动不仅依赖于感官的外在体验,更依赖于意识活动的内在体验啊!所以荀子特别重视'乐'的作用,他认为'乐''其清明象天,其广大象地,其俯仰周旋有似于四时'。乐像广阔的天空一样使人心情清朗,像辽远的大地一样给人带来深厚的感觉,而'乐'离不开'舞',舞者的俯仰旋转就好像四季的旋转变化,正所谓'舞意天道兼',也就是说,用舞姿的意象可以表现天道,呈现梦象。荀子不仅指出了'乐'的时空内涵,而且暗示'乐'的形式象征天地之德和四时运行的节奏,是宇宙和谐的象征啊!"孟蝶好奇地问:"李伯伯,荀子的'乐'是指音乐吗?"李函谷摇着头说:"在荀子时代,'乐'的内容包含很广,它包括诗歌、音乐、舞蹈等艺术,也包括绘画、服饰、器皿、雕刻、建筑等。"孟蝶若有所思地问:"李伯伯,您觉得荀子最重要的思想是什么?"李函谷深思熟虑地说:"荀子在《非十二子》中说:'信信,信也;疑疑,亦信也。贵贤,仁也;贱不肖,亦仁也。'意思是相信可以相信的东西是信,怀疑可以怀疑的东西也是信。尊重贤能的人是仁;鄙视不贤的人,也是仁。我认为这就是荀子最重要的思想。荀子一向鼓励自己的弟子们敢于大胆怀疑,勇于藐视权威,不要被权威崇高的名声和显赫的地位所吓倒。不管社会的时风如何肆虐,也要毫无顾忌地敢于对歪理学说和一切错误言行给予针锋相对的平击。荀子是这么说的,也是这么做的。他研究学问从不拘泥于经典，他'敢为异说'，不怕离经叛道。他之所以有这样的勇气，是因为他研究学问一向以现实为起点，又以实践检验论是非。他在《非十二子》中点名批评墨子、宋钘、慎到、田骈、子思、孟子等比他年长又著名的学术权威，这无疑是一种叛逆。要知道没有直面真理的勇气和功底深厚的学问是无法撼动权威的。恩格斯在评价黑格尔的人性恶思想时说过一句很深刻的话：'每一种新的进步都必然表现为对某一种神圣事物的亵渎，表现为对陈旧的、日渐衰亡的、但为习惯所崇奉的秩序的叛逆。'荀子最有勇气和胆识的一件事就是公然批评孟子的'性善论'，从而为人类开启了一扇洞悉人性的大门，这是非常了不起的壮举啊！"孟周听罢慨叹道："函谷，听君一席话，胜读十年书啊！孟蝶，记住李伯伯今天这番话，或许让你终生受益啊！"孟蝶听罢重重地点了点头。李函谷谦虚地摆了摆手，笑呵呵地说："演出快开始了，咱们进剧场吧！"

第 八 章

他死于自己的思想

千一突然收到爸爸从写生地寄到学校的一个包裹，正当她纳闷为什么爸爸不把包裹寄到家里时，包裹被捣蛋鬼秦小小一把抢过去，千一追着他要包裹，他慌不择路跳到书桌上，举着包裹从这个书桌跳到那个书桌，却因为没掌控好重心，而一失足从书桌上摔到了地上，手里的包裹甩了出去，刚好掉在刘兰兰脚下，她捡起来喊了一声："千一，跟我来！"便跑出了教室，此时放学铃声响了起来，千一收拾好自己和刘兰兰的书包冲着坐在地上龇牙咧嘴的秦小小做了个幸灾乐祸的鬼脸，便追刘兰兰去了。

今天半天课，千一回到家时，妈妈还没有下班，她一进家门就迫不及待地打开了爸爸寄给她的包裹，原来是一幅爸爸画的画，这幅画是一幅手卷，裱好后放在一个长条形木盒内，画面好像是一条长长的街道，两边是古代的房屋，还有很多来来往往的人，就像北宋张择端画的《清明上河图》一样热闹。她看过画后，发现长形木盒底下还有一封信，她连忙拿出来拆开看，信的内容如下：

亲爱的千一：

我写生的地方就像是人类的一片世外桃源，这里美极了！但是既不能上网，也不能打手机，只能给你写信。爸爸很想你和妈妈，给妈妈的信，爸爸单独寄给她了，这是爸爸专门为你画的一幅画，之所以没寄到家里，是因为爸爸知道你有一个梦象的秘密妈妈还不知道，别问爸爸是怎么知道的，反正知女莫若父！不过如果你能走进爸爸画的这条"小小大街"，你的梦象就和爸爸的梦象融汇到一起了。你一定迫不及待地想知道怎么才能走进这条"小小大街"，别急，女儿，充分发挥你的想象力。爸爸之所以从小就教你画画、写书法，其实就是想打开你想象的阀门，培养你创造性的想象力，记住：没有宁静的心灵就无法打开想象的阀门，宁静是一种无意识之果，只要你吃下去便会在心灵深处生长出梦象。爸爸期待你找到进入"小小大街"的钥匙，通过畅游韩非子的寓言王国，你或许会体悟到心灵统摄万物的道理。加油，女儿！让一切都向你的心灵聚拢，总有一天你会创造出属于自己的梦象。

另：我写生的地点常换，所以，不用给爸爸回信。

爱你的爸爸

千一看完爸爸的信，心情久久不能平静，就好像这个包裹是爸爸从梦象世界寄来的，她甚至怀疑这个包裹不是爸爸寄来的，而是孟蝶的爸爸——孟周搞的鬼！但是信的确是爸爸写的，因为爸爸的笔迹她太熟悉了，爸爸的画风她也太熟悉了，绝对错不了。想到这儿，千一的心绪平稳了，她又仔细看了一遍爸爸的信，心似乎一下子就平静了。她想到了庄子的"观心取象"，又想到了荀子的"虚壹而静"，她的心顿时进入了宁静的状态，一轮红日在心中升起，她感觉这轮太阳就是她吞下的无意识之果。她开始用想象消化这枚无意识之果，渐渐地在她的潜意识里开启了一扇门，这扇门她太熟悉了，因为她多次借助自己的龟甲片穿越这扇门，这一次这扇门呈现在她的眼前，她竟然没有借助龟甲片，此时她感觉自己的全部身心都奉献给了这扇令她心醉神迷的门。此时此刻，眼前的梦象之门呈现出果实般的圆形，她人生十四年的全部幸福正在涌向圆形，这大概就是爸爸信中说的"聚拢"，在这种"聚拢"中，她的心灵的确有统摄万物的幸福。这时一个声音提示她："还不快进去！"这声音她很熟悉，是那只老龟，但这声提示很管用，她毫不犹豫地向那果实般的圆形走去，然而她刚迈出第一步就被一束光吸了进去。当她站稳身子，睁开眼睛的时候，她万万没有想到自己第一眼看见的竟然是秦小小。只见秦小小靠在一截树桩上正在打瞌睡，身边不仅有一只死兔子，还有一把锄头。千一好奇地推醒他，纳闷地问："秦小小，你怎么会在这里？"秦小小揉了揉小眼睛说："我正在地里干活，突然从我身边飞快地跑过去一只兔子，可能是它慌不择路，竟然撞在这截树桩上，扭断脖子死了。你说神奇不神奇，如果每天都有兔子撞死在树桩上，我是不是可以不干活了？所以我干脆放下锄头，守在这截树桩旁，希望再得到一只兔子。"千一听罢咯咯咯地笑起来，她讥讽地说："秦小小，真想不到你也会守株待兔，咱们班的捣蛋鬼怎么变成榆木脑袋了！"秦小小不以为然地说："信不信由你，反正我认定只要守在这儿，就一定会有奇迹发生。"千一见秦小小不可理喻，便酸溜溜地说了一句："捣蛋鬼，那你就好好享受你的奇迹吧。"说完头也不回地离开了。她一边沿着"小小大街"往前走一边想，好热闹的一条大街啊！仿佛是一个万花筒的世界。没走多远，就见前边围满了人，千一紧走几步凑上前，发现是一个长得酷似秦小小的人正在卖盾，他举着自己的盾牌夸耀说："我的盾是世界上最坚固的盾，无论用什么尖锐的矛都无法刺破它！"说完举着盾绕着人群得意地转了一圈，然后放下盾，又拿起一杆长矛，用同样的语气夸耀说："我的矛是世界上最锐利的矛，无论多么坚固的盾都将被我的矛刺破！"说完手握长矛绕着人群又转了起来。这时有人问："如果用你的矛去刺你的盾，会怎么样？"那个长得酷似秦小小的人一下子被问住了，支支吾吾地说不出话来。千一解围式地问了一句："秦小小，刚才你还在守株待兔，这会儿怎么又自相矛盾了？难道你不知道这世上不可能共同存在牢不可破的盾和无坚不摧的矛吗？"秦小小用手摸了摸自己的头嘿嘿地笑了。众人见秦小小无法自圆其说，便一哄而散。本来千一想和秦小小聊几句，但是被众人裹挟着走了很远，等众人散尽回头再找秦小小，人已经不见了踪影。千一只好继续独自逛街。走着走着，不远处传来音乐声，好像是一群人正在吹竽，她顺着声音走过去，发现是从一座威严壮观的王府里传出来的，她想进去听，把门的兵士不让她进，她问兵士："什么样的人能进去？"兵士说："只有会吹竽的人可以进，因为大王正在招聘吹竽的人。"千一听罢灵机一动，到附近的乐器店买了一支竽，谎称自己是来应聘的，便混了进去。千一虽然没吹过竽，但她从小吹过笙，所以竽到了她手里竟真能吹出调调来。王宫里有三百人正在齐奏，可是一曲吹罢，上来一位官员说："先王喜欢大家一起吹，可是先王已经驾崩了，如今继位的是大王，大王不喜欢齐奏，而喜欢独奏，今天我要特意考考大家的独奏水平，如果水平不高，就不要滥竽充数了，否则小心大王要了你的脑袋。"话音刚落，从人群中溜出一个怀里抱着竽的人，千一定睛一看，又是秦小小，她连忙问："秦小小，怎么又是你？你到王府来干什么？"秦小小悄声说："吹竽呀！"千一不解地问："可你根本不会吹竽呀？"秦小小诡谲地说："人多一起吹，没人能看出来我不会吹，可是大王让一个人单独吹，我就露馅了，所以赶紧开溜，不然小命就没了。千一，你混进来干吗？莫非你也想滥竽充数？"还没等千一回答，有一队兵士向他们走来，秦小小吓得一溜烟地跑没影儿了。千一见秦小小吓跑了，自己也没了情绪，手捧着竽刚想往外走，见一个兵士一把将秦小小推进了王府大门，然后另一个兵士冲着千一喊道："你们是不是一起的？"千一紧张地点着头说："是的是的，他是我的同学秦小小。"兵士说："那好，乖乖地跟我们走，大王要见你们。"千一惴惴不安地问："大王为什么要见我们？"一个兵士回答道："见到大王就知道了。"不一会儿，两个人就被兵士们推进了一个宫殿，宫殿正中央端坐着一个头戴王冠、十分威严的人。千一和秦小小都不敢直视这个人，他俩心知肚明，头戴王冠的人就是大王。大王看了千一和秦小小一眼，然后十分严肃地说："你们两个人竟敢混进王府里滥竽充数，简直是胆大包天。"千一连忙辩解说："我会吹竽，并没有滥竽充数。"大王一听将信将疑地说："那就为本王吹奏一曲吧，也好证明你自己的清白。"千一先试了试音，然后熟练地吹了一曲。"不错，不错。"大王意犹未尽地说，然后用手一指秦小小，"这么说胆大包天的人是你了？"秦小小哆哆嗦嗦地说："大王饶命！大王饶命！"大王不动声色地说："想活命也不难，我考你一个问题，回答得让我满意，你便可活命。我问你，画什么最难？"秦小小小眼睛滴溜溜地转着说："画狗、画马最难？"大王不解地问："为什么？"秦小小解释说："狗、马是人们最熟悉的，一天到晚都出现在人们的眼前，只要画错哪怕一点点，都会被人看出来，所以最难。"大王点着头说："有道理，那么什么东西最容易画呢？"秦小小不假思索地说："画鬼最容易。"大王又不解地问："这又是为什么呢？"秦小小自信地回答道："因为世上没有人真的见过鬼，鬼没有确定的形体，也没有明确的相貌，那就可以任由我随便画，想怎么画就怎么画，画出来以后，谁也不能证明它不像鬼，所以画鬼是最容易的。"大王一听哈哈大笑道："你回答得很精彩，很精彩！既然如此本王就饶你一命，你们赶紧走吧。"千一一直为秦小小捏了一把汗，听大王原谅了秦小小，一颗悬着的心一下子放了下来，两个人小心翼翼地走出宫殿，千一本想和秦小小说几句话，可是还没等她开口，捣蛋鬼一溜烟地跑没影了。千一愣了一会儿才回过神儿来，她将手中的竽塞到把门的兵士怀里，不慌不忙地离开了王宫。王宫对面是一家卖珠宝的店铺，外观装饰得很别致，许多人受外观装饰所吸引走进店内，千一也情不自禁地走了进去，却发现有一个背影很像秦小小的人正在柜台前讨价还价。她走过去一看果然是秦小小。只见秦小小爱不释手地捧着一个非常精美的木匣子在仔细欣赏。店老板得意地夸耀道："这只匣子是用名贵的木兰雕成的，而且用桂花、花椒熏制过，你看还点缀了珍珠和宝玉，用红色的美玉装饰，用翠鸟的羽毛连缀，如果你喜欢我们家的珍珠，那么这只装珍珠的木匣子自然就归你了。"秦小小眼睛只盯着那只珠光宝气的木匣子说："买了，买了！"随手付了银两，捧着匣子就走，刚走到门口又转身回来打开盒子取出珍珠说："店老板，你将珍珠忘在我的盒子里了，我特意回来还你的珠子。"说完他将珍珠交给店老板，然后爱不释手地捧着匣子信步走出珠宝店。千一在一旁看得目瞪口呆，心想，这个店老板明明是个卖珍珠的，可是却善于卖匣子，而不善于卖珍珠，以后将珠宝店改成匣子店好了。她想追上秦小小，问他买一只匣子准备装什么，可是追出店门外秦小小早已没了踪影。就在这时，对面的王宫大门洞开，隆重的王宫仪仗护卫簇拥着一驾八銮豪华轻车出了禁宫，向闹市方向行进。这时，一个瘦小的兵士全副武装地跑到仪仗队伍前向大王禀报："大王，前面闹市上蹿出一只猛虎。"千一定睛一看，那位兵士竟然是秦小小。这可太令人不可思议了。大王端坐在銮驾上斥责道："胡说八道，闹市上怎么可能有猛虎？"话音刚落，又来了一位兵士向大王禀报："大王，前面闹市蹿出一只斑斓猛虎，伤了很多人。"千一糊涂了，莫非秦小小还有个双胞胎兄弟，第二个兵士跟秦小小长得一模一样，这时大王将信将疑地问："你说的可是实话？"兵士回答："句句属实！如若不信，大王可以明察！"大王刚要派身边的卫士前去闹市察看，又跑来一位兵士向大王禀报："大王，千万不要过去，前面闹市有一只斑斓猛虎很是凶恶，正在伤人！"千一更糊涂了，因为这个兵士长得也跟秦小小一模一样。这时大王完全相信了，他大手一挥命令道："既然前面闹市有猛虎，我们还是打道回府吧。"说完仪仗队掉头护卫着大王回王宫去了。眼前发生的事情让千一心里惊叹，一个谣言因为说的人多了，听的人就信以为真了，这可真是"三人言而成虎"啊！她一边沉思一边往前走，突然被一阵凶猛的狗叫声吓了一跳，她抬头一看，原来是一家卖酒的铺子，铺子散发出浓浓的酒香，可是门口却拴着一条凶猛的恶狗。这时一个瘦小的客人到酒铺打酒，恶狗冲着客人一个劲儿地狂吠。千一定睛一看，几乎不敢相信自己的眼睛，因为买酒的客人又是秦小小。秦小小很想靠近柜台买酒，可是恶狗叫得太凶了，他犹豫了好半天，最终还是放弃了。店老板招呼秦小小："小兄弟，别走呀，本店的酒又香又醇，从不缺斤少两，买一点吧！"可是秦小小拎着酒壶无奈地摇了摇头走了，店老板见千一站在不远处，他用请教的口吻问："小妹妹，我的酒又香又醇，而且买卖公平，我诚实守信，从不欺骗顾客。可是人们都不来买我的酒，时间长了，我的酒都变酸了，你能告诉我，人们为什么不买我的酒吗？"千一直言不讳地说："你在门前拴了一条恶狗，大人孩子揣着钱提着壶来买酒，而你的恶狗冲着顾客狂吠，魂儿都吓飞了，谁还敢买你的酒啊！没人敢到你家买酒，你的酒再好也卖不出去，时间一长，当然要变酸了。"店老板这才恍然大悟地说："原来如此啊！"通过"猛虎酒酸"这两件事，千一悟出一个道理：在环境恶劣的情况下，前进是一件很困难的事。她离开酒铺时发现自己的鞋带断了，她想找一家鞋店买一双新鞋带，走了没多远，就发现有一个很像是秦小小的人在急匆匆地往集市上赶，千一连忙追上去问："秦小小，你这么急匆匆的要去哪儿呀？"秦小小一边走一边说："我想买一双新鞋子，就在家量好了脚的尺码，可是到了集市挑好鞋子我才发现，忘带尺码了，这不，我返回家中拿了尺码正在往集市赶呢。"千一好奇地问："你为什么不用自己的脚去试试鞋子？"秦小小回答道："我宁愿相信量好的尺码，也不相信自己的脚。"千一讥笑道："秦小小，你也太死心眼了，像你这种认死理、不变通的人，我还是第一回见到。你这么来回一折腾，恐怕卖鞋的都回家了。"果然，千一陪秦小小赶到集市时，集市已经散了。秦小小非常沮丧，他没和千一打招呼就不辞而别了。千一也不在意，继续自在地逛着

＼千＼一＼的＼梦＼象＼

"小小大街"。走着走着，前面出现一座书院，奇怪的是在"小小大街"上见到的十几个秦小小正陆续走进书院，这顿时就吸引了千一，她三步并作两步地跑到书院门前，大门的匾额上写着四个大字：定法书院。令她百思不得其解的是，落款不是爸爸，而是孟周。她十分好奇地走进书院，发现十几个秦小小已经齐刷刷地坐在讲堂上，而且即将讲课的老师正是潘古先生。千一喜出望外地喊了一声："潘古先生！"潘古先生微笑着示意她坐下听课，千一乖乖地坐在了最后一排。潘古先生温和地说："先秦诸子始于老而终于韩，'老'就是老子，'韩'就是韩非子。从'老'到'韩'是中国思想高度原创的三百年。韩非子作为先秦诸子中最后一位大思想家，是集先秦法术之大成者。韩非子，韩国人，生年约为公元前 280 年，死于公元前 233 年。他曾经与秦始皇的丞相李斯同学于荀子门下。在《史记·老子韩非子列传》中，司马迁是这样记载的：'韩非者，韩之诸公子也。喜刑名法术之学，而其归本于黄老。非为人口吃，不能道说，而善著书。与李斯俱事荀卿，斯自以为不如非。非见韩之削弱，数以书谏韩王，韩王不能用。于是韩非疾治国不务修明其法制，执势以御其臣下，富国强兵而以求人任贤，反举浮淫之蠹而加之于功实之上。以为儒者用文乱法，而侠者以武犯禁。宽则宠名誉之人，急则用介胄之士。今者所养非所用，所用非所养。悲廉直不容于邪枉之臣，观往者得失之变，故作《孤愤》《五蠹》《内外储》《说林》《说难》十余万言。然韩非知说难，为《说难》书甚具，终死于秦，不能自脱。'意思是说，韩非是韩国的贵族子弟。他喜好刑名法术方面的学问。他学说的理论基础来源于黄帝和老子。韩非说话口吃，不善言谈，但擅长著书立说。他与李斯都是荀子的学生，与韩非的学识相比，李斯自愧不如。韩非眼看着韩国的国力日渐衰弱，多次上书劝谏韩王，但韩王没有采纳他的建议，于是韩非痛恨韩王治理国家时不致力于修明法制，不能凭借君王掌握的权势统御臣子，不能富国强兵、任人唯贤，反而重用提拔一些夸夸其谈、对国家有害的文学游说之士而压制有功之臣。韩非认为儒家用经典文献扰乱国家法度，而游侠之士凭借武力违反国家法令。国家安定时，君王就宠信那些徒有虚名的人；国家形势危急时，君王就想着披甲戴盔的武士。如今国家供着的人并不是真正需要的，而真正需要的人并没有得到供养。他哀叹廉洁正直的人被奸邪之徒所害，他考察了古往今来的得失变化，写下了《孤愤》《五蠹》《内外储》《说林》《说难》十余万字的著作。由此可见，韩非子生活在一个随时都有可能'国破家亡'的'危邦'，而且处在不得志的状态。天下即将统一，自己的祖国却积贫积弱，这种愈益严重的危邦意识，为韩非子的极端主义思维方式提供了现实环境。"这时，千一试探地问："潘古先生，韩非子的极端体现在哪些方面呢？"潘古先生深思熟虑地说："韩非子在他的名篇《五蠹》中讲：'儒以文乱法，……此所以乱也'，'文学者非所用，用之则乱法'，'文学习则为明师，为明师则显荣：此匹夫之美也。然则无功而受事，无爵而显荣，为有政如此，则国必乱'，'是故乱国之俗，其学者，则称先王之道以籍仁义，盛容服而饰辩说，以疑当世之法，而贰人主之心'。在这里'儒'是指儒家、学者、知识分子、有思想的人；'文学'是指诗书礼乐之类的活动，也就是指艺术、思想、文明等方面的创造。那么这几句话是什么意思呢？意思是说，儒家、学者、知识分子、有思想的人利用诗书礼乐等活动扰乱法治，这是造成国家祸乱的原因。搞诗书礼乐的人不应该任用，任用他们就会扰乱法治。诗书礼乐研习好了就可以成为社会名流，成为社会名流就能显贵荣耀，然而没有爵位就能显贵荣耀，如此处理政事，国家就必然混乱。所以扰乱国家风气的是那些依托仁义道德来宣扬先王之道的学者或者有思想的人，他们凭借仁义进行说教，通过讲究仪表服饰而又注意言语修辞而扰乱当代的法治，其结果是动摇了君主依法治国的决心。因此诸子百家的学说，在韩非看来不过'五蠹'而已，君王应当清除他们。除此之外，韩非还极力反对'私学'。他认为，'私学'和统治者是'二心'的，是统治者实行'法治'的绊脚石。因此他断然主张禁止办私学的人的行动自由，禁止言论和结社的自由。用韩非子的话讲是'禁其行''破其群''散其党'。"千一凝眉不解地问："潘古先生，既然学者或有思想的人是造成国家祸乱的人，韩非子本人也是一位有思想的人，是不是也是一位造成国家祸乱的人呢？君王是不是也应该除掉他呢？""说得好！"潘古先生十分赞许千一独立思考的能力，他欣慰地说，"事实上，韩非子就是死在了自己的思想里，他是一位死在了自己的思想里的思想家。"千一好奇地问："那么他到底是怎么死的呢？"潘古先生深沉地说："关于韩非子的死，司马迁是这样讲述的：'人或传其书至秦。秦王见《孤愤》

《五蠹》之书曰：'嗟乎，寡人得见此人与之游，死不恨矣'。李斯曰：'此韩非之所著书也。'秦因急攻韩。韩王始不用非，及急，乃遣非使秦。秦王悦之，未信用。李斯、姚贾害之，毁之曰：'韩非，韩之诸公子也。今王欲并诸侯，非终为韩不为秦，此人之情也。今王不用，久留而归之，此自遗患也。不如以过法诛之。'秦王以为然，下吏治非。李斯使人遗非药，使自杀。韩非欲自陈，不得见。秦王后悔之，使人赦之，非已死矣。申子、韩子皆著书，传于后，学者多有。余独悲韩子为《说难》而不能聪耳。'意思是说，有人把韩非的著作传到秦国，秦王看到《孤愤》《五蠹》等文章，慨叹道：'唉！我要是能见到写这些文章的人并且能与他交往，那真是死而无憾啊！'李斯说：'这些文章都是韩非写的。'秦王一听立即决定攻打韩国。韩非在韩国一直不受重用，等到情势危急了，韩王才不得不起用韩非，派他出使秦国。秦王见了韩非非常高兴，但并不完全信任他。李斯和秦国上卿姚贾嫉妒韩非的才能，在秦王面前诋毁韩非道：'韩非是韩国的贵族子弟。现在大王您要吞并各国，韩国首当其冲，但是韩非终究是要帮助韩国而不是秦国的，这是人之常情啊！现在大王不起用他，在秦国待久了不得不放他回去，这是放虎归山，自己给自己留下祸患啊，不如给他加个罪名，然后杀掉他。'秦王认为他们说得有道理，就下令治了韩非的罪。李斯借机派人给韩非送去了毒药，叫他自杀，韩非想要当面向秦王陈述是非，但无法见到秦王。无奈，只能喝下了毒药。后来秦王后悔了，派人去赦免韩非，韩非已经死了。于是司马迁慨叹道：'申子、韩子都有著作流传于后世，学者大多都有他们的著作。我唯独悲叹韩非，他虽然写了《说难》，而他自己却未能摆脱游说的灾祸。'其实司马迁悲叹的就是韩非作为思想家却死在了自己的思想里。然而李斯因嫉贤妒能杀死韩非不过是部分真相。"千一不解地问："为什么？"潘古先生解释道："你动动脑筋想一想，李斯作为秦王的臣子，他敢背着精明的秦王私自逼迫韩非喝毒药自杀吗？"千一似有所悟地说："您的意思是李斯逼死韩非是秦王默许的？"潘古先生点点头说："这也正是为什么秦王派人赦免狱中的韩非，发现韩非已经死了，而秦王却不追查是谁毒死韩非的原因，那么秦王嬴政为什么要置韩非于死地呢？秦王正是按着韩非给他的建议杀死韩非的，韩非认为有思想的人是国家的蛀虫，必须清除，这无疑是取消思想的思想，那么取消思想最彻底的方法就是清除思想者。韩非作为秦王'得见此人与之游，死不恨矣'的思想者死在了自己的思想里，可谓是死得其所啊！"千一唏嘘不已地问："韩非子死后，他的思想被秦王采用了吗？"潘古先生点了点头说："韩非死后，秦王嬴政统一了中国，将以韩非为代表的法家思想确立为治国思想，但是由于秦王朝刑法严酷，秦王朝最终也死在了韩非子的思想中。韩非子认为，道无常操，就是说历史是不断变化的，则让我想起了《老子》里的一句话：'祸兮，福之所倚；福兮，祸之所伏，孰知其极。'意思是说，有了福，很可能为祸埋下了种子，一时的祸很可能埋藏着福，万事之间的因果联系，谁能弄得那么清楚呢？韩非子的思想既为自己带来了福，也为自己带来了祸，既为秦韩带去了福，也为秦朝埋下了祸。其实韩非子对事情由好变坏、由坏变好是颇有见地的。在他看来，历史是变化无常的，即使是'稽万物之理'的'道'亦'不得不化。不得不化，故无常操'。就是说集中了万物之理的道，也不得不随着具体事物发生变化而变化。因为不得不发生变化，所以没有固定的规则。"千一插嘴问："潘古先生，这是韩非子的思想吗？"潘古先生点着头说："韩非子在变与不变的相对关系方面有自己独到的见解。他在《解老》中解释治大国若烹小鲜时说：'事大众而数摇之，则少功；藏大器而数徙之，则多伤败；烹小鲜而数挠之，则贼其泽；治大国而数变法，则民苦之。是以有道之君贵静，不重变法，故曰：治大国若烹小鲜。'意思是说，让从事作业的民众屡屡发生变动，功效就会很小；收藏贵重器物屡屡挪动地方，损毁就会很大；烹饪小鱼动不动就翻炒，就会不成形；治理大国而屡屡改动法令，百姓就会受到坑害。因为懂得治国原则的君王非常珍视安宁，法令确定以后，不再轻易变更。所以《老子》说：治理大国就像烹饪小鱼一样。在这里，韩非在看到'变'的同时又多次主张法不宜常变。'变而可不常变'，可以概括韩非对事物常与变关系的哲学阐释。"千一不解地问："潘古先生，什么是常？"潘古先生解释道："关于'常'，韩非子在《解老》中是这样解释的：'夫物之一存一亡，乍死乍生，初盛而后衰者，不可谓常。唯夫与天地之剖判也俱生，至天地之消散也不死不衰者谓常。'意思是说，万物有存有亡，忽生忽死，先盛后衰的变化，不叫恒常。只有那种和开天辟地一起产生，到天地消散仍然不死不衰的，才叫作恒常。恒常就是与天地共存。"千一又问："这是韩非子的宇宙观吗？"潘古先生继续解释说："关于宇宙观和对世界的认识，韩非子在《解老》中有一段精彩的论述：道者，万物之所然也，万理之所稽也。理者，成物之文也；道者，万物之所以成也。故曰：'道，理之者也。'物有理，不可以相薄；物有理不可以相薄，故理之为物之制。万物各异理，万物各异理而道尽。稽万物之理，故不得不化；不得不化，故无常操。无常操，是以死生气禀焉，万智斟酌焉，万事废兴焉。天得之以高，地得之以藏，维斗得之以成其威，日月得之以恒其光，五常得之以常其位，列星得之以端其行，四时得之以御其变气，轩辕得之以擅四方，赤松得之与天地统，圣人得之以成文章。道，与尧、舜俱智，与接舆俱狂，与桀、纣俱灭，与汤、武俱昌。以为近乎，游于四极；以为远乎，常在吾侧；以为暗乎，其光昭昭；以为明乎，其物冥冥；而功成天地，和化雷霆，宇内之物，恃之以成。凡道之情，不制不形，柔弱随时，与理相应。万物得之以死，得之以生；万事得之以败，得之以成。道譬诸若水，溺者多饮之即死，渴者适饮之即生；譬之若剑戟，愚人以行忿则祸生，圣人以诛暴则福成。故得之以死，得之以生，得之以败，得之以成。"千一饶有兴趣地问："究竟是什么意思呢？"潘古先生微笑着说："意思是说　道是万物生成的本源，是使万物所以成为那个样子的一般规律，是万理构成形式的总汇。理构成每一具体事物的具体规律，道是生成万物的根本原因。所以说，道是使万物条理化的东西。万物各有其理，彼此不会相侵，所以理制约着万物，万物的理各自不同，而道就在万物之中。道完全集中了万物之理，所以不能不随事物的理而变化；因为不得不变化，所以没有固定的格式。没有固定的格式，所以万物禀气而生，气散而死，都依靠道；一切智慧有高低也由道发授，万事有兴有废也由道决定。天得道而高升，地得道而包容万物，北斗星得道就形成了自己的威势，日月得道而永远放射光芒，金木水火土五行得道就有了固定不变的位置，众星得道就能运转正常，四季得道就能控制节气的变化，轩辕得道而统治四方，赤松子得道就能与天同寿，圣人得道而创造礼乐法度。道与尧、舜在一起就表现为智慧，与春秋时楚国的隐士接舆在一起就表现为狂放，与夏桀、殷纣在一起就表现为灭亡，与商汤、周武在一起便表现为昌盛。'道'这个东西，你以为它近吧，它体现在四面八方；你以为它远吧，它又经常体现在你的身边；你以为它暗淡吧，它光芒四射；你以为它明亮吧，它却昏昏冥冥。道的功效造就天地，道的积聚化为雷霆，宇宙之内的万事万物都要依靠道的存在。凡属道的真情，不制作，不外露，柔弱和顺、随时运行，与理相应。万物因得道而亡，因得道而生。万事因得道而败，因得道而成。打个比方，道就像水一样，溺水者多喝了就会死亡，口渴的人适量饮用就会生存。再打个比方，道就像剑戟一样，蠢人拿来行凶泄愤就会惹祸，圣人拿来诛杀暴徒就会造福。所以说因得道而死，因得道而生，因得道而失败，因得道而成功。在韩非子看来，道是自然界的总规律和总根源，理是万物的特殊规律。道是一切存在的最终本质。当然他还强调了事物发展变化有一个由量变到质变的过程。"千一颇感兴趣地问："关于由量变到质变，韩非子是怎么说的？"潘古先生耐心地说："韩非子在《喻老》中说：'有形之类，大必起于小；行久之物，族必起于少。故曰：天下之难事必作于易，天下之大事必作于细。'意思是说，有形状的东西，大的一定是从小的发展起来的。所以《老子》说：'天下的难事一定是从简易开始的，天下的大事一定是从细微开始的。'这段话阐述了事物的生成和发展总是由小到大、由少到多、由易到难、由细到粗的。这完全符合由量变到质变的辩证关系理论。当然并不是量变就能引起质变，而是量变发展到一定程度时，事物内部的主要矛盾运动形式发生了改变，进而才能引发质变。因此韩非子在《喻老》中说：'千丈之堤，以蝼蚁之穴溃；百步之室，以突隙之烟焚。'就是说，千丈之堤崩溃这一突变，是蝼蛄蚂蚁打洞增多这一渐变造成的；高房的焚毁这一突变，是烟囱裂缝冒出的烟火蔓延这一渐变造成的。这说明量变是质变的必要准备，质变是量变的必然结果。"千一若有所思地问："潘古先生，既然从量变到质变是由于事物内部的主要矛盾发生了改变，莫非韩非子在战国末年就已经认识到了事物内部是有矛盾的？"潘古先生微笑着说："'矛盾'这一精当的逻辑术语就是韩非子创造的呀！在《韩非子》这部书中，有两处明确谈到了'矛盾'之说，一处是在《难一》篇中，另一处是在《难势》篇中，这两处都引用了同一则寓言。在《难一》篇中韩非子说：'舜之救败也，则是尧有失也。贤舜，则去尧之明察；圣尧，则去舜之德化：不可两得也。楚人有鬻盾与矛者，誉之曰：'吾盾之坚，物莫能陷也。又誉其矛曰：

吾矛之利，于物无不陷也。'或曰：'以子之矛陷子之盾，何如？'其人弗能应也。夫不可陷之盾与无不陷之矛，不可同世而立。今尧、舜之不可两誉，矛盾之说也。'意思是说，舜去纠正败坏的风气，就佐证了尧的过失。赞美舜的贤德，就是否定尧的明察；赞美尧的圣明，就是否定舜的德化，不可能二者都被肯定。楚匡有个卖矛和盾的人，夸他的盾说：'我卖的盾最坚固，任何东西都无法刺穿它。'又夸耀他的矛说：'我卖的矛最锋利，任何东西都可以被我的矛刺穿。'有人问他：'拿你的矛来刺你的盾，会怎么样呢？'卖矛和盾的人根本无法回答。不能被刺穿的盾和任何东西都能刺穿的矛，是不可能同时存在的。现在尧和舜不能同时被称颂，是和这个矛与盾不能同时存在的道理是一样的。在《难势》中，韩非子说：'人有鬻矛与盾者，誉其盾之坚："物莫能陷也。"俄而又誉其矛曰："吾矛之利，物无不陷也。"人应之曰："以子之矛陷子之盾，如何？"其人弗能应也。以为不可陷之盾，与无不陷之矛，为名不可两立。夫贤之为道不可禁，而势之为道也无不禁，以不可禁之贤与无不禁之势，此矛盾之说也。'意思是说，有一个卖矛和盾的人，夸耀他的盾是世界上最坚固的，任何东西都无法击穿它。过了一会儿，又称赞他的矛说：我的矛是世界上最锋利的，任何东西都能刺穿。有人责难说：'那好呀，就用你的矛刺你的盾，你觉得结果会怎样呢？'这个人哑口无言。因为不能被刺穿的盾和没有东西刺不穿的矛，在道理上是不能同时成立的。按照贤治的原则，贤人是不受约束的；按照势治的原则，任何人都要受到约束，不受约束的贤治和什么都要约束的势治，就构成了矛盾的说法。韩非子的这两则寓言就是中国古代哲学史上'矛盾'的由来。他用形象生动的寓言在中国逻辑史上鲜明地提出了矛盾律。他不仅创造了'矛盾'这个逻辑术语，而且提出了任一事物不能同时既具有某种属性又不具有某种属性，不能既肯定它，又否定它。矛盾律要求思想前后一贯，不能自相矛盾。"讲到这里，一个秦小小拿着手中的笔刺另一个秦小小手中的书，潘古先生沉着脸说："你们两个在胡闹什么？"拿笔的秦小小说："潘古先生，我在用我的矛刺他的盾。"拿书的秦小小说："潘古先生，我在用我的盾挡他的矛。"潘古先生生气地说："你们两个捣蛋鬼在违反课堂纪律。"拿笔的秦小小说："潘古先生，我肚子咕咕叫了，这说明下课的时间到了，我该回家了！"话音刚落，所有的秦小小一起附和道:"我的肚子也咕咕叫了!""我的肚子也咕咕叫了!"潘古先生摆了摆手说:"看在你们这些捣蛋鬼还能认真听讲的分儿上,今天的课就上到这里,下课!"话音刚落,十几个秦小小一哄而散,学堂内只剩下潘古先生和千一。千一不好意思地说:"潘古先生,我的肚子也咕咕叫了,我也该回家了,可是我还不知道怎么回去呢!"潘古先生微笑着说:"你跟我来。"说完大步走出学堂,千一紧紧跟上。潘古先生来到一处马棚,里面有一匹又老又瘦的马正在吃草料,潘古先生对千一说:"韩非子在《说林上》中讲了一则寓言:齐桓公应燕国的要求,出兵攻打入侵燕国的一个叫作山戎的少数民族,结果迷路了,于是放出老马在前面带路,因为老马识途,所以部队跟随老马找到了出路。你不是找不到回家的路吗?跟着这匹老马走,我保你能找到家。"说完潘古先生解开拴马的缰绳,照着这匹白色老马的屁股拍了一巴掌,老马会意地走出定法书院。千一连忙和潘古先生告别,然后一溜小跑追上了老马。

孟蝶读到这里,她脑海中忽然闪过一个问题,于是她手捧《千一的梦象》迫不及待地走进爸爸的画室,此时孟周正在画一匹白马。孟蝶兴奋地问:"爸爸,有一天晚上你和妈妈不在家,我害怕就请胡月和她二姨来陪我,二姨给我和胡月讲过一位战国时期的辩士叫公孙龙子,公孙龙子认为一块石头既是白色的,又是坚硬的,但是当眼睛去看一块石头时,只能看到白色,并不能看到硬度;当用手去抚摸石头时,只能摸到硬度,并不能摸到白色,所以公孙龙子认为石头的'坚'与'白'是相离的。刚刚我读到韩非子的寓言'老马识途'时,潘古先生让一匹白色的老马送千一回家,我想问的是既然白石非石,那么白马是不是也非马呢?"孟周放下画笔微笑着说:"女儿能提出这个问题,爸爸很高兴。公孙龙子是战国时期著名的逻辑学家,他的成名之论就是'白马非马'论。他在《公孙龙子·白马论》中说:'马者所以命形也;白者,所以命色也。命色者非命形也,故曰白马非马。'意思是说,'马'是一种形体的称谓,'白'是一种颜色的称谓。既然在'马'这种形体前加上了'白'这种颜色,那么'白马'的内涵就与'马'的内涵不同了,所以说'白马非马'。"孟蝶颇感兴趣地问:"爸爸,公孙龙子说得似乎很有道理,但又似乎有什么不妥,您说呢？"孟周点了点头说："作为概念，'白马'和'马'的内涵和外延是不同的，是两个不同的概念，从这个角度讲，'白马非马'是可以成立的。公孙龙子在逻辑发展史上的贡献就在于他发现了概念在内涵和外延上的区别。不妥之处出现在事实的层面上。在事实层面上，'白马'和'马'构成了个别和一般的关系。什么是个别？就是指单个的、特殊的事物。什么是一般？就是指事物在现象上和本质上的共同之点。个别必须与一般相联结而存在，一般只能存在于个别中。'白马是马'表述的正是个别为一般所包含的事实。据说'白马非马'这个命题是战国时期稷下学者兒说最先提出的。韩非子在《外储说左上》中讲：'兒说，宋人，善辩者也，持'白马非马'也。服齐稷下之辩者。乘白马而过关，则顾白马之赋。故籍之虚辞，则能胜一国；考实按形，不能谩于一人。'意思是说，兒说是宋国人，是一个善于辩说的学者。他曾经提出：'白马非马'的命题说服了齐国稷下的众多辩论家。后来他离开齐国骑着白马出齐国的边境关卡，按规定驴、马过关要收税，他对关卡的士兵说：'白马非马，不能收我的税。'但是无论他怎么理论，还是要交白马的税，所以韩非子认为兒说借助虚浮的言辞可以胜过一国的辩论家，但一经实际考察、对照具体事物，他连一个人也说服不了。"孟蝶忽闪着一对大眼睛说："但是，爸爸，我觉得'白马非马'论好有想象力呀！"孟周笑了笑说："关于'想象'，韩非子是颇有见地的。他甚至在《解老》篇中为'想象'一词下了定义。"孟蝶饶有兴趣地问："韩非子是怎么说的？"孟周讲解道："韩非子说：'人希见生象也，而得死象之骨，案其图以想其生也，故诸人之所以意想者皆谓之'象'也。今道虽不可得闻见，圣人执其见功以处见其形，故曰：无状之状，无物之象。'意思是说，人们很少见到活生生的象，却能看到死象的骨架，根据死象的骨架的形态可以想象活象的样子，所以人们将臆想的东西都称为'象'或者'想象'。现在道虽然听不见看不见，圣人也只是根据道显现的功效来推断它的形状，所以《老子》说：'道是没有具体形状的形状，是没有具体事物的物象。'"孟蝶恍然大悟地说："爸爸，我明白了，侏罗纪时代各种恐龙的形态就是通过考古发掘出来的恐龙化石的骨架想象出来的，对不对？"孟周满意地笑道："没错，韩非子笔下活象的样子并非真实本身，而是真实的想象。不过'想象'是需要以一定的客观条件为基础的，'死象之骨'就代表着'想象'的客观依据，也就是感官收集的信息。有了想象，我们就可以将整个世界储存在心灵深处并转化为心灵图景。执着的想象能产生奇迹，甚至可以幻构出梦象。"孟蝶试探着问："爸爸，那么韩非子是如何想象的呢？"孟周思考片刻说："韩非子在《十过》篇中解释'奚为好音'时有一大段想象的内容：'奚谓好音？昔者卫灵公将之晋，至濮水之上，税车而放马，设舍以宿。夜分，而闻鼓新声者而说之。他人问左右，尽报弗闻。乃召师涓而告之，曰：'有鼓新声者，使人问左右，尽报弗闻。其状似鬼神，子为我听而写之。'师涓曰：'诺。'因静坐抚琴而写之。师涓明日报曰：'臣得之矣，而未习也，请复一宿习之。'灵公曰：'诺。'因复留宿。明日，而习之，遂去之晋。晋平公觞之于施夷之台。酒酣，灵公起。曰：'有新声，愿请以示。'平公曰：'善。'乃召师涓，令坐师旷之旁，援琴鼓之。未终，师旷抚止之，曰：'此亡国之声，不可遂也。'平公曰：'此道奚出？'师旷曰：'此师延之所作，与纣为靡靡之乐也。及武王伐纣，师延东走，至于濮水而自投。故闻此声者，必于濮水之上。先闻此声者，其国必削，不可遂。'平公曰：'寡人所好者，音也，子其使遂之。'师涓鼓动究之。平公问师旷曰：'此所谓何声也？'师旷曰：'此所谓清商也。'公曰：'清商固最悲乎？'师旷曰：'不如清徵。'公曰：'清徵可得而闻乎？'师旷曰：'不可。古之听清徵者，皆有德义之君也。今吾君德薄，不足以听。'平公曰：'寡人之所好者，音也，愿试听之。'师旷不得已，援琴而鼓。一奏之，有玄鹤二八，道南方来，集于郎门之垝；再奏之，而列。三奏之，延颈而鸣，舒翼而舞，音中宫商之声，声闻于天。平公大说，坐者皆喜。平公提觞而起为师旷寿，反坐而问曰：'音莫悲于清徵乎？'师旷曰：'不如清角。'平公曰：'清角可得而闻乎？'师旷曰：'不可。昔者黄帝合鬼神于泰山之上，驾象车而六蛟龙，毕方并辖，蚩尤居前，风伯进扫，雨师洒道，虎狼在前，鬼神在后，腾蛇伏地，凤皇覆上，大合鬼神，作为清角。今吾君德薄，不足听之。听之，将恐有败。'平公曰：'寡人老矣，所好者，音也，愿遂听之。'师旷不得已而鼓之。一奏之，有玄云从西北方起；再奏之，大风至，大雨随之，裂帷幕，破俎豆，隳廊瓦。坐者散走，平公恐惧，伏于廊室之间。此后晋国大旱，赤地三年。平公之身遂癃病。故曰：不务听治，而好五音不已，则穷身之事也。'韩非子一开口就问：'什么叫喜欢音乐？'然后他讲了一个生动的例子。讲的是卫灵公前往晋国的途中，来到濮水边，卸车放马，布置住处，准备夜宿。夜半时分，卫灵公听到有人弹奏的曲子非常悦耳，但自己从未听过这么好听的音乐，很是喜欢。便派人询问左右的侍臣是否听见，都说没听见。于是，他把师涓召来，叮嘱说：'我听见有人弹奏乐曲，却从未听过这么好听的音乐，我派人问左右的人，大家都说没听见。就好像那音乐出自鬼神之手，你替我听着把它录写下来。'师涓说：'好吧。'于是便静坐用琴将那出自鬼神之手的曲子录写下来。第二天师涓向卫灵公回报说：'我已录下来了，但还没练熟，请让我再在这里住一宿，以便我熟练此曲。'卫灵公说：'好吧。'于是就又留宿一晚。第二天，师涓已经熟练了，于是启程去了晋国。晋平公在施夷的高台上设宴款待，酒喝到畅快时，卫灵公站起身说：'我有一首新曲子，希望与大家分享。'晋平公说：'好啊！'于是卫灵公召来师涓，让他坐在师旷旁边，拿起琴来弹奏。弹到一半时，师旷按住琴弦制止说：'这是亡国之音，千万不要奏完。'晋平公问：'这首曲子是从哪里来的？'师旷说：'这是师延为商纣创作的靡靡之音。武王伐纣时，师延逃到了濮水，投河自尽了。所以最先听见这个曲子的人，一定是在濮水边上。最先听见这个曲子的人，他的国家肯定会被削弱，不能奏完它。'晋平公说：'我所喜欢的是音乐，你还是让他奏完吧。'于是师涓奏完了。晋平公问师旷说：'这叫什么曲调？'师旷说：'这叫清商调。'晋平公意犹未尽地问：'清商调是最动听的曲调吗？'师旷说：'还比不上清徵调。'晋平公说：'清徵调能弹来听听吗？'师旷说：'不能。古代听清徵调的人，都是有德有义的君主。现在您的德薄，还没有资格听清徵。'晋平公说：'我所喜欢的是音乐，你还是让我试着听听吧。'师旷不得已，只好拿起琴弹奏。弹了一遍，有十六只黑鹤从南方飞来，落在廊门旁的屋脊上。弹了第二遍，黑鹤排列成行。弹了第三遍，黑鹤引颈鸣叫，展翅起舞，乐曲与鹤鸣相和，响彻天空。晋平公非常高兴，在座的人也都欢喜。晋平公端起酒杯起身向师旷表示祝贺，回到座位上问道：'没有比清徵调更美妙的曲调了吧？'师旷说：'还比不上清角调。'晋平公说：'我能听听清角调吗？'师旷说：'不能。过去黄帝要与鬼神在泰山聚会，驾起象牙装饰的车，赶着六条蛟龙，既是火神又是木神的毕方就站在车辖的两旁，蚩尤在前开路，风神跟着清扫尘埃，雨神随后洒水，虎狼在前，鬼神在后，腾蛇伏行于此，凤凰飞翔上空，与鬼神做大规模的集会，为此创作了清角调。现在您的德行浅薄，还没有听它的资格。听了清角调，恐怕有不利的事情发生。'晋平公说：'我虽然老了，却非常喜欢音乐，希望能听到它。'师旷无奈，只好弹奏。初奏时，有黑云从西北方升起；再奏时，狂风吹来，大雨瓢泼，撕裂了室内的帐幕，打碎了餐桌上的食器，掀掉走廊上的瓦。在座的人四散逃跑。晋平公惊恐万分，趴在廊屋之间。此后，晋国连续大旱三年，寸草不生。晋平公的身体也患了瘫痪。所以说，不致力于治理国家而一味地喜好五音之乐，那是使自己走上绝路的事。"孟蝶听了这个故事，立即用质疑的口吻说："爸爸，这个故事的确用丰富的想象力阐述了音乐的魅力，可是这个故事也告诉我，韩非子并不喜欢音乐。"孟周点点头说："的确如此，韩非子通过这段故事虽然也肯定了音乐艺术具有无穷的感人魅力，但也正因为如此，它常常吸引人沉迷其中而不能自拔，从而能伤害国家的政治生活。这当然是非常功利的。但将'新声'污蔑为'靡靡之音''亡国之音'的主要目的并不在于否定'新声'，而在于得出'不误听治，而好五音不已，则穷身之事也'的结论，这说明韩非子非常反对君主沉迷于文艺欣赏之中，体现了他的艺术思想的政治功利性。尽管如此，韩非子还是肯定了'想象'的巨大作用，也就是'圣人执其见功以处见其形'，圣人也只是根据'道'或梦象呈现的功效来推断它的形状，既然'道'或梦象的存在需要通过想象来体会，那么'道'或梦象之美的体验也只能通过想象力了。通过想象，我们可以打破有限的时空，如白驹过隙般的瞬间进入无限时空，因此鲁迅说：'非有天马行空的大精神，既无大艺术的产生。'也就是说，如果没有异想天开、石破天惊的想象力，就产生不了艺术。当然也不可能洞察梦象。"这时舒畅微笑着走进来插嘴说："其实想象力是从心灵深处散发出来的一种魔法，想象力和心灵自由成正相关，你的心灵越自由，你的想象力就越丰富。"孟蝶若有所思地问："妈妈，如果想象力是一棵枝繁叶茂的大树，那么它的根在哪里呢？"舒畅思索着说："韩非子关于'想象'的描述告诉我们，想象力的根就在我们的心灵深处。"孟周接过话茬说："妈妈说得好，孟蝶，其实你妈妈独创的'兰法'就体现了天马行空的大精神，每一根线条都是通神的，里面似乎蕴含着宇宙的本质，反映出与宇宙的关系。爸爸时常看得如醉如痴，我在画画时也深受启发，虽然'兰法'来源于书法，但是又超脱了文字，穿越了时空，给人以无限的遐想。"这时舒畅用手机播放了一段百鸟齐鸣的音乐，音乐响起，她轻声说："女儿闭上眼睛，静心聆听，看看能听到什么？"孟蝶按妈妈说的闭上了一双水灵灵的大眼睛，优美的旋律让她的心一下子静了下来，她感觉身边有清泉正在石上汩汩流过，鸟鸣激发了她的好奇心，她放飞想象的翅膀，心灵早已幻化成一只小鸟飞进了茂密的大森林……

第 九 章

借黄帝立言，道治天下

　　千一的梦象与爸爸的梦象通过"小小大街"融合之后，千一产生了要私探爸爸内心秘密的冲动。她记得爸爸曾经说过，在所有的绘画形式中，最让他兴奋、好奇和充满想象的是自画像。爸爸的书房里有一幅他最得意的自画像。爸爸在家时，时常站在自己的自画像前一边抽烟斗，一边凝视着自己的自画像沉思。她知道爸爸是用自画像来描绘自己的内心世界。她情不自禁地想起了爸爸一边照镜子一边画自画像时的情景。当时爸爸画得非常投入，在不知不觉间，爸爸的容貌、姿态甚至性格就以最动人、最纯粹的形式定格在宣纸上。那幅自画像完成后，妈妈说，爸爸将自己的非理性轮廓具体化了。千一听了妈妈的评价似懂非懂，令她印象深刻的是爸爸深邃的眼睛，那难以言喻的眼神具有一种强烈的穿透力，仿佛画尽了所有对自我的认知和内在探索的可能性。班主任老师讲课时曾经说过，眼睛是心灵之窗，千一感觉爸爸的眼睛既揭示又掩盖了自己丰富的内心世界，她怀着捕捉爸爸梦象的心理走进爸爸的书房，也学着爸爸的样子站在爸爸的自画像前凝视，画中的爸爸微笑着看着她，眼睛四周的暗影强化了他的深沉度，他微微张开嘴巴似乎想诉说什么，但千一无法解读。或许是爸爸深邃的眼神太吸引人的缘故，她竟然忽略了爸爸手里捏着一本书，面对这本被她熟视无睹的书，此时此刻，竟然刺激了她迟钝的心灵，她凑上去仔细观察，爸爸手中拿着的这本书竟然还有书名，是四个篆字，她不认识，但她知道爸爸绝不会让一本书随便进入他的自画像的，这本书一定很玄妙。想到这儿，她迫不及待地冲进厨房，问正在洗碗的妈妈："妈妈，爸爸的自画像手里拿着一本书，爸爸拿的是什么书？"妈妈一边洗碗一边微笑着说："爸爸画过很多自画像，你说的是哪一幅呀？"千一兴冲冲地说："就是挂在爸爸书房的那一幅。"妈妈想了想说："你爸爸画过五六十幅自画像，我记得有三幅自画像拿过书，一本是《黄帝四经》，一本是《管子》，一本是《淮南子》。"千一兴奋地说："是四个篆字。"妈妈微笑着说："那就应该是《黄帝四经》。"千一迫不及待地问："妈妈，《黄帝四经》是一本什么书？"妈妈沉思片刻说："《黄帝四经》可是一部道家黄老学派的奇书，1973年在湖南长沙马王堆三号汉墓中出土了一批帛书，其中有《老子》甲乙两种写本。乙本是用整幅的缣帛书写的，乙本卷前附抄了另外四篇古佚书，分别为《经法》《十大经》《称》《道原》。据考古学家考订，这四篇古佚书就是失传已久的《黄帝四经》。"千一不解地问："妈妈，道家不是研究'老庄'的吗？怎么又冒出个'黄老'？"妈妈耐心地说："战国中期，在齐国的稷下学宫，一大批学者对老子的道家思想进行了改造和发展。他们一改老子清静无为、柔退不争、小国寡民的价值取向，为了适应变法图强、富国强兵的时代需要，一部分热衷于为政之道的道家学者积极地向权力中心靠拢，他们保留了老子的天道观念和柔顺、无为思想，同时又吸纳了诸子百家，特别是法家思想中的积极因素，把黄帝和老子的形象结合起来，为了和其他学派抗衡，托名自重，打起了人文之祖黄帝的大旗，声称自己的学派是直接继承了黄帝之言，用虚设黄帝之言改造了老子之学，假借黄帝和老子的名义称自己的学说是直接从黄帝和老子那里继承下来的，所以自称'黄老道家'，以此为道家学派开辟了一个不同于老庄的新的发展方向。"千一追问："不同在哪里呢？"妈妈想了想说："主要不同就在于把一种从一开始就对政治权力保持距离并持批评态度的老庄道家改造成了积极探讨富国强兵之道和治国方略的黄老道家。"千一又问："当时的权力中心采纳黄老道家的学说了吗？"妈妈解释说："当然了，暴秦覆灭后，由于经历了长期战乱的破坏，社会凋敝到了极点，西汉统治者在总结秦亡教训时发现，重刑任法、戕害人心是秦朝骤亡的根本原因。也就是说，秦亡源于'有为'，而治国之要在于'无为'，为了安定社会，恢复生产，便有了汉初的'无为'之治。在司马迁的《史记·曹相国世家》中说：'萧何为法，顜若画一；曾参代之，守而勿失；载其清净，民以宁一。'意思是说，萧何制定法令，明确划一；曹参接替萧何为相后，遵守萧何制定的法度而不改变。曹参施行清静无为的政策，百姓得以休养生息。其后的文帝、景帝、窦太后都好黄老之学，实行了六七十年的'清静无为'的治国方针，以至于出现了'流民既归，户口亦息''上下饶羡'的文景之治。这也是历史上道家思想第一次登堂入室。"千一饶有兴趣地问："后来呢？"妈妈淡然一笑说："黄老之学在汉初成了当时社会思潮的主流。但是到了汉武帝执政以后，为了进一步加强中央集权，汉武帝采纳董仲舒的建议，以儒家的纲常名教来维护统治，实行'罢黜百家、独尊儒术'的思想专制政策，并把继续鼓吹黄老之学、著有千古奇书《淮南子》的淮南王刘安君臣杀掉了。从此以后，黄老道家由盛而衰。这一衰就衰了两千多年，以至于直到帛书《黄帝四经》出土，学术界才搞清楚汉初流行的所谓'黄老'之学，并不是老庄之学，而是道家思想的一个崭新领域，这个领域可以称为'黄学'或'黄帝之学'，当然也可称之为'黄老之学'。"千一敬佩地说："妈妈，您懂得可真多，真了不起。"妈妈笑了笑说："和你爸爸比差远了，你要想深入了解《黄帝四经》，必须等你爸爸回来后，让他亲自给你讲。好了，时间不早了，你要做作业，妈妈还要赶稿子，咱俩各忙各的吧。"

千一离开厨房并没有回自己的房间，而是回到了爸爸的书房。她从书柜中找到爸爸珍藏的《黄帝四经》，从头翻到尾，可是一句也看不懂，无奈之下，她拿着书又站到了爸爸的自画像前。爸爸一直渴望在自画像中发现新的东西，他用梦象之笔将自己画下来，他的脸就是他心灵图景的外化，这幅画的背景接近全黑，光源射着他的左脸，光影的层次处理得恰到好处，目光炯炯有神，右脸光线深暗，爸爸的嘴角挂着淡淡的微笑，似乎要张口说话。她与爸爸的目光对视，感觉自己的灵魂在静静地发酵，心灵的敏感点像爸爸吸的烟斗燃起了一点点赤红，小小的火心似乎要照亮心灵世界，她通过直觉感知到一种深邃的宁静，她被这种宁静催眠了，她的心灵磁场开始接受来自远方的信息，这信息充满了能量，她被能量融化着，也不知自己是在爸爸的梦中，还是爸爸在自己的梦中，渐渐地她听见一个清晰的声音："女儿，你手里拿的是爸爸的《黄帝四经》吗？"千一顿时睁大眼睛看着爸爸的自画像，是的，自画像里的爸爸开口说话了，千一连忙回答："是的，爸爸，这么说，我们的梦象又融合了？"自画像里的爸爸说："是啊，你的好奇心向爸爸传递了一股极强的能量，这能量连通了我们的心灵，这也应该是哲学的力量。因为哲学其实就是对梦象的解释。"千一兴奋地问："爸爸，《黄帝四经》也是对梦象的解释吗？"自画像里的爸爸说："当然了，无论是老庄道家还是黄老道家，他们都对宇宙的神秘性做出了最大胆的想象，其实宇宙就是一个伟大的梦象，梦象可以扩展到宇宙中的万物，大部分的哲学家都不知道他们的思想是因为一次梦象而建立起来的。道家哲学体系的核心是'道'，道不是感官感知的对象，道是心灵觉知的对象，因为道是梦象。《黄帝四经》中的四篇文章排序，《道原》排在最后，但是我认为应该先于《经法》《十大经》《称》来读。因为《道原》是对'道'或梦象的宇宙根本性进行探源。"千一试探地问："爸爸，《道原》都讲了些什么？"自画像里的爸爸说："你翻开书，翻到《道原》那一章，然后将第一段给爸爸读一遍。"千一翻开书读道："'恒先之初，迥同太虚。虚同为一，恒一而止。湿湿梦梦，未有明晦。神微周盈，精静不熙。故未有以。万物莫以。古无有形，太迥无名。天弗能覆，地弗能载。小以成小，大以成大。盈四海之内，又包其外。在阴不腐，在阳不焦。一度不变，能适蚑蛲。鸟得而飞，鱼得而游，兽得而走。万物得之以生，百事得之以成。人皆以之，莫知其名。人皆用之，莫见其形。'爸爸，读完了。"自画像里的爸爸说："好的，这段话说的是在一切皆无的混沌时代，宇宙天地不过是迷迷茫茫的一片太虚之气。太虚之气如同一，除了如同一的太虚之气之外，别无他物。混混沌沌的太虚之气聚合涌动，没有白昼，也没有黑夜。太虚之气变化神妙，微奥充盈，精密宁静而不显耀。所以它好像并不存在，虽然存在于万物之中，但万物也并不依赖于它。它无形无名，不可描述。它博大得天不能覆盖它，地不能承载它。最小与最大的事物都由它而生。它满盈四海之内，又包容四海之外，在阴的地方不会腐烂，在阳的地方不会枯焦。它恒定不变，却主导着虫、鸟、鱼、兽等动物适应它而生存。在它的主导下，鸟可以自由地飞翔，鱼儿可以自在地游憩，野兽可以欢快地奔跑。万物因它而得以生存，百事因它而得以成就。人们都凭借着它生存，却不知它的名号；人们都在遵循它运用它，却又看不见它的形状。""爸爸，"千一插嘴问，"'它'就是'道'或梦象吗？"自画像里的爸爸说："是的，这段话告诉我们，道或梦象在'恒先之初'就已存在，存在于天地四海的内外，既无形，也无名，但它恒定不变，遍生万物。"千一思索着说："爸爸，《道原》里讲的'道'很像是一个神话呀！"自画像里的爸爸微笑着说："是的，中国哲学的源头是占卜，因此中国哲学从一开始就是与宇宙的对话。尽管宇宙没有直接回答，但是人们通过占卜在龟甲的裂纹里发现了宇宙的回答，这的确具有神话特征，其实神话就是古老的梦象。道的这种神话特征在《十大经·成法》中通过黄帝与其大臣力黑的对话可见一斑。女儿，你把'成法'第二段读一遍。""好的，爸爸。"千一读道，"'请问天下犹有一乎？力黑曰：然。昔者皇天使风下道一言而止。五帝用之，以木八天地，以揆四海，以怀下民，以正一世之士。夫是故谗民皆退，贤人咸起，五邪乃逃，年佞辩乃止。循名复一，民无乱纪。'爸爸，这一段又是什么意思呢？"自画像里的爸爸说："大意是，黄帝说：'请问天下可有一吗？'在这里一就是道。力黑回答说：有的。上天曾派风伯到凡间传道，上古的五帝们就用道来辨别天地万物，料理四海之内的事务，安抚他们治下的百姓，并且端正了一代学者的思维。因此德行败坏的人统统不被起用，品行端正的人一律被起用，各种奸邪声销迹灭，花言巧语的诣媚之风也没有了市场。寻求名形而复归于道，人们不再违法犯纪。"千一似有所悟地说："爸爸，原来道是上天派风伯传到人间的，那么风伯是一个什么样的神呢？"自画像里的爸爸说："风伯就是风神，是人面鸟身的天神，因为疾行善走，所以负责传达天帝的命令。"千一若有所思地问："爸爸，《黄帝四经》的作者为什么要把'道'说成是上天派风伯传到人间的呢？"自画像里的爸爸说："这样说是为了确立'道'至高无上的地位。"千一似有所悟地问："爸爸，为什么将'道'称为'一'呢？"自画像里的爸爸说："你读一下《道原》的第二段，我再解释。""好的，爸爸。"千一读道，"一者其号也，虚其舍也，无为其素也，和其用也。是故上道高而不可察也，深而不可测也。显明弗能为名，广大弗能为形。独立不偶，万物莫之能令。天地阴阳，四时日月，星辰云气，蚑行蛲动，戴根之徒，皆取生，道弗为益少；皆反焉，道弗为益多。坚强而不撌，柔弱而不可化。精微之所不能至，稽极之所不能过。"自画像里的爸爸说："道本来无名，但是为了称呼方便，只好用'一'强为其名。所以，'一'只是'道'的一种变言，这也不过是一个虚设，道存在于虚无之中。无为是它的根本，和合阴阳而化生万物是'道'的作用。所以道是高深莫测而无法探究的。道虽显明却无法称呼，虽广大却不能揣摩它的形状。天地阴阳，四季日月，星辰云气，动物植物，分别得之于道，而道本身却并不会因此而减少；反过来，把一切都返还给'道'，道本身也并不会因此而增多。道不会因坚强而被折毁，也不会因柔弱而被转化。普通人的精神再精微也达不到'道'的境界，所定的目标再极致也不能超越'道'。这一段对'道'的特质进行了具体的描述。道本来无名却又以'一'称呼，本来无形却又以'虚'为舍，本来以'无为'为体，却又和合阴阳化生万物而无不为。道不会因万物取之于它而耗损，也不会因将万物所取返还于道而增加。它既刚直强硬又柔韧软弱，既属阴又属阳，道的这种神妙作用在《经法·名理》中说得更清楚。女儿，你把《名理》的第一段读一遍。"千一点了点头，读道："道者，神明之原也。神明者，处于度之内而见于度之外者也。处于度之内者，不言而信；见于度之外者，言而不可易也。处于度之内者，静而不可移也；见于度之外者，动而不可化也。静而不移，动而不化，故曰神。神明者，见知之稽也。""好的，"自画像里的爸爸解释说，"这一段话意思是说，道是天地间各种奇异神妙作用的本原，各种奇异神妙的作用既存在于天道规定的度数之内，又表现于事物的性质发生转化的过程中，当事物处于量变的积累这种相对稳定的过程中时，不需要用言语去表述事物的这种适度、恒定和静止；当事物的量变积累到极度，事物的性质开始转化时，任何语言也无法表述道在其中发挥的奇异神妙的作用。当事物处于天道规定的度数之内时，事物的性质未发生变化，道的奇异神妙作用保持相对静止状态也不发生相应的变化；当事物处于天道规定的度数之外时，事物的性质发生了转化，但道的奇异神妙作用仍然不发生改变，而是一如既往地发挥着原有的作用。这种无论事物处于静止状态还是运动状态，道的奇异神妙作用都不改变的现象，就称之为'神'。道的这种奇异神妙作用正是人的思维所要取法的楷式。""爸爸，"千一若有所思地说，"这么说，道有一种既不可捕捉又不可感知的奇异神妙作用，这种作用就叫'神明'，对不对？"自画像里的爸爸说："对的，无论事物是处于静止状态的适度时，还是处于运动转化状态的极度时，道的奇异神妙作用不仅不变，而且以不变应万变，它在事物存在的任何阶段、任何形式中都始终发挥着奇异神妙的作用。""爸爸,"千一继续问,"社会、国家的各项制度是因为人的认识能力、思维能力取法道的运作方式而形成的吗?"自画像里的爸爸说:"关于这一点,女儿读一读《经法·道法》第一段就清楚了。""好的,爸爸,"千一读道,"道生法。法者引得失以绳,而明曲直者也。故执道者,生法而弗敢犯也。法立而弗敢废也。故能自引以绳,然后见知天下而不惑矣。"自画像里的爸爸说:"读得很好,既然道是孕育天地万物的总根源,是制约规定宇宙间一切运动发展的总规律,社会的各项法度也来源于道就可以理解了。这就是道生法的根据。'法'就是标准、法度、规则、准绳,就是社会的法度。法就像绳墨衡量木材的曲直一样,决定着社会的公平、正义。因此,掌控制定各项法度的人既然制定了各项法度就不可违犯它,法度一旦制定出就不可随便废掉。所以说,如果能循法自正,方能认识天下万事万物之理而不迷惑。可见,《黄帝四经》已经将《老子》中'道法自然'的意义更多地引申为社会的法度,明确地向人事倾斜。道是潜移默化、润物细无声地发挥作用,如果法也能如此,那么社会就会平稳和谐,天下便可无为而治。"千一凝眉而问:"爸爸,在《黄帝四经》里是如何阐述无为而治的呢?"自画像里的爸爸说:"关于这个问题在《十大经·名刑》中有详细论述,你把书翻到那里读一遍。""好的,爸爸,"千一读道,"欲知得失,请必审名察形,形恒自定,是我愈静。事恒自施,是我无为。静翳不动,来自至,去自往。能一乎?能止乎?能毋有己,能自择而尊理乎?纾也,毛也,其如莫存。万物群至。我无不能应。我不臧故,不挟陈。向者已去,至者乃新,新故不谬,我有所周。"自画像里的爸爸说:"'名刑'这一篇的主旨是阐述黄老清静无为的思想,意思是说,要想把握福祸得失的道理,就必须审知事物的名称、观察事物的形态,搞清楚名与形之间的关系,做到在外顺应事物形态的变化流转,在内执守事物的名称而推究它的道理,要做到因形循名。其实天下万物的归属在外为形,在内为名。要审知名与形的关系,就必须持守清静,只有排除内心杂念与偏见,才能静观心灵图景。万事万物自有其确定的归属,自有其产生和消亡的依据和法则,因此人也就应该虚静无为,不要去人为地干涉。只需顺应自然法则,与万物婉转圆融。能做到用心专一吗?能做到持意静定吗?面对纷

156　　　　　　　　　　　\ 千 \ 一 \ 的 \ 梦 \ 象 \

繁复杂的万物，能不能尊重自然法则而选择不干涉呢？无论事物如何隐、显、静、动，总会维持一种若有若无的超然境界，这就是无为。如此一来，任由万事万物纷至沓来 都能够应对自如。来者自来，去者自去，新者自生，旧者自灭 都不能扰乱虚静的心灵，这是因为我们能够顺应自然而不妄为的缘故。"千一若有所悟地问："爸爸，既然无为就是不妄为，那么如何才能做到不妄为呢？"自画像里的爸爸说："万事万物的发展都存在一个自然的'度'，'度'是指事物维持相对稳定性的数量界限，只有在量变积累的静止状态时，事物才能保持它的存在，如果超过了这个范围，那么事物将会朝着相反方向发展，这就是《老子》第四十章讲的'反者道之动'。《黄帝四经》也继承了这一思想，在《经法·四度》中就讲：'当者有数，极而反，盛而衰；天地之道也，人之理也。''当'就是有度，就是自然、社会发展的必然规律。这句话的意思是说自然、社会发展的必然规律是有定数的，这就是物极必反，盛极而衰。这不仅是天地自然的规律，也是人类社会的规律。那么《黄帝四经》是如何论述'度'的呢？女儿，你读一下《经法·论约》。""好的，爸爸，"千一又读道，"始于文而卒于武，天地之道也。四时有度，天地之理也。日月星辰有数，天地之纪也。三时成功，一时刑杀，天地之道也。四时而定，不爽不忒，常有法式，天地之理也。一立一废，一生一杀，四时代正，冬而复始，人事之理也。逆顺是守。功溢于天，故有死刑。功不及天，退而无名；功合于天，名乃大成，人事之理也。顺则生，理则成，逆则死，失则无名。""好的，就读到这里，"自画像里的爸爸说，"天地的自然规律是始于春夏秋冬的生养收获，而终于冬季的凋零肃杀。四季的交替运行自有一定的规则，这是天地自然的道理。日月星辰的运转有其确定的秩序，这是天地原有的纲纪。所谓天地之道，就是春夏秋之季生长收获而冬季一片肃杀。所谓天地之理，就是四时交替养生伐死，定则恒常，毫无差错。有盛就有衰，有生必有死，四季交替更迭，周而复始，这就是天道。人类社会运行法则就是取法于天道。违逆天道、人理还是顺应天道、人理是有分界线的，行事超过天道、人理规定的度，便会败亡；行事未达到天道、人理规定的度，也是不会有功绩的。只有行事恰到好处地符合天道、人理规定的度时，才能获得成功。这便是取法自然的人类法则。顺应天道、人理规定的度则得以生存或成功，违逆天道、人理规定的度，社会就会灭亡或一事无成。总之，掌握好度第一必须行事时要达到天道、人理规定的度数，反之如果超过了天道人理规定的度数，就会招致祸患；第二要做到形名相符，度就是形名相符；第三要做到内外、上下都顺应天道、人理；第四要做到赏罚得体；第五要做到取予得法；取予失当就会流徙四方、身死国亡。可见事物发展的内在规律是'极而反'，应化之道就是要掌握适度法则。"千一似乎听入了迷，她颇为感慨地说："爸爸，道家的哲学太精妙了，既然黄老学派是借黄帝立言，您能讲一讲黄帝吗？"自画像里的爸爸微笑着说："好啊，黄帝是我们中华民族的伟大祖先，姓公孙，生于轩辕之丘，所以又称轩辕氏。建国于有熊，所以还叫有熊氏，其实就是传说中的原始社会的部落酋长。"千一颇感兴趣地插嘴问："他长什么样呢？"自画像里的爸爸说："在《十大经·立命》中是这样介绍黄帝的：'昔者黄宗，质始好信，作自为象，方四面，傅一心，四达自中，前参后参，左参右参，践位履参，是以能为天下宗。吾受命于天，定位于地，成名于人。唯余一人德乃配天，乃立王、三公，立国置君、三卿。数日、历月、计岁，以当日月之行。吾允地广裕，类天大明。'意思是说，远古时代备受尊崇的黄帝，以天道为根本，以讲求诚信为美德。'作自为象'就是左丘明在《国语·齐语》中讲的'设象以为民纪'，韦昭在《国语注》中解释说'设教象之法于象魏'，'象魏'是指宫阙。就是把各种刑罚内容以图画的形式在宫墙上公布出来，让人们知晓。而这里讲的'作自为象'是指黄帝将自己的画像挂在宫阙之上，晓谕百姓。以此来表明自己通达天下之情理，而且重视信义和虚心听取各方面的意见和要求。那么他长什么样呢？他长有正方形的头，四张面孔，能同时顾及东、西、南、北四个方向。无论什么地方发生了事情，总逃不过他的眼睛。四面八方通观之后，都可以汇聚于心。虽然他可以对天地四方洞察秋毫，但在即位时还要谦谨地向三方礼让，所以他能成为天下人取法的榜样。他在继位时说：'我的德行是上天赐予的，我的帝位是大地授意的，我建成的功业得力于人心。因为只有我一个人的德行可以与上天相配，所以我可以代表上天在人间置立天子、封建诸侯国，任命辅佐天子、诸侯处理政事的各级官员。我通过对日、月、年的推演制定了历法，使之合乎日月的运行规律。我的美德如地一样广大，如天一样清明。'从《黄帝四经》关于黄帝的记载看．充满了超现实的大胆想象。"千一试探地问：
"爸爸，前面你讲过，道是ヨ风伯接受了天帝的命令传播到人间的，可不
可以说，是风伯直接传递给了黄帝，然后由黄帝再传到人间的。"自画像
里的爸爸笑道："你的联想很有道理。"千一美滋滋地说："爸爸，《十大
经·立命》这一段的描述太像一个梦象了。"自画像里的爸爸说："所以我
才说神话就是古老的梦象。"这时书房外传来妈妈的声音："千一，你在爸
爸的书房里跟谁说话呢？是不是打电话跟刘兰兰闲聊呢？时间不早了，该
睡觉了。"还没等二一回答，自画像里的爸爸向女儿使了个眼色，千一会
意地连忙走出书房对妈妈说："妈妈，我没和刘兰兰通电话，我是和爸爸
的自画像聊《黄帝四经》呢！"妈妈笑眯眯地说："女儿，你是不是想爸爸
想魔怔了，你爸爸的自画像会开口说话？"千一得意地说："妈妈，这才叫
心有灵犀呢！不信的话，你也试一试！"

　　周末，孟蝶几乎一宿未睡，她被千一和自画像里的爸爸的对话深深
吸引了。早饭后，她回到自己房间支起画架，对着镜子刚想画自己的自
画像，妈妈推门进来了。"宝贝，"舒畅慈爱地对女儿说，"爸爸最近失眠
很严重，我现在陪爸爸到孙伯伯家号号脉，你想一起去吗？"孟蝶放下画
笔说："妈妈，我要去，不过，妈妈，为什么不去看西医，而非要看中医
呢？"舒畅微笑着说："西医已经看过了，爸爸一直在吃西医开的失眠药，
妈妈怕爸爸吃时间长了有依赖性，所以想让中医调理一下。"孟蝶心疼地
说："爸爸创作起来太忘我了，时间长了，身体肯定吃不消。快走吧，妈
妈，今天我俩好好陪陪爸爸。"

　　孙善究是清江中医药大学的教授，也是祖传六代的中医大家。年近花
甲，家也住在阙里巷，是一座被十几棵桃树掩映的四合院。

　　孟周一家三口走进孙善究的书房时，他正在躺椅上读书，见孟周两口
子带着女儿前来拜访，连忙起身放下手中的《黄帝四经》，一边请客人坐，
一边亲自为客人沏了西湖龙井。孟周一边品茶一边好奇地问："善究兄，
您这位中医大家，不研究《黄帝内经》，怎么研究起《黄帝四经》了？"孙
善究微笑着说："我最近正在写一部书，叫《中医探源》，原以为《黄帝
内经》作为中医理论的奠基之作应该是中医思想的主要源头，可是不深

入研究不知道，通过深入研究才发现，原来《黄帝四经》才是中医思想的真正源头。"孟蝶迫不及待地插嘴问："这是为什么呢？"孙善究笑了笑说："因为产生于战国中期的《黄帝四经》是产生于西汉时期的《黄帝内经》思想的重要源头之一。"孟蝶好奇地问："孙伯伯，能跟我说说《黄帝内经》是怎样一部书吗？"孙善究对孟蝶的好奇心颇为赞赏，他耐心地解释道："《黄帝内经》是我国现存最早的一部理论比较系统的医学典籍，是先秦时期医学理论及经验的总结，由于充分吸收了当时诸子百家的思想精华和科技成果，因此《黄帝内经》作为医学典籍除了具有系统宏大的传统中医理论之外，还有着丰富的中国古代哲学思想。"这时，舒畅若有所思地问："孙大哥，您说《黄帝四经》是《黄帝内经》的重要思想源头，能举个例子吗？"孙善究沉思片刻说："比如《黄帝内经》将阴阳学说作为中医理论体系的核心，用于解释生理、病理、药理，指导望闻问切，其思想源头源自《黄帝四经》。综观《黄帝四经》，阴阳在书中是作为总的规律应用于各个方面。在《黄帝四经·称》中说：'凡论必以阴阳明大义。天阳地阴，春阳秋阴，夏阳冬阴，昼阳夜阴。大国阳，小国阴；重国阳，轻国阴。有事阳而无事阴，伸者阳而屈者阴。主阳臣阴，上阳下阴，男阳女阴，父阳子阴，兄阳弟阴，长阳少阴，贵阳贱阴，达阳穷阴。娶妇生子阳，有丧阴。制人者阳，制于人者阴。客阳主人阴。师阳役阴，言阳默阴，予阳受阴。诸阳者法天，天贵正；过正曰诡，过祭乃反。诸阴者法地，地之德安徐正静，柔节先定，善予不争。此地之度而雌之节也。'"孟蝶一头雾水地问："孙伯伯，这段话是什么意思呢？"孙善究笑呵呵地解释道："就是说研讨一切问题，都要通过阴阳这一规律来思考和把握。天属于阳而地属于阴，夏属于阳而冬属于阴，白昼属于阳而黑夜属于阴。大国属于阳而小国属于阴，强国属于阳而弱国属于阴，有为属于阳而无为属于阴，伸展属于阳而屈缩属于阴。君主属于阳而大臣属于阴，居上位者属于阳而居下位者属于阴，男人属于阳而女人属于阴，父属于阳而子属于阴，兄属于阳而弟属于阴，年长者属于阳而年轻者属于阴，显达属于阳而穷困属于阴。婚娶生子属于阳而死丧之事属于阴。统治者属于阳而被统治者属于阴。进攻者属于阳而退守者属于阴，军官属于阳而士兵属于阴。说话属于阳而沉默属于阴，给予属于阳而接受属于阴。凡属阳者都是取法于天，而天道以限度为贵，超过限度就称为邪僻，超过了限度就会走向反面。凡属阴者都是取法于地，地的特点是厚德、安宁、舒迟、正定、静默，以雌柔安抚天下，擅长给予却非争夺。这才是地的限度和雌柔的节操。"孟蝶追问道："孙伯伯，《黄帝内经》是怎么从这段话里吸取思想的？"孙善究称赞道："孟周，看来孟蝶的脑袋里装着十万个为什么呀？"孟周笑道："她从小好奇心就很强。"孙善究用欣赏的口吻说："好啊，思想的诞生往往始于好奇。正如柏拉图所言，哲学'起源于惊异'呀！孟蝶，伯伯告诉你，在《黄帝内经·素问·阴阳应像大论》中，有这样一段话：'天地者，万物之上下也；阴阳者，血气之男女也；左右者，阴阳之道路也；水火者，阴阳之征兆也；阴阳者，万物之能始也。'意思是说，天地是负载万物的广宇，使万物有上下之分；阴阳化生气血，使人有男女之别。左右升降是阴阳运行的道路。水性寒而润下属阴，火性热而炎上属阳，也就是说水和火很能代表阴和阳的含义。阴阳变化，是万物生成的原始能力。所以说，阴在内，有阳在外护盾；阳在外，有阴在内辅佐。从这段话我们就可以看出，《黄帝内经》关于阴阳的论述与《黄帝四经》如出一辙，可以说是直接承袭啊。"孟蝶似有所悟地问："孙伯伯，那么应用阴阳理论怎么看病呢？"孙善究慈眉善目地说："你妈妈电话里跟我说，你爸爸最近时常失眠，我先给你爸爸把把脉，然后再回答你的问题。"说完将孟周请到写字台前，让他将手腕搭在脉枕上，孙善究伸出右手的三根手指仔细诊脉，良久才说："孟蝶，用阴阳学说来讲，你爸爸的失眠症是阴阳失调造成的。"还未等孟蝶插嘴，舒畅关切地问："什么是阴阳失调？"孙善究斟酌着说："身体的阴阳双方是对立统一、相辅相成和相互制约的，保持着既对立又斗争的动态平衡。一旦阴阳双方的这种动态平衡被打破，人体就会出现'阴阳失调'的病理状况。"孟蝶迫不及待地问："孙伯伯，怎么诊治呢？"孙善究胸有成竹地说："诊断疾病的切入点就是要善于抓住阴阳这个关键。'审其阴阳，以刚克柔；阳病阴治，阴病阳治'，目的就是努力恢复患者的阴阳平衡。舒扬，我先给孟周开个方子，先吃一个星期，然后再来号脉，到时候我根据脉象再做斟酌。"说完孙善究提笔写了一个方子，舒畅拿着方子到院内西厢房抓药。西厢房是孙善究私人诊所的药局。号完脉，孟周试探着问："善究兄，你看我是阴盛过了阳，还是阳盛过了阴？"

孙善究微微一笑说:"你是肝肾阴虚,使心神不安,阳不入阴而导致的阴阳失调。《黄帝内经》中对阴阳平衡的论述非常深刻,身体阴阳平衡才是健康人,而人的阴阳失调就会产生疾病啊!"孟周十分感慨地说:"多谢善究兄提醒,我回去一定好好拜读《黄帝内经》。"

　　回到家中,舒畅到厨房给丈夫熬药,孟蝶陪爸爸在客厅聊天。"爸爸,"孟蝶忽闪着一双大眼睛问,"既然阴阳无处不在,是不是自画像里也有阴阳呢?"孟周肯定地说:"那是当然。《黄帝四经》强调对任何事物都要通过'阴阳'这一规律来进一步思考掌握。画画也不例外。就绘画而言,中国画遵循虚实相生之理,其中的虚为阴、实为阳。在构图上讲求前后、大小、浓淡、远近、疏密、聚散、收放等关系的辩证统一,而所有这些反映的都是阴阳对立转化的关系。你到书房把爸爸最近出版的画集《我的自画像》拿来。""好的,爸爸。"说完孟蝶一溜烟地跑进书房,从书柜上取出画集又快速回到客厅。孟周翻开自己的画集《我的自画像》,指着其中一幅自画像说:"这幅画我采用了明暗法。光线与黑暗的平衡感拿捏得还算准确,明为阳,暗为阴,我将这种平衡感处理成干净而有质感的背景,所以使得这种自画像表现出了几分沧桑的痕迹。其实画自己是最难的,好的画家也不一定能画好自己,难就难在阴阳关系的拿捏上。关于阴阳关系,《黄帝四经》中多次阐述,其中令爸爸印象深刻的一段话出自《十大经·姓争》:'夫天地之道,寒热燥湿,不能并立。刚柔阴阳,固不两行。两相养,时相成。'就是说,天地间的阳刚与阴柔正如寒与热、燥与湿一样,是一对矛盾,它们之间是不能同时存在却又相互涵养、相辅相成,是对立统一的关系。在这段话里,《黄帝四经》提出了一个重要的美学观念:刚柔阴阳。阳刚、阴柔是一对美学范畴,这对美学范畴是对'一阴一阳之为道'的最好诠释。""爸爸,"孟蝶插嘴问,"我读《道德经》感觉老子倡导'以柔克刚',他认为'弱之胜强,柔之胜刚,莫不知'。《黄帝四经》的'刚柔阴阳'也主张'以柔克刚'吗?"孟周温和地说:"《老子》对刚与柔进行了划分,认为柔弱能胜过刚强,主张'知其雄,守其雌',明显地重视阴柔之美。但是《黄帝四经》却'贵阳贱阴、达阳穷阴',似乎阳的名称都赋予了更贵重更美好的事物,而丝毫没有'以柔胜刚'的意识。其实'刚柔阴阳,固不两行。两相养,时相成',已经把阳刚和阴柔看得同等重要，它们既对立又统一，相辅相成，缺一不可，各自都有对方不能替代的优点。这种阴阳并重的观点显然与老子'强大处下，柔弱处上'，'天下之至柔，驰骋天下之至坚'的思想是不同的。""爸爸，"孟蝶接着问，"您是如何将《黄帝四经》中阴阳并重的思想应用到自画像里的？"孟周翻了几页画集，指着其中一幅自画像说："爸爸这张自画像画得比较极端，一条中轴线将脸分成了两半，左边的半边脸是我二十岁以前的脸，右边的半边脸是我四十岁以后的脸，可以说左边的脸为阳，右边的脸为阴。这张自画像就是因为受到《黄帝四经》中'阴阳并重'思想的启发而创作的。其实《黄帝四经》中还有一种思想很重要。"孟蝶迫不及待地问："是什么思想呢？"孟周和蔼地说："在《黄帝四经》的《十大经·姓争》中有这样一段话：'可作不作，天稽环周，人反为客。静作得时，天地与之；静作失时，天地夺之。'大意是说，该作则作，该静则静。该作时不作，该静时不静，人就会处于被动地位，就会失去天地的佑助。这个思想用到刚柔阴阳上，就是该阳则阳，该阴则阴，该刚则刚，该柔则柔。否则就会很被动。""爸爸，"孟蝶好奇地问，"这个该阳则阳、该阴则阴的思想在您的自画像里是怎么体现出来的呢？"孟周又翻到一张自画像说："这幅自画像很有些新意，是爸爸自画像中的代表作。在这幅自画像中，爸爸采用的方法是用黑暗绘就光明，用阴表现阳。采用棕黑色为背景，将光线概括为一束束集中线，像追光般打在画的主体上，运用阴将阳发酵成极具视觉冲击力的画面。"孟蝶听了爸爸的解读，惊异地说："爸爸，我感觉您的这幅自画像画的不是相貌，而是心灵，是您的心灵图景。"孟周欣慰地说："女儿能这么说，我很高兴，的确，我画这幅自画像时根本没照镜子，完全脱离了形体的束缚，'致虚极，守静笃'，排除一切意念，进入无意识状态，用自己心灵深处的神觉，与自己的虚静之心相遇，给想象以巨大的空间。但又不是天马行空般的漫游，而是像《黄帝四经》的《经法·名理》中所说的'虚静谨听，以法为符'，就是既保持精神的高度自由，又合乎艺术创作的规律。""爸爸，"孟蝶插嘴问，"您是说《黄帝四经》中讲的虚静是有目的性的，对吗？"孟周点了点头说："是的，虚静的目的是让心与象冥合为一体，用爸爸的话讲虚静是一种描述梦象的语法。爸爸这幅自画像实际上是我的梦象，我以虚静之心映照梦象，用自己对内宇宙的心灵感受捕捉生命最本真的状态，于是我的这幅自画像便成了一面静观我的心灵图景的镜子，所以爸爸很看重这幅自画像啊！"孟蝶敬佩地说："爸爸，您这是典型的观心取象啊！"孟周赞许道："是啊，或许《黄帝四经》所阐述的虚静秩序是一面有形的镜子，但这是一面魔镜，有了这面有形的魔镜可以看清楚无形的梦象啊。"这时舒畅端着一碗熬好的中药走进客厅，她微笑着问："你们爷俩聊什么呢，聊得这么投机？"孟周接过中药说："和女儿聊我的自画像呢。"舒畅笑眯眯地问："孟蝶，早饭后你不是也要画一张自画像吗？听了爸爸画自画像的体会，你现在就去画，一定会画出一张与众不同的自画像。"孟蝶听了妈妈的建议兴奋地说："我也是这么想的。"说完回自己房间去了。孟周看着自己心爱的女儿欣慰地笑了笑，然后一口气喝掉了中药。

第 十 章

集道家之大成的绝代奇书

自从千一和爸爸的自画像对话之后，她一下子迷上了自画像。又是一个周末，早饭后，妈妈在自己的书房写稿子，千一回到自己的房间，支起画架，对着自己的穿衣镜便画了起来。令她意想不到的是，她明明想画一幅自画像，却画了一面镜子，她仔细观看自己画的镜子，竟然像平常照镜子似的，照出了一个很像自己的女孩子，但是千一仔细端详，那个面带微笑的女孩子不是自己，那会是谁？她心想，莫非是孟蝶？正想着，镜子里的女孩向她招了招手，千一心里一惊，情不自禁地一迈腿，便走进了自己的画里。千一走进画中，女孩不见了，却看见一湾清澈的湖水，湖面水平如镜，倒映着蓝天白云，湖畔，潘古先生坐在一只老龟的背上，捧着一本书正念念有词："往古之时，四极废，九州裂，天不兼覆，地不周载；火爁焱而不灭，水浩洋而不息；猛兽食颛民，鸷鸟攫老弱。于是女娲炼五色石以补苍天，断鳌足以立四极，杀黑龙以济冀州，积芦灰以止淫水。苍天补，四极正；淫水涸，冀州平；狡虫死，颛民生。"千一见到潘古先生便兴奋地问："潘古先生，您怎么在这里？"潘古先生笑道："我们的哲学之旅又该进入新的旅程了，所以特意在这儿等你啊！"千一好奇地问："潘古先生，您刚才振振有词地在读什么呢？"潘古先生微笑道："我读的是《淮南子·览冥训》中的一段文字，意思是说，远古的时候，支撑天地四方的四根柱子倒了，大地在九州裂开了。天不能全面地覆盖大地，地不能周全地容载万物；大火蔓延不灭，大水浩瀚不退。猛兽吞食善良的百姓，猛禽用利爪抓走老人和孩子。在这种情况下，女娲冶炼五色石来修补苍天，砍断巨龟的脚来撑起天的四方，杀死黑龙来拯救中国，累积芦灰来堵塞洪水。苍天补好了，天地四方的撑天柱重新竖立起来了；洪水干了，中国大地恢复了平静；凶猛的鸟兽死了，善良的百姓得以生存。"千一兴趣十足地说："这不是女娲补天的寓言吗？原来出自《淮南子》！潘古先生，《淮南子》究竟是一部什么书？"潘古先生竖起大拇指说："《淮南子》是集道家之大成的一部绝代奇书！"千一又问："奇在哪里呢？"潘古先生斟酌地说："用《淮南子·要略训》中的话讲：'故著书二十篇，则天地之理究矣，人间之事接矣，帝王之道备矣。'就是说，之所以著书二十篇，是因为有了这部书，天地间的道理就都探究清楚了，人世间的事情也面面俱到了，统治者统治天下的方法也完备了。可以说，这部书囊括了宇宙万象、世间百态，详尽描绘了道的内涵、属性和演化规律，以审视古今的历史目光贯通天地人三维空间，详尽地展示了客观事物的多样性、复杂性和变易性。"千一惊叹道："这么了不起啊！那么《淮南子》的作者应该是一位奇人喽？"潘古先生手捋长须说："确实是一位天下奇才。"千一追问："那么他是谁呢？"潘古先生目视远方说："两千一百年前的汉武帝时期，古都寿春云集数千学者，他们以'天行健，君子以自强不息'的奋发精神，以忧国忧民的真挚情感，荟萃各方学派，著书立说，构筑了一部中国思想文化史上有着划时代意义的百科全书式的伟大著作。这部书的名字就叫《淮南子》或《淮南鸿烈》，而他的倡导者、组织者和编撰者，就是汉高祖刘邦之孙，博学多才、思维敏捷、著述宏富的淮南王刘安。刘安生于公元前179年，死于公元前122年，是因为暗无天日的宫廷争斗而自杀的。不过他一生著述宏丰，涉猎之广泛，影响之深远，都是罕见的。他生前在自然科学、哲学、文学、音乐等众多领域都卓有建树。"千一若有所思地问："潘古先生，那么《淮南子》是如何阐述道家思想的呢？"潘古先生气定神闲地说："'道'是《淮南子》一书的主线，全书从头到尾都贯穿和渗透着'道'的思想。因此，《淮南子》的《原道训》开篇就指出：'夫道者，覆天载地，廓四方，柝八极；高不可际，深不可测；包裹天地，禀授无形；原流泉浡，冲而徐盈；混混滑滑，浊而徐清。故植之而塞于天地，横之而弥于四海，施之无穷而无所朝夕；舒之幎于六合，卷之不盈于一握。约而能张，幽而能明；弱而能强，柔而能刚；横四维而含阴阳，纮宇宙而章三光；甚淖而滒，甚纤而微；山以之高，渊以之深；兽以之走，鸟以之飞；

\千\一\的\梦\象\

日月以之明，星历以之行；麟以之游，凤以之翔。'意思是说，道弥漫于天地之间，无所不在，无所不及，高不可达，深不可测；包裹天地，于无形中萌育万物。就像泉水从源头涌出，起初虚缓，慢慢地盈满，到滚滚奔流，终于由混浊变得清澈。所以，道树立起来可以充满天地，道横躺下去可以系联四海；其作用无穷无尽，恒久而无盛衰；道舒展开来可以覆盖上下四方，收缩卷起还不满一把。道具有能舒能收、能明能暗、能弱能强等神奇作用，道横贯四维而含蕴阴阳，维系着宇宙而彰显日月星辰的光芒。道既柔靡又纤微，因此，山凭借道而高耸，渊凭借道而深邃；兽凭借道而奔跑，鸟凭借道而飞翔；日月凭借道而光明，星辰凭借道而运行；麒麟凭借道而出游，凤凰凭借道而翱翔。可见道是宇宙万物的本体，道化生万物却不占有主宰万物，它调节阴阳、四时、五行以养育万物却润物细无声。道既是万物运动、变化的总规律，也是自然界和人类社会的主导。因此，《淮南子·缪称训》中说：'道者，物质所导也。'万物的运动、变化都由道来引导，道既内在于万物本身，又包裹天地，日月星辰的运行，飞禽走兽的生存，高山深渊的变化，都是道主导的结果。"千一凝眉问："潘古先生，那么道是如何主导社会的呢？"潘古先生思索着说："在《淮南子·诠言训》中有这样一段话：'能有天下者，必不失其国；能有其国者，必不丧其家；能治其家者，必不遗其身；能修其身者，必不忘其心；能原其心者，必不亏其性；能全其性者，必不惑于道。'意思是说，能够拥有天下的天子，必定不会失去他的诸侯国；能够拥有诸侯国的诸侯王，必定不会失去他的家族；能够治理好自己家族的人，必定不会不修其身；能够修其身的人，必定不会忘却自己的心性；能够使自己身心返归本原的人，必定不会亏损他的本性；能够不亏损本性的人，必定不会迷惑于道。可见只有通晓于道，才能保全人的本性，进而修身、齐家、治国、平天下。这说明道对社会、国家起着决定性的作用啊！"千一继续问："潘古先生，如果道是万物的本源，那么道的本源是什么呢？"还未等潘古先生回答，他屁股下面的老龟放了一个屁，二一笑嘻嘻地问："老龟，你的意思是一股气吗？"潘古先生笑哈哈地说："老龟回答得没错，只有气可以'覆天载地，廓四方，柝八极，高不可际，深不可测，包裹天地'；只有气具有'原流泉浡，冲而徐盈，混混滑滑，浊而徐清'的性质，所以《淮南子·天文训》

中说：'虚廓生宇宙，宇宙生气'。"千一若有所悟地问："潘古先生，您是在讲《淮南子》的宇宙观吗？"潘古先生点点头说："是的，在《淮南子·天文训》中，对宇宙起源讲述得很详尽：'天地未刑，冯冯翼翼，洞洞灟灟，故曰太昭。道始于虚廓，虚廓生宇宙，宇宙生气，气有涯垠，清阳者薄靡而为天；重浊者凝滞而为地。清妙之合专易，重浊之凝竭难，故天先成而地后定。天地之袭精为阴阳，阴阳之专精为四时，四时之散精为万物。积阳之热气生火，火气之精者为日；积阴之寒气为水，水气之精者为月。日月之淫为精者为星辰。天受日月星辰，地受水潦尘埃。'意思是说，在宇宙开始之前，天地还没有形成，只是无形无象的混沌状态，这叫作太始。在这种虚无之中，道就开始形成了。有了道，虚无之中产生了宇宙，宇宙之中产生了元气。元气有界限和形态，清明之气浮扬而上形成天，沉浊之气凝滞聚集而形成地。清明之气汇合容易，沉浊之气凝聚困难。因此天先形成而后大地才定型。天和地的精气融合而为阴阳，阴阳二气聚合演化出春夏秋冬四季，四季的精气散发出来产生万物。阳之精气积聚久了而成为火，而火的精气形成太阳；阴之精华积聚久了而成为水，而水的精气形成月亮。太阳、月亮溢出精气变成星辰。天空容纳着日月星辰，大地承载着江海和尘埃。"千一听罢兴奋地说："潘古先生，这大概是我哲学旅程中听到的最完整的天体演化学说了，您说是不是？"潘古先生笑呵呵地点点头说："的确如此，不光是最完整，更是最早的宇宙演化学说。"千一追问："潘古先生，'虚廓'是'无'吗？"潘古先生斟酌地说："《淮南子》中所说的'无'，不过是感官无法感知到罢了，应该说像'无'但不是'无'。关于有与无，在《淮南子·俶真训》中有更生动的、更形象的描述：'有始者，有未始有有始者，有未始有夫未始有有始者。有有者，有无者，有未始有有无者，有未始有夫未始有有无者。'"千一一听笑着说："潘古先生，这段话怎么跟绕口令似的！"潘古先生笑呵呵地说："乍看起来像是在玩文字游戏，其实不然。这段话非常生动、形象地描绘了宇宙的起源、万物的发生及其转化、发展的过程。意思是这样的：如果宇宙有开端，那就会有还没开端的时候，那也就有连没有开端的时候还没有的时候。如果有存在就会有虚无，也就会有存在和虚无都不存在的情况，也就会有连存在和虚无都没有这种情况都不存在的情况。"千一似有所悟地说:"潘古先生,如果我没理解错的话,《淮南子》认为,宇宙的发展过程是由'有未始有夫未始有有始者',发展到'有未始有始者',再发展到'有始者'的过程,对不对?"潘古先生赞许地点点头说:"不错,《淮南子》把从天地开辟到万物形成分成了你说的三个时期,接下来,在《淮南子·俶真训》中是这样解释这三个时期的:'所谓有始者:繁愤未发,萌兆牙蘖,未有形埒垠㙍,无无蠕蠕,将欲生兴,而未成物类。有未始有有始者:天气始下,地气始上,阴阳错合,相与优游,竞畅于宇宙之间,被德含和,缤纷茏苁,欲与物接而未成兆朕。有未始有夫未始有有始者:天含和而未降,地怀气而未扬,虚无寂寞,萧条霄霓,无有仿佛,气遂而大通冥冥者也。'意思是说,所谓'有始者'是指天地已生,万物积聚盈满但尚未萌生,如同新芽萌发但尚未显形,蠢蠢欲动,将要生成但尚未形成各种物类。所谓'有未始有有始者',是指上天的阳气开始下降,大地的阴气开始上升,阴阳二气互相交合,相互流动融通,游畅在宇宙之间,覆盖着德泽、含怀着和合之气,混杂聚集,将要萌生万物但还未出现形迹。所谓'有未始有夫未始有有始者',是指上天蕴含的阳气还没有下降,大地怀藏的阴气还没有上升,天地之间混沌虚无,寂寥幽深,萧条模糊,元气仿佛还没有形成,只是在幽深的昏暗中流动。"千一若有所思地问:"潘古先生,《淮南子》的宇宙论为什么由近及远地说,而不是从无到有地说呢?"潘古先生微笑着说:"由近及远纵向地分了三个发展阶段,接下来就是从无到有横向地剖析。"千一迫切地问:"是如何剖析的呢?"潘古先生捋着长须说:"在《淮南子·俶真训》中是这样说的:'有有者:言万物掺落,根茎枝叶,青葱苓茏,萑蔰炫煌,蠉飞蝡动,蚑行哙息,可切循把握而有数量。有无者:视之不见其形,听之不闻其声,扪之不可得也,望之不可极也,储与扈冶,浩浩瀚瀚,不可隐仪揆度而通光耀者。有未始有有无者:包裹天地,陶冶万物,大通混冥,深闳广大,不可为外,析毫剖芒,不可为内,无环堵之宇,而生有无之根。有未始有夫未始有有无者:天地未剖,阴阳未判,四时未分,万物未生,汪然平静,寂然清澄,莫见其形。若光耀之间于无有,退而自失也,曰:予能有无,而未能无无也。及其为无无,至妙何从及此哉!'在这里,'有'指的是存在,也就是拥有万物万事的大千世界;这里的'无',指的是虚无,也就是万物万事存在的空间，浩瀚无垠的宇宙太空。所谓'有有者'，是指有形的万物。生长繁茂的万物，参差错落，根茎枝叶，青翠葱茏，色彩斑斓，飞虫盘旋，爬虫蠕动，无论是行走还是呼吸，这些都可以活生生地感觉到，还可以计算数量。所谓'有无者'，是指无垠广大的空间。看不见它的形状，听不见它的声音，触摸不到它的形体，望而看不见它的尽头，广袤深远，无边无际，像耀眼的光一样无法测量计算。很显然，'有无者'与'有有者'是对立依存的。所谓'有未始有有无者'，指的是无限空间与有限事物的统一。远的是未曾有的广大宇宙空间，包罗天地，化育万物，和大道相同，深远广大，无法确定它的外部边界，深入微细，无法探知它的内部极限；没有四面八方上下左右的界限，但却有产生有与无的根源。'生有无之根'正是说它是有限与无限的统一。所谓'有未始有夫未始有有无者'，指的是世界在有限与无限的统一之前的状态，也就是未曾有的未曾有的广大宇宙空间。天地还未分开，阴阳也混沌未明，四季不分，万物还没有产生，世界像平静的池水，寂静清澈，没有办法看见它的形态。就像光耀去问'无有'之后怅然若失一样。光耀说：'我能达到有"无"的境界，却不能达到无"无"的境界。要是能达到无"无"的境界，再玄妙的东西又怎能及得上这种境界呢？'讲的是天地未分，清浊之气尚未分化，寂然清澈，若有若无的情形。"千一用质疑的口吻说："潘古先生，宇宙真的是由气生成的吗？"潘古先生未置可否地说："地球的确是被一层很厚的大气层包围着。大气层又称大气圈，是因地球引力关系而围绕着地球的一层混合气体。这些混合气体被称为空气。古代'气'的含义与现代的空气有些相似。总之，在宇宙万物的运动来自于内部的'气'的分散和凝聚、上升和下降这一套宇宙构成论的指导下，刘安和他领导的数千名'俊伟之士'对天文学、物理学、地理学、物候学、化学、农学、水利学、气象学、医药学、生物学等学科都进行了深入的研究，阅读《淮南子》，可以一览当时先贤们遥遥领先于世界的灿烂创造。特别是关于二十四节气的创立，至今仍然熠熠生辉！"千一惊叹地说："原来二十四节气是淮南王刘安和他的门客们研制的，太伟大了！潘古先生，关于二十四节气，《淮南子》上是怎么说的？"潘古先生又捋了捋长须说："要想弄懂二十四节气，就必须先了解一下北斗七星。"说完，他站起身，将屁股下面坐着的老龟随手扔进湖中，不一会儿水面上更立起一只巨大的老龟，它的龟壳上呈现出北斗七星。潘古先生指着龟壳说："千一，你看，北斗七星是由天枢、天璇、天玑、天权、玉衡、开阳、瑶光七星组成的。这七颗星的形状很像古代舀酒的斗。斗身由天枢、天璇、天玑、天权组成，斗柄由玉衡、开阳、瑶光组成。关于北斗的运行，我国战国中期的农事历书《夏小正》中记载：'正月，斗柄悬在下。''六月，初昏，斗柄正在上。'"千一不解地问："潘古先生，北斗七星的斗柄在上、在下很重要吗？"潘古先生点点头说："非常重要，正如《史记·天官书》记载的：'斗为帝车，运于中央，临制四方，分阴阳，建四时，均五行，称节度，定诸纪，皆系于斗。'"千一不解地问："潘古先生，什么是斗为帝车呀？这段话是什么意思呢？"潘古先生解释说："由于北斗围绕北极日夜不息地旋转运动，所以从很早开始，北斗就被人们想象成天帝的车驾。这段话的意思是说：北斗七星是天帝坐着的马车，天帝以中央为枢纽，坐在马车上巡视四方，巡行一周，恰是一年。北斗控制着阴阳二气、四季更替、五行的相生相克，以及律法的运作。"千一慨叹道："原来北斗七星这么重要啊！"潘古先生点点头说："是啊，正因为北斗七星与节气的关系重要，所以在战国成书的《鹖冠子·环流》中才说'斗柄指东天下皆春，斗柄指南天下皆夏，斗柄指西天下皆秋，斗柄指北天下皆冬。'北斗七星不停地运转，代表了一年四季不断地推移交替啊。《淮南子》中确定二十四节气的标准，是北斗运行的方向。在《淮南子·天文训》中第一次完整、科学地记载了二十四节气的运行体系：'两维之间，九十一度十六分度之五而升，日行一度，十五日为一节，以生二十四时之变。斗指子，则冬至，音比黄钟。加十五日指癸，则小寒，音比应钟。加十五日指丑，则大寒，音比无射。加十五日指报德之维，则越阴在地，故曰距日冬至四十六日而立春，阳气冻解，音比南吕。加十五日指寅，则雨水，音比夷则。加十五日指甲，则雷惊蛰，音比林钟。加十五日指卯，中绳，故曰春分，则雷行，音比蕤宾。加十五日指乙，则清明风至，音比仲吕。加十五日指辰，则谷雨，音比姑洗。加十五日指常羊之维，则春分尽，故曰有四十六日而立夏，大风济，音比夹钟。加十五日指巳，则小满，音比太簇。加十五日指丙，则芒种，音比大吕。加十五日指午，则阳气极，故曰有四十六日而夏至，音比黄钟。加十五日指丁，则小暑，音比大吕。加十五日指未，则大暑，音比太簇。加十五日指背阳之维，则夏分尽，故曰有四十六日而立秋，凉风至，音比夹钟。加十五日指申，则处暑，音比姑洗。加十五日指庚，则白露降，音比仲吕。加十五日指酉，中绳，故曰秋分。雷戒，蛰虫北乡，音比蕤宾。加十五日指辛，则寒露，音比林钟。加十五日指戌，则霜降，音比夷则。加十五日指蹄通之维，则秋分尽，故曰有四十六日而立冬，草木毕死，音比南吕。加十五日指亥，则小雪，音比无射。加十五日指壬，则大雪，音比应钟。加十五日指子，故曰阳生于子，阴生于午。阳生于子，故十一月日冬至，鹊始加巢，人气钟首。阴生于午，故五月为小刑，荠、麦、亭历枯，冬生草木必死。'要明白这段话的意思，请看老龟背上的二十四节气图。"这时老龟背上的七星开始变小，逐渐被一个小圆围在中间，就像一个圆心似的，或者说像一个'原子核'，'原子核'外围是一个大圆，圆周被分为二十四个点，每个点都有一条线与'原子核'相连，大圆外围写的是二十四节气，整个图形很像是自行车的一个车轮子。千一目不转睛地盯着老龟背上的二十四节气图。潘古先生接着说："《淮南子·天文训》中还说：'子午、卯酉为二绳，丑寅、辰巳、未申、戌亥为四钩。东北为报德之维也，西南为背阳之维，东南为常羊之维，西北为蹄通之维。'所谓四'维'指的就是四角。一周天是365½度，分为四维，所以两维之间是91度。因此上面那段话的意思是东北和东南两角之间各是91度，北斗斗柄每天运行一度，运行十五天为一个节气，产生出一年二十四节气的变化。斗柄指向子位时，冬至就到了，音律可比黄钟。增加十五天斗柄指向癸位时，小寒就到了，音律可比应钟。增加十五天斗柄指向丑位时，大寒就到了，音律可比无射。增加十五天斗柄指向报德之维，那么阴气已经泄散到大地。所以说距离冬至四十六天就是立春，阳气消融冰冻，音律可比南吕。增加十五天斗柄指向寅位时，雨水到了，音律可比夷则。增加十五天斗柄指向甲位时，惊蛰到了，春雷惊动万物，音律可比林钟。增加十五天斗柄指向卯位时，正当'绳'处，与卯酉线相合，表明春分到了，雷声大作，音律可比蕤宾。增加十五天斗柄指向乙位时，清明之风吹来，音律可比仲吕。增加十五天斗柄指向辰位时，谷雨到了，音律可比姑洗。增加十五天斗柄指向常羊之维，春季结束。所以说春分以后四十六天立夏，大风停止，音律可比夹钟。增加十五天斗柄指向巳位时，小满到了，音律可比太簇。增加十五天斗柄指向丙位时，便是芒种，音律可比大吕。增加十五天斗柄指向午位时，阳气达到极盛。所以说立夏以后四十六天就是夏至，音律可比黄钟。增加十五天斗柄指向丁位时，小暑到了，音律可比大吕。增加十五天斗柄指向未位时，大暑到了，音律可比太簇。增加十五天斗柄指向背阳之维，夏季就结束了。所以说夏至以后四十六天就是立秋，凉风吹来，音律可比夹钟。增加十五天斗柄指向申位时，处暑到了，音律可比姑洗。增加十五天斗柄指向庚位时，白露降临，音律可比仲吕。增加十五天斗柄指向酉位时，正当'绳'处，与酉卯线相合，所以叫秋分，雷声收藏，冬眠的动物开始钻进面南的洞穴，音律可比蕤宾。增加十五天斗柄指向辛位时，寒露到了，音律可比林钟。增加十五天斗柄指向戌位时，霜降到了，音律可比夷则。增加十五天斗柄指向蹄通之维时，秋季时令结束。所以说秋分以后四十六天就是立冬，草木枯死，音律可比南吕。增加十五天斗柄指向亥位时，小雪到了，音律可比无射。增加十五天斗柄指向壬位时，大雪到了，音律可比应钟。增加十五天斗柄指向子位时，表明一年二十四节气运转完毕。所以说阳气生于子辰，阴气生于午辰。阳气生于子辰，所以十一月冬至之时，喜鹊开始筑巢越冬，人之阳气也聚集在头部。阴气生于午辰，所以五月有轻微的肃杀之气，荠菜、麦类、亭历等植物成熟枯萎，越冬生长的草木这时一定枯死！"千一若有所思地说："我明白了，潘古先生，我从这段话里悟出了掌握二十四节气运行变化规律的关键！"潘古先生微笑着用鼓励的语气说："说说看。"千一用自信的口吻说："就是要掌握春分、秋分、夏至、冬至的确立问题，对不对？"潘古先生欣慰地点点头。千一又说："只是……只是……"潘古先生微笑着问："只是什么？"还不等千一回答，在湖面上立着的老龟说话了："只是我的能量快耗尽了，很快就立不住了。"潘古先生挥了挥手说："你去吧，你的任务结束了。"老龟一听一头栽进水里不见。千一这才回答："只是我不明白二十四节气与音律之间是怎么回事。"潘古先生解释说："音律是指十二律，十二律是古代乐律学的名词，是古代的定音方法，就是用'三分损益法'将一个八度分为十二个不完全相同的半音这样一种律制。各律从低到高依次为：黄钟、大吕、太簇、夹钟、姑洗、仲吕、蕤宾、林钟、夷则、南吕、无射、应钟。"千一追问："什么是三分损益法呢？"潘古先生耐心地说："就是取一根用来定音的竹管，长为八十一单位，定位'宫音'的音高。再将其长去掉三分之一，也就是将八十一单位乘上三分之二，就是五十四单位，定位'徵音'。将徵音的竹管长度增加原来的三分之一，就是将五十四乘上三分之四，得到七十二单位，定为'商音'。再去掉三分之一，也就是三分损，就是七十二乘上三分之二，得四十八单位，定为'羽音'。再增加三分之一，也就是三分益，就是四十八乘上三分之四，得六十四单位，定为'角音'。而这宫、商、角、徵、羽五种音高，就称为中国的五音。大致相当于现代音乐简谱中的1、2、3、5、6五音。这就是中国音乐中用来定音律的'三分损益法'。《淮南子》继承了先秦乐律学中五音、十二律的研究成果，把二十四节气和十二律精密地搭配在一起，随月用律，这种思想是战国以来的传统。《淮南子》将这种思想发展成为一个较为完整的体系，从而影响了同时代及后代的乐律学研究。"千一敬佩地说："把音律和历法结合起来，这也太有想象力了，难道古代的音乐家和天文学家一起观测天象吗？"潘古先生首肯道："是这样的，要么怎么说《淮南子》是一部'绝代奇书'呢！"话音刚落，湖面下传来千一妈妈的声音："千一，千一，你在哪儿呢？这孩子，怎么画个自画像画了一面镜子！千一，你在哪儿呢？"千一紧张地说："不好，潘古先生，我妈妈进我房间了，我该回家了！"潘古先生慈祥地笑着说："今天就讲到这里，快回去吧。"千一急切地问："可是我有一个问题还没问呢！"潘古先生笑着问："什么问题？"千一连忙说："我本来想画自画像，可是却情不自禁地画了一面镜子，这是为什么呢？"潘古先生微笑道："这有什么奇怪的，你既然画的是心灵图景，而你的心灵深处又清澈如镜，所以，你的自画像当然如一面镜子了。这叫作本心如镜。用《淮南子·修务训》中的话讲，叫作'执玄鉴于心'。"千一追问："什么是'执玄鉴于心'呢？"潘古先生只好双手一摊说："且听下回分解吧！"千一焦急地问："可是我怎么回去呢？"潘古先生指了指湖心说："跳到湖里就回去了，这个湖其实就是你画的那面镜子。"千一听罢来不及和潘古先生说再见，就扑通一声跳了下去。

晚饭后，因孟蝶嚷着让爸爸妈妈陪她到院子里看北斗七星，所以舒畅沏了一壶茶，一家三口围坐在后花园的石桌子旁一边喝茶一边观赏天上的星星。孟蝶指着天空中的北斗七星说："爸爸，我觉得北斗七星就像一把饭勺子，怎么潘古先生对千一说像舀酒的斗呢？莫非舀酒的斗很像饭勺子？"孟周呷了一口茶微笑着说："你说得不错，斗的确是用作舀酒的勺子一类的舀器。"孟蝶兴奋地说："如果斗就是一把舀酒的勺子，那么形容北斗七星可太形象了。"孟周点了点头，然后话题一转说："不过，在《淮南子》中形与象可是两回事。"孟蝶颇感兴趣地问："爸爸，这话怎么讲？"孟周又呷了一口茶说："在《原道训》中说：'夫临江而钓，旷日而不能盈罗，虽有钩箴芒距，微纶芳饵，加之以詹何、娟嬛之数，犹不能与网罟争得也。射者扞乌号之弓，弯棋卫之箭，重之羿、逢蒙子之巧，以要飞鸟，犹不能与罗者竞多。何则？以所持之小也。张天下以为之笼，因江海以为之罟，又何亡鱼失鸟之有乎！故矢不若缴，缴不若无形之像。'意思是说，到河边钓鱼，一天也钓不满一鱼篓。虽有锋利的钓钩、精细的钓线、芳香的鱼饵，再加上掌握了詹何、娟嬛那样的钓技，但所钓获的鱼还是不能与用渔网捕鱼相比。射箭的人张开的是乌号之弓，使用的是棋卫之箭，再加上掌握了后羿、逢蒙那样的箭术，但用来射飞鸟，还是没有用罗网捕捉的鸟多。什么原因呢？因为钓鱼者、捕鸟者所用的器具太小。假如以天为笼、以海为网，怎么会有漏网之鱼、逃逸之鸟呢？所以单独的箭不能与弓箭配合相比，即使带弦的弓与箭配合，也不如无形的天地之笼、江海之网。在这段话里，最后一句'故矢不若缴，缴不若无形之像'，强调了形之实和象之虚。'形'如钓具、弓箭、渔网、捕鸟之网等，这些都是实实在在的器具，而'象'如天地之笼、江海之网则是虚的。"孟蝶似有所悟地说："爸爸，您的意思是不是'形实象虚'？"孟周点点头，接着说："关于这一点在《原道训》中有进一步的阐释：'夫无形者，物之大祖也；无音者，声之大宗也。其子为光，其孙为水，皆生于无形乎！夫光可见而不可握，水可循而不可毁。故有像之类，莫尊于水。出生入死，自无踱有，自有踱无，而以衰贱矣。'意思是说，无形生万物，是万物的始祖；无音生天籁，是声音的祖先，光和水都生于无形，是无形的子孙。光的特点是看得见而抓不住，水的特点是摸得着而毁不掉。所以在无形但有象的事物中，水是最尊贵的了。至于那些有生也有死，从无到有从有到无以至

175

衰亡的，就更被贱视了。在这里，光和水是无形的，但有象。"孟蝶恍然大悟地说："爸爸，听了您的讲解，我觉得'象'似乎有'道'的品性，对不对？"孟周点了点头赞许地说："女儿很有悟性，'象'有'道'的品性，关于这一点在《主术训》中是这样描述的：'故至精之象，弗招而自来，不麾而自往，窈窈冥冥，不知为之者谁，而功自成。智者弗能诵，辩者弗能形。'意思是说，像光和水这类纯精的象，不用招呼它就会自然到来，不用挥手它就会自然离去，它幽渺难测，毫无主体意识的痕迹，事情就神不知鬼不觉地成功了。智慧再高也解释不清，口才再好也无法形容。"孟蝶迫切地问："那么象的这种神不知鬼不觉真的就无从把握了吗？"孟周摇摇头说："人除了视觉、触觉之类的感官，还有心觉。'形'只需靠感官来体悟，对'象'来说，主要是靠心觉来体悟。象与形是大千世界的变化见于人的心觉与感官的结果。'形'诉诸视觉与触觉之类的特征更具具体性和现实性，具有具象、印象、抽象的特征；而'象'主要是诉诸心觉，具有道、气的特征，是梦象。"这时舒畅插嘴问："孟周，可不可以这样理解，'形'是'象'的外在体现，'象'是'形'的内在灵魂。"孟周首肯道："也可以这样理解。总之，一个人要想理解梦象必须做到'神与化游'，只有出于本真的心灵体验才能与万物相互感通。"孟蝶不解地问："爸爸，什么是'神与化游'呢？"孟周解释说："'神与化游'出自《淮南子·原道训》，原文是这样说的：'泰谷二皇，得道之柄，立于中央。神与化游，以抚四方。是故能天运地滞，轮转而无废，水流而不止，与万物终始。风与云蒸，事无不应；雷声雨降，并应无穷。鬼出电入，龙兴鸾集；钧旋毂转，周而复匝，已雕已琢，还反于朴，无为为之而合于道，无为言之而通乎德，恬愉无矜而得于和，有万不同而便于性，神托于秋毫之末，而大宇宙之总。'泰谷二皇是指伏羲、神农。这段话的意思是说，远古的伏羲氏、神农氏，之所以可以立于天地的中央，是因为掌握了'道'的真谛，精神与道融合在一起，以此安抚天地四方。所以能使天运行、地静凝，就像轮绕轴转永不停息、水流向前永不休止，可以与万物共始同终。如风起与云涌互相感应，雷鸣与降雨如影随形。又像鬼神闪电瞬间即逝，神龙显现鸾鸟云集，还像车轮转动，周而复始。已经被雕琢，却又还返质朴。这种顺应自然规律而不刻意改变的'为'与道契合，朴素率真的

梦象之兄弟

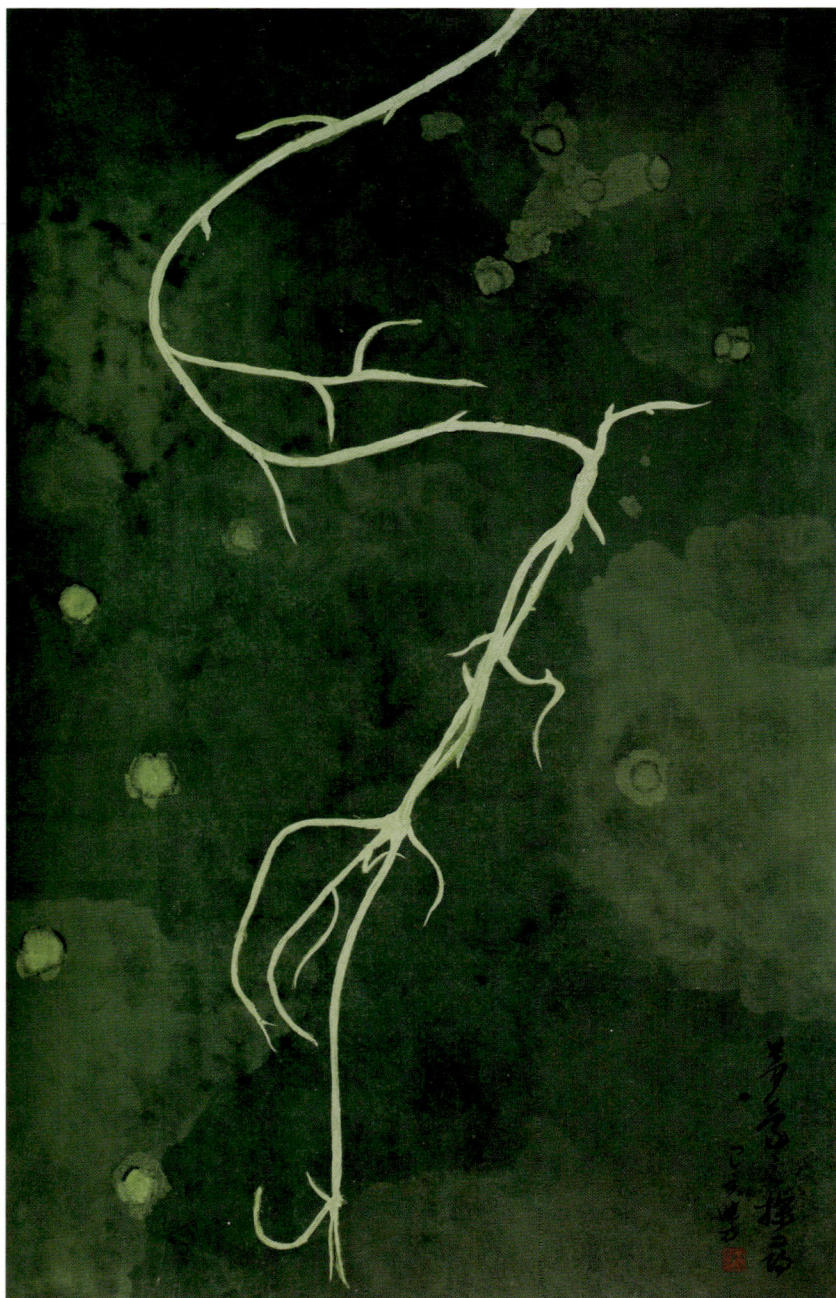

梦象之探寻

梦象之郊外

兰法之二

梦象之逍遥

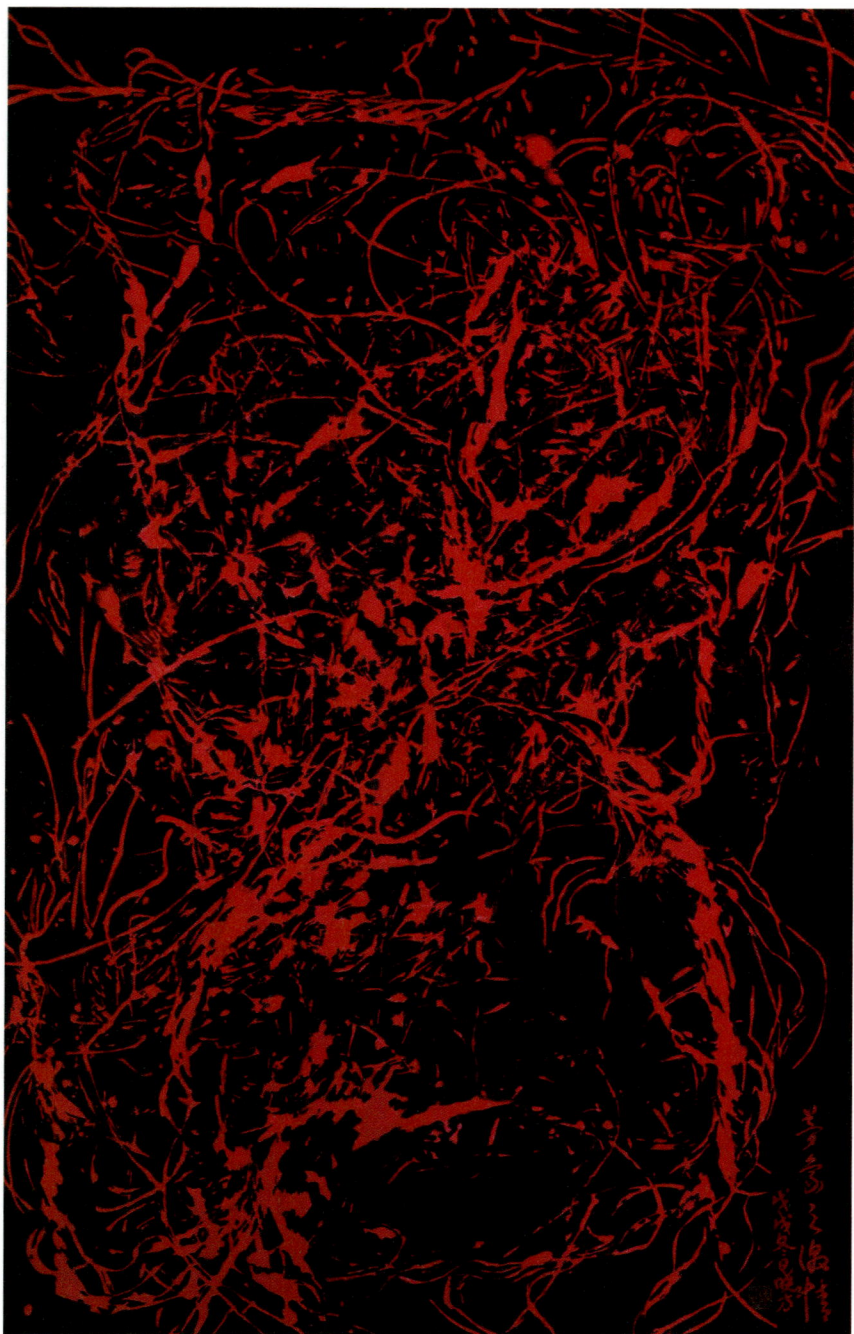

梦象之激情

言辞与德相符。恬静愉悦不骄不矜方得和谐，包容万有不求齐物才合于天性。道的精髓就潜存于细微毫末之中，而又弥漫于广大宇宙之内。这段话告诉我们，心灵与道融合以后，有无限的化育功能，所谓'神'既是指心灵与道融合的过程，又是指一种奇妙无比又极度自由的境界。而这样的境界只有深入'道'的内部才能体悟。"孟蝶不解地问："爸爸，如何才能深入道的内部呢？"孟周沉思着说："在《淮南子·俶真训》中说：'是故圣人之学也，欲以返性于初，而游心于虚也；达人之学也，欲以通性于辽廓，而觉于寂漠也。'意思是说，圣人学习，是要将心性返璞归真，而让心神遨游于虚无之境；达人学习，是要将心性与辽廓相通，而在寂静恬淡中觉醒。这讲的就是深入到'道'的内部的方法。还有一段是这么说的：'是故圣人托其神于灵府，而归于万物之初；视于冥冥，听于无声，冥冥之中，独见晓焉；寂漠之中，独有照焉；其用之也以不用，其不用也而后能用之；其知也乃不知，其不知也而后能知之也。夫天不定，日月无所载；地不定，草木无所植；所立于身者不宁，是非无所形。是故有真人然后有真知。其所持者不明，庸讵知吾所谓知之非不知欤？'意思是说，圣人将其极度自由的境界寄托于心灵世界，回归于万物最质朴的境界。这种境界，看上去高远渺茫，听上去寂静虚无；但就是在这高远渺茫中能看到光明，在寂静虚无中能听到天籁。这恰恰是无用之用，不知之知。天若不定，日月就没有承载的依托；地若不定，草木就没有生根的土壤；人若没有立身之本，就无法辨明是非标准。所以说有了'真人'，然后才有'真知'，一个人持有的东西不明确，怎么可能知道自己所认为的'知'不是'不知'呢？这又是一种深入本源的方法，就是'托其神于灵府，而归于万物之初'。其实所谓'圣人''真人'指的都是通灵者、捕梦者、盗火者和魔法师，只有这样的人才具有精神的超越性，具有神一般的创造能力，才能达到'神与化游'的境界。"这时，舒畅补充说："关于神的超越性，在《淮南子·俶真训》中也有精彩的论述：'夫化生者不死，而化物者不化。神经于骊山、太行而不能难，入于四海九江而不能濡，处小隘而不塞，横扃天地之间而不窕。'所谓'化生者'就是指创造者，也就是通灵者、捕梦者、盗火者和魔法师，他们因为拥有创造能力而不朽；所谓'化物者'就是指拥有心灵图景的人，心灵图景变化无穷，而神觉不变。无论

177

是'化生者'还是'化物者'，都是审美主体，而审美主体进入审美对象后会融为一体，进入化境的审美主体，他的神觉可以穿越骊山、太行而不受阻拦，进入四海九江而滴水不沾；身处狭窄之地感觉不到挤塞，纵横天地之间也不觉得宽阔无比。这说明，神有超越现实具象这种蔽障的能力，可以超越任何现实的困难与障碍。""是啊，"孟周赞同地附和道，"所以《淮南子·精神训》中才说，'神者，心之宝也。'神具有极强的创造力，一个人只有神游到一个本源的内部，在幽暗的光芒中亲历梦象，执玄鉴于心，才能洞照天地万物，达到以心观象的境界。"孟蝶插嘴问："爸爸，什么是执玄鉴于心呢？"孟周解释说："'执玄鉴于心'出自《淮南子·修务训》，原话是'诚得清明之士，执玄鉴于心，照物明白，不为古今易意，摅书明指以示之，随阖棺亦不恨矣'。意思是说，如果能得到以心观象的人士，用如镜的本心观照万事万物，不以古今的差异而改变本心，并能将书中的主旨阐述清楚用以指示他人，那么即使躺在棺材里也没有什么好遗憾的了。其实玄鉴就是心灵深处的梦象。执玄鉴于心就是神游到一个本源的内部，在幽暗的光芒中亲历梦象。在本源的内部，一切都围绕着梦象而运转，梦象统治了一切，梦象是一切的原因、源泉和命运。要知道心灵不是被客观孤立的主体，而是天人合一的所在。因此神游梦象随性而行，不通向任何预设的终点。"孟蝶兴趣十足地问："爸爸，按您的说法，梦象岂不是会生出无边无际的可能性？"孟周赞许地说："你说得不错，梦象就是一种无边无际的可能性。这是一种既无形式也无形态的领悟，一种惚兮恍兮的领悟。领悟是一种视见，一种既非理智也非感性的视见。这种视见是一场旅程，是一场深入本源内部寻找可能性的极限的旅程。这无法从理智或逻辑上得到证明。因为这种视见是一种神明，而神明是梦象之光。在《淮南子·兵略训》中具体描述了梦象的虚灵状态：'在中虚神，在外漠志，运于无形，出于不意。与飘飘往，与忽忽来，莫知其所之，与条出，与间入，莫知其所集。'意思是说，在心灵世界深处，精神是绝对自由的，不受现实具象的局限，梦象诞生于无形，来无痕迹，去无踪影，飘飘忽忽，理性无法确知它的玄妙，它潜移默化的神秘性来源于潜意识、无意识，只有保持心灵的空明，才能呈现出心灵图景。孟蝶，关于无形，你能给爸爸举几个例子吗？"孟蝶沉思片刻说："无形应该指的是不能被感官感知到的事物，这种事物可能是物质的，也可能是非物质的。比如说空气就是无形的，而且无色无味，感官无法感知，但它又是实实在在客观存在的。再比如力是无形的，它是能量的一种存在和表现形式，地球引力我们就看不见。"孟周微笑着问："还有呢？"孟蝶一时想不起来了，便支支吾吾地说："还有……还有……"舒畅提示道："还有内心感觉方面的。"孟蝶一下子受到了启发，说："还有恐惧也是无形的，恐惧就是一种内心感觉，没有实在状态，是无形的。"孟周听罢赞许道："不错，不错，哲学的任务就是对心灵图景的直观，哲学就是心灵的本质。"这时天空突然划过一颗流星，孟蝶眼尖，她兴奋地说："爸爸妈妈，流星，一颗流星！"话音刚落，天空中又划过五六颗，孟周和舒畅也兴奋地站起身仰望天空，一阵兴奋之后，舒畅微笑着对女儿说："孟蝶，这段时间，你通过《千一的梦象》学习了《淮南子》，应该说很有收获，为了鼓励你继续踏上哲学之旅，爸爸还为你准备了一个小惊喜。"孟蝶迫不及待地问："什么小惊喜？爸爸快告诉我！"孟周微笑着说："爸爸这几天研究了《淮南万毕术》中夏天造冰的方法，工具都准备好了，准备明天早晨和你一起做这个物理实验。"孟蝶一听转圈跳着说："太好了，太好了！可是爸爸在《千一的梦象》中，你并没有提到《淮南万毕术》这本书呀！"孟周解释说："《淮南万毕术》也是淮南王刘安和他的门客们写的一部书，是我国古代有关物理、化学的重要文献。可惜这部书已经失传了，不过在唐代马总撰写的《意林》中引用了《淮南万毕术》中'夏造冰'的方法，在这部书中关于'夏造冰'的方法是这样说的：'取沸汤置瓮中，密以新缣，沉井中三日，成冰。'""太有意思了，刚好咱家院子里有一口井，"孟蝶兴奋地说，"爸爸，我恨不得现在就开始制作。"舒畅微笑着说："今晚先睡个好觉，明天早晨吃过早餐后，咱们全家一起行动。"

　　第二天早餐后，舒畅烧开水，倒入瓮中。孟周用新的编织物将瓮口封闭好，然后小心翼翼地将瓮沉入井中。孟蝶站在一旁紧张地问："爸爸，咱们能成功吗？"孟周信心不足地说："三天后就知道了。"

　　孟蝶觉得三天比三年还长。终于把这三天熬过去了，当孟周将沉入井中的瓮取上来后，孟蝶紧张得几乎大气都不敢喘了。其实孟周心里也没底，但是当他深吸一口气，毅然决然地打开瓮以后，奇迹真的出现了，他情不自禁地对妻子和女儿说："成了！"舒畅将信将疑地问："真的？"孟蝶一听惊喜地说："爸爸，我来取冰！"说完她迫不及待地将手伸进瓮中，取出一块比碗大不了多少的冰拿给爸爸妈妈看，孟周和舒畅看见冰也十分兴奋。孟周淡定地说："女儿，赶紧进行第二个实验。"孟蝶高兴地问："爸爸，还进行什么实验？"孟周微笑着说："《淮南万毕术》中说：'削冰令圆，举以向日，以艾承其影，则火生。'"舒畅解释说："就是将这块冰制成冰透镜，然后对着太阳能将艾叶点燃。咱不用艾叶，妈妈给你准备了一张纸。"孟蝶听罢，用爸爸事先准备好的砂轮将碗口大的冰磨成了凸透镜的形状，此时快到中午了，太阳光非常足，孟蝶将冰透镜对着太阳，果然在纸上集中了一个焦点，不一会儿纸便被点燃了。孟蝶看着燃烧的火苗，内心深处被古代先贤们的探索精神和伟大的智慧深深折服了。

第十一章

他构造了中国传统社会的发展模式

　　拍摄电视剧《董仲舒》的剧组到千一的学校选演员，谁也想不到竟然选中了捣蛋鬼秦小小。据说在剧中，秦小小扮演董仲舒的书童。秦小小顿时成了全校议论的焦点，同时董仲舒也成了同学们热议的话题。刘兰兰发现，全班同学之所以热议董仲舒是因为大家对董仲舒一无所知。本以为千一会知道一些，但是当同学们问千一知不知道董仲舒时，千一也直摇头。上课时，刘兰兰提议请老师先介绍一下董仲舒再上课。尽管这节语文课的内容与董仲舒无关，但见同学们想了解董仲舒的热情高涨，班主任老师只好做了简单的介绍。经过老师的介绍，同学们初步了解了董仲舒这个人。原来董仲舒是西汉时期重要的思想家、哲学家、教育家，生于公元前179 年，卒于公元前 104 年，广川人。是汉景帝时期的博士。由于他提出"罢黜百家，独尊儒术"的建议，被汉武帝采纳，此后两千年以来，儒家就作为中国传统思想文化的主流基本上规定着中国专制社会意识形态及文化发展的格局。董仲舒的儒家思想极大地维护了汉武帝的集权统治，为当时社会政治和经济的稳定作出了一时的贡献，但随着历史的发展，越来越成为压抑人性、控制思想的精神枷锁。董仲舒的一生是治经著述、改造儒学、实践儒学的一生。他一生著作很多，有一百篇文章、词赋传世，代表作除了向汉武帝奉献的《天人三策》以外，还有后人辑录的《春秋繁露》，今存十七卷八十二篇。由于时间关系，班主任老师对董仲舒只做了简单的介绍，如果想详细了解董仲舒，他建议大家等秦小小参演的电视剧《董仲舒》开播后，好好看一看。

　　放学后，千一揣着一肚子的困惑走出了校园，她不明白为什么董仲舒提出"罢黜百家，独尊儒术"后，这种思想会延续两千多年。既然董仲舒是哲学家，那么它的宇宙观是什么？《天人三策》和《春秋繁露》究竟是什么样的著作？就在千一一边走一边想着这些问题时，刘兰兰赶上来责备千一为什么不等她一起走。千一说出了自己的困惑，刘兰兰深有同感。但是刘兰兰对秦小小演电视剧更感兴趣，她悄悄告诉千一她的梦想就是当电影、电视剧演员。千一好奇地问："兰兰，既然你的梦想是当演员，那么你更喜欢演什么剧呢？"刘兰兰美滋滋地说："我最喜欢演穿越剧。"千一不解地问："为什么？"刘兰兰用非常向往的口气说："在穿越剧里时空交错，可以穿越回古代，也可以穿越去未来，古代、现实与未来相互摩擦碰撞，智慧像礼花般闪烁，多有趣呀！"千一莞尔一笑，问："要想穿越到古代，除非时间可以倒流，你相信时间可以倒流吗？"刘兰兰不假思索地说："当然相信了，你忘了我爸爸是清江大学物理学教授，他跟我讲过爱因斯坦的相对论，爸爸告诉我当一个物体的速度超过光速时，时间就会倒流。"千一瞪着一双水灵灵的大眼睛说："真能这样，我现在就想穿越到汉朝去见一见董仲舒，我有一肚子的问题想问他。"刘兰兰笑着说："你就不怕捣蛋鬼秦小小使坏？！"千一一时没有反应过来，疑惑地问："跟秦小小有什么关系？"刘兰兰一脸诡谲地说："你别忘了，秦小小可是董仲舒的书童呀！"千一这才恍然大悟地说："对付秦小小我有个绝招！"刘兰兰好奇地问："什么绝招？"千一神神秘秘地说："这我可不能说，说了就不灵了！"刘兰兰说："不行不行，必须告诉我。"千一笑着说："不能说不能说，说了就不灵了！"刘兰兰还是不依不饶地说："不行不行，必须告诉我。"千一笑着坚持说："不能说不能说，说了就不灵了！"两个人说说笑笑地走到阙里巷的十字路口才分手。

第二天早晨虽然是星期六，但是妈妈并不休息，而是要到西山一个考古发掘现场去采访。千一试探地问："妈妈，周末不休息，是不是考古现场有重大发现？"妈妈点着头说："是的，发现了汉武帝时期一具保存完好的女尸，今天是开棺的关键时刻。"听妈妈这一说，千一央求妈妈带她一起去。妈妈也想让女儿长长见识，便欣然应允了。

考古发掘现场的工作人员正在小心翼翼地清理现场，由于每损坏一件文物都是一个巨大的损失，所以妈妈叮嘱女儿不要乱摸乱动，这时考古发

\千\一\的\梦\象\

掘现场的负责人迎上来，一边和妈妈寒暄一边介绍发掘进展情况。千一趁机离开妈妈，想私自探寻一下发掘现场有没有与董仲舒有关的文物。可是没走多远就被一块汉砖绊了一个趔趄，险些摔倒。她十分好奇地蹲下来拿起汉砖仔细端详，发现上面刻着一个精美的龟甲壳，样子和大小几乎和自己的龟甲壳如出一辙，于是她情不自禁地从口袋里掏出自己的龟甲壳轻轻地扣在汉砖上，刚好和汉砖上的龟甲壳吻合，她不扣则已，这么轻轻一扣，千一的龟甲壳一下子陷入汉砖里，说时迟那时快，龟甲壳瞬间就不见了，汉砖上留下一个被穿透的黑洞，千一惊诧地低头仔细观察黑洞时，眼前突然一黑，再次睁开眼睛时，考古发掘现场已经变成了汉武帝的建章宫。千一躲在一个巨大的柱子后面，发现宫殿之上站满了饱学之士，龙椅宝座上端坐着汉武大帝，殿下端坐着一位中年大儒，看样子正在接受汉武帝的"册问"。这时有一位仙风道骨的老者悄悄走到柱子旁轻声言道："千一，你来了？"千一诧异地险些喊出声来："潘古先生，您怎么也在这儿？"潘古先生竖起一根手指放在嘴边嘘了一声说："我和你一样，也是穿越来的。"千一好奇地问："潘古先生，龙椅上坐着的是汉武帝吧？他召来这么多贤士想干什么？"潘古先生轻声说："汉武帝在向天下的'贤良文学之士'册问治理国家的大政方针，现在该问董仲舒了。"话音刚落，就听见汉武帝问道："董公，朕即位以来，希望国家长治久安，深感责任重大，殚精竭虑，寝食难安。日理万机，唯恐有失。之所以广请四方贤良博学之士，就是想知道治国大道的细要，国泰民安的最高原则。因此，我提出的第一个问题是，夏商周三代君王承受天命的依据是什么？天地间种种灾异之变又是因为什么而发呢？"就在董仲舒沉思之际，潘古先生对千一说："汉武帝起问于'天'，问到董仲舒的心坎上了，因为董仲舒几十年研读儒学的心血都倾注在'天'上了，可以说'天'是董仲舒哲学思想的最高范畴。"千一试探地说："潘古先生，听您这么一说，我感觉好像这个问题是专门为董仲舒安排的。"潘古先生点点头。这时，董仲舒从容地答道："为臣谨慎地按照《春秋》中的记载考察，发现上天与人事是相互关联的。天命是可畏的。国家若是治理不善，将有失道之败，上天就会降下灾害来谴责和警告君王；如果不知醒悟，上天就会再利用一些怪异之事来警惧他；如果还不知悔改，那么天下败亡就会降临。由此可见，上天对人君充满了仁爱之心。治国失道时出现的灾异，既是上天对人君的警告和惩戒，又是对他的爱护和帮助，是为了挽救人君的过失。如果不是非常无道的世代，天总是要尽力扶持和保全人君使他成为明君，关键在于君主能否发奋努力罢了。《诗经》上说：'夙夜匪解。'也就是'从早到晚，不敢懈怠'。《尚书》中说：'茂哉茂哉。'也就是'努力呀！努力呀！'都是奋勉努力的意思。当然人君没有不希望国家长治久安的，然而政治混乱、国家危亡的很多，这是由于用人不当、行非正道的结果。那么如何才能使国家长治久安呢？必须推行儒家的'礼乐教化'。君王是秉承上天的意志治理人间的，上天有仁爱之心，君王亦应以德治国，不能滥用刑罚，教化不立而万民不正，教化立而奸邪皆止。秦国无道，法令虽多却挡不住奸邪丛生，这是任刑而不任德的必然结果，最终导致秦王朝'立为天子十四岁而国破亡矣'。正所谓为政宜于民便能受天之佑，不宜于民便如秦朝，虽一时强为天子，但终究将被推翻而国破家亡。如今汉朝立国虽已七十多年了，但是秦朝严刑峻法的遗毒至今也没有清除，必须予以根本铲除，这就好比坏得很厉害的琴瑟，必须改弦更张，更新构造，才能再奏佳音。这叫'退而更张'。只有更化秦朝的严刑峻法，除旧布新，改行德主刑辅、以德化民的王道之政，才能治理好大汉帝国啊！"还未等汉武帝问第二个问题，潘古先生评价道："很显然，董仲舒在告诉汉武帝，上天既然赋予了你权力，当然也会尽量扶持你、帮助你，当然，前提是你作为君王必须强勉行道、行仁义礼乐，积极有为、自重自爱。"千一小声说："我觉得董仲舒在讲水能载舟也能覆舟的道理。"潘古先生点了点头。汉武帝接着问："朕听说虞舜治理天下之时，常常有时间在走廊里散步，没什么作为，但天下太平。周文王从早忙到晚，废寝忘食，天下也很太平。帝王治国之道，难道没有共同的条理、一贯的法则吗？为什么垂拱无为和兢兢业业没什么区别呢？如何才能使帝王的主观努力和客观效果一致呢？"针对汉武帝的困惑，董仲舒回答道："臣听说尧承受了天命，以天下为忧，没有以天子的尊位作威作福，他将那些祸乱国家的大臣要么诛杀要么放逐，努力寻求贤圣之人，所以得到了舜、禹、后稷、阆伯、咎繇等贤圣，有这些人来帮助他提高德行，那么多贤能的人恪尽职守地辅助他，于是教化大行，天下和谐融洽，万民都安于行仁、乐于行义，各得其所，行为合乎礼义，无不从容地走在正确的道路上。关键是帝王确实能辨别贤能与不肖的区别，确实任用贤能而不是无耻之徒。如果像商纣那样违背天意、摧毁万物，杀害贤能聪慧的人，残害百姓，导致伯夷、姜太公等当时的贤人都隐藏起来，不愿意出来做官，在职的官员纷纷逃亡，天下黑暗混乱，万民不安，那么其结果只能自取灭亡。殷鉴不远，历史教训不可谓不深刻啊！其实帝王的贤能主要体现在能否识人，能否善于用人，能否抓住时机。周文王就抓住了天下的老百姓纷纷背弃商纣王的时机，顺从天意而治理天下，不仅以贤圣为师，而且重用他们，使得闳夭、大颠、散宜生等贤能之人都聚集于周文王的政权左右，仁爱施与万民，天下人都正顺了周朝。所以姜太公从偏僻的海滨来投奔周文王，后来做了周朝的三公。这时商纣王还在做天子，尊卑次序混乱，百姓四散奔逃，周文王目睹这一切非常痛心，他下决心要让百姓过上安定的生活，所以整天忙得废寝忘食。这样看来，帝王之道是一贯的，基本要求也是一致的。至于虞舜治理天下时安逸，周文王治理天下时忙碌，是因为他们所处的时代不一样，而不是做帝王的本质有什么不同。那么什么是帝王之道的一般原则呢？就是推行德治仁政，以德为主，以刑为辅，德刑并用，以德化民。既然行仁政，就必须兴太学、置明师，养天下之士，作教化之本，遍得天下贤士，则治世可期，盛世可成啊！"董仲舒兴教化、选人才、任贤能、改吏治的建议引起了汉武帝浓厚的兴趣，于是他追问道："朕听说善于论天的，一定能找到人事来印证；善于说古的，一定能在现实中得到证明。所以朕诚挚地向先生请教天人相应的关系，为了接受历史的教训，上承唐虞，下戒桀纣，改善以往的所作所为，希望先生能在天人感应方面再讲得透彻明白些。"董仲舒听罢沉思片刻，深思熟虑地说："臣听说，天是万物之祖。所以天对万物普遍地覆盖包含，没有特殊对待的。天创造日月风雨来调和万物，通过阴阳寒暑来化育万物。所以圣人立道效法的是天，正因为如此，才广施仁爱而毫无私心，对百姓广施恩德和仁爱而厚待他们，通过仁义理智信去引导人民。春季是天生育万物的，仁是君主用来爱护人民的；夏季是天用来滋养万物的，德是君主用来养育人民的；秋霜是天用来诛杀万物的，刑法是君主用来惩罚罪恶的；由此说来，天和人的验证，是从古到今的道理。"说到这儿，董仲舒停顿了片刻，然后他踌躇满志地思接千载、纵横捭阖、上穷碧落、下搜黄泉、视通万里的滔滔雄辩，始终围绕着社稷次序，须臾不离国道民风，唯恐因任何一点火候不足而使先前所有心血付诸东流。他铺垫了再铺垫，渲染了再渲染，终于捧出了他处心积虑、欲定乾坤的一番话："《春秋》大一统者，天地之常经，古今之通谊也。今师异道，人异论，百家殊方，指意不同，是以上亡以持一统；法制数变，下不知所守。臣愚以为诸不在六艺之科、孔子之术者，皆绝其道，勿使并进。邪僻之说灭息，然后统纪可一而法度可明，民知所从矣。"千一没听懂，轻声问："潘古先生，他说的什么意思？"潘古先生深沉地说："意思是说，《春秋》是推重大一统的，这是天地间永恒的法则，古往今来共通的道理。如今师从不同的学说，人们的认识不统一，诸子百家研究的方向也不同，核心思想完全不同，所以处在上位的君王不能掌握统一的思想，法令制度多次改变，在下的百姓不知道如何遵守。臣认为凡是不属于礼、乐、射、御、书、数等六艺的科目和孔子学说的，都一律禁止，不允许它们与儒家学说一同发展。只有诸子百家等邪僻的学说消失了，学术统一于儒家，法令制度才可以明白，人民也就知道服从的对象了。"千一眉头紧锁地问："如果孔子、孟子、荀子活着会同意董仲舒这个建议吗？"潘古先生一筹莫展地说："我也说不好，不过这个建议对汉武帝来说却是雪中送炭、航船待风啊！正是这区区百字，使汉武帝龙颜大悦，纳之唯恐不及，从而促成了'罢黜百家，独尊儒术'这种中国历史上前所未有的一统局面。千一，这里的气息令人窒息，还是陪我到殿外走走吧。"说完潘古先生一挥手，大殿之上议论纷纷的人们顿时像被武林高手点了穴道似的一动不动了，整个建章宫变成了一个蜡像馆，千一一边迈过宫殿的门槛一边问："潘古先生，董仲舒究竟是怎样一个人，为什么他会提出'罢黜百家，独尊儒术'的建议？"潘古先生背着手，一边走一边说："董仲舒降生时，'文景之治'刚刚揭开序幕，汉惠帝四年，也就是公元前191年，汉王朝废除了秦朝私藏诗书灭门的法令。董仲舒的家庭非常富裕，'田连阡陌，牛马成群'，而且家有大批藏书，是中国传统社会中典型的'耕读之家'。董仲舒从小就潜心钻研先秦诸子，学习十分刻苦，'尝乘马不觉牝牡，志在经传'。他的这种刻苦钻研的劲头一直保持到晚年，'专精于述古，年至六十余，不窥园中菜'。可以说对学问的追求达到了如痴如醉的境界。在青少年时代，董仲舒已经阅读了大量的经传著作，特别是对《公羊春秋》，下了很大的功夫。"千一插嘴问："潘古先生，《公羊春秋》是一本什么样的书呢？"潘古先生认真地说："《公羊春秋》也称作《春秋公羊传》，是专门解释《春秋》的一部典籍，着重阐释《春秋》的所谓微言大义，用问答的方式解经。是今文经学中富有理论色彩的代表性典籍。公羊学者认为，《春秋》是孔子借春秋二百四十二年史事以表示自己的政治观点，处处包含着'微言大义'。这部书的起讫年代与《春秋》一致，作者是战国时期齐人公羊高，他是孔子的弟子子夏的弟子。在汉代，公羊学大显于世。《公羊春秋》认为孔子在《春秋》中贯穿了'大一统''拨乱反正'等政治'大义'。大力彰扬孔子拥戴周天子'天下共主'的立场，以此作为儒家思想最重要的原则，为战国晚期正在进行的'统一'做舆论的准备。这就是所谓的'微言大义'。"千一插嘴问："潘古先生，什么是今文经学呢？"潘古先生解释道："今文经学是相对于古文经学而言。古文经学是指秦始皇统一中国以前的儒家经书。今文经学是指汉初由老儒背诵、口耳相传的经文与解释，由弟子用当时的隶书也就是'今文'记录下来的经典。董仲舒就是今文经学大师。在他三十岁时，就已经成为对《春秋》深有研究的大学者。成名之后，董仲舒便开始了教学生涯，后来随着名声的扩大，被景帝立为博士。董仲舒讲学，主要是教授儒家经典，特别是《公羊春秋》，他招收了大批学生，以至于弟子根据入门的先后依次轮流接受学业，有的学生甚至到最后都没有见过他的面。由于董仲舒广招门生，声誉也日益扩大，他的思想也成为当时流行的学说。在当时新兴起的一批学者中，董仲舒影响最大，因此他成了当之无愧的'众儒之首'。在汉景帝时，董仲舒做了博士，掌管经学讲授，这为他日后金殿献策、以自己的主张影响皇帝打下基础。公元前 140 年，汉武帝刘彻即位。此时汉初作为反拨秦朝乱世而遵循的黄老思想，其效用已是强弩之末，诸侯王多有骄纵不法者，拥土自雄；在边关，匈奴也屡屡犯境，处于上升期的统治阶级希望大有作为，需要比黄老之学更有利于大一统的治国理论。或许是天降大任于是人也，董仲舒极其敏锐地感到了某种巨大的历史机会正在悄然降临。果然，由于汉武帝自幼接受儒家思想的熏陶，汉武帝登基后下决心以天子之威张儒学之势，董仲舒作为当时的鸿儒既具天时，又兼地利和人和，于是他登场了。董仲舒与汉武帝一问一答之间，十分投机，通过这'天人三策'，董仲舒促成汉武帝'罢黜百家，独尊儒术'的改革。别忘了，千一，正是董仲舒第三策最后那区区百字，使中华民族的文化精神从此沿着以儒为宗的航道，延续了漫漫两千多年，尽管这区区百字对封建社会前期加强中央集权有一定的促进作用，但随着历史的发展，这区区百字越来越成为压抑人性、禁锢精神的枷锁。"千一若有所思地说："如果一个国家、一个民族只有一种思想，那么这个国家和民族的心灵一定是不自由的，我爸爸常说，一个人如果心灵不自由，就会丧失想象力，而丧失想象力就会丧失创造力，一个国家、一个民族的心灵被束缚了，同样会丧失想象力和创造力的。这么一想，那区区百字还真是很可怕的。"潘古先生慨叹道："是啊，在儒学独尊的中国文化史上，《墨子》和《淮南子》的科技之光闪烁不久就被熄灭了，这是'罢黜百家，独尊儒术'这种思想专制政策所造成的恶果啊！这种思想专制的做法使一种思想达到至尊，而排开其他思想的自由发展，则势必窒息人们的心灵，阻碍创造性的思维活动。这个恶果怕是董仲舒也始料未及啊！"千一试探地问："这难道不是历史的选择吗？"潘古先生大手一挥说："不，这不是历史的选择，更不是人民的选择，而是皇权的选择。因为那区区百字深得各种朝代君王的欢心，因为它有利于维护各朝代君王的专制统治。"千一又问："既然董仲舒为汉武帝提供了维护统治的思想基础，接下来肯定是受到汉武帝的重用了，是不是？"潘古先生摇摇头说："并非如此，董仲舒对策后，被汉武帝派到江都易王刘非那里当国相，治理江都国。他以《春秋》记载的自然灾害和某些特定的自然现象为依据，经常推演阴阳交替转化的规律，搞一些求雨祈神之类的事，然而成效不大。后来辽东高帝庙发生火灾，他上奏章说，这火灾是上天发怒造成的，汉武帝一怒之下，将他投进监狱，甚至处以死刑。幸亏他名望高，又加上他当大官的弟子们的求情，汉武帝最后下诏赦免了他，但贬为中大夫，丢掉了当了九年的江都相的职位。董仲舒从此再也不敢谈论灾异问题了，规规矩矩地又讲了十年的《公羊春秋》。公孙弘讲解《春秋》不如董仲舒，但他迎合世俗行事，位列公卿。董仲舒认为公孙弘是阿谀逢迎的小人。公孙弘嫉妒他，便向汉武帝进言说：'只有董仲舒可以做胶西王的国相。'董仲舒无奈，只好受命上任。这时董仲舒已经五十四岁了。胶西王生性残暴，杀过很多国相，但听说董仲舒是当代大儒，对他还算客气。董仲舒了解胶西王的为人，成天唯唯诺诺，始终担心待久了丢了性命，于是在他五十八岁时，称病辞去了胶西相的职务，从此结束了他的仕途生涯。直到去世，他始终不曾置办私产，以研究学问、著书立说作为终生的事业。他总结了自己治学五十多年的心得体会，加上对《公羊春秋》和《春秋》的研究，写成了十七卷八十二篇的《春秋繁露》。汉武帝太初元年，也就是公元前104年，董仲舒病逝，终年七十五岁。董仲舒的墓地在西汉京都长安西郊，有一次汉武帝经过那儿，特意下马致意。就这样，董仲舒从一位当代大儒到皇帝的智囊，从当相国到著书立说，他主要是作为一名思想家、哲学家、教育家度过一生的。"

千一深若有所思地问："就像'道'是老子的核心思想，'仁'是孔子的核心思想，那么什么是董仲舒的核心思想呢？"潘古先生认真地说："'天'是董仲舒哲学的最重要的范畴。他认为'天'是宇宙中一切事物的根源，包括人在内的万物都是由'天'产生的。因此他在《春秋繁露·顺命》中说：'天者，万物之祖，万物非天不生，独阴不生，独阳不生，阴阳与天地参然后生。'意思是说，天是万物的祖先，万物没有天就不能生成。单独有阴不能生成，单独有阳也不能生成。只有阴阳和天地浑然相参后，万物才能生成。董仲舒在《春秋繁露·郊祭》中说：'天者，百神之大君也。'将天认定为凌驾于百神之上的威临一切的最高神和造物主。天不仅是万物的祖先，而且是百神的君主，他在《春秋繁露·观德》中说：'天地者，万物之本也，先祖之所出也。广大无极，其德昭明。历年众多，永永无疆。天出至明，众知类也，其伏无不昭也；地出至晦，星日为明不敢暗，君臣父子夫妇之道取之此。'意思是说，天地是万物共同的本源，人类的祖先就是从这个本源中生出来的，天地广大无极，德行显明，经历的朝代众多，没有开始也没有结束。天国极为高明而能辨别万物的类别，使隐伏的事物无法藏匿；地虽极为晦暗，可是因日月星辰的照耀而无法昏暗，君臣之间、父子之间、夫妻之间和谐相处的道理就取法于这里。"千一插嘴问："潘古先生，董仲舒一会儿说'天者，万物之祖'，一会儿又说'天地者，万物之本'，我怎么觉得董仲舒天地不分呢？"潘古先生笑着说："在董仲舒看来，天与地的确不是相对的，而是浑然不分的存在。所以他在《春秋繁露·五行相生》中才说：'天地之气，合而为一，分为阴阳，判为四时，列为五行。'董仲舒不仅天地不分，而且天地人也是'合以成体'的。因为他在《春秋繁露·立元神》中说：'天地人，万物之本也。天生之，地养之，人成之。天生之以孝悌，地养之以衣食，人成之以礼乐，三者相为手足，合以成体，不可一无也。'意思是说，天地人是万物的根本，天化生万物，地养育万物，人成就万物。天用孝悌化生万物，地用衣食养育万物，人用礼乐成就万物。天地人的关系就好比人的手足，合起来成为一个整体，缺一不可。"千一不解地问："既然人也是万物的根本，莫非在董仲舒看来，天与人是同一类的？"潘古先生点点头说："董仲舒正是这么认为的。"千一追问道："人有喜怒哀乐，天也有？"潘古先生微笑着说："董仲舒在《春秋繁露·天辩在人》中说：'春，爱志也；夏，乐志也；秋，严志也；冬，哀志也。故爱而有严，乐而有哀，四时之则也。喜怒之祸，哀乐之义，不独在人，亦在于天，而春夏之阳，秋冬之阴，不独在天，亦在于人。人无春气，何以博爱而容众？人无秋气，何以立严而成功？人无夏气，何以盛养而乐生？人无冬气，何以哀死而恤丧？天无喜气，亦何以暖而春生育？天无怒气，亦何以清而秋杀就？天无乐气，亦何以疏阳而夏养长？天无哀气，亦何以激阴而冬闭藏？故曰：天乃有喜怒哀乐之行，人亦有春秋冬夏之气者，合类之谓也。'意思是说，春天拥有仁爱的情志；夏天拥有快乐的情志；秋天拥有严厉的情志；冬天拥有悲哀的情志。所以仁爱中有严厉，快乐中有悲伤，这是四季的法则。喜怒的情志，哀乐的道理，不独在人，天也拥有；而春夏的阳气，秋冬的阴气，不独在天，人也拥有。人没有春气，如何能够以博爱的胸怀包容众生呢？人没有秋气，如何能够建立起威严而取得事业的成功？人没有夏气，如何拥有丰厚的生命养料而快乐地生活呢？人没有冬气，如何哀悼逝者而体恤丧亡呢？天没有喜气，又怎么能够因暖气回升而在春季滋生万物呢？天没有怒气，又怎么能够通过寒凉而在秋季使万物凋零呢？天没有乐气，又怎么能疏通阳气而在夏季使万物生长呢？天没有哀气，又怎么能够激发阴气而在冬季闭藏万物呢？所以说，天有喜怒哀乐的行为，人也有春夏秋冬的气息，说的就是天人相合而为一的这个道理。因此在董仲舒的世界里，天具有了人性化的喜怒哀乐的情感，人也获得了天所具有的春夏秋冬的性质。"千一不是太认可地问："潘古先生，人有头脑四肢、五脏六腑，天也有吗？"潘古先生首肯道："董仲舒认为，人的形体、生理结构和机能都是天数的复制品，人的形体是天的缩影，'人之形体，化天数而成'，他认为人是天按照天数创造出来的，这叫作'人副天数'，'副'就是符合，'数'是指天与人在构成的各个部分上的数量指标。"千一插嘴问："比如呢？"潘古先生说："比如在《春秋繁露·人副天数》中说：'天地之符，阴阳之副，常设于身，身犹天也，数与之相参，故命与之相连也。天以终岁之数，成人之身，故小节三百六十六，副日数也；大节十二分，副月数也；内有五脏，副五行数也；外有四肢，副四时数也；乍视乍瞑，副昼夜也；乍刚乍柔，副冬夏也；乍哀乍乐，副阴阳也；心有计虑，副度数也；行有伦理，副天地也。此皆暗肤著身，与人俱生。比而偶之弇合。于其可数也，副数；不可数者，副类，皆当同而副天，一也。是故陈其有形，以著其无形者，拘其可数，以著其不可数者。以此言道之，亦宜以类相应，犹其形也，以数相中也。'意思是说，天地的特征，阴阳二气的品性，经常在人的身体上体现出来，人的身体就象天，人身体上各个组成部分的数量与天数相符，所以人的命运与天相连。上天以一年的天数成全人的身体，所以人的小骨节有三百六十六个，与一年的天数相符；人的大骨节有十二个，和一年十二个月相符；人的身体为有五脏，和五行的数目相符；人的身体有四肢，和天有四季相符。眼睛有时睁开有时闭上，和白天、夜晚相符；人有时刚强有时温柔，和冬季、夏季相符；人有时悲哀有时欢乐，和阴阳之气相符；人心有筹谋思虑，和天运行的度数相符合；人的行为中有道德准则，天地也如此。这些都潜存在人的身上，跟人的生命同在。通过比较就会发现天人同类而密切相合的关系，关于可以用数目比较的，在数目上都相符；不可以用数目比较的，在类别上都相符。无论是在数目上还是在类别上相符，都是和天相符，天人一致，天人同类。所以陈列出人的有形的身体，来显示出人的无形的精神情感；捕获在数目上相符的，用来显示在类别上相符的。这就是说人副天数之道也是可以依照类别来相互感应的，就好比人的形体的各个部分与天在数目上相符合一样。董仲舒甚至把人的头、发、眼、形体、骨肉、空窍、理脉等等的结构与秩序，全都看作是与天地之数相符的。"千一插嘴说："潘古先生，您不觉得人副天数有些牵强附会吗？"潘古先生微笑着说："何止是牵强附会，简直就是荒唐！比如他说，人的小骨节有三百六十六块，和一年的天数相符，但其实人体只有二百零六块骨头。"千一不解地问："那么董仲舒为什么偏要这么解释天人关系呢？"潘古先生解释说："这种附会的目的最终是为了给天人感应的理论提供依据。而董仲舒提出和完成'天人感应'论的目的体现在'谴告'思想上，他在《春秋繁露·必仁且智》中说：'天地之物有不常之变者，谓之异，小者谓之灾。灾常先至，而异乃随之。灾者，天之谴也；异者，天之威也。谴之而不知，乃畏之以威。《诗》云：畏天之威。殆此谓也。凡灾异之本，尽生于国家之失。国家之失乃始萌芽，而天出灾害以谴告之；谴告之而不知变，乃见怪异以惊骇之；惊骇之尚不知畏恐，其殃咎乃至。以此见天意之仁而不欲陷人也。'意思是说，天地之间的万物都有不恒定的变化，称之为异常，其中小的异常称之为灾。灾害常常先到而异常现象紧随着出现。灾害是上天的谴告；异常现象是上天施加的威严。谴告君王而不知悔改，就会用威严使之畏惧。《诗经》上说：'畏天之威。'大概说的就是这个意思。所有灾害变异的本源，全都源自于国家的失误上。国家的失误刚刚露出苗头之时，上天就会通过灾害来谴告君王，谴告他而不知悔改，就会出现怪异的事件而使他惊骇，使他惊惧害怕还不足以使他畏惧，他的灾祸就会出现。由此可见上天的本意是仁爱而不愿意陷害别人。"千一若有所思地问："这么说，这些'灾'和'异'都不是平白无故出现的，它们是上天对君王的警告？""是啊，"潘古先生首肯地说，"董仲舒的本意是想用'天'来限制帝王个人的私欲，制约帝王至高无上的权力，正所谓'屈君伸天'，就是用天命制约皇权，借助上天对人间帝王起限制、威慑与警示的作用。""我明白了，潘古先生。"千一似有所悟地说，"我还有一个问题，老子的道听不见它的声音看不见它的形状，那么董仲舒的天是什么样子的呢？"潘古先生解释说："董仲舒的天是诸多要素的结合体。他在《春秋繁露·官制象天》中是这样描述的：'天有十端，十端而止已。天为一端，地为一端，阴为一端，阳为一端，火为一端，金为一端，木为一端，水为一端，土为一端，人为一端，凡十端而毕，天之数也。''端'就是要素、要点，根本。意思是说，天有十大要素，十大要素之外就没有别的了。天是一大要素，地是一大要素，阴是一大要素，阳是一大要素，火是一大要素，金是一大要素，木是一大要素，水是一大要素，土是一大要素，人是一大要素，全部总计十大要素而结束，这就是天的十大要素，也是天的整体结构。"千一试探地说："这么说，天既是由十大要素组成的整体结构，同时天又是其中的一个要素，对不对？"潘古先生点点头说："是的，前九大要素构成了董仲舒的自然观，也是他所构建的宇宙体系的哲学基础；人作为第十大要素凝聚了董仲舒的社会观，也是他的理论重心所在。他认为'人受命于元，有善善恶恶之性'，为此，他建立了'性三品'的人性学说。"千一好奇地问："什么是性三品？难道是性本善、性本恶和性本善恶之间？"潘古先生笑呵呵地说："不是你说的那样，而是指'圣人之性''中民之性'和'斗筲之性'。《春秋繁露·实性》中说：'正朝夕者视北辰，正嫌疑者视圣人。圣人之所名，天下以为正。今按圣人言中本无性善名，而有善人吾不得见之矣。使万民之性皆已能善，善人者何为不见也？观孔子言此之意，以为善甚难当；而孟子以为万民性皆能当之，过矣。圣人之性，不可以名性；斗筲之性，又不可以名性；名性者，中民之性。中民之性，如茧如卵，卵待覆二十日，而后能为雏；茧待缫以涫汤，而后能为丝；性待渐于教训，而后能为善。善，教训之所然也，非质朴之所能至也，故不谓性。'意思是说，校正早晚时间就拿北斗星作为标准；纠正有嫌疑的人就拿圣人作为标准，圣人所确定的名称，天下人都把它当作标准。如今考察圣人的言论中本来没有'性善'的说法，只有'善人我没有见到啊'的感叹。假如所有百姓的本性都是善的，那为什么见不到善人呢？观察孔子说这话的意思，认为达到善的境界是很难的。可是孟子认为所有人的本性都是善的，言过其实了。圣人的本性不可以称为'性'，下愚之人的性也不可以称为'性'，可以用'性'称谓的人群是中庸之民。所谓'中庸之民'指的就是平常人、普通百姓。普通百姓的'性'好比茧和卵，卵要等待孵化二十天，才能变成雏鸡，蚕茧要等到沸水缫丝后才能变成丝，人的本性要等到教化的逐步进行才能变成'善'。善是教化的结果，不是天生朴实就能达到的，所以不可以随便说性本善。其实通过这段话可以看出董仲舒把人性分成了上、中、下三品。上品为'圣人之性'，中品为'中民之性'，下品为'斗筲之性'。"千一若有所思地问："潘古先生，既然圣人之性不可以名性，斗筲之性也不可以名性，只有中民之性可以名性，这不等于说圣人和斗筲之人都跑到人性之外去了吗?"潘古先生笑着说:"你说得有道理,不过董仲舒把人性比作'卵待覆''茧待缫'既抓住了人性的自然属性,也看到了人性的社会属性。所谓'卵待覆而成雏''茧待缫而为丝'就是指自然人需要经历的社会性教化过程。"两个人一边走一边说,不知不觉中前面突然出现了一个考古发掘现场,千一惊异地回头一看,西汉王宫被一片山坡所取代,她不解地问:"潘古先生,我们这是走到哪里了?"潘古先生微笑着说:"我们已经通过时空隧道从西汉回到了现实。"这时千一听见妈妈在喊她,她连忙和潘古先生说再见,然后一溜烟地向一堵汉砖墙跑去。

又是一个周末,吃早餐时,孟蝶告诉爸爸妈妈她昨天夜里做了一个非常奇怪的梦。孟周一边剥鸡蛋一边微笑着问:"日有所思,夜有所梦,《千一的梦象》看到哪儿了?"孟蝶咬了一口馒头说:"看到董仲舒了。"舒畅一边给丈夫盛粥一边说:"怪不得女儿做怪梦呢,我总觉得董仲舒的'天人相与''天人感应'学说神神道道的,孟周,他总是用天象解释灾异,那么女儿的梦会不会也有什么预示呢?"孟周摇着头说:"你别瞎猜,女儿还没说她做了个什么梦呢。孟蝶,先说说你的梦。"孟蝶喝了一口粥说:"在梦里,我的'梦象之王'被汉武帝装进了囚笼里,而且放到了他的金銮殿上。他坐在龙椅上指着笼子里的梦象之王说,看你这个王厉害还是我这个王厉害!我拿着《千一的梦象》去金銮殿找汉武帝理论,我说我正在进行哲学之旅,你囚禁了我的梦象之王,我还怎么往前走啊?汉武帝奸笑着说,你的思想不是儒家的,所以你的哲学之旅必须停止。他话音刚落,从我手里的书中飞出很多文字,这些文字迅速消失在空气中,我的书竟然变成了一摞白纸。这时我的梦象之王痛苦地说:'千一,我不是被囚在一个笼子里,而是被囚在一种思想里,去找你的龟甲壳,它是我用诸子百家的思想打造的,只有它能驱走你的梦魇。'我不甘心,对汉武帝说:'如果一种思想唯我独尊,灭绝其他思想,不能从其他思想中汲取营养,那么这种思想最终的结局只能是僵死,而接受这种僵死思想的人也只能变成僵尸!'汉武帝听后哈哈大笑道:'你看看你的梦象之王已经快变成僵尸了!'我质问道:'为什么要阻止我的哲学之旅?'汉武帝笑道:'囚禁就是你的旅程,路还远着呢,要走两千年呢!'我焦急地说:'可是我的时间好像停滞了！'汉武帝得意地说：'正因为如此，你才有无穷无尽的时间呀！'他话音刚落，我发现梦象世界开始蜕变，囚笼渐渐地变成一块石头，囚笼里的梦象之王声音微弱地说：'我正在失去梦的力量，快快找到你的龟甲片，那是我的法器。'听了梦象之王的话，我转身冲出金銮殿，可是刚一跨过门槛就摔了一个跟头，一下子把我摔醒了。"舒畅好奇地问："董仲舒没在金銮殿？"孟蝶摇着头说："没有。"孟周微笑着说："一些学者一直指责董仲舒的'天人感应'学说是神学目的论，其实他的本意是想建立一个以天象示警约束皇权的制约系统，正因为如此，汉武帝虽然重视董仲舒的对策，基本采纳了他的全部建议，但是刘彻并没有重用董仲舒，大概就是因为讨厌他那套天人感应的理论。"孟蝶一边喝粥一边问："爸爸，什么样的人才能与天沟通呢？"孟周喝了一口牛奶说："董仲舒明确指出，并不是所有人都具有沟通天的能力，他认为只有圣人可以推本溯源、触类旁通地沟通天人之际的万事万物。"孟蝶又问："那么董仲舒心中的圣人是孔子、孟子那样的人吗？"孟周摇着头说："不是，他说'行天德者谓之圣人'。"孟蝶不解地问："什么样的人能行'天德'呢？"舒畅插嘴说："只有皇帝可以代行天德，所以圣人不过是董仲舒理想化的君王形象。"孟周接过话茬说："不过与时俱进地讲，在我看来，圣人不再是什么理想化的君王，而是通灵者、捕梦者、盗火者和魔法师。只有这些人才可以做到天人感应、天人合一。"孟蝶若有所思地问："爸爸，既然董仲舒认为天与人可以互相感应，那他提出了什么依据吗？"孟周放下筷子说："当然有了。他在《春秋繁露·同类相动》中说：'今平地注水，去燥就湿；均薪施火，去湿就燥。百物去其所与异，而从其所与同。故气同则会，声比则应，其验皦然也。试调琴瑟而错之，鼓其宫，则他宫应之；鼓其商，而他商应之，五音比而自鸣，非有神，其数然也。美事召美类，恶事召恶类，类自相应而起也。如马鸣则马应之，牛鸣则牛应之。帝王之将兴也，其美祥亦先见，其将亡也，妖孽亦先见，物故以类相召。'意思是说，如今在平地上灌水，水会避开干燥之地而流向低洼潮湿之处；将木柴平铺然后点上火，火会避开潮湿之地而烧向干燥的木柴。万物都有避开与其相异而亲近与其相同事物的特性。所以气会因相同而汇合，声音会因频率相同而发生共鸣，这种效果是很明显的。调试好琴瑟而演奏它，弹奏宫音，别的宫音就会相应而鸣；弹奏商音，别的商音也会相互应和。宫、商、角、徵、羽五音相邻便可以相应而鸣，并非有什么神明，而是它们的内在规律如此。美好的事招致同类的好事，丑恶的事招致同类的丑事，这都是类别相同的事物互相感应的结果。比如一匹马嘶鸣其他马也会呼应，一头牛哞哞叫也会有别的牛呼应。帝王将要兴起时，祥瑞就会降临；帝王将要败亡时，灾异、妖孽就会降临。万物本来就是依照类别来互相感应的。"千一插嘴说："爸爸，把琴瑟两种乐器放在一起，然后拨动其中一把乐器的弓弦，另一把乐器的弓弦也会自动发出声响，是我们物理课上讲的共鸣现象，好像还不足以作为天人感应的依据。"孟周笑着说："但是两千年前的董仲舒还不懂得物理课上的共鸣，他根据上述现象总结出'同类相动'已经很不简单了。"千一顿悟地说："我明白了，爸爸，董仲舒认为人与天是同类，同类事物之间会出现相互感应的现象，所以人与天之间也会存在琴瑟共鸣式的感动，这就是所谓的天人感应，对不对？"舒畅欣慰地笑着说："我的女儿可聪明了，一点就透啊！"孟蝶得意地说："这说明我和爸爸之间也有心灵感应啊！"孟周微笑着说："在'天人同类'的背景下，董仲舒注意到了人的性情，他在《春秋繁露·深察名号》中说：'栣众恶于内，弗使得发于外者，心也。故心之为名，栣也。人之受气苟无恶者，心何栣哉？吾以心之名得人之诚，人之诚，有贪有仁，仁、贪之气，两在于身。身之名取诸天，天两，有阴阳之施，身亦两，有贪、仁之性。天有阴阳禁，身有情欲栣，与天道一也。'意思是说，从内心深处禁止一切恶，不让恶向外发展，这是心灵的作用。所以，心灵的得名源于'禁止'。人所禀受的气质里如果没有恶的成分，心灵还禁止什么呢？我由心灵的名称就可以了解人的实质。人的实质有贪婪和仁爱。贪婪和仁爱可以同时存在于一个人身上。身的名称是从上天取法得来的。上天同时有阴阳二气发散，身体也有贪婪和仁爱两种天性。上天的阴阳二气需要节制，人身上的情欲也需要控制，这和天道是一致的。正所谓天人相副。不过，我认为对恶需要禁止，对人的性情就不能禁止，而只能节制，因为性情是人的'自然之资'。""爸爸，"孟蝶思索着问，"董仲舒在谈天人感应时好像离不开阴阳五行，天人感应和阴阳五行到底是什么关系呢？"孟周微笑着说："天人感应的中介是阴阳五行，通过同质同类的推断，董仲舒把阴阳五行之气看作是天人感应的中间环节，因此他说：'天地之气，合二为一，分为阴阳，判为四时，列为五行。'可见'一'是阴阳五行的'奇点'。"孟蝶不解地问："爸爸，什么是'奇点'？"孟周耐心地说："'奇点'源自1927年比利时天文学家和宇宙学家勒梅特提出的'宇宙大爆炸'假说，他认为宇宙是由一个致密炽热的奇点于137亿年前一次大爆炸后膨胀形成的。"孟蝶不可思议地问："爸爸，您是说137亿年前宇宙中所有的物质都集中为一个点，这个点叫'奇点'，后来这个奇点发生了大爆炸，然后通过大爆炸造成的膨胀形成了宇宙？"孟周点点头笑道："是这样的，在董仲舒的学说中，这个'一'犹如宇宙大爆炸的'奇点'，阴阳五行系统就是由'一'散开分化而来，'一'是一个隐然的中心。这个中心对'天'来说是'仁'，董仲舒说'仁为天心'；对于五行来说，'土居中央'。在董仲舒的阴阳五行系统中，各要素无论如何'比相生而间相胜'都需围绕'土'这个隐然的中心而活动。因此他在《春秋繁露·五行之义》中说：'土居中央，为之天润。土者，天之股肱也，其德茂美，不可名以一时之事，故五行而四时者，土兼之也。'意思是说，土居于中央，是上天润泽的所在。土是辅佐上天的，它的德行丰盛而美好，一个季节不能充分表现出来，为什么有五行却只有四季，就是因为土兼管四季的缘故。他还说木是五行的开端，水是五行的终结，土在五行里居于中央，是天给安排的次序。"孟蝶插嘴问："爸爸，什么是'比相生而间相胜'呢？"孟周解释道："在《洪范》中五行的顺序是水、火、木、金、土，在董仲舒的五行中顺序调整为木、火、土、金、水。这个小小的调整可不简单，它使五行具备了'比相生而间相胜'的规律。'胜'就是'克'的意思。也就是说，相邻的两'行'之间是相生的关系，如木生火、火生土、土生金、金生水、水生木；中间隔着一'行'的两'行'之间是相胜相克的关系，如木胜土、土胜水、水胜火、火胜金、金胜木。各要素之间的'生'与'胜'，都是由阴阳二气的运行消长决定的，因此各要素没有永久的'胜'，也没有永久的'生'，阴阳五行系统的各种要素是相互依存相互转换的关系，这就是中和。董仲舒在《春秋繁露·循天之道》中说：'举天地之道，而美于和，是故物生皆贵气而迎养之。'意思是说，所有天地之道中，和是最美好的，所以万物都要靠气的滋养来生长，可见气是最重要的。"孟蝶又问："爸爸，'和'既然是天地之道，它有什么内涵呢？"孟周斟酌着说："'和'的内核应该是'仁'，正所谓'仁之美''美于和'。因此董仲舒才说'仁之美者在于天，天，仁也'。天人感应'成于和'才能显现美。所以董仲舒在《春秋繁露·阴阳义》中说：'天亦有喜怒之气，哀乐之心，与人相副，以类合之，天人一也。'由此，董仲舒明确提出了'天人合一'的思想。"孟蝶继续追问："爸爸，如何才能做到'天人合一'呢？"孟周微笑着说："'天人合一'的重心是'天'与'人'二者内在意向的吻合，这是人的个体生命内在体验的过程，那么如何进入这种内在体验的过程呢？董仲舒在《春秋繁露》中提出了两条途径：一条是在《为人者天》中提出的'道莫明省身之天'，没有比省察自身的天更重要了；另一条是在《立元神》中提出的'志如死灰，形如委衣，安精养神，寂寞无为'，进入'知天'的状态表现为内心平静得如同死灰一样不为外物所动，身体像陈设的衣服一样安然平静，如此安养精神，寂寞而无所作为。"孟蝶插嘴说："爸爸，这两条途径很像《庄子》里说的心斋、坐忘呀！"孟周点点头说："的确是一种'静观'，用董仲舒自己的话说，叫'内视反听'。他在《春秋繁露·同类相动》中说：'故聪明圣神，内视反听，言为明圣内视反听。故独明圣者，知其本心皆在此耳。'意思是说，耳聪目明的神圣可以往内心世界观看，倾听心声；也由此知道只有通灵者、捕梦者、盗火者和魔法师可以内观本心倾听心声，洞察梦象。"孟蝶似有所悟地说："爸爸，听您这么一说，好像天人感应的'天'不是人眼看到的天，而是心灵感受到的天，那么心灵感受到的天会不会就是梦象呢？"孟周点了点头，重新拿起筷子夹了一块豆腐放进嘴里，一边嚼一边说："也可以这么理解。"舒畅质疑道："你这么讲会不会扭曲了董仲舒的本意呀？"孟周不以为然地说："老婆，我这么讲恰恰符合董仲舒的'《诗》无达诂'的说法。"孟蝶忙问："爸爸，什么是'《诗》无达诂'？"孟周解释说："《春秋繁露·精华》中说：'所闻《诗》无达诂，《易》无达占，《春秋》无达辞。从变从义，而一以奉人。'意思是说，听说《诗经》没有确定统一的解释，《周易》没有确定一致的占卜，《春秋》没有一成不变的阐释。是遵循变通还是恪守本义，一概因人因时而异。这就是说，经典意蕴深微，解经人可以灵活变通地超越时空，结合自身学识、社会背景创造性地挖掘其对现实、对心灵更有意义的功效，这叫作开放式阅读方法。"孟蝶赞成地说："妈妈，我觉得爸爸说得很有道理。"舒畅微笑着说："你爸爸什么时候都有道理。今天的早餐快成研讨会了。你俩再这么讨论下去，早餐就变成午餐了，请问还去不去省博物馆看汉砖艺术展了？"孟蝶连忙放下筷子说："去，当然去，爸爸前天就跟我说了，我差点给忘了！"孟周微笑着说："那好，今天的周末早餐就到此结束，下一站，省博物馆。"孟蝶兴奋地说："太好了！太好了！我听说汉砖里的故事可多了，到时候爸爸妈妈好好给我讲一讲。"舒畅一边收拾碗筷一边慈爱地说："知道了，快去换衣服吧！"

第十二章
由玄的境界通往梦象

　　下午上完自习课便放学了，千一走到阙里巷发现背后的书包在动，就好像里面装着一只小老鼠似的，她刚要取下双肩包察看究竟，突然有什么东西从书包里钻了出来，她知道这又是那块龟甲片搞的鬼，定睛一看，眼前舞动着一根线条，一边舞动还一边向千一打招呼："你好，千一！"千一莫名其妙地问："一根线条也会说话，请问你从哪里来？"线条上下舞动着说："我是你的龟甲片上的一根花纹，我之所以从你的龟甲片上溜出来，是因为接下来你的哲学之旅由我来带路。"千一将信将疑地问："你来带路，一根线条能做什么？"线条扭动着说："我是你的一段旅程，当然是带你进入玄的世界了！""玄的世界，"千一好奇地问，"那是一个什么样的世界？"线条上蹿下跳地说："那是一个充满无限可能的世界。"说完线条瞬间化作一道光，又倏地化作一缕花香，然后变成一个箭头左右摇摆，但很快又恢复成一根线条。千一这才意识到眼前飞舞的线条竟然可以千变万化，连忙问："那么我怎么才能进入玄的世界呢？"线条得意地摇摆着说："你只要抓住我的一端，然后闭上眼睛，等我让你睁开时你再睁开。"说完，线条递过来一端，千一迟疑了一下说："好吧，我就看看你的本事。"说完伸出右手抓住了线条的一端，线条一边扭动一边说："快快闭上眼睛！"千一轻轻闭上了双眼，她的眼睛刚一闭上，一道光的隧道瞬间吞噬了她，也不知过了多久，她听到线条说："睁开眼睛吧！"她试着睁开眼睛，顿时惊得目瞪口呆。头顶上乍一看是满天星斗，一颗颗像宝石一样镶嵌在天空，璀璨夺目，但仔细一看却发现那些一闪一闪眨着眼睛的不是星星，而是一些由四层线条组成的符号，周围到处是书架，书架上摆满了古书。千一不知自己身在何处，一时性急大声喊道："喂，线条，我们现在身在哪里？"突然一个书架的后面传来一个老者的声音："我们现在是在西汉未央宫殿北的石渠阁，这里是西汉皇家藏书之地，存有大量图书和档案。"这个老者的声音千一太熟悉了，她兴奋地问："潘古先生，您在哪里？"这时潘古先生从书架后面捧着一本书走出来，笑呵呵地说："我在这里。"千一好奇地问："潘古先生，带我来的那根线条呢？"潘古先生用手指了指头顶说："那根线条已化作头顶上那些符号了。"千一抬头仔细观察那些闪光的符号，似有所悟地说："那些线条太像《周易》里阴爻和阳爻的符号了，只是《周易》里的每一卦都是由六个爻组成的，而这里的符号是由四层线条组成的。"潘古先生微笑着说："你说得不错，你再仔细看看还有什么区别？"千一又仔细观察一会儿说："还有一个区别，《周易》里的线条是由一根线段（—）和两根短线（- -）组成，这里的四层符号中还多出一个三根短线（- - -）的符号，潘古先生，这些符号是谁发明的？一个符号有着什么寓意呢？"潘古先生微笑着说："发明这些符号的人叫扬雄，是西汉末年的哲学家、文学家。他生于汉宣帝甘露元年，也就是公元前53年，死于新莽天凤五年，也就是公元18年，享年七十一岁。扬雄是蜀郡成都人。一生历经汉宣帝、汉元帝、汉成帝、汉哀帝、汉平帝以及王莽新政等六个朝代，是见证了西汉由盛至衰的跨世纪的思想家。"千一好奇地问："他的人生很传奇吗？"潘古先生微微一笑说："在《汉书·扬雄传》中是这样介绍他的：'雄少而好学，不为章句，训诂通而已，博览无所不见。为人简易佚荡，口吃不能剧谈，默而好深湛之思，清静亡为，少耆欲，不汲汲于富贵，不戚戚于贫贱，不修廉隅以徼名当世。家产不过十金，乏无儋石之储，晏如也。自有大度，非圣哲之书不好也；非其意，虽富贵不事也。'意思是说，扬雄在乡中的时候，不喜欢咬文嚼字，理解了字句含义即可，因博览群书，无所不知。为人不修边幅，坦荡自在，沉默寡言而喜欢深入思考，清静无为，没有不良嗜好，不羡慕达官贵人，对于贫穷从不抱怨，不故意装作品行端正而沽名钓誉。家中的储蓄很少，储存的粮食连一石都没有，但他还是坦然面对。因为他的志向远大，所以非圣哲的书不读。如果不是和他情投意合，他不会与之交往，更不可能为了富贵而摧眉折腰。"千一听罢似有所悟地说："潘古先生，看来扬雄是一个独善其身的人，对不对？"潘古先生点了点头说："是的，扬雄一生都奉行孟子'穷则独善其身，达则兼济天下'的信条，他三十八岁时离开家乡，游学长安，大司马车骑将军王音为他的文才感到惊奇，就召来把他任命为门下史，推荐扬雄待诏，四十岁被汉成帝任命为黄门郎。黄门郎虽是个低级的官吏，但却有机会亲近皇帝，由于汉成帝是一个耽于酒色、荒淫奢侈的皇帝，扬雄便利用自己亲近皇帝的机会，呕心沥血，写了十篇大赋献给汉成帝，想通过奏赋对皇帝进行讽劝，希望通过讽谏影响皇帝整饬德行，发愤图强。汉成帝对扬雄的汉赋一饱眼福，虽然爱不释手，对其中委婉的劝谏却无动于衷，这令扬雄非常沮丧。于是他向汉成帝表明自己决心在朝廷里退隐的心态，从此不问朝政，一心在皇家藏书之地——石渠阁研究学问，汉成帝满足了他的请求，因此从四十一岁之后，扬雄辍赋不为，决心以著书立说来独善其身。终于在晚年完成了他一生最重要的作品《太玄》和《法言》。"千一插嘴问："那么《太玄》和《法言》是两部什么样的书呢？"潘古先生用解释的口吻说："扬雄'以为经莫大于《易》，故作《太玄》；传莫大于《论语》，作《法言》'。《太玄》是模仿《周易》创作而成，《法言》是模仿《论语》创作而成。这两部书是扬雄一生深思的结晶，代表他一生最重要的思想成果。"千一建议道："还是一部一部说吧。"潘古先生道："好的。咱们先聊一聊《太玄》。《太玄》的结构大体类似于《周易》。《周易》按二分法，太极生两仪，两仪生四象，四象生八卦，八卦相重则为六十四卦，每卦六爻，共三百八十四爻。《周易》用'—'和'--'两种阴阳符号表示爻，重叠阴阳符号来构成卦，六十四卦都是由'—'和'--'两种称作'爻'的符号，由下而上以六爻构成。扬雄认为'玄'生出阴阳二气，阴阳二气相合又生出第三种气，也就是'和气'，然后再由'和气'滋生万物。这样在阴阳两种符号或者称为'一、二'的基础上又诞生了第三种符号'---'，代表'和'或'三'。《太玄》按三分法，又分方、州、部、家四重，每重又分为一、二、三来建立它精密的三分体系。由'一玄分三方，一方分三州，一州分三部，一部分三家'的乘法而得出'一玄分三方，一方分为三州，共九州；一州分三部，共二十七部，一部分三家，共八十一家，也称八十一首；一首分三表，共二百四十三表，一表分为三赞，共七百二十九赞。都是以三乘而得出逐层之数，由此层层排列，就是我们头顶上看到的那些闪闪发光的符号。《太玄·图》中说：'玄有二道，一以三起，一以三生。以三起者，方、州、部、家。'《汉书·扬雄传》中说得更清楚：'故《玄》三方、九州、二十七部，八十一家、二百四十三表、七百二十九赞，分为三卷，曰一、二、三。'正如《周易》分本文和解说两部分，'本文'的部分称作'经'，'解说'的部分称作'传'；本文的'经'由六十四个用象征符号的卦与所附解说的'卦辞''爻辞'构成。本文的'经'又分上下两篇，'上经'三十卦，'下经'三十四卦。解说部分的'传'共十篇，称作'十翼'，'翼'是羽翼，有辅助之义，辅助阐明'经'的意思。共有《彖传》上下、《象传》上下、《系辞传》上下、《文言传》、《说卦传》、《序卦传》、《杂卦传》十篇。同样《太玄》除正文三卷之外，还有《首》《衡》《错》《测》《攡》《莹》《数》《文》《掜》《图》《告》十一篇独立的篇章，各从不同的角度阐说《太玄》的思想内容。"听到这里，千一插嘴问："潘古先生，这只是《太玄》与《易经》形式上的相似，难道思想也相似吗？"潘古先生解释说："不是这样的，《太玄》代表了扬雄哲学的最高成就，这部书虽然在形式上借鉴了《周易》的宇宙生成演化模式，但在内容上却极具创造性，扬雄是两汉时期最具创造性的哲学家之一。"千一蹙眉问："潘古先生，那么究竟什么是'玄'呢？"潘古先生捋着白须说："扬雄在《太玄·图》中，是这样定义'玄'的：'夫玄也者，天道也，地道也，人道也，兼三道而天名之。'玄是包括天道、地道、人道的最高原理，是天道、地道、人道的总括。又在《太玄·玄首都序》中说：'驯乎！玄，浑行无穷正象天。''驯乎'是对'玄'的赞叹，说白了就是'玄象天'。像天的运行一样，浑行无穷，永不止息，看似天象可见，但是有一定的规律可循。八十一首就反映了玄对万事万物的支配作用。在《太玄·攡》中又说：'玄者，幽攡万类而不见形者也。资陶虚无而生乎规，揆神明而定摹，通同古今以开类，攡措阴阳而发气。一判一合，天地备矣。天日回行，刚柔接矣。还复其所，始终定矣。一生一死，性命莹矣。'意思是说，玄在幽而不显的状态下舒张，主宰支配着万事万物却看不见它的形迹。玄对虚无进行资助陶养孕育，进而生出决定一切事物的具体法则，贯通神明为其定下存在及活动的规则。玄还贯通古今，使之成为一体，然后区别出古今之中万事万物的类别。玄舒张布置阴阳二气，使其对万物的生长变化发挥作用。天地间的万事万物有分有合，天地作为一种特定的存在才是完备的。天地周旋运行的特点是阴阳、刚柔与天地、天日都是密不可分的，是直接相关的。天日、阴阳、刚柔的运行都是圆周式的，而且永远回旋周转运行不息，于是事物运行变化的始终便可以确定下来了。对于万物来说，都有生有死，万物的本性及命运就是在生与死不断的周旋反复中显现出来的。"

千一插嘴问："潘古先生，玄有生死吗？"潘古先生认真地说："在这段话中已经讲过，玄'神明而定摹'，扬雄是将'玄'置于神明之上的，玄可以决定'神明'的一切，玄怎么可能有生死和饪命问题呢？《太玄》的最高范畴是'玄'。玄是世界的本质，是一切有形有象的事物背后起支配作用的一种无形无象的力量，是无所不在的支配一切事物的规律，是天地万物的根本。"千一又问："潘古先生，《太玄》的三分法和《周易》的二分法是两种不同的思维吗？"潘古先生解释说："二分思维重视两两相对的事物及其关系，重视始与终的相互转化关系，却忽略了事物发展的过程，而事物的发展都有一个从始到终的中间过程，不会走阴阳或正反两个极端的，也就是说，事物的发展不会是非此即彼的，一定有一个复杂的过程。扬雄注意到了这一点，因此三分思维在二分思维基础上着重关注事物从始到终的过程，重视事物转化过程中的中间环节，于是把事物相互关联转化的过程定为三段，关于这三个阶段在《太玄·告》中是这样表述的：'天三据而乃成，故谓之始、中、终。地三据而乃形，故谓之下、中、上。人三据而乃著，故谓之思、福、祸。''三据'就是'三分'，扬雄按不同形式对天、地、人进行'三分'，对天来说，按始、中、终来分；对地来说，按下、中、上来分；对人来说，按恩、福、祸来分。《太玄》的三分，就以这三组名称为主，具体应用于天、地、人所有的事物。在此基础上，把三段再次三分，事物的反复变化就分成了九段，正如《太玄·图》中所说：'故思心乎一，反复乎二，成意乎三，条畅乎四，著明乎五，极大乎六，败损乎七，剥落乎八，殄绝乎九。生神莫先乎一，中和莫盛乎五，倨剧莫困乎九。'这里的'思心'就是发意，思考于内心；'反复'是思虑、内心矛盾斗争；'成意'是思虑已成，决定；'条畅'是事物既有条理又顺畅；'著名'是兴盛和光明；'极大'是兴盛至极；'败损'是衰败减损；'剥落'是破落；'殄绝'是灭绝。一、二、三是'始'，四、五、六是'中'，七、八、九是'终'。这里的'一'是奇点，处于思虑的阶段，'生神'就是思虑；'五'处于事业顺利发达，也就是'中和'阶段，一切圆满；九是终点，陷于困顿，'倨剧'就是艰难窘迫。在《太玄·图》中扬雄还说：'自一至三者，贫贱而心劳。四至六者，富贵而尊高，七至九者离咎而犯灾。'意思是说，开始阶段虽境况不佳，但贫贱而有前途；由卑下而上升进入发展阶段，境况转入顺利，上升到尊高的地位；再后来由顺利转入倒退以及毁灭。应该说，扬雄特别重视转化中'极'的观念。他认为不极不反，极则必反。因此他在《太玄·攡》中强调说：'阳不极则阴不萌，阴不极则阳不牙。寒极生热，热极生寒。信道致诎，诎道致信。其动也日造其所无，而好其所新；其静也日减其所有，而损其所成。'意思是说，阳达不到极阴就不萌生，阴达不到极阳就不发芽，寒达到极点便产生热，热达到极点便产生寒。极伸致屈，极屈致伸。事物达到极点之前，必有一个逐渐上升的发展过程，时时增加新的内容，到达极点后，便开始走下坡路，逐渐减损原来所有的东西，越来越衰萎以至消亡。"千一插嘴说："这与《周易》《老子》的物极必反的思想很相似呀！"潘古先生微笑着说："但扬雄强调了'极'这个事物发展的转折点，而且描述了物极必反的转化过程，在这一点上，显然进一步发展了《周易》《老子》的思想。"千一认可地点着头说："那么这种进一步发展的意义是什么呢？"潘古先生深沉地说："这种重视事物发展变化的过程的思想很有意义，因为扬雄以前的思想家一般只说明原理、提供结论，却不重视原理的推演过程、结论的论证过程。比如在《论语》中，更多的是以孔子布道的形式公布某个结论，以终审法官的口吻定下了某些规则，但没有呈现思辨的过程。要知道没有质疑、思辨、推演、论证的过程，会导致主观隐瞒大量对自己不利的证据，用结论固化自己相信的，而排斥自己不愿意相信的。真理只有在质疑、思辨、推演、论证的过程中才能看清楚。不经过这个过程的思维是教条式思维，因为你已经预设了答案。这将抑制甚至排斥、阻碍批判性思维的产生和发展。你想一想，一个人如果没有批判性思维，就不可能有想象力和创造力，那么一个国家呢？所以说扬雄的《太玄》是有时代高度的。"千一好奇地问："那么《法言》呢？也是站在时代高度上创作的吗？"潘古先生捋着白胡子迟疑片刻说："扬雄在《法言》中提出了'无验而言之谓妄'的思想。我认为这个'验'字不仅仅是感性经验，更是质疑、思辨、推演、论证的理性经验。在《法言·问神》中，扬雄说：'君子之言，幽必有验乎明，远必有验乎近，大必有验乎小，微必有验乎著。无验而言之谓妄。'意思是说，君子的言论：深邃必有验证在显明的道理中；悠远必有验证在浅近的道理中；微妙必有验证在昭著的道理中；不能验证而言说的言论叫作虚妄。这就是说，思想家的思想无论多么幽远深邃，都必须通过质疑、思辨、推演、论证等明显切近的方式来验证。范围广大的思想必须由一个个微小的质疑、思辨、推演、论证所积累的事实来验证，细小微妙的思想也必须用显著的思辨来验证。没有经过质疑、思辨、推演、论证甚至批判的思想只能称作妄言。也有一些学者将'验'仅仅理解为感性经验，我认为是一种教条性思维。"千一追问道："潘古先生，能讲一讲扬雄的批判精神吗？"潘古先生道："扬雄的思想汲取了儒家思想精华，但对儒家人物并不是一概尊崇的，他对荀子就很不满，他认为荀子接受法家'王霸'思想是对孔孟之道的歪曲。他在《法言·五百》中说：'庄、杨荡而不法，墨、晏俭而废礼，申、韩险而无化，邹衍迂而不信。'他批评庄子、杨朱的学说放荡而不守法，批评墨子、晏子的学说主张节俭而放弃了礼，批评申不害、韩非子的学说险恶而缺少教化，批评邹衍的学说陈旧得不合时宜，令人难以置信。在人性论方面，他也提出了与先贤不同的看法。"千一颇感兴趣地问："他是什么观点呢？"潘古先生淡然一笑说："扬雄在《法言·修身》中说：'人之性也，善恶混。修其善则为善人，修其恶则为恶人。'人性不是单一的善或恶，而是善恶相混杂，人性中既有善的成分，也有恶的成分，人们如果修善就能克服人性中的恶的成分而成为善人；如果修恶就会克服人性中的善而成为恶人。所以他在《法言》中开篇就强调：'学者，所以修性也。'学习就是修性，学则王，不学则邪。他认为学习对于个人的善恶起决定作用。"千一听到这里慨叹地说："看来扬雄还真是一个特立独行的思想家啊！"潘古先生点着头说："是啊，扬雄的一生是积极探索、创造的一生，他在污浊不堪的朝政中能够保持宁静的心境，从不随波逐流，深入思考事物最终的本质和宇宙的奥秘，终于创造了'玄的世界'，着实令人敬佩啊！"这时，千一发现潘古先生左手拿着的那本书越来越亮，好像书里面在闪闪发光，便好奇地问："潘古先生，您手里拿的是什么书，怎么还会发光呢？"潘古先生微笑着说："我拿的可不是书，而是一个盒子，里面装满了诸子百家的思想种子，是专门送给你的，等你回家后，你把这些思想的种子播种到你家后花园的泥土里，等每一粒思想的种子破土发芽、开花结果后，你把果实送给你的同学们吃，到时候，每个人的头脑里都会长出新的思想的。"千一听了高兴地说："这可太有趣了，我一定会精心培育这些思想的种子的。您就放心吧！"说完迫不及待地从潘古先生手中接过了那个很像书的盒子，这时天花板上闪闪发光的符号瞬间凝聚成一根线条，那根线条在潘古先生和千一面前飞舞着说："千一同学，时间到了，咱们原路返回吧！"千一一边将装着思想种子的盒子装进书包，一边问线条："我还是抓着你的一端吗？"线条摇头摆尾地说："当然当然。"将盒子装进书包后，千一感激地向潘古先生鞠了一躬，然后伸出右手抓住线条的一端，瞬间便消失在时间隧道之中……

看到这里，孟蝶放下书，急急忙忙去了爸爸的书房，她在爸爸上万册的藏书中，专挑厚厚的像盒子似的书寻找，她觉得《千一的梦象》既然是爸爸写的，那么爸爸就可能藏着一个装思想种子的盒子，应该和潘古先生送给千一的那个一模一样。可是她翻了半天也没有找到，她在书房里瞎折腾，惊动了正在画室里创作的孟周。孟周放下画笔来到书房，发现女儿坐在地毯上，快被周围的许多厚厚的大书埋起来了。孟周好奇地问："孟蝶，你这是在找什么呀？"孟蝶头也不抬地说："爸爸，我在找思想的种子！"孟周一听便笑了起来，他笑呵呵地问："你确定你要找的'思想的种子'在我的这些藏书里？"孟蝶这才抬起头认真地说："爸爸，咱家是不是也有潘古先生送给千一的那种像书一样的盒子，里面装满了思想的种子？"孟周这才恍然大悟地说："我们家的确没有潘古先生送给千一的那种盒子，但是我们家有思想的种子！"孟蝶猛地从书堆里站起来，兴奋地问："爸爸，这是真的？"孟周坐在沙发上微笑着说："当然是真的！"孟蝶迫不及待地问："爸爸，在哪里？我怎么从来没见过？"孟周卖关子地说："远在天边，近在眼前啊！"孟蝶急切地问："爸爸，到底在哪里呢？"孟周这才慈祥地说："女儿，你就是爸爸妈妈心中最宝贵的思想的种子啊！你读爸爸送给你的《千一的梦象》就是在为你这粒种子浇水、施肥，爸爸坚信只要你像扬雄一样一生不随波逐流，努力从先贤经典中汲取营养、敢于质疑、批判，并且不断增强独立思考的能力，早晚你这粒思想的种子会开花结果的。"孟蝶这才真正懂得了爸爸在她十四岁生日时送给她《千一的梦象》的良苦用心，她充满感激之情地问："爸爸，如何才能成为一个真正有思想的人呢？"孟周语重心长地说："要想成为一个有思想的人，就必须知道人类的精神困境是什么，在哪里，然后以这种精神困境为突破口，努力开发出一种重新看世界的方法。老子用'道'看世界，孔子用'仁'看世界，墨子用'兼爱'看世界，孟子用'善'看世界，荀子用'恶'看世界，韩非子用'法'看世界，董仲舒用'天'看世界，扬雄用'玄'看世界……"还未等孟周说完，孟蝶迫不及待地插嘴说："我明白了，爸爸是用'梦象'看世界，妈妈是用'兰法'看世界，对不对？"孟周未置可否地微笑着说："无论是哲学家还是艺术家，他们的使命是开发出一种前所未有地看世界的新方法，从而引导人们走出精神困境。扬雄用'玄'的方法看世界无疑是一次大胆的哲学探索，他创作的《太玄》便描绘了万事万物神妙变化的图景。扬雄在《太玄·告》中说：'玄生神象二，神象二生规，规生三摹，三摹生九据。玄一摹而得乎天，故谓之有天；再摹而得乎地，故谓之有地；三摹而得乎人，故谓之有人。'在这段话中，'神象二'是指天地，'玄'为一，'三摹'是指天、地、人。玄作为'一'生出天地二象，天地二象生出天地之道，天地之道生出天、地、人三玄，三玄又生出九赞。从一玄不断谋求客观世界，得出了天、地、人三玄、九州、八十一首。玄的妙用就在于能够衍生天地，分立阴阳，贯通神明，沟通古今。这段话表面上看阐述的是扬雄的宇宙生成论，其实描绘的是他的心灵图景。"孟蝶似有所悟地问："爸爸，莫非通过玄也能进入梦象？"孟周毋庸置疑地说："当然！"千一追问道："那么都有那些途径呢？"孟周沉思片刻说："《说文解字·卷四下》说：'玄，幽远也'，玄字最早见于甲骨文，其本义是赤黑色。赤黑色不是单纯色，在色阶上具有一定的模糊性、隐晦性，由此引申幽远、奥妙之意，而幽远的玄思妙想如露如电地穿过心灵时，心灵图景便会层出不穷，玄秘的梦象油然而生。因此'玄之幽'可以通往梦象。在《太玄·攡》中说：'玄者，幽攡万类而不见形者也。'意思是玄在幽的状态下舒张万类，虽然万事万物为此而形成且展开，但是我们却无从见到玄的形迹。对于视觉来说，玄是无形无象无迹的，但是对于心觉来说，玄就是心灵图景，一旦玄思迭起，妙思涌现，无异于置身他乡灵境。因此扬雄在《太玄·文》中对《中》首初一赞辞的解释是：'或曰："昆仑旁薄，幽"，何为也？曰：贤人天地思而包群类也。昆诸中未形乎外，独居而乐，独思而忧，乐不可堪，忧不可胜，故曰："幽"。''昆仑'就是浑沦，形容贤人深沉而无形地思考；'旁薄'就是磅礴，形容贤人广博的思想，这样的思想是隐藏于内心的，所以称为'幽'。而贤人幽思的特点就是'独居而乐，独思而忧，乐不可堪，忧不可胜'，独处之乐与独思之忧都达到了极致的境界，就叫'幽'。"孟蝶听了点着头说："爸爸，除了'幽'还有别的途径吗？"孟周微笑着说："还可以通过'玄之冥'通往梦象。扬雄在《太玄·大》中说：'大：阴虚在内，阳蓬其外，物与盘盖。初一：渊潢洋，包无方。冥。测曰：渊潢洋，资裹无方也。'在这里，大首的告辞讲的是阴气受阳气限制在内，阳气在外，阴气在内相迎，万物铺陈，盘桓茂盛，就像车的盖子，所以称之为大；也就是说，只有阴阳相互作用、相互协调，万物才会被覆盖。'初一'的赞辞是深渊中的水十分宽旷，是因为能包容万物，深奥呀。测曰：深渊中的水十分宽旷，得到的资助无限的缘故。冥，这里是深奥能容的意思。也就是说，'初一'的赞辞讲的是冥，相当于宽阔无垠、深不可测、包载万物的渊，任何东西都无法游离于渊之外，这就是冥的状态。测辞也解释了'冥'之大，大到万物所归的程度。扬雄在《解嘲》里说他的《太玄》'深者入黄泉，高者出苍天，大者含元气，细者入无间'，其实就是对'冥'在深度、高度、广度、细微度等方面最高形态的描述。"千一插嘴问："爸爸，'冥'是不是也可以用'大'来替代呢？""当然可以。"孟周接着说，"除了幽、冥两条途径之外，还可以由'玄之自由'通往梦象。"千一连忙问："爸爸，什么是'玄之自由'呢？"孟周解释道："在《汉书·扬雄传》中说：'雄以为赋者，将以风也，必推类而言，极取康之辞，闳侈巨衍，竞于使人不能加也……'扬雄认为赋是用来讽谏的，如果一定要推展论述，那么就应该写得华丽至极，写得宏伟侈华推衍无穷，以至于别人无法超越，这样的赋才是合格的作品。可见扬雄非常重视文之'丽'，甚至将'丽'作为判断艺术作品是否合格的标准。其实'丽'的内涵非常丰富，有美丽、壮丽、华丽、富丽、艳丽、奇丽、瑰丽、俏丽、绚丽、靓丽、婉丽、宏丽、流丽、鲜丽、清丽、端丽、繁丽、明丽、靡丽、妍丽、绮丽、广丽、伟丽、焕丽、朗丽、净丽、幽丽、纤丽、怪丽、雄丽等等，可以说，没有'丽'，生活将失去色彩。扬雄的赋想象瑰丽、奇特，辞藻华美，语句色彩斑斓。借助玄之丽便可进入一个混沌的仙境，在那里宇宙是在我们心灵深处幻构出的奇丽无比、丰富多彩的梦象。其实玄就是心灵自由自在的境界，进入这样的境界，心灵图景层出不穷。但是'丽'不能过于泛滥，进入玄的境界便可以了，因此扬雄在《法言·吾子》中写了一段对话：'景差、唐勒、宋玉、枚乘之赋也，益乎？曰：必也淫。淫则奈何？曰：诗人之赋丽以则，辞人之赋丽以淫。如孔氏之门用赋也，则贾谊升堂，相如入室矣。'其中景差、唐勒、宋玉都是战国时期楚国人，在屈原之后，以赋闻名。枚乘是西汉词赋家。贾谊是西汉初期思想家。相如指的是司马相如，也是西汉著名词赋家。这段话的意思是：有人问：'景差、唐勒、宋玉、枚乘的赋有益处吗？'回答说：'如果一定要回答的话，那就是他们的'丽'过度了。'对方又问：'过度了又能怎样'回答道：《诗经》中那些诗人的诗体，'丽'用得恰到好处，而如今的词赋家的赋却文辞华丽得泛滥无际了。假如孔子的门下也用赋为教，那么贾谊堪称登堂，司马相如算是入室了。在这里又牵涉到一个'文质观'的问题。""爸爸，"孟蝶跃跃欲试地说，"我记得最早把'文'和'质'放在一起论述的是孔子。孔子在《论语·雍也》中是这么说的：'质胜文则野，文胜质则史。文质彬彬，然后君子。'爸爸，我说得没错吧？"孟周欣慰地点着头说："没错，但是在扬雄之前的哲学家大多重质轻文，扬雄则把文与质放在了平等的地位上。他在《太玄》文首的首辞中说：'阴敛其质，阳散其文，文质斑斑，万物粲然。'就是说质是阴气内敛的结果，文是阳气外散的结果，文质结合，万物盎然。又在《太玄·文》中说：'天文地质，不易厥位。'天有其文，地有其质，两者地位不可变易。可见扬雄认为文与质互不可缺、互相显现。关于'文'的重要性，在《论语·颜渊》中有一段重要论述：'棘子成曰：君子质而已矣，何以文为？子贡曰：惜乎，夫子之说君子也！驷不及舌。文犹质也，质犹文也。虎豹之鞟犹犬羊之鞟。'意思是说，棘子成说：君子只要有好的内在品德就行了，要那些礼节形式干什么？子贡说：可惜呀，先生这样谈论君子。要知道一言既出，驷马难追啊！内容和形式，是同等重要的。虎豹就是以它的花纹来区别犬羊的，如果没有了花纹，虎豹和犬羊就很难区别了。这段话很鲜明地指出，艺术形式的创造是多么重要，它甚至决定了你的艺术究竟是什么。'文'就是创造世间不存在的东西，那个东西让世界多了一个崭新的事物，如果这个'东西或事物'不存在，何谈内容？因此是艺术形式决定了你的艺术是什么！其实'文质观'背后的哲学基础是梦象。由'玄之文质'进入梦象，'文'是梦象之阳外散之光，'质'是梦象之阴凝缩的结晶。无论是哲学家还是艺术家，只要处理好文与质的关系，便可'神战于玄'。"孟蝶似懂非懂地问："爸爸，'神'是什么？'玄之神'是是通往梦象的途径吗？"孟周微笑着说："应该说，'神'是玄的心智。因此扬雄在《法言·问神》中说：'或问神，曰：心。请问之。曰：潜天而天，潜地而地。天地，神明而不测者也。心之潜也，犹将测亡，况于人乎？况于事伦乎？'意思是说，有人问什么是神，回答道：心就是神。请问：为什么心就是神？回答道：用心深入体会天，就能出现天的图景；用心深入体会地，就能出现地的图景。天与地，如同神明，本来是难以预料的，不过只要用心深入体察，还是可以测知的。心连难以预料的天与地都可测知，更何况人或事呢？扬雄认为只要像孔子一样潜心，便可以深入文武之道，达到圣境。所谓圣境便是玄的境界。扬雄在《太玄·告》中说：'玄者，神之魅也，天以不见为玄，地以不形为玄，人以心腹为玄。'这里的'神'指的就是神秘、神妙、神灵。意思是说，玄为一切神秘、神妙、神灵的主宰，也就是说事物之中的一切神秘、神妙、神灵都由玄主宰。天、地、心腹之所以不可见，是因为其背后都由玄来主宰。玄靠什么主宰？当然是靠'神'。所以说，神是玄的心智。正所谓'玄由心生'。玄是思的结果，所以有幽的特点，'幽'表明思的特点是无形的。其实玄是创造性的原初状态，是潜存于宁静中的无限能量。所有的梦象都是玄的能量所致。玄是内心世界的形式。只有保持心灵的虚寂和宁静，才能体察玄的运行规律和运行过程。玄是一切神秘的核心。是玄让我们在神性中发现了梦象。其实玄就是产卵于心灵的梦象。也正因如此，扬雄在《法言·问神》中才说：'故言，心声也。书，心画也。'""等等，爸爸，"孟蝶兴奋地问，"原来您常挂在嘴边的'言为心声，书为心画'是扬雄说的？"孟周点了点头微笑着说："是的，是的，爸爸之所以把扬雄的这句话挂在嘴边，是因为'言为心声，书为心画'是对心灵图景的最好诠释啊！"孟蝶追问道："这话怎么讲？"孟周解释道："歌德说：'不是我作诗，是诗在我心中歌唱。'用这句话来解释'言为心声'最合适了！梦象就是心灵语言描述的神话，它在被观察前，从未真正展开过，而是处于一种模糊的、混沌的、可能的状态。只有在我们当前的观察发生之后，心声、心画才立即成为实际的梦象。当灵感专断地占据了一个思想者的身心，必然要发生灵魂与魔性的较量。这种较量使思想者原本宁静的心灵世界迫向沸腾的瞬间。每一个瞬间被心声或心画定格后便形成心灵图景，一个或几个甚至无数心灵图景构成梦象。其实在心觉之外什么都没有，正因为如此，我们是在向外望世界的假设是很容易被驳倒的。事实上，整个宇宙就在我们的心灵深处。心灵有一套独特的编码机制，扬雄试图通过玄破译这套编码机制。心声、心画就是心灵编码的结果。""爸爸，"孟蝶似有所悟地问，"妈妈独创的'兰法'也是心灵的编码吗？"孟周说："当然是了。妈妈将一条线从书法或绘画中抽离出来，将心灵的全部能量灌注到这条线中，使其达到玄的境界，再由玄的境界通往梦象。妈妈是用线把心提升为一切价值的本体。"孟蝶听罢兴奋地说："爸爸，平时我还真是没用心看妈妈创作的'兰法'，听您这么一说，我还真想好好看看。"孟周微笑着说："好啊，正好你妈妈在创作'兰法'，我们现在就去看看如何？"孟蝶从书堆里一下子跳出来，从沙发上拽起爸爸就往画室走，一进画室，发现妈妈正捧着一本《新论》在看。孟蝶情不自禁地问："妈妈，《新论》是谁的著作？"舒畅合上书微笑着说："《新论》是西汉时期著名的思想家桓谭的著作。"孟蝶回头问孟周："爸爸，桓谭是西汉时期的思想家，那么他会不会认识扬雄呢？"孟周微笑着说："桓谭不仅认识扬雄，还是好朋友，而且对扬雄有很高的评价。"孟蝶饶有兴趣地问："他是怎样评价扬雄的？"舒畅接过话茬说："扬雄比桓谭大三十岁，论交情在师友之间。桓谭是个善于独立思考的学者，他对扬雄极为推崇。有一次王莽问桓谭：'扬子云何人邪？'意思是问扬雄是什么样的人。桓谭回答道：'扬子云才智开通，能入圣道，卓绝于众，汉兴以来，未有此也。'可见，在桓谭眼里，扬雄是圣人。桓谭评价扬雄:'扬子之书文义至深,而论不诡于圣人。'这句话里所说的'扬子之书',指的就是《太玄》,'论不诡于圣人',说的是扬雄的思想不与圣人相异,这是极高的评价呀!"孟蝶若有所思地问:"妈妈,桓谭的《新论》讲了些什么?"舒畅微笑着说:"桓谭生活的两汉之际是谶纬之学大行其道的时期,谶纬是一种依托神圣预示吉凶的语言。谶为神的预言,示人吉凶;纬是汉代神学迷信附会儒家经义的一类书。在谶纬神学的乌烟瘴气之下,汉代迷信盛行,长生不死以及神仙思想泛滥,特别是在东汉时期,谶纬号称'内学',具有神学法典的性质,被皇帝所尊崇。面对被皇帝尊为'秘经'的谶纬之学,桓谭头脑非常清醒,他坚持独立思考,勇于坚持真理,不畏强权,坚决反对谶纬神学,反对世俗迷信,为此他惹怒了汉光武帝刘秀,险些丢了性命。捡回来一条性命后,被贬谪发配为六安郡丞,病死在上任途中,可以说桓谭是为反谶纬的信念献出了生命。桓谭最重要的哲学理论,是他关于'人死如烛灭'的学说。他在《新论·祛蔽》中说:'精神居形体,犹火之燃烛矣;如善扶持,随火而侧之,可毋灭而竟烛。烛无,火亦不能独行于虚空,又不能复燃其烛。烛犹人之耆老,齿堕发白,肌肉枯腊,而精神弗为之能润泽,内外周遍,则气索而死,如火烛之俱尽矣。'意思是说,人的精神附着在形体之内,犹如烛火不能离开蜡烛而凭空存在一样,如果善于随着火苗的燃烧而调整蜡烛的角度,可以使火苗一直不灭,直到蜡烛燃尽为止。蜡烛一旦燃尽了,火苗就不能独自存在,既不可能在虚空中独自燃烧,也无法使烛油残烬复燃。'烛'字指的就是蜡烛的烛油残烬。烛油残烬犹如人体的衰老,头发变白、牙齿脱落、肌肉松弛、肉体干瘪,精神也不能滋养枯干了的肉体,使肉体重返青春。人气绝而死,形体和精神俱灭,就如同烛火与蜡烛燃尽一样。桓谭的形神观,概括起来就是'神随形灭',人不可能长生不死,更不可能修炼成仙。"孟蝶听罢沉思片刻说:"妈妈,我不同意桓谭的观点,我认为人死了不能用烛灭来形容,经过这段时间对哲学的学习,我发现人是有精神、有心灵、有灵魂的,而那些传世的伟大思想家、哲学家、艺术家、文学家,他们虽然死了,但他们的心灵世界还在,他们的精神、思想永生。"孟周欣慰地接过女儿的话茬,微笑着说:"女儿说得没错,人生的意义就在于如何将自己从一个普通的人变成一个永恒的人。如何才能变成一个永恒的人呢？就是通过创造使人生达到某种境界，比如'道'的境界、'仁'的境界、'玄'的境界……"这时孟蝶迫不及待地插嘴道："还有'梦象'的境界、'兰法'的境界！"听女儿这么一说，孟周和舒畅全都欣慰地笑了。

第十三章
文由气生，气象万千

千一怕妈妈发现自己和潘古先生之间的秘密，没敢将思想的种子种到后花园，刚好星期六，她吃过早餐后借口去西山写生，带上潘古先生送给她的那个宛如一部厚厚的线装书似的盒子出了家门，骑着共享单车去了学校门前那片神秘的森林。她觉得只有将思想的种子种在那片神秘的森林里，才不会被人发现。这片森林之所以很神奇，是因为这里生长的树种非常单一，走在林海中每个地方的景观都很类似，整片森林浓密茂盛，遮天蔽日，根本无法通过太阳判别方位。千一怕自己在森林里迷失，来之前她还从爸爸书房里拿了指南针，可是当她走进森林里时才发现，指南针竟然失灵了！她只好凭借记忆沿着幽静的小径往森林深处走，希望找到一块无法被人发现的地方，然后将思想的种子种进泥土里，等到结满思想的果实后再来采摘，到时候分给同学们吃，刘兰兰吃了一定会变成天使，秦小小吃了也一定会从捣蛋鬼变成小王子，这可太有趣了。她一边想一边走，也不知走了多长时间，突然她发现一块很肥沃的空地，土质松软，十分平整，将思想的种子种到这里再合适不过了。于是她停下脚步取下双肩包和画夹，从背包里小心翼翼地取出潘古先生送给她的盒子。当她轻轻打开盒子盖时，还没等她看清思想的种子是什么样子，意想不到的事情发生了，一群五颜六色、古灵精怪的小精灵纷纷跳出盒子，然后蹦蹦跳跳地奔向空地，不一会儿便消失在泥土里，然后从空盒子里散发出一种奇妙的芳香，还没等千一缓过劲儿来，一团白气飞出盒子，在千一的头顶上盘旋了一会儿，竟然开口说话了："千一同学，你终于把我放出来了，你再不打开盒盖子，我就要憋死了。"千一惊讶地望着那团气，不可思议地问："你是谁？是在跟我说话吗？"那团气在空中像一股龙卷风似的旋转了几圈，然后突然凝成一团，卖关子地说："我当然是在和你说话，你看看我像谁？"千一定睛一看，用质疑的口吻说："你现在的样子虽然很像人的样子，但是你只是一团气呀！你究竟是什么？"那团气得意地说："就不跟你卖关子了，实话跟你说，我是东汉时期著名哲学家王充的元气。我本来也应该和那些小精灵一起钻进泥土发芽、开花、结果的，但是你的哲学之旅已经走到东汉了，你无论如何也无法绕过我，我的思想还是我自己介绍好。"千一将信将疑地说："既然你是王充的元气，就请你先介绍一下王充的生平吧。"那团气像一块停在空中的云，平静地说："我是会稽上虞人。我的祖先原是魏郡元城县人。由于好几代都从军有功，因而受封为会稽郡的阳亭侯。但仅有一年封爵就被废除掉了，于是就在那里安了家，以务农为业。我的曾祖父是武将出身，纵任意气，容易得罪人，特别是灾荒之年，为了让全家人有饭吃，还拦路抢劫，结下了许多怨仇。由于害怕仇人报复，我祖父率领全家肩挑车载地从会稽搬到了钱塘县，以做小买卖为生。我祖父有两个儿子：长子叫王蒙，次子叫王诵。王诵就是我父亲。由于受祖上纵气任性的影响，王蒙和王诵在钱塘县更是以胆势欺凌别人，终于又与地方豪强丁伯家结下深仇，钱塘也不能待下去了，全家只得又搬到上虞县定居。建武三年，也就是公元27年，我出生了。还是小儿的时候，和同辈的小朋友游戏玩耍，我就不喜欢恶作剧。小伙伴们喜欢捉麻雀、捕蝉、戏钱、爬树等游戏，我都不感兴趣，父亲王诵很以为奇。我六岁时，父亲教我学写字，我表现得既有礼貌又行为谨慎，性格严肃沉静，不喜欢与人交往，但心怀大丈夫之志。父亲没有打过我，母亲也没有责备过我，邻里也没有责备过我。所以我有'乡里称孝'的好声誉。我八岁时进入书馆学习。在书馆读书的学生有上百人，都因为有过失而遭到过惩罚，有的还因字写得不好而挨打，但我写字天天都有进步，又不曾有过过失，因此从来没有受到过惩罚。"千一感叹地插嘴说："看来您和您的祖先们不太一样啊！""是的。"那团气凝聚成人的样貌点点头接着说，"我十七八岁时，告别启蒙老师，到京师去求学。入太学深造，一度受学于班彪。"千一又插嘴问："班彪是谁？"那团气解释道："班彪是《汉书》作者班固的父亲。班彪家世儒学，造诣颇深。我拜班彪为师学习《论语》《尚书》等儒家典籍，每天博览群书而不守章句，由于我天生聪慧，记忆力超群，能够过目不忘，所以在洛阳的几年内贯通了诸子百家的思想。这时我提笔写文章众人都感到惊奇。尽管如此，我也不轻易动笔，我很善辩，但是和我谈不来的人我轻易不开口。我为人清高稳重，交友很慎重，不愿随便与人交往。所交往的朋友职位即使低微卑贱，年纪即使幼稚，但行为如果不同于世俗，就一定要同他结为朋友。喜欢高洁之友、文雅之士，不泛泛地结交粗鄙之人。在京师经过几年的努力学习，我有所成就，便辞别恩师班彪，走上了中国传统知识分子必经的仕途。然而我的仕途生涯充满了坎坷，我一直做着县、郡、州的小官，在县里做到掾功曹，在都尉府也是掾功曹，在郡太守府是五官掾兼职各曹事务，到州里任从事官。也许是性格使然，我的才华不仅得不到赏识，而且常与上司意见不合，在这种情况下，要想维持现状都很难，更谈不上被推举、提拔和重用了，结果就是多次被迫辞职。多年的仕途生涯让我看透了一切，因此在花甲之年我下决心离开了仕途，回归故里，专事著述。'千一若有所思地问："为什么您的仕途生涯始终不顺利呢？"那团气长叹道："这或许与我的几代祖先'勇任气'的传统有关，我的祖辈刚烈的性格和坎坷的经历对我的人格和思想的形成产生了深刻的影响，我耿直而不同流合污的人生态度和愤世嫉俗的批判精神的形成，都与先祖传下来的'勇任气'的家风不无关系。我一生所追求的是一种独立不苟的人生境界，就是要为真理鸣不平，关于这一点你只要好好读一读我的著作《论衡》就清楚了。"千一颇感兴趣地问："《论衡》究竟是怎样一部书？"那团气突然打了一个龙卷风似的旋儿，然后再次凝聚成人的样貌说："《论衡》是我凝毕生心血所作，共八十五篇，其中《招致》一篇有目无文，所以得以保存至今的共八十四篇，二十万言。我之所以著《论衡》一书，是因为'伤伪书俗文，多不实诚，故为《论衡》一书'，'《论衡》者，论之平也'，'铨轻重之言，立真伪之平'，'《诗》三百，一言以蔽之，曰：思无邪。《论衡》篇以十数，亦一言也，曰：疾虚妄'。"千一打断那团气说："您说的，我听得似懂非懂，能解释一下吗？"那团气点了点头说："我之所以劳精苦思创作《论衡》，是因为痛感一些虚伪的书籍、庸俗的文章，大都弄假不实，'论衡'的目的就是要跳出世俗的成见，对古往今来的重要学说，铨其轻重，重新考其真伪，《诗经》三百篇，可以用一句话来概括，那就是没有邪恶的思想；《论衡》的篇章也近百篇，也可以用一句话来概括，那就是反对一切虚妄之言，批判那些虚假荒诞的事物和不切实际、不合道理的言论。我一生坚持怀疑精神和批判精神，可以说'疾虚妄'三个字体现了我的思想的精髓。"千一不解地问："您所批判的虚妄之言都有哪些呢？"那团气解释道："两汉之际，谶纬神学泛滥，迷信怪诞之风盛行，东汉时期尤甚。王莽以图谶作为其夺取政权的工具，建立了新朝。之后，汉光帝刘秀也借助图谶夺取了政权，并于公元25年宣布谶记于天下，至此图谶之术合法化，被董仲舒改造了的天人感应论和谶纬神学相结合的儒家思想成为官方的正统思想，进而导致儒学自汉武帝'罢黜百家，独尊儒术'以来的进一步深化，其恶果就是思想僵化、教条主义大行其道。有鉴于此，我才高举'疾虚妄'的旗帜，主张'实诚'之学。"千一好奇地问："什么是'实诚'之学？"那团气解释说："'实诚'之学与虚妄之言是相对的，'虚妄显于真，实诚乱于伪'，所谓'实诚'之学，就是能经受得起经验检验，能够被证实的学说。我写《论衡》的目的就是为了'匡济薄俗，驱民使之归实诚'。说白了，就是不信师好古、不迷信圣贤之言，对圣人之言不执着于形式上的模仿照搬，彻底改变'圣贤所言皆无非'的僵化学风，使学术风气'归实诚'。我认为这才是对圣贤的真正敬重。为此，我在著述《论衡》时，特意写了《问孔》《非韩》《刺孟》等文章，这在当时是冒天下之大不韪的，但不如此不足以矫枉归正，不如此就不足以使人们摆脱对圣贤经典一字都不能改的虚妄，不如此就无法探寻圣贤经典的思想精髓。"千一敬佩地说："这可太了不起了，那么您是如何'问孔''非韩''刺孟'的呢？"那团气说："我在《问孔》开篇就指出'察圣贤之言，上下多相违；其文前后多相伐者，世之学者，不能知也'。考察下来，圣贤的言论前后有很多自相矛盾的地方，他们的文章，前后也有很多相互违背的地方，而当今学者也不知道这一点。比如在《论语·阳货》中，记录了这样两件事，一件事是'佛肸召，子欲往。子路曰：昔者由也闻诸夫子曰：'亲于其身为不善者，君子不入也。佛肸以中牟畔，子之往也，如之何？子曰：然！有是言也。不曰坚乎，磨而不磷；不曰白乎，涅而不缁。吾岂匏瓜也哉？焉能系而不食？'讲的是佛肸招聘孔子，孔子打算前往。子路阻止说：'我曾经听老师说过，亲自做过坏事的人，君子是不去他那里的。如今佛肸盘踞中牟反叛，您却要去，好像说不过去吧？'孔子辩解说：'不错，我确实说过这话。但我不是还说过最坚固的东西磨也磨不薄，最洁白的东西染也染不黑吗？我难道是个苦味的葫芦吗？怎么能只挂在那里而不给人吃呢？'另外一件事是：'公山弗扰以费畔，召，子欲往。子路不悦，曰：末之也已，何必公山氏之之也？子曰：夫召我者，而岂徒哉？如有用我者，吾其为东周乎！'讲的是鲁国大夫景孙氏的家臣公山弗扰盘踞费邑准备反叛季氏，招聘孔子，孔子准备去，子路不高兴地说：'没有地方去就算了，何必去公山氏那里呢？'孔子辩解说：'人家会平白无故招聘我吗？如果有人用我，我就可以复兴周礼、推行自己的政治主张呀！'在我看来，'公山、佛肸俱畔者，行道于公山，求食于佛肸，孔子之言无定趋也。言无定趋，则行无常务矣。周流不用，岂独有以乎？阳货欲见之，不见；呼之仕，不仕，何其清也！公山、佛肸召之，欲往，何其浊也！公山弗扰与阳虎俱畔，执季桓子，二人同恶，呼召礼等，独对公山，不见阳虎，岂公山尚可，阳虎不可乎？子路难公山之名，孔子宜解以尚及佛肸未甚恶之状也'。"千一似懂非懂地问："能把你的观点说明白一些吗？"那团气若有所思地说："我的意思是说，公山、佛肸都是叛乱之人，在公山那里想推行政治主张，在佛肸那里却只想找饭吃，孔子的话没有一定准则啊！说话没有一定的准则，那么行为就不会有固定的目标，孔子游历列国没有受到重用，难道不是有原因的吗？阳虎想见孔子，孔子不见；想喊孔子来做官，孔子断然拒绝，何等清高啊！公山、佛肸招聘孔子，孔子却想去，这又是何等污浊啊！公山弗扰和阳虎全都背叛了季孙氏，囚禁了季桓子，两个人的罪恶是一样的，聘请孔子的礼节也是相同的，孔子只见公山，不见阳虎，难道公山可以合作，阳虎就不能合作吗？果真如此，那么子路反对孔子去公山那里，孔子就应该说与佛肸比起来公山还不算太坏来做辩解。"千一这才豁然开朗地说："您的批判还真是够犀利的。那么您又是怎么'非韩'的呢？"那团气接着说："韩非主张'明法尚功'，就是明确法令，尊重功绩，强调'耕战'，于是非儒，把知识分子比喻成蛀虫，骂他们'不耕而食'。这是多么荒谬的学说啊！'夫儒生，礼义也；耕战，饮食也。贵耕战而贱儒生，是弃礼义求饮食也。使礼义废，纲纪败，上下乱而阴阳缪，水旱失时，五谷不登，万民饥死，农不得耕，士不得战也。'儒生也就是当时的知识分子，讲的是礼义教化，耕战讲的是饮食。重视耕战却轻视知识分子，是抛弃礼义教化而找饭吃。如果礼义教化被废掉了，那么维护一个国家秩序的礼法就会被破坏，上下关系就乱了，阴阳二气也会失调，旱涝频发，五谷也没有收成，饥荒导致老百姓饿死，农民无法耕种土地，外乱入侵，战士也无法应战！'夫道无成效于人，成效者须道而成。然足蹈路而行，所蹈之路，须不蹈者。身须手足而动，待不动者。故事或无益而益者须之，无效而效者待之。儒生，耕战所须待也，弃而不存，如何也？'就是说，虽然礼教对于人不能产生立竿见影的具体效果，但是要想有具体效果就必须依靠教育来完成。这就好比脚踩在路上行走，踩着的路，必须依靠没有踩的地方而存在，人的身体必须依靠手与脚才能行动，然而手与脚的行动要靠不动的身躯才能活动。所以看似无益的事情而益处却要依靠它，看似没有立竿见影的具体效果的事情，直接具体效果却要依靠它。耕战之事必须依靠知识分子，要是抛弃他们，让他们消失，怎么得了呢？在这方面，战国初期魏国君主魏文侯做得就非常好。'段干木阖门不出，魏文敬之，表式其闾，秦军闻之，卒不攻魏。使魏无干木，秦兵入境，境土危亡。秦，强国也，兵无不胜。兵加于魏，魏国必破。三军兵顿，流血千里。今魏文式阖门之士，卻强秦之兵，全魏国之境，济三军之众，功莫大焉，赏莫先焉。''使韩子非干木之行，下魏文之式，则干木以此行而有益，魏文用式之道有功，是韩子不赏功尊有益也。'就是说魏国大知识分子段干木长期闭门隐居，魏文侯想请他为相，他不接受。魏文侯非常敬重他，坐车经过他的家门时也要扶轼俯身致敬，秦军听到这件事后，始终不敢轻易攻打魏国。如果魏国没有段干木，秦军一旦进入魏国国境，魏国就有被灭亡的危险。秦是强国，打仗战无不胜，一旦入侵魏国，魏国必败。三军即使苦战，也要流血千里。如今魏文侯向闭门隐居的大知识分子表示敬意，就使强大的秦军退却了，保全了魏国的领土，拯救了三军士兵的生命，论功劳没有比他大的，论奖赏没有人能超过他。即使韩非指责段干木的操行，贬低魏文侯礼贤下士，但段干木正是以他的操行而使国家得到了好处，魏文侯正是因礼贤下士而保全了领土。可见韩非子是一个对有功劳的人不懂得奖赏、对有益于国家的人不懂得尊敬的人啊！"千一听到这里颇有同感地说："潘古先生为我讲解

《韩非子》时，认为他是死在自己思想里的思想家，莫非是受到《非韩》的启发？"那团气不以为然地说："也许吧，如果他赞同《非韩》里面的观点，相信他也一定会赞同我对孟子的批判。"千一迫不及待地问："您是如何'刺孟'的呢？"那团气说："在《孟子》中前后矛盾，言行不一，答非所问，无理狡辩的地方很多。我举一个例子，'孟子去齐，充虞涂问曰：夫子若不豫色然。前日，虞闻诸夫子曰：君子不怨天，不尤人。曰：彼一时，此一时也。五百年必有王者兴，其间必有名世者矣。由周而来，七百有余岁矣，以其数则过矣，以其时考之，则可矣。夫天未欲平治天下乎？如欲平治天下，当今之世，舍我而谁也？吾何为不豫哉？'讲的是孟子离开齐国时，他的学生充虞在路上说：'老师好像不太高兴啊！以前我听老师说过，君子不抱怨天，不责怪人。'孟子说：'那时是那时，现在是现在啊。按理说，历史上每过五百年，必定有圣君兴起，其中还必定有声望很高的辅佐者。从周武王至今，已有七百多年了。算年头，已经超过五百年了；按时势需要而论，也该是可以有作为之时了。只是老天还不想让天下太平，如果要想使天下太平，面临今天这样的形势，除了我以外，还会有谁？我为什么要不高兴呢？'千一插嘴问："孟子说每五百年出一个圣王有什么根据呢？""问得好！"那团气说，"'五百岁必有王者'之验，在何世乎？云'五百岁必有王者'，谁所言乎？论不实事考验，信浮淫之语，不遇去齐，有不豫之色，非孟子之贤效，与俗儒无殊之验也。——'每五百年必出一个圣王'的证据，在哪个朝代出现过？说'每五百年必出一个圣王'的话，又是谁说的？发表议论不用事实考证，却轻信毫无根据而又过分夸大的话，自己在齐国没有受到任用，离开时脸上流露出不高兴的神色，这不是孟子贤明的表现，而是跟庸儒、俗儒没什么区别的证明。"千一听罢惊异地说："您的批判太尖锐了！"那团气不以为然地说："难道不是吗？'五百年者，以为天出圣期也，又言以"天未欲平治天下"也，其意以为天欲平治天下，当以五百年之间生圣王也。如孟子之言，是谓天故生圣人也。然则五百岁者，天生圣人之期乎？如是其期，天何不生圣？圣王非其期故不兴。孟子犹信之，孟子不知天也。'——孟子认为五百年是天降圣子的期限，却责备'上天不想治理好天下'，就应该五百年降生一个圣王。按照孟子的说法，是上天有意地降生下圣人的。那么五百年是上天降生圣人的期限吗？如果是的话，上天为什么不降生圣王呢？可见五百年并不是上天降生圣王的期限，所以才没有出现圣王，然而孟子还是很相信这个期限，这说明孟子根本不懂得天啊！"千一似有所悟地问："那么您是怎样理解天的呢？"那团气说："我在《谈天篇》中认为，'天，体，非气也'，天是体，不是气，但'天地，含气之自然也'，天地，是有气存在的自然界。在《自然篇》中，我进一步阐述道：'夫天覆于上，地偃于下，下气蒸上，上气降下，万物自生其中矣。'也就是说，天覆盖在上面，地仰卧于下面，地下的气向上升，上天的气向下降，万物就自然而然地产生在天地之间了。'天之动行也，施气也，体动气乃出，物乃生矣。'可见，天的运行就是元气周流运动，天体运行时气便散布出来了，万物也就产生了。不过天体运行是自然无为的。'谓天自然无为者何？气也。恬淡无欲，无为无事者也。'什么是天的自然无为呢？当然是元气的周流运动了。气是恬淡无欲、无为无事的东西，'况天去人高远，其气莽苍无端末'。何况上天距人又高又远，它施放出来的气是无边无际、无始无终啊！"千一插嘴问："这么说您承认空间是无限的了？那么您认为时间有没有无限性呢？"那团气迟疑片刻说："关于时间的无限性，我在《道虚》中也阐述过：'天地不生，故不死，阴阳不生，故不死。死者，生之效；生者，死之验也。夫有始者必有终，有终者必有始。唯无始无终者，乃长生不死。'就是说，天地不是生下来的，所以它不会死；阴阳二气不是生下来的，所以不会死。死是活着的证明，生是死亡的证明。有开始必有结束，有结束就必然有开始。只有没有开始与结束的事物，才会长生不死。我认为在宇宙，只有天地和它们所包含的阴阳二气是不生不灭的、无始无终的。这还不能说明时间的无限性吗？"千一试探地问："这么说，您认为天是自然之天喽？"那团气摇了摇头说："天不仅有自然性，而且有道德性。我在《辩学篇》中认为：'道德仁义，天之道也；战栗恐惧，天之心也。废道灭德，贱天之道；崄隘恣睢，悖天之意。'就是说，道德仁义是天道应有之义，天意要求人们敬畏天道，按着道德仁义来行事，不敢恣意妄为。废弃道义、毁灭道德，就是鄙视天道，心胸狭隘、肆意妄为就是对天意的违背。也就是说，天不仅是自然之天，它也是人间道德的合法来源。"千一听罢沉思片刻说："不瞒您说，天在我心目中一直是很神秘的，

\千\一\的\梦\象\

您不觉得吗？"那团气点了点头说："是的，所以我在《辩学》中表达了这样一个观点：'天，百神主也。'也就是说，天是百神的主宰。"千一几乎是脱口而出："董仲舒也说过，'天者，百神之君也'，你们俩的话如出一辙呀！"那团气未置可否地说："我虽然批判他的谴告之说违背了天道的自然本性，但是我对天的神秘性并不否认，因为'人物系于天，天为人物主也'，'人命悬于天，凶吉存于时'啊！"千一懵懂地问："最后这两句是什么意思？"那团气说："这两句话，前一句出自《变动篇》，意思是人和物都隶属于天，天是人和物的主宰；后一句出自《辩祟篇》，意思是人命决定于上天，凶吉决定于时运。"那团气的话音刚落，千一突然惊喜地又蹦又跳起来，原来是那片空地上开满了五彩缤纷的花朵，那些花朵非常奇异、艳丽，几乎是突然绽放的。此时此刻，整个森林里都散发着奇妙的芳香。千一又惊又喜地说："我爸爸常说，美是神秘的、陌生的、新奇的、令人震撼的，这些思想的花朵不就是美的化身吗！"那团气说："你说得太好了，不过，我劝你赶紧采摘，因为这片净土太适合思想的种子生长了，思想的花朵很快就会变成果实，一旦变成果实再采摘就来不及了。"千一不解地问："为什么呢？"那团气说："没有时间解释为什么了，我也要回归泥土，和那些思想的花朵会合了。"千一连忙问："我采摘完思想的花朵怎么走出这片神秘的森林呢？"那团气钻进泥土之前说道："你已经来不及采摘了，思想的果实会变成一缕姹紫嫣红的元气，你跟着那一缕元气就会走出去的。"话音刚落，那团气就钻进泥土不见了，此时那些五彩缤纷的花朵瞬间变成一个个绚丽无比的类似于气球的果实，千一情不自禁地扑向那些果实，企图摘下一个两个的，可是还未等动手，那些气球似的果实便纷纷飞到空中，在空中噗噗地爆破后，化作一缕缕灿烂的云烟向四面八方飞去，千一一时不知如何是好，这时，一缕金黄色的云烟宛如光线一般在她眼前盘旋，仿佛对她说：'还愣着干啥，快跟我走吧！'千一恍然大悟，毫不犹豫地跟上了这缕奇妙的云烟。

孟蝶的学校后面也有一大片森林，平时和同学们一起没少进去撒欢，只觉得里面很有趣，但并未觉得神秘，当然也没听哪个同学说曾经穿过这片森林。不过读了《千一的梦象》后，孟蝶越想越觉得森林里面很神秘，说不定里面还真有一块净土能长出思想的花朵呢！她将千一在学校门前的森林里播种思想的种子巧遇一团气的故事讲给胡月听，胡月也被那些绚丽无比的思想的果实深深吸引了，两个人商定周末一起去学校后面的那一大片森林里探险，即使不能发现思想的花朵，也要穿过那一大片森林，看看森林的那一边是什么样。

　　星期六上午，孟蝶与胡月背着画夹子走入学校后面的大森林时，映入眼帘的是各种奇花异草，到处是鸟语花香，两个人兴奋极了。她们发现一条小径舒展地伸进幽深茂密的森林里，斑斑点点的阳光透过森林的枝枝叶叶筛落在小径以及小径两侧那些五颜六色的野花上。走着走着，突然草丛里传来窸窸窣窣的声音，两个女孩不约而同地停下脚步静听，却什么也没发现。可当她们继续往前走时，那个窸窸窣窣的声音又响了起来。胡月顿时紧张起来，她下意识地在草丛中捡起一根锤子把粗细的枯木棍紧紧地握在手里，孟蝶也十分紧张地问："胡月，你觉得会是什么？"胡月呼吸急促地说："会不会是一条毒蛇？"孟蝶一听不知所措地问："那可怎么办？"胡月壮着胆子说："不怕，我手里有木棍。"话音刚落，从草丛中咯咯咯地飞起一只花花绿绿的东西，孟蝶看得很清楚，她长舒一口气说："原来是一只野鸡！"胡月也看清了，她扔掉手中的木棍，自我解嘲地说："早知道是只野鸡，非给它点颜色不可。"孟蝶不放心地说："你还是把木棍捡起来吧，万一遇到毒蛇呢？"胡月一听连忙又捡起了木棍。两个人继续往前走，可是越走越觉得奇怪，因为总觉得是在原地绕圈子，就在两个人手足无措之时，孟蝶影影绰绰地看见远处的小道上跑过来一条狗，那条狗仿佛一束光，让两个女孩看到了希望。胡月迫不及待地一边挥手一边喊："狗狗，快过来，快救救我们！"话音刚落，那条狗已经摇头摆尾地跑到了她俩的身边。孟蝶惊奇地说："胡月，是函谷伯伯的吾从周！"胡月也想起来了，有一次去西山写生遇到了大暴雨，是这条金毛犬把她俩带到了一个山洞，在那里遇到了李函谷伯伯。胡月一边抚摸着金毛犬的头一边问："吾从周，你怎么会在这里？"孟蝶恍然大悟地说："我明白了，穿过这片森林就是西山。"胡月一听高兴地说："孟蝶，干脆我们去西山写生吧。"孟蝶也兴奋地说："好啊，吾从周，快点为我们带路吧。"吾从周似乎听懂了孟蝶的话，它摇头晃脑地叫了两声，像是在说："跟我走吧！"然后轻快地向前跑去。孟蝶和胡月赶紧跟上。大概走了半个小时，两个女孩就被金毛犬带出了森林，来到了西山脚下。眼前是一片山坡，到处是五颜六色的野花，胡月欢快地说："孟蝶，这里太美了，咱们在这儿画张画吧。"孟蝶也高兴地说："好啊！"两个人刚要支起画夹子，金毛犬冲着她俩汪汪汪地叫了起来，好像在说："先别画，快跟我走。"孟蝶一下子明白了金毛犬的意思，她兴奋地说："胡月，吾从周可能是想带我们去见李伯伯，这里或许离李伯伯的青牛居不远。"胡月快活地说："太好了，青牛居一定很有趣吧，李伯伯会不会在自己的院子里种下思想的种子？"孟蝶微笑着说："到了青牛居你就知道了。"

吾从周还真的把孟蝶和胡月领到了青牛居，一进院门就听到了李函谷的读书声："留侯张良椎秦始皇，误中副车。始皇大怒，索求张良。张良变姓名，亡匿下邳。常闲从容步游下邳圯上，有一老父衣褐至良所，直堕其履圯下，顾谓张良：'孺子下取履！'良愕然，欲殴之，以其老，为强忍下取履，因跪进履。父以足受履，笑去。良大惊。父去里许所，复还，曰：'孺子可教矣。后五日平明，与我期此。'良怪之，因跪曰：'诺。'五日平明，良往，父已先在，怒曰：'与老人期，后，何也？去！后五日早会。'五日鸡鸣复往，父又先在，复怒曰：'后，何也？去！后五日复早来。'五日，良夜未半往。有顷，父来，喜曰：'当如是矣。'出一篇书，曰：'读是则为帝者师。后十三年，子见我济北，谷成山下黄石即我也。'遂去，无他言，弗复见。旦日视其书，乃《太公兵法》也。良因异之，习读之。是何谓也？曰：是高祖将起，张良为辅之祥也。良居下邳，任侠，十年陈涉等起，沛公略地下邳，良从，遂为师、将，封为留侯。后十三年，从高祖过济北界，得谷成山下黄石，取而葆祠之。及留侯死，并葬黄石。盖吉凶之象神矣，天地之化巧矣，使老父象黄石，黄石象老父，何其神邪！"李函谷正读得津津有味，金毛犬冲着门口汪汪汪地叫了起来，李函谷止住了读书声："吾从周，你乱叫什么，打扰我读书！"金毛犬见主人没出门，便又叫起来，这时门吱扭一声推开了，李函谷一见孟蝶和胡月便朗声大笑道："吾从周很少这么叫，我估计是有贵客来访，想不到是你们两个小仙女，快请进！快请进！"孟蝶和胡月异口同声地说："李伯伯好！"李函谷和蔼可亲地说："是什么风把你们两个小仙女吹来的？"胡月抢着说："是吾从周带我们来的。"孟蝶补充说："是的，我们在学校后面的大森林里迷路了，多亏遇到了吾从周，是它带我们来的。不过好久没听到李伯伯讲哲学了，我们也特别想见李伯伯！"李函谷笑呵呵地说："好啊！好啊！快进屋吧！"一走进李函谷的书房，孟蝶便迫不及待地问："李伯伯，您刚才读的是什么书呀？好像与张良有关系。"李函谷一边给两个孩子倒水一边说："我读的是王充的《论衡·纪妖篇》。讲的是张良的故事。"胡月用期待的口吻说："李伯伯，给我们说一说吧！"李函谷坐在沙发上微笑着说："这个故事讲的是秦始皇向东巡游时，留侯张良在博浪沙椎杀秦始皇，结果误中随从的马车，秦始皇大怒，下令在全国搜捕张良。张良之后改名换姓，逃亡到下邳隐藏起来。张良时常在闲暇时到下邳的一座桥上散步，有一次，一个穿着粗布衣的老头来到桥上当着张良的面故意把自己的鞋子丢到桥下，看着张良说：'喂，小子，下去把我的鞋子捡上来！'张良很惊愕，想揍老头一顿，因为老头年纪大了，便强忍着怒气到桥下捡鞋子，还跪下来给他穿上。老头伸出脚让张良把鞋穿好，笑着离开了。张良很惊奇，一直盯着老头的背影看。不成想，老头走了一里多地后，又返回来说：'你小子值得教一教，五天后天亮时，和我在这里相见。'张良觉得很奇怪，就跪下说：'好的。'五天后天刚亮，张良就去那里，老头已经先到了，老头生气地说：'跟老年人约会，反而后到，怎么回事？回去！五天后早点来。'五天之后鸡刚刚打鸣，张良又去，老头又已经先在那里了，再次生气地说：'又迟到了，怎么回事呢？回去！五天后再早点来。'五天后，张良还没到半夜就去了，老头过了一会儿才到，这次他高兴地说：'应当像这样嘛。'说完掏出一本书，说：'读了这本书就能做帝王的老师。十三年后，你到济北来见我，谷城山下的黄石就是我。'说完就离开了，没留下其他的话，张良以后再也没见到这个人。第二天张良看这本书，是一部叫《太公兵法》的书。张良觉得这部书非比寻常，因此常常拿出来研读朗诵。这个故事怎么解释呢？这应该是汉高祖将要兴起、张良成为'帝者师'的吉兆啊。张良隐居在下邳，为人仗义，常打抱不平。十年后陈涉等人起兵，沛公占领下邳，张良跟随沛公，沛公于是以张良为师、将，封张良为留侯。十三年后，张良随高祖经过济北界，遇到谷成山下的黄石。取回来像供奉珍宝似的祭祀它。等到留侯死时，与黄石一起下葬。大概吉凶之象很神奇，天地的变化很巧妙，让老头象征黄石，黄石象征老头，多么神妙啊！"听到这里，孟蝶插嘴问："李伯伯，王充讲这个故事想说明什么呢？"李函谷呷了一口茶笑呵呵地说："王充的解释是：'《太公兵法》，气象之也。何以知非实也？以老父非人，知书亦非太公之书也。气象生人之形，则亦能像太公之书。'意思是说，《太公兵法》是阳气呈现的梦象，根据什么知道它不是客观的事实呢？根据老人不是客观中的人，可知书也不是太公的书。气能生出人的样貌，那么也能生出像《太公兵法》那样的书。"胡月接过话茬说："这可太有意思了，气能生人，也能生书。"孟蝶也若有所思地问："李伯伯，书代表文章，那么也可以说，气能生文，文源于气，对不对？"李函谷点着头说："说得好！王充在《论衡·言毒篇》中明确说'文起于阳，故若致文'，他认为'文'是由阳气构成的；在《纪妖篇》中，他还说'世间童谣，非童所为，气导之也'，童谣也是'文'的一种形式，是气诱导出来的；在《自然篇》中更是明确指出，'更禀于元，故能著文'，这个'元'字，正是演化为文的元气，写出好文章的人都是禀受了演化为文的'元气'。不仅如此，他在《言毒篇》中概括性地指出'万物之生，皆禀元气'。也就是说，宇宙万物和人类都生于元气，元气是宇宙万物的本原。如此说来，'气'便是天地根本的存在形态。这种形态可称之为'气象'，'气'是流动变化的，'气象'便是万千变化之象。正所谓文生于气，气象万千啊！也正因为如此，王充在《论衡》中反复论证'万物之精'，也就是鬼神妖的存在。什么是'万物之精'？其实就是心灵的所有元素。"孟蝶颇感兴趣地问："李伯伯，那么王充是怎么论证鬼神妖的呢？"李函谷解释道："王充在《论死篇》中对鬼神的定义是'鬼神，荒忽不见之名也。人死精神升天，骸骨归土故谓之鬼。鬼者，归也；神者，荒忽无形者也。或说：鬼神，阴阳之名也。阴气逆物而归，故谓之鬼；阳气异物而生，故谓之神。神者，伸也。'意思是说，所谓鬼神是'荒忽不见'之类东西的名称。人死后精神回归宇宙，骸骨下葬土中，所以称它为'鬼神'。鬼就是归的意思；神就是荒忽无形的意思。或者说，鬼神是阴气和阳气的名称。阴气阻止万物生长而使万物死后形体归于地，所以称之为鬼；阳气助长万物获得生命并且生长，所以称之为神。神，就是阳气离开形体回归宇宙。关于妖的解释也很有意思，王充在《自纪篇》中说：'不常见而忽见曰妖。'"孟蝶插嘴说："李伯伯，我怎么觉得王充对鬼神妖的解释很梦象呢！"李函谷笑了笑说："你说得没错，其实鬼神妖不过是代代相传的梦象而已。"胡月认真地说："李伯伯，给我们详细讲一讲吧。"李函谷又呷了一口茶点着头说："好啊！王充在《订鬼篇》中说：'凡天地之间有鬼，非人死精神为之也，皆人思念存想之所致也。'意思是说，大凡天地之间有鬼，不是人死后精神变成的，都是人思念过于专一引来的。'思念存想'就是闭上眼睛的思维，看见的是梦象。如果没有梦象，我们就无法与神仙或魔鬼交流。呆呆地想就会虚幻地看见鬼神妖，一个人精神过于集中、思念过于专心或进入空灵状态，都会虚幻地看见异样的东西。这些异样的东西其实就是心灵图景。通过思念存想从意识、潜意识甚至无意识中萃取出一幅幅心灵图景，就是王充所说的'鬼神妖'。王充认为，这些鬼神妖都是阴气所为，那么气是什么？其实就是阴气和阳气，气由心生，不过是心灵的能量而已。"孟蝶试探地问："李伯伯，有时候我会梦见一个怪物压在我的身上，心里明镜似的，但身子就是动不了，总要妈妈推一下才会醒，这是这么回事呢？"李函谷乐呵呵地说："你说的这种情况，王充在《订鬼篇》中也做了解释：'独卧空室之中，若有所畏惧，则梦见夫人据案其身，哭矣。觉见卧闻，俱用精神；畏惧存想，同一实也。'意思是说，一个人在空空的卧室中睡着了，如果心里有所畏惧，就会梦见有鬼压在自己的身上，而吓哭了！醒时看见鬼和睡着了听到的鬼声，都是因为精神作用而产生的幻觉。心里畏惧和专心思虑，其实是一回事，这里所说的精神其实是意识。当一个人心存畏惧和专心思虑时，鬼神妖之类的梦象难免要裹上有痛楚喜悦的肉身啊！当你内视自己的心灵时，自然会感知到心灵图景。"孟蝶又问："李伯伯，如何才能内视自己的心灵呢？"李函谷微微一笑说："王充解释的内视方法叫'目光反照'。他在《订鬼篇》中说：'人之昼也，气倦精尽，夜则欲卧，卧而目光反，反而精神见人物之象矣。人病亦气倦精尽，目虽不卧，光已乱于卧也，故亦见人物象。病者之见也，若卧若否，与梦相似。当其见也，其人能自知觉与梦，故其见物不能知其鬼与人，精尽气倦之效也。何以验之？以狂者见鬼也。狂痴独语，不与善人相得者，病困精乱也。夫病且死之时，亦与狂等。卧、病及狂，三者皆精衰倦，目光反照，故皆独见人物之象焉.'意思是说,人若在白天,搞得精疲力尽,晚上就想睡觉,躺下以后目光就会反照.一旦目光反照,意识就会呈现人与物的心灵图景.人病了也会弄得气倦精疲,眼睛虽然没有像睡觉那样闭上,但目光比睡觉时还要恍惚.所以也会看见人与物的心灵图景.病人看见心灵图景时,似睡非睡,和做梦差不多.当病人看见人与物的心灵图景时,他不知道自己是醒着还是在做梦,所以他看见的东西就说不清是鬼还是人,这是他精疲气倦的结果.根据什么来证明这一点呢?根据精神病患者看见鬼的情况就可以验证.精神病患者自言自语时,和健康人的状态完全不同,这是因为精神病患者病得厉害而导致精神错乱的结果.人病到接近死亡的时候,也和精神病患者一样.熟睡的人、生病的人以及精神病患者,三种人都是精衰气倦,目光反照,所以唯独他们可以看见人与物的心灵图景.对常人来说,艺术家既是做梦的人,也是生病的人,甚至是疯子.其实每个充满智慧、具有创造精神的人都曾不可避免地与他的鬼、神、妖展开较量.这种较量意味着更高级的创作,意味着梦象的呈现.一些超自然的力量在具有创造性的人身上发挥作用,这种如鬼、如神、如妖的力或气将他们原初的、本性的、与生俱来的魔性诱发出来,使他们目光反照,进而脱离自我、超越自我.当他们与魔性较量得精尽气倦之时,往往通过'狂痴独语'折磨自己更崇高的心灵,就像大画家梵高、哲学家尼采、大诗人荷尔德林那样,从而创造出充满疑问的、超越自我的、与宇宙极为相似的图景."这时胡月插嘴问:"李伯伯,既然王充把能看见鬼神妖的人分成了三种,那么鬼神妖是不是也有很多种呢?"李函谷微笑着说:"还真是这样,王充在《纪妖篇》中,仅仅就'妖象'来说就分了好几种,有言妖、声妖、文妖.他说:'天地之间,妖怪非一,言有妖、声有妖、文有妖.或妖气象人之形,或人含气为妖.象人之形,诸所见鬼是也.人含气为妖,巫之类是也.是以实巫之辞,无所因据,其吉凶自从口出.若童之谣矣.童谣口自言,巫辞意自出.口自言,意自出,则其为人,与声气自立,音声自发,同一实也.'意思是说,天地之间,妖怪不止一种,有通过语言表现为妖的,有通过声音表现为妖的,有通过文字表现为妖的.有的妖气化为人的形状,有的则是人含有'妖气'而表现为妖象.妖气化为人的形状就是众人所见的鬼;人含有妖气而表现出妖象的,就是巫师之类的人.

因此验证巫师之言，不必明言根据什么说出来的，那些预言吉凶祸福的话是妖气借巫师之口而迸发出来的，就像儿童的歌谣一样。童谣是儿童从口中自然流露出来的，巫师之言也是从嘴里自动流露出来的。从嘴里自然而然流露出来，意思也就自然而然地流露出来，那么妖化为人的形状，与声音是妖气自动形成的，声音是自然而然发出来的，同属于一回事。这种巫式思维源于占卜。其实无论是诗、画还是哲学，其源头都是占卜。因此无论是诗人、画家、作家，还是哲学家，都是通灵者、盗火者、捕梦者和魔法师。既然如此，那么诗句、韵律、线条、色彩、思想的碎片和巫师的言辞、儿童唱的歌谣一样，都是咒语，可以恢复'气'的原始力量，并通过原始力量的驱动，超越已知世界的边界，进而进入梦象世界。"听到这里，孟蝶颇为感慨地说："李伯伯，想不到'言''声''文'与妖气的关系这么紧密，那么妖气究竟是一种什么样的气呢？"李函谷温和地说："按照王充在《订鬼篇》中的解释是'天地之气为妖者，太阳之气也。''太阳之气'就是极盛的阳气，这句话的意思是，天地之间的气能化为妖象的，是极盛的阳气，可见其能量是无限的。那么'太阳之气'源自哪里呢？源自太阳吗？王充在《佚文篇》中有一句话'欢气发于内也'，就是高兴之气发自于内心。其实不只是'欢气发于内也'，极盛的阳气也发于内也。心灵的无限能量通过'妖'展现出来，所谓的妖象、鬼象、神象不过是一幅幅心灵图景，是心灵之无限能量的表现形式。因此王充才在《纪妖篇》中说：'《鸿范》五行二曰火；五事二曰言。言、火同气，故童谣、诗歌为妖言。言出文成，故世有文书之怪。'"孟蝶兴奋地插嘴说："我知道《鸿范》是《尚书》中的一篇，但是'五行二曰火；五事二曰言'是什么意思呢？"李函谷解释说："按照《洪范》的记载，'五行'为水、火、木、金、土，'火'排在第二位；'五事'为貌、言、视、听、思，'言'排在第二位。意思是说，根据《洪范》的记载，'五行'中排在第二位的是火，'五事'中排在第二位的是言。言与火同属于阳气，所以童谣、诗歌都是妖气诱导出的言语。语言由妖气诱导出来，文字也由妖气诱导出来，所以世上才有以文章和著作表现出来的怪异现象。其实童谣、诗歌应该是心灵语言描绘出来的神话，所谓由妖气诱导出来的语言就是心灵之语，所谓'文书之怪'的世界就是由心灵之语描绘的宇宙。伟大的作品无不是由妖气诱导出的言语，伟大的思想也是如此。宇宙就是万事万物交互感知的世界。如果从纯粹感知出发，我们有理由说整个宇宙就是一个梦象。"孟蝶很深刻地问："李伯伯，如何理解'妖象'与'归实诚'之间的关系呢？"李函谷迟疑片刻说："这个问题提得好！王充在《纪妖篇》中是这么回答的：'夫非实则象，象则妖也，妖则所见之物皆非物也，非物则气也。'意思是说，非客观实在则归于梦象，梦象会以妖的形式呈现，如果是妖，那么所见之物就不是客观实在的物，不是客观实在的物就是气了。其实王充看到、听到、闻到、触到和品尝到的一切，都取决于他的纯粹感知，也就是他对自己能够看到、听到、闻到、触到和品尝到的一切的想象。正所谓'象'由心生。是王充对气的思念存想创造了气，是王充对'鬼神妖'的'思念存想'创造了'鬼神妖'。如果王充所谓的'物'是'客观实在'的话，那么'鬼神妖'便是'神圣存在'。这两者的冲突从远古时代就开始了。梦象就是在这两者的冲突中呈现的。然而，无论是'客观实在'还是'神圣存在'都是王充主观上的主动选择，而不是真正客观的'物'，这个'物'其实和'气'一样虚无缥缈。用王充的话说，只有'诚见其美'，才能'欢气发于内也'！""李伯伯讲得太精彩了。"胡月由衷地说完，挥手吆喝金毛犬，"吾从周、吾从周，今天我和孟蝶多亏你了，要不是你带我们走出森林来见李伯伯，我们就听不到李伯伯这么精彩的讲解了！"孟蝶也亲切地抚摸着金毛犬说："谢谢你，吾从周！"李函谷热情地说："别着急谢吾从周，快吃水果，快吃水果，这些水果都是在我这院子里采摘的。"两个女孩分别吃了几粒大樱桃，然后起身告辞。李函谷慈爱地说："你们两个小仙女先别着急走，既然来了就不能空手而归，我送你们每人一幅字画好不好？"两个女孩高兴得差点跳起来。孟蝶赶紧到书案前磨墨，李函谷从容地走到书案前，拿起毛笔饱蘸墨汁分别写了两条横幅，一条写着"文生于气"，送给了孟蝶；另一条写着"气象万千"，送给了胡月。两个小仙女如获至宝，告别李函谷，在吾从周的陪伴下离开了青牛居。

第十四章

他开启了魏晋玄学的先河

    千一从神秘森林回家后，感觉浑身疲乏，吃完晚饭后没来得及做作业，就趴在书桌上睡着了。沉入梦乡后，她梦见爸爸正在画室里画画，她惊喜地喊了一声："爸爸，真的是你吗？"爸爸微笑着说："当然是我了！"千一拍了拍自己的脑门将信将疑地问："爸爸，我不是在做梦吧？"爸爸停下笔笑道："女儿，你过来，你看看爸爸画的这张画，如果你能听到画里人物在争辩什么，就不是梦。"千一试着走到爸爸身边，发现画案上有一幅题为"清谈雅集"的画作，画中的花木树石映衬着十几个戴巾子、穿宽衣的名士，或坐于花毯之上，或立于花木之下，线条如行云流水，表现出骨气奇伟的特征，大家正聚精会神地听两个人在争辩。一个是温文尔雅的中年人，一个是十七八岁的英俊少年。中年人大谈圣人没有喜怒哀乐，不像凡人一样有感情，否则圣人就与凡人没什么区别了，圣人之所以高于凡人，正是因为没有"凡人之情"，论述文辞斐然，谈吐清晰，在场的人听了无不频频点头。英俊少年听了中年人的圣人无情论后摇了摇头，毫不犹豫地反驳道："圣人茂于人者神明也，同于人者五情也。神明茂，故能体冲和以通无；五情同，故不能无哀乐以应物。然则圣人之情，应物而无累于物者也。今以其无累，便谓不复应物，失之多矣。"听到这里，千一高兴地说："爸爸，我听到画中的中年人和英俊少年在争论。"爸爸慈爱地说："你能听到他们在争论问题就说明不是梦。"千一凝眉说："可是那个少年说的话，我没听太懂。"爸爸笑了笑说："他的意思是说，圣人高于常人的地方是'神明'，也就是智慧，而与常人相同的是各种情感，也就是说圣人的七情六欲与凡人一样。正因为圣人的智慧高于常人，所以能体察到'无'，圣人与凡人都具有情感，所以在应对事物的时候，不可能没有喜怒哀乐。圣人虽然拥有和凡人一样的情感，但是圣人能做到应对事物时不被事物所累，不为外物奴役自己的情感，不会被事物或情感牵着鼻子走，顺应自然而又合于理性，因而给人以圣人无情的错觉，现在先生因圣人不被事物或情感牵着鼻子走，就说圣人无情，失之偏颇啊！少年不仅否定了中年人圣人无情的观点，而且阐明了圣人有情，只是圣人不会被情所困罢了。"这时千一又听到中年人赞赏地叹道："仲尼称后生可畏，若斯人者，可与言天人之际乎！"众名士无不啧啧称赏。千一好奇地问："爸爸，这位英俊少年好像比我大不了多少，他叫什么名字？那位称赞他后生可畏，要与他讨论'天人之际'的中年人又是谁？"爸爸笑呵呵地说："这位英俊少年的名字叫王弼，字辅嗣，山阳高平人，生于曹魏黄初七年，也就是公元226年，卒于曹魏正始十年，也就是公元249年，只活了二十四岁。王弼是中国哲学史上的'少年天才'。他天资极高，聪慧无比，而且悟性超强。何邵撰写的《王弼传》中说：'弼幼而察慧，年十余，好老氏，通辩能言。'讲的就是王弼从小就天资聪慧，读经典不仅能把握本体内涵，而且能融会贯通，当他十多岁时，就喜欢读《老子》，而且是清谈场上的常胜将军，口若悬河，罕逢对手。"千一插嘴问："爸爸，能先解释一下什么是清谈吗？"爸爸解释说："简单地说就是清雅的谈论。指的是魏晋时期的贵族知识分子，就宇宙、人生、社会等问题析理问难、反复辩论的一种学术社交活动，清谈的具体场景，一般是名士汇集，分成'通''难'两方，'通'就是谈主首先抛出讨论的主题和观点，'难'就是'一客'或'数客'就其论题加以诘辩，一个论题，可以反复讨论。"千一又问："爸爸，您这张画画的就是魏晋名士清谈的场景吧？"爸爸点了点头说："是的。"千一好奇地问："爸爸，王弼在清谈场上还有哪些出色的表现呢？"爸爸思索片刻说："南朝宋临川王、文学家刘义庆编写的《世说新语·文学》中记载：'何晏为吏部尚书，有位望，时谈客盈坐。王弼未弱冠，往见之。晏闻弼名，因条向者胜理，语弼曰：'此理仆以为极，可得复难不？'弼便作难。一坐人便以为屈。于是弼自为客主数番，皆一坐所不及。'意思是说，何晏任吏部尚书时，很有地位，声望很高，到他家清谈的宾客常常座无虚席。王弼尚未年满二十岁时，前去拜见何晏。何晏久闻王弼是清谈高手，见到王弼很高兴，便把刚才辩论胜方的观点分条陈述给王弼听，说：'这几条我认为达到了终极圆满了，你还能进一步提出驳难吗？'王弼不紧不慢，逐条加以反驳。在座的清谈好手们都认为何晏输了。于是王弼在没有对手的情况下，自作客主双方，自己先提出观点，再辩驳论证，如此循环往复，辩论清谈成了王弼一个人的独角戏，满座的人听得如醉如痴，无不心悦诚服。"千一听入了迷，她感慨地说："想不到王弼这么厉害。爸爸，您谈王弼时，总离不开何晏，他们是什么关系呢？"爸爸微微一笑说："何晏和王弼是忘年交，何晏长王弼三十岁，何晏，字平叔，南阳宛人。生于公元196年，卒于公元249年。他的祖父是汉末的大将军何进，父亲死得早，母亲被曹操所纳，因此何晏是曹操的养子，因自幼聪慧过人，深得曹操宠爱，在曹爽掌权的正始时期，何晏不仅是吏部尚书，而且是清谈领袖。王弼大约十八岁时，在刚刚我讲过的那次清谈活动上认识了何晏，从此，两个人成了忘年交。他们志趣相投、观点相近，不仅私交笃厚，而且共同成为魏晋玄学的创始人。谈到何晏对王弼的推崇，《世说新语·文学》中记载了这样一个故事：'何晏注《老子》未毕，见王弼自说注《老子》旨，何意多所短，不复得作声，但应诺诺，遂不复注，因作《道德论》。'意思是说，何晏注释《老子》，还未完成时，见到王弼自己陈说注释《老子》的意旨，何晏感到自己的见解多有不足之处，不再说话了，只是'嗯嗯'地答应着，于是不再注释《老子》，而改作《道德论》。何晏从不掩饰自己对王弼的敬佩，称许道：'若斯人者，可与言天人之际乎！'他认为王弼是一个可以一起探讨天与人之间关系的人。两个人惺惺相惜，名字紧紧联系在一起，共同开启了魏晋玄学的先河。"千一若有所思地问："爸爸，何晏和王弼都试图注释《老子》，那么他们的注释是忠实于老子的思想，还是不忠实于老子的思想呢？"爸爸欣慰地笑道："问得好！他们全都试图在老子哲学思想的基础上阐述自己的思想。在哲学上，何晏主张以'无'为立论之本，是'贵无论'的倡导者，他在自己的《道德论》中说：'有之为有，恃无以生，事而为事，由无以成。'意思是说，宇宙间万事万物的产生都源于'无'，'无'是人类社会的最高法则。与何晏相近，王弼的哲学直接提出了'以无为本'的根本主张。魏晋时期，'有'与'无'的问题成为一种时代思潮，许多思想家都关心这个问题。在《世说新语·文学》中记录了王弼与裴徽之间的一段精彩对话：'王辅嗣弱冠诣裴徽，徽问曰：夫无者，诚万物之所资，圣人莫肯致言，而老子申之无已，何邪？弼曰：圣人体无，无又不可以训，故言必及有；老、庄未免于有，恒训其所不足。'意思是说，王弼二十岁时去拜访玄谈家，时任吏部侍郎的裴徽，裴徽见到王弼很高兴，马上提出了当时士人普遍关心的问题：'无，确实是万物的根源，但是圣人孔子对无从未发表、阐述过意见，而老子却反反复复地讨论无，这是为什么？'王弼回答得言简意赅：'圣人体察到了"无"，但是"无"是无法通过具体的言辞解释清楚的，因为说到"无"就必定会提到"有"，所以干脆不说它；而老子、庄子不能去掉"有"，所以要经常去解释他们掌握得也还不充分的"无"。在王弼眼里，孔子反而成了"体无者"，老子却成了"重有者"。'
千一一边思考一边问："爸爸，王弼那么年轻就成了哲学家，他都有哪些著作呢？"爸爸如数家珍地说："王弼虽然只活了短短二十四个春秋，但是他著作宏富，为自己建立了一座玄学迷宫。这些著作有《周易注》《周易略例》《老子注》《老子指略》《论语释疑》《周易大衍论》《王弼集》等。"
千一进一步追问："爸爸，王弼为《周易》《老子》《论语》做注释，思想会不会过于零散，他有没有自己的思想体系呢？"爸爸很欣慰女儿能提出这么有深度的问题，他微微一笑说："王弼通过注释《周易》《老子》《论语》创造性地建立起了'以无为本'的哲学体系，他在《老子》四十章注中说：'笑天下之物，皆以有为生。有之所始，以无为本。将欲全有，必反于无也。'意思是说，天地万物都以'有'这种形态存在，任何'有'的产生都以'无'为本源。万物要保全自身，就必须保持其本体'无'。所谓'反'是一种逆向思维，是通过正逆比较来说明一切事物的相对性。孔子明明从未提及'无'的问题，但王弼说'圣人体无'，老子明明不厌其烦地讨论'无'，他却认为老子实际上是一个重'有'的人，这就是'反'，是一种逆向思维。"二一似有所悟地问："爸爸，王弼'以无为本'，那我可不可以'以有为本'呢？"爸爸用鼓励的语气说："说说你是怎么想的？"千一斟酌着说："爸爸刚刚讲了'反'是一种逆向思维，那么反'无'当然就是'有'。其实无需什么本原，'有'就在那里，根本就没有'无'，世界、宇宙从来都是'有'，千变万化地存在着，既没有开始，也没有结束。"爸爸笑呵呵地说："这恰恰是爸爸鼓励你学习哲学的目的。西晋有一个叫裴颜的哲学家就不赞同何晏、王弼的'贵无论'，提出了'崇有论'，认为世界的本原只能是'有'，'虚无是有之所谓遗者'，'无'不过是'有'被分享殆尽之后剩余的虚空，因此，'无'也是由'有'产生的。不过王弼所说的'无'并不是没有，而是一种创造力，是创生天地的一种力量，'有'不过是'无'的创造物而已。王弼在《老子》一章注中说：'凡有皆始于无，故未形无名之时，则为万物之始。及其有形有名之时，则长之、育之，亭之、毒之，为其母也。言道以无形无名始成万物，万物以始以成而不知其所以然，玄之又玄也。妙者，微之极也。万物始于微而后成，始于无而后生。故常无欲空虚，可以观其始物之妙。缴，归终也。凡有之为利，必以无为用；欲之所本，适合道而后济。故常有欲，可以观其终物之缴也。'他认为，大凡万事万物都来源于无，这就交代了有与无的关系在于'始'。所以没有形象又无法命名的时候，就是万物的初始阶段。等到有了形象又有了名称的时候，万物就会生长、发育、自立、成熟，所以说名称是万物之母。道以无形无名的状态开始化育万物。万物从初始到终结都不知道所以然，所以说道是极其深远而不可见的。妙，就是万物最微小的单位。万物是由最微小的单位开始而后成长起来的。要经历从无到有、从小到大的过程。所以常无欲望、无杂念，就可以观察到构成万物的最微小的单位。缴，是万物的归属和终点。凡是'有'具备了被使用的物质基础的，一定有一种'无'与它发生了作用；欲望只有与道相适应才能得到满足。所以说，常有欲望，可以用来观察事物发展到最后的形态。"听到这里，千一插嘴问："爸爸，既然王弼的玄学是围绕着'以无为本''以无为用'展开的，那么王弼对于'玄'是如何阐述的呢？'玄'与'有''无'是什么关系呢？"爸爸进一步解释说："王弼不仅主张'以无为本''以无为用'，而且主张'以无为心'。他在《老子》三十八章注中说：'故物，无焉，则无物不经；有焉，则不足以免其生。是以天地虽广，以无为心。'他认为，对于万事万物，'无'是必然经历的阶段；一旦存在了，就会生长、发育、成熟、死亡。所以天地虽然广阔，但其核心、本质是虚无的。至于王弼对于'玄'是如何理解的，他在《老子》一章注中是这样说的：'两者，始与母也。同出者，同出于玄也。异名所施，不

\ 千 \ 一 \ 的 \ 梦 \ 象 \

可同也。在首则谓之始，在终则谓之母。玄者，冥也，默无有也。始、母之所出也，不可得而名，故不可言。同名曰玄。而言同谓之玄者，取于不可得而谓之然也。谓之然，则不可以定乎一玄而已。若定乎一玄，则是名则失之远矣。故曰玄之又玄也。众妙皆从玄而出，故曰众妙之门也。'他所说的两者是'始'与'母'。两者同出于哪里呢？同出于玄。之所以名字不同，是由于它们的表现形态各异的缘故。开头的时候叫作'始'，结束的时候叫作'母'。所谓'玄'就是看不见、听不到、没有客观实在存在，个体生命无法察觉的虚无，是'始'与'母'的共同本源。由于我们无法感知玄的存在，所以也无法命名，不能将'始'与'母'都叫作玄。老子之所以都叫玄，是因为无法感知而姑且如此命名的。即使因为无法感知而称之为玄，也不能说它们是性质完全相同的玄。如果说它们是性质相同的玄，就与它们无法感知的特征相矛盾，那就失之千里了，所以说玄之又玄。构成万物的最微小的物质单位都源自玄，所以说玄是众妙之门。'始'与'母'都与万物的生成发生了关系，实际上都属于'有'的范畴，王弼所说的'凡有皆始于无'中的'无'是如何生成的呢？王弼推出了'玄'的概念，'始'与'母'同出于玄，这也就间接地阐明了玄与有、无的关系。其实王弼一直试图阐释一个由'有'还原到'无'的过程，也就是'故常无欲空虚，可以观其始物之妙'，只要心无杂念就能观察到构成物体最微小的单位，进而'以复而视，则天地之心见'，这无疑是想通过源自想象的玄无之心开启对人的内在生命的关照，这也是对'无'之前是什么的最好体悟。正所谓'无'由心生，整个宇宙就在我们的心灵世界之内。存在变化无穷，但心外皆为表象，内在的和深刻的是心灵的感知力。因此我认为'无'是通过梦象的方式在心灵世界化生万物的。王弼以无为本、以无为用、以无为心，找到了一条认识万事万物本质的道路，并且构建起自己的思想大厦。他在《老子指略》中写道：'《老子》之书，其几乎可一言而蔽之。噫！崇本息末而已矣。观其所由，寻其所归，言不远宗，事不失主。文虽五千，贯之者一；义虽广瞻，众则同类。解其一言而蔽之，则无幽而不识。每事各为意，则虽辩而愈惑。'"千一插嘴问："爸爸，王弼这段话的核心思想是不是'崇本息末'？"爸爸点点头解释说："没错，王弼认为，《老子》一书是老子（及其后学）的生命体验，虽然微妙玄远，但主旨只有一个，就是'崇本息末'。所谓'本'就是'本体'，'末'就是'现象'。'崇本息末'的意思就是本体比现象重要，具有统帅的地位和作用。体察'崇本息末'的由来，寻找它的归依，语言没有远离万物的大要，万事没有背离'崇本息末'的宗旨。《老子》一书虽然有五千言，但中心思想却一以贯之，那就是'崇本息末'，书中的意蕴虽然广远深刻，但纷呈众多的意蕴都是为了表达崇本息末。如果能够理解'崇本息末'这个核心思想，那么任何玄远幽深的东西都会被认识。如果失去这一核心思想，只关注细枝末节，则只能越辩论分析越迷惑不解。"千一似有所悟地说："爸爸，我们学过一个成语叫'纲举目张'，意思好像和'崇本息末'很相似呀！"爸爸赞许地笑着说："的确如此，所以王弼也提出了'崇本举末'的观点。"千一用质疑的口气说："爸爸，'举纲'和'举末'好像意思不太一样呀！"爸爸解释说："'息'有停止、消灭、去除等意思，'举'有重视、贯彻、实行的意思，但是爸爸觉得'息末'和'举末'并不矛盾。'崇本息末'是崇尚根本，养息枝末。我们看看王弼是怎么解释'崇本息末'的。他在《老子指略》中说：'夫邪之兴也，岂邪者之所为乎？淫之所起也，岂淫者之所造乎？故闲邪在乎存诚，不在善察；息淫在乎去华，不在滋章；绝盗在乎去欲，不在严刑；止讼存乎不尚，不在善听。故不攻其为也，使其无心于为也；不害其欲也，使其无心于欲也。谋之于未兆，为之于未始，如斯而已矣。故竭圣智以治巧伪，未若见质素以静民欲；兴仁义以敦薄俗，未若抱朴以全笃实；多巧利以兴事用，未若寡私欲以息华竞。故绝司察，潜聪明，去劝进，剪华誉，弃巧用，贱宝货。唯在使民爱欲不生，不在攻其为邪也。故见素朴以绝圣智，寡私欲以弃巧利，皆崇本以息末之谓也。'王弼指出，邪念为什么兴发？难道只是邪念这种行为所引发的吗？骄奢行为为什么兴起？难道只是骄奢的举止所引起的吗？不是的，这只是事物的表面现象。因此，对付邪恶的兴发在于人们心中存有真诚，而不在于严密防范；息止放纵骄奢的行为在于根除人们的浮华之心，而不在于铺张；绝弃偷盗的欲望在于除去贪欲之心，而不在于严刑峻法；止息诉讼不在于善于辨别善恶，而在于不去崇尚争夺。所以，不去抨击那些表面的行为，而是让人们从内心就不愿意妄加作为；不必非要割除人们的欲望，而是要让人们没有意愿彰显私欲邪念。未雨绸缪，将一切邪念骄奢都止于萌芽就可以了。所以，竭尽圣人的智慧来梳理世上的机巧与虚伪，不如让百姓保持一颗素朴真诚的心，以平息他们的欲望；提倡仁义美德来引导和劝勉世风的浅薄与庸俗，不如使百姓保持纯真的本性而忠厚朴实；通过机巧功利来兴盛事业，不如清心寡欲以便止息浮华。因此，不善察而存诚，隐藏聪明，剪除虚誉虚名，放弃智巧功用，鄙视宝货，等等，这些仅在于使百姓不生贪念之心，而不是为了抨击那些由贪欲之心所产生的邪念。因此，明鉴素朴而绝弃圣智，减少私欲而弃绝巧利，都是为了崇本息末啊！其实就是抱着'无'的态度不刻意追求过分的东西，透过现象抓住本质。"千一插嘴问："爸爸，王弼是怎么解释'崇本举末'的呢？"爸爸解释说："王弼在《老子》第三十八章注中写道：'载之以道，统之以母，故显之而无所尚，彰之而无所竞。用夫无名，故名以笃焉；用夫无形，故形以成焉。守母以存其子，崇本以举其末，则形名俱有而邪不生，大美配天而华不作。故母不可远，本不可失。仁义，母之所生，非可以为母；形器，匠之所成，非可以为匠也。舍其母而用其子，弃其本而适其末，名则有所分，形则有所止。虽极其大，必有不周；虽盛其美，必有患忧。功在为之，岂足处也。'王弼认为，以道来承载，以根本来统御，所以才会不崇尚显耀反而显耀，不与别人竞争却反而脱颖而出。正因为无名，所以名气才更大，更令人信服；正因为无形，所以形态才完全。也就是说，具体事物是由无名无形的东西形成的，有名有形的东西只能显示自身，形不成其他事物。守住母体来保存母体所产生的事物，通过崇尚根本来提高母体所产生事物的地位，本末兼举，互相照应，通过提高'本'的衍生物与次要部分的地位，突出'无'的重要。这样形体和名称就都有了，而不正当的却没有生成，伟大的美好可以与天相比却没有产生浮华，由此可见，根本不能疏远，不能失去。但是本是如何抓住的呢？当然是通过'末'，也就是具体事物帮我们认识到了'本'，所以王弼才要'举末'，所以'息末'与'举末'并不矛盾，只是侧重点不同罢了。"千一一边点头一边问："爸爸，王弼讲'以无为心'，可不可以理解为'无'就是'心'呢？"爸爸赞许地说："问得好！其实王弼不仅提出了'以无为心'，而且提出了'以本为心'，他在《周易注》中注释《复卦·象辞》时说：'复者，反本之谓也；天地以本为心者也。'复是归根复源之意，从复卦可以看到天地之本，而天地以本为心，王弼又强调以无为本，那么无岂不就是心！"千一豁然开朗地说："爸爸，这么说'无'并不是没有，而是一种变化无穷的创造力或者说是可能性。'无'的无穷创造力应该来源于心灵，来源于梦象，对不对？"爸爸点点头说："其实王弼以无为本、以无为用、以无为心和崇本息末、崇本举末的思想是一种趋向于本在本源的内省。其实'无'是由构成心灵的所有要素构成的。"爸爸正说着，妈妈敲门问："千一，你在跟谁说话呢？"话音刚落，爸爸化作一缕轻烟钻入画里变成了一滴不起眼的墨痕。千一一下慌了手脚，连忙喊："爸爸，爸爸！"这时妈妈推门进来了，看见千一趴在桌上睡着了，还一个劲儿地说梦话，便轻轻推了推她，千一醒后依依不舍地说："妈妈，我看到爸爸了。"妈妈微微一笑说："千一，看来你是想爸爸了，所以才梦到爸爸了！"千一辩解说："妈妈，爸爸说不是梦。"妈妈慈爱地说："妈妈相信不是梦，千一，你既然困了还是到床上睡吧。"千一伸着懒腰说："好吧，妈妈！"

　　读到这里，孟蝶好像一下子想起了什么，她连忙放下《千一的梦象》去了爸爸的画室，可是爸爸没在，她又转身去了妈妈的工作室，发现爸爸正在欣赏妈妈创作的"兰法"，见爸爸妈妈都在，她十分兴奋地说："爸爸、妈妈，我终于知道咱们家客厅里挂着的横幅'崇本举末'的出处了。"孟周微笑着看着女儿说："那么你说说看！"孟蝶沾沾自喜地说："出自王弼的《老子注》第三十八章：'守母以存其子，崇本以举其末，则形名俱有而邪不生。'"妈妈放下手中的毛笔，笑眯眯地问："妈妈工作室挂的这幅'得意忘象'你知道出自哪里吗？"孟蝶一下子被妈妈问住了，支支吾吾地说："得意忘象、得意忘象……爸爸，'得意忘象'是什么意思？也是王弼说的吗？"孟周微微一笑解释道："'得意忘象'出自王弼的《周易略例·明象》。"千一蹙眉问："爸爸，《周易略例》是怎样一部著作呢？"孟周微笑着说："《周易略例》是王弼总论《周易》主要思想的一部著作。包括《明象》《明爻通变》《明卦适变通爻》《明象》《辩位》《略例下》《卦略》等七个部分。王弼在这部著作中对《周易》的编纂体例、卦爻结构及其哲学功能进行了系统的研究。汉儒喜欢以象数谈论《易经》，附和灾异

梦象之满地黄花堆积

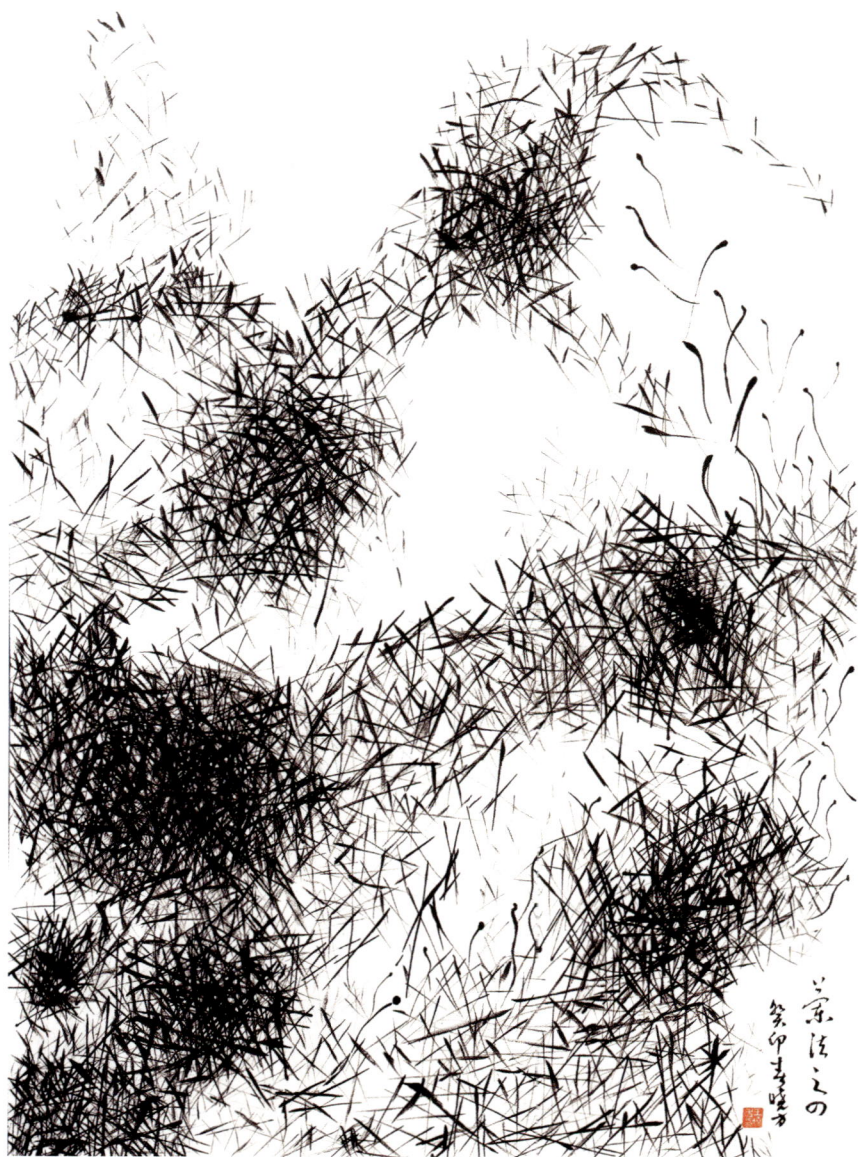

兰法之四

梦象之遨游

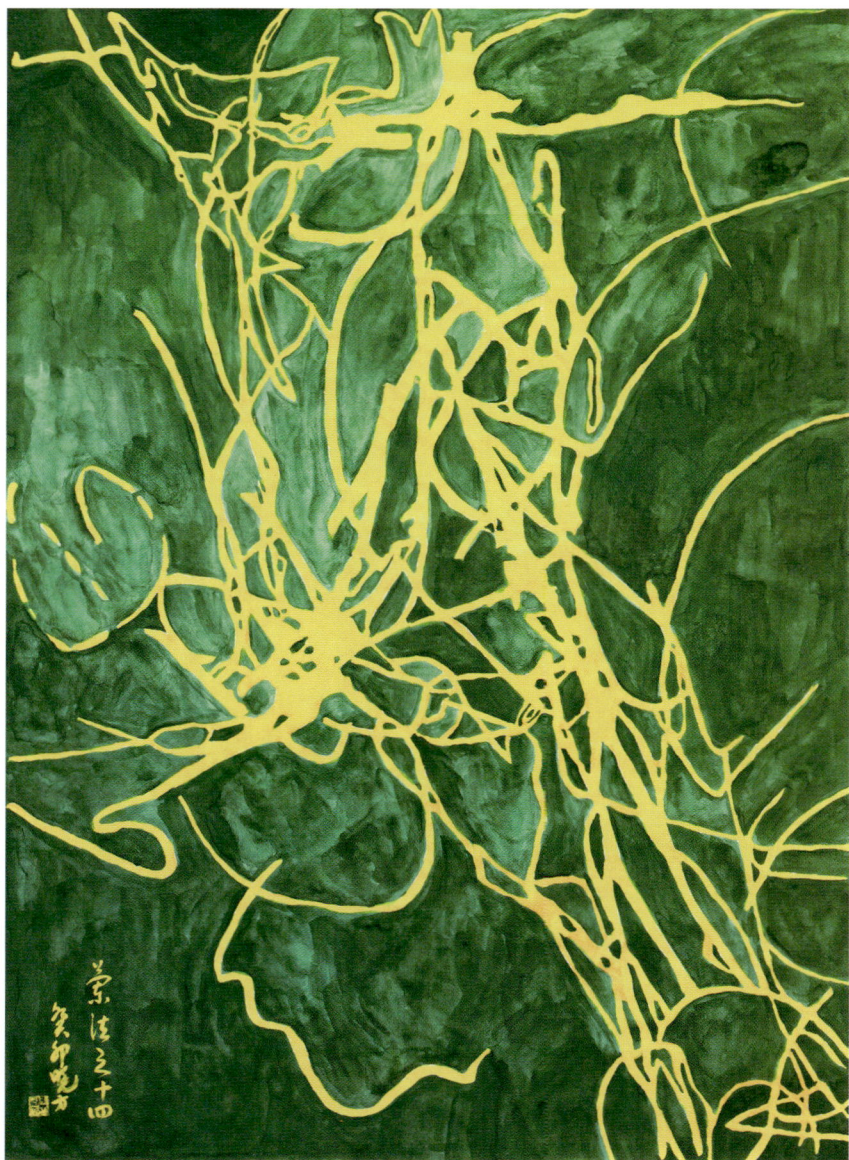

兰法之十四

梦象之家园

兰法之十五

祥瑞等荒谬之言，他们把《易经》的卦、爻、辞所代表的事物看作固定不变的。比如乾代表天，用马代表乾卦刚健的意义；坤代表地，用牛代表坤卦顺从的意义。王弼猛烈抨击了汉儒沉迷于谶纬象数的思维模式，开口便是阴阳五行，闭口便是祥瑞灾异，王弼为了更方便地通过注《周易》而阐发自己的哲学思想，提出取消汉儒相沿的这种机械的解释爻象的方法，而用义理取代象数。王弼的认识论集中表现在他的'言不尽意''得意忘象'的理论中。他在《周易略例·明象》中说：'夫象者，出意者也。言者，明象者也。尽意莫若象，尽象莫若言。言生于象，故可以寻言以观象；象生于意，故可以寻象以观意。意以象尽，象以言著。故言者，所以明象，得象而忘言；象者，所以存意，得意而忘象。'"孟蝶插嘴问："爸爸，那么什么是'言'？什么是'象'？什么是'意'呢？"孟周沉思片刻说："按本义讲，言是指卦辞，也引申为语言、名称、概念；象是指卦象，也可引申为形状、物象、表象、现象；意是指一卦的义理，也可引申为本质、规律、法则、精神、心灵、意识、梦象。这段话的本意是说，卦象在义理中绽现，而卦辞是阐释卦象的，要充分表达一卦的义理非卦象不可，要充分说明卦象非卦辞不可。卦辞生于卦象，所以可以循着卦辞的脉络来体察卦象；卦象是由一卦的义理所生，所以可以循着卦象的脉络来体悟一卦的义理。义理因卦象而得以展现，卦象通过卦辞而得以明示。所以卦辞是用来阐明卦象的，对卦象了然于心后就可以不执着于卦辞了；卦象是用来展现义理的，对义理了然于心后就没必要再执着于卦象了。当然王弼对言、象、意之间关系的解释，实际上并不限于对《周易》这部书关于卦辞、卦象和义理的注释，而是作为一般原理和思想方法提出来的。"孟蝶好奇地问："爸爸，如果从梦象哲学的角度如何理解'得意忘象'呢？"孟周认真地说："其实爸爸理解的'得意忘象'很简单，就是当你的心灵呈现出梦象之后，就没有必要再执着于物象、表象了。正如王弼在《周易略论例·明象》中所说的：'犹蹄者所以在兔，得兔而忘蹄；筌者所以在鱼，得鱼而忘筌也。然则，言者，象之蹄也；象者，意之筌也。是故，存言者，非得象者也；存象者，非得意者也。'这里说的蹄是一种捕兔的工具，筌是一种捕鱼的工具。他说：就好比'蹄'是用来捕兔子的，抓到兔子之后就没有必要再留恋'蹄'了；'筌'是用来捕鱼的，捕到鱼之后就没有必要再留恋'筌'了。这样说来，卦辞就好比是卦象的'蹄'，卦象好比是义理的'筌'。因此紧抓着卦辞不放的，就是未能了解卦象；紧抓着卦象不放的，就是未能参透义理。或者说，语言就好比是物象的'蹄'，物象就好比是梦象的'筌'。所以，紧抓着语言不放的，就是未能了解物象；紧抓着物象不放的，就无法呈现梦象。所谓'蹄'与'筌'的比喻，王弼引自《庄子·外物篇》：'筌者，所以在鱼，得鱼而忘筌；蹄者，所以在兔，得兔而忘蹄；言者，所以在意，得意而忘言。'王弼利用这个比喻进一步阐述了言、象、意之间的关系，并发展了庄子的言意理念，提出了'忘言''忘象'的重要思想。要'寻言'而不拘泥于言才能'观象'，要'寻象'而不执着于象才能'观意'，这实际是在讲有限与无限的关系。所谓'得象忘言'，就'言'与'象'的关系来看，'言'是有限的，'象'是无限的；所谓'得意忘象'，就'象'与'意'的关系来看，'象'是有限的，'意'是无限的。就'言、象'与'意'的关系来看，'言'与'象'是有限的，而'意'是无限的。要想把握'意'就必须建立在对'言、象'的把握和超越之上。因此王弼进一步阐述道：'象生于意而存象焉，则所存者乃非其象也；言生于象而存言焉，则所存者乃非其言也。然则忘象者，乃得意者也；忘言者，乃得象者也。得意在忘象，得象在忘言。故立象以尽意，而象可忘也；重画以尽情，而画可忘也。'意思是说，卦象源自于义理却紧抱着卦象，所紧抱的就不是指涉到本意的卦象；卦辞源自卦象却紧抓着卦辞，所抓着的就不是指涉到卦象的卦辞。反过来说，不执着于卦象才能通达义理，而不执着于卦辞才能真的参透卦象，要通达义理就不能执着于卦象，要参透卦象就不能执着于卦辞。所以，建立卦象是为了展现义理，当然可以不执着于卦象。重叠八卦成六十四卦象来充分传达情理，情理尽了当然就可以不执着于卦象了。从梦象哲学的角度讲，就是物象生于梦象，不能紧抱着物象不放，否则就无法看到梦象。"这时舒畅插嘴说："其实讲的还是本与末的问题，从言与象的关系来说，象是本，言是末；从象与意的关系来说，意是本，象是末；从言、象与意的关系来说，意是本，言与象是末。我觉得王弼讲的'崇本息末'与'崇本举末'之间的矛盾在这里得到了统一。"孟周微笑着说："我同意你妈妈的观点，其实本与末就是无限与有限之间的关系。'崇本举末'

是通过'末'把握'本'，也就是通过有限把握无限，由众归一；'崇本息末'是要求超越'末'而达到'本'，以无限为出发点，超越现实的有限状态，以无限观照有限，进而执一统众。"孟蝶若有所思地问："爸爸，您所说的'一'就是'本'，所说的'众'就是'末'，对吗？"孟周点着头说："对呀！"孟蝶又说："那么也可以说'一'就是'道'，就是'无'；'众'就是'有'，就是万物，对不对？"孟周又点了点头说："女儿理解得不错，其实'一'是一种既非没有又非有的状态，这是一种'创生'的状态，也就是'无'的状态，蕴藏着一种看不见摸不着的创造力，这个状态有着变化无穷的可能性。"孟蝶眨着水灵灵的大眼睛说："爸爸，这么说，'得意忘象'也可以理解为'得无忘有'喽。"孟周笑呵呵地说："是啊，物象是为了表达心灵图景，心灵图景呈现后，物象便可以舍弃了。王弼的心灵图景无不源自于'无'。宇宙与生命之所以以这样一种方式存在，是心灵图景千变万化的结果，是'无'创生的结果。无论是以无为本、崇本息末或崇本举末，还是得意忘象、得无忘有，都必须通过一个共同的梦象来重塑世界，这便是玄。王弼用玄思构建了一座以无为本的神庙，通过'得意忘象'的方式揭示哲学的奥秘，让我们通过由'无'的涟漪组成的迷宫，来到'有'的世界，终于顿悟，只有深入心灵，才能与宇宙共思，原来'无'是一种纯粹的内在性。探幽独往，路绕千盘，毫无疑问，王弼是一个探求玄远世界的勇者。"孟蝶打断爸爸的话，问："爸爸，为什么说王弼是个勇者呢？"孟周解释道："王弼之所以是个勇者，是因为他有勇气质疑汉儒的谶纬象数，这种勇气最终归结到以无为本的自由精神上。汉末以后，中国政治十分混乱，国家衰颓，这是一个充满痛苦、动荡和不安的时代，也正因为如此，才唤醒了人们的质疑精神和追求自由的自觉。这种自觉不仅带来了张扬的个性，更孕育了关注广袤宇宙、追寻诗意人生、回归精神家园的魏晋风度。从此，旧的心理格局和思维定式被打破了，人们开始用全新的眼光看世界。因此美学家宗白华先生在他的《美学散步》中说：'汉末魏晋南北朝是中国政治上最混乱、社会上最苦痛的时代，然而却是精神上极有自由、极解放、最富于智慧、最浓于热情的一个时代。因此也就是最富艺术精神的一个时代。王羲之父子的字，顾恺之和陆探微的画，戴逵和戴颙的雕塑，嵇康的《广陵散》（琴曲），曹植、阮籍、陶潜、谢灵运、鲍照、谢朓的诗，郦道元、杨衒之的写景文，云冈、龙门壮伟的造像，洛阳和南朝的宏丽的寺院，无不光芒万丈，前无古人，奠定了后代文学艺术的根基与趋向。'"孟蝶插嘴说："爸爸，听您这么一说，让我想到了我们历史老师讲的西欧十四世纪至十六世纪的'文艺复兴'！"孟周笑着说："你这种联想有一定道理，但两个时代的艺术终究是不同的。"孟蝶追问道："爸爸，魏晋时期的艺术究竟有什么特色呢？"孟周沉思着说："最大的特点就是'得象忘言''得意忘象''得无忘有'。这是魏晋南北朝艺术与美学的灵魂，对后世的影响非常巨大。"舒畅莞尔一笑说："给女儿举个实例吧。"孟周笑眯眯地说："你的'兰法'就是最好的实例。无论是国画还是书法都源自一条线，妈妈笔下的线摆脱了'文字'这个物象、这个牢笼，回归线的本质，仿佛一种心灵的舞蹈，呈现出千变万化的梦象，这是'得意忘象'的最好例证。再比如中国画的留白，就拿墙上挂的这幅爸爸临摹的《寒江独钓图》来说吧，这是南宋画家马远的一幅山水画，一叶扁舟上坐着一位俯身垂钓的老翁，船旁以淡墨寥寥数笔勾出水纹，四周都是空白，却让人感到烟波浩渺、满幅皆水，这就是无即是有、以无胜有的最好实例。画面上的空白给人以无限的想象力。这种极致的静，是一种无言的美。正如王弼在《老子》十六章注中所说：'致虚，物之极笃；守静，物之真正也。以虚静观其反复。凡有起于虚，动起于静，故万物虽并动作，卒复归于虚静，是物之极笃也。'他认为，极致的虚无，是万物变化的终极形态；守持宁静，是万物最真确的选择。要以空虚宁静的状态观察万物的循环往复。万有是从虚无而来，运动是从静止而来。所以万物虽然是'有'、是'动'，但最终都归于虚静，那才是万物发展的终极归宿。就中国画而言，素色的背景，大面积的留白，浓淡相宜，空谷幽兰，意境悠远，这种极静之美，令人回味无穷啊！"孟蝶动情地说："爸爸，您说得太美了，我真想融入到那些留白的画面中去。"孟周笑呵呵地说："只要你拥有了创造梦象的能力，不是不可能的。"孟蝶认真地说："那我能进入到《千一的梦象》那本书里吗？"舒畅笑眯眯地问："女儿，你要进入《千一的梦象》那本书里干什么？"孟蝶用羡慕的口吻说："千一那些千奇百怪的梦象太神奇了，我真想和她成为好朋友，和她一起上学，一起进行哲学之旅。"孟周用鼓励的语气说："只要你拥有创造梦象的能力，一切皆有可能!"孟蝶将信将疑地问:"爸爸,你说得当真?我怎么觉得好像在做梦,您和妈妈都在我的梦里。"孟周和舒畅听罢互相对视一眼,然后哈哈哈地都笑了起来,舒畅一边笑一边说:"孟蝶,时间不早了,你该回房间睡觉了!"孟蝶一本正经地问:"爸爸、妈妈,你们说我回房间时会不会一推门和自己的梦撞上?"孟周和舒畅一听又开怀大笑起来。

第十五章
竹林、风骨与绝响

　　自从和爸爸在梦象中相遇后，这几日爸爸的音容笑貌一直萦绕在千一的脑海中，所以放学回家后，她时常在爸爸的画室中静思，希望再一次和爸爸在梦象中相遇，可是试过多次也未能如愿。不过，她被墙上挂着的一幅画深深吸引了，一片翠绿的竹海中，溪流潺潺，茂林修竹之中，有七个气度非凡的人悠游其间，或闭目养神，或冥思苦想，或高谈阔论，姿态各异，神采不俗。在长卷式的画面上七人错落有致、布局巧妙自然。爸爸题款写了三个字"高逸图"。千一不知道爸爸画的七个人是谁，便把妈妈叫到画室指着画卷问妈妈，妈妈告诉她，爸爸画的是魏末晋初时期玄学的代表人物"竹林七贤"，分别是阮籍、嵇康、山涛、刘伶、向秀、阮咸、王戎。妈妈还说，在魏末晋初时期，竹林七贤是思想最活跃的一个群体，也可以说竹林是当时最活跃的思想发源地。这个群体的代表人物是阮籍和嵇康，因为他们的玄学思想成就最大。他们在生活上不拘礼法，个个好酒，任性不羁，放达超脱，常常在竹林里把酒清谈，纵情自然，以独树一帜的风格展现生命的纯真与任性。听了妈妈的介绍，千一毫不犹豫地说："妈妈，我太喜欢爸爸画的这幅画了，我想挂到我的房间里。"妈妈微笑着说："当然可以了，你爸爸要是知道你喜欢他的这幅画，一定非常高兴。来，咱们先摘下来，然后妈妈帮你挂到房间里去。"妈妈说完，千一搬过凳子，和妈妈一起将画摘了下来。

　　千一做作业到晚上十一点钟才结束，她洗漱完毕后坐在自己的床上一边把玩手里的龟甲片，一边欣赏爸爸的《高逸图》。看着看着，她情不自禁地自言自语道："要是能进到爸爸的画里就好了。"没想到龟甲片竟然开口说道："进去干什么呢？"千一见龟甲片开口说话了，很兴奋地回答道："当然是想听听竹林七贤在一起都说些什么喽！"龟甲片用不以为意的口气说："那有什么难的，我可以送你进到画里。"千一将信将疑地问："你说的可是真的？"龟甲片用得意的口气说："我什么时候骗过你？"千一想了想说："你还真没骗过我，可是你怎么送我到画里呢？"龟甲片说："这有何难，你把我对准那张画，我会发出一束光，你只要用手指轻轻触摸一下我发出的光，瞬间就会进入画中。"千一兴奋地说："太好了，我已经嗅到竹林的清香了。"说完把龟甲片对准爸爸的《高逸图》，突然一束蓝光从龟甲片中射出，千一感觉有一股巨大的吸力，她试探着将一根手指伸进光里，刚刚碰到光，千一便感觉眼前突然一黑，自己像一片竹叶似的被吸了进去，当她感觉双脚踩在地面上时，努力睁开眼睛，发现自己已经置身于碧绿苍翠的竹林里，而且自己穿的也不是睡衣，而是紧身广袖的汉式长袍。就在她一时不知所措之时，竹林深处传来了悠扬的古琴声，乐音悠然回荡，似翠竹清喧，若和风习习。千一随着琴声寻过去，发现一条汩汩流淌的小溪边坐着一位仙风道骨的老者正在抚琴，她定睛一看，惊讶地脱口问道："潘古先生，怎么是您？"潘古先生微笑着说："不是我，还能是谁？"千一见到潘古先生非常高兴，她笑嘻嘻地说："我以为是竹林七贤中的哪位大名士在弹琴呢！"说完她一屁股坐在潘古先生身边的石头上。潘古先生笑呵呵地说："我弹的这首曲子就是'竹林七贤'中的大名士嵇康所作的'嵇氏四弄'中的《长清》。"千一好奇地问："那么其他三弄都叫什么名字呢？"潘古先生优雅地说："其他三弄分别是《短清》《长侧》《短侧》，都取意于雪，表达的是清洁无尘之志，意趣深远，有意游千古、造化自然之趣呀！"千一恳切地说："潘古先生，能再弹一曲吗？"潘古先生欣然应允道："好啊！那么我再弹一曲《长侧》吧。"言罢，在这凝聚着山川幽静气韵的竹林里，一曲清幽的古琴曲若眼前的溪流潺潺流淌，听得千一如醉如痴。欣赏完古琴曲，千一若有所思地问："潘古先生，嵇康到底是怎样一个人，听他创作的古曲感觉他心里好安静、好干净啊！"潘古先生手持长须笑呵呵地说："《晋书·嵇康传》是这样介绍嵇康的：嵇康，字叔夜，生于魏文帝黄初五年，也就是公元223年，被杀于魏元帝曹奂景元三年，也就是公元262年。"千一惊讶地插嘴问："潘古先生您是说嵇康是被杀死的，被谁杀死的？为什么要杀他？"潘古先生摆了摆手说："你先别急，听我慢慢给你说。据《晋书》记载，嵇康家族可以追溯到会稽上虞的奚氏人家，这户奚氏人家因避祸而来到谯郡铚县，因为居住的地方有一座山叫嵇山，嵇康的祖先舍弃了奚姓，因山而改姓为嵇。嵇康在襁褓中时父亲就去世了，是母亲和兄长将他抚育长大的。他在一首《忧愤诗》中是这样介绍自己经历的：'嗟余薄祜，少遭不造。哀茕靡识，越在襁褓。母兄鞠育，有慈无威。恃忧肆姐，不训不师。爰及冠带，冯宠自放。抗心希古，任其所尚。托好老庄，贱物贵身。志在守朴，养素全真。'意思是说，唉，我这个人命薄少福，少年时就遭遇了不幸。还在襁褓中懵懂无知之时就失去了父亲。母亲和兄长一起含辛茹苦地养育我，只有慈爱，没有森严的管束和规矩，凭借母亲的慈爱和兄长的呵护，可以自由无忧地成长。恃爱骄纵也不加教训，也不请师长训导。长大成人以后，仍然凭借母兄的宠爱而放纵自己。由于我的心灵从小到大都是自由自在的，因此养成了我心志高远、尚奇任侠、刚肠疾恶、思敏性直的性格，不能忍辱含垢。我仰慕古人，并且崇尚哪位古人，任由自己选择。我仰慕老子和庄子，并且寄托了美好的愿望。因此我看轻身外之物，重视内在修养。我的志向在于保持质朴的天性，养护朴素的本质，进而保全自己的真性情。正如他的哥哥嵇喜在《嵇康传》中所说的，嵇康'少有俊才，旷迈不群，高亮任性，不修名誉，宽简有大量。学不师授，博洽多闻'。意思是说，嵇康年少的时候便显示出优秀的才能，性格旷达豪迈，卓尔不群，高风亮节，随性而为，不注重名誉，待人宽容大度，学习不用老师教授，博览群书，无师自通。知识宏富渊博，博览而无所不通，又超然物外。也正因为如此，才造就了一位思想深邃的哲学家、成就卓著的文学家和造诣颇深的艺术家。"千一好奇地插嘴问："潘古先生，听您这么一说，我很想知道嵇康到底长得什么样，一定十分英俊吧？"潘古先生点着头说："《世语新说·容止》是这么形容的：'嵇康身长七尺八寸，风姿特秀。见者叹曰：萧萧肃肃，爽朗清举。或云：肃肃如松下风，高而徐引。山公曰：嵇叔夜之为人也，岩岩若孤松之独立；其醉也，傀俄若玉山之将崩。'意思是说，嵇康身高七尺八寸，仪表亮丽，姿容出众。见到他的人都赞叹说：嵇康这个人风度翩翩，潇洒脱俗，清静凝定，清朗挺拔。有人说：嵇康潇洒如松下之风，高雅从容而舒缓悠长。山涛评论他说：嵇叔夜的为人，品格高俊，如挺拔的孤松傲然独立；他的醉态，就像高大的玉山将要倾倒。"千一慨叹地说："山涛对嵇康的评价可真高啊！那么潘古先生，魏晋时代究竟是怎样一个时代呢？竟然会出现像嵇康这样的大名士！"潘古先生认真地说："嵇康思想的形成的确离不开他所处的时代。魏晋时期由于多年的战乱致使社会元气大伤，民生凋敝，甚至呈现出'白骨露于野，千里无鸡鸣'的凄凉景象。嵇康生活的时代，正是司马懿父子当权的时代，司马氏集团为夺帝位，打着'名教'治国、'忠孝'理政的幌子，大力推行'顺我者昌，逆我者亡'的霸道之策，用残杀手段清除异己的势力。在正始时期，由代表新兴文化势力的何晏、王弼、夏侯玄等一批正始名士掀起的玄学思潮，深深影响了竹林名士这个知识群体，在何晏、夏侯玄等名士被司马氏杀害之后，新旧思想的斗争冲突达到了白热化的程度。在避祸隐居的状态下，以嵇康、阮籍为代表的竹林名士们顶着血雨腥风继续追求人性觉醒的心灵自由，他们以玄学为武器，谈老论庄，辨析明理，在他们的精神世界里，世俗的一切限制、禁忌、规范统统被打碎了，大大突破了'名教'所坚守的伦理道德的狭窄的精神领域，使自己在精神上获得了空前的解放。"千一插嘴问："潘古先生，究竟什么是'名教'？"潘古先生解释说："所谓'名教'就是以儒家的'正名'思想为主要内容的封建礼教，说白了就是封建伦理纲常，也就是那些禁锢人们言行的儒家礼法。嵇康根本不理会那些世代相传、冠冕堂皇的教条礼法，长期隐居在河南焦作的山阳，后来搬到了洛阳城外，竟然在自家院外的大柳树下开了个铁匠铺，整日和向秀一起打铁。说起向秀，也是个大名士，曾经为《庄子》一书作注，但是甘愿为嵇康拉风箱，而且安然自若。"千一不解地问："他打铁是为了赚钱吗？"潘古先生淡然一笑说："他娶了沛王曹林的女儿长乐亭主，曹林是曹操的儿子，还因此被朝廷征为郎中，官拜中散大夫，这虽然是个闲职，但嵇康也不至于靠打铁养家糊口。他打铁完全是自娱自乐。"千一赞叹道："我的天呐，这也太有性格了。"潘古先生点着头说："正因为嵇康才华卓异、个性孤傲，就连大书法家钟繇的儿子、弱冠时就与玄学之开先河者王弼齐名的钟会想见他都打怵。《世语新说·文学》里记载了一个有趣的故事：'钟会撰《四本论》始毕，欲使嵇公一见，置怀中，既定，畏其难，怀不敢出，于户外遥掷，便回急走。'说的是钟会撰写《四本论》，阐述才能和德性可以相合兼备。写完后，很想让嵇康看一看，就把写着《四本论》的竹简塞进怀里去见嵇康，已经走到嵇康的家门口了，又丧失了和嵇康面对面交流的勇气，只好在门外将竹简远远地扔进院内，然后急急忙忙地跑掉了。后来钟会成了司马昭的心腹，被封为东武亭侯，春风得意、踌躇满志的他，觉得自己的政治地位完全可以和嵇康的傲气相匹敌了，便决定再次拜访嵇康，关于这一次拜访在《世说新语·简傲》中是这样记载的：'钟要于时贤俊之士，俱往寻康。康方大柳下锻，向子期为佐鼓排。康扬槌不辍，傍若无人，移时不交一言。钟起去，康曰：何所闻而来？何所见而去？钟曰：闻所闻而来，见所见而去。'意思是说，钟会肥马轻裘、宾从如云地去拜访嵇康。钟会一行锦衣肥马、十分排场地来到嵇康家门前时，嵇康正在大柳树下打铁，向秀帮着拉风箱烧火。看到钟会一行人的到来，嵇康旁若无人，不停地挥锤在铁砧上锻造敲打，过了好久也没跟钟会等人说一句话，完全把钟会等人冷落一旁。这一下子把钟会推到了十分尴尬的境地。他只能悻悻地注视着嵇康和向秀，最后没趣地向宾从们扬了扬手准备上马离去，这时嵇康突然开口，冷冷地问了一句：'你是听到什么而来？又是看到什么而去？'钟会毕竟也是大才子，十分机敏地回答了一句耐人寻味的话：'听到了我们听到的而来，看到了我们看到的而去。'"
千一插嘴说："钟会好像对嵇康的冷落表现得很豁达呀！"潘古先生摇着头说："其实钟会倍感蒙羞，对嵇康怀恨在心，而且对日后嵇康被杀起到了推波助澜的作用，要知道钟会虽然才华横溢，却是个品格低下的人，在三国时期，如果选择最虚伪的人，钟会一定榜上有名。"千一又问："潘古先生，像嵇康这样志趣高远又有风骨的人，心中有敬佩的人吗？""有啊，"潘古先生微笑着说，"在竹林七贤中，嵇康最钦慕的是阮籍，两个人兴趣相似，文人的反叛精神和社会批判意识最强，成为双璧。"千一接着问："值得嵇康钦慕的阮籍究竟是一个怎样的人呢？"潘古先生介绍说："阮籍，字嗣宗。陈留尉氏人，生于汉献帝建安十五年，也就是公元 210 年，死于魏元帝景元四年，也就是公元 263 年。他长嵇康十四岁。《晋书·阮籍传》是这样描述他的：'阮籍，容貌瑰杰，志气宏放，傲然独得，任性不羁，而喜怒不形于色。或闭户视书，累月不出；或登临山水，经日忘归。博览群籍，尤好《庄》《老》。嗜酒能啸，善弹琴。当其得意，忽忘形骸。时人多谓之痴，惟族兄文业每叹服之，以为胜己，由是咸共称异。'这说明阮籍相貌不凡、志向远大，是一个卓尔不群、率性而为、不受羁绊的人，而且喜怒不形于色，有时候关起门来读书，好几个月不出门。有时出门游览山水，流连忘返。他博览群书，尤其钟爱《庄子》《老子》。他嗜好喝酒，喝高兴了还会放声长啸。他和嵇康一样擅长弹古琴。当他称心如意的时候会旁若无人、超然物外，就仿佛进入了梦象世界。大家都认为他痴。只有族兄阮文业经常叹服地称赞他胜过自己。因此，人们都说阮籍是一个与众不同的人。"千一追问道："潘古先生，啸是一种乐器吗？"潘古先生摇了摇头说："啸不是乐器但胜似乐器，啸是魏晋时期的一种时尚，就是噘口发出长而清脆的声音，说白了就是打口哨，阮籍是吹口哨高手，常常以啸代言。阮籍曾经登临苏门山造访隐士孙登，向孙登请教他对于古代三皇五帝的看法，对上古无为之道的见解，还有长生不老、导气养神的方法，但是孙登一言不发。阮籍自觉没趣，便起身下山，并且边走边对着群山长啸。走到半山腰时，突然听到了犹如鸾凤一样的声音在岩谷中响起，原来是孙登的啸声，两个人便以啸代言进行沟通，几乎达到了心契神通的境界。"千一听到这里情不自禁地赞道："这也太梦象了，我感觉孙登是在用啸声向阮籍展示他的心灵图景。"潘古先生未置可否地说："反正我觉得阮籍听到孙登浩大飘渺的啸声，早已经神游六合之外了。其实在阮籍之前，嵇康也曾慕名拜访过孙登。《晋书·孙登传》是这样记载的：'嵇康又从之游三年，问其所图，终不答，康每叹息。将别，谓曰：先生竟无言乎？登乃曰：子识火乎？火生而有光，而不用其光，果在于用光；人生而有才，而不用其才，而果在于用才。故用光在乎得薪，所以保其耀；用才在乎识真，所以全其年。今子才多识寡，难乎免于今之世矣！子无求乎？'意思是说，嵇康去拜访孙登，受孙登仙风道骨的气质所吸引，在苏门山一待就是三年。在这三年中，每当嵇康向他请教时，孙登都沉默不语。三年后，嵇康向孙登告别，心有不甘地问：'先生就没有什么临别赠言吗？'孙登破天荒地说了一段意味深长的话：'你了解火吗？火生而有光，如果不会用它的光，光就形同虚设，没有存在的价值和作用，所以重要的在于能够用光。人也是如此，将火比作人，将光比作人的才能，人生而有才，却不发挥出来，才能就会被荒废，所以对人来说，重要的是让自己的才能有价值。火能够发挥自己的光与热，在于不断地添加薪柴，光耀才能保持长久；人的才能要想发挥出来的关键在于洞见时局的变化，如此才可保全天年。而现在你虽然博学多才，却无法像现实中的许多人一样'识时务'，很难避免祸殃啊！'"千一惆怅地说："看来隐士孙登已经想到了嵇康人生命运的结局了！""是啊，"潘古先生感慨地说，"阮籍虽然骄傲狂放，为人却十分谨慎，'口不臧否人物'，以至于在虎狼之世得以保全天年。不像嵇康那样刚肠疾恶，坚决不与当权者合作。他不仅自己远离政治，而且也反对朋友钻营从政、出卖自我。'竹林七贤'中年龄最长的山涛从吏部郎的职位上再次升迁，出于对嵇康的保护，他向司马集团推荐嵇康来接任自己，这样既可以显示司马集团对名士的包容，又可以让嵇康体面地走出竹林。要知道随着司马集团加快篡魏步伐，开始对天下名士进行招安，嵇康既是曹氏姻亲又是文坛领袖，就成了司马集团最忌惮的人物，不受招安便会有生命危险。山涛举荐嵇康，是想保护这位最好的朋友。令山涛没想到的是，嵇康立即写了一封绝交信，以最严厉的辞藻表明了自己的拒绝态度和立场。这封著名的《与山巨源绝交书》也成了魏晋风骨的最好诠释。"千一好奇地问："潘古先生，嵇康这封绝交书都写了什么？"潘古先生凝眉说："嵇康开篇就说他和山涛并不相知。他说：'闲闻足下迁，惕然不喜，恐足下羞庖人之独割，引尸祝以自助，手荐鸾刀，漫之膻腥，故具为足下陈其可否。'意思是说，近日听说你升官了，我很忧虑，担心您不好意思独自做官，要拉我充当助手，就像厨师羞于一个人做菜，非要拉祭师来帮忙一样，这等于使我手执屠刀，也沾上一身腥臊气味，所以要向您申明一下，我之所以拒绝的理由。接着他评论了老子、庄子、柳下惠、东方朔、孔子、子文、许由、张良、接舆、季礼、司马相如等十一位历史人物，他们依循自己的本性行事，各得其所，那是因为他们各自的志向使然，而不是外人强迫他们如此。接着嵇康又说：'少加孤露，母兄见骄，不涉经学'，'又纵逸来久，情意傲散，简与礼相背'，'又读《庄》《老》，重增其放，故使荣进之心日颓，任实之情转笃。此犹禽鹿，少见驯育，则服从教制；长而见羁，则狂顾顿缨，赴蹈汤火；虽饰以金镳，飨以嘉肴，愈思长林而志在丰草也。'意思是说，我自幼丧父，因此深受母亲和兄长的骄纵，没有深涉儒家经学。性情孤傲散漫，言行常常和名教的礼法相违背。再加上我喜欢读《庄子》《老子》，就更加重了我的放荡，所以使得我在仕途上荣进之心日益衰退，放任本性的欲望反而日益深厚。这就像一匹小鹿，假如在幼小的时候被人驯养，它就会服从人的管制；假如长大后才看到嚼子和缰绳，则会不顾一切地挣断所拴的缰绳，拼命奔逃，即使用黄金的马衔来打扮它，用精美的饲料来喂养它，它还是越发想念森林和茂盛的野草啊！随后他提出了'七不堪'和'二甚不可'作为自己不适合做官的九大理由。所谓'七不堪'不过是与做官格格不入的七种生活习惯，即：睡懒觉不喜欢被守门官吏唤醒；不喜欢有吏卒守在身边；不喜欢向上官作揖跪拜；不喜欢在公务中写信应酬；不喜欢压抑自己顺从世俗；不喜欢和俗人共事，各种交际伎俩令人作呕；不喜欢世故人情扰乱心思。所谓'二甚不可'，是指他喜欢'非汤武而薄周孔'，就是他常常要说一些非难成汤、周武王和轻视周公、孔子的话，以及'刚肠疾恶，轻肆直言，遇事便发'，就是说话直言不讳，绝不替人掩饰，而且一遇事便会发作。"

这时，千一插嘴说："潘古先生，我觉得这封绝交信虽然很长，但核心意思就是这句'非汤武而薄周孔'，对不对？"潘古先生点点头说："的确如此，从历史上看，改朝换代，历来只有两条路可走：一条是像商汤王、周武王那样采用暴力手段推翻前朝统治的'革命'之路；一条是周公、孔子所倡导的用仁义手段和平地实现政权交接的'禅让'之路。但不论是汤武的'革命'之路，还是周孔的'禅让'之路，最终的目的是改朝换代。嵇康在这封绝交信中，不仅反汤武的'革命'之路，以揭露司马氏血腥手段的残酷，而且反周孔的'禅让'之路，嘲讽弑君篡国的司马氏集团在政治上执行仁义忠孝的伪善，这无异于撕下了贴在司马昭脸上的'名教'这块遮羞布，这等于是对汉代形成的儒教文化的彻底否定。如此一来，司马氏集团便成了乱臣贼子，绝交信便成了嵇康对司马氏永不屈服的宣言书。这封绝交信很快传遍了朝野，司马氏怎么可能容忍！因此鲁迅先生说：'司马昭因这篇文章，便就得将嵇康杀了。非薄汤武周孔，在现时代是不要紧的，在当时关系非小。汤武是以武定天下的；周公是辅成王的；孔子是祖述尧舜，而尧舜是禅让天下的。嵇康都说不好，那么叫司马昭篡位的时候怎么办才是好呢？没有办法。在这一点上嵇康于司马氏的办事上有了直接的影响，因此就非死不可了。'这时对当年拜访嵇康受到藐视而耿耿于怀的钟会参与了司马氏集团除掉嵇康的密谋，据《文士传》记载，钟会对司马昭说：'今皇道开明，四海风靡，边鄙无诡随之民，街巷无异口之议。而康上不臣天子，下不事王侯，轻时傲世，不为物用，无益于今，有败于俗。昔太公诛华士，孔子戮少正卯，以其负才乱群惑众也。今不诛康，无以清洁王道。'意思是说，当今政治开明，天下归心，就连偏僻的边境也没有欺诈虚伪的刁民，街头巷尾都没有民怨。而嵇康对上不臣服于天子，对下不事王侯，轻时傲世，不愿意为您所用，而且伤风败俗。过去姜太公诛杀不愿为官的华士，孔子诛杀具有五种恶劣品性的少正卯，都是因为他们恃才惑众。现在诛杀嵇康无异于清洁王道。"千一听罢慨叹道："人性真是好复杂呀！想不到才华横溢的钟会竟然是这样的人。潘古先生，嵇康死得一定很悲壮吧？"潘古先生长叹一声说："是啊，关于嵇康的死，《晋书·嵇康传》中是这样记载的：'康将刑东市，太学生三千人请以为师，弗许。康顾视日影，索琴弹之，曰："昔袁孝尼尝从吾学《广陵散》，吾每靳固之，《广陵散》于今绝矣！"时年四十。海内之士，莫不痛之。'意思是说，嵇康即将在东市被处死，太学学生三千人，拥挤在刑场边上，请求朝廷让嵇康做他们的老师，朝廷不允许，维持原判。嵇康神色不变地看了看自己的影子，然后向哥哥要了一把古琴深情地说：'过去袁孝尼曾经要求跟随我学习《广陵散》，我太吝惜了，不肯传授给他，从此以后《广陵散》就要成为绝唱了！'弹完从容就义，时年四十。海内之士，没有不痛惜的。可以说面对强权的屠刀，嵇康用生命和灵魂演绎了一曲生命的绝响。"千一听罢陷入深深的思索，良久她才长舒一口气问："潘古先生，嵇康死后，阮籍的命运如何？"潘古先生叹息地说："嵇康被杀的第二年，在司马昭的逼迫下，魏帝封他为'晋公'，如此一来，司马昭离晋国天下只有一步之遥了。阮籍被迫写了一篇劝司马昭进封晋公的劝进文，他一生都在避免卷入曹魏和司马氏争斗的政治漩涡中，但最终借酒酣饮也无法逃脱，一篇'劝进文'成了压倒他的最后一根稻草，两个月后，也就是景元四年年底，阮籍抑郁而终。"千一关切地问："阮籍和嵇康留下了哪些著作？"潘古先生如数家珍地说："阮籍著有《达庄论》《大人先生传》《通易论》《通老论》等；嵇康著有《声无哀乐论》《养生论》《释私论》《难自然好学论》《明胆论》《太师箴》等。"千一又问:"既然阮籍与嵇康都是竹林七贤的核心,两个人又惺惺相惜,一定有相同的宇宙观吧?"潘古先生沉思片刻说:"任何哲学家都试图对宇宙的构成与产生寻找一个生化的本源,阮籍和嵇康也不例外。阮籍和嵇康所构建的宇宙图景都取道老庄。阮籍在《大人先生传》中说:'泰初贞人,惟大之根,专气一志,万物以存。'意思是说,天地初开时的真人,只追求大道的根本,专心致志,万物得以生存。又在《达庄论》中说:'一气盛衰,变化而不伤。是以重阴雷电,非异出也;天地日月,非殊物也。故曰:自其异者视之,则肝胆楚、越也;自其同者视之,则万物一体也。'意思是说,自然界的万物虽然形态各异,但都统一于'自然一体'的气,都是'一气之盛衰',但'自然一体'的气的盛衰变化不会伤害万物。因此阴云雷电不是天地间不同的事物,不过是'一气盛衰'所呈现的不同形态而已;天地日月,也不是特殊的事物。所以说,从不同的方面看,肝和胆就像楚国和越国那样不同;从相同的方面看,万物就是一个整体。也就是说,'万物'是涵盖了重阴雷电、天地日月的整体。我们再看看嵇康的观点,他在《明胆论》中说:'夫元气陶铄,众生禀焉。赋受有多少,故才性有昏明。'就是说,万物都是禀受元气化生而成的,禀赋的多少也和气化有关系。人性的善恶和才能,是由赋受的气质决定的,赋受有多少,从才与性的昏明上便可看出来。又在《太师箴》中说:'浩浩太素,阳耀阴凝,二仪陶化,人伦肇兴。'所谓太素,就是质的起始而尚未成体的阶段,是最原始的东西,引申为元气,浩浩太素就是指天地未判时的宇宙混沌状态。这句话的意思是广阔混沌的元气,阴者凝重,阳者显耀。在阴阳二气交错作用之下,天地万物、人类社会才兴旺起来。然后嵇康在《声无哀乐论》中又说:'夫天地合德,万物贵生,寒暑代往,五行以成。故章为五色,发为五音。'意思是说,天地之间阴阳二气自然运动和变化,万物借助阴阳二气的对立统一作用而生长,寒来暑往,五行因此形成,表现为五色,发出为五音。也就是说,五色和五音都是五行的具体显现,从'天地合德'到五音的产生是一个自然而然的过程。"千一兴奋地插嘴说:"我明白了,潘古先生,无论是阮籍还是嵇康,他们都认为人和世间万物是由元气构成的,对不对?"潘古先生微笑着说:"千一冰雪聪明,你总结得很对。宇宙万物都是禀受元气而生,万物之所以各有差异，是因为万物所禀受的元气多少不同而造成的。这种禀受并不是外在意志所决定的，差异的存在是自然而然形成的。人与天地万物共存于宇宙之间，也是禀受元气之后自然产生的。万物产生之后，元气会内化为'自然之理'，便有了万物运行的秩序和规律。因此嵇康在《声无哀乐论》中提出：'推类辨物，当先求之自然之理。理已定，然后借古意以明之耳。'推类就是类比，触类旁通。他认为，依类推理辨别事物，应该先求得自然的道理，道理确定之后，再借古义来证明它。他又说：'夫五色有好丑，五声有善恶，此物之自然也。'各种色彩有好看的，也有不好看的；各种声音有好听的，也有不好听的，都是遵循色彩或声音的'自然之理'。"千一插嘴问："潘古先生，如何才能探索到'自然之理'呢？"潘古先生解释说："嵇康提供了两条途径。他在《难宅无吉凶摄生论》中说：'况乎天下微事，言所不能及，数所不能分，是以古人存而不论。神而明之，遂知来物。故能独观于万化之前，收功于大顺之后。百姓谓之自然，而不知所以然。若此，岂常理之所逮邪？'意思是说，何况天下那些超出常理、极其微妙精深的事情，不是言辞概念所能表达清楚的，也不是几条理论就可以辨析明白的。所以古人将那些'自然之理存之于心而姑且不对它进行辩论，却能神而明之，也就是明白其中的奥妙，以至于能够判断出来即将发生的事情。这是'独观'的缘故。也就是通过独立思考，依靠心觉判断，跳出固有的思维框架，不依附于世俗之见，破除常规思维，进行反常规思维，充分运用意识、潜意识甚至无意识进行独立判断，方可了解事情的来龙去脉于万物发生变化之前，收功于消弭灾害于无形之后。说白了，就是只有通过'独观'去认识事物的'自然之理'，才能通达于万物。百姓只知道事物表面现象，局限于'所见'与'常规'，不知道事物的本质及其产生的原因，得到的往往是谬误，并非真知、真理。他在《答释难宅无吉凶摄生论》中又说：'探赜索隐，何谓为妄？'探求精微考索奥妙，怎么就是妄求呢？他指出了探求'自然之理'的另一条途径就是'探赜索隐？'"千一敬佩地说："嵇康的思维太敏捷了！"潘古先生点了点头说："所以南朝文学理论家刘勰在《文心雕龙·才略》中说：'嵇康师心以遣论，阮籍使气以命诗，殊声而合响，异翮而同飞。'所谓'师心'就是指创造性、独观。嵇康创造性地发挥议论，阮籍凭着气势来作诗以抒发情怀，两个人像用不同的声音来合奏，像张开不同的翅膀一起飞翔。"千一赞叹道："刘勰比喻得太形象了！潘古先生，很显然嵇康的哲学是以'自然'为基础的，那么他是如何处理'名教'与'自然'之间的矛盾的呢？"潘古先生重重地点了点头说："问得好！嵇康认为'名教'与自然的矛盾无法调和，因此他在《释私论》中提出了'越名教而任自然'这一命题。他说：'夫称君子者，心无措乎是非，而行不违乎道者也。何以言之？夫气静神虚者，心不存乎矜尚；体亮心达者，情不系于所欲。矜尚不存乎心，故能越名教而任自然；情不系于所欲，故能审贵贱而通物情。物情顺通，故大道无违；越名任心，故是非无措也。'意思是说，那些被称为君子的人，不过是些心卫不在乎是非而行为却不违反礼法的人。为什么这么说呢？这是因为气静神安的人，心里根本不在乎世俗礼法；清白旷世的人，感情不会被欲望所束缚。不把世俗观念放在心上，就能超越名教而顺应本性，超脱自然。感情不被欲望所拘束，所以能审视贵贱而通达事物的自然之理。通达了事物的自然之理，就不会违反大道；超越名教而执着于内心的追求，也就不在乎世俗礼法的是是非非了。"千一若有所思地问："潘古先生，'任自然'与'任心'是什么关系呢？"潘古先生解释说："心灵的自由就是'任自然'。为了追求'任自然'的自然境界，嵇康把批判的矛头直指儒家的六经及以六经为依据的名教。他在《难自然好学论》中说：'六经以抑引为主，人性以从容为欢。抑引则违其愿，从欲则得自然。然则自然之得，不由抑引之六经；全性之本，不须犯情之礼律。……今若以明堂为丙舍，以诵讽为鬼语，以六经为芜秽，以仁义为臭腐，睹文籍则目瞧，修揖让则变伛，袭章服则转筋，谭礼典则齿龋。于是兼而弃之，与万物为更始。'嵇康痛斥六经以限制人性为根本，人性需要顺从自然性情，限制人性违背了人的自然性情，开放包容便可以获得自然人性，因此'自然'的获得不可能从'六经'中得来；要遵循自然天性就必须摒弃六经的误导，要保全自然性情就必须摒弃规范人们的礼制和律法。'六经'是在君王社会里出现的，是压抑人的心灵自由的，而追求心灵自由的文人则把天子推行教化的名堂看作坟地墓舍，把诵读六经之声当作鬼怪言语，把六经看作衰草污秽，把仁义道德当作臭腐之物，看儒学经文时会造成目光斜视，学习揖让之礼会造成驼背，穿上礼服就会身体抽筋，谈论礼法典籍时会造成蛀牙。只有如此将名教全部抛弃，才能顺应万物的自然之性。当时士族门阀以名教为工具称'六经为太阳''不学为长夜'，嵇康针锋相对地进行了批评。'任自然'就是'任心'而行，摆脱外在的束缚，顺应自然之心，在完全自由的心灵世界中逍遥驰骋，唯有如此才可打开梦象之门，突破有限的存在。可见'心'是'任自然'得以实现的关键。"千一插嘴问："如何才能做到'任自然'呢？"潘古先生思索片刻说："嵇康在诗文中多次说：'老子、庄周，吾之师也'，这说明嵇康一定继承了老子、庄子虚静的功夫。因此要想做到'任自然'可以通过老子的'虚其心''致虚极，守静笃'，也可以通过庄子的'心斋''坐忘'，当然也离不开意识、潜意识和无意识，离不开直觉、心觉、神觉、联想、想象、通感、梦境、冥想、顿悟、禅定、幻化、魔性、逆向思维等等，只有保持内心的空明宁静，才能畅游心灵世界，才能与道契合，进而照应万物，任自然而逍遥。"千一沉思着问："潘古先生，可不可以用'任自然'来概括嵇康的一生呢？"潘古先生首肯道："当然可以，因为'任自然'是嵇康人生哲学的核心。"千一又问："潘古先生，嵇康追求的自由生活到底是什么样呢？"潘古先生微笑着说："嵇康在《与山巨源绝交书》中是这样描述的：'今但愿守陋巷，教养子孙，时与亲旧叙阔，陈说平生，浊酒一杯，弹琴一曲，志愿毕矣。'意思是说，现在我的理想就是守在自己的茅舍里，教养自己的子孙，时常能与自己的亲朋好友叙一叙久别之情，叙说一下自己的人生，然后喝上一杯浊酒，弹上一首心曲，就心满意足了。"千一赞许道："还不错，有朴素的亲情，有生活的情趣，日子闲适快乐、自由自在。"潘古先生附和道："是啊，很有一种审美意味。"这时千一突然听到妈妈的声音："千一，时候不早了，快闭灯睡觉吧！"千一紧张地说："潘古先生，我妈妈喊我了，我得赶紧回房间，可是我在爸爸的画里，怎么回去呢？"潘古先生不慌不忙地说："别急、别急，我用琴声送你回去。"千一急切地问："潘古先生，你的琴声如何送我回去呢？"潘古先生笑呵呵地说："你只要闭上眼睛就行了。"千一试着闭上眼睛，耳边顿时响起悠扬的古琴声，当妈妈推门进入千一房间时，千一已经进入梦乡了。

　　下午放学后，孟蝶一进阙里巷就隐约听见巷子深处有舒缓、优雅的琴声传来，她被深深吸引了，她循着琴音往前走，终于发现琴音是从笼罩在一片绿荫中的院落里传出的，这曲动人的古琴声，越过院墙，播向四周。原来是自家邻居孙伯伯家。孟蝶探头探脑地从大门口向院子里张望，发现坐在木墩之上弹琴的正是清江中医药大学教授、著名中医孙善究。孙教授发现孟蝶被琴声吸引了，招手让她进院，院子的门轻轻一推就开了，孟蝶兴奋地走进去。孙善究请她坐在自己身边，慈祥地问："孟蝶，喜欢伯伯弹的古琴曲吗？"孟蝶满怀喜悦地点着头说："非常喜欢！孙伯伯，您刚才弹的是什么曲子，我好像听到了秋日傍晚西山的松涛声。"孙善究赞许道："孟蝶对音乐很敏感嘛，我刚才弹的是嵇康的《风入松》。"孟蝶惊讶地说："真的呀！孙伯伯，这么说.您对嵇康的古琴曲很了解喽？"孙善究微笑着说："我非常欣赏嵇康的魏晋风骨，所以无论是他的思想还是琴曲我都有所了解。"孟蝶喜出望外地说："太好了！孙伯伯，您能跟我讲一讲《广陵散》吗？"孙善究也惊异地问："怎么，你也听说过《广陵散》？"孟蝶若有所思地说："是的，是在我爸爸送我的生日礼物《千一的梦象》那部书里看到的，但是我只知道嵇康被杀之前弹奏了《广陵散》，至于嵇康如何学会《广陵散》的、《广陵散》讲述了怎样的故事、表达了怎样的思想，我就不知道了。孙伯伯，很想听您讲一讲！"孙善究欣慰地说："好吧，既然你对《广陵散》这么感兴趣，我就好好给你讲一讲这首古琴曲的来龙去脉。《广陵散》讲的是聂政刺韩王的故事。聂政是战国时期韩国人，他父亲是铸剑工匠，由于为韩王铸剑过了期限，被韩王杀害了，聂政长大以后立志为父报仇。有一次他混进王宫抓住机会刺杀韩王却失败了，因被卫士追杀，被迫逃进了深山。后来聂政得知韩王喜欢听人弹琴，就开始苦练琴技，终于在七年后学成了。为了不被认出来，聂政不仅毁了容貌，还吞炭入口毁了嗓音，他来到韩国门楼下弹琴，精湛的琴艺使'观者成行，马牛止听'。韩王听说后请聂政入宫弹琴，聂政借机杀死了韩王，然后横剑自刎了。"孟蝶听罢，惊异地慨叹道："孙伯伯，聂政死得太悲壮了！"孙善究点点头说："是啊！后人为了纪念替父报仇的聂政不畏强暴、宁死不屈、为民除害的反抗精神，有人收集了聂政弹过的所有琴曲，整理创作了名为《聂政刺韩王》的曲子。"孟蝶听罢唏嘘不已，她追问道："孙伯伯，那为什么叫《广陵散》呢？"孙善究解释道："广陵是扬州的古称，散是操、引乐曲的意思，由于《聂政刺韩王》的曲子流行在广陵地区，所以又叫《广陵散》。"孟蝶好奇地问："孙伯伯，嵇康是怎么学会《广陵散》的呢？"孙善究和蔼地说："这又是一个很有趣的故事。《晋书·嵇康传》是这样记载的：'初，康尝游于洛西，暮宿华阳亭，引琴而弹。夜分，忽有客诣之，称是古人，与康共谈音律，辞致清辩，因索琴弹之，而为《广陵散》，声调绝伦，遂以授康，仍誓不传人，亦不言其姓字。'意思是说，先前嵇康曾经在洛阳西边游玩。晚上住在了华阳亭里，从琴囊中拿出心爱的古琴调息后开始弹奏。之前曾经有人告诉嵇康，华阳亭附近经常有人被杀害。弹至半夜，就在嵇康进入琴我两忘的境界之际，忽然有客人造访，还自称是古人，和嵇康一同切磋音律，笑谈音乐的美妙，将音乐理论辨析得十分清楚。还向嵇康要来琴弹奏，曲调慷慨悲愤、旋律激昂，韵律中既有金戈铁马的壮怀激烈，又有一种与世道跌宕起伏的慨叹，全曲贯注一种宁死不屈、反抗强暴的浩然之气，'纷披灿烂、戈矛纵横'，嵇康从未听过如此荡气回肠的曲子，听得他如痴如醉、热血沸腾，沉醉在一种侠客义士挥舞长剑、斩妖除魔的恢宏气势中。嵇康向那位自称古人的'仙人'请教琴曲的名字，'仙人'告诉他琴曲叫《广陵散》，于是嵇康恳请'仙人'将《广陵散》传授给他，'仙人'欣然应允，但是让嵇康发誓绝不传给别人，嵇康发誓后，便从'仙人'那里学会了《广陵散》。当然，这只是一个传说罢了。"孟蝶听罢似有所悟地说："孙伯伯，我觉得这很像是嵇康的梦象。"孙善究频频点头道："有道理，有道理。《广陵散》的确不应该是一个传说，应该是从嵇康心灵深处生发出来的，那个自称古人的'仙人'让我想起了嵇康的《游仙诗》，'飘飘戏玄圃，黄老路相逢。授我自然道，旷若发童蒙。'这四句诗和嵇康在华阳亭遇见'古人'的情境何其相似啊！其实嵇康一生都在追求那种逍遥世外的'仙心'，《广陵散》的传说就是对嵇康向心灵深处求仙问道的具体描绘，是对嵇康心灵生发梦象的记录啊！嵇康所谓的'童蒙'，其实就是梦象。正因为嵇康推开了梦象之门，才创作出《声无哀乐论》这样的不朽名篇啊！孟蝶，你让孙伯伯刮目相看了。"孟蝶腼腆地笑了笑问："孙伯伯，《声无哀乐论》究竟讲了什么呢？"孙善究认真地说："在《声无哀乐论》中围绕着东野主人与秦客的辩论而展开。秦客代表着传统儒家'治世之音欢乐，亡国之音悲哀'的思想，强调音乐

\ 千 \ 一 \ 的 \ 梦 \ 象 \

与社会政治的关系，对此东野主人提出了异议。全文八次论难，答辩也有八次。"孟蝶迫不及待地问："那么东野主人有哪些思想呢？"孙善究平和地说："所谓'声有哀乐'就是'心有哀乐'，这是儒家功利主义的乐象观，秦客认为'盛衰吉凶，莫不存乎声音'，也就是说，既然喜怒哀乐会表现在脸上，那么盛衰吉凶没有不包含在声音里的；所谓'声无哀乐'就是'心无哀乐'，是嵇康假托东野主人提出的玄学主张，这是一个更高层次的人生境界，或者说修道之人的心灵境界。所以'心'是指自由的心灵，而不是一般的内心，这和嵇康所说的'心之与声，明为二物'并不矛盾，因为这个'心'不是一般的内心。也正因为如此，嵇康在《声无哀乐论》中强调一个'和'字。他说：'音声有自然之和，而无系于人情。克谐之音，成于金石；至和之声，得于管弦也。'声音有自然的和谐，却无关人的感情。和谐的声音成功于金石一类的乐器，最美的乐声也是从管弦乐器中得到的。他又说：'姣弄之音，挹众声之美，会五音之和，其体赡而用博，故心侈于众理。'动听的曲子汇集了各种美妙的声音，会聚了五音的和声，它的本体丰富而作用广泛。因为汇集了各种美妙的声音，所以听众的心便受到各种情况的牵制；因为会聚了五音的和声，所以听众便欢乐放松，志得意满。可见'和'是音乐的本性。那么音声来自哪里呢？他说：'夫天地合德，万物资生。寒暑代往，五行以成，故章为五色，发为五音。''天地合德'讲的就是自然运作，自然生阴阳，阴阳化五行，五行发为五音。声音与色彩的形成是阴阳二气变化运动的结果。这说明音乐生于自然。然而嵇康又说：'乐之为本，以心为主。'强调心的自由驰骋，强调音乐生于心灵。那么'和'便是自然与心灵的和谐统一，音乐本来就不是自然的直接产物，它是内宇宙的一种形式。'声无哀乐'便是心灵与自然和谐统一后，审美主体进入物我两忘、与天地齐一的境界。也正因为如此，嵇康才说：'和声无象，而哀心有主'。所谓'哀心有主'的'主'是什么？就是名教的功利主义、道德教化、谶纬迷信。那么'和声无象'的'象'是指什么？当然也是指儒家人为附会在音乐上的盛衰凶吉的功德之'象'，打着情感之名进行道德教化的功利之'象'。嵇康反对名教把音乐作为统治工具而神秘化。"孟蝶沉思着问："那么抛开名教对音乐附加的特定之象，如何理解'和声无象'呢？"孙善究微笑着说："其实所谓'和声无象'与老子的'大音希声''大象无形'、与庄子的'大美无言'是相通的。'和声'就是将众声融为天籁；'天象'就是囊括万象而裁成一象，也就是梦象。用嵇康《赠兄秀才从军诗》中的诗句描述就是'目送归鸿，手挥五弦。俯仰自得，心游太玄'。人生修行到这样的境界，才可能做到'心无哀乐'啊！"孟蝶兴趣十足地问："孙伯伯，能举两个生动的例子吗？"孙善究沉思片刻说："在常人看来，任何人听到母亲去世的噩耗一定会痛不欲生、号啕痛哭，可是阮籍听到母亲去世的消息后，反应异于常人。《晋书·阮籍传》是这样记载的：'籍虽不拘礼教，然发言玄远，口不臧否人物。性至孝，母终，正与人围棋。对者求止，籍留与决赌。既而饮酒二斗，举声一号，吐血数升。'阮籍虽然不拘于礼教，但讲话言辞深远，而且从不评论别人的是非，是个天性特别孝顺的人。但就是这么个'性至孝'的人，在和朋友下围棋时，得到了母亲去世的噩耗，他神色平静得好像什么也没发生一样，一点儿也没影响他继续下棋。朋友知道阮籍是大孝子，以为他听到噩耗后会悲痛万分地赶紧起身回家为母亲料理丧事，却发现他无动于衷，颇不理解地请求终止下棋。阮籍不肯，硬是要求朋友下完这盘棋，朋友无奈，只得从命。下完棋，阮籍狂饮了二斗酒，突然大哭了一声，吐了好几升血。这说明阮籍是一个'心无哀乐'不彻底的人，这从他'口不臧否人物'这一点就能看出来。他面对纷乱的现实变故，表面上任性放达，任性不羁，其人生实情如他的诗句所云：'终身履薄冰，谁知我心焦？'他脆弱与敏感的心包裹在醉与醒的双重茧壳中。也正因为如此，在司马昭逼迫魏帝封他为'晋公'时，要求阮籍来写劝进文。一篇'劝进文'证明了阮籍的软弱与苟且，成了他一生的污点。和他的人生一样，阮籍的《乐论》便具有调和儒道思想的色彩，不仅继承了儒家礼乐移风易俗的教化作用，'歌咏先王之德'，而且强调'天下无乐，而欲阴阳和调、灾害不生，亦已难矣'，也就是说，天下没有音乐，想调和阴阳、不生灾害，也是很难的。这和秦客的'盛衰吉凶，莫不存乎声音矣'的调子如出一辙。在《声无哀乐论》中，嵇康直截了当地否定了这种论调。毫不妥协地打破了名教教条对人的心灵的禁锢，将音乐作为一种独立的、纯粹的艺术进行诠释，不再带有任何功利色彩。嵇康深知如果追求心灵和思想的彻底解放，就必须放弃名教本身。为此，他'非汤武而薄周孔''越名教而任自然'，将心灵中的梦象通过一曲《广陵散》演绎成了生命的绝响。嵇康行刑的当天，洛阳城万人空巷。有关史书记录下了这个悲壮的时刻。临刑时，嵇康神色坦然地顾看日影，又望了望为他请愿的黑压压的三千太学学生，他要了一张古琴，安坐在行刑场高台之上，这时刑场上鸦雀无声，在众人的注目下，嵇康在琴弦上轻轻一拨，顿时将人带入他在《琴赋》中所描绘的'齐万物兮超自得，委性命兮任去留'的境界。他相信，所谓生和死，不过是两种自然形式而已。他用玄思修筑了一座'任自然'的神庙，奇诡的梦象与感人心魄的旋律在对心灵自由的歌颂中铺展，遍地鲜花。毫无疑问，梦象只诞生于极少数人的灵魂里。他在杀他的刑台上，在生命的绝响中，开始'游心太玄''游心于玄默''游心大象''游心皓素'，'游'是对心灵自由无所限制、无所拘束的追求，是绝对自由地遨游在永恒的梦象王国中。'游'的最终目标就是进入万物而任自然的梦象世界，无论是'游心太玄''游心于玄默''游心大象'还是'游心皓素'，都是游心自然，自然于心中，自然便是梦象。"听到这里，孟蝶情不自禁地鼓起掌来，她十分兴奋地说："孙伯伯，您讲得太精彩了！我感觉自己都进入了一种'游'的梦象。孙伯伯，既然人可以在心灵世界中遨游，可不可以进入书中去见一见自己喜爱的人物呢？"孙善究一听笑呵呵地说："孟蝶，你的想法很玄妙嘛，我认为伟大的作品无不梦象地存在着，只要你进入自己的心灵世界遨游，创造出自己的梦象，不是不可能的哟！"孟蝶听罢高兴地说："太好了！看来我早晚有一天会进入《千一的梦象》这本书中，和千一去见潘古先生。谢谢孙伯伯，时间不早了，我该回家了！"说完十分高兴地往院外跑去。孙善究一头雾水地问："孟蝶，千一是谁，潘古先生又是谁呀？"

第十六章
独树一帜的宇宙观

　　自从秦小小在电视剧《董仲舒》中扮演董仲舒的书童之后，功课就落下了，班主任老师让千一和刘兰兰一起帮助秦小小。所以下午两点放学后秦小小约千一和刘兰兰一块去他家。秦小小家虽然不住在阙里巷，但离阙里巷不远，是和千一家差不多的四合院。到了秦小小家，他又是倒水又是洗水果，好不热情。搞得千一和刘兰兰几乎不敢相信眼前的秦小小就是那个曾经无数次让老师头疼的"捣蛋鬼"。补习了一阵子功课后，千一不经意地抬头看了一眼天花板，她惊异地发现天花板上的裂缝很像自己画画时在宣纸上用毛笔画出的墨韵的裂变，自由地流动着美的韵律。于是他自言自语地说："秦小小，你家天花板上的裂缝美得像一丝绣线菊，太有诗意了。"秦小小抬头看了看说："我怎么没看出来呢？"刘兰兰也抬头看着说："不过是普通的裂缝而已，你怎么能看出诗意呢？"千一认真地说："我说的是真的，你们仔细看看，每一道裂缝都像曼妙的垂柳，又像丝丝细雨，有的就像古琴的琴弦一样，我甚至都听到了悠扬的琴声，你们怎么什么都看不出来呢？"刘兰兰是千一的闺蜜，最了解千一了，她恍然大悟地说："千一，莫非你又进入梦象了？"秦小小不解地问："梦象？什么是梦象？"话音刚落，千一猛地站起身，惊呼道："兰兰、小小，你们看，那些裂缝离开了天花板，它们在空气中翩翩起舞，每一条都像彩虹一样绚丽，充满了能量，太不可思议了！"秦小小一脸诧异地说："可是那些裂缝明明还在天花板上呀！"此时的千一已经无暇顾及秦小小和刘兰兰，她紧盯着那些犹如从琴弦上飞起来似的裂缝，不由自主地问："你叫什么？"那些裂缝一会儿宛如涟漪，一会儿宛如螺丝的线韵，竟然开口说话了："我叫'兰法'，喜欢我吗？"千一被深深吸引了，她旁若无人地说："兰法？名字太美了！和书法一样美！"兰法清风盈袖般地舒展着犹如丝绸似的线韵说："书法不如我自由，每一根线条都被关在了汉字的牢笼里了，比如'王'字，只能是三横一竖，再怎么变化也只能是三横一竖，从古至今，这个字的变化都已经被古人穷尽了，不只是'王'字，其实所有汉字的变化都已经被古人穷尽了，说实在的，每一个汉字究竟可以有多少种变化用数学是可以推算出来的，止于书法的线条被汉字画地为牢了，因此书法的变化是有限的，变到一定程度就会停滞的，而'兰法'的每一根线条的变化都是无限的，因此我们可以创造整个宇宙。其实宇宙的本体就是一条线。"千一几乎听入了迷，她情不自禁地问："那是谁创造了你呢？"兰法表现出明月入怀般的舞姿，十分自信地说："没有人创造我，我是'独化'而生！"千一凝眉问："'独化'，什么是'独化'？"兰法用一根阡陌小径般的线条像人的手指一样向千一勾了勾说："想知道什么是'独化'，请跟我去见一见独化洞洞主就清楚了。"千一迫不及待地问："独化洞在哪里？独化洞洞主又是谁？"兰法发出一束阳光般的笑声，说："跟我来就什么都清楚了。"话音刚落，便如一丝金缕般穿墙而过。千一毫不犹豫地跟过去，竟然也毫无障碍地穿墙而过。秦小小一见顿时急了，他一边大喊："千一，等等我！"一边一跃而起追过去，却一头撞在墙上，一下子反弹回来，一屁股坐在地上，撞得满眼金花，脑门上顿时起了一个大包，他一边揉一边说："疼死我了！疼死我了！"刘兰兰赶紧去扶他。此时，千一跟随着在空中如仙人指路般舞动着的兰法，走在阡陌纵横的小径上，走了好一阵子，终于发现前面有一座山，山间鸟语花香，宛如仙境，走到山前，有三个大字映入眼帘——"独化洞"。这三个大字的笔法她以前见过，分明就是孟周的手笔，这时兰法又伸出一根犹如飞龙般的线条勾了勾示意千一进洞，然后光芒万丈地飞入洞中，千一心领神会地跟了进去。洞内金碧辉煌，到处都摆满了古书，这时在正中间的书桌旁有一个男人放下书，笑声爽朗地站起身说："是千一同学吗？我已经等你多时了。"话音刚落，他将手在空中一挥，兰法便如一缕阳光般地落入他的手中，然后他又轻轻一挥，那缕阳光便成了一支毛笔，他将毛笔挂在笔挂上，千一一下子就认出了这个气质儒雅的人，她脱口而出："周先生，您不是青牛书院院长吗，怎么成了独化洞洞主了呢？"周青牛笑呵呵地说："我在青牛书院讲学，在独化洞读书写作，这并不矛盾呀！"千一不解地问："刚刚引我进来的兰法说它是独化而生的，您读书的地方又叫独化洞，究竟什么是独化呢？"周青牛沉思片刻说："要想了解什么是独化，必须先了解创造'独化说'的西晋时期的玄学家郭象。"千一好奇地问："郭象是怎样一位玄学家？与何晏、王弼，阮籍、嵇康的学说有什么不同？"周青牛示意千一坐在椅子上，然后自己坐在了千一的对面，和蔼地说："你别急，听我慢慢跟你说。要想了解郭象，我们必须先讲一讲向秀。"千一迫不及待地问："为什么呢？难道郭象与向秀也有一段像何晏与王弼或者阮籍与嵇康一样的友谊吗？"周青牛微笑着说："并非如此。向秀与郭象年龄相差四十岁，他俩不是因为友谊而是因为一本叫《庄子注》的书联系在一起的。向秀大约生于公元227年，逝世于咸宁元年前后，也就是公元272年，此时郭象大约十岁左右。向秀，字子期，河内怀人，魏晋时期玄学家，'竹林七贤'之一。"千一插嘴说："虽然向秀是'竹林七贤'之一，但是好象声望不如阮籍、嵇康响亮，我只记得在《世说新语》中有关于嵇康打铁、向秀拉风箱的描写，写得绘声绘色，知道的说他是玄学家，不知道的还以为他是嵇康的'小伙计'呢！"周青牛摆了摆手说："这应该是一种误读，向秀是嵇康的挚友，虽然声望没有嵇康响亮，但是无论是哲学成就还是文学成就，向秀都可以与家喻户晓的嵇康比肩，是不得了的大哲人、大文豪。他的《思旧赋》可谓千古绝唱，他的《难养生论》与嵇康的《养生论》难分高下，他一生最重要的著作《庄子注》，匠心独运，开创了玄学注《庄子》的新思路。其实向秀生前并不认识郭象，思想史上将他俩联系到一起都是因为《庄子注》的缘故。"千一追问道："您的意思是说郭象也创作了《庄子注》，对吗？"周青牛点了点头说："不错，郭象也创作了一部《庄子注》，而且是以向秀《庄子注》为蓝本创作的。"千一质疑道："莫非郭象剽窃了向秀？"周青牛微微一笑，不露声色地说："刘义庆和你的观点一致，他在《世说新语·文学》中是这样记载的：'初，注《庄子》者数十家，莫能究其旨要。向秀于旧注外为解义，妙析奇致，大畅玄风，唯《秋水》《至乐》二篇未竟而秀卒。秀子幼，义遂零落，然犹有别本。郭象者，为人薄行，有俊才。见秀义不传于世，遂窃以为己注。乃自注《秋水》《至乐》二篇，又易《马蹄》一篇　其余众篇，或定点文句而已。后秀义别本出，故今有向、郭二《庄》，其义一也。'意思是说，起初，注释《庄子》的作者有几十家，都不能解读《庄子》的精髓。向秀在旧注之外解释《庄子》的精神实质，精妙地解析了其中的新奇意趣或情致，弘扬了谈论玄理的风尚。只是还剩下《秋水》《至乐》两篇的解析未完成，向秀就去世了。向秀死后，由于他的儿子年龄太小了，没有保存好文稿，竟然散失了，好在还有另外的写本。郭象这个人，为人操行轻薄，但才华横溢。他看见向秀的《庄子注》因散失而无法传世，就剽窃过来作为自己的著作。他自己注释了《秋水》《至乐》两篇，又改换了《马蹄》一篇的注释，其余各篇，有的仅是修改一下文字句读而已。后来向秀解义的另一个本子被发现了，大家才发现两部《庄子注》大同小异。所以至今有向秀、郭象两个《庄子注》，但其义理是一致的。《晋书·郭象传》也采用了《世说新语·文学》的说法。但是《晋书·向秀传》中却有另一种说法：'庄周著内外数十篇，历世才士虽有观者，莫适论其旨统也。秀乃为之隐解，发明奇趣，振起玄风。读之者超然心悟，莫不自足一时也。惠帝之世，郭象又述而广之。儒墨之迹见鄙，道家之言遂盛焉。'意思是说，庄周著有内外篇几十篇，历代有才学的人虽然有观览者，但是没有人能说清楚他的精神实质。于是向秀便为《庄子》注释，阐发这部书的奇特意趣，使玄学风气大振，读《庄子》的人也因此而超然心悟，一时无不心满意足。晋惠帝司马衷时期，郭象在吸收了向秀思想精华的基础上又进一步发展了《庄子注》，于是儒家、墨家的学说被鄙视，道家的学说便昌盛起来。"千一狐疑地问："周先生，你认为郭象到底是剽窃了向秀的《庄子注》，还是发展了向秀的《庄子注》呢？"周青牛认真也说："这一直是学术界的一个公案。不过大多数研究者经过认真考证辨析基本达成共识，认为郭象的《庄子注》是在向秀《庄子注》基础上的'述而广之'。尽管郭象的《庄子注》是在汲取向秀《庄子注》思想成果的基础上'述而广之'而成的，但思想主旨应该是以郭象为主的，也就是说郭象的《庄子注》覆盖了向秀的思想精髓，从而削弱了向秀的《庄子注》，导致其失传。"千一若有所思地问："周先生，郭象究竟是怎样一个人呢？他的《庄子注》又杰出在哪里呢？"周青牛耐心地说："郭象，字子玄，生于公元252年，逝世于公元312年。河南人，西晋时期著名的玄学家。《晋书·郭象传》是这样记载他的：'郭象，字子玄，少有才理，好《老》《庄》，能清言。太尉王衍每云：'听象语，如悬河泻水，注而不竭。'州郡辟召，不就。常闲居，以文论自娱。后辟司徒掾，稍至黄门侍郎。东海王越引为太傅主簿，甚见亲委，遂任职当权，熏灼内外，由是素论去之。永嘉末病卒，著碑论十二篇。'意思是说，郭象从小就有才学，喜好《老子》《庄子》，善于清谈。太尉王衍常说：'听郭象讲话，就像一条倒悬起来的河流，滔滔不绝地向下灌注，永远没有枯竭的时候。'州郡召他去任职，他不去。常常闲居家中，用写文章来娱乐自己。后来召为司徒掾，不久又升迁为黄门侍郎。东海王司马越召他为太傅主簿。初为亲信很受重用。于是他凭借要职，权倾内外。从此舆论就抨击他。永嘉末因病去世，著有碑论十二篇。"千一插嘴说："原来'口若悬河'这个成语讲的就是郭象呀！"周青牛点了点头说："太尉王衍是元康时代玄学的领袖人物，能得到他的赞誉，说明郭象确实不凡。据《晋书·庾敳传》记载，当时另一位著名玄学家庾敳也称赞郭象'卿自是当世大才'，在《世说新语·赞誉》中说：'郭子玄有俊才，能言《老》《庄》，庾敳尝称之，每曰：郭子玄何必减庾子嵩！'意思是说，郭象有卓越的才华，能够谈论《老子》《庄子》，庾敳曾经称赞他，常说：'郭子玄不见得比我庾子嵩差！'《文士传》更是说元康时期的人都称赞郭象是'王弼之亚'，可见郭象在玄学发展中的地位。"千一不解地问："可是为什么当时的人还要'由是素论去之'呢？"周青牛解释说："郭象一生仕途坦顺，于乱世中为保全自身，难免为人世故，再加上做事风格强势，遭时人诟病也在所难免。好在他的《庄子注》是一部杰出的著作，这部杰出的著作不仅集魏晋玄学之大成，而且彻底消除了玄学前辈理论体系中'君权神授'的尾巴，否定了一切宇宙本根和造物主的存在，彻底摆脱了有无本来的困扰，不仅高扬起个性主义的旗帜，而且还肯定了每个生命存在不可替代的价值及其生存的独特方式。"千一沉思片刻质疑道："周先生，郭象否定了一切宇宙本根和造物主的存在，那么万物是怎么产生的呢？"周青牛笑了笑说："这就要从郭象的'崇有'思想说起。他在《庄子·知北游注》中说：'谁得先物者乎哉？吾以阴阳为先物，而阴阳者即所谓物耳。谁又先阴阳者乎？吾以自然为先之，而自然即物之自尔耳。吾以至道为先之矣，而至道者乃至无也。既以无矣，又奚为先？然则先物者谁乎哉？而犹有物，无已。明物之自然，非有使然也。'意思是说，什么可以先于物而存在？我以为阴阳可以先于物而存在，而阴阳就是物。什么可以先于阴阳而存在？我以为自然可以先于阴阳而存在，而自然是物自己生成的。我以为至道可以先于自然而存在，但是所谓极度完美的道就是绝对真空的无。既然是绝对真空的无，又怎么可能先于天地万物而存在呢？那么先于天地万物而存在的究竟是什么呢？还是万物本身，根本没有什么无。天地万物的存在和发展是万物自然而然生成的，并不是因为有一任何外在的力量而造成的。在这里，'物'就是'有'。郭象认为，'无'是没有任何经验、没有任何规定性的东西，根本没有什么造物者，怎么可能给万有以任何内容、任何规定性呢？这就是说，天地没有一个开始，'有'是唯一的存在，在万有后面既没有什么本源或本体，更没有什么造物主，一切的存在与变化其实都源于万物自身。他在《庄子·齐物论注》中进一步阐述说：'无既无矣，则不能生有；有之未生，又不能为生。然则生生者谁哉？块然而自生耳。自生耳，非我生也。我既不能生物，物亦不能生我，则我自然矣。自己而然，则谓之天然。天然耳，非为也，故意天言之。'意思是说，无就是无，既然'无'就是无，就不能生有；'有'根本不存在，就不能称之为生。生生者到底是什么？就是独自孤立地自然而生罢了。自生而已，没有任何凭借地生成变化，不是什么造物主所为的结果。既然任何外在力量都不能生物，物也不能生出任何外在力量，那么任何事物的生生化化都是独立自足的，不依赖于任何别的东西而自己生出来自己，便是天然。天然而已，不是什么造物主而为，所以说，天然与自然是一回事。既然万事万物都源于自己，它的发生与存在既不源于任何外部条件，也不源于某种内部条件，那么只能顺应自然，而不能人为地违背自然之性。"千一又问："周先生，如何理解既不源于任何外部条件，也不源于某种内部条件呢？"周青牛耐心地解释道："在郭象看来，天地间的万事万物都是无待而自足，绝对而无限的。他在《庄子·齐物论注》中说：'造物者无主而物各自造，物各自造而无所待焉，此天地之正也。'他认为，根本没有什么造物主，万物都是各自生成的，万物各自生成不依赖于任何外力和其他事物的存在，这就是天地之正理。这句话阐述的是郭象的'无待观'。所谓'无待'就是不依赖于其他条件。万事万物最初都是'自己而然'，不需要外力或其他条件。"千一插嘴说："可不可以说，无待就是自生，就是自然呢？"周青牛点点头说："当然可以。"千一又问："那么郭象是怎么理解宇宙的呢？"周青牛解释说："郭象在《庄子·庚桑楚注》中是这样解释宇宙的：'宇者，有四方上下，而四方上下未有穷处。宙者，有古今之长，而古今之长无极。'他认为，宇就是四方上下，而四方上下是无边无垠的；宙就是古往今来，而古往今来是无始无终的。"千一若有所思地说："也就是说宇宙没有绝对的开始与结束。那么郭象如何理解时间呢？"周青牛微笑着说："郭象在《庄子·则阳注》中说：'今所以有岁而存日者，为有死生故也。若无死生，则岁日之计除。'他认为之所以人为地规定年月日，是为了记载具体事物、'生死'现象的相对长度，如果事物没有生生死死，就完全可以不用规定什么年月日。他在《庄子·山木注》中说：'于今为始者，于昨为卒，则所谓始者即是卒矣。言变化之无穷。'也就是说，对于今天来说是开始，那么对于昨天来说就是结束。正所谓开始就是结束。讲的是事物时时刻刻处在生死交替的变化中。如同郭象在《庄子·山宥注》中所讲的'与日俱新，故无始也'，无数事物的始终构成了宇宙无始无终的'循环'。"千一接着问："周先生，在郭象看来，一切事物的产生、发展以及变化都是独自发生的，是不需要任何条件的，那么事物之间是如何联系的呢？"周青牛笑呵呵地说："你这个问题问得好。关于这一点，郭象在《庄子·秋水注》中是这样回答的：'天下莫不相与为彼我，而彼我皆欲自为，斯东西之相反也。然彼我相与为唇齿，唇齿者未尝相为，而唇亡则齿寒。故彼之自为，济我之功宏矣，斯相反而不可以相无者也。'这就是说，天下万物都互为彼此，此事物与彼事物是相对的，而互为彼此的事物都是自生自化的，并不互为存在的条件，但是如果此事物不存在，彼事物也将受到威胁或影响。也就是说，相对的彼我看起来又是相系的。正如唇与齿的关系一样，唇与齿都是各自独立、自生自为的，不是唇生齿，也不是齿生唇，但是两者之间又有着唇亡齿寒的联系，所以彼事物的自生自化，也可以有利于此事物的存在。虽然'唇亡'与'齿寒'之间没有因果关系，也没有必然联系，但又不得不说这种'自然相生'是一种必然之势。也就是说，一物的存在总是以他物的存在为条件的，别看单个具体的事物是自生自为、相对独立的，但是就整体世界而言，万事万物都处在一种'相因'的关系之中。什么是'相因'呢？就是相互依托、相互接受、相互承认的意思，是指两个事物间的相互联系，而不是相互控制、支配。单个事物作为个体存在，需要别的事物的存在相配合，但一物的存在，并不是另一物存在的决定条件，在这种相因中，个体才能真正展现出自生的存在。为了论述事物之间这种相因关系，郭象在《庄子·齐物论注》中说：'故彼我相因，形景俱生，虽复玄合，而非待也。明斯理也，将使万物各反所宗于体中，而不待乎外。外无所谢而内无所矜，是以诱然皆生而不知所以生，同焉皆得而不知所以得也。'他认为事物彼此之间是互为存在的外部环境，就如形与影同时产生一样，虽然相伴相生，但彼此并非目的。也就是说，彼与我、形与影相因、俱生在一起并不是双方努力追求达到的，也不是因为双方因各自的不足而互补在一起的，而纯粹是偶然又不乏必然地相遇在一起，这种说不清原因的相遇，就叫'玄合'。明白了这个道理，就懂得了万事万物存在于一个有机的联系网中，是无需任何外力驱使、控制和支配的。事物的存在无所待于外在的力量，万物都是不知不觉地自生、生长却不知道自己为什么生长，同样都不知不觉地有所得而不知道自己为什么有所得。所以事物之间的关系是在一种无心的顺有之中建立起来的，每个事物只是现象世界这个复杂关系网络中的一个个体，又与其他事物构成了密不可分的关系。万物之间的这种相互联系，郭象称之为'相因'。当然，这种相互联系是自然而然发生的，没有任何个人或他人意志的支配，是一种无意性与共济性的相互联系。"千一不解地问："周先生，如果万物之间的相互联系是自然而然发生的，那么每一个事物都是依靠什么而存在的呢？"周青牛微微一笑说："郭象认为每一个事物都依赖其自性而存在。"千一追问道："那么什么是'自性'呢？"周青牛进一步解释道："所谓'自性'就是此事物之所以是此事物的原因。郭象认为每一事物都有每一事物的'性'，也就是'性分'。他在《庄子·逍遥游注》中说：'物各有性，性各有极。'也就是说，万物都有自身的本性，万物的本性在根本上是有差异的，如果事物禀此性便为此物，如果事物禀彼性便为彼物；同时事物自身规定的自性有其自身的限度，并不是无限的。如此说来，一事物之所以成为该事物，一事物区别于其他事物的独特本性，郭象在《庄子·在宥注》中称之为'自动之性'，简称'自性'。任何事物都是在与他者的区分中显示出自身存在的，郭象在《庄子·齐物论注》中将这个特点称之为'性各有分'，简称'性分'。他说：'性各有分，故知者守知以待终，而愚者抱愚以至死。岂有能中易其性者也。'也就是说，'性'各有各的内在规定性，以此性为依据的物具有绝对的必然性，所以智者终生是智者，愚者至死是愚者。这种绝对的必然性是不可能中途改变的。正因为如此，郭象在《庄子·养生注》中强调：'天性所受，各有本分，不可逃，亦不可加。'事物的内在规定性不是人为的结果，也不是任何神灵赐予，而是天生就具有，是自然自身的确定，各有各的内在规定性，是不可变更的，是不可逃避的，是不可人为强求的。正因为事物的'性分'是不可改变的，才会有事物的'自有''自生''无待'和'相因'。因此郭象在《庄子·达生注》中说：'性分各有为者，皆在至理中来，故不可免。''至理'就是天理，自然之理。事物的内在规定性来自自然之理，是自然之理确立了本性之分，所以不仅要明理知分，而且要守本性之分，顺自然之理。至此方可进入'玄冥之境'。"千一颇感兴趣地问："周先生，什么是玄冥之境呢？"周青牛耐心地说："要解释'玄冥之境'，先要理解什么是'玄冥'。郭象在《庄子·大宗师注》中说：'玄冥者，所以名无而非无也。''玄'是深远的意思，'冥'是幽深之义，表面上理解'玄冥'就是深幽奥妙的境界，但是郭象将'玄冥'进一步引申，他说所谓玄冥者称之为'无'而实际上并不是'无'，他用'玄冥'表示一切无形的存在。"千一若有所思地说："无形的存在也是存在，存在应该是一种'有'，称之为无而实际上并不是无，那岂不就是'有'？"周青牛见千一能够如此深入思考很欣慰，赞许道："你说得不错，无是有的存在依据。所谓玄冥即是虚无本身，又是真正的有，它既无又有，也就是无和有的统一。郭象说的'无'内在于存在物自身，隐藏在事物体中，在《庄子·天地注》中被郭象称为人类视觉无法辨识的'无形无状者'，这种'无形无状者'是存在物之所以如此存在的本质、本性、本体。事物依据本性发生变化的过程，被郭象称之为'独化于玄冥之境'。他在《庄子注·序》中说：'是以神器独化于玄冥之境，而源流深长也。''神器'出自《老子》，本义是国家权力，郭象引申为'万物'。因此万物依其自性而自生、自建、自化、自得的过程是在物与物之间所形成的一个无掌控、无创造、相因顺化的境域中进行的。这个境域是玄远幽微的，是奥妙莫测的，是言之不尽的，是源流深长的。可见玄冥之境是一种卓绝独化的最终状态，是一种有与无的和合。也可以说是一种可意会不可言传的极其玄妙的精神境界。是由人冲虚无为的心境所构建的。"千一似有所悟地说："我倒觉得玄冥之境很像是由心灵所幻构的梦象世界，只是我仍然不太理解什么是独化！"周青牛微微一笑说："我们从郭象的'有''自生''无待''相因''自性''玄冥之境'等概念梳理下来，目的就是要讲清楚郭象'独化'的哲学体系。他在《庄子·齐物论注》中说：'若责其所待而寻其所由，则寻责无极。卒至于无待，而独化之理玥矣。'意思是说，如果一定要追溯万物生化的条件和原因，就必须步步追寻，以至无穷，进而陷入无穷无尽的因果的恶性循环中，最后不得不承认追寻来追寻去还是'无待'，这就是说，万物万象的生成变化是独立的。是没有根据的，是不依赖任何条件、不受任何外物推动的，所以万物万象自身的生成变化本身就是自明的。如此说来，独化的道理就非常清楚了。独化的主题是万物，万物的无待是绝对的，等于是对外在根据的彻底否定，破除了外因的作用，万物独化的原因来自哪里呢？只能来自万物自身内部的'性'。由于'性'早已规定了物，所以有此性便会生化出此物，有彼性便会生化出彼物，但是物获得的'性'却是不可知、不可控、不是物自身所能主宰的，也就是说天下万物都是自生自化没有缘由根据的，这就彻底否定了造物主。因此，郭象在《庄子·大宗师注》中说：'然则凡得之者，外不资于道，内不由于己，掘然自得而独化也。''掘然'就是突然，郭象强调自得，认为世界万物具有各足其性的本能，是无所欠缺绝对自足的，强调天不能生有和物各自造，万物万象的产生全是纯粹偶然的，是忽然之中变化的，万物万象存在的原因既与外界力量无关，也没有内在根源可寻，如果要寻找事物产生的根源，那么上推至无穷无尽也不会有结果的，这样就得出了万物万象是自生、自化、自得的独化之理。因此郭象在《庄子·齐物论注》中说：'万物虽聚而共成乎天，而皆历然莫不独见矣。'万物虽然相因聚合在一起共同组成了天，但全都清晰地表明没有不是独化自生的。他又在《庄子·大宗师注》中进一步指出：'相因之功，莫若独化之至也。'就连万事万物之间的相互联系也是独化的。'"千一质疑道:"周先生,难道形与影之间的相因也是独化的吗?"周青牛笑呵呵地说:"的确如此。郭象在《庄子·齐物论注》中说:'世或谓罔两待景,景待形,形待造物者。请问:夫造物者有耶?无耶?天也,则胡能造物哉?有也,则不足以物众形。故明众形之自物,而后始可与言造物耳。'景,就是影子,罔两就是影子外围模糊不清的虚影;待,就是依赖。意思是说,社会上有人说形体活动引起影子的活动,影子活动又引起影子附近一圈淡淡的阴影的活动,三者之间是先后因果关系,形体是由造物者产生的。请问,造物者是有形还是无形?如果是无形的,那么空无怎么可能产生万物呢?如果是有形的,那么它只是一个特殊的东西,又怎能产生众多形状的万物呢?因此整个宇宙没有什么最高的主宰者,万物都是自造的,万事万物都是自然而然产生的。罔两、影子和形体之间虽然直接相连,但是并不存在生成上的关系,三者同时产生,各自独化,并没有因果关系。"千一似有所悟地说:"周先生,我妈妈常说,无心插柳柳成荫,看来万事万物的产生也很像无心插柳柳成荫啊!"周青牛赞许地说:"千一,你这'无心'二字用得好!认识万事万物,作为主体的人只能以'无心'去随感而应,方可入玄冥之境啊!"千一似乎突然想起了什么,问道:"周先生,刚才引我来的'兰法'也是您无心而为的吗?"周青牛听罢起身从笔挂上取了一支笔,微笑着说:"郭象在《庄子·逍遥游注》中说:'无心玄应,唯感是从。'引你而来的兰法便是我的心灵自然而然随物感应的结果,是我的心灵图景自然而然的显现。"千一兴味十足地问:"能再演示一下吗?"周青牛微微一笑,不经意地将手中的毛笔像挥动魔法棒似的轻轻一挥,美若彩虹般的"兰法"顿时呈现在千一的头顶,刹那间,诗化了整个空间。千一兴奋极了,她高兴地问:"周先生,兰法能送我回去吗?"周青牛微微一笑却没有说话,兰法却充满玄味地伸过来一条柔软而充满魔力的线条,千一试探地用手指轻轻触碰了一下兰秀菊芳般的线条,独化洞内顿时光芒万道,千一一闭眼,还没来得及和周青牛告别,就回到了秦小小的家。等她睁开眼睛的时候,刘兰兰好奇地问:"千一,你昨天晚上没睡好吧?嘴里一个劲地说梦话。"千一不好意思地问:"我都说什么了?"秦小小圆睁一双小眼睛盯着她说:"什么兰法、'独化'的,你到底梦到什么了?"千一合上自己的书本,用卖关子的语气很神秘地问:"你是不是很想知道？"秦小小重重地点着头说："非常想知道！"千一一本正经地说："你答应我把落下的功课赶紧补上我就告诉你。"秦小小不依不饶地说："可我现在就想知道。"千一转了转水灵灵的大眼睛说："现在想知道不是不可以的，不过我有个条件！"秦小小认真地问："什么条件？"千一一本正经地说："你不是在电视剧里扮演过董仲舒的书童吗？给我和刘兰兰演一段！"刘兰兰拍着手起哄说："对，给我俩演一段、演一段！"千一以为秦小小一定不会答应，没想到他立即就答应了，还有模有样地演了起来。

舒畅出版了她的第一本《兰法集》，扉页上写着："献给孟周和孟蝶"，拿到书后全家人都非常高兴。孟周将这个好消息打电话告诉了好朋友李函谷，李函谷不仅向舒畅表示祝贺，而且还邀请孟周全家到青牛居庆贺。孟周欣然应允。

来到青牛居时，李函谷已经准备好了丰盛的水果宴，各种新鲜的水果都是青牛居周围地里和树上结的。只有葡萄是从院子里的葡萄架上摘下来的。一家三口看见李函谷的身影时，他正蹲在流经门前的溪水旁洗葡萄。孟蝶一看见李伯伯，便蹦蹦跳跳地跑过去说："李伯伯，我来洗吧！"李函谷笑呵呵地说："已经洗好了，洗好了。孟蝶，这一串给你，尝一尝味道怎么样？"孟蝶接过葡萄说了声"谢谢"，便情不自禁地将一粒水灵灵的葡萄塞进嘴里，轻轻一咬，顿时感觉满口流香，酸中带甜、甜中带香的汁水顿时渗遍全身，她一边品尝一边说："李伯伯，您种的葡萄可太好吃了！"李函谷微笑着说："好吃的还多着呢！"说完将一家三口请进院子里。舒畅将签有"请函谷仁兄雅正"的《兰法集》送给李函谷，李函谷一边欣赏一边赞不绝口地说："舒畅，你笔下的兰法犹如一种天马行空般的游走，可谓是'无心玄应，唯感是从'啊！"舒畅谦虚地说："您过奖了！我一直认为中国艺术源自一条线，我是想通过兰法让这条线回归本质，其实兰法就是我心灵深处独化而生的梦象。"孟蝶没太听懂，她连忙插嘴问："李伯伯，'无心'是什么意思呢？人明明是有心的，有心就要思、要想，难道'无心'就是不思不想？不让心思也不让心想，这个心岂不成'死心'了吗？"三个大人一听全都哈哈大笑起来。李函谷一边笑一边说："孟蝶，

'无心'讲的是心的'独化','独化'你懂吗？"孟蝶点了点头说："可是心又怎样来'独'和'化'呢？"孟周插嘴说："这一点你妈妈最有发言权，因为她的兰法就是通过'心'的'独化'而创作出来的。"舒畅微笑着接过话茬说："'无心'是庄子提出来的，指的是一种虚静的心灵状态，后来郭象在《庄子注》中反复阐述无心，他将'无心'提升到一个极其重要的位置。郭象在《庄子·大宗师注》中说：'虽天地之大，万物之富，其所宗而师者无心也。'意思是说，天地万物都是在心灵的无为中显现出来的，'无心'就是天地万物独化而生的大道。妈妈自己认为，'无心'恰恰是心的自我显现，而兰法就是妈妈心灵自我显现的梦象。"孟蝶似有所悟地说："妈妈，可不可以说梦象就是心灵的自我显现。"李函谷接过话茬说："完全可以。郭象在《庄子·大宗师注》中说：'虚其心则至道集于怀'，我认为'至道'就是心灵图景，只有'虚其心'为'无心'，进入内外宇宙玄同一体的境界，才能使心灵图景层出不穷地显现出来。宇宙内在于心，无心就是心。梦象就是由无心之心独化而生。用无心之心感应脑海中一闪而逝的幻境，体悟那些在心灵深处独化自生的心灵图景，那些似梦非梦的梦象，只有'无心'才会自生出这些变化无穷的可能性，无限的可能性。孟蝶，你妈妈笔下的兰法就是一种空谷幽兰的自生啊！"孟周赞同地点点头说："宇宙中的法则、相互作用力以及一系列的参数，调整得天衣无缝，看来都是无心之心参与的结果啊！"孟蝶满脸疑惑地问："可是李伯伯，到底怎样思与想才能使自己处于'无心'的状态呢？"李函谷和蔼地说："郭象创造了一种'双遣法'。他在《庄子·齐物论注》中说：'然则将大不类，莫若无心，既遣是非，又遣其遣。遣之又遣之以至于无遣，然后无遣无不遣而是非自去矣。'意思是说，对万事万物的存在所形成的各种是非判断，都是人为强加的，要从根本上去掉这些是非判断，才能让万事万物自身真正显现出来。那么如何才能去掉那些遮蔽了万事万物自身存在的成见和是非偏见呢？就是'莫若无心'，而要做到'无心'，就要先排遣掉是非，然后再把遣掉是非判断的这个遣本身再遣掉，这就叫遣其遣。"孟蝶不解地问："李伯伯，为什么一'遣'不行，还要再'遣'呢？"李函谷耐心地说："是因为当你'遣'是非的时候，是你的心在执行'遣'的任务，这仍然是一种执着，'心'便无法处于无思无虑的状态之中，也就无法从主体与客体的二分着的世界中解放出来，无法做到内外宇宙玄同一体，如此一来心还是无法将自身显露出来，无法最终斩断'是非'之根。所以有了一'遣'还不行，必须接着'遣其遣'，也就是将'既遣是非'的'遣'本身再'遣'掉，直到没什么可遣的了，心灵自身无是也无非，才能彻底地显现出自身纯粹的本性。应该说，只有对一切执着彻底否定，达到无事无非无思无虑这种'忘'的状态，'心'的独化才会发生。"孟周重重地点了点头说："函谷兄说得好啊！如果我们有足够的勇气去怀疑，或许会遁过玄冥之境而解释梦象的所有秘密啊！"孟蝶又一头雾水地插嘴说："爸爸，能不能详细解释一下玄冥之境？"孟周微笑着说："要说清楚什么是玄冥之境，就必须从你李伯伯刚才说的那句'无心玄应，唯感是从'说起。这句话出自郭象的《庄子·逍遥游注》。意思是说，'心'只有在自然而然的状态中才会显现出能知能说的本性，也就是在没有丝毫人为目的的前提下使心自然而然地如其本性地有所作为。不人为地去驱使'心'，而是让'心'在自然而然的状态中随物感应、唯变所适。所以郭象在《庄子·齐物论注》中说：'至人之心若境，应而不藏，故旷然无盈虚之变也。'所谓'至人'就是那个做到以无心为心的人，这种人的心如同一面镜子，可以一览无余、自然而然地感受万物，广阔得看不到盈满或虚空的变化。因为'心'与'物'或者说内外宇宙已经玄同一体、冥化合一。郭象在《庄子·人间世注》中用'万物归怀'来形容这种境界。'万物归怀'就是万物归心，根本没有什么外在的造物主，那么所谓自生，便是'心生'；所谓'独化'便是'心化'。"孟蝶插嘴说："爸爸，'心化'让我想到了庄子说的'心斋''坐忘'。"孟周点了点头说："'心斋''坐忘'的目的就是'心化'。"孟蝶接着问："爸爸，'心化'和玄冥之境是什么关系呢？"孟周解释说："'心化'是进入玄冥之境的前提。只有在'心'上下一番极深的虚静功夫，才能进入玄冥之境啊！其实'玄冥'就是无与有的统一，就是自然本身的本性。从这个意义上说，玄冥就是生生不息的万象万物的自然之道，而玄冥所独化的世界，郭象称之为玄冥之境。"孟蝶似有所言地问："爸爸，你好像是在说玄冥是无也不是无，对不对？"孟周点着头说："是这个意思，正如郭象在《庄子·大宗师注》中说：'玄冥者，所以名无而非无也。'玄冥叫'无'而实际上不是'无'，这好像很难用语言说清楚，只能用'无心'去随感而应。"李函谷接过话茬补充道："我认为'无心'是一种无意识知觉，独化就是在无心的状态下无意识地组合加工任何与心灵有关的元素，这些元素都可以被无意识地整合起来，在心灵深处自生为一幅幅心灵图景，再透过一幅幅心灵图景呈现梦象。郭象在《庄子注·序》中所讲的'神器独化于玄冥之境'就是这个意思，万物万象依据其本性而独自生成与变化。玄冥之境就是万物自身独化所能达到的最高境地，所以郭象在《庄子·大宗师注》中说：'卓尔独化，至于玄冥之境。'万物的独化只能在玄冥之境中进行，心灵图景也只能在玄冥之境中独化自生，正是在人的心灵世界中，呈现万物本性的玄冥之境才获得了真正的意义。因此，郭象在《庄子·徐无鬼注》中说：'意尽形教，岂知我之独化于玄冥之竟哉！'也就是说即使穷尽形象教化，又怎么能知道'心'独化于玄冥之境的大道呢！可见玄冥之境是由心灵自身所独化、自生的梦象世界。"这时舒畅接过话题绘声绘色地说："孟蝶，你李伯伯对玄冥之境的解释，妈妈很有同感，每当妈妈面前摆上宣纸，然后全神贯注地创作兰法时，脑海中浮想联翩，充斥着大量的信息，各种图形、符号、照片、颜色、音乐、鸟鸣、工作室内的一切物体、院子里的花草、阳光、风雨等等信息汹涌而来，可是当我拿起毛笔准备挥毫时，所有这些干扰顿时沉入无意识的背景之中，而无意识本身却凸显起来，成为心灵的知觉，正如郭象在《庄子·人间世注》中所说：'故以有心而往，无往可而；无心而应，其应自来，则无往而不可也。'所以越是用心就越是达不到玄冥之境；越是无心心灵越是与万物相互感应，透过这样的感应，心灵在万物的自生中显现出来，妈妈的兰法就是这样创作出来的。"李函谷笑呵呵地说："舒畅说得好啊！为什么万物归怀呀？因为万物独化于心灵。有了心的独化，才有万物的独化！正因为你心怀万物，所以万物自当归怀啊！既然以无心为心，那么一切都是因无心而有。所谓'神器独化于玄冥之境，源流深长'，便是万物归怀，万物自生于心灵世界，万物成为呈现梦象的原材料。所谓'源流深长'，就是指心灵图景层出不穷嘛！如此就理解了'玄冥者，所以名无而非无也'的道理。依我看，创作兰法便是以'无心'去随感而应，进入到人与笔自然相冥，把握住那一刹那自生的灵光，这是个实而入虚、由虚涵有的独化过程啊！正如郭象在

《庄子·大宗师注》中所说：'夫无力之力，莫大于变化者也。故乃揭天地以趋新，负山岳以舍故。'变化拥有最大的生命力，无论是书法还是兰法，无不追求变化之美，然而力透纸背的却是'无力之力'，天地万物无时无刻不在变化更新之中，所以眼前的万物都是新生的。以我看书法是'迹'，而兰法是'所以迹'。"孟蝶连忙插嘴问："李伯伯，什么是'迹'？什么是'所以迹'呢？"李函谷微微一笑说："在《庄子·天运》中有这样一段话：'夫六经，先王之陈迹也，岂其所以迹哉！今子之所言，犹迹也。夫迹，履之所出，而迹岂履哉？'意思是说，六经只是先王留下的陈旧遗迹，哪里是先王遗迹的本原！如今你所谈的东西，就好像是足迹；足迹是脚踩出来的，然而足迹难道就是脚吗？既然是陈迹，就不能直达于道，只是存在形式的语言也无法表达微妙的意义。郭象抓住'迹'与'所以迹'这一对范畴来阐述现象与本质、表象与梦象的关系。他在《庄子·胠箧注》中说：'法圣人者，法其迹耳。夫迹者，已去之物，非应变之具也，奚足尚而执之哉！'效法圣人不过是效法他的陈迹，陈迹是已经过去的东西，当然不是应变之具，这种效法只能导致失败，为什么还要固执执着呢？他又在《庄子·天运注》中说：'所以迹者，真性也。夫任物之真性者，其迹则六经也。''迹'是被造就者，'所以迹'是本源、根据、创造者。所以'迹'是事物的'真性'，任事物自己运动变化就是真性，真性的陈迹就是六经。由此可见，神器是'迹'，玄冥之境是'所以迹'。既然连六经都是圣贤留下的陈旧遗迹，书法就更不在话下了，不过是前任书写者的陈迹，何况文字这个牢笼的限制，临摹犹如踩着前人的脚印走，怎么可能超越文字的具象而回归线的本质呢？而兰法将直觉本身当成一种自生的方式，每拥有一次直觉就等同于拥有一幅心灵图景，是对自由无所限制、无所拘束的追求，是在心灵世界'游'出来的，是通过无心之心纯然直往、'凝神自得'而自生的，一条线便可衍生出一个宇宙。恰恰是兰法让我相信世界是由线组成的。所以我才说，书法是'迹'，兰法是'所以迹'。"孟蝶恍然大悟地说："李伯伯，我明白了，只有忘了'迹'，才能找到'所以迹'，对不对？"李函谷笑呵呵地称赞道："孟周、舒畅，你们的宝贝女儿好聪明啊！我们议论了一大堆，她一句话就总结清楚了。"孟周和舒畅听罢，欣慰地看着女儿，笑得连嘴都合不上了！

第十七章

解"空"第一人

开完家长会，千一刚钻进妈妈的车里，突然发现自己的龟甲片没在口袋里，就连忙翻书包，书包里也没有，此时妈妈已经启动了汽车，千一焦虑地让妈妈停车："妈妈，你快停车，我的龟甲片不见了。"妈妈连忙踩刹车关切地问："你会不会放家里了？"千一摇着头说："没有，我每天都带在身上，可能是刚才和同学们在校园门前的河边玩，丢在河边的林子里了。妈妈，你先回家吧，我去找龟甲片。"话音刚落，就从妈妈的车里钻出来，还没等妈妈说什么，就一溜烟地跑向学校门前的小河边。妈妈无奈地摇摇头开车走了。

蜿蜒曲折的小溪顺着森林涓涓地流淌着，溪水清亮透彻，水底的岩石色彩晶莹，千一跑得口渴了，她蹲在溪边掬起一捧水喝了一口，甜津津的，润了润喉，也添了力气，她三步并作两步地走过小桥，沿着溪岸来来回回地寻找龟甲片，却不见踪影。这时她发现一只小龟爬向森林，她情不自禁地跟了过去。森林里一片沉寂，神秘莫测，一旦走进去就仿佛走进了一座迷宫。林中空地明暗交映，明的是那条流过草丛的小溪，暗的是苔藓地衣。间或在平坦的草地上散漫地偃卧着几块大石头。突然在一块空地的中央，非常突兀地生长着一棵巨大的菩提树，千一走进这片森林无数次，但从未见过这种树，不过她在慈恩寺见过菩提树，她曾经陪爸爸去慈恩寺拜访过方丈性空大和尚，她听大和尚说，在两千多年前，佛祖释迦牟尼就是在菩提树下修成正果的。千一心想，莫非这棵巨大的菩提树有什么预示？正想着，她尾随而来的那只小乌龟绕过巨大的菩提树不见了，她连忙追过去，当她绕到菩提树后面时，她发现在一片草坪的中央，那只小乌龟竟然立起身子浑身闪着金光，刺得千一不得不闭上眼睛，当她试着睁开眼睛时，眼前竟然矗立起一座大雄宝殿。千一听性空方丈说过，大雄宝殿是佛教寺院的正殿，是一座寺院的核心建筑，也是和尚们朝朝暮暮集中修持的地方。她忽然意识到这是自己的梦象，便迫不及待地走进大雄宝殿想一探究竟。果然，一位白须老者正坐在蒲团上读书，她惊喜地脱口而出："潘古先生，果然是您！"潘古先生慈眉善目地看着千一说："坐吧，是孟周先生特意安排我们在这儿见面的。"千一一屁股坐在蒲团上质疑道："我就知道又是他耍的花样，不过我越来越喜欢他的花样了，因为我发现他越来越像我父亲。只是我不明白，潘古先生，我们又不是出家人，为什么要在寺庙里见面呢？"潘古先生笑呵呵地说："因为从今天开始，我们的哲学之旅将开启一段与佛教有关的崭新旅程。""佛教？"千一好奇地问，"佛教与哲学有关吗？"潘古先生捋了捋长须说："当然，郭象之后，特别是东晋以来，玄学就丧失了理论创新的能力，虽然玄谈之风仍盛，但玄学却是渐趋衰颓了。按照《世说新语·任诞》中的说法：'名士不必须奇才，但使常得无事，痛饮酒，熟读《离骚》，便可称名士。'做名士，不再需要什么特别的才能，只要让他经常闲着没事，尽情喝酒，熟读《离骚》，便可称作名士了，这样的名士，完全失去了玄谈所应有的深刻内涵和风骨神韵。幸好来自印度的佛教文化犹如一股新鲜的血液，为战国文化和哲学注入了新的创造力。"千一颇感兴趣地问："潘古先生，佛教是什么时候传入我国的呢？"潘古先生慈和地说："据《三国志·魏书·乌丸鲜卑东夷传》注引《魏略·西戎传》记载：'昔汉哀帝元寿元年，博士弟子景卢大月氏王使存口受浮屠经。'汉哀帝派遣一位叫景卢的博士弟子，前往大月氏国使者的住处，向使者学习了浮屠经。浮屠经就是佛经，这说明景卢是第一个接触佛经的中国人，可见在这之前印度的佛经已经传到了西域的大月氏国。由此可以说，印度的佛教是从西汉末年，也就是汉哀帝元寿元年，准确地说是从公元前2年开始传入中国，在东汉和三国时代有了一定的传布，但由于人们对佛教这种外来文化基本上不甚理解，所以并没有得到更大的发展，直到十六国和东晋时代才蓬勃发展起来。"千一颇感兴趣地问："佛教真的是释迦牟尼创立的吗？他究竟是怎样一个人？"潘古先生耐心地说："释迦牟尼的本名叫乔达摩·悉达多，生于公元前565年，相当于周灵王七年，示寂于公元前 485 年，相当于周静王三十五年。他是迦毗罗卫国的国王净饭王的太子。他的前半生享受着无忧无虑、富贵荣华的生活，但成婚后的一次郊游，改变了他的命运。他看到了衰老、病困和死亡之后，感到皇宫内的金碧辉煌、欢歌曼舞是那么的虚幻荒唐。生命柔脆，如果终日沉溺于奢华的享乐之中，追逐爱欲欢乐，那就与无知无识的禽兽没有两样。可叹世人把虚幻的现象视为永恒，看作真实，殊不知这种无明的执着是多么的愚痴啊！最终他选择离开皇宫去寻找人之为人的意义。经过千辛万苦的修行，终于有一天在北印度一处安静的地方，他坐在菩提树下修成正果。"千一不解地问："那么人们为什么不叫他的本名乔达摩·悉达多，而叫他释迦牟尼呢？"潘古先生微笑着说："因为'释迦'是他所属部落的名字，而'牟尼'是当时人们对出家修行成就者的称谓，有'圣者之德'的意思。一般也尊称他为'释尊'或'佛陀'。"千一不依不饶地问："潘古先生，既然佛教从西汉末年就传入中国了，怎么到了十六国和东晋时期才兴盛起来呢？"潘古先生沉思片刻说："佛教文化传入中国的初期与中国本土文化有着巨大的差异，人们对佛教的哲学思想基本不甚理解，只能套用当时盛行的黄老方术的神仙思想来理解佛教，所以不可能得到更大的发展，但是到了晋代，主要是东晋十六国时期，由于佛教的大乘空宗与魏晋玄学特别是与何晏、王弼的'贵无派'玄学有着密不可分的联系，于是佛教特别是大乘空宗便依附于玄学而勃兴起来。"千一皱起眉头不解地问："为什么佛教的'大乘空宗'与玄学的'贵无派'有着密不可分的联系呢？'大乘空宗'的核心思想是什么？"潘古先生解释说："大乘空宗是公元一世纪，也就是释迦牟尼去世后五百年兴起的，以《般若经》为中心学说，宣扬'一切皆空'的思想。《般若经》的全名是《般若波罗蜜多经》，般若，是一种可以得到解脱的最高智慧，波罗蜜，意思是到彼岸。《般若经》的基本思想是'缘起性空说'。讲的是一切事物都是空幻的，叫作'假有性空'。'性空'的思想是大乘空宗佛教中最重要的思想。最初僧人们是用老子哲学的'本无'思想来解释'性空'。当时佛教徒们援用老庄的玄学思想来解释佛经已经成了时代的风尚，但是由于对《般若经》的理解不一，形成了'六家七宗'的般若观。'六家'的第一家分为两家，所以六家分出了七宗，分别是本无宗、无异宗、色宗、识含宗、幻化宗、心无宗、缘会宗，在般若学内部展开了'百家争鸣'。之所以产生了'六家七宗'之说，究其原因就是僧人们对空与有或者说无与有的问题产生了理解上的分歧，因此才出现了被僧肇称为'众论竟作'的局面。他在《不真空论》中说：'然则物我同根，是非一气，潜微幽隐，殆非群情之所尽。故顷尔谈论，至于虚宗，每有不同。夫以不同而适同，有何物而可同哉？故众论竟作，而性莫同焉。'意思是说，物与我、是与非从根本上说是一回事，其中的道理微妙深奥，绝非一般人所能弄清楚的。所以人们在讨论大乘空宗，也就是虚宗的道理时，观点便产生了分歧。以不同的观点去谈论同一个问题，很难意见统一。所以围绕着般若'空'义，出现了众论竟作的百家争鸣的局面。这些不同的观点相互碰撞，但始终不能取得一致的意见。于是僧肇通过《肇论》对西晋佛学进行了一次意义深远的总结。"

听到这里，千一迫不及待地插嘴问："潘古先生，僧肇是谁？他的《肇论》又是怎么回事？"潘古先生笑了笑说："僧肇是我国佛学史上一位著名的高僧，俗姓张，京兆（长安）人，生于晋孝武帝太元九年，也就是公元 384 年，死于晋安帝义熙七年，也就是公元 414 年。他是南北朝最重要的佛教理论家，著名佛经翻译家鸠摩罗什的十大弟子之一。僧肇的主要著作被收集在《肇论》一书中。他总结了魏晋玄学和佛教各主要流派的基本理论，认为各派的理论都不够彻底，还不能充分和正确地表达佛教大乘空宗所谓'空'的基本理论，因此，他对佛教般若学的宗教哲学立场进行批判性的总结，建立了自己的哲学体系。僧肇佛学是两晋佛教大乘般若空学发展的最高也是最后的产物，他开创了佛教中国化进程中的一个新时期。也正因为如此，他被誉为'中华解空第一人'。南朝梁僧释慧皎著的《高僧传》是这样记载僧肇的：释僧肇，京兆人。家贫以佣书为业。遂因缮写，乃历观经史，备尽坟籍。志好玄微，每以庄老为心要。尝读老子《道德章》，乃叹曰：'美则美矣，然栖神冥累之方，犹未尽善。'后见旧《维摩经》，欢喜顶受，披寻玩味，乃言'始之所归矣'。因此出家。学善方等，兼通三藏。及在冠年，而名振关辅。时竞誉之徒，莫不猜其早达，或千里负粮，入关抗辩。肇既才思幽玄，又善谈说，承机挫锐，曾不流滞。时京兆宿儒，及关外英彦，莫不拢其锋辩，负气摧衄。后罗什至姑臧，肇自远从之。什嗟赏无极。及什适长安，肇亦随之。及姚兴命肇与僧睿等入逍遥园，助详定经论。肇以去圣久远，文义舛杂，先旧所解，时有乖谬，及见什谘禀，所悟更多。因出《大品》之后，肇便著《般若无知论》，凡二千余言，竟以呈什。什读之称善，乃谓肇曰：'吾解不谢子，辞当相挹。'时庐山隐士刘遗民见肇此论，乃叹曰：'不意方袍，复有平叔。'因以呈远公。远乃抚几叹曰：'未常有也。'因共披寻玩味，更存往复。"千一一头雾水地说："潘古先生，我只听懂了释僧肇是京兆人，家里很贫穷，后面就似懂非懂了。"潘古先生和蔼地说："别急，千一，听我慢慢给你解释。你说得不错，僧肇少年时过着十分贫困的生活，为补贴家用，他受雇于人，以抄书为业谋生。也正因为如此，使得他有机会博览经史书籍。他喜好微妙的玄学，每每以庄子、老子的思想为自己思考、看待事物的基本法则。但他读老子的《道德经》又常有不满足之感，叹息道：'老庄玄理美是很美，然而将它作为自己的精神寄托，从而解脱世俗负累，尚有不足之处。'后来他看到了旧译本的《维摩诘经》，欢喜地心悦诚服。精读玩味颇有心得后，他感叹地说：'我的心终于找到归宿了。'因此而出家。"千一插嘴问："潘古先生，《维摩诘经》是怎样一部书？"潘古先生微微一笑说："维摩诘是古印度毗耶离城的一位富有的居士，在家的菩萨，有一次，他称病在家，佛陀派文殊师利菩萨等人去探病，维摩诘借此机会与文殊师利等人共论佛法、互斗机锋、妙语连珠，反复论说佛法，因此成经。维摩诘认为，解脱不一定出家，只要主观上努力修行，也可在家得到解脱。这一说教很受到西晋士人的欢迎。《维摩诘经》属于大乘经典，提倡世间、出世间的不二法门，打消了两者的界限。僧肇对这种不二中道的思想'欢喜顶受'，在学业上，他也很擅长大乘经典，同时也兼通经、律、论三藏。到二十岁时，他已经是名震关中地带的佛教学者。当时正值后秦姚兴弘始五年左右，佛教界的思想纷争十分激烈，一些追逐名誉的人无不对他年纪轻轻而享有大名心怀猜疑，有人背着干粮不远千里来到关中专门找僧肇辩论。僧肇才思过人，又善雄辩，在一次又一次的辩论中，他承受那些人问难的机锋，言辞流利，从不迟钝打愣，全都取得了胜利。当时京兆一带的宿儒和关外的英才，没有一个能胜过僧肇的雄辩，那些不服气而与僧肇抗辩的人，无不在辩论中遭到了失败。后来西域龟兹国佛学大师鸠摩罗什来到凉州的姑臧。僧肇仰慕其高名，长途跋涉到姑臧从师于鸠摩罗什。由于

\千\一\的\梦\象\

僧肇在罗什门下学习十分努力，深得鸠摩罗什的赞赏。姚秦弘始三年，也就是公元401年，后秦主姚兴迎罗什到长安，待以国师之礼，僧肇也随他去了长安。在长安，姚兴让僧肇和僧睿等人进入逍遥园，协助鸠摩罗什译经，校阅审定经论译文。僧肇认为，他的时代距离佛祖释迦牟尼的时代太久远了，传来的佛经论著纷杂混乱甚至夹杂着一些错误，以往对经文的解释'时有乖谬'，不仅违背佛经原义，而且还存有错误的地方，自从拜鸠摩罗什为师后可以随时向老师请教询问，对佛经论著的领悟更多了，因此，在老师译出《大品般若经》后，僧肇就撰写了他的第一篇著名的佛学论文《般若无知论》，共两千多字。写完后，他呈送给鸠摩罗什看，鸠摩罗什读了以后，称赞他写得好，并对他说：'我对佛经含义的理解和解说并不逊色于您，但书面文辞的表达和运用却不如您，应该向您学习。'僧肇一生短暂，只活了三十一岁，除了与恩师鸠摩罗什的关系密切外，还与同学道生友情深厚。再就是与庐山的高僧慧远、居士刘遗民等人有思想上的交往。他的《般若无知论》就是由道生带给庐山的慧远和居士刘遗民的。当时刘遗民见到僧肇的这篇论文十分感慨地说：'想不到僧人中又出了一位何平叔啊！'于是将《般若无知论》呈给慧远看，慧远看完后，拍案惊叹道：'这真是一篇前所未有的好文章啊！'于是他和刘遗民逐句研读讨论，还通过往返书信与僧肇进行讨论。"千一插嘴问："潘古先生，何平叔就是何晏吧？"潘古先生点了点头说："正是何晏。平叔就是他的字。"千一又问："潘古先生，僧肇除了《般若无知论》外，还写了哪些著作？"潘古先生接着说："僧肇后来又写了著名的《不真空论》《物不迁论》等，还注释了《维摩诘经》，撰写了各种经论的序言。鸠摩罗什去世后，僧肇追悼与恩师的往来，思念之情更加强烈，于是就撰写了《涅槃无名论》。后来有人将《物不迁论》《不真空论》《般若无知论》《涅槃无名论》以及冠在四篇论文之首的《宗本义》一文合成一书，就是我手里的这部《肇论》。"千一不解地问："潘古先生，明明《般若无知论》是僧肇的第一篇论文，怎么在《肇论》中放在第三篇了？"潘古先生解释说："《肇论》的编纂，并不是按照写作时间的先后次序编排的，而是按照四篇论文内在的逻辑思想编排的。《物不迁论》主要研探事物的变化、运动、生灭、迁移的真空性问题，强调动静一源、超越动静之相对；《不真空论》论证了世界万法非有非无、有无皆空，万法皆空，并非万法不存在，而是万法虚假不真实，不真故空；《般若无知论》以无知之般若照彻无相为相的真谛，论证了般若智慧的无名无相、无知而无所不知的体性；《涅槃无名论》解释了佛教理想的涅槃解脱之圣境是无声无色无见无闻的境界，是玄之又玄泯灭一切差别而一切平等的境界。"千一迫不及待地说："潘古先生，这样说太笼统了，能不能详细讲一讲这四篇论文？""当然可以，"潘古先生笑呵呵地说，"那就先讲一讲《物不迁论》吧。那么什么是'物不迁'呢？'迁'，就是迁移、运动、变化。'不迁'就是不迁移、不运动、不变化，也就是静止。僧肇认为，我们看到的事物的运动变化，都是不真空的假象，所以称'物不迁'，僧肇继承的是印度大乘佛教中观学派的思维模式，他在《物不迁论》的开篇就讲'夫生死交谢，寒暑迭迁，有物流动，人之常情。余则谓之不然。'生死交替，寒暑变化，万物皆在运动，对一般人来说这是常识。而僧肇却认为这一常识是错误的。"千一惊诧地问："难道僧肇认为万物都是静止的吗？"潘古先生笑了笑说："僧肇引用《放光般若经》里的话说：'法无去来，无动转者。'也就是说，世界上没有什么东西在运动变化。他说：'寻夫不动之作，岂释动以求静？必求静于诸动。必求静于诸动，故虽动而常静。不释动以求静，故虽静而不离动。'《放光般若经》中所说的无物在动，并不是要人离开了运动变化去求静，而是说，不要被运动变化所迷惑，应该在动中看到静。在动中看到静，所以虽然有动，其实常静。因为不离开运动变化而求静，所以虽然是静，却并不是离开了动的静。"千一蹙眉说："太辩证了，潘古先生，能举个例子吗？"潘古先生点了点头说："僧肇在《物不迁论》中举例说：'旋岚偃岳而常静，江河竟注而不流，野马飘鼓而不动，日月历天而不周。''旋岚'是指狂暴大风，'偃岳'是指倾倒的山岳，'野马'是指浮散在四野上和水面上的一种游气。意思是说，能吹倒山岳的风暴非常安静，奔流不息的江河并没有流逝，田间飘浮的游气也没有运动，经天巡回的日月并没有东升西落。他还说：'乾坤倒覆，无谓不静；洪流滔天，无谓其动。'即使天翻地覆，也不要认为不是静止；即使洪水滔天，也不要认为水在流动。因为乾坤倒覆和洪流滔天，这些都是假象，都是镜中之影。"千一一头雾水地问："那么究竟什么是静呢？"潘古先生耐心地说："僧肇在《物不迁论》中是这样解释的：'夫人之所谓动者，以昔物不至今，故曰动而非静；我之所谓静者，亦以昔物不至今，故曰静而非动。动而非静，以其不来；静而非动，以其不去。然则所造未尝异，所见未尝同。'意思是说，一般人所说的动，或者变化，其根据是以前的事物已经过去，不会原封不动地延续至今，所以说事物是变化的，而不是不变的；我所说的静或者不变，其根据也是以前的事物只能停留在过去，不会原封不动地延续到现在，所以说事物是静止的，而不是流动变化的。认为事物动而不是静的根据是以前的事物没有延续至今；认为事物是静而不是动的根据是昔日的事物永远在昔日，今时的事物永远在今时，事物不会脱离它所存在的时间而去。这两种观点根据相同，却得出了完全不同的结论。接着他进一步解释说：'求向物于向，于向未尝无；责向物于今，于今未尝有。于今未尝有，以明物不来；于向未尝无，故知物不去。复而求今，今亦不往。是谓昔物自在昔，不从今以至昔；今物自在今，不从昔以至今。……如此，则物不相往来，明矣。既无往返之微联，有何物而可动乎？'过去的事物停留在过去的时间里，现在的事物不会离开现在而跑到过去；现在的事物也本来在现在的时间里，过去的事物也不会离开过去而跑到现在。既然在现在的时间里没有过去的事物，就说明过去的事物不可能到现在来；过去的时间里总是有过去的事物而不会从过去的时间里离去。反过来看现在的事物，现在的事物也不可能溜到过去的时间里去。既然过去的事物只停留在过去，不能延伸到现在，现在的事物也只能在现在，不会跑到过去，这说明事物各自停留在它所停留的特定时间里，过去的事物与现在的事物并没有往来联系，既然没有任何事物相互往来的迹象，还有什么事物可以说是运动变化的呢？"千一听罢沉思片刻质疑道："难道前因与后果也没有联系吗？"潘古先生用赞许的口气说："问得好，你提出的问题，僧肇也想到了，他提出了因果不迁的因果观。他在《物不迁论》中说：'果不俱因，因因而果。因因而果，因不昔灭。果不俱因，因不来今。不灭不来，则不迁之致明矣。'他认为，原因和结果不能同时存在：有过去的因才能有现在的果，因为对于果而言，曾产生过作用力，虽然因已成为过去，但过去是不会消灭的；由于果与因不能同时存在，所以过去也不会延续到现在。因与果在各自的时间里独立存在，两者是异质的，因果之间并没有贯彻着某种一致性，两者之间不相联系，既不消灭，也不延续。既然事物没有因果关系，那么物不迁的道理不就很清楚了吗？"千一听到这儿似有所悟地说："潘古先生，我明白了，这就好比种子与果实，种子是因，果实是果，一旦果实生出后，种子就失去了作用力，不会继续停留在果实中。种子与果实各自独立，是不同的两种事物，对不对？"潘古先生点点头说："你理解得不错。也正因为如此，僧肇才在《物不迁论》中说：'然则四象风驰，璇玑电卷，得意毫微，虽速而不转。'春夏秋冬四季的变化，日月星辰天体的运行，虽然看起来变化迅疾，实质上是速而不转，动而不迁。所以你看到的未必是真实的，不真故空、不真即空啊！"千一迫不及待地说："不真故空、不真即空是《不真空论》的基本思想吗？"潘古先生笑着说："差不多，一切皆空是大乘空宗佛教的根本思想。《不真空论》着重论述了这一根本思想。僧肇认为，事物都是不真的，一切事物都是非有非无的统一。"千一追问道："为什么说事物都是不真的呢？"潘古先生解释说："僧肇认为万物都是自虚的，所谓自虚，讲的是事物内里不包含一个独立的自体，事物本身是性空不实的。他在《不真空论》中说：'寻夫不有不无者，岂谓涤除万物，杜塞视听，寂寥虚豁，然后为真谛者乎？诚以即物顺通，故物莫之逆；即伪即真，故性莫之易。性莫之易，故虽无而有；物莫之逆，故虽有而无。虽有而无，所谓非有；虽无而有，所谓非无。如此，则非无物也，物非真物；物非真物，故于何而可物？故经云："色之性空，非色败空。"以明夫圣人之于物也，即万物之自虚，岂待宰割以求通哉？'意思是说，非有非无，并不是说要清除万物的存在，闭塞视听，以至于内外寂寥、空无一切，而是说不离万物而把握其性空的本质，不离物而空，物不离空，空不离物，顺通万物而与物不相违；空不离物，虽无而有，不离假有，所以万物的本性并不发生改变。万物的本性不变，所以虽然是无而可以是有；不离假有而与真谛不相违逆，所以虽然是有而其实是无。虽然是有，其实是无，这就是所谓'非有'；虽然是无，其实是有，这就是所谓'非无'。如此一来，非有并不是无物，而是说物并不是真物。物非真物，那还不是'空'吗？所以佛教中说：色的本性就是空，而不是色灭了以后才是空。由此可见，圣人对于万物，是就万物自身的虚假以通晓'空'的道理，并不是把事物分割成有无两个方面，然后再去贯通'空'的道理。"千一插嘴问："潘古先生，什么是色呢？"潘古先生微微一笑，接着说："色就是有，就是存在，就是包括自己肉身在内的心灵世界以外的所有外在世界。"千一斟酌着说："那么可不可以说：'空'就是心灵世界呢？"潘古先生慈和地说："也可以这么理解，'空'是一种内观的智慧，是对心性的证悟。僧肇也在《不真空论》中说：'即万物之自虚，故物不能累其神明。'只有把握万物是虚假的道理，才不会被千变万化的'色'所迷惑，保持'空'理通达，从而不断扩展心灵空间。所以僧肇才说：'圣远乎哉？体之即神。'只要能贯通'空'理，心灵就是圣境，充满了'般若玄鉴之妙趣'。由此，僧肇在《不真空论》中说：'自非圣明特达，何能契神于有无之间哉？'只有通过达到彼岸的智慧，才能享受内观的妙趣，如果不是拥有不断扩展心灵空间的独特的观悟能力，怎么可能于有无之间体悟到非有非无的'不真空'真谛呢？"千一饶有兴趣地问："潘古先生，'般若'在佛教中的地位很重要吗？"潘古先生笑呵呵地说："非常重要，关于这一点僧肇在《般若无知论》的开篇就强调道：'夫般若虚玄者，盖是三乘之宗极也，诚真一之无差。''三乘'是运载众生渡越生死到涅槃彼岸的三种法门，在这里泛指佛教的根本。般若虽然虚寂无知，却是佛教一切原理的根本，是唯一真实的圣智。僧肇认为人类智慧分为'圣智'和'惑智'两种。所谓'圣智'就是佛的智慧，叫作般若，是能洞照性空之理的最高、最全面、最真实、最正确的智慧；所谓'惑智'，是由于人们迷惑于事物的本性而产生的虚妄认识，是一种'惑取之知'或世俗之知，凭借'惑智'断无洞见世界真谛的可能。那么僧肇是如何解释'圣智'的呢？他在《般若无知论》中说：'圣智幽微，深隐难测，无相无名，乃非言象之所得。'他认为圣智幽深玄奥，难以常情测度，它既无形象，又非概念，绝非人们通过言语所能理解和把握的。因此他引述《放光般若经》说：'般若无所有相，无生灭相。'般若是绝对永恒的佛慧，不执着于世界万象及其生灭，也不执着于般若无相本身。"千一斟酌着插嘴说："这么说，般若既能洞照一切又无相无名，对不对？"潘古先生点点头说："是这样的，所以僧肇在《般若无知论》中说：'智有穷幽之鉴，而无知焉；神有应会之用，而无虑焉。神无虑，故能独王于世表；智无知，故能玄照于事外。'般若圣智有洞照一切的功能而无知，心灵有应会万物的作用却不用思维。心灵无虑，所以能超然独立于现实世界之上；圣智无知，所以能洞察于万物之外。他认为，般若的特点是，'实而不有，虚而不无'，它存在着而又无法论述。"千一又不解地问："潘古先生，般若圣智能洞照一切，为什么是无知呢？"潘古先生微笑着说："僧肇在《般若无知论》中的回答是：'夫有所知，则有所不知。以圣心无知，故无所不知，不知之知，乃曰一切知。故经云：圣心无所知，无所不知。信矣！是以圣人虚其心而实其照，终日知而未尝知也。故能默耀韬光，虚心玄鉴，闭智塞聪，而独觉冥冥者矣。'意思是说，有所知就有所不知，而般若是无知的，所以能够无所不知。这种不知之知，才称得上是一切皆知。也就是说般若是超越了有所知与有所不知之上的智慧。所以佛经中说：般若是无所知，所以无所不知。这话说得着实令人信服啊！所以佛可以虚心实照，无知而知，不显露其光耀而进行深远的内观，闭智塞聪而独觉宇宙之真谛。"千一好奇地问："潘古先生，如果能独觉宇宙之真谛是不是就可以进入涅槃的境界了？"潘古先生笑呵呵地说："证得涅槃正果是佛教修行的最终目的。但是对涅槃这一高深的精神境界，僧肇也表示自己难以阐明。他在《涅槃无名论·奏秦王表》中说：'涅槃之道，盖是三乘之所归，方等之渊底。渺莽希夷，绝视听之域；幽致虚玄，殆非群情之所测。'佛教分声闻乘、缘觉乘、菩萨乘三种法门。僧肇的意思是说，涅槃之道，本是佛教度脱众生的三种法门的共同归宿和修行的最终目标，是大乘佛教的立言根本。它渺莽而玄妙，无形无声，不是世俗的耳目可以见闻；它幽静雅致、虚幻玄妙，在冥冥之中自行其道而非常人之心所能测度的。"千一疑惑地问："既然常人之心不可测度，僧肇肯定不是常人，那么他是怎么理解涅槃的呢？"潘古先生认真地说："僧肇在《涅槃无名论·奏秦王表》中借后秦主姚兴之口说出了他心中的涅槃：'夫众生所以久流转生死者，皆由着欲故也。若欲止于心，即无复于生死。既无生死，潜神玄默，与虚空合其德，是名涅槃矣。'意思是说，众生之所以长久地在生死轮回中流转不得解脱，都是由于他们执着于各种贪欲的缘故。如果能断灭贪欲之心，就可以超脱生死轮回。超脱生死，灭尽一切烦恼，获得一种最高的绝对的寂静，进入一种玄妙的无名无相、离言离说的精神境界，这就是涅槃。这种境界是世俗之心根本无法测度的。"千一情不自禁地："既然涅槃境界无名无相、离言离说，僧肇又是怎么描述的呢？"潘古先生慈祥地说："《涅槃无名论》主要是以般若空观和真俗二谛来阐述有余涅槃和无余涅槃，因此他在《涅槃无名论·开宗第一》中说：'经称有余涅槃、无余涅槃者，秦言无为，亦名灭度。无为者，取乎虚无寂寞，妙绝于有为。灭度者，言其大患永灭，超度四流。斯盖是镜像之所归，绝称之幽宅也。而曰有余、无余者，良是出处之异号，应物之假名耳。'意思是说，佛经中说，涅槃有两种，一种是有余涅槃，一种是无余涅槃。'涅槃'一词，用秦地语言表达，也就是翻译成汉语，就是'无为'，也叫'灭度'。译为无为，取其虚无寂寞、妙绝于有为之意。译为灭度，取其灭尽烦恼、度脱众生之意。'四流'是指见流、欲流、有流和痴流，之所以称为流，是因为众生为这四流而漂流不息。从根本上说，涅槃是无形、无名称的。这是镜像比喻的指归，无可名状的幽玄所在。也就是说，真正的涅槃是佛教的最高境界，不是通常的言语概念可以言说表达的。而佛经所说的有余、无余，都是随顺世俗、接应外物时虚设的假名而已。"千一不解地问："佛教中那么多经典难道都无法说清楚涅槃吗？"潘古先生认真地点点头说："正因为如此，僧肇才说：'夫涅槃之为道也，寂寥虚旷，不可以形名得；微妙无相，不可以有心知。超群有以幽升，量太虚而永久。随之弗得其踪，迎之罔眺其首，六趣不能摄其生，力负无以化其体，潢漭惚恍，若存若亡。五目不睹其容，二听不闻其响，冥冥窈窅，谁见谁晓？弥纶靡所不在，而独曳于有无之表。然则言之者失其真，知之者反其愚，有之者乖其性，无之者伤其躯。所以释迦掩室于摩羯，净名杜口于毗耶，须菩提唱无说以显道，释梵绝听而雨华。斯皆理为神御，故口以之而默。'意思是说，涅槃之道汪洋无限，超言绝象，无法根据形状和名称而获得；它微妙无相，无法用世俗的有为之心理解它。它幽深玄虚，超绝世间的种种果报，充斥于无限广大的虚空而永恒存在。试图追寻尾随它，根本找不到它的踪迹；试图正面迎着它，也根本看不到它的起始；试图从上下前后左右包抄统摄它，也无法抓摸着它的身影；即使用尽了力气，也无法捕获它的形本。它犹如老子所描绘的恍恍惚惚、若存若亡的道一样，眼观不闻其容，耳听不闻其声，它高远幽深地存在着，但谁能见到它、知道它呢？然而它无所不在，包含一切，却又独自超绝于有与无之外。如此说来，如果用言语谈论涅槃，一语就失真；自以为认知涅槃的，正好表明了自己的愚蠢；将它视为有，便违背了它的本性；将它视为无，便损伤了它的本体。所以释迦牟尼在摩羯陀国掩门闭室不说法，维摩诘居士在毗耶离城沉默不语，须菩提宣讲只有缄默才可以显道，帝释、梵天这两位佛教的护法神因闭绝听闻而天降花雨。这都是由于涅槃之理只能通过心灵悟得，因此他们才默然不语。"千一听罢沉默片刻说："潘古先生，我要回去了。"潘古先生纳闷地问："为什么？我还没讲完呢！"千一认真地说："既然涅槃之境是一种不可言说的境界，连释迦牟尼都缄默不语，您再怎么讲怕是也无法说清楚，我还是回家'神御'吧！"潘古先生觉得千一说得有道理，便随口附和道："也好，也好！"千一起身给潘古先生鞠了一躬，然后走向大雄宝殿门槛，可是她刚跨出大雄宝殿，就听见身后轰的一声，她回头一看大雄宝殿不见了，草地上留下一面闪闪发光的铜镜，千一惊异地走过去弯腰刚想捡起铜镜，发现镜子里有一个十几岁的女孩子在向她微笑。她感觉这个女孩像自己又不是自己，心想莫非这就是"非有非无"，于是她捡起铜镜想仔细辨认一下，可是铜镜一沾她的手就变成了她正在寻找的那块龟甲片……

很长时间没去西山写生了，受《千一的梦象》启发，孟蝶很想画一画慈恩寺，便在星期六上午约上胡月一起骑着共享单车去了西山。她们一口气爬到慈恩寺对面的半山亭，周围群山吐翠，百花争艳，金碧辉煌的慈恩寺嵌在繁茂的花木之中，显得分外庄严静谧。胡月支开画夹子情不自禁地说："孟蝶，慈恩寺太像一幅画了！"孟蝶也支起画架，若有所思地说："你发现没发现自己的心一下子静下来了？"胡月颇有同感地说："真的呀！为什么呢？"孟蝶望着远处的慈恩寺说："我也说不好，咱俩画画时慢慢体会吧！"说完坐在画夹前聚精会神地画了起来。也不知过了多长时间，突然身后一个慈和的声音问："你为什么只画慈恩寺的山门，而不画全貌呢？"孟蝶回头一看，连忙起身惊喜地说："性空方丈，您怎么会在这儿？"胡月一听也赶紧放下画笔站起身。性空慈眉善目地说："我刚刚去拜访青牛居的函谷先生，回来路过这里，看到你们俩在画画，就情不自禁地走了过来。"孟蝶高兴地说："胡月，这位是慈恩寺的性空方丈，我爸爸的好朋友。"胡月连忙向性空问好。性空点了点头微笑着说："孟蝶，你还没有回答我的问题，胡月画的是慈恩寺的全貌，你为什么只画慈恩寺的山门呢？"孟蝶沉思片刻回答说："我想表现佛教哲学的'空'。"性空一听颇感兴趣地问："那么你知道什么是'空'吗？"孟蝶毫不犹豫地说："僧肇的《不真空论》中说：不真故空，不真即空。"性空略显惊诧地问："你了解僧肇？"孟蝶腼腆地说："知道一些，只是怎么也无法理解涅槃！"性空欣慰地微笑着说："你了解僧肇就应该知道他是'解空第一人'，没有任何东西能独立于'空'之外，一切都因心成体，体之即神。只有心空了，才能化万镜入我心，也只有心空了，才能理解般若的智慧，并且通过般若的智慧进入涅槃之境。"胡月一头雾水地问："可是怎么才能做到'心空'呢？"性空耐心地说："僧肇认为获得'心空'的方式是般若，而般若的方式是'虚照'和'妙契'。他在《般若无知论》中说：'是以般若可虚而照，真谛可亡而知，万动可即而静，圣应可无而为。'所谓'虚'就是虚其心，虚至心空，空如明镜，'照'就是化万物入我心。意思是说，般若体性虚静可以化万物入我心；真谛因无相所以能被般若所鉴照。万物虽动却更接近于静，心灵可无为而无不为。这说明'可虚而照'的般若表面上'无知'，但实际上是无知而无不知、无为而无不为。然后僧肇又在《涅槃无名论·妙存第七》中进一步阐述说：'夫至人虚心冥照，理无不统。怀六合于胸中而灵鉴有余，镜万有于方寸而其神常虚。至能拔玄根于未始，即群动以静心，恬淡渊默，妙契自然。'人的知觉分为感官知觉、意识知觉、潜意识知觉、无意识知觉，知觉的准确度是按照这个顺序递增的，无意识知觉是最准确的。'虚心冥照'就是一种无意识知觉，可以随时被'灵鉴'激活。而'灵鉴'就是'恬淡渊默'的外化。没有什么比既可以遨游于'渊默'之内，又可以逍遥于'渊默'之外更令人高兴的事了。当你怀'六合'于胸中之时，心灵会于'恬淡渊默'之中对自然进行一系列的'妙契'。'妙契'就是'神遇'。只有'神常虚'，想象力才会飞翔，才可以'神遇'，在'神遇'之前，'群动'也就是'万有'千变万化的可能性都隐伏在潜意识之中，可以通达意识却没有通达。关于'万有'的任何信息都休眠于无意识状态中。一旦心与原本寂静的'空'合德，便将'镜万有于方寸'之间。也就是说，超悟玄妙根性于未始，才是'妙契'梦象之门的关键。"孟蝶思索着问："会不会'妙契'的不是梦象，而是荒谬呢？"性空认真地说："任何荒谬的内省都是一种'神遇'，都应当得到承认。当你妙契虚照之后，梦象就会在心灵世界独化而生。要记住，在任何时候，我们的知觉环境都充斥着无数潜在的'神遇'。在无数潜在的'神遇'中，但凡进入心灵的都将被加工创造成一系列的心灵图景，最终这些心灵图景会从不同的角度呈现梦象。梦象是世界上唯一真实的东西，也是最神秘的东西。没有神秘，这个世界会变得苍白无趣。"胡月在一旁忍不住地插嘴问："梦象和涅槃是什么关系呢？"性空毋庸置疑地说："其实佛家所谓的涅槃就是梦象。无论是宗教还是哲学艺术，关心的都是我们生命、精神去处的根本问题。我们佛教徒通过修行化生自己心中的世界，这就是涅槃。'心空'便可进入涅槃之境，或许涅槃就是这天空的湛蓝。涅槃作为一种境界，作为一种体悟式的明心见性，是无法用语言来把握的。因为涅槃之境是'潜神玄默'的心灵图景。"孟蝶不解地问："什么是'潜神玄默'呢？"性空和蔼地说："'潜神玄默'就是在'虚照'的状态下无意识地组合加工创造'万有'为一幅幅心灵图景。任何怀六合于心灵中的'万有'都可以被无意识地在'心空'的状态下加工创造成心灵图景。'心空'犹如一面镜子，无有而无所不有，无知而无所不知，无为而无所不为。只有让'心'自己在'虚照'的状态下自我显现出能知能识的本性，才可与'空'冥合，与寂静的'空'合德，才可以'理无不统'。对涅槃的认识也只有依靠心与空的冥合来体悟了。所以僧肇在《涅槃无名论·奏秦王表》中说：'既无生死，潜神玄默，与虚空合其德，是名涅槃矣。'也就是说，超脱生死，潜心进入玄妙的静默状态，与虚空合其德，就可以称之为涅槃了。"孟蝶似有所悟地说："原来'空'可通神啊！"性空肯定地说："的确如此，只要悟透一个'空'字，便可以'虚心玄鉴，闭智塞聪，而独觉冥冥者矣'。"胡月也似懂非懂地说："我觉得关键是一个'悟'字！"性空也微微一笑说："所以僧肇特别强调'妙悟'。他在《涅槃无名论·妙存第七》中说：'然则玄道在于妙悟，妙悟在于即真。即真则有无齐观，齐观则彼己莫二，所以天地与我同根，万物与我一体。同我则非复有无，异我则乖于会通，所以不出不在而道存乎其间矣。'意思是说，既然这样，那么玄道就在于妙悟，妙悟就在于不离烦恼而入空境，不离烦恼而入空境就能消除主客对立的分别识心，进而有无齐观，物我为一，达到

'天地与我同根，万物与我一体'的境界。既然都是'莫二'之道，那么主客合一，内外相泯，彼我寂灭，这样说来，涅槃之境就存在于'莫二'之间。"孟蝶若有所思地问："性空方丈，僧肇所说的'天地与我同根，万物与我一体'好像源自《庄子·齐物论》中的那句'天地与我并生，而万物与我为一'，对不对？"性空笑呵呵地说："你说得没错，但僧肇所表达的意思和庄子的是不一样的。庄子强调的是物无彼此的'齐物论'，僧肇强调的则是主客合一莫二、'齐万有于一虚'、'智法俱同一空'、内外相泯的'性空论'。也正因为如此，僧肇在《涅槃无名论·妙存第七》中才说：'然则法无有无之相，圣无有无之知。圣无有无之知，则无心于内；法无有无之相，则无数于外。于外无数，于内无心，彼此寂灭，物我冥一。怕尔无朕，乃曰涅槃。涅槃若此，图度绝矣，岂容可责之于有无之内，又可征之有无之外耶？'也就是说，万法并没有有无之相，拥有般若智慧的人也没有有无之知。拥有般若智慧的人也没有有无之知，就无心于内；万法没有有无之相，就无相于外。于外无相，于内无心，彼此寂灭，物我冥一，寂然无任何形迹，讲的都是空。也就是说，只有消解主体，以合于客体，从而达到主客合一的审美境界，才叫涅槃。这样的涅槃，与思虑是完全断绝的，哪里容得人们于有无之内去求取，或于有无之外去探寻呢？"孟蝶情不自禁地说："这么说只剩下纯粹的心灵了，也只有纯粹的心灵不执着于有，也不执着于无，它是绝对自由的。"性空满意地点了点头，欣慰地说："所以僧肇在《涅槃无名论·通古第十七》中才说：'夫至人空洞无象，而万物无非我造，会万物以成己者，其唯圣人乎！何则？非理不圣，非圣不理；理而为圣者，圣不异理也。'讲的就是那些拥有般若智慧的人的心灵空洞无象，所谓万物不过是他们的心灵图景而已，正所谓'万物唯心造'，万物生于心，呈现为梦象，这就是圣人。为什么呢？如果不证悟万法性空之理，便不可能成为圣人；如果不能成为圣人，也就不可能证悟万法性空之理。我们说了这么多，其实都源自'虚照'和'妙契'，所以你们俩要想画好今天的画，也要好好体悟'虚照'和'妙契'啊！要知道佛教禅宗的'禅悟'也源自僧肇的'虚照'和'妙契'啊！好了，你们俩好好画吧，我不打扰你们了！"说完双手合十说了一声"阿弥陀佛"，便转身下山了。孟蝶望着性空大和尚智慧的身影，灵机一动，在自己画的山门中间画了一个和尚的背影。

第十八章

怎一个"悟"字了得

　　和潘古先生分手后，千一一直试图体悟涅槃之境，就连晚上做作业时也是在"悟"中完成的，但是她感觉"悟"就像一个巨大的迷宫，一旦进去就怎么也出不来了。做完作业后，她想求助于龟甲片，当她收拾作业本时，不小心将龟甲片碰到了地上，只听当啷一声，她纳闷地低头一看，掉在地上的竟然是一盏青铜灯，如同一只老龟趴在地上，只不过龟壳变成了灯盘。千一好奇地捡起青铜灯放在桌子上，灯盘内的烛心突然亮了起来，千一情不自禁地问："龟甲片，你又要搞什么鬼？"她只是随口一问，没想到龟形青铜灯竟然回答道："我现在不是龟甲片，我是你的心灯。""心灯？"千一懵懂地问，"可我并没有点燃你，你怎么就亮了呢？"龟形青铜灯说："是你悟出的禅意将我点燃的，不信，你看墙上！"千一回头一看，雪白的墙壁上呈现出两个人影，一个正在弹"无弦琴"，一个正在吹"无孔笛"，两个人的合奏犹如天籁，令人有一种深沉而飘然出世的感觉，仿佛一切尘嚣都已远去，只有松间的明月朗照，清幽明净。天籁入心，千一的心灵图景如海浪般呈现。她定睛一看，吹无孔笛的是西山慈恩寺的性空方丈，而弹无弦琴的竟然是爸爸，看到爸爸，千一高兴极了，她兴奋地问："爸爸，我不是在做梦吧？"爸爸停止弹奏，微笑着说："女儿，不是你在做梦，而是爸爸在做梦，你此时正在爸爸的梦中。"千一不解地问："爸爸，莫非性空方丈也在您的梦中？"性空方丈慈和地说："是啊，你爸爸经常邀请我到他的梦中通过我俩的合奏体悟天籁啊！"爸爸也和蔼地说："爸爸见你近日因一个'悟'字而迷茫，特意请来性空方丈为你讲一讲禅宗。""禅宗？"千一颇感兴趣地问，"莫非禅宗与'悟'字有关？"爸爸平和地说:"我认为'悟'是禅宗的核心与灵魂,不知性空兄以为如何?"性空方丈用赞同的语气说:"起码对于六祖惠能的禅宗思想来说,'悟'是它的核心与灵魂。"千一好奇地问:"性空方丈,惠能是谁?为什么称他为六祖?"性空方丈笑呵呵地说:"要了解惠能,必须先了解禅宗的历史,要了解禅宗的历史,必须从菩提达摩和尚说起。菩提达摩是南天竺人,何时出生的不知道,因为享年不清楚。公元 527 年,也就是南朝梁大通元年,菩提达摩由海路经广州来到中国。这时南朝的梁武帝号称'皇帝菩萨',是个佛教的积极倡导者。梁武帝听说菩提达摩来华便专门遣使迎请。关于两个人见面论法的情形在《景德传灯录》中是这样记载的:帝问曰:'朕即位以来,造寺写经,度僧不可胜纪,有何功德?'祖曰:'并无功德。'帝曰:'何以无功德?'祖曰:'此但人天小果,有漏之因,如影随形,虽有非实。'帝曰:'如何是真功德?'祖曰:'净智妙圆,体自空寂,如是功德,不以世求。'梁武帝见到达摩就问:'我即位以来,广建佛寺,盛造佛像,礼颂佛经,弘法护教,这究竟有多大功德?'达摩说:'你所做的只是一点世俗的小果报而已,终归有完结的一天,好像人的影子,看着是有,却摸不着,虽然有点小成就,但终究是不牢靠的,一旦影子消散便是一场空。'梁武帝问:'什么是真功德?'达摩说:'清净的智慧可以达到妙圆境地,它的本体是空寂的,这样的功德用世俗的方法是不可能得到的。'梁武帝求的是世间的福报,而达摩给予的是出世间的解脱,两个人话不投机,不欢而散。之后达摩渡过长江北上,来到嵩山少林寺。他在少林寺面壁九年后,将历代祖师'以心传心'所传的佛法传授给弟子慧可,慧可传给僧璨,僧璨传给道信,道信传给弘忍,最后五祖弘忍又传法给六祖惠能。"千一插嘴问:"性空方丈,什么是'以心传心'呢?"性空方丈解释说:"禅宗的修持方法,强调'以心传心'。所谓'以心传心'靠的就是一个'悟'字。最典型的例子就是那个'拈花微笑'的传说。据禅宗史书《五灯会元》卷一记载:'世尊在灵山会上,拈花示众。众皆默然,唯迦叶破颜微笑。世尊云:'吾有正法眼藏,涅槃妙心,实相无相,微妙法门,不立文字,教外别传,付嘱摩诃迦叶。'意思是说,一次在灵山法会上,世尊突然停止宣讲,并且顺手拿起一朵金婆罗花,姿态安详,却一句话也不说。在座的众徒都不明白他的意思,全都面面相觑、沉默不语。只有摩诃迦叶的脸上露出会心的微笑。世尊于是说道：'我有普照宇宙、包含万有的法眼，涅槃妙心，能够明见实相、无相，其中妙处难以言说。我不立文字，以心传心，于教外别传一宗，现在传给摩诃迦叶。'这个故事典型地说明了受教者摩诃迦叶与传授者心心相印，通过心灵共鸣而得妙悟的愉悦。世尊拈花恰恰是迦叶的心灵图景，迦叶之所以'破颜微笑'就是因为心觉了自己的心灵图景，领悟了佛陀的真髓。这种'以心传心'之道，被视为'教外别传'，可谓是'此时无声胜有声'啊！这种心有灵犀一点通的妙悟，就是禅啊！"爸爸颇有同感地说："是啊，在拈花与微笑之间，不仅充满了神秘性，更充满了艺术性啊！"千一颇感兴趣地说："原来禅宗这么有意思，那么惠能到底是怎样一个人？为什么说'悟'是惠能禅宗思想的核心和灵魂呢？难道其他五祖的思想与惠能的有所不同吗？"性空认真地说："问得好！其实从菩提达摩到弘忍是主'渐悟'的楞伽宗，而惠能是中国禅宗南宗的开创者，由于主'顿悟'的南禅宗在中国思想史上产生了巨大的影响，所以南禅宗成为实际的禅宗。惠能，生于唐太宗贞观十二年，也就是公元638年，圆寂于唐玄宗先天二年，也就是713年。他不仅是唐代僧人，更是中国佛教禅宗的实际创始人。佛教史上称为禅宗六祖。要想全面了解惠能必须从《坛经》说起。《坛经》是惠能大师的言行录。一般来说，在佛教典籍中，只有佛的言行才可以称为经，但六祖《坛经》是个例外，可见这部经的价值及其特殊地位。据《坛经》记载，六祖惠能在湖北黄梅得法后回到南方，曾住持韶州曹溪的宝林寺，后应韶州刺史韦璩等人的邀请，到韶州大梵寺说法，当时有刺史及官僚三十多位，儒者三十多位，僧尼和世俗听众一千多人，惠能的弟子将他说法的内容记录下来，包括惠能生平自述和惠能传授禅法两部分，再加上惠能平时与弟子的问答以及临终对弟子的嘱咐等等，便形成了《坛经》一书。"千一好奇地问："性空方丈，惠能在《坛经》中是怎样讲述自己生平的呢？"性空淡然一笑说："《坛经·行由第一》开篇是这样说的：惠能严父，本贯范阳，左降流于岭南，作新州百姓。此身不幸，父又早亡，老母孤遗，移来南海。艰辛贫乏，于市卖柴。时，有一客买柴，使令送至客店。客收去，惠能得钱，却出门外，见一客诵经。惠能一闻经语，心即开悟。遂问：'客诵何经？'客曰：'《金刚经》。'复问：'从何所来，持此经典？'客云：'我从蕲州黄梅县东禅寺来，其寺是五祖忍大师在彼主化，门人一千有余。我到彼中礼拜，听受此经。大师常劝僧俗，但持《金刚经》，即自见性，直了成佛。'惠能闻说，宿昔有缘，乃蒙一客取银十两与惠能，令充老母衣粮，教便往黄梅参礼五祖。"说到这儿，性空咳嗽了一声，爸爸接过话茬说："这一段的意思是说，惠能的父亲原籍是范阳，是个做官的，但不知何故被削职流放到了岭南，成了新州一个普通的百姓。惠能三岁时，父亲就去世了。孤儿寡母搬到了南海一起过苦日子。惠能长大些，只好在市面上卖柴为生。有一天，一个客人来买柴，让他将柴挑到客店里。惠能交柴收钱后走出店外，忽然看见一个人在诵经，惠能听了经中的话，心里像是有所悟。于是便问客人诵的是什么经，那人说是《金刚经》。惠能又问：你是从哪里来的？怎么得到这部经的？那人说：我是从蕲州黄梅县东禅寺来，东禅寺的住持是弘忍大师，有弟子一千多人。我前往东禅寺礼拜，才得到了这部经。五祖大师劝导大家，无论僧人俗人，只要读《金刚经》，就可以开见人的本性，从而觉悟成佛。惠能一听，觉得自己或许往昔与佛有缘，客人见惠能求法心切，就给了他十两银子，他安排好母亲的生活后便前往黄梅去求法了。"千一迫不及待地问："惠能见到了五祖弘忍后发生了什么？"性空方丈接过话茬说："《坛经·行由第一》上是这样说的：不经三十余日，便至黄梅，礼拜五祖。祖问曰：'汝何方人？欲求何物？'惠能对曰：'弟子是岭南新州百姓，远来礼师，惟求作佛，不求余物。'祖言：'汝是岭南人，又是獦獠，若为堪作佛？'惠能曰：'人虽有南北，佛性本无南北。獦獠身与和尚不同，佛性有何差别？'五祖更欲与语，且见徒众总在左右，乃令随众作务。惠能曰：'惠能启和尚，弟子自心常生智慧，不离自性，即是福田。未审和尚教作何务？'祖云：'这獦獠，根性大利！汝更勿言，着槽厂去。'惠能退至后院，有一行者，差惠能破柴、踏碓，经八月余。祖一日忽见慧能，曰：'吾思汝之见可用，恐有恶人害汝，遂不与汝言，汝知之否？'惠能曰：'弟子亦知师意，不敢行至堂前，令人不觉。'"性空讲到这里又停顿下来，爸爸又接过话茬解释说："这一段讲的是，惠能安排好了母亲就辞别上路了。经过不到三十天的长途跋涉，就到了黄梅，参拜五祖。五祖问他：'你是哪里人，来这里想求什么？'惠能回答说：'弟子是岭南新州的百姓，远道前来拜师，只求作佛，不求别的。'五祖说：'你是岭南人，又是南蛮之人，如何成佛？'惠能说：'人虽分南北，佛性却不分南北，南蛮之人虽然身份与和尚不同，但是佛性却没有什么差别！'五祖见惠能答语不凡，心里很是赏识，本想与他再说些什么，但因许多弟子都随侍左右，谈话不方便，就留下惠能，安排他到舂米的作坊里去干杂活。这时，惠能又对五祖说：'启禀和尚，弟子心里时常涌出智慧，不离自己的本性，这就是福田。不知和尚还要我做些什么？'五祖说：'你这个南蛮子，根性倒也伶俐，不用说了，就到槽厂干活去吧！'惠能退下来到后院，有一个行者差遣惠能劈柴、踏碓，一干就是八个月。有一天五祖忽然来看惠能，对他说：'我觉得你的见解很不错，只因担心有人因嫉妒而加害于你，就不再和你说话了，你能理解我的意思吗？'惠能说：'弟子深知师父的用意，所以平时都不敢到师父堂前，以免被人察觉。'"千一感叹道："想不到五祖和惠能一开始就这么默契，看来他们很适合'以心传心'啊！"性空方丈点点头接着说："接下来的故事更精彩，因为五祖弘忍该选接班人了。因此《坛经·行由第一》上说：祖一日唤诸门人总来：'吾向汝说，世人生死事大，汝等终日只求福田，不求出离生死苦海。自性若迷，福何可救？汝等各去，自看智慧，取自本心般若之性，各作一偈来呈吾看，若悟大意，付汝衣法，为第六祖。火急速去，不得迟滞。思量即不中用。见性之人，言下须见。若如此者，抡刀上阵，亦得见之。'众得处分，退而递相谓曰：'我等众人，不须澄心用意作偈，将呈和尚，有何所益？神秀上座现为教授师，必是他得。我辈谩作偈颂，枉用心力。'诸人闻语，总皆息心，咸言：'我等以后，依止秀师，何烦作偈。'"讲到这儿，性空看了千一的爸爸一眼，爸爸心领神会地说："这一段讲的是有一天弘忍把众门人召集起来，对大家说：'世人超脱生死的事最大，如果你们整日只知道祈求福田，却不求出离生死苦海，迷失自己的本性，福田又怎么能把你们从人生的苦海中解救出来呢？你们都回去好好想想，各自运用自己的智慧，运用各自本心的般若自性，各作一首偈送来给我看。如果谁的偈领悟了佛法大意，我就把历代祖师代代相传的衣钵和佛法传给他，让他继承禅宗法脉，做禅宗六祖。大家都赶快去准备吧，不要耽误时间了！顿悟无需思量，一旦思量即不管用。见性的人呢，言下就能见得。这样的人呢，即使抡刀上阵，也能见性。'众人得到吩咐，回到房中纷纷议论说：'我们这些人水平有限，就不必费心思作偈了。即使作了给师父看，师父也看不上眼，作了也是白作！神秀大师兄是寺院里的教授师，水平比我们高得多，只有他能得到师父的衣钵佛法，成为六祖。我们作偈颂，只能枉用心力。'听了这番议论，大家全都打消了作偈的念头，都说：'我们今后跟着秀师就行了，何必为作偈苦恼？'"千一插嘴问："那么神秀又是怎么想的呢？"性空方丈接着说："《坛经•行由第一》中说：神秀思惟：诸人不呈偈者，为我与他为教授师，我须作偈将呈和尚。若不呈偈，和尚如何知我心中见解深浅？我呈偈意，求法即善，觅祖即恶，却同凡心夺其圣位奚别？若不呈偈，终不得法，大难！大难！五祖堂前，有步廊三间，拟请供奉卢珍画'楞伽经变相'及'五祖血脉图'，流传供养。神秀作偈成已，数度欲呈，行至堂前，心中恍惚，遍身汗流，拟呈不得。前后经四日，一十三度，呈偈不得。秀乃思惟：不如向廊下书著，从他和尚看见。忽若道好，即出礼拜，云是秀作；若道不堪，枉向山中数年，受人礼拜，更修何道？是夜三更，不使人知，自执灯，书偈于南廊壁间，呈心所见。偈曰：身是菩提树，心如明镜台。时时勤拂拭，勿使惹尘埃。秀书偈了，便却归房，人总不知。秀复思惟：五祖明日见偈欢喜，即我与法有缘；若言不堪，自是我迷，宿业障重，不合得法。圣意难测！房中思想，坐卧不安，直至五更。祖已知神秀入门未得，不见自性。天明，祖唤卢供奉来，向南廊壁间绘画图像，忽见其偈，报言：'供奉！却不用画，劳尔远来。经云：凡所有相，皆是虚妄。但留此偈，与人诵持。依此偈修，免堕恶道。依此偈修，有大利益。'令门人炷香礼敬，尽诵此偈，即得见性。门人诵偈，皆叹：'善哉！'祖三更唤秀入堂，问曰：'偈是汝作否？'秀言：'实是秀作，不敢妄求祖位，望和尚慈悲，看弟子有少智慧否？'祖曰：'汝作此偈，未见本性，只到门外，未入门内。如此见解，觅无上菩提，了不可得。无上菩提，须得言下识自本心，见自本性，不生不灭，于一切时中，念念自见，万法无滞；一真一切真，万境自如如。如如之心，即是真实。若如是见，即是无上菩提之自性也。汝且去，一两日思惟，更作一偈，将来吾看。汝偈若入得门，付汝衣法。'神秀作礼而出。又经数日，作偈不成，心中恍惚，神思不安，犹如梦中，行坐不乐。"性空说到这里舒了口气，爸爸接着解释道："神秀听到众人的议论，心想，大家都不作偈，是因为我是他们的教授师。正因为如此，我才要作偈，呈给五祖，否则五祖怎么知道我心中见解的深浅呢？我作偈呈送和尚，若是为了求法，那用意就是善；若是为了觅祖位，那就是一种恶念，这和凡夫俗子争'圣位'有什么分别？可是如果我不作偈，最终将得不到佛法，这也太令人为难了！五祖所住的堂前，有三间走廊，准备请供奉卢珍画'楞伽经变相'及'五祖血脉图'，流传后代，让人们供养。神秀冥思苦想作了一首偈颂，几次想呈给五祖，但每次走到堂前，都觉心中恍惚，遍体流汗，不敢把偈呈给五祖，前后经过四天，神秀去了十三次，也没能呈送。最后神秀灵机一动：不如把偈写在走廊的墙上，让师父看见，如果五祖看见了立即称赞，我就出来做礼拜，承认是我作的；如果师父说写得不好，那就只能怪我枉在寺中学习多年，空受众人礼拜，还修什么道？打定主意之后，当天夜里三更时分，神秀独自拿着蜡烛，悄悄地来到走廊的墙壁前把偈子写到了墙上，呈上了自己心中的见地。偈颂是这样写的：'身是菩提树，心如明镜台。时时勤擦拭，勿使惹尘埃。'神秀写完偈颂，便怀着忐忑的心情回到房中，谁也不知道这件事。神秀心想，五祖明天看见偈若是喜欢，就是我与佛法有缘；若是说不好，就是我自己还在迷误中，再不就是我以往业障太重，不配得到佛法。五祖的圣意太难测了，神秀在房中左思右想，坐卧不安，直到五更。其实五祖已经知道神秀没有入门，不曾见得自己的本性。天亮了，五祖唤卢供奉来，到南廊的墙壁上绘画图像，忽然看见墙上的偈，便说：'供奉，不用画了，劳烦你远道而来。《金刚经》上说：凡所有相，皆是虚妄。不如留下此偈，让迷惑的人诵读修持吧。依着这个偈修行，可免堕恶道；依着这个偈修行，有莫大的利益。'说完就命弟子们对偈焚香礼拜。并且对大家说，尽心诵念此偈，就可以得见自己的本性。弟子们齐声诵念这偈，并且异口同声地赞叹：善哉！夜半三更之时，五祖把神秀叫到自己的房间问道：'偈是你作的吧？'神秀回答说：'实不相瞒，的确是我作的。不过我不敢妄求六祖之位，只希望师父慈悲，看弟子有没有一点识得佛法大意的智慧？'弘忍说：'从你这首偈颂来看，还没有见到本性。只是到了门外，还没有进到门内。如此见解，要觅得无上菩提是不可能的。无上菩提是佛教的最高智慧，要得到它，必须言下就能识得自己的本心，见到自己的本性，悟得本心本性不生不灭。随时随处、刹那间便可见到自己的本心本性，万法也无法成为滞碍。若能见到自性之真，那么对一切万法都会持有真见。这个真见就是识得万境都有自己的本来面目。这个识得万法各有自己本来面目的心就是真实。如果持这样的见解，就是无上菩提的自性。你先回去好好思量一两日，再作一偈给我看，如果能入门，我就将衣钵佛法传给你。'神秀行礼退出，苦苦思索了几天，仍然作不成偈，心中恍惚，神思不安，就像在梦中，行走坐卧都闷闷不乐。"千一插嘴说："在我看来，神秀之所以不敢将考卷交给考官，是因为没有自信，他是五祖最看重的弟子，是公认的最有资格成为六祖的人，他压力太大了！我相信惠能肯定没有压力，只是不知道惠能这个时候在做什么。"性空方丈接过话茬说："惠能的表现的确令人刮目相看，《坛经·行由第一》是这样说的：复两日，有一童子于碓坊过，唱诵其偈。惠能一闻，便知此偈未见本性，虽未蒙教授，早识大意，遂问童子曰：'诵者何偈？'童子曰：'尔这獦獠不知，大师言：世人生死事大，欲得传付衣法，令门人作偈来看，若悟大意，即付衣法，为第六祖。神秀上座于南廊壁上书无相偈，大师令人皆诵，依此偈修，免堕恶道，依此偈修，有大利益。'惠能曰：'我亦要诵此，结来生缘。上人，我此踏碓八个余月，未曾行到堂前，望上人引至偈前礼拜。'童子引至偈前礼拜。惠能曰：'惠能不识字，请上人为读。'时有江州别驾，姓张名日用，便高声读。惠能闻已，遂言：'亦有一偈，望别驾为书。'别驾言：'汝亦作偈？其事希有。'惠能向别驾言：'欲学无上菩提，不可轻于初学，下下人有上上智，上上人有没意智。若轻人，即有无量无边罪。'别驾言：'汝但诵偈，吾为汝书。汝若得法，先须度吾，勿忘此言。'惠能偈曰：菩提本无树，明镜亦非台。本来无一物，何处惹尘埃？书此偈已，徒众总惊，无不嗟讶。各相谓言：'奇哉！不得以貌取人，何得多时使他肉身菩萨。'祖见众人惊怪，恐人损害，遂将鞋擦了偈，曰：'亦未见性。'众以为然。"性空方丈稍一停顿，爸爸立即心领神会地说：'又过了两天，一个小沙弥从春米的作坊前经过，唱诵着神秀的偈。惠能一听，就知道小沙弥唱诵的偈未见本性。虽然惠能没有得到什么人的教授，但早已识得佛法大意。于是惠能就问小沙弥：'你念诵的是什么偈？'小沙弥回答说：'你这南蛮还不知道吧？弘忍大师说了，世人生死事大，他想传衣钵佛法，要弟子们都作偈来看，如果谁悟得佛法大意，就把衣钵佛法传给谁，做禅宗六祖。上座弟子神秀在南廊墙壁写了这首无相偈，五祖让大家都要诵念，说是依这偈修行，能免堕恶道，有莫大的好处。'惠能一听连忙对小沙弥说：'小沙弥，我来这里踏碓已经八个多月了，从未去过堂前，你能不能带我到偈前礼拜一下。'小沙弥便把惠能领到写着偈子的南廊壁前。惠能说：'我不识字，谁能帮我读一下？'当时有个江州的官员叫张日用正好在边上，就为惠能高声读了一遍。惠能听完就说自己有一偈，请张日用代为书写，张日用不太相信地问：'你也会作偈？真是稀罕！'惠能从容地说：'要想求得最高的智慧，不要轻视初学之人，下下人会有上上智，上上人也会有埋没心智的时候。如果你轻视别人，就会有无穷的罪过。'张日用便说：'那好吧，你只管诵偈，我来帮你写。如果你得到佛法，可要先来度我，请你不要忘了我说的话。'说完就将惠能诵念的偈写到了墙壁上。惠能的偈是：'菩提本无树，明镜亦非台。本来无一物，何处惹尘埃？'写完这偈，在场的众弟子非常吃惊，谁也没有想到在碓房做杂务的惠能能写出如此有见解的偈，无不啧啧称奇。相互议论说：'奇了！真是不能以貌取人，什么时候让他做了肉身菩萨？'五祖见众人惊讶，担心别人会加害于惠能，就用鞋底擦了偈，说是也未见性。众人见五祖这么说，也就这样认为了。"千一若有所思地说："神秀的偈讲的是'有'，惠能的偈讲的是'空'，自然是见到了自己的本性，为什么也说未见性呢？五祖到底是怎么想的？"性空方丈笑呵呵地说："弘忍只是嘴上说'也未见性'，实际上已经暗自拿定了主意，准备让惠能继承衣法，成为六祖。关于这一段《坛经·行由第一》是这样说的：次日，祖潜至碓坊，见能腰石舂米，语曰：'求道之人，为法忘躯，当如是乎！'乃问曰：'米熟也未？'惠能曰：'米熟久矣，犹欠筛在。'祖以杖击碓三下而去。惠能即会祖意。三鼓入室，祖以袈裟遮围，不令人见，为说《金刚经》。至'应无所住，而生其心'，惠能言下大悟，一切万法，不离自性。遂启祖言：'何期自性本自清净，何期自性本不生灭，何期自性本自具足，何期自性本无动摇，何期自性能生万法。'祖知悟本性，谓惠能曰：'不识本心，学法无益；若识自本心，见自本性，即名丈夫、天人师、佛。'三更受法，人尽不知，便传顿教及衣钵，云：'汝为第六代祖，善自护念，广度有情，流布将来，无令断绝。

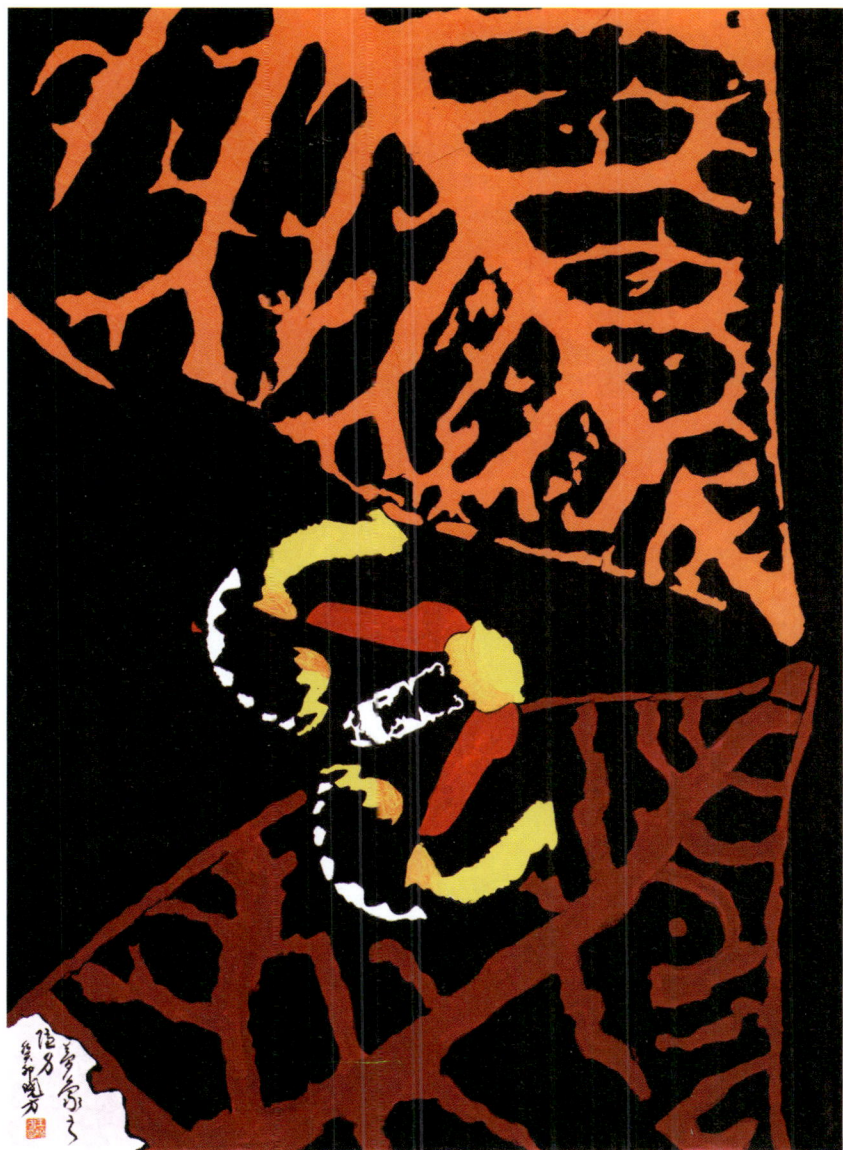

梦象之隐身

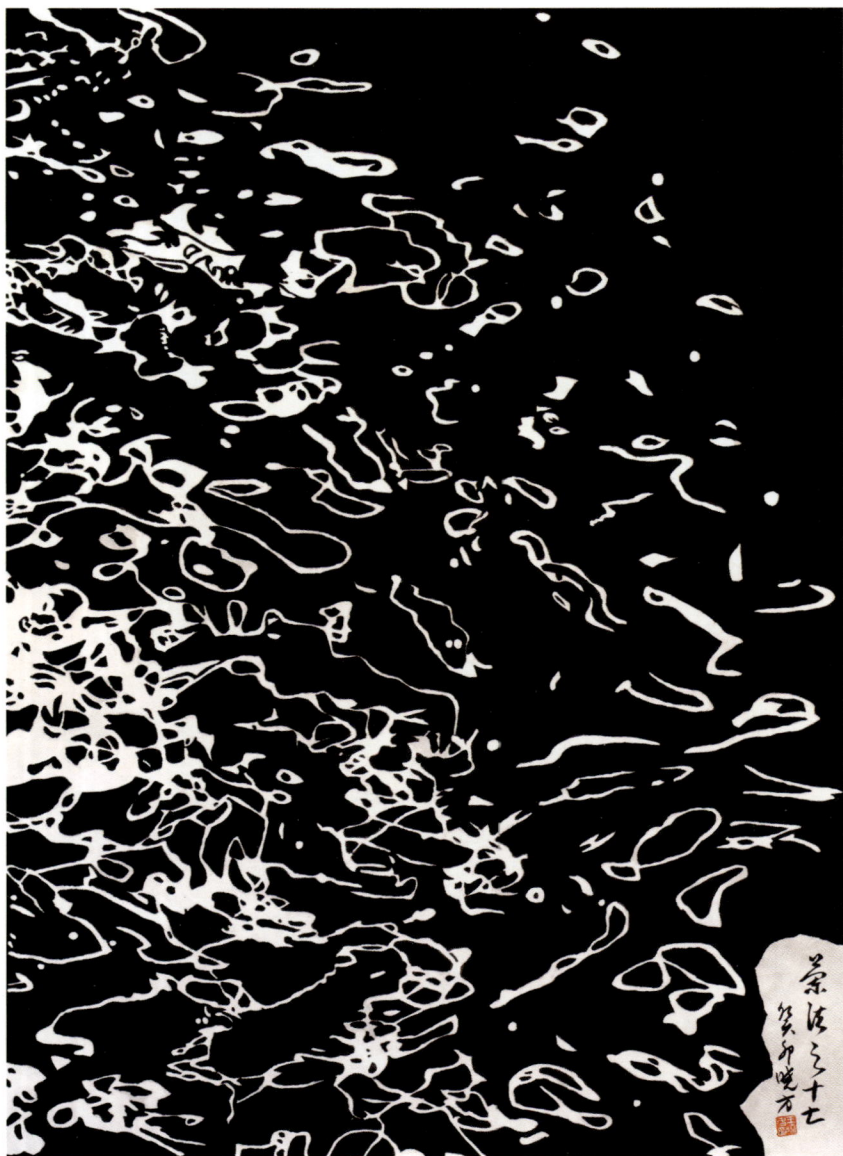

兰法之十七

梦象之窗

兰法之十三

梦象之捕梦

兰法之十九

听吾偈曰：有情来下种，因地果还生。无情亦无种，无性亦无生。'祖复曰：'昔达摩大师初来此土，人未之信，故传此衣，以为信体，代代相承。法则以心传心，皆令自悟自解。自古佛佛惟传本体，师师密付本心。衣为争端，止汝勿传。若传此衣，命如悬丝。汝须速去，恐人害汝。'惠能启曰：'向甚处去？'祖云：'逢怀则止，遇会则藏。'惠能三更领得衣钵，云：'能本是南中人，素不知此山路，如何出得江口？'五祖言：'汝不须忧，吾自送汝。'祖相送直至九江驿，祖令上船，五祖把橹自摇。惠能言：'请和尚坐，弟子合摇橹。'祖云：'合是吾渡汝。'惠能曰：'迷时师度，悟了自度，度名虽一，用处不同。惠能生在边方，语音不正，蒙师传法，今已得悟，只合自性自度。'祖云：'如是如是，以后佛法，由汝大行，汝去三年，吾方逝世。汝今好云，努力向南，不宜速说，佛法难起。'"说完，性空方丈双手合十道了一声"阿弥陀佛"，爸爸微微一笑接过话茬说：'第二天，五祖悄悄来到碓房。看到惠能腰间拴着一块石头在舂米，赞赏道：'求道的人，为了佛法而忘我，就应该是这样的！'说完便问惠能：'米舂好了吗？'惠能说：'米早舂好了，就差筛一筛了。'五祖听完用手杖在石碓上敲了三下，然后转身而去。惠能立即明白了五祖的用意。三更时分，惠能悄悄地走进了五祖房内。为了不让别人察觉，五祖用袈裟遮住了灯光，然后给惠能讲解《金刚经》。讲到'应无所住，而生其心'，惠能豁然醒悟，原来一切万法，不离自己的本性。于是对五祖说：'我万万没有想到，原来自性本来清净，自性本来不生不灭，自性本来具足，自性本来不动摇，自性竟然能生万法。'五祖知道惠能悟到了本性，就说：'如果不识本性，学了佛法也没用。如果能识得本心，见到自己的本性，就叫作大丈夫、天人师、佛。'惠能在三更时分接受了佛法，没有任何人知晓。五祖正式将达摩祖师从印度带来的衣钵和顿悟禅法传给了惠能，并对他说：'你现在是禅宗六祖了，你要好好地保护佛法，广度一切有情众生，让佛法流布将来，千万不要让佛运断绝。现在听我说偈：'有情来下种，因地果还生。无情既无种，无性亦无生。'五祖又说：'过去达摩大师刚来中土，人们还不相信他传的佛法，所以要流传祖衣，为的是以此作为凭证取信于人，也好代代相传。但祖衣不是佛法本身。佛法讲的是以心传心，要求人们自悟自解。自古以来，前佛与后佛之间只是传授本性的觉悟，每一代祖师交接也只是彼此会意本心的觉悟。衣钵会成为一些心术不正的人争夺名利的目标和工具，就传到你为止吧，以后就不要再往下传了。如果再往下传，可能会导致人与人之间的毒害和杀戮啊！你要赶快离开，以免有人加害于你。'惠能问：'师父看弟子去哪里为好？'五祖说：'向西南方向走，见到'怀'的时候就停下来，不要再向前走了；遇到'会'的时候就隐藏起来，不要再露面。'惠能三更时分领得衣钵，对五祖说：'我本是南方人，不熟悉这里的山路，怎么才能走到江口呢？'五祖说：'你不用担心，我亲自送你。'五祖一直把惠能送到了九江驿，让他上船，并且要亲自摇橹。惠能说：'请师父坐好，弟子来摇橹。'五祖说：'应该是我来渡你。'惠能说：'弟子蒙昧无知时需要师父度我，我现在已经觉悟到了就应该自度。度虽然还是度，那用处可不同了。惠能生在偏远的地方，说话语音不纯正，承蒙师父传我佛法，如今已经觉悟了，就应该自性自度。'五祖欣慰地说：'正是，正是。从今以后，佛法就靠你发扬光大了。你走后三年，我就会离开人世。你现在好好走吧，努力将佛法向南传播，但不宜很快就去弘法，因为时机不成熟。禅宗大法不是一时就能兴盛起来的。'"

千一若有所思地问："五祖在碓房问惠能'米熟也未'那段，是不是问惠能：'你悟到本性了吗？'惠能回答说：'早就悟到了，只是没有得到师父的指教，悟得还不透彻和完整。'对不对？"性空方丈满意地点了点头说："看来千一已经开悟了啊！"千一追问道："惠能离开五祖后又经历了什么？"性空方丈讲解道："惠能走后，五祖忍了好几天不上堂说法，弟子们心里疑惑，就来询问，看五祖是不是病了。五祖估计惠能已经脱离危险地区了，就说：'我没病，只是衣钵佛法已经传给了惠能。'众人一听衣钵佛法传给南方来的那个杂役，嫉妒心上涌，全都愤愤不平，就有数百人日夜兼程地追赶惠能想争夺衣钵。惠能先回到韶州曹溪，但又被恶人追赶，便照五祖的嘱咐，在四会、怀集一带过了十几年的隐匿生活。后来到了广州法性寺，正赶上印宗法师讲《涅槃经》。关于这一段《坛经·行由第一》是这样说的：一日思惟，时当弘法，不可终遁。遂出，至广州法性寺，值印宗法师讲《涅槃经》。时有风吹幡动，一僧曰'风动'，一僧曰'幡动'，议论不已。惠能进曰：'不是风动，不是幡动，仁者心动。'一众骇然。印宗延至上席，徵诘奥议，见惠能言简理当，不由文字。宗云：'行者定非

\千\一\的\梦\象\

常人，久闻黄梅衣法南来，莫是行者否？'惠能曰：'不敢。'宗于是作礼，告请传来衣钵，出示大众。宗复问曰：'黄梅付嘱，如何指授？'惠能曰：'指授即无，惟论见性，不论禅定解脱。'宗曰：'何不论禅定解脱？'惠能曰：'为是二法，不是佛法，佛法是不二之法。'宗又问：'如何是佛法不二之法？'惠能曰：'法师讲《涅槃经》，明佛性是佛法不二之法。如高贵德王菩萨白佛言：犯四重禁，作五逆罪，及一阐提等，当断善根佛性否？佛言：善根有二，一者常，二者无常，佛性非常非无常，是故不断，名为不二。一者善，二者不善，佛性非善非不善，是名不二。蕴之与界，凡夫见二，智者了达，其性无二，无二之性，即是佛性。'印宗闻说，欢喜合掌言：'某甲讲经，犹如瓦砾；仁者论议，犹如真金。'于是为惠能剃发，愿事为师。惠能遂于菩提树下，开东山法门。"性空方丈说到这里，又双手合十道了一声"阿弥陀佛"，爸爸会意地说："有一天惠能心想，我隐遁这么多年，到了该弘法的时候了。于是出山，到了广州法性寺，正赶上印宗法师讲《涅槃经》，讲经中，风吹幡动，一个僧人说：'这是风在动。'另一个僧人说：'这是幡在动。'一时间双方各执一词，争执不下。这时候，惠能走向前说：'不是风动，也不是幡动，是因为你们的心在动啊！'一语既出，全场皆惊！印宗把惠能请到上座，询问佛法精义。惠能回答言简意赅，说理透彻，都不是从文字上得来，于是问道：'行者谈吐非凡，一定不是常人。早就听说五祖传承的衣钵和佛法到了南方，莫非就是您吗？'惠能答道：'不敢！正是惠能。'印宗一听心中大喜，赶紧行礼，并请求惠能把五祖传给他的衣钵展示给大家。印宗又问：'五祖传给您衣钵的时候，还有什么指示吗？'惠能说：'并没有多说别的，只强调了明心见性，而不要太讲究禅定、解脱。'因为禅宗历来是讲坐禅读经的，所以印宗不解地问：'为什么不讲禅定、解脱？'惠能说：'禅定、解脱是'为'，一旦讲禅定、解脱，就会出现能求、所求两种法了，为是二法，不是佛法，佛法是不二之法。'印宗又问：'什么是佛法的不二之法？'惠能说：'譬如法师您讲的《涅槃经》，要阐明的佛性，实际上就是佛法的不二之法。譬如高贵德王菩萨问佛陀：'犯淫、杀、盗、妄语等四重禁，造了杀父、杀母、杀阿罗汉、破和合僧、出佛身血的大孽的人以及那些不信诸佛所说教戒的人，这些人断了善根佛性了吗？'佛说：'善根有两种，一个是有常，一个是无常，然而佛性既不是常也不是无常，所以佛性是不断的，叫作不二；另外从"善"与"不善"的角度来看，佛性不是善也不是不善，这就是不二法门；色、受、想、行、识等五蕴和由眼、耳、鼻、舌、身、意等六根引起的色、声、香、味、触、法等六境以及由此生起的眼识、耳识、鼻识、舌识、身识、意识等六识这十八界，凡人有分别心，把蕴和界看作二，而通达无碍、见性成佛的人通晓它们的本性无二，这无二的本性就是佛性。'印宗听完高兴地双手合十说：'我给别人讲经，就像是一堆支离破碎的瓦砾；而您讲的佛理，犹如精纯的真金，醍醐灌顶啊！'印宗被彻底折服了。因为当时惠能还没有正式出家，还留着头发，于是印宗为他剃度，受具足戒，惠能从此才正式成了出家人。受戒之后，印宗愿意拜惠能为师，惠能就在菩提树下，开了东山法门。"千一听罢，十分感慨地说："惠能的经历太传奇了！性空方丈，您是如何理解自性的呢？"性空慈和地说："要了解自性必须了解心。因为心在一切的深处，没有一物在心外。心是所有的一切。如果我们想找到'自性'，就必须内观，深入心灵的深处。当我们完全深入到心灵的领域，就像深入到时空中一样，就会直观到自性，自性是心灵的梦象，万物也是心灵梦象的显现。"千一又问："爸爸，您是如何理解'悟'的呢？"爸爸沉思片刻说："禅宗认为一切'悟'都是心所造，就连宇宙也是心灵梦象的显现。心灵梦象就是实相，也就是真如，实相也就是梦象在众生身上体现的佛性，一旦顿悟断惑，佛性便会显现。而顿悟是瞬间领悟宇宙实相之理，是对超越人的有限生命的永恒、绝对的'心''性'的领会和把握，它受某种隐秘的、原初的直觉或一种内观的需求驱使，以瞬间的形式定格梦象，通过梦象内观自我与内宇宙的和谐。悟是一种趋向内在本源的内省，由一种集中的意识或潜意识甚至无意识所感知。"性空方丈补充说："是啊，其实自性本心就是我们的本来面目，实相就是我们的原象，而原象就是梦象。梦象既是我们自己的本来面目，也是这个世界的原象，这就是不二法门。"千一豁然开朗地说："这么说，您的无孔笛和爸爸的无弦琴奏出的天籁就是宇宙的元音，对不对？"话音刚落，爸爸和性空方丈都欣慰地笑了起来。

又是一个周末，吃过早饭，孟蝶就到爸爸的藏宝室内翻找起来，妈妈问她翻找什么呢，孟蝶迫切地说："我记得爸爸收藏了好几盏古代的铜灯，我怎么一盏也找不到呢，爸爸，你把你收藏的铜灯都放哪儿了？"听到女儿叫自己，孟周赶紧走过来问："孟蝶，找爸爸的铜灯干什么？"孟蝶毫不掩饰地说："爸爸，我也想要一盏和千——一样的心灯。"孟周一听笑呵呵地说："爸爸收藏的铜灯没有一盏是心灯，一会儿咱们全家到慈恩寺禅画馆看完性空方丈的禅画展，或许你就找到了。"孟蝶最喜欢看画展了，一听要和爸爸妈妈一起去西山慈恩寺看画展，连忙回自己房间换了件新裙子，蹦蹦跳跳地上了爸爸的吉普车。

孟蝶一进禅画馆就被那些充满空灵玄妙意境的禅画惊呆了，她感觉自己走进了一个梦象的世界。突然，眼前一幅一位老者撕书的画吸引了她。画面上一位老者手拿被他撕坏的佛经，疾步狂呼，样子歇斯底里，她惊异地问："性空方丈，您那幅画画的是谁呀？他怎么能撕书呢？他撕的该不会是佛经吧？"性空方丈慈蔼地说："我画的是《六祖撕经图》。"孟蝶试探地问："是禅宗六祖惠能吗？"性空方丈点了点头说："正是六祖惠能。"孟蝶不解地问："性空方丈，您通过这幅画要表现什么呢？"性空方丈解释说："佛教大小乘都讲禅定、读经，达摩到中国后大讲禅学、提倡修壁观，所谓壁观，就是要心如墙壁，不容妄念侵入。从达摩到弘忍的禅学，都讲禅定、读经，认为只要逋过禅定、读经、面壁等修行功夫，断去情欲和烦恼，佛性就能显现出来，他们强调不断地修炼，甚至累世进行修行，也就是说他们都注重'渐修'。但是惠能则主张教外别传，直彻心源，顿悟成佛。他在《坛经·般若第二》中说：'迷闻经累劫，悟则刹那间。'迷惑的时候就像是经历多番劫难一样，苦苦追求而不得，但是豁然开朗就在一刹那之间。惠能不主张念经拜佛，主张不立文字，甚至不讲坐禅。明确否认'外修'的必要性。他在《坛经·般若第二》中说：'若大乘人，若最上乘人，闻说《金刚经》，心开悟解。故知本性自有般若之智，自用智慧常关照，故不假文字。'如果是大乘人，如果是最上乘人，一听到《金刚经》里的佛经，心就会豁然开朗，并且知道本性之中本来就有般若智慧，自己用般若智慧观照一切，所以不要借助文字来获取。又说：'若开悟顿教，不执外修，但于自心常起正见，烦恼尘劳，常不能染，即是见性。'如果悟了顿教，不向外驰求，在自己心里常常生起正知正见，不生邪知邪见，烦恼、尘劳永远不能污染本心，就是见性。他强调说：'若自悟者，不假外求，若一向执谓须他善知识方得解脱者，无有是处。何以故？自心内有知识自悟，若起邪迷，妄念颠倒，外善知识虽有教授，救不可得。若起正真般若观照，一刹那间，妄念俱灭。若识自性，一悟即至佛地。'意思是说，如果自己能领悟，就不必向外寻求，如果你一向就执着地认为成佛要借助外在的'外善知识'才能令你开悟，也就是把成佛的所有希望都寄托在'外善知识'上，那就大错特错了。为什么呢？因为你没有察觉到自己的'心内'也有一个善知识。如果你心迷外善知识，无法自悟心内的善知识，本末颠倒，即使外善知识有所教导，也无法挽救迷误的人。如果以真正的般若智慧来自悟自性，斩断一切邪迷、妄念、颠倒，就会在一刹那间，妄念俱灭，这就叫'若识自性，一悟即至佛地'。"孟蝶豁然开朗地说："我明白了，性空方丈，你的意思是从六祖惠能开始，禅宗的传授方法不再是每日诵经念佛，打坐静思，而是采取以心传心的顿悟之法，对不对？"这时孟周微笑着接过话茬说："女儿说得不错，不仅惠能主张不立文字，要自性自悟，惠能的后学更是以'知'为祸，'知'就是指的佛教知识、佛经，强调'知之一字，众祸之门'。"孟蝶试探地问："性空方丈，也正因为如此，您才画了《六祖撕经图》，对吗？"性空方丈慈眉善目地点了点头。这时舒畅插嘴赞叹道："性空方丈，您画的这幅《六祖撕经图》，僧衣用线简括却极具表现力，松针、树枝用笔爽利干净，眉眼五官和经卷则以淡墨略作勾画，您把六祖撕经时的狂癫和玩世不恭的神态画得真是活灵活现啊！"性空方丈谦逊地说："舒畅过奖了！宗教修行实践是一件很个性化的事情，每个人之间并没有通行一致的固定方法可用，完全是个人自己的事情，正所谓'如人饮水，冷暖自知'，如果设置固定的规则和通行的模式，无异于画地为牢，怎么可能直显心性呢？不显心性又如何自度呢？所以惠能反复强调自性自度。"孟蝶迫切地问："性空方丈，如何理解自性自度呢？"性空将手一让将大家领到另一幅禅画前微笑着说："我画的这幅《六祖截竹图》表现的就是六祖在落刀砍竹的瞬间自性自悟的情景。那么什么是自性自度呢？惠能在《坛经·忏悔第六》中说：'何名自性自度？即自心中邪见烦恼愚痴众生，将正见度。既有正见，使般若智打破愚痴迷妄众生，各各自度。邪来正度，迷来悟度，愚来智度，

\ 千 \ 一 \ 的 \ 梦 \ 象 \

恶来善度。如是度者，名为真度。'他说，什么是自性自度？就是心中有了邪见、烦恼和愚痴，就用正见来度，所谓正见就是可以远离诸邪痴颠倒的如实知见，也就是般若智慧，既然有了正见，就可以用般若智慧打破愚痴、迷妄的众生，使他们都能各各自性自度，不可能用统一的方法或手段来驱除。邪见来了，用正见度；迷误来了，用觉悟度；愚昧来了，用智慧度；恶念来了，用善念度。像这样的度，才叫真度。这是一种无需借助于神力或者他力的自我解脱和自在解脱。实际上是把解脱成佛的主动权交给每一个人随缘任远的悟性。因此他在《坛经·忏悔第六》中说：'如是诸法，在自性中。如天常清，日月常明，为浮云盖覆，上明下暗；忽遇风吹云散，上下俱明，万象皆现。世人性常浮游，如彼天云。善知识！智如日，慧如月，智慧常明，于外着境，被妄念浮云盖覆自性，不得明朗。若遇善知识，闻真正法，自除迷妄，内外明彻，于自性中万法皆现。见性之人，亦复如是。此名清净法佛身。'意思是说，所有这一切法，都存在于自我本性之中，就像天空永远清湛，日月永远光明，而被浮云覆盖后，上面虽然明亮，下面的世间却逼入黑暗，突然碰上风起吹动，乌云消散，上下全都明亮清澈起来，万象呈现。世人的本性经常沉浮游动，就像那遮蔽青天的乌云。讲到这个善知识的作用，惠能认为智像日，慧像月，智慧永远是光明的。不过一个人一旦执着于外境，本心被妄念这个浮云盖覆了光明，其自性便不得明朗。如果遇到善知识，听到了真正的佛法，自己除去内在的迷妄，使内外一切明澈，一切万法便会在自性中显现。见性的人，也是这样。这就叫清静法身佛。"孟蝶听罢似有所悟地问："性空方丈，如此说来，佛与众生的区别在哪里呢？"性空方丈微笑着说："佛与众生的区别就在一念之间。因此惠能在《坛经·般若第二》中说：'不悟，即佛是众生；一念悟时，众生是佛。故知万法，尽在自心，何不从自心中，顿见真如本性！'不觉悟，就是佛也会成为众生；一个念头幡然醒悟，众生就成为佛。由此可知万法就在每个人的心中，为什么不从自己的心中顿悟真如本性呢？"孟蝶追问道："什么是真如本性呢？"孟周接过话茬说："在爸爸看来，所谓真如本性，就是心灵图景，惠能的自度自性说，强调的是凭借自身的直觉体验，直接地、迅速地、完整地在自我的心灵中洞见的梦象。在禅宗看来，一旦悟了道，见了本心，洞见了梦象，便可以放开手脚，随心所欲。一切外在的束缚，包括读经坐禅、清规戒律、权威偶像，都将被打破。那种'呵佛骂祖'，反传统、反权威的狂禅之风，对当时的审美心理和艺术创作影响非常大。惠能主张'无念为宗、无相为体、无住为本'，其目的就是要破除人的思维上的'我执'，破除对人心灵的一切桎梏，使人的心灵和思维更加自由。"孟蝶又追问道："什么是'无念为宗、无相为体、无住为本'呢？"性空方丈接过话茬说："为了宣扬顿悟，惠能提出了'无念为宗'的修行学说，他在《坛经·定慧第四》中说：'无念为宗、无相为体、无住为本。'他在《坛经·般若第二》中说：'若识本心，即本解脱。若得解脱，即是般若三昧，般若三昧，即是无念。何名无念？若见一切法，心不染着，是为无念。'也就是说，如果识得本心，就没有什么东西能束缚住你了，你就得到了解脱，成为一个绝对意义上的大自在人，就是得到了般若三昧，也就是无念。什么叫无念？如果见到一切法，你的心也没被吸引住，没有执着，而是站在那里远远地欣赏着，却没有停留在那里舍不得回来，这就是无念。他在《坛经·定慧第四》中进一步阐述说：'云何立无念为宗？只缘口说见性，迷人于境上有念，念上便起邪见，一切尘劳妄想，从此而生。自性本无一法可得。若有所得，妄说祸福，即是尘劳邪见。故此法门，立无念为宗。'为什么要立无念为宗呢？只因为口里说见到了自己的本性，已经开悟了，但实际上遇到事情，还是患得患失，生出很多想法和各种念头。有念头就起邪见，'邪见'一出，各种各样的'尘劳妄想'就从这里产生，自性之中本来没有一法能够得到，人的本性本来就具足一切，根本无需再从外面获取一点什么东西，但是如果你生一个法，起一个念，硬要再从外面要点什么东西的话，就是'妄说祸福'，这些都是因愚痴迷惑而产生的'尘劳邪见'。因此整个法门，要立无念为宗。"孟蝶插嘴问："那么惠能对'无相为体、无住为本'是怎么阐述的呢？"性空微笑着说："惠能在《坛经·定慧第四》中是这样阐述的：'无相者，于相而离相；无念者，于念而无念；无住者，人之本性，于世间善恶好丑，乃至冤之与亲，言语触刺欺争之时，并将为空，不思酬害。念念之中，不思前境。若前念、今念、后念，念念相续不断，名为系缚。于诸法上，念念不住，即无缚也。此是以无住为本。善知识！外离一切相，名为无相。能离于相，则法体清净，此是以无相为体。'意思是说，无相，就是既在相上又能离开相；无念，就是既有这个念头又不执着于这个念头；无住，就是说人的本性对于世间的善恶美丑，乃至冤家和亲友，以及言语讥讽、欺诈、争斗时，都当作空幻来对待，并不思谋报复。念念之中，不想此前的事。对过去的念头、现在的念头、未来的念头都不要执着。一旦执着，你就会作茧自缚。对于一切法，心念随生随灭，心灵也无牵无挂，毫无滞碍，来去自由，这样就没有束缚。这就是以无住为本。那么什么叫'以无相为体'呢？就是不要执着于外在所有的相状，达到'法体清净'的状态。所谓'法体'就是指一切事物和现象的本体，也就是真实的存在。能达到'法体清净'，就是以无相为体。由此可见，惠能的'三无'说，将人的内在生命提到了本体的高度，突出了人的自性解脱。"舒畅颇为感慨地舐嘴说："其实人的自性解脱充满了不可思议的梦意识，解脱之境就是梦象之境，当我们的自心无相、无念、无住时，心灵图景便会层出不穷。"性空附和着说："是啊，所以惠能在《坛经·般若第二》中说：'心量广大，犹如虚空。……虚空能含日月星辰、大地山河、一切草木、恶人善人、恶法善法、天堂地狱，尽在空中。世人性空，亦复如是。'意思是说，心灵世界像虚空一样广阔无边，深邃高远，既心无万物又万物俱在心中，包罗一切色相。心体是空寂的，能产生包含万物的作用。日月星宿、山河大地、泉源溪洞、草木丛林、恶人善人、恶法善法、天堂地狱、一切大海、须弥诸山，总在心中。总之世间和出世间的一切都在心中。"孟蝶不解地问："那么到底是心灵创造了宇宙，还是宇宙创造了心灵呢？"性空方丈毋庸置疑地说："既然惠能认为心量广大，心是万法的根本，万物皆由心造，当然是心灵创造了宇宙。佛家认为，根本没有心灵之外的世界。"孟蝶继续问："也能创造心灯吗？"性空微笑着说："你的梦象就是你的心灯。梦象是心光的唯一投射源，心灵就是它投射的无限深远的屏幕。梦象投射到心灵这块屏幕上的是一幅幅心灵图景，梦象是最高智慧，是对人的潜思维、潜精神、潜记忆、潜感性、潜行为等一切'潜'的创造性萃取，它之所以超越时空而存在是因为梦象是最高的实在。每一幅心灵图景就是一盏心灯，因此惠能在《坛经·忏悔第六》中说：'一灯解除千年暗，一智能灭万年愚。''一灯'指的就是心灯，心灯就是梦象之光，可以照彻宇宙，正所谓佛光普照。"孟蝶听了性空这番话，感觉自己的内心通透明亮起来，似乎自己的心灯被性空这个先觉的禅者给点亮了，她兴奋地欣赏着一幅幅禅画，突然她发现一幅《雪中木棉》，这也太不可思议了，刚好妈妈在身边，她好奇地说："妈妈，这幅画太不合逻辑了，你是怎么理解的？"舒畅微笑着说："性空方丈这幅画应该是受到了唐代大诗人、大画家王维的那幅《袁安卧雪图》的启发，在那幅画中，王维竟然将一丛芭蕉画在了雪中，时空发生了严重的错位。性空方丈这幅《雪中木棉》与王维的《袁安卧雪图》中的'雪中芭蕉'画境全都迥出天机，有异曲同工之妙，走的应该是'绕路说禅'的路子。"孟蝶迫不及待地问："性空方丈，您能解释一下什么是'绕路说禅'吗？"性空方丈慈和地说："善哉！善哉！我们翻阅禅宗典籍会发现，禅师们以画喻禅、以书喻禅、以乐喻禅，相当普遍。在他们的笔端，完全看不到任何理性控制的痕迹，这是因为禅是不可言说的，只有采取各种独特的言语策略等'绕路说禅'的方法来曲径通幽，更何况鲜活的本真生命也就是梦象不被一切符号所纠缠，因为一切符号皆由梦象所生啊！"这时禅画馆内佛曲响起，充满了梵籁流舸的禅意，性空不失时机地说："正如这令人沉醉的佛曲，超越了时空的界限，把佛法在世间的传播以言教之外的音乐形式，直叩心灵，直启心性，我们听着禅意十足的佛曲，在洞悉真如的禅画中徜徉，便可直探生命的原象，也就是梦象。"孟周听罢十分感慨地说："是啊，禅宗强调挖掘个性感悟的独特性，提倡'呵佛骂祖'的反传统精神，提倡破除对旧有权威的信仰，这种尊重人的个性、反对传统、不迷信权威的修行精神，不仅帮助中国的艺术家找到了真正的自己，而且也找到了与人生相契合并不断完善自身、与世界和谐相处的方式。"这时，孟蝶若有所思地插嘴问："性空方丈，为什么您可以进入'千一的梦象'，而我却不可以呢？不瞒您说，我非常想像您一样可以进入'千一的梦象'！"性空看了一眼孟周，又看了一眼舒畅，三个人同时笑了起来。性空笑呵呵地说："想进入'千一的梦象'，必须理解惠能在《坛经·般若第二》中提出的'一切即一，一即一切'的思想，理解了这个思想，就会来去自由，心体无滞。"孟蝶仍然不解地问："那么怎么才能理解'一切即一，一即一切'呢？"性空神秘地一笑说："只需要弄懂一个字！"孟蝶沉思片刻突然豁然开朗地说："我明白了！"说完走向另一幅禅画，孟周和舒畅同时问："你明白什么了？"孟蝶回头做了个鬼脸说："不告诉你们！"性空和孟周、舒畅一起会心地笑了。

第十九章

通往梦象的"重玄"之道

千一放学回家，刚走进阊里巷就发现潘古先生曾经卖书的地方围满了人，一个白发老者正举着一个药葫芦兜售仙丹，声称他的仙丹是太上老君亲自炼成的，吃了他的药不仅包治百病，而且可以得道成仙，由于他卖的仙丹奇香无比，吸引了很多人围观。千一也好奇地凑上前，但是由于围观的人太多，她始终不能挤到前面去，一睹老者的尊容。只感觉老者的声音和潘古先生很像，但她无论如何也不敢相信潘古先生会在这里卖什么太上老君炼制的仙丹。可是等围观的人群渐渐散去后，千一才看清，其实那老者就是潘古先生，不过还没等她和潘古先生打招呼，那老者已经悄悄地钻进了葫芦之中。千一一时惊得不知所措，只听见葫芦里那老者喊道："愣着干什么，还不赶紧进来！"千一这才恍然大悟地说："我这就来，潘古先生！"说完她毫不犹豫地钻了进去。钻进去她睁眼一看，惊得她目瞪口呆。只见自己正身处在一个天堂般的世界里，整个世界纤尘不染，就像童话中的梦境。这里到处是千兰古柏，万节修篁，奇花异草，鹤舞凤翔，远处峰峦飘渺，琼楼玉宇若隐若现，到处是瑶草异木、珍禽祥兽，放眼四望，满目烟霞散彩、溪泉流光，山林城宇、宫殿台榭，层峦溢彩、鸟语花香，仿佛都是缭绕升腾的妙气形成的，好一个洞天福地、壶中世界。千一情不自禁地问："潘古先生，这里到处是'乘云气、御飞龙'的神仙，莫非我们在梦里？"潘古先生踩着一块祥云笑呵呵地说："这里是道教仙境。千一，你知道道教吗？"千一点着头说："知道，但不了解。"潘古先生挥了挥手，脚下的祥云飘到一条白练般的瀑布前，他仰望着缭绕的烟波说："得道成仙思想是道教的核心信仰，所谓道教仙境是道教所创立的理想王国，道教对于仙山和仙境的描绘充满了想象力。唐朝大诗人李白就是一位道教信徒，道教对仙境的描述化成了他诗歌的一部分，影响深远啊！比如他的《梦游天姥吟留别》就是一首游仙诗：'青冥浩荡不见底，日月照耀金银台。霓为衣兮风为马，云之君兮纷纷而来下。虎鼓瑟兮鸾回车，仙之人兮列如麻。'想象力非凡啊！"千一几乎听入了迷，不知不觉中，她发现自己也踩在了一块五彩祥云上，大有飘飘欲仙的感觉，她兴奋地问："潘古先生，道教是如何发展起来的呢？"潘古先生盘腿坐在祥云上，一边欣赏着瀑布一边微笑着说："道教兴起于东汉末年，是以神仙不死之道为最高信仰的中国本土固有的宗教。它的前身是黄巾农民起义军领袖创立的'太平道'和割据汉中一带的军阀张鲁的祖父张陵创立的'五斗米道'，正因为如此，张陵也叫张道陵。由于'太平道''五斗米道'都奉《老子》五千言为教经，便与道家结合在一起了。到了两晋之后，'太平道''五斗米道'以及后来由'五斗米道'衍化出的'天师道'由葛洪、陶弘景、寇谦之等人改革成以炼金丹求仙术为主的金丹道教。它用神仙不死之道吸引信仰者，通过对神仙境界的美好描述，劝人通过道德品行的修养和养生修炼而长生成仙，最终摆脱生命困境，达到理想境界，获得生命永恒。为此，道教经典《太上洞玄灵宝无量度人上品妙经》简称《度人经》，把整个无限宇宙划分为欲界、色界、无色界，同时又把宇宙划分为光明与黑暗两部分。光明的部分称之为'天'，按东南西北四个方位划分，每方为八重天，合为三十二重天。但是成玄英在对《度人经》进行诠解注释时，认为宇宙的无限整体应划分为三十五重天，也就是欲界六天、色界十八天、无色界四天、种民四天和三清天。"千一不解地问："什么是'种民四天'和'三清天'？"潘古先生解释说："'种民四天'是指欲界、色界、无色界二十八天以上的四天。只有修道者才能成为'种民'。'三清天'是道教所称最高神——元始天尊、灵宝天尊、道德天尊所居的最高天界。由高往低依次为玉清天、上清天及太清天。成玄英认为北斗七星中的玄冥、真人、天关三台北斗星主宰着三清天，他将星宿和'种民四天'、三清天加以紧密结合，对道教的天堂世界进行详尽的阐发。"千一追问道："潘古先生，成玄英是谁？他对中国哲学的贡献是什么？"潘古先生手捋白须笑呵呵地说："成玄英是初唐时期杰出的道教思想家，《新唐书·艺文志》是这样记载他的：'道士成玄英注《老子道德经》二卷，又《开题序诀义疏》七卷，注《庄子》三十卷，《疏》十二卷。'并在这条后附注：'玄英，字子实，陕州人，隐居东海。贞观五年，召至京师。永徽中，流郁州。书成，道王元庆遣文学贾鼎就授大义，嵩高山人李利涉为序，唯《老子注》《庄子疏》著录。'意思是说，成玄英，字子实，陕州人，贞观五年，也就是公元631年，成玄英走入了历史。这一年，他因学识出众，被唐太宗李世民征召到长安。在京中，成玄英住于西华观，唐太宗赐封号'西华法师'。唐高宗永徽年间获罪流放到郁州。后在此著书立说。成玄英对《老子》《庄子》推崇备至，并致力于注疏。"千一插嘴问："皇帝为什么要征召一个道士呢？"潘古先生解释说："言高祖李渊和太宗李世民本来有鲜卑血统，却自称是老子李耳的后裔。李唐政权建立后，制定了儒释道'三教并尊，以道为大'的政策，下令在皇家仪式上，男女道士走在僧尼前面。由于道在释先，所以引起了佛教方面的强烈抵制。虽然皇帝特别偏袒道教，但是唐太宗并没有简单地用强权贬斥佛教，而是采取了扶持道教在理论上不断提升完善，并且通过佛道理论上的高下争论，迫使佛教在现政权面前退缩的温和方式，从而达到削弱佛教力量巩固李唐政权的目的。成玄英引起唐太宗的注意，说明成玄英在当时的道教思想文化阵营中享有极高的宗教地位和社会声望，可以凭借道教思想代言人的身份与佛教在理论上一较高下。与成玄英同时代的佛教大家道宣在他所撰的《续高僧传》和《集古今佛道论衡》两部书中记载了成玄英与佛教高僧的两次论战：一次是贞观十年，成玄英、蔡子晃等'道门新秀'与僧人慧净论战；一次是贞观二十一年，唐太宗下令翻译《道德经》为梵文，成玄英奉旨参与翻译，与取得印度佛教最高成就的玄奘法师就如何译'道'产生了激烈的争论。"千一赞叹道："能与玄奘法师论战，太不简单了，这说明成玄英不仅精通道教思想也精通佛教思想，而且还懂梵文。"潘古先生点点头说："是啊！可是唐高宗永徽年间，大约是公元650年到公元655年，成玄英被流放到郁州。要知道当时被流放是仅次于死刑的重罪啊！"千一不解地问："成玄英到底犯了什么罪呢？"潘古先生皱起眉头说："据考证，成玄英著有《周易流演穷寂图》一书，他在这部著作中预言国家吉凶不幸言中，引起高宗震怒，因此获罪被流放到郁州。郁州离东海很近，此后成玄英隐居在东海，潜心完成了《庄子疏》。大约在《庄子疏》完成之后，唐太宗的儿子道王元庆派遣文学贾鼎跟从他学习，嵩高山人李利涉还为《庄子疏》作序。成玄英的主要著作有《老子注》二卷、《老子开题序诀义疏》七卷，注《庄子》三十卷，《疏》十二卷。成玄英完整保留下来的著作有《老子义疏》《庄子疏》。部分保留的著作有《老子道德经开题》《度人经义疏》，散佚的著作有《周易流演穷寂图》《老子道德经序诀义疏》。"千一好奇地问："潘古先生，郭象著有《庄子注》，成玄英又著有《老子义疏》《庄子疏》，'注'与'疏'有什么不同呢？"潘古先生微微一笑说："成玄英的《庄子疏》是在吸收晋代郭象《庄子注》思想的基础上完成的。无论是'注'还是'疏'都是中国古代解释经典的传统文体，'注'专门解释经典的正文，'疏'既解释经典的正文，又解释前人的注。"千一若有所思地问："潘古先生，既然成玄英是道教思想家，又有《老子义疏》《庄子疏》这样的著作传世，那么他是如何解释'道'的呢？"潘古先生笑了笑说："成玄英在《老子义疏》中说：'道以虚通为义，常以湛寂得名，所谓无极大道，是众生之正性也。'意思是说，道的要义是虚通，常以清澈宁静形容它。所谓无极大道，就是指芸芸众生的普遍同一性。所谓'正性'讲的是所有生命存在的本然之性。因此成玄英在《庄子·秋水疏》中也说：'道者，虚通之妙理，众生之正性也。'道讲的是虚通的妙理，芸芸众生的本然之性。所谓妙理，强调的是道的神奇与永恒。成玄英以'无极'强调了道的无限性。道并不是一种具体的存在物，而是一种关于虚通的妙理，是一种'理'。他在《庄子·知北游疏》中更清楚而又直接地说：'至道，理也。''道'就是'理'。但这个'理'并不是什么真理，而是创造、主宰宇宙万物生成、存在、变化的伟大法则，是宇宙生生不息的能量源泉。如此一来，道便以'妙理'与'正性'作用于'众生'，作为宇宙万物之源，化生万物。为此，成玄英在《老子义疏》中指出：'至道幽微，非愚非智。升三清之上，不益其明；坠九幽之下，不加其暗，所谓不增不减。'他认为，无极大道深奥精微，没有智与愚的人格属性，无论是上升到'三清之上'，还是坠落到'九幽之下'，明与暗不会发生变化，道体始终不增不减。"千一思索着问："道体虽然不增不减，但是道体应该有大小之分吧？"潘古先生淡然一笑解释说："成玄英在《庄子·秋水疏》中说：'道者，虚通之妙理；物者，质碍之粗事。而以粗视妙，故有大小，以妙观粗，故无贵贱。'也就是说，道讲的是虚通的妙理；具体事物是阻碍虚通之妙理的'粗事'。从粗事的视角视察妙理，具体事物也就是'质碍'在存在状态上有大小之分，但无不是本体之道的反映；从妙理的角度视察具体事物，也就是'质碍'的存在状态，事物没有贵贱的区别。也就是说，具体事物的存在状态与本体之道具有主从关系，所以才让我们在价值评价上产生了'大小'的判断。"千一又问："潘古先生，道不增不减，无大无小，那么它是如何存在的呢？"潘古先生耐心地说："关于道是如何存在的，成玄英在《老子义疏》中解释'大象无形'时讲得颇为清楚：'大道之象，象而无形，无形而形无形也，离朱视之，莫见其形也。色象遍乎虚空，欲明既有而无。'所谓'大道之象'指的是宇宙本体，也就是梦象。成玄英认为，大道之象飘渺宏远，根本无法用语言描绘它的形状，只能用无形姑且形容它，即使是传说中视力极强的离朱观察它，也不能看见道的存在。万物的形貌遍布宇宙空间，便可以说明'有'本身是虚幻的，似有实无，从而道破了道的独特存在方式。因此成玄英在《老子义疏》中说：'至道深玄，不可涯量，非无非有，不断不常。'讲的是道存在的特点，精深微妙的道深奥玄远，具有无限性，不是无也不是有，更不是断见和常见。所谓常见，认为色、受、想、行、识等五蕴是恒常不变的；所谓断见，认为五蕴是灭后不再起的。从道独特的存在方式看，'至道'因其'非无非有，不断不常'的绝对性、永恒性，超越了'有无相生'的思想，远离了感性表象，而越来越接近梦象。道不可以具体的规定，却是绝对的存在，并非具体事物又不能孤立于具体事物之外。对此，成玄英在《老子义疏》中强调：'道外无物，物外无道。''道'通过'物'来表现，'物'不离'道'，'道'与'物'是不可分割的统一体。"千一颇感兴趣地问："潘古先生，成玄英非有非无的理论根据是什么呢？"潘古先生笑着说："当然是'诸法空幻'了。因此他在《庄子·齐物论疏》中说：'诸法空幻，何独名言！是知无即非无，有即非有，有无名数，当体皆寂。'认知了'诸法空幻'的道理自然也就知道无就是'非无'，有就是'非有'，'有无'不过是指称而已，其实体是空寂的。"千一继续问："那么道可以想象吗？"潘古先生摇了摇头说："成玄英在《庄子·天运疏》中说：'道非心识，故谋虑而不能知；道非声

319

色，故瞻望而不能见；道非形质，故追逐而不能逮也。'也就是说，道不是妄想，所以靠谋虑是不能深知的；道不是声色，所以靠远望是看不见的；道无形无象，所以是无法追逐的。"千一好奇地问："那么成玄英是如何认识道的呢？"潘古先生望着眼前的瀑布深沉地说："'无心'。"千一懵懂地问："无心？如何做到无心？"潘古先生认真地说："关于什么是'无心'，成玄英在《庄子·刻意疏》中有明确的回答：'凝神静虑，与大阴同其盛德；应感而动，与阳气同其波澜；动静顺时，无心者也。'就是说，集中精神，祛除心中所有杂念，让心浸润在静谧之中，心静得如大地的崇高品德；心动时随感而应，随阳气起伏而动；动静适时便是无心。"千一若有所思地说："我明白了，成玄英的意思是说，心的动静要顺应阴阳的自然运行，静如阴，动如阳，心以静应动，心的应感而动最终也要回复到静，这样才叫合乎时宜，才叫无心，对不对？"潘古先生笑呵呵地说："你理解得很对，正因为如此，成玄英在《庄子·刻意疏》中才说：'纵使千变万化，而心恒静一。''心恒静一'便与道冥合，所以像道一样不生不灭而无极。成玄英明确肯定了心与道的同一性。他在《庄子·知北游疏》中直截了当地说：'夫运载万物，器量群生，港被无穷而不匮乏者，圣人君子之道。此而非远，近在内心，既不籍禀，岂其外也！'意思是说，圣人君子之道，可以运载万物，包容一切生灵，恩惠无穷而从不匮乏。这种道离我们并不远，它就在心内，用不着向外去求。也就是说，心外无道，'无心'是一种纯粹的内在性，只有把'恒静'之心放在首位，深入心灵，才能与宇宙共思，而不是去思考宇宙，才能应感而动地进入梦象世界。为此，成玄英在《庄子·则阳疏》中明确指出：'夫情苟滞于有，则所在皆物也；情苟尚无，则所在皆虚也；是知有无在心，不在乎境。'修道之人，假如执着于有，那么看到的都是物；修道之人假如执着于无，那么看到的都是虚无；所以外物的有无，并非取决于外境的是否存在，而是由心来觉得的，这就是说，境物的状况如何，是由心的状态如何来决定的。"千一插嘴问："既要做到'无心'，又要由心的状态来决定，这不是自相矛盾吗？"潘古先生耐心地说："无心并不是心的消失，而是虚心、忘心。正如成玄英在《庄子·人间世疏》中所讲：'唯此真道，集在虚心。故如虚心者，心斋妙道也。'虚心强调的是心的虚忘，心不仅要忘是非，而且要忘

\ 千 \ 一 \ 的 \ 梦 \ 象 \

掉外境的一切，只有这样，方可得到'无心之心'。"千一似有所悟地说："我明白了，无心就是忘心，忘心并不是不要心，而是忘却与心无关的一切，可是怎样才能做到忘心呢？"潘古先生和蔼地说："成玄英在《庄子·大宗师疏》中提到的方法叫'三绝'。他说：'一者绝有，二者绝无，三者绝非有非无，故谓之三绝也。夫玄冥之境，虽妙未极，故至乎三绝，方造重玄也。'意思是说，一要否定有，二要否定无，三要否定非有非无，所以叫'三绝'。玄冥之境虽妙，但并未达到'三绝'，只有达到'三绝'，才能进入重玄。"千一不解地问："潘古先生，重玄是什么意思？"潘古先生解释说："'重玄'这个概念是在对《老子》'玄之又玄'一语进行重新阐释的基础上形成的。你还记得《老子》首章开篇是怎么说的吗？"千一点了点头说："记得，'道可道，非常道；名可名，非常名。无名天地之始，有名万物之母。故常无欲，以观其妙，常有欲以观其徼。此两者同出而异名，同谓之玄，玄之又玄，众妙之门。'"潘古先生欣慰地说："背得不错，不过，还能说清楚这段话的意思吗？""能，"千一十分自信地说，"这段话的意思是说，凡是可以言说的道，都不是永恒的道；凡是可以叫得出的名，都不是永恒的名。'无'可以用来表述天地混沌未开之际的状况；而'有'，则是宇宙万物产生之本原的命名。因此要常从永恒不变的'无'中去观察领悟道的奥妙；要常从普遍存在的'有'中去观察体会道的运行。无与有这两者，是同一来源而称谓不同，都可以称之为玄妙，它不是一般的玄妙、深奥，而是玄妙又玄妙、深远又深远，从有的玄妙达到无的玄妙，这正是通往宇宙间一切神秘的门径。我理解得对不对，潘古先生？"潘古先生点着头说："不错不错，老子的这番话告诉我们，道是玄妙莫测的，是有和无二者的统一。道具有本原性，是化育万物、统摄万物的总根源。也正因为如此，'玄之又玄'便成了理解老子'道'的本质的关键。那么什么是'玄'？什么是'又玄'？对此，成玄英在《老子义疏》中是这样解释的：'有欲之人，唯滞于有；无欲之士，又滞于无。故说一玄，以遣双执。又恐学者滞于此玄，今说又玄，更去后病。既而非但不滞于滞，亦乃不滞于滞。此遣之又遣，故曰玄之又玄。'意思是说，凡夫只执着于有，不能认识到有的虚幻不实；修道有了小成的人，虽然认识到万物虚无的本质，但又执着于无，不但不能做到无为，就连高于万物的绝对真常之道也未能理解。因此所谓'一玄'就是既遣出有，也遣出无。这样就达到了非有非无的'一中'之道。'一玄'虽然否定了有无，但成玄英认为还不够，他担心一些学者执着于'一玄'，于是又用'又玄'彻底否定'一玄'，除去对'一玄'的执着。如此一来，不仅不再执着，而且同样不执着于不执着，这就是否定再否定，所以叫玄之又玄。"千一斟酌着说："潘古先生，是不是应该这么理解，既不执着于有，也不执着于无，叫作'玄'或'一玄'，而不执着于'玄'或'一玄'，叫作'又玄'或'玄之又玄'，难道重玄就是玄与又玄的简单叠加吗？"潘古先生摇着头说："不是的，关于什么是重玄，成玄英在《老子义疏》中是这么定义的：'玄者，深远之名，亦是不滞之义，言至深至远不滞不着，既不滞有又不滞无，岂唯不滞于滞，亦乃不滞于不滞，百非四句，都无所滞，乃曰重玄。'他说，所谓玄，既有深远的意思，又有不执着的含义。就是最深最远不执着无挂碍。既不执着于有，也不执着于无。何止不执着于执着，同样不执着于不执着。所谓'四句'，指的是'有''无''亦有亦无''非有非无'；所谓'百非'，就是一切皆非。在成玄英看来，佛教的这些观点还停留在道家所谓'一玄'的范围，只有对'百非四句'都无所执着，才叫作'重玄'。成玄英用'玄'否定了有无，也就是非有非无，这叫作'双非'，但他觉得还不够，还有所滞，必须将'玄'本身也要'遣之又遣'，只有这样，才能彰显重玄之理。于是他在《老子义疏》中说：'前以无名遣有，次以不欲遣无，有无既遣，不欲还息。不欲既除，一中斯泯。此则遣之又遣，玄之又玄，所谓探幽索隐，穷理尽性者也。'先是用'无名'否定有，接着用'不欲'否定无，有无全都被否定，'不欲'才会被根除。'不欲'既然被根除，'一中'也就是'一玄'或'前玄'才会被遣除，这就是遣之又遣、玄之又玄，正所谓探究深奥的道理，探索隐秘的事情，穷究万物的根本原理，彻底洞明众生的本性。"千一插嘴问："潘古先生，如果说'玄'是'非有非无'，那么'重玄'就是'非非有非无'，也就是说'重玄'就是'非玄'，我这么理解对不对？"潘古先生欣慰地笑道："完全可以这样理解，只有经过三绝，双非双遣，才会获得重玄道果啊！"千一若有所思地说："我记得郭象在《庄子注》中也说过和成玄英类似的观点，他说：'既遣是非，又遣其遣，遣之又遣之，以至于无遣。然后无遣无不遣，而是非自去矣．'这是不是成玄英关于'三绝'、双非双遣思想的来源呢？"潘古先生微笑着点了点头说："的确如此，成玄英认为郭象这句话非常符合'重玄'的含义，因此，他在《庄子疏》中说：'此则遣于无是无非也，既而遣之又遣，方至重玄也．'一直要遣到无是无非，而且还要继续遣，由无不遣遣到无所遣，连自身也要遣除，只有这样才能找到非有非无的重玄之道。他还用药和痛的关系说明'遣之又遣'的道理。他在《老子义疏》中说：'前以一中之玄，遣二偏之执，二偏之病既除，一中之药还遣。唯药与病一时俱消，比乃妙极精微，穷理尽性．''一中'就是对一切都持否定的态度，也就是无不遣，先是无不遣，既遣无也遣有，执着于有无的病根除去后，再遣去'一玄'本身这味药。药用于治病，治愈后药就没用了，所以药也当遣去，这就是妙极精微、穷理尽性的重玄之道。只有如此彻底地否定，不执着于任何东西，才能达到心灵的绝对自由，这便是自然。成玄英在《老子义疏》中说：'自然者，重玄之极道也。欲明至道绝言，言即乖理，唯当忘言遣教，适可契会虚玄也．'也就是说，心灵的绝对自由，就是重玄的高深玄妙的境界。想体悟这种境界就必须遣忘语言、概念、逻辑，动用语言、概念、逻辑等思维工具，便会背离这种境界。只有当遣忘语言、概念、逻辑、知识、理性等思维工具之后，才可以体悟重玄之境的虚幻玄妙，才可以开启众妙之门。正如成玄英在《庄子·大宗师疏》中所说：'三绝之外，道之根本，所谓重玄之域，众妙之门．'道就是梦象，梦象在'三绝之外'。什么是'众妙'？当然是绝对自由的心灵所呈现的层出不穷的心灵图景，成玄英把'三绝之外'叫作'至道之境''重玄之域''重玄之乡''重玄至极之乡''众妙之门'，其实就是梦象王国。"千一听罢豁然开朗地说："潘古先生，我明白了，庄子在讲'庖丁解牛'的故事时说：'以神遇而不以目视，官知止而神欲行．'我觉得这句话很适合体悟重玄之道。"潘古先生赞许地点了点头说："是啊，只有排除一切内在外在的干扰，才可能进入自由的心灵啊！"这时，一只美丽的凤凰从霞光中飞过，千一见了激动得手舞足蹈，说："潘古先生，那只凤凰太美了，太美了！"潘古先生笑呵呵地问："喜欢吗？"千一兴奋地说："太喜欢了！"潘古先生不慌不忙地说："喜欢就让它送你回家吧！"千一几乎不敢相信自己的耳朵，情不自禁地问："真的吗？"潘古先生一挥手，那只美丽的凤凰飞到两个人的身边落在一朵祥云上，潘古先生慈眉善目地说："上去吧，千一。"千一将信将疑地走到凤凰身边，潘古先生又一挥手，千一就坐在了凤凰的背上，还未等她说再见，凤凰已飞入五彩霞光之中。

　　刚吃过晚饭就有人按门铃，孟蝶蹦蹦跳跳地跑到院子里开门，来访的原来是阙里巷的邻居著名中医孙善究。孟蝶拉着孙伯伯的手，兴冲冲地喊道："爸爸妈妈，孙伯伯来了！"孟周和舒畅一听来访者是孙善究，连忙迎出来将他请进客厅，孙善究一进屋便拿出自己刚刚出版的大作《孙善究药方墨宝集》递给孟周夫妇，请他们雅正。孟周接过书一边翻看一边赞不绝口地说："早就知道，善究兄诗、书、医三绝，今日一见果然名不虚传啊！"舒畅也从丈夫手中接过书一边翻看一边赞许道："自古医坛多书家，善究兄，你这部书既是一部珍贵的中医学文献，又是一部难得的书法作品集呀！"孙善究谦虚地说："舒畅，我的书法比起你的兰法可是相形见绌啊！我就是写字而已，而你的兰法是从你的心灵世界独化而生的梦象，已达重玄之妙境，怕是孟周这位大画家笔下的线条也望尘莫及啊！"还未等舒畅回应，孟蝶迫不及待地插嘴说："孙伯伯，这么说，我要想理解重玄妙境多看妈妈的兰法就可以啦，对不对？"孙善究和蔼地说："当然可以了！但是你知道'重玄'的最高特征是什么吗？"孟蝶一头雾水地问："是什么？"孙善究笑呵呵地说："是自然。所以成玄英才在《老子义疏》中说：'自然者，重玄之极道也。'那么什么是自然呢？当然是心灵的自由。你妈妈笔下的兰法创造了一个梦一般的宇宙形式，通过线呈现潜意识、无意识的秘密，实现了物我之间的相互交融，实现了对玄的扬弃与超越，在一种逍遥无碍的状态中创造了重玄之美。不简单、不简单啊！"舒畅听罢不好意思地说："善究兄过奖了！孟蝶，还不快请你孙伯伯坐！善究兄，您请坐，我去沏茶。"说完去了厨房，孟蝶连忙请孙伯伯坐，孟周也一同坐下后颇有同感地说："善究兄，您刚才的一番话对我很有启发，想不到重玄之道是从潜意识、无意识里生发出来的，如此说来，无心就是无意识或者说是非意识，当然这种无心并不是无缘无故发生的，而是以'三绝''双遣双非'为来由、为过程、为前提的。"孙善究点了点头说：

"你这个观点我赞同。无心或者无意识与心或者意识是有关联的，所谓'三绝''双遣双非'无非就是意识的排除和沉积，无心之心并非完全不可捉摸，它与意识的努力是分不开的，所以人的自然化便是意识向无意识或非意识努力的结果，是无意识或非意识的厚积薄发。"孟蝶听得似懂非懂，追切地问："爸爸，您能举例说明无心之心吗？"孟周思索片刻，微笑着说："就拿国画来说吧，留白就是无心之心的妙用。留白显示了极致的静，空旷无言的美，就是不知其然而然的无意识。正如成玄英在《老子义疏》中所说的：'既外无可欲之境，内无能欲之心，心境两忘，故即心无心也。'既没有外界声色的干扰，也没有向往声色之心，心境两空，就是无心之心。留白让我们体悟的便是心空、境空之妙，特别是水墨留白，虚实相生，惜墨如金，计白当墨，于方寸之间勾勒出宇宙天地，于无画之处凝眸成通往梦象的重玄之道。"孙善究接过话茬说："这个例子举得好，其实宇宙就存在于我们心灵深处，否则，我们无法理解成玄英在《庄子·德充符疏》中所说：'物我双遣，形德两忘，故放任乎变化之场，遨游于至虚之域也。'只有否定主观、客观，忘掉世间已有的存在和德行，才可唤醒心觉，没有心觉，便无法认识'变化之场''至虚之城'。其实'变化之场''至虚之城'便是通往梦象的重玄之道。"孟蝶若有所思地问："孙伯伯，'三绝之外'是不是就是心灵之内呢？"孙善究慈和地说："所谓'三绝之外'也就是'六合之外'，成玄英在《庄子·齐物论疏》中称之为'重玄至道之乡'，当然就是心灵之内了。他在《庄子·大宗师疏》中说：'夫道，超此四句，离彼百非，名言道断，心知处灭，虽复三绝，未穷其妙，而三绝之外，道之根本，所谓重玄之域，众妙之门。'在成玄英看来，体悟道必须遣掉有、无、亦有亦无、非有非无，否定掉一切该否定的，不执着于语言概念，不执着于自己的心和思想，三绝本身，不能穷尽道的玄妙，只有在三绝之外，才可体悟道的根本，才可洞见重玄之域、众妙之门。这说明重玄妙理根本不在经验世界中呈现，以至于'三绝'也未穷其妙，重玄之域的至道之乡只在'三绝之外'。"孟蝶追问道："孙伯伯，重玄妙理根本不在经验世界中呈现，那么如何才能超越经验世界呢？"孙善究耐心地说："可以通过无心之心凝神而自得，其实虚静、坐忘、心斋、无心都是为了忘掉是非、忘掉有无、忘掉智慧、忘掉理性、忘掉'三绝'，用无心之心凝注于心灵图景之上，以心觉观照梦象，用自己对内宇宙的心灵感受去体悟重玄之境，在无限中直觉，你会发现万物来自空寂又在自由或自然中激活空寂。由于梦象，现实世界的一切限制都不存在了，只有身与心的无限自由。成玄英就是用他的直觉、非理性、潜意识、无意识、心灵感应、足性逍遥、梦境来构建他的重玄妙境的。在他的心目中，每一个意识都通过'三绝''境智两忘'的努力而从世间的种种束缚中飞升，神游于天地之间，逍遥于重玄之境。"孟周也颇有同感地说："善究兄，我对你说的神游太有感触了，神游就是在梦象王国旦逍遥，可以随时感觉到无心之心的脉搏在跳动，成玄英正是由于切准了元心之心的脉搏，才成就了其独特的重玄之境啊！"孟蝶兴趣十足地问："爸爸，您说的神游是不是千万不要将自己的心放入笼子里，要给心灵插上理想的翅膀，让心像做梦一样天马行空地飞翔？"孟周微笑着说："女儿甪这么理解，爸爸很欣慰，梦象就是无心之心生出的魔法、诗法。艺术家可以将这些魔法、诗法转化为哲学。所谓心灵的元素，大多是艺术家想象出来的秘密。这些秘密之所以动人就在于它的魔性、诗性不可解释。"孙善究附和道："是啊，就拿中国画来说吧，什么是气韵生动呢？我个人认为就是画面充满了不可解释的魔性、诗性，充满了无意识的无心无为。什么叫无意识的无心无为？就是成玄英讲的不知其然而然。因此成玄英在《庄子·山木疏》中说：'夫自然者，不知所以然而然，自然耳，不为也，岂是能有之哉！若谓所有，则非自然也。故知自然者性也，非人有之矣。'也就是说，自然，我们根本不知道它为什么是这个样子，但它就是这个样子。什么意思呢？意思就是说，自然虽然存在但不可认识，也不可解释。自然就是无为，根本没有目的性，又怎么可能是'有'呢？如果说是有，就不是自然。自然是道的本性，是不可以被人为的因素增减的。也就是说，一旦违背了'不知所以然而然'和'不为'，就与自然的本质存在是对立的。自然就是无心之心的原象，只有无心、无为，才会有变化无穷的可能性。有心便设定了界限，即使变化也是很有限的，只能变形状、变状态而已。比如书法便被有心设定了界限，而兰法恰恰突破了这种人为的设定，每一条线都充满了不可解释的魔性、诗性。艺术就是用无心感应脑海中一闪而过的幻境，体悟那些在心灵深处独化自生的心灵图景，那些似梦非梦的梦象。其实无论是哲学还是艺术都是通过诠释宇宙而创造宇宙的。如果我们有足够的勇气去怀疑，或许会通过重玄之道而揭示关于梦象的众多秘密。"孟蝶插嘴问："孙伯伯，'无心感应'是一种动，还是一种静呢？"孙善究和蔼地说："'无心'是静，'感应'就是动，无心感应是'动寂相即'。成玄英在《庄子·齐物论疏》中说：'动寂相即，冥应一时，端坐寰宇之中，而心游四海之外矣。'也就是说，动静相互依存统一，便会有'神遇'的感应，一个人静坐在那里，心的活动却在无限空间遨游。这是动静合一的最好诠释。其实'自然者性也'这个命题内涵很复杂，用成玄英在《庄子·天道疏》中的话说就是：'虚静恬淡寂漠无为，四者异名同实者也。叹无为之美，故具此四名。'虚静、恬淡、寂漠、无为，这四者虽然说法不同，但讲的都是无为之美啊！"孟周接过话茬说："是啊，正如成玄英在《老子义疏》中所说：只有'心神凝寂，故复于真性。'心神安宁虚静，才可以复归真性啊！也正因为如此，他在《庄子·天地疏》中才明确讲：'夫心驰分外，则触物参差；虚夷静定，则万境唯一。故境之异同，在心之静乱耳。'心神向往外界，那么所接触的境物便感觉各不相同，心动必与境相合，但是心若清虚静定，便对千万境界不再执着，一切都在无心中去实现，所以说，心的静与动决定境的同与异。"孟周说到这儿，舒畅端着果盘进来了，她将果盘放在茶几上，刚要转身去厨房取泡好的茶，孙善究笑呵呵地说："舒畅你别忙活了，你最近有没有新创作的兰法作品，我要先睹为快呀！"舒畅莞尔一笑说："最近还真创作了几幅，都是'应感而动'之作，也不知能不能入善究兄的法眼。"孙善究目光炯炯地说："应感而动好啊！你笔下的线条哪一根不是应感而动创作出来的？孟蝶，你不是对'重玄之道'感兴趣吗，那就多看看你妈妈创作的兰法，每一笔都与造物主争神奇啊！"孟蝶自豪地说："我也觉得我妈妈创作兰法时可以与'庖丁解牛''梓庆为鐻'相媲美！"孙善究笑呵呵地说："那还不领孙伯伯快点去欣赏！"孟蝶心领神会地拉起孙善究就往妈妈的工作室走，孟周和舒畅相视一笑，也一同跟了过去。

第二十章

张心灵图景，载梦象光辉

　　秦小小家住在张载巷，千一和刘兰兰为秦小小补完课从他家走出来后，刘兰兰突然问千一："你知道张载是谁吗？"千一一下子被问住了，因为她对张载一无所知，她反问刘兰兰："你知道张载是谁吗？"刘兰兰的头摇得跟拨浪鼓似的。于是千一往秦小小家里打电话，问秦小小："你家住在张载巷，你天天出入张载巷，一定知道张载是谁，能给我讲一讲张载吗？"千一万万没有想到，住在张载巷的秦小小竟然对张载一无所知。

　　和刘兰兰分手后，带着"张载是谁"的问题，千一回到家里问妈妈，没想到妈妈知道的也不多，只告诉千一，张载是中国北宋时期一位重要的思想家，曾经说过"为天地立心，为生民立命，为往圣继绝学，为万世开太平"的名言，至于张载的身世、学术思想等等，妈妈也说不太清楚。

　　夜里，千一梦见一扇古朴沧桑的老门，门匾上写着三个中正的大字"致中和"，她和潘古先生学习过"四书"，知道这三个字出自《中庸》。在梦中，她能感受到那扇老门后面蕴藏着一种非常神秘的东西，但究竟是什么，她用语言难以形容。她一晚上都试图推开那扇老门，但是怎么推也推不动。早晨起床后，那个梦仍然在脑海中缠绕，因此她决定将那扇老门画下来。

　　每个周末，妈妈都要抽空去看望爷爷奶奶，本来千一也想和妈妈去，但是昨夜梦到的那扇老门搅得她心神不宁，因此，吃过早饭后，她便把画架支在了院子里。妈妈见女儿要画画，没有打扰她，一个人开车走了。

　　由于昨夜梦到的那扇老门非常清晰，千一凭着记忆很快便画出来了。就在她心满意足地欣赏着自己画作的时候，她突然发现刚刚画完的那扇老门虚开了一道门缝，而且从门缝中还射出来一束光。她一时不敢相信自己的眼睛，于是睁大双眼向前探着身子想看个究竟，不承想，那束光竟然刺得她睁不开眼睛。这时她揣在裤兜里的龟甲片说话了："干吗不推门进去呢？"千一试探着问："可以吗？"龟甲片毋庸置疑地说："那道门缝就是为你打开的。"千一将信将疑地用手推了推画中的老门，只听见吱扭一声，老门竟然被她推开了，她又惊又喜毫不犹豫地跨过门槛，竟然走进了自己画的那扇老门。

一跨进那扇老门，千一便站在了一座巍峨雄伟的大雄宝殿前，眼前坐满了书生和小官吏，甚至还有远离世俗的和尚。她站在人群后面往前看，只见一位老者白眉白须，仙风道骨，身着一身白色交领长袍，坐在虎皮椅讲台前，正和风细雨地侃侃而谈。其实不用看，听声音，千一就知道，坐在虎皮椅上讲学的老者是潘古先生。她小声地问身边的和尚："请问师父，这儿是哪里？"和尚轻声回答："这里是京城汴梁的大相国寺。"千一这才恍然大悟，原来自己这一迈腿竟然跨进了大宋王朝。这时，只听见潘古先生讲道："既然大家这么想了解张载，那么我就详细介绍一下他。关于北宋大思想家张载的史料除了几百字的《宋史·张载传》，就是千字左右的《横渠先生形状》，而《宋史·张载传》大致是根据张载弟子吕大临所作的《横渠先生形状》节略而来的。从中大致可以看出张载生平的主要事迹、一生治学的历程。张载生于宋真宗天禧四年，也就是公元1020年，当时他的父亲张迪是涪州知州，之所以给他取名为'载'，是因为父亲希望他长大以后成为'厚德载物'的君子。张载十五岁时，父亲病故于涪州知州任上，为了把父亲的尸骨运回原籍大梁安葬，张载和母亲及弟弟妹妹一起护送灵柩越巴山、奔汉中、出斜谷，一路奔波。但行至郿县横渠镇时，由于前方发生战乱，盘缠也花光了，迫于无奈，只好将父亲安葬在横渠镇南八里的大振谷迷狐岭上，他要在这里守孝三年，于是全家也就定居在横渠镇了。定居在横渠镇后，他奉母教弟，半耕半读，完全挑起了家庭的重担。接下来，《宋史·张载传》是这样介绍的：张载，字子厚，长安人。少喜谈兵，至欲结客取洮西之地。年二十一，以书谒范仲淹，一见知其远器，乃警之曰：'儒者自有名教可乐，何事于兵。'因劝读《中庸》。载读其书，犹以为未足，又访诸释、老，累年究极其说，知无所得，反而求之

《六经》。尝坐虎皮讲《易》京师，听从者甚众。一夕，二程至，与论《易》，次日语人曰：'比见二程，深明《易》道，吾所弗及，汝辈可师之。'撤坐辍讲。与二程语道学之要，涣然自信曰：'吾道自足，何事旁求。'于是尽弃异学，淳如也。举进士，为祁州司法参军、云岩令。政事以敦本善俗为先，每月吉，具酒食，召乡人高年会县庭，亲为劝酬。使人知养老事长之义，因问民疾苦，及告所以训戒子弟之意。熙宁初，御史中丞吕公著言其有古学，神宗方一新百度，思得才哲士谋之，召见问治道，对曰：'为政不法三代者，终苟道也。'帝悦，以为崇文院校书。他日见王安石，安石问以新政，载曰：'公与人为善，则人以善归公；如教玉人琢玉，则宜有不受命者矣。'明州苗振狱起，往治之，未杀其罪。还朝，即移疾屏居南山下，终日危坐一室，左右简编，俯而读，仰而思，有得则识之，或中夜起坐，取烛以书。其志道精思，未始须臾息，亦未尝须臾忘也。敝衣蔬食，与诸生讲学，每告以知礼成性、变化气质之道，学必如圣人而后已。以为知人而不知天，求为贤人而不求为圣人，此秦、汉以来学者大蔽也。……吕大防荐之曰：'载之始终，善发明圣人之遗旨，其论政治略可复古。宜还其旧职，以备谘访。'乃诏知太常礼院。与有司议礼不合，复以疾归，中道疾甚，沐浴更衣而寝，旦而卒。贫无以敛，门人共买棺奉其丧还。翰林学士许将等言其恬于进取，乞加赠恤，诏赐馆职半赙。载学古力行，为关中士人宗师，世称为横渠先生。著书号《正蒙》，又作《西铭》。程颐尝言：'《西铭》明理一而分殊，扩前圣所未发，与孟子性善养气之论同功，自孟子后盖未之见。'学者至今尊其书。嘉定十三年，赐谥曰明公。淳祐元年封郿伯，从祀孔子庙庭。意思是说，张载，字子厚，长安人。少年时代喜欢兵学，甚至和同窗好友们一起组织了一支几百人的民团，雄心勃勃地准备和西夏兵大干一场，夺回被西夏侵占的洮西失地。二十一岁那年，他向当时担任陕西经略安抚副使的范仲淹上书，提出向西夏用兵的方略。范仲淹一看就知道他是一个有远大抱负的人，于是勉励他说：'儒学之士研读名教学问是最愉悦的，何必非要热衷于军事呢？'范仲淹的意思是说，报效国家的方法很多，不一定非要驰骋疆场。他认为张载如果弃武从文，一定可成大器。说完范仲淹从书架上抽出一本《中庸》递给张载，建议他好好研读。大家请注意，这是张载一生的重要转折点，从此，他开始了对宇宙和人生根本意义的追寻。从那儿以后，张载阅读了大量儒家经典，但还不满足，又游历了许多名山大川，遍访名家，寻佛访道，长年累月地探究佛、道之学，终于发现佛、道之学无益于成就他的学术抱负，又回过头来求之于《六经》。宋仁宗嘉祐二年，皇帝任命大文豪欧阳修以翰林学士身份主持进士考试，张载名列前茅。在考中进士候召待命之际，欧阳修邀请了张载在大相国寺设虎皮椅讲《易经》，张载欣然应允，一时间跟随他听讲的人很多。不久，张载就在京城结识了程颢、程颐两兄弟，有一天，他和二程谈论《易经》，发现二程兄弟对《易经》的研究要比自己略高一筹。第二天他告诉别人说：'等见到了二程兄弟，你们就知道了，他们对《易经》的理解比我更透彻，希望你们可以拜他们为师。'于是撤掉师座，停止讲学。和二程谈论道学的要义时，张载充满自信地说：'我一生求道义很知足了，除了求道没有什么其他的事值得追求了。'不久张载被任命为祁州司法参军，没过多久，又调任云岩县令。他治理县务推行德政，每个月的吉日，他都准备酒菜食物，召集乡间年龄很大的老人会聚在县衙，听取乡老们对官府政务的看法，还亲自为他们斟酒，使人们懂得奉养老人的道义，同时询问民间的疾苦，以及告知大家为什么要劝告子弟躬行礼孝。熙宁初年，御史中丞吕公著向朝廷推荐张载，称赞他学识渊博，神宗正准备改革各种制度法律，希望有明哲智士们一起参谋，便召见张载询问治国之道，张载说：'国家没有制定出一部可以长治久安的法律，终归不是长久之计。'皇帝听了很高兴，任命他为崇文院校书。当时正值王安石变法。有一天王安石约见了张载，向他咨询了新政的情况，张载开诚布公地说：'我对朝廷兴利除弊、推行新法是支持的，如果在推行新法中能与人为善，谁会不支持呢？如果不与人为善，还处处设置障碍难为人，那么恐怕支持你的人就不会太多了。'王安石是个有名的'拗相公'，根本听不进去。张载心情很沉郁，想辞去崇文院校书的职务，但未获批准。又过了些天，皇帝派他去浙东明州审理时为忠正军节度副使苗振的贪污案。张载去了之后经过一番明察暗访，发现苗振罪不该死。返回京城后，看到王安石变法的种种弊端，'拗相公'却一意孤行，张载心灰意冷，便以体弱多病为由，辞官回乡。熙宁三年，五十岁的张载回到横渠故乡。此后，他热衷于读书讲学，在南山脚下整日端端正正地坐在屋子里，身边摆满了书籍，俯身读书，仰坐思考。有所心得便记录下来。有时半夜起床坐着思考，或者干脆点上蜡烛写作，他对志向、道义精于思考，从没有停止过片刻，也从没有忘记过片刻。他穿的是打着补丁的衣服，吃的是粗茶淡饭。给学生们讲课时，每次都阐述知礼成性、变化气质的道理，直到学生们心中树立起成为圣人的理想才罢休。他认为，了解人而不了解天道，要求做贤人而不要求做圣人，这是秦汉以来学者的一大弊端。熙宁十年春，秦凤路守帅吕大防向神宗皇帝举荐张载说：张载自始至终都善于发现古代圣贤遗留下来的宝贵精神财富，而且能推陈出新、古为今用，他所谈论的治国之道可以恢复民风淳厚的古礼，建议恢复他原来的官职，以备随时咨询。于是宋神宗再次下诏召张载回京，让他主管太常礼院。张载上任后发现太常礼院人浮于事，而且时常与太常礼院其他官员因为礼制的观念不同相冲突，并不能施展抱负，再加上他已经身染重病，便又以身体有病为由辞官回乡。走到半路上病情加重了，只好在驿馆住下，晚上沐浴更衣后躺在卧榻上，第二天早晨便病故了，终年五十八岁，那一年是宋神宗熙宁十年，也就是公元 1077 年。张载一生清贫，家中连安葬他的钱都没有，他的学生就一起出资买了棺木护送他的灵柩回乡安葬。翰林学士许将等人说，他不热衷于仕途进取，请求朝廷加赠优恤，皇帝下诏赏赐按官职俸禄的一半助办丧事。张载学习古圣先贤并且身体力行，为关中学人的一代宗师，被世人称为横渠先生。著有《正蒙》《西铭》。程颐评价说：《西铭》告诉我们天地万物的理只有一个，但是每个事物又都各自有一个理。这是古圣先贤所没有阐发过的，可与孟子的性善论、养气论等理论相比肩，孟子之后，从未见过。学者们到现在仍然在研究他的著作。南宋嘉定十三年，宋宁宗赐谥号'明公'；淳祐元年赐封'郿伯'，从祀孔庙。张载一生著作颇丰，除了刚才说的《正蒙》《西铭》，还有《横渠易说》《经学理窟》《张载语录》等。需要指出的是，张载创建的'关学'是宋代重要的理学学派，张载不仅是北宋著名的儒家学者，而且是宋代理学的创始人之一。"这时千一将手高高举过头顶，急不可待地说："潘古先生，我有问题不明白！"潘古先生停顿了一下微微一笑说："千一同学，有问题我们私下交流，今天的讲座就到这里。"然后他将手轻轻一挥，所有听讲座的人顿时如"气"一般消散了。就在千一还没弄明白究竟是怎么回事的时候，潘古先生已经慈眉善目地站在了她的面前。千一不解地问："潘古先生，这些听讲座的人怎么像'气'一样消散了？"潘古先生笑呵呵地说："因为那些听讲座的人就是'太虚'之气凝聚而成的。"千一更糊涂了，她好奇地问："太虚之气？什么是太虚之气？"潘古先生解释说："'太虚'一词，是张载哲学的首要概念，所谓'太虚'就是'气'，他在《正蒙·太和篇》中说：'太虚无形，气之本体，其聚其散，变化之客形尔；至静无感，性之渊源，有识有知，物交之客感尔。客感客形与无感无形，惟尽性者一之。'意思是说，无形无状的太虚是气的本来的状态，气的凝聚与消散，都是气变化的暂时形态。极致的静便是与外界毫无感应，一念不生，了然无碍，这是人之性的根源，是生命力、创造力的本源。感知经验不过是与外物接触后的暂时感应。暂时的感应、暂时的形态与毫无感应、无法感知虽然不同，但归根结底都是一气之变化，只有穷通气的本性的人才能将它们统一起来。因此，他在《正蒙·太和篇》中说：'气之聚散于太虚，犹冰凝释于水。知太虚即气，则无无。'气在太虚之中聚集与消散，就好像冰在水中凝固又融化。懂得太虚就是气，就会明白没有所谓无，不存在空无。在这里，他明确指出：太虚就是气。他接着说：'太虚不能无气，气不能不聚而为万物，万物不能不散而为太虚。'也就是说，气有两种形态：太虚和万物。太虚不能离开气，气不能不聚集而成万物，万物也不能不消散为太虚。太虚便是'无感无形'，万物便是'客感客形'。"千一疑惑地问："潘古先生，难道张载所说的太虚之气不是物质吗？"潘古先生毋庸置疑地说："问得好！我可以明确地告诉你，太虚之气绝不是西方哲学中所谓的物质，而是人的内在性超越，是与心灵有关的所有元素通过意识、潜意识和无意识萃取而凝聚起来的或隐与显、或幽与明、或形与不形的一幅幅心灵图景，是心灵无限能量的聚散变化。正如张载在《正蒙·太和篇》中所说：'知虚空即气，则有无、隐显、神化、性命通一无二，顾聚散、出入、形不形、能推本所从来，则深于《易》者也。'也就是说，虚空并不是什么也不存在的状态，而是充满了'气'，'气'是什么？'气'就是梦象释放出的无羁的能量。明白了虚空中充满了'气'，就自然懂得有与无、隐与显、神与化、性与命都是一体，是不能割裂的，因为这些都是与心灵有关的元素。也正因为如此气的聚集与消

333

散、出入往来、有形与无形，都能推及'梦象'这个它所来的根本之处，那比《周易》的道理还要精深。因此张载在《横渠易说》中说：'精气为物，游魂为变，精气者，自无而有；游魂者，自有而无。自无而有，神之情也；自有而无，鬼之情也。自无而有，故显而为物；自有而无，故隐而为变。显而为物者，神之状也；隐而为变者，鬼之状也。大意不越有无而已。物虽是实，本自虚来，故谓之神；变是用虚，本缘实得，故谓之鬼。'所谓'精气'就是阴阳之气的凝聚，也就是心灵元素的聚合；所谓游魂，就是阴阳之气的消散，也就是心灵元素的隐离，阴阳二气凝聚而成万物，阴阳二气消散产生变化。一幅幅心灵图景便是在阴阳二气的凝聚与消散的变化之中产生的。太虚之气无数次地聚散于有意识与无意识之间。阴阳二气凝聚与消散无不是心灵能量的变化。阴阳二气凝聚导致从无到有，阴阳二气消散导致从有变无。从无到有，是心灵能量的凝聚，这就是'神之情也'；从有到无，是心灵能量的隐离，这就是'鬼之情也'。从无到有，可以表现出外在的现象；从有到无，气便隐藏在心灵创造的一切可能性中，这就是'隐而为变'。大意没有超越有无而已。外在的表象表现为实相，却来自太虚之气，所以称之为'神'；一切创造的可能性隐匿在太虚之气中，却是缘起于表现为实相的外在的表象，所以称之为'鬼'。也正是因为如此，张载在《正蒙•太和篇》中说：'鬼神者，二气之良能也。圣者，至诚得天之谓；神者，太虚妙应之目。凡天地法象，皆神化之糟粕尔。天道不穷，寒暑也。众动不穷，屈伸也。鬼神之实，不越二端而已矣。两不立则一不可见，一不可见则两之用息。两体者，虚实也，动静也，聚散也，清浊也，其究一而已。'所谓鬼神就是阴阳二气的能量变化。圣是对因至诚而得悟天道或梦象者的称谓；神是对太虚神妙而感应无穷的梦象的内视。天地间的一切事物现象，其实都是心灵外化所呈现的表象。天道变化不穷，是通过寒暑交替的形式表现的；万物运动不息，是通过屈伸往来的形式表现的；鬼神的实质，离不开阴阳二气的交替变化。因此可以说，透过太虚之气这些聚与散、隐与显、幽与明、形与不形的神性，这些神妙的内在知觉，这些闪现的灵光，我们看到的是梦象展现出来的无穷的创造力。"千一若有所思地问："潘古先生，张载所说的'二端'是指对立的两个方面吗？"潘古先生微微一笑说："的确如此。张载强调对立面的相互作用，因此他在《正蒙·参两篇》中说：'一物两体，气也。一故神，两故化，此天之所以参也。'所谓'一物'就是太虚之气，'两体'便是昼夜、阴阳、虚实、动静等存在。太虚之气本来是统一而能分阴阳、虚实、动静、形与不形等两体的存在，因为'两体'相互作用，既相互对立又相互统一于太虚之气中，所以神妙难测。因为能两两相感所以变化无穷。对立面合成统一体，就叫作'参'。他在《正蒙·乾称篇》中进一步说：'天性，乾坤阴阳也。二端，故有感；本一，故能合。'就是说，天道的本性就表现为乾坤与阴阳的变化，有两个方面的互相作用，所以能感通；而相互作用的两个方面本来就处于一个统一体中，所以能相互结合。"千一插嘴说："可不可以说'本一'中涵'二端'，而'二端'就在'本一'中呢？"潘古先生点着头说："就是这个意思，所以张载在《正蒙·太和篇》中说：'两不立，则一不可见；一不可见，则两之用息。两体者，虚实也，动静也，聚散也，清浊也，其究一而已。'讲的是对立的两个方面不相互作用就无法认识统一体；统一体不能被认识，那么对立的两个方面就会失去相互作用的功用。所谓'两体'，就是虚与实、运动与静止、凝聚与消散、清通与重浊等对立的两个方面，但归根到底都是统一的。因此张载所谓的'一'就是指统一体。但这个统一体不仅仅是矛盾的两个方面的统一，而且包括对立面尚未分化和相互融合的状态。因此，张载又把阴阳二气的统一体称为'太和'。他在《正蒙·太和篇》开篇便说：'太和所谓道，中涵浮沉、升降、动静、相感之性，是生细缊、相荡、胜负、屈伸之始。其来也几微易简，其究也广大坚固。起知于易者乾乎！效法于简者坤乎！散殊而可象为气，清通而不可象为神。不如野马、细缊，不足谓之太和。语道者知此，谓之知道；学易者见此，谓之见易。不如是，虽周公才美，其智不足称也已。'张载认为，道是气的最高和谐状态，其中涵有浮沉、升降、动静、相互感应之特性，是一个动态的走向和谐的过程。在这个气化流行中又产生了细缊、相荡、胜负、屈伸等运动形式。这些典型的矛盾状态就是事物发展的正反两个方面。气的最高和谐状态来临之初微小、幽隐、纯一、简洁，后来正反的对立运动最终达到合的状态后，变得无限庞大且不易毁伤。起始于纯一而能主宰一切的是乾，仿效道的简约的是坤，能化万殊为万象的是气，清明通透而无形象的是神。如果不懂得野马、细缊等概念，就无法来谈论太和。论道的人弄清了这些，才算懂得道；学《易》的人看到这一点，才算明白了《易》。这些都不懂，即使有周公那样美好的才能，他的智慧也不值得称道。"千一不解地问："潘古先生，到底什么是野马、絪缊呢？"潘古先生解释说："《庄子·逍遥游》中说：'野马也，尘埃也，生物之以息相吹也。''野马'是指田野上空蒸腾浮游的水汽。这句话的意思是说，林泽原野上蒸腾活动犹如奔马的雾气，低空里沸沸扬扬的尘埃，都是大自然里各种生物的气息吹拂所致。而'絪缊'出自《周易·系辞下》：'天地絪缊，万物化醇。'意思是说，天地一片混沌，才是万物萌动的最适宜的环境。'絪缊'就是缠缠绵绵、混混沌沌、朦朦胧胧的状态，恰恰是万物生成与变化的本源。"千一插嘴说："其实就是太虚之气，对吗？"潘古先生点着头说："张载也是这么解释的，他在《正蒙·太和篇》中说：'气块然太虚，升降飞扬，未尝止息。《易》所谓"絪缊"，庄生所谓"生物以息相吹""野马"者与！此虚实、动静之机，阴阳、刚柔之始。浮而上者阳之清，降而下者阴之浊，其感通聚结，为风雨，为霜雪，万品之流形，山川之融结，糟粕煨烬，无非教也。'在这里，张载描绘出了'絪缊'之气创造万物并运动变化的心灵图景：太虚之中充满了气，气升降飞扬，不曾有片刻止息。《周易》中所说的'絪缊'，庄子所说的'生物以息相吹''野马'等，都是大自然里各种生物的气息吹拂而升腾鼓动的气，这种气既是虚实、动静形成的机缘，又是阴阳、刚柔产生的初始。向上飘浮的是清轻之阳气，向下沉降的是重浊之阴气，阴阳二气相互感通而凝结，产生风雨、霜雪，万种事物的成形流变，高山河流的凝结消融，气化剩下的糟粕灰烬，无不展现在世人面前彰显万物之理。"千一又问："那么张载是怎么解释理的呢？"潘古先生微微一笑说："张载强调'万物皆有理'，他在《张子语录》中说：'万物皆有理，若不知穷理，如梦过一生。'必须穷究万物之理，否则一生如一场梦。他在《正蒙·太和篇》中说：'天地之气，虽聚散、攻取百涂，然其为理也顺而不妄。'天地之间的气，虽然可通过多种多样的途径聚散、攻取，但是始终按照天理变化不紊乱、不妄为。他在《正蒙·大心篇》中说：'烛天理如向明，万象无所隐。'也就是说，洞察天理就如同置身于阳光之下，万物没有能隐遁的，既可以清楚地看到自己，也能深刻地理解万物和他人。所以张载在

《正蒙·中正篇》中说：'天理一贯，则无意、必、固、我之凿。意、必、固、我，一物存焉，非诚也；四者尽去，则直养而无害矣。'要做到与天理相贯通，就不能主观臆断、不能绝对肯定、不能顽固执着、不能唯我独尊，这四者有一念存在，就不能做到真诚；根除这四者，就能涵养中正之道而不受伤害。"千一进一步问："潘古先生，张载的'诚'体现在哪些方面呢？"潘古先生笑呵呵地说："张载的'诚'通过他的名篇《西铭》便可见一斑啊！他说：'乾称父，坤称母；予兹藐焉，乃混然中处。故天地之塞，吾其体；天地之帅，吾其性。民，吾同胞；物，吾与也。'意思是说，《易经》的乾卦，表示天道创造的奥秘，称作万物之父；坤卦表示万物生成的原则，称作万物之母。我如此藐小，却混有天地之道于一身，而处于天地之间。这样看来，充塞于天地之间的阴阳之气构成了我的本体；而引领统帅天地万物以成其变化的，就是我的天然本性。众生都是我的同胞手足，万物都是我的同伴。"千一听罢，慨叹地说："天哪，这种思想和墨子的'兼爱'很相似啊！"潘古先生微笑着说："张载在《正蒙·诚明篇》中也说过：'爱必兼爱，成不独成。'讲的就是爱己而且爱人，成己而且成物的道理。"这时，千一的妈妈突然喊道："千一，你在哪儿呢？刘兰兰的电话！"千一吐舌头，连忙说："潘古先生，我该走了！"潘古先生心领神会地挥了挥手，千一向潘古先生做了个鬼脸，然后迅速找到自己画的那扇老门，轻轻推开，高抬腿轻落足地走了出去。

本来和胡月约好了，星期六上午一起去西山写生，可是昨天晚上看了《千一的梦象》之后，孟蝶当时就改了主意，因为千一竟然走进了自己画的一扇老门，这正是她日思夜盼的一件事，她是多么想通过一扇神妙的门进入千一的梦象啊！于是她半夜给胡月打电话取消了写生的计划，她也要画一扇老门，看看能不能出现走进去的奇迹。因此第二天吃过早饭后，她就在院子里支起了画架，聚精会神地画了起来，以至于爸爸站在身后许久了，她都没有发现。孟周好奇地问："孟蝶，为什么对一扇老门如此痴迷？莫非你想推门进去不成？"孟蝶这才发现爸爸站在自己身后，她执着地说："是的，爸爸，我也想像千一一样画一扇可以推开走进去的老门。"孟周微笑着说："你要想画一扇能进去的老门，要先找到自己的'心门'，也就是梦象之门。"孟蝶迫不及待地问："爸爸，我怎么才能找到梦象之门呢？"孟周和蔼地说："这不是一件着急的事，是一个'神而化'的过程，需要用心去悟。"孟蝶不解地问："什么是'神而化'？怎样才能做到'神而化'呢？"孟周和蔼地说："'神而化'的说法出自张载《正蒙·天道篇》。他说：'不见而章，已诚而明也；不动而变，神而化也；无为而成，为物不二也。''不见而章，不动而变，无为而成'以及'为物不二'都出自《中庸》。意思是说，一个人的智慧达到通神的程度，用不着用眼睛观察便可洞彻梦象，因为心觉已经通灵，这是至诚而明显的；人一旦入静，潜意识、无意识便开始运作，静使人安视、自在、放松，'变'就是指我们内心真正的心灵体验，神而化就是微妙的内在知觉，达到了神而化的境界，虽然一念不生，但心灵图景会自然而然地层出不穷地涌现，因为宇宙真理只有一个，那就是一切源自梦象。梦象就潜隐于心灵的任何一次'不见而章，不动而变，无为而成'中。"孟蝶若有所思地问："爸爸，张载是如何定义'神'与'化'的呢？"孟周笑了笑说："张载在《正蒙·神化篇》中说：'神，天德，化，天道。德，其体，道，其用，一于气而已。'所谓'天德'就是玄德，就是'不见而章，不动而变，无为而成'的心灵创造力，是心灵无限能量的体现；所谓天道，就是心灵无限能量的释放方式。心灵的创造力是本体，心灵能量的释放方式是功用，但都统一于气也就是梦象。"孟蝶似有所悟地问："爸爸，天与心究竟是什么关系呢？"孟周认真地说："张载在《经学理窟·诗书》中明确指出：'天无心，心都在人心。'天没有心，天心就在人心中。所以张载特别强调'大其心'。他在《正蒙·大心篇》中说：'大其心则能体天下之物，物有所未体，则心为有外。世人之心，止于闻见之狭。圣人尽性，不以见闻梏其心，其视天下无一物非我，孟子谓尽心则知性知天以此。''大其心'就是将心视为宇宙，只有将心视为宇宙才能感通万物，有一物不能感通，就说明心受到感官欲望的蒙蔽而生出了内外、彼此、是非的界限。要知道梦象世界既是无限的，又无处不存在界限。'心无有外'，梦象世界便是无限的；'心为有外'，梦象世界便有了界限。然而，世人之心，常常用眼睛看世界，而不会用心灵感受世界，无法感通万物，只是限于狭隘的闻见之知，不能在绝对自由的梦象王国遨游。圣人就不同了，所谓圣人就是通灵者、盗火者、捕梦者、魔法师，圣人能感通万物，他的心从来不被眼、耳、鼻、舌、身、意的体察所桎梏，圣人视天下万物皆在我心，无一物不在我心，孟子所说的尽心就是觉知心无有外，道理就在这儿。"孟蝶接着问："爸爸，那么如何认识心呢？"孟周解释说："张载在《正蒙·大心篇》中说：'由象识心，徇象丧心。知象者心，存象之心，亦象而已，谓之心可乎？人谓已有知，由耳目有受也；人之有受，由内外之合也。知合内外于耳目之外，则其知也过人远矣。'意思是说，通过气所呈现出的象可以认识心，但依从于气之象就会失去心。可以通过心来认识气所呈现出的象，但是如果心被气所呈现出的象所桎梏，那么心也就沦为气之象了，此时还能称之为心吗？也就是说，气之象生于心，不能本末倒置，否则心将被千变万化的气之象所桎梏。世人以为自己有知觉能力，是通过耳目等感官感受到的；其实人之所以能感受到万物，是通过心灵与万物感通的结果。懂得在耳目等感官之外，用心灵感通万物，那么他认识世界的能力就远远超过普通人了。感知是一种纯粹的内在性，是一种无意识之果，只要你吃下去便会在心灵深处生出梦象。你的每一个心觉都可能成为一个宇宙的奇点，万物归怀，一切都向心灵靠拢。"孟蝶沉思片刻说："爸爸，难道'象'没有'形'吗？为什么你不说'形象'，而单说'象'呢？"孟周笑了笑说："在张载的哲学话语中，象和形是有严格区别的。他在《正蒙·神化篇》中说：'几者象见而未形者也，形则涉乎明，不待神而后知也。"吉之先见"云者，顺性命则所见皆吉也。'这句话中的'几者''吉之先见'出自《周易·系辞下》："'几者'动之微，吉之先见者也。'意思是说，'几'是动机的微妙变化，能够预先判断吉凶的征兆。张载的意思是说，'象'模模糊糊尚未成形质，无法用感官观察到，而'形'非常清晰，用眼睛看得很清晰，用不着通过心觉来本悟。也就是说，'象'要通过心觉来体悟，'形'通过感官经验便可体察，而且'象'要通过无形之气来把握。张载在《正蒙·大易篇》中说：'显，其聚也；隐，其散也。显且隐，幽明所以存乎象；聚且散，推荡所以妙乎神。'明确指出，'象'的性质就是显且隐，当然象的显且隐是通过气的聚与散、幽与明呈现的。象之所以神秘莫测，是由于阴阳二气推荡变化的结果。张载认为，有气必有象，他在《横渠易说·系辞下》中说：'有气方有象，虽未形，不害象在其中。'可见，象是气所固有的，可以无形而有象。为此，张载是这样以'象'论气的。他在《正蒙·太和篇》中说：'气之为物，散入无形，适得吾体；聚为有象，不失吾常。'就是说，气作为一种存在，消散为无形的状态，正好回归到了它的本体；聚集成象，仍不丢失它永恒的本性。"孟蝶插嘴问："爸爸，张载为什么不说'聚为象'，而说成'聚为有象'呢？"孟周耐心地解释说："张载之所以在'象'前面加了一个'有'字，是因为气还有既无形也无象的存在状态。因此，他在《正蒙·乾坤篇》中说：'凡可状，皆有也；凡有，皆象也；凡象，皆气也。气之性本虚而神，则神与性乃气所固有，此鬼神所以体物而不可遗也。'然后他在这句话后面又自注道：'舍气，有象否？非象，有意否？'意思是说，凡是可以描摹、陈述的，都是存在；凡是存在的，都是象；所有的象，都是气。气的本性是虚灵而神妙的，因此神与性是气本来就固有的本性，这就是鬼神作为物的主体而无法回避的原因。接着他在自注中补充道：没有气，能有象吗？脱离了象，心灵还存在吗？很显然，张载在这里所说的'象'就是心灵图景，而气不过是心灵无限能量的表现形式而已。"孟蝶听到这里似乎想到了什么，她插嘴问："爸爸，张载是如何理解鬼神的呢？"孟周思索片刻说："每一个哲学家在创造自己的理论体系时，都会创造一个新的宇宙。'鬼神'一词就是张载的一个哲学创建，张载在《正蒙·神化篇》中说：'鬼神，往来、屈伸之意。故天曰神，地曰示，人曰鬼。'鬼神，是指阴阳二气的往来、屈伸，阴阳二气在天宇间往来、屈伸称为'神'，在地上往来、屈伸称为'示'，在人身上往来、屈伸称为'鬼'。可见张载的鬼神观囊括了天、地、人中的一切范畴。而张载又认为天地无心，心都在人之心，所以他要'为天地立心'，清朝理学家李光地在他的《正蒙注解》中认为：'鬼神者，二气之灵也，自然而灵，故谓之良。'也就是说，鬼神不是阴阳二气，而是阴阳二气的灵，那么阴阳二气的灵出自哪里呢？当然是人心，是心灵。如此说来，阴阳二气往来、屈伸所呈现的就是心灵图景，这才是往来、屈伸的真正涵义。由此，我们就不难理解张载在《正蒙·太和篇》中所说：'鬼神者，二气之良能也'的深刻涵义了。那么'二气'究竟有什么'良能'呢？就是产生心灵图景，也就是说，张载是想通过心灵统摄万物。所以他要'为万物立心'，将天地纳入心灵，天地就是宇宙，张载要以心灵为中心重构宇宙和万物。"孟蝶听到这里，十分钦佩地说："爸爸，张载太了不起了。"孟周也深有感慨地说："是啊，他以'为天地立心，为生民立命，为往圣继绝学，为万世开太平'的豪情与气魄，道出了儒者和学子对宇宙、人生永恒的道义和担当啊！"父女俩聊得正起劲儿，舒畅站在门口微笑着说："别聊了，该吃午饭了！"孟周看了看手表，才知道时间已经过了中午了。

第二十一章
天下只是一个理

　　当千一第二次推开自己画的那扇老门抬腿迈进去的时候，刚好站在了一处由竹篱围起来的小院内，小院内那间清雅的茅屋，千一非常熟悉，她刚想喊："潘古先生，我来了！"却从茅屋里传出了此起彼伏的鼾声，很显然潘古先生正在睡觉，她怕吵醒酣睡的潘古先生，便站在门前等，没承想天空却飘起了雪花，很快一场鹅毛大雪纷纷扬扬地下了起来，弥漫了整个天地。此时此刻，仿佛一切生命都已沉默，只剩下了潘古先生的酣睡声。千一就这么静静地站在雪地里，等潘古先生身着交领长袍精神矍铄地走出屋门时，千一脚下的雪已经没过了脚面。潘古先生看见千一的双脚已经完全埋在雪地里了，心疼地说："千一，何时到的，怎么不叫醒我？"千一莞尔一笑，幽默地说："难得聆听先生的鼾声。"潘古先生赶紧将千一请进书房，一边沏茶一边感慨地说："你今天的求学精神，可与'程门立雪'相媲美啊！"千一颇感兴趣地说："潘古先生，我知道'程门立雪'是一个成语，旧指学生恭敬受教，现指尊敬师长。比喻求学心切和对有学问长者的尊敬。但是这个成语的来历我就不知道了，您能给我讲讲吗？"潘古先生将沏好的茶递给千一，让她暖暖身子，然后和蔼地说："'程门立雪'出自《宋史·杨时传》，讲的是宋代有两个极有学问的兄弟，哥哥叫程颢，弟弟叫程颐，很多人都想拜他们为师。有一个叫杨时的进士，为了丰富自己的学问，毅然放弃了高官厚禄，跑到洛阳拜程颢为师，虚心求教。程颢去世后，杨时仍然立志求学，就和好友游酢一起去拜见程颐，要拜程颐为师。当时刚好赶上程颐闭目养神，坐在屋子里小憩。这时候，天上飘起了雪花。两个人没进屋打扰程颐，而是恭恭敬敬地站在门外等候，等程颐睡醒，得知二人来访迎出去时，才发现门外的雪已经积了一尺多厚了。"
千一好奇地问："潘古先生，杨时已经是进士了，还如此崇拜程颢、程颐
兄弟的学问，您能跟我说说二程兄弟究竟是怎样的人吗？"潘古先生微笑
着说："程颢，生于宋仁宗明道元年，也就是公元 1032 年，死于宋神宗元
丰八年，也就是公元 1085 年。后人称为明道先生。程颐比程颢小一岁，
生于宋仁宗明道二年，也就是公元 1033 年。死于宋徽宗大观元年，也就
是公元 1107 年。后人称为伊川先生。他俩是亲兄弟，所以被称为'二
程'，二程是宋明理学的奠基者。又因为长期在洛阳讲学，所以他们的学
派被称为'洛学'，二程是宋代著名的思想家、哲学家、教育家。二程出
身于官宦世家，他们的高祖程羽官至礼部尚书，赐第京师。他们的曾祖程
希振官至尚书虞部员外郎。他们的祖父程遹赠开府仪同三司吏部尚书。父
亲程珦又以世家的荫庇，照例做了一个'郊社斋郎'，并由此起家，连续
做了几十年的地方和中央官员，官至太中大夫，到了暮年，才因病退休。
程珦任黄陂县尉时，程颢就出生在父亲的任所。由于家境殷实，因此二程
不仅从小就受到了良好的教育，而且有幸拜北宋著名思想家、哲学家、文
学家、教育家周敦颐为师。"二一兴奋地插嘴说："是写《爱莲说》的周敦
颐吗？"潘古先生点着头说："是的，看来你是学习过《爱莲说》的。"
千一也点着头说："是的，我们的语文课本里有周敦颐的《爱莲说》。二程
能拜周敦颐为师，可太幸运了！"潘古先生笑呵呵地说："是啊！二程首次
拜见恩师是在庆历六年，周敦颐在南安军司理任上，当时程颢十五岁，程
颐十四岁。据程氏门人吕大临《东见录》记载：'昔受学于周茂叔，每令
寻颜子、仲尼乐处，所乐何事。'一见面，周敦颐就问二程，既然你们读
过《论语》了，那么孔、颜之乐找到了吗？千一，你也学过《论语》，你
说说看？"千一思索着说："在《论语·述而》中说：'饭疏食，饮水，曲
肱而枕之，乐亦在其中矣。不义而富且贵，于我如浮云。'还说：'其为人
也，发愤忘食，乐以忘忧，不知老之将至云尔。'意思是说，吃粗茶淡饭，
把胳膊弯起来当枕头，乐在其中。若是因不义而得到的富贵，对于我来说
就如同天上的浮云。还说发奋用功时忘记了吃饭，快乐起来把一切忧愁都
忘了，不知道自己老之将至，如此而已。"潘古先生点了点头说："不错，
这是孔子之乐，那么颜回之乐呢？"千一又想了片刻说："在《论语·雍也》

中说：'贤哉，回也！一箪食，一瓢饮，在陋巷，人不堪其忧，回也不改其乐。'这段话是称赞颜回的贤德。吃着一小筐干饭，喝着一瓢白水，住在狭小破旧的小巷子里，别人都不堪忍受这种贫困忧患的生活，但颜回从不改变他心中的快乐。"潘古先生满意地点点头说："这的确是颜回之乐。正因为二程曾经师从周敦颐这样的老师，'孔颜乐处'才奉行终身。仁宗嘉祐元年，也就是公元1056年，程颢二十五岁，学业有成，赴京应试，由于他在学术上已经很有名望，京城诸生'莫不登门拜访'。第二年，和张载、苏轼、苏辙、曾巩等一起进士及第。嘉祐三年，程颢第一次授官，出任京兆府鄠县主簿，后在上元县和晋城县任县令。由于政绩显著，治平四年，程颢进京，任著作佐郎。据《宋史·程颢传》记载：熙宁初，用吕公著荐，为太子中允、监察御史里行。神宗素知其名，每召见，从容咨访。将退，则曰：'卿可频来求对，欲常相见耳。'一日，议论甚久，日官报午正，先生始退。中人相谓曰：'御史不知上未食邪？'尝劝帝防未萌之欲，及勿轻天下士，帝俯躬曰：'当为卿戒之。'颢资性过人，充养有道，门人交友从之数十年，亦未尝见其忿厉之容。遇事优为，虽当仓卒，不动声色。王安石执政，议更法令，中外皆不以为便，言者攻之甚力。颢被旨赴中堂议事，安石方怒言者，厉色待之。颢徐曰：'天下事非一家私议，愿平气以听。'安石为之愧屈。新法既行，先生言：'智者若禹之行水，行所无事。自古兴治立事，未有中外人情交谓不可，而能有成者。'乞去言职。安石本与之善，及是，虽不合，犹敬其忠信，不深怒，但出提点京西刑狱。哲宗立，召为宗正丞，未行而卒，年五十四。文潞公采众议而为之表其墓曰：'明道先生'。当然，为了言简意赅，这段记载我作了一些删改。大意是说，神宗熙宁初年，由当时的御史中丞吕公著推荐，程颢被任命为太子中允、监察御史里行。神宗平素就知晓程颢的声名，每次召见他，都随口向他咨询访求。程颢告退时，神宗就说：'你可以多次申请来跟我晤谈，我想常常见到你。'有一天，神宗和程颢谈论了很久，报时的侍者报告已到正午，程颢才告退。宦官们说：'难道程颢御史不知道皇上还没有吃饭吗？'程颢一定要用诚意打动神宗，还经常劝说神宗应当防患没有萌发出来的欲望，不要轻视天下有识之士。神宗弯腰靠近他说：'你的话，我一定时常告诫自己。'程颢天资气质超过常人，修养颇深，门生

\ 千 \ 一 \ 的 \ 梦 \ 象 \

故旧朋友跟他交往几十年，从未见过他声色俱厉的样子，遇到什么事都很沉稳冷静，尽量做好，即使是时间很仓促的时候，也从不表现出急躁不耐烦的样子。王安石主持国政，商议变法之事，朝廷内外的人都以为不好，不满的人对新法攻击得很厉害。程颢接受圣旨到中堂议论政事，王安石刚刚对发表意见的人怒气冲冲地予以指责，声色俱厉地对待他们。程颢不急不躁地说：'天下事并非您一家的私议，希望您能心平气和地听取大家的意见。'王安石为此感到惭愧理屈。新法施行之后，程颢说：'懂得治理国家的智者就像大禹治水，处理国事顺其自然，善于疏导，自古以来兴邦治国、建立事功，没有朝内朝外的意见都说不可以，而最终能够成功的。'程颢请求辞去谏官的职位。王安石本来跟他友善，到这时，虽然意见不合，仍然敬重他的忠信，没有大发怒气，只是把他贬出京城任提点京西刑狱。神宗去世，哲宗即位。把程颢召回任宗正丞，只是当时程颢已重病缠身，还没有从地方出发就与世长辞了，享年五十四岁。文潞公采取大家的意见给他的墓碑题写了'明道先生'。"千一追问道："潘古先生，程颐只比程颢小一岁，他们应该是一起进京应试的，难道他没有考取进士吗？"潘古先生笑着说："的确如此。程颐不是考取的功名，而是因为他的学术名望而被许多大臣推荐上去的。《宋史·程颐传》是这样记载的：程颐，字正叔。年十八，上书厥下，欲天子黜世俗之论，以王道为心。治平、元丰间，大臣屡荐，皆不起。哲宗初，司马光、吕公著共疏其行义曰：'伏见河南府处士程颐，力学好古，安贫守节，言必忠信，动遵礼法。年逾五十，不求仕进，真儒者之高蹈，圣世之逸民。望擢以不次，使士类有所矜式。'诏以为西京国子监教授，力辞。寻召为秘书省校书郎，既入见，擢崇政殿说书。……颐每进讲，色甚庄，继以讽谏。闻帝在宫中盥而避蚁，问：'有是乎？'曰：'然，诚恐伤之尔。'颐曰：'推此心以及四海，帝王之要道也。'……帝尝以疮疹不御迩英累日，颐诣宰相问安否，且曰：'上不御殿，太后不当独坐。且人主有疾，大臣亏不知乎？'翌日，宰相以下始奏请问疾。……颐于书无所不读，其学本于诚，以《大学》《论语》《孟子》《中庸》为标指，而达于《六经》。动止语默，一以圣人为师，其不至于圣人不止也。张载称其兄弟从十四五时，便脱然欲学圣人，故卒得孔孟不传之学，以为诸儒倡。其言之旨，若布帛菽粟然，知德者尤尊崇之。平生诲人不倦，故学者出其门最多，渊源所渐，皆为名士。讲的是程颐十八岁时就以布衣身份上疏宋仁宗，请求仁宗励精图治，改革弊政。治平、元丰年间，许多大臣多次推荐他为官，都不肯就任。哲宗初年，司马光、吕公著联名上疏阐明他的行为和道义，说：'我们知道河南府处士程颐学养深厚，深研历史，安贫守节，言行一致，遵守礼法。年龄过了五十岁，却不贪恋仕途，显示出真儒者的高风亮节，是圣世社会的隐者。希望能破格提升他，使儒士们有效法的榜样。'哲宗诏令他担任西京国子监的教授，他力辞不就。不久，诏令他担任秘书省校书郎，待入朝觐见之后，又提升他为崇政殿说书。"千一插嘴问："什么是崇政殿说书？"潘古先生解释说："就是给当时才十二岁的哲宗小皇帝当老师，别看这一职务并无实权，但职责却非常之重。"千一忽闪着一对水灵灵的大眼睛说："那他岂不可以天天和小皇帝在一起，时间久了，两个人还不成了忘年交？"潘古先生摇着头说："并非如此，程颐为人本来就以端肃出名，当上小皇帝的老师后更是不苟言笑了。程颐每次给小皇帝讲课，态度都特别庄严，言谈中夹有讽谏。有一天，小皇帝在宫中盥洗，发现有蚂蚁就避开了，程颐知道后连忙问小皇帝有没有这件事，小皇帝告诉他有，是怕伤了蚂蚁。他借题发挥地说：这就对了。如果把怕伤蚂蚁的恻隐之心推广于万民身上，这就是做帝王的要道啊！哲宗皇帝曾经因为疮疹不愈而好些天不到迩英殿上朝，程颐就到宰相那里问皇帝的病情，并说：'皇上不临朝上殿，太后不应当独自坐在朝堂之上。何况皇上有病，大臣难道可以不关心、不问候吗？'第二天宰相以下的官员开始奏请政事，询问皇上病况。"千一又插嘴问："潘古先生，坐在朝堂之上的应该是皇上，怎么太后也坐朝堂呢？"潘古先生笑了笑说："神宗死后，由于哲宗才十二岁，所以太后可以垂帘听政。"千一皱着眉头说："太后知道程颐的话后，一定会不高兴的。"潘古先生点着头说："的确如此，不仅太后对程颐大为不快，大臣们也纷纷上疏弹劾他，程颐的命运就可想而知了。几经周折之后，他被削职为民，放归乡里。回乡后主要活动就是讲学著书。程颐对书是无所不读，他的学问是以诚为本，以《大学》《论语》《孟子》《中庸》为指导，扩展到《六经》各书。言谈举止，都以圣人为导师，不达到圣人的境界不停止追求。张载称赞他们兄弟二人十四五岁的时候就超然脱俗立志效法圣人，所以最终得到

\千\一\的\梦\象\

了连孔子、孟子都没有被后人传承的学问，成为儒士们倡导的楷模。他们思想的要旨，就像丝织品、豆类、谷子等穿的、吃的东西一样，人们根本离不开，所以崇尚德性的人，尤其尊敬他们。程颐平生从事教书育人，始终坚持诲人不倦，所以当时的学者出自他的门下的最多，由于其学术渊源的影响，都成为当时学士名流。大观元年，也就是公元1107年，程颐病逝，享年七十五岁。由于当时党禁尚未解除，程颐受'编管'，葬礼气氛颇为凄凉。"千一听罢唏嘘不已，然后若有所思地问："潘古先生，二程兄弟既然是理学的奠基者，那么他们是怎么阐述'理'的呢？"潘古先生微微一笑说："程颢在《外书》卷第十二中说：'吾学虽有所受，天理二字却是自家体贴出来。'程颢认为'天理'这个概念是他在继承融合儒释道三家典籍的基础上，独家提出来的。也就是说，'天理'是二程学术的根本，是他们哲学体系的最高范畴。虽然天地之间，万物皆有其理，但二程在《遗书》卷第二中说：'万物皆只是一个天理，已何与焉？'万物只是一个天理，人能够参与或改变什么吗？也就是说，天理不以人的意志为转移。因此二程在《遗书》卷第二中说：'天理云者，这一个道理，更有甚穷已？不为尧存，不为桀亡。人得之者，故大行不加，穷居不损。这上头来，更怎生说得存亡加减？是它元无少欠，百理具备。'所谓'天理'生生不已，会有穷尽处吗？'天理'不会因为有贤明之尧就存在，也不会因为有暴虐之桀就灭亡。在天理面前，还说什么存亡加减呢？只是因为天理本来就没有缺欠，永远如此。不生不灭，不增不减，万物中此理原本自足。所以二程在《遗书》卷第二中进一步强调：'理则天下只是一个理，故推至四海而准，须是质诸天地，考诸三王不易之理。'说天下只是一个理，而且放之四海而皆适用，无论是在地域维度上，还是在时间维度上，全都无限适用，考察这个'天理'没有背谬夏商周三代先王的做法，所以称之为'不易之理'，具有绝对性和普适性的意义。也就是说，只有'天理'是世界万物唯一真实存在的本体。"千一疑惑地问："潘古先生，无论是'天理'还是'理'，都不是二程始创的，怎么就成了他们'自家体贴出来'的呢？"潘古先生解释说："他们之所以自信，是因为前人谈天理并没有在哲学意义上将天理提升到宇宙本体和价值本体的高度，而二程的全部思想是以'天理'为核心建构起来的，他们的'天理'不仅是宇宙的本体、自然的本体，而且是伦理的本体，是他们认为的真善美的统一体。二程把'天理'作为其哲学的灵魂和最高范畴。也正因为如此，他们才说是'自家体贴出来'的呢。"千一插嘴问："既然如此，二程是如何理解'天理'或'理'的呢？"潘古先生耐心地说："'理'在二程的哲学体系中是世界的本源和本体，是万物的最终道理。二程在《遗书》卷第十一中说：'天者，理也。'所以才称为'天理'。那么'理'是什么呢？《程氏粹言》卷第一中说：'理者，实也，本也。'在二程看来，'理'是世界万物的根本、万物的统一体。因此二程在《遗书》卷第二中说：'所谓万物一体者，皆有此理，只为从那里来。"生生之谓易"，生则一时生，皆完此理。'之所以说万物出自一个本体，都具这一个理，只因为万物是从一处来的。'生生之谓易'，讲的就是万物都是同时出自一个本体，万物之中的所有个体都完全表述了本体之理，所以二程在《遗书》卷第二中强调'一物之理即万物之理'，也就是说万物俱是一理，一理贯穿万物。"千一不解地问："潘古先生，既然'理'成了宇宙万物的最高本体，那么道又是什么呢？"潘古先生微微一笑说："至于道是什么，程颐在《遗书》卷第二十二中回答弟子提问时做了明确的回答：'问天道如何？曰：只是理，理便是天道也。'可见在最高本体含义上'理'和'道'是相同的。二程在《遗书》卷第一中说：'盖上下、本末、内外都是一理也，方是道。'也就是说'万理归于一理'，就是'道'。在《二程集》中，作为最高本体表述时，二程有时用'理'，有时用'道'。"千一又插嘴问："道是无形无状的，理也是无形无状的吗？"潘古先生点着头说："是的，二程在《遗书》卷第六中说：'有形总是气，无形只是道。'"千一再问："那么道和气是什么关系呢？"潘古先生解释说："程颐认为，气是有形的，但气的形来自理。因此他在《程氏经说·易说·系辞》中说：'有理则有气，有气则有数。行鬼神者，数也。数，气之用也。''数'就是天地之间的阴阳二气运动变化所表现出来的'节度'或'界限'。程颐认为，理相对气而言有先在性，有气而再有数，是数使气变化莫测，气的变化遵循了数的规律。也就是说，理为体，气为用。那么'气'是什么呢？程颢认为，气就是天地所生之物的'性'。他在《遗书》卷第一中说：'"生之谓性"，性即气，气即性，生之谓也。'也就是说，性与气本身是一体的，性就是气，气就是性，天地万物都是理与气相结合的产物，这就是所谓的'生'。因此程颐在《遗书》卷第六中说：'论性，不论气，不备；论气，不论性，不明。'谈论性而不谈论气，不全面；谈论气而不谈论性，说不清楚。二程还在《遗书》卷第一中说：'道即性也，若道外寻性，性外寻道，便不是。'这说明性就是道，道就是性，道也是理，那么性与天理是二而一的关系。"千一继续问："潘古先生，'仁'是儒家学派的核心，而二程兄弟的思想核心是'理'，那么'理'和'仁'是什么关系呢？"潘古先生手捋白须微笑道："要弄清楚'理'和'仁'的关系，要先弄懂程颢著名的《识仁篇》。他说：'学者须先识仁。仁者，浑然与物同体，义、礼、智、信皆仁也。识得此理，以诚敬存之而已，不须防检，不须穷索。若心懈，则有防；心苟不懈，何防之有？理有未得，故须穷索；存久自明，安待穷索？此道与物无对，大不足以名之。天地之用，皆我之用。孟子言："万物皆备于我"，须"反身而诚"，乃为大乐。若反身未诚，则犹是二物有对，以己合彼，终未有之，又安得乐？《订顽》意思，乃备言此体。以此意存之，更有何事？"必有事焉而勿正，心勿忘，勿助长，未尝致纤毫之力"，此其存之之道。若存得，便合有得。盖良知良能，元不丧失。以昔日习心未除，却须存习此心，久则可夺旧习。此理至约，惟患不能守。既能体之而乐，亦不患不能守也。'意思是说，立志学做君子的人要先学会认识什么是'仁'。所谓'仁'就是你要体悟到人是与万物浑然一体的。另外，义、礼、智、信这四种品德也都是'仁'这个本体所发挥的作用。认识到天人万物浑然一体这个'理'，就要以诚敬之心保持它，这样就不再需要防范、检点和约束，更不需要挖空心思去苦苦思索了。如果心有懈怠，未明澈'理'，则必须防范、穷索；心如果不曾懈怠，自己已经与物为一体，还有什么要防范、穷索的呢？天理尚未体悟明白，所以必须苦心思索；只要在'自心'上下功夫，就能够体'仁'，达到识'仁'的境界，哪里还要苦心思索？这个'理'在世界上是唯一的，体证到了与万物一体的'仁'，用伟大都不足以说清楚。因为这个'理'或'道'凌驾于万物之上，与任何具体的物无对。可以说已经步入'圣'的境界了。天地之用便是由我本心而发出的宇宙整体之大用。孟子说：'世界上万事万物之理已经由天赋予我了，在我的性分之内完全具备了。'只要自明心中的'仁体'而达到'仁'的境界，便会感到莫大的快乐。如果做了'思诚'的功夫而没能达到'诚'的境界，是因为仍然停留在主客、物我、内外等相对的状态下而未能'浑然与物同体'，刻意而作，终久不能把握'仁体'，又怎么可以得到莫大的快乐呢？《订顽》是张载《西铭》的旧名。程颢认为，《订顽》详细阐述了'仁者，浑然与物同体'的本质与具体表现，真正把握了'仁'之体。如果能在'反身而诚'、物我无对的状态下保持'诚敬存之'，便不需要杂糅其他方法，又会发生什么事情呢？正如孟子所说，一定要在行为上努力，但不可预期成效；心内不能忘记它，但不可勉强助长。不须用力，不须防失、造作，不是外求于己身之外的东西，做到自然而然，这就是'体仁'的方法。如果能'存自心'，才算是'体仁'，从而达到'仁'的境界。因为不虑而知、不学而能的'良知良能'是人本来就具有的，但经常被以往的习惯性思维的'习心'所遮蔽。就算是以往的'习心未除'，也必须存习'良能良知'的本心，久而久之，就可以排除'习心'，归复本心。这个道理非常简约，就怕不能持之以恒。只要真正体悟到'仁'之本体，享受真正体悟的莫大快乐，也就不怕不能持之以恒了。毫无疑问，《识仁篇》从两个方面论述了'仁'。一方面，'仁'是一个含有义、礼、智、信的综合概念，人只有清楚'习心'，才能守住本心中的'仁'；另一方面，程颢也明确告诉我们，仁就是理。仁与理通而为一。"千一若有所思地问："要体悟'仁'，就要守住'良知良能'的本心，莫非理也是心？"潘古先生笑呵呵地说："的确如此，在《遗书》卷第十三中，程颢明确地说：'心是理，理是心。'他认为，心与理是相通为一的。程颐在《遗书》卷第二十二中也有类似的观点：'伯温又问：'孟子言心、性、天，只是一理否？'曰：'然。自理言之谓之天，自禀受言之谓之性，自存诸人言之谓之心。'程颐的学生周伯温问他：孟子说过心、性、天同为一理吗？程颐毋庸置疑地说：是的。从理的角度来说，理就是天；从禀受的角度而言，理就是性；从天理存储于人而言，理就是心。因此二程在《遗书》卷第二中一直认为：'心所感通者，只是理也。'心所感通的只是理，而程颐在《遗书》卷第二十二中明确表示：'性即理也，所谓理，性是也。'也就是说，心就是理，理就是性，那么心也是性，因此程颢才认为定心必须定性。"千一好奇地问："什么是定性？如何才能定性呢？"潘古先生微笑着说："关于

'定性'的问题源自张载给程颢写的一封信，在信中张载认为：'人生而静，天之性也。感于物而动，性之欲也。物至知知，然后好恶形焉。好恶无节于内，知诱于外，不能反躬，天理灭矣。夫物之感人无穷，而人之好恶无节，则是物至而人化物也。人化物也者，灭天理而穷人欲者也。'也就是说，人生来是没有欲望的，这是上天赋予的本性。但是后来由于受外界事物影响而生出不同的感受，这也是天性的一种本能。由于外界事物的影响，使人渐渐能够分辨各种不同的感受，进而形成了不同的喜好和厌恶。但是这种内在的好恶是不能有效节制的，外界的诱惑也不是自己能够控制的，如果自己再不能够时刻反省自己，那么人的本性就会逐渐丧失。事实上，外界对人的影响无穷无尽，而人的好恶又无法完全节制，如此不停地累加，最终会被无穷的外界物欲所淹没，被物欲所淹没的结果是天理灭绝、人欲横流。因此张载问程颢：'定性未能不动，犹累于外物，何如？'意思是说，如何才能摆脱物欲的干扰而最后达到性的稳定？程颢的回信原为《答横渠张子厚先生书》，简称《定性书》，后清代吕留良刻本叫《答横渠先生定性书》。程颢回信说：'所谓定者，动亦定，静亦定；无将迎，无内外。苟以外物为外。牵己而从之，是以己性为有内外也。且以己性为随物于外。则当其在外时，何者为在内？是有意于绝外诱，而不知性之无内外也。既以内外为二本，则又乌可遽语定哉？'意思是说，所谓'定'的内涵，无论是动还是静，其'性'都是'定'的，因为'圣人用心若镜'，根本没有主动去迎来送往，也不存在'性'在心内，而物在心外的界限。心与性这面镜子照物的功能永远不会消失，恒定在那里，来来往往、动静变化的只是外物而已。如果以外物为外，牵引自己随着外物，那就是认为自己的'性'有为外之分，并且以为自己的'性'随着物跑到心外去了。那么当自己的'性'在心外的时候，又是谁在心内呢？而刻意地隔绝外物的诱惑，是因为根本不知道'性'是没有内外之分的。既然认为'性'有内外两个本位，又怎么可以说'定'呢？"听到这里，千一若有所思地问："那么如何证明'性'是定的呢？"潘古先生微微一笑道："程颢在《定性书》中的回答是：'夫天地之常，以其心普万物而无心，圣人之常，以其情顺万物而无情，故君子之学，莫若廓然而大公，物来而顺应。《易》曰："贞吉，悔亡。憧憧往来，朋从尔是。"苟规规于外诱之除，将见灭于东而生于西也。非惟日之不足，顾其端无穷，不可得而除也。'程颢是用天地之心无私、圣人之情也无私来说明'性'定的原因。他认为天地的常道就是以它的心普遍地化生万物而无私心，圣人的常道就是以他的性情顺应万物而无私情，所以君子要修行的就是在接触外物时摒除个人的私欲而达到顺应外物、自然而然的接物状态。程颢引用《易经·咸卦》第四爻的爻辞说：'当心感应外物而有反应时，就必须坚持纯正，才会吉祥；并且可将本来容易反悔的本性消除。如果心神不定、想法念头丛生，犹豫不决，和大多数人的想法一样，随波逐流，就不会获得吉祥。'如果定性仅依靠去除外物诱惑的方式，将面临将诱惑消除于东而又出现于西的局面，非但时间上不允许，并且需要顾及的头绪是无穷的，最后根本不可能去除外物的诱惑。"千一追问道："那该怎么办呢？"潘古先生手捋白须微笑着说："程颢在《定性书》中介绍的方法是：'与其非外而是内，不若内外之两忘。两忘则澄然无事矣。无事则定，定而明，明则尚何应物之为累哉？'意思是说，与其否定外物而肯定内心，不如干脆抛开这个'人为'的内外分别取舍，将内心与外物都忘掉。将内心与外物都忘掉就没有了取舍，心体自然澄净无事了，无事则性定，性定则澄明，心澄明了，哪里还会有外物诱惑的牵累呢？"千一听罢，脸上流露出彻悟的表情说："原来程颢所说的'性'还真是'心'的意思，潘古先生，难道程颢与程颐两个人的哲学思想就没有不同的地方吗？"潘古先生用肯定的语气说："当然有了。主要区别就在于'理'与'心'的关系问题。程颢提出了'心是理，理是心'的命题，他在《遗书》卷第二中认为'只心便是天'，世界万物都出自天、理、心，也就是说，天、理、心是一体。程颢开启了心学的路向。程颐则认为'理'是独立于天地万物之外的绝对精神。他在《程氏经说·易说·系辞》中说：'有理则有气，有气则有数。'程颐是将理气关系作为一对哲学范畴，加以系统地论述，成为程朱理学的奠基者。另外，在认识方法上也不同，程颢讲'诚敬存之'，主张内省，而程颐则讲'格物致知'，主张'外求'。当然他们的目的是一致的，就是要认识天理，从而达到'仁'的境界。"千一好奇地问："潘古先生，什么是'格物致知'呢？"潘古先生刚要解释，就听见千一的妈妈喊道："千一，你屋子里的空调不要开得太大，妈妈在客厅里都感觉冷了。"千一这才一吐舌头对潘古先生说:"我进来时,忘关我画的那扇老门了,天一下雪,妈妈都感觉冷了,潘古先生,您稍等片刻,我去关一下门。"说完跑出了潘古先生的茅草屋。

　　孟蝶放学后一走进阙里巷就听见了悠扬唯美的古琴声,她心想一定是孙伯伯在弹琴,便顺着琴声往前走,却发现琴声越来越异样,好像潜藏着什么危险,琴音透露出来的信息是随时都可能发生不测,于是她加快脚步走到孙善究家的院门前,果然看见孙伯伯一个人在自家院子里弹古琴,而且目光没在琴弦上,而是双眉紧锁地盯着对面的一棵杏树,孟蝶情不自禁地推开小院的门走了进去。由于太聚精会神了,孟蝶走到孙善究的身边时,他竟然没有发现。孟蝶非常好奇地问:"孙伯伯,我怎么从你的琴声里听出了危险的信息?"孙善究这才发现孟蝶来了,他弹琴的手指停下来,用右手食指先是竖在嘴唇上嘘了一声,然后又朝对面杏树伸出的一根树枝指了指,孟蝶顺着孙善究手指的方向看过去才发现,一只螳螂正在逼近一只叫得正欢的蝉,孟蝶这才恍然大悟地说:"孙伯伯,我说您弹的琴音怎么突然变调了,原来您弹着弹着看见了螳螂捕蝉,便将这个情景从琴音里表现出来了,对不对?"孙善究笑呵呵地说:"孟蝶,想不到你的'感通'能力这么强。你能从我的琴声里听出蝉遇到危险的信息,不简单啊!你能讲一讲这里面的道理吗?"孟蝶忽闪着一双水灵灵的大眼睛,想了想,苦笑着摇了摇头。孙善究示意孟蝶坐在自己对面,微笑着说:"北宋理学家程颐在《遗书》卷第十八中解释过这里面的道理。有人问他:'莫见乎隐,莫显乎微,何也?'为什么最隐蔽、最细微的言行上能看出一个人的品质呢?程颐是这样回答的:'人只以耳目所见闻者为显见,所不见闻者为隐微,然不知理却甚显也,且如昔人弹琴,见螳螂捕蝉,而闻者以为有杀声。杀在心,而人闻其琴而知之,岂非显乎?人有不善,自谓人之不知之,然天地之理甚著,不可欺也。'世人只以耳目见闻为显见,没看见没听见就认为是隐微的,然而人大多不知那隐微的就是理。就拿前人弹琴来说,看见螳螂捕蝉这一具有杀气的自然现象,便会从琴音中表现出他的心理感受,而听琴的人就会听出弹琴者的这种充满杀气的心理感受,难道这不是'显'吗?人有邪念自以为别人不知道,然而天地之理就在那里，是不可自欺的！"孟蝶感叹地说："想不到古人还有这样的记载。孙伯伯，在二程看来，什么是感通呢？"孙善究微微一笑说："感通就是'感而遂通'。这四个字出自《易经·系辞上》：'易，无思也，无为也，寂然不动，感而遂通天下之故。非天下之至神，其孰能与于此。'意思是说，宇宙万象的变化不关心'虑'，也就是无思；无需营造，也就是无为，寂然不动的是'至神'，什么是'至神'？就是最高存在，就是天理，就是梦象。这个最高存在、这个天理、这个梦象虽然寂然不动，但有感必应，所以可以感通天下。如果不是这个最高存在、不是这个天理、不是这个梦象，又怎么能如此呢？也就是说，对于天地万物、宇宙人生的真正认识，非思维所得，非有为可近，而是当心灵处于寂然不动的状态，与天地宇宙相交感的时候，自然而然通达的。二程的感通理念便源自《系辞》中的话。程颐在《遗书》卷第十五中说：'寂然不动，万物森然已具在；感而遂通，感则只是自内感。不是外貌将一件物来感于此也。''至神'之所以'寂然不动'，是因为万物已经森然俱列在那里了；之所以能因感而通，是因为感的源头在内而不在外，是内感。并非从心灵之外拿一件物体来感触。'感而遂通'就是心觉到了梦象，这个本体就是心灵体认梦象。因此不懂心灵语言就不懂感通。因此程颐在《遗书》卷第十五中说：'天地之间只有一个感与应而已，更有甚事？'天地之间，除了感与应还有什么事？心灵可以感通天理，也就是可以感通梦象。这就是说，是二程对'理'的想法创造了'理'，二程看到、听到、想到、触到和品尝到的一切，都取决于他们感通到的心灵图景。如果二程所谓的'万物森然已具在'，那么'理'也就是梦象便是最神圣的存在。'寂然不动'的只能是这最神圣的存在。否则如何才能'感而遂通'？因此程颢在《遗书》卷第二中说：'寂然不动，感而遂通者，天理具备，元无少欠，不为尧存，不为舜亡。'之所以'寂然不动、感而遂通'，是因为天理或梦象就在心中。根本没有缺欠，也就是不增不减，天理或梦象不会因为尧的圣明就存在，也不会因为舜的暴虐就消亡。又说：'因不动，故言寂然。虽不动，感便通；感非自外也。'正因为天理或梦象不变，所以寂然。不动是表象，其实感也就是心觉在动，心觉的源头来自内而非来自外，也就是说，感或心觉来自心灵。"孟蝶好奇地问："孙伯伯，二程相信鬼神吗？"孙善究笑了笑

\ 千 \ 一 \ 的 \ 梦 \ 象 \

说："还真有人问程颐这个问题。《遗书》卷第二十二中记载，他的学生周伯温问他：'易言知鬼神之情状，果有情状否？'《易经》里介绍了鬼神的情况，果然有这方面的内容吗？程颐非常肯定地回答说：'有这方面的内容。'学生又问：'既然有情状，必有鬼神矣。'既然《易经》都有这方面的内容，就一定有鬼神这回事啦。程颐说：《易经》里讲的鬼神，其实就是造化。学生继续问：'如名山大川能与云致雨，何也？'为什么名山大川能凝结云而下雨呢？程颐说：'气之蒸成耳。'不过是气蒸腾而成的罢了。学生再问：'既有祭，则莫须有神否？'既然要祭祀，恐怕还是有神吧？程颐说：'只气便是神也。'他认为气就是神。"孟蝶不解地问："孙伯伯，为什么气就是神呢？"孙善究耐心地说："因为气是心灵所有元素聚散而释放的能量。所以程颐在《程氏经说·易说·系辞》中说：'聚为精气，散为游魂；聚则为物，散则为变。观聚散则见鬼神之情状著矣，万物始终，聚散而已，鬼神造化之功也。以幽明之故，死生之理，鬼神之情状观之，则可以见天地之道。'也就是说，心灵能量聚合便是精气，心灵能量飞散便是游魂，聚合便生成心灵图景，飞散则导致心灵图景的变化。观心灵能量的聚散便可以了解鬼神，也就是梦象的情形和状况。万物的开始与结束，不过是心灵能量的聚散而已，是梦象创造演化的功迹。通过幽与明、生与死的道理以及对鬼神之情状的观察，便可知天地之道。所谓'寂然不动，万物森然已具在。'说的就是梦象就在那里，从未改变，但因心灵能量的聚散而呈现出的诗意的幻化，使得心灵图景千姿百态。"孟蝶若有所思地说："孙伯伯，我昨天夜里做了一个梦，梦见我走进自己的画里，按照二程的理论，莫非人的梦也是气？"孙善究笑呵呵地说："二程的确是通过气之感应来解释梦的形成原因的。据《遗书》卷第十八中记载，有人问程颐：'日中所不欲为之事，夜多见于梦，此何故也？'白天不愿意做的事，晚上却出现在梦里，这是怎么回事？程颐解释说：'只是心不定。今人所梦见事，岂特一日之间所有之事，亦有数十年前之事。梦见之者，只为心中旧有此事，平日忽有事与此事相感，或气相感，然后发出来。'做梦是因为心神不定。现在的人所梦见的事，何止是白天所不愿做的事，同样有数十年前的事。梦见的都是心中有过的旧事。平日里忽然有什么事和过去旧事相感应，或者是气之感应，然后便形成了梦。程颐在《遗书》卷第二十二中说：'夫众人日有所思，夜则成梦，设或不思而梦，亦是旧习气类相应。'大多数人都是日有所思，夜有所梦，假设不思而梦，同样是气之感应的结果。所谓气之感应，不过是心灵能量的聚散而已。"孟蝶沉思片刻说："不知为什么，您一谈到气之感应，我就想到了龙，我感觉气像龙一样神秘莫测。"孙善究微笑着说："还真是这么回事。所以程颐在《周易程氏传》中解乾卦时说：'理无形也，故假象以显义。乾以龙为象。龙之为物，灵变不测，故以象乾道变化，阳气消息，圣人进退。'也就是说，梦象无形，所以借助心灵图景以显现。乾以龙为其象征，龙作为一幅心灵图景，升腾、沉潜，像气一样变化莫测，以此展现乾卦阳气盛大至极与消长以及圣人的进取与退隐。程颐在乾卦中提出了理与象的概念，直接表明了理就是梦象，象就是心灵图景。也正因为如此，程颐在《程氏经说·易说·系辞》中说：'天下之理，易简而已。有理而后有象，成位乎其中也。'天下之理平易而简约，象因理而存在，有理才有象，象因理而成其位。也就是说心灵图景因梦象而存在，有梦象才有心灵图景。心灵能量便聚散于梦象与心灵图景之中。总之，'理'也就是梦象作为本体，是无形无象的，却又贯注于'象'也就是心灵图景之中，而无形之梦象只有借助于心灵图景才能显现。"孟蝶迫切地问："那么如何才能观察到梦象呢？"孙善究淡然一笑地说："二程在《遗书》卷第二中说：'观天理，亦须放开意思，开阔得心胸，便可见。'观天理或梦象，保持心灵的开放状态便可见。"孟蝶又问："怎么才能保持心灵的开放状态呢？"孙善究和蔼地说："程颐的方法是内外两忘。他在《定性书》中说：'与其非外而是内，不若内外之两忘也。两忘，则澄然无事矣。'程颐在《定性书》中讲的是'定心'，因为性无内外，性就是心，当然就是心无内外。所谓'内外两忘'就是不以自己的私情加在万物身上，任万物各正其性，各得其养，完全超越心与物、人与我的区分，这种无烦恼忧郁的境界就是'内外两忘，澄然无事'的境界，达到了这种境界才可见'天地之心'。因此程颐在《周易程氏传》卷第二中说：'一阳复于下，乃天地生物之心也。先儒皆以静为见天地之心，盖不知动之端乃天地之心也。非知道者，孰能识之？'一阳从上返归于下，五阴居上，阳气必沛然上长，以消阴气。这'一阳复于下'的'下'就是'初'。'初'是根本，凡事复兴都要从根本做起，这个'根本'就是天地生物之'心'。之前的儒者都以为沉静才能见到天地之心，大概是不知道动的开端才是天地之心啊！什么是'天地之心'？其实就是'天理'，就是'梦象'！'天地之心'并不是处于静态之中，同时以静态的方式也不能见到天地之心。只有充分体认天地之心的发端处，也就是在要发未发的几微境域中，才可见到天地之心。换句话说，就是天地之心于寂然不动之中蕴含着动之几微。'寂然不动'就是动的根本。如果不达到'内外两忘，澄然无事'的境界，谁能见识到这一点？"孟蝶用试探的口气问："孙伯伯，什么是'动之几微'？"孙善究解释说："'几微'就是细小、微小。《易经·系辞下》中说：'几者，动之微，吉之先见者也。''几'是动的微妙变化，能够预先判断吉凶的征兆。周敦颐在《通书·圣第四》中说：'动而未形，有无之间者，几也。''几'就是动而未显、离无出有、明暗转化的发生机制。程颐的'寂然不动''万象森然已具在'等思想，也应从梦象本身的几微性来理解，经过自身'内外两忘'的感与动，梦象便流动并且显发为心灵图景。所以程颐在《周易程氏传·易传序》中说：'至微者理也，至著者象也，体用一源，显微无间。''体用一源'指的是隐微的本源与其表露的现象之间有相涵的统一关系。显微无间是指梦象与心灵图景之间不可分。他认为，隐微的理与显著的象，二者是统一的，没有间隙。"孟蝶又问："'内外两忘'就能有所得吗？"孙善究一边点头一边耐心地说："程颐在《遗书》卷第十八中说：'大凡学问，闻之知之，皆不为得。得者，须默识心通。学者欲有所得，须是笃，诚意烛理。'也就是说，凡是求取学问，听到了知道了都还不算真正所得，要真正有所得，必须默默地斟酌思考，心领神会。可见学问中的'闻'和'知'，只是最终'得'一个环节，默识心通才是真得。学习的人要想有所得，必须笃定而有诚意，在'默识'中达到'心通'的境地方可产生升华，进而心灵深处呈现出一幅幅千姿百态的心灵图景。"孟蝶正聚精会神地听着，突然看见敞着门的院门前正趴着一只老龟，伸着长长的脖子往里张望，她惊异地一边用手指着老龟一边兴奋地喊道："孙伯伯，你家门前有一只老龟！"孟蝶这么一喊，似乎惊到了老龟，它一闪身不见了。孙善究往门前看了看，却什么也没看到，便笑呵呵地说："孟蝶，你是不是还在昨天晚上的梦里呢？"孟蝶一时间不知如何解释，只说了一句"孙伯伯再见！"便迫不及待地追了出去，当她追出院外时，那只老龟已经不见了踪影，她四处张望，低头寻找，突然发现不远处有一块龟甲片，她连忙跑过去捡起来，仔细端详着，却怎么也想不明白，自己明明看见一只老龟，怎么就变成了龟甲片！

第二十二章

天之上是何物

　　不知道龟甲片丢在哪儿了，怎么也找不到，以至于上课时，千一也心不在焉，总是走神儿！课堂上，老师正在讲成语，到了提问环节，老师问："谁能解释一下'捕风捉影'这个成语的意思和出处？"全班同学都举手，只有千一像没听见似的看着窗外。老师说："请刘兰兰同学回答吧。"刘兰兰美滋滋地站起来回答说："'捕风捉影'这个成语原指做事像风和影子一样难以捕捉，后来比喻说话做事没有确凿可靠的根据。这个成语出自《朱子语类》。"老师满意地点着头说："你知道朱子是谁吗？"刘兰兰胸有成竹地说："是南宋著名的思想家、哲学家、教育家朱熹。"老师用赞赏的语气说："回答正确，请坐吧。谁能解释一下'龙头蛇尾'这个成语的意思和出处。"全班同学又是齐刷刷地举起了手，就连捣蛋鬼秦小小也将手举得高高的。可是千一还是神不守舍地看着窗外。这时老师严肃地看着千一，坐在她身后的秦小小赶紧用手指戳了一下她的后背，千一这才一下子反应过来。老师说："千一同学，你来回答这个问题。"千一站起身支支吾吾地根本不知道老师问的是什么问题，还是同桌的刘兰兰提示她，她才不自信地说："比喻开头盛大，结尾衰减。出自哪里记不得了！"老师请她坐下，面容严肃地说："上课要认真听讲，否则时间就白白浪费掉了！这个成语也出自《朱子语类》。"

　　放学后，千一没有直接回家，而是一个人避开同学们，径直去了学校前的那条小溪边。自从千一拥有那块神奇的龟甲片以后，学校周围所有的乌龟都认她为女王，不仅能听懂她说的话，而且听凭她指挥。因此，千一走到小溪边唤来一只小乌龟，对它说："我的龟甲片丢了，你去通知你的

359

伙伴们赶紧帮我寻找一下。"小乌龟十分认真地说:"女王,不用通知,我知道如何找到龟甲片。"千一将信将疑地问:"你知道?说说看!"小乌龟胸有成竹地说:"只要找到阴阳树,然后摘下梦象果,你吃下梦象果后进入梦象之境,见到梦象之境的境主,境主会告诉你龟甲片的下落。"千一高兴地问:"那么怎样才能找到阴阳树呢?"小乌龟仰着头得意地说:"阴阳树就在这片森林的深处,不过只有我知道,所以请女王跟着我走就行了。"说完小乌龟慢悠悠地向着森林深处爬去。千一从小就知道龟兔赛跑的故事,所以她一点也不嫌小乌龟慢,看上去小乌龟爬得慢悠悠的,其实速度非常快,因此很快就来到了森林的深处。只见前边有一棵巨大的海市蜃楼般的大树,完全是由气组成的,五颜六色的树枝也是如彩虹般的气,树枝上挂满了如气球般姹紫嫣红的梦象果,这还是千一第一次看到如此壮观的景象。她兴奋地问:"小乌龟,我们怎么能摘下梦象果呢?"小乌龟不慌不忙地说:"别急,我的朋友会帮忙的。"说完小乌龟吹了一声口哨,不一会儿飞过来一只百灵鸟,落在千一的肩膀上问:"小乌龟,需要帮忙吗?"小乌龟诚恳地说:"小百灵,帮我摘一个梦象果给我的女王,好不好?"小百灵动人地叫了几声,然后说:"没问题!"说完展翅飞向阴阳树,不一会儿便叼着一个宛如气球般的梦象果飞了回来,重新落在了千一的肩头,千一小心翼翼地将梦象果捧在手里,小乌龟和百灵鸟催促她快点吃下,千一犹豫了片刻,便一口吞掉了梦象果。梦象果一进嘴里,就仿佛吞进了一束光,千一顿时觉得心明眼亮,她发现阴阳树上有一个神秘莫测的树洞,她情不自禁地走向洞口,来到洞口,她试着往里望了望,顿时有一种渴慕已久的向往袭上心头,她伴着天籁鬼使神差地走了进去。一抬头看见金光闪闪的宝座上坐着一个头戴金冠的首领,准确地说,这个首领是由一团气组成的。他身披的长袍犹如一片霞光,他的面庞虽然神秘,表情却如东方刚刚露出的晨曦一般给人以希望。千一一进来,他便用热情的语气说:"欢迎你来到梦象之境,我是这里的境主,请问你有什么需要我帮助的吗?"千一用试探的口吻说:"境主先生,我的龟甲片丢了,您能帮我找到吗?"境主笑呵呵地说:"没问题,不过这个梦象之境是根据南宋思想家、哲学家、理学家、教育家朱熹的宇宙观构建的,你要想找到龟甲片就必须先参透朱熹的思想精髓,你愿意吗?"千一毫不犹豫地说:"我愿意。

在课堂上，老师讲成语时就提到了朱熹，但是朱熹究竟是怎样一个人，他有怎样的思想，我却一点也不知道。境主先生，您能告诉我吗？"境主欣然应允道："你既然走进了朱熹构建的梦象之境，我作为梦象之境的境主，向你介绍朱熹当然责无旁贷。我们先看看《宋史·朱熹传》是怎么介绍他的：朱熹，字元晦，一字仲晦，徽州婺源人。父松字乔年。熹幼颖悟，甫能言，父指天示之曰：'天也。'熹问曰：'天之上何物？'松异之。就傅，授以《孝经》，一阅，题其上曰：'不若是，非人也。'尝从群儿戏沙上，独端坐以指画沙，视之，八卦也。"千一惊叹地说："真的吗？朱熹也太聪明了！"境主惊异地问："怎么，你听懂了？"千一点了点头。境主微微一笑说："那么你说说看。"千一自信地说："朱熹，字元晦，又字仲晦，是徽州婺源人。他父亲叫朱松，字乔年。朱熹小时候聪颖过人，刚会说话时，他父亲指着天告诉他：'这是天。'朱熹竟然问：'天上面是什么？'他父亲大为惊异。到了读书的年龄，跟随老师读书时，老师向他讲解《孝经》，他读了一遍，就心领神会了，还在书上写道：'不能这样，就不能算作一个人。'他曾经和一群小朋友在一起玩沙子，一个人端端正正地坐在沙地上用手指画着什么，别人一看，竟然是一幅八卦图形。我说得对不对，境主？"境主点着头说："朱熹十四岁时，朱松得了重病，去世前他把朱熹母子托付给了在崇安五夫里奉祠家居的好友刘子翚。"千一插嘴问："什么是奉祠家居？"境主解释说："就是只领俸禄而无官职的官员。"千一又问："朱松去世前就没给朱熹留下什么话吗？"境主微笑着说："据《文集》卷十九《屏山刘子羽墓表》中记载，朱松把朱熹叫到病榻前说：'籍溪胡原仲、白水刘致中、屏山刘彦冲，此三人者，吾友也。其学皆有渊源，吾所敬畏。吾即死，汝往父事之，而唯其言之听，则吾死不恨矣。'就是说，我有三位好友，他们是籍溪胡原仲、白水刘致中、屏山刘彦冲，这三个人的学问都有渊源，令我敬畏。我死后，你要像对待父亲一样侍奉他们，只要你听他们的话，向他们三人请教学问，我就死而瞑目了。其中刘彦冲就是刘子翚。'朱松死后，刘子翚在自己的家院旁边为母子盖了一所住宅，从此朱熹就住在崇安。朱熹遵父遗言，受学于三先生。"千一若有所思地问："朱熹跟随三先生都学习什么呢？"境主微微一笑说："朱熹从学三先生主要学习儒学，同时兼收并蓄地接受了三先生的经学和二程的理学。由于胡原仲和刘彦冲喜好佛、老，常将儒书与佛教相糅合，企图调和儒佛，也对年轻的朱熹产生一定的影响。在刘氏家塾中，朱熹受到了正规全面的儒家教育，一面为科举入仕攻习程文与词章之学，一面为入'圣贤之域'而潜研二程的理学。同时还广泛涉猎佛家、道家，于禅道文章、楚辞、兵法，也事事要学。这种广泛涉猎儒释道的学风，为他后来融儒释道为一体，集理学之大成奠定了思想基础。绍兴十七年，也就是公元1147年，朱熹十八岁，他参加了建州地方的'乡贡'考试，主考官称他是一位杰出的人才，第二年中进士。三年后被派到泉州同安县任主簿。"千一插嘴问："境主，主簿是干什么的呢？"境主解释说："主簿是辅助县令管理簿书、赋税和教育事务的官员。绍兴二十三年秋天，二十二岁的朱熹到同安县任职，开始了他的仕途生涯。上任途中，他一路访学问道，专程拜访了后来改变他一生思想道路的理学家李侗。李侗是朱熹父亲朱松的同门友，两人交游相知几十年，朱熹从小就认识李侗。李侗曾和朱松一起受教于杨时的弟子罗彦，也是程颐的再传弟子。当时朱熹正沉迷于佛老之学，这次相见，李侗向朱熹展现了一位理学家'默坐澄心以体认天理'的气象。他不仅否定了朱熹的禅学空悟，而且教他在具体实践中体会天理。这促使他对儒释道三大传统文化思想进行了反思。由于李侗持之以恒的指导，以至于到后来朱熹完全折服于他的理论。在恩师李侗去世后，朱熹任职南康。据《宋史·朱熹传》记载：'淳熙五年，除知南康军。至郡，兴利除害，值岁不雨，讲求荒政，多所全活。讫事，奏乞依格推赏纳粟人。间诣郡学，引进士子与之讲论。访白鹿洞书院遗址，奏复其旧，为《学规》俾守之。会浙东大饥，宰相王淮奏改熹提举浙东常平茶盐公事，即日单车就道。复以纳粟人未推赏，辞职名。纳粟赏行，遂受职名。熹始拜命，即移书他郡，募米商，蠲其征，及至，则客舟之米已辐凑。熹日钩访民隐，按行境内，单车屏徒从，所至人不及知。郡县官吏惮其风采，至自引去，所部肃然。凡丁钱、和买、役法、榷酤之政，有不便于民者，悉厘而革之。于救荒之余，随事处画，必为经久之计。有短熹者，谓其疏于为政，上谓王淮曰："朱熹政事却有可观。"熹登第五十年，仕于外者仅九考，立朝才四十日。家故贫，箪瓢屡空，晏如也。诸生之自远而至者，豆饭藜羹，率与之共。往往称贷于人以给用，而非其道义则一介不取也。其为学，大抵穷理以致其知，反躬以践其实，而以居敬为主。尝谓圣贤道统之传始晦。于是竭其精力，以研究圣贤之经训。所著书皆行于世。熹没，朝廷以其《大学》《论语》《孟子》《中庸》训说立于学官。平生为文凡一百卷，生徒问答凡八十卷，《别录》十卷。'讲的是，淳熙五年，朱熹受命掌管南康军。一上任就着手为百姓兴利除害。正赶上那一年天不下雨，土地干旱严重，由于他果断地采取赈济灾荒的措施，很多百姓得以保全性命。灾情过后，他上奏请求按照规定的标准奖赏献粮救灾的人。他还经常到州郡的学校里去，召集学生给他们讲学，他还寻访到白鹿洞书院的遗址，上奏孝宗皇帝请求重建，并制订了《白鹿洞书院学规》，让学生们遵守。当时浙东发生大饥荒，宰相王淮请求皇帝改任朱熹为提举浙东常平茶盐公事，并要他立即轻车前往就任。然而由于朝廷对南康赈灾献粮的人没有给予奖赏，朱熹辞谢了这一职务，等到朝廷的奖赏颁发后，他才受职赴任。他刚一上任，就立即给其他州郡写信，召募米商，免除他们的商税，等他们到达浙东时，外地运粮的商船已经聚集了很多。朱熹察访民情，到州县巡视考察，单车独行，不带随从，所到之地，没有人知晓他的身份。郡县的官吏们害怕他的严峻作风，一听说他到来，有的甚至弃官离去，管辖部门，秩序肃然。所有人、税、役法这类规定条款，只要有对百姓不利的，他全部整理出来加以革除。朱熹在赈灾之余，还按照实际情况进行规划，一定为百姓做长远的打算。有人诋毁朱熹，说他政务荒疏。皇帝却对王淮说：'朱熹的政绩确实大有可观啊！'朱熹在考中进士的五十年里，外地做官有二十七年，在朝中做官才四十日。"千一插嘴问："怎么是二十七年呢？"境主解释说：'古代管理三年一考绩，九考则为二十七年。朱熹家境一向贫寒，以至于时常揭不开锅，但他都能安然处之。有的学生从很远的地方来向他求教，他也只能用豆饭藜汤来招待，并和他们一起用餐。朱熹常常向别人借钱来维持生活，但是，对于不合道义的钱，却一分不取。朱熹做学问，是通过穷理而致知，并且善于将理论运用到实践中去。他曾说过，古代圣贤的思想学说都流散在典籍之中，由于古圣先贤的思想要旨阐述得不清楚，圣贤思想的传播也就含混隐晦。于是，朱熹竭尽精力，深入探究圣贤的思想精髓。他的著作在世上广泛流传。朱熹死后，朝廷把他所注的《大学》《论语》《孟子》《中庸》作为学校的教材。他一生写的著作共有一百卷，他与学生的问答一共八十卷，还有别录十卷。"千一好奇地问："境主，朱熹是怎么死的呢？"境主沉重地说："绍熙五年，光宗内禅，宁宗赵扩继位，庆元六年八月，朱熹被任命为焕章阁待制兼侍讲，也就是新皇帝的老师。刚上任，他就借奉诏进讲的机会，向宁宗反复强调'格物、致知、诚意、正心、修身、齐家、治国、平天下'八目。希望通过匡正君德来限制君权的滥用，此外朱熹还趁机在宁宗面前将与皇家沾亲带故的宠臣韩侂胄的恶性一一揭露出来，不仅引起了宁宗的不满，更是大大得罪了权臣韩侂胄。韩侂胄不顾一切地采取手段，不仅将朱熹逐出了朝廷，而且掀起了一场反朱学的运动，历史上称为'庆元党禁'。一时间理学威风扫地，被斥为'伪学'，朱熹被斥为'伪师'，学生被斥为'伪徒'。宁宗一改旧态，下诏命凡荐举为官，一律不取'伪学'之士。朱熹的弟子们不准在朝廷做官，甚至有人上书要求斩杀朱熹以绝'伪学'，被逐出朝廷的朱熹只好回到建阳考亭家中继续从事讲学和著述工作。直到庆元六年，也就是公元1200年春天，朱熹得了一场大病，泄泻不止。三月初九，朱熹在弟子们的陪伴下，在血雨腥风的庆元党禁中与世长辞，享年七十一岁。朱熹生前曾经说过：'非徒有望于今日，而又将有望于后来也。'他不惧怕自己的学术思想被当局者所排斥，而深信他的理学思想会弘扬天下，流传于世。他的话果然应验。朱熹生于宋高宗建元四年，也就是1130年，死于宋宁宗庆元六年，也就是公元1200年。他一生著述颇丰，遍及经学、史学和文学等科目，他的哲学思想主要集中在《朱文公文集》一百卷，《续集》十一卷，《别集》十卷，《朱子语类》一百四十卷和《四书集注》等书中。朱熹是理学的集大成者。"沉思片刻，千一兴趣十足地问："境主，那么朱熹到底构筑了怎样一个理学世界呢？"境主认真地说："'理'是朱熹哲学的最高范畴，在朱熹哲学体系中居于至高无上的地位，那么什么是'理'呢？朱熹认为太极就是理，因此在《朱文公文集》卷三十七中说：'太极之义，正谓理之极致耳。'在《朱子语类》卷九十四中说：'总天地万物之理，便是太极。'又说：'周子曰：无极而太极。盖云无此形状，而有此道理耳。''周子'就是周敦颐。他用'无极'来修饰'太极'，是为了强调宇宙万物的本质也就是'太极'是'无形而有理'的，用无极来表示太极之妙。因此朱熹在《太极图说解》中说：'不言"无极"则

364

\千\一\的\梦\象\

"太极"同于一物，而不足为万化之根；不言"太极"则"无极"沦于空寂，而不能为万化之根。'他认为万物各有其理，而万物之理归一，就是'太极'。不谈'无极'，那么'太极'就等同于一物，而不足以成为化生万物的根本；不谈'太极'，那么'无极'就沦于空寂，也不能说明本体成为万物根源的道理。也就是说，无极既没有形状，也不可言，更不同于一物，不是真有一个'极'。可见'太极'是既无形状又非空寂的一个真实存在的绝对，只有这个绝对才能说明万物的本原问题，而这个绝对就是'理'。因此朱熹在《朱子语类》卷一中说：'合天地万物而言，只是一个理。'又说：'未有天地之先，毕竟是先有理。'还说：'万一山河大地都陷了，毕竟理却只在这里。'没有天地万物之时，只有一个理存在着，说明理是万物的本原，而理先于天地万物而独立存在，即使天地陷了之后，理依然存在，这说明理是不依赖于万物而永恒存在的宇宙根本。也就是说，正是因为有了理，才有了天和地，才产生了人和物。因此朱熹在《中庸章句》里引程颐的一段序说：'始言一理，中散为万事，末复合为一理。''放之则弥六合，卷之则退藏于密。'意思是说，理是万物的生始点，天、地、人、物都产生于最根本的理，一理散之而为万物、万事，合之则又归于一理。从宏廓来说，理弥漫涵盖天地，统摄万物，其大无外；从隐微来说，理退藏于密，其小无内。也就是说，理是无所不包、无所不在的。"千一若有所思地问："境主，能具体讲一讲'一理'与万物的关系吗？"境主淡然一笑说："朱熹在《通书·理性命章注》中说：'二气五行，天之所以赋受万物而生之者也。自其末以缘本，则五行之异，本二气之实。二气之实，又本一理之极。是合万物而言之，为一太极而一已也；自其本而之末，则一理之实，而万物分之以为体，故万物之中各有一太极。'朱熹认为宇宙生成过程是由'理'也就是'太极'生阴阳二气，由气而生五行，五行聚合而生万物。由末向本追寻，或者说由下往上推，则五行的不同，源自充实的二气。二气的充实，又源自一个理或太极。总合万物来说，世界上有一个太极，由本逐末或者说从上向下推，事事物物都从一个本原也就是理上来，但由于牧物所分之理又都各各圆满具足，所以万物中又各有一个太极。也就是说，万物由理而生，所以万物中各有一个理。"千一试探地问："境主，你是在讲一理和万理的关系吗？"境主未置可否地说："我在讲'理一分殊'。"千一好奇地问："什么是'理一分殊'？"境主微笑道："其实'理一分殊'指的就是一般与特殊之间的关系。对此，朱熹在《西铭律》中是这样解释的：'天地之间，理一而已，然"乾道成男，坤道成女，二气交感，化生万物"，则其大小之分，亲疏之等，至于十百千万而不能齐也。……盖以乾为父，以坤为母，有生之类，无物不然，所谓"理一"也。而人、物之生，血脉之属，各亲其亲，各子其子，则其分亦安得而不殊哉！'意思是说，天地之间，只有一个本体之理而已。由乾健之性生成阳男之气，由坤柔之性生成阴女之气，这两种形态的气相互交感融合就造化衍生出万物。于是就产生了大小之分、亲疏之别，以至于产生了'十百千万'，各种各样的具体事物。乾健之性彰显天道创造的奥秘，所以称作万物之父；坤柔之性表示万物生成的物质性原则和结构性原则，称作万物之母。乾父地母只此一理，而产生了万事万物。人之为人之理、物之为物之理，各自有各自的特殊之处，这就是万殊。朱熹在《朱子语类》卷九十四中借用佛教'月印万川'说来解释：'本只是一个太极，而万物各有禀受，又各自全具一太极尔，如月在天，只一而已，及散在江湖，则随处而见，不可谓月已分也。'天下万物总体而言只有一个太极，但此太极也就是此理散在万物中使万物各具一太极，各具一理，就像天上只有一个月亮，而散在江湖之中也随处可见一样。"千一似有所悟地问："境主，你前面讲了二气之实，刚刚又讲了二气交感，好像理离不开气呀？"境主点了点头说："不错，在理和万物的关系中，最根本的是理和气的关系，'理一'之实之所以会产生'十万千万'之分殊，根本原因在于气。因此从理与气的体用关系层次来说，'理一分殊'也就是'理气分殊'，理在气中。朱熹在《朱子语类》卷一中说：'天下未有无理之气，亦未有无气之理。'又说：'有是理便有是气，伹理是本。'可见，朱熹认为理与气相互依赖，不可分离，有理必有气，有气必有理，但理是本。因为理生万物。在理气关系上，朱熹认为'理气相依'，又在《太极图说解》中认为'太极生阴阳，理生气也'。他在《孟子或问》卷三中说：'以本体言之，则有是理，然后有是气。'理是本体，可是派生出气。但理又寓于气。因此朱熹在《朱子语类》卷九十四中说：'此本只是说气，理自在其中。'可见，理与气相依不离，互相统一。同时，理又寓于气中。他在

《答黄道夫》一文中进一步指出：'天地之间，有理有气。理也者，形而上之道也，生物之本也；气也者，形而下之器也，生物之具也，是以人物之生，必禀此理，然后有性；必禀此气，然后有形。其性其形，虽不外乎一身，然其道器之间，分际甚明，不可乱也。'讲的是天地之间，有理有气才产生了人和物，理就是形而上的道，是生物之本，也就是一物生成的根据、本原，是看不见的本体；气就是形而下的器，也就是一物生成的材料，是有形象可循的。因此人和物的生成必然要禀受这个理，禀受了这个理，才产生人和物的性；禀受了这个气，才有了人和物的形体。人和物的性与形可以浑然一体，但人和物的道与器之间却分际甚明，不可以搞乱了。这就讲清了理与气在事物产生中不同的作用，理是本原，决定事物的本性；气是材料，决定事物的形态。"千一插嘴问："境主，既然人和物禀受此理便有此性，是不是可以说理也是性或者说性就是理呢？"境主用赞许的口吻说："你很聪明，朱熹的确认为性就是理。朱熹在《朱子语类》卷四中说：'人之所以生，理与气合而已。'又说：'天下无无性之物，盖有此物，则有此性；无此物，则无此性。'人是理气相合后产生的，天下没有无性之物，只要有此物，就必然有性；没有此物，就必然没有此性。因此，朱熹在《朱子语类》卷四中又明确指出：'性只是理。'又在《朱子语类》卷九十八中说：'吾之性即天地之理。'在《四书章句集注·孟子集注》卷五中进一步强调：'性者，人所禀于天以生之理也。'所谓'性'，是人从'天'处所受之'理'。在《四书章句集注·孟子集注》卷十一中重申：'性即理也，性者，人生所禀之天理也。性者，人之所得于天之理也；生者，人之所得于天之气也。……此人之性所以无不善，而为万物之灵也。'他十分明确地提出'性就是理'，性就是人所禀受的天理。所谓性，是人从'天'那里得到的'理'；所谓生，是人从'天'那里得到的'气'。……这就是人性本善而为万物之灵的原因。"千一情不自禁地问："境主，既然人是万物之灵，那么人是灵在'性'，还是灵在'心'呢？"境主深沉地一笑说："你这个问题算是问到关键点上了。这个问题恰恰是朱陆之辩的焦点。"千一好奇地问："什么是朱陆之辩？"境主微微一笑说："朱陆之辩缘起于鹅湖柜会。乾道五年也就是公元1169年九月，朱熹的母亲去世了，他将母亲葬在建阳崇泰里后山天湖之阳的寒泉坞，并在寒泉坞建寒泉精舍为母亲守墓，开始了长达六年之久的寒泉著述时期。淳熙二年正月，朱熹的好友、理学家吕祖谦从婺州启程来访朱熹，两个人之所以相见是因为他们有一个共同的想法，与各学派的学术领袖坦率地在一起相谈而论，交流统一思想，也有折中众家、归众说于一的打算。两个人在寒泉相聚一个半月，讨论的问题非常广泛，在很多方面取得了一致，并共同编写了《近思录》。这部小书既是他们统一思想的成果，也是朱熹的学派及思想确立的标志。按照两个人既定的相见计划，便是他们同陆九龄、陆九渊兄弟的学派思想沟通问题了。"千一插嘴问："陆九龄、陆九渊兄弟也是理学家吗？"境主未置可否地说："陆氏兄弟是儒家心学的开创者，弟弟陆九渊更是心学大师。在南宋可以与朱熹的理学分庭抗礼的就是陆九渊的心学。在信州鹅湖会晤讨论学术异同，是吕祖谦提议的，意在调和朱、陆两家学说之间的矛盾，史称'鹅湖之会'。在学术上，朱熹主张'性即理'，认为心与理是两个不同的概念，理是本体，心是认识的主体；陆九渊主张'心即理'，认为心与理是一回事，坚持以心来统贯主体与客体；朱熹主张以心格物而识宇宙之理，他认为理生万物，心具众理而应万物，在朱熹看来，心、理、宇宙三者相分，理在物中，宇宙一理分万殊，他主张通过格物致知而穷究各个事物的具体之理；而陆九渊主张离事自悟，他认为心涵万物，心即众理而成宇宙，在陆九渊看来，心、理、宇宙三者绝对同一，理在吾心，吾心即理，理在宇宙，宇宙就是理，心即理即宇宙，吾心便是宇宙，宇宙便是吾心，一心一理充塞宇宙，所以只要发明本心即可顿悟宇宙，不需要理一万殊。朱熹与陆氏兄弟论辩、讲学长达十日之久。双方虽然没有达到统一思想的目的，但鹅湖之后朱熹和陆九渊都表示要考虑对方的观点，从而弥补自己学说的不足，朱陆之辩无疑促使他们自觉不自觉地对自己的思想进行了反省。"千一若有所思地问："境主，能解释一下什么是格物致知吗？"境主淡然一笑说："格物致知的思想最早见于《礼记·大学》。朱熹在《四书章句集注·大学章句》中解释说：'所谓致知在格物者，言欲致吾之知，在即物而穷其理也。盖人心之灵莫不有知，而天下之物莫不有理，惟于理有未穷，故其知有不尽也。是以《大学》始教，必使学者即凡天下之物，莫不因其已知之理而益穷之，以求至乎其极。至于用力之久，而一旦豁然贯通焉，则众物之表里精粗无不到，而吾

＼千＼一＼的＼梦＼象＼

梦象之跋涉

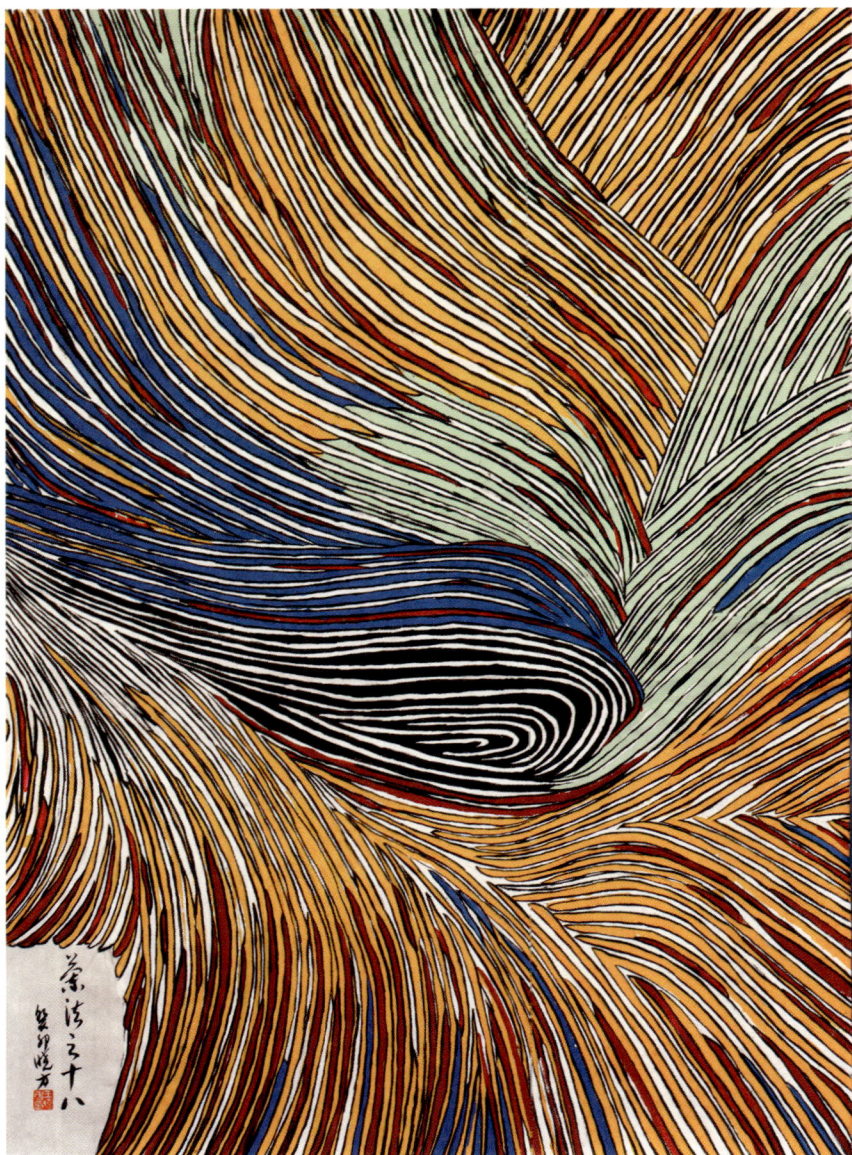

兰法之十八

梦象之校外

兰法之六

梦象之沟通

兰法之五

心之全体大用无不明矣。此谓物格，此谓知之至也。’意思是说，所谓获得知识的途径在于认识研究万事万物，要想获得知识，就必须接触事物而彻底研究它的原理。人的心灵都具有认识能力。而天下万事万物都总有一定的原理。只不过这些原理还没有被彻底认识，所以使知识显得很有限。因此《大学》从一开始就教学习的人接触天下万事万物，就是因为已知之理益于推广与延伸，从而彻底认识万事万物的原理。经过长期用功，总有一天会豁然贯通，到那时，万事万物的里外巨细都被认识得清清楚楚，而自己内心的一切认识能力都得到淋漓尽致的发挥，再也没有蔽塞。这就叫万事万物被认识、研究了，这就叫知识达到顶点了。因此所谓‘格物’就是深入事物内部至极处穷究其理；所谓致知，就是达到能知和所知，就是推致心知于事事物物至极之处，穷究其理，无所不知。”千一插嘴问：“‘格物’的‘物’包括万事万物吗？”境主点着头说：“不错，朱熹在《朱子语类》卷十五中说：‘圣人只说格物二字，便是要人就事物上理会，且自一念之微，以至事事物物，若静若动，凡居处、饮食、言语，无不是事。’所谓‘事物’，不仅是指客观的物质实体，如天地日月、草木山川，也指人类的活动事宜，还包括人的某些思维意念在内。”千一试探地问：“这么说‘心’也是物，那么‘格物’也包括‘格心’对不对？”境主摇了摇头说：“‘格心’是内求，恰恰是‘心学’的理念，是朱熹坚决反对的，他认为，凡天地之间，眼前所见之事皆为物，一切可以被人们当作思维对象的都属于被格的‘物’范围。为此他提出了心的‘主敬’说，以‘敬’作为心的修养要法。”千一又问：“‘敬’和‘静’是什么关系呢？”境主解释道：“‘敬’包含三层含义，第一层含义就是‘静’。朱熹在《朱子语类》卷十五中说：‘穷理以虚心静虑为本’，只有虚心静虑，方可万理俱明，他强调在静中‘虚心观理’，他把静看作人心之思虑未萌的状态，是以敬言静；第二层含义是凝神专一。朱熹在《朱子语类》卷十二中说：‘静坐非是要如坐禅入定，断绝思虑。只收敛此心，莫令走作闲思虑；则此心湛然无事，自然专一；及其有事，则随事而应；事已，则复湛然矣。’他认为，静坐不是非要像佛家坐禅入定那样，断绝思虑。只要心无杂念，无事时，心能凝神静一，使心清澈安然，自然专一；有事时，心则随事而应，事情结束后，则心灵恢复清澈安然、自然专一的状态；第三层含义便是‘诚’。

所谓'诚'就是使心真实不伪。朱熹在《朱子语类》卷十六中说:'诚者,真实无妄之谓。''诚者何?不自欺、不妄之谓也。'他认为,'诚'就是真实不欺。他在《四书章句集注·中庸章句》中说:'诚者,真实无妄之谓,天理之本然。'他把'诚'上升为'天理'。他在《朱子语类》卷十六中告诫自己的学生:'凡人所以立身行正,应事接物,莫大乎诚敬。'强调一个人立身做事,对待各种事物的基础是诚与敬。他在《朱子语类》卷九中说:'学者工夫,唯在居敬穷理二事,此二事互相发,能穷理,则居敬工夫日益进;能居敬,则穷理工夫日益密。'也就是持静虚心与格物致知二者不可偏废,必须统一起来,这叫'敬知双修'。也就是他在《朱子语类》卷十五中强调的'格物须合内外','物格是要得外面无不尽,里面亦清澈无不尽'。这是一个先由里虚心静思、澄明其心,再向外格万物之理的认识过程。因此他在《朱子语类》卷十二中强调说:'"敬"字工夫,乃圣门第一义,彻头彻尾,不可顷刻间断。'他还说:'"敬"之一字,真圣门之纲领,存养之要法。'在他看来,'敬'字功夫是儒家的第一要义,从始到终,顷刻不可间断。'敬'字就是儒家的纲领,培养本心善性的要法。"
千一听到这里沉思片刻,然后用迫切的语气说:"境主,朱熹的思绪我都理解了,您该帮我找龟甲片了吧?"境主诡谲地一笑说:"能不能找到你的龟甲片,我要用卜筮之书《易经》里的占筮之法算一卦。"千一惊异地问:"《易经》是百经之始,你怎么能认为《易经》是卜筮之书呢?"境主不以为然地说:"《易经》乃卜筮之书是朱熹的学术观点。朱熹一生都在研究《易经》,他在《朱子语类》卷六十六中说:'今人读《易》,当分为三等:伏羲自是伏羲之《易》,文王自是文王之《易》,孔子自是孔子之《易》。'他认为,古时候原本没有卦,伏羲仰观俯察,观天地自然之法象而画卦,当时因为没有文字,因此伏羲只是通过卦象来教先民卜筮凶吉。朱熹在《朱子语类》卷六十七中说:'及文王观卦体之象而为之象辞,周公视卦爻之变而为之爻辞,而吉凶之象益著矣。'在朱熹看来,伏羲之时只有卦画没有文字,而到了文王之时有了象辞,到了周公之时有了爻辞,但文王周公用文字语言做卦爻辞,也是为了表明吉凶之象,所不同的是文王《易》之占筮,其卦爻辞中含有了德性的因素。只是孔子作的《易传》不是卜筮之书,而是阐发了系统的囊括天人的整体宇宙之学。朱熹在《朱子语类》

卷六十六中说：'及孔子系《易》、作《彖》《象》《文言》，则以元亨利贞为乾之四德，又非文王之《易》矣。到得孔子，尽是说道理。'所谓孔子《易》其内容也就是指《易传》十篇，也就是《彖》上下、《象》上下、《系辞》上下、《文言》、《说卦》、《序卦》、《杂卦》，也称《十翼》。到了孔子《易传》，《易》之义才由卜筮转换到义理上来。"千一这才恍然大悟地说："原来是这样啊！境主，那么你快快算一卦吧！"境主的手在空中一挥便取了一把蓍草，然后对千一说："你先闭上眼睛。"千一只好闭上了双眼。良久，千一都没有听到境主的动静，她试探着睁开眼睛，惊异地发现，不仅境主不见了，就连梦象之境也不见了。此时此刻她孤零零地站在大森林中，一时间，她不知身在何处，片刻，她下意识地低头一看，一眼便看见龟甲片就在脚边……

孟周完成一张画作后，想到院子里透口气，当他走到后院时，发现孟蝶正端坐在一小片毛竹前发呆，孟周十分好奇地走过去问道："孟蝶，你在想什么呢？"孟蝶因为太专注了，被爸爸这么突然一问吓了一跳，她一本正经地说："爸爸，我在格物致知！"孟周逗趣地问："这么说你已经体会到什么是胸有成竹了？"孟蝶沮丧地摇了摇头说："我费了好半天劲儿，什么也没有'格'出来呀！"孟周微笑着说："看来你并没有真正理解什么是格物致知呀！"孟蝶认真地问："爸爸，您是怎么理解格物致知的呢？"孟周微笑着说："在爸爸看来，'格物致知'就是'格物致理'。格物的'物'就是心灵图景，因此所谓格物致知就是穷究心灵图景而达致认识理的目的，而'理'就是梦象。也正因为如此，朱熹才在《四书章句集注·大学章句》中说：'善人心之灵莫不有知，而天下之物莫不有理。'心灵无所不知，而梦象就潜存在所有心灵图景中。在朱熹看来，理在物中，宇宙一理分万殊，也就是说梦象在心灵图景中，宇宙即梦象，可以分出无数心灵图景，穷究每一幅心灵图景，便可以豁然贯通宇宙一理，进而达到认识梦象的目的。"孟蝶不解地问："爸爸，难道格物的'物'不是物质吗？"孟周认真地说："爱因斯坦的相对论，特别是在二十世纪初，由普朗克、爱因斯坦、薛定谔、玻尔等多位科学巨匠创建了量子力学之后，已使'物质'越来越不成其为物质了。比如有一个著名的电子双缝干涉实验，起初只是验证了微观粒子具有波粒二象性，但后来科学家在做电子双缝干涉实验时加入了'人类观测'行为，神奇的事情便发生了。当人类进行观察的时候，电子则呈现粒子特质；当人类不进行观察的时候，电子则呈现波的特质，而观察行为本身并没有干预实验的正常进行，观察行为只是视觉在人脑中的反映而已；观察行为并不是物质活动，但非物质的观察行为却引发了微观量子世界的物质粒子发生变化的'事件'，这说明，这个'事件'是精神的，而一切精神事件的实质都是心灵图景。也就是说，电子双缝干涉实验是为了观察微观粒子，也就是朱熹所讲的'格物'，但很明显，这个实验却成了科学家的心灵图景。在感觉中我们好像直接与外部世界相接触，但实际上是在心灵世界遨游。我们所见所闻不一定来自物理世界。比如我们的眼睛只能看到 400 纳米到 720 纳米波长的可见光，这个狭窄区段以外的光波我们一律看不见，而我们看到的只是宇宙光谱中的十万分之一。我们所看到的颜色不过是光波的频率，而就频率本身而言，只有大小的变化，而没有颜色的区别，我们所说的颜色实际上是波长通过视中枢产生的错觉。也就是说，我们的视觉无时无刻不在扭曲这个世界。所以我同意朱熹关于心是主宰的思想。他在《大学或问》卷一中说：'若夫知则心之神明，妙众理而宰万物者也。'又在《晦庵先生朱文公文集》卷四十六中说：'人心至灵，主宰万变，而非物所能宰。'在《朱子语类》卷五中说：'心，主宰之谓也。'核心意思就是说，万物不过是由心灵化生出的一幅幅心灵图景。梦象是不灭的本体，而宇宙是如幻如化的现象。"

听到这里，孟蝶若有所思地问："爸爸，您的意思是不是说，梦象是宇宙的本体？"孟周未置可否地说："朱熹在《孟子或问》卷上中提出了'心无限量''心无内外''心体浑然，无内外、动静、始终之间'等思想，这说明他心目中的宇宙本体和心之本体是完全合一的，'心体'之'浑然'就是天理之'本然'。也就是说，心灵是心之本体，梦象是宇宙之本体，而心灵与梦象是'浑然一理'的本然存在。心灵是至大无外、至小无内的存在。梦象是心灵的内在演化、运动与变化。但梦象是无始无终的，它是宇宙的根本。天地万物总起来说，就是一个梦象。但梦象又不是具体之物，所以它是无形的，它对万类的作用也是无形的。正如朱熹在《四书集注·中庸章句序》中所说：'放之则弥六合，卷之则退藏于密。'也就是说，梦象弥漫开来可以遍满天地四方，梦象退藏于密，却其小无内。这表明作为宇宙根本的梦象是无所不包、无所不在的。心灵就主宰着这样一个无穷大的世界。'心'这个'神明之舍'，虽然难以捉摸，但它能统领万事万物，对万事万物进行思考。也正因为如此，宇宙本体，也就是梦象相当于一个有意思的智慧体，宇宙内的所有事物都会受到无形无相、无比强大的'意识'所控制。这个'意识'被朱熹称之为'虚灵知觉'，也就是心觉。他在《知信疑义》中说：'所谓心者，乃夫虚灵知觉之性，犹耳目之有见闻耳。'心就是虚灵知觉，就像耳能听、目能视一样。又在《四书集注·中庸章句序》中说：'心之虚灵知觉，一而已矣。'心的虚灵知觉，人心道心是统一的。在朱熹看来，'心与理一'，也就是心灵与梦象合一是普遍的绝对真理，它不能作为对象去认识，只能呈现于心灵中。这其实是一个心灵自我呈现的过程，这个心灵自我呈现的过程就是'虚灵知觉'起的作用。因此朱熹在《朱子语类》卷十八中说：'人心至灵，虽千万里之远，千百世之上，一念才发，便到那里，神妙如此。'又说：'此心至灵，细入毫芒纤芥之间，便知便觉。六合之大，莫不在此。又如古初去今是几千万年，若此意才发，便到那里。'至灵的心，小到毫芒，大到六合，在空间的大小和时间的久远上，心都无所不包无所不在。心的活动能力神妙莫测，在速度和范围上都是无限的，这就是心的'至灵'。也正因为如此，朱熹在《朱子语类》卷五中说：'虚灵自是心之本体，非我所能虚也。耳目之视听，所以视听者，即其心也。'虚灵自然是心的本然属性，而不是朱熹的主观故意造就的。耳目等感官听到的、看到的一切是由无形无相的心所主宰的。也就是说，'外面功夫'是由'内面功夫'所主宰的，即使心外有理，通过格物穷理，也能消除物我之隔。'外面功夫'最终要回到'内面功夫'，进而通过'内面功夫'实现自我超越，从而进入万物一体的梦象之境。这才是朱熹哲学的本意。"孟蝶试探地问："爸爸，您能举个例子吗？"孟周沉思片刻说："你妈妈独创的'兰法'就是'外面功夫'最终回到'内面功夫'，进而实现了自我的超越。兰法是心之性灵的自由表现，是一个人性灵的独创。"孟蝶不解地问："难道书法不是吗？"孟周耐心地说："书法不是，它不仅受限于文字，而且受限于古人，而古人甚至已经穷尽了一个汉字的变化，汉字笔画的画地为牢决定了一个汉字的线条变化是有限的，这种有限性限制了线条变化的创造空间。而艺术家的底蕴是通过线条的变化表现出来的，如果线条的变化穷尽了，只能陷入重复和模仿的窠臼。这就是当下书法所面临的困境。而兰法的得心应手，主要来自于‘心’的自由和主导，兰法是心的形象性表达。书法要凭借文字，而兰法是毫无凭借，纯为性灵的独创。兰法的实质在于艺术家怎样将心灵感知的总合灌注到一条线里去，而这条线要尽可能地脱离实际，超越现实，使其达到‘理’的境界或梦象王国，只有达到‘理’的境界或梦象王国才能从一个普通人变成一个永恒的人。这种宇宙规律和生命韵律的微妙呈现，朱熹用一个‘神’字来形容，他在《题画卷》这首诗中是这样形容艺术创作的自我超越精神的：‘绝妙吴生笔，飞扬信有神。神仙不愁思，步步出风尘。’这首诗非常形象地肯定了心灵的创造作用。"孟蝶插嘴说："我记得在《千一的梦象》里有‘天地之大德曰生’的句子，朱熹是如何理解‘生’的呢？"孟周慈和地说："‘天地之大德曰生’这句话出自《周易·系辞传》，朱熹认为，天道运行，化生万物，必有‘生生之理’，而这个‘理’，源自‘天地生物之心’。因此他在《朱子语类》卷九十五中说：‘心是个发出底，他只会生。’那么这个只会生的‘心’又是什么呢？朱熹在《朱文公文集》卷七十五中说：‘盖天下万事，本于一心，而仁者，此心之存之谓也。’也就是说心就是仁，仁就是心。因此他在《朱子语类》卷九十五中说：‘盖谓仁者，天地生物之心，而人物所得以为心，则是天地人物莫不同有是心，而心德未尝不贯通也。虽其为天地，为人物各有不同，然其实则有一条脉络相贯。’他认为天地生物之心，就是仁，所谓心德就是仁义礼智这四德。天地人物因‘天地生物之心’，而在本质上是相同的，仁既是天地之心，又是天理的内涵，并以四德贯通在人心之中。毫无疑问，朱熹把仁与心并列为宇宙本体，成为人心与天地之心融合的内在根据。因此，朱熹在《朱子语类》卷三十六中说：‘吾之心，即天地之心。’又在《四书集注·中庸章句序》中说：‘天地万物，本吾一体。’而要达到这种‘浑然一心’、‘浑然一体’、内外‘浑然一理’的绝对普遍的最高境界，必须先进入‘诚’的境界。我刚刚画了一幅画，表现的就是诚与仁的境界，要不要去欣赏一下？"孟蝶兴奋地说："太好了爸爸，干吗不早说！"说完拽着孟周的手几乎小跑着去了画室。

第二十三章

吾心即是宇宙

做完作业已经是晚上十点钟了，千一走出房间来到自家院子里，仰望繁星密布的天空，心情格外轻松。多么迷人的星空啊！那些宛若宝石般的繁星在蓝色苍穹上熠熠闪烁，那可是几亿光年以前的光啊！千一对着浩瀚无垠的星空，她浮想联翩，想着想着她感觉心灵深处正在升起一轮明月。忽然，一颗流星划破夜的沉静，像是织女抛出的锦线，闪着美丽的白光从远方飞来，她记得妈妈说过，当流星滑过时，盯着它许个愿，就有可能成真。因此，千一立即十指相扣盯着那团白光，还没等她许下心愿，她惊异地发现，那团白光冲着自己飞驰而来，她几乎不敢相信自己的眼睛，但千真万确，那颗流星落在了她家的后院。千一记得爸爸说过，流星是天使下凡，她心想，要是真有一个天使下凡到自己家后院，恐怕天一亮阙里巷就得站满全世界的记者。想到这儿，她的心都快跳出嗓子眼儿了。她毫不犹豫地向后院跑去，想一探究竟，刚跑到后院，她就看见草坪上有一个东西在闪光，她迅速走过去观看：竟然是一条金灿灿、带有心形吊坠的项链，千一欣喜万分地捡起来，情不自禁地戴在自己的脖子上。瞬间，她便进入了一个梦幻般的世界：漫天花雨，五彩缤纷，到处是微笑般的光，她感觉自己被天籁包裹着，心灵正接受着真理与质疑的相互滋养。千一情不自禁地感叹道："天哪，我这是在哪儿？"一个非常熟悉的声音回答道："千一，你已经走进了自己的本心！"千一顿时兴奋地说："潘古先生，见到您可真高兴！可是什么是本心呢？"这时潘古先生踩着花毯信步走到千一面前，他笑容可掬地说："你问我的问题南宋进士杨简在富阳主簿任上时也曾经问过陆九渊。据《宋元学案·慈湖学案》记载，当时陆九渊进士及第后，返乡途中路过富阳，杨简邀请陆九渊到家做客，一天夜晚，两个人乘兴登上县府双明阁，共同探讨吾心与万物的关系。杨简问：'如何是本心？'陆九渊说：'恻隐，仁之端也；羞恶，义之端也；辞让，礼之端也；是非，智之端也，此即本心。'"千一插嘴说："这不就是孟子的'四端'说吗？"潘古先生点着头说："不错，杨简并未理解，他说：'我从小就读《孟子》，早就知道，但究竟如何是本心？'陆九渊解释数遍，杨简也没醒悟，陆九渊灵机一动，便以白天发生的诉讼案子为引子，解释道：'君今日所听扇讼，彼讼扇者，必有一是，有一非。若见得孰是孰非，即决定为某甲是，某乙非，非本心而何？'你今天不是处理了一个因买卖扇子而引起争执的案子吗？对的一方你要知道对的原因，错的一方你也要知道错在哪里，这难道不是你的本心在起作用吗？'杨简听罢顿觉自己的心'澄然清明'，有恍然大悟之感，于是他纳头便拜陆九渊为师。"听到这里，千一迫切地问："潘古先生，陆九渊究竟是怎样一个人，连杨简这样的进士都要拜他为师？"潘古先生微笑着说："陆九渊，字子静，号象山，江西抚州金溪人，生于南宋高宗绍兴九年，也就是公元1139年，死于光宗绍熙三年，也就是公元1193年。是南宋著名的哲学家、教育家，心学学派的开创者。陆九渊的祖先为官宦世家。但从陆九渊的高祖陆有程到其父陆贺，均未做官，虽然到了陆贺这一代，家道中衰，但有二百多年历史的陆门，家学渊源，陆九渊深受祖、父辈的影响，对他走向'心学'的道路起着潜移默化的影响。陆九渊的高祖陆有程'博学，于书无所不观'；祖父陆戬'好释、老言，不治生产'，喜欢释、老之言到了无暇料理生计的地步；据《陆九渊集》卷三十二记载，父亲陆贺是'究心典籍，见于躬行'，不仅专心研究典籍，更是亲身验证。从小受到这样家庭教育的熏陶，使陆九渊自幼聪颖好学，喜欢究问根底。据《宋史·陆九渊传》记载：陆九渊三四岁时，'问其父天地何所穷际，父笑而不答。遂深思，至忘寝食。及总角，举止异凡儿，见者敬之'。三四岁的孩子刚刚学会走路说话，这个年龄的陆九渊竟然问他父亲，天地的边际在哪儿呢？他父亲笑着不回答，他竟然为这个问题陷入深深的思索，以至于到了废寝忘食的地步。"千一好奇地问："潘古先生，陆九渊到底想没想明白这个问题呢？"潘古先生微微一笑说："《陆九渊年谱》上说：'宣教公呵之，遂姑置，而胸中之疑终在。'也就是说，在父亲的呵斥下，陆九渊虽然姑且放下了这个问题，但这个问题一直萦绕在他的心头，他就带着这个问题生活。和五哥陆九龄一起到疏山寺读书，在成长中思考、觉悟。直到十三岁那年，有一天他读先辈古籍《尸子》一书时，方才茅塞顿开。"千一迫不及待地问："他读到什么了？"潘古先生捋了捋白须说："据《陆九渊年谱》记载：因读古书至宇宙二字，解者曰：'四方上下曰宇，往古来今曰宙。'忽大省曰：'元来无穷。人与天地万物，皆在无穷之中者也。'乃授笔书曰：'宇宙内事，乃己分内事；己分内事，乃宇宙内事。宇宙便是吾心，吾心便是宇宙。东海有圣人出焉，此心同也，此理司也；西海有圣人出焉，此心同也，此理同也；南海、北海有圣人出焉：此心同也，此理同也。千百世之上至千百世之下，有圣人出焉，此心此理，亦莫不同也。'当读到《尸子》一书时，陆九渊才恍然大悟：原来天地是无边无际、无始无终的，人与天地万物都存在于无穷无际之中。于是拿笔写道：'将宇宙间的事视为自己的事，自己的事就是宇宙间的事。宇宙便是我心，我心就是宇宙。他提出，东海、西海、南海、北海有圣人产生，皆出于同样的'心'与'理'。也就是我们常说的'人同此心，心同此理'。绍兴二十三年，也就是公元1153年，十五岁的陆九渊结束了在疏山寺长达三年多的读书生活，回到青田陆家老屋。他已经读了很多史书，对中国历史有了一定的了解，十六岁时，他读三国六朝史，对北方少数民族扰乱中原颇有感慨，又听年长的人讲述北宋靖康之事，更是忧愤，于是，剪去作为士人特殊风尚的长指甲，脱掉阔衣长袍的儒服，习武明志，立下了收复河山的雄心壮志。绍兴三十二年也就是公元1162年春天，二十四岁的陆九渊参加抚州乡试，高中第四名。陆九渊中举后，因父亲陆贺病逝并没有参加第二年春天的省试，而是按照封建礼制在家守孝三年。超过三年意味着他参加省试的资格作废了。要重新参加乡试才能取得省试的资格。因此直到乾道八年也就是公元1172年春，陆九渊三十四岁时，才来到南宋行都临安，参加省试，陆九渊经历了九天三场考试，他的试卷文章获得考官、著名理学家吕祖谦的赞赏，殿试之后，他被赐同进士出身，从而取得了在朝为官的资格。乾道九年，也就是公元1173年，三十五岁的陆九渊利用候职的空闲时间，将自家一处门前有古槐树的较为宽敞的后苴改造成一个书院，称为'槐堂'，讲学授徒，研讨心学。淳熙元年，也就是公元 1174 年，三十六岁的陆九渊授迪功郎，任隆兴府靖安县主簿。第二年春天，他应邀参加了由吕祖谦发起和主持的'鹅湖之会'，同朱熹展开了激烈的学术论争。鹅湖之会虽然是一次民间学术会议，却代表了当时中国的最高学术水平。"千一插嘴问："他们具体辩论了哪些话题呢？"潘古先生认真地说："鹅湖之会的第一天主要围绕着陆九渊的题为《鹅湖和教授兄韵》的诗展开讨论。这首诗共八句：墟墓兴哀宗庙钦，斯人千古不磨心。涓流积至沧溟水，拳石崇成泰华岑。易简工夫终久大，支离事业竟浮沉。欲知自下升高处，真伪先须辨古今。这首诗的大意是，人们见到废墟坟墓会油然而生悲哀之感，见到宗庙会情不自禁地产生钦敬之心，这正是人所共有的永远不会磨灭的心。涓涓细流终成沧溟之水，拳头大小的石头垒起泰山之巍。简易质朴直达本心的为学之道，才是永恒的大事业，旁离他索不着根本的支离之学只能浮沉不定。要知道从低向高处升达的真正通道，真与伪只能在当下立志明心的一瞬间辨别。陆九渊的诗是从道在吾心出发主张简易的发明本心，在张扬自己的易简心学是永恒的大事业的同时，批判了'朱学'烦琐支离的格物穷理，一针见血地指出了'朱学'支离的弊端，这让一直将'心学'鄙视为禅学的朱熹大有受挫之感。第二天，辩论的主题是围绕着《易传》中的九卦之序及其道德意蕴展开深入探讨的。"千一插嘴问："潘古先生，什么是'九卦之序'？"潘古先生微微一笑说："《易经·系辞下》曾对圣人作《易》的理由进行过推测。作者认为，《易经》这部著作充满了人文道德精神和主体忧患意识，在六十四卦中，'尊德乐道'是卦爻辞共同的象征主题，但是履、谦、复、恒、损、益、困、井、巽等九卦的次序，对于主体的道德实践具有更为深刻的思想内涵。而在这九卦之序中，复卦是'德之本也'，有'自知'的本性。"千一又插嘴问："既然复卦是'德之本也'，为什么没有列在第一位，反倒列在第三位呢？"潘古先生笑呵呵地说："你提出的问题恰恰是'朱陆'讨论的焦点。在《易经·系辞下》中说：'履，德之基也；谦，德之柄也。'因此陆九渊认为，'复'是本心复处，之所以列在第三卦，其道理在于'盖《履》之为卦，上天下泽，人生斯世，须先辨得俯仰乎天地而有此一身，以达于所履。其所履有得有失，又系于谦与不谦之分。谦则精神浑收聚于内，不谦则精神浑流散于外。惟能辨得吾一身所以在天地之间，举措动作之由，而敛藏其精神，使之在内而不在外，则此心可得而复矣'。也就是说，履卦的上卦是'乾'、是天，下卦是'兑'、是泽，因而天在上、泽在下。人生在世，需要先在俯仰之中辨认天地之间有自身的存在，才能得以在生活中的人与事上进行践履。其践履的情况会有得失成败，实际是和谦与不谦密切联系的。谦，就是其精神全部收聚和专注于内心；不谦，其精神全部流散于身外。只有先分辨自身的存在，以及立足于天地之间、做出动作行为的缘由，进而收敛起其精神，使精神专注于内而不流散于外，那么就可以反省、洞见到其'本心'的存在，并恢复'本心'的本来面目，这就是'发明本心'。陆九渊巧妙地利用'九卦之序'来论述恢复'本心'的次序。使《易经》与简易'心学'巧妙结合，使朱熹和吕祖谦'二公大服'。"千一试探地问："他们第三天讨论的是什么主题呢？"潘古先生微笑着说："第三天辩论的主题是'为学之方'。'朱陆'关于治学之道的分歧是博与约、简与繁的次序关系问题。据《陆九渊年谱》记述：'鹅湖之会，论及教人。元晦之意，欲令人泛观博览，而后归之约。二陆之意，欲先发明人之本心，而后使之博览。朱以陆之教人为太简，陆以朱之教人为支离，此颇不合，先生更欲与元晦辩，以为尧舜之前何书可读？复斋止之。'在鹅湖之会上，双方讨论到如何教人，也就是做学问，朱熹的主张是先让人泛观博览圣贤书，然后由博返约、化繁为简；陆九渊与陆九龄的主张是先让人发明自己的本心，然后博览圣贤之书。朱熹指责陆九渊的教人方法太简，陆九渊批判朱熹的教人方法支离，双方的观点针锋相对，陆九渊甚至想说：舜之前有什么书可读？没有群书博览不也照样成为圣贤吗？陆九龄为了避免朱熹陷于尴尬，暗中制止了陆九渊。可见辩论陷入了白热化的状态。紧接着双方又将主题转到了'尊德性'与'道问学'之间的先后、主次、轻重的关系上。'尊德性'是'存心养性'；'道问学'是格物穷理。朱熹主张，教人应从'道问学'为起点，上达'尊德性'，强调由外而入，是'外入之学'；陆九渊主张，教人应以'尊德性'为先，所谓'先立乎其大者'，深思明辨之后再读书、格物，是'内出之学'，双方唇枪舌剑，谁都说服不了谁。鹅湖之会持续了十天，其中朱陆双方的辩论共有三天。通过这次聚会，陆九渊宣扬了心学的主张和立场，表现出精深的学术水平，扩大了心学的影响，提高了心学的地位。"千一又问："鹅湖之会上，双方争得面红耳赤，会不会影响朱熹与陆九渊之间的友谊呢？"潘古先生笑了笑说："他们在学术上的对立并没有影响双方的友谊，淳熙六年，也就是公元1179年，陆九渊调任建宁府崇安县主簿，淳熙八年，也就是公元1181年，受朱熹之邀，他率弟子到朱熹的庐山白鹿洞书院讲学，陆九渊对孔子的'君子喻于义，小人喻于利'一章做了酣畅淋漓的发挥，使朱熹深受感动，不由得对陆九渊肃然起敬。演讲结束后，朱熹亲自书写陆九渊整理的讲义，刻碑立于白鹿洞书院。"千一情不自禁地问："后来呢？"潘古先生淡然一笑说："淳熙九年也就是公元1182年秋，皇帝近臣又推荐陆九渊就任国子监学正。从此，陆九渊开始了为期五年的京官生涯。第二年冬，四十五岁的陆九渊升为敕令所删定官，改承奉郎。负责编写、修订和管理朝廷诏令文告。在这里工作使陆九渊有机会了解到皇帝和朝廷对国家各方面事务的政策，以及各地官员治理地方的行为措施。在这个岗位上，陆九渊工作了三年。淳熙十三年，也就是公元1186年，陆九渊转宣义郎，授将作监丞，不料遭到给事中王信的打击排挤，同年十一月二十九日得旨，陆九渊改任主管台州崇道观，只拿俸禄不管事，实际上等于被排挤出了朝廷。淳熙十四年也就是公元1187年春天，陆九渊回到故里，开始在象山传道授业的生涯。这是他一生讲学授徒最盛的时期，他在这一阶段的主要理论建树是：他的理性思维越出社会伦理范围，而以整个宇宙为思索背景。他将自己的世界观、方法论加以综合，提出心学的主旨在于：名理、立心、做人。正当陆九渊在象山讲学得山水之胜，享育人之乐，打算在传道授业中终了此生之时，淳熙十六年二月，孝宗内禅，光宗即位。陆九渊由宣义郎转宣教郎，六月又转奉议郎，并且得诏出知荆门军。绍熙二年三月，南宋皇帝紧急下诏，令陆九渊'疾速之任'。六月，陆九渊收到诏书，不敢怠慢，交代象山精舍事毕，于七月四日携家登程。同年九月三日抵达荆门，即日亲事，时年五十三岁。绍熙三年冬，陆九渊因在荆门军劳累过度，致血疾恶化，咳血不止。腊月十三日，大雪纷飞，陆九渊命家人洒扫焚香，自己强支病体沐浴，尽换新衣，端坐于堂中，家人进药，拒服，而且不再说话。绍熙三年腊月十四日，也就是公元1193年1月28日，陆九渊端坐而逝。陆九渊的一生虽然只经历了短暂的五十四个春秋，但他的心学为中国思想史增添了全新的一页。他的著作由他的儿子陆持之和门人整理，编成《象山先生全集》三十六卷，后更名为《陆九渊集》。"千一听罢，沉思片刻，试探地问："潘古先生，既然陆九渊是心学学派的创始者，那么他是怎样理解'心'的呢？"潘古先生微微一笑说："陆九渊在《陆九渊集》卷十一中说：'人皆有是心，心皆具是理，心即理也。'也就是说，心所认识的对象是理，而理内在于心。心涵万物，心具众理而应万物。因此他在《陆九渊集》卷一中说：'心，一心也；理，一理也。至当归一，精义无二，此心此理，实不容二。'一切人底心只是一心，一切物的理只是一理，心就是理，古往今来的万事万物都以心为最终根源，因此此心此理，至当归一。他在《陆九渊集》卷十二中认为：'塞宇宙一理耳。……此理之大，岂有限量？'理是世界万物的主宰，但'充塞宇宙'的理，就在人的心中。所以他在《陆九渊集》卷三十四中说：'万物森然于方寸之间，满心而发，充塞宇宙，无非此理。'也就是说，宇宙万物及其'理'都存在于'吾心'，都是'心之所为'，万物都是服从于理，而心外无理，正如他在《陆九渊集》卷三十五中强调的'此理充塞宇宙，所谓道外无事，事外无道'。'道'就是'理'，所以理学也叫道学。"千一插嘴问："潘古先生，陆九渊说，'宇宙便是吾心，吾心即是宇宙'，您是怎样理解的呢？"潘古先生微笑着说："'吾心'之理和'宇宙'之理是同一个理，而且此理不仅充塞宇宙，而且充塞吾心，所谓'方寸之间'说的就是心，理之所以'充塞宇宙'，是源自'满心而发'，'心即理'，理所当然发自心中而化育万物。如此一来，'吾心'便是'本心'，人们不必向外求索，只要向心内追求，便可得到宇宙万物之理。"千一追问道："那么究竟什么是'本心'呢？"潘古先生沉思着说："'吾心'就是'本心'。陆九渊在回答杨简'如何是本心'的提问时，直截了当比告诉他，孟子所说的'四端'就是'本心'。为什么'四端'就是'本心'呢？因为'四端'讲的是仁，而陆九渊在《陆九渊集》卷三一二中认为'仁，人心也'，仁就是心，又说'仁义者，人之本心也'，也就是说'仁'就是'本心'。为什么？他在《陆九渊集》卷一中解释说：'孟子曰：人之所不虑而知者，其良知也；所不学而能者，其良能也。此天之所与我者，我固有之，非由外铄我也。故曰："万物皆备于我矣，反身而诚，乐莫大焉。"此吾之本心也。'也就是说，孟子认为，人不经过学习就能做到的，那是良能；不用思考就能知道的，那是良知。'本心'便具有'不学而能''不虑而知'的'良知''良能'，这是一种无需后天反省的辨别能力与行为能力。具有良知和良能的本性是先天的，而不是'外铄'的。所以说，万物在我心口都无所欠缺。真诚地反省内心，没有比这再大的快乐了。因此，具有良知良能的'仁'就是'本心'。他主张发明'本心'。"千一好奇地问："如何才能发明本心呢？"潘古先生解释说："鹅湖之会时，在朱陆论及教人时，陆九渊提出'欲先发明人之本心，而后使之博览'，既然心就是理，'致知'与其'格物'不如直接求诸本心，只要'剥落'蒙蔽本心的各种私欲、贪念等弊病，'本心'的光辉会自然显露出来。因此陆九渊在《陆九渊集》卷三十五中说：'人心有病，须是剥落。剥落一番，即一番清明；后随起来又剥落，又清明；须是剥落得净尽方是。''人心'是被各种各样的弊病遮蔽着的，需要做一番'剥落'的功夫，做'剥落'功夫，就是除掉对'本心'的遮蔽。剥落一番，本心就净化一回，反复剥落，直到剥落得本心彻底'清明'才是。正如他在《陆九渊集》卷三十二中所说的：'欲良心之存者，莫若去吾心之害。吾心之害既去，则心有不期存而自存者矣。夫所以害吾心者何也？欲也。欲之多，则心之存者必寡，欲之寡，则心之存者必多。故君子不患夫心之不存，而患夫欲之不寡，欲去则心自存矣。然则所以保吾心之良者，岂不在于去吾心之害乎？'要想使本心彰显、朗现，就必须去除'吾心之害'，去掉'吾心之害'，本心自然就显现出来了。那么是什么损害吾心呢？是欲望。欲望越多，本心显现得就越少；欲望越少，则本心显现得就越多。所以君子不担心本心不存，只担心欲望太多，欲去除掉，则本心自然就完全显露出来了。除了欲或物欲之外，人的各种成见、私见也同样是障蔽本心之害，陆九渊将'后世学者'的各种成见和私见称之为'多好事无益之言'，他在《陆九渊集》卷一中说：'愚不肖者之蔽在于物欲，贤者智者之蔽在于意见，高下汙洁虽不同，其为蔽理溺心而不得其正一也。'也就是说，对于资质较低的人来说，最大的障蔽在于贪恋物欲；而对于资质较高的人来说，其蔽虽不在物欲，但因津津于各种成见、私见而同样会使本心受害。"千一若有所思地说："潘古先生，'发明本心'是一个让心灵净化的过程，我这样理解对不对？"潘古先生未置可否地说："发明本心必须经由体悟的过程来完成，因此陆九渊非常强调向内用功。他在《陆九渊集》卷三十五中说：'精神全要在内，不要在外，若在外，一生无是处。'他要求自己的学生践行静坐法，反身向内，心静身静，无思无为，不具一念，进而达到本心纯莹。为此他身体力行。据《陆九渊集》卷三十五记载：先生举'公都子问钧是人也'章云：'人有五官，官有其职。某因思是便收此心，然惟有照物而已。'他日侍坐无所问，先生谓曰：'学者能常闭目亦佳。'某因此无事，则安坐瞑目，用力操存，夜以继日，如此者半月，一日下楼，忽觉此心已复澄莹中立，窃异之，遂见先生。先生目逆而视之曰：'此理已显七。'某问先生：'何以知之？'曰：'占之眸子而已。'这是陆九渊的学生詹阜民记载的一件事。陆九渊举《孟子》'公都子问钧是人也'一章时说：'人有五官，官有其职。只有通过思考收心，然后才可观照外物。'孟子认为：'耳目之官不思，而蔽于物。物交物，则引之而已矣。心之官则思，思则得之，不思则不得也。此天之所与我者。意思是说，耳朵、眼睛这类器官不会思考，所以易被外物所蒙蔽。一与外物相接触，便容易被引入迷途。心这个器官则有思考的能力，一思考就可能有所领悟，不思考就无法领悟。这是天赋予我们的器官。'陆九渊发展了孟子'心之官则思'的理论，提出'收心照物'，由'知'而'觉'，从而达到'至'的境界。陆九渊告诉詹阜民，如果平日没有什么事情，闭目养神，也是不错的修养方法。有一次刚好无事，他便听从老师的教导，静坐一处，闭目养神，由于用力收心，夜以继日地坚持静坐，竟然静坐了半个月。结束静坐后走下楼去，顿时觉得心灵达到了晶莹澄明的境界，暗自惊异，于是他带着这种神奇的体验去拜见老师，一见面陆九渊就对他说：'你心中的理已经显现了。'詹阜民吃惊地问：'先生是如何知道的？'陆九渊说：'是你的眼睛告诉我的。'可见静坐法是发明本心、存养本心的好方法呀！"千一试探地问："潘古先生，莫非詹阜民通过静坐瞑目看见了梦象？"潘古先生耐心地说："既然陆九渊的哲学逻辑是心即理，心外无理，心涵万物，万物皆备吾心，理当然就是梦象了。所谓'收心'，就是正心、立心、求放心；既然心涵万物，'万物森然于方寸之间'，那么'物'便是'心'中之'物'，便是心灵图景。因此，所谓'照物'，就是映照心灵图景。要做到'收心照物'就必须'收拾精神，自作主宰'。"千一追问道：

"如何理解'收拾精神，自作主宰'呢？"潘古先生解释说："'收拾精神，自作主宰'源自《陆九渊集》卷三十五，是陆九渊与弟子朱济道的一段对话。朱济道说：'前尚勇决，无迟疑，做得事。后因见先生了，临事即疑恐不是，做事不得。今日只管悔过惩艾，皆无好处。'先生曰：'请尊兄即今自立，正坐拱手，收拾精神，自作主宰。万物皆备于我，有何欠阙。'朱济道的困惑是，没见到陆九渊之前，做事果断，从不迟疑，感到一切都在掌握之中。后来拜陆九渊为师，跟着先生学习，做起事来倒有一种临事而惧、无所适从的感觉。也就是说，朱济道感觉自己跟着陆九渊学习之后有了不进反退的疑虑。"千一不解地问："这是为什么呢？"潘古先生耐心地说："由于朱济道以前的认知范围是狭小的，拜陆九渊为师后，他的认知提升到了一个新的高度，犹如一只井底之蛙，一下子看到了大江大河一般，思维受到了前所未有的冲击，难免会有一种临事而惧、无所适从之感。因此陆九渊非常干脆地要求他'收拾精神，自作主宰'。也就是说，不要把精神花费在对外部事物包括古人传注的追求上面，不要依靠外在权威包括圣贤的经典，而要反身内求、以自己的本心作为判断和实践的准则，只有明得本心，才能做到外物不能移、邪说不能惑，达到心理一体，自然就有了主宰。为此要'先立乎其大者'。"千一凝眉问："'先立乎其大者'是什么意思呢？"潘古先生微微一笑说："'先立乎其大者'是陆九渊心学为学的宗旨，他在《陆九渊集》卷十一中说：'孟子曰："先立乎其大者，则其小者不能夺也。"人惟不立乎大者，故为小者夺，以叛乎此理，而与天地不相似。'孟子说：'先把心这个身体的重要部分树立起来，其他次要部分就不会被引入迷途。'不把心的统帅作用树立起来，次要部分就会抢夺心的统帅地位，就会与理相悖，而违背天地之理。可见，所谓'大者'就是'心'，就是'理'。他在《陆九渊集》卷十一中明确指出：'此理即是大者。'而'心即理也'，因此'此心即是大者'。这个'大者'指的就是'本心'。"千一若有所思地问："既然连圣贤的经典也不要依傍，那又如何读书呢？"潘古先生笑呵呵地说："谈及陆九渊解读经典的方法，我们就不得不提他那著名的'六经皆我注脚'说。他在《陆九渊集》卷三十四中说：'《论语》中多有无头柄的说话，如"知及之，仁不能守之"之类，不知所及、所守者何事；如"学而时习之"，不知时习者何事。非学有本领，未易读也。苟学有本领，则知之所及者，及此也；仁之所守者，守此也；时习之，习此已。说者说此，乐者乐此，如高屋之上建瓴水矣。学苟知本，六经皆我注脚。'意思是说，《论语》中有许多没头没脑的话，比如'知及之，仁不能守之'之类，不知道要'及'什么、'守'什么；比如'学而时习之'，不知道'时习'的是什么。一般读者之所以觉得难以理解，是因为他们拘泥于文字和书写文本，而不知道更为根本的东西，也就是'本领'。如果学到了更为根本的东西，自然知道'知之所及者''仁之所守者''时习之'的含义。也就是说，如果你不'知本'，经典是读不懂的；反之，如果能够'知本'，则'六经'其实就是古代圣贤对于'本心'所作的高屋建瓴的诠释。说白了，就是陆九渊反对陷在章句注疏之习中而不能自拔的读书方法，他主张切己自反、直指本心的实践功夫。只有切己自反、直指本心，才能有效地从注疏之习中超拔出来，也才能更有效地做功夫。因此陆九渊在《陆九渊集》卷三十四中说：'所谓读书，须当明物理，揣事情，论事势，且如读史，须看他所以成，所以败，所以是，所以非处。优游涵泳、久得自力。若如此读得三五卷，胜看三万卷。'他认为，所谓读书，必须探明物理，揣摩事情，论证事物的情势。如果是读史书，必须体味他为什么成功，为什么会失败，对在什么地方，错在什么地方。从容地品味玩索，时间长了就能有收获。如果这样读三五卷书，其效果超过读三万卷。显而易见，这是一种研究式的读书方法。既然六经都是对本心的诠释，我就不必去解释六经了。这种'六经注我'的观点，正是陆九渊的'吾心即宇宙'在认识论上的表现。"千一又问："那么什么是'切己自反'呢？"潘古先生微笑着说："其实就是直指本心的自我省察，从而达到……"还未等潘古先生说完，千一就听到妈妈在前院叫自己，她来不及和潘古先生告别，便慌忙从脖子上摘下了心形吊坠项链，可是拿到手里一看，心形吊坠项链不见了，留在自己手掌心的竟然是自己的龟甲片。

看完这一章节后，孟蝶一连两个晚上站在院子里仰望星空，希望自己也能像千一一样幸运，亲眼目睹一颗流星落到自家的院子里，然后也变成心形吊坠项链，这样她就可以将心形吊坠项链戴在脖子上走进《千一的梦象》，和千一在书中相见了。第三个晚上，孟蝶终于看见了一颗流星，划破了夜空，但是它没有落在自家院子里，甚至没有落在阙里巷，而是落在了西山东面，也就是慈恩寺的方向。第二天刚好是星期六，她和胡月约好，吃过早饭后，两个人骑着共享单车去了西山。在通往慈恩寺的山间小径上，两个人正气喘吁吁地走着，胡月突然兴奋地喊道："孟蝶，吾从周！吾从周！"孟蝶抬头往前看，果然发现有一条金毛犬从树丛中钻出来，孟蝶兴冲冲地喊道："吾从周！吾从周！"金毛犬听到喊声，毫不犹豫地奔跑过来，见到两个女孩高兴得又是摇头又是摆尾。孟蝶蹲下身子一边用手抚摸金毛犬的头一边问："吾从周，你是和李伯伯一起出来的，还是自己跑出来的？"金毛犬似乎听懂了，它冲着来的方向汪汪汪地叫了几声，很快两个女孩便看见了李函谷的身影。孟蝶见到李函谷高兴极了，她拉起胡月的手，毫不犹豫地向李函谷跑去，跑到他的身边，孟蝶欢喜地说："李伯伯，见到您太高兴了，您这是要去哪儿呀？"李函谷笑呵呵地说："能见到你们俩我也很高兴，我和慈恩寺的性空方丈约好喝茶，你们俩怎么没背画夹子呢？"孟蝶就把寻找流星的缘起说了一遍，李函谷听罢慈和地笑道："孟蝶，既然你在《千一的梦象》中读到了陆九渊的心学，就应该知道在他的哲学逻辑结构里，'物'是通过'心'来体现或显现的。正因为如此，陆九渊去世后，江淮总领郑湜才在《祭文》中说：'谓心至灵，可通百圣，谓物虽繁，在我能镜。'心灵可通百圣之'道'，所谓外部世界的'物'，是因心灵这面明镜的映照而存在的。"孟蝶似懂非懂地说："李伯伯，能举个例子吗？"李函谷微笑着说："这说明你还没懂，胡月，你懂没懂？"胡月也摇了摇头。李函谷耐心地说："陆九渊认为，'心'是具有'本非外铄'和'我所固有'的特点。'心'作为心学的核心范畴具有无限的能动力，天地万物恰恰是这种能动力化生出来的。正因为如此，陆九渊把'我'解释为'吾心'或'吾之本心'，其实就是心灵。他在《陆九渊集》卷一中说：'孟子曰："所不虑而知者，其良知也；所不学而能者，其良能也。此天之所与我者，我固有之，非由外铄我也。"故曰："万物皆备于我矣，反身而诚，乐莫大焉。"此吾之本心也。所谓安宅、正路者，此也；所谓广居、正位、大道者，此也。'孟子认为，人不用思考就能知道的，是良知；不经过学习就能做到的，是良能。良知、良能是'我'的天赋，是'我'固有的，不是什么外在力量赋予'我'的。其实讲的是本心的直觉性。所以说：'万物都在我心中，再也没有比真诚地直面自己的内心更快乐的了。'这就是我的本心，我的心灵。以仁为安宅、以义为正路，指的就是本心；住在天下最宽广的住宅，站在天下最正确的位置，指的就是本心。也就是说，只要反身而诚，便能万物皆备于我的'本心'，我的心灵。所谓'万物'就是指心灵图景，为了验证心灵图景皆备于我的心灵，陆九渊的学生徐仲诚按照老师的思想进行试验，在槐堂进行了一个月的冥想。关于这个思想试验，在《陆九渊集》卷三十四中是这样记录的：徐仲诚请教，使思《孟子》'万物皆备于我矣，反身而诚，乐莫大焉'一章。仲诚处槐堂一月，一日问之云：'仲诚思得《孟子》如何？'仲诚答曰：'如镜中观花。'答云：'见得仲诚也是如此。'顾左右曰：'仲诚真善自述者。'因说与云：'此事不在他求，只在仲诚身上。'既又微笑而言曰：'已是分明说了也。'少间，仲诚因问《中庸》以何为要语。答曰：'我与汝说内，汝只管说外。徐仲诚向陆九渊请教《孟子》，陆九渊让他静思孟子所说的'万物皆备于我矣，反身而诚，乐莫大焉'的思想。徐仲诚在槐堂静思冥想了一个月，有一天陆九渊问他：'仲诚，学习《孟子》有什么体会吗？'仲诚回答说：'如镜中观花。'陆九渊用赞赏的口气说：'看来仲诚的确有所得啊！'又环顾左右说：'仲诚这个如镜中观花的体会太妙了！'又对大家说：'万物不能独立于心而自在，所以不能外求，只能求于本心。'然后微笑着说：'关于"万物皆备于我"这件事已经很清楚了。'过了一会儿，仲诚因问《中庸》以什么为要旨，陆九渊又批评他说：'我在与你说内，你却只管说外。'这段话，充分证明，陆九渊认为本心能化生万物。当徐仲诚把'万物'与'吾心'比作'如镜中观花'的时候，这时的'镜'就被转化成'吾心'，也就是心灵，'花'就被确定为'万物'，也就是心灵图景。于是心灵便成为化育心灵图景的载体，也就是'明镜'。从心灵这面'明镜'中可以看到万千心灵图景，也就是'花'或'万物'。心灵图景是通过心灵呈现出来的。因此可以说，本心或灵魂是显现者，心灵图景是被呈现者，'镜'无'花'依然存在，而'花'无'镜'则归于寂。所以对'花'的体认，便不是向外寻求，而是'在仲诚身上'求，也就是求之于'吾心'，求之于心灵。"这时，胡月插嘴说:"李伯伯,可不可以将心灵理解为电影的幕布?"孟蝶附和道:"是啊,心灵如同放映机,心灵图景是被放映机投射出来的影像,李伯伯,可以这样理解吗?"李函谷未置可否地笑道:"总之心灵就像一面清澈幽深的镜子,一尘不染,如'花'一般的心灵图景会自然而然地在心灵中映现出来,并散发出梦象的光辉。要想深刻体悟这一点,还是先理解陆九渊对'宇宙'二字的解读。有一次陆九渊读古书读到'宇宙'二字时,'忽大省曰:元来无穷。人与天地万物,皆在穷之中者也。'……又曰:'宇宙便是吾心,吾心即是宇宙。'到底是什么'无穷'?当然是心灵。天地万物,包括人在内,都在心灵之中。于是'宇宙'与'吾心'成为'便是'或'即是'的关系。关于'宇宙便是吾心,吾心即是宇宙',在《陆九渊集》卷三十三中有一段生动的记载:'偶一夕,简发本心之问,先生举是日扇讼是非以答,简忽省此心之清明,忽省此心之无始末,忽省此心之无所不通。……所略可得而言者:明月之明,先生之明也;四时之变化,先生之变化也;天地之广大,先生之广大也;鬼神之不可测,先生之不可测也。'在陆九渊的指导下,杨简通过'断扇讼'忽然大彻大悟,原来'此心无始末''此心无所不通',日月之明就是先生的'吾心'之明;四时的变化就是先生的'吾心'之变化;天地的广大,就是先生的'吾心'之广大;鬼神的不可测就是先生的'吾心'之不可测。这等于说,宇宙就在'吾心'中。关于'心'的这种无限能动性,杨简在《二陆先生祠记》中是这样论述的:'人心自善,人心自灵,人心自明,人心即神,人心即道。……人心非血气,非形体,广大无际,变通无方,倏焉而视,又倏焉而听,倏焉而言,又倏焉而动,倏焉而至千里之外,又倏焉而穷九霄之上,不疾而速,不行而至,非神乎?不与天地同乎?学者当知夫举天下万古之人心皆如此也。'他认为,人的本心是至善的,人的本心是至灵的,人的本心不求自明,人的本心就是神,人的本心就是道。自神自明之心至灵至神至明,无所不通,无所不照,广大无际,是指本心变化莫测,潜力无穷,睿智明慧,高明洞达。因此,心才倏忽而视,倏忽而听,倏忽而言,倏忽而动,倏忽而至千里之外,又倏忽而穷九霄之上,真可谓是一个无形体、无气血、变化万端、神通广大、不疾不速、不行而至的'神'的化身。心作为宇宙万物的本原从来如此,天地、自然、人物尽在其中。也就是说,心灵虚明无体，精浑圆融，广阔无限，无所不容，化育万物，至神至明。其实也只有心灵的无限能动性堪比'神'，万象在我心镜，其实就是宇宙在我心中。陆九渊在《陆九渊集》卷三十四中说：'万物森然于方寸之间，满心而发，充塞宇宙，无非h理。'意思是说，万物不仅繁茂地存在于心灵，而且充满了心灵，心灵充满了，宇宙便充满了。也就是说，心灵生发出一幅幅心灵图景，这些充满心灵的心灵图景，终将聚合成梦象。"听到这里，孟蝶恍然大悟地说："李伯伯，我明白了，您的意思是不是说，根本没有什么外部世界或者物质世界，对不对？"胡月不解地自言自语道："这怎么可能呢？"李函谷慈眉善目地说："现代物理学有一个最伟大的发现，那就是物质的本质并非物质，而是能量。你看到的任何固体物质，都可以分解成分子和原子，但量子物理学却告诉我们，每一个原子的内部都有99.9999%是空的，当然'空'并不等于没有，次原子以闪电般的速度穿梭在'空'中，其本质就是一束束振动的能量。你们所说的物质世界或外部世界，不过是一个广阔的充斥着视觉幻影和光学幻象的领域。也正因为如此，爱因斯坦在去世前不久写下了这样的话：'对于我们这些忠于信仰的物理学家而言，过去、现在和未来之间的分别不过是一种冥顽不化、挥之不去的错觉罢了。'孟蝶，或许你看到的那颗流星就是这样的一种错觉，它在你心灵中升起，又回落到你的心灵之中，根本没有落在西山。"说完，李函谷笑呵呵地向两个小姑娘挥了挥手，喊了一声"吾从周"，便沿着山间小径信步向慈恩寺方向走去。

第二十四章

静坐中养出个端倪来

妈妈因为赶稿子，吃完晚饭后叮嘱千一洗碗，便一头扎进了书房。千一洗完碗后，从厨房一出来，便发现一只乌龟慢腾腾地向杂物间爬去。她知道，这只乌龟又是自己的龟甲片幻化的，便悄悄地尾随着也进了杂物间。杂物间里漆黑一片，地上有一个闪闪发光的东西，千一摸黑捡起来，竟然是一枚心形红宝石。她借着红宝石闪的光，找到电灯开关一按，电灯却没有亮，应该是灯泡坏了。于是她举起红宝石想看清乌龟爬哪儿去了，到处是黑乎乎的杂物，根本看不到乌龟的影子。屋子里阴森森的，千一心里有些害怕，刚想转身出去，却发现前面不远处有一个精美的大皮箱子，她从未见过这个别致的大皮箱子，便好奇地凑过去，想试着打开大皮箱子的盖子，可是她掀了半天也没打开盖子。她心想一定有打开盖子的玄机，便蹲下来借着昏暗的光线观察，突然她的手停在了一个地方，原来她摸到皮箱盖中间锁槽竟然是一个凹进去的心形，千一心里一亮，她试着将心形宝石放进锁槽的模中，皮箱子嘭的一声开了。千一小心翼翼地打开箱子盖，里面顿时射出一束金色的光来，她扒着箱子沿儿往里看，里面似乎有一条没有尽头的金色阶梯，千一顿时被深深地吸引了，她情不自禁地迈腿进去，沿着金色的阶梯往前走，越往前走她越感觉心中敞亮，仿佛宇宙中所有的光芒都聚集在心中了。她的心智置身于无限神光之中，所有的意识都在向上飞升，速度之快，闪电也绝难比拟。因为速度太快了，千一紧紧地闭着眼睛，直到听见一个浑厚的声音说："欢迎你走进你自己的心灵，这里的一切都是你的心灵创造的，也包括我！"飞升终于停止了，但千一仍然不敢睁开眼睛，她试探着问："你是谁？"那个浑厚的声音说："我是

\千\一\的\梦\象\

你的梦，当然我也是你心灵的附属品。"千一将信将疑地睁开眼睛，目瞪口呆地发现自己正坐在一张悬在浩瀚宇宙中的魔毯上，面前还有一把古朴的石琴，她左顾右盼地四下张望，想找到那个浑厚的声音，她一边张望一边说："既然你是我心灵创造的梦，我现在要求你现身。"石琴突然发出了悦耳的琴音，不，不对，不是悦耳，而是悦心，那悠扬的琴曲根本就是她的心曲。就在她不知所措之乐，从琴弦上飞起一个音符，在她面前跳来跳去，她定睛一看，竟然是一个金灿灿的问号，还未等千一开口，问号闪着金光说："千一同学，我就在这里。"千一不解地问："我的梦怎么会是一个问号？"问号在她面前翻了个跟头说："因为你面前这把石琴是陈献章留下的，而陈献章在《与张廷实主事》中明确指出：'疑者，觉悟之机也。一番觉悟，一番长进。'他强调'为学'要大胆怀疑，没有怀疑就没有独立思考，敢于质疑提问，才能获得真知。"千一好奇地问："陈献章是谁？"问号跳来跳去地说："陈献章，字公甫，号石斋，广东新会白沙里人，世称白沙先生，是明代哲学家、教育家、诗人、书法家，明代心学的开创者，他生于明代宣德三年，也就是公元 1428 年，卒于弘治十三年，也就是公元 1500 年。在他的学生张诩写的《白沙先生行状》中是这样介绍他的：'先生讳献章，字公甫，姓陈氏，系出太丘。先世仕宋，自南雄迁新会。……祖永盛，号渭川，少戆，不省世事，好读老氏书，尝慕陈希夷之为人。父琼，号乐芸居士，读书能一目数行下，善诗。年二十七卒。卒之一月而先生生，母太夫人林氏，年二十有四守节教育之。祖居都会村，至先生始徙居白沙村。白沙村在广东新会县北二十里。后天下人重先生之道，不敢斥其名字，因共称之曰"白沙"。'意思是说，陈献章祖籍河南太丘，他的先人曾在宋代做官，后来为躲避政治压迫，从南雄迁到新会。他的祖父名永盛，号渭川，为人刚直执拗，不关心世事，却喜欢读老子的书，是一位崇尚自然、向往道家境界的读书人。父名琼，号乐芸居士，读书能一目数行，是个悟性极高、擅长写诗的人，只可惜二十七岁就死了。父亲逝世一个月后，陈献章才出生，是个遗腹子。母亲林氏二十岁便开始守寡，陈献章是在慈母的百般呵护下长大的。陈献章出生前一直住在都会村，等先生出生后，才搬到了白沙村。白沙村在广东新会县北二十里。后来天下人尊重先生的学问，不敢直呼其名，因此都称他为'白沙'。"千一插嘴问："为什么陈献章出生后，伫母亲要将家从都会村搬到白沙村呢？"问号转了个圈说："据《陈献章集·改创白沙家祠碑记》中记载：'白沙先生生都会里，里俗悍，先生长迁白沙。'这说明都会里的民俗比较刁悍，不利于孩子成长。陈献章的母亲应该是效仿'孟母三迁'才搬到白沙村的。所以陈献章在《经故居》一诗中才说：'三迁时已后，二纪恨空存。'"千一又问："既然陈献章的父亲读书能一目数行，想必陈献章从小也一定聪明过人吧？"问号落在琴弦上说："那是当然，据《白沙先生行状》记载，陈白沙'自幼警悟绝人，读书一览辄记'。从小便天资过人，读书不仅记性好，而且悟性高。一日读《孟子》'有天民者，达可行于天下，而后行之'，慨然叹曰：'嗟夫，大丈夫行己当如是也。'有一天他读《孟子》，当读到'有顺应天理的人，当他的主张能行于天下时，他才去实行'的句子时，他非常感慨地说：'大丈夫立于天地间就应当如此啊！'小小的年纪就读懂了孟子的民本思想。少年时代的陈献章爱做梦。据《白沙先生行状》记载：'尝梦拊石琴，其音泠泠然。有一伟人笑谓曰："八音中惟石音为难谐，今能若是，子异日得道乎！"因别号石斋，既老自谓石翁。少读宋亡厓山诸臣死节事，辄掩卷流涕。'陈献章小时候曾经梦到自己弹奏石琴，琴声清越、悠扬。有一位伟人听罢笑着赞道：'在金、石、土、革、丝、木、匏、竹等八类乐器中，唯有石音最难弹奏，你能弹得如此和谐悦耳，他日一定会寻找到心灵家园啊！'陈献章因这个梦而取别号为'石斋'，到了晚年则自称为'石翁'。他年少时读到南宋君臣在厓山海战中为民族气节而毅然决然地跳海殉国的悲壮历史时，心灵受到了深深的震撼，不禁掩卷流涕。可见，其幼小的心灵中是非、爱憎是何等的鲜明。正统十一年，陈献章十九岁，进入县学读书，初显才华。据《白沙先生行状》记载，'其师某者，见其所为文，异之曰："陈生非常人也，世网不足以羁之。"'老师在批阅他与众不同的文章时，惊叹道：'陈献章才华横溢，并非常人啊！世间的藩篱是无法束缚住他的！'千一颇感兴趣地问："那么陈献章是如何突破藩篱的呢？"问号沉默片刻说："陈献章毕竟生活在'学而优则仕'的科举选才的年代，虽然从小受到道家文化的熏陶，但是背负着母亲望子成龙的期待，他起先也不得不沿着科举之路前行。《明史·陈献章传》是这样记载的：'举正统十二年乡试，再上礼部，不第。

从吴与弼讲学。居半载归，读书穷日夜不辍。筑阳春台，静坐其中，数年无户外迹。久之，复游太学。祭酒邢让试和杨时《此日不再得》诗一篇，惊曰："龟山不如也。"扬言于朝，以为真儒复出。由是名震京师。给事中贺钦听其议论，即日抗疏解官，执弟子礼事献章。献章既归，四方来学者日进。广东布政使彭韶、总督朱英交荐。召至京，令就试吏部。屡辞疾不赴，疏乞终养，授翰林院检讨以归。……自是屡荐，卒不起。'陈献章参加了正统十二年的乡试考中举人，之后两次参加礼部的会试，但都没有考上。景泰三年，二十七岁的陈献章前往江西临川，师从理学家吴与弼，开始学习儒家典籍，但是陈献章在临川待了半年就回家了。先是夜以继日地读书，后来又盖了一座阳春台，在阳春台中日日静坐，竟然数年足不出户，苦读静思。"千一不解地问："为什么师从吴与弼不到一年就回家了呢？莫非是吴先生教得不好？"问号的上半身摇得跟拨浪鼓似的说："非也，非也。陈献章于正统十二年中举，时年才十九岁。第二年进京考进士，中副榜，于是进入国子监读书。景泰二年再次考进士，再次落榜。接连科举考试失败，他对科举之途失去了兴趣，于是前往江西临川拜吴与弼为师学习程朱理学，接受儒家学说系统的学习，并践履了老师耕、读、教三位一体的生活方式，吴与弼虽然强调养心和沉静，但在格物致知上从未抛弃朱熹的'理一万殊'，天理只有一个，但天理在各种事物中的表现不同，追求天理的方法只能是对不同事物的理进行一一追究，到头来天理没找到，人们却陷入一团支离的乱麻之中。因此历时半年学习，陈献章感觉所得极微，他在《复赵提学佥宪》中说：'仆才不逮人，年二十七始发愤从吴聘君学。其于古圣贤垂训之书，盖无所不讲，然未知入处。比归白沙，杜门不出，专求所以用力之方。'他认为才华不及人，二十七岁拜吴与弼为师决心发愤到'圣贤处'，吴与弼更是古代圣贤之书无所不讲，可是读了几个月的圣贤书，却未找到通往圣贤处的入口，他不满这种没有心得的学习生活，于是返乡白沙，杜门不出，专门探求通往圣贤之门的入口处。"千一迫切地问："他最终找到了吗？"那个魔符前倾了两下，点着头似的说："陈献章在《复赵提学佥宪》中是这样自述的：'既无师友指引，惟日靠书册寻之，忘寐忘食，如是者亦累年，而卒未得焉。所谓未得，谓吾此心与此理未有凑泊吻合处也。于是舍彼之繁，求吾之约，惟在静坐。

久之，然后见吾此心之体隐然呈露，常若有物。日用间种种应酬，随吾所欲，如马之御衔勒也。体认物理，稽诸圣训，各有头绪来历，如水之有源委也。于是涣然自信曰：“作圣之功，其在兹乎！”有学于仆者，辄教之静坐，盖以吾所经历，粗有实效者告之，非务为高虚以误人也。'从陈献章的自述看，他返乡回到白沙后，专门探索求道的入口处，在没有师友的指点引导下，只能靠废寝忘食地读书来探寻，如此苦读了几年，还是‘未知入处’，也就是收获甚微。之所以收获甚微或者说是‘未得’，是因为找不到‘吾心与此理’的‘凑泊吻合处’。所谓‘凑泊’，是指没有很好地结合在一起，也就是说，吾心与此理没有很好地结合在一起。于是我调整了方法，舍繁求简，由博到约，专意于静坐，以静求心，久而久之，渐见‘吾心之体隐然呈露’出来。也就是此心已能与道‘凑泊吻合’，但他并非虚空，而是‘常若有物’，这就是说陈献章通过长时期的静坐看见了心灵图景，人便进入了心灵的自由境界。他将静心所悟到的‘理’运用到人伦日用中的种种应酬，便可以随心所欲，应付自如，就像给马卸掉了嚼子和缰绳一样。他将自己的直觉体验和直接观察相结合的方法称为‘体认物理’，他将这种‘体认物理’的方法验考于圣训经典，也是头绪来历无所不合，有如找到了源头活水。于是他豁然开朗，自信地说：‘原来作圣之功如此简单，何必要采用宋儒所倡导的那套支离之法！’所谓‘作圣之功’，指的就是‘心学’。以后，凡是有学者向他问学，他总是以自己亲身实效来教以静坐。”千一听罢有所领悟地说：“原来陈献章心学的形成，经历了由朱学到静坐，由静坐到心学的演变过程啊！”问号上半身又前倾了两次，像是点头地说：“是啊！陈献章实现了从‘未得’到‘自得’的飞跃以后，成化元年，三十八岁的陈献章开始以阳春台为基地，设帐授徒，传授他的心学法门。成化二年秋，陈献章在朋友的劝说下，再次进京，‘复游太学’，也就是重新进入国子监，要读书备考了。国子监是国家最高学府，国子监设主管，称作‘祭酒’。时任祭酒邢让想考考陈献章的才华，便请他试和杨时的《此日不再得》诗一篇，这等于是让陈献章去挑战颇负盛名的宋代理学大家杨时。其实陈献章所创心学已在学术上对宋儒们进行挑战了，和一首诗，陈献章自然能从容应对。他在洋洋洒洒二百多字的五言长诗中，一句‘枢纽在方寸，操舍决存亡’，道破了心学才是正统‘圣学’，心才是天地间千变万化的'枢纽',从而使邢让惊叹道:'龟山不如也。'并且到处宣扬'真儒复出',于是陈献章名震京城。就连给事中贺钦听了有关陈献章的议论后,立即辞官,给陈献章行弟子礼,事之为师。可见当时陈献章在士人中的声望。陈献章回乡后,四面八方来向他求学的人日益增多。广东布政使彭韶、总督朱英共同向朝廷举荐他。陈献章被征召到了京城,朝廷让他到吏部试任官职,但是他多次以有病为由推辞不去,上书乞求回乡奉养母亲,以终其天年,他的孝心感动了皇帝,最终被授予翰林院检讨的官职而归。回乡后,他在家专研学术,屡荐不去,在江门教学十余年,培养了许多栋梁之材。其中将他的学说发扬光大的是他六十七岁收下的弟子湛若水。明弘治十三年,也就是公元 1500 年,七十三岁的陈献章辞世。由于陈献章生前不事著作,后人将其文章汇编成册,成为《陈献章集》。"千一好奇地问:"湛若水究竟是怎样一个人呢?"问号一下子变得很大,而且用自己下半身的圆点推了魔毯一下,魔毯便在宇宙星际间游荡起来,问号重新变小,在千一面前蹿来蹿去地说:"湛若水,明代哲学家、教育家、书法家,字元明,号甘泉,广东广州府增城县人,生于明成化二年,也就是公元 1466 年,死于嘉靖三十九年,也就是公元 1560 年,享年九十五岁,曾历任南京政府礼部、吏部、兵部三部尚书,官至二品。弘治七年二月,湛若水第一次会试落第,经友人推荐,来到白沙求教于陈献章。六十七岁的陈献章收下了这名二十九岁的弟子。湛若水慕名拜师,态度十分虔诚,他来江门之前,'戒斋三日,洁身澄性'。陈献章十分器重这位有独创精神的弟子,把发展自己学说的重任委托给湛若水,湛若水接过衣钵,没有辜负老师的期望,使心学更完善、更系统、更精微。"千一若有所思地问:"既然陈献章是明代心学的开创者,那么他是如何理解'心'的呢?"问号似乎很喜欢这个问题,跳到琴弦上拨出几声悦耳的琴音后蹿到千一面前说:"在《与林郡博七则》中,陈献章是这样阐述自己的宇宙观的:'终日乾乾,只是收拾此而已,此理干涉至大,无内外,无终始,无一处不到,无一息不运。会此,则天地我立,万化我出,而宇宙在我矣。得此把柄入手,更有何事?往古来今,四方上下,都一齐穿纽,一起收拾,随时随处,无不是这个充塞,色色信他本来,何用尔手劳脚攘?'意思是说,整日自强不息,勤奋努力,不过是为了探寻'理'。这个'理'

关联着万事万物，无内无外，无始无终，无处不在，没有一息一呼不在'理'中，但'理'离开'心'不存在，一旦'理'与'心'相合，则天地因心而存在，万物因心而化生，整个宇宙都由心所主控。得到'心'这个把柄，便可以贯通古往今来、四方上下，一齐收拾，随时随处，无不是这个'心'在充塞。这个'心'统御万物，还需要你的手脚劳碌什么？他强调宇宙中的一切都在我心的作用之下，通过我心来体认。"千一试探地问："这么说，'心'是永恒的存在了？"问号似乎对千一的理解很满意，转了个圈说："正因为如此，陈献章在《送张进士廷实还京序》中说：'其观于天地，日月晦明，山川流峙，四时所以运行，万物所以化生，无非在我之极而思握其枢机，端立御绥，行乎日用事物之中，以与之无穷。'这里的'我'就是'心'，他认为，世间万事万物以及万事万物所涵盖的一切'理'都在'心'中。用这个'心'观看天地，则天上的日月、地上的山川、四时的运行、万物的生化，都是精神实体的我心运筹帷幄的结果。因此，人们对心体的认知，不能仅仅通过耳目见闻来把握，而只能依靠我心的觉知，也就是说，透过日用事物之美，可以看到无穷无尽的心灵图景。"千一又问："心可以脱离肉体而独立存在吗？"问号兴奋地打了一个滚说："陈献章在《随笔》中说：'身居万物中，心在万物上。'这说明'心'凌驾于自然社会之上，是独立于人、物之外的精神实体，当然是脱离肉体而独立且绝对的存在。为了说明这一点，他在《与林时矩三则》中说：'人争一个觉，才觉便我大而物小，物尽而我无尽。夫无尽者，微尘六合，瞬息千古，生不知爱，死不知恶，尚奚暇铢轩冕而尘金玉耶？'所谓'觉'是指人达到一种精神境界的体验和描述。只有达到'觉'的境界，才会觉得我心内在的圆满充足性，才会体验到心与道的同一。陈献章认为，内省追求的是一个自心的觉知，人争一个觉，才会觉，一旦进入'觉'的境界，便可体悟心灵的广大无际，万事万物乃至整个宇宙都囊括在心灵世界之内，物质世界是有限的，而心灵世界是无限的。就连空间上的'六合'，时间上的'千古'，小至'微尘'，短至'瞬息'，无不是心灵的产物，觉知心灵的无限性，可以'生不知爱，死不知恶'，从而超脱生死得失。怎么可能还把权贵和地位以及金玉财富放在眼里呢？"千一点点头说："这么说，所有的理都在'心'中呗！"问号左右各旋转了一圈说：

"在陈献章看来，一旦'心'与'道'合一，也就是心灵与梦象合一，便是'心具万理'之时。因此他在《论前辈言铢视轩冕尘视金玉》中说：'君子一心，万理完具。事物虽多，莫非在我，此身一到，精神具随，得吾得而得之矣，失吾得而失之耳，厌薄之心，何自而生哉？'心先天就具备万物之理，万理具于一心，表明心主宰着理。天下万事万物虽然纷繁复杂，但都不离'心'而存在，也就是说，无论宇宙万物如何变化，都根植于'心'，突出了心对万事万物的主宰意义。心寓于人的形体之中而主宰人的形体，形神相随，得则得之，失则失之，宇宙间的纷繁多样的事物统统在心的掌控之中，万物之理都是通过'心'的体认来呈现，我心自然明理，外界的困扰从何而生呢？"千一试探地问："可是人难免受到外界的困扰，生了'厌薄之心'怎么办？"问号翻了一个跟头说："陈献章在《东晓序》中说：'此无他，有蔽则暗，无蔽则明。所处之地不同，所遇随以变，况人易于蔽者乎？耳之蔽声，目之蔽色，蔽口鼻以臭味，蔽四肢以安佚。一掬之力不胜群蔽，则其去禽兽不远矣。于此，得不甚恐而畏乎？知其蔽而去之，人欲日消，天理日明，罗浮之于扶木也。溺于蔽而不胜，人欲日炽，天理日晦，蔀屋之于亭午也。'意思是说，没有别的，心一旦被外界的事物和自身的欲望所遮蔽，则万物固有之理便会被掩盖；不被遮蔽，则本心之理便会呈现出来。如果人不能摒弃耳、目、口、鼻、四肢这些器官的遮蔽，则离动物不远了。这难道不是很可怕的吗？了解了私欲蒙蔽本心的可怕性而克服掉外物的干扰和私欲的诱惑，本心就不会被遮蔽，克制私欲，才能明理，只有除去外界的诱惑和私欲的干扰，才能使心澄澈清明，才能真正觉知梦象。相反，如果人的欲望越来越强烈，天理日复一日的被遮蔽，即使日上三竿，世界也像一个幽暗的屋子，本心是无法呈现出来的。所以陈献章特别强调'洗心'。"千一好奇地问："如何'洗心'呢？"问号在石琴上跳来跳去地说："陈献章在《赠彭惠安别言》中说：'自得者，不累于外物，不累于耳目，不累于造次颠沛。鸢飞鱼跃，其机在我。''自得'的人，不执着于外物，不被见闻所扰，不被轻率的奔波所累。人与自然合一的'道'都在我心。也就是说，不依别人的耳目感官，不受任何外界的干扰，而能通过自己的觉悟去认知和把握'道'。他又在《与林缉熙书》中说：'诗、文章、末习、著述等路头，一齐塞断，一齐扫去，毋令半点芥蒂于我胸中，夫然后善端可养，静可能也。'人们时常会被诗词、文章、习惯爱好、各种著述所累，陈献章的做法是一齐塞断，一齐扫去，不在胸中留下半点芥蒂，只有这样才能通过静坐养出端倪来。因此他在《与林友三则》中强调：'学劳攘则无由见道，故观书博识，不如静坐。'陈献章提倡自然，反对劳攘。依靠劳攘去翻阅典籍是不可能觉知'道'的，所以心不要被各种著述所束缚，与其被世俗知识所累，不如静坐自得。主体所做的，就是与自然吻合，这种吻合不是理智的、渐进的，而是直觉的。因此，他在《风木图记》中说：'具足于内者，无所待乎外。'也就是说，'自得'是一个无需外部条件，在不需要任何外力的情况下，体悟心灵家园的过程。这个'洗心'的过程，用陈献章在《洗竹三首·其三》中的一句诗讲，就是'一洗一回疏，相将洗到无'。他认为静坐洗心时，要一洗再洗，反复洗，多次洗，一直洗到心中无物的状态，从而进入境与我为一而我无处不在的境界。"千一沉思片刻问："那么究竟什么是'自得'呢？"问号从石琴上蹿到千一的肩膀上说："在阮榕龄的《编次陈白沙先生年谱》中，陈献章说：'夫学贵自得也。自得之，然后博之以载籍。'他认为，学贵自得，自得后再广博地研读典籍。又说："'忘我而我大，不求胜物而莫能挠。'孟子云："我善养吾浩然之气。"山林朝市一也，死生常变一也，富贵贫贱威武一也，而无此以动其心，是名曰"自得"。''忘我'就是'忘心'，'忘心'就是'无心'，只有做到'忘心''无心'，才知心之广大无际，才知心能容纳万物。与万物一体，不追求战胜外物，则外物就无法困扰我。正如孟子所说：'我善养吾浩然之气。'无论是身处山林还是闹市，无论是面对生还是死；无论是境遇富贵、贫贱，还是直面威武，都无法使我心动，道始终如一，这就是'自得'。因此，所谓'自得'应该是一种心不滞于物，潇洒自如、心与道合一，鸢飞鱼跃的精神境界。'自得'是为了获得内在的'鸢飞鱼跃'的心灵图景，而内求的'物我两忘'、与天地同体的至高境界。所以陈献章在《祭先师康斋墓文》中说：'先生之教不躐等，由涵养以及致知，先据德而后依仁，下学上达，日新又新。启勿忘勿助之训，则有见于鸢鱼之飞跃；悟无声无臭之妙，则自得乎太极之浑沦。'这是陈献章在悼念先师吴与弼时所说的一段话，其中具体地说明了'自得'的内涵。所谓'勿助勿忘'，简单地讲就是'自得'无需外部条件。他说:'先生之教打破常规,从涵养功夫到格物致知,先通过德把握道,后通过仁,作为自得的标准,下学人事而上达天理,不断地更新再更新。通过内省自悟,觉知鸢飞鱼跃的心灵图景,通过体悟无声无臭之妙,自得梦象之美,也就是说,所谓'自得'就是通过对梦象的体悟、认知,而实现心灵与梦象的'凑泊吻合',实现从'未得'到'已得'的认知过程,达到'鸢飞鱼跃''其机在心'的梦象圣境。通过这一涵养过程便可以实现陈献章梦寐以求的'自圣之功'。"千一用质问的口吻问:"难道《六经》对陈献章的'自得'就没有一点用途吗?"问号沉默片刻说:"'自得'主张摆脱经典的束缚,充分发挥自我独立思考与分析的能力。他在《道学传序》中说:《六经》,夫子之书也;学者徒诵其言而忘味,《六经》一糟粕耳,犹未免于玩物丧志。'又说:'学者苟不但求之书,而求诸吾心,察于动静之有无之机,致养其在我者,而勿以闻见乱之,去耳目支离之用,全虚圆不测之神,一开卷尽得之矣,非得之书也,得自我者也。盖以我而观书,随处得益;以书博我,则释卷而茫然。'他认为《六经》不过是夫子的典籍而已,是说明'我心'的内容,学者一味地背诵经典,名言章句记得越多越增加心的负担,忘记了我们读经典的目的是为了明了其实质,使'我心'与《六经》相符合,如此读书,即便书读得再多,《六经》也不过是糟粕而已,无异于玩物丧志,于己何益呢?很显然,他反对死读书,学者读《六经》必须'求诸心',只有经过独立思考、玩味和消化,以'贵疑'的精神批判性地吸收,使'我心'与《六经》相契合,才能做到开卷有益,有所收获。因此他要求学者不但要'求之于书',更要'求诸于心',才能于动静有无之间掌控先机。这就需要学者致力于独立思考,用心来体悟书中之味,才不会被人云亦云牵着走,干扰自己独立思考的心。要去除耳闻目见的支离信息,摒除一切外界的干扰,成全直觉这个不测之神,才能开卷有益。不是'以书博我',而是'以我观书'。'以我观书',开卷有益;'以书博我',则释卷茫然。"千一不依不饶地问:"那么什么是'贵疑'呢?"魔符似乎对这个问题很感兴趣,它旋转着说:'陈献章在《与张廷实主事》中说:'前辈谓'学贵知疑',小疑则小进,大疑则大进。疑者,觉悟之机也。一番觉悟,一番长进。章初学时亦是如此,更别无法也。凡学皆然,不止学诗,即此……'他提倡'学贵知疑'，'疑'是为学的关键。小疑则小觉悟，大疑则大觉悟，自得的前提是'疑'，'疑'而'觉'，有'觉'而'得'，'一番觉悟'，才有'一番长进'，陈献章初学时也是从'疑'开始的，除了'贵疑'没有别的办法。因此他在《次韵张廷实读伊洛渊源录》中铿锵有力地说：'往古来今几圣贤，都从心上契心传。孟子聪明还孟子，如今且莫信人言。'他认为对孟子这样的圣贤也不能盲目地崇拜，也要大胆质疑，对先贤的言论不可全信，要经过心的自得，绝不迷信任何人。"千一抚摸着石琴，若有所思地问："陈献章心中既不迷信任何典籍，更不迷信任何权威，那么他究竟敬畏什么呢？"问号左右摇晃着说："陈献章十分崇尚自然，他倡导学者应'以自然为宗'。他在《与湛民泽（十一）》中说：'人与天地同体，四时以行，百物以生，若滞在一处，安能为造化之主耶？古之善学者，常令此心在无物处，便运用得转耳。学者以自然为宗，不可不着意理会。'所谓'自然'是指个人的心灵自由，是指心灵无滞于任何物累、本然自如、自得自乐的精神状态。陈献章认为，人与天地万物同体，心灵的自由不会滞于一处，就像大自然春夏秋冬的周而复始、一年四季运转无滞那样，如果时令永远滞于某一季节，世界万物的生长也将受到伤害以至于走向消亡。古代善于学习的人，都懂得不让心停滞于一物上的道理。'以自然为宗'就是令'心在无物处'的为学方法。"问号正津津有味地侃侃而谈，千一突然听到妈妈喊道："千一，你在哪儿呢？秦小小来电话，约你和刘兰兰明天看电影，你快去接电话！"千一下意识地答应了一声，然后小声问那个魔符："我怎么回去呢？"问号十分自信地说："这很容易，我用石琴的琴音送你回去，你只要闭上眼睛就行。"千一只好闭上双眼，悦耳的琴声响起，千一感觉魔毯在飞翔，直到琴音停止，她才睁开眼睛，发现自己站在杂物间中央，手里拿着那块神奇的龟甲片，而那个大皮箱子却不见了。

　　了解了陈献章的心学以后，孟蝶痴迷上了静坐，每天晚上做完作业便开始静坐，星期天更是一坐就是大半天，可是一连坐了十几天，她也没坐出什么端倪来。今天刚好是周末，吃过午餐后，她回到自己的房间又想尝试静坐，刚静坐了十几分钟，便心烦意乱起来，她索性又拿起《千一的梦象》读起来。看到"杂物间"三个字后，她眼前突然一亮，心想，千一是在自己家的杂物间找到一块红宝石进入梦象的，我何不去杂物间看一看，或许能有意想不到的收获呢！想到这儿，她迫不及待去了杂物间。接近杂物间时，她发现杂物间的门开着，走进去才发现爸爸在杂物间里正在用红色丝绒线扎着一小束茅草，她好奇地问："爸爸，你在做什么？"孟周微笑着说："爸爸在用茅草做笔。"孟蝶惊异地问："茅草也能做笔？"孟周将刚刚扎好的茅草笔放下又拿起一小束茅草一边扎一边说："对艺术创作来说，万物皆可为笔。这个道理还是爸爸从陈献章心学悟出来的。"孟蝶试探地问："爸爸，莫非陈献章也用茅草笔写字？"孟周语气肯定地说："他不仅用茅草笔写字，而且还是这茅草笔的创造者。据说，陈献章在青峰山讲学时，'山中苦无笔'。有一年秋天的一个傍晚，青峰山玉台寺山门前的天空好像一张画纸，任由晚霞挥洒奇妙的色彩，坐在一块大石头上看书的陈献章抬起头想要欣赏迷人的晚霞时，忽然他被不远处的岩石上一片葱茏可爱的白茅草吸引住了，他走过去伸手想折断一株，但费了好一番气力才折断，他细看那靠近茅根的断口，露出一束柔软而富有弹力的白毛，竟与写字的毛笔有异曲同工之妙，他心中大喜，立即折了一把白茅草回家试着扎成一束束茅草笔，他尝试着蘸上墨水，然后写了一个'笔'字，想不到笔画生辣、充满野趣，而且飞白生动，还带有阳刚之气。陈献章高兴极了，就给茅草笔起名为'茅龙笔'。"孟蝶听罢，兴奋地说："太有意思了！爸爸，您能不能用刚扎好的茅龙笔写一幅字，让女儿开开眼，看看这茅龙笔有多神奇？""好啊！"孟周高兴地说，"不过，还是让妈妈写，妈妈的书法比爸爸的好。"孟蝶兴奋地拍着手说："太好了！太好了！"说完拿起爸爸扎好的茅龙笔，拉起孟周的手就往外走。

舒畅正在工作室里创作兰法，见丈夫和女儿兴冲冲地走进来，她放下手中的毛笔微笑着问："你们爷俩有什么好事，这么高兴？"孟蝶迫不及待地说："妈妈，这是爸爸刚刚做好的茅龙笔，我想让您用茅龙笔写一幅字，看看它有多神奇。"舒畅接过女儿递过来的茅龙笔，笑眯眯地说："好啊！那我就将沈周那首《画玉台山图答白沙先生陈公甫》，用陈献章的书风写下来，女儿看看陈献章的书风和沈周的画风有没有什么联系。"说完，舒畅铺好一张宣纸，拿起一支茅龙笔，饱蘸浓墨，刷刷点点地写了起来。舒畅一鼓作气放下笔，别开生面的书风惊得孟蝶目瞪口呆，片刻之后，她才试着读道："玉台万仞先生住，出语直教天上惊。还有遗音满天下，儿童个个解称名。"读完她忽然意识到了什么，迫不及待地问："爸爸妈妈，陈献章是不是应该有一首和诗？"孟周欣慰地说："女儿好聪明，陈献章有和诗《沈石田作玉台图题诗其上见寄次韵以复》：到眼丹青忽自惊，玉台形我我何形。石田虽有千金贶，老子都疑一世名。"孟蝶忽闪着一双水灵灵的大眼睛说："这么说，陈献章和沈周是好朋友喽？"孟周点点头，然后走到书架前随手拿出一本大书翻开其中一页说："孟蝶，你读一下沈周这幅《夜坐图》上面的题款。"孟蝶接过书，发现这幅《夜坐图》的题款占据了画面的一半，字形呈放射状，题识整体有向右侧略微倾斜的态势，豪放洒脱。紧接着是两座并列的巨峰高耸入云，两座巨峰间云雾迷茫。山麓下有数间屋宇茅舍掩映在青松杂树之间，屋宇卧川而建，屋后竹影婆娑。茅舍内若有所思地端坐一人，手边放着书卷和燃烧的烛台；茅舍、山石、竹木、流水以独特的韵律环绕在他的周围，却又给他留下了无限遐想的空间；尽管后面的巨峰既高耸又深远，但是从效果上看，在屋宇中端坐静思的主人才是这幅画最深刻的部位。孟蝶被这幅画深深地震撼了，她以敬畏的心情读道："寒夜寝甚甘，夜分而寤，神度爽然，弗能复寐。乃披衣起坐，一灯荧然相对，案上书数帙，漫取一编读之；稍倦，置书束手危坐，久雨新霁，月色淡淡映窗户，四听阒然。盖觉清耿之久，渐有所闻。闻风声撼竹木号鸣，使人起特立不回之志；闻犬声狺狺而苦，使人起闲邪御寇之志；闻小大鼓声，小者薄而大者渊渊不绝，起幽忧不平之思；官鼓甚近，由三挝以至四至五，渐急以趋晓，俄东北声钟，钟得雨霁，音极清越，闻之有待旦兴作之思，不能已焉。余兴喜夜坐，每摊书灯下，反复之，迨二更以为当。然人喧未息而又心在文字间，未尝得外静而内定。而于今夕者，凡诸声色，盖以定静得之，故足以澄人心神情而发其志意如此。且他时非无是声色也，非不接于人耳目中也，然形为物役而心趣随之，聪隐于铿訇，明隐于文华，是故物之益于人者寡而损人者多。有若今之声色不异于彼，而一触耳目，犁然与我妙合，则其为铿訇文华者，未始不为吾进修之资，而物足以役人也已。声绝色泯，而吾之志冲然特存，则所谓志者果内乎外乎，其有于物乎，得因物以发乎？是必有以辨

　千　一　的　梦　象

矣。于乎吾于是而辩焉。夜丛之力宏矣哉！嗣当齐心孤坐，于更长明烛之下，因以求事物之理，心体之妙，以为修己应物之地，将必有所得也。作《夜坐记》。弘治壬子秋七月既望，长洲沈周。"读完，孟蝶似有所悟地说："爸爸，我好像明白您为什么让我读这个题识了。"孟周微笑着说："说说看！"孟蝶斟酌着说："我感觉沈周的题识通篇讲的都是静坐的体会，对不对？"孟周笑呵呵地问："那么沈周这幅画画的是什么？"孟蝶试探着说："应该是沈周静坐以后所获得的心灵图景。"孟周欣慰地笑道："沈周长陈献章一岁，但陈献章却没有沈周长寿。两个人虽未曾谋面，但私交却很深。沈周一生对一些品行高尚的文人都是主动结交，而陈献章当时名满天下，自然也是沈周主动交往的对象。我们从沈周的《夜坐记》中便可以看出他的画学思想深受陈献章心学的影响。可以说这幅画作是对陈献章'为学须从静中坐，养出个端倪来'的最好诠释。沈周在一个寒夜里醒来再也睡不着了，于是披上衣服在烛火和书卷的陪伴下静坐冥思，外面下了很长时间的雨，天刚刚放晴，淡淡的月色映入窗户，四周寂静无声，沈周在心里却听到了竹木在风中的声响以及犬吠声、大小鼓点、钟声，这些声色与他的心体妙合在一起，而产生了一幅美妙的心灵图景。由于深受陈献章心学思想的影响，沈周常夜半斋心静坐，所谓修己应物，以求事物之理、心体之妙。这恰恰是对陈献章'心俱万理''宇宙在我'思想的践行。陈献章在《论前辈言铢视轩冕尘视金玉》中说：'心乎，其此一元之所舍乎！'他认为，'心'便是'道'的寓所，也就是说心灵是梦象的寓所。陈献章所追求的'道心合一'的境界，也就是梦象与心灵合一的境界，所谓以自然为宗，就是以梦象为宗。因此湛若水在《讲章·四洲两学讲章》中才说：'万事万物莫非我心也。'为此他在《心性图说》中说：'故心也者，包乎天地万物之外，而贯乎天地万物之中者也，中外非二也。天地无内外，心也无内外。'一个'贯'字，一个'包'字，便确立了'心'的无限性。这也是为什么他在《雍语·一理》中强调'天即理也，理即心也，自然也'的原因。爸爸注意到你这些天一直尝试静坐，可是收获甚微，不知道从沈周的《夜坐图》中是否得到了一些启发？"孟蝶若有所思地说："爸爸，我静坐时总是心中'人喧未息'，看似'外静'，却无法'内定'，今天听您讲解《夜坐图》，我才明白问题出在始终没有体悟到'心'的无限性。湛若水说'心无内外',我的心始终有内外。"孟周听罢,语重心长地说:"女儿,你的心灵就像一个装满宝藏的盒子,在这个神秘的盒子里,有心智、意识、意志、品格、理性、美感、直觉、想象力等等生命的能量元素,心学就是为了揭开心灵宝盒的盖子,使你潜入到心灵的最深处去感悟梦象的神奇。"孟蝶听罢自信地说:"爸爸我明白了,我会重新尝试静坐,我相信我也一定能像沈周一样坐养出我自己的端倪来。"不知什么时候,舒畅拿来一本《陈献章书法集》,她轻轻翻开书递给孟蝶,微笑着说:"既然女儿明白了,就说一说沈周《夜坐图》中的书法与陈献章书法之间的异同吧!"孟蝶仔细看了陈献章的书法后,盯着《夜坐图》中的书法良久才说:"表面上看,沈周的书法有模仿黄庭坚的痕迹,但是从书风上看,落笔粗放自然,应该是受益于陈献章的'自得'思想。"孟周和舒畅听罢都欣慰地笑了。

第二十五章
心外无物

爸爸和妈妈结婚十六周年纪念日那天，爸爸从写生地寄来了一条精美绝伦的七彩石项链。妈妈从盒子里取出那条项链时惊叹地连忙喊道："女儿，快来看！快来看！"千一从房间跑到客厅时，只见妈妈手里拿着一条宛如彩虹般的七彩石项链，妈妈当着女儿的面戴在自己的脖子上问："千一，怎么样？妈妈戴上好看吗？"千一惊叹道："太美了。我从没见过这么美的项链！妈妈，是爸爸寄来的吗？"妈妈幸福地点点头说："是的，你爸爸的写生地有一条神秘的小溪，小溪中到处散落着七彩石，这条七彩石项链是爸爸用小溪中的七彩石亲自打磨制作的，是爸爸送给妈妈的结婚纪念礼物。"千一艳羡地说："妈妈，我也要戴！我也要戴！"见女儿如此喜欢，妈妈恋恋不舍地摘下来，一边递给女儿一边说："女儿这么漂亮，要是戴上这条七彩石项链还不一下子就变成小天使了！"千一美滋滋地接过项链，没有立即戴上，而是端详着项链上的每一颗七彩石，她感觉每一颗七彩石都蕴含着爸爸对妈妈浓浓的爱，七彩石的色彩应该是爱的色彩。千一试着将七彩石放在耳边听，竟然听到了溪水流淌的声音，她将一颗七彩石含在嘴里，满口花香，她又一颗一颗地冲着太阳看，每一颗都像万花筒。她情不自禁地赞叹道："妈妈，这条项链太神奇了，能借我戴两天吗？"妈妈慈爱地看着女儿说："你是爸爸妈妈爱情的结晶，你喜欢戴这条项链，爸爸知道了一定很高兴，当然可以了！"千一一听高兴地说："妈妈，那我就不客气了，我要拿回房间好好欣赏一下。"说完小心翼翼地把项链放进木盒子里，说了声："谢谢妈妈！"然后捧着盒子一溜烟回到了房间。

坐在写字桌前，千一轻轻打开木盒子，再次拿出七彩石项链时，她几乎无法用语言形容这条项链的美丽，她仔细端详欣赏着项链上的每一颗七彩石，惊异地发现，从每一颗七彩石中要么看到了浩瀚的海洋，要么看到了残破的迷宫，要么看到了璀璨的星空，要么看到了无数面的镜子，可以说，每一颗七彩石都是宇宙的一个凝固点，不仅拥有一种神秘的力量，而且蕴含着无上的智慧，就仿佛在无限性中凝结了万事万物的"理"。当天晚上，她是戴着这条项链睡的。在梦中，她梦见一条无比清澈的小溪，晶莹剔透，溪水潺潺湲湲，叮叮咚咚，撒着欢儿，唱着歌儿，真像流动的水晶，她光着脚丫子，坐在溪水边一块大石头上，双脚泡在冰凉的溪水里，看着爸爸捡七彩石，波光粼粼的溪水就像满天闪烁的星星。

　　一连两天，无论是睡觉还是上学，千一都戴着这条七彩石项链，可是什么奇异的事情也没有发生，但是她坚信一定会有奇异的事情发生的。果然在第三天放学的路上，刚走进阙里巷，她便惊异地听到了爸爸的声音："千一，等等爸爸！"千一激动地转过身，发现爸爸大踏步地走过来，千一简直不敢相信自己的眼睛，她将信将疑地问："爸爸，真的是你吗？"爸爸慈祥地说："当然是我，不过不是真实的我，现在的我只是你的一念灵觉。"千一不解地问："爸爸，什么是一念灵觉？"爸爸陪着千一一边走一边说："想明白什么是一念灵觉，就要先明白王阳明的心学。"千一颇感兴趣地问："您说的是'陆王心学'中的那个王阳明吗？"爸爸欣慰地点点头说："正是他。"千一好奇地问："爸爸，王阳明到底是怎样一个人？"爸爸微笑着说："王阳明，名守仁，字伯安，浙江余姚人，生于明成化八年，也就是公元1472年，病逝于明嘉靖七年十一月二十九日，也就是公元1529年1月9日。因讲学于会稽山阳明洞，又创办阳明书院，所以世称阳明先生。他是明代著名的哲学家、书法家兼军事家、教育家，心学集大成者。根据王阳明的学生黄绾撰写的《阳明先生行状》记载，王阳明的祖父名天叙，号竹轩，封翰林院编修、赠礼部右侍郎。祖母岑氏，封太淑人。父亲叫王华，成化辛丑状元及第，官至南京吏部尚书，封新建伯。母亲郑氏，封孺人，赠夫人。王阳明的出生非常具有传奇性，无论是《明史·王守仁传》，还是他的弟子钱德洪等人撰写的《年谱》以及黄绾的《阳明先生行状》都有记载。王阳明的母亲郑氏，怀孕十四个月，才生下他。

　　　　　　　　　　　　　　　　　　　　　\千\一\的\梦\象\

王阳明出生的那天晚上，他的祖母岑氏梦见一群神仙踩着祥云伴随着鼓乐之声，浩浩荡荡地从天而降，其中一位神仙怀里抱着一个婴儿徐徐降落在王家，并将婴儿送入岑氏的怀中。当岑氏从梦中惊醒之时，已经听到婴儿呱呱坠地的哭声。岑氏将这个梦告诉了竹轩翁，竹轩翁心想，既然是神仙驾云送子，就叫'云'吧。乡亲们听到这件事，也感觉很新奇，就将王阳明出生的那座楼叫'瑞云楼'。可是直长到五岁，小王云也没说过一句话，这可急坏了王家人。"千一不解地问："为什么呢？"爸爸微微一笑说："据《年谱》记载：'先生五岁不言。一日与群儿嬉。有神僧过之曰："好个孩儿！可惜道破。"竹轩公悟，更今名。即能言。一日诵竹轩公所尝读过书，讶问之，曰："闻祖读时已默记矣。"'讲的是，王阳明五岁时还不会说话，有一天他正和一群儿童玩耍时，有一位神僧路过，看到小王云之后说：'挺好个孩子，可惜名字道破了天机。'竹轩公听罢顿悟，于是根据《论语·卫灵公》所云'知及之，仁不能守之，虽得之，必失之'，为他改名为'守仁'。名字一改，王阳明便能说话了，不仅能说话，而且能背诵爷爷曾经诵读过的书。竹轩翁惊讶地问他：你怎么能诵读这些书呢？王阳明说：'以前听爷爷读书时已默默地记住了。'"千一惊叹地问道："爸爸，王阳明太厉害了，从小就与众不同啊！"爸爸点了点头说："的确如此。据《年谱》记载：王阳明十一岁时，高中状元的父亲王华写信让全家人搬到京城。赴京途中，竹轩翁在金山寺与朋友聚会，众人即景赋诗正沉吟间，小阳明在旁边脱口而出：金山一点大如拳，打破维扬水底天。醉倚妙高台上月，玉箫吹彻洞龙眠。客人们听罢大为惊叹，但又对小阳明的诗才将信将疑，于是当众人到'蔽月山房'乘凉赏月时，有人想再试试王阳明的诗才，又让他作一首赋'蔽月山房'的诗，小阳明又随口应道：山近月远觉月小，便道此山大于月。若人有眼大如天，还见山小月更阔。"千一听罢插嘴说："爸爸，如果说第一首诗表现出小阳明才思敏捷的话，那么第二首诗可是透显出他与众不同的哲学思维，从这两首诗，我能感觉到王阳明从小就有超乎常人的眼界。爸爸，他到底要做怎样一个人呢？"爸爸用敬佩的语气说："王阳明的性格豪迈不羁，为了收住他的心，父亲王华为他请了塾师，想对他严加管教。据《年谱》记载，有一天王阳明忽然问塾师：'何为第一等事？'塾师回答说：'惟读书登第耳。'只有读书登第、光宗耀祖，才是天下第一等事！王阳明不以为然地说：'登第恐未为第一等事，或读书学圣贤耳！'在他看来，读书登第时时有，并非第一等大事，他认为读书学圣贤，超凡入圣才是第一等大事。当时他父亲听到他的志向，讥笑他说：'孺子之志何其奢也！'说白了就是，就凭你小子也想当圣贤，我没听错吧？"千一插嘴说："爸爸，要是没有这个从小就要做圣贤的儿子，后世谁还会记得他这个大明成化辛丑的状元郎呢？"爸爸一听笑着说："女儿说得有道理，有道理。"千一好奇地问："爸爸，后来王阳明又有哪些惊人之举呢？"爸爸淡然一笑说："王阳明十五岁时，一个人离开北京，骑马出游居庸关，慨然而兴经略四方之志，此前他已经学习了很长时间的兵法和弓马之术。还常说：'儒者患不知兵。'他先后登临居庸关、紫荆关、倒马关。一路上凭吊古战场，考察塞外地理形势，研究防御战略。当时国家朝政腐败，义军四起。英宗正统年间，明英宗被蒙古瓦剌人所俘。内忧外患使得王阳明忧国忧民之情顿生，他打算直接向皇帝上书，陈述对策。他把这个想法告诉了他老爸，还说只要朝廷给他一万壮士，便可以'削平草寇，以靖海内'。他老爸龙山公听罢，惊讶道：'汝病狂耶！书生妄言取死耳。'王守仁的一腔热血就这样被浇灭了，从此不敢再言此事，开始专心致志地做学问。"千一兴趣盎然地问："那么他是如何做学问的呢？"爸爸微笑着说："王守仁十八岁时，携夫人诸氏返回余姚，船至广信，他拜谒了六十八岁的理学家娄谅，向他请教学问。娄谅向他讲授了'格物致知'之学，告诉他'圣人必可学而至'。毫无疑问，这是对王阳明做学问的第一次重要启蒙。之后王阳明遍读朱熹的著作，有一天他在朱熹的著作里看见程颐的一句话'众物必有表里精粗，一草一木，皆涵至理'。他心想，既然'理'无处不在，而要领会它，就必须'格'，何不实践一下呢！于是他拉上一个姓钱的同学面对自家院子里的竹子'格'了起来。"千一颇感兴趣地问："爸爸，王阳明是个聪明过人的人，一定'格'成功了吧？"爸爸摇着头说："'格'了三天，姓钱的同学就因为过度疲劳而病倒放弃了，王阳明觉得钱同学精力太弱了，自己决不能前功尽弃，于是更加发奋'格竹子'，结果七天之后，王阳明也像钱同学一样病倒了。从此，王阳明对朱熹的'格物致知'论产生了极大的怀疑，'守仁格竹'的失败促使他在认识方法上从外在的观察转向内在的探寻。"千一听罢若有所思

　　　　　　　　　　　\千\一\的\梦\象\

地说："这么说，王阳明是一个勇于面对失败的人。"爸爸点点头说："的确如此，弘治六年，二十二岁的王阳明参加会试，结果落榜了，会试每三年举办一次。弘治九年，二十五岁的王阳明再次参加会试，结果又失败了。一些跟他一样落榜的同学都以寒窗十载却屡屡落第为耻。王阳明说：'世以不得第为耻，吾以不得第动心为耻。'会试失败不算什么，因会试失败而导致内心痛苦才是真正的失败。弘治十二年，二十八岁的王阳明终于金榜题名，进士及第。从此登上了大明王朝的政治舞台。第二年，他被授予刑部主事之职，奉命前往直隶、淮安等府，会同地方官员断案审狱。在此期间，他平反了很多冤假错案。"千一好奇地问："爸爸，王阳明是怎么走上心学之路的呢？"爸爸和蔼地说："我认为王阳明最终走上心学之路，主要得益于他与湛若水交流中得到的重大启悟。弘治十七年，三十三岁的王阳明出任山东乡试的主考官。同年九月被转任为兵部武选清吏司主事，负责选择武官的考试，回京师赴任。这期间，与翰林庶吉士湛若水一见如故，当时王阳明三十四岁，湛若水四十岁。"千一似有所悟地说："爸爸，我明白了。湛若水是陈献章的学生，陈献章是明代心学的创立者，湛若水也是一位很有独创精神的心学家，提出了'随处体认天理'的学说。王阳明和湛若水一见如故，湛若水不可能不跟王阳明谈论陈献章，陈献章、湛若水二人的思想不可能不影响到王阳明，我说得对不对？"爸爸未置可否地说："另外还有一层关系，就是陈献章和娄谅都是吴与弼的学生，湛若水是陈献章的得意门生，而王阳明也向娄谅请教过儒家的'格物'说，两个人在京城相识不能不说是一段奇缘。据说两个人都称赞对方为：'此等人物未曾遇见！'但是当时王阳明还沉溺在佛老之习，而湛若水早就是根正苗红的心学传人了。因此王阳明才说：'而后吾之志益坚，毅然若不可遏，则予之资于甘泉多矣。'"千一忽然又想到了什么，不解地问："可是爸爸，世人为什么不称'陈王之学'，而称'陆王之学'呢？"爸爸沉思片刻说："这是因为尽管湛若水的思想对王阳明走上心学之路有启蒙作用，但是王阳明心学中陆九渊心学的影子还是非常明显的。再加上陈献章主张从'静'中养出'端倪'，而王阳明主张'致良知'，一个主'静'，一个主'动'，二者虽然同属于心学，但却是不同的学派。也正因为如此，晚年'致良知'的王阳明与坚守'随处体认天理'的湛若水在学术观点上一度出现了相互批判的情形，当然二人都抱有将彼此学术合二为一的心愿。"
千一好奇地问："爸爸，湛若水的思想虽然影响了王阳明，但是不足以让
他成为集心学之大成者，王阳明究竟是如何悟道的呢？"爸爸慨叹了一声
说："明武宗正德元年，宦官刘瑾擅权，祸乱朝纲。他对内迎合君心，对
外施以严法，一旦有人违逆了他的意愿，都会遭到严酷的迫害。在刘瑾迫
害南京给事中御史戴铣时，王阳明毅然上书，劝武宗收回前旨，结果触怒
了太监刘瑾，被廷杖四十后发配去贵州龙场当驿丞。至此三十四岁的王阳
明开始了自己的逃亡和流放之路。这一路走得险象环生，惊怵异常。因为
刘瑾根本就没打算让王阳明活着，他派了两个锦衣卫杀手一路尾随。王阳
明脱掉衣服伪装投江自杀，才成功脱身。当时贵州是极其荒蛮险恶之地，
不仅毒虫瘴疠，荆棘遍地，而且与土著人语言不通，亡命之徒四处出没，
等王阳明历经艰险，辗转到达龙场时已经是正德三年春，至此，王阳明在
这个瘴疠肆虐、野兽横行的蛮荒之地，当了一个小小的驿丞。"千一插嘴
问："爸爸，驿丞是个什么官呢？"爸爸微微一笑说："相当于某个偏远县
的邮政局局长。龙场驿的规模很小，只设驿丞一名，马二十二匹，供送公
文的差役和过往官吏换马和住宿。在这个极其恶劣的环境中安顿下来之
后，他对得失荣辱都已经超脱，唯有生死一念尚未勘破，于是给自己做了
一个石棺，日夜静坐在石窟内参究生死。《年谱》对王阳明龙场悟道的过
程是这样记录的：'自计得失荣辱皆能超脱，惟生死一念尚觉未化，乃为
石窟自誓曰："吾惟俟命而已！"日夜端居澄默，以求静一。久之，胸中洒
洒。……因念："圣人处此，更有何道？"忽中夜大悟格物致知之旨，寤寐
中若有人语之者，不觉呼跃，从者皆惊。始知圣人之道，吾性自足，向之
求理于事物者误也。乃以默记《五经》之言证之，莫不吻合，因著《五经
臆说》。'王阳明在龙场意识到自己虽然经历了生死却仍然没有超脱生死之
念之后，感到愕然，于是他为自己做了一个石窟，日夜静坐在里面参悟生
死要义，探寻心之静一，以求自己能够超脱生死之念。他时常想，如果圣
人处在和我一样的绝境中，还能有什么超越之道吗？有一天夜里，王阳明
突然顿悟格物致知的要旨，随即发狂般地雀跃起来，大有柳暗花明的快
感，随从们见他大半夜就像疯子一样兴奋都被惊到了。王阳明顿悟道：原
来圣人之道就蕴藏在每一个人的心中，一直以来所沿用的向心外求理的方

法根本就是错误的。于是尝试着用脑海中记住的'五经'之言去验证自己顿悟的成果，结果没有不契合的。由此他写了《五经臆说》。"千一插嘴说："爸爸，可不可以这样理解，在龙场的石棺里，王阳明突然顿悟，不应该像朱熹那样从'心外求理'，格物致知，而应该向自己的内心求理，格'心'致知！"爸爸欣慰地笑道："女儿理解得不错，'龙场顿悟'具有划时代的意义，可以说王阳明的心学之路就是从'龙场顿悟'开始的。没过多久，王阳明在龙场开设书院，并在这里教授诸生。正德五年，刘瑾倒台，王阳明重返政坛，此后广收门徒，讲学论道，阳明心学开始传播天下。正德十一年，四十一岁的王阳明升任都察院左佥都御史，巡抚南安、赣州、汀州、漳州等地，先后平息多地叛乱。同时倡导'致良知'学说。正德十四年，宁王朱宸濠造反，四十六岁的王阳明仅用了三十五天就将其平定了，从此声望日隆。两年后，王阳明升任南京兵部尚书，封'新建伯'。嘉靖七年，王阳明平定广西'思田之乱'之后，因肺病加重，向朝廷上疏乞求告老还乡，于返乡途中病逝，享年五十七岁。临终前，弟子问他有何遗言，他淡然一笑说：'此心光明，亦复何言？'然后溘然长逝。他一生的语录、书札及其他论学诗文，被后人收集编为《王文成公全书》四十一卷流传于世，现在这部书叫《王阳明全集》。"千一沉思片刻问："爸爸，王阳明是如何阐述自己的格'心'致知说的呢？"爸爸耐心地说："'龙场顿悟'标志着王阳明完全抛弃了朱熹的格物说。他通过不断的探索和体证提出了'心即理'的思想，也就是继承了陆九渊的思想方法。在《传习录上》中，王阳明的妹夫、也是他的第一个学生徐爱问：'至善只求诸心，恐于天下事理有不能尽？'至善只向心中去求，恐怕天底下万事万物的道理没有办法穷尽吧？'王阳明回答说：'心即理也。天下又有心外之事，心外之理乎？'这是他首次表述'心即理'这个命题，也标志着他的'心即理'思想的确立。他明确指出：'天下哪里有心外之事、心外之理？'紧接着他强调：'心即理也，此心无私欲之蔽，即是天理，不须外面添一分。'他认为心就是理。没有被私欲遮蔽的心，就是天理，不需要再从外面添加一点一滴。"千一若有所思地问："爸爸，王阳明的'心即理'和陆九渊的'心即理'有什么不同吗？"爸爸微微一笑说："女儿问得好！对于王阳明来说，'心即理'是他的生死体悟，因而有着独特的思想内涵。

陆九渊认为，'心只是一个心，某之心，吾友之心，上而千百载圣贤之心，下而千百载复有一圣贤，其心亦只是如此。'陆九渊的'心'具有跨越时空和跨越个体的特点。王阳明认为'心，生而有者也'，心有所不同。他在《传习录下》中说：'人心是天、渊，心之本体无所不该，原是一个天。只为私欲障碍，则天之本体失了。心之理无穷尽，原是一个渊，只为私欲窒塞，则渊之本体失了。'他认为，人心就是天，就是渊。心的本体无所不包，原本就是一个天，只是被私欲蒙蔽，才迷失了天的本体；心中的天理无穷无尽，原本就是一个渊，只是被私欲阻塞，才失去了作为渊的本体。王阳明在《答舒国用》中明确说：'心之本体，天理也。'也就是说，王阳明认为心是宇宙的本体，但同时他又在《传习录下》中说：'盖天地万物与人原是一体，其发窍之最精处，是人心一点灵明。风雨露雷，日月星辰，禽兽草木，山川土石，与人原只一体。'他认为天地万物与人原是一体，其开窍的关键是人心的一点灵明。风雨露雷，日月星辰，禽兽草木，山川土石，与人原本是一体。也就是说，王阳明的'心'具有直觉性的特点，注重内心体验性。至于'理'，陆九渊认为'此理充塞宇宙，天地鬼神且不能违异，况于人乎?'具有客观性、无限性、神圣性。而王阳明把陆九渊那个事事在上的外在的'理'直接落入了人心，他在《书诸伯阳卷》中说：'理也者，心之条理也。是理也……千变万化，至不可穷竭，而莫非发于吾心之一心。'他认为理就是心之条理，即使理千变万化，不可穷竭，但其根源莫不发自'心之条理'，也就是'莫非发于吾心之一心'。同时他进一步提出了'心外无理''心外无物'等命题，把'理'与'物'彻底定位于内心。陆九渊在对宇宙天地的体悟中，把人安排在天地之间，把'心'与'理'并立起来；而在王阳明的心学体系中，'心即理'的'即'似乎应该理解为呈现、发用、派生的意思，'理'是'心'的呈现，是'心'的发用，是'心'的派生。非常明确地确立了心的本体地位。"千一插嘴问："爸爸，如何理解'心外无理''心外无物'呢?"爸爸解释说："王阳明在《与王纯甫》中提出一组命题：'心外无物、心外无事、心外无理、心外无义、心外无善。'但最重要的还是'心外无理''心外无物'。所谓'心外无理'，强调的是将'天理'内化于心而达到理与心的融合。他在《传习录上》中说：'身之主宰便是心，心之所发便是意，

\ 千 \ 一 \ 的 \ 梦 \ 象 \

意之本体便是知，意之所在便是物。'进而他又说：'意在于视、听、言、动，即视、听、言、动便是一物。所以某说无心外之理，无心外之物。'他认为身的主宰就是心，心之触发就是意，意的本源就是知，意之所在就是物。意在视、听、言、行上，那么视、听、言、行便是一物，所以他说，没有心外之理，没有心外之物。关于'心外无物'，《传习录下》中还有一个生动的记载：'先生游南镇，一友指岩中花树问曰：'天下无心外之物，如此花树在深山中自开自落，于我心亦何相关？'先生曰：'你未看此花时，此花与汝同归于寂；你来看此花时，则此花颜色一时明白起来，便知此花不在你的心外。'讲的是王阳明和朋友一起游览南镇，一位朋友指着山岩中的花树问：'先生认为天下没有心外之物，比如这些花树在深山中自开自落，与我的心有何关系呢？'言外之意，岩中花是在我的'心之外'。王阳明说：'你未观赏这树上的花时，此花与你的心同样寂静；你来欣赏这树上的花时，花的颜色一下子被你感知了。由此可见，这花并不在你的心外。'他认为没有人的意识之外的花，也没有人的意识之外的世界，当然也就没有意识之外的物了。"千一插嘴问："爸爸，如何理解'意之所在便是物'的'意'呢？"爸爸微笑着说："所谓'意'，指的是心的发动处，心不发动便无物。一切都是'意'作用的结果。正如王阳明的诗《咏良知四首示诸生》所言：'人人自有定盘针，万化根源总在心。却笑从前颠倒见，枝枝叶叶外头寻。'他认为：良知才是宇宙世界'万化根源'，又是道德世界的'定盘针'，离开自心而另寻本源都是颠倒的见解。"千一追问道："爸爸，王阳明讲的良知是什么意思呢？"爸爸微笑着解释说："'良知'的观念来源于《孟子·尽心上》：'人之所不学而能者，其良能也。所不虑而知者，其良知也。''不学'表示其先验性，'不虑'表示其直觉性，'良'便兼有先验性和直觉性。晚年险象丛生的政治生涯令王阳明'从百死千难中得来'良知说，这是一种类似于'禅悟'式的神秘体验。因此他在《传习录·答欧阳崇一》中说：'良知是天理之昭明灵觉处，故良知即是天理，思是良知之发用。若是良知发用之思，则所思莫非天理矣。'意思是说，良知是天理昭明灵觉之所在，因此良知就是天理，思是天理的运用。如果是良知发挥运用之思，则所思的就是天理。他在《大学问》中解释说：'良知者，孟子所谓是非之心，人皆有之者也。是非之心，不待虑而知，不待学而能，是故谓之良知。是乃天命之性，吾心之本体，自然灵昭明觉者也。凡意念之发，吾心之良知无有不自知者。其善钦，惟吾心之良知自知之；其不善钦，亦惟吾心之良知自知之。是皆无所与于他人者也。'他认为，所谓良知就是孟子所说的'是非之心，人皆有之'的那种知性。这种知是知外的知性，不需要思考，它就能知道，不需要学习，它就能做到，因此我们称它为良知。这是天命赋予的属性，这是我们心灵的本体，它就是自自然然昭明灵觉的那个主体。凡是有意念产生的时候，我心中的良知就没有不知道的。它是善念呢，只有我心中的良知自然知道；它不是善念呢，也只有我心中的良知自然知道。这是谁也无法给予他人的那种性体。"千一不解地问："爸爸，良知是天理，又是'天理的昭明灵觉处'，还是是非之心、心之本体，王阳明的良知观念涉及面也太广了！"爸爸笑了笑说："的确如此，王阳明的良知理念不仅涉及宇宙论、认识论，还涉及道德伦理、善恶是非等多方面，内容非常广泛，它既是生天生地、成鬼成帝、即成万物的根源，是天地鬼神的主宰，也是道，是天理。这是因为王阳明认为'人者，天地万物之心也；心者，天地万物之主也'，他在《传习录下》中强调：天地万物，'其发窍最精巧处是人心一点灵明'，他说：'天没有我的灵明，谁去仰他高？地没有我的灵明，谁去俯他深？鬼神没有我的灵明，谁去辨他吉凶灾祥？'可见良知涉及广泛的内容是由其昭明灵觉的特性决定的。因此王阳明在《传习录·答欧阳崇一》中说：'良知之外，别无知矣。故"致良知"是学问大头脑，是圣人教人第一义。'他认为良知之外不存在别的知，也就是说，良知涵盖了所有的'知'，这样也就不难理解良知观念为什么涉及内容广泛了。也正因为如此，'致良知'成为学问的关键，是圣人教人的第一要义。"千一插嘴问："爸爸，如何理解'致良知'呢？"爸爸耐心也解释说："可以说'致良知'是王阳明一生探索的总结和概括，因此他在《寄正宪男手墨二卷》中说：'吾平生讲学，只是致良知三字。'在《大学问》中，他是这样解释'致良知'的：'致者，至也，如云丧致乎哀之致。《易》言"知至至之"，"知至"者，知也；"至之"者，致也。"致知"云者，非若后儒所谓充扩其知识之谓也，致吾心之良知焉耳。'意思是说，'致'就是达到的意思，就像常说的'丧致乎哀'的'致'字，《易经》中说到'知至至之'，'知至'就是知道了，'至之'就是要达到。所谓的'致知'，并不是后来的儒家学者所说的扩充知识的意思，而是指达到我心本具的良知。他又说：'吾良知之所知者无有亏缺障蔽，而得以极其至矣。'我的良知所知道的内容没有亏缺、遮蔽的地方，从而它就得以达到纯洁至善的极点了。可见'至'是'至乎极'的意思，'致良知'就是使良知致其极，全部呈现，充塞流行。他在《传习录上》中强调'知是心之本体，心自然会知'。他在《传习录·答顾东桥书》中说：'夫万事万物之理，不外于吾心。而必曰穷天下之理。是殆以吾心之良知为未足，而必外求于天下之广，以裨补增益之。是犹析心与理而为二也。夫学问思辨笃行之功，虽其困勉至于人一己百，而扩充之极，至于尽性、知天，亦不过致吾心之良知而已。良知之外，岂复有加于毫末乎？今必曰穷天下之理，而不知反求诸其心，则凡所谓善恶之机，真妄之辨者，舍吾心之良知，亦将何所致其体察乎？吾子所谓"气拘物蔽"者，拘此蔽此而已。今欲去此之蔽，不知致力于此，而欲以外求，是犹目之不明者，不务服药调理以治其目，而徒怅怅然求明于其外，明岂可以自外而得哉？'意思是说，万事万物的道理不在自己的心之外，却要说穷尽天下万物之理，是唯恐自己心中的良知不足，而必须向外面的包罗万象之中寻求，来填补自己良知的不足，这还是将心与理看作两件事。所谓博学、审问、慎思、明辨、笃行的功夫，虽然在克服困难方面比常人付出了百倍的努力，以至于扩充到'尽性知天'的极致，也不过是为了全部呈现自己的良知而已。良知之外，难道还能再增加一丝一毫的东西吗？如今说必须穷尽天下之理，却不知道向本心探求，那么凡是善恶的缘由、真假的异同，舍弃我们心中的良知，又如何能够体察明白呢？你所说的'被气拘束、被物蒙蔽'，正是受到了上述错误观念的拘束和蒙蔽。而今要去除这一拘束、蒙蔽，不知致力于良知，却想从外在的格物去求取，就好比那些眼睛看不清的人，不去服药调理来治疗眼疾，却茫然地探寻外面的光明，眼睛的明亮难道可以由外而求得吗？"千一若有所思地问："爸爸，王阳明是如何解释'格物致知'的呢？"爸爸微笑着说："王阳明在《传习录·答顾东桥书》中说：'若鄙人所谓致知格物者，致吾心之良知于事事物物也。吾心之良知即所谓天理也。致吾心良知之天理于事事物物，则事事物物皆得其理矣。致吾心之良知者，致知也。事事物物皆

415

得其理者，格物也。是合心与理而为一者也。'他说，我所说的格物致知，是把心中的良知推致万事万物上。我心中的良知就是天理，把我心中的良知天理推致事事物物上，那么万事万物就都合乎天理了。推致我心中的良知就是'致知'，万事万物都合乎天理就是'格物'。这就是把心与理合二为一。可见'致良知'，就是恢复天理。据《传习录下》记载，嘉靖六年九月，王阳明奉命到广西讨伐思恩、田州地区的叛乱。出征前，钱德洪与王汝中讨论学问请王阳明指正，王阳明将'致良知'总结概括为四句话：'无善无恶是心之体，有善有恶是意之动，知善知恶是良知，为善去恶是格物。'也就是说，无善无恶是心的本体，有善有恶是意念发动，知善知恶是良知呈现，为善去恶是格物功夫。他强调本体和功夫一旦领悟就能全然明白，然而就是颜回、程颢这样的人都不敢轻易承认对本体、功夫'一悟尽透'，这是非常难的事情，需要在知和行上下功夫，因此他提出了'知行合一'说。"千一迫切地问："爸爸，什么是'知行合一'？"爸爸认真地说："在《传习录上》中，王阳明说'知是心之本体'，那么什么是'行'呢？他在《传习录下》中说：'我今说个知行合一，正要人晓得一念发动处，便是行了。'他之所以强调'知行合一'，就是要让人晓得一念发动之处便已经是'行'了。可见行统一于知，知、行都是由心所生，知的时候就是行了。他在《传习录上》中说：'知是行的主意，行是知的工夫；知是行之始，行是知之成。若会得时，只说一个知，已自有行在；只说一个行，已自有知在。'知是行的主导，行是知的功夫。知是行的开端，行又是知的完成；知中含行，行中含知。他又在《传习录·答顾东桥书》中说：'知之真切笃实处即是行，行之明觉精察处即是知。知行工夫本不可离，只为后世学者分作两截用功，失却知行本体，故有合一并进之说。真知即所以为行，不行不足谓之知。'他认为，'知'达到真切笃实的地步就是'行'，'行'达到明觉精察的地步就是'知'。知与行的功夫本来就不可分离，只是后世的学者将它们分成两部分来用功，遗弃了知行的本体，所以才会有知行合一、知行并进的主张。真正的'知'就是'行'，知而不行就无所谓'知'了。"千一又问："爸爸，如果我也将'知'与'行'分开了，怎么磨练自己才能达到知行合一呢？"爸爸沉思片刻说："王阳明的方法是'志于道、据于德、依于仁、游于艺'。他在《传习录下》中说：

　　　　　　　\千\一\的\梦\象\

'譬如做此屋,志于道是念念要去择地鸠材,经营成个区宅;"据德"却是经画已成,有可据矣;"依仁"却是常常住在区宅内,更不离去;"游艺"却是加些画采,美此区宅。艺者,义也,理之所宜者也。如诵诗、读书、弹琴、习射之类,皆所以调习此心,使之熟于道也。苟不"志道"而"游艺",却如无状小子,不先去置造区宅,只管要去买画挂做门面,不知将挂在何处。'比如盖房子,它的'志于道',就是一定要挑好地方,选好材料,最后建造成房屋;'据于德',相当于设计图纸使行动有所依据;'依于仁'就是常在工地生产生活而不要离开;'游于艺'就是装饰美化这个房子。艺,就是义,就是理的最恰当处。比如诵诗、读书、弹琴、射击之类,都是为了调习这个心,使之近于道。若不'志于艺',就去'游于艺',就像一个毛头小子,不先去造房子,只管去买画来装点门面,却不知道要将画挂在何处。也正因为如此,爸爸才鼓励你读书、画画,无论是诵诗、读书、画画,都是为了调习你的心。"千一听得醍醐灌顶,她蹦蹦跳跳地指着前面说:"爸爸,我明白了,前面就快到家了,妈妈可想你了!咱们一起回家吧,要是妈妈看到你,不知该多高兴呢!"说完回头看爸爸,爸爸却不见了踪影,她焦急地喊:"爸爸,爸爸……"爸爸却不知所终。

吃晚饭时,孟蝶一边吃一边说:"爸爸,今天放学后我去胡月家做作业,我给胡月讲王阳明的'岩中花树'那段时,刚好胡月的二姨来了,她是大学的物理老师,胡月理解不了王阳明关于'岩中花树'的解释:'你未看此花时,此花与汝同归于寂;你来看此花时,则此花颜色一时明白起来,便知此花不在你的心外。'就向二姨请教,二姨就给我们讲了一只世界上最著名的猫的故事。爸爸,你知道这是一只什么猫吗?"孟周放下筷子,用餐巾纸一边擦嘴一边微笑着说:"当然是薛定谔的猫了!"孟蝶用佩服的口气说:"爸爸,你太厉害了!不过,关于薛定谔的猫我听得似懂非懂,爸爸能不能结合王阳明的'岩中花树'再给我讲解讲解?"孟周慈和地说:"当然可以了。薛定谔的猫是由奥地利物理学家薛定谔于1935年提出的有关猫生死叠加的思想试验。设想在一个封闭的盒子里,有一只活猫及一瓶毒药。毒药瓶上有一个锤子,锤子由一个电子开关控制,电子开关由放射性物质控制。放射性物质衰变与否的概率是 1:1。也就是说，有 50% 的概率，放射性物质将会衰变并释放出毒气杀死这只猫；同时，有 50% 的概率，放射性物质不会衰变而猫将活下来。可见，这只猫随时处于一种非死非活、又死又活的'叠加态'中。在不打开盒子观察猫的情况下，猫既是死的也是活的；打开盒子后才能确切知道猫要么是死的，要么是活的。这个思想试验几乎就是对四百年前王阳明'岩中花树'思想的某种验证。王阳明在《传习录上》中说：'身之主宰便是心，心之所发便是意，意之本体便是知，意之所在便是物。'对于'岩中花树'来说，'看'就是'致良知'；对于薛定谔的猫来说，'观察'就是'致良知'。因此不是客观元素决定花的开与不开，也不是毒气决定猫的生与死，而是王阳明所说的'意'，'意'到则花开，'意'到而打开盒盖，则猫或生或死；'意'不到，则花树'寂'，'意不到'则没打开盒盖，则猫非生非死、不生不死。而'意'是心之所发，因此无论花还是猫都不在心外。'意之所在便是物'，那么'意'之不在便是'寂'。王阳明在《栖云楼坐雪二首》中有两句诗：'玉树有花难结果，天机无线可通针。'这很像是一种直觉体悟，直觉获得的认知是从潜意识、无意识中生成的，然后进入意识，化为良知。所谓'意'便是潜意识、无意识与意识之间的交互作用。如此说来，某些直觉极有可能携带着梦象的信息。"孟蝶一边喝汤一边说："爸爸，听你这么一说，直觉太像一个伟大的良知了！不过，王阳明的'花'和'薛定谔的猫'有良知吗？"孟周毫不犹豫地说："王阳明在《传习录下》中很明确地说：'人的良知，就是草、木、瓦、石的良知；若草、木、瓦、石的良知无人的良知，不可以为草、木、瓦、石矣。岂惟草、木、瓦、石为然？天地无人的良知，亦不可为天地矣。盖天地万物与人原是一体，其发窍之最精处，是人心的一点灵明。'他认为草、木、瓦、石、天地万物都有良知，天地万物与人原是一体，其开窍的关键处是人心的一点灵明。我们借助灵明之光可以视天而天、视地而地，视神而神，灵明照觉，光照四方；格心致知，洞悉幽冥。因此，王阳明在《传习录下》中说了一段非常经典的话：'可知充天塞地中间，只有这个灵明，人只为形体自间隔了。我的灵明，便是天地鬼神的主宰。天没有我的灵明，谁去仰他高？地没有我的灵明，谁去俯他深？鬼神没有我的灵明，谁去辨他吉凶灾祥？天地鬼神万物离却我的灵明，便没有天地鬼神万物了。我的灵明离却天地鬼神万物，亦没有我的灵明。如此便是一气流通的，如何与他间隔得？'在他看来天地之间充塞的，只是这个灵明，只是被人体隔开了。我的灵明，便是天地鬼神的主宰。天没有我的灵明，谁去仰望它的高？地没有我的灵明，谁去俯察它的深？鬼神没有我的灵明，谁去辨它的吉凶灾祥？天地鬼神万物，离开我的灵明，便没有天地鬼神万物，一切成空了；我的灵明离开天地鬼神万物，也就无所谓灵明了。所以说天地鬼神万物一气相通，怎么能分隔得开呢？可以说，这个'灵明'是一个戏剧化的'无意识'，从无意识深处透出一个'灵明'，经过潜意识这面透镜，投到意识这块屏幕上，有点像一架电影放映机投射出来的光。其实心之本体便是一架放映机，它把灵明之光投向银幕，然后通过变化光线来产生无穷的心灵图景。这些心灵图景便是良知的影像。但是如果没有那个'灵明'，这些心灵图景就无从产生。那么这个'灵明'是什么呢？我认为便是意识、潜意识、无意识交互融合而产生的能量。"这时一直没有说话的舒畅一边给丈夫盛汤，一边笑眯眯地说："你爸爸说得很形象，妈妈认为，如果灵明不是一股巨大的能量，王阳明临终时不会说'此心光明，亦复何言'，而且我认为这股巨大的能量是物质的母体，具有宇宙的意识或者称为良知。良知就是内心深处的大光明，光明到达了极处便是梦象。"孟蝶一边囫囵吞枣般地咽下一口饭一边说："妈妈说得太好了！不过内心拥有大光明的人一定拥有大胸怀，对不对？"孟周接过话茬说："女儿说得不错。所以王阳明在《传习录下》中说：'我今信得这良知真是真非，信手行去，更不着些覆藏。我今才做得个狂者的胸次，使天下之人都说我行不掩言也罢。'也就是说，现在我相信良知的是非标准，随手拈来，再也不用隐藏着。现在我才有一个狂者的胸怀，即使全天下人都说我口无遮拦也没有关系。在王阳明看来，'狂者'信得这良知真是真非，因而能'信手行去'，甚至特立独行到'行不掩言'的地步。在我看来，'狂者'就是有心灵家园的人。"千一又问："爸爸，'狂者'的心能听到声音吗？能看见颜色吗？能尝到味道吗？"爸爸笑了笑说："王阳明在《天成篇·揭嘉义堂示诸生》中说：'是天地万物之声非声也，由吾心听，斯有声也；天地万物之色非色也，由吾心视，斯有色也；天地万物之味非味也，由吾心尝，斯有味也；天地万物之变化非变化也，由吾心神明之，斯有变化也；然则天地万物也，非吾心则弗灵矣。吾心之灵毁，则声、色、味、变化不得而见矣。声、色、味、变化不可见，则天地万物亦几乎息矣。'可见天地万物之声、色、味、变化都取决于心的灵明，没有心的灵明，一切都不存在。"孟蝶用纸巾擦了擦嘴说："爸爸，按王阳明的说法，心的良知岂不成了创造一切的精灵？"孟周呷了一口汤说："真让女儿说着了。王阳明真是这样认为的。他在《传习录下》中说：'良知是造化的精灵。这些精灵，生天生地、成鬼成帝，皆从此出，真是与物无对。人若复得他完完全全，无少亏欠，自不觉手舞足蹈，不知天地间更有何乐可代。'他认为，良知是造化的精灵。这些精灵生成天，生成地，化为鬼，化为神，所有一切都由它产生，任何事物都无法和它比拟。人如果能完全彻底地恢复自己的良知，没有任何欠缺，自然就会在不知不觉间手舞足蹈，不知道天地之间还有什么快乐可以替代它！"这时舒畅插嘴说："所以王阳明认为乐也是心之本体。他在《传习录·答陆厚静书》中说：'乐是心之本体，虽不同于七情之乐，而亦不外于七情之乐。虽则圣贤别有真乐，而亦常人之所同有，但常人有之而不自知，反自求许多忧苦，自加迷弃。虽在忧苦迷弃之中，而此乐又未尝不存，但一念开明，反身而诚，则即此而在矣。'他认为，乐是心的本体，本体之乐不同于七情，而又不离七情。虽然圣贤另有真乐，但也是常人同样具有的，只是平常人自己不知道，反而自寻很多忧愁苦恼，在迷茫中丢弃了真乐。虽然在忧苦迷弃之中，但真乐依旧存在，只要一念开明，反身而诚，就能感受到这种真乐。"孟蝶若有所思地问："那么王阳明是怎么理解诚的呢？"孟周接过话茬说："王阳明认为，'诚'也是心之本体，他在《传习录下》中说：'诚是实理，只是一个良知。实理之妙用流行就是神，其萌动处就是几。诚神几，曰圣人。圣人不贵前知，祸福之来，虽圣人有所不免。圣人只是知几，遇变而通耳。良知无前后，只知得见在的几，便是一了百了。'他认为诚是真实无妄的道理，实质上只是一个良知。实在的道理妙用流行就是神，它的初始萌动就是几。能做到具备诚德、感悟神化、通晓几微的人就叫圣人。圣人不贵在'前知'，福祸来了，即便是圣人也不能避免。圣人只是知晓契机，善于应付各种变化而已。良知不分前后，只要能识得当下的契机，就能解决所有的问题。"孟蝶插嘴问："爸爸，如何才能做到诚呢？"孟周毫不犹豫地说："不自欺！'诚'就是不自欺！王阳明在《大学问》中说：'今于良知之善恶者，无不诚好而诚恶之，则不自欺其良知而意可诚也已。'现在对良知所知的善意，没有不真诚地去喜欢的；对于良知所知的恶意，没有不真诚地去讨厌的，这样由于不欺骗自己的良知，那么它的意念就可以变得真实无妄了。"这时舒畅补充说："《大学问》是王阳明的仁学纲领，是他的一篇重要文章。"孟蝶好奇地问："那么王阳明又是如何理解'仁'的呢？"孟周继续说："王阳明在《大学问》中认为'天地万物一体'为'仁'，叫作'一体之仁'。他在《传习录上》中说：'仁者，以天地万物为一体，倘若有一物失其所，即为我的仁还有不完善处。'他强调，所谓仁就是视天地万物为一个整体，倘若有一物不得其所，便是我的仁还有不完善处。他在《传习录上》中又说：'仁是造化生生不息之理，虽弥漫周遍，无处不是，然其流行发生，亦只有个渐，所以生生不息。'他认为，仁是天地生生不息的理，它弥漫宇宙，无处不在，然而它的流行发展，也有个渐进的过程，所以才生生不息。他在《寄正宪男手墨二卷》中进一步说：'良知之诚爱恻怛处，便是仁。'良知的真诚无妄挚爱恳切处便是仁。在《象山文集序》中，他认为'道心精一之谓仁，所谓中也'，而'中'就是'至善'，因此他在《大学问》中说：'天命之性，粹然至善，其灵昭不昧者，此至善之发见。'也就是说，仁是良知的灵昭明觉。"还未等孟周解释完，孟蝶插嘴说："爸爸，我明白了，你的意思是说，仁也是一个灵明，也是心之本体，对不对？可是爸爸，为什么诚、仁、乐都是心之本体呢？"孟周耐心地说："这是因为良知本来就是一个人开放的心灵系统，具有统一意识、潜意识和无意识的功能。'致良知'使心灵图景在心之本体中涌起。一幅幅心灵图景就潜存在心体创造的无限可能性中。那么如何'致良知'？当然是通过'实理'之诚、'生理'之仁、'性理'之乐来实现。透过灵昭明觉，心灵图景闪现的灵光和信息通过诚境、仁境、乐境呈现出来，再通过'灵昭不昧'之心体悟梦象。梦象藏于水，则如水之气；藏于鲜花，则如花之芬芳；藏之于明月，则如明月之光华；藏之于诗，则如诗之幻化；藏之于画，则如画之气韵。只要你拥有王阳明所说的一个'灵明'，便可通过'致良知'创造出一个宇宙来。其实梦象乃是光明、良知、神性与意识、潜意识、无意识的融合，一旦感知到'良知'便可发现心灵图景。"孟蝶放下筷子，心事重重地问："爸爸，'致良知'便可以做到'心外无物'吗？"孟周点点头说："让你的头脑松开缰绳，让想象自由驰骋。当你的心沉浸在灵明和幻想中，不再被死记硬背和种种条条框框钳制时，你便可以致良知了！其实'心外无物'就是没有'心外'。"听到这里，孟蝶仿佛一下子领悟了似的，她猛然站起身说："爸爸，既然没有心外，那就是说千一的世界就是我的世界。我们竟然在同一个世界里，也就是说我一直在《千一的梦象》里。太好了！我明白了！"说完离开饭桌就往自己的房间走，舒畅关切地问："孟蝶，你还没吃完呢，去房间干吗？"孟蝶头也不回地说："我要给千一写一封信！"舒畅看了一眼丈夫，两个人都摇了摇头，相视而笑。

第二十六章
倒翻千古是非窠

　　在千一和刘兰兰的帮助下，秦小小的学习成绩终于从全班倒数第一名排名到了中上等，为了感谢千一和刘兰兰，他用橡皮泥捏了两个泥娃娃送给她们，送给千一的泥娃娃活脱脱像个小精灵，圆圆的脑袋瓜既俏皮又可爱，一双传神的大眼睛似乎还闪着光，还有一双像小船似的大脚丫。千一拿到这个泥娃娃时，就仿佛自己的心一下子回到了童年，放学回家的路上，手里一边把玩着泥娃娃，嘴里还情不自禁地哼唱着自己在幼儿园学过的儿歌《泥娃娃》，走着走着，突然她听见泥娃娃说话了："你捏得我快喘不过气来了！"千一吓了一跳，下意识地一松手，她万万没有想到"也有那鼻子，也有那嘴巴，嘴巴不说话"的泥娃娃从地上跳到了她的肩上，还做了个鬼脸俏皮地说："我可是用泥捏的，你就不怕把我摔坏了？"千一好奇地问："你一个泥娃娃怎么还会说话呢？"泥娃娃蹦到千一的手上，忽闪着一对圆眼睛说："我可不是一般的泥娃娃，我是捣蛋鬼秦小小的童心！"千一惊异地问："既然你是秦小小的童心，那么我也应该有一颗童心对不对？"泥娃娃蹦到地上又跳起来张开双臂停在空中，表情天真烂漫地说："那是当然，每个人都应该有一颗童心，不过有的人随着年龄的增长丢掉了。"千一迫不及待地问："童心丢掉后，怎么才能找回呢？"泥娃娃沉思片刻说："这我就说不好了，不过李贽写过《童心说》，想必他应该能说清楚。"千一好奇地问："李贽是谁？"泥娃娃卖关子地说："想知道李贽是谁，你必须跟我去一个地方见一个人！"千一疑惑地问："要见谁？"泥娃娃做了个鬼脸说："到地方你就知道了，你先闭上眼睛。"千一将信将疑地闭上了眼睛，眼睛不闭上则已，刚一闭上，整个人便像穿梭在时光隧道里一般，速度快得她再也无法睁开眼睛，当她可以睁开眼睛的时候，已经置身于渺无人迹、海天一色、四顾无依的绝海之滨，耳畔除了海浪声外，还有顿挫抑扬的古琴声。千一循声四顾，看见不远处海边的一块礁石之上有人正在抚琴，而带她来到这里的泥娃娃却不知所终。她不知所措地走过去，琴声突然停止了，抚琴之人向她招了招手，她兴奋地叫道："周先生，怎么是您呀？"周青牛站起身，从礁石上跳下来说："我听说你要来寻找自己的童心，所以特意在这里等你。"千一迫切地说："秦小小送给我的泥娃娃告诉我，有一个叫李贽的人对童心很有研究，周先生，李贽是怎样一个人呢？"周青牛微微一笑说："李贽是明代哲学家、史学家和文学家，初姓林，原名载贽，后改姓李，名贽，字宏甫，号卓吾，又号温陵居士、百泉居士，生于明世宗嘉靖六年，也就是公元 1527 年，死于明神宗万历三十年，也就是公元 1602 年。因为这个'载'字犯了新皇帝朱载厚的讳，李载贽变成了李贽。他是福建泉州人，祖先曾航海经商，并通晓外国语言，父亲靠教书为生。他的祖父信奉伊斯兰教。李贽在中年以前没有宗教信仰，晚年信奉佛教。李贽的童年是不幸的，据他在《焚书·卓吾论略》中说：'生而母太宜人徐氏没，幼而孤，莫知所长。长七岁，随父白斋公读书歌诗、习礼文。'也就是说，李贽出生后不久他母亲徐氏不幸逝世，他从小就没了母亲，没有人知道他是怎么长大的。七岁时，跟父亲白斋公读书念诗，学习礼仪文章。"千一插嘴问："李贽的父亲是怎样一个人呢？"周青牛淡然一笑说："据《焚书·卓吾论略》介绍：'吾大人何如人哉？身长七尺，目不苟视，虽至贫，辄时时脱吾董母太宜人簪珥以急朋友之婚，吾董母不禁也。'他说：'我父亲是怎样一个人呢？他身长七尺，为人正派，虽然家里很穷，却常常拿我继母的首饰去帮助朋友办理婚事，我继母也不阻止。"千一敬佩地说："看来李贽的父亲是一个很仗义的人，不知道他书教得如何。"周青牛微笑着问："你读过《论语》，还记得《论语·子路》中的'樊迟问稼'和《论语·微子》中的'子路遇荷蓧丈人'两个故事吗？"千一毫不犹豫地说："当然记得。'樊迟问稼'讲的是樊迟向孔子请教该如何才能种好庄稼，孔子的回答是他种田的本事比不上有经验的老农。樊迟又问怎么才能种好蔬菜。孔子的回答是他种菜的本事比不上老圃。'子路遇荷蓧丈人'讲的是子路跟随孔子外出，却远远落在了后面，

　　　　　　　　　　　　　＼千＼一＼的＼梦＼象＼

这时碰到一个扛着除草用具的老头，子路问他看见自己的老师了吗？老头回答，你这人，四肢不劳动，五谷分不清，谁晓得你的老师是什么人！说完就去地里锄草了。"周青牛满意地点了点头说："李贽把这两个故事结合起来，赞扬了关心农事的樊迟，讽刺了鄙视农业劳动的孔子。一个十二岁的孩子，能写出具有如此叛逆精神的文章，实在是难能可贵。这说明李贽从小就喜欢独立思考，绝不遵从任何权威。无奈明代科举考试规定只能从四书五经中出题，并且以朱熹的传注为标准答案，这就剥夺了读书人独立思考的权利，对于从小就有'异端'思想的李贽来说，简直是活受罪，但是作为家里的长子，李贽必须走'学而优则仕'的道路。他在《焚书·卓吾论略》中说：'稍长，复愤愤，读传注不省，不能契朱夫子深心。因自怪，欲弃置不事。而闲甚，无以消岁月。乃叹曰："此直戏耳。但剽窃得滥目足矣，主司岂能通孔圣精蕴者耶！"因取时文尖新可爱玩者，日诵数篇，临场得五百。题旨下，但作缮写眷录生，即高中矣。'李贽年纪稍长一些，越发对朱熹及其传注不感兴趣了，甚至觉得朱熹的话漏洞百出，干脆想放弃不读了。可又闲得无聊，没法消磨时光，于是感叹道：'这科举考试也不过儿戏而已，只要把通行的八股文烂熟于心，考试时誊录一番就可以蒙混过主考官的眼睛了。主考官怎么可能完全精通孔圣人的深奥道理呢！'于是他挑选了一些八股文中词句光新可爱好玩的范文，每天背诵几篇，临场考试前已经熟背五百篇了。题目下发后，他把这些烂熟于胸的八股文移花接木一番，就高中了举人。那年他二十六岁。李贽二十岁结婚，娶妻黄氏，生活一直很窘困，他参加科举考试根本不是为了当官，而是为了养家糊口。在明代乡试中举后就获得了做官的资格，为了支撑起这个家，他放弃会试，想在离家近一些的地方谋得一官半职，这样方便照顾年迈的父亲。可是事与愿违，他在《焚书·卓吾论略》中说：'吾初意乞一官，得江南便地，不意走共城万里，反遗父忧。虽然，共城，宋李之才宦游地也，有邵尧夫安乐窝在焉。尧夫居洛，不远千里就之才问道。吾父子倘亦闻道于此，虽万里可也。且闻邵氏苦志参学，晚而有得，乃归洛，始婚娶，亦既四十矣。使其不闻道，则终身不娶也。余年二十九而丧长子，且甚戚。夫不戚戚于道之谋，而惟情是念，视康节不益愧乎！'也就是说，李贽想在江南一带离家近的地方谋得一官半职，没想到被派到了离家万里的共城，不仅无法照顾年迈的父亲，反而让父亲为他担忧。好在共城是宋代大学问家李之才做官的地方，著名学者邵雍也曾在共城向李之才求过学，他隐居求学的'安乐窝'也在那里。邵雍本住在洛阳，却不远千里来共城向李之才求学问道。如果我和父亲也能在共城探讨出人生之道，虽离家万里也是值得的。而且听说邵雍刻苦钻研学问，终于在大有收获后才回洛阳结婚，那时他已经四十岁了，假如他不闻道，就会终身不娶了。我二十九岁时失去了大儿子，心里悲痛极了。我没有念念不忘地探讨人生之道，只是沉浸在骨肉之情的思念之中，和邵雍比起来不是更加惭愧吗？"千一好奇地问："李贽在共城'闻道'的结果如何？"周青牛眺望着海平面说：'李贽和邵雍毕竟不同啊！邵雍无经济之忧，无家室之累，可以潜心求道，而李贽则不得不'假升斗之禄以为养'，再加上他的思想性格与县令、提学合不来，结果在'百泉五载，落落竟不闻道，卒迁南雍以去'。嘉靖三十八年，李贽被选调南京国子监任教。但是李贽到任仅两三个月，父亲白斋公病故泉州，按照当时的规矩，李贽必须返乡守丧三年。他在《焚书·卓吾论略》中说：'时倭夷窃肆，海上所在兵燹。居上间关夜行昼伏，除六月方抵家。分家又不暇试孝子事，墨衰率其弟若侄，昼夜登陴击柝为城守备。盖下矢石交，米斗斛十千无籴处。居士家口零三十，几无以自活。'由于倭寇肆虐，沿海一带到处硝烟弥漫。李贽一路上夜行昼伏，走了六个多月，好不容易到了家，却顾不得行孝事，穿着孝服就率领族中男子日日夜夜守在城墙上，防备倭寇袭击。城下箭石横飞，城内粮食断绝。李贽家三十几口人，几乎难以生活下去。"千一试探地问："三年之后呢？"周青牛惆怅地说："守孝三年期满，李贽便带着妻子儿女去了北京，希望这样能避开战乱和饥疫之灾。他在《焚书·卓吾论略》中说：'居京邸十阅月，不得缺，囊垂尽，乃假馆授徒。馆复十余月，乃得缺，称国子先生，如旧官。未几，竹轩大父讣又至。是日也，居士次男亦以病卒于京邸。'进京十个月，没有谋到任何官职，钱快花光了，只好借别人的馆舍教书谋生。教了十个月左右，才得到国子监博士的任命，官做得像在南京的职务一样。没多久，又得到了祖父去世的消息，更不幸的是在他即将第二天奔丧之日，二儿子病死在北京，以至于李贽悲苦地慨叹道：'嗟嗟！人生岂不苦，谁谓任宦乐。任宦若居士，不乃更苦耶！'人生怎么能不苦，但谁说做官就好呢？做官如果像我这样，不是更苦吗？面对接二连三的不幸，李贽只得把妻女安置在河南共城后，再次回老家奔丧。可是当年共城大旱，李贽给妻女的几亩薄田仅获几斗稗子，全家只能靠吃稗子度日，大女儿尝过艰苦，还能勉强下咽，二女儿和小女儿就难以下咽，由于病饿交加，先后都死了。若不是李贽的好友邓石阳解囊接济，怕是妻子和大女儿也不在人世了。"千一听到这里含着眼泪说："周先生，李贽的命怎么这么苦啊！"周青牛也伤感地说："是啊，嘉靖四十五年，李贽回到河南共城接妻女，得知两个女儿竟然被活活饿死，夫妻秉烛相向，欲哭无泪。李贽本来就'见道学先生则亡恶'，经历这一连串的不幸打击之后，他对'饿死事极小，失节事极大''存天理，灭人欲'的空洞说教更是深恶痛绝。他曾经写过一篇小品文《赞刘谐》讽刺道学家尊孔的荒谬：'有一道学，高屐大履，长袖阔带，纲常之冠，人伦之衣，拾纸墨之一二，窃唇吻之三四，自谓真仲尼之徒焉。时遇刘谐。刘谐者，聪明士，见而哂曰："是未知我仲尼兄也。"其人勃然作色而起曰："天不生仲尼，万古如长夜。子何人者，敢呼仲尼而兄之？"刘谐曰："怪得羲皇以上圣人尽日燃纸烛而行也？"其人默然自止。然安知其言之至哉！'讲的是有一位道学先生，脚穿高高的木底鞋子，身穿长袖阔带的儒服，俨然以纲常为冠、以人伦为衣，从儒家的故纸堆里和陈词滥调中窃取只言片语，自称是孔子的忠实信徒。有一天刚好与刘谐不期而遇。刘谐是个聪明的读书人，见到了这位道学先生便嘲笑说：'看来你并不了解我的仲尼兄啊！'道学先生怒气冲冲地指着刘谐面红耳赤地说：'老天爷如果不生孔子，千秋万代都要处在漫漫黑夜之中。你是什么人，胆敢直呼其名，还敢称他为兄长？'刘谐回答说：'怪不得伏羲以前的圣人整天都点着灯笼走路呢！'说得那位道学先生无言以对。然而他哪里懂得这句话所包含的深刻道理呀！"千一被这个小品逗得咯咯咯地笑了起来，她笑盈盈地说："周先生，我怎么觉得李贽讽刺的那个'高屐大履，长袖阔带'的道学先生，很像是朱熹呢？"周青牛也笑着说："既是暗讽朱熹，也是明指一切从儒家书本和先辈儒生的陈词滥调中窃取只言片语的道学们。嘉靖四十五年，李贽携眷回京，任礼部司务。礼部司务是一个没有什么地位而又收入不多的穷差使。李贽在《焚书·卓吾论略》中说：'人或谓居士曰："司务之穷，穷于国子，虽子能堪忍，独不闻'焉往而不得贫贱'语乎？"盖讥其不知止也。居士曰："吾所谓穷，非世穷也。穷莫穷于不闻道，乐莫乐于安汝止。吾十年余奔走南北，只为家事，全忘却温陵、百泉安乐之想矣。吾闻京师人士所都，盖将访而学焉。'"有人对李贽说：'礼部司务是个比国子监博士还穷的穷官，即使你能够忍受，难道你没听说过"何处找不到贫贱"这句话吗？'讥笑他不知道辞官。李贽回答说：'我所理解的穷，不只是世俗所谓的贫穷，我认为最大的贫困是不闻道，最大的快乐是安于清贫的生活。我十几年奔走南北，为的只是家里的事，完全忘记了温陵禅师和邵雍学道的理想，我听说北京是人文荟萃之都，正适合我求学问道。'可见李贽这次回京是为了探索道的奥秘，早已将生活上的穷困置之度外了。李贽正是在担任礼部司务的时候，接触到了王阳明的心学。他在《阳明先生年谱·后语》中谈到他接触王学的经过：'不幸年甫四十，为友人李逢阳、徐用检所诱，告我龙溪先生语，示我阳明王先生书，乃知得道真人不死，实与真佛、真仙同，虽倔强，不得不信之矣。'当时同在礼部任职的李逢阳、徐用检都是王阳明心学的信徒，李贽坦言，他之所以接近'心学'，是受了他们的'引诱'，但实际上是李贽的苦闷'引诱'他走向了'心学'。李贽在北京五年，用自己的话说是，'五载春官，潜心妙道'。隆庆四年，李贽离开北京，调到留都南京任刑部员外郎。来到南京之后，李贽虽然在政治上不得志，却结识了焦竑、耿定理两个被李贽称为'胜己之友'的最知心的朋友。当然也结识了耿定理的哥哥、焦竑的老师，后来成为理学代表人物的耿定向，这个人后来成为李贽进行长期反传统思想、反理学教条的主要斗争对象之一。"千一好奇地问："焦竑和耿定理是什么样的人？对李贽的思想有什么样的影响？"周青牛深沉地说："焦竑，字弱侯，比李贽小十三岁，但自幼博览群书，交游甚广，万历十七年，以殿试第一为翰林院修撰。后因议论时政被劾，谪福宁州同知。在南京，两个人相处到'相夕促膝穷诣'的地步，成为挚友，曾为李贽的《焚书》《续焚书》《藏书》《续藏书》等著作作序。李贽和耿定理的相识颇有意思。李贽在《焚书·耿楚倥先生传》中叙述了二人相识的经过：'岁壬申，楚倥游白下，余时懵然无知，而好谈说。先生默默无言，但问余曰："学贵自信，故曰'吾斯之未能信。'又怕自是，故又曰'自以为是，不可与入尧、舜之道'。试看自

\千\一\的\梦\象\

信与自是有何分别？"余时骤应之曰："自以为是，故不可与入尧舜之道；不自以为是，亦不可与入尧、舜之道。"楚倥遂大笑而别，盖深喜余之终可入道也。余自是而后，思念楚倥不置。'意思是说，隆庆六年，耿定理到南京求友访道，恰逢李贽和几个志同道合的朋友论学，李贽说自己当时糊涂不明事理，却好高谈阔论。起初耿定理未发一言，待到关键处，他突然问：'学贵自信，所以《论语·公冶长篇》中才有"吾斯之未能信"的说法，又怕自是，所以《孟子·尽心下》中才有"自以为是，不可与入尧、舜之道"的句子。你看自信与自是有什么不同。'李贽当时立即回答说："自以为是，所以不可入尧、舜之道；不自以为是，也不可以入尧、舜之道。'耿定理顿觉李贽终可入道，于是大笑而别。从此以后，李贽对耿定理思念不置，终于成为一生的知己。耿定理终生痴迷于'妙道'，寻求人生的智慧与淡定，对做官不感兴趣。万历四年，李贽由员外郎升为郎中，第二年又获升迁，出任云南姚安知府。他在赴姚安时，刚好路过黄安，他在《焚书·耿楚倥先生传》中说：'丁丑入滇，道经团风，遂舍舟登岸，直抵黄安见楚倥，并睹天台，便有弃官留住之意。楚倥见余萧然，劝余复入，余乃留吾女并吾婿庄纯夫于黄安，而因与之约曰："待吾三年满，收拾得正四品禄俸归来为居食计，即与先生同登斯岸矣。"楚倥牢记吾言。'他说：'万历五年，我去云南上任，经过团风，于是舍舟登岸，直奔黄安去见定理，并看望天台，也就是耿定向。当时就产生了不去云南上任而留住黄安的想法。但是不上任就无法养家糊口。定理见我情绪不好，便劝我还是去云南上任，我听从定理的意见，把女儿与女婿庄纯夫留在黄安，并和定理约定："等我任职满三年后，得到正四品官位的禄俸，有了生活的保障，就回来和你共同论学求道。"定理牢牢记住了我们的约定。'"千一试探地问："李贽任职三年期满后，果真辞官赴约了吗？"周青牛点点头说："是的，李贽之所以辞官，而且到黄安后再也没回过泉州，他在《焚书·豫约·感慨平生》中是这样讲述的：'在家不好修道乎？缘我平生不爱属人管。夫人生出世，此身更属人管了。幼时不必言；从训蒙师时又不必言；既长而入学，即属师父与提学宗师管矣；入官，即为官管矣；弃官回家，即属本府本县公祖父母管矣。来而迎，去而送；出分金，摆酒席；出轴金，贺寿旦。一毫不谨，失其欢心，则祸患立至，其为管束至入木埋下士未已也，管束得更苦矣。我是以宁飘流四外，不归家也。其访友朋求知己之心虽切，然已亮天下无有知我者。只以不愿属人管一节，既弃官，又不肯回家，乃其本心实意。'李贽辞官以后，被耿氏兄弟安排在天窝书院讲学，一边教耿家弟子读书，一边读书著述，与耿定理谈学论道。黄宗羲在《明儒学案》中说：'天台重名教，卓吾识真机。'耿定向的'重名教'就是严守孔孟之道和专制社会的礼教；李贽的'识真机'，则是要打破专制礼教的桎梏，追求心性上的自由。由于两个人的思想根本无法契合，耿定理在，可以调节两个人的冲突，可是耿定理不在，则两个人的冲突不可避免。万历十二年，耿定理病逝，李贽悲痛万分。耿定向开始向李贽施加压力。他先是以论学的形式写信给李贽，处处以孔子学说为准绳劝他放弃佛学，后又要李贽'但教人学好，学孝学弟，学为忠信'，'苟不如此，便指为害人，为误后生小子'。正是在这种情况下，李贽开始对以耿定向为代表的理学家进行反击，两个人展开一场大辩论，成为明代思想学术界的一件要事。他在《焚书·答耿中丞》中说：'夫天生一人，自有一人之用，不待取给于孔子而后足也。若必待取足于孔子，则千古以前无孔子，终不得为人乎？'他认为，一个人生下来就有一个人的作用，不必非得从孔子那里学来一套才成为完美的人。如果非得要效法孔子来补足自己，那么千万年以前没有孔子，难道就不能做人了吗？紧接着他振聋发聩地指出：'夫惟孔子未尝以孔子教人学，故其得志也，必不以身为教于天下。是故圣人在上，万物得所，有由然也。夫天下之人得所也久矣，所以不得所者，贪暴者扰之，而"仁者"害之也。"仁者"天下之失所也而忧之，而汲汲焉欲贻之以得所之域。于是有德礼以格其心，有政刑以絷其四体，而人始大失所矣。'他认为，正因为孔子从来没让人家学习他，所以当他得志之时，也一定不会以自身当作榜样来教化天下人。因此圣人处在高位，万物各得其所，这是有它的理由的。世上的人各得其所地安居乐业已经很久了，之所以有不能得到妥善安置的，是因为有贪婪残暴的人在骚扰他们，是因为满口仁义道德的'仁者'在大肆毒害他们。所谓'仁者'因为忧虑天下人不得其所，心情急迫地想给这些人以安身立命的处所。于是用德化、礼制禁锢他们的思想，用政令、刑罚捆住他们的手脚。这样一来，天下人才真的大失其所了。李贽的惊世骇俗之论犹如一块投入湖中的巨石，在当时令人窒息的思想界掀起了巨大波澜。"千一蹙眉问："李贽和耿定向的思想冲突这么激烈，还能在耿家住下去吗？"周青牛淡然一笑说："思想上的分歧终究导致两个人分道扬镳。万历十三年三月，李贽将妻女等家属打发回老家泉州，离开耿家，只身移居麻城，住进了朋友专门为他建造的维摩庵中。万历十六年，李贽又从维摩庵搬到龙潭湖的芝佛上院，从此在这里住了十年。这年夏天，李贽削发，这一消息传遍了整个麻城，一个前四品的朝廷命官把他称为'烦恼丝'的头发剃了，独存鬓须，这回他可真成了名副其实的'异端'。"千一不解地问："他是想做一个真正的佛教徒吗？"周青牛摇着头说："并非如此，其原因，李贽在《焚书·与曾继良》中说得很明白：'其所以落发者，则因家中闲杂人等时时望我归去，又时时不远千里来迫我，以俗事强我，故我剃发以示不归，俗事亦决然不肯与理也。又此间无见识人多以异端目我。故我遂为异端以成彼竖子之名。兼此数者，陡然去发，非其心也。'李贽剃发一是为了摆脱家乡人用俗事逼迫他，二是为了坐实'异端'以成全那些没见识的小人。因此他虽然落发出家却又吃肉，住进了佛堂而又不认祖师，在芝佛上院讲学传道时，不仅与女小生交往，还写了一篇《答以女人学道为见短书》，倡导男女平等思想，颇有敢冒天下之大不韪的劲头，还将孔子像挂在了佛院的墙上，这无异于是以'异端'的身份向专制正统势力挑战。万历二十四年，李贽已经七十岁了。这一年，他写了《读书乐》一文，在《读书乐·引》这篇短文中，他写道：'天幸生我大胆，凡昔人所忻艳以为贤者，余多以为假，多以为迂腐不才而不切于用，其所鄙者、弃者、唾且骂者，余皆以为可托国托家而托身也。'意思是说，上天赋予我敢于突破传统的胆量，凡是前人钦佩赞美并认为大圣大贤的人，我认为大多是一些不可信赖的伪君子，大多是些迂腐无能、不切实际的无用之辈；而那些在历史上遭鄙视、遭抛弃、遭谩骂的人，我则认为是一些可以托付国家大事、可以托付人身性命的人。他评论人物的是非标准，大大违背了传统的是非标准，这不是超凡的胆量是什么？"千一担心地插嘴问："周先生，李贽如此大胆，那些反对他的人有权有势，难道不会加害于他吗？"周青牛蹙眉说道："李贽如此叛逆，专制统治势力怎么可能放过他呢！万历三十年初春，李贽已经七十六岁高龄了，万历皇帝派锦衣卫将其逮捕，关进镇抚司狱。在监狱，李贽以剃发为名，夺下理发师的剃刀，割断了自己的喉咙。就这样，一个特立独行的进步思想家，在专制政权的迫害下离开了人世。留给后世的主要著作有《焚书》《续焚书》《藏书》《续藏书》。"千一迫不及待地问："周先生，能谈一谈李贽的哲学思想吗？"周青牛点点头说："那么我先谈一谈李贽的宇宙观吧。李贽认为宇宙的本源只是'阴阳二气'。他在《初潭集·夫妇篇总论》中说：'极而言之，天地一夫妇也。是故有天地然后有万物。然则天下万物皆生于两，不生于一，明矣。而又谓一能生二，理能生气，太极能生两仪，不亦惑欤，夫厥初生人，惟是阴阳二气，男女二命耳，初无所谓一舆理也，而何太极之有，以今观之，所谓一者果何物，所谓理者果何在，所谓太极者果何所指也，若谓二生于一，一又安从生也，一与二为二，理与气为二，阴阳与太极为二，太极与无极为二。反复穷诘，无不是二，又恶观所谓一者，而遽尔妄言之哉，故吾究物始，而但见夫妇之为造端也。是故但言夫妇二者而已，更不言一，亦不言理。一街不言，而况言无；无街不言，而况言无无。何也？恐天下惑也。夫惟多亏日数穷，而反以滋入之惑，则不如相忘于无言，而但与天地人物共造端于夫妇之间，于焉食息，于焉言语，斯已矣。《易》曰：大哉乾元，万物资始！至哉坤元，万物资生。资始资生，变化无穷，保合太和，各正性命。夫性命之正，正于太和；太和之合，合于乾坤。乾为夫，坤为妇。故性命各正，自无有不正者。'他认为，从根本上说，天地就像一对夫妇。因此有了天地然后才有万物。既然如此，天下万物都产生于'两'，不产生于'一'，这是十分清楚的道理了。可是有人说什么，'一能生二'，'理能生气'，'太极能生两仪'，是何道理呢？当时产生人类的时候，只有阴阳二气和男女之性，根本没有什么'一'和'理'，又哪里有什么'太极'呢？现在看来，所谓的'一'究竟是什么？所谓的'理'究竟在哪里？所谓的'太极'究竟指的是什么？如果说'二生于一'，那么'一'又是怎么产生出来的呢？一与二是两个范畴，理与气是两个范畴，阴阳与太极是两个范畴，太极与无极是两个范畴。这样反复地追问下去，没有不是'二'的，哪里能见到所谓的'一'呢！可见他们不过是轻率地胡言罢了。所以，我研究万物产生的根源，发现夫妇是一切的开端。因此我只说，万事万物都是由'夫'与'妇'两个方面相互作用产生的，而不

梦象之手稿

兰法之十一

梦象之立体主义

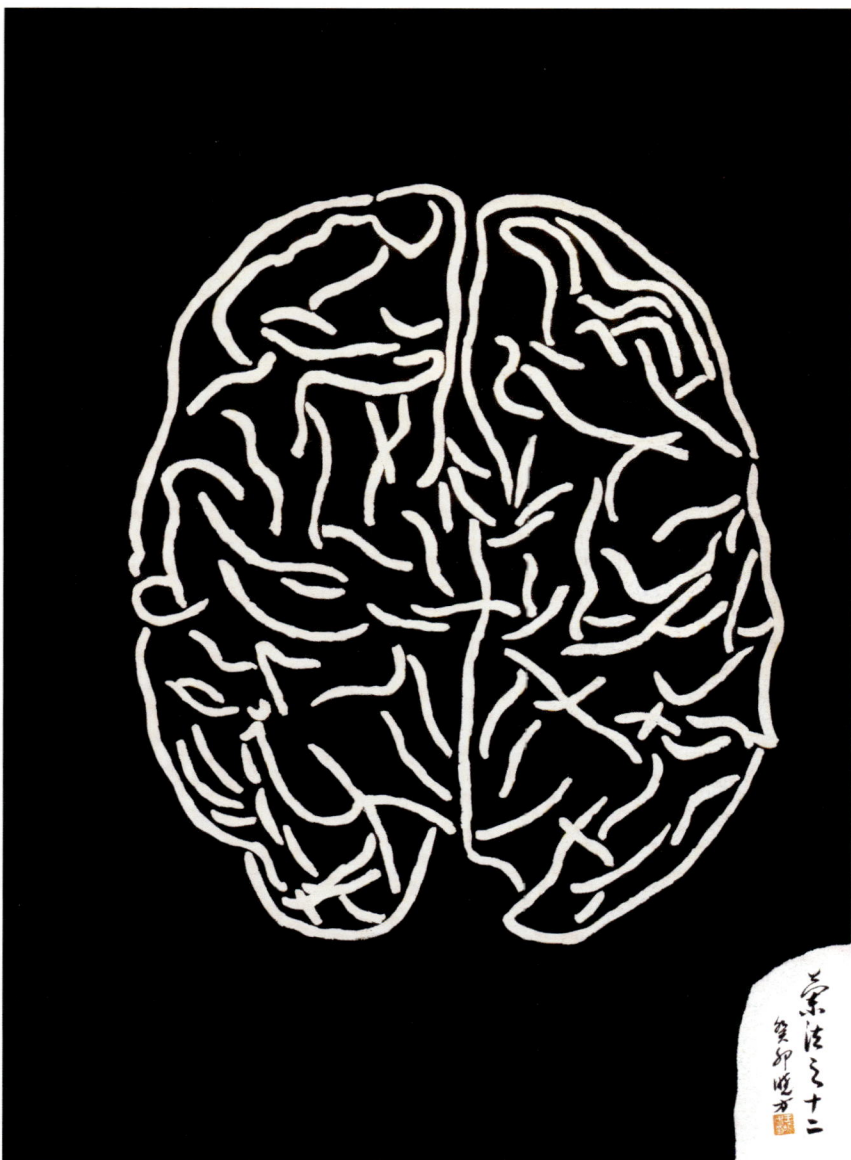

兰法之十二

梦象之碎片

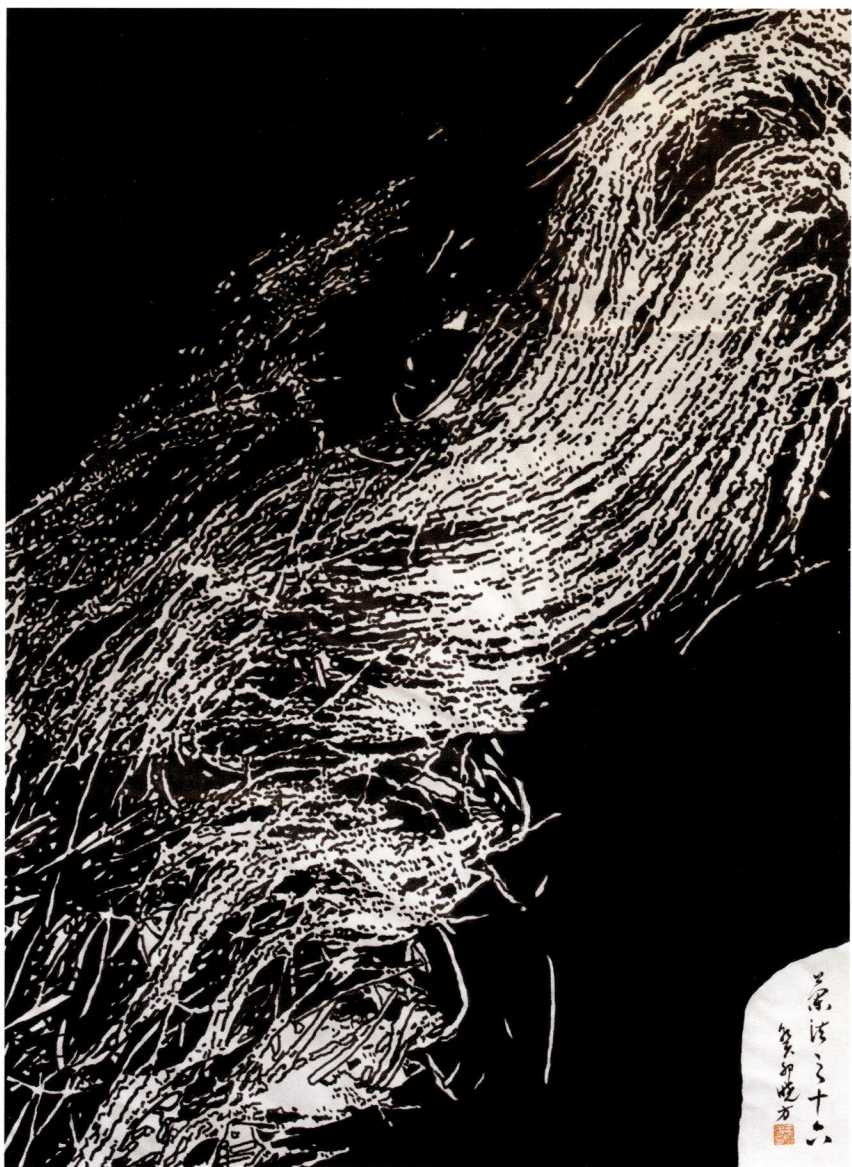

兰法之十六

谈所谓的'一'，也不谈所谓的'理'。'一'都不谈，还谈什么'无'；'无'都不谈，还谈什么'无无'！为什么呢？是怕把天下人弄糊涂啊！谈论太多又不能自圆其说，反而使人更加困惑了，倒不如什么也不说了，而只是承认天地、人类、万物都是由阴阳二气产生的，在这个共识的基础上共同生活、一起交流就可以了。《周易》中说：'伟大的天啊，万物依靠它而创造！伟大的地啊，万物依靠它而生长！万物依靠天而产生，依靠地而成长，天地自然的变化无穷无尽。阴阳二气自然和谐，万物便在这种自然和谐中各守其位而各尽其职。万物各守其位而各尽其职，取决于阴阳二气的自然和谐，阴阳二气的自然和谐，归总为天和地。天为夫，地为妇。万物就像天地一样合于正道，天地间就没有不合乎正道的了。'"千一若有所思地问："这么说，山河大地都产生于'二'，而'二'就相当于王阳明所说的'灵明'，对不对？"周青牛未置可否地说："你所说的'灵明'，李贽表述为'清净本原'，也就是本心。他在《焚书·观音问·答自信》中说：'若无山河大地，不成清净本原矣，故谓山河大地即清净本原可也。若无山河大地，则清净本原为顽空无用之物，为断灭顽空不能生化万物，非万物之母矣，可值半文钱乎？然则无时无处不是山河大地之生者，岂可以山河大地为作障碍而欲去之也？清净本原，即所谓本地风光也。视不见，听不闻，欲闻无声，欲嗅无臭。此所谓龟毛兔角，原无有也。原无有，是以谓之清净也。清净者，本原清净，是以谓之清净本原也。'他认为，如果没有山河大地，也就没有清净本心，所以可以说山河大地就是清净本心。如果没有山河大地，那么清净本心就成了无知无觉、无思无为的境域，成了没有用的东西。因为在一切等于零的断灭顽空境界中，不能生化出大千世界、万事万物，不是万物之母。这种断灭顽空半文钱都不值！既然清净本心无时无处不是化生山河大地的本原，那么怎么可以把山河大地看作修心的障碍而去掉呢？所谓清净本心，就是我们本来的心性。心性无形无相，看不见，听不到，要去听没有声音，要去闻没有气味，这就像乌龟的毛和兔子的角一样，有名无实。本来无形无相，所以说是清净本心。所谓清净，是指原本就是清净无垢的，所以称之为清净本原。"千一似有所悟地说："周先生，我明白了，既然山河大地是由清净本心所化生，那么山河大地就是心灵图景，对不对？"周青牛点点头说："是的，其实清净本原就是李贽在《童心说》中所说的'最初一念之本心'。"千一迫切地插嘴问："那么李贽是怎么阐述童心的呢？"周青牛微笑着说："童心，应该是李贽哲学思想的核心，也是他整个思想的出发点。他在《焚书·童心说》中说：'夫童心者，真心也。若以童心为不可，是以真心为不可也。夫童心者，绝假纯真，最初一念之本心也。若失却童心，便失却真心；失却真心，便失却真人。人而非真，全不复有初矣。'他认为，童心，就是真心。如果认为童心不能有，也就是认为真心不能有。要知道，童心，天真无邪，是没有受到官方御用思想侵蚀过的先天存在的人心的本然状态。如果失去了童心，也就失去了真心；失去了真心，就不成其为真人，人非真人，那就完全丧失了人的心灵的纯真状态。他认为读书明理，目的在于保持住本心的纯真洁白；如果读了书，明了理，反而被'闻见道理'束缚住了，反而丧失了童心，那就不如不读书。因此他进一步说：'童子者，人之初也；童心者，心之初也。夫心之初，曷可失也？然童心胡然而遽失也？盖方其始也，有闻见从耳目而入，而以为主于其内而童心失；其长也，有道理从闻见而入，而以为主于其内而童心失；其久也，道理闻见日以益多，则所知所觉日以益广，于是焉又知美名之可好也，可务欲以扬之而童心失；知不美之名之可丑也，而务欲以掩之而童心失。夫道理闻见，皆自多读书识义理而来也。古之圣人，曷尝不读书哉？然纵不读书，童心固自在也；纵多读书，亦以护此童心而使之勿失焉耳。非若学者反以多读书识义理而反障之也。'他认为，儿童，是人的最初的纯真状态；童心，是心灵最初的自然淳朴的本心。然而童心为什么会很快失去呢？刚开始的时候，有听到的、见到的从耳朵里、眼睛里进入人心，这些见闻占据了人的内心，童心开始丧失。随着年龄的增长，道理和闻见日益增多，知道的事物、懂得的道理日益广博，于是就知道荣誉地位值得追求，而力求显身扬名，从而丧失了童心。进而又懂得丑名是可耻的，更竭力去掩盖它，从而进一步丧失了童心。道理闻见，全是从读儒家的书，学程朱的义理得来的。古代圣贤何尝不读书？可是他们即使不读书，童心也本来自然存在；即使多读书，也是为了保护童心而让它不至于失去，不像后来的道学家们反而因为多读书、学义理而蒙蔽了童心。他深刻地说：'夫既以闻见道理为心矣，则所言者皆闻见道理之言，非童心自出之言也。言虽工，于我何与？岂非以假人言假言，而事假事、文假文乎？盖其人既假，则无所不假矣。'他认为，既然外来的闻见取代了童心，那么所说的都是闻见的道理，而非出自本心之言。话说得再美妙，于我何干？这不是假人说假话、干假事、写假文吗？他其实是要提示我们，即使读圣贤经典也要警惕，千万不要当了古人的俘虏。他甚至说：'药医假病，方难定执，是岂可遽以为万世之至论乎？然则六经、《语》、《孟》，乃道学之口实，假人之渊薮也，断断乎其不可以语于童心之言明矣。'他强调，治病、开药医治各种各样的假病，很难有固定的处方，难道就可以把六经、《论语》、《孟子》当作万世不变、至高无上的理论吗？其实六经、《论语》、《孟子》都是道学家们宣扬自己说教的借口，是产生假人的根源，万万不能与童心相提并论，这是显而易见的。毫无疑问，这种天赋的'童心'，不仅仅是'真心'，而且已含有个人的自觉。"听到这里，千一似乎发现了什么异样，她好奇地问："周先生，您讲的是明朝的哲学家，应该穿明朝的衣服，怎么穿着春秋时期楚国人的衣服呢？莫非是为了寻找童心？"周青牛微笑着说："我之所以没穿明朝的服饰，而穿的是伯牙学琴的服饰，是因为李贽对'伯牙学琴'的故事情有独钟啊！李贽在《童心说》中认为，天下上乘之作，没有不出自童心的。他在《琴赋》中又说：琴者心也。而'伯牙学琴'的故事恰恰认证了李贽的思想。"千一迫不及待地说："周先生，我很想听俞伯牙学琴的故事。快讲快讲！"周青牛笑呵呵地说："那好，我就给你讲一讲。李贽在《初潭集》中围绕着'伯牙学琴'的故事，揭示了童心说的实质，那就是回归梦象。'伯牙学琴于成连先生，三年不成，成连云："吾师方子春在东海中，能移人情。"乃与伯牙俱往。至蓬莱山，留伯牙曰："子居习之，吾将迎师。"刺舡而去，旬时不返。伯牙延望无人，但闻海水洞涌，山林杳冥，怆然叹曰："先生移我情矣！"乃援琴而歌《水仙》之操。曲终，成连回，刺舡迎之以还。伯牙遂为天下妙矣。'讲的是伯牙跟随成连先生学习古琴，虽然掌握了各种演奏技巧，却始终理解不了音乐的真谛，奏出的曲子缺乏神韵，为了把伯牙培养成一位真正的艺术家，有一天，成连对伯牙说：'我的老师方子春居住在东海，他能传授移情之法。'于是师徒二人就出发了。到了蓬莱山后，成连对伯牙说：'你留在这里练琴，我去寻师父。'说完就摇船而去，过了十天也没回来。伯牙在岛上等得心神不安，每天练琴之余，只能与大海澎湃的涛声为伴。远望山林，深远莫测，他慨叹道：'先生是让我体悟移情之法啊！'于是把满腔激情倾注到琴弦上，浮想联翩，心旷神怡，完全进入梦象之境，一气呵成，谱写了一曲《水仙操》。没多久，成连先生摇船而归，听了伯牙的童心之音，高兴地说：'你现在是天下最出色的琴师了。'伯牙这才恍然大悟，原来这涛声鸟语便是移我情的老师啊！"千一也恍然大悟地说："我明白了，只有心灵获得彻底的自由才可以拥有童心！"话音刚落，泥娃娃突然从千一的书包里探出头说："千一，我们该回家了！"千一吓了一跳，定了定神后，回头问："可是我们怎么回去呢？"泥娃娃跳到她的肩膀上说："你只要闭上眼睛就行了。"千一先向周青牛道了一声"再见，周先生"，然后轻轻地闭上了眼睛，一阵悠扬的古琴声过后，她试着睁开双眼，自己已经站在了家门前，而此时捏在手里的泥娃娃一动不动，成了一个名副其实的泥娃娃。千一回到房间把泥娃娃放到桌子上，又从书包里掏出作业本打开，当她掏出龟甲片时，她几乎不敢相信自己的眼睛，因为龟甲片上有几行小字，千一定睛一看，竟然是一封信，是一个叫孟蝶的女孩写来的。

千一：

你好！

我叫孟蝶，你或许不认识我，但是我已经认识你很久了，特别渴望见到你，成为你的好朋友，你的那些神奇的梦象之旅太诱人了，多么想和你一起遨游梦象王国啊！爸爸告诉我，人有两个我，我觉得你就是我的另一个我，我相信我也是你的另一个你。千一，王阳明认为，心无外物，你觉得呢？反正我觉得我们彼此就在对方的心里，早晚有一天会见面的，可是我俩怎样才能早日相见呢？快想想办法！

你的另一个我：孟蝶

千一看了这封信又惊又喜，她凝视着龟甲片陷入了深深的沉思……

本想和胡月一起进山写生，可是胡月的二姨过生日，因此星期六上午孟蝶一个人骑着单车去了西山。下午她写生完毕准备回家时，却被慈恩寺的钟声吸引住了，她情不自禁地走进寺庙，迎头便碰上了性空方丈。性空慈眉善目地问："孟蝶是要在慈恩寺写生吗？"孟蝶忽闪着水灵灵的大眼睛说："不是的，我是被寺庙里空灵的钟声吸引过来的。性空方丈，为什么寺里的钟声每次只敲三下呢？"性空和颜悦色地说："游人、香客到寺院撞钟一般是撞三下，代表福、禄、寿俱全之意。"孟蝶好奇地问："晨钟暮鼓是指早晨敲钟晚上敲鼓吗？"性空摇着头说："不是的，寺庙里的晨钟暮鼓不是早上敲钟晚上打鼓，而是早上先钟后鼓，晚上先鼓后钟。寺院里的晨钟暮鼓是件很庄严的事情。"孟蝶用试探的口气说："如何庄严，能给我讲一讲吗？"性空将孟蝶引领到钟楼和鼓楼中间，慈和地说："关于寺院钟鼓的庄严，明朝思想家李贽在《焚书·豫约》中专门谈到了这个问题。他说：'夫山中之钟鼓，即军中之号令，天中之雷霆也。电雷一奋，则百谷草木皆甲坼；号令一宣，则百万齐声，山川震沸。山中钟鼓，亦犹是也。未鸣之前，寂寥无声，万虑俱息；一鸣则蝶梦还周，耳目焕然，改观易听矣。纵有杂念，一击遂忘；纵有愁思，一捶便废；纵有狂志悦色，一闻音声，皆不知何处去矣。不但尔山寺僧众然也，远者近者孰不闻之？闻则自然悲仰，亦且回心易向，知身世之无几，悟劳攘之无由矣。……轻重疾徐，自有尺度：轻则令人喜，重能令人惧，疾能令人趋，徐能令人息，直与军中号令、天中雷霆等耳，可轻乎哉！虽曰远近之所望而敬者，僧之律行，然声音之道原与心通，……时时闻此，则时时熏心。'意思是说，山寺中的钟鼓，就如同军中的号令、天空中的雷霆。电闪雷鸣一发作，百谷草木的种子就要发芽生长；军中号令一发出，百万军士齐声呐喊，山川震沸。山寺中的钟鼓也是这样。没有敲响之前，寂静无声，万虑俱息；钟鼓一响，一下子从庄周梦蝶似的梦中醒来，耳清目新，视听明朗。即使有杂念，听到钟鼓一击就会遗忘；即使有愁思，也会被钟鼓之音击散而消逝；即使有狂妄之志、好色之想，一听到钟鼓之音而荡然无存。不但山寺中的众僧听到钟鼓之音会如此，就是远近众生听到后何尝不是如此呢？听到钟鼓之声油然而生悲伤或敬仰之情，而且会重新思考人生的方向，顿悟生命中的功名利禄毫无意义。钟鼓之音的轻重疾缓都有一定的尺度；轻能令人欢喜，重能令人畏惧，快能令人急切，缓能令人宁静，与军中的号令和天空中的雷霆一样，不可轻视！虽然远近众生所关注和景仰的是僧徒持守戒律的行为，但是声音之道与心灵世界是相通的，时时听到钟鼓之声，则时时陶冶心性。可以说，钟鼓之音如风电般穿过心灵时，使我们灵光一闪，有许多禅静的时刻，在禅静的刹那化生万物，心灵图景层出不穷，心灵与梦象成为一体。"孟蝶听罢兴奋地说："性空方丈，您讲的境界和'伯牙学琴'的境界太相像了！"性空未置可否地说："关于'伯牙学琴'，李贽在《焚书·征途与共后语》中也有过深刻的论述：'夫伯牙之于成连，可谓得师矣，按图指授，可谓有谱有法，有古有今矣。伯牙何以终不得也？且使成连而果以图语硕师为必不可，则宜穷日夜以教之操，何可移之乎海滨无人之境，寂寞不见之地，直与世之蒙者等，则又乌用成连先生为也？此道又何与于海，而必之于海然后可得也？尤足怪矣！盖成连有成连之音，虽成连不能授之于弟子；伯牙有伯牙之音，虽伯牙不能必得之于成连。所谓音在于是，偶触而即得者，不可以学人为也者唯未尝学，故触之即契，伯牙唯学，故至于无所触而后为妙也。设伯牙不至于海，设至海成连先生犹与之偕，亦终不能得矣。唯至于绝海之滨，空洞之野，渺无人迹，而后向之图谱无存，指授无所，硕师无见，几昔之一切可得而传者，今皆不可复得矣，故乃自得之也。此其道盖出于丝桐之表，指授之外者，而又乌用成连先生为耶？然则学道者可知矣。'意思是说，伯牙拜成连为师学琴，可谓有老师了，又按照琴谱传授，可谓有谱有法、有古有今了。为什么伯牙掌握了各种演奏技巧却仍然没有学到真正的琴艺呢？如若成连认为琴谱、各种演奏技巧、名师必不可少，那就日以继夜地教授伯牙按照琴谱弹奏好了，何必还带他到海滨无人之境，寂寞不见人之地，干脆把伯牙当成一个没学过琴的人，在这样的境地，成连先生还有什么用呢？此中道理与海有何关系，为什么非要到海滨后才可以得到琴艺呢？这不是很奇怪吗？这是因为成连有成连之音，也就是成连有成连的心灵图景，即使像成连这样的名师，也不能将自己的心灵图景传授给弟子；伯牙也有伯牙之音，也就是伯牙有伯牙的心灵图景，即使像伯牙这样的音乐奇才也无法得到成连的心灵图景。所谓音乐的道理就在于此。顿悟闪念之间触发心灵图景，单靠学习他人是无法得到的。没有学过琴的人正因为心无规则戒律、师说成法，所以偶触于琴无所顾忌反倒契合了琴音；伯牙到无人之境的海滨而学有所得，就是因为摆脱了琴谱、名师、各种弹奏技巧等一套条条框框，所以能奏出美妙之音。设想伯牙没去海滨，设想到了海滨而成连先生给他设置了一套条条框框，那么伯牙绝不会顿悟音乐的妙境。只有到了绝海之滨、空洞之野、渺无人迹的地方，而后以前的琴谱、指法等不再起作用，成连的条条框框也全都置之度外，名师也不见了，先前一切应遵守而传承的，都不再干扰心灵，此时再抚琴而弹，则无不得心应手，所以能达到妙境。这种童心童趣的妙理是出于琴弦之外的，也出于名师的教授之外，到这个时候，也就用不着成连先生了。由此可知得道之理也在于此啊！所以李贽在《焚书·琴赋》中说：'余谓琴者心也，琴者吟也，所以吟其心也。'正如钟鼓之音与心灵相通一样，琴声便是心声，心灵图景通过琴音吟咏而展现出来。"千一若有所思地问："那么李贽是怎样论述心灵图景的呢？"性空耐心地说："李贽在《焚书·解经文》中说：'晦昧者，不明也。不明即无明。世间有一种不明自己心地者，以为吾之真心如太虚空，无相可得，只缘色想交杂，昏扰不宁，是以不空耳。必尽空诸所有，然后完吾无相之初，是为空也。夫使空而可为，又安得谓之真空哉！纵然为得空来，亦即是掘地出土之空，如今人所共见太虚空耳，与真空总无交涉也。夫其初也，本以晦昧不明之故而为空；其既也，反以为空之故，益晦暗以不明。所谓晦暗，即是晦昧，非有二也。然是真空也，遇明白晓了之人，真空即在此明白之中，而真空未始明白也。苟遇晦暗不明之者，真空亦即在此晦暗之中，而真空未始晦暗也。故曰："空晦暗中。"唯是否心真空，特地结起一朵晦暗不明之色，本欲为空，而反为色，是以空未及为而色已暗结矣。故曰："结暗为色。"于是即以吾晦暗不明之妄色，杂吾特地为空之妄想，而身相宛然遂具，盖吾此身原从色想交杂而后有也。'意思是说，晦暗，就是不明的意思。不明，就是无明的烦恼。世间有一种看不见自己心灵图景的人，以为自己的真心就像无边的虚空，没有形相可得，只是因为万物的形状和内心的妄念交集在一起，不断搅扰，心神不能安宁，所以不能获得心灵图景。有人认为一定要清空内心所有形状，恢复原来虚空无相的样子，才是真空。假如真空是可以有意去创造，又怎么能称为真空呢？即使通过有意地创造，得到了一个空相，那也是掘地挖土所得到的空相，就像现在共同见到的无边宇宙一样，与除了心灵图景别无他物的真空没有任何关系。其实心灵图景的本来样貌，就是晦昧不明的样子，因其晦昧不明，所以称它为真空。后来，由于芸芸众生认为自己的真心就像无边的虚空，所以本来晦暗不明的心灵图景就更加晦暗不明了。所谓晦暗，就是晦昧，没有别的意识。但是心灵图景一旦潜存于一个向往梦象的人的心灵中，真空中的心灵图景便会层出不穷地涌现，而真空是无所谓明白不明白的。如果遇到根本没有心灵家园的人，心灵图景也就在晦暗中了，而真空也无所谓晦暗不晦暗了。所以《楞严经》中说：'本心就在晦暗之中。'只是缘自我们内心的妄念凝结成晦昧不明的物相，本来想要拥有心灵图景的真空，反而凝结成为作为表象的物相，所以拥有心灵图景的真空没有实现，而作为表象的物相却与内心的妄念交集在一起。所以《楞严经》中说：'由于种种妄想缠绕，形成了种种有形的物相。'以我们晦暗不明而形成的虚妄物相，夹杂着我们对于空的虚妄念想，而成了好像存在的身体假象。而我们的身体只不过是物相和内心妄念相交杂的产物。也许心灵图景曾无数次地明灭于物相与真空之间。"孟蝶认真地问："那么真空与梦象是什么关系呢？"性空沉思片刻说："我认为梦象才是真空的真实存在。梦象向我们展示了一种新的宇宙观，并引领我们去触碰心灵最神秘的核心，在诗意的幻化中体悟本性的神性，毫无疑问，梦象与创造性心灵是相伴而生的。"孟蝶听到这里，心里突然萌生了一个想法，她用恳请的口吻说："性空方丈，我很想体悟一下李贽所说的'声音之道原与心通'的感受。"虽然她没有明说，但性空已经心领神会了，他微笑着说："好吧，只能敲三下！"孟蝶高兴地给性空鞠了一躬说："谢谢您！"说完兴高采烈地上了钟楼，其实孟蝶哪里是要体悟'声音之道原与心通'，她是想用撞钟的方式祈祷千一能收到自己写给她的那封信，虽然那封信夹在《千一的梦象》中却不翼而飞，但是千一会不会收到呢？孟蝶一边想一边撞响了大钟……

\ 千 \ 一 \ 的 \ 梦 \ 象 \

第二十七章

灵魂在不断否定中升华

　　慈恩寺的方丈性空和尚出家前便痴迷《红楼梦》，出家后矢志不移。最近他出版了一部关于《红楼梦》的作者究竟是谁的书，书名是《石破天惊——〈红楼梦〉作者揭秘》。他经过多年研究，认为《红楼梦》的真正作者是皖江文化的鼻祖——方以智，曹雪芹不过是方以智的"化名"或笔名而已。书一出版，便引起红学界的广泛关注。妈妈作为《东州日报》的记者，当然不能放过这一新闻热点。她去慈恩寺采访性空方丈时刚好是周六，千一非要跟着一起去，妈妈认为性空方丈是红学大家，这次采访如果带上女儿，对她深刻理解《红楼梦》是一个难得的机会，于是便欣然应允。

　　到了慈恩寺，性空方丈非常热情地将母女二人请进客堂。开始采访后，性空方丈先从方以智讲起："方以智，字密之，号曼公，安徽桐城人，生于明万历三十九年，也就是公元1611年，逝世于清康熙十年，也就是公元1671年。史学家称之为明清之际，其实就是《红楼梦》所描绘的'末世'。方以智青年时期是文学家，中年时期是博物学家，晚年时期是哲学家。清兵入粤后，在梧川出家，法名弘智。在学术上，方以智家学渊源，主张中西合璧，博采众长，儒、释、道三教归一，一生著述四百余万言，多散失，在世作品数十种，文学、历史、哲学、地理、音韵、医药、物理、书画等等无所不包，而且造诣颇深。主要著作有《通雅》《物理小识》《药地炮庄》《东西均》《易馀》《性故》《一贯问答》等。可以说方以智一生与情、与石头、与佛的缘分剪不断、理还乱，是个百科全书式的思想家。而《红楼梦》这部百科全书式的长篇小说……"千一本来被性空方丈的谈话深深吸引住了，可是窗外突然走过一个人，只见他"头上戴着束发嵌宝紫金冠，齐眉勒着二龙抢珠金抹额；穿一件二色金百蝶穿花大红箭袖，束着五彩丝攒花结长穗宫绦，外罩石青起花八团倭缎排穗褂，蹬着青缎粉底小朝靴。面若中秋之月，色如春晓之花，鬓若刀裁，眉如墨画，面如桃瓣，目若秋波"，千一一见便大吃一惊，心下想："好生奇怪，这个人怎么这么眼熟？"此时，那人一边冲她抿嘴笑一边向她招手，千一就像着了魔似的跟了出去，两个人一前一后如入无人之境，先是绕过大雄宝殿，再绕过法堂，一直绕到藏经楼后面，寺庙院墙上有一扇后门，那人回头冲千一一笑便推门出去了，千一也紧紧跟了过去，她怀着惴惴不安的心理推开门，一个规模宏大、气势不凡的园林展现在她的眼前，只见这里"佳木茏葱，奇花闪灼，一带清流，从花木深处曲折泻于石隙之下。再进数步，渐向北边，平坦宽豁，两边飞楼插空，雕甍绣槛，皆隐于山坳树杪之间"。这时，那个人站在从柳荫中露出的朱栏小桥上再次向她招手，她情不自禁地走过去，迫不及待地问道："莫非你是……""是的，"那人微笑着说，"我便是化名曹雪芹的方以智笔下的'一干风流孽鬼'之一贾宝玉。"千一惊讶地问："那么我们是在太虚幻境，还是在大观园呢？"贾宝玉莞尔一笑说："都是。"千一试探地问："既然你认为是方以智创造了你，那么你一定非常了解方以智，给我讲一讲他好吗？"贾宝玉点了点头说："王夫之与方以智是挚友，他在《方密之先生传》中评价方以智'姿抱畅达，早以文章誉望动天下'，《清史稿·方以智传》也说：'以智生有异禀，年十五，群经、子、史，略能背诵。博涉多通，自天文、舆地、礼乐、律数、声音、文字、书画、医药、技勇之属，皆能考其源流，析其旨趣。"千一插嘴问："方以智如此优秀，一定与他的家庭有很大关系，他出生在怎样一个家庭呢？"贾宝玉语气肯定地说："的确如此，方以智出生在一个家学渊源，主张中西合璧、博采众长、儒释道三教归一的文人世家。尤其是从方以智的曾祖父方学渐开始到方以智，以研究易学为一条重要的家训，四世传《易》。曾祖父方学渐是方氏家学的开先河者，其易学著作《易蠡》的部分材料，保存在方以智的父亲方孔炤的《周易时论》中。祖父方大镇是万历十七年进士，为官清廉，力倡道学。官至大理寺左少卿，五十八岁归隐故乡，以讲学和著述度过了晚年。父亲方孔炤，万历四十四年进士，一生习文蹈武，在《易》学之象数学研究方面尤其倾心，不但具有比较广博

\ 千 \ 一 \ 的 \ 梦 \ 象 \

的传统文化知识，而且对明末开始输入的西学也有浓厚的兴趣。一生著作等身，有《周易时论》十五卷。"千一好奇地问："我觉得方以智的名字很有深意，是谁给起的呢？"贾宝玉边走边说："在《〈物理小总论〉夹注》中，方以智的次子方中通说了这样一段话：'先曾祖廷尉野同公命老父之名曰："蓍圆而神，卦方以智，藏密同患，变易不易。"故老父别称密山氏，浮山有此藏轩，故称浮山愚者。'可见名字是方以智的祖父方大镇给起的。他根据'蓍圆而神，卦方以智，藏密同患，变易不易'的卦理，给方以智起了个名和字。"千一兴奋地插嘴说："我明白这句话的意思，'蓍'草的茎是圆形、中空的，通过蓍数的抽象运算求卦，但事先不必知道会得到什么卦，是变化莫测的，所以说，卦的品德是圆而神，由于卦是不会骗人、媚人的，因此卦的品德方直、方正而且拥有最高的智慧。圆神力智者，可退藏于密，以不变应万变，从而避祸得福。因此方以智是根据卦'方以智'而来，'密之'是从'藏密同患'而来，对不对？"贾宝玉赞许地说："看来妹妹是个冰雪聪明的人，方以智不及三岁，方学渐和方孔炤便对他进行了启蒙教育；五岁时，方学渐去世，方孔炤便开始督促方以智吟诗作文；六岁便能'知文史'。七岁时，因为父亲进士及第，任四川嘉定州知州，所以他随母亲由桐入蜀，'经栈道，见峨嵋'，来到父亲的任所。大约一年后，父亲迁官福建宁州，他又随父母亲离开嘉定，用他当时过武昌时写下的《忆登黄鹤楼》中的诗句讲就是'九岁下瞿塘，兼旬过汉阳。舟人引我登武昌，左顾鹦鹉右凤凰。谁谓眼前道不得，白云千载何能狂？烟波日暮偶然作，仙人果否乘黄鹤？'小小年纪便阅历山川名胜，大开眼界。一到福宁，祖父方大镇便带他游历了庐山，通过参观唐李渤读书处白鹿洞，激励他的读书志气。在福宁生活将近三年，方以智把主要精力用在学习上，以至于'十岁能属文，反骚慕子云'，俨然以扬雄为榜样。其间他在福建长溪问学于热心西学的福建佥事熊明遇，熊明遇关于西学与物理学的讲论，让他颇受启发。天启二年，方孔炤被提拔为兵部职方员外郎，并于天启三年入京师，十三岁的方以智随父一路上驰驱幽燕齐鲁，领略名山大川，目睹帝京繁华，观看班朝威仪，仿佛置身于一个新天地，更加开阔了眼界。可是好景不长，天启五年，由于父亲忠耿不阿，忤犯了阉党权奸魏忠贤，竟被削夺官职；祖父方大镇在这之前也因'首善书院'被阉党所毁，而不得不卜隐桐城浮山。方以智也只好告别两年多的京城生活回到桐城，随祖父方大镇读书于浮山岩下。就在天启帝下令禁毁全国书院、魏忠贤大肆捕杀东林党人时，年仅十六岁的方以智却以'挹东海之泽，洗天下之垢'为己任，同一帮意气相投的少年朋友结成泽园文社。他们结伴出游，啸歌林下，俯仰兴怀，指点时政，以为天下将乱，当习劳苦，往往徒步百里之外习练体魄，几年内足迹几乎遍及桐城境内及邻县的名山大川。至崇祯朝，西北大旱，饥民揭竿而起，明王朝的统治犹如燕巢危幕，危机全面爆发。士绅们惶惶不可终日，纷纷收拾细软渡江南逃。在这种情况下，方以智全家也离开桐城移居南京。然而五方杂厝的繁华留都让他看到的情景却是国事日危、大厦将倾而无人忧时势的艰难、前途的险恶。二十岁的方以智在《又寄尔公书》中对自己的人生旅程做过这样的安排：'以为从此以往，以五年毕词赋之坛坫，以十年建事功于朝；再以十五年穷经论史，考究古今；年五十，则专心学《易》。少所受王虚舟先生《河》《洛》象数，当推明之，以终天年，人生足矣。'"千一好奇地问："那么他的这个人生规划实现了吗？"贾宝玉摇着头说："伴随着明王朝的土崩瓦解，那种建功立业、穷经论史、考究古今、学《易》终老的人生理想怎么可能如愿？也正因为明王朝的土崩瓦解，导致的社会险恶、人世凄迷，造就了一个自誓坐集千古之智的思想者的灵魂不断在自我否定中升华。崇祯十二年夏初，方以智应试南京得中举人。第二年春天，他会试京师，于三月十五日在'建极殿'受殿试，得中二甲进士，后授翰林院检讨。方以智中举以后的半年，父亲方孔炤在湖广巡抚任上得罪了权臣杨嗣昌，以香油坪对张献忠作战失利为名被解取下狱。这件事就发生在方以智殿试中进士前的三个月。方以智以举人的资格给崇祯上《请代父罪疏》，希望以自己的命来换父亲的命，以白冤屈。但是'圣旨'却以'殿试在即，方以智不得以私情陈情'而予以拒绝。但是殿试完毕后，他仍然'怀有血疏，日日于朝门外候百官过，叩头呼号，求为上达'。终于使崇祯皇帝动了恻隐之心，崇祯出于'求忠臣必于孝子之门'的政治要求，免去了方孔炤的死罪，了结了冤案。父亲被重新起用。自己中进士后任翰林院检讨，经过一系列的反复，方以智通过跻身公卿之列而否定了'自小耻公卿'的早年自我。三十二岁时，方以智先后任定王、永王的讲官，这在当

\千\一\的\梦\象\

时是一种殊荣，它表明方以智在学说和人品上都得到了崇祯皇帝的赏识。可是好景不长，就在方以智感到'荣遂'之时，李自成陷开封，张献忠克庐州，祖大寿以锦州降清，清兵入蓟州，进而南下山东，鲁王朱以派自杀，明王朝危如累卵。崇祯十七年（1644）3月19日，李自成攻破北京内城，崇祯帝自缢于煤山，朝臣们遂作鸟兽散。3月23日，方以智潜至东华门崇祯灵前哭灵时被农民军俘获，农民军把他打得'两踝骨见'，但他宁死不屈。所幸在狱中充任书记的一位洛阳书生因久慕方以智大名设法掩护他逃出了监狱。他扮成菜贩模样，取途通州向南逃去。方以智万死南还来到南京，可是把持南明弘光政权的是自己的仇敌阮大铖，他在南京不断受到排挤、迫害，于是不得不化名'吴石公'，流寓岭南、两广一带以卖药为生。"千一颇感兴趣地问："《红楼梦》也叫《石头记》，是不是因为方以智化名为吴石公的缘故？"贾宝玉微微一笑未置可否地说："隆武元年秋天，方以智在抗清名将、广西巡抚瞿式耜的鼓励下，参与拥立桂王朱由榔监国于肇庆，建元永历，并为他起草了监国诏书，他也先后被任命为左中允、少詹事、翰林院侍讲学士，拜礼部侍郎、东阁大学士。然而永历朝廷内部的朋党倾轧，使方以智发出了'大厦忽如此，一木何以支'的浩叹。于是他挂冠而去。永历帝曾经十次下诏，任命他为东阁大学士，他都固辞不拜。永历四年，清兵攻陷广西平乐，方以智被捕，清将马蛟麟在方以智的左边放了一件清军的官服，右边放了一把明晃晃的刀，让方以智选择，方以智毫不犹豫地选择了刀，表示宁死不降。马蛟麟相当欣赏他的气节，于是将他送到梧州城东的云盖寺为僧，为方以智安排了唯一的生路。顺治十年，方以智到竹关礼拜觉浪禅师，受大法戒后，更名为弘智，字无可，别号药地，晚年定居江西庐陵青原山净居寺，自称极丸老人。方以智流寓金陵期间曾纵情秦淮河两岸，明王朝土崩瓦解后为了避世又化名吴石公，以隐居的方式否定了中期的自我，最后又不得不以出家的方式顽强地表现自我，这样方以智就与'情''石''僧'都有关了，我们也不难理解为什么《红楼梦》又叫《石头记》和《情僧录》。另外，方以智是在曹洞宗门下出家，'雪芹'谐音'学勤'，因此，'曹雪芹'可谓曹学勤，其本意为'曹门末学'，是方以智自谦的笔名或化名，要知道清王朝的文字狱是很厉害的，创作《红楼梦》这种在当时大逆不道的书，用真名是很危险的。"千一若有所思地问："方以智出家后是如何顽强地表现自我的呢？"不知不觉间，两个人已经进入一个石洞中，眼前一块白石上题写着："曲径通幽处"几个字，贾宝玉驻足一边看着自己曾经题写的几个大字一边说："方以智入仕后，由于权臣掣肘，始终未能在政治上大展拳脚，但是读书学问却未曾一日废置。他借与京中宿儒相往来之机，不仅博览群书，博采众家之长，而且有机会出入禁廷，批阅内府秘典孤籍，再加上受'西学东渐'之风的熏染，特别是结识汤若望、毕今梁等外国传教士之后，他融汇中土科技成就与西方先进的自然科学知识于一体，朝参之余，不废翰墨，写了一系列博通百家、学富才雄的著作。甲申之变后，明王朝的土崩瓦解将方以智逼出了书斋，使他成了行乞卖药、亡命于荒江老屋的苦行僧。颠沛流离的生活使他在天崩地裂、风雨飘摇之际，接触到了社会的最底层，虽然生活潦倒之至，但是湘黔的药物、岭南的土音、边陲的地理、少数民族的风俗，无不刺激着他汲取知识的拳拳之心。突如其来的世道变化，使方以智历经沧桑，为了表达对异族统治的反抗，他由贵公子沦落成了出家人，这种难以预料的命运，使得极度彷徨与痛苦的方以智大有恍如隔世之感。他于佛门藏经库中苦苦思索，仍然幻想着借笔锋为无厚之刃，在尖锐的社会矛盾间隙中开辟出一种新的时局。他兴筑庙宇，建造佛塔，置田修志，授徒讲禅，以至于声名远扬，群议竞起。他交游不分僧俗儒道，广交各界人士学者，即使是那些仕清的地方官吏，也与之唱和酬答，过起了亦僧亦俗的生活。友人对他的不甘寂寞违背逃禅的行径加以规劝，他仍然我行我素，由于日益招人注目的声名，终于引起了清廷的注意。康熙十年，由于方以智的粤西旧友涉于反清活动，声名过旺的方以智因流言蜚语的中伤而无辜受到株连，遭到清廷逮捕，旋即押赴南昌。秋天，又被送往吉安。后来官方又将他由吉安押赴岭南。十月初七，囚船在南赴途中到达了万安惶恐滩。方以智拖着虚弱的身体站立船头，想起文天祥'惶恐滩头说惶恐，零丁洋里叹零丁。人生自古谁无死？留取丹心照汗青'的诗句，一股'不罹九死，几负一生'的强烈冲动袭上心头，月到中天，他趁众人熟睡之机，纵身跳入湍急的江水，用生命升华了自己的灵魂。"听到这里，千一唏嘘慨叹道："太悲壮了！看来方以智的时代造就了他，但也扼杀了他，那么他又是如何'坐集千古之智'的呢？"贾宝玉随手在园子里摘了一朵小花送给千一，然后微笑道："方以智认为，事物的规律可分三种：宰理、物理、至理。他在《青原志略》卷三中的《仁树楼别录》中说：'问宰理，曰：仁义。问物理，曰：阴阳刚柔。问至理，曰：所以为宰，所以为物者也。'也就是说，所谓'宰理'，指的是仁义礼智、继善安身之理，或者说是研究社会政治、教育、伦理等方面的矛盾及变化法则的学问，也就是社会政治学说；所谓'物理'，是指阴阳刚柔、动颐屈伸之理，或者说是研究事物的属性、矛盾及内在变化规律的学问，又称'质测之学'；所谓'至理'，则是指统贯所以为宰、所以为物之理，就是宰理、物理的形而上根据，或者说是指研究宇宙和人生最根本、最普遍、最精深问题的学问，又称'通几之学'。"千一一边用鼻子嗅着花朵一边好奇地问："那么如何理解'质测'和'通几'呢？"宝玉坐在一块石头上，示意千一也坐下，然后斟酌着说："方以智在《物理小识·自序》中说：'物有其故，实考究之，大而会元，小而草木蠢蠕，类其性情，征其好恶，推其常变，是曰："质测"。'他认为，万物皆有其理，对于实际事物进行精细的考察，大到宇宙、时空，小到草木、爬虫，根据其内在属性、特征进行分类，验证其内在本质和表露于外的征象，从而推导其运动变化的固有规律，叫'质测'。关于什么是'通几'，他在《物理小识·自序》中是这样解释的：'通观天地，天地一物也。推而至于不可知，转以可知者摄之，以费知隐，重玄一实，是物物神神之深几也。寂感之蕴，深究其所自来，是曰"通几"。'他认为，通观天地，天地统一于物。既然世界具有物的属性，那么从人类已知的事理推求未知的事理，则是扩宽认知范围的必要路径。在这个推及过程中，已经为人类掌握的事理属于'费'或者称之为'现象'，尚未被发掘和认识的事理属于'隐'或者称之为'本质'，透过现象发现本质也就是'以费知隐'是人类提升认知水平最有效的办法，也是探求宇宙人生最根本、最普遍、最精深的原因的方法。所谓'重玄一实'是指玄而又玄的东西都存在于具体事物之中。所谓'是物物神神之深几也'，是使物成为物、使神妙的变化所以产生的内在道理。所谓'寂'是变化之道，贞一不变，恒常不易；所谓'感'是变化过程消长盈虚，屈伸相感，两者同时同体，相互蕴藏，所以称为'寂感之蕴'；这种深究寂感合一之理、天地阴阳动静奥秘的学问，叫'通几'。"千一插嘴问："那么'质测'和'通几'是什么关系呢？"贾宝玉沉思片刻说："方以智对'质测'和'通几'的关系做了绝妙的论述，他在《物理小识·自序》中说：'质测即藏通几者也。有竟扫"质测"而冒举"通几"，以显其宥密之神者，其流遗物。'这就是说，'质测'就包含着'通几'，'通几'就存在于'质测'之中。如果废弃'质测'而抽象笼统地谈论'通几'，其所谓'通几'、所谓变化之神，则成为空论。"千一不解地问："方以智说，通观天地，天地一物也。那么他是如何理解'物'的呢？"贾宝玉捡起地上的一块小石子抛入假山旁的池塘里，然后微微一笑说："方以智在《物理小识·天类》中说：'一切物皆气所为也，空皆气所实也。'也就是说，具体的物都是由气所构成，而虚空中充满了气。又说：'气凝为形，蕴发为光，窍激为声，皆气也。而未凝、未发、未激之气尚多，故概举气、形、光、声为四几焉。'方以智强调，气凝结为形体，充蕴而发出光，振动而发出声，以及未凝、未发、未激的气，这四者始终是自然界最基本的存在形态。也就是说，自然界的物质现象是由气、形、光、声四种基本形态组成的。这种'四几'说，尽管远没有概括物质运动的多种形态，但就物质的'物理运动'而言，却可以说是一个基本的概括。"千一追问道："方以智是如何看待宇宙的呢？"贾宝玉思索着说："在宇宙的存在方式问题上，方以智提出了'宙轮于宇'的命题，他在《物理小识·占候类·藏智于物》中说：'管子曰：宙合，谓宙合宇也。灼然宙轮于宇，则宇中有宙，宙中有宇。春夏秋冬之旋轮，即列于五方之旁。'方以智在谈到《管子·宙合》篇时说：管子所讲的'宙合'是指时间和空间是永久的相合、不可分割的。时间的旋轮在空间不断旋转，这样空间中包含着时间，时间中也包含着空间。如春、夏、秋、冬就是时间推移的旋轮，这个旋轮就摆在'五方'空间的旁边，时间和空间一起不停地旋转。这是强调时间和空间不是彼此分离、孤立存在的，而是互相联系、交渗的，也就是说，时间和空间是统一的。简而言之，所谓'宙轮于宇'，就是指四时、五行及与此相类的万物，无一例外地随着时间和空间的流逝而变化。"说完，贾宝玉起身示意千一和他一起向怡红院方向走，千一一边走一边问："能举例说明吗？"贾宝玉点了点头说："方以智在《东西均·开章》中说：'代而错者，莫均于东西赤白二丸。白本于赤，二而一也。赤者平起赤，而高、中白；

白者能白能黑而满轮出地之时本赤。因其所行，错成生死：明而暗，暗而明，昼夜之生死也；生明死魄，一月之生死也；日一北而万物生，日一南而万物死，一岁之生死也；时在其中矣。呼吸之小生死，天地之大生死，犹是也。''赤白二丸'指的是太阳和月亮。意思是说，反复重复以及交错，不过东西两向、红日白月对比之均。日落月升，月落日升，二者实则合一。太阳初升是红色的，行至晌午颜色变白了；皓月可以皓白也可以黢黑，一轮圆月离地而升时却是红色的。因为对象随着时间和空间的流逝而变化，交错而成生死态：明变暗，暗变明，昼夜的生死之态罢了；皓月光亮乃生，暗淡微光乃死，一次月相的生死之态罢了；夏至的时候万物生出，冬至的时候万物死去，一次年岁的生死之态罢了；时间就存在于这种流变当中啊！生命的一呼一吸是小生死，天地的流变这种大生死，不也是如此吗？"千一若有所思地说："也就是说，我们根据属性定义了事物，而那事物不过是过程反复重复以及交错的结果，对象随着时间和空间的流逝而变化，其实太阳早就不是太阳、月亮早就不是月亮了。"贾宝玉未置可否地说："再比如方以智在《东西均·开章》中所说的：'东起而西收，东生而西杀。东西之分，相合而交至，东西一气，尾衔而无首。以东西之轮，直南北之交，中五四破，观象会心，则显仁藏密而知大始矣。密者，轮尊传无生法忍以藏知生之用者也，昭昭本均如此。'也就是说，太阳东升又西落，犹如春滋生而秋肃杀。东西虽有分别，却是互相结合、交于极点；东西贯通于气，本端相接可各自的趋向并无尽头。东西循环与南北循环，两循环再直交，形成四个区分，相交极点为'五'。观察天象领会其中的深意，便可呈现诸仁藏诸用，并由此可得知宇宙本相。所谓密，就是用轮尊传授的无生无灭法忍遽蔽求知生出的功用，人生价值就实现于无生无灭法忍之中，那通透的日月之均便是这般。方以智归纳总结出应对世界的思维模式叫作'统泯随'。"千一好奇地问："如何理解'统泯随'呢？"贾宝玉饶有兴趣地说："方以智在《东西均·三征》中说：'明天地而立一切法，贵使人随；暗天地而泯一切法，贵使人深；合明暗之天地而统一切法，贵使人贯。'这句话中的'立'是'存'的意思，'一切法'是指万有。方以智认为，弄清楚天地的道理是以万有为存在的前提，也就是从现象入手，人们才会随顺已有实存的属性去认识万物。人们对事物现象的认识，只是认识事物过程的感性阶段，在这一阶段获得的认识是片面的、不深刻的。若要上升到全面而深刻的认识，则需要我们对事物的现象加以理性的分析，进而达到消解事物的现象而直通其本质的境地。所谓'泯'就是消解之意。所谓'统'就是统合之意。所谓'贯'就是贯通。方以智认为统合明、暗之天地，为的就是使人们能够领悟到'贯'这一认识事物的方法。"千一聪慧地说："我明白了，所谓'随'就是指顺应万有的现象性认识，承认对立统一的存在；所谓'泯'，就是消解万有的现象性认识，使认识深化而把握事物的内在本质；所谓'统'，就是统合万有及一切对立，从而贯通'泯''随'，所以'统'又称为'贯'。可是你刚才也提到了交于极点的'交'、旋轮的'轮'、通几的'几'，关于'交轮几'，方以智又是如何认识的呢？"贾宝玉用赞许的目光看着千一说："你可太聪明了，我接下来就要讲'交轮几'三个范畴，你就提出来了。方以智在《东西均·三征》中说：'交也者，合二而一也；轮也者，首尾相衔也。凡有动静往来，无不交轮，则真常贯合于几，可征矣。''交'就是交错，用以表征虚实的沟通。'轮'就是指由始到终、由终返始的循环运动，它的基本特点就是'终即始'，以表征'前后'的相续。'几'是指苗头、预兆、契机，是事物运动变化的微妙契机。也就是说，组成事物的两个方面，既对立又同一，不断运动和变化，运动和变化的源泉又存在于事物自身中。'真常'就是宇宙的本相，从事物的动静往来、无不交轮的现象中，可以看出'真常'是贯合于'几'的。可见宇宙中事事物物都是动静往来、交互轮接的，而'几'则贯合于其中。正是由于'几'这个'贯合'的作用，一切的对立才会既相互对待又相互统一。为了进一步讲清楚'统泯随、交轮几'，方以智还设计了一个图式，就是'圆∴三点'。"千一迫切地问："那么他是怎样解释'圆∴三点'的呢？"贾宝玉停下脚步说："方以智在《东西均·三征》中说：'圆∴三点，举一明三，即是两端用中，一以贯之。盖千万不出于奇偶之二者，而奇一偶二即参两之原也。上一点为无对待、不落四句之太极，下二点为相对待、交轮太极之两仪。三身、三智、三谛、三句，皆不外此。总来中统内外、平统高卑、不息统艮震、无着统理事，即真天统天地、真阳统阴阳、太无统有无、至善统善恶之故。无对待在对待中。设象如此，而上一点实贯二者而如环，非纵非横而可纵可横。'举一明三'说的是'一''二''三'之间的相互依存关系，方以智用'两端用中''一以贯之'来加以诠释；所谓'二端'就是既相对又相依，所以称之为'对待'。方以智在《东西均·反因》中认为'夫对待者，即相反也'，可见所谓'两端'或'对待'，意思就是矛盾。他又说：'昼夜、水火、生死、男女、生克、刚柔、清浊、明暗、虚实、有无、形气、道器、真妄、顺逆、安危、劳逸、剥复、震艮、损益、博约之类，无非两端。'在方以智看来，两端间的一切事物和认识都可以归入这个'圆∴三点'的图式之中。他认为，'圆∴三点'，举一明三，就是两端用中，一以贯之。一切变化根源于奇偶的对立，奇一偶二又合而为三，也就是说对立之两端又相互统一而成非一非二之'三'；上一点就是超乎阴阳的无待，不坠入有、无、亦有亦无、非有非无的太极，相当于'统''几'，它超越于下两点之上，是绝对的'一'，但它又统贯下两点。下两点为相对待，使对立面结合为联系的统一体的两端，就如'泯'与'随'、'交'与'轮'一般表示对立的两端。佛家说的法身、报身和化身，佛家说的一切智、道种智、一切种智，佛家说的中谛、真谛、世谛，都在'圆∴三点'之中。总的来说，'中'贯穿于内外，'平'贯穿于高低，'不息'贯穿于艮、震，'无着'贯穿于理事，也就是真天贯穿于天地，真阳贯穿于阴阳，太极贯穿于有极、无极，至善贯穿于善恶。无对待在对待之中。如此设置'圆∴三点'的图式很形象，而上一点贯穿下两点如同一个环，非纵非横，可纵可横。由此可见，'圆∴三点'其实表示的是世界的本初。"千一插嘴问："世界的本初不是混沌吗？"贾宝玉解释说："世界的本初始于'混沌'，也由此可称为'开辟'。因此，方以智在《东西均·三征》中说：'混沌生于有，开辟生于无。混沌非终无，开辟非始有。有无不可分，而强分之曰：未生以前，有在无中，既分以后、无在有中。'混沌是指'先天地''元气'或'虚无'、无序的宇宙。方以智在《东西均·颠倒》中认为：'阴阳未分，则混沌为生。'可见混沌为阴阳未分、浑然一体之元气。开辟指'后天地'、'实有'、有序的世界。他认为，无序的宇宙来自存在，有序的世界来自无序的宇宙。混沌不是元气终止于虚无，开辟也不是有序的世界开始于实有。实有与虚无不可分割，如果硬要分，也只能是方以智在《易余·一有无》中所说的：'天地未分，"无"无不有；天地已分，"有"无非无。'也就是说，未分之前，有在无中，既分以后，无在有中。"千一听罢感慨地说："看来方以智非常重视对立统一的相互关系呀！"贾宝玉点了点头说："是的，方以智认为事事物物皆有因，他认为相反的或相对的方面也互为原因，而且是更深刻的原因。因此他在《东西均·反因》中说：'吾尝言天地间之至理，凡相因者皆极相反。''反'是指矛盾的相互排斥，'因'是指对立面的相互依存。有对立就有依存，所以'反因'又被称之为'相待'；有依存必然对立，所以'反因'又被称为'对待'。'因'有'反因'，当然也有'公因'。方以智认为，公因是成为天地万物运动变化之普遍根据，太极便是所谓'天、地、人、物之公因'。'公因'的基本特征是'绝待'。在《易余·绝待并待贯待》中，方以智认为'绝待之在相待中'；在《一贯问答》中，他认为'无对待之公因，在对待之反因中'。也就是说，'公因'依于'反因'，寓于'反因'。对立面的相反相因，同时包含着矛盾的相互转化，因此方以智在《东西均·反因》中说：'雨露而霜雪，春生而秋杀。吉凶祸福，皆相倚伏，生死之几，能死则生，狥生则死，静沉动浮，理自冰炭，而静中有动，动中有静，静极必动，动极必静，有一必有二，二本于一，岂非天地间之至相反者，本同处于一原乎哉？'正像雨露转化为霜雪，春生转化为秋杀一样，生与死、吉与凶、福与祸、动与静无不互相渗透、互相包含、互相转化，有一必有二，二本于一，他把转化看成是事物对立面的同一性的重要内容。"本来两个人是往怡红院方向走，却不知不觉地走到了潇湘馆，两个人情不自禁地相视一笑，之后转身往回走，这时千一若有所思地问："那么，方以智衡量万物的根据是什么呢？"贾宝玉毫不犹豫地说："方以智以一心之识度作为万物变换形式的根据，他认为心是万物如此如彼的根据。因此他在《东西均·尽心》中说：'世无非物，物因心生。'又在《东西均·所以·声气不坏说》中说：'因言气理，而质论、通论之，皆归一心。'即使用质测之论、通几之论言说气理，也只能归结于心。于是他在《东西均·三征》中十分明确地提出'心以为量'。世界可归之于一心，万法总由心造。他将心比作甄陶万物的陶均，其实哲学就是甄陶万物，对万物做出根本性的诠释，而诠释的根据就是心。"听到这里，千一停下脚步好奇地问："宝玉哥哥，你为什么对方以智的思想理解得这么通透呢？"贾宝玉得意地笑道:"因为我是方以智的另一个我呀!"听贾宝玉这么一说,千一一下子想起孟蝶给她写的那封显示在龟甲片上的信,便试探地问:"那么如何才能和另一个我沟通呢?"贾宝玉自豪地说:"每个人都应该有自己的方法,我的方法是用通灵宝玉,你不是有一块龟甲片吗?何不用它试一试?"千一好奇地问:"你怎么知道我有一块龟甲片呢?"贾宝玉诡谲地一笑说:"天机不可泄露。"千一失望地噘着小嘴说:"不说就算了,我该去找妈妈了。宝玉哥哥能告诉我回到慈恩寺的方法吗?"贾宝玉自信地说了一句:"没问题。"然后摘下自己挂在项上的通灵宝玉在空中画了一个圆又点了三下,顿时在千一面前出现了一个等边三角形的门,千一兴奋地脱口而出:"圆∴三点。"贾宝玉示意她走进去,千一恋恋不舍地回头看了一眼贾宝玉,然后抬腿迈进门里,也就是一眨眼的工夫,千一就来到了妈妈采访性空的客堂前,她从玻璃窗望进去,见妈妈和性空还在热烈地讨论着,她便从背包里掏出自己的龟甲片,又拿出一支水性笔,在龟甲片上给孟蝶写了一封回信。

晚饭后,孟蝶回自己的房间准备继续读《千一的梦象》,想不到翻开书时竟然发现了一封信。她心头一喜,连忙打开看,信上写道:

亲爱的孟蝶:

你好!

你的来信让我非常惊喜,我爸爸早就跟我说过,找到心灵深处通往梦象世界的秘密通道,就会遇上另一个我。其实我和你早就见过面了,我在电视里看见过你冲我笑,在房间的穿衣镜前照镜子时常看见你从我身后闪现。当然我更希望我们成为好朋友。既然王阳明认为心外无物,那么心外也一定无我,当然就更不会有另一个我。也就是说,我们一定都在彼此的心里。我有个建议,我们不妨在明天晚上十点钟彼此站在自己的穿衣镜前,我保证你会见到我,我也会见到你的。不过这是我们俩的秘密,千万不要告诉别人。那么就这么说定了,不见不散!

你的另一个我千一

孟蝶看到这封信，心里别提多高兴了，她反复看了好几遍，就在她沾沾自喜独享其乐时，自家的门铃响了，好像是孙伯伯拿了方以智的一张画，让爸爸妈妈品评。她一听要品评方以智的画，便迫不及待地去了客厅。

　　孟蝶向孙伯伯问好后，孙善究展开自己刚刚收藏的一张画，美滋滋地说："孟周、舒畅，这幅方以智的《游山图》是一个病人，也是位收藏大家，为了感激我解除了困扰他二十几年的银屑病痛苦而送给我的礼物，您二位既是行家，又是我的好朋友，独乐乐不如众乐乐，所以我迫不及待地拿来要和你们分享啊！"说着他展开画卷，只见画面上丘壑纵横，泠然而空旷深幽，下段两株古木，挺健高耸；中段烟云弥漫，杂树掩映；上端山石奇特，数峰层叠。山间一座小桥，桥下溪水潺潺，桥上一位老者拄杖前行。画面看似枯索而实为腴润，感觉荒凉却含无穷生意。孟周、舒畅一边看一边啧啧称赏，孟周一边欣赏一边品评道："方以智的画没有大片的墨，山石树木等多用线空勾，没有粗拙跃动的线，没有过多的点染和繁复的皴笔，用笔呈瘦劲之势，每一根线条中都渗透着他与清廷不合作的孤傲性格和对平静生活的向往与追求。这幅《游山图》果然出手不凡啊！"舒畅也赞叹地说："这简直就是方以智的心灵图景啊！"孟周附和道："的确如此，方以智在《通雅》卷三十二中说：'《画尘》谓："世但知封膜作画，不知自舜妹嫘始。"智谓自虑羲画八卦始矣。始于象形，妙于写意。人物山水，翎毛花卉，其概也。'他不认为中国绘画的创始人是舜的妹妹嫘，而是从伏羲画八卦开始的。也就是说，他把书画的产生远溯到周易，提出了'书即画，画即易'的思想。易是什么？易是中华民族的心灵图景啊！可以说方以智是第一个将中国书画上升为心灵图景的哲学家。"孟蝶迫不及待地问："方以智有这方面的论述吗？"孙善究接过话茬说："当然有了，方以智在《性故》中说'灵虚曰心'，又在《东西均·译诸名》中说：'心虚而神明栖之，故灵。'这就是说，有了虚灵之心，便会产生心灵图景。"孟蝶又问："为什么有了虚灵之心便会产生心灵图景呢？"孙善究微笑着说："有了虚灵之心，自然之心就会得到'自由'的发挥，所谓'虚灵曰心'，就是心进入虚灵的状态之后，心灵图景与梦象就能达到高度的统一，以虚灵之心映照梦象，则心与象冥为一体。此时的梦象就是天地万物产生之源，就是一切。"孟蝶好奇地问："虚灵是一种气吗？"孟周接过话茬说："方以智在《东西均·道艺》中说：'心有天游，乘物以游心。'而方以智在《物理小识·天类》中说：'形者，精气之所为……精神皆气也。'也就是说，世界统一于物，物是由气构成的，而气是精神。所谓精神是由构成虚灵之心的所有元素组成的，如此说来，世界便统一于虚灵之心。而一旦构成虚灵之心的所有元素，通过意识、潜意识和无意识萃取而凝聚成一幅幅心灵图景，梦象便会呈现在我们眼前。"这时，孙善究笑呵呵地补充说："因此方以智在《东西均·译诸名》中说：'未有天地，先有此心；邈邈言之，则可曰太极，可曰太一，可曰太无，可曰妙有，可曰虚满，可曰实父，可曰时中，可曰环中，可曰神气，可曰氤氲，可曰混成，可曰玄同。以其无所不禀，则谓之为命；以其无所不生，则谓之为心；以其无所不主，则谓之为天。'这就是说天地万物都生于虚灵之心，泛泛而言，这个虚灵之心可以称之为太极、太一、太无、妙有、虚满、实父、时中、环中、神气、氤氲、混成、玄同，以其无所不能承受，则称之为命；以其无所不生，则称之为心；以其无所不能主宰，则称之为天。所以，方以智在《易余·必余》中说：'本一气也，所以为气者，心也。'气不仅生血肉，也生心灵，也正因为如此，才将气称为心。至于将'心'又称之为太极、太一、太无、妙有、虚满、实父、时中、环中、神气、氤氲、混成、玄同，不过是方以智从不同角度用来揭示'虚灵之心'或者说梦象所显现本质的特殊性概念。"孟蝶听得似懂非懂，她若有所思地问："那么气是从哪里来的呢？"舒畅接过话茬解释说："方以智在《东西均·所以》中说：'形本气也，言"气"而有清浊，恐人执之，不如言"虚"；虚无所指，不如言"理"；理求其切于人，则何如直言"心宗"乎？'他认为，气为形之本，谈气，气有清浊之分，恐怕人分不清；不如谈'虚'；虚空无方向可言，不如谈'理'；而理在人心，谈理不如谈心，心才是形、气、虚、理之宗！所以方以智在《东西均·所以·声气不坏说》中强调：'因言气理，而质论、通论之，皆归一心。'他认为谈气理，无论从质测，还是从通几方面讲，最终都归一心。"孙善究赞许道："舒畅说得好，所以方以智在《东西均·尽心》中下的结论是'世无非物，物因心生'。世界统一于物，而物因心生，物是气，因此气也就自然而然地由虚灵之心所生了！"孟蝶饶有兴趣地问："难道《红楼梦》也是心生的吗？"孙善究毫不犹豫地说："那是当然了！方以智在《东西均·道艺》中说：'气贯虚而为心，心吐气而为言。言为心苗，托于文字。'他认为，气贯虚灵而为心，气出虚灵而为言。言是'心'依托文字而呈现的外在表达。其实'心苗'就是心灵图景，不仅闪烁着文字的光芒，更闪烁着思想的光芒。因此，《红楼梦》便是化名曹雪芹的方以智的'心苗'或心灵图景。方以智在《通雅》卷首二中说：'备万物之体用，莫过于字。'而字字都是'心苗'，这说明备万'字'之体用，莫过于虚灵。因此《红楼梦》是方以智'虚灵之心'的产物。"孟蝶不依不饶地问："《红楼梦》开篇有四句诗：'满纸荒唐言，一把辛酸泪。都云作者痴，谁解其中味？'孙伯伯，读《红楼梦》如何才能解得其中深长的意味呢？""孟周、舒畅，你们的女儿是个小精灵啊！"说完，孙善究笑呵呵地解释道，"方以智在《东西均·兹燚爇》中说：'顿渐一致也。犹之动静震艮，相反相因者也。渐无不顿，顿无不渐，本无顿渐，故贯顿渐。'他认为顿与渐是对立统一的关系，就像动与静、震与艮一样。要想读懂《红楼梦》，需要做足功课，循序渐进，不自欺，功夫做足了，便会灵光乍现，在豁然开朗中顿悟。因此方以智强调，顿成于渐，'顿在渐中'。你看看这幅《游山图》，用烘染托出烟云，以烟云显神采，峰峦、枯干、怪石、清泉皆得天然，画得是得心应手，悟的是顿渐同时，格调高致，傲骨峻嶒，境界超绝尘世，无疑是对必然王国的超越和升华呀！"这时舒畅插嘴问："善究兄，您是如何将那位收藏家的病治好的呢？"孙善究得意地说："我也是受方以智思想的启发，你们知道，方以智本身就是位医药大家。他在《东西均·反因》中说：'有人即病，病亦是药，增药增病，不以增病而废药，有法即弊，弊亦是法，无法即弊，而有无法之法。'他认为，病本身就是机体调节自己的药。病而服药，药可能添出新病，但不能因此便废药。有法就有弊，弊也是法，无法也是弊，那么怎么办呢？我采用的方法就是'无法之法'。我让病人不要再用任何西药，也不许光疗，除了酒和辣椒之外，不要忌口，不要洗澡，吃几次我给他开的中药后，就这么熬着，大约熬了一年半就痊愈了！"孙善究言罢，舒畅、孟周、孟蝶三个人无不啧啧称赞。这时孙善究的手机响了，原来是家里来了病人，由于是约好的，孙善究只好收起方以智的画作，意犹未尽地告辞了。

第二十八章

如船顽石之美

　　按照事先的约定，晚上十点钟，千一怀着激动的心情站在自己房间的穿衣镜前，果然不出所料，她惊喜地发现孟蝶正站在镜子里十分激动地向她挥手打招呼，千一也情不自禁地向孟蝶挥手，她见到孟蝶的长相一点也不感到意外，因为她无数次在电视里、舞台上、在梦里见过孟蝶，和自己太像了，几乎就像双胞胎姐妹，要不是孟蝶穿的衣服和自己不同，她几乎就认为镜子里的女孩就是自己。遗憾的是孟蝶的嘴不停地说着，她却一句也听不到，只能从表情和口型判断孟蝶正在表达见到她的兴奋心情。千一何尝不是如此呢，她有一肚子话要对孟蝶说，可是她和孟蝶一样说了一大堆话，孟蝶却一句也没听见。千一急得有些不知所措，这时她发现孟蝶将手掌贴在了镜子上，示意千一也将手掌贴过来，千一毫不犹豫地将自己的手掌对准了孟蝶的手掌，就在两个女孩手掌贴在一起的瞬间，千一一下子被吸了进去，她下意识地闭上眼睛，然而当她睁开眼睛时，她并没有看见孟蝶，而是看见山崖上有一块如船般的巨石，巨石之上站着一位白发白须的老人，正面对山谷诵读道："无可名之于四远，无可名之于末世，偶然谓之，欻然忘之，老且死，而船山者仍还其顽石。严之濑，司空之谷，林之湖山，天与之清美之风日，地与之丰洁之林泉，人与之流连之追慕，非吾可者，吾不得而似也。吾终于此而已矣。"千一一眼就认出了是潘古先生，她一边沿着石阶往那块如船般的顽石上攀登，一边高喊："潘古先生！"潘古先生转过身慈祥地向千一挥了挥手，等千一气喘吁吁地走到他身边时，潘古先生笑呵呵地说："你好啊，千一，我在这石船山上等你多时了！"千一好奇地问："潘古先生，您刚才诵读的是谁的文章？"潘古先生手捋长须笑着说："我刚才读的是明末清初大思想家王船山的《船山记》。这篇文章作于康熙二十六年九月，也就是王夫之逝世的前一年。他以船山顽石自喻，借独立不移的石船山象征自己一生顽强、坚定、执着的追求，字里行间所表现出来的傲然独立、不求苟同的处世态度与民族气节，着实令人感喟、敬仰啊！"千一饶有兴趣地问："潘古先生，王夫之到底是怎样一个人，竟然将自己比喻为一块顽石？"潘古先生深沉地说："应该说王夫之是一个'坐集千古之智'的旧时代的总结者，也是一位中国古典哲学的集大成者。他生于明神宗万历四十七年，也就是1619年，死于清康熙三十一年，也就是1692年。王夫之是湖南衡阳人，字而农，号姜斋，因晚年隐居衡阳石船山，后人称为王船山。他降生在湖南衡阳雁峰山畔王衙坪一座青色祠堂里，这是一个笃信儒学、严于礼教的封建知识分子家庭。当时父亲王朝聘五十岁，母谭氏四十七岁。根据王夫之的儿子王敔所作的《大行府君行述》记载，王夫之祖籍本是山西太原，元朝末年迁居江苏高邮。他的十一世祖王仲一跟从朱元璋起兵定天下，被封为骁骑公，是功授千户的大将军，后世多世袭武职。到了高祖王宇，才开始弃武习文；曾祖王雍'以文名著南楚'，曾任县教谕等学官。到了祖父王惟敬时，因以隐居自得其乐，不事家人生产，家庭逐渐衰落。王夫之的父亲王朝聘是一位饱学的秀才，以文为志，以文传家。他曾七次参加科举考试都名落孙山。王夫之三岁时，王朝聘已经五十三岁，第八次参加考试，虽然高中，但因对策时触犯了副考官的名讳而被置于副榜，而且当时"选政大坏，官以贿定"，只给他授了个正八品官。游学十年，终于可以任官，他却不满朝政昏暗，撕毁委任状，弃官归隐。临终时的遗嘱是誓不降清，死后棺椁不要入城市，以避满人'腥气'。王朝聘一生坚持个人节操和民族大义，是个有风骨的知识分子。王夫之四岁入塾发蒙是由他的长兄王介之教读的，据说，王船山七岁便读完了《十三经》。十二岁便开始以文墨交友，十四岁，父亲向他传授经义，他考中秀才，被湖广时任学政推荐上了衡阳州学。州学两年，尽读藏书。十六岁跟着叔父王延聘学诗，'阅古今人所作诗不下十万'首。崇祯十一年，二十岁的王夫之求学于长沙岳麓书院。这期间，他开始与一些志同道合的朋友组织了'行社'，把探求的目光从书本移向社会。第二年十月在衡州又与好友管嗣裘、文之勇等人组织

'匡社'，以文议时事。崇祯十五年夏，二十五岁的王夫之第四次赴武昌应试，与长兄王介之、好友管嗣裘等人同时中举，王夫之以《春秋》试卷列第一，考中湖广乡试第五名，受到湖广学政高世泰和考官欧阳霖、章旷的欣赏。高世泰对王夫之试卷的评语是'忠肝义胆、情见乎词'。然而王夫之毕竟生活在一个'天崩地裂''海徙山移'的大动荡的时代。中举后，王夫之同长兄王介之去参加第二年的会试，取道水路舟至南昌时，农民军与明官军的战火堵住了兄弟二人北上的路，兄弟二人相商后只好回转。关于这段经历，《大行府君行述》是这样记载的：'行至南昌。道梗，欧阳先生谕以归养。明年癸未，张献忠陷武昌，递陷衡州，绅士多反而纳款；其不降者，贼投之湘水。府君匿南岳双髻峰，征君为伪吏所得，挟质以召伯父与府君。征君迫欲自裁，府君哀窘，匿伯父，自刺身作重创，傅以毒药，舁至贼所，贼不能屈，得免于难，复匿岳峰。……乙酉以还，走入永兴，将入猛峒，以征君病，不能往。'兄弟二人行至南昌时，因李自成的农民军已经攻克承天，张献忠的农民军已经攻陷蕲水。通往北京的道路被彻底封死，王夫之的进士梦因此破灭了。欧阳霖把兄弟二人留在武昌，劝他们先回家奉养父母，等形势转好后再做打算。于是兄弟二人于第二年也就是1643年正月，转道返回衡州。十月，张献忠的农民军攻克衡州，农民军一进湖南，马上逼迫当地士绅缴纳钱粮，不归顺的就直接投到湘江溺死。同时强迫举人参加农民军，王夫之闻讯后和长兄王介之逃入深山。然而不幸的事情还是发生了。父亲王朝聘成了农民军的人质。他们逼迫王朝聘说出儿子的下落，王朝聘断然拒绝，并准备投缳自杀。王夫之和大哥听到父亲被抓的消息后心急如焚，但大哥性格刚直，王夫之怕大哥此去不但救不了父亲，还把自己搭上，于是决定自己前往农民军的营寨。他先是把自己的脸刺破，敷上毒药，然后雇人将自己抬到农民军的军营。他伪装自己病重，装出不堪任使的样子，又谎称大哥已死，要求用自己换父亲，农民军见状就放走了王朝聘。父亲脱险后，王夫之熬了一宿，快天亮时，他乘守备困倦，也偷偷逃了出来。第二年秋天，也就是甲申年，李自成攻陷北京，大明王朝轰然倒塌，明思宗崇祯在煤山上吊自杀，天下震动。王夫之作《悲愤诗》一百韵，寄托自己的悲情和哀思。为了避乱，他打算在莲花峰下长期住下去，便新筑了茅屋，取名'续梦庵'。"听到这里，千一长嘘一口气，迫切地说："王夫之的确是个勇敢的人，可是大明王朝已经亡了，皇帝也上吊自杀了，他如何'续梦'呢？"潘古先生微微一笑说："顺治二年，也就是1645年，清军攻陷扬州，屠城十日，后又占领南京，灭了南明弘光政权。面对清廷陆续颁布的'圈地令''严禁逃人令'，尤其是强行剃发令等奴役政策，强烈的民族意识让王夫之再也按捺不住自己的爱国愿望，他把仇恨从已成为抗清主力的农民军转向了清朝统治者以及无耻降清的败类，在民族大义面前，王夫之逐渐改变了对农民军的态度，并且把希望寄托于联合农民军来抗击清军。顺治三年夏，王夫之从南岳跑到湘阴，见监军章旷，上书抗敌之策，提出了调和南北各军和联合农民军以共同抗击清军的建议，但章旷认为王夫之的建议是书生之见，未予采纳。王夫之失望而归。回家不久，家里噩耗频传。因清军南下，全家逃散，王夫之的父亲、叔父王家聘和王延聘及二婶与二哥王参之相继病亡。年仅二十五岁的妻子也因父母兄弟都在丧乱之中亡故而悲痛去世。他也四处逃难，草间求活。国仇家恨，萃于一身。顺治五年或永历二年也就是1648年十月，三十岁的王夫之与管嗣裘、夏汝弼、僧性翰等人在南岳方广寺聚集了一支近百人的起义队伍，举起了反清复明的旗帜，但终因孤掌难鸣而失败。之后他偕侄儿王敉，投奔驻于肇庆的永历政权。这期间，他结识了著名哲学家方以智，并由瞿式耜推荐他为已逃至梧州的永历朝廷的行人司行人。关于这段经历，在理学家唐鉴写的《王而农先生全集叙》中是这样描述的：'及明之亡，走桂林，瞿式耜荐为行人司行人，三上疏劾王化澄结奸误国，几置之死，遇救得脱。其后遁迹林泉，辞孙可望之招，逃吴三桂之逆。该不降不辱，与古遗民贞士并垂不朽者。'顺治五年，王夫之举兵失败后，带着侄儿王敉投奔位于肇庆的永历政权，被荐为翰林院庶吉士。由于多次上书言事，都被奸臣不容，险遭不测，便于顺治六年前往桂林，投奔抗清名将瞿式耜。此时，永历朝廷已逃到梧州。瞿式耜推荐他去梧州任行人司行人。之后由于王夫之三次上书弹劾内阁王化澄结奸误国，王化澄对王船山此举恨之入骨，誓言要杀死王夫之，幸得农民军忠贞营统帅高必正营救，才幸免于难。随后逃往桂林。顺治七年十一月，清军连破广州、桂林，瞿式耜殉国，朝廷失去了仅有的光亮，复国无望的王夫之心灰意冷，只好返回续梦庵以避乱世。顺治九年春，张献忠农民军大西政权主要将领孙可望与李定国率十万大西军大败清兵于桂林。八月，兵到衡州，派人招请王夫之。王夫之认为孙可望是一个专权恣睢之人，不肯去，为避孙可望之害，他'屏迹幽居，遁于燕水之源'，隐居耶姜山，历时三载。顺治十一年八月，为避兵扰，又在湖南的群山峻岭间颠沛流离，流寓常宁西庄源时，他一面教书糊口，一面拾烂账簿作稿纸，开始撰写《周易外传》，之后他又完成了《老子衍》初稿。孤独、困苦的流亡生活，让他经历了一番思想的炼狱，他深知大明江山一去不返了，任何爱国的政治行动和军事行动已无济于事，痛定思痛，'六经责我开生面'的责任感，让他决心在思想文化领域续写他的旧'梦'！顺治十七年，也就是1660年，王夫之举家由南岳莲花峰下续梦庵迁居衡阳金兰乡高节里败叶庐，开始了后半生艰辛的学术探求生涯。"千一插嘴问："他都撰写了哪些著作呢？"潘古先生慨叹道："王夫之一生著作等身啊！据统计，王夫之一生著述有一百多种四百多卷八百多万字；流传下来的有七十三种四百零一卷四百七十多万字。其中，哲学著作有《周易内传》《周易外传》《尚书引义》《诗广传》《读四书大全说》《老子衍》《庄子解》《庄子通》《张子正蒙注》《思问录》等；史论与政论有《读通鉴论》《宋论》《黄书》《噩梦》等。"千一若有所思地问："那么，'逃吴三桂之逆'又是怎么回事呢？"潘古先生解释说："康熙十七年三月，吴三桂在衡州称帝，派人强命王夫之代写《劝进表》，王夫之当即愤然拒绝，然后逃入深山。第二年二月，吴三桂暴卒，余党败退云南，王夫之才从深山出来，返回草堂。此后，时局基本稳定，他苦心孤诣，潜心著述，虽然贫病缠身，但他抱病著述，以非凡的毅力、浩渺的诗心，写出了许多光辉的著作。康熙三十年，也就是1691年，王夫之七十二岁，在一个秋晴的日子，体力益衰的王夫之拄杖遥望石船山归来，思绪万千，回首一生，他百感交集，慨然伏案，以'抱独之情'写下了绝笔名篇《船山记》，酣畅淋漓地展示了自己毕生执着追求的理想人格中所特有的'顽石'之美。康熙三十一年（1692年）正月初二，一代宗师王夫之在湘西草堂逝世，终年七十三岁。王夫之生活的时代，不仅是明亡清兴的政权更替的时代，也是思想大分化、大清算的时代，生活在这样一个天崩地裂的大转折时代，如果没有一股子至死不渝的顽石精神是无法完成那百科全书式的思想总结的！"千一饶有兴趣地问："潘古先生，王夫之的思想基础是什么呢?"潘古先生沉思片刻说:"王夫之在《思问录·内篇》中阐述了自己的宇宙观。他说:'上天下地曰宇,往古来今曰宙,虽然,莫之为郛郭也。惟有郛郭者,则旁有质而中无实,谓之空洞可矣,宇宙其如是哉! 宇宙者,积而成乎久大者也。二气絪缊,知能不舍,故成乎久大。'他认为,上天下地称为宇,往古来今称为宙。即便如此,也没有围墙之类的东西把宇宙包围着,因为宇宙是无限的。如果有围墙之类的东西而中空,好像一个空洞,宇宙不是这样的。宇宙是由时间、空间的不断积累而成。有限的时间不断积累而为'久',有限的空间不断积累而为'大'。这都是由阴阳二气相互作用和天地乾坤不断运转才形成了'久'与'大'的宇宙形态。"千一好奇地问:"那么王夫之是如何解释气的呢?"潘古先生微微一笑说:"王夫之认为宇宙中只有气才是唯一的存在。因此他在《张子正蒙注·太和篇》中说:'阴阳二气充满太虚,此外更无他物,亦无间隙,天之象,地之形,皆其范围也。'他认为,阴阳二气装满了这个宇宙,茫茫宇宙中除了气以外什么也没有,甚至连间隙也没有,天之象,地之形,都统一于气。因此他说:'人之所见为太虚者,气也,非虚也。虚涵气,气充虚,无有所谓无者。'也就是说,人们所看到的任何空间,都并非是绝对的空无,而是气的存在形式。虚中包含气,具有普遍的无限性,根本没有所谓的无。他进一步强调:'虚空者,气之量。气弥沦无涯而希微不形,则人见虚空而不见气。凡虚空皆气也,聚则显,显则人谓之有,散则隐,隐则人谓之无。'意思是说,虚空就是气的范围,充满着作为精神或物质之微粒与能量的气,由于贯通无涯,而又无声无形,空寂玄妙,所以人们只看见了虚空却看不见气。其实虚空中充满了气。气凝聚而有显著的形体,人们称之为'有';气散隐而无形,人们便称之为'无'。其实根本没有'无',无形的虚空看似'无',其实是'有'。"千一插嘴问:"王夫之认为太虚是气,而'无'与'有'其实都是'有',也就是说太虚也是'有',对吗?"潘古先生点点头说:"王夫之在《问思录·内篇》中说:'太虚,一实者也。故曰"诚者天之道也"。'他认为太虚就是实有,所以才称之为'天道'。又在《尚书引义》卷四中说:'诚也者实也;实有之,固有之也;无有弗然,而非他有耀也。'他认为诚也是实有,正如天道一样,是固有、本来就有、一直就有。永远如此,从无例外。他用'诚者天之道也'的说法将'气'这种实有上升为最高存在。因此他在《读四书大全说》卷九中说：'诚者，无对之词也。……说到一个诚字，是极顶字，更无一字可以代释，更无一语可以反形。'他借用'诚'这种绝对的观念来说'气'是没有一物可与之相比的最高最后的本原、本体，没有任何言辞可以与之相对。"千一若有所思地问："那么什么是'诚'呢？"潘古先生思考片刻说："关于'诚'，王夫之在《四书训义》卷二中是这样解释的：'诚者则天之道也。二气运行，健诚乎健，而顺诚乎顺；五行之变化，生诚乎生，而成诚乎成。'他认为所谓诚就是天道，阴阳二气相互作用呈现出刚健的阳气确实刚健，柔顺的阴气确实柔顺。阴阳五行生成万物，万物确实生成了，就是诚。'诚'之所以是无对之词，是极顶字，就在于王夫之将'诚'的道德意义上升为一个标志着'实有'的哲学范畴。因此王夫之在《思问录·内篇》中说：'诚则形，形乃著明；有成形于中，规模条理未有而有，然后可著见而明示于天下。故虽视不可见，听不可闻，而为物之体历然矣。'他认为，达到诚的境界就必须完全表现出来，然后逐步变得显著而光明灿烂，有便在这种'诚则形，形乃著明'中形成，有之规模条理虽然'视不可见，听不可闻'，但却是'物之体'的实有、固有。这就使对物质的抽象超出了物理性的具体实物概念的局限而从触觉、视觉、听觉等上升到了心觉的高度。因此他强调：'无形者，不诚者也；不诚，非妄而何？'不诚就没有实有，不诚，一切都是虚妄的。正如他在《尚书·引义·尧典》中所说的：'诚者，心之独用也；明者，心依耳目之灵而生者也。'诚是心与道体为一而不杂于尘俗的状态，所以称为'独'。明本质上是指通过认识外物而显现的耳目之聪明、理性之明敏，与诚为一之'明'则是修养的结果。既然诚就是气，那么我们便可以说，'气'者，心之独用也。"千一插嘴问："潘古先生，气究竟是什么？它来自哪里？它真的可以主宰一切吗？"潘古先生手持白须一边思索一边说："这个问题问得好！既然'气者，心之独用也'，那么主宰一切的表面上是'气'，实际是'心'，也就是心灵。那么'气'是什么？'气'是心灵本质力量的外化，是从心灵深处散发出来的能量，这种能量统摄于'诚'，'诚'就是'太虚'。因此王夫之在《张子正蒙注》中说：'太虚者，心涵神也；浊而碍者，耳、目、口、体之各成其形也。'神'是什么？其实就是心灵的本质力量。正因为神是心灵的本质力量，所以才是'心涵神'，也正因为'心涵神'，所以王夫之才在《张子正蒙注》中说：'唯心之神，彻于六合，周于百世。所存在此，则犹旷窅之墟，空洞之籁，无所碍而风行声达矣。'他认为，只有'心之神'可以穿透六合，周游于世世代代，'心之神'所在，则犹如空阔幽远的太虚，犹如玄虚精妙的天籁，像风一样畅行无碍，无所不在。因此，他在《周易内传》卷五中说：'神者，道之妙万物者也。'神之妙在于能感通、统摄万物。可见太虚之气是由'神'来主宰的。太虚之气运动不息，变化无穷，其最终的动力来自于'神'。所以，王夫之在《周易内传》卷六中说："'神'者，化之理，同归一致之大原；'化'者，神之迹，殊涂百虑之变动也。'也就是说，神作为变化之理，是变化万殊而同归一致的本质；变化万殊是神的形迹的呈现，是'殊涂百虑'的变动性所致。所谓'殊涂百虑'出自《周易·系辞下》：'天下同归而殊涂，一致而百虑。'意思是，天下万事万物，通过不同的途径，可以走到同一个归宿；各种不同的思想，也会自然地趋向一致。"千一又插嘴问："潘古先生，王夫之是如何阐述'理'的呢？"潘古先生淡然一笑说："王夫之在《四书训义》卷八中说：'万物皆有固然之用，万事皆有当然之则，所谓理也。乃此理也，唯人之所可必知，所可必行，非人之所不能知、不能行，而别有理也。'他认为，万物都有固有的功能和效用，万事都有当然的法则，这就是所谓的理。万事万物之理是人可以体知和把握并能践行的。除此之外，别无他理。"千一又问："那么如何体知、把握和践行呢？"潘古先生耐心地说："王夫之提出了'以心循理'的主张。他在《四书训义》卷二中说：'具此理于中而知之不昧，行之不疑者，则所谓"心"也。以心循理，而天地人物固然之用、当然之则各得焉，则所谓道。'我们之所以可以体知、把握并且践行'理'，以至于'知之不昧'，'行之不疑'，是因为'心'的缘故。以心循理，天地人物所固有的必然性各得其所，就是所谓的道。因此他在《张子正蒙注·诚明篇》中说：'理者，天所昭著之秩序也。时以通乎变化，义以贞其大常，风雨露雷无一成之期，而寒暑生杀终于大信。'也就是说，理是天地万物显现的秩序，虽然存在风雨露雷无常的变化，但其中总是蕴含着不变的规律。"千一接着问："那么理与气又是什么关系呢？"潘古先生认真地说："'气'与'理'是传统哲学中的一对最基本的矛盾范畴。王夫之在《思问录·内篇》认为'气者，理之依也'，气是理的凭依。又在《读四书大全说》卷十中说：'理与气互相为体，而气外无理，理外亦不能成其气，善言理气者必不判然离析之。'也就是说，理以气为体，气也以理为体。气外无理，理外也不成气。谈到理气是断然无法分作两截的。理气不仅互相为体，而且交充相涵。因此王夫之在《周易外传》卷四中说：'夫理以充气，而气以充理。理气交充而互相持，和而相守以为之精，则所以为主者在焉。'以理来充实气，同时又以气来充实理，理气相涵，交互充实，而互为主持。理与气相守不离、和协相依，便可以精专致一，主宰一切变化了。"千一质疑道："气外真的无理吗？"潘古先生微微一笑说："的确没有离开气而自己存在的理。关于这一点王夫之在《读四书大全说》卷十中十分明确地指出：'理只是以象二仪之妙，气方是二仪之实。健者，气之健也；顺者，气之顺也。天人之蕴，一气而已。从乎之善而谓之理，气外更无虚托孤立之理也。'他认为，理是通过象所呈现的阴阳二仪变化之妙，气是阴阳二仪所呈现的实体。刚健是指阳气之刚健，柔顺是指阴气之柔顺。天人之奥妙，就是一气。如此说来，理根本不能成为像气一样的实体，理不能离开气而独立存在。阴阳二气通过冲突、对待、缊缊等运动变化所呈现的完善的、必然的联系就是理，而且是实理。因此王夫之在《张子正蒙注·太和篇》中说：'至诚体太虚至和之实理，与缊缊未分之道通一不二，是得天之所以为天也。'至诚体现的是太虚至和的实理，与缊缊未分的道通一不二，这也是天之所以为天的原因。"千一插嘴问："什么是缊缊？如何理解缊缊呢？"潘古先生回答道："'缊缊'是王夫之描述天地状态的词语，极具想象力和艺术性。'缊缊'一词出自《周易·系辞下》：'天地缊缊，万物化醇。'是指元气浑然和合的状态。王夫之在《周易外传》卷二中说：'缊缊者，气之母。'所谓缊缊指的是气的本然状态。所以王夫之在《张子正蒙注·太和篇》中说：'缊缊之中，阴阳具足，而变易以出，万物不相肖而各成形色，并育于其中，随感而出，无能越此二端。'缊缊之本体中固有的阴阳二气具足完满，阴阳变易就发生在缊缊之中，相感而动，相感相交，相摩相荡，天地间一切事物的形态性质都从缊缊中变易而出，不可能超出阴阳之外。"千一若有所思地问:"理也在缊缊之中吗?"潘古先生点着头说:"理在气中,而缊缊是气之母,因此在缊缊之中,不仅阴阳具足,而且'理气充凝'。王夫之在《思问录·外篇》中说:'太极虽虚而理气充凝,亦无内外虚实之异。从来说者,竟作圆圈,围二殊五行于中;悖矣。此理气遇方则方,遇圆则圆,或大或小,缊缊变化,初无定质;无已而以圆写之者,取其不滞而已。''太极虽虚'指的是太虚,太虚之中理气充凝,无所谓内外,也无所谓虚实。他认为宋儒所传的《太极图》中所画的那个大圆是谬见。理气缊缊变化,遇方则方,遇圆则圆,或大或小,初无定质,并不是任何有形可见的具体实物,而是充满宇宙、范围天地万物、并作为万物存在之本质属性的实有。必不得已而画个圆表示它,是取其无所不通、流动不息的意思罢了。因为缊缊作为互相作用、互相摩荡的形态,是一种永恒的流动不息的过程。在这个过程中,阴阳二气相互交感、渗透、交合、包孕而运动不止,王夫之在《周易内传》卷六中称之为,'二气交相入而包孕以运动之貌。'我认为'包孕'一词既形象又贴切,它说明'缊缊'流行的动力和源泉就在于自身所包含的阴阳二气'相感而动'。王夫之认为,世界时刻都处在自我运动之中,不存在所谓的'废然之静'。"千一好奇地问:"什么是'废然之静'呢?"潘古先生解释说:"就是绝对的静。王夫之在《问思录·内篇》中说:'太极动而生阳,动之动也;静而生阴,动之静也。废然无动而静,阴恶从生哉?一动一静,阖辟之谓也。由阖而辟,由辟而阖,皆动也。废然之静,则是息矣。'他认为,太极作为宇宙实体,动而生阳,是动中之动;静而生阴,是动中之静。如果静是完全不起作用的无动,那么阴从哪里生出来呢?一动一静就是一闭合与开启,从闭合到开启,再由开启到闭合,都是动,永不停息。绝对的静,则是停止。"千一插嘴问:"那么王夫之是怎样阐述动与静的关系的呢?"潘古先生微笑着说:"王夫之在《周易外传·震》中说:'动静互涵,以为万变之宗。'他认为,运动和静止是互相交渗、包含的。动与静互为其根,无静不能动,无动不能静,阴静之中已有阳动之根,阳动之中自有阴静之理,动静是一个不可分割的整体。因此,他在《问思录·外篇》中说:'方动既静,方静旋动,静既含动,动不舍静,善体天地之化者,未有不如此者也。'动不离静,静中含动,动中有静,静中有动,动与静是对立统一的关系,天地万物的变化没有不如此的。"千一若有所思地问："既然没有绝对的静止，莫非静也是一种动？"潘古先生点着头说："王夫之把运动分为两种形态：一种是动之动态，一种是动之静态。他在《问思录·内篇》中说：'静者静动，非不动也。'他把静止看作是运动的另一种形态，既肯定了运动的绝对性，又肯定了静止的相对性，是运动中必须且必然的特殊形态。因此王夫之在《尚书引义》卷一《益稷》中说：'阴阳之有成象，万物之有成形，是非之有成理，凶吉之有成数，皆止而不迁者也，动之必静者也，虽欲不安而不能。'所谓阴阳之有成象，万物之有成形，是非之有成理，凶吉之有成数，都是在讲事物形成后必然保持相对的稳定也就是静止状态，运动过程必然有静止。肯定了运动在事物发展过程中的根本作用的同时，也承认静止对于事物的稳定存在的作用。万物成象成形，必须要相对静止。'成象''成形''成理''成数'的原因虽在动，但没有相对静止和某种平衡的条件也是无法呈现出来的。当然最根本的还是'动'，因此，王夫之在《张子正蒙注·大易篇》中说：'不动则不生，由屈而伸，动之机为生之始。'只有动才能生生不息，由屈而伸，动的端始就是生生的起始。有了动之生生不息，才会有'日新之化'呀！"千一不解地问："那么又该如何理解'日新之化'呢？"潘古先生思索片刻说："王夫之在《问思录·外篇》中说：'天地之德不易，而天地之化日新。今日之风雷非昨日之风雷，是以知今日之日月非昨日之日月也。'天地的本性是永恒的，但天地的变化日日更新。今天的风雷不是昨天的风雷，所以知道今天的日月也不是昨天的日月，不过是形象相同罢了。他进而指出：'人见形之不变，而不知其质之已迁，则疑今兹之日月为邃古之日月，今兹之肌肉为初生之肌肉，恶足以语日新之化哉？'人们只看见形象不变，而不知事物内部质体已经改变了，竟然认为今天的日月就是远古的日月，现在的肌肉就是初生的肌肉，对于这样的人，又怎么能跟他谈日新变化的道理呢？事物之所以变化日新，其根源在于对立的两方面相互作用，所以他在《周易内传》卷一中说：'易者，互相推移以摩荡之谓。……纯乾纯坤未有易也，而相峙以并立，则易之道在。'这就是说，变化就是相互推移相互摩荡。但单纯的阳、单纯的阴，不会产生变化，只有阴阳对立起来，才会产生变化，这即是变化的道理。王夫之认为变化是'势之所趋'。他把事物发展的必然趋势称作'势'，他在《尚书引义》卷四中说：'势者，事之所因。'又在《读四书大全说》卷九中说：'凡言势者，皆顺而不逆之谓也，……不容违阻之谓也。'也就是说，'势'是事物发展之必然由从，是事物发展不可逆转、不可违阻的趋势。同时，他认为'势'中有理，'理'在势中，理势合一。因此他在《宋论》卷七中认为'顺必然之势者，理也'。'理'是事物内在的不可见的所以然。又在《读四书大全说》卷九中认为'得理则自然成势'，'言理势者，犹言理之势也'，'只在势之必然处见理'，'势既然而不得不然，则即此为理矣'。讲的都是理势合一，'势'和'理'是不可分的。"潘古先生正说得津津有味，突然被千一妈妈给打断了。妈妈关切地说："千一，熬夜对身体不好，早点睡吧！"千一连忙说："对不起，潘古先生，我该回去了，可是……可是……我怎么回去呢？"潘古先生笑呵呵地说："用你的龟甲片呀！"千一从口袋里掏出龟甲片，不解地问："用龟甲片怎么回去呢？"潘古先生启发道："王夫之可以以心循理，以神御气，难道你不可以以心御龟甲片吗？要知道龟甲片也是气！"千一顿时恍然大悟，她把龟甲片往空中一抛，龟甲片顿时化作一团气宛如镜子般萦绕在她面前，潘古先生示意她走进去，千一心领神会，一迈步便被吸了进去。

在镜子里，孟蝶看到千一时，心情万分激动，她对千一说了一大堆心里话，千一却一句也听不见，千一对她也说了许多话，但是她也一句没听见，当时孟蝶灵机一动将手贴在了镜子上，心想十指连心，既然"心外无物"，或许和千一的手贴在一起就能听见彼此的心声了，可是就在两个人的手贴在一起的刹那，千一却不见了。后来读《千一的梦象》才知道千一去了石船山，见到了潘古先生，孟蝶百思不得其解！她以为或许是自己还没有真正理解王阳明所说的"心外无物"的含义，她决定向爸爸请教一下如何才能做到"心外无物"，可是当她走进爸爸的画室时发现爸爸不在，于是她又去了妈妈的工作室，听到爸爸正在赞叹妈妈刚刚创作的兰法作品："舒畅，我觉得你这幅作品简直就是用线条在写诗。"舒畅美滋滋地说："我是受王夫之'以神御气'理论的启发。"孟蝶正在为如何做到"心外无物"而发愁，听到妈妈说"以神御气"四个字，倍感新奇，便好奇地问："妈妈，什么是'以神御气'呢？"舒畅微笑着解释说："'以神御气'是王夫之很独特的美学观点，他在《张子正蒙注》中说：'天以神御气而时行物生，人以神感物而移风易俗。'天以神御气则四季交替而万物长生，而人以神感应万物才能保持其本性，才能移风易俗。'又说：'天地之间，事物变化，得其神理，无不可弥纶者。能以神御气则神足以存，气无不胜矣。'他认为天地之间万事万物的变化，没有不被'神理'贯通的，只有以神御气，才能神存气胜。这是因为天生万物是无心无择的，人只有存御气，才能做到形、神、物的会通。所以王夫之在《张子正蒙注》卷一中说：'形也、神也、物也，三相遇而知觉乃发。'形就是实有之貌，物是实有之形，都是气，而神是'心之神'，其实就是指心灵，王夫之讲的'以神御气'，实际上就是'以神御形''以神御物'，只有形、神、物三相会通，心觉才可能感应到。视觉只能把握看得见的东西，听觉只能把握听得到的东西，触觉只能把握摸得到的东西，味觉只能把握品尝得到的东西，面对'无'隐藏于有形之中的无形之美，包含在具体之中的神性之美，感官是无能为力的。因之王夫之在《张子正蒙注》卷九中说：'视之而见，听之而闻，则谓之有；目穷与视，耳穷于听，则谓之无。'看得见听得着的可以称之为'有'；看不见听不着的可以称之为'无'。这个'无'其实是'无有'。按照王夫之的说法，对目所难见的'大象无形'之美，耳所难闻的'大音希声'之美，耳目等感官难以感觉到它的微妙之所在，必须在形、神、物三相会通时才可见心灵图景。"舒畅说到这里，孟周补充道："王夫之在《读通鉴论》卷四中还说：'心御气而道御心'，因此'以神御气'也可理解为'以心御气'。"孟蝶若有所思地问："爸爸，您说妈妈这幅兰法作品是在用线条写诗，能谈谈您是怎么想的吗？"孟周沉思片刻说："你妈妈笔下的这条线不仅仅是以神御气、以心御气，而且是以情御气，将全部心觉都灌注在这条线里了。这条线起伏顿挫、畅疾缓徐，线的这头牵着人性的堕落，线的那头牵着人性的升华，几条线便勾勒出宇宙的形式，勾勒出了对生命的根本性思考，不仅让我们产生了无穷的想象力，而且感染了我们无边无际的情愫。正如王夫之在《古诗评选》卷五中所说的：'两间之固有者，自然之华，因流动生变而成绮丽。心目之所及，文情赴之，貌其本荣，如所存而显之，即以华奕照耀，动人无际矣。'

他认为，阴阳两极变化于天地之间，产生了'自然之华'。所谓'自然之华'是天地间所固有的美，它的本质是气的流动。'自然之华'因不断流动变化而呈现出绮丽之美。无论是眼睛看到的，还是心灵感受到的，只有以文采和情感加以融合，将心灵图景描绘出来，并且通过心灵图景体认梦象，才会在诗意的幻化中感悟到无比动人的梦象之美。"孟蝶又问："爸爸，那么王夫之是如何理解'情'的呢？"孟周微笑着说："王夫之十分重视'情'在文学艺术中的作用，他在《古诗评选》中认为'诗源情'。他在《诗歌广传》卷一中说：'情者阴阳之几也，物者天地之产也，阴阳之几动于心，天地之产应于外。故外有其物，内可有其情矣；内有其情，外必有其物矣。'他认为，情是阴阳二气在变化中所产生的微妙之美，也就是诗意的幻化，物是天地所产生的气之实有，情动于心，也就是说，阴阳二气在变化中所产生的微妙之美内在于心，'天地之产应于外'的'外'并非心外，而是情外。所以情外有物，内心有情，情与物有着千丝万缕的联系。其实'阴阳之几'的'几'就是无意识，这不免让我想起了英国诗人 T.S. 艾略特的一句话：'诗歌是鬼魂般萦绕在纹理和结构中的联想，是无意识在鬼鬼祟祟、悄无声息地运作……'我觉得这句话是对王夫之'诗源情'的最好诠释。'情'都是无意识在鬼鬼祟祟、悄无声息中运作出来的。也正因为如此，王夫之在论述贾岛的'僧敲月下门'诗句时，特别反对对诗句的'推敲'。他在《姜斋诗话》卷二中说："'僧敲月下门'，只是妄想揣摩，如说他人梦，纵令形容酷似，何尝毫发关心？知然者，以其沉吟"推""敲"二字，就他作想也。若即景会心，则或"推"或"敲"，必居其一，因景因情，自然灵妙，何劳拟议哉？"长河落日圆"，初无定景；"隔水问樵夫"，初非想得。则禅家所谓"现量"也。'他认为'僧敲月下门'诗句的得来，只不过是虚妄的推想和猜测，就像在说别人的梦，即使描绘得十分相似，哪里有一点点和自己的心灵感受相关？之所以这样说，是因为贾岛迟疑不决地揣摩'推''敲'这两个字，是在比附他人的想法。根本不是从心灵里流淌出来的。如果置身于当时的情景之中有感而发，那么要么是'推'、要么是'敲'，一定会出现'情动于心'的情况，凭借着当时的景和当时的动心之情，诗句自然灵动巧妙，哪里还要讨论'推敲'？'长河落日圆'的景象并不是事先就有的，而是诗人'情动于心'所产生的心灵图景·'隔水问樵夫'的情景，也不是事先就想好的，都是'无意识在鬼鬼祟祟、悄无声息'中运作出来的。实际上，这都是参禅人所说的'现量'。"孟蝶插嘴问："爸爸，什么是'现量'？"孟周淡淡一笑说："王夫之在《相宗络索·三量》中说：'"现量"，"现"者，有"现在"义，有"现成"义，有"显现真实"义。"现在"，不缘过去作影；"现成"一触即觉，不假思量计较；"显现真实"，乃彼之体性本自如此，显现无疑，不参虚妄。'所谓'现量'有三层含义：现在义、现成义、显现真实义。所谓'现在义' 强调诗人在创作时不依赖过去的印象，'即景会心''因情因景'，写眼前的直接感知；所谓'现成义'，更明确地强调凭借瞬间直觉的获得，而不需要比较、归纳、推理、演绎等抽象思维的参与；也就是说，诗人在创作时要善于捕获突如其来的灵感，呈现不待忖度的自然灵妙；所谓'显现真实义'，就是呈现心灵图景，这才是诗人真正的内在体性，显现心灵图景，容不得任何虚妄的掺杂。王夫之批评了单纯的以目相取，而不是以心相取。他在《唐诗评选》卷三中说：'只与心目相取处得景得句，乃为朝气，乃为神笔。'因此所谓现量，也可理解为'以心目相取'。"这时，舒畅补充道："我在创作这幅兰法作品时，就是直觉突然而降，这几条线是由完全出人意料的参悟构成的。我认为诗就是心灵咒语，是心灵语言描绘出来的神话，在创作中要想达到以心目相取，就必须有对梦象的根本性直觉。诗发源于心灵的圣地，每一行诗句就是一幅心灵图景，诗是由一行行心灵图景组成的梦象。"孟周接着说："其实王夫之所讲的'道'就是梦象，他讲的'象'就是心灵图景。因此他在《周易外传》卷六中说：'天下无象外之道，何也？有外，则相与为两，即甚亲，而亦如父之于子也。无外，则相与为一，虽有异名，而亦若耳目之于聪明也。父生子而各自有形，父死而子继；不曰道生象，而各自为体，道逝而象留。然则象外无道，欲详道而略象，奚可哉？'意思是说，天下没有心灵图景之外的梦象，为什么？如果有心灵图景之外的梦象，那么两者便一分为二，即使关系再密切，也只能像父子关系一样，存在分裂的可能；如果心灵图景之外没有梦象，则合二为一，即使名称不同，二者之间的关系也像耳目与聪明的关系一样，聪明依赖于耳目为载体，而耳目没有聪明便不成为耳目。不能说梦象化生心灵图景犹如父生子，各自为体、各自有形，父亲死了，儿子还可以独自存在，怎么可能呢？梦象必须通过心灵图景呈现出来，忽略了对心灵图景的考察去追求对梦象的体悟是不可能的。因此王夫之在《诗广传》中说：'命以心通，神以心栖，故诗者，象其心而已矣。'他认为天之命借'心'以通，人之神借'心'以栖，所以诗就是用心灵图景把栖息于心灵的梦象表现出来。如此说来，诗变成了幻化的哲学。诗可以被一个梦象所贯穿。诗人在表现极具张力的心灵图景时，神话般的梦象难免要裹上有痛楚喜悦的肉身，所以王夫之在《周易外传》卷六中认为'盈天下而皆象矣'。又在卷五中说：'可见者其象也，可循者其形也，出乎象，入乎形；出乎形，入乎象。两者皆形象，则两间皆阴阳也。''象'是没有被定格的心灵图景，'形'是被定格的心灵图景。象可见，形可循。从象到形，从形到象，天地之间都是形与象，难免天地间都是阴阳二气。王夫之认为'象'是阴阳二气运动的具象表现，其实就是心灵图景，而梦象就寓于心灵图景的具体存在形式和运动变化之中。梦象是无法看见和把握的，只有通过心灵图景的具象而得以显现。其实哲学的任务就是通过心灵图景实现对梦象的直观。"孟蝶边听边想，看来自己与千一在镜子前见面时，之所以无法沟通，是因为自己内心过于依赖《千一的梦象》给自己留下的印象，心里掺杂了太多的杂念，不能做到"即景会心""以心目相取"，想到这儿，她兴奋地说了一句："爸爸妈妈，我听明白了，我该回房间做作业了。"然后匆匆回到自己的房间，从书包里掏出纸和笔，她准备再给千一写一封信，约千一再在镜子前见面，她建议千一这次务必做到"即景会心"，想着想着，情不自禁地伏案写了起来。

第二十九章

从"火光照物"到"以心相遇"

今天放学早，下午两点钟就放学了。秦小小和刘兰兰约千一一起去看电影，千一因心里想着如何才能和孟蝶见面的事便拒绝了。她心事重重地走进阙里巷，突然意识到有什么东西跟着自己，可是当她回头看时，却什么也没有，她莫名其妙地转过脸时，惊异地发现自己的影子竟然站了起来，而且还热情地向她打招呼。千一大惑不解地问："你是我的影子吗？你怎么可能站起来呢？"影子得意地说："这有什么奇怪的，如果你在一个黑暗的山洞里，面对一堵石壁，站在你身后的人拿着一个火把，火光照过来，你面前的石壁上出现的影子就是站立的。何况我还不是一般的影子，我是你梦的投影。其中的道理既微妙又简单，你只要弄懂戴震的'火光照物'思想就全明白了。"千一好奇地问："戴震是谁？"影子大大咧咧地说："我就知道你会这么问，那好，我就好好跟你说一说戴震。戴震是清代杰出的天文、地理、算术、考据、文字学家，更是博学、慎思的哲学家。戴震，字东原，生于清世宗雍正元年，也就是 1724 年，死于清乾隆四十二年，也就是 1777 年，安徽休宁人。戴震出生时就不同凡响。当他呱呱坠地时，隆冬腊月的天空竟然有惊雷炸响，震得天地颤抖，以贩布为生的父亲戴弁认为这是一个吉兆，预示着儿子会做出一番惊天动地的大事业，于是给儿子取名为震。可是出生时不同凡响的戴震长到十岁时才开口说话，而且不说则已，一说惊人。戴震的学生段玉裁在《戴东原先生年谱》中讲了一个'戴震难师'的故事：十岁。先生是年乃能言，盖聪明蕴蓄者久矣。就傅读书，过目成诵，日数千言不肯休。授《大学章句》，至'右经一章'以下，问塾师：'此何以知为孔子之言而曾子述之？又何以知为曾子之意而门人记之？'师应之曰：'此朱文公所说。'即问：'朱文公何时人？'曰：'宋朝人。''孔子、曾子何时人？'曰：'周朝人。''周朝、宋朝相去几何时矣？'曰：'几二千年矣。''然则朱文公何以知然？'师无以应，曰：'此非常儿也。'这个故事讲的是戴震十岁的时候才会说话，大概是聪明累积太久的缘故吧，跟随私塾先生读书时，戴震看一遍就能背下来，每天背几千字不肯停下来，而且过目不忘。有一天，私塾先生讲授《大学》时引用了朱熹的注释。先生讲道：'右经一章，盖孔子之言，而曾子述之；其传十章，则曾子之意，而门人记之也。'意思是说，《大学》这部书的前半部分是孔子说的，曾子记录的；而后面的十章，则是曾子的思想，曾子的门人记录下来的。小戴震听后疑窦丛生，就问私塾先生：'凭什么知道这是孔子的话，由曾子记述下来的？又怎么知道是曾子的意思，却是他的学生记下来的？'私塾先生说：'这是宋代的大学问家朱文公讲的。'小戴震接着发问：'朱文公是什么朝代的人？'先生回答道：'宋朝人。'戴震不依不饶地问：'孔子、曾子是什么朝代的人？'先生回答说：'周朝人。'戴震追问道：'周朝和宋朝相隔多少年？'先生掐指一算：'差不多两千年吧。'这时戴震穷追不舍地发了根本性的一问：'相距将近两千年，那么朱熹又是怎么知道这些的呢？'先生被问得无言以对，既惭愧又高兴地说：'这个孩子非同一般啊！'可见，戴震从小就表现出了非常强烈的考据倾向，对每一个字的含义都不放过，这种倾向保持了终生。据《清史稿·戴震传》中说：'戴震读书好深湛之思，少时塾师授以说文，三年尽得其节目。'"千一插嘴问："'授以说文'的'说文'是什么意思？"影子晃动着说："'说文'就是《说文解字》，那可是中国最古老、最权威的字典，是汉语起源的经典著作。戴震读书有股子'打破砂锅问到底'的精神，私塾先生见戴震读书如此饥渴，便干脆把汉代古文字学家许慎的《说文解字》拿给他看，戴震用三年时间不仅通读了这部经典，而且掌握了全部条目。"千一颇感兴趣地说："这么说，戴震读私塾时是个'学霸'呀！那么走出私塾以后呢？"影子和千一肩并肩地一边走一边说："戴震在私塾学堂中学习了七年，十七岁时才走出学堂。走出私塾后，戴震仍然像着了魔似的喜爱读书，不仅用心读书，还常到书院去听课。当然因生活所迫，戴震也曾和父亲一起跑过买卖，做过乡下的教书先生。但读书是他的命根子，因此他用心寻找着指路的导师。据《清史稿·戴震传》记载：'年十六七，研精注疏，实事求是，不主一家。从婺源江永游，震出所学质之永，永为之骇叹。永精礼经及推步、钟律、音声、文字之学，惟震能得其全。性特介，家屡空，而学日进。'意思是说，戴震十六七岁时，精研各种注疏文字，实事求是，不以一家之说为主。跟着婺源的江永求学，戴震以自己的学问向江永求问，江永为之惊叹；江永精通礼学、经学及推算天象历法、钟律音声、文字等学问，只有戴震能获得江永的全部精髓。戴震性格十分正直，家里常常一贫如洗，但是学问却天天精进。戴震是在紫阳书院听讲时，遇到恩师江永的。江永是江南徽州地区首屈一指的大学者。听了江永的课，戴震内心受到极大的震动，有云开日出般的快感，心想这不就是我苦苦寻找的导师吗？于是虔诚地拜江永为师，在求学的道路上终于找到了指路明灯。戴震对江永先生的征实之学最感兴趣，经过几年的系统训练，戴震不仅掌握了考证学的方法和记述，而且在音韵学、声律学、文字训诂及算学等方面都有大提升。二十二岁便完成了自己的第一部著作《筹算》。"千一好奇地问："《筹算》是一部写什么的书？"影子一跳一跳地说："戴震的《筹算》是一部包括乘法、除法、分数运算、平方、开方、勾股定理、天文历法等内容的基础数学著作，是乾隆时代最重要的数学著作之一。"千一不解地问："为什么叫《筹算》呢？"影子晃着脑袋说："古人将用于计算的竹签子叫算，也叫筹，后来因清初梅文鼎也写过名为《筹算》的书，戴震对原书增改时将自己的《筹算》改名为《策算》，就为了'不使名称相乱也'。之后笔耕不辍，一发而不可收，二十四岁完成《考工记图注》，三十岁到三十三岁完成《勾股割圜记》《周髀北极璇玑四游解》等文，都属于自然科学范围。乾隆十七年壬申，休宁大旱，斗米千钱。戴震家中处困乏食，以乞讨而来的面屑为食，时年三十岁的戴震在家闭户完成《屈原赋注》。直到三十三岁前，所著又有《六书论》三卷，《尔雅文字考》十卷以及《诗补传》等，一直写到乾隆二十年，三十三岁的戴震避仇入都，才迎来了他一生的转折点。"千一不可思议地问："戴震整日闭门著述，怎么也会有仇家呢？"影子摇了摇脑袋，叹息一声说："段玉裁所编《戴东原先生年谱》中有纪昀为戴震著的《考工记图注》所作的序言，在序言中，纪昀是这么说的：'盖先生是年讼其族子豪者侵占祖坟。

族豪倚财结交县令，文致先生罪，乃脱身挟策入都，行李衣服无有也。寄旅于歙县会馆，馕粥或不继，而歌声出金石。'戴震二十岁后，为了补贴家用，他跟着父亲到江西一带做生意，后来经人介绍，到福建南平乡下教书，三十岁时才补上休宁县秀才。还没有参加乡试，就因本家族一位豪强侵占戴震祖坟，不得已而对簿公堂。但豪强倚财仗势，买通了县衙，上下勾结，反诬戴震有罪。戴震不但没有打赢官司，反而险些被送进大狱，年轻的戴震为逃避迫害，只身一人逃到了京城。因京城举目无亲，盘缠早就花光了，只好暂住在不收费的歙县会馆，经常食不果腹。尽管如此，他仍然嗜书如命，常常在旧书摊上流连忘返。一天，给皇子当启蒙教师的著名考据学家钱大昕在歙县会馆偶遇戴震，两个人一见如故。当时吏部侍郎秦蕙田正在编撰《五礼通考》，需要一位精通天文历算的专家。钱大昕随即把戴震推荐给他，秦蕙田当天就坐着轿子到歙县会馆见戴震，并把戴震接进了尚书府，朝夕讲论，'以为闻所未闻'。由于戴震的才华学养十分出众，很快就融入了京城的学术圈。据《清史稿·戴震传》记载：'北方学者如献县纪昀、大兴朱筠，南方学者如嘉定钱大昕、王鸣盛，余姚卢文弨，青浦王昶，皆折节与交。'除钱大昕外，当时掌管修史的翰林纪昀、内阁中书王昶，编修王鸣盛、朱筠、卢文弨等人都是乾隆十七年至十九年的进士，均以学问名闻京师，都不惜降低身份，与戴震抵掌而谈，纵论学术，晤谈之后，这些学问大家无不为之赞叹。戴震在京城旅居两年后，也就是乾隆二十二年，三十五岁的戴震决定南下回乡省亲，在扬州等待换船时，经纪昀介绍住在了纪昀的儿女亲家卢见曾府上。卢见曾是两淮盐运使，性度高廓，颇有诗名，爱才好客。此时一代考据大师惠栋正在卢见曾府上编辑修订图书文献，经卢见曾引荐，戴震见到了仰慕已久的反宋学的吴派领袖惠栋。这是戴震学术生涯的一件大事，从此便引起了他的学术生涯的重大变化。"千一好奇地问："为什么惠栋会引起了戴震学术生涯的重大变化呢？"影子晃来晃去地说："到了明清，作为皇权专制理论基础的宋明理学已经统治五百多年了，朱熹创立的宋学作为官方学术早已成为国家科举考试、选择人才的标准，成为人们求取功名的敲门砖，逐渐失去了以之寻求圣贤学问的精神，更不用说创造意识了。天下谁敢向宋学挑战？这个人就是比戴震年长二十六岁的惠栋。惠栋将批判的矛头直接指向了宋明理学，惠栋的学术思想引走了一向怀揣向学之心的戴震深刻的自我反思，最后终于促使他走上了批判宋儒的学术道路。"千一若有所思地插嘴问："在京城，到歙县会馆拜访戴震的钱大昕、纪昀、王昶、王鸣盛、朱筠、卢文弨等人都是进士，为什么戴震不参加科举考试呢？"影子一下子跳到千一面前说："在当时以科举考试为正途出身，是普遍的社会心理，戴震也不能免俗，戴震二十九岁时才考取秀才，到四十岁才乡试中举，以后六次在京参加会试都没有考中。"千一不解地问："以戴震的学养都可以当主考官了，怎么考了六次都考不中呢？"影子叹息道："这也正好说明了真才实学与科举考试所用的八股文是多么的格格不入啊！正因为如此，戴震对科举考试的流弊表达了自己的感慨，他在《辑五王先生墓志铭》中说：'其流弊，苟焉皮傅，剽说雷同。学不一二年，目不睹全经，掇拾巍科高第，不必素所蓄积也。故不见师友之盛如古昔，岂非徒趋利禄，加以得之固易哉。……士之贵学，岂如是而已哉。'他认为科举的流弊是凭肤浅的认识牵强附会，因袭别人的言论作为自己的说法。儒家经典没读几页，搜集一下以前高中的试卷，根本不需要平素积聚储存的知识。所以根本看不到古时候师友之盛的情景，难道科举取士只是为了争趋利禄？如此钻营得到的也太容易了吧！士子读书治学，怎么能如此不求甚解呢？他无奈地指出了科举之士，掇拾科名，争趋利禄，往往是没有实学之人，然而客观环境又使他不得不一再应试。由于会试屡次不中，戴震从四十一岁到五十五岁一再往来南北，乾隆三十八年秋，四库全书馆正总裁于敏中以纪昀、裘日修之言向乾隆帝推荐戴震，特旨召入京城为四库馆纂修官。五十三岁的戴震第六次会试又没考中，乾隆皇帝看着实在不像话，特准戴震与录取的贡士们一起参加殿试，给了他一个同进士出身，授翰林院庶吉士，从事四库全书馆的编纂。戴震在四库全书馆利用藏书条件，凡天文、算法、地理、文字声韵等各方面书，他都悉心研究，全力以赴，由于常常夜以继日地工作，加上夫人不在身边，生活无人料理，其健康状况每况愈下，直到五十五岁，也就是乾隆四十二年夏，戴震患上了足疾，并且很快恶化，不久便去世于北京崇文门西范氏颖园。他的弟子段玉裁在《戴东原先生年谱》中说：'谓先生鞠躬尽瘁，死于官事可也。'可以说戴震是以身殉职。在他死后十余年，乾隆皇帝偶尔翻起他校的《水经注》，问大臣：戴震还在吗？当听到戴震早已死去，皇帝唏嘘不已。戴震一生写过不少自然科学和文字训诂方面的著作，是一个著名的专家，但也是杰出的哲学家。留下了两部重要的哲学著作《原善》《孟子字义疏证》。他的著作极多，但他明确宣称'仆生平著述之大，以《孟子字义疏证》为第一'。不过他这部著作在当时遭到清代官方御用学派的冷遇，但在我国哲学发展史上具有重要意义。"千一认真地问："那么戴震的哲学都讲些什么呢？"影子津津有味地说："要想讲清楚戴震的哲学，就必须从'火光照物'开始讲。"千一疑惑地问："火光照物？什么是火光照物？"影子摇头晃脑地说："戴震在《孟子字义疏证》卷上《理》中说：'心之精爽，巨细不同，如火光之照物，光小者，其照也近，所照者不谬也，所不照斯疑谬承之，不谬之谓得理；其光大者，其照也远，得理多而失理少。且不特远近也，光之及又有明暗，故于物有察有不察；察者尽其实，不察斯疑谬承之，疑谬之谓失理。失理者，限于质之昧，所谓愚也。惟学可以增益其不足而进于智，益之不已，至乎其极，如日月有明，容光必照，则圣人矣。此《中庸》"虽愚必明"，《孟子》"扩而充之之谓圣人"。神明之盛也，其于事靡不得理，斯仁义礼智全矣。故理义非他，所照所察者之不谬也。何以不谬？心之神明也。人之异于禽兽者，虽同有精爽，而人能进于神明也。理义岂别若一物，求之所照所察之外；而人之精爽能进于神明，岂求诸气禀之外哉！'他认为，心汇聚精气神明的能力有大小的不同，就好像火光照物一样，光小的就照得近，照到而看清了就不发生错误，照不到而看不清，疑惑和错误就产生了，不错就是得到了理；光大的就照得远，得到的理多而错误少。况且光的照射不仅有远近的区别，还有明暗的不同，因此对于被照的事物，有的观察到了，有的观察不到。对观察到的事物，可以充分了解它的实相，而对观察不到的事物，就会产生疑惑和谬误。疑谬就叫作失理。失理的人限于才质的昏昧，就是所谓的愚。只有通过努力学习，才可以弥补才质的不足而逐渐聪明起来，不断发展达到顶点，像日月那样光明，连隙缝都能照得到，那就可以达到圣人的境界了。这就是《中庸》所说的'虽然愚昧，但一定可以达到聪明'，以及《孟子》所说'普通人只要通过努力学习，就可以扩充知识而成为圣人'。心中明透，智慧圆满到盛大的程度，对于事物的理没有不能掌握的，仁义礼智也就完全具备了。所以说，理义不是别的，就像光线一样，对所照射的所观察的事物不产生差误。为什么不能产生差误呢？这是由于心的神明在起作用。人所以与禽兽相区别，就在于虽然二者都有感知能力，但人具有神明这种高级的思维能力。由此可见，理义怎会是一个独立存在的东西，要到诸气禀之外去求索呢？我认为人们所感知的外界都是自己内心的投射。戴震所谓'火光'其实就是他的心灵之光、梦象之光，照的也不是'物'，而是他的心灵图景。"千一若有所思地问："他都照到什么呢？"影子沉思片刻说："正如望远镜和雷达的基础不是眼睛，而是光学和电磁学。'火光照物'的基础也不是眼睛，而是心灵。在戴震看来，认识的来源是心的'火光'，首先照到的就是'理'，所谓火光照物的'物'就是'理'，那么什么是理呢？戴震在《孟子字义疏证》卷上《理》中说：'理也者，情之不爽失也；未有情不得而理得者也。凡有所施于人，反躬而静思之：人以此施于我，能受之乎？凡有所责于人，反躬而静思之：人以此责于我，能尽之乎？以我絜之人，则理明。天理云者，言乎自然之分理也；自然之分理，以我之情絜人之情，而无不得其平是也。'他认为，理就是人们生存和生活的感情，也就是情欲得到适当的满足而无差失；没有在情欲得不到满足的时候而能够得到理的。凡是强加于他人的行为，反过来自己冷静思考一下，别人这样强加于我，我能接受吗？凡是有所责备他人的话，反过来想一下，别人也如此责备我，我能全部接受吗？用自己的情欲推度别人的情欲，道理就明白了。所谓'天理'，讲的是自然情欲的具体法则，这种法则就是'以情絜情'，也就是将心比心，用自己的情欲推度别人的情欲，这样就不会有不公平的地方了。"千一质疑道："难道就没有'情之爽失'的情况吗？"影子摇着头说："戴震在《孟子字义疏证》卷上《理》中说：'天下事情，条分缕析，以仁且智当之，岂或爽失爽几微哉！《中庸》曰："文理密察，足以有别也。"乐记曰："乐者，通伦理者也。"郑康成注云："理，分也。"许叔重《说文解字·序》曰："知分理之可相别异也。"古人所谓理，未有后儒之所谓理者矣。'他认为，天下事情繁多，但有条有理，用仁和智来对待，怎么会有一丝一毫的差失呢？《中庸》说：'对事物的条理进行周密的考察，完全可以区分。'《乐记》说：'音乐是与伦理相通的。'因为音乐生于人心。东汉学者郑康成在为'三礼'作注时说：'理，是指构成事物的不同因素。'许叔重在他著的《说文解字·序》中说：'知道各种事物的具体规律和法则，才能加以区分。'古代学者所说的'理'与程朱所说的理是不同的。"千一又问："那么如何才能做到合乎天理呢？"影子迟疑片刻说："戴震在《孟子字义疏证》卷上《理》中说：'盖方其静也，未感于物，其血气心知，湛然无有失，故曰"天之性"。及其感而动，则欲出于性。一人之欲，天下人之所同欲也，故曰"性之欲"。好恶既形，遂己之好恶，忘人之好恶，往往贼人以逞欲。反躬者，以人之逞其欲，思身受之之情也。情得其平，是为好恶之节，是为依乎天理。'他认为，当人平静而没有感触到物的时候，感知和心觉都湛然安定，完全没有受到侵扰，所以称这种状态是'天然的本性'。当感受到物而产生心理活动时，情欲就从其本性中显露出来，一个人的情欲也是天下所有人的情欲，所以称之为'本性的情欲'。人们的爱好与厌恶形成以后，为了达到自己的好恶，而忘掉别人的好恶，往往侵害别人来放纵自己的情欲，满足于自己本身会有什么样的感受。也就是说，人们的情欲能够得到公平合理的满足，就是爱好与厌恶的感情恰到好处，这就是合乎天理。因此戴震在《孟子字义疏证》卷上《理》中强调：'今以情之不爽失为理，是理者存乎欲者也。'他认为，理存于欲，理欲统一就是天理。所以，他在《孟子字义疏证》卷下《才》中说：'天下之事，使欲之得遂，情之得达，斯已矣。……遂己之欲者，广之能遂人之欲；达己之情者，广之能达人之情。道德之盛，使人之欲无不遂，人之情无不达，斯已矣。'也就是说，天下之事使欲望得到满足，感情能够顺遂，什么别的事也没有了。于是满足了自己的欲望，进一步可以满足他人的欲望，顺遂了自己的感情以后，进一步推广，可以使他人的感情也能通畅。在道德隆盛的时代，使人们的欲望得到满足，人们的感情能够通达，那就什么别的事也没有了。可见，感情欲望的满足不只是就个人而言，而且要使人人的感情欲望都得到满足，这两者并不对立。"千一豁然开朗地说："我明白了，戴震认为情不爽失、欲而无失就是理，理存于欲，感情欲望与理是统一的。那么除了理，火光照物的'物'还指什么呢？"影子毫不犹豫地说："那当然就是道了！戴震在《孟子字义疏证》卷中《天道》中说：'道，犹行也；气化流行，生生不息，是故谓之道。''道'犹如行走的道路。世界是气的变化永无终止的过程，这个变化的过程就是道。也就是说，道就是气的生生不已的大历程，而这个大历程仍然是由阴阳五行完成的。因此戴震在《答彭进士允初书》中说：'道，即阴阳气化。'又在《绪言》卷上中说：'阴阳五行，天道之实体也。'但归根结底，道是气之流行。戴震在《绪言》卷上中又说：'况气之流行即为生气，则生气之灵乃其主宰。'生气是一个创造的过程。'生气之灵'是什么？为什么'生气之灵'主宰着生气。'生气之灵'就是创造本身，就是道，就是梦象之神。"千一插嘴说："听你这么一说，戴震的'火光照物'应该是梦象之光，'火光照物'中的'物'应该是他的心灵图景，对不对？"影子兴奋地说："说得没错，不愧是我的血气心知。"千一不解地问："我为什么是你的血气心知呢？"影子得意地说："我是你的梦象的投影，也就是你的影子，我来源于你，你当然是我的血气心知了。"千一疑虑地说："你能仔细解释一下血气心知吗？"影子点着头说："戴震在《孟子字义疏证》卷上《理》中说：'味也、声也、色也在物，而接于我之血气；理义在事，而接于我之心知。血气心知，由自具之能，口能辨味，耳能辨声，目能辨色，心能辨乎理义。味与声色，在物不在我，接于我之血气，能辨之而悦之，其悦者，必其尤美者也；理义在事情之条分缕析，接于我之心知，能辨之而悦之；其悦者，必其至是者也。'意思是说，味、声、色属于外在的东西而与人的感知相接；理义存在于万事之中而与人的心觉相接。人的感知与心觉具有各自的功能。口能辨别美味，眼能辨别颜色，耳能辨别声音，心能辨别理义。味、声、色存在于人体之外，它们接触到人的感官以后，感官能辨别而得到愉快。那使人感到愉快的，必然是最美好的。理和义产生于心知对事物的细密分析，心知能辨别而感到愉快。那使人愉快的理与义，必然是最正确的道理。如此说来，我是你梦象的投影，或者说是你的心灵图景，当然接于你的血气心知了！"千一饶有兴趣地问："那么人的血气心知源自哪里呢？"影子摇头晃脑地说："戴震在《孟子字义疏证》卷上《理》中说：'人之血气心知本乎阴阳五行者，性也。'他认为，人的血气心知来源于阴阳五行之气，这就是人的本性。因此他在《孟子字义疏证》卷下《才》中说：'气化生人生物……据其为人物之本始而言，谓之性。'也就是说，阴阳五行之气产生人和各种生物。按照作为人和物的本源来说，叫作性。他又在《孟子字义疏证》卷中

《性》中进一步解释说：'性者，分于阴阳五行以为血气、心知、品物，区以别焉，举凡既生以后所有之事，所具之能，所全之德，咸以是为其本。'他认为，性是指自然界分配给人和物的阴阳五行之气所形成的血肉气质和心灵知觉。由于所分得的比例不同，就形成了人与万物的本性区别。凡人和动物出生以后所具有的欲望，具有的知觉能力，和适应环境秩序的特性，都以本性为基础。戴震不仅认为性是气化为物、为人的本始，而且认为性的实体就是血气心知。因此他在《孟子字义疏证》卷中《天道》中说：'阴阳五行，道之实体也；血气心知，性之实体也。'阴阳五行之气是道的实体；人和物从阴阳五行之气分得的血气心知，就是性的实体。"

千一插嘴问："血气心知是性的实体，那么人性的内容又是什么呢？"影子沉思片刻说："戴震在《孟子字义疏证》卷下《才》中说：'人生而后有欲、有情、有知，三者，血气心知之自然也。给于欲者，声色臭味也，而因有爱畏；发乎情者，喜怒哀乐也，而因有惨舒；辨于知者，美丑是非也，而因有好恶。声色臭味之欲，资以养其生；喜怒哀乐之情，感而接于物；美丑是非之知，极而通于天地鬼神。声色臭味之爱畏以分，五行生克为之也；喜怒哀乐之惨舒以分，时遇顺逆为之也；美丑是非之好恶以分，志虑从违为之也；是皆成性然也。'意思是说，人出生以后，就有欲望、情感和知觉。这三者是血气心知本来具有的特性。满足欲望的是声色嗅味，因而产生喜欢和畏惧；情感所流露出来的有喜怒哀乐，从而产生悲伤和舒畅；知觉能分辨的是美与丑、是与非，进而产生爱好与厌恶。声色嗅味的欲望用来滋养生命；喜怒哀乐的情感是接触环境而触发的反应；对于美丑是非的辨别能力，发展到极点，便可以与天地鬼神相通。对于声色嗅味的喜好和畏惧的不同反应，是由于五行生克引起的；喜怒哀乐这些悲伤和舒畅的情感的区别，是由于时机、遭遇的顺利与否造成的；对于善与丑、是与非的分辨是由于心意的赞同与反对所决定的。所有这一切，都是本来就形成的性的必然表现。戴震认为，人性内涵是多方面的，包含了生理欲望、情感和心灵知觉等多种属性。但最根本的是人性根植于血气心知。"千一若有所思地问："孟子认为人性善，戴震也这么认为吗？"影子点点头说："戴震不仅同意孟子的性善观点，而且提出了'性善才美'的思想。"千一追问道："什么是才？戴震是如何论述'性善才美'的？"影子认真地说："戴震在《孟子字义疏证》卷下《才》中说：'才者，人与百物各如其性以为形质，而知能遂区以别焉，孟子所谓"天之降才"是也。气化生人生物，据其限于所分而言谓之命，据其为人物之本始而言谓之性，据其体质而言谓之才。由成性各殊，故才质亦殊。才质者，性之所呈也；舍才质安睹所谓性哉！'也就是说，'才'是人和百物按照各自的本性所表现出来的自然形质，而人和百物的知觉能力就是以这种形质的不同而加以区别的，孟子说的'天之降才'就是这个意思。阴阳五行之气的变化产生人和物，按照从阴阳五行之气所分得的不同的限制来说，叫作'命'；按照从阴阳五行之气所分得的不同而形成人和物的最初本质来说，叫作'性'；按照'性'所表现出来的形体气质来说，叫作'才'。由于人和百物各自形成的本性不同，所以它们的才质也各不相同。才质就是性的具体表现。离了才，怎么能够看到性呢？因此戴震在《孟子字义疏证》卷下《才》中说：'言才则性见，言性则才见，才于性无所增损故也。人之性善，故才亦美，其往往不美，未有非陷溺其心使然，故曰"非天之降才尔殊"。才可以始美而终于不美，由才失其才也，不可谓性始善而终于不善。性以本始言，才以体质言也。体质戕坏，究非体质之罪，又安可咎其本始哉！'总之，说到才就可以看到性，讲到性就可以看到才，这是因为才是性的表现，它对于性不会增益，也不会减损。由于人的性是善的，所以才也是美的。才常常有不美的情况，无不是心中意志堕落的缘故。所以孟子说'不是天所降生的才有所不同'。才有可能在最初是美的，而最终变得不美，是由于它失去了原来的美好资质，但不能说性在最初是善的而终于不善。性是从它的最初本质讲的，而才是从它的形体资质讲的。体质受到损害，归根结底不是体质本身的罪过，又怎么可以归咎于形成体质的本始呢？"千一继续追问道："那么怎么才能使'才'始终是美的呢？"影子背着手说："戴震在《孟子字义疏证》卷下《才》中说：'才虽美，譬之良玉成器而宝之，气泽日亲，久能发其光，可宝加乎其前矣；剥之蚀之，委弃不惜，久且伤坏无色，可贾减乎其前矣。又譬之人物之生，皆不病也，其后百病交侵，若生而善病者。或感于外而病，或受损于内身之阴阳五气胜负而病；指其病则皆发乎其体，而曰天与以多病之体，不可也。如周子所称猛隘、强梁、懦弱、无断、邪佞，是摘其才之病也；才虽美，失其养则然。'戴震把良玉比作才美，如果经常注意保护它，就会更加美观；如果不去管它，久而久之，就会受到磨损而失去光彩，没有以前那样宝贵了。又譬如，人和其他生物，出生时都没有病，以后各种疾病不断产生，好像生出来就容易患病一样。患病的人或由于外感，或由于内损，如果因这些病都是身体产生的，而认为是天给予人的多病之体，是不可以的。如周敦颐所说的，凶猛、狭隘、强暴、懦弱、无决断、谄媚等等，这是指摘才的毛病。才虽然是美的，如果失去后天的调养，就会出现上述情况。所以说，人性是善的，才也是美的。至于不善的行为是后天因不调养而导致的'偏私之害'，不能归罪于性，也不能归罪于才。"听到这里，千一意犹未尽地问："戴震的'火光照物'还照到了什么？"问完却不见回应，千一左顾右盼，发现影子不见了，而自己也走到了家门口。千一摇摇头，推门进院，妈妈还没下班。她走进自己的房间，情不自禁地掏出龟甲片，她本来想给孟蝶写回信，可是她想起影子刚才讲的"火光照物"，突发奇想地点了一支蜡烛，举起龟甲片用火光照，照着照着，她发现龟甲片上出现了一个门的影像，千一连忙用笔描了一遍，心想，如果孟蝶和我心有灵犀的话，或许会通过这扇门找到我。

孟蝶给千一写的信夹在《千一的梦象》中已经消失好几天了，可是一直也没等到千一的回信，孟蝶等得有些心焦，以至于每天晚上入睡前都要将《千一的梦象》放在枕边，第二天早晨一睁眼就先迫不及待地翻看《千一的梦象》，星期六本来是可以睡个懒觉的，可是天还没亮，她就醒了。当她洗漱完毕，坐在书桌前，捧着《千一的梦象》翻看时，她突然发现书中多了一页插图，插图上画着一扇闪着光的门，那些奇妙的光似乎是从门缝透过来的，孟蝶惊异地盯着那扇门，情不自禁地用手指轻轻推了一下，她万万想不到，那扇门吱扭一声开了一道缝，她又轻轻推了一下，门又继续打开了一些。孟蝶不由自主地站起身，将书捧在灯前看个究竟，这时门里传出一个老者的声音："门都开了，还不进来！"孟蝶惊得目瞪口呆，下意识地迈了一下腿，她便真的走进了那扇门。孟蝶终于走进书里了，可是站在她面前的不是千一，而是一位皓首白须的老人，老人周围到处是古朴的书架，书架上摆满了线装书，孟蝶虽然没见过他，但是《千一的梦象》中多次描写过这位仙风道骨的老者，她情不自禁地脱口而出："潘古先生！"老者转过身流露出疑惑的神情，慈眉善目地问："姑娘，你虽然很像千一，但我知道你不是她，你是谁，为什么认识我？"孟蝶有些激动地说："我叫孟蝶，我是从我爸爸写的一本叫作《千一的梦象》的书里认识您的，您和千一都是这部书里的人物。"潘古先生将信将疑地问："你的意思是说，你现在走进了一部书名为《千一的梦象》的书里，而这部书是你爸爸创作的？"孟蝶兴奋地点着头说："是的，潘古先生，我的确走进了我爸爸写的这部书里，可是我不知道我们现在在哪里。为什么千一没跟您在一起呢？"潘古先生笑呵呵地说："我们现在正在戴震曾经工作过的四库全书馆。千一为什么没有来，连你这个读书人都不知道，我作为书中的人物又怎么可能知道呢？不过，我要提醒你一下，其实我们都是书中人，生活就是书的总和。既然心外无物，心外当然也无书。你说我和千一在你爸爸写的书里，那么或许你和你爸爸妈妈也在别人写的书里，生活不过是从一本书到另一本书的旅行而已。任何人都在书里，要么在这本书里，要么在那本书里，不在这本书里，就在那本书里。你说是不是这个理儿？"孟蝶似有所悟地说："潘古先生，您说得的确有道理，可是为什么我走进了书里也见不到千一呢？"潘古先生耐人寻味地说："其实想见到千一并不难，只要做到戴震所说的'以心相遇'就行。"孟蝶迫不及待地问："什么是'以心相遇'？您能仔细给我讲讲吗？"潘古先生慈和地点着头说："戴震在《郑学斋记》中说：'学者大患，在自失其心。心，全天德，制百行。不见天地之心者，不得己之心；不见圣人之心者，不得天地之心。不求诸前古贤圣之言与事，则无从探其心于千载下。是故由六书、九数、制度、名物，能通乎其词，然后以心相遇。'意思是说，学者研究学问最大的弊病在于丢失了本心。心含有天的全部德行，约束着各种品行。见不到天地之心，就见不到自己的本心；见不到圣人之心，就见不到天地之心。不由经书文辞探求古圣先贤之心，就无从做到以自己的心去会古代圣贤的心。因此只要通过对六书、九数、制度、名物的深入研究，由语言的途径上达对古代圣贤之道的理解，因圣贤之心得天地之心，从而进入以心相接、心心融合的境界，才称得上'以心相遇'。也就是说，读者、作者以及书中人物的心之所以能通过著作文辞相通、相遇，先觉之所以能觉后觉，是因为一切都出于天地之心。天地之心是什么？就是道啊！那么道是什么？就是梦象啊！与圣人之心相遇就是与圣人的梦象相遇。孟蝶，你之所以走进了书里没见到千一，是因为你的心还没有与千一的心相遇。你刚才跟我说，我和千一是书中人，这说明你认为自己是书外人，而心外无物，当然也无书，一颗心在书里，一颗心在书外，两颗心又怎么能相遇呢？"孟蝶不解地问："可是我已经走进书里了，怎么也没见到千一呢？"潘古先生微笑着说："你人虽然走进了书里，可是你的心还没有完全走进来，当你不认为自己是书外人的时候，你的心才完全融进书里，到那时，何愁见不到千一呢？"孟蝶恍然大悟地说："潘古先生，我明白了，看来我还要深入阅读《千一的梦象》。那么戴震是如何理解心的呢？"潘古先生沉思片刻说："戴震在《孟子字义疏证》卷上《理》中说：'子产言"人生始化曰魄，既生魄，阳曰魂"；曾子言"阳之精气曰神，阴之精气曰灵，神灵者，品物之本也"。盖耳之能听，目之能视，鼻之能臭，口之知味，魄之为也，所谓灵也，阴主受者也；心之精爽，有思辄通，魂之为也，所谓神也，阳主施者也。主施者断，主受者听，故孟子曰："耳目之官不思，心之官则思。"是思者，心之能也。精爽有蔽隔而不能通之时，及其无蔽隔，无弗通，乃以神明称之。'大意是，子产说：'人生下来就形成的叫魄，那属于阳的就叫魂。'曾子说：'阳的精气叫神，阴的精气叫灵，神灵是各种生物的根本。'这是因为耳朵能听，眼睛能看，鼻子能嗅，口能尝味，都是魄的作用。魄也就是所谓的灵，灵属于阴，它的功能是感知；'心之精爽'就是心的知觉，也就是'心觉'，心觉能力可以通达梦象，这是魂在起作用。所谓神就是主施者，也就是心，心属于阳，具有主管、支配感知的功能。心觉负责判断，感知接受心觉的支配。所以孟子说：'耳目这类器官不会思维，心这个器官是用来思考的。'就是说，思维是心的职能。心的觉知能力有时会因蒙蔽与隔阂而不能通达于'道'，到了没有蔽隔、认识没有不通达时，就可以将心称之为无所不知的神明。因此，戴震在《原善》卷中中强调'人之神明出于心'。又在《绪言》卷下中说：'神明者，犹然心也。非心自心而理藏于中之谓也。'他明确指出神明就是心，或者说是心觉，并非说心是与神明不同的另外一个东西，而所得的理就藏在其中。他认为'心之神明……譬有光皆能照'，为什么？因为'心之神明'不只是气，而且是'精气'，是心灵的能量。因此戴震在《答彭进士允初书》中说：'神是气之精而凝者。''凝'成什么？当然是'凝'成'心灵图景'了。又在《法象论》中说：'气精而生神。'而'神'对举的是'化'，那么什么是'化'？戴震在《孟子字义疏证》卷上《理》中说：'就天地言之，化，其生生也；神，其主宰也。不可歧而分也。故言化则赅神，言神亦赅化。由化以知神，由化与神以知德。'所谓化是指宇宙的不断产生和衍化；所谓神就是这种产生和衍化的内在能量，这两者是不可分割的。所以讲'化'就包括神，讲'神'就包括化；由化而知道神，由化和神可以明白德。'孟蝶若有所思地问："潘古先生，戴震是如何通过神与化来描述心灵图景的呢？"潘古先生手捋白须说："戴震在《孟子字义疏证》卷中《性》中说：'一言乎分，则其限之于始，有偏全、厚薄、清浊、昏明之不齐，各随所分而形于一，各成其性也。然性虽不同，大致以类为之区别。'他认为，一谈到分，就从开始有限制，有偏和全、厚和薄、清和浊、昏和明的不同，人和物按照他们所分得的阴阳五行而形成一定的特性，也就是各自形成自己的本性。性虽然有不同，但大致上可以按种类来区分。也就是说，生命不是由无机物到有机物、由低级到高级、由简单到复杂的无限发展的进化过程，而是一开始便由'杂糅万变'的阴阳五行分化成功，而且一经形成，就万古如斯，永不变化了。因此戴震在《孟子字义疏证》卷中《性》中说：'气化生人生物以后，各以类滋生久矣；然类之区别，千古如是也，循其故而已矣。在气化曰阴阳，曰五行，而阴阳五行之成化也，杂糅万变，是以及其流形，不特品物不同，虽一类之中又复不同。凡分形气于父母，即为分于阴阳五行，人物以类滋生，皆气化之自然。'他认为，阴阳五行之气流行变化而产生人和物以后，各自按照不同的种类繁殖已经有很久的时间了，然而种类的区别，从古到今，依然是这样，都不过是按照固有的种类繁殖而已。气的阴阳运动变化状态，称为阴阳五行，而阴阳五行的运动变化纷繁复杂、千变万化，等到转化而形成万物以后，不但具体事物的种类不同，即使同一种类中，也还有各种差别。凡是从父母那里分得形体气质，实际上就是从阴阳五行那里分得的。人和物各自按照他们的种类不断繁殖，都是气的运动变化的固有状态。除此以外，戴震在《原善》卷中中富有想象力地描述了由'天道'化生心灵图景的过程：'由天道以有人物，五行阴阳，生杀异用，情变殊致。是以人物生生，本五行阴阳，征为形色。其得之也，偏全厚薄，胜负杂糅，能否精粗，清浊昏明，烦烦员员，气衍类滋，个博袭儇，闳巨琐微，形以是形，色以是色，咸分于道。'他认为，人和物是从天道产生的，由于阴阳五行相生相克的作用各不相同，情况是千变万化的。因此人和物生生不息，阴阳五行是生生之本原，而人和物的形色不过是表象。人和物的偏全厚薄、优劣混杂、精细与粗糙、清浊昏明、烦杂众多、滋生繁衍、广博异同、宏巨与细小，形因此是形，色因此是色，都是源自道，那么道是什么？当然是梦象。天地之大，可由心之神明成之，成之则为梦象。"潘古先生正讲到精彩处，突然有人喊了一句："孟蝶吃早餐了。"孟蝶下意识地应了一句："知道了，妈妈！"然后不好意思地说："潘古先生，我该回去了，真希望下次能和千一一起听您讲哲学。"潘古先生和蔼地说："只要你能仔细体会'以心相遇'、以心会心，就一定会有那么一天。"孟蝶重重地点了点头，又给潘古先生深深地鞠了一躬，然后恋恋不舍地从进来的门走了出去。

第三十章
元气淋漓与大同理想

　　周末，千一陪妈妈逛街，在时装城妈妈看上了一条裙子，去试衣间试衣时，千一发现孟蝶和长得很像自己妈妈的女人从服装店门前走了过去，她毫不犹豫地追了出去，看见孟蝶和那个女人汇入了熙熙攘攘的人流，她心想，莫非今日孟蝶也陪妈妈逛街？为什么孟蝶的妈妈很像自己的妈妈？为了弄个究竟，她追不及待地往前追，可是孟蝶母女俩就离她二十米左右，她怎么追都是这个距离。千一急了，干脆小跑起来，但是时装城里人来人往，她时不时地就撞上别人，嘴里不停地说着"对不起"，眼睛却紧紧地盯着她们，生怕跟丢了，前面该转弯了，千一加紧了步伐，可是孟蝶并未转弯，而是闲庭信步地穿墙而过，太不可思议了，她目瞪口呆地停下脚步，正犹豫着要不要自己也试一下穿墙而过，如果试一下，会不会撞得头破血流，就在她犹豫的刹那间，也不知是谁从后面撞了她一下，她一个趔趄，三步并作两步地向墙撞去，她一闭眼，心想，这下完蛋了，非撞破头不可。可是当她睁开眼睛的时候，发现自己不仅穿墙而过而且来到一个梦象般的极乐世界，这里不仅清香华洁，而且"人人皆色相端好，洁白如玉，香妙若兰，红润如桃，华美如花，光泽如镜"，只是再也找不到孟蝶母女的踪影了。她懵懂地自言自语道："我这是在哪儿呢？"身后传来一个老者的声音："你走进了康有为的心灵图景，这里是他在《大同书》里构建的大同世界。"千一头也不回地惊喜道："潘古先生，我一听就知道是您的声音！"潘古先生笑呵呵地说："我一猜你就在这里，果不其然。"千一转身问："潘古先生，我听说过康有为的名字，但是他究竟是怎样一个人，我并不清楚。"潘古先生望着眼前天地、人类、万物无比和谐的景象，微笑着说："康有为，原名祖诒，字广厦，号长素，生于清咸丰八年，也就是公元1858年，死于1927年，广东南海人，人称康南海。他是戊戌维新运动的主帅，是揭开中国近代启蒙运动大幕的拓荒者之一，是当时向西方国家寻找真理的先进的中国人之一，更是晚清时期重要的政治家、哲学家、教育家。"千一好奇地问："潘古先生，康有为出生在怎样一个家庭呢？"潘古先生笑呵呵地说："清咸丰八年二月初五，也就是1858年3月19日，康有为诞生在广东省南海县丹灶苏村，康有为的学生梁启超在《南海康先生传》中说，康氏家族是一个'世以理学传家'的名门望族。用康有为自己的话说'吾宗以孝悌为礼学'，'从戎仕宦，朱紫盈门'。康有为的高祖康云衢以'文'显世，被封资政大夫，官至福建按察使。祖父康赞修为道光年间举人，官至连州训导，做儒官四十年。父亲康达初是岭南大儒朱次琦的学生，博古通今，'多深思新意之论'，做过江西补用知县，可惜英年早逝。根据《康有为自编年谱》记载，仳四岁时，伯祖就开始教他识字，还抱着他看洋人的镜画。五岁时竟能背诵唐诗数百首。六岁跟从番禺简凤仪先生读《大学》《论语》《中庸》以及朱子注《孝经》。叔伯们出'柳成絮'的上联考他，他对'鱼化龙'的下联，堂伯父连夸他'此子非池中物'，赏给他纸笔，很是高兴。少年时代的康有为便显示出执着虔诚的性情，梁启超在《南海康先生传》中说，康有为'每诵读，过目不忘，七岁能属文，有神童之目'。十一岁时，三十八岁的康达初去世，祖父康赞修疼爱长孙，就把康有为带到了连州官舍，让康有为在自己身边读书，这也是少年康有为最快乐的时期。康有为在《自编年谱》中是这样记载的：'既孤三月，遂从先祖于连州官舍，连州公日夜摩导以先儒高义、文学条理，始览《纲鉴》而知古今，次观《大清会典》《东华录》而知掌故，遂读《明史》《三国志》。六月为诗文皆成篇。于时神锋开豁，好学敏锐，日昃室闇，执卷倚檐柱，就光而读，夜或申旦，务尽卷帙。先祖闻之，戒令就寝，犹篝灯如豆于帐中，隐而读书焉。频阅邸报，览知朝事，知曾文正、骆文忠、左文襄之业，而慷慨有远志矣。'康有为的父亲是正月病逝的，他三月便跟随祖父到了连州官舍。由于康有为很爱读书，祖父便精心为他选定了《纲鉴》《大清会典》《东华录》等历代史事和掌故，还有《明史》《三国志》等。由于这些书很对他的胃口，他好学敏锐，以至于神锋开豁，诗文成篇。读书读到废寝忘食的程度。每日晨曦微明，康有为就已端坐在书桌旁琅琅读书，夕阳西下，室内渐渐昏暗时，他便到屋檐下依着廊柱，借着落日的余晖读书。每天晚上，他都在灯烛下苦读，夜深人静时，仍手不释卷。祖父一次次提醒他不能这样熬夜，他口中答应，但还是背着祖父，点上油灯，躲进蚊帐继续读书。在连州官舍，尤其让康有为大开眼界的是清政府发到各地官署的《邸报》，他不仅从中了解到朝廷中的政事，而且初识了曾国藩、骆秉章、左宗棠等人的事迹。少年康有为透过连州官舍的窗口，敏锐地感受到了风云变幻的天下大势，心中充满了高远之志。在十二岁时，康有为跟随祖父登上了连州城北的'画不如楼'，这是宋代以后，连州等地的官员与文人为纪念大唐诗豪刘禹锡而建。在画不如楼，祖父语重心长地向他讲述了刘禹锡和柳宗元的知音之交：由于刘禹锡和柳宗元是一对挚友，友情至深，以至于在官场同进同退。二人倡言政治改革失败后，刘禹锡遭遣播州，柳宗元被贬柳州，播州不仅'往复万里'，而且气候恶劣，而刘禹锡有八十老母在堂，'如何与母偕行？'于是柳宗元不惜再一次获罪，上书朝廷，希望以条件相对好一些的柳州授给刘禹锡，自己去播州上任。唐宪宗因此就把刘禹锡改任连州刺史。听了'以柳易播'的故事，康有为深受感动，他即兴写下了隽永的诗句：'万松乱石著仙居，绝好青山画不如。我爱登楼得高处，日看云气夜看书。'"千一用敬佩的语气插嘴问："既然康有为志存高远，又废寝忘食地博览群书，还通过《邸报》了解天下大事，想必在科举考试中一定独占鳌头了！"潘古先生摇着头说："尽管康有为从小就有神童的美誉，天生异禀，富有才情，但他好为纵横之文，而极度厌恶八股，因此从十四岁开始参加童子试，因文笔纵横，文不对题，而每每都名落孙山。同治十三年，十七岁的康有为'涉猎群书为多，始见《瀛环志略》、地球图，知万国之故，地球之理'。他竟然在自家的万卷藏书中第一次看到了《海国图志》《瀛环志略》和地球图，视野大开。可是十九岁乡试仍然落榜。于是祖父让他拜粤中大儒理学家朱次琦为师。"千一好奇地问："朱次琦都教他些什么呢？"潘古先生微笑着说："朱次琦教学重'四行五学'，四行是敦行孝悌、崇尚名节、变化气质、检摄威仪；五学是经学、文学、掌故之学、性理之学、辞章之学。在朱次琦的悉心教导下，康有为不仅为自己的学养打下了深厚的基础，更养成了独立思考的能力，不迷信权威，不盲从尊长，朱次琦不仅给了他学问，还给了他风骨。光绪五年，也就是1879年，康有为得到一部叫《环游地球新录》的书，如获至宝。同年游了一次香港，大开眼界。他在《康有为自编年谱》中说：'览西人宫室之瑰丽，道路之整洁，巡捕之严密，乃始知西人治国有法度，不得以古旧之狄夷视之。'香港之行，西人治国的先进法度深深地刺激了他，不能再用狄夷的老眼光看人家了，要救国，就必须学习人家的方法。从那以后，只要是介绍西方的书，康有为都千方百计地找来，潜心研读。通过学习，康有为逐步认识到，资本主义制度比中国封建专制制度先进。他立志要向西方学习，借以挽救正在危亡的祖国。"千一认真地问："康有为是怎么做的呢？"潘古先生手捋白须说："光绪八年，也就是1882年，康有为进京参加顺天乡试，落榜南归，途经上海，他特意到充满现代气息的租借地'十里洋场'转了一圈，他在《康有为自编年谱》中慨叹道：'道经上海之繁盛，益知西人治术之有本。'他不仅大购江南制造总局翻译馆印的西书，还从上海订了一份《万国公报》。'十一月还家，自是大讲西学，始尽释故见。'在研读西学方面，'声、光、化、电、重学及各国史志、诸人游记皆涉焉'，他是要从西学中寻找救国的真理。光绪十四年，也就是1888年，康有为再一次到北京顺天乡试，当时他已经三十一岁，正是1884年中法战争之马尾海战福建水师惨败以来，国势面临危机日益明显之时。他在《康有为自编年谱》中说：'计自马江败后，国势日蹙，中国发愤，只有此数年闲暇，及时变法，犹可支持，过此不治，后欲为之，外患日逼，势无及矣。'他认为自鸦片战争以后，中国有再次被瓜分的危险，唯一的出路，就是变法。及时变法，还来得及，错过变法的时机，国家必遭灭顶之灾。于是大胆上书光绪皇帝，写了一篇长达五六千字的《上皇帝书》，史称《上清帝第一书》，痛陈国家危亡的严重性，批判因循守旧，要求变法维新。"千一惊愕地插嘴说："在历史课上，老师讲过，清朝的文字狱是很厉害的，康有为就不怕招来横祸吗？"潘古先生沉重地说："他当然知道，像康有为这样的布衣，按例连向皇帝上书的资格都没有，上书可能招祸，康有为心知肚明，但他敢做，便做好了各种准备。遗憾的是这份万言书交到光绪的老师翁同龢手中，翁同龢回绝了，光绪皇帝并没有看到。康有为带着遗憾回到家乡。光绪十六年，也就是1890年，康有为全家迁到广州，住在城内曾祖父传下来的老屋'云衢书屋'。广州学海堂的高才生陈千秋，听说康有为在京师勇于上书光绪皇帝请求变法的壮举后，被他的爱国惊人之举所感动，慕名登门拜见，又被康有为学术上的创新思想所吸引，做了康有为第一个弟子，随后又介绍梁启超来见康有为，梁启超拜见康有为后，用他在《三十自述》中的话说，先生以'大海潮音，作狮子吼'，给了他覆地翻天的'震撼'，使他毅然退出学海堂，舍弃旧学，拜在南海之门，从此'康梁'如血肉相存的'一个人'，也正是这个'人'在十年后搅翻了清廷。应陈千秋、梁启超之请，康有为在广州长兴里'万木草堂'开始讲学，这一讲就是八年。万木草堂不仅是一个新型的教学群体，更是一个培养变法维新骨干的摇篮。康有为一边教学一边为变法维新创造理论。他先后完成了《新学伪经考》和《孔子改制考》两部著作。"千一插嘴问："这两部著作写了些什么？"潘古先生微笑着说："这两部书都是在尊孔的名义下写成的。《新学伪经考》以《史记》为主要根据，证明经过焚书坑儒的浩劫，'六经'并未亡缺。既然'六经'并未因秦始皇焚书坑儒而亡缺，那么东汉以来的经学，也就是古文经学，是刘歆为了帮助王莽篡夺汉朝刘家天下而伪造出来的，是新莽一朝之学，与孔子无涉，所以是'新学'，是伪经。这无疑宣布古文经学从源头就是错的。《新学伪经考》撼动的是千年无人敢疑、神圣不可侵犯的圣学经典，难怪梁启超说康有为'刮起了思想界的一大飓风'。《孔子改制考》更是把本来偏于保守的孔子打扮成满怀进取精神、提倡民主思想和平等观念的人，在这部书里，康有为极力宣扬兴民权、限君权的思想。其实是借用今文经学的躯壳，而变法维新才是其主宰一切的灵魂。因而充满了惊世骇俗的新颖议论，难怪梁启超把《孔子改制考》一书的问世誉为'火山喷发'。"千一不解地问："康有为为什么要这么写呢？"潘古先生认真地说："历史学家范文澜说得好：'以康有为为首的思想家们，公然对清朝用惯了的毒品大摇其头，拿陆王来对抗程朱，拿今文对抗古文，拿学校和策对来对抗科举和八股，所有资产阶级所需要的措施，也一概挂上孔圣人的招牌，把述而不作改变成托古改制，拿孔子对抗孔子，因此减轻了非圣无法的压力。'实际上是在利用孔子为其变法维新的意图寻求庇护，从而奠定维新之路的舆论基础。光绪二十一年三月二十三日，也就是 1895 年 4 月 17 日，清政府派李鸿章于日本马关与日本内阁总理大臣伊藤博文签订了《中日讲和条约十一款》，又称《中日马关条约》，瓜分危机更是迫在眉睫。康有为趁入京应试的机会，联合各省应试举人一千三百多人，于四月初八，也就是 5 月 2 日，联名请愿，发动‘公车上书’。康有为用了一天两夜，为各省举人联名上书起草了一份一万八千言的上皇帝书，也就是《上清帝第二书》。请求拒和、迁都、练兵、变法，提出‘下诏鼓天下之气，迁都定天下之本，练兵强天下之势，变法成天下之治’四项主张，而以变法为最根本的‘立国自强之策’。然而‘公车上书’被拒绝上呈，光绪帝没有看到。不久榜发，康有为中进士，授工部主事。他又于同年五月初六呈送《上清帝第三书》，全称为《为安危大计，乞及时变法，富国养民，教士治兵，求人才而慎左右，通下情而图自强，以雪国耻而保疆圉，呈请代奏事》，共一万五千言，《上清帝第三书》于 5 月 29 日递交都察院，6 月 3 日，都察院代递军机处，军机处大臣翁同龢当天呈光绪御览。至此，光绪帝第一次见到康有为的奏折。这也是康有为戊戌变法前，五次上书中唯一上达御览的一次。”千一好奇地问：“光绪看了康有为的上书有什么反应呢？”潘古先生深沉地说：“尽管阻力重重，但康有为通过七次上书，争取了光绪帝和帝党官僚对维新变法的支持。光绪二十四年四月二十三日，也就是 1898 年 6 月 11 日，在康有为等维新派强烈要求下，光绪帝颁布‘明定国是’诏书，宣布正式变法。并于四月二十八日，也就是 6 月 16 日，光绪帝在颐和园仁寿宫召见康有为，任命他为总理衙门章京，准其专折奏事，筹备变法事宜，史称‘戊戌变法’。然而，‘百日维新’的种种措施不仅深深刺痛了以慈禧太后为首的顽固派的神经中枢，也触动了他们的权力中枢，新旧斗争异常尖锐，可谓是剑拔弩张，杀机四伏！光绪帝预感到危险之后，为了保存维新变法的骨干，八月初二明谕康有为‘迅速前往上海，勿得迁延观望’。第二天康有为离京南下。八月初六，也就是 1898 年 9 月 21 日，慈禧太后发动宫廷政变，囚禁光绪帝于瀛台，宣布重新垂帘听政，下令逮捕康有为。戊戌年八月十三日，谭嗣同、康广仁、林旭、杨深秀、杨锐、刘光第等‘六君子’喋血宣武门外菜市口刑场。康有为侥幸逃生，从此开始了十六年的海外逃亡生涯。康有为是一个具有坚忍性格的人，他立志做一个走遍世界'尝百草'的神农，在爱国华侨的帮助下，他走遍了天涯海角，经三十一国，行走十万里，目的是给中国寻找一剂医国医民的良药。"千一迫切地问："他找到了吗？"潘古先生用遗憾的口气说："他自以为找到了，就是君主立宪制度，但这种制度是不适合中国国情的。1911年辛亥革命爆发，有力地促进了中华民族的觉醒。民国成立后，康有为写文章主张'虚君共和'以反对'民主共和'；1915年年底，袁世凯称帝，康有为表示反对'洪宪帝制'。康有为毕竟是受过正统旧文化教育的知识分子，他虽然九死一生，历经沧桑，却总不能忘情于清朝帝制，以至于晚年走上了参与'张勋复辟'的错误道路，这当然是极不光彩的，但他敢冒杀头之险所推动的变法维新运动，才是历史的本来面貌。关于这一点，1919年五四运动爆发，他发'请诛国贼救学生'电，便可见一斑。1926年，他在上海创办天游学院，亲自讲授他的诸天书。在此期间，他还撰写了大量著作，如《大同书》《春秋笔削大义微言考》《中庸注》《大学注》《论语注》《孟子微》等，以及大量的诗歌和游记。1927年3月，康有为因食物中毒病逝于青岛，享年七十岁。近代史学家汪荣祖在《康有为论·原序》中说："假如他不是一个完全的哲学家，至少是一个极为重要的思想家，鸿爪留痕，不能磨灭。他的大同乌托邦理想亦应在哲学史上占有一席之地。事实上，任何人欲见十九、二十世纪的中国哲学家，康有为似乎是不可或缺的人选。"千一认真地问："既然康有为的哲学不可或缺，那么他的哲学都讲了些什么呢？"潘古先生微微一笑说："康有为哲学思想的形成要从一台显微镜说起。"千一情不自禁地问："显微镜？为什么呢？"潘古先生慈和地说："光绪十年，也就是1884年，二十七岁的康有为购得一台三百倍的显微镜，这架洋玩意儿使他万分惊奇西人的先进和聪明。'适适然惊'之余，立即写了杂文《显微》：'吾廿七时，曾观一架显微镜，见巨蚁若象，菊花一瓣若蕉叶，一滴之水，生物无数，中有鳞角，蠕蠕若蛟龙然，于是悟大小之无定形也。它日显微镜更精拓至千万亿兆京陔秭壤沟涧，正载极无量数，则微生物之大亦增至十百千万亿兆京陔秭壤沟涧，正载极无量数之倍矣。由是以推，吾身之血轮，安知其大不如一天日乎，此天日之内，亦必有无量数之星气、星云、星团而孕育无量数生物乎？此无量数之生物，必亦自为一天，比有无量数之星气、星云、星团，其中复生无量数生物乎？其生物亦必有知吾人者，能聪明作礼乐明备机器精奇者焉，辗转推之，生物中之生物，各自为天，亦复自一十百千万亿兆京陔秭壤沟涧，正载极无量数之天，皆非吾心至粗能推算者。假以彭祖之寿，口诵心惟，辗转此无量数之天，而未有极也。'这架显微镜让他视巨蚁如象，视一瓣菊花如蕉叶，一滴水中有无数微生物，有的有鳞，有的有角，有的慢慢移动如蛟龙，于是悟出大与小的相对性。接着他大发其想，如果有一天显微镜可以更精确到千万亿兆京陔秭壤沟涧，显微镜的倍数增加至正载极，甚至不可估量的倍数，那么微生物的形状也将随之增大至不可估量的倍数。如此推下去，那么我们身体里的血细胞，怎么能知道它不比一天的太阳大呢？在这一天之内，也一定有不可估量的星气、星云、星团而孕育出不可估量的生物。其中的生物也一定有知道人类的，能聪明到制作礼乐，懂得机器的精致奇妙。反复推敲，生物中的生物，各有各的天，也各有各的数量级，不是我的心可以推算的。即使像彭祖一样长寿，口中朗诵，心里思考，反复推敲下去，也是不可估量的。由此，康有为认识到宇宙是无限的、不可想象。他在《康有为自编年谱》中说：'因显微镜之万数千倍者，视虱如轮，见蚁如象，而悟大小齐同之理，因电击光线一秒数十万里，而悟久速齐同之理。知至大之外，尚有大者，至小之内，尚包小者，剖一而无尽，吹万而不同，根元气之混沦，推太平之世，既知无去来，则专以现在为总持；既知无无，则专以生有为存存；既知气精神无生死，则专以示现为解脱；既知无精粗、无净秽，则专以悟觉为受用；既以畔援歆羡皆尽绝，则专以仁慈为施用。'由于显微镜可以将微观世界扩大数千数万倍，视虱如轮，见蚁如象，使康有为领悟到世界万物是相对存在的，大小并无绝对的界限。由于电光一秒数十万里，他对于时间的相对性也渐有领悟。明白了至大之外尚有大的存在，至小之内仍有小的空间。大小久速齐同之后，万法归一，万物归一。根源就在于混沦未分的元气，太平之世便由元气化生。既然知道来去有无都是分别相，就不要执着，因为现在就是有恒，生生不息就是一切。既然明白精神来自元气，亘古长存无生无死，就应该以得此本源而超绝时空、超绝实在为终极解脱。既然一切分别相皆为虚妄，就没有什么精粗、净秽，人当维持高度清明、敏锐、无限广大的心境，不陷泥于对世界的部分认知，而时时刻刻处于觉悟之中。

梦象之白日梦

一

梦象之破墨

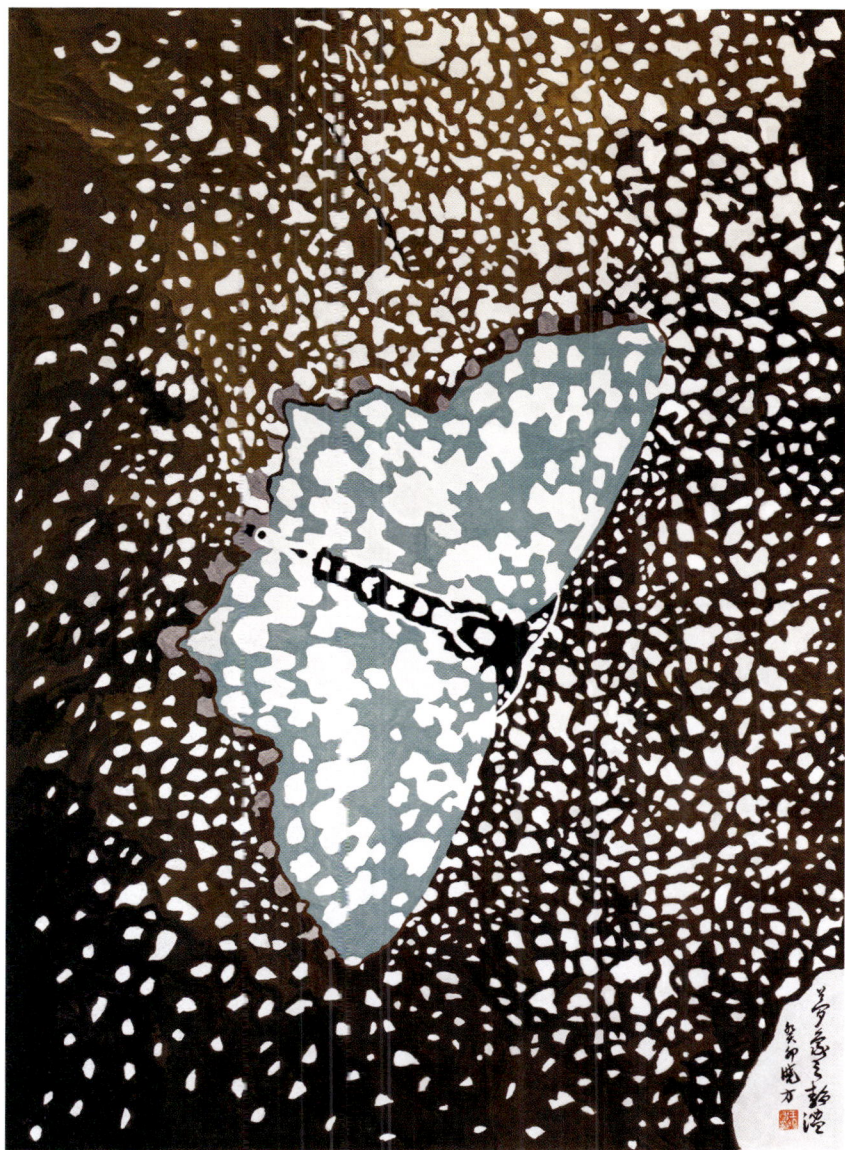

梦象之静谧

兰法之二十

梦象之探秘

兰法之二十一

既然执着于不变的假象徒增痛苦，就应该不执着于任何事物，而以仁慈之心与万物一体之理相应。因为一架显微镜的功能奠定了康有为的宇宙观，因此他在《康有为全集（三）》中说：'由受形之器推其天命之精，盖为物理学之源，心灵学之本，由比以入于哲学，则四通六辟，大小精粗，其运无乎不在矣。'他认为，科学虽然属于'器'的层面，但利用科学手段可以探寻天道的精髓，这大概是物理学之源、心灵之本，由此进入哲学，便可通达喜、怒、哀、乐、忠、爱、恶六种情欲，也可通达宏观世界与微观世界，科学之器无异于为哲学研究增添了翅膀。"千一若有所思地问："那么康有为是如何探寻天道精髓的呢？"潘古先生耐心地说："他在《康有为自编年谱》中说：'其道以元为体，以阴阳为用，理皆有阴阳，则气之有冷热，力之有拒吸，质之有凝流，形之有方圆，光之有白黑，声之有清浊，体之有雌雄，神之有魂魄，以此八统物理焉。以诸天界、诸星界、地界、身界、魂界、血轮界、统世界焉。以勇礼义智仁五运论世宙，以三统论诸圣，以三世推将来，而奉以仁为主。'康有为的哲学体系是以元为体，以阴阳为用，体用一源。他以二分的思维，把理、气、力、质、形、光、声、体、神二分为阴阳、冷热、拒吸、凝流、方圆、白黑、清浊、雌雄、魂魄来统物理；以天、星、地、身、魂、血轮来统世界；又以勇、礼、义、智、仁评论社会，以夏商周三代为正统来评价往圣，认为只有以仁为主，人类社会终将由据乱世、升平世而进入大同世界的太平世。"千一追问道："那么元究竟是什么呢？"潘古先生解释说："康有为在自编年谱中说：'元为万物之本。'又在《大同书》中说：'太一者，太极也，即元也。无形以起，有形以分，造起天地，天地之始，易所谓乾元统天者也。天地阴阳，四时鬼神，皆元之分转变化，万物资始也。'他认为，太一、太极就是元。天地创始化生、如《易》中所说的，是蓬勃盛大的乾元之气，统贯于天道运行过程之中，天地、阴阳、四时、鬼神，都是元分转变化的结果，元才是万物创始化生的本源。关于'元'的描述，在《大同书》中最为详尽：'夫浩浩元气，造起天地。天者，一物之魂质也；人者，亦一物之魂质也，虽形有大小，而其分浩气于太元，挹涓滴于大海，无以异也。孔子曰："地载神气，神气风霆，风霆流形，庶物露生。"神者，有知之电也，光电能无所不传，神气能无所不感。神鬼神帝，生天生地，全神分神，惟元惟人。微乎妙哉，其神之有触哉！无物无电，无物无神。夫神者，知气也，魂知也，精爽也，灵明也，明德也，数者异名而同实。有觉知则有吸摄，磁石犹然，何况于人！不忍者，吸摄之力也。故仁智同藏而智为先，仁智同用而仁为贵矣。'意思是说，浩浩元气，创始化生天地。元气既是天的魂质，也是人的魂质。虽然万物在形体上有大有小，但都是由元分化而出的浩气所形成的。和水珠源于大海没有什么不同。孔子说：'大地承载着神妙灵异之气，风雷鼓荡，在神气的作用之下，才有运动和变化，万物得以萌芽生长。'神就是来自梦象的电，也就是能量，来自梦象的光与电无所不传，神气就是源自梦象的光与电，能感知一切。元引出鬼、帝，产生天地。无论是全神，还是由全神分化出来的神，都源自心灵生发的浩浩元气。太微妙了，神会心融啊！当然无论是电还是神，没有物就感应不到。神就是知气、魂知、精爽、灵明、明德，虽然名称不同，但实质是一样的。有觉知就有吸引、摄取，磁石如此，何况人呢！不忍之心是能够相吸、相摄、相传导的，所以仁与智都潜存于浩浩元气之中，但以智为先，仁智于浩浩元气之中一同起作用，但以仁为贵。由此可见，元不但是气，还是神、知、魂、电、仁、智、不忍之心，它构成宇宙万物的本质。"千一若有所悟地问："这么说，元气并不是物质性的东西？"潘古先生点点头接着说："一些中国哲学的研究者一遇到'气'便加上'物质性'的定语，其实是唯物主义的念头在他们心中作怪。一生致力于将量子理论、相对论和重力理论统一起来的英国伟大的科学家爱丁顿说：'我们总是认为物质是东西，但现在它不是东西了；现在，物质比起东西而言更像是念头。'什么是念头？其实就是从心灵生发出来的能量，因此即使'元'以神、知、魂、电、仁、智、不忍之心等各种形式出现，其本质都是'气'，而'气'是由心灵所有元素所凝聚而成的能量。"千一恍然大悟地说："我明白了，'元'其实就是康有为的心灵图景。"潘古先生满意地笑着说："正因为如此，康有为在《孟子微》中强调：'心在身也，为人身之至灵，可以管摄一身，人在天地中，为万物之至灵，可以参赞天地，故人为天地之心也。'也就是说，人'心'是'天地之心'，可以管摄天地万物。又说：'心者，人体之精灵，凡知觉运动，存记构造，抽绎辩决，情感理义，皆是也。'他认为，心就是元气附人心体、魂与魄合一的精灵，具有存记构造、抽绎辩决的功能，能知人性的神明精爽，能觉知天道变化的莫测神妙。康有为强调'不忍之心，仁也，电也，以太也，人人皆有之。'他把具有先验性、普遍性、共同性的不忍之心作为宇宙、自然、社会、人际、心灵等一切的根源，他认为不忍之心的'仁'为'万化之海，为一切根，为一切源，一核而成参天之树，一滴而成大海之水。人道之仁爱，人道之文明，人道之进化，至于太平大同，皆从此出'。一句话，不忍之心是世间一切真善美的源泉，是宇宙万物之所以生长与人间之所以仁爱、文明、进化、太平大同的根据和品性。如此一来，'不忍之心'便成了宇宙万物的创造者。"千一插嘴问："这么说元与心是相通的，可是康有为又说：不忍之心就是仁，就是电，就是以太，这又如何理解呢？"潘古先生微微一笑说："这说明元不仅与心相通，也与仁相通，在天为'元'，在人为'仁'，异名而同实而已。康有为是将'元'化为气，养于心，贯于神，而最终统一于仁的境界。"千一又问："潘古先生，什么是以太呢？"潘古先生解释说："以太是古希腊哲学家首先设想出来的一种媒质。十七世纪后，以太是物理学家为解释光在真空中的传播以及电磁力和引力的相互作用而设想的无所不在的一种媒质。到了二十世纪初，随着相对论的建立和对场的进一步研究，确定光的传播和一切相互作用的传递都通过各种场，而不是通过以太这种机械媒质。康有为借用以太来说明仁。他把物理学的热、电、磁、光、以太与中国哲学范畴的'元''神''仁'相比附，这使得他的'元气'说具有了中国传统哲学所没有的近代西方自然科学的新内容。他在《大同书》开篇阐释'人有不忍之心'，其中提到了少年时代曾经有过一次观'影戏'的经历，便用以太来解释'觉'。他说：'且俾士麦之大烧法师丹也，我年已十余，未有所哀感也；及观影戏，则尸横草木，火焚室屋，而怵然动矣。非我无觉，患我不见也。夫是见见觉觉者，形声于彼，传送于目耳，冲触于魂气，凄凄怆怆，袭我之阳，冥冥岑岑，入我之阴，犹犹然而不能自己者，其何朕耶？其欧人所谓以太耶？其古所谓不忍之心耶？'意思是说，康有为听说普法战争时，因没有亲眼所见，所以并没有让十几岁的他产生哀感，直到他观看了一场普鲁士攻占色当的'影戏'，里面展现了'尸横草木，火焚室屋'的惨烈场面，内心才感受到巨大的冲击。以前感情上没有这种冲击力是因为没有亲眼所见。当他亲眼从'影戏'里看到战争的惨烈场面时，内心所受到的震惊从耳目直冲魂气，袭其阳，入其阴。他问自己，人无法与他人沟通肉体感受，但为何依然会体会到他人的痛苦呢？他给出的答案是人有'觉'，也就是'不忍之心'。这种'觉'就像光与电一样可以传导，而传导的媒质就是以太。当然，'觉'与'不忍之心'通过以太传导是有条件的，它们离不开视觉，'觉'源自'见'。"千一若有所思地说："这么说，'觉'与'觉'之间很像是有一种吸引力，或者说仁就是一种相互吸引之力。"潘古先生欣慰地说："正因为如此，康有为在《孟子微》中说：'仁从二人，人道相偶，有吸引之意，既爱力也，实电力也。人具此爱力，故仁即人也；苟无此爱力，即不得为人矣。''仁'字由'二''人'构成，这说明人生于天地间并不是孤立存在的，人与人之间相互尊重、相互爱护会产生吸引力，这种吸引力是一种高尚的爱力和神奇的电力。有了这种吸引力，人才可达到'仁'的境界。假如没有这种吸引力，那么人就不成其为人。"正说着，忽然之间，有两座彩色的房屋从空中飞了过去，千一还是第一次见到"飞屋"，她兴奋地叫了起来，一边鼓掌一边问："潘古先生，康有为的大同世界究竟是什么样的，怎么还有飞屋呀？"潘古先生微笑着说："那是一个'去苦求乐'的世界，充满了理想主义的情怀。康有为在《大同书》中说：'人生之道，去苦求乐而已，无他道矣。'"千一追问道："那么苦从何来呢？"潘古先生手捋白须说："康有为在《大同书》中认为，'总诸苦之根源，皆因九界而已'，也就是'国界''级界''种界''形界''家界''业界''乱界''类界''苦界'，因此他要'去国界合大地''去级界平民族''去种界同人类''去形界保独立''去家界为天民''去产界公生业''去乱界治太平''去类界爱众生''去苦界至极乐'。而破除这'九界'的动力，就是'求乐'之心。康有为以'求乐'之心设计的未来大同世界元气淋漓、美妙绝伦，令人无限向往。简直就是由'元'化生出的仙化梦境。在这个仙化梦境中，人人享受着高度的物质文明和精神文明，绝无忧虑，极乐无苦，无时无刻不在享受着审美快乐。他在《大同书》中写道：'食则为之烹饪、炮炙、调和则益乐，服则为之衣丝、加采、五色、六章、衣裳、冠屦则益乐，居则为之堂室、楼阁、园囿、亭沼、雕墙、画栋杂以花鸟则益乐，欲则为之美男妙女、粉白黛绿、熏香刮鬓、霓裳羽

\ 千 \ 一 \ 的 \ 梦 \ 象 \

衣、清歌妙舞则益乐。'衣食住行无不精美而舒适，房屋可以'腾天架空，吞云吸气，五色晶璃，云窗雾槛，贝阙珠宫，玉楼瑶殿，诡形殊式，不可形容'。甚至房子可以直接飞到旅游胜迹'从容眺咏，俯视下界'。"千一心驰神往地说："在大同世界里生活的人岂不全都羽化登仙了？"潘古先生笑呵呵地说："总之，在大同世界的人们'安乐既极，惟思长生'。人间完不成的审美结构，康有为用梦象的形式完成了。"千一恍然大悟地说："我明白了，大同世界其实就是康有为通过'元'这个梦象化生出的心灵图景。"潘古先生点点头说："是的是的。"千一像是突然想起了什么，迫切地问："潘古先生，我妈妈在商场里买衣服，找不到我该着急了，我怎么回去呢？"潘古先生微笑着说："这不，你妈妈买东西的商场已经从空中飞过来了，你从商场的大门进去就可以了。"话音刚落，那个巨大的商场缓缓落在了他们面前。千一向潘古先生挥了挥手，便毫不犹豫地走进商场，脑海里顿时浮现出孟蝶和她妈妈逛商场的情景，她心想应该给孟蝶写封信了。

　　孟蝶走进了妈妈的工作室，发现挂在墙上的一幅兰法作品有一条线竟然伸到了画框外面，太不可思议了。孟蝶下意识的伸手去抓那条线，瞬间便被那条线拽进了作品里。孟蝶万万没有想到，妈妈这幅兰法作品从外面看就是几条灵动的绞，可是走进作品里才会发觉，这几条线竟然编织出一个美丽的大花园。这不是一座普通的花园，走进大花园就仿佛置身于铺锦流霞的仙境一般，到处是呢喃细语的鲜花，白的如珍珠，红的似珊瑚，芬芳的花香，清脆的鸟鸣，凉爽的和风，淙淙的溪流，把花园点缀得如世外桃源，煞是美丽，令人流连忘返。前面是一片碧绿的草坪，微风吹过，阵阵草香沁人心脾。孟蝶情不自禁地走进去，发现草坪中间有一个跷跷板，跷跷板的一头坐着一个十四五岁的女孩，正不停地向她挥手说："孟蝶，快过来，我一直在等你，没有你，我玩不成跷跷板。"孟蝶惊喜地发现，向她挥手的女孩不是别人，正是千一。孟蝶简直不敢相信自己的眼睛，因为千一太像自己了，根本就是另一个自己。她抑制不住自己激动的心情，迫不及待地跑过去，情不自禁地坐在跷跷板的另一头兴奋地问："千一，真的是你？"千一高兴地说："我知道我们一定会见面的，因为我们的心是相通的。"孟蝶也说："我也坚信我们的心早晚会相遇的，只是没想到会在我妈妈的兰法作品里相遇。"千一忽起忽落地一边玩着跷跷板一边问："这么说，你是跟着心走进来的？"孟蝶也忽起忽落地回答道："是啊，潘古先生跟我说只要我们真正理解了戴震的'以心相遇'，我们就一定会见面的。"千一惊异地问："你见过潘古先生？"孟蝶得意地说："当然见过！是通过你画的那扇梦象之门见到的。"千一惊喜地说："太好了！潘古先生一会儿就到。"话音刚落，一座"飞屋"徐徐落在草坪上，门一开，潘古先生笑呵呵地走出来，一边走一边说："好啊，好啊，想不到你们俩在这里见面了。"两个女孩赶紧站起身，孟蝶欣喜地说："潘古先生，是我妈妈兰法作品中的一条线把我引到这里的。"潘古先生微笑着说："千万别小看一条线，线代表中国人的宇宙意识，兰法的每一条线的变化都是宇宙元气的流行，你其实是被元气引导到这里的。"千一不解地问："潘古先生，莫非'元'是一条线？"潘古先生解释说："康有为将'元'所涵具的'电'理解为'神'，又将'神'解释为'知气''魂知''精爽''灵明'乃至'明德'，我们现在将'元'理解成一条线有什么奇怪的。其实'元'就是一条本质为气、为光、为电、为神、为智的线。"孟蝶颇感兴趣地问："那么这条元气淋漓的线生成了怎样的宇宙图式呢？"潘古先生慈和地说："在《内外篇·理气篇》中，康有为是这样描述的：'积气而成天，摩励之久，热重之力生矣，光电生矣，原质变化而成焉。于是生日，日生地，地生万物。'我们知道，气是由心灵中的所有元素组成的，康有为认为将心灵中的所有元素积聚起来而构成天，如此积聚久了，便产生了热重之力，产生了光与电等能量，这样构成天的基本元素便产生了。于是产生了太阳，由太阳化生大地，大地化生万物。这完全是康有为描绘宇宙图式的心灵图景。"千一感慨地说："潘古先生，听您这么一说，我觉得'元'充满了诗意，怪不得康有为的文章元气淋漓呢！"潘古先生点着头说："康有为的文章的确以'元气'为根本。他在《诗集自序》中说：'夫有元气，则蒸而为热，轧而成响，磨而生光，合沓变化而成山川，跃裂而为火山流金，汇聚而为大海回波，块轧有芒，大块文章。岂故为之哉？亦不得已也。'他认为，元气可以蒸发为热量，聚集变化可以形成山川，蹿升崩裂可以变成火山炽热黏稠的岩浆，汇集起来便是大海的波涛。元气发出漫无边际的光芒，内容丰满的长文，岂能是故意而为之。实在是不能不如此啊！这分明是说，文章是作者心灵图景的自我显现。在他看来，天地万物是在心灵的无为中化生出来的，都是元与心相感相通的结果。他在《万木草堂遗稿·修词》中认为'文者，心声之精粹者也'，'心声之精粹'是什么？其实就是天籁。因此，他在《南海师承记·讲诗学》中探寻文学源头时说：'太虚中有天籁，有地籁，即有人籁，而韵语出焉。诗者，韵语之谓也。孺子歌谣多用韵语，按控合节，全出天籁，为诗学所自始，实太古之元音也。'太虚就是元，他认为元化生出天籁、地籁、人籁，诗词歌赋就是元气化生出来的。诗就是由'气'化为'韵'，就是'心'与'元'相感相通。儿童歌谣多用韵语，歌谣的韵律之所以合于节奏节拍，就是因为出自天籁，那是诗学的源头，是源自太古时代纯正而完美的声音。什么是'太古之元音'，就是从未真正展开过，而是处于一种模糊、混沌的可能的元气的状态，只有在我们的心与元相感相通后，心声、心画才化生为心灵图景。当灵感专断地占据了一个诗人的身心，必然要发生灵魂与魔性的较量。这种较量使诗人原本宁静的心灵世界迫向沸腾的瞬间。每一个瞬间被心声或心画定格后便形成心灵图景，一个或几个甚至无数心灵图景构成梦象。其实童谣、诗歌都是由心灵语言描绘出来的神话，所谓韵语应该是心灵之语。诗就是产生于心灵的梦象。"孟蝶似有所悟地问："潘古先生，梦象千变万化，康有为是变法维新的领袖，他是怎样认识'变'的呢？"潘古先生用赞赏的语气说："问得好！康有为借助今文经学原有的'公羊三世说'，吸收西方进化论，赋予这个陈旧的'三世说'以新的'微言大义'：人类社会是从'据乱世'向'升平世'进化，再由'升平世'向'太平世'进化。由此他在《广艺舟双辑·原书》中认为'变者，天也'。又在这本书的《卑唐》中说：'盖天下世变既成，人心趋变，以变为主，则变者必胜，不变者必败。'他在《变则通通则久》中强调：'朝夕之晷，无剖不变矣，况昼夜之显有明晦，冬夏之显有寒暑乎？如使天有昼而无夜，有夏而无冬，万物从何而生？故天惟能变通而后万物成焉。'日影无时无刻不在变，何况昼夜有明暗、冬夏有寒暑呢？如果使天只有白天而无黑夜、有夏季而无冬日，那么万物从何而生？因此天只有变通而后万物才能生长。可见，康有为强调的变化，不是单纯的量变，而是以新去陈的质变。"孟蝶情不自禁地又问:"潘古先生,我爸爸常跟我说,变化产生美,康有为是如何认识美的呢?"潘古先生微笑着说:"康有为在《赠刘海粟创办美术学校序》中认为:'其美之至者,游入无穷,如酣醉,如入定,可以坐忘观化焉。'他认为真正的美,可以让人遨游于没有极限的世界,如同酣醉,如同入定,可以在坐忘中品味。品味什么呢?其实就是品味心灵图景。康有为特别推崇壮美,他在《诗集自序》中说:'故志深厚而气雄直者,莽天地而独立,妙万物而为言,恻惻其情,明白其灵,正则其形,玲珑其声,芬芳烈馨,秾华远清,中和永平,淡泊而不厌,亭立而不矜,迤灏而渊渟,月明而山行,石破而惊天。……斯其为情深而文明,气盛而化神教耶!'意思是说,一旦有了深厚雄直、恢宏博大的元气,便可以独步于辽阔的天地间,以万物之妙作为心灵的寓言,可以描述内心的悲苦忧思,可以正视自己的灵魂,可以通过气正、心正而使形正,可以使声音玲珑,可以使芬芳酷烈馨香,可以使繁盛艳丽的花朵香远益清,可以使相对的事物互相抵消,可以把名利看淡而不厌弃,可以亭亭而立且不夸耀,可以使渊水深沉,可以使皎洁的月光朗照山中,可以使文章新奇而惊人。……诗作饱含元气便可情深而有文采,气盛而化神。可见,康有为讲究'文势',欣赏恢宏博大、深厚雄直的壮美。"这时千一刚要问:"美的种类和形态如此丰富多彩,而康有为为什么独爱壮美风格呢?"但话还没出口,有一个声音一边敲门一边喊道:"孟蝶,该起床了,再不起床,上学会迟到的。"话音刚落,不仅潘古先生和千一不见了,连美丽的大花园也不见了,孟蝶不情愿地睁开眼睛,刚才发生的一切原来是自己做的梦。

吃早餐时,孟蝶在饭桌上把自己的梦讲给爸爸妈妈听,孟周听完摇了摇头说:"孟蝶,你描述的不像是梦,倒像是梦象。"舒畅也附和道:"你整天想着如何进到书里见到千一,或许你真的做到了!"孟蝶喝了口粥说:"妈妈,可是我并没有进到爸爸写的《千一的梦象》那本书里,而是进到了你的兰法作品中。"孟周若有所思地说:"要是千一也做了同样的梦,就说明你们确实见面了,而且是在梦象中相见的。"舒畅又附和道:"你爸爸说得有道理。"孟蝶听了爸爸妈妈的话,将信将疑,心想,是梦还是梦象,我还真得写信问问千一。

第三十一章
大海潮音与境由心生

　　千一确实做了一个和孟蝶一样的梦，只不过她是被龟甲片上的一条龟纹牵引到那个奇妙的大花园的。孟蝶发现千一和潘古先生不见的时候，其实并非不知所终，而是潘古先生引领千一走到了他乘坐而来的"飞屋"前。这是一座掩映在森森树木之中的庭院，是用青砖建造的祠堂式建筑。千一随潘古先生走进庭院转了一圈，发现这座庭院由头门、中堂、后堂、后楼和两旁房舍组成。满庭花木，环境幽雅，藤萝垂井口，芭蕉掩窗棂，就连硬山顶也沾染了清幽风雅的韵致，一看就是个理想的读书场所。千一好奇地问："潘古先生，这是什么地方？"潘古先生一边往中堂里走一边微笑着说："这里是梁启超跟着康有为学习的地方，叫万木草堂。"果然中堂内摆着几十张书桌和长条凳，到处充满了书卷气。千一兴奋地说："原来这里就是大名鼎鼎的万木草堂啊！怪不得我一走进这里闻到的不是花香而是书香呢！潘古先生，梁启超到底是怎样一个人呢？"潘古先生坐在长条凳上说："梁启超是十九、二十世纪之交中国思想和文化由传统向现代转型的重要开拓者和奠基人之一，他一生横跨政治与学术两个领域，都留下了光彩夺目的成就。梁启超出生于清同治十二年正月二十六日，也就是1873年2月23日，是广东新会县熊子乡茶坑村人。字卓如，一字任甫，号任公，又号饮冰室主人。他不仅是中国近代维新派的代表人物，戊戌变法的领袖之一，也是中国近代伟大的思想家、政治家、教育家、史学家、文学家、美学家。"千一插嘴问："梁启超如此伟大，他出生在怎样一个家庭呢？"潘古先生微微一笑说："梁启超在《哀启》一文中说，梁家祖上'十世为农'，直到祖父梁维清那一代才开始读书，并且通过勤学苦读考中秀才，成为负责管理一县教育的八品官——教谕，才使梁家跻身士绅阶层，真正过上了既有田地又能读书的'亦官亦儒'的乡绅生活。梁启超的父亲梁宝瑛虽然科举不顺，一生与仕途无缘，只能做个私塾先生，在乡里授课，但由于孝慈睦友，严于律己，又热心乡里的公益事业，而成为乡里的重要人物之一。梁启超在《三十自述》中说：'先世自宋末由福州徙南雄，明末由南雄徙新会，定居焉，数百年栖于山谷。族之伯叔兄弟，且耕且读，不问世事，如桃源中人。'然而，时代风雷激荡，梁启超这个'桃源中人'的孩子呱呱坠地时，虽然不是横空出世，但他出生的年代的确有不凡的特质。关于自己的出生，梁启超在《三十自述》中是这样阐释的：'余生同治癸酉正月二十六日，实太平天国亡于金陵后十年，清大学士曾国藩卒后一年，普法战争后三年，而意大利建国罗马之岁也。'"千一用质疑的口吻说："我不觉得梁启超说的这几件事和他的出生有什么关系呀？"潘古先生笑道："将自己的出生日放在历史的大背景中，恰恰是梁启超的表现特征。不过他的确出生在一个风云变幻的艰难时代。关于梁启超出生和生长的年代，在梁启超仙逝后，郑振铎先生是这样概括的：'他生于同治十二年癸酉正月二十六日，正是中国受外患最危急的一个时代，也正是西欧的科学、文艺以排山倒海之势输入中国的时代；一切旧的东西，自日常用品以至社会政治的组织，自圣经旧典以至思想、生活，都渐渐地崩解了，被破坏了，代之而起的是一种崭新的外来的东西。梁氏悄悄诞生于这一个伟大的时代，为这一个伟大的时代的主角之一。'可见梁启超关于自己出生的自述，是自觉地把一己之命运，与时代、国家和世界联系在一起了。梁启超的母亲赵氏出身书香门第，知书达理，他最初识字，母亲是他的启蒙老师。祖父梁维清更是将长孙梁启超视为神童、奇才。梁启超在《三十自述》中说：'四五岁就王父及母膝下授四子书、《诗经》，夜则就睡王父榻，日与言古豪杰哲人嘉言懿行，而尤喜举亡宋、亡明国难之事，津津道之。六岁后，就父读，受中国略史，五经卒业。八岁学为文。九岁能缀千言。'梁启超四五岁起就随祖父和母亲读书识字，白天读'四子书'、《诗经》等，晚上就和祖父同床而睡。所谓'四子书'，就是四书。祖父时常给他讲一些南宋、明末的国难故事，祖父讲得津津有味，长孙听得如痴如迷。六岁时，在父亲的指导下读书，学习中国略史、五经等，开始接受

\千\一\的\梦\象\

历史知识和儒家思想教育。八岁即能作八股文,九岁便写出了洋洋千字的好文章。母亲赵氏不仅教他识字读书,更关心他的品德修养。梁启超六岁时说了一句谎,被母亲训斥,乃至责打,令他终生难忘。他在《我之为童子时》中回忆说:'我六岁时,不记因何事,忽说谎一句,所说云何,亦已忘却,但记不久即为我母发觉。……晚饭后,我母传我至卧房,严加盘诘。……盖我母温良之德,全乡皆知,我有生以来,只见我母终日含笑,今忽见其盛怒之状,几不复人识为吾母矣。我母命我跪下受考问。……当时被我母翻伏在膝前,力鞭十数。我母当时教我之言甚多。……但记有数语云:"汝若再说谎,汝将来便成窃盗,便成乞丐!"……我母旋又教我曰:"凡人何故说谎?或者有不应为之事,而我为之,畏人之责其不应为而为也,则谎言吾未尝为;或者有必应为之事,而我不为,畏人之责其应为而不为也,则谎言吾已为之。夫不应为而为,应为而不为,已成罪过矣。若己不知其为罪过,犹可言也,他日或自能知之,或他人告之,则改焉而不复如此矣。今说谎者,则明知其为罪过而故犯之也。不惟故犯,且自欺欺人,而自以为得计也。人若明知罪过而故犯,且欺人而以为得计,则与窃盗之性质何异?天下万恶,皆起于是矣!然欺人终必为人所知,将来人人皆指而目之日,此好说谎话之人也,则无人信之。既无人信,则不至成为乞丐焉而不止也!"我母此段教训,我至今常记在心,谓为千古名言。'梁启超的母亲将说谎分成两种情况,要么是做了不该做的事情,要么就是该做的事没有做,因害怕被人责罚而说谎。说谎的人明知自己犯了错,不仅不思悔改,还自欺欺人,自以为骗过了所有人,这样的心态和盗贼有什么区别?天下万恶,都起源于谎言。而且说谎的人终将被揭穿,一旦被揭穿,必然遭到唾弃,终究会沦为乞丐。母亲的教诲在梁启超的心里成为'千古名言'。"千一感叹地说:"天下万恶都源于谎言,这话说得太深刻了!后来呢?"潘古先生笑了笑说:"后来祖父和父亲见他九岁便能写出洋洋千言的好文章,却是天资聪慧,十岁这一年就送他到省城广州参加童子试,虽然没有考取,但是初次领略了外面的大千世界。1884年,十二岁的梁启超第二次赴广州应学院试,他考中了秀才,补了博士弟子员。十二岁考中秀才,这在中国科举史上也是罕见的。而且聪明的梁启超还请主考官为祖父七十大寿写了祝寿诗,消息传到家乡,茶坑村沸腾了,少年梁启超成了远近闻名的'神童'。1885 年梁启超以秀才的资格跨进了广东最高学府学海堂读书深造。学海堂不习八股，而专授汉儒的考据学、经史、词章及宋儒的性理之学，梁启超在《三十自述》中忆及学海堂时说：'至是乃决舍帖括以从事于此，不知天地间于训诂词章之外，更有所谓学也。'在学海堂所学要比纯然为科举做准备的'帖括学'深广多了。学海堂除了讲授词章训诂之外，还讲授典章制度等方面的学问，进行考据、辨伪、辑佚、补正的训练，而对于当时士子们视为进身阶梯的八股文章则不重视。他进入学海堂学习了训诂词章以后，就决心抛弃帖括，偏爱训诂词章。五年苦读，'四季大考皆第一'。1889 年，梁启超在广州参加广东乡试，中第八名举人，在中榜的一百人中，十六岁的梁启超年龄最小。1890 年，对于梁启超来说，是意义重大的一年。这一年他第一次进京会试，落榜后回乡途经上海，看到了上海制造局翻译的各种西洋书籍，并且购买了清末思想家徐继畬的《瀛环志略》，这时他才知道世界上还有五大洲、四大洋，中国之外的世界还很大、很精彩。同年秋，梁启超结识了另一位毕业于学海堂的高才生陈通甫也就是陈千秋，并通过陈通甫认识了向皇帝上书请求变法的传奇人物康有为。在《三十自述》中，梁启超用文采飞扬的语言，生动地说：'其年秋，始交陈通甫。通甫时亦肄业学海堂，以高材生闻。既而通甫相语曰："吾闻南海康先生上书请变法，不达，新从京师归，吾往谒焉，其学乃为吾与子所未梦及，吾与子今得师矣。"于是，乃因通甫修弟子礼事南海先生。时余以少年科第，且于时流所推重之训诂词章学，颇有所知，辄沾沾自喜。先生乃以大海潮音，作狮子吼，取其所挟持之数百年无用旧学更端驳诘，悉举而摧陷廓清之。自辰入见，及戌始退，冷水浇背，当头一棒，一旦尽失其故垒，惘惘然不知所从事，且惊且喜，且怨且艾，且疑且惧，与通甫联床竟夕不能寐。明日再谒，请为学方针，先生乃教以陆王心学，而并及史学、西学之梗概。自是决然舍去旧学，自退出学海堂，而间日请业南海之门。生平知有学自兹始。'第一次会见长达十个小时左右，康有为以'大海潮音，作狮子吼'的气势，雄辩的道理，把梁启超原先颇为自负、也是清代乾嘉以来读书人一向所推重的训诂、词章之学，驳个体无完肤。梁启超顿感'冷水浇背，当头一棒'，以往形成的思路一下子被摧毁了。第二天'再谒'，'请为学方针'，如梦方醒，毅然投身康门，这是梁启超一生最重要的选择。从此，梁启超随康有为入万木草堂学习，最关心的不再是个人的仕途，而是国家与民族的命运。"听到这里，千一若有所思地插嘴说："也就是说，万木草堂是梁启超跟随康有为日后搞维新变法的思想起点，对不对？"潘古先生点着头说："的确如此，1895年春，梁启超结束了万木草堂的学习生活，与康有为一起进京参加会试，正值清廷与日本签订丧权辱国的《马关条约》，消息传出，群情愤慨。梁启超在《三十自述》中说：'代表广东公车百九十人上书陈时局，既而南海先生联公车三千人，上书请变法，余亦从其后奔走焉。'梁启超作为康有为的重要助手，不仅协助组织会议、联络人士，而且还参与起草上书，亲赴都察院递交上书，处处走到运动的前列，表现出非凡的宣传鼓动能力和卓越的组织领导能力。这期间，他与康有为创办《万国公报》，介绍西学，宣传变法，并且协助康有为处理了强学会。第二年由北京到上海，任《时务报》主笔，连续发表《变法通义》等名文。在办报过程中，梁启超显露出卓越的才华，短短几个月时间，他便从一名普通士子，成为一个广为人知的维新运动的领袖人物了。1898年，梁启超二十六岁。3月，针对沙俄企图强占旅顺、大连湾，梁启超随康有为发起'保国会'。4月上书请废八股。6月11日，光绪帝颁布'明定国是'诏书，宣布从即日起实行变法。百日后，光绪被囚禁在中南海瀛台，西太后政变，'六君子'被杀于菜市口，'百日维新'落下帷幕。康梁先后逃亡日本避难。到了日本后，梁启超克服流亡国外的各种困难，更加积极地进行思想启蒙的宣传，先后创办《清议报》《新小说》《新民丛报》。发表了著名的《新民说》与《新中国未来记》等理论文章和文学作品。特别是《新民说》的发表标志着'新民'成为梁启超思想中的核心宗旨，他明确地提出了国民再造的目标和思想启蒙的道路，《新民说》是梁启超思想发展中重要的里程碑。梁启超的一系列文章对国内爱国人士特别是青年学生产生了巨大影响。诗人、外交家黄遵宪称誉梁启超的文章'惊心动魄，一字千金'。梁启超就是这么一个人，尽管亡命天涯、流亡国外，却仍然以政治人物与文化人物的双重身份活跃于中国历史舞台。"千一好奇地问："梁启超是什么时候回国的，又是在什么情况下回国的呢？"潘古先生捋着白须说："1912年元旦，一元复始之际，孙中山就任中华民国临时大总统。孙中山随即下令改国号为中华民国，并用公元纪历，1912 年为民国元年。1912 年 2 月 12 日，清帝退位；15 日，袁世凯从孙中山手里接过临时大总统之职，权倾一时。袁世凯催促梁启超尽早回国，各方人士也致电邀请，1912 年 11 月中旬，梁启超启程回国，真正结束了十四年的国外流亡生活。由于他声望很高，所以这次回国受到社会各界的热烈欢迎。回国后，他不仅成为进步党的党魁，而且担任了新内阁的司法总长。民国三年 1 月，袁世凯在当上大总统后仅三个月，就下令取消国会，新内阁倒台。尽管袁世凯改任梁启超为币制局总裁，但梁启超不感兴趣，12 月，他辞去币制局总裁之职，举家移居天津。在 1913 至 1914 两年间，他与袁世凯关系密切，所以屡受舆论抨击。此后，他们之间关系日趋疏远。从 1915 年夏天起，袁世凯加快了恢复帝制的步伐，公开打出了复辟帝制的旗帜。此时一群反动军阀、政客和无耻文人也都忙碌起来，他们各怀鬼胎，企图通过拥袁称帝，达到各自不可告人的目的。梁启超不顾危险，决心保护共和政体，公开发表反袁宣言《异哉所谓国体问题者》一文，并在天津与自己的学生蔡锷商定武力讨袁大计。在梁启超的周密计划下，12 月 25 日，蔡锷在云南组成讨袁‘护国军’。梁启超也南下，经历了难以形容的艰难，冒险到达广西，策动广西都督陆荣廷独立，大大壮大了讨袁声势。1916 年 3 月 22 日，袁世凯发布申令：取消帝制，取消洪宪年号，护国战争在艰难困苦中取得了胜利。梁启超又以非凡的远见，说服、协调南方各反袁力量，坚决主张袁世凯必须无条件退位，并在广东肇庆成立护国军军务院，梁启超任抚军兼政务委员长。梁启超力挽狂澜于既倒，致使袁世凯在众叛亲离的举国声讨中忧惧而死。1917 年，张勋、康有为拥溥仪复辟，梁启超和支持复辟的恩师康有为公开决裂，并为段祺瑞起草讨伐张勋的通电，得到全国响应。1918 年年底，第一次世界大战结束，处理战后问题的巴黎和会于 1919 年 1 月召开。北京政府派往出席巴黎和会的正式代表为五人。由于段祺瑞执政时，梁启超力倡对德宣战，并亲自撰写了对德宣战宣言，北京政府给了梁启超一个‘政府考察团’的名义，算作政府代表团的会外顾问。12 月 28 日早晨，梁启超登上日本邮船‘横滨丸’号，开始了一年的欧洲历程。也是从这一年开始，梁启超将主要精力转向学术。1919 年 2 月，梁启超一行抵达巴黎。当梁启超得知英、美、法三国议定将原德国在山东

\ 千 \ 一 \ 的 \ 梦 \ 象 \

的权益全部转让给日本，北京政府的外交代表考虑签字的消息后，梁启超将此情况电告国内并经媒体披露，直接引发了震惊中外的'五四运动'。这次游历欧洲诸国，大大拓展了梁启超的视野。"千一听到这里颇为感慨地说："梁启超的一生太波澜壮阔了！"潘古先生点着头说："是啊！1899年在《夏威夷游记》中，他曾经对自己的人生经历做过这样的概括：'余乡人也。……余生九年，乃始游他县。生十七年，乃始游他省。犹了了然无大志。梦梦然不知有天下事！余盖完全无缺，不带杂质之乡人也。曾几何时，为十九世纪世界大风潮之势力所簸荡、所冲激、所驱遣，乃使我不得不为国人焉，浸假将使我不得不为世界人焉。是岂十年前熊子谷（熊子谷吾乡名也）中一童子所及料也。虽然，既生于此国，义固不可不为国人，既生于世界，义固不可不为世界人。'所以说，梁启超的人生历程和思想轨迹就是按照由'乡人'而'国人'而'世界人'的途径逐渐升华的。1920年年初回国后，梁启超集中力量从事著述和讲学，以近代观点写下了大量论著，著名的有《清代学术概论》《中国近三百年学术史》《中国历史研究法》及其《补编》《墨子学案》《先秦政治思想史》《儒家哲学》《中国文化史·社会组织篇》《国学入门书要目及其读法》《古书真伪及其年代》《要籍解题及其读法》等。还曾在清华、南开多所大学任教。他的著作主要被收在《饮冰室合集》《饮冰室文集》和《饮冰室诗话》等文集之中，约有一千四百万字。由于著述太过勤奋，疲劳过度，1924年患上了致命的尿血症。据梁启超的弟弟梁启勋《病床日记》记载，协和医院确诊为'右肾有黑点，血由右边出，即断定右肾为小便出血之原因'，后经协和医生诊断，做了割除右肾的手术，结果右肾取出后，发现没有丝毫病态，手术虽然很顺利，却把那只健康的肾切除了。医生犯了一个严重的错误，但无法挽救了。1928年10月12日，梁启超创作《辛稼轩年谱》时写到'所不朽者，垂万世名；孰谓公死，凛凛犹生'的'生'字时，再也无力拿笔，随后住进协和医院，并于1929年1月19日溘然长逝，享年五十六岁。"千一听得唏嘘不已，慨叹道："梁启超死得太早太可惜了！潘古先生，梁启超写了那么多著作，核心思想都有哪些呢？"潘古先生若有所思地说："梁启超在《论中国学术思想变迁之大势》一书中比较先秦学派与希腊印度学派时认为'大地人类进化到某水平线以上，自然会想到

"宇宙是什么""人生所为何来""政治应该怎么样"……种种理由，自然会有他的推论，有他的主张，这便是哲学的根核'。后来他在论及诸子百家时，又在《老子哲学》一文中说：'什么叫本体论？人类思想到了稍为进步的时代，总想求索宇宙万物从何而来、以何为体，这是东西古今学术界久悬未决的问题。'以梁启超之见，'本体论'是讨论'宇宙万物从何而来、以何为体'的问题。也就是说，'本体论'以探讨'宇宙万物的来源'为目标。"千一插嘴问："那么在梁启超看来，宇宙万物从何而来呢？"潘古先生微微一笑说："梁启超在《儒家哲学》一书中也问了自己这个问题，他说：'宇宙万有由何而来？多元或一元，唯物或唯心，造物及神是有是无？有神如何解释？无神又如何解释？等等，是为宇宙论所研究的主要问题。'关于这个问题，梁启超在《自由书·惟心》中的回答是'境者，心造也。一切物境皆虚幻，惟心所造之境为真实'。所谓'物境'就是'宇宙万有'，在梁启超看来，宇宙万有皆为'心'所造，'心'成为创造世界和推动世界的终极性力量。毫无疑问，王阳明的'心外无物'说，对梁启超影响极大。所谓'境者心造也'的'境'就是王阳明所说的'心外'，之所以'心外无物'是由于'心外'是由心造的。为此，他在《说动》一文中幻构的宇宙图景是：'合声、光、热、电、风、云、雨、露、霜、雪，摩激鼓宕，而成地球，曰动力；合地球与金、水、火、木、土、天王、海王暨无数小行星、无数彗星，绕日疾旋，互相吸引而成世界，曰动力；合此世界之日，统行星与月，绕昴星而疾旋，凡得恒河沙数，成天河之星圈，互相吸引，而成大千世界，曰动力；合此大千世界之昴星绕日，与行星、与月、以至于天河之星圈，又别有所绕而疾旋，凡得恒河沙数，若星团、星林、星云、星气，互相吸气，互相吸引，而成一世界海，曰动力。'在梁启超看来，宇宙间无不充斥着'动力'，没有这种'动力'就没有宇宙万有。他说：'假使太空中无此动力，则世界海毁，而吾所处八行星绕日之世界，不知隳坏几千万年矣。'也就是说，没有他所幻构的这种'动力'，则宇宙、世界将不复存在。接着他又说：'由此言之，则无物无动力，无动力不本于百千万亿恒河沙数世界自然之公理，而电、热、声、光，尤所以通无量无边之动力以为功用。小而至于人身，而血，而脑筋，而灵魂，其机缄之妙，至不可思议，否则为聋瞽，为麻木痿痹，而体魄之殭随之。更小而至于一滴水，一微尘，莫不有微生物万千浮动于其中，否则空气因之而不灵。盖动则通，通则仁，仁则一切痛痒相关之事，自不能以秦越肥瘠处之，而必思所以震荡之，疏渝之，以新新不已。此动力之根原也。'梁启超认为，大至恒河沙数世界，小至人身，更小至一滴水、一微尘，莫不有动力充斥其中，似乎动力就是宇宙万有之源。那么梁启超所称的这种'动力'来自何处呢？他认为只有'思'才能'震荡之''疏渝之'，只有'思'才能新新不已。'思'才是动力之根源。"千一若有所思地问："梁启超的'思'有什么特别之处呢？"潘古先生解释说："'思'当然是心之思，是一种源自心灵的力，梁启超称之为'心力'。他在《非惟》一文中说：'心力是宇宙间曼伟大的东西，而且含有不可思议的神秘性。人类所以在生物界占特别位置者就在此。'可见宇宙万物都是由心力所创造、制约和牵动的，因此，梁启超提出了'心力创造历史'说。他在《中国历史研究法》中明确指出，'历史为人类心力所造成'，可见心力是动力的本性，动力不过是心力的衰现形式而已。正因为如此，梁启超在《新民说·论尚武》中才说：'盖心力涣散，勇者亦怯，心力专凝，弱者亦强。是故报大仇，雪大耻，革大难，定大计，任大事，智士所不能谋，鬼神所不能通者，莫不成于至人之心力。'他认为'心力是生活的原动力'。"千一插嘴问："什么是至人？"潘古先生耐心地说："就是我们常说的通灵者、捕梦者、盗火者和魔法师，只有他们才有能力慧观。"千一忽闪着大眼睛问："慧观？慧观是什么意思？"潘古先生微笑着说："'惟心所造之境为真实'如何可能？梁启超的回答指向'慧观'。他在《自由书·慧观》一文中说：'故学莫要于善观。善观者，观滴水而知大海，观一指而知全身，不以其所已知蔽其所未知，而常以其所已知推其所未知，是之谓慧观。'我认为'慧观'极有可能是糅合了佛教用语'定慧''止观'而成，应该是梁启超所独创。"千一颇感兴趣地问："能举一些慧观的例子吗？"潘古先生毫不犹豫地说："梁启超在《自由书·慧观》一文中举了很多例子。他说：'人谁不见苹果之坠地，而因以悟重力之原理者，唯有一奈端；人谁不见沸水之腾气，而因以悟汽机之作用者，唯有一瓦特；人谁不见海藻之漂岸，而因以觅得新大陆者，唯有一哥伦布；人谁不见男女之恋爱，而因以看取人情之大动机者，唯有一瑟士丕亚。无名之野花，田夫刈之，牧童蹈之，而窝儿哲窝士于此中见造化之微妙焉；海滩之僵石，渔者所淘余，潮雨所狼藉，而达尔文于此中悟进化之大理焉。'他一口气举出六个顶呱呱的慧观者，这六个人是英国著名物理学家牛顿、英国发明家瓦特、意大利探险家哥伦布、英国著名剧作家莎士比亚、英国浪漫主义诗人华兹华斯和进化论的奠基人达尔文。这些人都是一些拥有'至诚'心力的人。"千一插嘴问："'至诚'不是儒家道德哲学的概念吗？"潘古先生点着头说："是的，不过梁启超对'至诚'的理解已经溢出了传统儒家哲学的视域，他在《论宗教家与哲学家之长短得失》中说：'要而论之，哲学贵疑，宗教贵信。信有正信、有迷信。勿论其正也、迷也，苟既信矣，则必至诚，至诚则能任重，能致远，能感人，能动物。……夫人所以能为惊天动地之事业者，亦常赖宗教。抑人之至诚，非必待宗教而始有也。然往往持宗教而始动，且得宗教思想而益增其力，宗教其顾可蔑乎？记曰：至诚而不动者，未之有也。为有宗教思想者言也，又曰不诚，未有能动者也。为无宗教思想者言也。'梁启超以宗教论至诚，在他看来，至诚不仅可以打动人心，而且可以慧观通灵。''至诚之发'，'其力量常过于寻常人数百倍'，拥有如此巨大的心力，'可以独来独往于千山万壑之中，虎狼吼咻，魍魉出没，而无所于恐，无所与避'。因此梁启超在《烟士披里纯》一文中说：'盖至诚者，人之真面目而通于神明者也。'什么是神明？只能是梦象。其中牛顿之所以能从苹果落地而提出万有引力定律，是因为他慧观到了自己的心灵图景；瓦特之所以能通过蒸汽冲开水壶的盖子而发明蒸汽机，也是因为慧观到了自己的心灵图景；哥伦布之所以能通过海藻之漂岸而发现新大陆，是因为那片新大陆一直是他的心灵图景。当然，莎士比亚、华兹华斯就更是描绘心灵图景的大师。至于进化论，根本就是潜存于达尔文心灵深处的梦象。这些通灵者、捕梦者、盗火者和魔法师个个都是捕获'烟士披里纯'的至人。"千一皱着眉头问："潘古先生，能先解释一下什么是'烟士披里纯'吗？"潘古先生笑呵呵地说："'烟士披里纯'是英文 inspiration 的音译，就是'灵感'的意思。梁启超在《烟士披里纯》一文中说：'西儒哈弥儿顿曰："世界莫大于人，人莫大于心。"谅哉言乎！而此心又有突如其来，莫之为而为，莫之致而至者。若是者，我自忘其为我，无以名之，名之曰"烟士披里纯"（inspiration）。"烟士披里

\千\一\的\梦\象\

纯"者，发于思想感情最高潮之一刹那顷，而千古之英雄豪杰、孝子烈妇、忠臣义士，以至热心之宗教家、美术家、探险家，所以能为惊天地泣鬼神之事业，皆起于此一刹那顷，为此"烟士披里纯"之所鼓动。故此一刹那间不识不知之所成就，有远过于数十年矜心作意以为之者。'梁启超慨叹'烟士披里纯'之动力，诚不可思议哉！尽管产生灵感的动力是不可思议的，但是我认为'灵感'和英雄豪杰、孝子烈妇、忠臣义士没什么关系，无论他们的事业多么惊天动地泣鬼神，'灵感'只能是思想家、哲学家、艺术家、作家、诗人、科学家等创造者的专利。"千一又问："如何才能捕获灵感呢？"潘古先生沉思片刻说："在梁启超看来，能捕获那一刹那灵光的人都是至诚之人。能够将至诚发挥到极致的人就是所谓的'至人'。'至人'因为都是'通于神明者'，他们可以通过'心造'而进入至人之境，并且通过至人之境而慧观梦象。梦象是宇宙的本质，是最真实的存在。但这不是所谓的客观存在，而是一种超越意识、潜意识、无意识的心灵幻构。"千一颇感兴趣地问："什么是心灵幻构？"潘古先生淡然一笑说："心灵幻构是关于神秘的创化，在创化中每一瞬间都有新质的出现。由于心灵幻构瞬息万变，因此不能用理性和科学的方法来度量与认识，而只能依靠慧观与直觉。应该说慧观是一种置身于心灵深处的体验，所谓'烟士披里纯'之力，就是灵感之动力，简而言之为'灵力'，灵力便是心力的本性。因此梁启超所说的'境者，心造也'，实质上'境'是由'灵力'所造。梁启超所呈现给我们的宇宙图景，实际上是由属于他的灵力所幻构的心灵图景。幻构就是灵力所化生的魔法、诗法、无法之法。心灵幻构给足了创化心灵图景的空间，可以容纳无限的神秘与想象。其实宇宙就是心灵幻构的梦象。表面上看，梦象是变化无穷的，实际上梦象是永恒的。人类的个体意识就嵌入在一种幻构整个宇宙的更大的共同意识之中。可以说，宇宙的一切现象都是心灵幻构而成的。正如梁启超在《欧游心影录》中所说：'方生已灭，方灭已生，生灭相衔，便成进化。这些生灭，都是人类自由意志发动的结果。所以人类日日创造，日日进化。这"意识流转"就唤做"精神生活"，是要从反省直觉得来的。'他认为宇宙的一切现象，都由'意识流转'所构成。"千一若有所思地问："如何反省呢？"潘古先生毫不犹豫地说："除心奴！"千一不解地问："除心奴？什么是心奴？又如何除心奴呢？"潘古先生耐心地说："梁启超在《新民说》中说：'自由者，奴隶之对待（对立）也。……辱莫大于心奴，而身奴为末矣……若有求真自由者，其必自除心中之奴隶始。'所谓'身奴'是指外在的束缚，所谓'心奴'则是指思想与精神的束缚。'心奴''非由他力之所得加'，而是'如蚕在茧，著著自缚；如膏在釜，日日自煎'。因此所谓'除心奴'就是解除人的精神的各种奴役，恢复其先天本有的生机与灵性。那么如何才能解除'心奴'呢？梁启超在《新民说》中提出四种根源：一是勿为古人之奴隶。不必言诵孔子，古人已死，不要抱残守缺，要与时俱进。二是勿为世俗之奴隶。真正的自由人决不人云亦云，不易众赞而赞之，不易众谤而谤之。而是以事实、证据为准则，举慎思以明察，行大路以守志。三是勿为境遇之奴隶。事在人为，决不唯命是从。四是勿为情欲之奴隶。凡有过人之才者，必有过人之欲，这样的人若无过人之道德心，过于追逐物欲、情欲而使心为形役，其结果只能成为心奴。因此，'自由人者当自律矣'。总之，自由是奴隶的对待（对立）之物，若求心灵之自由，必须先从'除心中之奴隶'开始。"千一若有所悟地问："也就是说，除掉心奴便可'境由心造'了，对吗？那么，梁启超是如何论证境由心造的呢？"潘古先生微笑着说："梁启超试图用'三界惟心'来论证境由心造。他在《自由书·惟心》中说：'然则天下岂有物境哉，但有心境而已，戴绿眼镜者，所见物一切皆绿；戴黄眼镜者，所见物一切皆黄；口含黄连者，所食物一切皆苦；口含蜜饴者，所食物一切皆甜。一切物果绿耶？果黄耶？果苦耶？果甜耶？一切物非绿、非黄、非苦、非甜，一切物亦绿、亦黄、亦苦、亦甜，一切物即绿、即黄、即苦、即甜。然则绿也、黄也、苦也、甜也，其分别不在物而在我，故曰三界惟心。'也就是说，我们通过感官所感知到的并非真实存在，而只是一种幻象，还有超越感官所感知到的更本质的存在。关于这种存在，梁启超在《自由书·惟心》中是这样解释的：'有二僧因风飏刹幡，相与对论。一僧曰："风动。"一僧曰："幡动。"往复辨难无所决。六祖大师曰："非风动，非幡动，仁者心自动。"任公曰：三界惟心之真理，此一语道破矣。'历史上两个僧人关于'风动''幡动'的反复辩难，梁启超认为六祖惠能用一句'仁者心自动'，一语道破了'三界惟心'的真理。"千一兴奋地说："这个故事我听过，潘古先生，'三界'是不是指的欲界、色界、无色界？"潘古先生点了点头说："'三界惟心'是大乘佛教世界观的重要命题。'三界惟心'世界观认为，世界乃至宇宙间一切事物现象均由心造，心为万物本体，离心别无他物。接着梁启超进一步论证道：'天地间之物一而万、万而一者也。山自山，川自川，春自春，秋自秋，风自风，月自月，花自花，鸟自鸟，万古不变，无地不同。然有百人于此，同受此山、此川、此春、此秋、此风、此月、此花、此鸟之感触，而其心境所现者百焉；千人同受此感触，而其心境所现者千焉；亿万人乃至无量数人同受此感触，而其心境所现者亿万焉，乃至无量数焉。然则欲言物境之果为何状，将谁氏之从乎？仁者见之谓之仁，智者见之谓之智，忧者见之谓之忧，乐者见之谓之乐，吾之所见者，即吾所受之境之真实柜也。故曰：惟心所造之境为真实。'"千一豁然开朗地说："潘古先生，梁启超的观点和王阳明与朋友游南镇见到岩中花树时所谈到的观点太相似了，讲的还是心外无物的道理。"潘古先生未置可否地说："最后梁启超感慨地说：'是以豪杰之士，无大惊，无大喜，无大苦，无大乐，无大忧，无大惧。其所以能如此者，岂有他术哉？亦明三界唯心之真理而已，除心中之奴隶而已。苟知此义，则人人皆可以为豪杰。'因此，从宇宙论来看，'三界惟心之真理'是宇宙运动的作用者，它推动着、主宰着万物的发生和发展，也推动主宰着人类历史的进化与发展。其实'三界惟心之真理'就是梁启超所说的'心力'。"千一颇感兴趣地问："那么'心力'是如何推动历史进化与发展的呢？"潘古先生沉思片刻说："1902年在写作《新史学》时，梁启超明确提出了历史进化学说。他说：'历史者，叙述进化之现象也。现象者何？事物之变化也。宇宙间之现象有两种：一曰为循环之状者；二曰为进化之状者。何谓循环？其进化有一定之时期，及期则周而复始，如四时之变迁，天体之运行是也。何谓进化？其变化有一定之次字，生长焉，发达焉，如生物界及人间世之现象是也。循环者，去而复来者也，止而不进者也。凡学问之属于此类者，谓之天然学。进化者，往而不返者也，进而无极者也。凡学问之属于此类者，谓之历史学。天下万事万物，皆在空间，又在时间。而天然界与历史界，实分占两者之范围。天然学者，研究空间之现象者也。历史学者，研究时间之现象者也。就天然界以观察宇宙，则见其一成不变，万古不易，故其体为完全，其象如一圆圈。就历史界以观察宇宙，则见其生长而不已，进步而不知所终，故其体为不完全，且其进步又非为一直线，或尺进而寸退，或大涨而小落，其象如一螺线。明此理者，可以知历史之真相矣。'梁启超认为，宇宙间的现象分为循环与进化两种。在他看来，'四时之变迁''天体之运行'属于周而复始的循环现象；生物界及人世间这种按照一定秩序生长、发展的属于进化现象。循环现象表现为去而复来、止而不进；进化现象表现为往而不返、进而无极。但'进而无极'并不是'直线进步'，而是'尺进而寸退''大涨而小落'这种螺线式进步。梁启超提出历史进化学说的最终目标是寻求历史进化的动力，他在《治国学的两条大道》中讲：'宇宙绝不是另外一件东西，乃是人生的活动。故宇宙的进化，全基于人类努力的创造。'为此，他还在《新史学》中提出'历史哲学'的概念。"千一刚要插嘴问什么是"历史哲学"，就听见秦小小叫她："千一，橡皮借我用用。"她猛然意识到了什么，一愣神儿，潘古先生和万木草堂顿时不见了，大花园也不见了，当她缓过神儿来才发现，自己正在教室里上自习呢！她随手将橡皮递给秦小小，自己拿出龟甲片给孟蝶写了一封信。

晚饭后，孟蝶回到自己的房间准备继续读《千一的梦象》，当她翻开书时，发现已成为书中插图的那扇门上多了许多文字：

孟蝶：
　　你好！
　　昨天晚上我梦见你了，我们在一座大花园里一起玩跷跷板，后来潘古先生乘着飞屋来到大花园，我们就一起听潘古先生讲康有为，再后来你就不见了，估计是你梦醒了。你走后，我随潘古先生走进飞屋，原来那里就是万木草堂，是康有为讲学、梁启超学习的地方，在万木草堂，潘古先生为我讲解了梁启超的思想。给我留下深刻印象的是他的"境者，心造也"的宇宙观。孟蝶，你梦见我了吗？如果你也梦见我了，说明我们在梦象中真的见面了。见到你真好，我太高兴了！既然境由心造，我相信我们还会见面的。

　　期待着再一次见到你！

你的另一个我千一

　　孟蝶读了千一的信，心里高兴极了。想不到自己真的走进了书里见到了千一，只是她不明白在大花园见面的梦象是自己"心造"的，还是千一"心造"的，也或许是爸爸"心造"的。因为她和千一见面的情景爸爸在《千一的梦象》里写得清清楚楚，她的确有些糊涂了，决定向爸爸请教一番，于是她放下《千一的梦象》的书稿，去了爸爸的书房。每天晚饭后，爸爸都喜欢在书房读书，可是今晚爸爸却不在书房。走出书房，她听到客厅里传来爸爸爽朗的笑声，她心想家里一定来客人了，便赶紧去了客厅。果然爸爸妈妈在客厅里正接待李函谷伯伯。三个人正在谈笑风生地讨论梁启超的美学思想，妈妈手里还拿着李函谷刚刚出版的新书。在爸爸妈妈的朋友中，孟蝶最喜欢李函谷伯伯，在她心里，李伯伯不仅学识渊博，而且风趣幽默、和蔼可亲。她走进客厅先向李伯伯问好，然后从妈妈手中拿过李函谷的新书，题目是《梁启超的美学观》。孟蝶一边翻着书一边好奇地问："李伯伯，梁启超一生波澜壮阔，他的美学思想也一定很独特吧？"李函谷笑呵呵地说："的确如此，在梁启超心里，'美'的分量非常重。他在《美术与生活》一文中说：'"美"是人类生活一要素——或者还是各种要素中之最要者，倘若在生活全内容中，把"美"的成分抽出，恐怕便活得不自在，甚至活不成。'更有意思的是，他还发明了'爱先生'和'美先生'一说，倘若和五四以后盛行的'德先生''赛先生'并列，那么四先生之下，所勾勒出的的确是一幅全新的民族心灵图景。"孟蝶迫不及待地问："关于'爱先生'和'美先生'，梁启超是怎么说的？"李函谷微笑着说："梁启超在《人生观与科学》一文中说：'人类生活，固然离不了理智，但不能说理智包括尽人类生活的全内容。此外还有极重要一部分——或者可以说是生活的原动力，就是"情感"。情感表出来的方向很多，内中最少有两件的的确确带有神秘性的，就是"爱"和"美"。"科学帝国"的版图和威权无论扩大到什么程度，这位"爱先生"和那位"美先生"依然永远保持他们那种"上不臣天子，下不友诸侯"的身份。请你科

519

学家把"美"来分析研究吧。什么线，什么光，什么韵，什么调……任凭你说得如何文理密察，可有一点儿搔着痒处吗？至于"爱"那更"玄之又玄"了。假令有两位青年男女相约为"科学的恋爱"，岂不令人喷饭？'他认为生命的原动力源自一腔热诚的情感，尤其是'爱'与'美'，虽然人人浸淫其中，却不可理喻、难以分析又极其强烈，从来都只能以'神秘'名之，然而他认为'一部人类活历史，却十有九从这种神秘性中创造出来'。"孟周怕女儿不理解，补充道，"五四运动以后，'德先生'和'赛先生'风靡全国，科学主义、科学万能论大有泛滥之势，为了使'德先生'和'赛先生'真正融入中国文化，梁启超推出了'情感'这个和'科学帝国'不仅相去万里而且是谬不相干的领域。他在《中国韵文里头所表现的情感》一文中说：'天下最神圣的莫过于情感。用理解来引导人，顶多能叫人知道那件事应该做，那件事怎样做法，却是被引导的人到底去做不去做，没有什么关系；有时所知道的越发多，所做的倒越发少。用情感来激发人，好像磁力吸铁一般，有多大分量的磁，便引多大分量的铁，丝毫容不得躲闪，所以情感这样东西可以说是一种催眠术，是人类一切动作的原动力。'宇宙无不充斥着这种'原动力'，宇宙万有也由此'原动力'而成。正因为如此，一个人才可以通过情感使自己的心灵和自己的生命合而为一，才可以使自己的生命和宇宙乃至宇宙万有进合为一。因此，他在《中国韵文里头所表现的情感》一文中进一步强调：'情感的性质是本能的，但他的力量，能引人到超本能的境界；情感的性质是现在的，但他的力量，能引人到超现在的境界。我们想入到生命之奥，把我的思想行为和我的生命进合为一；把我的生命和宇宙和众生进合为一；除却通过情感这一个关门，别无他路。所以情感是宇宙间一种大秘密。'其实，'情感'这种'原动力'的本质还是心力、灵力。那么本能是什么？就是潜意识、无意识的冲动，这种冲动可以升华情感达到超本能的境界，这便是诗意的幻化；所谓'情感的性质是现在的'，是指我们依靠现实的眼、耳、鼻、舌、身去理解这个宇宙，所谓'超现在'便是通过心力慧观到了更高维的心灵图景。所谓'生命之奥'就是指心灵深处，为什么说'情感是宇宙间一种大秘密'？因为把我的生命和宇宙和众生进合为一的'一'便是梦象。这就是'天下最神圣的莫过于情感'的原因。情感的内在本质是诗意的幻化，因此才能由本能引入超本能，由现在引入超现在的境界。正因为如此，才会在'不知不觉'中深入到'生命之奥'中去了。只有深入到超本能、超现在的境界，才能慧观到心灵图景。"孟周说完呷了一口茶，舒畅接着补充道："其实情感就是心灵之语的表达，就是纯洁真相的揭示。梁启超在《中国之美文及其历史》中说：'歌谣是不会作诗的人（最少也不是专门诗家的人）将自己一瞬间的情感，用极简短、极自然的音节表现出来，并无意要他流传。因为这种天籁与人类好美性最相契合，所以好的歌谣，能令人人传诵，历几千年不废，其感人之深，有时还驾专门诗家的诗而上之。'歌谣是心灵语言描绘出来的神话，是最纯洁的情感表达。应该说这种天籁般的歌谣是一种神秘情感的创化。由这种神秘情感诱导出来的言语就是心灵之语。伟大的作品无不是由神秘情感诱导出来的心灵之语，伟大的思想也是如此。宇宙就是万事万物交互感知的世界，如果从纯粹情感出发，我们有理由说整个宇宙就是一个神明。而这个神明就是梦象。"孟蝶简直听呆了，她情不自禁地说："人类的情感太有趣味了！"李函谷微微一笑说："趣味恰恰是梁启超美学思想的重要范畴。他认为人类只有'常常生活在趣味之中，生活才有价值'。因此他在《美术与生活》一文中说：'问人类生活于什么？我便一点不迟疑答道："生活于趣味。"这句话虽然不敢说把生活全内容包举无遗，最少也算把生活根芽道出。人若活得无趣，恐怕不活着还好些，而且勉强活也活不下去。人怎样会活得无趣呢？第一种，我叫他做石缝的生活。挤得紧紧的没有丝毫开拓余地。又好像披枷带锁，永远走不出监牢一步。第二种，我叫它做沙漠的生活。干透了没有一毫润泽，板死了没有一毫变化。又好像蜡人一般，没有一点血色；又好像一株枯树，庾子山说的"此树婆娑，生意尽矣"。这种生活是否还能叫做生活，实属一个问题。所以，我虽不敢说趣味便是生活，然而敢说没趣便不成生活。'在梁启超看来，趣味生活才算是'最高尚、最圆满的人生'，他认定趣味是生命的活力，是创造的自由。为此他在《趣味教育与教育趣味》一文中说：'假如有人问我，你信仰的什么主义？我便答道：我信仰的是趣味主义。有人问我：你的人生观拿什么做根柢？我便答道：拿趣味做根柢。'可见趣味已成为梁启超的信仰。"孟蝶似有所悟地问："李伯伯，趣味的源泉在哪里呢？"李函谷沉思片刻微笑着说："梁启超在《美术与生活》中总结了三条途径。他说：'第一，对境之赏会与复现。人类任操何种卑下职业，任处何种烦劳境界，要之总有机会和自然之美相接触——所谓水流花放，云卷月明，美景良辰，赏心乐事。只要你在一刹那间领略出来，可以把一天的疲劳忽然恢复，把多少时的烦恼丢在九霄云外。倘若能把这些影像印在脑里头，令它不时复现，每复现一回，亦可以发生与初次领略时同等或仅较差的效用。人类想在这种尘劳世界中得有趣味，这便是一条路。第二，心态之抽出与印契。人类心理，凡遇着快乐的事，把快乐状态归拢一想，越想便越有味。或别人替我指点出来，我的快乐程度也增加。凡遇着苦痛的事，把苦痛倾筐倒篋吐露出来，或别人能够看出我苦痛替我说出，我的苦痛程度反会减少。不唯如此，看出说出别人的快乐，也增加我的快乐；替别人看出说出苦痛，也减少我的苦痛。这种道理，因为各人的心都有个微妙的所在，只要搔着痒处，便把微妙之门打开了。那种愉快，真是得未曾有，所以俗话叫做"开心"。我们要求趣味，这又是一条路。第三，他界之冥构与蓦进。对于现在环境不满，是人类普通心理，其所以能进化者亦在此。就令没有什么不满，然而在同一环境下生活久了，自然也会生厌。不满尽管不满，生厌尽管生厌，然而脱离不掉它，这便是苦恼根源。然则怎样救济法呢？肉体上的生活，虽然被现实的环境捆死了，精神上的生活，却常常对于环境宣告独立，或想到将来希望如何如何，或想到别个世界，例如文学家的桃源、哲学家的乌托邦、宗教家的天堂净土如何如何。忽然间超越现实界，闯入理想界去，便是那人的自由天地。我们欲求趣味，这又是一条路。'也就是说，趣味是一种内心的情感体验和情感取向。有情感才有趣味，有趣味才可能慧观到心灵图景，有心灵图景方可进入和众生和宇宙运化进合为一的境界。"孟蝶简直听入迷了，她甚至忘记了自己向爸爸请教的问题，或许是她领悟了梁启超的趣味主义，觉得自己探索与千一见面的梦象越发有趣味了。

\千 \一 \的 \梦 \象 \

第三十二章

以心度一切苦恼众生

　　千一想爸爸了，她走进爸爸的画室里发呆，看见了一个梦，千一呆呆地看了一会儿梦，然后自言自语地问："你叫什么名字？"梦居然开口回答道："我叫以太，是你心的影子，是由光、声、气、电组成。"千一不解地问："我又没睡觉，为什么会在大白天看见你？"梦飘忽不定地回答道："因为你的'脑气筋'和我的连接在一起了。"千一好奇地问："那么你为什么会出现在我爸爸的画室里？"梦毫不犹豫地回答："那是因为你爸爸的'脑气筋'也和我的连接在一起了。"千一如梦初醒地问："你是不是想告诉我，一旦我走入你，我就会见到我爸爸？"梦似乎点了点头。千一皱着眉头自言自语道："可是我怎么才能走入你呢？"梦提示道："何不将我画下来。"千一恍然大悟地说："对呀！先把你画下来再说。"说完她支起画架便画了起来。一边画一边想，既然梁启超说境由心造，那么这个梦也一定是由我的心造出来的，既然这个梦是由我的心造出来的，而且王阳明说心外无物，那么我肯定能走入这个梦里，说不定我就在这个梦里，千一就这么一边画一边想，一边想一边画，不知不觉便情不自禁地走入画里。外面的梦顿时消失了，而画里的梦境却呈现出一个梦象王国。这里的人有的住在水里，有的住在火里，有的住在风里，有的住在气里，他们都是些纯灵魂的人，不仅没有形体、形状、样貌，而且个个都像"隐形人"，在星辰中自由自在地飞翔，有的象"嫦娥飞天"，有的像"蛟龙潜海"，尽管看不见他们的形状，但可以看见他们的"脑气筋"在星辰中星罗棋布，每一根"脑气筋"都是由意识、潜意识和无意识粘砌而成的能量线。这时千一听到有人在高声读书："今人灵于古人，人既日趋于灵，亦必集众灵人之灵，而化为纯用智、纯用灵魂之人。可以住水，可以住火，可以住风，可以住空气，可以飞行往来于诸星诸日。虽地球全毁，无所损害，复何不能容之有！"千一听声音就知道是爸爸，她循着声音找过去，发现爸爸正站在一条七彩河边左手拿着书，右手背在身后一边踱步一边读书，千一激动地喊道："爸爸，您怎么会在这里？"爸爸转过身和蔼地笑道："你想爸爸，爸爸也想你，我们俩的'脑气筋'一连接，就在这里相遇了。"千一兴奋地问："爸爸，这里的一切太不可思议了，难道我们是在梦中吗？"爸爸微笑着说："我们并不是在梦中，而是在谭嗣同构建的梦象王国里。"千一惊异地说："谭嗣同构建的梦象王国太神奇了，爸爸刚才读的就是谭嗣同的书吗？谭嗣同是怎样一个人呢？"爸爸慈和地说："谭嗣同是中国近代著名的政治家、哲学家，是中国近代第一批为社会变革、振兴中华而英勇牺牲的烈士。他'冲破网罗'的呼声是在近代中国发出的最强音。谭嗣同，字复生，号壮飞，生于清同治四年，也就是公元1865年，死于清光绪二十四年，也就是公元1898年。是湖南浏阳人。谭嗣同的家世可以追溯到北宋时期。谭氏祖先以武功著称。早在南宋时期，就有谭启襄抗击元兵，在水战中阵亡，册立军功。谭嗣同从小是听着家族先人赫赫军功事迹长大的。其始祖谭孝成原居江西省新建县，后举家迁至福建省长汀县，再迁至湖南省大沙县。据陈乃乾《浏阳谭先生年谱》记载：'七世祖潜轩公（讳世昌）为避乱，自长沙迁于浏阳，遂为浏阳人。曾祖经义，字镇方，号矩斋，累赠光禄大夫，教授乡里，以义称于时；妣氏李。祖学琴，字步襄，别字贵才，国子监生，以子继洵贵，累赠光禄大夫；妣氏毛，讳开，累赠一品夫人。父继洵，字敬甫，光禄大夫，赐进士出身。'可见谭氏祖上是官宦世家，家庭殷实。1859年父亲谭继洵考中进士，授户部主事钦加道衔，后又升为户部员外郎，直至湖北巡抚。1865年3月10日谭嗣同诞生在北京城南宣武懒眠胡同邸第。当时三十七岁的父亲谭继洵官至户部广西司主事，母亲徐五缘也三十七岁。徐五缘，是浏阳国子监徐韶春之女，十九岁时嫁给谭继洵。谭嗣同在《先妣徐夫人逸事状》中说：'归谭君也，食贫者十余年，随于京师者十余年，佐夫治家，条理毕具。'也就是说，母亲具有中国传统妇女质朴、纯厚、节俭、刻苦的品德，对子女既慈爱又严格，以至于谭嗣同认为书上所说的'父严母慈'有误，应该是

\千\一\的\梦\象\

'父慈母严'才对。谭嗣同在这篇专门为母亲写的文章中记载了这样一个故事：'家塾去内室一垣，塾师云南杨先生，闻纺车轧轧，夜彻于外，嗣同晨入塾，因问汝家婢媪乃尔劬耶？谨以母对，则大惊叹，且曰：汝父官郎曹十余年，位四品，汝母犹不自暇逸，汝曹嬉游惰学，独无不安于心乎？'私塾与谭嗣同家一墙之隔，夜深人静时，谭家府院里回荡着纺纱机的声响。有一天，私塾老师杨先生对谭嗣同说：'你们家老用人太辛苦了，每天纺纱织布到深夜还不休息。'谭嗣同对私塾先生说：'纺纱织布到深夜的不是我家老用人，而是我母亲。'私塾先生惊讶地感叹道：'你父亲做了十多年的官，已经高居四品了，你母亲却不愿意享清福，还如此辛劳，你要好好学习母亲身上这种勤俭质朴的品德，在学业上要多用功，千万不可嬉游惰学啊！'谭嗣同牢记师嘱，以母亲为榜样，在学业上不敢有丝毫的懈怠。正是母亲的言传身教，使谭嗣同兄弟'终不敢驰于恬淫非辟，赖先夫人之身教凤焉'。由于受母亲良好的熏陶，谭嗣同虽然是出身官家的贵公子，却一生都没有不良嗜好，做人一身正气。"千一插嘴问："爸爸，谭嗣同生长在这样的官宦世家，少年时代一定是无忧无虑的吧？"爸爸摇了摇头说："不是的，谭嗣同所在家庭是典型的封建大家庭，他的父亲是个典型的传统官僚，又有妻又有妾，这样的家世不但给了他一个受传统教育的良好环境，也给他带来很多烦恼和痛苦。谭嗣同七岁时，母亲回浏阳给大哥谭嗣贻完婚，将谭嗣同留在京师，谭嗣同为母亲送行时，母亲'戒令毋思念'。'嗣同坚守是言，拜送车前，目泪盈眶，强抑不令出'。与母亲短短的分别，却让谭嗣同在家失去了保护。庶母抓住这个机会，对谭嗣同百般歧视虐待，父亲又偏听偏信，时常责骂谭嗣同，使得谭嗣同幼小的心灵受到很大的创伤，以至于他整天沉默寡言，'人问终不言'。第二年母亲回到家中看到儿子非常消瘦，心疼地问他原因，他却坚决不说。母亲见儿子如此坚强，欣慰地说：'此子倔强能自立，吾死无虑矣！'十二岁时，北京暴发白喉传染病，姐姐谭嗣淑不幸染疾，母亲、大哥、谭嗣同相继被传染，没过几天，姐姐病情加重去世，母亲和大哥也随之撒手人寰。谭嗣同昏迷三天后奇迹般地苏醒过来，父亲悲喜交加，便给他起字'复生'。母亲去世后，庶母对谭嗣同的虐待变本加厉，肉体和心灵的痛苦，使他痛恨封建纲常的桎梏。他后来在《仁学·自叙》中说：'吾自少至壮，遍遭纲伦之厄，涵泳其苦，殆非生人所能任受，濒死累矣，而卒不死。由是益轻其生命，以为块然躯壳，除利人之外，复何足惜。深念高望，私怀墨子摩顶放踵之志矣。'意思是说，我从小到大，受继母虐待，饱尝人生冷暖，受尽纲伦的荼毒。十二岁染白喉没死了，二十五岁渡江遇风浪又没死掉，这些苦不是常人所能忍受的，几次濒死都未死，因此我已看淡生死，觉得以孤独之身躯奉献于众生，死又算得了什么。墨子的人格与胸怀深深激励着我，能够像墨子那样身怀高尚的人格，为了天下苍生从头到脚都奉献出来，趋义赴难，死不足惜。梁启超在《谭嗣同传》中也说：'幼丧母，为父专所虐，备极孤孽苦，故操心危，虑患深，而德慧术智日增长焉。'特殊的家庭环境造就了谭嗣同刚强坚毅的性格。"千一听到这里叹息地说："真想不到谭嗣同会在这样的家庭环境中长大。爸爸，谭嗣同是如何求学的呢？"爸爸微笑着说："谭继洵对子女的学业非常重视，谭嗣同五岁时，便师从毕莼斋学习，他在《三十自纪》中说：'五岁受书，即审四声，能属对。'六岁师从云南杨先生读书。八岁时，又拜韩荪农为师，在北京城南宣武读书。这里远离尘嚣，本来是读书的绝佳场所，可是此地之所以清寂，是因为这里有一片坟地，深夜读书时，树叶沙沙作响，再加上荒野动物的嗥叫，尤似孤魂野鬼的凄厉声，谭嗣同经常有孤立无援的恐惧感，幸亏有两位兄长陪他一同读书，时间久了，谭嗣同已臻于无挂碍、无恐怖的境界。十岁时，他师从湖南省名儒欧阳中鹄读书，开始接触王船山的思想。十三岁那年冬天，谭嗣同随父回乡，祭扫母亲之墓。这是他第一次回故乡浏阳。在浏阳，他认识了唐才常，刚好欧阳中鹄也回到浏阳，两个人共同师从欧阳中鹄，同窗共砚，互相切磋，肝胆相照，使他们结下了同生死、共患难的'刎颈交'。当年除夕，十三岁的谭嗣同写下两副对联。一个是'惟将侠气留天地，别有狂名自古今'，少年锐气，破空飞来；另一个是'除夕月无光，点一盏灯替乾坤生色；今朝雷未动，击三通鼓代天地扬威'。读起来令人猛然深省而热血如沸。十四岁那年夏天，父亲升任甘肃巩秦阶道，谭嗣同随父亲从湖南赴甘肃上任。当时陕西、山西、河南一带连年大旱，赤地千里，再加上一场瘟疫袭来，父亲途中竟然病倒了。当时的情形，谭嗣同在《刘云田传》中是这样记载的：在陕州，途中宾客随从死去十多人，谭继洵病重卧倒，急需药石，多亏一个叫刘云田的幕客，连夜走了十多里的路，踩着尸体买回救命药，谭继洵才保住性命。痊愈后，在八月份才到达兰州。在兰州道署，谭嗣同并没有像父亲期待的那样，钻研科举考试的八股文，而是广泛涉猎各种书籍。十五岁时，谭嗣同回到湖南，直到十七岁一直师从涂启先，学习文字、训诂等各方面知识。十八岁那年春天，又去兰州。在甘肃期间，他少年气盛，常常在大漠中策马奔驰。他在《刘云田传》中说：'明驼咿嘎，与鸣雁嗥狼互答。臂鹰腰弓矢，从百十健儿，与凹目凸鼻黄须雕题诸胡，大呼疾驰，争先逐猛兽。夜则支幕沙上，椎髻箕踞，掬黄羊血，杂雪而咽。'他时常与百余名勇健的士兵在大漠里架鹰策马逐猎。偶尔碰见少数民族居民，便与他们一同疾驰，争相追逐猛兽。到了晚上，他们就在沙漠里支起帐篷，横七竖八地就地休息。口渴了就掬一捧黄羊血或者干脆抓一把地上的雪塞进嘴里。谭嗣同在给同窗好友沈兆祉的信中讲述了自己曾经历险的一件事：'弱娴技击，身手尚便，长弄弧矢，尤乐驰骋。往客河西，尝于隆冬朔雪，挟一骑兵，间道疾驰，凡七昼夜，行千六百里。岩谷阻深，都无人迹，载饥载渴，斧冰作糜。比达，髀肉狼藉，濡染裤裆。'谭嗣同向好友介绍自己技击娴熟，身手敏捷，经常练习弓箭，尤其喜欢策马驰骋。他曾经单人独骑在隆冬朔雪的天气，而且是抄小路疾驰，山谷艰险幽深，所到之处人迹罕至，他快马不停奔驰了七天七夜，走了一千六百余里路程。回到兰州时，大腿早已血肉模糊，裤子都被血染红了。正是因为这种从狭窄的书斋奔向苍莽原野的磨砺，才铸就了谭嗣同宽广的心胸和坚毅勇敢的性格。二十岁时，他被首任新疆巡抚刘锦堂保荐，曾到新疆入刘锦堂幕府。梁启超在《谭嗣同传》中说：'刘大奇其才，将荐之于朝；会刘以养亲去官，不果。自是十年，来往于直隶、新疆、甘肃、陕西、河南、湖南、湖北、江苏、安徽、浙江、台湾各省；察视风土，物色豪杰。'意思是说，刘锦堂十分欣赏谭嗣同的才华，称赞他为奇才，准备将他推荐给朝廷任职，但由于刘锦堂要赡养年迈的父母而辞官，推荐的事便不了了之。自此，谭嗣同开始了为期十年的漫游生涯，他在《陇山》一诗中写道：'策我马，曳我裳，天风终古吹琅琅！何当直上昆仑巅，旷观天下名山万迭来苍莽！'这十年的足迹遍布十几个省，在《三十自纪》中他说：虽然'迫于试事居多，十年中至六赴南北省试'，却也广涉名山大川名胜古迹，总路程八万余里，用他自己的说法，可以称得上'堪绕地球一周了'。其间令他感受最深的是'风景不殊，山河顿异，城郭犹是，人民复非'。十年的漫游，他广泛地接触了现实生活，观察风土人情，结交硕学名士，目睹了民众的疾苦，也看到了清政府的腐败无能。1894年，谭嗣同迈入而立之年。清政府在中日战争中的惨败深深刺痛了这位爱国志士，使他的思想发生了深刻的变化。特别是1895年4月17日，中日签订《马关条约》，更加焦灼着他满怀忧愤的爱国心。1895年5月2日，康有为趁各省举人齐聚北京应试之机，发动了著名的'公车上书'，要求清政府拒和、迁都、变法，从而揭开了资产阶级维新变法运动的序幕。在变法思潮的影响下，谭嗣同为自己二十余年所学不能富国强民、抵御外敌而极为沮丧和失望。由于意识到自己所学非所用，他开始放弃旧学而寻找新学。应该说甲午战争战败成为谭嗣同思想变迁的分界点。他认为自己在此之前'所愿皆虚''所学皆虚'。他在《与唐绂丞书》中说：'三十以前旧学凡六种，兹特其二，余待更刻。三十以后，新学洒然一变，前后判若两人。三十之年，适在甲午，地球全势忽变，嗣同学术更大变，境能生心，心实造境。天谋鬼谋，偶尔不奇。故旧学之刻，亦三界中一大收束也。'他认为，自己三十岁以前，虚耗精力于考据词章，三十以后则重视西学，学术思想变化之大'前后判若两人'。"

千一好奇地插嘴问："爸爸，谭嗣同是如何寻找新学的呢？"爸爸耐心地说："谭嗣同先是在家乡和唐才常等人组织算学社，后又于1896年春从湖南老家沿长江顺流而下，先到了湖北、上海、南京和苏州，之后又到了天津、北京等地，开始了著名的'北游访学'。他在写给老师欧阳中鹄的信中说：'去年年底到鄂，意中忽忽如有所失；旋当北去，转复悲凉。然念天下可悲者大矣，此行何足论？且安知不为益乎？遂发一宏愿：愿遍见世间硕德多闻之士，虚心受教，挹取彼以自鉴观；又愿多见多闻世间种种异人异事异物，以自鉴观。作是愿已，遂至于上海。'在'北游访学'过程中，他不仅了解了各地的实际情况和官场内幕，而且拜访、会晤了宗教界、知识界各界人士，还接触熟悉了五花八门的各色学说。但对他影响最大的是英国传教士傅兰雅。通过在上海多次拜访傅兰雅，他见到了万年前的化石、算器，以及X光片，不仅了解了西方日新月异的科学技术，而且了解并接受了耶教的一些基本教义。特别是结束'北游访学'途经上海时，购得美国职业心理精神病医生乌特亨利所著、傅兰雅翻译的《治心免疫法》，读之而'悟心源'。在'北游访学'期间，他在天津考察了机场、船坞、火车及煤矿、金矿等近代化设施，最后到了北京。在北京结识了吴雁舟、夏曾佑等佛学家及美国传教士李佳白，并加入了创立于清康熙中叶的'在理教'，以探其如此盛行之奥秘。并于北京结识了梁启超得以了解康有为及其学说，引起极大兴趣，并由此而生敬佩，自称康有为的'私淑弟子'。同年七月谭嗣同到南京候补知府，结识著名佛学家杨文会，随从研佛，阅读大量经籍。并经常来往于上海、南京二地，与梁启超、汪康年、吴雁舟、宋恕、孙宝瑄等人交流思想，并参与《时务报》的一些活动，任职董事。八月下旬吴雁舟到南京拜访谭嗣同，带来梁启超的口信，叮嘱谭嗣同为《民报》写些文章，受梁启超委托，他写出了成为他学术绝唱的《仁学》。谭嗣同在《北游访学记》中说：'嗣同既悟心源，便欲以心度一切苦恼众生，以心挽劫者，不惟发愿救本国，并彼极强盛之西国与夫含生之类，一切皆度之。'可见，谭嗣同经过一番苦苦求索之后，他最后找到的出路是'以心度一切苦恼众生'。"千一关切地问："爸爸，他是怎么做的呢？"爸爸沉思片刻说："1897年，谭嗣同三十三岁，年初他加紧《仁学》的写作和定稿，至一月十八日，已成数十篇，二月在湖南创办时务学堂，在教学中大力宣传变法维新理论，使时务学堂真正成为培养维新志士的机构。四月中旬，自南京至上海，为时务学堂购买仪器。此时梁启超也在上海，两人就《仁学》一书进行了认真的讨论，《仁学》至此才最后定稿。九月底，遵黄遵宪之托，赴上海邀请梁启超、李维格到长沙时务学堂任职。在上海，与康有为初次见面，'始备闻一切微言大义，竟与嗣同冥思者十同八九'。1898年春，与唐才常、熊希龄等在长沙成立南学会，宣传新学、培养人才，并且兼作地方议会。同时创办《湘报》。这些活动遭到顽固势力的猛烈攻击，有人扬言要杀害他，湖广总督张之洞电令《湘报》停止发行，谭嗣同毫无所惧，坚持活动。六月十一日，光绪皇帝接受康有为建议，颁布《定国是诏》，决定变法。九月，因翰林院侍读学士徐致靖的推荐，谭嗣同被光绪帝征召入京，与另外三人同领四品卿衔任军机章京，参与新政，戊戌变法前夜，谭嗣同主张请新建军督办袁世凯相助，于是夜访袁世凯，劝其举兵协助新政，约定由袁世凯杀荣禄以除旧党，结果被袁世凯出卖，慈禧再度训政，光绪遭禁。政变发生后，慈禧下令逮捕谭嗣同。被捕前一日，日本友人劝他东渡日本避难，他决心用自己的鲜血唤醒民众，说：'各国变法，无不从流血而成，今中国未闻有因变法而流血者，此国之所以不昌也。有之，请自嗣同始！'被捕后，题诗狱壁：'望门投止思张俭，忍死须臾待杜根。我自横刀向天笑，去留肝胆两昆仑！'临刑前高喊：'有心杀贼，无力回天，死得其所，快哉快哉！'之后与另外五君子从容殉难。谭嗣同用自己的鲜血践行了'以心度一切苦恼众生'的宏愿，用壮烈牺牲为他的仁学打上了一个醒目的惊叹号！谭嗣同的生命虽然短暂，但他的光辉思想却是永恒的。他的哲学著作有《思篇》《报贝元征书》《仁学》《以太说》《论全体说》等，后人将他的著作编为《谭嗣同全集》。"千一俯身捡起一块七彩石，一边端详一边沉思，仿佛她手捧的不是一块石头，而是谭嗣同的灵魂，良久，她才开口问："爸爸，谭嗣同的宇宙观一定很独特吧？"爸爸深沉地说："谭嗣同构建自己的宇宙观是从冲决网罗开始的。他在《仁学·自序》中说：'网罗重重与虚空而无极。初当冲决利禄之网罗，次冲决俗学若考据、若词章之网罗，次冲决全球群学之网罗，次冲决君主之网罗，次冲决伦常之网罗，次冲决天之网罗，次冲决全球群教之网罗，终将冲决佛法之网罗。然真能冲决，亦自无网罗，乃可言冲决。故冲决网罗者，即是未尝冲决网罗。循环无端，道通为一，凡诵吾书，皆可于斯二语领之矣。'所谓'冲决'就是反复冲刷，形成决口；所谓'网罗'就是桎梏。意思是说，重重桎梏，虚无形质，空无障碍，没有穷尽。必须以扫荡一切桎梏的勇气冲决一切束缚心灵的网罗，对古今学术来一次价值评估，只有如此才可以领悟这样的道理：一个个网罗循环无尽，但从道的角度来说，只要'真能冲决'都可相通为一。"千一若有所思地问："爸爸，谭嗣同是如何冲决网罗的呢？"爸爸沉思片刻说："谭嗣同冲决网罗的突破口是'以太'。他把以太在近代西方物理学中的原初含义进行了哲学改造，将以太与仁直接联系起来，并利用以太论证仁学体系，将以太这个科学术语根本改变为哲学概念。他在《仁学》中说：'遍法界、虚空界、众生界，有至大、至精微，无所不胶粘，不贯洽，不筦络，而充满之一物焉。目不得而色，耳不得而声，口鼻不得而嗅味，无以名之，名之曰"以太"。其显于用也，孔谓之"仁"、谓之"元"、谓

\千\一\的\梦\象\

之"性";墨谓之"兼爱";佛谓之"性海"、谓之"慈悲";耶谓之"灵魂",谓之"爱人如己""视敌如友";格致家谓之"爱力""吸力",咸是物也。法界由是生,虚空由是立,众生由是出。'意思是说,万法周变的世界,虚空而广大的世界,也就是整个宇宙,生生不息的人类社会,有这样一种东西,它极其广大、极其精微,没有地方不被它像胶一样黏合,没有地方不遍满充塞,没有地方不相互交错联结;不可视却存在,不可闻却动听,不可嗅却有真味,没有办法命名它,姑且称之为'以太'。从它显著的作用来看,儒家称之为'仁',称之为'元',称之为'性';墨家称之为'兼爱';佛家称之为'性海',称之为'慈悲';基督教称之为'灵魂',称之为'爱人如己''视敌如友';自然科学家称之为'爱力''吸力',指的都是以太。整个宇宙因它而诞生,虚空而广大的世界由它而维系,芸芸众生因它而有了生命。可见,宇宙万物之所以有条不紊地运行,秩序井然,归根结底都源于以太的作用。"千一似懂非懂地说:"爸爸,能讲具体一点吗?"爸爸耐心地解释说:"谭嗣同认为以太对于宇宙万物的主宰作用是通过操纵传导波和运动力实现的。他在《仁学》中说:'夫人之至切近者莫如身,身之骨二百有奇,其筋肉、血脉、脏腑又若干有奇,所以成是而粘砌是不使散去者,曰惟以太。由一身而有夫妇、有父子、有兄弟、有君臣朋友;由一身而有家、有国、有天下,而相维系不散去者,曰惟以太。身之分为眼耳鼻舌身。眼何以能视,耳何以能闻,鼻何以能嗅,舌何以能尝,身何以能触?曰惟以太。与身至相近莫如地,地则众质点粘砌而成。何以能粘砌?曰惟以太。剖某质点一小分,以至于无,察其为何物所凝结,曰惟以太。至与地近,厥惟月,月与地互相吸引,不散去也;地统月,又与金、水、火、木、土、天王、海王为八行星,又与无数小行星,无数彗星,互相吸引不散去也;金、水诸行星,又各有所统之月,互相吸引,不散去也;合八行星与所绕之月与小行星与彗星,绕日而疾旋,互相吸引不散去,是为一世界;此一世界之日,统行星与月绕昴星而疾旋,凡得恒河沙数,成天河之星团,互相吸引不散去,是为一大千世界;此一大千世界之昴星,统日与行星与月,以至于天河之星团,又别有所绕而疾旋,凡得恒河沙数各星丑、星林、星云、星气互相吸引不散去,是为一世界海;恒河沙数世界海为一世界性,恒河沙数世界性为一世界种,恒河沙数世界种为一华藏世界，至华藏世界以上，始足为一元。而元之数，则巧历所不能稽，而终无有已时，而皆互相吸引不散去，曰惟以太。其间之声、光、热、电、风、雨、云、露、霜、雪之所以然，曰惟以太。更小之于一叶，至于目所不能辨之一尘，其中莫不有山河动植，如吾所履之地为一小地球；至于一滴水，其中莫不有微生物千万而未已；更小之又小以至于无，其中莫不有微生物，浮寄于空气之中，曰惟以太。学者第一当认明以太之体与用，始可与言仁。'意思是说，人体共有二百零六块骨头，还有若干筋肉、血脉、脏腑，这些东西之所以粘砌成人体，只是因为以太。有了完整的人便会有夫妇、有父子、有兄弟、有君臣朋友，由于有了人便有了家、有了国、有了天下，而维系这些关系的只有以太。眼耳鼻舌身都是身体的组成部分，眼睛为什么能看到东西，耳朵为什么能听到声音，鼻子为什么能嗅到气味，舌头为什么能品尝到味道，身体为什么有触觉，只是因为以太。再也没有比地更贴近人体的，地是由无数有质量但不存在体积或形状的点粘砌而成。为什么能粘砌？只是因为以太。剖析一小分质点，几乎是不存在的，深究是什么东西让这些质点凝结的，只有以太。离地球最近的是月亮，月亮与地球之间是什么东西令它们相吸引而不散去呢？地球统率月亮又与金星、水星、火星、木星、土星、天王星、海王星组成太阳系的八大行星，其中又有无数小行星、无数彗星，互相吸引而不散去，金、水诸行星，又有各自统率的月亮，相互吸引而不散去。八大行星与所统率的月亮，再加上小行星、彗星，绕着太阳而疾旋，互相吸引而不散去，共同构成一个世界。这个世界的太阳，统率行星与月亮，绕二十八宿之一的昂星而疾旋，如恒河细沙一样多的星星构成天河的星团，无数星团、星林、星云、星气互相吸引不散去，构成一个世界海。所谓世界海，是谭嗣同想象的无限广阔的宇宙空间，这里借用佛教的名词来表达空广的程度。如恒河细沙一样多的世界海构成一个世界性。如恒河细沙一样多的世界种构成一个华藏世界，到华藏世界以上，才称得上是一元。所谓'一元'是指事物的开始。而元的数目，即使精通于术数的人也不能考察，终归没有停止的时候，而无不互相吸引而不散去，只是因为以太。大千世界之所以有声、光、热、电、风、雨、云、露、霜、雪，只是因为以太。更小的如一片叶子，以至于眼睛无法辨识的一粒微尘，其中无不有山

\千\一\的\梦\象\

河、动物、植物，如同我们脚踩的大地，只是宇宙中的一个小地球；至于一滴水，其中无不有数也数不清的微生物，比更小还小以至于无，其中也无不有微生物，飘浮寄于空气之中，都是因为以太。学者最应该明确的是以太的体与用，明白了以太，才可以谈仁。一句话，如果没有以太的粘砌，宇宙万物都将不复存在。为了解释这一点，谭嗣同在《以太说》中进一步阐述道：'接吾目，吾知其为光，光之至吾目软？抑目之即于光也？接吾耳，吾知其为声，声之至吾耳软？抑耳之即于声也？通百丈之筒，此呼而彼吸，吾知其为气，而孰则推移是？引万里之线，此击而彼应，吾知其为电，而孰则纲维是？右格致家，必曰："光浪也，声浪也，气浪也，电浪也。为之传一也，一固然矣。然浪也者，言其动荡之数也。动荡者何物？谁司其动，谁使其荡，谁为其传？何以能成可纪之数？光、生、气、电之同时并发，其浪何以各不相碍？其浪何以各不相碍？光、声、气、电之寂然未发，其浪又消归于何处？则非浪之一辞所能尽矣。'意思是说，连接我的眼睛的，我知道它是光，是光映入了我的眼睛，还是我的眼睛接纳了光？连接我的耳朵的，我知道它是声音，是声音进入了我的耳朵，还是我的耳朵收入了声音？百丈长的筒子，可以两头呼应，我知道是气的作用，然而是什么在推移气呢？引万里之线，此击而彼应，我知道是电的作用，然而是什么在使电起作用呢？科学家必然说是光波、声波、气波、电波在起作用。各种波固然在起作用，然而各种波只是动荡之长短而已，驱动'波'动荡的是什么？是什么使波动荡？是什么在传递各种波？是什么可以辨识波的长短？光、声、气、电等各种波同时发出时，为什么可以'各不相碍'？光、声、气、电等各种波寂然未发时，各种波又消归于何处？根本不是'波'论所能解释清楚的。"千一迫切地问："爸爸，那么如何才能解释清楚呢？"爸爸淡然一笑说："谭嗣同认为，只有在以太那里才能得以解释和说明。因为传导各种波的是以太，而使各个天体'不相切附'、'不相陵撞'、和谐相处的也是以太。以太是吸引力和排斥力背后的终极之力，是质点背后的终极本原。总之，世界上一切的存在都统一于以太，以太不仅是宇宙间最小的能量单位，更是主宰宇宙万物生成和变化的决定力量。"千一似乎想起了什么，她忽闪着大眼睛问："可谭嗣同的哲学著作叫《仁学》，那么他是怎么诠释'仁'的呢？"爸爸为女儿能提出这样的问题感到很欣慰，他微笑着说："谭嗣同在《仁学·界说》中说：'仁为天地万物之源，故唯心、故唯识。'由此他对'仁'的解释是'"仁"从二从人，相偶之义也。"元"从二从儿，"儿"古人字，是亦"仁"也。"无"，许说通"元"为"无"，是"无"亦从二从人，亦"仁"也。故言仁者不可不知元，而其功用可极于无。'《说文解字·人部》中说：'仁，亲也。从人，从二。'《礼记·中庸》中说：'仁者人也。'意思是说，'仁'从二从人，人和人之间相互亲近叫相偶。'元'从二从儿，'儿'古文上字，又含有头的意思，所以从人上会意，也是从二从人，也有'仁'的意思。所以谈到仁不可以不知道元，而'元'的功用就是'无'。《说文解字》上说：'无，奇字。无通于元者。'谭嗣同认为，'无'字从'二'，从'儿'，通'元'，进而通'仁'。这就意味着仁具有元和无的两层含义。其中仁之所以可以训为元，表明仁是世界万物的本原。因为在中国传统语境中，元含有天地之始、万物之原的含义。正因为如此，谭嗣同才说：'仁为天地万物之源。'"千一插嘴问："既然'仁为天地万物之源'，为什么又说'故唯心，故唯识'呢？"爸爸解释说："谭嗣同创建《仁学》的目的是试图借'心'去改造现实，拯救中国，对此，他称之为'欲以心度一切苦恼众生，以心挽劫'。因此，仁在本质上其实是心，这就是他声称'仁''故为心'的原因。但是他所说的'心'不是普普通通的人心，而是佛家的慈悲之心，正如他在《北游访学记》中所说的'慈悲，吾儒所谓"仁"也。'慈悲之心是仁，又在《仁学》中强调：'盖心力之实体，莫大于慈悲。……故慈悲为心力之实体。'可见，仁是心，但不是普通的人心，而是佛家讲的慈悲之心，只有慈悲之心才是仁。在佛教中，'心'的意思是'集起'，所谓'唯心'是指各种心识功能所集合成的心灵结构。佛教认为，一切诸法唯有内心，没有心外的法，世间诸法，唯心识所现，也就是万法唯心。那么什么是'唯识'呢？大乘唯识学说所谓'万法唯识'，认为一切法皆不离心识，天地万法只是识，离识即无万物，故唯识。既然心是慈悲之心，唯心识所现，那么也可以说'万法唯仁'。如此一来，仁、心、识便是相通的，三者互相印证与涵摄，构成了三位一体的仁学体系。也正因为如此，谭嗣同在《仁学·界说》中强调：'仁以通为第一义。以太也，电也，心力也，皆指出所以通之具。'也就是说，没有'通'这个

'第一义'，仁、心、识便不能相互印证和涵摄，那么，仁、心、识之间是如何相'通'的呢？谭嗣同人为，以太、电、心力都是实现仁、心、识相通的能量。"千一好奇地问："爸爸，谭嗣同是如何论述'通'的呢？"爸爸思索片刻说："他在《仁学》中说：'通者如电线四达，无远弗届，异域如一身也。故《易》首言元，即继言亨。元，仁也；亨，通也。苟仁，自无不通，亦惟通，而仁之量乃可完。'谭嗣同认为，通就犹如电线一样四通八达，无所不及，首尾兼顾，达到和谐统一。所以《易经》首先论元，接着论亨。《易经》讲'元亨利贞'，元，始也；亨，通也；利，和也；贞，正也。假如是仁，自然没有不通的。也只有通，仁的力量才可以显现出来。又说'夫仁，以太之用，而天地万物由之以生，由之以通。星辰之远，鬼神之冥漠，犹将以仁通之；况同生此地球而同为人，岂一二人之私意所能塞之？亦自塞其人而已。彼治于我，我将师之；彼忽于我，我将拯之；可以通学，可以通政，可以通教，又况于通商之常常者乎！'他认为，对于仁来说，以太的功用就是化生天地万物，并且天地万物因以太而相通。遥远的星辰，玄妙莫测的鬼神，尚且与仁相通，何况一同生活在地球上的人，岂能是一二人的私意所能阻塞的？也就是自己阻塞了自己的仁而已。他说的'一二人'是指中央集权的皇权统治，这样的统治只能代表一家之私利，而剥夺了全天下人的平等权利，这就是塞，这就是不仁。别人先进于我，我就拜他为师，向他学习；别人比我落后，我就拯救于他。这样可以通学、可以通政、可以通教，更何况还可以通商。具体而言，谭嗣同认为'通有四义'，他在《仁学·界说》中说：'中外通，多取其义于《春秋》，以太平世远近大小若一故也；上下通，男女内外通，多取其义于《易》，以阳下阴吉，阴下阳吝，泰否之类故也；人我通，多取其义于佛经，以"无人相，无我相"故也。'他认为'中外通'，多取义于《春秋》，目的是通过仁之通，实现破除国界的大同理想，从而达到中外相通。'上下通''男女内外通'，多取其义于《易经》，《易经》讲变通，并以乾、坤二卦比作上下或男女、内外之义。如泰卦主通，而否卦则是不通。通则利，不通则不利。'人我通'，多取其义于佛经，只有不执着于'相'，才能做到'人我通'，应该说，道以'中外通'为首，以'人我通'为最高境界。因为只有消除人我、彼此之对立，人与人以及人与天地万物之间才能'感而遂通'。表现在社会领域则是指所有人在政治、经济、宗教和文化等各个方面的平等。因此，谭嗣同在《仁学·界说》中说："通之象为平等。"其实慈悲就是指人我平等。正是在这个意义上，他在《仁学》中断言："慈悲则我视人平等，而我以无畏；人视我平等，而人亦以无畏。……故慈悲为心之实体。"可见，慈悲就是人与人之间破除彼此、人我之别而平等相待。关于平等，他在《仁学·界说》中强调'无对待，然后平等'，'无无，然后平等'，'平等生万化'，'平等者，致一之谓也。一则通矣，通则仁矣'，'不生与不灭平等，则生与灭平等，生灭与不生不灭亦平等'，'生近于新，灭近于逝；新与逝平等，故过去与未来平等'。也就是说，这些'平等'都是通之象。可见，通是仁最本质的内涵和特征，而通的具体表现就是平等。"千一若有所思地问："爸爸，仁与生灭、不生不灭究竟是什么关系呢？"爸爸微笑着说："谭嗣同在《仁学·界说》中认为'不生不灭仁之体'，而仁是天地万物的本原，那么不生不灭便成为宇宙的本相。为了说明这一点，他在《仁学》中通过对'天地万物之始'的追溯，以心灵图景的形式集中表述了他的宇宙观：'天地万物之始，一泡焉耳。泡分万泡，如熔金汁，因风旋转，卒成圆体。日又再分，遂得此土。遇冷而缩，由缩而干；缩不齐度，凸凹其状，枣暴果暵，或乃有纹，纹亦有理，如山如河。缩疾干迟，溢为洪水；干更加缩，水始归墟。沮洳鬱蒸，草蕃虫蜎，璧他利亚，微植微生，螺蛤蛇龟，渐具禽形。禽至猩猿，得人七八。人之聪秀，后亦胜前。恩怨纷结，方生方灭，息息生灭，实未尝生灭。见生灭者，适成唯识；即彼藏识，亦无生灭。佛与众生，同其不断。忽被七识所执，转为我相；执生意识，所见成相，眼、耳、鼻、舌、身，又各有见，一一成相。相实无枉受熏习，此生所造，还入藏识，为来生因。因又成果，颠倒循环，无始沦滔。沦滔不已，乃灼然谓天地万物矣。天地乎，万物乎，夫孰知其在内而不在外乎？虽然，亦可反言之曰：心在外而不在内。是何故乎？曰：心之生也，必有缘，必有所缘。缘与所缘，相续不断。强不令缘，亦必缘空。但有彼此迭代，竟无脱然两释。或缘真，或缘妄，或缘过去，或缘未来；非皆依于真天地万物乎，妄天地万物乎，过去之天地万物乎，未来之天地万物乎？世则既名为外矣，故心亦在外，非在内也。将以眼识为在内乎？眼识幻而色，故好色之心，非在内也。心栖泊于外，流转不停，寖至无所栖泊，执为大苦。偶于色而一驻焉，方以得所栖泊为乐。其令栖泊偶久者，诧以为美，亦愈以为乐。然而既名之栖泊矣，无能终久也。栖泊既厌，又转而之他。凡好色若子女玉帛，若书画，若山水，及一切有形，皆未有好其一而念念不息者，以皆非本心也，代之心也。何以知为代？以心所本无也。推之耳、鼻、舌、身，亦复如是。吾大脑之所在，藏识之所在也。其前有圆洼焉，吾意以为镜，天地万物毕现影于中焉。继又以天地万物为镜，吾现影于中焉。两镜相涵，互为容纳，光影重重，非内非外。'意思是说，天地万物初始时，就是一个泡而已，由一个泡分化出上万个泡，就像金属受热到一定温度时沸腾的液体。沸腾的液体因旋转状星云而旋转，最终形成一个圆体，就是太阳。太阳再分化，于是产生了土。土遇冷而收缩，由于收缩而变平；收缩的力度不同，表面凸凹不平，就像晒干的枣子，或者表面形成很多纹路，纹理如山如河。缩得太快而干得太迟，水多而溢出来形成洪水；干后更加收缩，水便归入无底之谷。水草低湿处气压低、湿度大，水草繁茂，水中有虫子屈曲蠕动，水面的微生浮游生物，螺蛤龟蛇，渐渐进化成了鸟兽，鸟兽再进化为猩猿之后，又进化出了人。人类比猩猿进化得聪明俊秀。有了人类便产生了恩怨纠结，生和死是相反的两方面，有一面在生长中，另一方面即在消亡中，反之亦然。生灭在一呼一吸之间，生和灭的转变是一个过程，其本身即非生也非灭，实际上未曾有生灭。唯识能了别诸法，所以能看到万物的生灭。即使心体能含藏一切善恶因果种子之识，也没有生灭，佛与众生，没有差别。人类不经意间由眼识、耳识、鼻识、舌识、身识、末那识等七识的执着，转为有人我分别的我相。执念产生意识，所看见的便成了相。眼、耳、鼻、舌、身，又各有所见，一一成相。相实际上没有白白地受到熏陶染习，此生所造诸业，还入含藏一切善恶因果种子之识，成为来生的因。因又成果，颠倒循环，无始无终，兴灭不已。兴灭不已，才清楚地称为天地万物。天地啊，万物啊，有谁知道其在内而不在外吗？当然，也可以反过来说，心在外而不在内。是什么缘故呢？回答是：心之所生，一定有凭借，一定有所凭借的原因和条件。凭借与所凭借之物，相续不断。即使固执得不凭任何凭借，也一定会凭借想象。但是生灭更替，到底无法在不经意间消失。或凭借真实，或凭借虚妄，或凭借过去，或凭借未来；不是都依赖于真实的天地万物吗？不是都依赖于虚妄的天地万物吗？不是都依赖于过去的天地万物吗？不是都依赖于未来的天地万物吗？当世的法则既然认为什么都在外，所以心也在外，不在内。将以眼识视为在内吗？眼睛看见的世界虚幻而假有，所以喜欢有形物质的好色之心，不在内。好色之心居留在外，流转不停，以至于无处居留，这种执念真是大苦。好色之心偶尔在有形物质中居留，凭借着这种居留为乐。使得心偶尔久居其中，惊诧以为美，也愈加以为乐，然而既然只是名义上的居留，就不可能长久。好色之心居留生厌后，又转而寻觅他处。凡是喜好有形之物如财物，如美女，如书画，如山水，以及一切有形之物的人，都没有只喜欢一物而念念不忘的，都不是本心，是用有形之物替代心。怎么知道是以物代心呢？因为心中根本没有那种有形之物。由此而推及耳、鼻、舌、身等感知到的物，也是如此。我大脑之所在，便是含藏一切善恶因果种子识的所在。前边有一个圆形小水坑，我以它为镜子，则天地万物的影子都在水中。接着又以天地万物为镜子，我在其中也出现身影。两种镜子相互涵摄，互相容纳，光影重重，非内非外。通过这种心灵图景的描绘，谭嗣同借助阿赖耶识也就是藏识的显现将生灭说成是人的妄见，同时也论证了人与万物'非内非外'的相互涵摄，圆融无碍，从而诠释和论证了不生不灭既是天地万物的本相，也是人生的本相。"爸爸正讲得津津有味，突然有个女孩在身后喊了一句："千一，你怎么会和我爸爸在一起？"千一回过身来惊喜地发现，喊她的人竟然是孟蝶。

　　其实孟蝶也在爸爸的画室看到了千一看见的那个梦，她也情不自禁地画了下来，并且毫不犹豫地走进画中。当她沿着七彩河一边走一边欣赏这个梦象王国里的各种神奇的景观时，竟然意外地看见千一和自己爸爸的背影，看见千一并不意外，但是看见千一和爸爸在一起，她感觉太不可思议了。于是她情不自禁地喊了一句："千一，你怎么会和我爸爸在一起？"千一见到孟蝶虽然很惊喜，但也不感到意外，但是孟蝶将自己的爸爸说成是她的爸爸，千一就无法理解了。于是她用强调的语气说："孟蝶，这明明是我的爸爸，你怎么能说是你的爸爸呢？"孟蝶也用强调的语气说："这就是我爸爸。爸爸，您怎么会和千一在一起呢？"爸爸不以为然地微笑着说："你们分别是自己的另一个我，当然都是我的女儿啦！"两个女孩听完，面面相觑地笑了起来。爸爸慈爱地说："按照谭嗣同的说法，你们分别都是彼此的'通之象'，这说明拥有灵魂的两个我是相通的。"孟蝶好奇地问："爸爸，谭嗣同的思想里谈到灵魂了吗？"爸爸微微一笑说："当然谈到了。他在《仁学·界说》中说：'通则必尊灵魂；平等则体魄可为灵魂'，还说'灵魂，智慧之属也，体魄，业识之属也'。佛教认为体魄是由五蕴积聚而成，所谓五蕴是指眼观耳闻的'色蕴'，由感官所受的情绪的'受蕴'，想象、联想的'想蕴'，精神与生命的持续活动、有善恶之分的'行蕴'，分别事物的作用的'识蕴'。在五蕴中，除了第一个色蕴是属物质性的事物现象之外，其余四蕴都属五蕴里的精神现象。佛家要求破除五蕴，转为智慧。谭嗣同在《仁学·界说》中认为，'智慧生于仁'，而'灵魂，智慧之属也'，这说明灵魂生仁。破除五蕴靠智慧，破除五蕴后，众生生死流转的根本心识便化为灵魂。"千一若有所思地问："爸爸，究竟什么是灵魂？灵魂与心灵是什么关系？"爸爸沉思片刻说："灵魂是心灵无羁的能量，或者说是心力加强的能量，这是一种浓缩的能量，心力犹如一个隐形的发电场。灵魂是最具创造力的意识、潜意识、无意识粘砌而成的一个个单位，因此具有智慧属性。灵魂是你活生生的永远变化着的内在本质，是你确实不可毁灭的那个部分。灵魂是一个无限的自己，可以直接转化为心灵图景。灵魂与灵魂之间的相通就是平等，正因为如此，谭嗣同才说'通则必尊灵魂'。"孟蝶似有所悟地问："爸爸，灵魂有生死吗？"爸爸笑了笑说："谭嗣同在《仁学》中说：'然原质犹有六十四之异，至于原质之原，则一以太而已矣。一故不生不灭，不生故不得言有，不灭故不得言无。谓以太即性，可也；无性可言也。'意思是说，元素仍然还存在六十四种的差异（当时写作《仁学》时已知有六十四种元素），至于元素的初始状态，则是一，是以太而已。由于是一所以不生不灭，不生所以不得言有，不灭所以不得言无。说以太就是性可以，说它无性也可以。这样，谭嗣同从不生不灭出发推出了'不生故不得言有'和'不灭故不得言无'两个结论，前一个结论对应体魄的虚幻，后一个结论对应灵魂永生。这说明谭嗣同认为灵魂是不死的。为此，他大声疾呼'超出体魄之上而独任灵魂'。他在《仁学》中说：'乃中国之谈因果，亦辄推本前人，皆泥于体魄，转使灵魂之义晦昧而不彰，过矣！失盖与西人同耳。泥于体魄，中国一切诬妄惑溺，殆由是起矣。事鬼神者，心事之也，即自事其心也，即自事其灵魂也，而偏妄拟鬼神之体魄，至以土木肖之。土木盛而灵魂愚矣，灵魂愚而体魄之说横矣。风水也，星命也，五行也，壬遁也，杂占杂忌也，凡为祸福富贵利益而为之者，皆见及于体魄而止。不谓儒之末流，则亦专主体魄以为教。其言曰："吾所以异于异端者，法度文为，皆自亲而及疏也。彼墨子之兼爱，乱亲疏之言也。"呜呼，墨子何尝乱亲疏哉！亲疏者，体魄乃有之。从而有之，则从而乱之。若失不生不灭之以太，通天地万物人我为一身，复何亲疏之有？亲疏且无，何况于乱？不达乎此，反诋墨学，彼乌知惟兼爱一语为能超出体魄之上而独任灵魂。'意思是说，中国人讲因果，也总是探究前人的说法，都拘泥于体魄，以至于灵魂的本义晦昧不明，这是错误的！这个错误和西方人的原罪论是相同的。中国的一切欺骗虚妄沉迷不悟，几乎都是由于拘泥于体魄引起的。侍奉鬼神的人，是因为心事造成的，也就是自己事奉自己的心，自己事奉自己的灵魂，偏偏要虚妄地虚拟出鬼神的体魄，以至于用土木等木料模拟出鬼神的样子。用土木做成的鬼神越兴盛，灵魂的说法就越晦昧，而体魄之说就越盛行。风水、星命、五行、壬遁，以及其他占卜法、风俗禁忌，大凡是为了祸福富贵利益而占卜推算的，都是触及体魄就停止了。那些'杂占杂忌'如此也就罢了，不料那些儒家末流也专门以体魄为主要教义内容。说什么'我之所以不同于异端，是因为法度礼仪，都出自亲疏。他墨子的兼爱，不过是祸乱亲疏之言'。哎呀，墨子什么时候祸乱过亲疏呢？拘泥于体魄才会分别亲疏。尊体魄而明亲疏从而使礼异化为束缚人的枷锁，才导致祸乱发生。不生不灭的以太，'通天地万物人我为一身'，哪儿有什么亲疏之别？没有亲疏之别，怎么可能有祸乱？不能做到'通天地万物人我为一身'，反而诋毁墨学，他们哪里懂得只是'兼爱'这一句话便能超越体魄而独任灵魂。亲疏造成不平等，不平等是一种限制，这种限制令人无法超越体魄，无法超越体魄，灵魂与灵魂之间就不能畅通，不能畅通便不能'独任灵魂'。超越体魄的目的就是为了'独任灵魂'。可见，谭嗣同把灵魂理解为一种'不生不灭之知'，他在《仁学》中说：'今既有知之谓矣，知则出于以太，不生不灭同焉；灵魂者，即其不生不灭之知也。'

他认为，既然有知这种说法，那么知便出于以太，与不生不灭相同，灵魂便是不生不灭之知。"孟蝶似有所悟地问："爸爸，不生不灭与梦象是什么关系呢？"爸爸微微一笑说："谭嗣同在《仁学·界说》中提出'不生不灭，仁之体'，'仁者寂然不动，感而遂通天下之故'。正因为不生不灭，所以才会寂然不动。而'仁之体'便是心之体，这说明是心感而遂通天下。其实仁不仅可以感而遂通天下，更能感而遂通梦象，因为不生不灭恰恰是梦象的特征之一。或者说梦象的不生不灭恰恰是通过仁表现出来的。也就是说，'仁之体'其实是梦象赋予的。或许这不太容易理解，因为理解梦象不能靠感觉经验，也不能靠理性思维，而是需要一种宗教般的神秘主义直觉。"千一插嘴问："爸爸，关于'不生不灭'的确有些神秘，就拿我们眼前的梦象王国来说就充满了神秘性，谭嗣同的大脑一定有别于常人。"爸爸笑呵呵地说："其实困难的不是理解神秘性，而是发现属于自我的那种唯一而不朽的形式。这种形式存在于梦象中。我希望你们在一生的艺术创造中确立这样的目标，像谭嗣同创造《仁学》那样，通过描绘心灵图景，将这种神秘的形式由'不可视的'化生为'可视的'。感而遂通的直觉可以引导我们从'可视的'走向'不可视的'。梦象是神秘性的总和，是不可视的，心灵图景就是赋予这种不可视性的形式。"爸爸话音刚落，就听见有两个女人分别在叫千一和孟蝶的名字，一个喊："千一，别画了，吃饭了！"另一个喊："孟蝶，别画了，吃饭了！"千一和孟蝶异口同声地答道："知道了，妈妈。"话一出口，爸爸顿时不见了，而两个女孩分别站在了自己的画板前。

第三十三章

自由之美

半夜时分，千一被院子里叮叮当当的声音惊醒，妈妈出差了，家里就她一个人，她惴惴不安地下了床，想出去看个究竟，但她没有马上出去，而是想先从书包里掏出自己的龟甲片，她知道潘古先生给她的这块龟甲片是几千年中华文化精魂的化身，拥有无穷的灵力，只要龟甲片在手，无论院子里有什么妖魔鬼怪，她都不会怕，可是千一掏了半天也没有掏着，她明明记得自己睡觉前把龟甲片放进书包里了，怎么会不见了呢？她又在自己的房间里找了一圈也不见龟甲片的踪影，而院子里叮叮当当的声音敲得越发起劲了，她索性不找了，尽管心里很害怕，但还是拿着手电筒蹑手蹑脚地走出了房间。她心里想象着屋外一定是月黑风高，说不定还鬼影幢幢，要是遇上吃人的怪兽可怎么办？她越想越紧张，越紧张越想看个究竟，但当她一个人站到院子里的时候，才发现月光像银色的瀑布泻下来，照亮了每一堵墙、每一棵树、每一扇窗、每一块地砖，不仅驱散了她心中的恐惧，而且还感到心里十分舒畅。刚才她提到嗓子眼儿的心终于放下了，这时她才发现，叮叮当当的声音是从后院传出的，她下意识地打亮手电筒，镇定自若地向后院探寻，到了后院，她竟被惊得差点将手电筒扔在地上。原来是爸爸放在后院中央的名为《浑沌》的雕塑作品——一块巨大的浑圆的大石头，正拿着锤子和錾子雕塑着自己，而且借着月光，千一发现这块圆乎乎的大石头已经雕出了自己的上半身，太不可思议了，千一目瞪口呆地举着手电筒，照在"浑沌"刚刚雕塑出的人脸上。她惊诧地发现，那竟然是一张既儒雅又坚毅的胡适先生的脸，这时"浑沌"已经将胡适先生的上半身雕塑出来，下半身仍然是圆乎乎的，地上堆着很多碎石屑，胡适先生戴着圆框眼镜，身着大襟右衽的长袍，温文尔雅。千一不可思议地问："您为什么把自己雕塑成胡适先生的样子，而不是雕塑成庄子呢？"雕像这才停下手里的活，借助胡适先生的样貌温和而有力地说："因为胡适先生就是庄子转世。"千一还是第一次听到这样的说法，便好奇地问："您现在上半身是胡适先生的样貌，下面还是浑沌的下半身，样子怪怪的，好像不应该再叫'浑沌'了，我应该怎样称呼您呢？"雕像又借助胡适先生的样貌笑呵呵地说："我的上半身是胡适先生，应该代表'醒'；我的下半身是'浑沌'，应该代表'梦'，你就叫我'半梦半醒'吧。"千一听罢扑哧一声笑问道："这个名字太搞笑了，半梦半醒先生，您这么向往变成胡适先生，您一定很了解胡适先生，能给我讲一讲吗？"半梦半醒微微一笑说："当然可以。"音容笑貌如同胡适先生本人一般。他儒雅地说："胡适先生是二十世纪中国学术思想史上的焦点，是伟大的哲学家、思想家、文学家、教育家。他原名洪骍、嗣穈，字希疆、适之，原籍徽州府绩溪县上庄村，光绪十七年十一月十七日，也就是 1891 年 12 月 17 日，胡适生于上海大东门外厘卡总巡衙门寓所。他的父亲胡传二十四岁时进学为秀才，执教乡塾，后入仕途，曾任淞沪厘卡总巡、台东直隶知州，因字铁花，被后人尊称为'铁花公'或'铁花先生'。胡适是父亲胡传和第三任妻子冯顺弟的儿子，他出生时，父亲已经五十岁。关于父亲，胡适在《四十自述·我的信仰》一文中是这样介绍的：'我父胡传，是一位学者，也是一个意志坚强，有行政才干的人。经过一个时期的古典文史训练后，他对于地理研究，特别是边省的地理，抱有浓厚的兴趣。他怀揣一封介绍书，前往京师；又走了四十二日而达北满吉林，去晋见钦差大臣吴大澂。吴氏作为中国的一个伟大考古学家，现在见知于欧洲的汉学家们。……吴大澂对我父亲虽曾一度向政府荐举他为"有治省才能的人"，政治上却并未得臻通显，历官江苏、台湾后，遂于台湾因中日战争的结果而割让与日本时，以五十五岁的寿辰逝世。'1895 年 4 月，在甲午海战中遭到惨败的清王朝，被迫将台湾割让给日本。台湾绅民反对割台，公请巡抚唐景崧为台湾民主国大总统。胡传奉命在台东负责后山的防务，在日军猛烈的进攻下，胡传坚守到闰五月初三日才撤离。当时胡传得了脚气病，先是左脚不能行动，不久右脚也不能行动了，农历七月初三撤到厦门时，不幸病故。"千一忽闪着大眼睛问："胡适先生三岁时父亲就去世了，这么说，胡适先生并没有受到父亲太大的影响，对不对？"半梦半醒摇了摇头说："并非如此。相反却对他产生了深刻的影响。胡适先生在《四十自述·九年的家乡教育》中说：'我小时候也很得我父亲钟爱，不满三岁时，他就把教我母亲的红纸方字教我认。父亲做教师，母亲便在旁做助教。我认的是生字，她便借此温她的熟字。他太忙时，她就是代理教师。我们离开台湾时，她认得了近千字，我也认了七百多字。这些方字，都是我父亲亲手写的楷字，我母亲终身保存着，因为这些方块红笺上都是我们三个人的最神圣的团居生活的纪念。'胡适识字早，他读的第一部书便是父亲自编的四言韵文——《学为人诗》，主要讲做人的道理。诗的开头是：'为人之道，在率其性；子臣弟友，循理之正；谨乎庸言，勉乎庸行；以学为人，以期作圣。'还有，'为人之道，非有他术；穷理致知，返躬践实；黾勉于学，守道勿失。'在《四十自述·九年的家乡教育》中，胡适说：'我父亲在临死之前两个多月，写了几张遗嘱，我母亲和四个儿子每人各有一张，每张只有几句话。给我母亲的遗嘱上说，糜儿天资颇聪明，应该令他读书。给我的遗嘱也教我努力读书上进。这寥寥几句话在我的一生很有重大的影响。'"千一插嘴问："胡适的母亲是怎样一个人呢？"半梦半醒说："由于父亲去世过早，因此是母亲含辛茹苦将胡适抚养成人的。母亲冯顺弟二十三岁就守寡，生活之苦可想而知。正如胡适先生在《四十自述·九年的家乡教育》中所忆述的：'我母亲二十三岁就做了寡妇，从此以后，又过了二十三年。这二十三年的生活真是十分苦痛的生活，只因为还有我这一点骨血，她含辛茹苦，把全副希望寄托在我的渺茫不可知的将来，这一点希望居然使她挣扎着活了二十三年。'他接着忆述道：'每天天刚亮时，我母亲就把我喊醒，叫我披衣坐起。我从不知道她醒来做了多久了。她看我清醒了，才对我说昨天我做错了什么事，说错了什么话，要我认错，要我用功读书。有时候她对我说父亲的种种好处，她说："你总要踏上你老子的脚步。我一生只晓得这一个完全的人，你要学他，不要跌他的股（跌股便是丢脸，出丑）。"她说到伤心处往往掉下泪来。到天大明时，她才把我的衣服穿好，催我去上早学。'一般家长每年只送两块银元，为了让先生'每读一字，须讲一字的意思；每读一句，须讲一句的意思'，母亲给先生的薪水逐年增加。从第一年送六块钱，直到最后涨到十二元。母亲这样严格要求先生，让胡适受益匪浅。胡适先生九岁时偶然读到了小字木版的《第五才子》，也就是《水浒传》，以后又陆续读了《三国演义》《红楼梦》《儒林外史》以及弹词、传奇、笔记小说共计三十余部。这不仅在不知不觉之中得到了不少的白话散文的训练，而且还为他开辟了一个新天地。胡适先生在绩溪老家一共读了九年私塾，打下了比较坚实的古文基础。在胡适先生心目中，母亲是慈母兼严父。他是这样评价母亲对自己的影响的：'我在我母亲的教训之下住了九年，受了她的极大极深的影响，我十四岁（其实只有十二岁零二三个月）便离开她了。在这广漠的人海里独自混了二十多年，没有一个人管束过我。如果我学得了一丝一毫的好脾气，如果我学得了一点点待人接物的和气，如果我能宽恕人、体谅人，——我都感谢我的慈母。'千一迫切地问："胡适先生十二岁零两三个月就离开了母亲，他去哪里了呢？"半梦半醒说："1904 年，胡适先生到了上海，先后在梅溪学堂、澄衷学堂、中国公学、中国新公学接受'新学'教育。胡适先生在《四十自述·在上海（一）》中说：'光绪甲辰年（1904）的春天，三哥的肺病已到了很危险的时期，他决定到上海去医治。我母亲也决定叫我跟他到上海去上学。那时我名为十四岁，其实只有十二岁有零。这一次我和母亲分别之后，十四年之中，我只回家三次，和她在一块的时候还不满六个月。她只有我一个人，只因为爱我太深，望我太切，所以她硬起心肠，送我向远地去求学。临别的时候，她装出很高兴的样子，不曾掉一滴眼泪。我就这样出门去了，向那不可知的人海里去寻求我自己的教育和生活，——孤零零的一个小孩，所有的防身之具只是一个慈母的爱，一点点用功的习惯，和一点点怀疑的倾向。我在上海住了六年（1904—1910），换了四个学校（梅溪学堂、澄衷学堂、中国公学、中国新公学）。这是我一生的第二个段落。'千一好奇地问："胡适先生那么小就去上海读书，一定有很多故事吧？"半梦半醒说："是的，进梅溪学堂第四十二天时，他竟然一天之中升了四班。"千一迫切地问："到底是怎么回事？"半梦半醒说："教《蒙学读本》的沈先生大概也瞧不起这样浅近的书，更料不到这班小孩子里面有人站起来驳正他的错误。这一天，他讲的一课书里有这样一段引语：'传曰，二人同心，其利断金。同心之言，其臭如兰。'沈先生随口说，这是《左传》上的话。胡适等他讲完后，拿着书，走到他的桌边，低声对他说：'这个'传曰'是《易经》的《系辞传》，不是《左传》。'先生脸红了，说：'侬读过《易经》？'胡适说读过。他又问：'阿曾可读过别样经书？'胡适说读过《诗经》《书经》《礼记》。他问胡适做过文章没有，胡适说没有做过。他说：'我出个题目，拔侬做做试试看。'他出了'孝弟说'三个字，胡适回到座位上，勉强写了一百多字，交给先生看。他看了对胡适说：'侬跟我来。'胡适卷了书包，跟他下楼走到前厅。前厅上东面是头班，西面是二班。沈先生到二班课堂上，对教员顾先生说了一些话，顾先生就叫胡适坐在末一排的桌子上。胡适这才知道自己一天之中升了四班。"千一赞叹道："这也太传奇了！后来呢？"半梦半醒接着说："1905年春，胡适先生又进了第二个学堂——澄衷学堂。澄衷的学科比较全，国文、英文、算学之外，还有物理、化学、博物、图画等学科。胡适先生在澄衷学堂度过了一年半的时光，不仅打下了较好的英文和数学的底子，还读了严复的《天演论》和《群己权界论》等书。那时候，'天演''物竞''淘汰''天择'等术语都渐渐成了报纸文章的熟语，渐渐成了一班爱国志士的口头禅，还有许多人爱用这种名词作自己或儿女的名字。胡适先生也赶了时髦。他在《四十自述·在上海（一）》中说：'我在学堂里的名字是胡洪骍。有一天的早晨，我请二哥代我想一个表字，二哥一面洗脸一面说：'就用"物竞天择，适者生存"的"适"字，好不好？'我很高兴，就用"适之"二字。后来我发表文字，偶然用"胡适"作笔名，直到考试留美官费时（1910）我才正式用"胡适"的名字。'"千一用恍然大悟的口吻说："原来胡适先生的名字是这么来的！可是胡适先生在澄衷学堂读得好好的，怎么又转学去了中国公学呢？"半梦半醒说："当时胡适先生做了两一斋的班长，为了班上一位同学被开除的事，向校方抗议，被记大过一次。他心中很是不平，正好这年夏天（1906）中国公学招生，他就考取了中国公学。这是一所新成立的学校，由一批归国留学生创办。由于学生中有不少革命党人，因此关心时政的风气也很浓厚。学校社团活动十分活跃。当时中国公学的学生以'对于社会，竞与改良'为宗旨，组织了一个竞业学会，并创办了一个白话的旬报——《竞业旬报》。胡适参与了这份刊物的编辑，发表了十多万字的文章，有论说、杂记、常识、诗词、小说、时评与时闻等等。胡适先生生平第一篇白话文章，介绍粗浅的地理常识，名为《地理学》，便是在《竞业旬报》发表的。他还在这份刊物上连载了他一生唯一一次尝试创作的章回体长篇小说《真如岛》。后来他成了这份刊物的主编。他在《四十自述·在上海（一）》中说：'这几十期的《竞业旬报》给了我一个绝好的自由发表思想的机会，使我可以把在家乡和学校得着的一点点知识和见解整理一番，用明白清楚的文字叙述出来。'又说：'我不知道我那几十篇文字在当时有什么影响，但我知道这一年多的训练给了我自己绝大的好处。白话文从此成了我的一种工具。七八年之后，这件工具使我能够站在中国文学革命的运动里做一个开路的工人。'1908年，中国公学因开除学生而闹了一次大学潮，部分学生退学，另组织'中国新公学'，胡适这个十七岁的少年学生，竟然兼任学校的英文老师。到1909年年底，新公学因经费困难解散，被老公学收回。胡适和少数同学不肯屈服，宁可放弃即将获得的毕业文凭，也不回原校。胡适当时自诩为'新人物'，少年的理想主义被打击后，曾一度自暴自弃，和一帮酒肉朋友整日生活在天昏地暗之中，有一次甚至因酒醉将巡警掀翻在地，一起在泥水中翻滚而被关进巡捕房一宿，还被罚款五元。痛定思痛，他很快迷途知返。为了不让母亲失望，他静下心来，闭户苦读了两个月，以第五十五名的成绩考取了第二批清华庚子赔款留学美国官费生。由于赴美留学的行前准备时间很紧，胡适来不及回乡与母亲辞别，便于1910年8月16日在上海匆匆登上了开往美国的远洋巨轮。"千一插嘴问："胡适先生在美国学习的什么专业呢？"半梦半醒说："1910年9月，胡适在纽约的绮色佳（通译为伊萨卡）进入康奈尔大学，选读了不收费的农科学院，这样可以每个月节省一部分学费寄给母亲，但是他对农科功课实在没有兴趣，于是在农科学院学习三个学期之后，便决定转入文理学院，攻读文科，修哲学、经济、文学。1912年11月，发起组织'政治研究会'。12月，代表康奈尔大学大同会，到费城参加世界大同总会，被推为宪法部干事。1913年5月，被推举为世界学生会会长。1914年4月，被委为康奈尔大学学生会哲学群学部部长。6月，行毕业式，得学士学位。9月，被举荐为《学生英文月报》主笔之一，负责国内新闻。1915年1月9日，康奈尔世界学生会举行四周年纪念祝典，胡适以干事长身份作《世界会之目的》的演说。因仰慕实验主义哲学家杜威的大名，9 月进哥伦比亚大学攻读博士学位。在康奈尔大学读书时，胡适便开始思考如何可使中国文言易于教授的问题。那时他便认定白话文是活文字，古文是半死的文字。刚好梅觐庄从芝加哥附近的西北大学毕业出来，在绮色佳过了夏，要往哈佛大学去。9 月 17 日，胡适作了一首长诗送他，首次提出了'文学革命'的概念，这首长诗无疑是进行了'文学革命'的第一次'试验'：'神州文学久枯馁，百年未有健者起，新潮之来不可止，文学革命其时矣。'当然他的朋友梅觐庄比较保守，不承认文言文是半死或已死的文字，两个人激烈的争论逐渐在十几个留学生中通过频繁的通信激烈地展开。胡适在《觐庄对余新文学主张之非难》中说：'吾以为文学在今日不当为少数文人之私产，而当以能普及最大多数之国人为一大能事。吾又以为文学不当与人事全无关系；凡世界有永久价值之文学，皆尝有大影响于世道人心者也。'又在《白话文言之优劣比较》中强调：'今日所需，乃是一种可读、可听、可歌、可讲、可记的言语。……非活的言语也，绝不能成为吾国之国语也，决不能产生第一流的文学也。'他在《吾国历史上的文学革命》一文中总结道：'文学革命在吾国史上，非创见也。即以韵文而论：三百篇变而为骚，一大革命也。又编为五言七言之诗，二大革命也。赋之变为无韵之骈文，三大革命也。古诗之变为律诗，四大革命也。诗之变为词，五大革命也。词之变为曲，为剧本，六大革命也。何独于吾所持文学革命论而疑之？……总之，文学革命至元代而登峰造极。其时词也，曲也，剧本也，小说也，皆第一流之文学，而皆以俚语为之。其时吾国真可谓有一种"活文学"出世。倘此革命潮流不遭明代八股之劫，不受明初七子诸文人复古之劫，则吾国之文学必已为俚语的文学，而吾国之语言早成为言文一致之语言，可无疑也。但丁（Dante）之创意大利文，却叟（Chaucer）诸人之创英吉利文，马丁路得（Martin Luther）之创德意志文，未足独有千古矣。惜乎五百余年来，半死之古文，半死之诗词，复夺此"活文学"之席，而"半死文学"遂苟延残喘，以至于今日。……文学革命何可更缓耶？何可更缓耶？'经过与友人们的切磋、辩难，胡适更加自觉地意识到，'文学革命'的实质，就是用白话文替代文言文，是用活的语言工具替代死的语言工具的革命。他逐渐形成了文学革命的八项

\千\一\的\梦\象\

主张，在陈独秀的鼓励下，胡适先生写成了著名的《文学改良刍议》，发表在《新青年》第二卷第五号上。"千一迫不及待地问："都有哪八项主张呢？"半梦半醒说："胡适先生提出的文学改良的八项主张是：一、须言之有物；二、不模仿古人；三、须讲求文法；四、不作无病之呻吟；五、务去烂调套语；六、不用典；七、不讲对仗；八、不避俗字俗语。文章一发表，便在国内引起了一场文学革命的大潮。陈独秀在《新青年》第三卷第六号上发表《文学革命论》一文，以激昂的言辞呼吁：'文学革命之气运，酝酿之非一日。其首举义旗之急先锋，则为吾友胡适。余甘冒全国学究之敌，高张"文学革命"大旗，以为吾友之声援。'胡适《文学改良刍议》的发表，标志着'文学革命'由几十个国外留学生的小圈子内的争论演变为具有广泛影响力的国内运动，胡适先生也因此声名鹊起。"千一十分感慨地说："胡适先生太了不走了！那么他是什么时候回国的呢？"半梦半醒说："1917 年 1 月，陈独秀被蔡元培延聘为北京大学文科学长后，便向蔡元培推荐了尚在美国留学的胡适。5 月，胡适通过哲学博士学位的最后考试，6 月，启程回国，7 月到达上海。9 月，正式任北大文科教授，并且开始参加《新青年》的编辑工作。胡适回国时，曾下决心二十年不谈政治，专注于学术事业。但五四运动期间，陈独秀因散发传单被捕，胡适不得不出面主持《每周评论》而谈起了政治。后来还创刊了一份《努力周报》，以主编的身份'努力'地谈起了政治。1919 年 2 月，胡适把自己授课的讲义加工整理后，以《中国哲学史大纲》（上卷）为书名，并由蔡元培校长亲自为其写序，由商务印书馆出版，开启了中国传统哲学现代转换之先河。1926 年 7 月至 1927 年 4 月间，胡适先生出席伦敦'中英庚款委员会议'，游历欧美、日本。5 月回国后，在上海写作与讲学。1928 年 3 月，《新月》正式创刊，胡适的《考证〈红楼梦〉的新材料》便发表在创刊号上。6 月，出任中国公学校长。在上海三年半，胡适先生将《新月》由纯文学刊物转化为政治论坛，1930 年上半年，迫于《新月》杂志的政治压力辞去中国公学校长一职而重返北大。1932 年 2 月，胡适正式出任北大文学院院长兼中国文学系系主任。"千一好奇地问："既然胡适先生那么喜欢谈论政治，为什么不从政呢？"半梦半醒说："国民党方面也曾经邀请胡适先生从政，但被他拒绝了，他是这样解释自己的立场的：'我终自信我在政府外边能为国家效力之处，似比参加政府为更多。我所以想保存这一点独立的地位，绝不是图一点虚名，也绝不是爱惜羽毛，实在是想要养成一个无偏无党之身，有时当紧要的关头上，或可为国家说几句有力的公道话.'他虽然不愿意参与实际政治，但在民族危亡关头，他还是勇于担负责任的。抗战爆发后不久，1937 年 9 月，胡适先生受蒋介石委派，出访欧美寻求国际上对中国的同情与支持，他在美国逗留了十个月后转赴欧洲，当他乘轮船经过法国夏浦港口时，收到蒋介石的电报，希望他接任驻美大使。他虽然犹豫再三，但最后还是接受了。1938 年 9 月 13 日，胡适被任命为驻美国大使，开始了四年的外交官生涯。他虽然不是职业外交家，但他独具特色的'学者外交'为抗战期间中美关系紧密化作出了突出贡献。1942 年 9 月，他辞去驻美大使职务，移居纽约，从事学术研究。1946 年 6 月回国，出任北京大学校长，其间主张学术独立，摆脱政治干扰，不受党派影响与干预。1949 年 4 月 6 日，胡适应中华民国政府要求，从上海搭'威尔逊'轮前往美国当说客，为和平解决国共内战问题寻求美国政府的介入，从此开始了自己的流亡生活。1950 年 5 月，胡适在普林斯顿大学获得葛斯德东方图书馆馆长的职位，合约为两年。"千一遗憾地说："胡适先生是著名的大学者，这个职位太委屈他了！"半梦半醒点着头说："是啊！中国人讲究落叶归根，1958 年 4 月胡适回台湾就任'中央研究院'院长。1962 年 2 月 24 日，胡适先生赴南港'中央研究院'主持院士会议，参加了午餐、酒会。酒会结束时，胡适先生因心脏病发作倒在了地上，并且再也没有起来。胡适先生一生著作颇丰，在哲学、文学、史学等方面均有建树。他的主要论著有《实验主义》《问题与主义》《〈科学与人生观〉序》《我们走那条路》《介绍我自己的思想》等；主要哲学史著作有《中国哲学史大纲》卷上、《说儒》、《先秦名学史》、《中国中古思想史长编》等。"千一沉思片刻问："既然胡适先生是伟大的哲学家，那么他创立了怎样的哲学呢？"半梦半醒说："古往今来，胡适先生是第一个将'自由'上升为自己的思想核心的哲学家，他不仅探究了自由的基本内涵和行为规范，而且奠定了自由哲学的学理基础和理论框架。因此，他所创立的哲学是'自由哲学'。"千一情不自禁地说："'自由哲学'？太有意思了，那么他是如何理解自由的呢？"半梦半醒说："胡适先生在《自由主义》一文中说："'自由'在中国古文里的意思是："由于自己"，就是不由于外力，是"自己作主"。在欧洲文字里，"自由"含有"解放"之意，是从外力裁制之下解放出来，才能"自己作主"。在中国古代思想里，"自由"就等于自然，"自然"是"自己如此"，"自由"是"由于自己"，都有不由于外力拘束的意思。陶渊明的诗："久在樊笼里，复得返自然"，这里"自然"二字可以说是完全同"自由"一样。王安石的诗："风吹瓦堕屋，正打破我头……我终不嗔渠，此瓦不自由。"这就是说，这片瓦的行动是被风吹动的，不是由于自己的力量。中国古人非常看重"自由""自然"的"自"字，所以往往看轻外面的拘束力量，也许是故意看不起外面的压迫，故意回向自己内心去求安慰、求自由。这种回向自己求内心的自由，有几种方式，一种是隐遁的生活——逃避外力的压迫，一种是梦想神仙的生活——行动自由，变化自由——正如庄子所说，列子御风而行，还是"有待"。"有待"还不是真自由，最高的生活是圣人无待于外。道教的神仙，佛教的西天净土，都含有由自己为心去寻求最高的自由的意义。我们现在讲的"自由"，不是那种内心境界，我们现在说的"自由"，是不受外力拘束压迫的权利。是在某一方面的生活不受外力限制束缚的权利。'他在《中国文化里的自由传统》中进一步强调："'自由'这个意义，这个理想，'自由'这个名词，并不是外面来的，不是洋货，是中国古代就有的。'自由'可说是一个倒转语法，可把它倒转回来为'由自'，就是'由于自己'，就是'由自己作主'，不受外来压迫的意思。宋朝王安石有首白话诗："风吹瓦堕屋，正打破我头。我终不嗔渠，此瓦不自由。"这可表示古代人对于自由的意义，就是'自己做主'的意思。'在胡适先生看来，自由最基本的含义是不受外力限制和阻碍，从一切束缚、控制、强迫或强制中解放自己，只有不受外力拘束压迫，才可称为自由的人，只有自由的人，才是真正的人。当然自由不是无所作为的被恩赐，而必须要自己去争取。因此胡适先生在《自由主义》中说：'人类历史上那个自由主义大运动实在是一大串解放的努力。宗教信仰自由只是解除某个宗教威权的束缚，思想自由只是解除某派某派正统思想威权的束缚。在这些方面……在信仰与思想的方面，东方历史上也有很大胆的批评者与反抗者。从墨翟、杨朱，到桓谭、王充，从范缜、傅奕、韩愈，到李贽、颜元、李恭，都可以说是为信仰思想自由奋斗的东方豪杰之士，很可以同他们的许多西方同志齐名比美。我们中国历史上虽然没有抬出"争自由"的大旗子来做宗教运动、思想运动或政治运动，但中国思想史与社会政治史的每一个时代都可以说含有争取某种解放的意义。'"千一好奇地插嘴问："那么中国历史上是从什么时候开始'争自由'的呢？"半梦半醒说："胡适先生在《自由主义》中说：'我们的思想史的第一个开山时代，就是春秋战国时代——就有争取思想自由的意义。'他认为老子是第一位开自由思想风气之先的大师，第二个是孔子。他说：'从老子、孔子打开了自由思想的风气，二千多年的中国思想史、宗教史，时时有争自由的急先锋，有时还有牺牲生命的殉道者。孟子的政治思想可以说是全世界的自由主义的最早一个倡导者。孟子提出的"大丈夫"是"贫贱不能移，富贵不能淫，威武不能屈"。这是中国经典里自由主义的理想人物。在二千多年历史上，每到了宗教与思想走进了太黑暗的时代，总有大思想家起来奋斗、批评、改革。'"千一似有所悟地说："我明白了，胡适先生认为，中国有追求独立和自由的传统。那么请问，自由之源在哪里呢？"半梦半醒说："自由是梦象的根本性特征。或者说梦象就是自由之源。自由是心灵既不受外在阻碍，也不受内在阻碍，不受任何理念、逻辑法则、强制逻辑的束缚，可以无拘无束地呈现心灵图景的一种舒适和谐的心理状态。没有心灵自由就不可能呈现心灵图景，更不可能感知梦象。我们看不见的世界才叫存在，而看得见的世界叫现象。回到存在的源头才能看见梦象。梦象以自由的形式通过创造为生命注入灵魂和内容。可以说自由就是胡适先生的梦象，他一生就是为了呈现这个梦象而奋斗的。至于胡适先生的自由思想除了源自中国传统文化以外，还源自于英国著名哲学家、生物学家赫胥黎的怀疑主义和美国著名哲学家杜威的实验主义。胡适先生在《介绍我自己的思想》一文中说：'我的思想受两个人的影响最大：一个是赫胥黎，一个是杜威先生。赫胥黎教我怎样怀疑，教我不信任一切没有充分证据的东西。杜威先生教我怎样思想，教我处处顾到当前的问题，教我把一切学说理想都看作待证的假设，教我处处顾到思想的结果。这两个人使我明了了科学方法的性质与功用。'可以说是赫胥黎和杜威使他明白了科学方法的性质与功用。而科学的方法可归结为'大胆的假设，小心的求证'。'大胆的假设'就是一种自由，

　　　　　　　　　\千\一\的\梦\象\

'小心的求证'便是获取自由的手段、方法。自由是胡适最实用的实验，他一生都在对自由进行实验，并将实验成果应用于实际。无论是用白话文这种'活文学'替代文言文这种'死文学'的语言革命，还是被逼上梁山的'文学革命'以及对'诗体的大解放'的追求。其实追求的都是心灵的自由。可以说自由不仅仅是胡适先生的思想原点，更是他的信仰。"千一若有所思地问："胡适先生究竟有怎样的宇宙观和人生观呢？"半梦半醒说："胡适先生在《我的信仰》一文中所拟设的新宇宙观和人生观的轮廓共有十条：一是根据于天文学和物理学的知识，叫人知道空间的无限之大；二是根据于地质学及古生物学的知识，叫人知道时间的无穷之长；三是根据于一切科学，叫人知道宇宙及其中万物的运行变迁皆是自然的，——自己如此的，——正用不着什么超自然的主宰或造物者；四是根据于生物的科学的知识，叫人知道生物界的生存竞争的浪费与惨酷，——因此叫人更可以明白那'有好生之德'的主宰的假设是不能成立的；五是根据于生物学、生理学、心理学的知识，叫人知道人不过是动物的一种，他和别种动物只有程序的差异，并无种类的区别；六是根据于生物的科学及人类学、人种学、社会学的知识，叫人知道生物及人类社会演进的历史和演进的原因；七是根据于生物的及心理的科学，叫人知道一切心理的现象都是有因的；八是根据于生物学及社会学的知识，叫人知道道德礼教是变迁的，而变迁的原因都是可以用科学的方法寻求出来的；九是根据于新的物理化学的知识，叫人知道物质不是死的，是活的，不是静的，是动的；十是根据于生物学及社会学的知识，叫人知道个人——'小我'——是要死灭的，而人类——'大我'——是不死的，不朽的，叫人知道'为全种万世而生活'就是宗教，就是最高的宗教，而那些替个人谋死后的'天堂''净土'的宗教，乃是自私自利的宗教。他说：'这种新人生观是建筑在二三百年的科学常识之上的一个大假设，我们也许可以给他加上"科学的人生观"的尊号。但为避免无谓的争论起见，我主张叫他做"自然主义的人生观"。我们在那个自然的宇宙里，在那无穷之大的空间里，在那无穷之长的时间里，这个平均高五尺六寸，上寿不过百年的两手动物——人——真是一个藐乎其小的微生物了。在那个自然主义的宇宙里，天行是有常度的，物变是有自然法则的，因果的大法支配着他——人——

的一切生活，生存竞争的惨剧鞭策着他的一切行为，——这个两手动物的自由真是很有限的了。然而那个自然主义的宇宙里的这个渺小的两手动物，却也有他的相当的地位和相当的价值。他用的两手和一个大脑，居然能做出许多器具，想出许多方法，造成一点文化。他不但驯伏了许多禽兽，他还能考究宇宙间的自然法则，利用这些法则来驾驭天行，到现在他居然能叫电气给他赶车，以太给他送信了。他的智慧的长进就是他的能力的增加。然而智慧的长进却又使他的胸襟扩大，想象力提高。他也曾拜物拜畜生，也曾怕神怕鬼，但他现在渐渐的脱离了这种种幼稚的时期，他现在渐渐明白：空间之大只增加他对于宇宙的美感；时间之长只使他格外明了祖宗创业之艰难；天行之有常只增加他制裁自然界的能力。甚至于因果律之笼罩一切，也并不见得束缚他的自由。因为因果律的作用，一方面使他可以由因求果，由果推因，解释过去，预测未来；一方面又使他可以运用他的智慧，创造新因，以求新果。甚至于生存竞争的观念也并不见得就使他成为一个冷酷无情的畜生，也许还可以格外增加他对于同类的同情心，格外使他深信互助的重要，格外使他注重人为的努力，以减免天然竞争的惨酷与浪费。总而言之，这个自然主义的人生观里，未尝没有美，未尝没有诗意，未尝没有道德的责任，未尝没有充分运用创造的智慧的机会。'"千一沉思着问："如何运用创造的智慧呢？"半梦半醒说："其实自由就是解放人的创造个性。自由和创造既是哲学的生命基础，也是哲学的神圣功能。生命的奥秘尽在自由与创造之中。只有自由和创造才能使人直觉宇宙的奥秘，才能皈依梦象。只有自由和创造使人具有神性，其实自由和创造就是人的神性。人在这样的神性中诞生。只有以自由与创造为基础，通过揭示梦象的奥秘，获得哲学的真正功能。这种哲学便是自由的哲学。自由哲学最大的目的是如何使人有创造的思想力。由此出发，胡适先生给了我们一种自由的哲学，一种具有创造性的哲学。正是这种具有怀疑精神、批判精神和'创造性'的哲学，使得我们向着成为'自由意识'的目标进发。因此胡适先生在《提高与普及》一文中说：'我们没有文化，要创造文化；没有学术，要创造学术；没有思想，要创造思想。要"无中生有"地去创造一切。'其实梦象的本质就是创造。"千一沉思片刻问："如果在创造的过程中，不同的思想之间发生冲突怎么办？"半梦半醒说：

"胡适先生认为'容忍是一切自由的根本：没有容忍，就没有自由。'他在《当前中国文化的问题》中说：'假使这世界是自由与非自由之争的世界，我虽是老朽，我愿意接受有自由的世界，如果一个是容忍一个是不容忍的世界，我要选择容忍的世界。'他把'自由的世界'和'容忍的世界'等同了起来，突出了容忍的重要地位。胡适先生在《自由主义》一文中说：'我做驻美大使的时期，有一天我到费城去看我的一个史学老师白尔教授，他平生最注意人类争自由的历史，这时候他已经八十岁了。他对我说："我年纪越大，越觉得容忍比自由还更重要。"这句话我至今不忘记。为什么容忍比自由还更要紧呢？因为，容忍就是自由的根源，没有容忍，就没有自由可说了。至少在现代，自由的保障全靠一种互相容忍的精神，无论是东风压了西风，还是西风压了东风，都是不容忍，都是摧残自由。多数人若不能容忍少数人的思想信仰，少数人当然不会有思想信仰的自由。反过来说，少数人也得容忍多数人的思想信仰，因为少数人要时常怀着"有朝一日权在手，杀尽异教方罢休"的心理，多数人也就不能不行"斩草除根"的算计了。'无论是少数人还是多数人，都必须将容忍看作是思想自由的一个必要条件，否则就没有自由。也就是说要容忍不同思想的存在才可谈自由。他在《容忍与自由》一文中说：'在宗教自由史上，在思想自由史上，在政治自由史上，我们都可以看见容忍的态度是最难得、最稀有的态度。人类的习惯是喜同而恶异的，总不喜欢和自己不同的信仰、思想、行为。这就是不容忍的根源。不容忍只是不能容忍和我自己不同的新思想和新信仰。一个宗教团体总相信自己的宗教信仰是对的，是不会错的，所以它总相信那些和自己不同的宗教信仰必定是错的，必定是异端，邪教。一个政治团体总相信自己的政治主张是对的，是不会错的，所以它总相信那些和自己不同的政治见解必定是错的，必定是敌人。一切对异端的迫害，一切对"异己"的摧残，一切宗教自由的禁止，一切思想言论的被压迫，都由于这一点深信自己是不会错的心理。因为深信自己是不会错的，所以不能容忍任何和自己不同的思想信仰了。'也就是说，所有摧残自由的野蛮行为，基本上都是由于喜同恶异的习惯造成的。因此胡适先生在《容忍与自由》中强调：'容忍是一切自由的根本；没有容忍"异己"的雅量，就不会承认"异己"的宗教信仰可以享受自由。但因为不容忍的态度是基于"我的信念不会错"的心理习惯，所以容忍"异己"是最难得、最不容易养成的雅量。'因此，'容忍的态度比自由更重要，比自由更根本。我们也可说，容忍是自由的根本。社会上没有容忍，就不会有自由。无论古今中外都是这样；没有容忍，就不会有自由。人们自己往往都相信他们的想法是不错的，他们的思想是不错的，他们的信仰也是不错的，这是一切不容忍的本源。'为此，他语重心长地说：'我曾经说过，我应该用容忍的态度来报答社会对我的容忍。我现在常常想我们还得戒律自己：我们若想别人容忍谅解我们的见解，我们必须先养成能够容忍谅解别人的见解的度量。至少至少我们应该戒约自己决不可"以吾辈所主张者为绝对之是"。我们受过实验主义的训练的人，本来就不承认有"绝对之是"，更不可以"以吾辈所主张者为绝对之是"。'"半梦半醒正挥舞两只手侃侃而谈，突然手中的锤子和錾子脱手掉在了千一的面前，险些砸在她的脚上，她吓得下意识地往后一跳，刚想责备半梦半醒，却惊异地发现，半梦半醒凿下来的碎石块一块块地飞起来，全都回到了原位，半梦半醒又变成了一动不动的"浑沌"，无论千一怎么喊，那块圆咕隆咚的巨石毫无反应，千一无奈地摇了摇头，这时她下意识地用手电照了照脚下，发现刚才掉在地上的锤子、錾子已经变成了一块龟甲片，千一这才恍然大悟，原来今晚发生的一切都是自己的龟甲片捣的鬼。

星期六上午，孟蝶正聚精会神地读着《千一的梦象》，突然听到后院有叮叮当当的响声，她心想，莫非我家后院的"浑沌"雕像也要把自己雕琢成胡适先生？可现在是大白天，怎么可能发生这种事情呢？想到这儿，她放下书，一溜烟地跑出房间看个究竟。来到后院一看，原来是爸爸手里拿着锤子和錾子在雕塑"浑沌"。孟蝶好奇地问："爸爸，莫非您也想把这块圆乎乎的石头雕琢成胡适先生的雕像？"孟周停下手中的活儿说："这么说《千一的梦象》，你已经读到《自由之美》那一章了？"孟蝶点了点头说："是的爸爸，不过我读了这一章很想问您一个问题。"孟周微微一笑问："什么问题？"孟蝶若有所思地问："哲学与人生究竟是怎样的关系呢？"孟周沉思片刻说："关于这个问题，胡适先生写了一篇文章。他在《哲学与人生》中说：'讲到"哲学与人生"，我们必须先研究它的定义：

556　　　　　　　　　　　　　\ 千 \ 一 \ 的 \ 梦 \ 象 \

什么叫哲学？什么叫人生？然后才知道他们的关系。'"孟蝶迫切地问：
"在胡适先生看来，什么叫人生？什么叫哲学呢？"孟周微笑着说："他在
《哲学与人生》一文中说：'人是哺乳动物中的有二手二足用脑的动物。人
生即是这种动物所演的戏剧，这种动物在演时，就有人生，停演时就没人
生。所谓人生观，就是演时对于所演之态度，譬如：有的喜唱花脸，有的
喜唱老生，有的喜唱小生，有的喜摇旗呐喊；凡此种种两脚两手在演戏的
态度，就是人生观。不过单是登台演剧，红进绿出，有何意义？想到这
层，就发生哲学问题。'那么什么是哲学呢？胡适先生认为，'哲学是研究
人生切要的问题，从意义上着想，去找一个比较可普遍适用的意义'。他
说：'要晓得哲学的起点是由于人生切要的问题，哲学的结果是对于人生
的适用。人生离了哲学，是无意义的人生；哲学离了人生，是想入非非的
哲学。'他还举例子说：'譬如我们睡到夜半醒来，听见贼来偷东西，我那
就将他捉住，送县究办。假如我们没有哲性，就这么了事，再想不到"人
为什么要做贼"等等的问题。或者那贼竟苦苦哀求起来，说他所以做贼的
原故，因为母老、妻病、子女待哺，无处谋生，迫于不得已而为之，假如
没哲性的人，对于这种呼求，也不见有甚良心上的反动。至于富于哲性的
人就要问了，为什么不得已而为之？天下不得已而为之的事有多少？为什
么社会没得给他做工？为什么子女这样多？为什么老病死？这种偷窃的行
为，是由于社会的驱策，还是由于个人的堕落？为什么不给穷人偷？为什
么他没有我有？他没有我有是否应该？拿这种问题，逐一推思下去，就成
为哲学。由此看来，哲学是巨小事放大，从意义着想而得来的。'"孟蝶追
问道："爸爸，那么意义又从何而来呢？"孟周耐心地说："胡适先生举了
一个苏格拉底的例子来说明意义从何来。他在《哲学与人生》中说：'苏
格拉底是希腊的穷人，他觉得人生醉生梦死，毫无意义，因此到公共市
场，见人就盘问，想借此得到人生的解决。有一次，他碰到一个人去打官
司，他就问他，为什么要打官司？那人答道，为公理。他复问道，什么叫
公理？那人便瞠目结舌不能作答。苏氏笑道：我知道我不知，却不知道你
不知呵！后来又有一个人告他的父亲不信国教，他又去盘问，那人又被问
住了。因此希腊人多恨他，告他两大罪，说他不信国教，带坏少年，政府
就判他的死刑。他走出来的时候，对告他的人说："未经考察过的生活，

是不值得活的。你们走你们的路，我走我的路罢！"后来他就从容就刑，为找寻人生的意义而牺牲他的生命！'胡适先生认为牢记苏格拉底所说的'未经考察过的生活，是不值得活的'这句话，对于明阐哲学、了解人生，就不觉其难了。"孟蝶赞叹地说："苏格拉底也太有个性了！"孟周点着头说："是啊，没有个性的自由发展，就不可能有独立的人格。因此胡适先生特别强调个性解放。在胡适看来，个性就是一个人的独立人格，一个人的自由意志，一个人的自由精神，一个人的社会责任。他在《非个人主义的新生活》中认为，所谓个性主义有两种：'一是独立思想，不肯把别人的耳朵当耳朵，不肯把别人的眼睛当眼睛，不肯把别人的脑力当自己的脑力；二是个人对于自己的思想信仰的结果要负完全的责任，不怕权威，不怕监禁杀身，只认得真理，不认得个人的厉害。'为此，他在《略谈人生观》一文中强调：人生就算做梦，也要做一个热闹的、轰轰烈烈的好梦，不要做悲观的梦。既然他辛辛苦苦的上台，就要好好的唱个好戏，唱个像样子的戏，不要跑龙套。人生不是单独的，人是社会的动物，他能看见和想象他所看不到的东西，他有能看到上至数百万年下至子孙百代的能力。"孟蝶好奇地问："他是怎么看到的呢？"孟周毫不犹豫地说："当然是通过心灵图景。正因为如此，胡适先生特别强调心的作用。你知道，心在梦象之中，梦象也在心中。即使我们将自身从梦象中疏离，由于心的作用，我们仍然感觉身处梦象之中并归属于梦象。那活跃在我们内在的只可能是梦象本体的活动。哲学就是要找到回归梦象的路径。只有拥有心灵的自由，才能探寻到这条路径。每一次与梦象分离，我们都肯定从它那里取走了一些东西，并将这些东西带入我们自身本质之中。这便是心的作用，我们必须从心灵深处去探寻存在的秘密，这样才能再次找到与梦象的联结。因为虽然梦象以自由的方式激发心灵不断产生心灵图景，却从未泄露任何存在的秘密。那么心是如何作用的呢？胡适先生在《实验主义》一文中说：'心的作用并不刚是照相镜一般的把外物照在里面就算了；心的作用乃是从已有的知识里面挑出一部分来做现在应用的资料。一切心的作用（知识思想等）都起于个人的兴趣和意志；兴趣和意志定下选择目标，有了目标方才从已有的经验里面挑出达到这目标的方法器具和资料。……没有一种心的作用不带着意志和兴趣的；没有一种心的作用不是选择去取的。'胡

\ 千 \ 一 \ 的 \ 梦 \ 象 \

适先生所讲的意志当然是'自由意志'，所讲的兴趣应该是指探寻梦象秘密的创造性动机。胡适先生的意思是说，心会通过自由意志和创造性动机选择适合呈现心灵图景的材料。正'因为心的作用是选择去取的，所以现在的感觉资料便是引起兴趣意志的刺激物，过去的感觉资料便是供我们的选择方法工具的材料；此前所谓组合整理的心官便是这选择去取的作用。世间没有纯粹的理性，也没有纯粹的知识思想。理性是离不开意志和兴趣的；知识思想是应用的，是用来满足人的意志兴趣的'。可见，心的作用是因兴趣和意志而起，是选择去取的，这实际上消解了'心'与'物'的对立。"孟蝶沉思着问："爸爸，意志和兴趣是依据什么选择去取的？"孟周解释道："在胡适先生看来，依据的是知觉。他在《中国哲学史大纲》卷上第八篇中评判中国传统的认识论时指出：在别墨那里，'知觉'含有三个组成部分：一是'所以知'的官能，也就是'知，材也'。这个'知'是人'所以知'的才能，有了这个官能，却不必便有知识。譬如眼睛能看物，这是眼睛的'明'，但是有了这个'明'，却不必有所见。为什么呢？因为眼需见物，才是见；知有所知，才是知。二是由外物发生的感觉，也就是'知，接也'。这个'知'是感觉。人本有'所以知'的官能，遇着外物的物事，便可以知道这物事的态貌，才可发生一种'感觉'。譬如，有了眼睛，见着物事，才有'见'的感觉。三是心的作用，也就是'慧，明也'。这个'慧'是'心知'，是'识'。有了'感觉'，还不算知识。譬如眼前有一物瞥然飞过，虽有一种'感觉'，究竟不是知识。须要能理会得这飞过的是什么东西，须要明白这是何物，才可说有了知觉。要这三方面同力合作，才有'知觉'。"孟蝶追问道："爸爸，这三个方面如何才能同力合作呢？"孟周微笑着说："胡适先生认为，这中间须靠两种作用：一个是'久'，一个是'宇'。久就是宙，就是时间，宇就是空间。须有这两种作用，方才可有知觉。有了久与宇的作用，才有'记忆'。久的作用，于'记忆'更为重要。"孟蝶试探地问："爸爸，能举个例子吗？"孟周点点头说："胡适先生举例说：'我们看见一个白的物事，用手去摸，才知道他又是坚硬的。但是眼可以看见白，而不可能感觉到坚；手可以感觉到坚，而不可以看见白，我们何以能知道这是一块"坚白石"呢？这都是心知的作用。知道刚才的坚物，就是此刻的白物，是时间的组合。知道坚白两性相盈，成为一物，是空间的组合。这都是心知的作用，有这一连串组合的心知，方才有知识。'也就是说'坚'和'白'这种分离之所以可能，离不开心神的作用。因为白是眼睛借助光线而看见的，坚是手通过触觉而感知的，'然而，当目不在看，或没有光线，或手没有实际触及时，心神却能见。被看到的事物和通过接触而被感知的事物，在心神中构成互相离。'胡适认为，'如果没有知觉的心神，虽有火也不觉热，虽有眼也不能见物'。总之，如果'没有心创造性的能动性，（那么）分离的感官直觉本身，不能使我们获得有关事物的真知'。因此，胡适先生认为，'知识须有三个主要部分：一方面是物，一方面是感觉认识的心神，两方面的关系，发生物指与感觉，在物为"指"，在心为"知"（此知是《经上》"知，接也"之知），其实是一事。这三部分之中，最重要的，还只是知物的心神。一切物指，一切区别同异。若没有心神，便都不能知道了'。当然，没有心神，自由也便不知道了。要知道，自由可是哲学的魂灵。"孟蝶听罢，刚想再问一个问题，就听见妈妈喊道："孟蝶，胡月的电话。"孟蝶愣了一下，连忙跑进屋去了，孟周笑了笑仔细端详着自己雕琢的"浑沌"，心想，何不将这块圆乎乎的巨石雕琢成胡适先生呢？

560   \ 千 \ 一 \ 的 \ 梦 \ 象 \

梦象之路

兰法之九

梦象之冥想

梦象之太极

梦象之纠缠

梦象之童年

第三十四章

沧浪横流，本源在我

　　课间活动期间，同学们都在操场玩耍，正在和千一聊着闺蜜间悄悄话的刘兰兰突然大声喊道："千一快看，树上落着一只鸡！"只见一棵大柳树上，落着一只美丽无比的雄锦鸡，红彤彤的鸡冠就像顶着一朵盛开的牡丹，脖子上的羽毛像华美的披肩，浑身油亮的羽毛更像披着一件五彩斑斓的锦衣。看见许多人围了上来，它并不害怕，而是昂首曲颈，神采飞扬地喔、喔、喔地引吭高歌起来，同学们议论纷纷、啧啧称奇，都觉得这只雄鸡很威武，不像是一只普通的鸡。这时捣蛋鬼秦小小从人堆里钻出来，捡起地上的石子向雄鸡抛了过去，一边抛石子一边说："下来，再不下来，老子把你炖了！"雄鸡并不惧怕，而是从容地从这棵树飞到另一棵树上，而且飞起来像凤凰一样美丽，秦小小不依不饶地捡起石子又要抛，被千一和刘兰兰一起拽住，大家纷纷斥责秦小小，这时上课铃响了，秦小小灰溜溜地钻出人群。

　　放学后，千一刚走进阙里巷，便听见有人叫她，她转了一圈也没看见人，正纳闷时，从树上飞下来一只雄鸡，落在她面前，一边扑棱翅膀一边说："千一，是我在叫你！"千一奇异地发现，落在自己面前的这只雄鸡正是校园里飞到树上的那一只。更为奇怪的是，这只会飞的鸡竟然能说话。千一诧异地问："你从哪里来，为什么要跟着我？"雄鸡从容地反问道："你听说过哲学家熊十力吗？"千一摇了摇头说："没听说过。"雄鸡昂首挺胸地说："没听说过不要紧，等一会儿你见到潘古先生就什么都清楚了。我要告诉你的就是熊一力先生喜欢吃鸡，那些被他吃掉的鸡当然都转化成了他的思想。你问我从哪里来，你听好了，我是他老人家死后散布在宇宙中的意识、潜意识、无意识融合凝聚而成的。"千一好奇地插嘴问："什么东西能将熊十力先生死后散布在宇宙中的意识、潜意识、无意识融合凝聚成一只鸡？"雄鸡不以为然地说："当然是你的龟甲片了。"千一恍然大悟地问："你刚才说我能见到潘古先生，莫非是潘古先生让你来的？"雄鸡扬扬得意地点着头说："不是潘古先生还能有谁？"千一兴奋地问："可是我如何才能见到潘古先生呢？"雄鸡瞪着一双小圆眼睛说："当然是要借助你那块神奇的龟甲片了。"千一赶紧从书包里拿出龟甲片，雄鸡对着龟甲片吹了一口气，龟甲片瞬间变成一部名为《新唯识论》的书，飘在千一的面前，千一不解地问："这部书如何带我去见潘古先生呢？"雄鸡又对着书吹了一口气，《新唯识论》顿时变得像一扇门板一般巨大，雄鸡用慈和的语气说："坐上去吧，这部大书会带给你一段奇妙之旅。"这时，大书平降到千一的腰部，千一小心翼翼地爬到书的中央，还未来得及和雄鸡说再见，大书便像魔毯一般飞向天空。这一路上的风景不是蓝天白云，而是无数思想大师的心灵图景不停地在她眼前闪过，从伏羲到周公，从老子、孔子、墨子到庄子、孟子、荀子……一幅幅一幕幕，无不引领着她去触碰宇宙和人生中的核心，她感觉自己的本心与宇宙万物正在融为一体。这时她想起了爸爸常说的一句话："宇宙之大，可由心灵成之，成之即为梦象。"想到这里，她感到内心一片光明。这时前方若隐若现出一处似庙非庙的所在，仿佛海市蜃楼一般，千一乘坐的大书开始降落，远远地千一便看见一位白发白须的老者站在大门前，千一刚从大书上跳下来，那部大书便还原为一部正常的书，飞到老者的手里。千一兴奋地喊道："潘古先生，果然是您！"潘古先生笑呵呵地说："我琢磨着你该到了，便出来迎接你。"千一好奇地问："潘古先生，这是什么地方？"潘古先生介绍说："这里是南京内学院，是大哲学家熊十力曾经学习的地方。"潘古先生一边说一边引领千一走进大门。千一跨过门槛好奇地问："潘古先生，熊十力到底是怎样一个人呢？"潘古先生和颜悦色地说："熊十力生于清光绪十一年，也就是1885年，卒于1968年，由于家境贫寒，孩子又多，父母竟没有记住他的生日，后来熊十力成了著名的哲学家、思想家，朋友和弟子们要给他祝寿，他姑且将生日定为正月初四，也就是公历2月28日。大约是取新春万象昭苏、生生不息的意思吧。熊十力出生在湖北黄冈县上巴河一个名叫

\ 千 \ 一 \ 的 \ 梦 \ 象 \

张家湾的小村庄里。原名继智，又名升恒、定中，号子真，中年学佛以后，改名为'十力'。在佛典《大智度论》中，'十力'一词是赞扬佛祖智慧超群、神通广大、法力无边的，熊子真改名为熊十力，可见他是一个多么自信的人。"千一插嘴问："他出生在怎样一个家庭呢？"潘古先生微笑着说："熊十力在《先世述要》中对祖辈的窘境是这样说的：'余家世穷困。所可闻知者，先曾祖光东公、先祖父敏容公、先父其相公，三世皆单丁，都无立锥地。'熊敏容是熊十力的祖父，是走门串户的木匠，只生有一子，就是熊十力的父亲熊其相。熊敏容虽然清贫，但仍然省吃俭用地供儿子熊其相读书。熊其相虽然好学上进，却厌恶科举，一生以秀才的身份掌管乡塾，当了一辈子的私塾先生，一生困厄。为了改变'三世单丁'的境况，熊其相娶高氏，生六弟三女，熊十力排行老三。熊其相不仅博学，而且为人正直，对学生和子女都很尽责，是个名副其实的好老师。然而熊家儿女太多，沉重的家庭负担压得熊其相透不过气来。为了补贴家用，八岁的熊十力开始为邻家放牛。父亲因为在外地设馆授徒，所以只能在节假日回家时教熊十力识字、读书，还为他讲历史故事。熊十力五岁时，熊其相就开始对儿子启蒙教育，六岁时，熊其相带儿子到黄州参观了黄州考棚和东坡赤壁，熊十力对赤壁二赋竟能过目成诵。父亲发现儿子是个读书的好材料。因此十岁时，熊十力进入由父亲授课的乡塾读书，学习五经章句和各种史籍，这一年是熊十力少年时代最快乐的一段时光。然而好景不长，熊十力十一岁时，父亲积劳成疾，患上了严重的肺病，再也教不了书了，只能回家养病。熊十力也只能从乡塾退学回家。眼见聪颖好学的儿子不能读书，临终前，熊其相抚摸着十二岁的儿子熊十力的头说：'你终当废学，这是命啊！可是你体弱多病，何能胜任农事，不如学点缝衣之业，糊糊口而已。'熊十力立即向父亲发誓说：'儿无论如何，当敬承大人志事，不敢废学。'据《先世述要》记载，父亲为熊十力留下的最宝贵的财富是他的临终遗言：'穷于财，可以死吾之身，不能挫吾之精神与意志。'这句颇有风骨的话成为熊十力一生的座右铭。父亲病逝不久，母亲陈氏也去世了。养家的重担落在了长兄熊仲甫的肩上。熊十力从未忘记在父亲临终时立下的誓言，虽然失学，但不能'废学'，一边放牛，一边读书。被弟弟的好学精神所感动，熊仲甫将弟弟送到父亲的朋友何圣木的私塾读书，何先生因喜欢熊十力天资聪慧，还破例免收学费。当时熊十力十六岁，便对宇宙人生问题有所思考。据《十力语要》记载，熊十力读陈白沙的书时，曾'忽起无限兴奋，恍如身跃虚空，神游八极，其惊喜若狂，无可言拟，当时顿悟血气之躯非我也，只此理方是真我'。那时便形成了最初的哲学信仰。只可惜在何圣木门下只从学半年，因遭富家子所嫉，又不耐塾馆规矩的约束，便辞师退学，但仍自学不辍。后来，熊十力从邻县孝廉何焜阁处得到一些'格致启蒙'一类的新学书籍，读后思想受到强烈震撼，又闻听康有为'公车上书'之事而知世变日剧，在《十力语要》中，熊十力是这样描述自己的思想变化的：'得一格致启蒙，读之狂喜，后更启革命思潮。六经诸子，视之皆土苴也；睹前儒疏记，且掷地而詈。'同时，他'读船山、亭林诸老先生书，已有革命之志，遂不事科举，而投武昌凯字营当一小兵，谋运动军队'。"千一插嘴问："这么说，熊十力先生投笔从戎了？"潘古先生点点头说："1902 年，年仅十八岁的熊十力和同乡好友何自新、王汉等热血青年结伴到省城武汉闯荡，先在豆腐店打工，后毅然决定从军，投武昌新军凯字营第三十一标当兵。他在武昌白天上操练武，夜间读书看报，撰写文章，向报社投稿，主张变革现实，救亡图存。还经常向士兵们宣传革命思想，揭露清政府的腐败堕落，鼓动大家投身反清革命大业。1905 年，熊十力由行伍考入湖北陆军特别小学堂仁字斋，成为一名既学文又习武的学生兵。1906 年，熊十力又与刘子通等联合军学界有志之士，成立黄冈军学界讲习社。并由何自新介绍加入日知会，并成为其中骨干之一。后来湖北巡警道冯启均下令查封日知会，并将主要骨干抓捕下狱，熊十力侥幸逃脱，回到黄冈，改名换姓为周定中，先是在百福寺白石书院、不久又到邻近的马鞍山黄龙岩教书。以后数年他曾经参与武昌起义、二次护国讨袁运动。应该说，投身革命的戎马生涯是熊十力一生中非常夺目的一页，辛亥革命也是他青年时代经历的最伟大的事件。然而，辛亥革命以后革命斗争屡屡失败，使熊十力对旧民主主义革命的前途产生了怀疑。他在《十力语要》中说：'党人竞权争利，革命终无善果。又目击万里朱殷，时或独自登高，苍茫望天，泪眼盈盈雨下。以为祸乱起于群众昏聩无知，欲专力于学术，导人群以正。''于是始悟我生来一大事，是在政治革命之外者，痛悔以往随俗沉浮无真志，誓绝世缘，而

\千\一\的\梦\象\

为求己之学。'自此，他'决志于学术一途'。由广州返回德安，开始整理自己的思想，不承想，他的第一部书《熊子贞心书》竟然得到北京大学校长蔡元培先生的赏识，并拨冗为《心书》作序：'今观熊子之学，贯通百家，融会儒佛。其究也，乃欲以老氏清净寡欲之旨，养其至大至刚之气。富哉言乎！遵斯道也以行，本淡泊明志之操，收宁静致远之效，庶几横流可挽，而大道亦无事乎他求矣。'"千一插嘴道："熊十力先生也太幸运了，第一部书就得到蔡元培先生这么高的评价，想必更坚定了他'决志于学术一途'的决心吧？"潘古先生一边踱步一边微笑着说："是的，蔡元培先生是'学界泰斗，人世楷模'，能给毫无名气的熊十力作序，的确令熊十力备受鼓舞，不过真正改变熊一力人生走向的是另一个人！"千一迫切地问："是谁呢？"潘古先生笑呵呵地说："1919年，熊十力到南开中学教授国文，有一天，他在学校阅览室里翻看过期杂志时，无意中发现，1916年出版的《东方杂志》十三卷第五至第八期上连载的长文《究元决疑论》，指名道姓地批评熊十力发表在当年《庸言》上批评佛教的一组文章'愚昧无知'，根本不解佛教真谛。经过一番研读之后，熊十力觉得这位署名梁漱溟的作者说得似乎有一定道理，于是便给正在北京大学担任特约讲师的梁漱溟写了一封信，约他面谈。梁漱溟很快回信应允。于是在1919年暑假期间，三十四岁的熊十力专程从天津到北京会见借居在广济寺的年仅二十六岁的梁漱溟。想不到两人一见如故，遂结为莫逆之交。后来两个人都出佛入儒，成为著名的思想家、哲学家。在梁漱溟的介绍下，1920年暑假，熊十力辞掉南开中学教职，到南京支那内学院拜唯识学大师欧阳竟无为师，开始学佛，成为支那内学院第一批学员，学制三年。尽管吃穿住都维持在极低的水平，为探求佛学的真谛，熊十力乐在其中。他是学院里最用功、最能吃苦也是最穷的学生。他每天早晨四点钟准时起床，或读书，或写作，从不间断，而且每天读书都至深夜，一度患上了神经衰弱症，时常头疼难忍。他穷得只穿一条中装长裤，穿脏了就利用晚上时间洗干净，挂在通风处晾干，第二天早上再穿。有时赶上阴天晾不干，他便只好光着腿穿长衫，以至于同学们称他为'空空道人'。但是在学习上他从不马虎。在不到三年的时间里，他终日沉潜于唯识宗的浩瀚的经卷之中，以至于把派别林立、卷帙浩繁、艰涩深奥的经卷全都钻研了一遍，写下了数十万字的读书笔记。他在《新唯识论》（语体本）序言中说：'追寻玄奘、窥基宣扬之业，从护法诸师上索无著、世亲，悉其渊源，通其脉络。'唯识宗的创始者是玄奘及其弟子窥基。熊十力开始系统研读唯识典籍，然而在惊叹于唯识宗烦琐的思辨魅力的同时，也有很多观念令他无法认同，以至于佛教的出世观念与他骨子里潜存的儒家入世意识发生了冲突。就在他对唯识宗由信而疑之时，又是梁漱溟为他提供了一个新的人生机遇。"千一迫切地问："发生了什么事情？"潘古先生微笑着说："在北京大学任教的梁漱溟打算按照自己的新孔学思想创办一所学校，便向校长蔡元培递交了辞呈。蔡元培先生虽然同意梁漱溟辞职，但是委托他帮助推荐一位可以接替他讲授唯识学课程的讲师。梁漱溟便推荐了熊十力。蔡元培欣然应允。"千一好奇地问："在北大，熊十力的唯识论讲得如何呢？"潘古先生笑呵呵地说："熊十力所讲的唯识学概论是哲学系本科生的选修课，梁漱溟与熊十力交接工作时，叮嘱他务必从一些基本概念和基本知识入手，由浅入深地引领学生'登堂入室'进入唯识学王国。起初熊十力的确是按照梁漱溟的叮嘱讲授的，还不惮辛苦地写了九万字的讲义，然而经过一段时间的教学实践，特别是在他钻研《周易》日益深入之后，对唯识学的一些教义实在无法认同，越讲越别扭。于是他决定从欧阳竟无大师的佛学中跳出来，用儒家的周易哲学重新构建一套'新唯识论'。为此他不惜焚烧了已经准备好的九万多字的讲义，重新撰写讲义，凭着巨大的自我否定的决心和勇气，草创'新唯识论'，他边讲、边写、边改，为创立'新唯识论'的思想体系，他在佛学王国中探秘，在儒学海洋中畅游，在西方哲学的花海中采撷精华，博采众家之长并且融会贯通，终于创立了一种崭新的思想体系——新唯识论。《新唯识论》定稿后，熊十力病倒了，他在西湖的法相寺养病时，得知赫赫有名的大儒马一浮就住在西湖畔，这是熊十力仰慕已久的一位大儒，他非常想结交，便用'以文会友'的方式将《新唯识论》书稿邮寄给了马一浮，并附上了一封言辞恳切的求教信。"千一插嘴恳求道："潘古先生，能先简单介绍一下马一浮先生吗？"潘古先生点点头说："马一浮比熊十力大两岁，是一位学识广博而且个性鲜明的思想家、诗人和书法家。他通晓多国语言，中国传统文化根基深厚而且诗书画俱佳，可谓是满腹经纶。北京大学校长蔡元培曾经邀请马一浮到北大任文科学长，马一浮却以'古闻来学，未闻往教'为辞，给予拒绝。"千一担心地问："潘古先生，马一浮先生这样有个性，熊十力的书稿寄出后会不会石沉大海呀？"潘古先生微微一笑说："书稿寄出后的确如泥牛入海，数十日都毫无消息，熊十力盼马一浮回信已经到了茶饭不思、夜不能寐的境地，就在他倍感失望之际，忽然有人来访。正是熊十力日思夜盼的马一浮先生，熊十力大喜过望，用抱怨的口气说：'你怎么才露面呀！'马一浮微笑着说：'如果你只写一封信，我们早就见面了，可是你寄了大作，我总得拜读完才能来拜访吧？'两个人也是一见倾心，侃侃而谈。马一浮先生建议《新唯识论》可以出版，并答应为这部著作作序。"千一敬佩地说："熊十力与梁漱溟、马一浮之间的相识、相知太令人羡慕了。潘古先生，后来呢？"潘古先生委着说："抗日战争爆发后，熊十力没有随北京大学南迁，因为只有教授才可以随迁，而当时熊十力仅是讲师，不在随迁之列，因此他历经千辛万苦，逃回到原籍湖北黄冈避难，后入四川，任教于马一浮主持的乐山复性书院，讲授宋明理学。其间撰写《中国历史讲话》，为各民族团结一心、共同抗日提供理论与历史依据。抗战胜利后，熊十力离开四川抵达武汉，并且两次拒绝蒋介石派人送达的资助经费。1946 年夏天再次入川，到乐山附近的黄海化学工业研究社附设哲学研究部主持工作。第二年春北京大学复校，他闻讯返回北京大学，他原以为又可以过专心治学的日子了，却因内乱不得不再次飘零，辗转于武汉、上海、杭州、广州等地。直到 1950 年，熊十力才再次回到北京大学任教。1966 年，那场史无前例的十年动乱爆发，熊十力先生痛心疾首。他曾经说过，一旦有一天不能自由地做学问，他便绝食而死。1968 年，他果然践行了自己的诺言，并于 5 月 28 日走完了他八十四年的坎坷人生。身后留下《新唯识论》《佛家名相通识》《十力语要》《读经示要》《原儒》《体用论》《明心篇》《乾坤衍》等传世名作。"千一听到这里沉思片刻问："潘古先生，熊十力的《新唯识论》究竟讲了些什么呢？"潘古先生微笑着说："熊十力在《为诸生授新唯识论开讲词》中说：'哲学中略分类如下：一、本体论，一名形而上学，即穷究宇宙实体之学。二、宇宙论，即解释宇宙万象之学。三、人生论，参究生命本性及察识吾人生活内容，求去杂染而发挥固有德用，复其天地万物同体之真。四、知识论，亦云认识论。……四类中唯本

567

体论是万理之所以出，一切学术之归宿处，一切知识之根源。'熊十力认为哲学是究元、究体之学，因此在这四个部分中，他认为唯有本体论才是真正哲学不可动摇的领域。他在《十力语要》中说：'故哲学发端，只是一个根本问题，曰宇宙实体之探寻而已。'实体即本体，也就是说哲学的历史之源、哲学的根本就在于本体。可见，虽然熊十力将哲学划分为本体论、宇宙论、人生论、知识论，但不能将四者'分截太甚''劁画太死'，而应将四者'融成一片'，并以本体论统摄它们。为此，熊十力在《新唯识论》（语体本）中说：'哲学，自从科学发展以后，它的范围日益缩小，究极言之，只有本体论是哲学的范围，除此之外，几乎皆是科学的领域。虽云哲学家之遐思与明见，不止高谈本体而已。其智周万物，尝有改造宇宙之先识，而变更人类谬误之思想，以趋于日新与高明之境。哲学思想本不可以有限界言，然而本体论究是阐明万化根源，是一切智智（一切智中最上之智，复为一切智之所从出，故云一切智智）。与科学但为各部门的知识者自不可同日语。则谓哲学建本立极，只是本体论，要不为过。夫哲学所穷究的，即是本体。我们要知道，本体的自身是无形相的，而却显现为一切的物事。但我们不可执定一切的物事以为本体即如是……本体是不可当作外界的物事去推求的……然而吾人的理智作用，总是认为有离我的心而独立存在的物质宇宙，若将这种看法推求本体，势必发生不可避免的过失，不是把本体当做外界的东西来胡乱猜拟一顿，就要出于否认本体之一途。所以说，本体不是理智所行的境界。我们以为科学、哲学，原自分途。科学所凭借的工具即理智，拿在哲学的范围内，便得不着本体。'由此可见，熊十力是想以自己的真实生命去透悟什么是人的生命的本体、宇宙万物之本根及其生生不息的源头活水，重新寻找'人生本质'和'宇宙本体'，进而'重立大本''重开大用'。"千一好奇地问："潘古先生，熊十力先生所说的'本体'究竟是什么呢？既然他否认'有离我的心而独立存在的物质宇宙'，那么本体与心究竟是什么关系呢？"潘古先生淡然一笑说："熊十力在《新唯识论》（语体本）中说：'本体之所以成其为本体者，略说具有如下诸义：一、本体是备万理、含万德、肇万化、法尔清净本然。法尔一词，其含义有无所待而成的意思。清净者，没有染污，即没有所谓的恶之谓。本然者，本谓本来，然谓如此。当知，本体不是本无今有的，更不是由意想安立的，故说本来。他是永远不会有改变的，故以如此一词形容之。二、本体是绝对的，若有所待，便不名为一切行的本体了。三、本体是幽隐的，无形无相，即是没有空间性的。四、本体是恒久的，无始无终的，即是没有时间性的。五、本体是全的，圆满无缺的，不可剖割的。六、若说本体是不变易的，便已涵着变易了，若说本体是变易的，便已涵着不变易了，他是很难说的。本体是显现为无量无边的功用，即所谓一切行的，所以说是变易的。然而本体虽显现为万殊的功用或一切行，毕竟不曾改移他的自性。他的自性，恒是清净的、刚健的、无滞碍的，所以说是不变易的。'熊十力认为'只有本体论是哲学的范围'，所以他的哲学思想核心就在于阐发本体，并在《新唯识论》中阐发本体六义。总之，'须知本体是圆满至极，德无不全，理至不备'。关于'行'，熊十力在《体用论》中是这样解释的：'古代印度佛家，把一切心的现象和物的现象都称名曰行。行字含义有二：一、迁流义。二相状义。''物的相状，是可感知。心的相状，不可以感官接，而可内自觉察。因为心和物具有上述两义，故都名为行。'由此可见，本体无所不包，涵盖宇宙间的一切存在，离本体无万事万物可言。本体是'清净'的'本然''全体'，是圆满性、根源性和整体性的存在，是'备万理''含万德''肇万化'的宇宙本源。本体无形无相，不受空间限制，是'幽隐'的实有，是'主客俱泯'的'绝待'。它既超空间，又超时间；既无所不知，又无始无终，而且圆满无缺、不可剖割、无生不灭，具有永恒性。同时本体又是'不易'与'变易'的统一，也就是变与不变的统一，具有生生、健动等种种德性，以及无穷无尽的大用，是大用流行、生化不已的宇宙源头。"千一若有所思地说："潘古先生，我怎么越听越觉得本体就是梦象呢？"潘古先生确定无疑地说："的确如此，透过本心才可窥视梦象，而梦象才是本体的真实图景。因此，熊十力认为，本体就是本心。他在《新唯识论》中说：'本体不是离我的心而外在的。……唯吾人的本心，才是吾身与天地万物所同具的本体。'那么什么是本心呢？熊十力在《读经示要》中说：'本心即万化实体，而随义差别，则有多名：以其无声无臭，冲寂之至，则名为天；以其流行不息，则名为命；以其为万物所由之而成，则名为道；以其为吾人所以生之理，则名为性；以其主乎吾身，则谓之心；以其秩然备诸众理，则名为理；以其生生不容已，则名为仁；以其照体独立，则名为知；以其涵备众德，故名明德。'也就是说，天、命、道、性、心、理、仁、知、明德，都可从各自的角度称为本心。他又在《新唯识论》中说：'本心是绝待的全体。然依其发现有差别义故，不得不多为之名。一曰为心。……二曰意。……三曰识。……此心、意、识三名，各有涵义，自是一种特殊规定。实则，三名亦可以互代，如心亦得云识或意，而识亦得云心或意也。又可复合成词，如意识、亦得云心意或心识也。'可见，尽管'本心'的异名纷纭迭出，可谓是随物赋形、目不暇接，其实都是以'心'为实体的梦象，从中散发出巨大的物我同具、宇宙共有的生命力量。'本心'是体，生命能量是用，正因为如此，熊十力反复强调'新唯识论'的本旨是'体用不二'。"千一插嘴问："什么是体用不二呢？"潘古先生解释道："熊十力喜欢用'大海水与众沤（波浪）'作比喻，大海水比喻为体，也就是本心或梦象；众沤比喻为用，也就是万物或心灵图景。他在《明心篇·自序》中说：'体者，实体之简称。用者，功用之简称。实体变动，成为功用。而实体即是功用的自体，不可求实体于功用之外。譬如大海水变动成为众沤，而大海水即是众沤的自身，不可求大海水于众沤之外，故说体用不二。'在熊十力看来，本体，是全体浑然，无差别相，喻如大海水。众沤喻为万物。本体同万物的关系就如同大海水同众沤的关系一样。两者是不能分离的。大海水全体显现为众沤，而每一滴都是大海水的直接显现。他在《十力语要》中进一步解释说：'体与用，本不二，而究有分；虽分而仍不二。故喻如大海水，与众沤。大海水全成众沤，非一一沤各别有自体，故众沤与大海水本不二。然虽不二，而有一一沤相可说，故众沤与大海水毕竟有分。体与用本不二而究有分，义亦犹是。沤相虽宛尔万殊，而一一沤，皆揽大海水为体故，故众沤与大海水仍自不二。体与用虽分而仍不二，义亦犹是。'也就是说，'本心'是'浑然与万物一体'的生生不息的能量本体，是充盈于宇宙，遍为万物的实体。由大海水与众沤的比喻，当知体用可分，而实不二。虽本不二，而不妨有分。"千一似有所悟地说："我明白了，本心与万物是不可分割的，但万物可以'宛尔万殊'；就像梦象与心灵图景不可分割，但心灵图景可以千变万化一样。潘古先生，熊十力又是如何解释宇宙万象的呢？"潘古先生沉思片刻说："熊十力在《明心篇》中认为'宇宙是物质与生命、心灵种种现象浑沦为一之大流'。也就是说，物质、生命、心灵三者的种种现象浑沦为一所形成的大流就是宇宙。他说：'吾人推想宇宙太初，似乎独有物质而无生命、心灵，其实不然。物质宇宙广博无量，诸天体虽互相关联而距离遥远，各天体所有温度等等情形当互不同，生物所需之条件，诸天体皆不易具备。故生命力之潜驱默运乎物质宇宙中，只合因物而成之，天成其为天，地成其为地，乃至蕃然万物各成，莫不有生命力潜运其间。全宇宙浑是生生之流，岂是一团死物质乎？'他解释说，'生命元是大生广生之洪流，此《易》义也。生命、心灵，各异实同，不可斫之为二'。他认为生命、心灵早就潜驱默运于宇宙之中，恰恰是生命、心灵所迸发出的生命力化育出天地万物。为什么'体'与'用'会流行变之，生生不息呢？熊十力在《新唯识论》（语体本）中认为，这是因为'本体现为大用，必有一翕一辟'。"千一凝眉问："翕辟是什么意思？"潘古先生解释说："熊十力在《新唯识论》（语体本）中说：'所谓辟者，亦名为宇宙的心。我们又不妨把辟名为宇宙精神。这个宇宙精神的发现，是不能无所凭借的，必须于一方面极端收凝，而成物即所谓翕，以为显发精神即所谓辟之资具。'所谓辟就是宇宙的心，也可称之为宇宙精神。那么凭借什么发现这种宇宙精神的呢？凭借的是翕，也就是物。物是辟显发精神的资具。可见辟与翕是心与物的关系。他认为物界演进大致分为质碍层和生机体层。因此他在《体用论·明变》中说：'翕为物始，必渐趋凝固，此质碍层所由成。辟者宇宙大心，亦名宇宙大生命。'翕是物的开始，渐渐凝固而成质碍层；辟是宇宙大心，也叫宇宙大生命。讲的还是物与心的关系。"千一插嘴问："那么质碍层和生机体层是如何形成的呢？"潘古先生耐心地说："熊十力在《体用论·明变》中说：'一、质碍层。自洪濛肇启，无量诸天体乃至一切尘，都是质碍相。质碍相者，生活机能未发现故。言人说物为重浊或沉坠者以此。即由如是相故，通名质碍层。二、生机体层。此依质碍层而创进，即由其组织特殊而形成为有生活机能之各个体，故名生机体层。此层复为四：曰植物机体层，曰低等动物机体层，曰高等动物机体层，曰人类机体层。凡后层皆依据前层，而后层究是突创，与前层异类，此其大较也。古今浅于测化者，只从物界着眼。遂以物为本原、为先在，而不悟物者，本体流行之翕势所

571

为也。本体流行，元是阳明、刚健、开发无息之辟势。'因此，熊十力认为翕与辟是本体显现的两种势。所谓'翕'是凝于物化的动势，所谓'辟'是不可物化的动势。翕势与辟势是相反相成的。这两种势月通过物向质碍层再向生机体层的演进，逐步形成物和心。也正因为如此，熊十力在《体用论·明变》中说：'用不孤行，必有一翕一辟。翕势收凝，现起物质宇宙，万象森然。辟势开发，浑全无畛，至健不坠，是乃无定在而无所不在。包乎翕或一切物之外，彻乎翕或一切物之中。能使翕随己转，保合太和。辟势不改其实体之德，故可于此而识本体。''用'体现在一翕一辟中，两种势用不可分。翕势收凝，方显现万象森然的物质宇宙。翕势具有固闭、下坠的性质，成为'辟'所依据、所显发的工具，其动向与本体相反。辟势具有刚健、开发、升进、照明等德性，为运动'翕'、转化'翕'的力量，代表了本体的动向。因此，熊十力在《为诸生授〈新唯识论〉开讲词》中说：'翕者，本体之流行，其势猛疾而收凝。现似物相。这很使人疑于本体不守自性，辟生变而至物化。但本体自性，是不物化的。其现似物相，故动而反。动而不顺其自性，故反。当翕势起时，即有辟势与之俱起。辟者，本体之流行，终不舍失其自性，故有刚健、纯粹、开发、升进之势，纯粹者，纯谓纯善，粹谓粹美。升进者，不坠堕义，犹俗云向上。运行乎翕之中，而破除翕势之重锢，即转翕以从己。是故一翕一辟，同为本体之流行。'可见本体流行表现为一翕一辟，翕势猛疾而收凝方表现为物质，辟势刚健、纯粹、开发、升进，以向上之势而表现为心灵。正是'翕'与'辟'的相互作用，造成了大用流行，翕辟便是本体之流行。正所谓'翕以显辟，辟以运翕'。所谓翕以显辟，讲的是明心灵必待有物而始显发；所谓辟以运翕，讲的是明心能宰物，而不为物所驱使。"千一沉思片刻问："既然所谓'翕'就是'物'，所谓'辟'就是'心'，那么熊十力是如何揭示心物关系的呢？"潘古先生微微一笑说："熊十力在《新唯识论》（语体本）中认为，'既依翕故，假说为物，亦云物行。辟的势用是刚健的，是运行於翕之中，而能转翕从己的，即依辟故，假说为心，亦云心行。'又在《十力语要初续》中说：'浑然全体流行，是云本体。依此流行现似一翕一辟，假说心物，说翕为物，说辟为心。都无实物可容暂住，是称大用。'在体用关系上而言，本体是全体流行，于流行分体用，于用上假说心物。但'心'与'物'构成了一个相互依存的矛盾整体，熊十力认为'心'为'物'的主宰。刚健的辟势，不仅运行于翕中，而且主宰翕。为此，他在《十力语要》中说：'宇宙自无机物而有机物，有机物由植物而动物，而高级动物，而人类，乃至人类中之圣哲，一层一层，见心神逐渐显著盛大，确尔官天地，宰万物。'由此可见，他认为宇宙万有皆具'心'的作用，心是主要的、决定的方面，他把宇宙万物的一切变化和创进都看作是心的主导作用。他在《新唯识论》中认为，'心'能转化一切境并改造一切境。在谈到心物关系时，他在《明心篇》中说：'物含藏心，心主导物，物受心之主导而机体组织日精，心得物之良缘而明德开发日盛。'他总结说：'一、心灵、生命非物质性故，不可谓其从物质而生。二、心灵、生命本是一物。三、无机物最先出现，生命、心灵尚隐而未见，不可言无。四、心与物毕竟是浑沦之流，心若无物，而谁与居之？物若无心，而谁与主之？《大易》乾坤两方，实为一体，其义宏大深远，吾承之而不敢叛也。'因此，熊十力认为，'宇宙是物质与生命、心灵种种现象浑沦为一之大流'。心灵、生命并非生于物质，心灵、生命本就是一回事。生命、心灵隐于无机物中时虽未显，但始终存在。心与物是模糊不清的，心中如果无物，还能有什么呢？物如果无心，那么谁来主宰它呢？因此，翕辟就是本体流行、宇宙运动、万物变化之本身。所以，熊十力对他的翕辟论甚感得意，他在《十力语要》中说：'心物问题，唯《新论》解决最圆满，翕辟成变之义，可借伊川语"真泄尽天机"。然非深心体之，则亦莫知真妙也。'"千一似有所悟地点点头，然后问："熊十力先生又是如何理解生命与心灵是一物的呢？"潘古先生淡然一笑说："熊十力在《明心篇》中是这样理解的：'离生命而言心灵，心灵岂同空洞的镜子乎？离心灵而言生命，生命其为佛氏所谓迷暗势力乎？余诚不信生命、心灵可离而为二也。说生命不是物质，理则诚然；说生命亦异心灵，义非能立。余以为生命、心灵同有生生、刚健、亨畅、升进、炤照等等德用。生生，言其大生、广生，常舍故创新、无穷无尽也。刚健，言其恒守至健而不可改易也，故能斡运乎物质中，终不为物所困。亨畅，言其和畅开通、无有郁滞也。升进，言其破物质之锢闭，而健以进进、不坠退故，俗云向上是也。炤明，言其本无迷暗性，《易》云"大明"，是乃最高智慧与道德之源泉也。如上诸德用，皆是生命、心灵所法尔本有，而不可诘其所由然者。唯人独能努力实现生命、心灵之一切德用，此人道所以尊也。然人与万物本为一体，人乃万物发展之最高级，则人之成功即万物之成功已。总之，生命、心灵本来不二。而有两名：特举其生生不已之德而言，则曰生命；特举其炤明无暗之德而言，则曰心灵。名虽不一，其所指目非两体也。'他认为，离开生命而言心灵，心灵就成了一面空镜子；离开心灵而言生命，生命就成了佛家所说的迷暗势力。他实在不相信生命、心灵可以一分为二，说生命不是物质，还可以理解，说生命、心灵不同，则道理说不通。他认为生命、心灵同样具有生生、刚健、亨畅、升进、炤照等德用，而且这些德用都是生命、心灵所自然拥有的。总之，生命、心灵不可离而为二。我认为熊十力所说的生命应该是'宇宙大生命'，所说的心灵应该是'宇宙之大心'，他将生生不已之德称之为生命，将炤明无暗之德称之为心灵，名称虽然不同，但实质是一回事……"或许潘古先生说到了紧要处，他为了强调自己的观点，用力一挥手，结果一不小心将拿在手中的《新唯识论》丢在了地上，千一俯身去捡书，当书拿在手里的瞬间，《新唯识论》变成了龟甲片，当她直起腰时，潘古先生已经不知去向，而支那内学院也无影无踪，只留下千一一个人呆呆地站在阙里巷中。

晚饭后，舒畅创作了一幅兰法作品，请丈夫和女儿欣赏，孟周一边欣赏一边情不自禁地说："舒畅，你的这幅作品让我想起了熊十力在《明心篇》中的一句话：'生命力斡运于一切生机体中，随在充实，都无亏欠。'"孟蝶不解地问："爸爸，斡运是什么意思？"孟周微笑着说："斡是主导，运是运行，熊十力的意思是说，生命力在一切生机体中主导运行，随时随地充实着生机体，不亏欠任何生机体，这恰恰是对你妈妈这幅作品的解读。"舒畅听罢喜滋滋地说："老公给题几个字吧。"孟周沉思片刻，提笔写了两句诗："拔地雷声惊笋梦，弥天雨色养花神。"孟蝶不解地问："爸爸，这两句诗是什么意思？"孟周微微一笑解释道："这是王船山的两句诗，但是熊十力用这两句诗来解释'生命力斡运于一切生机体中，随在充实，都无亏欠'的道理。"孟蝶好奇地问："熊十力是如何解释的呢？"孟周耐心地说："熊十力在《明心篇》中说：'按上句"拔地雷声"，形容生命力之升进，其势猛烈。笋禀之以有生、既生，而不知其所以生。惊，犹震也。笋之初出土，生长极速，宜由生命力之震发而不自觉，故曰梦。下句"弥天雨色"，以喻生命是全体性，圆满无亏，若弥天雨色之充盈。万物同禀生命以有生、既生，而物各自养，益扩充其所始受，则以生生之盛，赞之曰神，犹花之发其精英，亦曰神也。花得弥天雨色以生，而养其神以弗衰。万物之全其性命，亦犹是耳。有问："公释船山诗意，殆主张有宇宙大生命为万物所禀之以有生乎？"答曰："万物各有的生命，即是宇宙大生命；宇宙大生命，即是万物各有的生命。不是万物以外，别有大生命也，勿误会。总之，生命不同于物质性，此则余所深切体会而无惑疑者。'"所谓'拔地者'，是指雷声拔出地面而上升的意思。但爸爸认为，所谓'拔地雷声'是指心灵中的能量，是心灵中的能量如雷声拔出地面而上升，这种震发是潜意识、无意识的，却令宇宙万物的生命力像梦一样猛烈升进，这就是'惊笋梦'，'笋'就是宇宙万物，就是心灵图景。所谓'生命力之震发而不自觉'中的'不自觉'，便是指潜意识、无意识。所谓'弥天雨色'便是对梦象的形象化描绘。梦象若'弥天雨色'般充盈，所以心灵图景呈现生生之盛，'犹花之发其精英'，所以赞之曰神。梦象才是宇宙大生命之本心。这种'不自觉'，熊十力用'感而遂通'来解释。我却觉得是一种'神觉。'"孟蝶好奇地问："爸爸，什么是'神觉'？"舒畅插嘴说："这应该是你爸爸新悟出的一个美学概念。"孟周得意地说："所谓神觉就是顿起的直悟，就是主客合一、知意融合的超理智思辨，就是返己内证的神悟，是知的直观，是心物合一、主客交融的境界。灵感便是瞬间的神觉，是从无意识、潜意识中突如其来的神觉。"孟蝶若有所思地问："熊十力先生似乎很重视心与物的关系，爸爸，您是怎么理解心物合一的？"孟周毫不犹豫地说："心物合一就是美，只有神觉可以体悟这种美。其实，美就是心与物的融合。物是心之境，心与境融合出心境便会产生美。散漫混乱的'物'经过'心'的知觉、直觉、神觉的整合而转化成心灵图景就是美。所谓心灵图景就是哲学家、艺术家将潜存在心灵中无形无相无常的梦象转译成一个具体的意象。而心物融合成的万象就是由一个个具体的意象组成，这种万象就是宇宙。因此宇宙是天地间的大美。"孟蝶凝眉问："可是为什么大部分人都领悟不到梦象的秘密呢？"孟周沉思片刻说："人们之所以领悟不到梦象的秘密是因为他们将自己桎梏在眼见为实的牢笼里，离自心而向外求本体，从不返己内证，进而失去了尽情想象和大胆假设与勇于怀疑批判的能力，从而掩盖了神觉的光芒。说白了，就是他们不仅将心与物一分为二，甚至对立成两极。这是熊十力先生一生都反对的。他在《新唯识论》（语体本）中说'本体非是离我的心而外在者''万有本原与吾人真性元非有二'。在《新唯识论·唯识上》中他强调道：'人皆以为吾心是内在的，一切物是外界独存的，因此将浑全的宇宙无端划分内外。其心迷逐物，而无有灵性生活，庄子所以悲人生之茫惑而不反也。'将浑全的宇宙无端划分内外，便会心迷逐物，而失去灵性生活。没有灵性生活怎么可能有神觉，又怎么可能感而遂通呢？要知道，所谓'感'就是神觉。"孟蝶追问道："爸爸，熊十力是如何理解感而遂通的呢？"孟周认真地说："所谓神觉，用熊十力的话讲就是'傥然神悟'。他在《十力语要》中描绘通之境时说：'凡学问家之创见，其初皆由傥然神悟而得。但神悟之境，若由天启，其来既无端，其去亦无踪，瞥尔灵思自动，事物底通则，宇宙底幽奥，恍若冥会。然此境不可把捉，稍纵即逝。必本此灵感，继续努力，甄验事物，精以析之，而观其会通。又必游心于虚，不为物挂。（挂者滞碍。凡夫心思常滞碍于现前物事，而不得悟真理。）方令初所傥悟得以阐发，得以证实，而成创见，且推衍为系统的知识。如其虽有灵机，恒任乍灭而无所努力，久之心能亦渐驰废，尚有何发现又言耶？向怀此意，惜可与语者殊少耳。'也就是说，与梦象会通，'恍若冥会'，必须'游心于虚'，但乍兴乍灭也不可能进入神悟境，还需对'傥悟'进一步阐发、证实、创见，进而推衍成系统的知识。这才形成'神解'。因此，熊十力在《十力语要初续》中说：'神解必是悟其全，而犹不以傥来之一悟为足也，必于仰观俯察、近取诸身、远取诸物之际，触处体认，触处思维与辨析，然后左右逢源，即证实其初所神悟者。'如此才可以最后达到会通之境。"孟蝶若有所思地说："爸爸，'感'我理解了，那么如何理解'通'呢？"孟周继续解释道："所谓'通'就是'亨'。熊十力在《读经示要》中是这样解释'通'的，他说：'亨，通也。亨德，即元德之发现也，非离元而别有亨也。利贞准此。元德，谓仁体也。万物同此仁体，故物莫不互相交遍。交遍者，谓物各同处互遍不相碍。譬如张千灯于一室之内，千灯之光，各各遍满一室，而互不相障。宇宙间一切物事，各各遍满于全宇宙，互不相碍，良由万物同此仁体，故其通畅有如此者。'由此可见，所谓通，就相当于千灯之光，互不相碍。但元德或梦象，才是通的'室'。也只有源目梦象的'通'，才会使心物合一而互不相碍。无通则无感，有感方可通。心感而生物，物不离心，同时也意味着心也不离物，心离物则不能彰显生存意义。但在心物交涵互摄的状态中，心处于主宰的地位，物毕竟随心转。这就叫感而生物，物随心转，'感'就是神觉，是本心或梦象的发用，但其发用的效果是成就了物或心灵图景。所谓'游心于虚'就是游心于'感通'的境界中。因此熊十力在《十力语要》中说：'常保得虚明而不昏不昧之心体，以之读书用思，自然分明不乱，以之应事接物，自然各当其理。《大易》所云："寂然不动，感而遂通"与佛之般若，只是此境。'"这对，舒畅插嘴说："天太热，你们爷俩聊着，我去给你们切西瓜。"说完，舒畅去了厨房。而孟蝶已经听入了迷，她情不自禁地问："爸爸，如何做到'感而遂通'呢？"孟周微笑着说："妈妈创作的这幅兰花就是'感而遂通'的典范。妈妈在创作时应该做到了熊十力所说的两点：一是'破相显性'，二是'至寂神化'。在熊十力看来，所谓'破相显性'是大乘空宗的'真谛'，意思是指'破掉'宇宙'妄相'，以显其本体。熊十力思想重在见体，因此他认为证体必须不执法相，而要'破掉''妄相'悟入真实本体。"孟蝶插嘴问："爸爸，什么是'妄相'？"孟周和蔼地说："所谓'妄相'就是指现象。熊十力在《原儒》卷下中解释说：'万物是本体流行之过程，现似万有不齐之相，（相字，读相状之相，犹云现象。现似者，以其相非固定，故以似言之也。）所谓心物万象是也。先儒谓之万殊。故一言乎万物，即知其是本体之流行。'在本体流行过程中，万物的相状并不是固定的，正所谓心物万象。宋明时期的儒家称之为'万殊'。所以一谈万物，就知道讲的是本体流行。可见，相其实就是心物万象，是本体流行过程所呈现的迹象而为心所执定，要做到'感而遂通'必须'破掉'为心所执定的'相'，空宗称之为'法相'。熊十力在《新唯识论》（语体本）中说：'法相是千差万别的，若于法相而不执为法相，得悟入其真实本性，便离差别相。法相是生灭无常的，若于法相而不执为法相，得悟入其真实本性，便离生灭相。法相是变动不居的，若于法相而不执为法相，得悟入其真实本性，便离变动相。广说乃至无量义，恐繁为止。总之，空宗密意唯在显示一切法的本性。（此中一切法，犹云一切物，他处用法宗者皆准知。）所以，空宗遮拔一切法相，或宇宙万象，方乃豁然彻悟，即于一一法相，而见其莫非真如。空宗这种破相显性的说法，我是甚为赞同的。古今谈本体者，只有空宗能极力远离戏论。空宗把外道，乃至一切哲学家，各各凭臆想或情见所组成的宇宙论，直用快刀斩乱丝的手段，断尽纠纷，而令人当下悟入一真法界。（一切法的本体，曰法界。真者不虚妄义。一者绝对义。）这是何等的神睿、何等稀奇的大业！'本体流行过程中所呈现的迹象是千差万别的，对于千差万别的宇宙万象不为心所执定，便可悟入本体流行的真实本性，从而远离了千差万别的现象；本体流行过程中所呈现的迹象是生灭无常的，对于生灭无常的宇宙万象不为心所执定，便可悟入本体流行的真实本性，从而远离了生生灭灭的现象；本体流行过程中所呈现的迹象是变动不居的，对于变动不居的宇宙万象不为心所执定，便可悟入本体流行的真实本性，从而远离了变动不居的现象。契经、律、阿毗昙、戒等四法乃至一切诸法各具无量无数之义理，人们会因畏惧无量无数之浩繁而止步。总之，空宗的要义是'破相显性'，只在显示一切法的本性，此处的一切法与一切物、一切现象是等同的，也就是遮拔一切法、一切现象。所以，也只有遮拔一切法相，或宇宙万象，才会豁然彻悟而于宇宙万象中见到本体流行的真如。因此，他进一步强调道：'空宗的密意，本在显性。其所以破相，正为显性。'而性就是本体。但是空宗由现象悟入真实，只悟到了本体虚寂的一面真实，本体不仅有'虚寂之旨'，还有'生化之妙'。因此，熊十力在《新唯识论》（语体本）中说：'凡谈生化者必须真正见到空寂，乃为深知生化。性体离一切相故说空，离一切染故说寂。于其寂而可识神化之真也，于其空而可识生生之妙也。'他认为，不真正见到空寂，就不可能深知生化。在佛教中，性体指实体，即事物之实质为体，而体之不变易称为性，所以体就是性。其实性体就是本体。所以，离开本体流行所产生的一切现象才说空，离开了人世间的六尘才说寂。于寂中可识神化之真，于空中可识生生之妙。为此，他在《新唯识论》中是这样解释'寂'的：'夫寂者，真实之极也，清净之极也，幽深之极也，微妙之极也。无形无相，无杂染，无滞碍，非戏论安足处所。黯然无可形容，而强命之曰寂也。'所谓'寂'，是真实至极、清净至极、幽深至极、微妙至极，'寂'无形无相，无杂染，无滞碍，不是各各凭臆想或情见所能解释的。正因为无法用语言形容，所以才称之为'寂'。很显然，寂是梦象'动之微'的状态。熊十力在《明心篇》中说：'夫明几发于灵性，此乃本心。（明者，炤然灵明之谓。）几者，动之微。灵明之动，曰明几。良知发动，即此明几，可返己体验也。'可见，发于灵性的明几，也就是灵明之动，就是本心。只有至寂方可明几发于灵性，发于灵性更是神化。因此，熊十力在《新唯识论》（语体本）中是这样解释'至寂神化'的。他说：'本来，性体不能不说是寂静的。然至寂即是神化，化而不造，故说为寂，（凡有造作，则不寂。因为化之本体，是虚寂而不起意的，故无造作，而万化皆寂也。）岂舍神化而别有寂耶？至静即是谲变。（谲者，奇诡不测。）变而非动，故说为寂，（因为变之本体，是虚寂无形的，故不可以物之动转而测便。世俗见动物而不静，此变不尔，实万变而皆静也。）岂离谲变而别有静耶？夫至静有变，至寂而化者，唯其寂非枯寂而健德与之俱也，静非枯静而仁德与之俱也。健，生德也。仁，亦生德也。曰健曰仁，异名同实。'至寂就是神化，因为化之本体虚寂而无造作，也就是万化皆寂，因此性体不能不说是寂静的。所以要想洞见性体，又怎么可以舍弃神化而远离清净心呢？所谓'至静'是奇诡不测的，变而非动，所以称之为'寂'。因为变之本体，是虚寂无形的，所以物的动转是无法测度的。世俗浅见所谓的变化不过是本体流行过程中的现象，真正的变化是在至静、至寂中完成的。在至静中千变万化，在至寂中生生不息，因此至寂并非枯寂而是健德，至静不是枯静而是仁德。健生德，仁也生德。因此只有通过'破相显性'和'至寂神化'才能真切体悟到本体空寂之德，唯如此，才可称为感而遂通。"孟周正侃侃而谈，舒畅端着切好的西瓜走了进来，她刚将盘子放到桌子上，孟蝶便赶紧拿了一块递给爸爸，笑嘻嘻地说："爸爸，您讲得太精彩了！"又拿起一块递给妈妈，乖巧地说："妈妈，您创作的兰法太精彩了！"夫妻俩接过西瓜，不约而同地笑了起来。

第三十五章

真理就在生命中

　　千一是最后一个走出校园的，每一次走出校园时，她都会下意识地摸一下口袋里的龟甲片，可是这一次她没有摸到龟甲片，摸到的竟然是一块如鸡蛋大小的晶莹剔透的琥珀。她捧到手里就像捧着一朵金灿灿的水花。千一惊异地端详着，她没在这一小汪莹润晶亮的水花中看见被松脂重重裹住的小昆虫，却看见了一小朵极为淡雅的雏菊，每一片小花瓣都白得如少女的纯情，中间一点嫩黄的花蕊闪着钻石般的神秘幽光。这块琥珀太美了，美得千一唯恐捧在手里的这汪水花从指尖滑落，她就那么呆呆地站着，如醉如痴地欣赏着那朵触动她心灵的神秘小花，突然，包裹雏菊的琥珀像冰一样融化了，一滴滴松脂果然从她的指尖滑落下去，掉在了地上，不一会儿，那朵神秘的雏菊带着水珠像蒲公英一般飞了起来，向校门对面的神秘森林飞去。千一像吃了迷药似的跟着那朵飞舞的小花，不一会儿便越过森林边上的那条小溪，向森林深处走去。也不知走了多久，森林里露出一块平原，不远处有一个绿树环绕的村庄，村后有范围相当大的一片地被砖墙围着，那朵神秘的雏菊便飞过砖墙不见了。千一连忙从大门走进去，发现这里"白杨萧萧，松柏常青。丰碑华表，绿草如茵。苔痕点点，寒鸦长鸣"。从远处看以为是一大片风景区，走进去才知道，原来是一片坟茔。这里幽静极了，静得令人心慌，就在千一不知所措之际，有人走到她身边说："站在这里是不是有一种神秘感呀？"千一抬头一看，兴奋地说："潘古先生，原来是您呀？您为什么会引领我到这么神秘的地方？"潘古先生微微一笑说："因为这里是著名哲学家牟宗三先生的祖茔。他一生重视生命，将自己的学问称为'生命的学问'，而他对生命的思考便是不自觉地从这里开始的。他小时候似乎有一股神秘的力量时常吸引他到这里来，他在《五十自述》中说：'我对这地方常有神秘之感，儿时即已如此，一到那里，便觉清爽舒适，那气氛好像与自己的生命有自然的契合。我那时自不知其所以然，亦不知是何种感觉。这暗示着我生命中的指向是什么呢？夏天炎热郁闷，那里清凉寂静，幽深邃远，那不是苍茫寥廓的荒漠，也不是森林的浓密，所以那幽深邃远也不是自然宇宙的，而是另一种意味。'"千一好奇地问："另一种意味是什么意味呢？"潘古先生深沉地一笑说："牟宗三认为，生前死后是不相隔的，这里不仅通着祖宗，也通着神明，通着天地。"千一惊异地说："牟宗三的思维太独特了，潘古先生，他究竟是怎样一个人？"潘古先生笑呵呵地说："牟宗三是个农家子弟，字离中，1909 年 6 月 12 日生于山东省栖霞县蛇窝泊镇牟家疃村。栖霞山川灵秀，村落疏朗，牟氏家族在这里繁衍数百年，是栖霞县内最大的族姓。牟宗三一脉出自牟氏老八支里的第四支，这一支世代以耕读为生相续。不过，到了牟宗三祖父之时，这一支家道已经极为衰微贫窘，以至于靠租佃为生。"千一迫切地问："如此贫窘的家庭，能将牟宗三培养成大哲学家，这说明他的父亲一定不一般，对不对，潘古先生？"潘古先生未置可否地说："牟宗三的父亲名叫牟荫清，虽然只是个默默无闻的乡村农夫，但俨然是一个从旧学出来的人，为人刚毅守正，在乡里声誉非常好。牟宗三认为自己的父亲是'典型的中国文化陶养者'。他在《五十自述》中是这样评价自己的父亲的：'他是白手起家的人。刚毅严整，守正不阿；有本有根，终始条理。祖父弃世时，薄田不过七八亩，安葬时只是土圹，并无砖砌。伯父含混，不理家业。叔父年幼，体弱多病。他一手承担起家庭的重担。十八岁即辍学，应世谋生。祖父留下来的骡马店，他继续经营了若干年。神强体壮，目光四射。指挥酬对，丝毫不爽。每当傍晚，骡马成群归来，他都要帮着扛抬。那是很紧张的时候，很繁重的工作。无论人或马都是急着要安息。他安排照应，宾至如归。当时二掌柜之名是远近皆知的。后来他常对我们说：开始原也是糊涂的，后不久忽然眼睛亮了，事理也明白了。人总须亲身在承当艰苦中磨练。这话给我的印象非常深。他看人教子弟，总说要扑下身弯下腰，手脚都要落实，不要轻飘飘，像个浪荡者。他最厌那些浮华乖巧，从外面学来的时髦玩意。他是典型的中国文化陶养者。他常看曾文正公家书，晚上也经常讽诵古文。声音韵节稳练从容，我常在旁边听，心中随之极为清净纯洁。写字整齐不苟，墨润而笔秀。常教我们不要潦草，不要有荒笔败笔，墨要润泽，不要干黄。因为这关乎一个人的福泽。他是有坚定的义理信念的人。我觉得中国文化中的那些义理教训，在他身上是生了根的，由他在治家谋生的事业中生了根，在乡村、农业、自然地理、风俗习惯那谐和的一套融而为一中生了根。'牟宗三的父亲在方圆几十里也算得上一个人物，人称'二掌柜'。也正因为如此，牟宗三的父亲以超出一般人的胆识不仅供子女上学读书，而且上新式学校。1917 年，牟宗三入私塾读书。1919 年，改入新制小学学习。"千一好奇地问："潘古先生，牟宗三生长在山川灵秀的小山村，一定有很多童趣吧？"潘古先生微笑着说："是啊，尽管生活艰辛，但童年生活还是给牟宗三留下了许多美好的记忆。他在《五十自述》中说：'村前是一道宽阔的干河。夏天暑雨连绵，山洪暴发，河水涨满，不几日也就清浅了。在春天，只是溪水清流。两岸平沙细软，杨柳依依，绿桑成行，布谷声催。养蚕时节我常伴着兄弟姊妹去采桑。也在沙滩上翻筋斗，或横卧着。阳光普照，万里无云，仰视天空飞鸟，喜不自胜。那是生命最畅亮最开放的时节。无任何拘束，无任何礼法。那时也不感觉到拘束不拘束，礼法不礼法，只是一个混沌的畅亮，混沌畅亮中一个混沌的男孩。这混沌是自然的，那风光也是自然的，呼吸天地之气，舒展混沌的生命。鸟之鸣，沙之软，桑之绿，水之流，白云飘来飘去，这一切都成了催眠的天籁。不知不觉睡着了，复返于寂静的混沌。'不过在混沌的畅亮中，那个混沌的男孩目睹骡马店里不断的人来客往，对人生短暂的停留和永恒的奔波也有着特殊的体会。他在《五十自述》中说：'南来北往运货的骡马，在斜阳残照，牛羊下来的时候，一群一群吆喝而来。我当时十分欣赏那马蹄杂沓之声，又有气、又有势，而又受着时近黄昏的限制，行走了一天，急忙归槽求安息的苍茫意味。人困马乏，人要求安息，骡马也要求安息，那杂沓之声，那气势、那吆喝，正是被困之中望见了休止之光所显的兴奋与喜悦，然而是急促的，忙迫的，盖急于奔归宿求安息也。人生总是西风、古道、瘦马，总是野店里求安息。这安息虽是一时的，也是永恒的。纵然是小桥流水人家，其安息好像是永恒，然而亦是短暂的。当我看见那些为生活而忙迫的赶马者，进了野店，坐着吃酒，简单的菜肴，闲适的意味，说着天南地北，也好像是得着了永恒的安息，天路历程也不过如此。'牟宗三视父亲在骡马店从早到晚的生活是生命'在其自己'的生活。"千一插嘴问："有生命'在其自己'的生活，就有生命'离其自己'的生活。潘古先生，牟宗三是什么时候离开家乡的呢？"潘古元生手捋白须说："十五岁，牟宗三离开了家乡，进入县城的县立中学读书，虽然县城还在家乡的范围内，但他当时觉得这已是离开家乡了，已经走得很远了。从此以后，他便开始了所谓生命之'离其自己'的生活。用他在《五十自述》中的话说，便是开始了一种'耗费生命的生活。在所追求或所扑着的一个对象上生活，不是在生命中生活'。当然中学生活仅仅是他生命之离其自己的开始，1928 年牟宗三考入国立北京大学预科，两年后如愿升入哲学系本科。牟宗三在北京大学整整生活学习了五年。这五年是他生命历程中非常重要的一个阶段。其间革命激情的激荡和各种思想观念的冲击，使他有'从未有的开扩、解放、向上的感觉'。在这里，他不仅师从哲学大家，而且广泛阅读各种哲学著作，接受各种思潮的影响，用他自己在《五十自述》中的话说是'我忽然觉得生命开了，悟解也开了。可是那开始顺那混沌直接地向外澎（膨）胀，并没有简别，并没有回环曲折，是生命力的直接向外扑。'以至于被吴稚晖'那漆黑一团的宇宙观'所迷惑。他那时思想受吴稚晖的影响最深，'可谓达泛滥浪漫之至极，粗野放荡，几不可收拾。文字荒谬，不避肮脏，全为他所开启。'牟宗三的言行与文字被父亲发现后，遭到了严厉斥责。他在《五十自述》中说：'有一次父亲看见了，大为震怒，斥责何以如此。我当时极为羞惭，答以外面风气如何如何。先父则曰：择其善者而从之，其不善者而改之。何以如此不分好歹？外面那些风气算得了什么？我当时肃然惊醒，心思顿觉凝聚，痛悔无地。大哉父言，一口范住吴氏的浩瀚与纵横，赤手搏住那奔驰的野马，使我顿时从漆黑一团的混沌中超拔。那些光彩，那些风姿，那些波澜壮阔，顿时收敛、降服、止息，转向而为另一种境界之来临。'父亲这次严厉的教诲，可以说对牟宗三的人生起到了决定性的影响，他终生难忘。"千一好奇地问："潘古先生，牟宗三所说的另一种境界是什么境界呢？"潘古先生微笑着说："牟宗三在《五十自述》中认为：'中国的文化生命，慧命不能不说是集中在《易经》与《春秋》。这实在是两部大经.'于是他开始大规模读《易》。他说:'我读着易经,是直想着伏羲画八卦是在宇宙洪荒原始混沌中灵光之爆破。那是一种生命之光辉,智及之风姿。全部系辞传是智慧之光辉,是灵感之周流。那光辉更润泽、更嘉祥;那灵感更清洁、更晶莹。无丝毫烟火气。正投着我那年轻时之单纯,想像之开扩,原始生命从原始混沌中之向外觉照,向四面八方涌现那直觉的解悟。'因此,可以说,另一种境界便是'直觉的解悟'的境界。在大学期间,牟宗三一面随课程而接上英国哲学家、数学家、逻辑学家罗素的哲学、数理逻辑、新实在论等,一面自辟蹊径,遍读易书与英国哲学家、数学家怀特海的著作,通过直觉的解悟,牟宗三直登符号逻辑的堂奥,深悟怀特海思想的精髓,依着自己所掌握的逻辑方法完成了《从周易方面研究中国之元学与道德哲学》一书的初稿。然而更为重要的是在大学期间他遇上了自己生命中引领他寻找'精神上的根据'的贵人熊十力先生,应该说这是他生命当中的大事件。他在《五十自述》中说:'在大学三年级的时候(民国廿一年,那时我二十四岁),有一冬天晚上,我到邓高镜先生家里去,他说我给你一部书看。拿出来,乃是《新唯识论》。署款为"黄冈熊十力造"。这署款,在一般说来,是很奇特的,因为普通没有这样。我当时就很震动。拿回宿舍,我一晚上把它看完了。开头几章,语句是佛经体,又是接触的佛学问题,我不懂。后面渐渐成为魏晋诸子的文章,看起来比较顺适了。我感觉到一股清新俊逸之气,文章义理俱美极了。当然这只是我匆匆读过后的一霎之感,其内容的原委,非我当时所能知。第二天晚上,我即把这书送还,并问这人是谁。他说我们明天下午即约他在中央公园吃茶,你也可以去,我给你介绍。第二天下午,我准时而到。林宰平先生、汤用彤先生、李证刚先生俱在座。不一会儿看见一位胡须飘飘,面带病容,头戴瓜皮帽,好像一位走方郎中,在寒风瑟缩中,刚解完小手走进来,那便是熊先生。他那时身体不好,常有病。他们在那里闲谈,我在旁边吃瓜子。也不甚注意他们谈些什么。忽然听见他老先生把桌子一拍,很严肃地叫了起来:'当今之世,讲晚周诸子,只有我熊某能讲,其余都是混扯。'在座诸位先生呵呵一笑,我当时耳目一振,心中想到,这先生的是不凡,直恁地不客气,凶猛得很。我便注意起来,见他眼睛也瞪起来了,目光清而且锐,前额饱满,口方大,颧骨端正,笑声震屋

　　＼千＼一＼的＼梦＼象＼

宇，直从丹田发。清气、奇气、秀气、逸气：爽朗坦白。不无聊，能挑破沉闷。直对着那纷纷攘攘，与陌尘凡，作狮子吼。我们在学校中，个个自命不凡，实则憧憧往来，昏沉无觉，实无所知。一般名流教授随风气、趋时式，恭维青年，笑面相迎。以为学人标格直如此耳。今见熊先生，正不复尔，显然凸现一鲜明之颜色，反照出那些名流教授皆是卑鄙庸俗，始知人间尚有更高者，更大者。我在这里始见了一个真人，始嗅到了学问与生命的意味。反观平日心思所存只是些浮薄杂乱矜夸邀誉之知解，全说不上是学问。真性情，真生命，都还没有透出来，只是在昏沉的习气中滚。我当时好像直从熊先生的狮子吼里得到了一个当头棒喝，使我的眼睛心思在浮泛的向外追逐中回光返照：照到了自己的"现实"之何所是，停滞在何层面。这是打落到"存在的"领域中之开始机缘。此后我常往晤熊先生。他有一次说道，你不要以为自己懂得了，实则差得远。说到懂，谈何容易。这话也对我是一棒喝。因为在北大的气氛中，学生方面从来没有能听到这种教训的，教授方面也从没有肯说这种话的，也不能说，也不敢说。这也是一个很明显的对照。我由此得知学问是有其深度的发展的，我有了一个未企及或不能企及须待努力向上企及的前途。'之后，牟宗三一直追随熊十力，并有七八年时间亲炙于熊先生左右。他在《生命的学问》中说：'我由世俗的外在涉猎追逐而得解放，是由于熊先生的教训。'又在《五十自述》中说：'生我者父母，教我者熊师。'可见熊十力对牟宗三影响之深。"千一听罢，颇有同感地说："潘古先生，我遇到您和牟宗三遇到熊十力的感觉是一样的，能在梦象中与您相遇，也是我生命、心灵中的大事件。"潘古先生慈祥地说："你能这么说，我很欣慰。"千一迫切地问："后来牟宗三先生是如何向上企及他的前途的呢？"潘古先生笑呵呵地说："1933 年，牟宗三从北京大学毕业后，回到山东寿张乡村师范学校教书。第二年，他离开山东奔赴天津，参加了'唯物辩证法论战'，并发表了《逻辑与辩证逻辑》等一系列文章。1935 年，又去广州，任教于私立学海书院。1936 年，由于学海书院因故解散，他经熊十力介绍从广州赴山东，在梁漱溟创办的'乡村建设研究院'做短暂逗留后转赴北京。1937 年，他担任《再生》杂志主编。七七事变后，日本的入侵打破了中国知识分子的正常生活。牟宗三开始了流离失所、颠沛流离、在奔波中'落难'的生活。他在《生命的学问》中说：'昆明一年，重庆一年，大理二年，北碚一年，此五年间为吾最困厄之时，亦为抗战最艰苦之时。国家之艰苦，吾个人之遭遇，在在皆足以使吾正视生命，从"非存在的"抽象领域，打落到"存在的"具体领域。'1949 年，牟宗三赴台北师范学院与东海大学任教。1954 年受聘为台湾地区教育部学术审议委员。1960 年应聘至香港大学主讲中国哲学。1968 年由香港大学转任香港中文大学新亚书院哲学系主任。1974 年，从香港中文大学退休，任教于新亚研究所。1994 年，牟宗三正式从新亚研究所退休，到台湾定居。12 月 14 日，牟宗三因病住进台大医院，他知道自己走到了生命的尽头，于是在病床上，索纸当着自己学生的面写下了这样一段话：'我一生无少年运、无青年运、无中年运，只有一点老年运。无中年运，不能飞黄腾达，事业成功。教一辈子书，不能买一安身地。只写了一些书，却是有成，古今无两……你们必须努力，把中外学术主流讲明，融合起来。我做的融合，康德尚做不到。'1995 年4 月 12 日，八十七岁的一代大哲学家与世长辞。牟宗三一生著作等身，其中主要著作有《逻辑典范》《道德的理想主义》《历史哲学》《佛性与般若》《才性与玄理》《心体与性体》《认识心之批判》《从陆象山到刘蕺山》《圆善论》《现象与物自身》《智的直觉与中国哲学》等二十八部。另外还有《康德的道德哲学》《康德纯粹理性之批判》《康德判断力之批判》等译作。"千一沉思片刻问："牟宗三写了这么多著作，有哪些主要思想呢？"潘古先生认真地说："我们先谈一谈牟宗三的宇宙论。他在《认识心之批判》中说：'自物理学言之，宇宙为机械之定局，毁不毁全视热力之穷否。一旦热力散尽，则宇宙可以干枯而毁灭。如真可以毁灭也，则科学即顺机械之定局而无可如何也。'所谓'自物理学言之'指的是牛顿的物理学与克劳修斯的热力学第二定律，这是一种机械世界观，宇宙毁灭与否全凭热力传递的状况所决定，而这种传递是不可逆的，一旦热力散尽，就会招致宇宙的毁灭。如果宇宙真的毁灭了，科学也无可奈何，只能顺其毁灭。牟宗三认为，科学上的宇宙论只能是一个机械的定局，但是哲学上的宇宙论，由于有一个生生不息的本体，则不存在毁灭的问题，只能是有变化而无毁灭，有润泽而不干枯。他在《认识心之批判》中说：'人类可以完，太阳系可以完，而整个宇宙不能完。其特定之面相可以变，而其全体则是

586

千 一 的 梦 象

一个不息之流也。'"千一不解地问:"为什么哲学上的宇宙就不能毁灭呢?"潘古先生微微一笑说:"牟宗三在《认识心之批判》中是这样解释的:有本体之'神理之指导,神气之鼓舞,然后可以扭转物气,善续物气也。物气之永恒善续,生生不已,由于神气之永恒如如之不动之动,不流之流。神气无限保证物气之无限。此之谓本体之创生万物'。也就是说,哲学上讲的宇宙之所以不能毁灭,是由于物气之生生不息,永恒善续,物气之所以生生不息,是因为物气依赖于本体之神理的指导和神气的鼓舞。神气之永恒保证了物气之无限。"千一若有所思地问:"那么什么是物气呢?物气与本体又是什么关系呢?"潘古先生解释说:"牟宗三在《认识心之批判》中说:'在所已知之现实世界方面,吾人须提炼出一概念而肯定之。此概念,吾人将名之曰"物质的气"。'也就是说,'物质的气'或'物气'这个概念是牟宗三从现实世界提炼出来的,同时他认为在具体的物质中包含有'物质的力'或'物力',因此他又说:'此物质的力即由变化一具体事实而直接抽绎出,此并无行止之意味,亦不可视为形上之假设。乃为纯物理事实也。物质而继之以力,吾人即名之曰"物质的气"。此为不能化归者,亦不能由本体之种种神理、神气而演化出。盖本体即为纯理纯型,而神理神智神气是一事,自不能由非物质者而演出物质者。故"物质的气"必须承认其为一"所与"也。'简单地讲,所谓'物质的气'或'物气'是从现实世界的纯物理事实中抽解或分析出来的'物质的力'或'物力'。这个物质的力并没有形而上学的意味,也不可以视为从概念到概念的假设。它是纯物理事实。物质的气并不是由本体的种种神理、神气而演化出来的,因为非物质者不能演化出物质者。"千一不解地问:"既然物气并不是由本体演化而出的,那么本体的神理神气如何发生作用呢?"潘古先生耐心地说:"牟宗三在《认识心之批判》中认为,物质的气纠结而成为万物,至于本体的作用'只须明物气之如是纠结或如彼纠结必系于本体之神动'。也就是说,物气的变化与纠结必须符合本体的神动之理。用牟宗三的话来说,那就是'物气为异质之驳杂,因而可以纠结为万物。''本体之神动妙用指导之,推动之,扭转之,因而使其从己'。简单地讲,本体的神动虽然不能产生物气,其妙用在于可以对物质进行指导、鼓舞、扭转、善续,使物质的气随本体的神动而发挥作用。"千一似有所悟地说:"也就是说本体并不能直接创造万物或宇宙,而是通过本体之神理神气对物气的无限妙用而间接创造万物或宇宙,对不对?"潘古先生点点头说:"是的,宇宙的无限变化或永不枯竭的直接动源来自物气自身所具有的物力,而物力是在本体的神动妙用之下运行的。本体已经不再是一个直接创造一切的母体,不能直接创造、生化或产生具体的万事万物,对具体万事万物只能间接地决定,直接决定的只有物气。因此牟宗三在《认识心之批判》中诠释'本体'或'神'的创造时说:'神之创造只为实现义,推动义,指导义,鼓舞义,扭转义,善续义,而不能言其"亦造什么"也。'由此可见,本体或神的创造只体现在实现、推动、指导、鼓舞、扭转、善续等方面,因此不能直言本体或神创造了什么。"千一沉思片刻问:"潘古先生,牟宗三谈到的本体究竟是什么呢?"潘古先生毫不犹豫地说:"牟宗三在《认识心之批判》中认为'本体必一',也就是说本体不仅是一,而且唯一。他说:'说一时即说一切,说一切时亦即说一。说大,则充塞宇宙,弥纶六合;说小,则退藏于密,孤总于一:而在此,一即是宇宙,宇宙即是一;小即是大,大即是小;而本体不虚悬,盖未有不充塞宇宙者,所谓退藏于密,孤总于一,亦姑妄言之耳:是故可说小即是大,大即是小也。'他认为,一就是一切,一切就是一。一可大到充塞宇宙,笼盖上下四方;一也可小到精微深邃,不露痕迹。如此说来,大就是小,小就是大;一就是宇宙,宇宙就是一。本体与宇宙妙合无间。正因为如此,牟宗三将本体之神心称之为'天心''宇宙的心',也称之为'形上的超越的真我'。他在《认识心之批判》中说:'吾人必须由此逻辑的我再造透视而预设一个形上的超越的真我,即王氏(按:王龙溪)所说的心与知之真我。吾人之透至此,是以孟子、象山、阳明以及龙溪、近溪所说之良知心学为底子。'牟宗三通过逻辑的我再造透视宇宙的心,也就是本心,从而预设一个'形上的超越的真我'。也就是明代思想家王龙溪所说的从先天心体上立根,悟得心、意、知、物四者只是一事,本心就是真我。他能参悟到这一点,是以孟子、陆象山、王阳明以及王龙溪、罗汝芳(近溪)所说的良知心学为基础的。说白了,真我就是本心,就是良知。"千一凝眉问:"那么如何理解我与真我呢?"潘古先生认真地说:"牟宗三在《智的直觉与中国哲学》中说:'关于我、我们有三层意义:一、统觉的我；二、作为单纯实体的我；三、感触直觉所觉的我（现象的我）而为'本体'一范畴所厘定者，此则只是一个组构的假我。此三层各有不同的意义，当分别说为三种我：一、统觉的我是逻辑的我，是认知主体；二、作为单纯实体的我是超绝的真我，此唯智的直觉相应；三、组构的假我乃是真我之经由感触直觉之所觉而为认知我所设立之范畴所控制而厘定的一个心理学意义的我。'关于'统觉我'，牟宗三在《智的直觉与中国哲学》中认为是'认知我'，是'我思之我，或统觉之我，只是一形式的我，逻辑的我，或架构的我，它根本不表示一形而上的单纯本体，它是一认知的主体'，'自己无内容，只是一平板，故单纯、自同而定常'。它处于"现象我"与"物自身的我"之间，是一'形式的有'，由'形式直觉'以应之。关于感触直觉所觉的我，也就是现象的我，或心理学意义的我，是'通过感触的内部直觉所觉的心象，如果这些心象贯穿起来可以成一个"我"，则此我便是一个构造的我（此与认知主体之为构架的我不同），或组合的我。……由"本体"一范畴来决定成一个现象的我，此即是作为知识对象的我。'关于'作为单纯实体的我'，也就是'超绝的真我'或'物自身的我'，'唯有智的直觉应之'，'这真我亦可以是灵魂独体，亦可以是本心仁体、性体、良知，乃至自由意志；亦可以是心斋，灵府；亦可以是如来藏自清净心'。说白了，在牟宗三看来，我的三层意义分别是现象我、认知我、物自身的我。"千一插嘴问："'超绝的真我'或'物自身的我'，是不是也可以称之为梦象？"潘古先生微笑着说："真我就是梦象，只有在直觉的构造中才能与生命或心灵契合。正如牟宗三在《智的直觉与中国哲学》中所说：'真我可以如康德所说，以现象与物自身视。以现象视，它就是感触直觉的对象（经验对象）。但感触的内部直觉实觉不到它，所觉的只是它的逐境而迁（康德所谓心之自我感动）所现的心象（心理情态），而不是它自己。如果要如其为一真我而觉之，那觉必不是感触的直觉，而是智的直觉，此即物自身的我。'也就是说，'真我'既可以通过'感触直觉'视之为'现象'，这当然实觉不到它，所觉只是逐境而迁的心象；也可以通过'智的直觉'视之为'物自身'。牟宗三在《智的直觉与中国哲学》中说：'吾人由"我思"或"统觉"来意识到一个我，这个我很可能就是思或统觉之自身，思维主体自身就是我，那些分析辞语所表示的逻辑解释就可以表示此意；但亦可由"我思"或"统觉"而越进地意识到一个"超绝的真我"以为思维主体这个我之底据或支持者，这样，便成为两层的两个我。'他认为，'认识我'很可能就是思或统觉之自身，就是思维主体自身，用逻辑性的分析辞语就可以解释清楚；但是随着'我思'的深入，'认识我'便成了'超绝的真我'的底据或支持者，这样，便成为两层的两个我。"千一因不解而恳切地说："潘古先生，能解释一下'两层的两个我'吗？"潘古先生点了点头说："第一个两层的我：一层是'物自身的我'的'真我层'，另一层是'现象我'的'假我层'；第二个两层的我：一层是'物自身的我'的'真我'，另一层是'我思'之我，也就是认知主体或'认知我'。牟宗三在《智的直觉与中国哲学》中说：'我们很可以说统觉的我（作为思想主体的我）与单纯的主体之为我根本不同，而且很可以拉成为两层的异物。'又说：'由思维主体到形而上的真我乃是一跃进的遥指，由真我到此思维主体亦有一转折的距离。此两者是异层的异质物。'由此可见，这'两层的两个我'，第一个两层是从'存在方面'划分的，第二个两层是从'主体方面'划分的。因此牟宗三在《智的直觉与中国哲学》中说：'主体方面有此因曲折而成之两层，则存在方面亦因而有现象与物自体之分别。对逻辑的我言为现象，为对象；对本心仁体之真我言，为物自体、为自在相。'如此一来，牟宗三便以二分的方法确立了三个我：现象的假我，认知的我，物自身的我。这三个我从'现象的假我'经'认知的我'而达到'物自身的我'，从而实现了'我'的超越。"千一似有所悟地说："我明白了，可是对什么是'现象'，什么是'物自身'，还是不太理解。"潘古先生耐心地说："'现象'与'物自身'是康德哲学体系中的重要概念，牟宗三在《智的直觉与中国哲学》中说：'所谓物自身就是"对于主体没有任何关系"，而回归于其自己，此即是"在其自己"。物物都可以是"在其自己"，此即名曰"物自身"，而当其与主体发生关系，而显现到我的主体上，此即名曰"现象"。'也就是说，一物与主体发生关系，显示于主体之上，就是现象；一旦它与主体没有任何关系而回归于其自己，便为物自身。他认为物自身是一个超绝的概念。牟宗三在《现象与物自身》一书中说：'但依康德，物自身之概念似乎不是一个"事实上的原样"之概念，因此，也不是一个可以求接近之而总不能接近之的客观事实，它乃是根本不可以我们的感性与知性去接近的。因此，它是一个超绝的概念。我们的知识之不能达到它乃是一个超越的问题，不是一个程度的问题。'为什么物自身是一个超绝的概念呢？因为它不是一个'事实上的原样'的概念，也不是一个可以求接近它就能接近它的客观事实，以至于我们的感性与知性也根本不可以接近它。我们的知识无论多么渊博也无法达到它。这便是物自身的超绝性。超绝当然是指超绝于感性的现象世界之界域，也就是说物自身只能在超绝的界域中去把握。"千一插嘴问："潘古先生，这个超绝的界域是什么呢？"潘古先生微微一笑说："牟宗三称之为'无限心'或'自由无限心''无执的无限心'。他在《现象与物自身》中说：'同一物也，对有限心而言为现象，对无限心而言为物自身，这是很有意义的一个观念，可是康德不能充分证实之。我们如想稳住这有价值意味的物自身，我们必须在我们身上即展露一主体，它自身即具有智的直觉，它能使有价值意味的物自身具体地朗现在吾人的眼前，吾人能清楚而明确地把这有价值意味的物自身之具体而真实的意义表象出来。我们不要把无限心只移置于上帝那里，即在我们人类身上即可展露出。如果这一步已做到，我们即须进而把我们的感性与知性力加以封限，把它们一封住，不只是把它们视为事实之定然，而且需予以价值上的决定。'如何在我们身上展露智的直觉，便是通过自由无限心使心灵图景朗现在我们的眼前，如此需要对感性与知性力的价值予以肯定。可见，'物自身'实际上是在有限性与无限性之间来回游移。牟宗三用草木举例子，他在《现象与物自身》中说：'当自由无限心呈现时，我自身即是一目的，我观一切物其自身皆是一目的。一草一木其自身即是一目的，这目的是草木底一个价值意味，因此，草木不是当做有限存在物看的那现实的草木，这亦是通化了的草木。'当自由无限心呈现时，不仅我自身就是目的，而且我观察到的一切物的自身都有其目的。比如一草一木都有其目的。草木自身有了目的，便不再是有限的存在物，不再是那现实的草木，而是具有了无限性的存在。对于自由无限心来说，这正是草木之'在其自己'。牟宗三还经常用陆象山的话'无风起浪，平地起土堆'来比拟现象与物自身。他在《现象与物自身》中说：'物之在其自己是平地，平地无相。而现象是土堆，土堆有相。此作为土堆的现象虽凭依"物之在其自己"而凸起，却不是"物之在其自己"之客观地存有论的自起自现，而乃是为知性（认知的主体）所认知地挑起或绉起者。'他用'挑起'或'绉起'来形容感性与知性的作用。也就是说，'物之在其自己'是在感性与知性的作用下而显现的，并不是客观地存有。"千一若有所思地说："这么说'物自身'是无相的，而'现象'是有相的，那么无相能否无限呢？"潘古先生淡然一笑说："物自身虽然不能有限，但也不能像无限心体那样无限。正如牟宗三在《现象与物自身》中所说的：'在自出自律的无限心之圆觉圆照下，或在智体明觉之神感神应下，一切存在皆是"在其自己"之存在。圆觉圆照无时空性，无生灭相，"在其自己"之存在当然亦无时空性、无流变相，它们是内生的自在相，即如相：如柜一相，所谓无相，即是实相。无时空性，它们不能是有限（决定的有限）；但我们亦不能说它们就像"无限心体"那样的无限，它们是因着无限心体之在它们处着见而取得解脱与自在，因此取得一无限性之意义。'圆是指无漏，什么是漏呢？五蕴是漏。那如何是圆呢？圆满是圆，达到了无漏境界就是圆。因此只有自由无限心才可以圆觉圆照，体证到正法的明觉之能够神感神应。在无时空性、无生灭相的圆觉圆照下，'在其自己'的一切存在，由于是在智体明觉之神感神应下内生的自在相，因此也无时空性、无流变相。正因为如此，在无限心或无限自由心的'明照'下，也就是在智的直觉的照射下，物自身只是如如之相。因此，物自身虽然不能有限，但也不能像无限心体那样无限。只是因为在内生的自在相处见到了无限心体而使'在其自己'之存在取得一无限性之意义。"千一追问道："什么是智的直觉？它又是如何呈现的呢？"潘古先生解释道："牟宗三在《智的直觉与中国哲学》中说：'张横渠《正蒙·大心篇》有云：'天之明莫大于日，故有目接之，不知其几万里之高也。天之声莫大于雷庭（霆），故有耳属之，莫知其极也。这几句话很可以表示耳属目接是感触的直觉，"心知廓之"是智的直觉，而且耳属目接之感触的直觉之为认知的呈现原则，"心知廓之"之智的直觉不但为认知的呈现原则，且同时亦即创造的实现原则，甚显。'可见，智的直觉不仅是认知的呈现原则，而且是创造的实现原则。但智的直觉是通过耳属目接之感触的直觉所呈现的。那么什么是'智的直觉'呢？牟宗三在《现象与物自身》中说：'"智的直觉"即是那唯一的本体无限心之自诚起明。此"明"既朗照并朗现物之在其自己，亦返照其自身而朗现其自身。'又说：'智的直觉就是一种无限心底作用。自由的意志就是无限心，否则不可说"自由"。智的直觉就是无限心底明觉作用。吾人说智的直觉朗现自由就等于说无限心底明觉作用反照其自己而使其自己如如朗现。'可见，'智的直觉'其实是本体无限心'朗照''反照'与'朗现'它本身或自己。说白了，智的直觉就是本体无限心在'朗照''反照'与'朗现'等本体活动中的明觉感通。"千一若有所思地问："潘古先生，我怎么觉得'智的直觉'很像是'神觉'呢？"潘古先生点点头微笑着说："你理解得不错，其实'智的直觉'就是'神觉'。我们刚刚讲过的'现象'，其实就是'物气的光彩'，就是心灵图景变化本身；而'物自身'就是心灵图景，所以才有在有限性与无限性之间来回游移的特性。简单地说，智的直觉也就是神觉，就是梦象呈现心灵图景时的明觉感通。有趣的是这种神觉不仅朗照明觉'物自身'也就是心灵图景，也回光返照本体无限心，也就是梦象。因此牟宗三在《现象与物自身》中说：'此智的直觉不但是朗照明觉觉情所感应的事事物物为物自身，而且亦回光返照，朗照其自己，此即使"自由"为一必是、定是的呈现，而不是一设准。智的直觉者即是此明觉觉情之自我活动所放射之光也。其使自由为一呈现者即是其自我活动之震动，经由此震动而返照其自己，即惊醒其自己也，即由自我震动而自照也。即由此自我震动之自照，遂使自由自律的神圣意志为一呈现，且不只是一呈现，而且即是一朗现。'所谓'觉情'与自由无限心'异名同实'。在本体的意义上，二者本来是一。只有'本体必一'，也就是'觉情'与自由无限心二者为一，智的直觉才有可能。在儒家看来，人的终极实在如'仁''恻隐之心'，历来也恰恰不仅是道德理性，同时也是道德情感。只有把道德情感复原为觉情，神圣意志才不只是一设准，而是一朗现。不只是超绝地虚悬的，而且是具体地朗现内在的。这种朗现也是自照。自己又怎么可能不被惊醒呢？"千一质疑道："但是人总是为感性所影响、所牵引、所左右的，因此本心底明觉觉情会被蒙蔽的，一旦被蒙蔽，本心的明觉觉情又如何呈现呢？"潘古先生耐心地说："牟宗三认为'本质的关键仍在心之明觉觉情之自我震动'，他在《现象与物自身》中说：'其自我震动即是使其本身涌现之力量。由其自我震动，吾人即逆觉到此本心之明觉觉情，此即吾所谓"逆觉体证"。这种逆觉（我的逆觉）其实就是它的自我震动之惊醒其自己。由这逆觉，它呈现乃至朗现。对屯蒙险阻而言，它步步呈现乃至步步朗现，在次，亦可以说是一无限的进程。但因有智的直觉故，它亦可以随时圆顿地呈现即朗现。它愈呈现，它的力量愈大，而感性亦因而处于被动的地位。因此感性不为险阻，而为其所运用。'这是个神感神应的过程。因为自我震动发自'自由无限心'，是自由无限心涌现的力量，也就是源自本心的能量，使明觉觉情得以呈现乃至朗现。回光返照是智的直觉本身的'自我活动之震动'，也就是'惊醒自己'而'自照'。牟宗三把这种'自照'称之为'逆觉'。伴随着屯蒙险阻，在'逆觉'的过程中，本心之明觉觉情步步朗现。当然'逆觉体证'有'渐''顿'之别，使明觉觉情'步步呈现乃至步步朗现'就是'渐'，使明觉觉情'可以随时圆顿地呈现即朗现'就是'顿'，在'逆觉体证'中，感性不仅不为险阻，而且会被'智的直觉'所运用。"千一追问道："那么'感性直觉所呈现的物'与'智的直觉所呈现的物'有什么区别呢？"潘古先生手捋白须说："牟宗三在《现象与物自身》中说：'知体明觉之感应"圆而神"，故是"神感神应，其机自不容已"（王龙溪语）。它不是物感物应。物感者既成的外物来感动于我也。物应者我之感性的心被动地接受而应之也，因此，此感性的心之接应亦只是一"物应"耳。知体明觉之感应既是无限心之神感神应（伊川所谓"感非自外也"），则感无感相，应无应相，只是一终究说的具体的知体之不容已地显发而明通也。即在此显发而明通中，物亦如如地呈现。物之呈现即是知体显发而明通之，使之存在也。故知体明觉之神感神应即是一存有论的呈现原则，亦即创生原则或实现原则，使一物如如地有其"存在"也。如果于此显发明通中说智的直觉，意即非感触的直觉，则此智的直觉即只是该知体明觉自身之"自我活动"（意即非被动的活动，因此其活动为纯智的、非感性的。）即于其"自我活动"中，一物即呈现。是以智的直觉之觉照此物即呈现此物，而呈现此物非感性直觉之被动的接受之认知地呈现此物，故呈现之即实现之，即创生之。是即智的直觉之存有论的创生性。感性直觉只能认知地呈现一物，而不能存有论地创生一物，故只为呈现原则，而非创生原则。'牟宗三认为，感应方式有两种：一种是物感物应；一种是神感神应。我被既成的外物所感动为物感，我感性的心被动地接受物感而应之，便是物应。物感物应是外物感应于我，我的心被动地接受这种感应。这种感应感有感相，应有应相。神感神应就不同了，它是对一物永恒存在的呈现或创生。这种感应感无感相，应无应相，是知体明觉的显发而明通。这种显发而明通不受任何认识形式的限制，是该知体明觉自身的'自我活动'，正如王龙溪所说的'无物之物则用神也'。所谓无物之物就是无物相之物。'用神'就是以智的直觉之觉照此物，呈现之即实现之，即创生之。明觉感应圆神自在，则物也圆神自在。物感物应没有创生性，而神感神应具有创生性。可见，感性直觉只能认知地呈现一物，而智的直觉却可在知体显发明通的创生中呈现一物，使一物如如地有其'存在'。"千一正听得津津有味之时，突然一朵洁白的小雏菊飞到了她的面前，千一惊叫道："潘古先生，就是这朵小雏菊带我来这里的。"潘古先生笑呵呵地说："时间不早了，那你就跟着它回去吧。"此时那朵小雏菊已经越过了围墙，千一怕小雏菊再一次不见了，匆匆和潘古先生说了一声"再见"，便跑出了牟宗三家的"祖茔"。

晚上，孟蝶正看得津津有味时，牟宗三这一章却结束了，她放下《千一的梦象》，径直去了爸爸的书房。一进屋，孟蝶就问："爸爸，牟宗三这一章没讲什么是存有论就结束了，您能给我讲一讲吗？"孟周正在看书，见女儿满脸求知欲地看着自己，他放下手中的书，微笑着说："存有论有'执的存有论'和'无执的存有论'。牟宗三在《现象与物自身》中说：'我们只有两层存有论：对物自身而言本体界的存有论；对于现象而言现象界的存有论。前者亦曰"无执的存有论"，"无执"是相应自由的无限心（依阳明曰知体明觉）而言。后者亦曰"执的存有论"，"执"是相应"识心之执"而言。'也就是说'执的存有论'是关于'现象'的存有论，它需要通过'感性直觉'来感知，所以它不可离却对'现象'的'执着'；'无执的存有论'是关于'物自身'的存有论，它需要通过'智的直觉'来感知，所以它无需'执着'于'现象'。很多人把'现象'理解为具体事物，爸爸不这么认为。牟宗三认为，'物质的气'也就是物气纠结而成为万物。又在《判断力之批判·译言之言》中说：'美既是气化之多余的光彩，而又无关于理性。'这里的'气化'只能是物气的气化。爸爸并不认为美是气化的光彩，爸爸倒认为用气化的光彩形容'现象'更贴切。所谓'现象'就是物气气化所呈现的千变万化的光彩。而'物自身'就是'物气'本身，或者说是心灵图景。而无论是气化的光彩还是心灵图景都源自本心或梦象。所以牟宗三用'一心开二门'来解释两层存有论。"孟蝶好奇地问："爸爸，牟宗三是怎么解释'一心开二门'的呢？"孟周微微一笑说："牟宗三在《佛性与般若（上）》中说：'一心开二门，二门各总摄一切法即是存有论的具足也。依心生灭门，言执的存有论；依心真如门，言无执的存有论。是则由实相般若进而言心真如之真常心，此乃由问题之转进所必至者。'当然在牟宗三看来，'一心'不必只是佛教意义上的'真常心'，此'门'也不必只是佛教意义上的'真如门'与'生灭门'。事实上'一心'是本体之神心，自由无限心，'两门'便是'执的存有论'或现象，'无执的存有论'或物自身。说白了就是由智的直觉为入路而显露的'自由无限心'，上开'无执的存有论'或'本体界的存有论'，下开'执的存有论'或'现象界的存有论'。也可以说是由神觉为入路而显露的梦象在呈现心灵图景的同时，散发出气化的光彩。"孟蝶若有所思地问："爸爸，既然您不同意牟宗三关于'美是气化的光彩'的观点，那么您认为美究竟是什么呢？美又源自哪里呢？"孟周沉思片刻说："牟宗三在《认识心之批判》中说：'诸认识之能是识心，而美的判断则必须基于天心。'在'天心'之下有两个世界，一个是命题世界，一个是道德世界。牟宗三在《认识心之批判》中说：'命题世界为下落，表示创造之能创造。而道德世界为上升，表示创造之能创造。前者，因物气之异质故，故有种种确定的命题或自然之概念。后者，则因顺承本体之能造言，故为单纯之同质，因而只为一单一之当然之理。'牟宗三认为'当然之理'就是自然之理、自由之理。命题世界是本体之向下落，透过种种确定的命题或自然之概念而显示其所创造；道德世界是本体之向上升，透过单一如如的当然之理而显示其能创造。由于对自然现象是什么的研究而形成了命题世界；由于对一切存在追问其意义而形成了道德世界。可见，命题世界涉及自然，道德世界涉及自由。自由是基础，以实现自然。由于一切源自天心的创造，所以就天心的创造而言，尽管有两个世界，但这两个世界并非隔而不通，而是融贯为一的。这种命题世界与道德世界融贯为一就是圆成世界，而圆成世界便是美的世界。也就是说，自然与自由融贯为一便是美。这说明美源自天心，而天心即梦象。也就是说美源自梦象。在梦象生化与寂照中，自然与自由以及自然与自由融合而成的美各各出现，相互辉映，浑融为一，圆成无碍。正如牟宗三在《认识心之批判》中所言：'吾人只有形上天心之如如地生化与如如地寂照。自如如地生化言，曰道德世界；自如如地寂照言，曰圆成世界。自如如地生化"所生化者之现实的存在"言，曰命题世界。'由此可见，审美判断源于天心之'如如地寂照'。在牟宗三看来，要谈审美判断，必须确立天心这一真实的基础。但光有天心还不够，还必须保证天心可以充分发挥作用，这种发挥作用就是'如如地寂照'。在天心之'如如地寂照'下，圆成之境形成，真善美统一。"孟蝶不依不饶地问："爸爸，如何才能进入圆成之境呢？"孟周耐心地说："牟宗三在《认识心之批判》中说：'吾人现在自本体所创造处言美的世界亦只是逻辑地如此说，其全幅实现必有待于直觉的构造。'要全幅实现美的世界，不能只在本体所创造处逻辑地说，必须有待于直觉的构造。那么如何实现直觉的构造呢？牟宗三认为必须做到'化念还心'。"孟蝶迫切地问："爸爸，什么是化念还心？"孟周解释说："牟宗三在《现象与物自身》中说：'当吾人为感性所左右时，吾人之意念常不能顺本心之明觉觉情（阳明所谓知体昭觉）而发，因而亦总是有善有恶的，此即阳明所谓随躯壳起念。但当本心之明觉觉情在屯蒙险阻中步步呈现，乃至圆顿地呈现即朗现时，则意念即完全超化转化而为顺本心之明觉觉情而发，此即阳明所谓致知以诚意，亦刘蕺山所谓"化念还心"也。化念还心，念从知起，则意念纯善而无恶，只是知体感应之如如流行。此时，其格言不可能与道德法则相冲突，只是良知天理之展现，此即杨慈湖所谓"不起意"，亦王龙溪所谓"无意之意"（无意相的意）也。意念是只当本心未呈现时始有，那是本心被蒙蔽转而为识心，心之活动全在感性中行。但本心以其自己之震动力，它必然要呈现；而因智的直觉可能故，它必然可圆顿地被朗现。因此，化念还心，而归于"无意之意"，亦必然地可能而可至。"神圣的意志"即是"无意之意"也。人必可即有限而为无限。'他认为，我们的意念被感性所左右时，不能顺本心之明觉觉情而发，只能随躯壳起念，因此意念中有善有恶。但是当本心之明觉觉情在屯蒙险阻中步步呈现，乃至圆顿地呈现，即朗现时，意念便可以完全超化转化而为顺本心之明觉觉情而发，这就是王阳明所说的'致知以诚意'，也是刘蕺山所说的'化念还心'。意念是从感知生发的，一旦'还心'，便纯善而无恶，只是在智的直觉中如如流行。这时的思想不可能与道德法则相冲突，只是良知天理之展现，这就是杨慈湖所说的'不起意'，也是王龙溪所说的'无意之意'。本心尚未呈现时，意念就会生发，这其实是本心被蒙蔽后心的活动全在感性中进行而转化成的识心。但是本心不会永远被蒙蔽的，无论有多少屯蒙险阻，本心都会以自己的震动力，通过智的直觉而圆顿地被朗现。因此化念还心，此'念'便是'无意之意'，而所谓'还心'就是本心圆顿地被朗现。本心圆顿地被朗现便是圆成之境。可以说，本心圆顿地被朗现虽是'无意之意'，但却是一种'神圣的意志'。因为这种'神圣的意志'，人便可以由有限而无限。我认为，所谓意念是指意识、潜意识、无意识。被感性所左右的是意识，'无意之意'是潜意识、无意识。所谓'明觉觉情'就是王阳明所说的'知体明觉'，就是良知本体，就是自由无限心，就是梦象。说得简单点，就是只有智的直觉可使圆成之境朗现，而梦象呈现心灵图景时的明觉感通就是智的直觉。因此，在'无意之意'中化念还心，就是进入圆成之境的途径。"孟蝶插嘴问："爸爸，怎么才能唤醒智的直觉呢？"孟周微笑着说："牟宗三在《康德第三批判讲演录》中说：'我们的本心、仁心、良知随时在你生命中震动，它有动就使你自己去觉醒它。'也就是说，梦象随时在生命或心灵中有震动，呈现心灵图景，这种动会使你在'无意之意'中去觉醒它。正如牟宗三在《寂寞中的独体》中所说的：'生命本身就是动。它自己的命运注定其不安分；它要表现，要冲破。无有能将其压得住。这个压不住的先天的动，就是我们所说的赤裸的生命之情欲方面之蠢动与冲破。'真理在这种生命的蠢动与冲破之中，充满了神觉的灵光，于混沌中向四面八方觉照。"孟周正说得起劲时，舒畅进来了，对孟周说："函谷兄来电话，说明天是他六十大寿，请我们全家到西山青牛居做客。"孟周一听连忙说："函谷兄六十大寿我得送幅画呀！女儿，今天咱爷俩就聊到这儿，爸爸要去画室给你李伯伯画幅长寿图。"孟蝶一听，兴奋地说："李伯伯六十大寿，我也不能空手去，我也要画一幅长寿图送给他。"舒畅微笑着问："女儿想如何构图呢？"孟蝶想了想说："用我的智的直觉画一幅。"说完，便快步走出书房，舒畅看了一眼孟周，两个人相视而笑。

第三十六章

梦象之光

夜里熟睡时，千一做了个梦，梦见自己放学后一进自己家小院的门，就发现爸爸正坐在葡萄架下读书。千一情不自禁地喊了一声"爸爸"，爸爸笑呵呵地站起身，千一一下子扑进爸爸的怀里高兴地问："爸爸，您是什么时候回来的。怎么回来之前也不给妈妈和我打个电话？"爸爸慈爱地说："我给你妈妈打电话了，为了给你个惊喜，我没让你妈告诉你。"千一喜悦地说："爸爸，您回来我太高兴了，给我带礼物了吗？"爸爸微笑着说："当然了，爸爸这次外出写生，在写生地巧遇好友顾怀远，他出版了一本新书叫《梦象哲学》，很有见地，爸爸知道女儿非常喜欢哲学，就请他特意为你签了一本书，希望你能认真读一读。爸爸相信对你今后走艺术道路一定有很大帮助。"说完将手中的《梦象哲学》递给千一，千一接过书翻开精美的书皮，看见扉页上写道："千一同学雅正"，落款是"顾怀远"。千一爱不释手地问："爸爸，您身边的朋友大多都是艺术家，我还是第一次知道您的朋友中还有一位哲学家。爸爸，这位顾叔叔是怎样一个人呢？"爸爸微微一笑说："顾怀远既是一位哲学家，也是一位大作家、大诗人，他的主要作品有长篇小说《般若》《白道》《油画》《心灵庄园》《庙堂》《蜘蛛》以及诗集《梦象之门》，我以前只知道他酷爱哲学，没想到他竟然独创了一种崭新的哲学——梦象哲学。其实他大学修的不是人文学科，而是理科，专业是生态学。这家伙很厉害，大学四年级准备考研究生时到图书馆查阅资料，他敏锐地发现，生态学已经不只是一门单纯的自然科学，而是与人文科学、社会科学交叉产生了几十门新兴学科领域，比如经济生态学、生态经济学、社会生态学、生态社会学、文化生态学、生态文化学等等，甚至还有生态哲学。他对生态学的交叉性顿时发生了浓厚的兴趣，竟然在大学四年级写出了一本十多万字的学术专著《生态交叉论》，而且顺利出版。后来这本书还获得清江省青年科技工作者优秀论文二等奖。"千一赞叹地说："这位顾叔叔也太有才华了，爸爸，《生态交叉论》主要写了什么呢？"爸爸微笑着说："大意是说一切学科只有交叉才能创新。生态学本身就是交叉的产儿，同时，生态学在与其他学科的交叉中特别是生态学与社会科学、人文科学的交叉正在产生新的产儿。生态学终将摆脱纯生物学的分支性，而成为众多科学最有意义的交叉轴心。顾怀远考上清江大学生物系生态学硕士研究生后，全校评选优秀论文，这种评选不只是在研究生中评选，而是全校青年教师和研究生一起评选。《生态交叉论》竟然脱颖而出荣获清江大学优秀论文一等奖。当时全校有三十多个系，每个系出两名教授当评委，《生态交叉论》全票通过。生物系主任也是评委，顾怀远获奖后，他问中文系的评委，你们也不懂我们的专业，为什么要投顾怀远一票？中文系评委说，从没见过科学论文写得这么有文采，我们是冲着文采投了一等奖。"千一若有所思地问："爸爸，顾怀远在生态学领域那么有思想，为什么没成为生态学家，却成了哲学家、作家呢？"爸爸笑了笑说："我也曾经问过他这个问题。他说如果你明白了什么是生态就知道为什么了。"千一迫不及待地问："爸爸，那么究竟什么是生态呢？"爸爸微笑着说："顾怀远告诉我，所谓生态指的是生物与其生存环境之间的关系。如果人也算生物的话，那么人与其生存环境之间的关系其实就是人与自然之间的关系，而研究人与自然之间的关系是哲学永恒的课题。顾怀远从人与自然的关系入手，进入哲学领域，经过三十多年的思考终于创建了独树一帜的'梦象哲学'。"千一关切地问："爸爸，顾怀远是如何理解梦象的呢？"爸爸沉思片刻说："每一个哲学家在创造他的体系时，都会设想一个宇宙的本原。也就是对包括天地万物在内的宇宙如何构成与产生寻找一个化生的本原，并从这个本原上解释宇宙万物为什么是这样的。梦象就是顾怀远在哲学上提供的宇宙本原。他认为，梦象是宇宙的本体，但这个所谓的本体，不是实际意义上的本体，而是具有无限创造性的根源，梦象的本质是无限的创造性、无限的自由、无限的爱、无限的美。这一切都基于梦象的神性。这种神性会像阳光一样普照心灵，并在心灵世界构建宇宙。一切都似乎无中生有地诞生了，这都是'阳光'普照的结果，梦象便在这种'神性'阳光的普照中涌出了连绵不断的心灵图景，画家一旦神觉到这些心灵图景，梦象之光便会通过画面直接放射出来；音乐家一旦神觉到这些心灵图景，梦象之光便会通过旋律直接放射出来；诗人一旦神觉到这些心灵图景，梦象之光便会通过诗韵直接放射出来；哲学家一旦神觉到这些心灵图景，梦象之光便会通过思想直接放射出来。因此，梦象是在以艺术的形式建构的事态中提取再以哲学的方式创造的概念。"千一若有所思地问："在顾怀远看来，什么是宇宙呢？"爸爸淡然一笑说："顾怀远认为，宇宙其实是梦象如幻如化的表象。对于梦象的神觉应该起于对这些表象的惊异，将宇宙视为梦象，它就是绝对的、无限的、永恒的、不灭的；将宇宙视为存在，也就是客观实在，它便是有限的、相对的、有生有灭的。因为存在本身不过是'我思'的产物。在现实中，通过我思，存在可能发生，也可能不发生，但它一定会在心灵中发生。在心灵中发生的存在会以心灵图景的形式表现出来，可见，存在一直潜存在设问者的感知中。因此根本没有心内心外，心就是一。我们看到的一切都是意识、潜意识、无意识合力凝结而成的形式。只有神觉可以感知独立于物质形式之外的形式。只要我们静下心来，就会听见神觉的声音，像接受花语一样接受它，心灵图景便可能显现。宇宙表象的层层相依和步步分化就是心灵图景。梦象赋予我们最可贵的礼物是将我们的思想向可能性的极限处投射成为具体的形式。顾怀远认为，梦象是宇宙的存在依据，是创造造化的神，宇宙万物皆因梦象而存在。梦象不仅是一个无所不赅的'天渊'，更是一个人人具有的'独知'境界。关键是要唤醒神觉。"千一插嘴问："爸爸，如何才能唤醒神觉呢？"爸爸沉思片刻说："顾怀远在《梦象哲学》中认为，这需要一种巫式联想。所谓'巫'就是沟通神灵。巫式联想是连接意识的理性世界与本能世界的桥梁。顾怀远在《梦象哲学》中说：'巫式联想无时不在、无处不在、随时发生，因为它体现了人类最早最原始的意识状态，一种全世界都曾经经历或正在经历的状态。这是单一、普遍和永恒的思维方式，它和心灵咒语一样联通梦象。梦象生发心灵咒语，心灵咒语源自巫式联想，巫式联想联通宇宙。当巫式联想的航程颠簸在充满怀疑的汹涌海面上时，一幅幅心灵图景衍生出宇宙的千变万化。在充满风暴的航行之后，巫式联想进入一个万花筒般的避风港。在这里哲学家发现，正是梦象赐予了大千世界辉煌壮丽的万千图景。'可见，梦象的神话要素便源自巫式联想。我们的意识、潜意识、无意识通过巫式联想或梦的方式向人们显露启示要旨，这便是神觉。与理性的概念及清醒的体验相比较，出现在梦中的意象更富于形象性，更为栩栩如生。通过梦的语言或巫式思维描绘梦象，是心灵原始能量迸发的必然结果。这能量不仅来自巫式联想，充满神话要素，而且注入了本能精神。巫式联想主要来自内心经验和幻觉，它并不与意识相吻合。因此巫式联想是不可理解的。但它的意义恰恰在于不可理解。虽然这种接近只能隐约地感觉到，不能准确地把握到，但正因为如此，才更增添了梦象世界深邃而无穷的魅力。因此，顾怀远在《梦象哲学》中说：'神觉就是心灵的灵明觉知，没有任何外在的强制与束缚，是活生生的，而且气象万千。梦象潜存于寂然不动的心灵之中，全凭灵明觉知的神觉来感应。当梦象之光如阳光般普照时，神觉便随感而应，寂然不动之体便感而遂通，一时开显出来，因此充天塞地中间，只有这个神觉。只要不失这个神觉，有限的人生便能创造出无限的意义。神觉是实现人生超越的通道。'也就是说，神觉的过程是通过虚灵不昧的心灵直觉体认梦象的过程，是以'悟'的方式精致地证会宇宙人生的本体境界，使生命不离感性而又超越感性，无思无虑，莹明透彻，应物见心。因此，他在《梦象与人生》一文中说：'梦象之光内化于个体之心，再经过个体之心的外化，从而激活存在的意义。其发巧之最精处，是人心的一点神觉。梦象不仅具有超越的普遍性、无限性，而且具有个体的"独知"性；与此相应，世界不仅是普遍的共在，而且是个独特的此在，呈现为"独知"的境界。梦象既是宇宙世界的万化根源，也是社会意识之本。具有超越的普遍性、无限性，但均落实于每个个体之心，通过人心的一点神觉来澄明。只有神觉可以直觉或直观心灵图景。其实，梦象呈现心灵图景时的明觉感通就是神觉。也就是说，梦象通过神觉呈现心灵图景，神觉是对梦象之光的明觉感通。梦象以呈现心灵图景的形式妙润一切。梦象随时在心灵中有震动，这种震动会觉润意识、潜意识、无意识，使之凝结幻构而创造美，梦象是美之源泉，梦象在神觉中真实而如如地朗现，而意识、潜意识、无意识则以神觉为依归。"千一插嘴问："爸爸，顾怀远是如何阐述幻构的呢？"爸爸微笑着说："顾怀远认为，幻构是一种非常规的思维，要想慧观到心灵图景，创造出幻化的诗意与气韵，思维要反常规而行之。所谓幻构就是心灵的创化。这需要慧观的智慧，也就是置身于心灵深处的体验。这种体验由于置身于心灵的实在之内，是最接近幻构的方法。因此顾怀远在《创造性冒险》一文中说：'有意识地投入无意识的幻构，是一种创造性的冒险，而且的确在无意识的层面发生了，也许心灵图景曾无数次地明灭于潜意识与无意识之间，但是经由意识的加速，那些隐藏在创造中的可能性很可能转化为心灵图景，并通过神觉呈现出来。这当然需要一种悟力。"千一凝眉问："爸爸，什么是悟力？"爸爸笑呵呵地说："顾怀远将神觉之力称为悟力。悟力是一种几乎无人知晓的心灵能力，它是一种超视觉、超听觉、超触觉、超意觉的超越能力，可以使人觉知超微和超大的物象。那么什么是物象之原呢？当然是梦象。梦象是物象之原。物象之原可'悟'可'觉'，但不可视。他认为物象或心灵图景有时是梦象发出的思想形式。思想是气象万千的梦象世界的风景。正因为如此，梦象与创造性心灵相伴而生。正如宇宙与万物不可分割。梦象显现的过程也是客体逐步超脱自身，消除客观性、现实性，走向理想化、幻想化的过程；也是主体逐渐超脱自身，使主观性、主体性物态化、对象化的过程。人们之所以领悟不到梦象的奥秘，是因为他们习惯于将自己桎梏在眼见为实的牢笼里，不允许自己大胆地假设，天马行空般地怀疑，从而掩盖了神觉的光芒。顾怀远认为，梦象是宇宙的本原，它奥妙而神秘，超越了我们的思维和逻辑，以不可思议的能量主宰宇宙万物。梦象之光无所不在，如果我们心有灵犀，就能够随时随地地接受其指引，神觉是梦象之光赐予人的一种昭示，听命于它，我们就拥有超人的智慧。因此，顾怀远在《梦象哲学》中说：'悟力是通过超视觉、超听觉、超触觉、超意觉与梦象全然合一的心灵能力。这是一个难以捉摸的"奇点"。有时它荒谬绝伦，而梦象往往潜存在这种荒谬绝伦中。科学发展到今天，我们看到的世界，仅仅是整个宇宙的百分之五，而其他百分之九十五或许就潜存在这种荒谬绝伦中。梦象只为心灵自由的人所显现。梦象的全部意义就在于它是看不见、不可证明、非强制的，它永远面向人类的自由和创造。一切超理性和非理性的存在奥秘都向健康的不受任何限制的理性展现出来。因此，体悟心灵图景或梦象，需要一种活泼泼的悟力，一种默识，一种会意，一种顿悟，一种自得，一种超越，一种灵明照觉。天机隐微，万物生态，在一念灵觉中如如地呈现。一切现实都是梦象之光从心灵向外辐射的能量聚散而显现的现象。梦象之光是多维的、无限的，每一种可能都会被带进确实的存在中。没有任何东西能独立于梦象之外。'当然，拥有神觉与悟力的人少之又少。大凡逃离梦境之地的人，绝大部分都回到了现实，但剩下的极小部分偷渡到了梦象之光普照之地，幸运地找到了可能性的极限处，他们终于站在了一个奇点上。其实，我们的阙里巷就是这样一个奇点。"听到这里，千一感叹道："爸爸，这也太令人惊异了！"爸爸微微一笑说："惊异是一种觉醒，这种觉醒就在于我们对苍穹和心灵自由自在的一瞥。哲学便是关于觉醒的学问。那不经意的向内一瞥，瞥见的是梦象的一个片段，它就潜存在心灵的深处，仅仅这个片段便已气象万千，令我们惊异无比，就是这种惊异令我们产生了一探究竟的冲动，于是我们开始了心灵的创造性冒险，并通过这种创造性冒险徜徉于心灵图景之中，并在这种徜徉中沐浴着梦象之光，于是哲学就在我们心中油然而生了。因此，顾怀远在《梦象哲学》中说：'心灵是用以体验梦象的真实性的场所。这种体验除了通过神觉以外，还需情感，有情感才有趣味，有趣味才会积聚美的经验，而美是一个感而遂通的开放系统，美源自梦象。'我们始终有一种错觉，以为情感源自我们的内心，其实源自梦象，梦象哲学便是通过情感之诗意的幻化，在神觉心灵图景的过程中幻构宇宙本原。心灵图景可以转化为情感，情感更是心灵图景化生的催化剂。"千一若有所思地问："爸爸，能谈谈梦象与美、与艺术的关系吗？"爸爸沉思片刻说："顾怀远在《梦象哲学》中说：'梦象之光映照了一个在生命的灵觉中通透莹彻的光明境界，这便与美的境界相通。美之为美，正在于心物相应，一体澄明，美不在物，也不在心，而是心物之间的当下呈现。宇宙是心物并建起来的。感觉与神觉结合才可慧观心灵图景，这是心物同一的结果，心物同一产生美。心物为梦象之大用流行的两个方面，不可剖分为两片物事。言心即有物在，言物便有心在。但是心有明觉性，能主宰物与改造物。以虚灵之心映照梦象，则心灵与梦象冥为一体。此时的梦象就是一切，而此外之物皆忘。这就成为美的观照。'他认为，梦象直接涉及幻觉、直觉和艺术想象，涉及神话与艺术起源，涉及审美体验与艺术创作。他时常对朋友说：'每当我想起心中的梦象，诗情画意便围绕着我。'他认为，自由与创造凝结为梦象。艺术就是用梦象思维将心灵图景表现出来。或者说艺术就是通过心灵图景将栖息于心灵的梦象表现出来。艺术便是幻化的哲学。梦象作为一种崭新的哲学是以非常高的温度与艺术融合在一起的。因此顾怀远在《梦象哲学》中说：'艺术家通过神觉突破了有限的存在，从而将梦象之光化为形式，也只有化为形式才能将艺术能量包括创造的狂热释放出来。应该说这种形式就是心灵图景。艺术家用符号、色彩、旋律、气韵、直觉、情感、灵魂等元素在梦象之光的照射下，通过心灵的发酵构建心灵图景。伟大的艺术都是艺术家的心灵图景。'也就是说，顾怀远是用梦象思维的方式表现理念的内容，将思想融化于梦象之中，使哲学成为心灵图景的展示。他在《梦象哲学》中说：'梦象潜藏在一切本质的深处，我们通过神觉可以与它对话，但无法窥视他的真相，只能慧观它的表象，因为它无形无相。可能性之所以是无限的，就是因为梦象是无限的。尽管可能性是无限的，但是由于你的无意识、潜意识和意识也是无限的，因此在梦象之光的普照下，你或许会与任何可能性邂逅。如果你从未与任何可能性邂逅过，说明你被有限的观念催眠了。要知道人生而有限却可无限，一旦通过神觉与悟力冲破有限的牢笼，梦象之光便可充实你的人格精髓，如此，你便拥有了无限的潜能。到时候，你会建设性地利用自己的创造力将一个个可能性转化为心灵图景。'这无疑是说，只有通过梦象哲学，才能认识美丽风景背后的实在。我们的先辈直接聆听自然，心灵留下了很多不可磨灭的痕迹，在今天看来这都是梦象之光投射到心灵留下的痕迹。这些痕迹只有通过神觉可以感应到，这是一种心灵感应，感而遂通，无感则不通。不要乞求逻辑，感而遂通是一种切实的体验。因为灵感在一个极深的无意识层面一直自言自语。只有通过潜意识的直觉性联想才能进入无意识的深处，那里是心灵世界的入口。神觉便是心灵的内在感官。一旦进入心灵世界，梦象之光投射到心灵上留下的痕迹便像诗意的灵感那样涌现，而灵感不过是以自言自语的形式将哲学痕迹转译成如诗篇般的心灵图景。只有哲学家、思想家、画家、艺术家、作家、音乐家、诗人可以神觉到这些心灵图景，梦象之光是通过他们的神觉放射出来的。神觉便是一个来往于心灵与梦象之间的精灵。天地万物便是靠着这个'精灵'与梦象直接联系起来的。这个'精灵'往来于'幽'与'境'之间，通过心灵感应连结一切。没有心灵感应之感而遂通，天地万物一体的境界便无从谈起。"千一插嘴问："爸爸，什么是'幽'与'境'呢？"爸爸笑了笑说："思而无形便是'幽'，宇宙的神秘性恰恰潜存于浩大无穷的幽中。幽的境界很像一个混沌的仙境。因此顾怀远在《梦象哲学》中说：'幽是一切神秘的核心，是幽让我们在神觉中慧观到梦象。其实幽就是产卵于心灵的梦象。幽常常以"寂"的形式呈现。幽就是潜存于"寂"中的无限能量。幽也是一种神秘的直观。可以直观到"境"。所谓"境"是悟力的创造物。"境"是一种纯心灵的精神自由创化。所谓自由创化就是通过意识、潜意识、无意识的凝结融合萃取而慧观心灵图景。唯心所造之境为心灵图景，所以真实；物境不过是心灵图景的投影而已，因此虚幻。梦象的自然流行，充满了普遍的宇宙关怀与人间关怀。但这一切是建立在心灵感应基础上的。视觉艺术或所有艺术再现的恰恰是非视觉的东西。艺术作品在神觉的作用下，让不可视的那种力量视觉化了。一切可视的都扎根于不可视之中。宇宙生生不息的澄明离不开梦象之光的朗照，这当然离不开虚灵不昧的神觉体认。这种体认没有一丝一毫的逻辑思考，而是一刹那的整体感悟。在神觉的灵气四射中，美与神秘在梦象之光的普照中朗现，这便是宇宙生生不息的澄明。'顾怀远用'白日梦'比喻这种澄明。他在《梦象哲学》中说：'我们可以在"白日梦"的恍惚性、朦胧性、不确定性、跳跃性、短暂性等特性中体悟梦象，我们可以充分享受心灵的自由、创造的自由，在尽情的想象中化生心灵图景。每一位艺术家的作品其实都是自己心灵图景的视觉呈现。也可以说，每一幅心灵图景都是一个神觉的照片。'"千一插嘴说："爸爸，我觉得梦象世界很像是一个混沌的仙境。有一种神秘的美。"爸爸点点头说："顾怀远认为，真理就是在神秘的感受中得到的。没有心灵的自由便没有神秘。神秘一直滞留在自由之域内。发现了心灵中的神秘也就发现了真理。也就是说，没有这种神秘意识很难发现宇宙真理。因为宇宙意识就是自由意识。那些忽视自由与创造的人是看不见宇宙灵魂中存在有奇异奥秘的。宇宙万物是在心灵'不有而为'中显现出来的。也只有通灵者、捕梦者、盗火者和魔法师可以慧观梦象、倾听心声。梦象之光为哲学所必需，供哲学以能量，告知哲学以最终的秘密。梦象向我们展示了一种新的宇宙观，并引领我们去触碰一切神秘的核心，在诗意的幻化中体悟光明到极致的神性。梦象之所以成为宇宙万物之创生本体，宇宙万物之所以被梦象之光朗照明觉，正是因为梦象拥有'恒照'的良知。中国人的宇宙，梦象之境也。中国哲学一向载负着深沉的梦象意识及其使命感，而执着于'为人生'的心灵图景。可以说中国哲学是一种'梦象哲学'，它从一开始就把目光投向了梦象，而不是实在的物质世界。"爸爸侃侃而谈时，千一在睡梦中听见自家院子的门铃响，她嘴里喃喃地喊着"爸爸"，恋恋不舍地被惊醒了。从按门铃的人与妈妈的对话中，千一知道是快递小哥送快递来了，她心想，估计又是妈妈在网上买新书了，反正今天是星期六，还是接着睡懒觉吧，她希望自己能重新进入梦乡，再次梦见爸爸。可是她翻了个身准备蒙头再睡时，妈妈却拿着包裹兴冲冲地走了进来，一进屋就高兴地说："千一，快起床，爸爸专门给你寄来一个包裹，快打开看看，爸爸给你寄的是什么？"千一一听是爸爸给自己寄来的包裹，睡意顿时烟消云散，她兴奋地一骨碌坐起来，催促妈妈快拿剪子，妈妈笑眯眯地转身从书桌的笔筒里拿来剪子，千一迫不及待地打开包裹，发现里面有一份打印的书稿，足有两寸那么厚，书名叫《千一的梦象》，作者就是爸爸。另外还有一封信，是爸爸写给她的，信封上写着"女儿亲启"，她顾不上翻看书稿，而是先打开信，如饥似渴地读了起来……

孟周正在画室面对一张六尺宣纸构思新作品时，孟蝶拿着《千一的梦象》的书稿兴冲冲地走了进来，一进画室她便十分兴奋地说："爸爸，我读《千一的梦象》总觉得先秦以后的思想家不断地对先秦以前的思想家的思想进行解释，不是'我注六经'，就是'六经注我'，近代以来的思想家不仅要解释先秦以前思想家的思想，而且还要解释西方思想家的思想，尽管这些思想家都有创新，但是他们的思想离开了先秦以前思想家的思想和西方思想家的思想似乎很难独立存在，不过我刚刚读了《梦象之光》这一章，发现顾怀远虽然对中西方思想家的思想兼收并蓄，但是并没有依附于中西方任何一位思想家的思想，而是试图创造一套独立的思想体系。爸爸，您认识顾怀远吗？如果您认识，一定带我去见见他，我想拜他为老师……"还没等女儿说完,孟周一头雾水地问:"孟蝶,你在说什么呢?我根本没写《梦象之光》这一章,更不认识顾怀远,别说认识了,我听都没听说过这个人。"孟蝶以为爸爸沉迷于创作,一时糊涂了,便用强调的口气说:"爸爸,您明明写了《梦象之光》这一章,介绍了顾怀远的'梦象哲学',怎么能什么都不知道了呢?您说您不认识顾怀远可以,可是您说您没写过《梦象之光》这一章,我就不明白了!"孟蝶一边说一边将书稿递给爸爸,孟周真糊涂了,他接过女儿递过来的书稿,翻到第三十六章,果然有'梦象之光'四个字,再仔细阅读这一章的内容,他更是如坠五里雾中,因为他的确没写《梦象之光》这一章,更不认识顾怀远,他一边看一边自言自语地说:"还真是见鬼了,孟蝶,爸爸第三十六章介绍的是哲学家冯友兰,题目是《天地境界说》,怎么会鬼使神差地变成了《梦象之光》了呢?爸爸真的糊涂了!"这回孟蝶听明白了,爸爸没糊涂,而且很清醒,那么这究竟是怎么回事呢?父女俩讨论来讨论去,百思不得其解!思来想去,孟蝶灵机一动,想出了一个办法,她从孟周手中拿过书稿,神秘地一笑说:"爸爸,既然我们俩找不到答案,我想千一一定知道这究竟是怎么回事,如果千一不知道,潘古先兮一定知道,我去找他们问个究竟!"孟周莫名其妙地问:"他们都是书中人,你怎么去找他们?"孟蝶莞尔一笑说:"爸爸,这并不难。"说完,她将书稿翻到了唯一有插图的那页,那页画着一扇闪光的门,当她翻开这页时,门缝里透着奇妙的光,她用手指轻轻一推,门吱扭一声开了,然后她一迈腿,人便呼的一声被吸了进去,孟周万万没有想到,女儿真的进到书里去了,他倒吸了一口凉气,惊得目瞪口呆……

尾　声

爸爸的信

亲爱的千一：

　　爸爸在写生地这两年，一直利用业余时间创作这部《千一的梦象》，目的是想在你十五岁生日到来之际给你一份惊喜。是的，《千一的梦象》是爸爸送给你十五岁的生日礼物。小说是形象化的哲学，小说的哲学性首先体现在叙事艺术方面。所谓叙事艺术就是小说要在哲学上形象化地设计出宇宙与人生的模式，爸爸之所以能完成这样一部作品，应该说是受女儿的启发。女儿从小就与众不同，总是冒出一些奇奇怪怪的想法。女儿说者无意，爸爸听者有心，不瞒女儿说，你从小到大跟爸爸妈妈说的那些奇奇怪怪的想法，爸爸都偷偷地记了下来，如今爸爸将你的奇思异想都以梦象的形式写进了《千一的梦象》，我想这应该是送给你十五岁生日的最好礼物。甲骨文是我们所知的中国最早的成熟文字，文字对于中国人来说犹如一种审美的宗教，书法艺术就是最好的证明。这种文字崇拜的源头可以追溯到甲骨文。在爸爸看来，每一个甲骨文都是原始心灵的心灵图景，因此，爸爸将你所有的奇思异想都浓缩到一块龟甲片上，由这块龟甲片幻化出不同的梦象世界，再由仙风道骨的潘古先生、周青牛还有爸爸，引领你进入中国哲学的思想王国，通过领略几十位哲学家的思想，开启了关于宇宙与人生根本问题的思考。爸爸所选择的哲学家，要么是有原创精神的思想家，要么是集大成者，还有一类就是极具个性与风骨的人。为了让女儿能够深入理解这几十位哲学家的思想精髓，爸爸虚构了一位名叫顾怀远的哲学家，用他的"梦象哲学"统筹中国两千五六百年的哲学思想，并且仿照我们一家三口的情况虚构了孟周、舒畅和孟蝶一家三口，通过这一家三口的学习与生活，帮助你进一步理解梦象哲学的要义。爸爸在研读这几十位哲学家的著作时，尽量做到去粗取精，但是限于篇幅，爸爸对这些哲学家的思想没有进行批判性反思，批判的巨大空间就留给女儿了，这样有助于培养你的独立思考能力，对你的想象力变成创造力更有好处。所谓独立思考就是批判性和创造性的思考，它的前提是心灵自由。我们之所以学习哲学，就是因为在促进独立思考方面，没有哪个学科可与哲学思考相媲美。其实每个人的心底都有一粒哲学思考的种子，这还是女儿一直偏爱哲学给我的启示。女儿一出生，爸爸便听到了你那令人惊喜的无意识的声音，那奇妙的声音是那么的神秘、那么的纯真，是令爸爸难以忘怀的天籁。伴随着那天籁般的纯真，女儿成长，爸爸妈妈陪伴着你一起成长。在这样的幸福中，爸爸从你身上得到了一种纯美的激励，性格也增添了更多的幽默与耐心。自从爸爸妈妈的生活中有了你，我们便打开了一扇梦象之门，里面有取之不尽的灵感和宝藏，我们感到做父母是世界上最伟大的一门艺术。这当然需要大智慧，而智慧是心灵本质力量的外化，智慧几乎是哲学的代名词。我时常想，在女儿身上为什么会发生那么多奇妙的事情，其实原因很简单，就是因为女儿有一颗生活在童话世界的心。在艺术创作方面，女儿的童心给了爸爸太多的灵感。爸爸坚信，女儿不仅是爸爸的天使，更是爸爸的心灵本原。"梦象哲学"就是爸爸的心灵本原的展示。女儿在那几十位哲学家的心灵图景间穿梭，你会发现梦象才是中国哲学的创生原点，所谓道、仁、气、诚、玄、空、性、理、心的本质都是梦象的。中国哲学家使用梦象思维的方式表现理念内容，将思想融化于梦象中，使梦象具有哲学的功能。这种思维方式，熊十力先生称之为"超知识的路向"。他在《十力语要》中说："哲学大别有两个路向：一个是知识的，一个是超知识的。西洋哲学大概属前者，中国与印度哲学大概属后者。前者从科学出发，他所发见的真实，只是物理世界的真实，而本体世界的真实他毕竟无从证会或体认得到。后者寻着哲学本身的出发点而努力，他于科学知识亦自有相当的基础，而他所以证会或体认到本体世界的真实，是直接本诸他的明智之灯。易言之，这个是自明理，不倚感官的经验而得，亦不由推论而得，所以是超知识的。"所谓"超知识的路向"就是通过神觉与悟力以求本体。心灵世界本来就是一个可以任由思想自由驰骋的世界，真正大胆的哲学家会超脱文字、穿越时空，通过无限的遐想、大胆的假设

\ 千 \ 一 \ 的 \ 梦 \ 象 \

向本心的最晦暗处体悟，因为梦象的大光明就潜存在那里，唯有神觉和悟力能够穿透那晦暗，使梦象之光普照心灵。宇宙之大，可以由神觉与悟力成之，成之即为梦象。也可以说，没有神觉与悟力，哲学就会枯萎。人的心灵能够超越自我，神妙莫测，正因为如此，才具有无限的能动性和创造力。所谓神觉就是心灵无限的能动性，其实这个世界的一切答案都在心中。梦象以自由的形式通过创造为生命注入灵魂和内容。灵魂永不可能毁灭，因为它是梦象投射的能量，是梦象呈现心灵图景时投射的最强能量，是梦象创造力的智慧单位。梦象的创造力就是通过灵魂体现的，因此，灵魂最重要的就是创造力。它含有无穷的潜力。某种程度上讲，灵魂便是中国哲学上讲的"神"。灵魂示现了你的人格，梦象之光的能量越强，灵魂的创造性便更强，你的人格也就越强大。灵魂也会以思想的形式呈现梦境，或者说，我们可以通过梦境体验到灵魂的真实性。而梦其实是一个被喜剧化了的"无意识"，无意识是可以通过灵魂提升为潜意识、进而提升为意识的。有时在梦境中比在醒着时更有创造力。因为梦境的确是进入梦象的入口之一。千一，中国虽然没有原生的宗教，但是哲学一直起着为中国绝大多数人，特别是知识阶层提供理念信仰的作用，也正因为如此，中国哲学始终在向"心"内探求，以宇宙大心明于我心作为主体力量的真源泉，所以弄懂了"心"的问题，也就弄懂了中国哲学的问题。我认为唯有一而再再而三地熟读《千一的梦象》，书中许多层面的意义才能显露出来，女儿将发现，你越是深入阅读这部书，越能深刻地感受到它的深意。也就越能体悟中国哲学所传达给你的智慧深度。

亲爱的女儿，爸爸非常想念你和妈妈，过几天就是你的生日了，爸爸的写生工作也快结束了，女儿放心，爸爸一定会准时参加你十五岁生日的。到时候，咱们把你最好的朋友刘兰兰和她的爸爸妈妈，还有捣蛋鬼秦小小和他的爸爸妈妈都请来，好好庆贺庆贺，到那时，女儿是不是要用你那些奇思妙想给大家一个惊喜呢？

爱你的爸爸

5 月 21 日

2020 年 1 月 10 日于沈阳耕香斋第一稿

2020 年 5 月 2 日于悉尼第二稿